独断与考索

《儒林外史》研究

陈美林／著

商务印书馆
创于1897 The Commercial Press

图书在版编目(CIP)数据

独断与考索:《儒林外史》研究/陈美林著.—北京:商务印书馆,2013(2023.7重印)

ISBN 978-7-100-09992-9

Ⅰ.①独… Ⅱ.①陈… Ⅲ.①《儒林外史》—小说研究 Ⅳ.①I207.419

中国版本图书馆CIP数据核字(2013)第114224号

独断与考索

——《儒林外史》研究

陈美林 著

商 务 印 书 馆 出 版

(北京王府井大街36号 邮政编码100710)

商 务 印 书 馆 发 行

北京捷迅佳彩印刷有限公司印刷

ISBN 978-7-100-09992-9

2013年12月第1版　　开本710×1000 1/16

2023年7月北京第2次印刷　　印张42

定价:188.00元

目录

上编　作家论

吴敬梓身世三考　3
吴敬梓家世杂考　14
"让袭"小议　20
吴敬梓的父亲究竟是谁　26
吴敬梓生平文献资料的引用、解读和考辨　43
关于吴敬梓应征辟问题　59
略述康熙《全椒志》中有关吴敬梓先世资料　68
陈毅及其《所知集》中涉及的有关吴敬梓交游资料　73
吴敬梓与甘凤池　84
秦淮水亭的史地考索　89
吴敬梓修先贤祠考　101
略论吴敬梓的"治经"问题　106
颜李学说对吴敬梓的影响　119
魏晋六朝风尚和文学对吴敬梓的影响　131
隆礼与崇孝——四论魏晋风尚对吴敬梓的影响　145
吴敬梓的门阀意识　157
吴敬梓和释道异端　171
吴敬梓和戏剧艺术　183
吴敬梓和科学技术　194

吴敬梓的家世对其创作的影响 205

中编 作品论

《儒林外史》是我国文学史上第一部
反映知识分子生活的长篇小说 221
吴敬梓笔下的盐典商人及其与文士之关系 235
试论吴敬梓对科举制度的批判及其
对知识分子出路的探索 248
试论《儒林外史》对封建道德的暴露与批判 260
论《儒林外史》中的势利描写
——纪念吴敬梓逝世250周年 275
论《儒林外史》中的师生关系
——《儒林外史》中士人性格与命运探索 290
"兄友弟恭"的理想与"兄弟参商"的现实
——《儒林外史》兄弟群像所体现的
士人性格与命运 301
论《儒林外史》人物的性格 312
试论《儒林外史》中人物的进退场 325
试论《儒林外史》的结构艺术 336
论《儒林外史》的讽刺艺术 358
谈《儒林外史》的景物描写 380
试就卧评略论《儒林外史》的民族特色 383
试论吴敬梓的生活环境与《儒林外史》的地域特色 392
论《儒林外史》"幽榜"的作者及其评价问题 408
古籍校勘与文学作品解读 423

下编 研究史论

略评胡适对《儒林外史》的研究 437
鲁迅与吴敬梓 455

《儒林外史》卧评略论 463
《儒林外史》齐评略论 476
《儒林外史》张评略论 487
《儒林外史》黄评略论 499
二百余年来《儒林外史》研究之回顾 509
《儒林外史》前言有四稿 529
吴敬梓思想面貌寻踪纪略
——吴敬梓思想构成研究之回顾 533
“铸鼎像物”，“遗貌取神”
——《儒林外史》人物形象研究之回顾 545
吴敬梓研究资料的发掘与利用 560
再议吴敬梓研究资料的发掘与利用 572
《儒林外史》评点研究与实践的回顾与思考 586
论《儒林外史》研究与《儒林外史》研究的研究 597
“知人论世”、“见从己出”和“法不前定”
——《吴敬梓研究》出版 20 周年回顾 606
“通作者之意，开览者之心”
——以传统形式研究《儒林外史》的回顾 615
“设情以位体”
——《吴敬梓评传》出版 15 周年回顾 631

代跋：陈美林先生的学术道路及其贡献（李忠明） 640
作者附语 657

上　编

作家论

吴敬梓身世三考

第一部《吴敬梓年谱》是胡适在20世纪20年代所作。在年谱中，胡适搜集了不少资料，对吴敬梓的家世和生平作了一些考索，有一定的贡献，对后来学者也很有参考价值。但由于材料和治学方法的局限，关于吴敬梓的家世和生平，也作了一些不符合实际情况的论断，例如对吴敬梓的父亲是谁、吴敬梓考取秀才的年龄以及吴氏家族纠纷的性质等问题的论说，间有失实或不足之处，并不完全可取。但这些论断至今仍被一些著作所袭用，因而对这几个问题作进一步考索，很有必要。当然，有些问题的最后结论，仍有待于文献的不断发掘才能做出来，但这并不妨碍我们根据今天已经掌握的材料作一些必要的考证，进行合理的推断。

一　关于吴敬梓的父亲问题

吴敬梓的父亲是谁，在吴敬梓自己的文集中没有明确的记载，在吴敬梓朋友的文集中也鲜有提及。胡适从吴敬梓的《移家赋》中找到他父亲曾任“赣榆教谕”的记叙，然后又在《全椒志》里“寻出”一个“做过江苏赣榆县的教谕”吴霖起，从而主观地断定吴霖起就是他的生父。由于胡适弄错了他们之间的复杂关系，这就影响到对他进学年龄的推定和对他家族纠纷性质的分析，所以必须首先解决他生父是谁的问题。

根据对有关方志、墓志铭和文集的考辨，吴敬梓的父亲是吴雯延，吴霖起不是他的生父，而只是他的嗣父。

朱绪曾在《国朝金陵诗征》卷四十四中说：

> 敬梓，字敏轩，上元人。全椒廪生。有《文林（木）山房集》。始祖转，自六合迁全椒。曾祖国对，顺治戊戌第三人及第，官侍读。祖旦，以文名。父雯延，诸生，始居金陵。乾隆初，诏举博学鸿词，上江督学郑某以敏轩应，会病不克举。江宁黄河云“吴聘君诗如出水芙蓉，娟秀欲滴”，“词亦白石、

玉田之流亚”。

这里明白无误地记载吴敬梓的父亲是吴雯延，而且全椒吴家是从雯延开始寓居金陵的。朱绪曾是南京有名的藏书家“开有益斋主人”，交游也十分广泛。陆心源说他“无书不览，藏书甲于江浙”，称赞他所作的《开有益斋读书志》是“仿《郡斋读书志》之例，而精核过之”①。他是道光二年（1822）举人，其中举时间距吴敬梓之死虽有六十八年，生年当更早，因而其说是有一定根据的。特别是朱绪曾作小传时，已看到《文木山房集》，所引黄河的评论即出自黄河为《文木山房集》所写的序言。小传除将“文木山房”误为“文林山房”、“转弟”夺一“弟”字而外，其余所述是可信的。这还可从程廷祚的著作中找到证明。

程廷祚长于吴敬梓10岁，两人交谊甚深。他也是安徽籍而流寓南京的。在南京，两人时相过从，他曾替吴敬梓的《文木山房集》写过序，在自己的《青溪文集》中还收有给吴敬梓的信，他对吴敬梓是十分了解的。吴敬梓的姐姐去世，曾请他写过《金孺人墓志铭》，铭文中说：

> 节妇金孺人，姓吴氏，全椒人也。自幼以文学雯延之女，子于从父赣榆县教谕霖起。曾祖国对，官至翰林院侍读。祖旦，文学。其本生祖以上不具书。孺人在室，以孝谨称。年二十二，适滁州文学金绍曾。……生男二女一，后先俱殇。……乾隆五年七月初九日卒，年四十七，后绍曾十有九载。……嗣子为鼐，以某月某日葬孺人于某山。弟敬梓，持所为传诣余，泣而言曰：“吾鲜兄弟，姊又无子，后虽得旌，尚未有日，子其志焉！”②

从这里可以知道金孺人是吴敬梓的姐姐，死于乾隆五年（1740），卒时47岁（是年敬梓40岁，小于其姐7岁），是秀才吴雯延的女儿而过继给吴霖起，曾祖吴国对，祖吴旦，而本生祖却“不具书”，从这一段话里可以明白：吴旦只是金孺人嗣父吴霖起之父，不是金孺人亲祖，金孺人既然已经过继给吴旦之子吴霖起为女，当然“本生祖”不便“具书”；其亲祖为吴旦之亲弟吴勖（详下），同为曾祖吴国对之子，所以“本生祖以上”因前文已提及，此处就不必再“具书”。以程廷祚的铭文和朱绪曾的小传相比推求，可以知道吴敬梓和他姐姐一样，原是吴雯延的子女而过继给吴霖起的。

---

① 陆心源：《开有益斋读书志跋》，《仪顾堂题跋》卷五。

② 程廷祚：《青溪文集续编》卷八，道光刻本。

吴雯延是谁，为什么要将他的子女过继给吴霖起？这可从陈廷敬写的《翰林侍读吴默岩（国对）墓志铭》中得到答案。陈廷敬与吴国对同是顺治十五年（1658）孙承恩榜进士，吴国对是探花，陈廷敬后来入阁大拜。在康熙三十年（1691）会试时，吴国对的侄子吴昺考取榜眼，陈廷敬则以户部尚书身份担任这次会试的总裁。他对全椒吴氏是十分了解的，他作的《吴国对墓志铭》当然确实可信。铭文说：

（吴国对乃）孙承恩榜进士。……君之子旦贤而有文亦死。余与君相见于京师，君鬓发飒然皆白，其意气亦衰矣。谓余曰：旦之死命也夫。……君初娶陈氏，赠安人；继娶汪氏，封安人，先二年卒。男子三人：旦，考授州同知，先卒；次勖，国学生，俱陈安人出；次昇，戊午举人，女子二人皆适世家子，俱汪安人出。孙男五人：长霖起，旦出；次霄瑞、次霜高、次雳远，俱勖出；次露湛，昇出。孙女六人。君以庚申十一月一日卒于扬州寓舍，年六十有五。[①]

从铭文中可知吴勖的第三个儿子叫吴雳远。据《广韵》："延，远也。"《韵会》亦同。雳远即雳延。此外，雳乃雯之误。吴敬梓的父辈，均以"雨"字头命名，各不相重。吴国对一支，名字已见上引陈廷敬铭文。吴国龙一支，亦以"雨"字头命名，储欣给吴国龙的儿子吴晟写的墓表有记载：

吴君名晟，字丽正，号梅原。……嫡长子曰霞举，贡监生；次雷焕，邑廪生；次雳澍，庠生，俱金孺人出。次霏清，次霨济，庠生；……[②]

可知吴国龙的孙子已有用"雳"字命名，所以吴国对这一支就不可能再有"雳"字出现，因而应以程廷祚的铭文和朱绪曾的记载为是。1920年张其浚修《全椒志》选举表中虽有一个吴露湑，也是以"雨"字头命名。但问题在于全椒姓吴的并非全为吴敬梓族人，即如吴凤，在蓝学鉴所修《全椒志》中有两个，一为吴敬梓祖辈，一却并非吴敬梓族人。吴国对是蓝志的主要修纂者，编辑人员有吴晟，校阅人员有吴旦、吴勖、吴杲、吴昱、吴昺、吴显，分辑人员有吴暹吉，均为吴敬梓先人。他们参与修纂的《全椒志》，所载吴氏事迹甚详，也最可信，但在志中却并未列入吴露湑，因而这个吴露湑，既不能证明他是吴敬梓族人，便不能否定上述推断。同样，在蓝志中，详细记载了吴氏家族中有各种功名的人员姓名，在增生栏中有

① 陈廷敬：《午亭文编》卷四十五，康熙四十七年林佶写刻本。

② 储欣：《吴晟墓表》，《国朝耆献类征》卷二百二十一，光绪刻本。

吴霖起、吴雯延，而吴雩远却不见记载。由此亦可反证吴雩远显系吴雯延之误。有吴氏多人参加修纂的《全椒志》所记，当然要比陈廷敬门人林佶手写付雕的《午亭文编》更可信。因而铭文中的"雩"应该是"雯"，因形近而误写，雩远应该是雯延。这样就弄清楚吴雩远即吴雯延，是吴勖的最小儿子。

这一问题既已清楚，那么，吴雯延的儿子为什么要过继给吴霖起？第一是吴旦早死，其时吴国对还健在。第二是因为吴旦只留下独子吴霖起。这两点在陈廷敬文中已说得很清楚。第三是吴霖起没有子女，吴敬梓对程廷祚就曾说"吾鲜兄弟"。这样，长房吴旦这一支就面临着绝嗣的局面，因而就必须在同是嫡出的二房吴勖的三个儿子的子女中择人过继给吴霖起。吴雯延排行第三，且子女众多，吴敬梓所说的"吾鲜兄弟"是对嗣父吴霖起这房而言，而在生父吴雯延这房至少有两个哥哥，在《文木山房集》中记有住在"与乌江项王庙相近"的大哥，写有《伯兄自山中来，夜话山居之胜，因忆去秋省兄未及十日而别，诗以志感，得二十韵》。既有伯兄，就有仲兄，兄弟至少三人。雯延可能有两个女儿，否则一般是不会将独生女过继出去的。这样，吴雯延的儿子之一吴敬梓和一个女儿（金绍曾妻）幼时就过继给吴霖起为子女了。程廷祚铭文中说"金孺人"自幼即过继出去；而吴敬梓 14 岁时就随嗣父吴霖起赴赣榆教谕任，可见均在幼时过继给霖起为子女。

现根据有关方志、墓表、文集等材料，将吴氏家族关系列一简表，上限以始迁全椒的吴聪起，下限断于吴敬梓的下一辈。曾祖五支中以亲祖吴国对为主，其余四支除与本文叙述有关稍加排示外，一概从略。（表附后，见第 13 页）

吴雯延是吴敬梓之生父，的无疑义。除上文所征引的材料之外，道光十七年（1837）生的陈可园在《金陵通传》卷三十三为吴烺所作传中也有明确记载：

吴烺字荀叔，号杉亭，上元人。始祖转自六合迁全椒。祖雯延，始居金陵。父敬梓，字敏轩，以诸生举博学鸿词，病不克赴。烺应乾隆十六年召试举人。

但自胡适在《吴敬梓年谱》中作了错误论断以后，后之学者又沿袭其误，造成研究吴敬梓生平的一些疑问，下述两个问题即由此而产生。

二　关于吴敬梓进学年龄问题

吴敬梓进学（考取秀才）是 18 岁，不是 20 岁，也不是 23 岁。

胡适根据"庚戌除夕词"说吴敬梓"20 岁中秀才"是欠当的。所谓"庚戌除夕词”是指雍正八年（1730）除夕，吴敬梓所写的八首《减字木兰花》，胡适引的是第四首，词说：

学书学剑，懊恨古人吾不见。株守残编，落魄诸生十二年。[①]

这一年吴敬梓30岁，上推十二年，则为康熙五十七年戊戌（1718），时年18岁。这才是吴敬梓考取秀才的一年，而绝不可能是康熙五十九年庚子（1720）20岁时才进学。胡适的错误十分显然，奇怪的是新中国成立以后一些论文中仍沿用这一错误说法。当然，也有人看出胡适的错误，并加以辨正，然而结论也还可以商榷。他们根据金两铭为吴敬梓三十初度写的诗中，有吴敬梓是在父死后进学的叙述，再从《移家赋》中查出“先君于壬寅年去官，次年辞世”的记载，从而得出吴敬梓是23岁进学的结论（壬寅是康熙六十一年，敬梓22岁；次年癸卯是雍正元年，敬梓23岁）。从此，这一结论为不少文学史著作和研究论文所采用。其实这一结论也是欠当的：一是与吴敬梓的自叙18岁进学显然矛盾，二是按照清代科举制度的规定来说也是不可能的。在清代，童生要取得秀才资格，必须通过学政主持的科岁考才行。而学政一般于子、卯、午、酉之乡试年八月，由京任命赴各任所。任期三年，到任后第一年即丑、未、辰、戌年举行岁考；第二年即寅、申、巳、亥年举行科考。在三年任期中主持两次考试。科岁考的任务大致相同，一方面从童生中选取秀才，一方面对秀才进行甄别考试。科考还要选拔优等秀才参加高一级的乡试，谓之“录科”。如说吴敬梓20岁进学，其年为庚子，23岁进学则为癸卯年，这两年均无科、岁考，所以是不可能的。而18岁进学，则适逢戊戌岁考年。因此吴敬梓的自叙是可信的，即18岁考取秀才。

那么，金两铭的诗和吴敬梓的《移家赋》是否可靠呢？金两铭与吴敬梓为表兄弟，其兄金榘且与敬梓为连襟，三人关系很为密切，是不会记错的。《移家赋》出自吴敬梓本人，更不会误记。问题就在于吴敬梓既有生父吴雯延，又有嗣父吴霖起，金诗和吴赋各叙一人，本不相关。且看金两铭诗：

三河少年真皎皎，风流两字酷嗜贪。无何阿翁苦病剧，侍医白下心如惔。会当学使试童子，翁命尔且将芹探。试出仓皇奉翁返，文字工拙不复谙。翁

---

① 吴敬梓：《文木山房集》卷四，古典文学出版社1957年版。

倏弃养捷音至，夜台闻知应乐耽。青衫未得承欢笑，麻衣如雪发鬇鬖。①

诗中说吴敬梓"侍医白下"，而朱绪曾、陈可园记载中就有雯延寓居金陵的事。再参以吴敬梓族兄吴檠为吴敬梓三十初度所作的诗中，有"汝时十八随父宦，往来江淮北复南"的记叙，可以知道金两铭诗中"弃养"的"阿翁"，乃是生父吴雯延；也正因为雯延"病剧"，吴敬梓才从嗣父任所赣榆赶来南京"侍医"，所谓"北复南"是也。按照封建宗法制度，过继出去的子女当嗣父健在时，是不能为生父守制的。但现实生活中人与人的关系极为复杂。首先是封建统治阶级随时都在破坏自己定下的道德标准，并不恪守；其次是血亲关系决不可能被继承关系所完全排除，有时社会舆论也不容许一个嗣子完全按照统治阶级"为人后即为人子"的宗法道德标准行事。《儒林外史》中关于过继问题就有两种截然不同的描写：严贡生为了劫夺亲弟严监生的遗产，在过继问题上表现了极其丑恶的品质。他不择手段地逼迫弟媳，甚至到处上告。他的过继是为霸占遗产，心目中根本没有守制不守制的问题。另一处是戏子鲍文卿，为了解救秀才倪霜峰的穷困，将其子倪廷玺过继为己子，而表现了一些下层人民的优秀品德。当倪霜峰去世后，"鲍文卿又拿出几十两银子来替他料理后事，自己去一连哭了几场，依旧叫儿子（廷玺）披麻戴孝，送倪老爹入土"。拿吴敬梓亲笔所描写的情景，去对证金两铭的诗作，可以断定吴敬梓虽然过继出去，仍有可能依然为去世的生父披麻戴孝。金两铭写诗时只是描写实际情景，是不会考虑符合不符合宗法制度的规定后才下笔的。因而诗中写的确是"始居金陵"的吴敬梓生父吴雯延。在清代，已出继之子为生父守制事，并非绝无仅有，此处不一一列举。

《移家赋》中所记癸卯年去世的父亲，才是嗣父吴霖起。赋中先写他的任教情况"春夏教以诗书，秋冬教以羽籥"；接着写他"捐资破产修学宫"的事迹；下面就是"归耕颍上之田，永赴遂初之约"，用欧阳修致仕居颍州撰《归田录》和孙绰居于会稽写《遂初赋》的故事，表明他的辞官归里；最后则是"贤人则岁在龙蛇，仙翁则惟遗笙鹤"，用《后汉书·郑玄传》和《列仙传》中蓝采和的故事，说明他的去世。叙述嗣父从任教到辞职之后即归乡里，没有卧病南京的一段生活。病卧南京的确是吴雯延，朱传虽说他"始居金陵"，并未说他有房产。从他借居道院读书，吴敬梓移家以后自己购买居屋来看（参见《吴敬梓"秦淮水亭"考索》），

① 金两铭：《为敏轩三十初度作》，见金榘《泰然斋诗集》卷二附，道光二十六年重刻本。

他“居金陵”还是寄寓性质，病重之后，要赶快返里，归正首丘，所以吴敬梓才“仓皇奉翁返”。再说，“颍上之田”一般虽泛指，但总是指的乡里，而不可能指大都市南京。同时此处用“颍上”一典，也很切合吴霖起从江苏赣榆回到乡里全椒的情况，颍上正是安徽颍州府所属[①]。吴敬梓在《赠真州僧宏明》诗中所说自己“十四从父宦，海上一千里”，也就是跟从的吴霖起。这还可以从金榘的诗中找出佐证，金诗说：

> 我前叱曰勿复语，我三十时尔十三；是年各抱风木恨，余方招魂来湖南；见尔素衣入家塾，……旋侍家尊到海澨，斋厨苜蓿偏能甘。[②]

“海上”、“海澨”，都是指的地处海滨的赣榆；而“斋厨苜蓿”正写的是教谕生涯。由此可知，吴敬梓14岁时随嗣父吴霖起赴赣榆教谕任，在18岁前后因生父吴雯延在南京病重，赶来“侍医”。此时正遇上岁考，乃去应试。捷报传来，雯延已经病逝。这时吴霖起尚健在。

经过这样的梳理，可以明白：说吴敬梓23岁进学的错误根源，乃在于相信胡适“考证”的吴霖起是吴敬梓的父亲，因而把金两铭诗中所记的生父吴雯延与《移家赋》中所记的嗣父吴霖起相混淆所致。但从吴敬梓进学年龄的错误推断中，又反过来证明吴敬梓确实既有生父又有嗣父。

三　关于吴氏家族纠纷的性质问题

由于吴敬梓有亲子、嗣子的双重身份，在宗法制度财产继承问题上，容易引起矛盾。因而争夺遗产的继承权，这个地主阶级内部财产和权力再分配的问题，就成为吴氏家族纠纷的主要内容。

可是胡适却说“吴敬梓的财产是他在秦淮河上嫖掉了的”，因而引起族人不满，似乎这就是吴氏家族纠纷的原因。这一论断，在新中国成立以后的一些文章中还隐约出现，认为是吴敬梓把祖上的遗产“花得精光”，“挥霍光了”，“花费得很快”。这实际上是以生活作风的叙述替换了社会关系的分析，从而也遮掩了地主阶级争权夺利的丑恶本质，因此就不能正确地剖视吴氏家族的纠纷，也就不能正确地考

① 《清史稿·地理志》。

② 金榘：《泰然斋诗集》卷二。

察吴敬梓中年以前的生活、思想，这就不利于深入研究吴敬梓的思想发展历程。

吴氏发家史，除了《移家赋》中有所记叙外，大学士李霨替吴国对的“孪生”兄弟吴国龙写的墓表，也可供我们稽考。李霨作的《清礼科掌印给事中吴公墓表》应该是可信的，因为李霨曾担任吴国对考上探花的顺治十五年（1658）的会试总裁。墓表说：

> 公讳国龙，先世居东瓯，高祖聪迁江宁之六合。又迁全椒，遂为全椒人。曾祖凤；祖谦；父沛，以公贵赠如其官。……公（沛）为诸生，博学负才名，屡应省试不售。淮南学者多游其门，称为海若先生。

由此可知，直到吴沛时，吴氏尚未发家。吴国龙自己也说“臣父生员吴沛，力学好修，穷年攻苦，未博一第，赍志而殁”[①]。但吴沛是一个对八股制义深有研究的教书匠，他命次子国器“主持家政”，其余四子专攻举业，结果都考上进士。李霨墓表又说：

> （吴国龙）兄弟五人，登制科者四人。国鼎，公同榜进士；国缙，壬辰进士；国对，戊戌进士，官翰林侍读；公其季也。……一门贵盛，乡里以为荣。[②]

吴敬梓曾祖吴国对且是探花，先后典试福建、提督顺天学政；再加上他擅长书法，“兼右军、松雪之长，碑版存者，士人多拓之”[③]，声名更是显赫，其门下多有显达之士，如李光地等[④]。从此，吴氏也才发达起来，占有大量土地、房屋和奴仆，成为官僚地主家庭。到祖辈时，吴国龙的儿子吴晟是进士，吴昺是榜眼；吴国对的儿子吴旦是增生，考授州同知，吴勖也是增贡，考授州同知，吴昇则是举人。吴旦的儿子吴霖起是拔贡，吴勖的儿子吴雯延是秀才，功名最小。吴氏发家后，地主阶级内部财产和权利的再分配问题就产生了，这就是《移家赋》中所说的“君子之泽，斩于五世”，从吴沛起到吴敬梓止，正好五代。其实还不到五代时，吴旦死后，即有族人向吴勖提出“析产”，而吴勖则“泣谢不许”[⑤]，可见这种争夺是不断进行的。

吴勖的“泣谢”只能搪塞于一时，它终究不能克服地主阶级贪婪的财产占有欲，“再分配”是必然趋势。遗产的继承问题，终于在吴敬梓的生父和嗣父先后去世

---

① 蓝学鉴：《全椒志》卷十三，康熙十六年刻本。

② 蓝学鉴：《全椒志》卷十六。

③ 张其浚：《全椒志》卷十，民国九年刊本。

④ 方嶟：《文木山房集序》。

⑤ 张其浚：《全椒志》卷十一。

后爆发。《移家赋》中所谓“嗟早年之集蓼，托毁室于冤禽”可证（集蓼，见《诗·蓼莪》，谓父母皆亡；毁室，见《诗·鸱鸮》，谓弱者强凌）。此外，吴檠诗云：“浮云转眼桑成海，广文身后何啥含？”这就是说父亲死后家中即发生纠纷。吴檠诗接着又云：“他人入室考钟鼓，怪鸮恶声封狼贪。”[①]（钟鼓，见《诗·山有枢》“宛其死矣，他人是保”；怪鸮，见《诗·鸱鸮》“既取我子，无毁我室”。）这就说明纠纷的性质在于争夺财产。

在这场争夺中，吴敬梓处于所谓“弱肉”的地位，“饕贪”的是他的叔伯和堂兄弟。一方面，吴敬梓是长房吴旦的独孙、吴霖起的独子，从宗法制度讲，是遗产的当然继承人，可以多占利益；但他又是嗣子而非亲子，各房对这份遗产也都有染指之意。另一方面，他又是二房吴勖的亲孙、吴雯延的亲子，出继后虽不再有继承权，但先人的遗赠、血亲间的不动产以外的授受仍是可能的。雯延尚有霄瑞、霜高二兄即敬梓的叔伯辈，吴敬梓还有许多堂兄弟，在他们看来，敬梓既已过继出去，就和二房无涉，不能再来均沾物质利益。这种种关系，就使得有“亲子”、“嗣子”双重身份的吴敬梓处在遗产纠纷的漩涡中心，成为遗产争夺战的矛头所向。

在这场纠纷中，叔伯和堂兄弟的步步进逼，引起了吴敬梓的极大愤慨，他在《移家赋》中感叹“淳于恭之自箠不见，陈太邱之家法难寻”。据《后汉书·淳于恭传》，淳于恭之兄“崇卒，恭养幼孤，教诲学问，有不如法，辄反用杖自箠，以感悟之，儿惭而改过”。陈太邱指曾为太丘长的陈寔，据《后汉书·陈寔传》，“寔在乡间，平心率物。其有争讼，辄求判正，晓譬曲直，退无怨者。至乃叹曰：宁为刑罚所加，不为陈君所短”。吴国对对陈寔就十分推崇，说“有一陈太丘在乡，一乡遂慕为长者”[②]。吴敬梓在《移家赋》中引用这两个故事，就是说在遗产争夺的纠纷中，叔伯之中没有一个能像淳于恭那样严格要求自己、抚教子侄，也没有一个能像陈太丘那样排难解纷、处事公正。而在堂兄弟中，却大有“熊虎之状”、“豺狼之音”要灭祖灭宗的越椒一样的人物，也还有像宋恕、宋浑兄弟那样倚势贪暴，以致“相次流贬”，败坏其父宋璟“风教”的子弟。这就是《移家赋》中所说的“若敖之鬼馁而（见《左传·鲁宣公四年》），广平之风衰矣（见《旧唐书·宋璟传》）”。

---

① 金榘：《泰然斋诗集》卷二附。

② 蓝学鉴：《全椒志》卷十三。

叔伯和堂兄弟的虎噬狼贪，引起了吴敬梓的极大厌恶，不愿再与他们生活在一起，在30岁前后就有离开故乡的念头，而到33岁时“乃以郁伊既久”，终于怀着“逝将去汝”[①]的愤怒情绪，移家金陵。这场持续了十余年的遗产之争，至此方告结束。由于嗣父的财产在生前因修学宫花去很多，而在遗产之争中，吴敬梓又没有得到多大利益，30岁前就说“田庐尽卖”[②]，所以他是不可能腰缠十万来南京的，因而说他的财产是“在秦淮河上嫖掉了的”，只是没有根据的臆测之辞。在南京，吴敬梓倒是不断地穷困下来，最后过着“日惟闭门种菜，偕佣保杂作”[③]的生活。

弄清上面三个问题，我们可以对吴敬梓身世中的一段作如下的概括：他是吴雯延的儿子，从幼过继给吴霖起。在康熙五十七年（1718）他18岁时考取秀才，此时雯延刚死不久；而霖起尚在赣榆县教谕任上，直到康熙六十一年（1722）才辞职还乡，次年去世，这年敬梓23岁。在生父和嗣父相继去世后，遗产之争即趋激烈，有亲子和嗣子双重身份的敬梓，就成为各房所指向的目标。这场纠纷持续十余年之久。这就表明吴敬梓在20岁左右到30岁左右这十余年中，除了父母双亡、前妻去世、功名不遂之外，还有争夺遗产的苦恼。在这一系列的变故中，他所分得的不多财产逐步化为乌有，而对族人的厌恶却与日俱增，终于离乡出走，寄寓在他生父曾经住过的南京，最后陷入困顿。这对他此后走向下层、与人民接触和创作《儒林外史》都是有一定影响的。

---

① 吴敬梓：《文木山房集·移家赋》。

② 吴敬梓：《文木山房集·减字木兰花》。

③ 顾云：《盋山志》卷四，光绪九年刊本。

附：吴氏家族关系简表

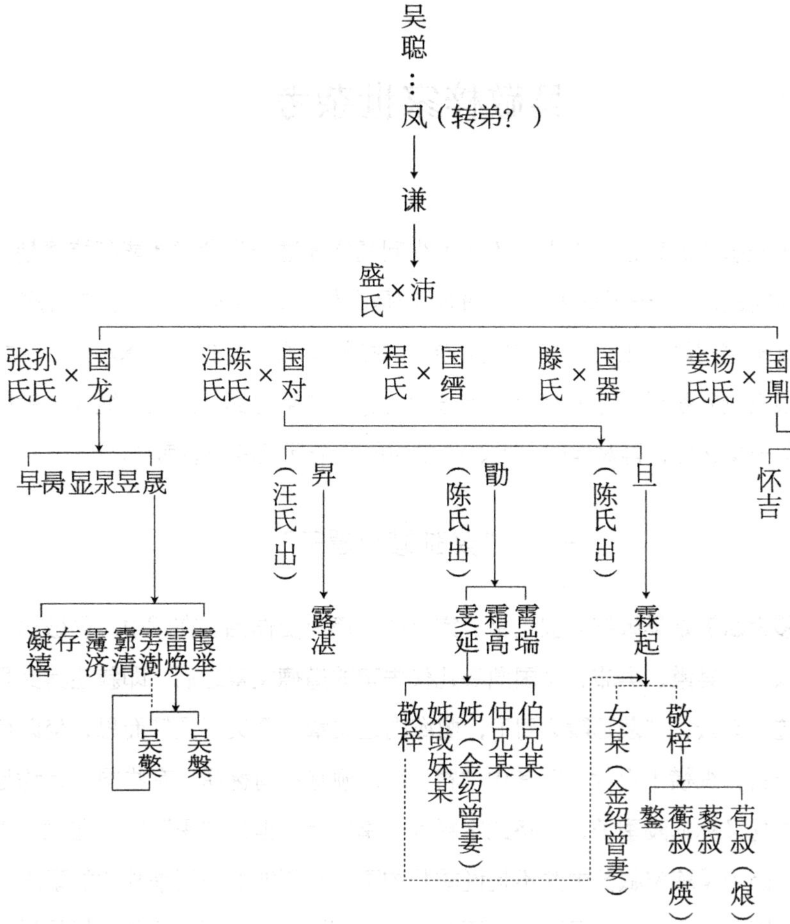

（原载《南京师院学报》1977 年第 3 期）

（**说明：**1990 年 4 月，全椒县长阚家衡同志，送来新近发现的吴国龙墓碑拓片复制件，列国龙六子，与文献记载同。孙辈则列有霍远、霈恩、霁晖、霞举、雷焕、雩澍、霮惠，最后一名剥落。此表据储欣《吴晟墓表》列出国龙孙辈，碑上所列霍远、霈恩、霁晖，当为国龙其余诸子所出。现今存疑的是“霮惠”其人，碑文如此，而文献记载为“霮济”，何者为是，当续考。）

吴敬梓家世杂考

关于吴敬梓的家世、生平，还有不少问题须要进一步考索才能爬梳清楚。而弄清这些问题，对正确了解和评价他的著作是有帮助的。例如，他自己有出嗣问题，吴檠也有出嗣问题。正由于有这样直接、间接的体验，他在《儒林外史》中描写到赵姨娘立嗣问题时，才能写得既十分生动，又非常逼真。因之，继《吴敬梓身世三考》一文之后，再对他的家世、生平中的几个问题做一些考核。

一　“羡延陵之罥子”

《移家赋》是吴敬梓自叙生平、家世的一篇重要作品。在赋中，吴敬梓历数了吴凤以下、吴谦、吴沛、吴国鼎等几代先辈的道德文章之后，即叙述其父吴霖起的事迹，有云：“羡延陵之罥子，擅海内之文章。吾父于是仰而思，坐以待，网罗于千古，纵横于百代。”其中“罥”字，颇有不同解释。有些同志大约是因吴公子季札又称延陵季子，而将此字释为“季”字。但作“季”字，在赋文中却讲不通，因为《移家赋》中并不是说季札的事，也不能说是用季札的故事来比喻吴霖起，因为吴霖起是吴旦独子，不存在排行问题。有的同志认为是指吴昺，他在兄弟六个中位次最幼。此说也不可通，吴昺虽有文名，但他是吴国龙的儿子，并非吴敬梓亲曾祖吴国对的后人，吴敬梓在赋中不叙述亲祖事迹而去表彰叔祖文行，揆情度理，似乎不大可能。

此“罥”字为一般字书所未收，无可考索。今按当系“君”字。《甲骨文篇》中有“”字，《金文篇》中有“”字。复检有关延陵季子碑刻的记载，《金石索》“石索一”《敬临孔圣书吴季子墓碑》“呜乎有吴延陵君子之墓”中的“君”字则作“”，此字当即为“罥”。顾炎武《金石文字记》卷一《吴季子墓碑》，说此碑为“唐大历十四年润州刺史萧定重刻，在丹阳县延陵镇吴季子庙。……后

人又摹刻于县南门外驿前”。《江苏金石志》卷一《孔子见延陵君子葬题字》记此碑为篆书，俗称十字碑，碑文中“君”作“⿱罒司”。严可均《铁桥金石跋》卷一《孔子观延陵君子之葬题字》说：“碑之⿱罒司篆，是君非季，吾子行已释正。”吾邱衍在《学古编》[①]中说：“延陵季子十字碑，在镇江，人谓孔子书。文曰：‘呜呼有吴延陵君子之墓。’按古法贴上止云‘於乎有吴君子’而已，篆法敦古，似乎可信。今此碑妄增‘延陵之墓’四字，除‘之’外，三字是汉人方篆，不与前六字合。……又且因君字作季字，汉器蜀郡洗字半边正与此君字同，有此法也。以季字音，显见其谬。”收有《移家赋》的《文木山房集》为胡适所排印，胡适所据底本，今未得见。但胡适在《吴敬梓年谱》中引用此句时，“⿱罒司”又写作“⿱冖司”。今检《汗简》卷上之一“君”字，分别作“[illegible]”、“[illegible]”、“[illegible]”等。前二者即为“⿱冖司”，后者当为“⿱罒司”，并注明见《孔子题季札墓文字》，三者均为“君”字。

当然，此碑为后人伪托，必无疑义。吴玉搢即云：“虽非旧物，亦可珍赏。”[②]吴敬梓中年时写诗作文喜用僻书奇字，吴檠为敬梓三十初度时写的诗中就说他：“迩年诗律倍绮密，僻书奇字来稽参。”[③]因而，他于33岁移家南京后写的《移家赋》，是很可能用“⿱罒司”这一“僻书奇字”来替代“君”字的。再联系赋文，将此字释为“君”，极为文从字顺，“羡延陵之君子，擅海内之文章”，乃称美其父吴霖起。此字一得正确解释，赋文意义也就豁然了。《移家赋》中类似此类“僻书奇字”为数不少，此处不一一列举。

二　所谓“让袭”

吴敬梓在《移家赋》中虽然竭力表彰先人的“让袭”美行，但只能笼统地说“远祖以永乐时从龙”，“赐千户之实封”，“追转弟而让袭”，而没有交代“让袭”详情，因而有必要加以探索。

吴氏先人究竟被封为什么官爵？蓝学鉴、吴国对纂修，吴氏子弟多人参加修辑的《全椒志》卷十《吴凤传》中说：“吴凤，号古泉，家世骁骑卫户爵，以志趣高淡让袭，卜居邑之西墅。”这就得知敬梓先人因永乐时从龙被封为骁骑卫。

---

① 见顾湘辑校《篆学琐著》，道光二十年刻本。

② 《金石存》卷二《周吴延陵季子碑》，嘉庆二十四年李氏闻妙香室刻本。

③ 金榘：《泰然斋诗集》卷二附。

据《明会要》卷四十三“勋阶”，骁骑卫属正五品。洪武十三年（1380）时，正五品禄米为二百二十石，俸钞为九十贯。同书卷四十八“选举”载，洪武十六年（1383）规定，正五品官之子，荫叙为官，则以正九品用。武臣世袭，永乐时较宽，“凡洪武以来军职绝，不论堂兄弟、侄并袭”，成化以后则趋严紧，嘉靖十年（1531）更规定“立功人绝，同时亲弟、侄得袭。其侄孙以下，至堂兄、弟、侄等，及沿袭后别无立功者，不许袭”。

对照这些规定，我们可以明白，吴敬梓先人在永乐时因“从龙”有功，被封为骁骑卫户爵，传袭几代之后，因没有再立军功，自然也就失去袭爵资格。在他们迁来全椒时已成为无官无爵的平民，居住乡村从事农业生产。《移家赋》中说：“隶淮南为编氓，勤西畴以耕耨。”《西墅草堂歌》中也说：“先人结庐深山中，布衣蔬食一亩宫，”这都表明在其先人迁来全椒时已非“骁骑卫户爵”，而是“布衣蔬食”的平民百姓了。《移家赋》所谓的“让袭”，只不过是对先人自然失袭的美称罢了，也正因为此，才写得如此含糊。

三　《移家赋》中为什么没有叙述祖父辈事迹

《移家赋》对转弟公以下的先人事迹，如居乡务农的吴凤，立志学医的吴谦，始攻儒业的吴沛，吴敬梓都一一加以表彰，特别是对四成进士一务农的曾祖辈吴国对兄弟五人更是赞不绝口，什么“始则河东三凤，终则马氏五常”等等。但赋文写到曾祖辈后却跳过祖父一辈略而不写，紧接着去赞美其父吴霖起的道德文章，这是何故？胡适在《吴敬梓年谱》中说，因为他的祖父吴旦“死得很早，故《移家赋》不提到他的历史”。此说未中肯綮。因为无论务农、行医、业儒，或“人传仙去”，或“独伤晚遇”的先人，他都加以赞扬，仅仅因为吴旦早死而不写是说不通的。这也不是由于吴旦有恶德丑行而不便写，因为陈廷敬《吴国对墓志铭》中明明说“旦贤而有文”；《全椒志·吴旦传》中也说他事父母极孝，随父国对在京，晨夕温衣被，恪尽孝道，并能写诗作文，著有《月潭集》。这些，在写赋时尽够铺陈表彰的了。

这究竟是什么缘故？这与程廷祚为吴敬梓之姊所撰的《金孺人墓志铭》于“其本生祖以上不具书”的表述方式有某些类似之处。

吴敬梓在写作《移家赋》时，按照封建宗法制度，在历叙几代先人事迹之后，对于嗣父吴霖起的思想言行不能不加以赞扬。这样，恪于礼制，就不便再同时表彰生父吴雯延的事迹。心虽有所未甘，也不能不如此。但再推到上一辈，他就干脆略而不写。在赞扬嗣父霖起的道德文章之后，再去表彰嗣祖吴旦的孝行和文采，则非吴敬梓本心所愿；但如果径直赞扬亲祖吴勖，又将给嗣父吴霖起以难堪。在这样两难的情况下，对祖父一辈的事迹只有一字不提。这正流露了作者的难言之隐，并非漏笔。

四　吴檠也出为嗣子

全椒吴氏自吴国鼎一辈发迹以后，成为全椒望族。国鼎兄弟五人，各房子嗣多寡不等，随着也就产生了相互过继子女的问题。除吴敬梓过继给霖起为嗣子外，吴敬梓的族兄吴檠也曾出嗣。

吴国对之弟吴国龙子女甚多，据李霨所撰《吴国龙墓表》记载，国龙有六个儿子：晟、昱、杲、显、昺、早。长子吴晟的子女也不少，有霞举、雷焕、雩澍、霨清、霱济等数人[1]。吴晟与吴旦同辈，吴雷焕则与吴霖起同辈。据金榘《吴母金孺人墓志铭》可知吴雷焕生有二子，铭中说：“维康熙再壬寅之王正，全椒吴母金孺人即世，其子槃……走使二千里奉状来乞铭。……孺人姓金氏，为椒巨族，……父汉昌公钎，……母李孺人生三子二女，孺人得坤之初爻，……及笄，归文学南湖吴君雷焕，盖主政公之仲子，给谏公国龙之次孙也。……孺人生二子，俱钟爱。值南湖季弟早亡，无子，序当立其次子，南湖固大义凛然，而孺人亦慷慨无难色，非识大体而能然耶？”吴晟是给谏吴国龙的儿子，曾任主事，所以铭中称之为“主政公”，他的次子吴雷焕有子二人，长子即向金榘“乞铭”的吴槃，次子姓名不详。当吴雷焕的一个弟弟无子早亡之后，这个姓名不详的次子就过继给叔父为子。

何泽翰同志根据有关材料，推断出这个姓名不详的次子即是吴檠，他与吴敬梓为共高祖的从堂弟兄[2]。笔者同意这一意见，但吴檠到底过继给谁为嗣子呢？

---

① 参见储欣《吴晟墓表》。

② 何泽翰：《儒林外史人物本事考略》，古典文学出版社1957年版。

何泽翰同志则未涉及到这个问题。据上引《吴晟墓表》可知，吴雷焕有兄霞举，有弟雰澍、霈清、霶济，究竟是哪一个弟弟既无子又早亡呢？杭世骏《词科掌录》中有吴檠被安徽巡抚都察院右副都御史王鋐荐举应乾隆丙辰鸿博之试的记载。全祖望《公车征士小录》中更载有吴檠的家世、生平："吴檠字青然，号岑华，行三。江南滁州全椒县人。康熙辛巳年六月十九日生，年36岁……高祖沛……曾祖国龙……祖晟……父雰澍（县学生）。"将以上所引的材料加以排比研究，就可以知道吴檠原为吴雷焕的次子，因其叔父吴雰澍早亡无子，就过继给雰澍为嗣子。虽然《公车征士小录》所记间有失误之处，例如说他是康熙辛巳（四十）年生，但吴檠本人为吴敬梓三十初度写的诗说"汝今三十予加五"，则应生于丙子（三十五）年，但这并不妨碍他为吴雰澍嗣子这一事实的可靠性。

吴檠虽被正式荐举应鸿博之试，但未中式。后来在乾隆乙丑（十）年成进士，官至刑部主事。他颇有文名，著有《清耳珠谈》、《阳曲词钞》、《咫闻斋诗钞》等。从他和吴敬梓以及金榘的一些诗作中可以知道，这对从堂兄弟二人的关系甚深，早年常厮混在一起，饮酒作乐。彼此有着相同的嗣子身份，大约也是相互推心的一个原因吧！

五 吴敬梓有几个儿子，蘅叔叫什么名字

程晋芳在吴敬梓死后所写的《文木先生传》中说吴敬梓有"子三人"；金兆燕长诗《甲戌仲冬送吴文木先生旅榇于扬州城外登舟归金陵》，叙写吴敬梓临终时的情景："幼子哭床头……作书与两兄……仲兄其速来，待汝视楄杝；伯兄闻赴奔，何日发京师？"也是说三个儿子。胡适根据此传、此诗，在《吴敬梓年谱》中说他"有子三人"，也是不错的。问题在于临终时有三个儿子，不等于一生只生三子。

拙作《吴敬梓身世三考》附表中列出吴敬梓四个儿子次序是：长子吴烺，字荀叔，号杉亭；次子字藜叔，号珠朗，在吴敬梓48岁前亡故；三子字蘅叔，号渭川；四子吴鏊[①]。由于次子藜叔早亡，所以程晋芳作传、金兆燕作诗时，只提三个儿子。

① 参见汪蔚林《从两部诗集里所见到的有关吴敬梓的资料》，《文学遗产》增刊十一辑，作家出版社1962年版。

汪蔚林同志并考证出蘅叔名为吴文熊，此外，他是否尚有其他名字？吴敬梓和吴烺父子二人有一个共同的朋友陈古渔，他曾编有《所知集》一书，其中除收有吴敬梓的作品以外，还收有荀叔、蘅叔的诗作。例如卷七选吴烺诗三首，其中《永庆寺》则为《春华小草》（附在《文木山房集》后）所未收，诗云："曲径人稀半绿苔，寺门斜日对山开。绮罗散后余金地（寺为梁永庆公主故宅），钟磬声中上石台。茶板不喧栖鸟静，塔灯留照老僧回。纸钱如雪棠梨道，飒飒灵风吹作灰。"此诗与吴敬梓所写《永庆寺》一诗有异曲同工之妙，敬梓诗见《文木山房集》卷二，不录。《所知集》在选录荀叔诗之前，附有作者姓氏、乡里："吴烺，荀叔，江南全椒人。"该书卷八选蘅叔诗《留别李端书叶翠岩》一首："知己何堪别，离怀相对深。殷勤今夜酒，珍重故人心。戍鼓敲残月，霜乌乱晓林。锦囊新句好，赠我客途吟。"同样，诗前也介绍作者："吴煐，蘅叔，江南全椒人。"陈古渔《所知集》选收的诗作，大多为南京本地作家或流寓金陵诗人的作品。吴敬梓移家南京后，长期住在南京，在他晚年，荀叔曾与其同住南京秦淮水亭；当他病死扬州后仍归葬南京，荀叔也在秦淮水亭"居忧"一段时间[①]。蘅叔也曾在南京住过，荀叔于戊辰（1748）年还写有《忆三弟蘅叔》一诗，有云"日落寒江暮霭生，登楼不见石头城"。因而陈古渔将他们的诗作选入《所知集》，也就极其自然。从陈古渔所记的作者姓氏、乡里，可以推知吴煐就是吴敬梓的第三个儿子、吴烺（荀叔）的弟弟蘅叔的名字，这也符合全椒吴氏数代命名同一偏旁的规律。

（原载《安徽师范大学学报》1980 年第 2 期）

① 参见王又曾《丁辛老屋集》卷十二《书吴征君敏轩先生文木山房诗集后有序》，乾隆四十年刻本。

“让袭”小议

危兆盖先生在《寻根要有度》文中指出有些人总要“寻找到一个有名头的人物来认作老祖宗”，而有些人就“利用这种心理浑水摸鱼，专门在弄不清楚的事上出成果，往自己脸上贴金”，“这种毛病，过去有，现在也有，甚至也可以说是古已有之，但于今为烈”①。此言极是，笔者深表赞同，手边正好有一例，不妨一说。

2011年11月，在清代著名作家吴敬梓的家乡安徽全椒县举办“中国《儒林外史》高峰论坛”，出了本论文集，其中有全椒县旅游局局长、吴敬梓纪念馆馆长田胜林和另一同志合写的《吴敬梓家世“从龙”与“让袭”考》，对吴敬梓在《移家赋》中所言“我之宗周贵裔，久发轫于东浙（按族谱，高祖为仲雍九十九世孙），有明靖难，用宣力于南都（远祖以永乐时从龙），赐千户之实封，邑六合而剖符。迨转弟而让袭，历数叶而迁居”一节中的“从龙”与“让袭”两事做了说明，其中对“从龙”的解说，可议之处暂置而不论，对“让袭”事，田文用“寻根”的方式予以追述，乃先行略予评议。

吴敬梓所创作的《儒林外史》，思想之深刻、艺术之独创，在文学史上占有重要一席。但吴敬梓毕竟是生活在三百年前的作家，自有种种局限，苛求于他，当然不妥，但为其讳似也无必要，而美化其不足则未免可笑。吴敬梓自言“高祖为仲雍九十九世孙”，这与屈原所言“帝高阳之苗裔兮”、司马谈所言“余先周室之太史也”以及班固所言“班氏之先，与楚同姓，令尹子文之后也”等类似，都是门阀意识的流露。这种门阀意识的残余，时至明清两朝，即使在成绩巨大的思想家的著作中也仍有表露，如顾炎武在其所作《与卢某书》《莱州任氏族谱序》《裴村记》以及《日知录·流品》中就可寻到痕迹。吴敬梓有这种意识的流露也不足怪。据《史记·吴泰伯世家》，泰伯至寿梦有19世，寿梦元年为公元前585

① 载《寻根》2012年第1期。

年，吴敬梓高祖吴沛卒于明崇祯四年（1631），上距寿梦有2200多年，而寿梦至泰伯尚有“19世”，时代过于久远，难以稽考，吴敬梓奢言其事，我们只能姑妄听之罢了，不必深究。至于《移家赋》中所叙写的有史可寻的历代先人的事迹，大都源自康熙《全椒志》，而该志的主纂乃是吴敬梓曾祖吴国对，国对子侄多人如吴晟、吴旦等也即是吴敬梓祖辈，也参与该志的编撰、校对工作。所谓“让袭”说，即出自该志《吴凤传》：“吴凤，号古泉，家世骁骑卫户爵，以志趣高淡让袭，卜居邑之西墅，”笔者根据《明会要》以及有关史籍考知骁骑卫户爵为五品官，可以世袭，但明代武臣世袭制多有变化。《移家赋》中紧接着田文所引一节后又写道“隶淮南为编氓，勤西畴以耕耨”，从而判定“千户”一职在承袭数代之后因无有再立军功之子弟而自然失去。拙文《吴敬梓家世杂考》中的第二节专门考述此事。拙说为孟醒仁《吴敬梓评传》、陈汝衡《吴敬梓传》以及其他学人著作所采用[①]。田君可能未见到此文，所引述我的这一见解，则出自南京大学出版社于1990年出版的拙作《吴敬梓评传》。

田文为彰显吴氏家史之显赫，首先将千户一职定性为“五品高级武官”，未免夸示得有乖史实。明朝武官有六品十二级，与文官有九品十八级不同。武职“有世官，有流官”，在“世官九等”中，正千户为第五等，显然属于中下级；而在世官、流官两类中，“流官八等”，为左右都督等官职，流官须由“世官升授”，可见“流官”方算是高级武官。“世官”则“有袭职，有替职。其幼也，有优给。其不得世也，有减革，有通革”。[②]正千户的官职有多大？据《明史·职官五》，有士卒1120人为“千户所”，武官有“正千户一人，正五品，副千户二人，从五品，镇抚二人，从六品。其属，吏目一人”。只能带兵千把人的千户，岂能算是“高级武官”？

田文说“袭职或替职本身并不会造成品级下降的”，上引《明史·职官一》所记，既有“减革”“通革”，还有“不得世”的情况。实际上明朝实行武官世袭制的过程中，根据不同时期的需要常有变通，洪武朝所制定的武官世袭制为嫡长承袭，如同当时皇位传承一般。但在燕王朱棣夺得朱元璋嫡长孙建文帝朱允炆的皇位后，便对嫡长承袭制有所修改，规定“凡洪武以来军职绝，不论堂兄弟、侄并袭”[③]，

① 原载《安徽师范大学学报》1980年第2期，又收入拙著《吴敬梓研究》，上海古籍出版社1984年版。

② 《明史·职官一》。

③ 《明会要·选举》。

这是为奖赏随他争夺帝位的有功之臣，但同时又规定无战功者不许袭，此之谓“军功袭替制”[①]。此后由于武职军官人数不断增加，洪武二十五年（1392）约有1.6万人，而到成化五年（1469）已有8万余人[②]，不得不收紧承袭资格，至嘉靖十年（1531）规定“立功人绝，同时亲弟、侄得袭，其侄孙以下，至堂兄、弟、侄等，及沿袭后别无立功者，不许袭”[③]。

洪武朝所定之袭替制规定，殁者“袭职”，老疾者“替职”，年满15岁者“出幼承袭”，但须于20岁时通过骑马、射箭、使枪的比试方可实授，如初试不中，只能食半俸，两年后再试，中者食全俸，不中者则降充军[④]。正统七年（1442）又行“借职”，武职亡故，嫡长子或孙在10岁以下，可由庶男、弟、侄借职，待嫡长子或孙出幼时再还职；后又改为只有因老疾无子者方许弟侄借职，而当疾愈生子后，借职者必须还职，否则发边卫充军。[⑤]这些规定说明并非先人获武职，子子孙孙便可“世袭罔替”安享官位了。如果中下级带兵武官全由无战斗力的军官充塞，这支部队岂能为朝廷于有事时所用？因此，在承袭实授之前，必须通过比试。此种情况，除正史有记述外，成化时任职兵部武选司的陆容，在其所著《菽园杂记》卷十一中亦有记叙，不一一具引。

田君还从《武职选簿·骁骑右卫选簿》中查抄一些材料，用以证明是“让袭”而非“失袭”。且看田君所抄录原文：

父吴兴，吴元年垛集顶户头宋真名字充军。洪武十六年（1385）因老疾将谦随姓代役。比先将宋真名字作文供报。（永乐）三年（1405）钦准复姓名吴祥。

吴友系吴谦复姓名吴祥亲兄弟，永乐五年病故，别无嫡庶儿男。友本年袭职。吴英系吴友嫡长孙，祖老疾，父吴荣正统七年替职。景泰六年病故。英本年袭骁骑右卫中所世袭正千户。吴闰系吴英嫡长男。

明朝兵卒有从征、归附、谪发三个来源，为弥补兵力之不足，又行垛集之制，即将民户三家为一垛，丁多者为正户，另两家为贴户，正户出军一人，贴户则出军资，正户丁殁则由贴户丁更代，每三户必出一丁，以保证兵员不减。但富

---

① 《明会典·铨选三》。

② 《宪宗实录》卷一二〇。

③ 《明会要·选举》。

④ 《明史·选举三》。

⑤ 《明会典·铨选三》。

有之家子弟不愿入伍，常以穷苦子弟顶代，这却是朝廷所不允许的，洪武二十一年（1388）便“诏卫所核实军伍，有匿己子以养子代者，不许”[①]。田君“寻根”的结果，恰恰说明吴氏先人正是冒名顶替从军的。

田文所抄录的吴兴以下几辈人的承袭状况如下：一辈吴祥；二辈吴友为吴祥亲弟，世袭正千户；三辈吴英袭职后却“为事革职”；四辈吴雄为吴英亲弟，“待兄弟有男还与职事”，此乃“借职”；五辈吴闰，是吴英嫡长男，“先因未生，吴雄借职续生……今出幼承袭”；六辈吴珊，为“吴闰嫡长男”，无袭替记载；七辈吴聪，也无任何记录；八辈吴朋为“吴聪亲弟，比中三等”；九辈吴海为“吴朋堂叔，比中三等”；十辈吴极让为“吴海亲侄，出幼袭职，比中二等”；十一辈吴应训为“吴极让嫡长，年幼未比”。至此以下则无任何记录材料。

从田君所提供的《选簿》记录看，吴氏族人自吴祥冒名顶替入伍，获得正千户一职后，历代子孙承袭过程中有袭职、有替职、有借职甚至还有被“革职”者，唯独没有“让职”（让袭）的记录，而在后几辈子孙中比试成绩有二等、三等者，这怎能证明田君所言“让袭”之说呢？只能说明是自自然然地“失袭”。

至于田君所云子孙袭替后品级不会下降则更无根据，武职世袭制中是有降职的，至于降职甚至革职的缘由，限于史料，不能尽知，但仅从《明史·兵四》中即可见降职的原因就有两种：一是自己能力所限：“武臣子弟袭职，试骑步射不中程，令还卫署事，与半俸，二年后仍试如故者，亦降为军”；二是带兵无方，逃亡者众，“起吴元年十月，至洪武三年十一月：军士逃亡者四万七千九百余。于是下追捕之令，立法惩戒。小旗逃所隶三人，降为军。上至总旗、百户、千户，皆视逃军多寡，夺俸降革”。至于“为事革职”之吴英究为何“事”而被“革”，未见记载，难以断言。总之，从田君所提供的材料来看，吴氏族人先是冒名充军，获得“千户”一职后，在子孙承袭中有袭、有替、有借，更有“革职”者；在比试中有考二等、考三等者，这些事实并不能彰显吴氏家史的光彩，却让家史中的“瑕斑”全然显出，这怕是田君始料未及者，也是过度寻根之结果。

此外，田文引用拙作《吴敬梓评传》中关于吴敬梓修先贤祠的论述，认为笔

---

① 《明史·兵四》。

者对文本的“解读深入骨髓，把握住文本的内美，揭示文木先生思想的精深和内心的纠结”。在此基础上，田文又作了进一步发挥，认为吴敬梓之所以如此，“无疑来自作者的家风与世教，而这一切又均受启迪于‘泰伯三让’与‘吴凤让袭’”。田君如此见解，仅仅抓住次要的方面，还有更重要的方面即现实的教训而为田君所忽略。吴敬梓在作品中强调和倡导谦让，应该说是现实生活中太缺少的是相互谦让，太多的是你争我夺。从朝政而言，其先人的“从龙”，就是“燕王”朱棣违背乃父朱元璋所定嫡长承袭制：以亲叔身份夺取亲侄朱允炆惠帝的皇位；而朱棣的次子朱高煦又效仿乃父谋夺长兄之子朱瞻基宣宗的皇位，只是未能成功而被铜缸压顶活活烧死。如此，随从他夺位之人就是“从逆”而非“从龙”了。而从吴敬梓生活的清朝康熙、雍正、乾隆三朝来看，玄烨与其子胤禛为传承皇位而有着极其复杂的纠葛，胤禛与其兄弟间更进行了残酷的争斗后方始成为皇帝。雍正在其登基后，一如明代永乐皇帝那样，一方面削除朋党，撤换前朝官员，一方面提拔助已夺位的有功之臣。再从吴敬梓的家族来看，《移家赋》中在铺叙前几辈先人的功名美德之后，笔锋急转直下，感叹地写道：“君子之泽，斩于五世。”在其祖父辈吴旦、吴勖、吴昇三兄弟间即有人提出“析产”，而吴勖“泣谢不许”[①]。但到了吴敬梓这一辈，“泣谢”也不能制止，夺产之争终于爆发。吴敬梓从堂兄吴檠在《为敏轩三十初度作》一诗中写到敬梓嗣父吴霖起死后，就发生遗产之争，诗云：“浮云转眼桑成海，广文身后何啫含。他人入室考钟鼓，怪鸮恶声封狼贪。”[②]吴敬梓在《移家赋》中更直白地表述，“嗟早年之集蓼，托毁室于鸱禽”；“淳于恭之自箠不见，陈太邱之家法难寻”；“若敖之鬼馁而，广平之风衰矣”。祖风世德已荡然无存，所遭遇的都是叔伯、兄弟的虎噬狼贪；乡人又彻骨势利，“贺拔惎之交疏，刘鹡鹛之门杜”，使得吴敬梓怀着无比的愤懑，“逝将去汝”，离开故土全椒移家金陵，“遂有终焉之志”。晚年客死扬州，仍归葬金陵，再也不曾叶落归根，可见其对全椒族人、乡亲的厌恶之深。正是现实生活中亲人间的你争我夺的丑恶现象，方激起他对谦让风尚的追慕。他所表彰的祖风世德，对他来说仅是一种模模糊糊的“理想”，而且这种“理想”早已“斩于五世”，给予他以切身感受的却是虎噬狼贪的现实。因此，过于强调“泰伯三

① 张其浚：《全椒志》卷十一。

② 金榘：《泰然斋集》卷二附。

让”“吴凤让袭”对他思想的影响是缺少根据的，何况“让袭”之说并不能成立。其实，吴氏家史中点点瑕斑，与吴敬梓毫无关联，也不影响对吴敬梓高度成就的评价，而为之寻根，意图美化，却得出与美化者主观意愿相反的结果，真是可怜无补费精神，徒劳而已。

（原载《寻根》2012年第5期）

吴敬梓的父亲究竟是谁

《儒林外史》作者吴敬梓的父亲究竟是谁，70年代以来，笔者先后发表《吴敬梓身世三考》、《吴敬梓家世杂考》、《关于吴敬梓家世的几点辨证》等文，提出吴敬梓既有生父吴雯延、又有嗣父吴霖起。拙说一经发表，诚如刘世德同志在《吴敬梓的父亲是谁》[①]（以下简称“刘文”）中所说“为学术界多数人接受”。但刘文又提出质疑，不过却没有提出可资凭信的新材料；论证方法也有偏颇之处，曲解或误解众所周知的材料和他人论点之处更时有所见。兹对刘文所述，就吴敬梓父亲问题再略作申说。

一

无论是吴敬梓亲友的文集，还是吴敬梓本人的作品，都没有其父的名字出现。即以刘文所引以为“证明”的几个材料来看，亦并无直接的明确的记载。程廷祚《金孺人墓志铭》中，同时出现吴雯延、吴霖起两个名字，虽未说吴雯延为吴敬梓之父，但却明说敬梓之姊“自幼以文学雯延之女，子于从父赣榆县教谕霖起”。这就提出了吴敬梓和其姊（即金孺人）同为吴雯延之子女而出嗣给吴霖起的可能。因而刘文以此作为吴敬梓确为吴霖起之子的“证明一”已难以成立。至于程晋芳的《文木先生传》，却只字不曾提及吴敬梓的先人，颇令人诧异，而这也正透露了有必要为之隐讳的消息。在程晋芳其他涉及吴敬梓的诗文中也如此。至于唐时琳、吴湘皋、李本宣、黄河、沈宗淳、沈大成等人为《文木山房集》作序时也同样如此。方嶟序《文木山房集》虽说及吴敬梓为吴国对“侍读之曾孙”，但并未提起作为“吴侍读”曾孙的父亲的名字，因为吴霖起也好，吴雯延也好，都是“吴侍读”的孙辈，也即是吴敬梓的父辈。因此刘文的“证明二”其实也不能“证明”吴敬梓只能是

① 见《中华文史论丛》1985年第3辑。

吴霖起而不能是吴雯延之子。刘文作为“证明三”的是《移家赋》以及《全椒县志》等材料。其实这正是胡适借以考证出吴敬梓父亲为吴霖起的资料。但从胡适所运用的资料及其结论看，都不能说明吴敬梓只有一个父亲吴霖起，更不能证明吴敬梓有否出嗣的经历。刘文举的四、五、六三个证明是吴敬梓族兄吴檠和表兄金榘、金两铭三人分别《为敏轩三十初度作》的三首诗。这三首诗都未涉及吴敬梓父亲的名或字，虽然诗中出现了“广文”等字样，可以说明是指任教谕的吴霖起，但这也如同《移家赋》一样，是在吴敬梓出嗣以后所写，提及嗣父吴霖起自属必然，却并不能以此“证明”吴敬梓只有嗣父吴霖起；相反，诗中出现的“阿翁”、“翁”及其卧病白下的经历，倒正可以证明另有生父在。刘文对这三首诗做了主观的理解，甚或为牵合自己的观点做了不少曲解，并不足信（详见下文）。至于刘文的“证明七”，即吴敬梓长子吴烺的《哭程媪》诗序，提到程媪是“先王父广文公侧室也”，其实这也和证明四、五、六以及《移家赋》等相似，都是在吴敬梓出嗣以后所作。由此可见，在吴敬梓本人和他亲友诗文中确实没有提及吴敬梓父亲的名和字，因而刘文所说吴敬梓的父亲是吴霖起，“它们出于吴敬梓本人以及吴敬梓亲友们的笔下，言之凿凿，确可信据”的断语，其实是不符合他所引用的资料的原意的。

在吴敬梓身后出现的《重修安徽通志》、《安徽通志稿》、《全椒县志》中均有吴敬梓传，然而同样没有关于他父亲的名或字。在一些笔记如顾云《盋山志》、叶名沣《桥西杂记》、俞樾《茶香室续钞》、杨钟羲《雪桥诗话》中，均曾涉及吴敬梓及其作品，然而也没有出现吴敬梓父亲的名或字。

最早提出吴敬梓父亲叫吴霖起的是胡适，见《吴敬梓年谱》（1922），根据是《移家赋》和民国九年的《全椒县志》。吴敬梓在《移家赋》自注中说“先君为赣榆教谕”。据此，胡适“在《全椒志》卷十二”中“寻出他名叫吴霖起”，“是康熙丙寅（1686）的拔贡，做江苏赣榆县的教谕”。应该说，胡适的推寻，部分地解决了吴敬梓父亲的名字问题，有一定的合理性，但并不像刘文所说“这种说法，自1922年提出后，在20世纪70年代之前，一直为学术界所普遍接受”。因为《中国小说史略》虽已经修订，均未采用“胡说”，没有提及吴敬梓父亲是谁。鲁迅如此审慎的态度难道不能引起我们的重视么？这怎能说明胡适的见解为“学术界所普遍接受？”而在鲁迅这部专著以后，直至20世纪70年代初，考证吴敬梓父亲是谁的专文，尚未曾有，又怎能以某些论著未加仔细考辨而沿袭“胡说”作为“学术界所普遍接受”的根据?

刘文充分肯定“胡说”的同时，似乎是在批评胡适的不足，还说：“需要指出的是，胡适在提出他的说法时，并没有交代第一种说法的存在，更没有加以比较和讨论。”刘文所说的“第一种说法”，即朱绪曾所说的吴敬梓父亲为吴雯延。其实，胡适并没有在朱绪曾的著述中寻求有关吴敬梓的资料。他在《吴敬梓年谱》文末，所标出的“本篇的参考书举要”中并没有提及朱绪曾的著述；同时，在胡谱正文及《吴敬梓传》、《重印〈文木山房集〉序》中均未引用过朱绪曾的片言只语。这可见一向注意广泛搜集材料的胡适，在他撰写《吴敬梓年谱》时，并未曾见及朱绪曾的记述，否则不会如刘文所说“没有交代”、“没有加以比较和讨论”的。对胡适自然不必苛求于他，但在有关吴敬梓身世资料不断被发掘出来的今天，又有什么必要坚定不移地维护“胡说”的完全可信性呢?

二

揆之以事实，如果吴敬梓只有吴霖起一位父亲，那敬梓进学年龄与其父病故年份就发生明显的矛盾。

如前所述，《移字赋》提到的曾任“赣榆教谕”的“先君”必为吴霖起无疑。赋中说明吴霖起于康熙壬寅六十一年（1722）“去官”，雍正癸卯元年（1723）“辞世”，此二年吴敬梓分别为22岁和23岁。再从赋中“归耕颍上之田，永赴遂初之约”看来，吴霖起在去官之后，直接返回全椒，并未在他乡滞留。《移家赋》出自吴敬梓亲笔，自当可信，至今学术界也都确认吴霖起死于吴敬梓23岁时。

但是，金两铭在《为敏轩三十初度作》诗中说：

> 无何阿翁苦病剧，侍医白下心如惔。会当学使试童子，翁命尔且将芹探；试出仓皇奉翁返……翁倏弃养捷音至。

这段描叙说明：一，吴敬梓在其父卧病白下时，曾前往“侍医”；二，病中的“阿翁”命敬梓去应试；三，试毕之后，侍奉其父“返”乡；四，其父病逝之后随即传来考取秀才的消息。这与《移家赋》中所写的吴霖起经历并不相同，自是一目了然。金两铭长于敬梓13岁，两人同时师事讱庵，其兄金榘又与敬梓为僚婿，因此，对表弟丧父、进学两件大事的记载应是可信的。至于考取秀才的年龄，吴敬梓在

30 岁时写的《减字木兰花》词中说："学书学剑，懊恨古人吾不见。株守残编，落魄诸生十二年。"30 岁时已慨叹做了十二年秀才，可见其进学年龄当为 18 岁。吴檠在《为敏轩三十初度作》一诗中也说："汝时十八随父宦，往来江淮北复南。"这一个有力旁证，说明吴敬梓自从 14 岁随父霖起赴赣榆之后，在 18 岁时来往于江淮南北。而其往返奔波的原因却在于"无何阿翁苦病剧"，需要他去"侍医白下"。此际，恰恰遇上康熙五十七年的戊戌（1718）岁考年，病卧南京的父亲命他前往应试，而此时吴霖起仍供职赣榆（其去职在康熙六十一年），可见病卧南京之父必非霖起无疑。

对于吴敬梓何年入学问题，胡适《吴敬梓年谱》说在康熙庚子年 20 岁。有的同志根据金两铭诗认为"吴氏确在父亲死后才考取秀才的"，指出"胡说"的谬误，这无疑是正确的，但又误以为命他去应试的父亲为《移家赋》中说的吴霖起，从而断定其进学年龄为 23 岁。此说不但与吴敬梓在《减字木兰花》词中自述不符，而且这一年适逢并不举行科、岁考的癸卯年，因此 23 岁进学说自难成立。《移家赋》仅说明其父去官、辞世的年代，入学年岁则应以作者所写的《减字木兰花》为准。而《移家赋》自注中所说辞世的父亲为吴霖起，这是大家承认的。那么，金两铭诗中记其 18 岁时奉病危的严父之命去应试，而当入学捷音传来之前已经病故的父亲，必非吴霖起可知。由此亦不难发现，吴敬梓父亲定非一位，否则一个父亲怎能在吴敬梓 18 岁和 23 岁时先后死去两次？对于这样一个显而易见的矛盾，拙作《吴敬梓身世三考》等文早指出，刘文却只字不提而采取回避态度，不过，这并不等于刘世德同志没有注意到拙作提出的这一矛盾，而是在他的文章中将《移家赋》注和金两铭诗做了主观的解释，也无视拙作中所指出的 23 岁时为癸卯年无科岁考这一事实。在《吴敬梓的父亲是谁》一文之前，刘世德在《吴敬梓》[①]一文中曾为弥合这一矛盾埋下伏笔，他写道：

> 康熙六十一年（1722），吴霖起因病辞官。吴敬梓陪送父亲从赣榆返回家乡。谁知半路上行至南京，吴霖起病势加剧，吴敬梓在身边小心侍奉，请医服药，忧心如焚。恰巧当年举行童试，吴霖起怕耽误儿子的前程，不顾自己体虚病重，执意不肯滞留南京，而要和儿子一起动身返回家乡。到家后，

① 见《中国历代著名文学家评传》（五），山东教育出版社 1985 年版。

> 又吩咐儿子立即去参加童试。吴敬梓不敢违背父亲的意愿，含着眼泪离开了父亲的病榻。他匆匆地应付了考试，也没有心思仔细推敲文字的工拙，完卷出场后，急忙回家去继续照料父亲。
>
> 吴霖起终于一病不起。这时，正好传来了吴敬梓考取秀才的捷音。（重点系笔者所加）

这段看似通顺其实错误百出的文字显然是将《移家赋》的自注及金两铭的有关诗句（已见上文）混在一起加以描绘的。复又在《吴敬梓的父亲是谁》中作了这样的考证：

> 吴霖起的"去官"，据吴敬梓《移家赋》自注说，在康熙六十一年（1722）。他任教官已有数十年之久。不难想象，"去官"的原因之一是年迈体弱多病；在返里途中病倒了。于是吴敬梓"侍医白下"。其时，"会当学使试童子"。在清代，童生试每三年举行两次。各省学政巡回所属而主持的考试，称为科考，逢寅、申、巳、亥年举行。生员经科考合格后，方能于次年参加本省的乡试。吴敬梓"侍医白下"，即康熙六十一年壬寅，正值举行科考的年份。"翁倏弃养"，"倏"字表明，他的逝世紧接于他"病剧"和吴敬梓应试之后，即雍正元年（1723）。这和吴敬梓《移家赋》自注中的说法毫无二致。时间上的符合和衔接，可以作为"翁"即霖起的旁证。

刘文说吴霖起在康熙六十一年壬寅（1722）辞官时，"他任教官已有数十年之久"，是不确的。吴霖起任赣榆县学教谕为康熙五十三年（1714），在职不过七八年。刘文说吴霖起辞官后在返乡途中经过南京，病剧，吴敬梓"侍医白下"，同年奉父命归里并赴童子试，雍正元年（1723）癸卯，吴霖起去世后，吴敬梓中秀才的捷音传至。乍看，似弥合了所有矛盾，稍事推敲，便不难发现其中的破绽。首先是，赋注只说"壬寅年去官，次年辞世"，并未说吴霖起患病在壬寅，而辞世在癸卯。所谓吴敬梓为吴霖起"侍医白下"之说纯属无稽，连作者刘世德本人也不得不用科学论证所忌用的"想象"之词。且一个患病老者，又明知儿子要赶回家乡应童子试竟不直接回乡，却要先由北而南至南京，再由南至北归故里，两渡"天堑"也不合情理。

其次是刘文说吴敬梓是在康熙六十一年壬寅参加童子试，而到次年即雍正元年癸卯才发榜，这是很少可能发生的事。在清代，即令考举人的乡试、考进士的会试也都在试后不久即发榜，而童子试出榜更为迅速。历经生员、举人、进士各级考试的清代最后一名探花商衍鎏，在其《清代科举考试述录》中即说：“学政之岁科两考，先考廪、增、附生（以下简称生员），次考童生，生员、童生之考期，分为若干日，间日轮排考之。大县人多则每县一场，小县人少则合数县为一场。发案迅速，普通第一日考，第二日出案，第三日复试，考试过多，亦仅推迟一二日。”清人薛福成在《庸庵笔记》中也有记叙：“……题纸一下，不可构思，振笔疾书，奔往交卷，取额一满，则不待终场而出案。”（卷三“学使以快短明衡文”）这在吴敬梓笔下也有反映：学道周进主考南海、番禺两县，尚未终场，就将范进填了第一名、魏好古填了第二十名。可见金两铭诗中“试出仓皇奉翁返”、“翁倏弃养捷音至”是极其短暂的过程。果如刘文所言康熙六十一年参考，直到次年雍正元年方才发榜，则天下士子定将大哗。刘世德同志大约也不会不明白这一点的，之所以硬将吴敬梓进学定在他22岁时，说穿了，不过是为凑合康熙壬寅科考以回避拙作中指出的吴敬梓23岁这年无科考罢了。但吴霖起确死于癸卯，而金两铭诗又明谓“翁倏弃养捷音至”，白纸黑字，这其间恰恰存在着“二致”的！

上引的各种材料表明，吴敬梓在18岁入学时，曾遭丧父之痛，到了23岁时再遭父丧。这正说明吴敬梓必当既有生父又有嗣父。

三

如果坚信吴敬梓只有生父而无嗣父，有关吴氏家族矛盾的性质也就难以解释。刘世德同志在《吴敬梓的父亲是谁》一文中就曾着重地说：“吴敬梓的父亲是谁，这实际上牵涉到怎样分析他在青少年时代所面临的家族矛盾的性质，关联到怎样估量他的身世和经历对他的思想的形成所起的重要作用。”可惜，文中却未见有对这种“性质”和“作用”的任何论述。

吴敬梓的家庭矛盾，究竟因何爆发？根据有关资料所提供的情况，实为夺产之争，而与吴敬梓争夺遗产的则是他的叔伯以及叔伯兄弟，这在拙作《吴敬梓身世三考》等文中已有详尽论述，此处不赘。拙作发表以后，刘世德《吴敬梓》一文也采取了这一说法（尽管他在《吴敬梓的父亲是谁》一文中于此只字未提）。既然如此，我们不禁要问：如果只有一个父亲吴霖起，那么作为长房长孙的宗子，生活在父死子继的宗法社会中，而且已经成年并具有秀才身份的吴敬梓，又有谁以什么借口来谋夺他应该承继的遗产呢?

值得注意的是程晋芳在《文木先生传》中所记吴敬梓“袭父祖业，有二万余金”的“父祖业”的提法。一般行文至此大都用“祖业”、“遗产”，而程晋芳却特地举明是“父祖业”。叶名沣在《桥西杂记》中亦说“袭父祖业甚富”。《安徽通志稿》“吴敬梓传”同样说“袭父祖业有金二万余”。文字虽小有不同，但“袭父祖业”则全无异词。这就意味着吴敬梓所继承的祖业并非其祖或其父一人产业，而意味着既有生父吴雯延（祖吴勖）所遗，又有嗣父吴霖起（祖吴旦）所遗。

至于与其争夺遗产的主要对象则是已经“参商”的“兄弟”及其叔伯，而调解遗产纠纷的却是吴敬梓的胞姊金氏。这可从吴敬梓友人王又曾所写的“试诵中年诗哭姊，教人珍重紫荆图”[①]中窥知消息。吴敬梓的《哭姊》诗虽已不得见，但从王又曾诗中所用的“紫荆图”一典[②]，可以约略明白金氏必为他们兄弟之间的财产之争做了调处。而金氏之所以能调处这一矛盾，固然由于她可能比较识大体、顾全局，但更重要的是因她曾出嗣而具有双重身份，同时又由于她与乃弟敬梓感情极笃，这从吴敬梓为她向程廷祚乞铭以及《哭姊》诗可以看出。

此外，吴敬梓曾经出嗣于人，还可从他与族兄吴檠的关系中得到旁证，据顾云《盋山志》“吴敬梓传”所记，敏轩有“从兄弟数十人”，但唯有“与吏部（吴）檠尤有称于世”（卷四）。程廷祚在序《文木山房集》时也将他们二人并举，说：“敏轩少攻声律之文，与青然（檠）相师资，而奇情勃发，时角立不相下，遂齐名。”他们二人不仅文名相齐，而且在已然“参商”的诸“兄弟”中，唯有他们二人交接频繁，唱酬不断，情谊深厚。这两位以“大小谢”自拟的从弟兄感情何以如此真挚？原来吴檠也有出嗣的经历[③]，彼此推心，也就极其自然了。

吴氏家族遗产之争，还涉及吴敬梓是否有兄弟的问题。如果坚信吴敬梓只有生父而无嗣父，那么关于他有无兄弟的情况就无从理解了。在《金孺人墓志铭》中，吴敬梓曾对写作铭文的程廷祚说“吾鲜兄弟”。刘文据此认为“从‘吾鲜兄弟’一语可知，吴敬梓为独生子”。但在《文木山房集》卷三中却有《伯兄自山

① 王又曾：《书吴征君敏轩先生〈文木山房诗集〉后》，《丁辛老屋集》卷十二。

② 参见《续齐谐记·紫荆树》。

③ 参见拙作《吴敬梓家世杂考》。

中来，夜话山居之胜，因忆去秋省兄未及十日而别，诗以志感，得二十韵》，明明白白地说他有位“伯兄”在。此“伯兄”是否为“伯父之子”即堂房兄弟呢？根据《文木山房集》中诗文的习惯用法看来，此“伯兄”之“伯”显然是属于排行的“伯仲叔季”的“伯”。作者在《移家赋》中提及自己曾祖五兄弟时，就有“伯则遨游薇省”、“叔则栖迟槐署”、“季抗疏于乌台”之句；在《赠真州僧宏明》诗中作者提及宏明情况时也有“伯兄去东粤”、“仲兄远佣书”；他的戚友金兆燕在诗中提及吴敬梓长子、次子时也同样说“伯兄闻赴奔”、“仲兄其速来”①。这些都是将“伯”用作排行的例证。特别是吴敬梓诗文中在涉及并非胞兄时都曾写明他们的关系，如文集卷二有《九日约同从兄青然登高不至四首》，卷四《百字令》“天宁寺僧舍见青然兄题壁诗”一词，“是吾家康乐旧曾题处”则是用谢灵运与谢惠连的故事表明青然为其族兄。词作《千秋岁》在题中即点明“四月初一日金其旋表兄五十初度寄祝”。在《赠真州僧宏明》诗序中也明言：“僧姓肖，全椒人，余从母之子也。”这些用语正可反证《伯兄自山中来……》一诗所云的“伯兄”即“长兄”之意。

既然如此，这不是与吴敬梓自己所说的“吾鲜兄弟”、刘世德所说的“独生子”相矛盾吗？这种状况也表明吴敬梓既有生父又有嗣父。“吾鲜兄弟”是从嗣父吴霖起这一支而言，如果吴霖起已有他这个“独生子”，似无必要再立他人之子为后。而这位居住在山中的“伯兄”则是从生父吴雯延这一支而言。这还可以从《伯兄自山中来……》一诗所云“愿得长相倚，须完未了因”一联窥知。正因为吴敬梓出嗣给吴霖起为子，才未能与这位同胞“伯兄”“长相倚”。同时，此联又显然是用苏东坡《狱中寄子由》“与君世世为兄弟，更结人间未了因”的诗意。从吴敬梓这种比较复杂的兄弟问题上，也可证明吴敬梓绝非只有一位父亲，而是既有生父又有嗣父的。正因兄弟之间有这种复杂的关系，才造成“兄弟参商、宗族诟谇”的局面。

这种宗法社会中并不鲜见的情景，在吴敬梓创作的《儒林外史》中也有形象的描绘和反映。严贡生、严监生兄弟二人的性格就是在夺产与立嗣交织在一起的复杂关系中加以表现的，虽然它不见得就是吴敬梓家族矛盾的原样翻版，但必然有作者的亲身经历作为基础。这或许就是刘文开首所点明而正文中并无只字论及

① 金兆燕：《甲戌仲冬送吴文木旅榇于扬州城外登舟归金陵》，《棕亭诗钞》卷五，嘉庆十二年刻本。

的“他的身世和经历对他的思想的形成所起的重要作用”的一个方面吧。

四

早在胡适提出吴霖起说之前，朱绪曾、陈作霖已提出吴敬梓之父为吴雯延说。过去虽有个别学者已经见及朱绪曾的记载，但因“胡说”先入，并没有进一步研究；陈作霖所记，则是笔者首次称引。

朱绪曾生于嘉庆十年（1805），是清代南京著名学者、藏书家，著述丰富，治学严谨。特别是他以三十余年功力所汇集的《金陵诗征》更是“搜采靡遗”，“且人系以传，志乘咸取资焉”①。书成之后，又经薛慰农、赵季梅等人“索观”（见朱绪曾子朱桂模“识语”）；“校订之烦，综核之琐”，则由当时南京一些学者分任（见顾云序）。光绪十三年丁亥（1887）版成，曾在盋山薛庐举行祭诗礼，参与盛会的有南京本地或流寓南京的学者名家或其后人，如薛庐主人薛慰农的后人薛葆樫、朱绪曾的孙子朱传荄、金和的后人金还等。金和之母，为吴敬梓族兄“青然（吴檠）先生女孙”。凡此都足以说明朱绪曾所作吴敬梓小传，必经与传主吴敬梓有这样那样关系的后人寓目，而他们对传中所记吴敬梓父名雯延一说，并未提出质疑。朱绪曾所述必有所据。当然由于抄手误写、刻者疏忽、校者不慎等缘故，《诗征》吴敬梓传难免有些讹误，例如将文木山房讹为文林山房；转弟夺一弟字，其致误因由拙作已曾指出，但绝不像刘文指责的“是多么的粗率和疏忽”。至于刘文对所谓的“舛误之三：‘父雯延，诸生，始居金陵’”这句话引申而出的疑问和责难，则恰说明了其对朱绪曾文的误解和曲解。第一，刘文说，小传既然说吴敬梓是“上元人”，接着又说是“全椒廪生”，就令人产生了“安徽全椒的生员，为什么成了江苏上元人”的疑问。其实这是因为科举制度规定士子不能冒籍应考。吴敬梓曾祖吴国鼎于明崇祯十六年（1643）癸未科中进士，此际吴氏从江苏六合迁居安徽全椒已三世，但在《明清进士题名录》中仍注“直隶六合”籍。吴敬梓移家南京后虽成为“上元人”，说他是“全椒廪生”也是如此。明代《卧碑文》载：如有“诈冒籍贯”，是要“访出拿问”的。清代所谓廪保的一项重要内容也是确保其有无冒籍情节。朱绪曾所作小传，正反映了这种情况，恰恰说明朱绪曾

---

① 孙铃：《朱绪曾传》，闵尔昌编：《碑传集补》卷四十九。

所记的可信度。第二，刘文指责“始居金陵”，说“这句话是错误的”。刘世德同志认为“始居金陵”就是“始迁金陵”，而移家金陵的则是吴敬梓而非吴雯延。他说“至于一处用‘迁’字，一处用‘居’字，那是为了避免重复，无非在行文中求取变化而已，在实际的意义上并没有什么不同”，这种解释实令人难以苟同。在《说文》、《玉篇》、《经籍纂诂》、《广韵》、《集韵》、《尔雅义疏》、《广雅疏证》中，“迁”与“居”二者语义并不相同。吴雯延曾经在金陵从霄道院“读书其中”显然是寓居性质，直到吴敬梓才正式移家金陵。朱绪曾分别用“居”和“迁”以交代吴敬梓先人寓居和吴敬梓本人迁移的不同经历，用词是十分准确的。如果是为避重复改“迁”为“居”，岂不是以辞害意？刘世德同志虽也承认朱绪曾曾经看过吴敬梓的《文木山房集》和程廷祚的《青溪文集续编》，但又指责朱绪曾将《文木山房集》唐时琳序中所说的“侍读钱塘郑公督学于上江”，改为“上江督学郑某”，“以‘某’代‘公’，连郑江的名字也举不出”。《文木山房集》卷三中有《曹跃舟留宿南轩》一诗，作者自注云：“初夏送督学郑筠谷夫子，曾寓南轩。”还有诗作《送学使郑筠谷夫子还朝》。朱绪曾怎会不知道“郑某”即郑筠谷也即郑江呢？这种责难实在令人费解。

既然朱绪曾读过《文木山房集》，又还“校阅”过收有《金孺人墓志铭》的《青溪文集续编》，而其所作吴敬梓小传，不仅节引了文集中有关序文，也参看了集中诗文，小传中关于吴敬梓始祖的文句甚至是“抄自吴敬梓《移家赋》的小注”，那么，同是《移家赋》的小注“先君为赣榆教谕”，朱绪曾为什么摒而不用，反采取《金孺人墓志铭》中的“吴雯延”一说？刘文解释说“这可能在他的脑海里形成了一些固定的印象”，而在“撰写吴敬梓小传的时候，就利用了他的记忆力”，“然而他的记忆力并不可靠”。这样立论未免太主观了。应该说，朱绪曾在“抄”赋的“小注”时，将“先君为赣榆教谕”一句至关重要的话删而不录，而用“吴雯延”取代，乃是他“旁搜博访”的结果。

吴敬梓父名吴雯延一说，在陈作霖的《金陵通传》卷三十三的“吴烺小传”中也有记载，刘世德同志全盘否定吴烺小传的佐证价值，说它是“抄袭了朱绪曾的说法，有的地方甚至是一字一句的搬用”，因而没有“史料价值”。但只要仔细研究一下陈作霖所作吴烺传，便可发现虽然其中采用了朱绪曾的一些记叙，却并不是全然“搬用”。例如在提及吴烺籍贯时只说“上元人”，并未如朱传中尚有“全椒”字样，这是因为吴敬梓早已入籍上元了。这就透露了陈作霖必另有所据。著名的史志学者陈作霖曾先后任过《上（元）江（宁）两县志》、《江宁府志》的分纂，县志的大事记、府志的人物类均出自他的手笔。尔后又曾任江苏省通志馆分纂乃至总纂，他所见及的地方文献十分广泛。而他以三十年之功力所纂成的《金陵通传》，不但利用了其父陈葆常所搜集的丰富文献[①]，本人也甄录了大量史料，还广采府县名志，大家谱牒乃至稗官小说[②]。此外，在咸丰三年（1853）太平军进入南京以后，陈作霖又曾随家先后迁居于宣城、全椒、凤阳、盱眙、宝应等地，直到同治三年（1864）始返回南京，可见他曾亲临吴敬梓的故乡，后来又与吴檠后人金还相往还，必然会采集到一些口耳相传的史实。他纂修志书时主张籍贯宜严去取，氏族宜穷源流，这正可见其态度之严肃认真[③]。他所纂修的《金陵通传》一直为学者所称道。近代著名学者陈三立十分推崇陈作霖，称之为“通儒”[④]。而刘文却毫无根据地断言这样一位学者“的话并没有什么独立的史料价值”。但无论是朱绪曾还是陈作霖的记叙却并非刘文所能轻易否定，而他们所记叙的吴雯延与胡适考证出的吴霖起分别为吴敬梓的生父和嗣父，又正可以解释本文二、三两节中所提及的一系列围绕吴敬梓父亲问题而产生的矛盾现象。

五

上节曾提及朱绪曾提出的吴雯延说，是以他亲自“校阅”并为之作序的《青溪文集续编》卷八中《金孺人墓志铭》为据的。兹节引部分文字：

> 节妇金孺人，姓吴氏，全椒人也。自幼以文学雯延之女，子于从父赣榆县教谕霖起。曾祖国对，官至翰林院侍读。祖旦，文学。其本生祖以上不具书。……弟敬梓，持所为传诣余，泣而言曰：“吾鲜兄弟，姊又无子，后虽得旌，尚未有日，子其志焉！”

刘世德同志也说“这篇铭文有着不容轻视的意义”。但他认为铭文中“程廷祚只说金氏的生父是吴雯延”，认为铭文中只交代了金氏出嗣和立嗣的经历，而没有

① 陈作霖：《金陵通传叙传》，光绪三十年刻本。

② 陈作霖：《金陵通传凡例》。

③ 陈作霖：《与汪梅翁先生论府志体例书》，《可园文存》卷四，宣统元年刻本。

④ 陈三立：《江宁陈先生墓志铭》，《碑传集补》卷五十三。

交代吴敬梓也曾出嗣。不错，铭文中是仅仅交代了金氏以文学吴雯延之女出嗣于赣榆教谕吴霖起，全文不过二百六十余字，有什么必要节外生枝地交代并非铭主直系亲属的吴敬梓有否出嗣或其他情况？这种诘难真令人不明所以。

刘文还从这篇《金孺人墓志铭》中得出“金氏系吴敬梓之姊，但非胞姊”的结论，但铭文中并没有任何说明金氏“非胞姊”的文字，这篇铭文明谓是以金氏之“弟敬梓”“所为传”为基础写成的，刘文曾认为“在吴敬梓自己的心目中，嗣子和亲生子的区分是泾渭分明”的，那么我们不禁要问，何以铭文中只说“弟敬梓”而不说“嗣弟敬梓”？按照刘文逻辑，这不正足以说明他与金氏为同胞姊弟么？

刘文还就吴雯延何以要将一子一女过继给吴霖起的缘故，特地“向吴敬梓后裔吴炽棨老人请教”，认为在全椒一带“不会有这样的事”。刘文说他们的意见“无疑有着重要的参考价值”。笔者也曾在1981年去访问吴炽棨老人，当时他也赞同拙说，并且还为帮助他们弄清先世的一些情况而表示感谢。但由于吴炽棨对自己先世情况亦不甚了了，例如他到底是吴敬梓第几代后人，时或说八世孙，时或说九世孙，时或说十二世孙等等，所以他的说法根本谈不上什么“有着重要的参考价值”，也实不足以作为学术研究的重要依据。此外，安徽籍学者孟醒仁在《吴敬梓年谱》中则说“先生（吴敬梓）与姊（指金氏）俱嗣霖起，有其渊源”，并以《全椒县志》卷十一孝友“吴旦……弟勖，旦先卒，勖抚侄（霖起）如子”为据，认为“勖孙又多，以孙女孙男各一，出嗣霖起，颇得情理”。可见，子、女同嗣看法也并非“不会有”的。

此外，刘文认为《金孺人墓志铭》中“其本生祖以上不具书”这一句“带关键性的话”“殊堪注意”。他说：“按照古人的习惯用法，所谓‘本生祖以上’也者，意即包括本生祖、本生曾祖、本生高祖……等等在内。不能理解为：仅仅指本生曾祖一人。”刘文诘难的关键在于“以上”是否包括“本生祖”。“以上”这一词语在古汉语中原就有不同的用法，有时限上有时属下，还有不知究竟限上还是属下的用法。如“于是家人延画工画，出二子命之，曰鼻以上画有光，鼻以下画大姊”[①]。此处“以上”、“以下”包括不包括“鼻”就不明确，至于“不具书”，原就有大家都清楚因而不必具书和为回避某一过节而不便具书等不同用意。从吴敬梓先人的嗣承实情考察，“本生祖”是关键，吴敬梓本人写作的《移家赋》在

① 归有光：《先妣事略》，《震川集》卷二十五，《文渊阁四库全书》本。

铺叙历代先人事迹时，独独跳过祖父一代不着一字，其原因也“殊堪注意”，在拙作《吴敬梓家世杂考》中曾已论及，此处不赘。刘文却根据自己对“不具书”、“已具书”的理解去解释问题，并无助于弄清事实真相。何况不论吴敬梓是吴雯延所生，抑或是吴雯延所生而出嗣给霖起，曾祖都同为一人即吴国对；高祖更同为吴沛；只是祖父不同，即吴敬梓为吴雯延所生则祖父为吴勖，为吴霖起所生则祖父为吴旦。这一承传关系十分显然，不必在文字诠释上纠缠不清。再验之以《金孺人墓志铭》所记吴霖起为吴雯延之女金氏的“从父”，那么吴雯延与吴霖起则为从兄弟。吴国对长子吴旦与次子吴勖后人正具有这一亲属关系，此亦可证实吴雯延即为吴勖之子。《金孺人墓志铭》所记与此承传关系正相同。因此，只要不抱成见，客观地研究一下《金孺人墓志铭》所记叙的吴氏承嗣事实，不难发现朱绪曾为吴敬梓撰写小传，采用吴敬梓生父为吴雯延之说，显然是有根据的，并非如刘文推测的那样，说是“可能”凭“印象”，“利用了”“并不可靠”的“记忆力”云云。

朱绪曾所记吴敬梓父名吴雯延，除见于程廷祚的《金孺人墓志铭》，尚可从吴敬梓曾祖吴国对等人纂修的康熙《全椒志》中找到，至于陈廷敬撰写的《翰林院侍读吴默岩（国对）墓志铭》中所记“……次霄瑞、次霜高、次雱远，俱勖出”的雱远，不但在吴国对所修纂的《全椒志》中未见其名，同时与吴国龙之孙吴晟之子“雱澍”命名犯重，必为误记或误刻。陈廷敬虽与吴国龙、吴国对兄弟交谊甚笃，但是国对兄弟多达五人，吴国对的子侄多达十数人，而其孙辈为数更夥，对吴国对如此众多的子孙，陈廷敬在为其作墓志铭时，岂能一一记清？作为吴国对孙辈之一的雯延被误为雱远，并非无此可能。此外，收有这篇墓志铭的《午亭文编》是陈廷敬门人林佶所辑录。据林佶《午亭文编后序》所说：“戊寅（康熙三十七年）冬，佶初至京，得及先生（陈廷敬）门，尝求所刻集，先生慎不出。比乙酉（康熙四十四年）佶再入都，先生始授佶编辑。又五年而稿始定而录始成，剞劂之工亦得竣矣。”这篇写于康熙四十七年（1708）“孟秋望后二日”的序言，上距吴国对之卒（康熙十九年）几近三十年。这其间，抄手讹写，刻工误刻，因形近而将“雯延”错作“雱远”，自属可能。刘文还提出这样令人不解的诘难：“特别是吴勖，作为‘校阅’者，假若吴雯延果真是他的儿子，如果吴雯延的名字写错了，他难道不会发现和更正吗？”其实谁也没有说过《全椒志》中的“吴雯延”是“写错”的，错的是《午亭文编》中的“吴雱远”。但从刘文这种诘难中反可证明吴勖等人并不“更正”，正是承认了“吴雯延”其人的！而作为吴勖之子的吴雯延，正与作为吴旦之子的吴霖起有着从兄弟关系。也正因为此，吴旦早卒之后，其弟吴勖“抚侄如子”是极其自然的，因为吴勖之侄吴霖起却正是吴勖嫡孙吴敬梓的嗣父！

总之，朱绪曾首先直接提出吴敬梓之父名雯延一说，在其先有程廷祚《金孺人墓志铭》、康熙《全椒志》等资料可以佐证，在其后有陈作霖所写的吴烺小传为之佐证。不仅如此，只有承认吴敬梓既有生父又有嗣父，才能圆满地解决一系列的矛盾现象。刘文将上述几个材料分别加以孤立的主观的解释，企图逐个加以否定，其实是徒劳的。

六

刘文中虽然也提出了一条新资料，但却是不可凭信的。他从民国九年《全椒县志》卷十中寻出一条“吴雩远小传”有：“世宗赐以《悦心集》、《感应篇》。归筑赐书楼以志感。”刘世德据此专门写了一节文字，标题是“吴雱远和吴雩远是同一个人”，在正文中也说“他实际上只是同一个人而已”。果真如刘文所说这两人是同一个人么？未见得。首先，民国《全椒志》在修纂过程中，并未曾见到蓝学鉴、吴国对等人纂修的康熙《全椒志》[①]。刘文从未曾见收于康熙《全椒志》，仅见于后出的《全椒县志》中，与“吴雱远”字形“十分相近”的吴雩远来断定这两人即为一人，并无根据；何况民国《全椒志》中也未说明吴雩远其人即为吴敬梓族人；同时此“吴雩远”又未见之于其他记载。因此断定“他们不是两个人，而是一个人”，此说之不能成立，毋庸赘述。至于吴雯延，不但在吴敬梓父祖先人参加修纂的康熙《全椒志》中出现，而且在程廷祚根据吴敬梓提供的材料撰写的《金孺人墓志铭》中也曾出现，特别是铭文中还说明吴雯延即吴敬梓之姊金氏的生父。相比之下，可知吴雯延确为吴敬梓族人，而吴雩远其人实无法定其为谁何。刘文还从“吴雩远”也是以“‘雨’字的排行命名的方式”来“断定吴雩远为吴敬梓家族中人”，其说也难成立。同是民国九年的《全椒县志》中尚有一个以“雨”偏旁命名的吴露湑，难道在别无旁证的情况下，也将他纳入吴敬梓家族中？

---

① 参见张其浚《重修全椒县志序》。

何况，即使姓名全然相同，也未见得就是一人，如康熙《全椒志》中有两个吴凤，一为吴敬梓高祖吴沛的祖父，而另一个则亦非吴敬梓族人。因此，刘文这种“断定”也未免失之主观。刘文还提出一个所谓“旁证”即小传中说“觐见时，世宗赐以《悦心集》、《感应篇》。归筑赐书楼以志感”。刘世德同志认为：“‘筑’字也许有误，‘赐书楼’在全椒吴家却是实有其物”，“这不恰恰证明吴国对是吴雩远的先人吗？”如众周知，赐书给吴国对的是清世祖福临，而赐书给吴雩远的却是清世宗胤禛。当然，即使同一帝王，也可以“赐书”给不同的臣僚，而这些受赐的臣僚都可能筑楼以志感；甚至还有不同的人均以“赐书”命名自己的诗文集，例如清代翁照有《赐书堂诗稿》、陈昌齐有《赐书堂诗钞》，我们能以他们的诗集都以“赐书堂”命名，而将这二人说成是有血缘关系的一族人么？刘文为了寻求“新”资料，或说“‘筑’字也许有误”，或说“雩”与“雩”这两个字“写错和刻错的可能性非常大”，但又未曾提供可以相互参考的任何材料，只是在“依我看”和“估计”之后，“不妨断定”吴雩远就是吴雩远。这样的“新”材料又有什么价值？又能说明什么问题？大约连刘世德同志自己在论证一番之后也无法自圆其说，因而在全文最后的所谓“简短的结论”中又犹疑不决地说“吴雩远可能就是吴雩远”。这就与刘文第七节标题“吴雩远和吴雩远是同一个人”明显抵牾，这种疑其为“可能”的揣测能称之为“结论”吗？刘世德同志对这种“可能”的“结论”，为什么不如他自己所说的“更应当谨慎对待”，反作出如他批驳别人那样的“荒谬而可笑的推理”？

在拙作《吴敬梓身世三考》中为了表明吴敬梓家族的承传情况，曾列一“简表”，并特地说明它是“根据有关方志、墓表、文集等材料，将吴氏家族关系列一简表，上限以始迁全椒的吴聪起，下限断于吴敬梓的下一辈。曾祖五支中以亲祖吴国对为主，其余四支除与本文叙述有关者稍加排示外，一概从略”。刘文却将拙作中的“简表”改名为“世系表”，并专门写了“世系表的致命伤”一节文字，不顾拙作论证而指责为“师心自用”；还在注文中认为拙作的“世系表”中将吴晟七子“仅列五人”，又是一“误”。众所周知，吴晟为国龙之子，并非国对后人，本不属于拙作详论的范围，已明言在先。刘世德同志何以对拙作中说明故意忽视而要强以加“误”？

刘文说：“吴敬梓父祖两代的命名，都遵守着严格的规定。他的祖辈俱为单名，

‘日’字偏旁”；“吴敬梓的父辈双名，其上一字的偏旁俱为‘雨’字”。在这段论说之后，刘文特地加有注文，在注文中说“这里的叙述和举例只限于吴国对、吴国龙（他们二人是孪生兄弟）之子，以及吴国对（他是吴敬梓的曾祖）之孙。在这个范围内，我们没有发现例外”。刘世德同志正文所说的是吴敬梓“父祖两代”，即曾祖吴国对、吴国龙孪生兄弟的后两代，而在注文中却缩小范围，仅剩吴国对的子和孙，而吴国龙的孙辈则被无端隐去。何以如此？原来吴国龙长子“吴晟有子七人”，前五子为霞举、雷焕、雩澍、霦清、霈济，都是双名且是“雨”字偏旁；但第六、第七两子则分别为存和凝禧，不但一个是单名，而且二人都不是以“雨”字为偏旁。这与刘文所云“都遵守着严格的规定”全然相反。于是，刘世德同志于行文时故作曲笔，从正文到注文，缩小论证的范围，但还“言之凿凿”，似乎“有案可查”，岂知却已更改了原“案”面貌。

在刘世德同志提出的所谓新资料即“吴雩远小传”中，显然有不少字词实实在在表现出与吴敬梓家族毫无干系，不利于他的论证，他就说什么“写错和刻错的可能性非常大”、“也许有误”等等。古籍中出现的讹误，的确有不少出自抄手刻工，但欲肯定由于抄、刻所致，须有相应的探究说明，不能由今之论者任意归罪于抄手刻工，民国九年《全椒县志》中的“吴雩远小传”，其中一些与刘世德同志的论证相悖的字词，在刘文中并无令人信服的说明，实无以证明小传字词有误，更不能武断地将致误之由归罪于刻工、抄手。拙作《吴敬梓身世三考》、《关于吴敬梓家世的几点辨正》等文章中，指出陈廷敬所撰《吴国对墓志铭》中将吴雯延误为吴雱远，朱绪曾《金陵诗征》“吴敬梓小传”中将“文木山房”误为“文林山房”，“转弟”夺一“弟”字等讹误时，都曾指出前者出自陈廷敬门人林佶之手编，后者是在完稿数十年后，经过多人之手方始刊刻，从而探查了这些讹误可能出自抄手、刻工。尽管拙作中对比已分析再三，而刘文却视而不见，非将致误之由定在原作者身上，从而否定这些材料的价值。但在同一篇文章中，对于自己引用的资料中不利之处，一概归罪于“写错”和“刻错”，这又如何解释呢？

综上所述，刘文认定“吴敬梓的父亲只有一人，并无生父与嗣父之分”的“结论”，虽自称“言之凿凿”，但还“大有商榷的余地”，至于“吴雱远可能就是吴雩远”更是并非“有案可查”，而是“了无轨迹可寻”。而朱绪曾的吴雯延说，和胡适的吴霖起说，均不能各自解决围绕其父而产生的矛盾问题，只有同时承认朱说、胡说各有其可信部分，才能解释有关吴敬梓的进学年岁、父亲去世的年代以及家族矛盾的性质等一系列问题。吴敬梓后裔中少数人讳言先人有出嗣一节不足为怪[①]。从事学术研究的同志则应尽可能寻求事实的真相，不同论点应该通过认真的研究，相互讨论，彼此切磋。一种学说，一个论点，有时必须经过一段时间的验证，才能逐步得到公认。即使某一论点不能成立，在经过历史的检验后，也自会被修正，而不必在没有充分根据的情况下，急于加以判决式否定。至今我仍然坚持在《吴敬梓身世三考》一文开首所表明的态度："最后结论，仍有待于文献的不断发掘才能做出来，但这并不妨碍我们根据今天已经掌握的材料作一些必要的考证，进行合理的推断。"我随时准备修正自己的说法。但像刘世德同志这篇文章所谓的"结论"，尚不足以推翻拙说。

（原载《明清小说研究》1987 年总 6 辑）

① 据《南京晨报》2005 年 6 月 9 日报道《吴敬梓后人欲来宁寻祖坟》，文中说吴敬梓第九代孙吴其华回忆说："吴敬梓的生父名雯延。吴敬梓是他的三个儿子中最小的一个，自幼便被过继给长房吴霖起为嗣。"吴其华先生自称是"吴敬梓长子吴烺的后人"。

吴敬梓生平文献资料的引用、解读和考辨

2009年11月初，友人见到《刘世德学术演讲录》（下称“刘讲”）中的《吴敬梓和〈儒林外史〉》，有斥责笔者“荒谬”之语，并将笔者于20世纪70年代发表的有关论文与20世纪50年代“批判胡适”的“背景”联系起来议论，觉得不妥，便送来舍间让我一阅。该书于2008年1月由线装书局出版，腰封作《大学者刘世德解析明清小说》，书序题目即为《大学者刘世德》。演讲《吴敬梓和〈儒林外史〉》的时间是2007年5月27日，演讲地点在北京中国现代文学馆。笔者身处南京，自然无从聆听刘世德同志的演讲，而其《演讲录》又在出版两年后方始见到。细读之下，原不欲作答，因为“演讲”的内容与刘世德同志于1985年发表的《吴敬梓的父亲是谁》[①]（下称“刘文”）并无二致，对该文笔者已于1987年在《明清小说研究》总第6辑发表《吴敬梓的父亲究竟是谁》一文予以答复。但因此次“刘讲”中存在的错误更多于20年前的“刘文”，且将学术讨论人为地政治化的学风也为20年前“刘文”中所无，在友人敦促下，乃略作回应。

一

为便于青年学人了解这场讨论，作一简要的历史回顾是有必要的。

1971年，人民文学出版社约请我所在的单位整理《儒林外史》，当时由领导指定四人成立“老中青”三结合小组负责此项工作，笔者为成员之一。从此开始了这一课题的研究工作，交付人民文学出版社的前言第一稿（原稿）即出自笔者之手。其后，因强有力者介入此项工作，笔者被撤出前言小组，但个人的研究并未中断。

在个人研究中，除认真研读吴敬梓本人的诗、词、赋和小说作品外，对于历

① 见《中华文史论丛》1985年第3辑。

史文献、前辈时贤的研究论著也认真研读，以他们的研究成果为起点继续进行深入探讨，撰写了一些论文。这些研究成果后来汇集成书即一卷本《吴敬梓研究》。成果中有几篇是关于吴敬梓身世的考辨文章，因为在研读胡适所作《吴敬梓年谱》时，认为这部“年谱”可谓开山之作，极富参考价值，但其中也颇有瑕疵。例如吴敬梓的父亲问题，前人诗文中未见其名字，吴敬梓本人著作中也未有明确记载。胡适根据吴敬梓所作《移家赋》的夹注中有“先君为赣榆教谕”的叙述，在民国九年的《全椒志》中寻出赣榆县教谕名吴霖起，便认为霖起是敬梓之父。这一考证确实解决了吴敬梓父亲的姓名问题。但我在细研有关文献、作品之后，发现这仅是部分地解决问题，因为文献中还有不少相互抵牾的记载：诸如《文木山房集》中有诗《伯兄自山中来，夜话山居之胜，因忆去秋省兄未及十日而别，诗以志感，得二十韵》，但在程廷祚《青溪文集续编》中有一篇《金孺人墓志铭》，乃是吴敬梓为其姊金氏向廷祚求铭而作，铭文中记叙吴敬梓所言有“吾鲜兄弟”之语，这两种记叙显然不一致。再如，《移家赋》夹注中云“先君于壬寅年去官，次年辞世”，壬寅为康熙六十一年（1722），次年为癸卯即雍正元年（1723）。按此记载，其父逝世于雍正元年，是年吴敬梓23岁；金两铭在《为敏轩三十初度作》诗中有云“会当学使试童子，翁命尔且将芹探；试出仓皇奉翁返，文字工拙不复谙。翁倏弃养捷音至，夜台闻知应乐耽”。说明吴敬梓进学成秀才是在乃父去世之初；而据吴敬梓于雍正八年（1730）庚戌30岁时写的“除夕词”《减字木兰花》中所云“落魄诸生十二年”，则为18岁进学，这又表明乃父之死有两个不同的记载，一为23岁，一为18岁，一个父亲怎能死两次？而与父死之年相关的是进学成秀才的时间，如按23岁进学一说则为癸卯年；如按18岁进学则为戊戌年。据清代科举制度规定，逢丑、未、辰、戌年举行岁考，于寅、申、巳、亥年为科考，童生必须经过这一考试方能成为秀才，而“癸卯”年无科岁考，“戊戌”年则有岁考，因之敬梓所自言的“落魄诸生十二年”是可信的，即18岁进学，等等。这些相互矛盾的记载，引起笔者的思考，经过广寻博搜，细致考辨，终于考证出吴敬梓既有生父吴雯延又有嗣父吴霖起的结论，先后发表了《吴敬梓身世三考》（1977年）、《吴敬梓家世杂考》（1980年）、《关于吴敬梓身世问题》（1981年）、《陈古渔〈所知集〉中有关吴敬梓交游资料》（1982年）、《略述康熙〈全椒志〉中有关吴敬梓先世资料》（1983年）等。拙说一经发表，正如“刘文”中所说，此说“为学术界多数人接受，在有关的论文和著作中几乎已成为趋向一致的固定的说法”。但刘世德同志独持异见，在这篇文章中举出所谓的“证明”七条来表述他的观点。仔细研读之后，发现渠所谓之“证明”根本无以“证明”，便在《吴敬梓的父亲究竟是谁》一文中予以答辩，指出刘文“没有提出可资凭信的新材料；论证方法也有偏颇之处，曲解或误解众所周知的材料和他人论点之处更时有所见”。近日得读“刘讲”，这些缺失依然存在，而且较之“刘文”更为严重；同时在学术讨论中还出现非学术因素，不能忽视，有必要予以澄清。现以“刘讲”为主兼及“刘文”略作评议。

二

对原始文献资料的曲解、误解和误记，在“刘文”、“刘讲”中时有所见，例举如下。

例一：“刘讲”中说“他（指吴敬梓）在《移家赋》里讲他的上代是仲雍九十五世孙”。按《移家赋》夹注原文为“按族谱高祖为仲雍九十九世孙”。不知刘世德同志为何无端地为其减去四世？

例二：“刘讲”说“他（指吴敬梓）祖父的集子就叫《赐书楼集》”。按民国九年《全椒志》卷十五“艺文”所载，其祖父吴旦文集名《月潭集》，《赐书楼集》是其曾祖父吴国对的文集。

例三：“刘讲”说“一本书是朱绪曾的《国朝金陵诗征》，里边有吴敬梓的小传……另一本书是陈作霖的《金陵通传》，里边有吴敬梓的传……这两个人的记载今天能看到，可是我告诉大家，在20世纪70年代之前，文学研究界研究《儒林外史》、研究吴敬梓的学者没有一个人提到过，也就是说这两本书里的说法并没有引起人们的注意”，云云。其一误是：按《金陵诗征》卷四十四有吴敬梓小传，但《金陵通传》卷三十三中只有吴烺小传，哪里有吴敬梓小传？不知刘世德同志从何种《金陵通传》中见到？二误是《金陵诗征》中的吴敬梓小传，何泽翰先生之《儒林外史人物本事考略》第三编中已辑入，该书于1957年12月由古典文学出版社出版，正在“70年代之前”。何泽翰先生也是研究《儒林外史》的著名专家，刘世德同志何以如此忽视这一本重要的著作，说什么“没有一个人提到过”？

何书又于1985年6月由上海古籍出版社再版，也同样收入朱绪曾这篇吴敬梓小传。其三误，至于“没有一个人提到过”，并不等于70年代后发现的新资料就没有“注意”的价值。《金陵通传》的编纂者陈作霖，被陈三立誉之为“通儒”[①]，卢前说其“于乡邦文献，厥功伟焉”[②]，其所著述的价值不容否定。同样，康熙《全椒志》一书，在笔者于1977年发表《吴敬梓身世三考》一文有所引用前，一般学人并不知有其书。即连民国九年张其浚纂修《全椒志》时亦未曾见到，张氏在序中说《全椒志》“自康熙年间蓝君学鉴成书以后，久未续刊，迄今二百余年，文献时虞失坠，遍求蓝志刊本，亦未即得”，胡适在作《吴敬梓年谱》时自然也未见到。而此志中有关吴敬梓先世资料极为珍贵可信，因为吴敬梓曾祖吴国对即为纂修者之一，编辑人员中有吴晟，校阅人员中有吴旦、吴勖、吴昇、吴昱、吴昺等，分辑人员中有吴暹吉，均为吴敬梓先人。为了引起学人对此志的重视，笔者又于《文献》15辑（1983年8月出刊）发表《康熙〈全椒志〉中有关吴敬梓先世资料》一文。“刘文”中也曾引用，并认定其价值，而此志正是笔者在“70年代”初即1971年赴安徽访书时所得。由此可见“70年代之前”未被人注意，或为胡适所未曾引用过的资料并非没有价值，随着时代的发展，文献资料不断被发掘出来，这是极为正常的现象，如果对此予以否定，那就谈不上学术研究深入、健康的发展，而要停滞不前了。《金陵通传》中有关“吴烺”身世的简要介绍，对于我们了解吴敬梓的家世也是很有帮助的。而此条资料的首先被引用，也正是笔者披览所得。

例四：“刘讲”中引用金兆燕《甲戌仲冬送吴文木先生旅榇于扬州城外登舟归金陵》一诗，其中有关于吴敬梓逝世时情景的叙写，诗云：“孟冬晦前夕，寒风入我帷……”刘世德同志对这两句诗的解说是：“意思是说：冬天，十五的前一天，吹着风……”。“刘讲”错矣。“晦”怎么成为每月的“十五”？《说文·日部》“晦，月尽也”。《左传·成公十六年》“陈不逮晦”，杜预注“晦，月终，阴之尽”。而每月“十五”则为“望”，《释名·释天》“望，月满之名也。月大十六日，月小十五日”。由于刘世德同志对“晦”之理解错误，以致他对吴敬梓去世时间的判断也就连带有误（详下文）。

例五：“刘文”中说吴霖起“在康熙六十一年（1722），他任教官已有数十

① 陈三立：《江宁陈先生墓志铭》，闵尔昌：《碑传集补》卷五十三。

② 卢前：《冶城话旧》卷一《可园乡谥》，《南京文献》1937年第四号，南京通志馆。

年之久”。据《全椒志》卷十二，吴霖起为康熙丙寅二十五年（1686）拔贡。拔贡在“五贡”中最为难得，但要谋求一官半职也非易事。据福格《听雨丛谈》卷五“拔贡年分”：“拔贡之科，每十二年学臣于府、州、县学廪生内各举一名，贡人京师。钦简大臣会考后，拔其优等，再赴朝考。入选者以七品小京官分部观政，或以知县分发直省叙补，其余贡生均以州佐、教职选用。”《移家赋》中有记叙吴霖起曾“策名帝都”之语，正反映其赴京应试的经历；又有“当奉檄之未决，念色养之堪娱”之语，说明当时因老母患病不能出仕。直到成为“拔贡”二十八年之后的康熙甲午五十三年（1714），才被选任为赣榆县学教谕，《移家赋》中乃有“暮年黉舍，远在海滨”之语。吴敬梓《赠僧宏明》诗亦云“十四从父宦，海上一千里”。从康熙甲午五十三年到“去官”之康熙壬寅六十一年，不过七八年而已。而“刘文”却无端地为其延伸为“数十年”，这正如“刘讲”中将其“高祖为仲雍九十五世孙”无端地砍去四世一样，不知有何根据？

例六：“刘文”说“吴敬梓‘侍医白下’之时，紧接于吴霖起‘去官’之后，即康熙六十一年壬寅，正值举行科考的年份。‘翁倏弃养’，‘倏’字表明，他的逝世紧接于他‘病剧’之后，即雍正元年（1723）”。在《吴敬梓》[1]中，刘世德同志有同样的叙述，说“吴霖起终于一病不起。这时，正好传来了吴敬梓考取秀才的捷音”。这一过程，正如刘世德同志所言，是他“不难想象”的结果。且不论卧病南京的是不是吴霖起，仅以康熙六十一年壬寅参加考试，雍正元年癸卯发榜而言，也无此可能。清人薛福成在《庸庵随笔》卷三“学使以快短明衡文”中说：“……题纸一下，不可构思，振笔疾书，奔往交卷，取额一满，则不得终场而出案。”在吴敬梓笔下，学道周进主考南海、番禺两县，尚未终场，就将范进填了第一名，魏好古取为第二十名。清代最后一名探花商衍鎏在其《清代科举考试述录》中即说：“学政之岁科两考，先考廪、增、附生，次考童生。生员、童生之考期，分为若干日，间日轮排考之。大县人多则每县一场，小县人少则合数县为一场。案发迅速，普通第一日考，第二日出案，第三日复试，考卷过多，也仅推迟一、二日。”岂有如刘世德同志“不难想象”之情景？

例七：“刘文”指责朱绪曾的《吴敬梓小传》说：“小传一开始，说吴敬梓

---

① 见《中国历代著名文学家评传》（五），山东教育出版社 1985 年版。

是'上元人'；接着又说他是'全椒生员'……安徽全椒的生员，为什么变成了江苏上元人？”以此，他认为朱传不可信。如同“例六”一样，这是刘世德同志对清代科举制度缺少了解所致。明清科举考试都禁止冒籍应试，在学宫明伦堂之左置有《卧碑文》，其中第六条即云：“各省廪膳科贡、各省定额南北举人，名数亦有定制。近来奸徒，利他处人才寡少，诈冒籍贯……侥幸出身，访出拿问。”童生应试前要五童互保或由廪生作保，所谓廪保，所保内容之一就是不得冒籍应试。《儒林外史》中也写到张俊民儿子冒籍应考，欲托杜少卿为之说项一节。吴敬梓虽然中年移家南京（上元），但他的秀才功名仍隶属于家乡全椒。吴敬梓曾祖辈吴国鼎为明崇祯十六年癸未科进士，其时吴氏家族早已从江苏六合迁居安徽全椒，但《明清进士题名录》于吴国鼎名下仍注明“直隶六合”籍。正如“刘文”中责备朱绪曾“所知不多”一样，刘世德同志以其所不知而责备如实叙写的朱绪曾所记之不可信，这又如何评说呢？

三

“刘讲”中再三强调“考据应该怎样进行”、“应该依靠什么样的材料”来进行。不妨就这一问题探讨一下刘世德同志如何“考据”的。

笔者除利用前贤所发现的资料外，又努力寻找前人未曾见及的资料，如康熙《全椒志》等；前人已曾翻检过的载籍，但其中仍有许多珍贵资料而未引起注意者，也重新检索，如陈古渔《所知集》等，为此写有专文介绍，但笔者所发掘的材料绝大部分都被引入如《吴敬梓评传》① 等研究著作中。当时审读《吴传》的同志事后对笔者说，书中所发现的新资料颇多，应在“后记”中强调说明。只因匡亚明同志已预定拙作为 1991 年初夏召开的“中国传统思想文化与二十一世纪国际学术会议”的赠书，赶着付印；又因短短一篇“后记”也难以尽言，便搁置下来。直到浙江古籍出版社为建社二十周年出版纪念文集《文史新澜》向笔者约稿时，乃以《吴敬梓研究资料的发掘和利用》一文交付。该书于 2003 年 1 月出版后，又续写《再论吴敬梓研究资料的发掘和利用》一文发表②，笔者所写的考证、

① 南京大学出版社 1990 年版。

② 《南京师范大学文学院学报》2005 年第 1 期。

评论文字正是以这些资料为基础的。

至于"刘文"和"刘讲"所引用的文献，全都是前辈、时贤所发掘的现成资料，刘世德同志本人所提供的材料仅一条，而且还不足凭信。这条材料即民国九年《全椒志》中的吴雩远小传，全文如下：

> 吴雩远，字惠畴。以知州补台州府判。告归，浙江民攀辕、写图、歌诗在道。觐见时，世宗赐以《悦心集》、《感应篇》。归筑赐书楼以志感。卒年八十一。

"刘讲"中说"陈作霖（1837—1920）活到了民国年间"，认为他的话不可信，而在民国九年也就是陈作霖去世的1920年所修纂的《全椒志》，不是也成为胡适编纂《吴敬梓年谱》的重要参考资料么？可见，记叙的内容是否可信并不在于它产生的迟早，而在于其是否翔实，这是普通常识。如果像刘世德同志以陈作霖活到民国九年其言便不可信，那么胡适于同年写的《吴敬梓传》以及后二年即1922年作的《吴敬梓年谱》是否全都不可信呢？但刘世德同志却认为胡适是正确的，而"对胡适提出新看法往往是不能成立的、是强词夺理的。别的不说，我们讲吴敬梓父亲的问题"。

现在回到"刘文"中所举出的这一条材料略作分析，看看刘世德同志是如何进行"考证"的。"刘文"中说此人即"吴勖第三子吴雰远"，认为"'吴'、'远'都相同；'雩'和'雰'固然不是一个字，字形却十分相似，写错和刻错的可能性非常大"。并且提出两个理由，一是"吴敬梓父祖两代命名，都遵守着严格的规定。他的祖辈俱为单名，'日'字偏旁"，"父辈双名，其上一字的偏旁俱为'雨'字"，因此"不妨断定吴雩远为吴敬梓家族中人"。二是小传中所云"归筑赐书楼"一句，"'筑'字也许有误，赐书楼在全椒吴家却是实有其物"，"这不恰恰证明吴国对是吴雩远的先人吗"？

其实"刘文"中这条唯一由他自己提出的新材料，并不能说明吴雩远是吴敬梓族人，自然不能说明吴敬梓的父亲问题。首先，此人未见于康熙《全椒志》，"刘文"也并未能提出有其姓名的其他任何文献，民国《全椒志》中虽有其人，但也并未说明渠为吴敬梓族人。其次，吴敬梓父祖辈命名的规律并非绝对，据储欣《吴晟墓表》可知，吴晟有子七人，为霞举、雷焕、雰澍、霈清、霨济，这五子符合双名、雨字偏旁的规律，但六子名存、七子名凝禧，非但一人为单名，而且二人均不以"雨"

字为偏旁。即令双名、雨字偏旁的人，若无其他证据，同样也不能随意归之于吴敬梓一族，如民国九年《全椒志》有一“吴露湑”，此人能说是吴敬梓族人么？即使同名同姓，在没有旁证情况下，同样也不能轻易归之于一族，如康熙《全椒志》中有两个“吴凤”，一为吴敬梓高祖吴沛的先人，而另一人则显非吴敬梓一族。

其次，“刘文”所举出的第二条根据，即赐书楼问题，民国九年《全椒志》吴雯远小传中明说赐书之帝王为清世宗胤禛，而吴国对并未活到雍正朝。据陈廷敬《翰林院侍读吴默岩墓志铭》云“君以庚申十一月一日卒于扬州寓所，年六十有五”，庚申为康熙十九年（1680），世宗赐书给吴雯远与其毫无干系。再说不同的帝王均可“赐书”给臣子，而受赐的臣子均可或以筑楼志感，或以“赐书”命名自己文集。如清代翁照有《赐书堂诗稿》、陈昌齐有《赐书堂集钞》。不能因吴国对文集名《赐书楼集》、吴雯远筑赐书楼志感而将两人归之为同一族人。“刘文”就是以这条不足凭信的资料，做了“不难想象”、“不妨断定”的所谓考据，这样得出的结论能站得住么？“刘文”共九节，第七节标题为“吴雳远和吴雯远是同一个人”，完全是肯定判断，不容置疑。但是第九节“简短的结论”中，则说“吴雳远可能就是吴雯远”（着重号为笔者所加），则是疑似判断。经过刘世德同志的“想象”、“断定”后连他自己也不十分相信自己的考据结论了。这就是“刘讲”所云“依靠什么样的材料”、“应该怎样进行”考据的一个范例。

如果说“刘文”中这样的考据还有据有考，尽管其所“据”的《吴雯远小传》不能成为“据”，尽管其所“考”只是“不妨断定”，但总算是有考有据了。不过，这样的“考证”只可用刘世德同志所自言的“儿戏”目之。在“刘文”、“刘讲”中，还有一些“无考无据”便径下断语的所谓“结论”，不妨略举数例如下。

例一：“刘文”中节引程廷祚《金孺人墓志铭》云：“节妇金孺人，姓吴氏，全椒人也。自幼以文学雯延之女，子于从父赣榆县教谕霖起。……嗣子为鼐，以某月某日葬孺人于某山。弟敬梓，持所为传诣余，泣而言曰：‘吾鲜兄弟，姊又无子，后虽得旌，尚未有日，子其志焉！’”“刘文”说“金氏之子为鼐乃‘嗣子’”，明白地表明刘世德同志认为这位嗣子的名字叫“为鼐”；可是到了“刘讲”中，在这节引文中“嗣子为鼐”之后，刘世德同志特地加了注释：“金孺人没有生儿子，又过继了一个儿子叫‘鼐’”。怎么“刘文”中的“为鼐”，经过二十余年，到了“刘讲”中忽然缩水一半，成为“鼐”呢？对此，“刘讲”中没有任何说明。

例二："刘文"在同样一节引文中说"金氏系吴敬梓之姊，但非胞姊"；在"刘讲"中仍说"金孺人不是吴敬梓的胞姊"。但无论"刘讲"还是"刘文"同样没有给出"根据"。怎见得金氏不是胞姊？按照"刘文"中所说"古人撰写碑传文字，对于亲生子和嗣子的区别是相当重视的，在行文中，常作明确的交代。程廷祚就严格地遵循着这一惯例"，而且还说"在吴敬梓自己的心目中，嗣子和亲生子的区分是泾渭分明的"。既然"为霈"前特地注明"嗣子"，那么金氏若不是吴敬梓的"胞姊"，岂不应该在"姊"或"弟"前加一"嗣"字？而铭文中这两处均未加"嗣"，这不正说明金氏为其胞姊么？"刘文"或"刘讲"没有给出任何根据，就断定他们非同胞姊弟，岂不过于武断？再说王又曾在《书吴征君敏轩先生〈文木山房诗集〉后有序》十绝句之九中云："试诵中年诗《哭姊》，教人珍重紫荆图。"虽然吴敬梓的《哭姊》诗原作今已不得见，但从王又曾运用《续齐谐记·紫荆树》一典可以参知其姊弟感情之深厚，此亦可作为他们当为同胞姊弟之一旁证。

例三："刘文"、"刘讲"中都引用了吴敬梓《乳燕飞·甲寅除夕》词"令节穷愁里，念先人生儿不孝，他乡留滞"数语。"刘文"中说："'先人'指吴霖起。""刘讲"中也认为："先人：指吴霖起"，"'先人'，指的是吴霖起，不是吴雯延"。但何以是指吴霖起而非指吴雯延呢？同样没有给出一条根据。"甲寅"为雍正十二年（1734），是年吴敬梓移家南京已一年有余，岁尽之夕，回顾半生，一事无成，未能酬报先人养育之恩，愧悔交加，乃有此词。这首词之前，有作于同年春季的《过丛霄道院》诗，诗序云："康熙丙子岁，先君子读书其中，今道士尚存，年九十余矣。"诗云："幽草绿遥寻古刹，疏窗碧暗哭遗文。白头道士重相访，极目满山飞乱云。"一诗一词的思亲之情是相通的。"丙子"为康熙三十五年（1696），在清凉山下、虎踞关旁的丛霄道院寄读的当为吴雯延。因吴霖起早在康熙丙寅二十五年（1686）已成拔贡，甲午五十三年赴赣榆任教谕，壬寅六十一年（1722）去官，癸卯雍正元年（1723）辞世，其间并无寄居金陵的经历。在此词"他乡留滞"句后，紧接着是"风雪打窗寒彻骨，冰结秦淮之水。自昨岁移居住此"。可见在移居金陵之后的吴敬梓，愧对的"先人"首先应该是也曾在"秦淮"寄寓过的吴雯延。因此，"刘文"、"刘讲"中所言"先人指吴霖起"一说并无根据。没有"据"便下断语，这又是怎样的考据呢？"刘讲"中已再三说明，"考而无据，等于儿戏"。总之，从"刘文"到"刘讲"，在关于吴敬梓父亲问题的探讨上，刘世德同志的所谓“考据”是不能令人信服的，其结论自然也是不能成立的。

四

“刘文”、“刘讲”对现当代《儒林外史》和吴敬梓研究学者的著作也有所涉及。对于吴敬梓及其《儒林外史》的著名研究者，20世纪20年代当推胡适、鲁迅二人；30—40年代则有赵景深、吴景贤、吴文祺、茅盾、郑振铎、钱锺书、季羡林、张天翼、陈汝衡诸家；50—60年代则有吴组缃、何其芳、翦伯赞、姚雪垠、冯至、胡念贻、何泽翰、何满子、范宁、汪蔚林等；70年代后则有李汉秋、孟醒仁以及笔者等。刘世德同志如何对待前辈时贤的研究成果呢？现仅就“刘文”、“刘讲”两文中涉及者略作绍介。

胡适对吴敬梓和《儒林外史》的评介，做了很多工作，撰写了《吴敬梓传》（1920），编撰了《吴敬梓年谱》（1922），还为重印《文木山房集》作序（1925），在其他一些论文中也多次涉及，认为“我们安徽第一个大文豪，不是方苞，不是刘大櫆，也不是姚鼐，是全椒县的吴敬梓”[①]。对此，笔者在诸多论文中均曾提及并予肯定，但对胡适的某些考据失误和某些评论欠当，也不回避而予指出。刘世德同志对胡适的成果也作了全面肯定已如上述，但问题在于刘世德同志认定凡对胡适提出不同意见的都是“强词夺理”的，“是不能成立的”，而在“刘讲”中却有对胡适正确的考证摒而不取、却又坚信胡适失考之论的“考据”。前者如有关吴敬梓去世时间问题，后者如吴敬梓有几个儿子问题。

先说前者，“刘讲”中引用程晋芳《文木先生传》所云：“岁甲戌，与余遇与扬州……余返淮，将解缆，先生登船言别……时十月七日也，又七日而先生殁矣。”然后解释说，“吴敬梓上了船跟他告别，这一天是十月初七，又过了七天，也就是说，吴敬梓死在乾隆十九年七月（“刘讲”原文如此）十四日，这是具体的时间。”刘世德同志错了，程晋芳《文木先生传》是在乾隆三十五年（1770）到三十六年（1771）之间写的，追忆十几年前往事，于细枝末节处不无误记。胡适在《吴敬梓年谱》中对此已有考辨。在称引程晋芳的记述后，胡适又引用了金

① 胡适：《吴敬梓传》，《胡适文存》一集卷四，亚东图书馆1921年版。

兆燕的《甲戌仲冬送吴文木先生旅榇于扬州城外登舟归金陵》一诗，诗云："孟冬晦前夕，……忽闻叩门声"，便匆忙奔赴吴敬梓寓所，而文木却已"撒手在片时"。胡适据此断言"金兆燕是当时亲见先生死的，他说是'孟冬晦前夕'，是十月二十九日，我们似当信金说。"按，"刘讲"亦引用此诗，却将"晦"释为月半，"晦前夕"说成是"十五的前一天"。胡适在引用金诗的同时又引用王又曾的《书吴敏轩先生〈文木山房集〉后》十绝句之小序："慕文木名数十年不得见，乾隆甲戌，始相见于扬州馆驿前舟中，其夕即无疾而终。"诗序中还有一段极为明白而重要的叙述，胡适未曾称引，特为补出如下：

> 去秋（指乾隆十九年）取急南还，道出邗上，停舟馆驿前，为十月之二十有八日。……薄暮，先生（指吴敬梓）来舟中，相见如旧识；纵谈古今，且订又曾作客邸销寒，竭欢乃已，又曾敬诺不敢辞。是夕归，先生竟以无疾终，凌晨而讣音至。

此亦如同金诗所言，吴敬梓去世时间为十月二十九日即"晦前夕"是也。胡谱中已对此做出不容置疑的考辨，而"刘讲"却摒而不取，认定吴敬梓之死期为十月十四日，但刘世德同志却说他"考察的结果胡适是正确的"，学术界"都以胡适的说法为依据"，而他本人的文章却不取胡适的正确的考证结果，这真是令人费解。同时"刘讲"说"吴敬梓上世的朋友说的话，这才是可靠的"，胡适对程晋芳《传》的驳正，正说明"上世的朋友说的话"也并不完全可信。

再说后者。吴敬梓到底有几个儿子？胡适在《吴敬梓年谱》中据程晋芳《传》和金兆燕《诗》，断言吴敬梓"有子三人"。"刘讲"中就说"吴敬梓有三个儿子"。胡适做《年谱》时依据的文献是程晋芳《勉行堂集》、严长明《严东有诗集》、金兆燕《国子先生集》以及民国九年的《全椒志》。《年谱》成稿于1922年，已过去近一个世纪，文献资料不断被发掘，新的考证成果也不断出现。汪蔚林先生根据当年胡适未曾见及的《杉亭集》，考证出"吴敬梓在死的时候，有三个儿子；但在戊辰以前，也就是吴敬梓48岁以前，却是有四个儿子的"。汪先生的文章即发表于1962年12月出版的《文学遗产增刊》十一辑中的《从两部诗集里见到的有关吴敬梓的资料》。笔者在汪先生考证的基础上，又据《所知集》考证出吴敬梓第三子蘅叔名吴煐，见于笔者所写的《吴敬梓身世杂考》，先发表于《安徽师大学报》1980年2期，后又收入上海古籍出版社1984年出版的拙著《吴敬梓研究》一书中。汪先生与笔者先后补考出这一结论，“刘讲”中不着一字，而仍坚信胡谱中所称引的程晋芳之说。胡适未曾见及《杉亭集》、《所知集》，当然也就不可能见及后于他的汪先生及笔者的考证文字，刘世德同志1985年发表的文章以及2007年的演讲均在两文发表之后，仍坚持胡适限于文献资料而失考的结论，也就同样令人费解。

“刘讲”中还提及《金陵景物图诗》和吴敬梓字“粒民”二事，仅就笔者所知，也略加叙述如下。

“刘讲”中说：“现在流传下来的金陵景物图上有他题的字，后面盖了好多图章，其中有个叫‘赐书楼’。”其实早在1956年11月人民文学出版社出版的《文学研究集刊》第四册上，就发表了《新发现的吴敬梓金陵景物图诗》，并有范宁先生所写的《关于吴敬梓的〈金陵景物图诗〉》一文。范先生在文中说“最近我们收集到湮没二百多年的吴敬梓《金陵景物图诗》二十三首”，首页“……有阳文正方形‘吴敬梓印’和阴文正方形‘中翰之章’图章两个，另有阳文长方形‘赐书楼’图记……”。

“刘讲”中又云：“在现在人写的各种文学史里，都没有提到吴敬梓有个号叫‘粒民’，我们在他的一个手迹上看见好多图章，其中就有‘粒民’……”上文称引的汪蔚林先生的文章之末，汪先生特地加了一条［附记］，说：“这篇文章写成后，偶然看到了一帙吴敬梓临兰亭的墨迹。当时我影摹了盖在上面的几个图章，文曰：‘全椒吴敬梓号粒民印’……。根据这几个图章，我建议在今后出版的《文学史》上，关于吴敬梓生平的介绍；把‘号粒民’三个字，加在他的字号中。”（着重号为笔者所加）范、汪两先生的文章分别发表于53年和47年之前，若不是专门研究吴敬梓和《儒林外史》的中青年学人可能无所闻，有必要补叙出来。虽然范、汪两位先生与刘世德同志供职于同一单位，但“刘讲”中并未提及两位先生。而在上海工作的陈汝衡先生，“刘讲”倒是指名道姓地提及的，且看“刘讲”如何说的：

> 一本是陈汝衡的《吴敬梓传》（上海文艺出版社1981年），采纳了陈美林的说法。作者是上海的，我不知道是什么单位，他在解放后出过一本小书叫《说书小史》，《吴敬梓传》是后来写的。

首先，我不知道刘世德同志是否认真地读过陈汝衡先生的《吴敬梓传》，因为该书后记之末，明明白白写到“1979 年春，于上海戏剧学院”。分明是有其供职单位，“刘讲”中却说“我不知道是什么单位”。其次，说《说书小史》是“一本小书”，我不知道刘世德心目中“小”的具体内涵。再次，陈汝衡先生并不是新出现的学人，而是资深学者，早在 1932 年出生的刘世德同志儿时即 1939 年便在《大晚报》“通俗文学”发表有《儒林外史研究的新资料》，介绍顾云《盋山志》卷四中“吴敬梓”小传；后改题为《关于〈儒林外史〉著者吴敬梓之新资料》，收入作者于 1981 年由上海古籍出版社出版的《说苑珍闻》一书中。顾云的“吴敬梓”小传，后被不少有关《儒林外史》资料书中收录，但据见闻不广的笔者所知，当以陈汝衡为早。新中国成立以后，陈汝衡先生又于 1957 年 6 月 9 日《文学遗产》第 160 期发表《吴敬梓〈文木山房集〉外遗文》，介绍吴敬梓所作的《尚书私学序》；又在 1961 年 11 月出版的《文学遗产增刊》第八辑发表《吴敬梓在扬州》一文。对于一位长期关注并从事吴敬梓研究的学者用如此语气提及，会给广大学人何等样的感受？对前辈时贤的成果采取如此态度是可取的么？能有助于提高自己的学术地位么？

五

笔者于 20 世纪 70 年代连续发表的有关吴敬梓家世的考证文字，被当年上海人民出版社负责人李俊民先生见到，便约我撰写《吴敬梓研究》一书，书稿后由该社古籍部分出的上海古籍出版社于 1984 年出版，作为 1984 年 11 月召开的纪念吴敬梓逝世 230 周年学术讨论会的赠书之一。笔者的这些考证文字是为研究服务的，在这次会上提交的论文则为《吴敬梓家世对其创作的影响》。此文在会上即为《文学遗产》编辑部的同志索去，刊载于次年第 1 期。这次会议代表提交的论文内容大体集中在这几个方面：《儒林外史》的思想主题与客观意蕴，《儒林外史》的创作方法、艺术特征和美学价值，《儒林外史》创作过程和版本问题等，吴敬梓的身世问题未成为会议的重要议题。刘世德同志对笔者考证结论之不同见解，除了与笔者简单交换意见外，也曾与个别代表讨论过，例如何满子先生在返沪后，于 11 月 25 日有信给我说，关于“嗣子嫡子一事”，刘世德同志曾“向弟论及，言之似凿凿，但未见所据文字，只得姑且存疑”。

刘世德同志的《吴敬梓的父亲是谁》一文发表后，曾寄给我一份，并于12月13日有信给我，信云：

我的意见，在南京时曾向您面谈。仅仅是一家之言，不敢自以为是。若能得到您的批评和指教，将不胜荣幸之至。学术问题上的不同意见的讨论，我想是不会影响我们之间的友谊的。有空来京时，请驾临舍下（××小区××楼××号）小坐。

刘信还是写得平和友好的，但文章中却不时出现“师心自用”、“荒谬而可笑”一类字眼，似乎偏离了平心静气讨论学术应有的态度。笔者在答辩文章《吴敬梓的父亲究竟是谁》一文中，虽对其所谓的几条“证明”一一加以驳正，但避免使用“刘文”中那种责人之语，并且于文末表示：

至今我仍坚持《吴敬梓身世三考》一文开首所表明的态度：“最后结论，仍有待文献的不断发掘才能做出来，但这并不妨碍我们根据今天已经掌握的材料做一些必要的考证，进行合理的推断。”我随时准备修正自己的说法，但像刘世德同志这篇文章所谓的“结论”，尚不足以推翻拙说。

在“刘文”发表之后，何满子先生在为《大百科全书·中国文学》I“儒林外史”条撰写说明时依然采取拙说[①]。石昌渝同志在《中国古代小说百科全书》[②]“吴敬梓”条的说明文字中同样采取拙说。2000年4月27日石昌渝同志自荷兰莱顿大学汉学研究院来信，约我为他主编的《中国古代小说总目》[③]撰写“儒林外史”条目说明，笔者自然依照自己的见解写去，石昌渝同志收到后于7月4日来信说“已拜读一过，不愧大手笔”，未作任何改动全文刊出。何满子先生则于《中华读书报》（2002年3月27日）发表《伟大也要有人懂》的长篇书评，评论笔者《清凉布褐批评〈儒林外史〉》[④]一书，文中曾谈及笔者的工作，有云：

从基础性研究着手，花力气探究作家吴敬梓的家史和生平，考证出了吴敬梓是生父吴雯延出嗣给长房吴霖起的。这一出嗣关系加上上代的嫡庶和功名显晦等复杂的原因所导致的遗产纠纷，严重地影响了吴敬梓的人生选择，

---

① 中国大百科全书总编辑委员会：《中国大百科全书·中国文学》，中国大百科全书出版社1988年版。

② 刘世德：《中国古代小说百科全书》，中国大百科全书出版社1993年版。

③ 石昌渝：《中国古代小说总目》，山西教育出版社2004年版。

④ 陈美林：《清凉布褐批评〈儒林外史〉》，新世界出版社2002年版。

使之由缙绅子弟变成了宗法制度的叛徒，因此他的考证与“红学界”考证曹雪芹直追到“将军魏武之子孙”的烦琐考据有别。对作家研究有其必要性。这些研究收集在1984年出版的《吴敬梓研究》中。

拙说不仅得到学界的首肯，而且连吴敬梓后人也同样认可。全椒的退休教师吴其华先生面对记者采访时说，吴敬梓有四个儿子，自己是吴敬梓长子吴烺的后人，“吴敬梓的生父名雯延，吴敬梓是他三个儿子中最小的一个，自幼便过继给长房吴霖起为嗣”①。笔者与吴其华先生未曾谋面，也未有任何联系，仅从报端见其谈话。因此，没有提出任何新证据的“刘讲”也如同20余年前的“刘文”一样，并不足以推翻拙说。

当然，2007年发表的“刘讲”中也有新内容而为22年前即1985年发表的“刘文”所没有者，那就是将正常的学术研究与政治运动生硬挂钩的言论，对此，有必要加以澄清。

“刘讲”中多次提到笔者《吴敬梓身世三考》等文章发表的“时代背景”，并且自问自答地说“它有什么背景”？“1954年批判完俞平伯后，就批判胡适”；“吴敬梓的这个说法，也是因为有人要批判胡适，所以把胡适的正确说法说成错误的，就是这样一个背景”。紧接着便点笔者的名了，这“‘三考’全是针对胡适的，1977年“文革”刚结束，那时对胡适的看法和今天还不一样，还是把他看成反动文人，陈美林先生连续发表了几篇论文……再三维持他的观点”；虽然“刘讲”中似乎很宽容地说“陈美林可能是无意的”，但“和胡适划清界限是当时的一种风气，这个背景我们一定要了解”（“刘讲”中何以有这么似乎“宽容”的一句话呢？详下文），而且依然强调“我们再看陈美林怎么批判胡适的”。的确，1955年，在批判俞平伯红学研究之后，引发了对胡适的批判。其时，笔者刚从大学毕业一二年，与胡适沾不上边，也就是学习学习文件而已，谈不上参与批判。而笔者写作“三考”等文，如前文所述，完全是在承担《儒林外史》前言撰写任务而进行的研究。记得“三考”发表之初，一位尚未及落实政策的省委宣传部的前领导被安排在某高校图书馆工作，见到拙著后，曾对有关老师说：“很久未见到这样的学术论文了，作者以实事求是的态度，过硬的证据说明胡适之误，不像

① 成岗：《祖辈故事中是个败家子，吴敬梓后人欲来宁寻祖坟》，《南京晨报》2005年6月9日。

那种大批判文章无理乱骂。”我的这篇文章尚在，读者尽可予以审阅。“刘讲”中那句似乎“宽容”的话也是事出有因，因为70年代末，我还写有《略评胡适对〈儒林外史〉的研究》。此文一开始便肯定胡适对古代小说的“介绍、考证和评论”，“在当时有开风气的作用，对后来也产生了一定影响”；同时指出“他的考证有得有失，他的评论也瑕瑜互见，但对他所做过的工作，也不能忽视，对他的研究成果必须进行鉴别，给以公正的评价，还其历史地位”。这篇文章就发表在《南京师院学报》1981年4期，后又收入《吴敬梓研究》中，因而“刘讲”中不得不有此一笔“宽容”之语，但仍然一再将笔者对胡适失考的补正与政治批判运动强行挂钩，这在20余年前的“刘文”中尚未见有，岂料在“文革”结束已30年后发表的“刘讲”中却出现，这一变化的意图不言而喻，经历过“文革”的同志对这种做法并不陌生，但也不会认同，因为如此作为显然不利于学术研究的健康发展。在演讲录的后记中，刘世德同志回忆说，当年他曾经批判过老师游国恩先生，后来“听到了对我不利的反映”，便又“赶到燕东园游先生家中，向他鞠了一躬，表示深深的歉意”。笔者既与20世纪50年代批判胡适运动沾不上边，在历次运动中也没有过像刘世德同志这种“经历”。夏承焘先生的《天风阁学词日记》中记载了新中国成立初期几次运动中学生代表的表现（笔者为代表之一），可以查证。因此，“刘讲”这种“挂钩”对于笔者来说不是有意罗织也是无的放矢，只不过是作者自己学风的表现而已。在后记中，刘世德同志还接着写道：“经历了这一次教训，我在以后的外出发言和演讲中就开始注意自己的身份、措辞和方式了。”这种反省在“刘讲”中有怎么样的表现，还是留给读者去评论吧。文末我只想重复一下1985年12月13日刘世德同志给我的信中所云“学术问题上的不同意见的讨论，我想是不会影响我们之间的友谊的”，也如同刘世德同志邀请笔者“有空来京时，请驾临舍下小坐”一样，我也邀请刘世德同志有空来宁时，驾临寒舍“奇文共欣赏，疑义相与析”。

（原载《明清小说研究》2010年第2期）

关于吴敬梓应征辟问题

关于吴敬梓未赴鸿博廷试的原因何在，由于过去一些记载不十分明确，因而历来有所争论，并进而影响到对吴敬梓及其《儒林外史》的评价。所以，弄清这一问题，也就十分必要。

吴敬梓的友人程晋芳在吴敬梓死后写有《文木先生传》，传中说："安徽巡抚赵公国麟闻其名，招之试，才之，以博学鸿词荐，竟不赴廷试。"关于吴敬梓应征辟的问题，这段话提供了两点消息：第一，是安徽巡抚赵国麟推荐的；第二，吴敬梓却未赴廷试。但"竟不赴廷试"一句，语义含糊，这就为后来研究者遗留下作各种解释的可能。如顾云的记载就说："乾隆间，再以博学鸿词荐，有司奉所下檄，朝夕造请，坚以疾笃辞。"[①]说他借口有病推托不去，辞气之间颇带有褒义。朱绪曾的记载则不同，他说："乾隆初，诏举博学鸿词，上江督学郑某以敏轩应，会病不克举。"[②]只是客观地记叙事实，说吴敬梓正好生病，未能参加，辞气之间没有褒贬。顾云与朱绪曾的记载究竟谁可靠？他们两人都后于吴敬梓（张其浚《全椒志》更后，不拟征引），他们的根据又何在？顾云所记，没有述及大约刻于乾隆五年（1740）的《文木山房集》中的材料，由此可知，他所根据的仍是程晋芳的《文木先生传》。朱绪曾所记，则引用了黄河所作的《文木山房集序》，由此可知他的记载，不仅根据程晋芳《文木先生传》，而且还参阅了《文木山房集》等有关材料。因此，他所记载的可信程度要高于顾云所记。在《文木山房集》前有程廷祚和唐时琳的两篇序文，也都记载了此事。程廷祚是吴敬梓的挚友，同时被安徽巡抚王鋐所荐举，并到北京参加廷试，但为有司所扼未能中式，放归南京[③]。他对这次鸿博之试以及吴敬梓被荐举的过

---

① 顾云：《盋山志》卷四。

② 《国朝金陵诗征》卷四十四。

③ 参见杭世骏《词科掌录》、程晋芳《绵庄先生墓志铭》。

程应该是了解的。在序文中，他只是说吴敬梓“曾与荐鸿博，以病未赴，论者惜之”。唐时琳是当时江宁县学训导[①]，所谓的“学老师”，对所属生员的情况是十分了解的。他在序中说：“相国泰安赵公方巡抚安徽，考取全椒诸生吴敬梓敏轩；侍读钱塘郑公督学于上江，交口称不置。既檄行全椒，取具结状，将论荐焉，而敏轩病不能就道。两月后病愈，至余斋……余察其容憔悴，非托为病辞者。”这两篇序文都明白无误地说是因病未赴廷试，特别是唐序说得更为具体：“盖敏轩之得受知于二公者，则又余之荐也。”说是由他推荐给上江督学郑筠谷和安徽巡抚赵国麟的。但赵国麟并未正式推荐，“将论荐焉”，只是准备推荐而实未推荐，正当此时“而敏轩病不能就道”，所以未赴廷试。唐序记其经过，十分详尽明白，本无疑义。但由于程晋芳作《文木先生传》着重强调“不赴廷试”这一现象，而于未赴廷试的原因却含糊过去，这就引起后人疑问和误解。例如顾云即沿袭此说，并有所发展，说“坚以疾笃辞”。朱绪曾则治学严谨，并未人云亦云，而是根据程、唐二序以及其他材料，说“会病不克举”，这是符合实际情况的。新中国成立之初，特别是1954年吴敬梓逝世二百周年前后发表的一些研究论文，关于这一问题大多是说成“托病”或“装病”，这可能是出于给吴敬梓以较高评价的考虑，基本上沿用顾云的说法。但也有一些论文对此问题比较慎重，如说“到正式荐举他入京廷试时，他终于没有去”[②]，表现了严谨的治学态度。到了1955年批判胡适实用主义哲学思想以后，因为胡适相信唐时琳序文是可靠的，说吴敬梓是真病而非装病，在这个问题上，由于批判胡适也连带作出不符合事实的论断。例如有的文章说：“胡适主观断定了吴敬梓是真病以后，马上对吴敬梓进行无耻的污蔑，说他‘事后追思，落得弄真成假’……胡适的卑鄙企图，原想借此以显示吴敬梓的‘沽名钓誉’，但事实上却暴露了胡适自己的虚伪下流。”这样的论断是否令人信服呢？根据一些材料，特别是吴敬梓自己的诗文作全面考察，不难发现这种说法是不正确的。唐时琳序文所记的事实是可信的，胡适相信唐序也是不错的，问题在于胡适又同时处处将杜少卿的表现与吴敬梓的事迹加以比较，混为一谈，这却是欠当的。当然，杜少卿这一形象的塑造是可能糅合了作者自己的某些经历，但毕竟不等于作者的所作所为，生

① 参见乾隆十三年《江宁新志》、同治十三年《上江两县志》、光绪六年《江宁府志》。

② 吴组缃：《〈儒林外史〉的思想和艺术》，《人民文学》1954年第8期。

活的真实与艺术的真实是有区别的。胡适用否定杜少卿"装病辞荐辟"来肯定唐序真病说的考证方法是不足取的，非但不能澄清是非，反将问题搞混。但尽管如此，胡适在《吴敬梓年谱》中根据有关材料考证唐序可靠的结论，则不宜全盘否定。笔者拟就这一问题再作进一步考索。

关于乾隆丙辰鸿博之试的记载，除胡适所举杭世骏的《词科掌录》以外，笔者还检阅了李富孙《鹤征后录》、福格《听雨丛谈》、全祖望《公车征士录》等书。根据以上诸书记载，丙辰鸿博之试，全国共举二百七十余人，但其中有重举者数人，实举二百六十七人。据参加这次应试的全祖望于当年九月所作的《公车征士录》跋语，在二百六十七人中，"有辞不至者，有已升外吏四品以上免试者，有已邀馆选免试者，有以例不符为部议所格不果征者，有病逝者，有虽赴征而以病不试者，有持服者，其预试者仅二百二十人尔"。《鹤征后录》并统计出，在二百六十七人中，已入词馆不与试者四人，未试丁忧者四人，未试病故者七人，部驳不与试者十四人，不就试者二十五人。在包括以上各种情况在内的二百余人名单中，均未见有吴敬梓的姓名，可见唐时琳说"将论荐焉"是符合实际情况的，即赵国麟原打算推荐，但并没有正式推荐。赵国麟最后究竟推荐了哪几人？这在吴敬梓《伤李秀才》一诗的小序中有明白的记载："丙辰三月，余应博学鸿词科，与桐城江若度、宣城梅淑伊、宁国李岑淼同受知于赵大中丞，余以病辞，而三君入都。"江若度名其龙，梅淑伊名兆颐，李岑淼名希稷，据《词科掌录》、《公车征士录》、《听雨丛谈》、《鹤征后录》等书记载，均为赵国麟所荐举，而这些书上所著录的赵国麟推荐的名单中也确无吴敬梓。这些资料在说明唐时琳序中所记的情况全属事实。

唐时琳序文的可靠性，还表现在他记叙的推荐过程，可以用吴敬梓的诗文来加以印证。唐时琳作为江宁县学训导是不能直接荐举吴敬梓的，只是将他推荐给上江督学郑筠谷和安徽巡抚赵国麟。在《文木山房集》中收有吴敬梓参加学院考试的一诗（《赋得敦俗劝农桑》）一赋（《继明照四方赋》），参加抚院考试的一诗（《赋得云近蓬莱常五色》）一赋（《正声感人赋》）和参加督院考试的诗一首（《赋得秘殿崔嵬拂采霓》）。在前引《伤李秀才》诗序中，也说自己与江若度三人同受知于赵国麟；在《送学使郑筠谷夫子还朝》一诗中，吴敬梓回忆当年他参加学院考试的情景，有"昔岁彤廷诏，曾令蓬户窥。不才尘荐牍，授简写新诗”的记叙，他对郑筠谷也曾表示了无限的感激，说“知遇真难报”[①]、“感恩望霄汉”[②]。而在吴敬梓现存的诗文中却没有一篇涉及他曾参加廷试的记叙。由此可见，唐时琳所记叙的荐举经过是符合实际情况的。

吴敬梓未赴廷试的原因，唐序说是因“病不能就道”，这不但与吴敬梓在《伤李秀才》诗序中所说“余以病辞”是一致的，而且也符合吴敬梓诗文中反映出来的他的健康状况。吴敬梓在诗文中多次提到自己的“病”，如“病魔皆故物”[③]、“空庭有人病未安”[④]、“愁深有病魔”[⑤]等等。当然，封建文人总喜欢以“病”、“愁”为题赋诗作文，吴敬梓也不能完全免俗。但在我们仔细研究他所说的病情以后，也就不能说他的诗作全然是“无病呻吟”。他的好友李本宣说他的诗作“大抵皆纪事言怀，登临吊古，述往思来，百端交集，苟无关系不作焉”[⑥]也是有根据的。吴敬梓究竟患有何病？他曾清楚地说从春天到秋季，总是“消渴病难除”[⑦]、“却缘消渴罢弹琴”[⑧]，一直患有糖尿病。他也常以同样患糖尿病的司马相如自比，说什么“似落拓相如”[⑨]，叹惜自己除了患病以外，功名也不得意，“再休言，得意荐相如，凌云赋”[⑩]。糖尿病可能并发高血压病，吴敬梓又不能戒酒，“尽解相如消渴，更添他杜康沉湎”[⑪]，病情当然更加恶化，以致最后死于糖尿病的并发症高血压病。这在金兆燕《甲戌仲冬送吴文木先生旅榇于扬州城外登舟归金陵》诗中有所反映。诗中记叙他病逝那一天的情况：“今晨饱朝餐，雄谈尽解颐；乘暮谒客归，呼尊酾一卮；薄醉遂高眠，自解衫与綦。安枕未终食，痰壅如流澌。圭匕不及投，撒手在片时。”从早到晚，饱餐、饮酒、会客、高谈，这些都是促使高血压病发作的条件；上床时尚能自解衣衫，片刻之际痰壅大作，连药物也不及用随即病逝，这正是高血压病恶性发作致死的现象。这天晚上吴敬梓所拜访的

① 《送学使郑筠谷夫子还朝》。本文所引吴敬梓诗词均见《文木山房集》。
② 《曹跃舟留宿南轩》。
③ 《遗园》。
④ 《病夜见新月》。
⑤ 《残春僧舍》。
⑥ 李本宣：《文木山房集·序》。
⑦ 《春兴》。
⑧ 《秋病》。
⑨ 《买陂塘》。
⑩ 《满江红》。
⑪ 《水龙吟》。

客人是王又曾，他也曾记叙了两人相会的情景："薄暮，先生（敬梓）来舟中，相见如旧识；纵谈今古，且订又曾作客邸销寒，竭欢乃已……是夕归，先生竟以无疾终。"[①]中风亡故，在过去缺少医学知识的情况下，常会被认为是"无疾而终"。吴敬梓正是患有糖尿病以及由此而并发的高血压病致死的。这两种疾病都是迁延日久、不易断根的慢性病。在他病情稳定时，就可能参加学院、抚院、督院等地方一级考试，而当他病情恶化时，远在北京的廷试当然不能参加，特别是在当时交通不便的情况下，患有这两种病，长途跋涉并非易事，"病不能就道"是极其自然而又可能的。这年除夕，他还写有《丙辰除夕述怀》一诗："回思一年事，栖栖为形役。相如封禅书，仲舒天人策。夫何采薪忧，遽为连茹厄。人生不得意，万事皆愬愬。有如在网罗，无由振羽翮。"这里对自己因病未能与其族兄吴檠拔茅连茹、牵引并进感到极大的遗憾。对此诗中的"封禅书"、"天人策"、"愬愬"、"在网罗"等字面，有的文章从另一角度来阐释，认为不是表示懊悔的情绪，而是表现了惊惧的心情。其实吴敬梓在《移家赋》中说他高祖吴沛七战皆北的经历就有类似的描写："初奋发于制举，仍追逐于前贤。仲舒无窥园之日，公美无出墅之年。遭息翮而垂翅，遽点额而迍邅。"就用董仲舒、裴公美、飞鸟息翮、鲔遭点额等典故来比喻吴沛的功名蹭蹬。由此可知《丙辰除夕述怀》诗中所流露的不过是作者因病未能应试、以致功名不就的懊恨情怀，不必另赋予其他意义。总之，从吴敬梓作品中反映出来的他的健康状况看来，唐序说他因病不能就道、未被正式推荐的记载是可信的。

但是，唐时琳序文中也有启人疑窦的地方。序中说："余察其容憔悴，非托为病辞者。"这就说明当时社会上有吴敬梓托病不应试的舆论。唐时琳对这种说法是不相信的。为什么当时会产生这种舆论，唐时琳又为什么要特地加以说明？在封建社会中，对一个人的出仕和处乡两种截然相反的行为都可以美化：出仕，可说成是经纶天下，为国为民；处乡，又可说是清高自守，鄙视功名。这是旧社会的虚美习气，不足为奇。吴敬梓和他的一些朋友也不能完全免俗。例如吴敬梓的至交、亲戚、诗人、剧作家金兆燕写有《喜李啸村至，即同汪琴山访晤，主人鲍洗桐留饮西枝最小斋。啸村索余赠诗，即席成长句塞命，兼示同座诸子》一诗，

---

① 王又曾：《书吴征君敏轩先生文木山房诗集后有序》。

说李啸村“昔年壮岁且却聘，霜雪况已盈颠颀”，自注“举鸿博不应”[①]。李啸村即李葂，是金兆燕和吴敬梓共同的友人。金兆燕诗中说他也被荐举鸿博，但“不应”，似乎十分清高。事实如何呢？江尔维《怀宁县志》卷二十《文苑》有李葂小传，说“雍正乙卯试博学鸿词，两淮都转卢氏见曾以葂名荐，为学使者放归”。明明是被“放归”，却被文人金兆燕美化为“却聘”、“不应”。《怀宁县志》所记是否不可靠呢？今检《词科掌录》“举目”，被荐举者二百余人名单中也并无李葂；《公车征士录》“举主总目”中也并无卢见曾。可见李葂被卢见曾举荐一事纯属子虚乌有。金兆燕对李葂的美化，正表现了封建文人相互标榜的习气，是不足凭信的。这方面，倒是吴敬梓的一些诗作写得比较真切，在《寄李啸村四首》中只是同情他的“飘零身世”，在词《沁园春》、《庆清朝》中只是记叙他们的友情，肯定他的文才，而没有无中生有地虚美他“却聘”“不应”等并不存在的“品格”。这一事例可以帮助我们了解当时为什么会产生吴敬梓托病辞聘的舆论。而金兆燕正是参与制造这种舆论的一个重要人物，他在《寄吴文木先生》一诗中说：“昔岁鹤版下纶扉，严徐车马纷众驰。蒲轮觅径过蓬户，凿坏而遁人不知。”[②]在此诗中仍然像美化李葂一样地虚美吴敬梓。程晋芳虽然没有像金兆燕那样公然虚美，但在《文木先生传》中却故意含糊其词，留给读者从“却聘”角度去理解的暗示。至于吴敬梓本人对这次未赴廷试一事，只是说“夫何采薪忧，遽为连茹厄”，“余以病辞”，并没有故作姿态的表现。以吴敬梓自己的记叙，结合程廷祚、唐时琳的两篇序文来加以全面考察，可以肯定吴敬梓确实是因病未赴廷试。金兆燕虚美之辞是不足凭信的，程晋芳的含糊其词是要辨明的。

这种舆论本无根据，为什么唐时琳在序言中要如此认真对待，加以辩驳？这得从了解这次鸿博之试的情况谈起。清初除继承明代以八股取士的科举制度以外，还曾开博学鸿词之试，目的在于笼络有影响的高级知识分子。有清一代共举鸿博三次：一为康熙己未，二为乾隆丙辰，三为光绪癸卯。光绪科因德宗死去而未举行，实际上只举行了两次。康熙己未（十八年）之试，当时明亡未久，国势初定，为稳定政局，除恢复科举制度以束缚一般士人以外，特又开设此科以延致有影响的学者、文人。据刘廷玑《在园杂记》所载，各地荐举一百五十四人，到京者

① 金兆燕：《棕亭诗钞》卷二。

② 金兆燕：《棕亭诗钞》卷三。

五十九人，应试者五十人，全部入翰林并授以高官厚爵，无论与试未试，均冠以“征君”虚衔，一时士人争以为荣，趋之若鹜；而康熙牢笼、分化高级知识分子的目的，遂得以实现。乾隆丙辰（元年）之试则不完全相同，这一科实于雍正末年动议，直到乾隆元年（1736）才举行，二年七月又补试，先后应者二百六十七人，只取十九人，不少名流如沈德潜、厉鹗、袁枚等人，以及吴敬梓的挚友程廷祚、族兄吴檠都落选。陆以湉在《冷庐杂识》中曾比较了康熙与乾隆这两科的不同，除指出已未科取士多，丙辰科取士少之外，还说明已未科录取者授官高，丙辰科授官微；已未科自大学士以下至内阁中书，督捕理事等下级官员也可以推荐，而丙辰科三品以下官员推荐者不准与试；已未科装点门面、粉饰太平之举，不同于康熙一科有笼络人才、稳定政局的目的。这在雍正十一年（1733）四月初八日的“上谕”中说得很明白：“惟博学鸿词之科，所以待卓越淹通之士，俾之黼黻皇猷，润色鸿业，膺著作之盛，备顾问之选。”正因为如此，各地反响并不热烈，雍正十三年（1735）二月二十七日“上谕”就说“降旨已及两年，而外省之奏荐者寥寥无几”；雍正认为这是“督抚学臣等奉行不力之故”，要求内外大臣“再行遴选”。同年十一月初十日，他“再为申谕，凡在内大臣及各督抚务宜悉心延访，速行保荐”。接二连三的降旨，可见雍正邀名心切。在严旨追责下，各地督、抚、学臣不能不作出相应努力，否则就无法交代。唐时琳序言一开始就说“朝廷法古制科取士，自世庙（雍正）时，诏在廷诸臣及各省大吏，采访博学鸿词之彦。余司训江宁三年，无以应也”，就反映了这种情况。唐时琳于雍正八年（1730）在人文荟萃的江宁做了三年学官[①]，却“无以应也”；及至推荐一个吴敬梓给上江督学郑江（筠谷）和安徽巡抚赵国麟，在“将论荐焉”的关键时刻，偏偏“病不能就道”，而南京文人圈子中又流传着“托为病辞”的舆论，万一皇帝怪罪下来，身为当事人之一的唐时琳又如何担当得起呢？因而，他在为《文木山房集》写序时，首先澄清事实真相，辨明“托为病辞”一说的不可信，其次才是对吴敬梓的劝慰之词。岂知二百多年前唐时琳力图澄清的事实又成为今日评价吴敬梓的一桩公案。

既然吴敬梓是因病未参加廷试，而不是借病却聘，是否就会降低对他的评价呢？胡适说：“做秀才希望被荐做博学鸿词，这也算不得什么卑鄙的事。”强调不算卑鄙的事，在今天看来确无必要、也不妥当，但据此而说胡适是在“以小人

① 见乾隆十三年《江宁新志》秩官表。

之心度君子之腹"，却也未必不符合"君子"吴敬梓的思想实际。毋庸讳言，出生在科举世家的吴敬梓早年具有严重的功名富贵思想，怀抱着"治生儒者事，谋道古人心"的理想，但却屡困场屋，功名蹭蹬，因而发出"可怜贫贱日，只是畏人多"[①]；"郁轮袍曲非难制，只是无因上舞筵"[②]的感叹。30岁时还是一名秀才，他是极为懊恨的，"学书学剑，懊恨古人吾不见。株守残编，落拓诸生十二年"；对屡试不售又感到无比的愤慨，"郎君乞相，新例人赀须少壮。西北长安，欲往从之行路难"[③]。34岁时写有《乳燕飞·甲寅除夕》词，一方面叹惜"三十诸生成底用"，一方面又赞扬"家声科第从来美"。在这种歆羡功名而偏偏功名蹭蹬的矛盾心情中，他只能寄希望于未来，"倘博将来椎牛祭，总难酬罔极深恩矣，也略解，此时耻"。在这样思想状况下，不到两年就被荐举应鸿博之试，他依次参加了学院、抚院、督院的考试，写有三诗两赋，竭力颂扬"我皇之至德"、"圣主之神明"，很难设想，如果不是真病，他能托病却聘、不参加廷试么？显然不能。当然，在此之前，他在诗文中也确流露了一些因科场败北而产生的隐居情绪，但毋庸讳言，追求功名富贵的思想却占主导地位。在因病未赴鸿博廷试以后，他的追求功名思想也确实是逐步淡薄下来，但也并非全然消失。39岁时写的《内家娇》一词说："行年三十九，悬弧日酌酒泪同倾。……壮不如人，难求富贵；老之将至，羞梦公卿。……恩不甚兮轻绝，休说功名！"就在愤激之中夹杂着功名不遂的怨恨。40岁时写的《真州客舍》诗，则对"秉烛更阑坐，飘蓬愧素侯"的生活感到厌倦。直到逝世前一年，他对乾隆丙辰鸿博之试尚未能忘情，在写作《金陵景物图诗》之前还冠以"乾隆丙辰荐举博学鸿词"的资历，以及因长子吴烺中举而"敕封"的"文林郎内阁中书"的虚衔。当然，在丙辰之试以后，追求功名富贵的思想不再占据主导地位，这也就是能够创作出《儒林外史》的思想基础。胡适所说"丁巳（37岁）以前，先生还有穷秀才气；丁巳以后，先生觉悟了"。如果将36岁时鸿博之试一事看作吴敬梓思想转变的一个关键也未始不正确。但如果说丁巳以前吴敬梓"很早就有"反对功名富贵的思想，所以才能装病不应试；或者反过来说丁巳以后，吴敬梓"坚决的不再想这事情"，完全摒弃了追求功名富贵的念头，

---

① 《遗园》。

② 《琵琶》。

③ 《减字木兰花》。

都未免有些绝对化，不符合吴敬梓思想发展的实际。而在我们了解了吴敬梓思想发展变化的过程以后，就不会再在鸿博之试的问题上纠缠不清，是否参加廷试一节也就不再会成为评价吴敬梓的一块礁石。正也不必以他因病才未赴廷试而加以诟病和非难。须要知道，在他那个时代，知识分子中的大多数只能从科举考试谋一出路，而鸿博之试又较一般的科举考试更为荣耀。吴敬梓对此开始有些动心而后又有些追悔，也属人之常情。然而他毕竟能克服这种“常情”，宁愿放弃在他病后仍可能谋得的功名富贵，过着“短褐不得完”、“灶冷囊无钱”的“乞食”[①]生活，保持自己的高尚情操，坚持自己的生活理想，以他的文学创作，抨击了当时的社会黑暗。这样的知识分子，在科举时代是极为罕见的，无疑是属于当时先进人物的行列的。他的应“征辟”，只是生活道路中曾经有过的“历史问题”，我们也应该历史地对待。

（原载《社会科学战线》1984年第2期；
又载美国《海内外》总49期，1985年）

① 程晋芳：《怀人诗》，《勉行堂集》卷二。

略述康熙《全椒志》中有关吴敬梓先世资料

笔者于1970年开始搜集和研读有关《儒林外史》作者吴敬梓的资料，于其故乡安徽全椒志书也曾注意及之。1971年得汪开模先生提供线索，于安徽得见康熙十二年蓝学鉴等人纂修的《全椒志》（以下称蓝志），其后又在南京图书馆见到蓝志的油印本。其中，关于吴敬梓先世资料颇为丰富，较之胡适于1922年撰写《吴敬梓年谱》时引以为据的1920年张其浚等人纂修的《全椒志》（以下称张志）为多为详。张其浚在纂修《全椒志》时未能见到蓝志，他在序中就说《全椒志》“自康熙年间蓝君学鉴成书以后，久未续刊，迄今二百余年，文献时虞失坠，遍求蓝志刊本，亦未即得”。除蓝志、张志以外，尚有金仲和于同治八年纂修的《全椒志》，但张德霈在序张志时曾说“金仲和茂才续修而未成书”。笔者曾于南京大学图书馆阅其抄本，金志所载多为嘉、道两朝人事，于吴敬梓及其先世事迹，所志极少。因之，在目前现存的三部《全椒志》中，蓝志对于研究、考察吴敬梓家世的参考价值最大。笔者曾据其所志、所辑的资料（如李霨所撰《清礼科掌印给事中吴公（国龙）墓表》等），与其他材料（如程廷祚、朱绪曾、陈作霖等人著述）相比勘研究，增补出胡适《吴敬梓年谱》中所少列的吴敬梓一代先人姓名（吴聪），纠正了胡谱以吴霖起为吴敬梓生父之误（其生父应为雯延，霖起只是他的嗣父）。拙说详见《吴敬梓身世三考》。《三考》一文结论，曾为此后出版的几种有关吴敬梓的著作所引用，蓝志也为一些研究者所注意。但其中有关吴敬梓先世的大量资料，至今尚未得到充分的重视和利用。

蓝志之所以辑录吴敬梓先人事迹特多，其原因有二：一为蓝志纂修工作，吴氏族人参与者甚多；原因之二，他们强烈要求多多采辑本家族事迹入志。蓝志纂修为蓝学鉴、吴国对，蓝学鉴是全椒县令，实际主持纂修工作者当为吴国对，而国对却是吴敬梓曾祖。《全椒志》编辑人员的吴晟，校阅人员中的吴旦，吴勖、吴昇、吴昱、吴杲，分辑人员中的吴暹吉，都是吴敬梓的祖父辈。吴国对作为纂修者之一，曾向蓝学鉴要求，将其“三兄”吴国缙的“揭帖之稿”、“呈稿，札稿”，以及“亡弟”吴国龙的“奏疏”，或全文“录入”或“摘而录之”[①]。因而，蓝志中采辑吴氏族人事迹极详，收录吴氏族人作品很多。尽管吴国对认为“是书成，在邑乘可为佳乘，入国史即为信史”（同上），但却有乖于修志要求。不过，也正因为如此，倒为我们研究吴敬梓的家世提供了极为丰富、在目前又无足以代之的资料。当然，蓝志的局限性还不只限于此，它为后人所诟病者尚有其他种种不足，如吴承志在序张志时就曾说：“康熙朝蓝志刊行，其时适清奠鼎初，禁忌律严”，因而于“抗节跅行者，蓝志乃畏避削去不道”。像这类问题，因与本文所述无关，不去详论。

蓝志所提供的虽然只是吴敬梓先人资料，而未曾涉及吴敬梓本人（修志时敬梓尚未出生），但吴敬梓十分重视自己的出身门第和祖风世德，在《移家赋》中就自诩“讲孝友于家庭，有代传之清节”，夸美“五十年中，家门鼎盛，陆氏则机、云同居，苏家则轼、辙并进，子弟则人有凤毛，门巷则家夸马粪”。在词作《乳燕飞》中也以“家声科第从来美”而沾沾自喜。显然，这种思想意识并不是他的世界观的全部，然而却占有一定位置，因而了解他先人的生平事迹、思想言行，对于我们深入研究吴敬梓的思想及其创作，也是很有必要的。

蓝志所提供的吴敬梓先人资料，有吴凤、吴谦、吴沛、吴国鼎兄弟五人、吴旦等人的传记，其中高祖吴沛、曾祖吴国鼎兄弟五人（吴国对为志书纂修者除外）的传记较张志详尽。除此之外，还采辑了吴敬梓曾祖辈一些文稿、奏疏，收录了他们不少诗作。现仅就收辑的文稿、奏疏略作介绍。

由于吴敬梓曾祖辈五人，四人中了进士，大都出任教职、言官，如吴国缙做过江宁府学教授，吴国对做过顺天学政、福建乡试主考，吴国龙虽大多任职言官，但也曾做过山东乡试主考。因而他们关于教育、科举方面的言论颇多，很值得注意。他们极为重视教育，认为不但士子要学习，帝王也要学习，而且认为封建帝王之学与一般儒生之学，有着不同的要求。吴国龙就说：“帝王之学与儒生异，儒生之学记诵章句、训诂文艺而已，帝王之学道在务其大者、功在务其要者。”（《仰观璇学之勤谨献蒭荛之言疏》）吴国对更进一步阐明在封建帝王之学中，

① 吴国对：《复蓝父母修县志书》，见蓝学鉴等纂修《全椒县志》。本文以下各篇未特别注明者，均见《蓝志》有关各卷。

开代帝王又与守成帝王有所不同，并且提出“选儒臣”、“审大义”、“广进见”，“弘纳受”、“复制度”等六项建议，认为它是“集古酌今，窃于圣学不无少助”的重要措施，希望福临能够采纳，并“辨其为帝王开代之学，以接尧舜禹汤文武之心传”（《圣学》）。对于士人的教育，他们也同样重视，认为教育是选拔人才，从而使之治理天下的根本措施，吴国龙说：“天下之治在民安，民安在吏善，吏善在士良，士良在得师以育之。”（《重修学宫记》）他还主张广开才路、严格选拔，认为要“用之在严，收之在宽，入泮冀成大学，拔之者十，得之者五”，应该增加“入学”名额（《请增入学科举名数呈》）。吴国对也同样主张要“广开贤额，博采真才”（《制策·对》）。吴国龙还对顺治丁酉（十四年）科场案以来，内外帘官“苛责于字样点画之间”，而不注意遴选“博古通今、学问渊深”之士的做法，深为忧虑，特写有《请议科场则例疏》。此疏在某种程度上从特定角度反映了丁酉科场案以来，应试士子与主试官员震慑于封建统治者以文字罪人而惴惴不安的情景，颇足为研究清代科场案以及文字狱者参考。另外，吴敬梓的高祖吴沛，虽然毕生专攻儒业，但“七战皆北”（《吴沛传》），终生只是一名穷秀才。但他教子有“方”，将五个儿子做了分工，命次子国器专“任家政”（《吴国器传》），其余四子以全力攻读制艺，先后考中进士。吴沛教子写作八股文，是根据自己的切身揣摩的经验。他曾将八股文的写作方法，总结成十二条，分别写成《题神六秘说》和《作法六秘说》。这对于我们了解《儒林外史》中描写那些终日讲究“揣摩”制艺文作法的读书人生活情景，是很有帮助的。同时，也是研究制艺文写法的一篇难得的资料。

吴氏族人中还有历任言官的，言官职掌拾遗补阙，因而必然有所建言。如吴国龙先后任职工科给事中、河南道监察御史、礼科掌印给事中、“屡历言官，奏议逾十数万言”（《吴国龙传》）。就蓝志所采辑的吴国龙奏议、疏稿而言，其重点在于财赋、钱粮、赈灾等方面。例如他认为钱粮征收名目过于繁多，无助于稳定朝野上下的局势，在《钱粮赋役疏》中说：“切惟今日急务，最以钱粮为重。第民不苦于征收，而苦于款项之杂；兵不苦于战守，而苦于拨饷之虚。至于国计未尝苦于匮乏，而苦于出入多门，不得收安上全下之效也。”他还认为“今日百姓之苦，不苦于正赋之征输，而苦于荒逃之摊派，一人而当数人之差，一年而竭数年之力，有司自惧处分，惟知敲扑小民，勉强赔累，日致逃亡”。（《蠲所当蠲请蠲荒以存穷黎疏》）这些言论，都在一定程度上反映了当时小民所负担的苛捐杂税极为沉重，以致逃亡现象日趋严重而普遍。对于此种状况，他认为是极不利于封建朝廷的长治久安的，因而提出杜绝“加派私征、讼狱诈害”的种种措施，希望能使“官贪吏纵之风可止，而民穷盗起之祸可息”（《直陈民穷之由疏》）。另一方面，他又竭力倡办赈灾，务使“流离在他乡者，知本地有米赈济，渐思各返故乡，不至终为流离之人及久聚不散之患”（《请议截留漕粮以拯灾黎疏》），目的仍在于防止“民穷盗起”。于此，吴国对在《救荒末议》十二条中的“禁抢夺并造讹言”一条中说得更明白，他说：“抢夺，即小盗也。小盗者，大盗之渐也。严治抢夺，则小盗绝，严治小盗，则大盗消。涓涓江河，乌得以小慈滋大忍哉。至讹言动，早立法以定人心，又禁盗之先着也。”虽然他们倡办赈灾的目的在于维护封建统治阶级的长远利益，但从他们这些奏疏文稿中也多少反映了当时灾民的苦难情景。

全椒吴氏自从吴沛专攻儒业、吴国对兄弟五人四成进士以后，即成为广有田地、房产的官僚地主世家，他们在攻读制艺之余，一方面倡言忠孝、重视礼乐；另一方面又对资本主义萌芽势力极为仇视、百般抵制，以维护自己的封建门第。这些，在蓝志辑录的一些资料中均有表现。例如吴沛认为“五刑之属三千而罪莫大于不孝”（《贺约正接受不孝呈词书》）。他自己也身体力行，其父吴谦忌日恰与其诞辰为同一天，因而每逢自己生日，他总是“哀不举觞，并不受诸子觞”（《吴沛传》）。吴国鼎也能恪尽孝道，“亲或色有不怿，即长跽伏地，不命不敢起”（《吴国鼎传》），其妻姜氏也孝顺公婆，“内堂以上，无不曲得其欢”。其余如吴国器、吴国缙、吴国对、吴旦均有孝行，不一一列举。吴国龙还重视“冠昏”之礼的研究，对“冠礼”、“昏礼”、“丧祭”都有所论说。总之，他们极为重视封建孝道和封建礼制。与此同时，他们对封建经济内部所孕育的资本主义萌芽势力却十分反感。他们不满商人，吴国对《救荒末议》十二条中就有“革奸商”的措施。他们反对利用水利资源开设磨坊，吴国缙就上书县令、藩台，认为磨坊的开设破坏了风水，请求将其“尽行撤毁，永远封禁”（《禁止石濑水磨呈》）。他们还反对开矿，吴国对就上书县令、制台，认为“矿利无一而矿害有百”，要求“张示严禁”（《复蓝父母禁开矿书》）。

从蓝志所辑录的资料中，我们可以了解到吴敬梓先人上述的种种之思想言行，这当然远不是他们的全部言论，但这在目前也是仅见的。而他们这些言行，可供我们研究，探讨吴敬梓思想言行，有哪些是接受其先人的影响，又有哪些是扬弃其先人的教诲，是很有参考价值的。

全椒吴氏颇有治诗传统，如吴沛有《诗经心解》、吴国鼎有《诗经讲义》、吴国缙有《诗韵正》，吴敬梓自已也写有《诗说》。他们不但研究诗，而且也写诗。但可惜的是，吴氏族人的诗作留传下来的不多。新中国成立后，范宁先生根据孙楷第先生所藏吴敬梓族兄吴檠（青然）的《咫闻斋诗钞》（抄本），选录吴檠诗作十四首，发表于《文学研究集刊》第四册（附于吴敬梓《金陵景物图诗》之后）。其余吴氏族人的诗作尚未之见。蓝志中收入不少。在这些诗篇中，除抒写个人情怀、吟咏全椒景物的篇什外，还有一些作品反映了农事生产、农民在灾荒岁月中的苦难，以及富有之家不肯输粮赈灾的情况，值得我们重视。此外，也有一些宣扬封建孝道、肯定镇压农民暴动的封建官僚的作品。同他们的奏议疏稿一样，这些诗作有助于我们了解吴敬梓先人的思想。

（原载《文献》1983年总15辑）

陈毅及其《所知集》中涉及的有关吴敬梓交游资料

《学林漫录》初集刊有王孟白同志《关于吴敬梓的佚诗》一文，介绍了一首吴敬梓佚诗：五律《江上阻风，同王蔗田、李蘧门作》。竺万同志先前也曾介绍过这首诗[①]。

王、竺两同志都是根据陈毅（古渔）的《所知集》，两文的内容也大体相同。不过，王文认为《所知集》所选吴敬梓五首诗，“当是原稿，收入《文木山房集》时又作了一些艺术加工”。竺文则认为《所知集》中所辑录的“应该作为吴氏的定稿观”。此外，王文对陈毅略有介绍，但语焉不详；而竺文全无。近年来笔者研读有关吴敬梓的生平资料，《所知集》曾一再翻检，对陈毅的生平材料也曾注意搜集，《所知集》中涉及吴敬梓的家世，特别是交游的材料，实并不限于王、竺两文所举，因而有必要对之全面考察，并根据《所知集》所提供的线索，参稽其他有关资料，约略勾勒吴敬梓的交游情况。

一

陈毅字直方，号古渔，是清代雍（正）、乾（隆）之际的南京诗人。曾祖名凤翥，字行一。祖父名纬，字星罗。陈毅之兄陈绸，字石房。陈毅有子三人：长子元富，字梓严，一字润之，岁贡生；次子善富，字赐之，诸生；三子文富，字子彰，嘉庆九年（1804）举人，曾任东河县知县[②]。陈毅的家境十分贫困，他的友人程晋芳在《赠陈古渔》诗中说：“与子往还今五春，子贫如故我贫新；耽诗只益头先白，

① 竺万：《杂考二则》，《光明日报》1961 年 11 月 12 日。

② 参见光绪六年《江宁府志》卷四十、同治《上江两县志》卷二十四、陈作霖《金陵通传》卷三十六。

卖药偏逢手不龟。莎径绿环征酒宅，苇灯红映掉船身；闲思荷笠相从去，长向江湖号散人。”[①]在他们“往还”中，必然有吴敬梓在，因为程晋芳是替吴敬梓写传记的唯一友人，他所写的《文木先生传》中也曾讲到自己“益贫”，还说到吴敬梓移家南京后，经常“邀同好汪京门、樊圣谟辈五六人”“歌吟啸呼，相与应和”，而《所知集》中也选有樊圣谟的作品，是陈毅“所知”的文人。吴敬梓与程晋芳不但在南京相过从，在扬州也有“往还”，而陈毅也曾到过扬州，李长生写有《送古渔之扬州》就是明证。诗云：“丁卯桥头旧许浑，喜君居处近朝昏。两株新柳低遮屋，十里春潮直到门。白下楼船芳草岸，真州灯火绿杨村。何当遽作东风别，无限离情认酒痕。”[②]由此可见，与陈毅相识时，全椒世家吴敬梓固然已成贫士，两淮殷富程晋芳也已新贫。陈毅却一直是个穷困的诗人，所以程晋芳说他“贫如故”。

陈古渔虽然是一介贫士，但却“性兀傲，不谐于俗”[③]。据说“尹文端督两江，欲延为钟山书院说诗，古渔呈诗有‘饿夫为将一军惊’句，议遂寝”[④]。这首诗题为《奉酬宫保尚书尹制府》，诗云：

> 风暖辕门鼓角清，阳回春气满江城。竟将文字逢知己，真慰飘零过半生。丞相怜才千古少，饿夫为将一军惊（庄念农、吴兰臣两明府传言，宫保命毅校钟山书院诗古）。子云拟献长杨赋，愧著荷衣遇圣明。[⑤]

他原满怀着知己、感激之情，却不料希望落空，竟成泡影。他的性格虽然“兀傲”，但“奉母孝”，对朋友“笃实尚义”，袁枚很赏识他，准备“妻以女弟”，他却“力辞”[⑥]。但为亲友做事，却能尽心尽力，金鳌说他能“抚孤甥成立”，“为卢抱经山长择婿，山长感其淳实”，“诗其余事”[⑦]。

陈毅与其兄陈缃，都“善擘窠书”，同时齐名于世。陈毅写诗则与南京另一诗人何士容并称，陈作霖说古渔诗“矫健”，士容诗“清婉”。袁枚也曾说“金

---

① 程晋芳：《勉行堂诗集》卷十三。
② 《所知集初编》卷八。
③ 陈作霖：《金陵通传》卷三十六。
④ 《国朝诗人征略》卷三十三。
⑤ 朱绪曾：《国朝金陵诗征》卷十九。
⑥ 陈作霖：《金陵通传》卷三十六。
⑦ 金鳌：《金陵待征录》卷五，道光二十四年刊本。

陵何南园（士容字）、陈古渔俱能诗而贫”[①]；又说“贫士诗有极妙者，如陈古渔，‘雨昏陋巷灯无焰，风过贫家壁有声’；‘偶闻诗累吟怀减，偏到荒年饭量加’。……皆贫语也”[②]。还说：“家常语入诗最妙，陈古渔布衣咏《牡丹》云‘楼高自有红云护，花好何须绿叶扶。’”[③]袁枚认为陈古渔近体诗最工，是“宗七子”的[④]，而明代七子皆推崇盛唐的近体诗。陈毅对诗歌的见解，《随园诗话》中有片段记载，他说：“今人不知诗中甘苦，而强作解事者，正如富贵之家，堂上喧闹，而墙外行人，抵死不知。何也？未入门故也。”[⑤]

陈毅生平著述甚富，有《摄山志》八卷、《金陵闻见录》六卷、《诗概》六卷等[⑥]。除《随园诗话》、《国朝诗人征略》摘引其诗句以外，《金陵诗征》卷十九中辑录其诗作《北峡关》等三四十首。其中《读明史》十五首，颇可窥知其思想见解，如“后贤莫怪江陵愎，再得江陵恐不能”，这是对张居正的评价；又如“潢池作俑兵先弄，高煦宸濠不必诛”，《儒林外史》中娄三、娄四也曾议论及此。另有《清凉山下人家（幔亭自署）》云：

万竹千松护草堂，幽人消受此清凉。名山宜暑尤宜雪，独上危楼望夕阳。

青山常对野人居，不用寻幽策短驴。若许案头容涤砚，就君山里读奇书。

这两首诗是写周榘（字幔亭）的，而周榘也是吴敬梓的朋友。

陈毅功名极不得意，一生以布衣终。他曾应试而不第。黄之纪《随园与乡试诸公小集》之二有云“得逢宴会皆佳士，不与科名只二人”，自注：“是秋乡试，余与古渔不与。”但功名虽不就，而诗名却大振，同题之三有云：“千古名谈三席内，两江才望十人中。”自注中所记的十人中就有陈古渔，以及吴敬梓的一些朋友如程晋芳、严东有等。陈古渔自己也写有《己卯八月六日，小集随园，与吴竹屿诸公同赋》：

三径初开扫薜萝，晚晴空翠满岩阿。不因佳客逢秋至，那得瀛洲向夕过。

花里无声飞玉露，尊中有影动金波。小山只我堪招隐，君辈云霄路正多。

---

① 袁枚：《随园诗话》卷十四。

② 袁枚：《随园诗话》卷三。

③ 袁枚：《随园诗话补遗》卷一。

④ 袁枚：《随园诗话》卷一。

⑤ 袁枚：《随园诗话》卷八。

⑥ 光绪六年《江宁府志》卷五十四。

流露了功名不遂的怨嗟情绪[①]。黄之纪字允修，一字星岩，也是南京的诗人，著有《遍绿堂集》。己卯为乾隆二十四年（1759），这时吴敬梓已死了近五年，而陈古渔依然只是一个穷秀才。也正因为此，他所相知的多为不得意文人，《所知集》十二卷，也是辑录了“自雍正初迄乾隆丁亥，共四百八十八人，多存布衣、寒士、已故友人之作”[②]。

二

《所知集》刻于乾隆三十二年丁亥（1767），书前有袁枚于乾隆三十一年丙戌（1766）春正月二十三日写的序，以及蒋士铨于白下红雪楼作的序。此选集之所以题名为《所知集》，袁枚在序中说得很明白，他说“四海大矣，人才众矣”，陈毅不能尽知，只能就自己“所见者”、“所闻者”加以辑录，因而命名为《所知集》，这就可以使那些“未为陈子所知而漏是集者可无憾矣”。但袁枚同时希望陈毅“他日游益广、学益深，其所知者宁就是而竟耶！汉杜季雅之言曰：知而复知，是谓重知。吾愿直方之重之也”。因此，《所知集》在辑成初编之外，尚有二编、三编。至于陈毅选录此集的目的，蒋士铨在序中有所揭示，他说陈古渔虽有袁枚“为之延誉贤达间”，但“江东人知古渔者或未尽也”，于是古渔“喟然叹曰：我之诗未尝求人知，而世之知我者舍诗无所执。然则诗人穷于所知者，我幸已知之，忍令其诗泯灭乎？”于是“爰取箧中抄积时人篇什，冠以前贤先达诸作，汇梓之，题曰《所知集》”。这就是说，将当时尚不为人所知而已为自己所知的诗人介绍出来。从这两篇序文所说明的编选目的来看，集中所选者大半为当时尚不十分有名的诗人的作品。而吴敬梓的诗篇也被辑录达五首之多，可见在乾隆时吴敬梓的诗名并不显著，这与程晋芳在《怀人诗》中所说“吾为斯人悲，竟以稗说传”所反映的情况十分吻合。除了吴敬梓的诗作以外，《所知集》还辑录了吴敬梓儿子的诗作，以及当时不十分有名、而与吴敬梓有交往的诗人作品。所以这部选集对研究吴敬梓的交游来说，自有相当的参考价值。

---

① 黄之纪、陈古渔这几首诗，均见袁枚《续同人集》“宴集类”，乾隆十五年小仓山房刻本。

② 朱绪曾：《国朝金陵诗征》卷十九。

《所知集》卷二收有吴敬梓诗五首，除王、竺两文所举的那首五律为四卷本《文木山房集》所未收外，其余三首《小桥旅夜》、《残春僧舍》、《滁州旅思》、均见《文木山房集》卷二；另一首《西湖归舟有感》，见于《千家诗》和《金陵诗征》，新中国成立以后出版的《文木山房集》附录中已收入，《吴敬梓集外诗》也同时收入。《所知集》与《文木山房集》同时收入的三首，在字句上略有不同，王孟白同志将它们"相对勘"，认为"《所知集初编》的词语不如《文木山房集》的词语精巧，看来《所知集初编》辑录的这四首诗（实是三首）当是原稿，收入《文木山房集》时又作了一些艺术加工"。竺万同志也作了仔细比较，"以《滁州旅夜》的第七句说，原作'遥思秦淮二月柳'，'二月'和上句'春光已过湔裙节'在时间上有抵牾（湔裙是上巳的故事），改为'槛外'，就不至于发生逻辑上的问题了"，因而断定《所知集》是从十二卷本的《文木山房集》采入，当是吴敬梓的"定稿"。笔者比较同意竺万同志的看法。《文木山房集》四卷本由仪征方嶟捐资刻于吴敬梓生前；十二卷本则由其子吴烺编定于吴敬梓身后，具体时间当在吴敬梓死后十年内。因为沈大成《全椒吴征君诗集序》中说："今幸尽读其诗，且挂名于集中"，而四卷本中并无沈大成之名，也无沈大成所作的序言，可见沈大成所为序者定为十二卷本。沈大成在序中说："癸未（乾隆二十八年，1763）之夏，先生（指敬梓）没十年矣。长公舍人烺来广陵，出所编先生诗曰《文木山房集》者，属为序。"[①] 由此可知十二卷本的《文木山房集》在乾隆二十八年（1763）以前已经编就、并在吴敬梓友人中传阅了。《所知集》则刻于乾隆三十二年（1767），陈古渔得到袁枚的激赏，吴烺也为随园常客，因而陈毅选辑吴敬梓、吴烺父子的篇什，吴烺不可能毫无所闻，甚至可以说《所知集》中吴氏父子的诗作，即为吴烺所提供，一般说来，陈毅选辑吴烺所提供，当然不会是"原稿"而是"定稿"。由于十二卷本已佚，因而《所知集》所采录的几首诗，与早年刊刻的四卷本《文木山房集》字句有所不同，正表明了吴敬梓的创作态度极为严肃，即使已经刊刻的作品，到晚年仍不断推敲、修改，以臻完美。《所知集》中还辑录了吴敬梓两个儿子的诗作，同时提供了吴敬梓第三个儿子蘅叔的名字叫吴煐，这却未见诸其他任何记载，对于我们了解吴敬梓的家庭情况颇有价值，详见《吴敬梓家世

① 沈大成：《学福斋集》卷五，乾隆三十九年刻本。

杂考》篇，此处不赘。

三

《所知集》还辑录有不少与吴敬梓有过交往的诗人的作品，如郑江、程廷祚、李葂、沈大成、樊圣谟、王又曾、程晋芳、严长明、江昱等，这些人的传记材料比较易见；还有一些诗人的传记则不常见，或为过去研究者所忽略，或虽提及而语焉不详。本文拟对后者以《所知集》所提供的线索，并参稽其他有关材料，略作介绍，以为进一步深入了解吴敬梓交游之助。

洪月航 《文木山房集》卷三有《赠洪别驾月航》一首，吴敬梓在诗中赞扬他说："诗学看前辈，骚坛久擅场。"洪月航何许人？《所知集》初编卷二选其诗三首：《今夜》、《乍晴》、《立秋》。今录其《立秋》一诗：

桃笙如水印帘栊，策策高梧叶底风。萍沼漾天云破碎，豆棚筛地月玲珑。十年事在家山里，一夜秋生短发中。文字京华多不贱，江南庾信尚飘蓬。

并且注明"洪元声，月航，一字宝田，江南仪征人"。根据此线索，在道光《仪征县志》卷三十六中查得他的小传：

洪元声字宝田，号月航，弱冠能诗。康熙乙酉召试京师，奉命值内廷，恭写金莲花赋，制纪恩诗进呈。泽州陈相国廷敬奏拔第一，上赐松花砚嘉之。出任泾阳县丞。著有《宝田诗稿》一卷。

康熙乙酉为四十四年（1705），吴敬梓方5岁，所以称之为"前辈"。据敬梓诗注，月航还曾参校《佩文韵府》。《广陵诗事》卷七中摘其诗句甚多，如"湖平蚕市桥初见，柳暗渔家户半扃"；"花光暖趁鸟争树，山色青随人上楼"；"鬓边芳草杯中湿，雨后青山马上晴"；"鸦归村寺日初薄，潮到柴门风正来"；"数声柔橹青山暮，几叶短芦红藕香"；"晓风帆引西江舶，春雨人耕北岸田"；"山痕千里瘦，诗囊六年肥"；"人听烟中语，霜飞鬓上华"等等。由此也可窥见其诗作的风格。

徐紫芝 《文木山房集》中未见其姓氏，但吴敬梓曾为他的《玉巢诗草》写过序。《所知集》卷三选其诗二首，今录其《清和朔日溪上》一首：

昨日东风何处归，溪边春尽落花稀。白鸥情更闲于我，点破青烟不乱飞。

并注明徐紫芝字"凤木，一字玉巢，江南建德人"。宣统《建德县志·文苑传》

中有他的小传，说他原姓童，拔贡。据汪恺《题家东湖叔未刻诗》“玉巢诗老客江东”[①]所云，他也曾寄寓南京，所以陈毅才有可能将他的诗篇选入《所知集》中。他的诗写得很好，袁枚很欣赏。武进庄念农任建德知县，去拜访他时曾有诗相赠，凤木喜之而刻在自己集中。庄念农去世，所作多已散佚，其子搜集乃父遗篇，袁枚则从凤木诗集中抄录付之，并且极为感慨地说：“呜呼！使无凤木代为之存，则人琴俱亡矣。岂非爱才之报乎？”[②]从《玉巢诗草》郑相如序中可以了解，徐凤木也是一个屡困场屋的失意诗人。相如说他“入举场三十年矣，宏博之科今亦一试矣”，但并未能博得一第。不过，他“虽屡蹶于遇”，却能“不以得失介意”。郑相如也可能与吴敬梓相识，因为郑相如与吴敬梓的朋友周荣光、周榘父子均为至友，并为周荣光写作墓志铭[③]；郑相如与吴敬梓又同为《玉巢诗草》写序，所以他们也可能是诗友。吴敬梓在序中以徐陵比紫芝，而以吴质自况；说他的诗“近体尤工”；序中还有“秋风扑被，匿影僧楼；夜雨芳樽，迟君水阁”，“且同剪烛，仍命开樽”的记叙，可见两人交谊相当深厚。吴敬梓这篇序言写于“雍正甲寅重阳前三日”，甲寅为雍正十二年（1734），是吴敬梓移家南京后一年，在南京“秦淮水亭”为徐紫芝的《玉巢诗草》写了这篇序言。

朱卉　吴敬梓写有《秋病》四首，朱卉曾同作一首，均见《文木山房集》卷二。吴敬梓还为“七月初五朱草衣五十初度”写有《金缕曲》一首，去芜湖时“雨夜过朱草衣旧宅”写有《燕山亭》一首，均见文集卷四。关于朱卉的传记材料并不少见，今就过去研究者所未曾留意之处略作补充。朱卉，字草衣，初名灏，字麦江，安徽芜湖人。早年曾为吉祥寺僧，中年侨居南京，晚年依一女为终。某年中秋节，他曾邀婿踏月，步行至家中，即令其女与之成婚[④]，可见他的贫窘状态。死后葬于南京清凉山，袁枚题其墓曰：“清故诗人朱草衣先生之墓。”[⑤]诗工近体，其《哭槎儿》一诗：“罗浮南海历秋冬，烟水云山隔万重。前日寄书书面上，红签犹写汝开封”，为时“人传诵，以为天籁”[⑥]。当时有人写了一首《赠朱草衣》

---

① 朱绪曾：《国朝金陵诗征》卷二十六。

② 袁枚：《随园诗话》卷三。

③ 朱绪曾：《国朝金陵诗征》卷二十二周榘《感怀》诗夹注。

④ 《国朝金陵诗征》卷十八陈嘉谟《草衣朱山人赘婿即事》一诗自注：“今草衣以中秋，亦邀婿踏月，即至家，令其与女合卺。”

⑤ 袁枚：《随园诗话》卷九。

⑥ 袁枚：《随园诗话》卷五。

诗，有云“才高双眼白，吟苦一肩高”，袁枚认为“酷肖诗人穷相”①。是敬梓的挚友程晋芳写有《赠朱草衣》、《挽朱草衣》等诗②。《所知集》中有不少诗篇提到他，例如卷一中有宣城人葛鹤的两首诗，一首是《病甚柬朱麦江》：

云树天何远，江楼病不登。细声吟夜雨，饥鼠伏秋灯。梦乱常逢鬼，交疏并绝僧。乾坤余尔汝，慷慨涕如渑。

另一首为《寄怀麦江》：

水县风凉树欲秋，故人茅屋枕江流。灯红小市酤零酒，月黑孤萤入破楼。赋似江淹宜感慨，诗如杜甫合穷愁。乾坤我辈虚名在，雨雪天涯一敝裘。

都反映了朱卉的贫困和诗才。《金陵诗征》卷四十三中录其近体诗二十八首，《所知集》卷五中选其诗作十六首，两者所辑不尽相同。陈毅选录的十六首中，值得一提的有两首，一首是《由灵谷寺经孝陵》（《金陵诗征》也选入）：

青山无复翠华踪，古寺荒凉路几重。秋草人锄空苑地，夕阳僧打破楼钟。苍苔漠漠丰碑蚀，黄叶萧萧享殿封。宫监白头今卖酒，年来犹护几株松。

由于此诗的颔联被人称赞不已，草衣也就被人称为“朱破楼”③。另一首为《饮黄仑发斋中》，仅见于《所知集》，诗云：

衔杯堪永夕，挥麈亦生春。老态难胜醉，清谈不厌频。一窗灯照雪，三径月迎人。揖别天街静，梅花几处新。

黄仑发即黄河，他曾为四卷本《文木山房集》写过序，说吴敬梓的诗“如出水芙蕖，娟秀欲滴”；词则“婉而多风”，“信可传也”。他曾准备将《文木山房集》“付之剞劂，以垂不朽”，后来因为方嶟“先我成此盛举”而告罢。他的住处与秦淮水亭相去不远，两人“衡宇相望，晨夕唱酬”。因而朱卉在其斋中痛饮，也会有吴敬梓在座。吴敬梓在《月夜怀姚文洁、黄仑发》一诗中将他比作快士黄权；在《赠黄仑发二十韵》中又说“游屐五年共，行觞一座倾”，可见得吴敬梓流寓南京以后，曾与包括朱草衣在内的一些友人于黄河斋中饮酒、清谈，从早至夕，由冬及春。

姚莹 《所知集》卷五选有他的《移梅》一首：

幽怀日日梦林逋，野寺冲寒觅一株。怕损孤根和土起，为怜苍藓倩云扶。

---

① 袁枚：《随园诗话》补遗卷九。

② 《勉行堂集》卷五、十。

③ 光绪六年《江宁府志》卷四十二。

乍辞山径含冰雪，新复茆檐入画图。春意渐回香渐吐，邀将明月伴清癯。

并注明姚莹字“文洁，一字玉亭，江南江宁人”。吴敬梓在《月夜怀姚文洁、黄仑发》中将他比做诗人姚合；还写有《天台红藤杖歌为姚文洁作》，均收入《文木山房集》中。他的诗作，《金陵诗征》卷十七中选录十八首，但《移梅》并未选入。袁枚修乾隆《江宁新志》卷十三中也录其《同余石农、马秋田登木末亭》一首：

木末倚苍穹，登临落照中。数峰沉暮霭，一雁下寒空。野色遥连北，江流直向东。安知今夜月，不与昔人同。

《金陵通传》卷三十二中有他的小传：

姚莹字文洁，号玉亭，亦江宁人。性孝友，执亲丧，哀毁骨立，遗产尽以让兄。工诗善画，志耽山水，隐于医。著有《环溪草堂集》。

他的寓所环溪草堂在青溪之上，与吴敬梓的秦淮水亭相去不远。南京另一诗人芮宾王曾写有《环溪草堂歌》：

草堂结隐青溪侧，一水萦回漾寒碧。波光晴对孝侯台，柳色阴连江令宅。架上烺烺富文史，先生日据乌皮几。胸中久贮五车书，笔底常倾三峡水。白门风雅至今存，独赖骚坛执牛耳。北窗高枕数十秋，五岳名山总卧游。衷怀淡比云间月，富贵看同水上沤[①]。

与吴敬梓诗中说他“百岁清闲非易求，得意当思五岳游”是一致的。

涂逢豫　《所知集》卷六选他的诗作一首，题为《谢皋羽西台痛哭记》：

举头天如墨，四望江水黑。万古春归人不归，飘零朱鸟飞无力。朱鸟将飞朔气多，风风雨雨思如何。冬青树老诸陵夜，漫令精魄频销磨。一歌山竹裂，再歌山石碎。江涛淼淼寒，林木声天际。西台痛哭无人知，日暮敲残铁如意。

并说明逢豫字“长卿，江南江宁人”。《文木山房集》中虽没有提到过涂长卿，但他曾写诗赠给吴敬梓，有“曾见鹤书飞陇畔，谁知豹隐隔山中”[②]之句。严东有写有《宿文木山房待涂长卿、陶衡川不至》[③]一诗，可见他们经常住在吴敬梓寓所，一起吟诗弹琴。《金陵通传》卷三十三中有他的小传：涂逢豫，字长卿，一字怿堂，号莼溪。年轻时“喜为绮丽之词，晚年寝馈左司，乃证悟境”，著有《山

① 《国朝金陵诗征》卷十七。

② 杨钟羲：《雪桥诗话》三集卷七，民国求恕斋刻本。

③ 《国朝金陵诗征》卷二十五。

壘集》、《凤城编》、《皖江集》、《晋游草》、《通潞集》、《淮海录》、《瀔阳录》、《蜀游草》等。《金陵诗征》卷二十一选有他的诗作二十五首，其中《谢公墩》一首云：

南朝余半壁，东山有全人。谢公一抔土，千载名犹新。围棋赌墅日，决胜奔苻秦。仲宝思媲美，无乃玉与珉。

吴敬梓也写有同题五律一首，见《金陵景物图诗》。涂逢豫是袁枚最“赏识”的弟子之一，说他的诗是“宗温、李”的。涂逢豫的《秦淮曲》“灯船歌吹酒船迟，天鼓声闻唱柘枝。石上暗潮呜咽语，无人解拜侍中祠”一诗，袁枚说它“可谓曲终奏雅”[①]。袁枚在《秋夜访涂长卿不值见其二子》一诗中写道：

中散园林夜色深，阮公著屐来相寻。月华照树乌鹊笑，十八年前人又到。主人不在两郎迎，两郎当年都未生。出门大笑问两郎，当年何处捉迷藏[②]。

可见他们师徒之间友谊很深。

周榘 《所知集》卷八选有他的诗四首，其中《同啸村别峰碎琴再集迟荀叔钟悦不至》一首云：

笑口难逢却又逢，及时谁忍负萍踪。风清月白真良夜，酒绿灯红奈个侬。凤尾齐开双碗菊，蒲牢碎吼一楼钟。禅房那比巉岩上，二客何当竟不从。

可以看出周榘与吴敬梓的朋友李葂（啸村）以及吴敬梓的长子吴烺（荀叔）交谊很好。《所知集》还注明，周榘字“平甫，一字幔亭，江南上元人”。《盋山志》卷三：“幔亭（旧有额，题周幔亭先生读书处），在乌龙潭侧。邑人周氏榘所居也。今圮。”可见他的家在清凉山脚下、乌龙潭畔。同书卷五有他的小传。但《金陵通传》卷三十四中的传记则更为详细，传中说他“好学博览，雅有巧思，能以拳木造天球，以尺绡画江河万里”，并且懂得“华严字母法”，被时人称为“振奇人”，著有《阙里小志》、《清凉山志》、《幔亭诗钞》。《扬州画舫录》卷十中说他“工诗，善八分书，以‘松影入窗无’句，受知于公（卢见曾），折节造庐，书德馨堂额赠之，招来扬州，有寿高御史生辰诗，脍炙一时”。吴敬梓写有《贵池客舍晤管绍姬、周怀臣》一诗，周怀臣即周荣光，为周榘之父，可见周氏父子与吴氏父子

① 袁枚：《随园诗话》卷九、十三。

② 袁枚：《随园诗文集》卷十六。

两代友好。吴敬梓曾与周榘一起听笙，有“孺子独生伊洛想，仙姊曾共幔亭看”[①]句。《金陵诗征》卷二十二选其古今体诗二十四首，但不包括《所知集》选入的四首。他的诗句“山光含月淡，僧影入松无”，与陈古渔的“花阴拂地香方觉，桥影横波动即无”，同押“无”字，为袁枚所激赏，称为“俱妙”[②]。

戴瀚　《所知集》卷三选其诗四首，今录其《镇远府》一首如下：

莫测坤舆结撰情，黔南今日试初程。层坡通道旁无地，块石摩天趾夹城。泉脉自来檐可接，箐端时暝雨旋惊。只愁归说人难信，安得吟成更画成。

并注明“镇东”一字雪村，江南上元人。《文木山房集》中虽然没有提到他，但他的确是吴敬梓的一个重要友人。关于他的生平事迹，参见《吴敬梓与甘凤池》一文，此处不赘。

仅从以上约略勾稽的材料来看，陈毅辑录的诗篇及其作者的点滴事迹，为我们进一步考查吴敬梓的生平和交游，提供了不少新的线索。这对我们探索吴敬梓的生活和思想、研究《儒林外史》，也是大有助益的。

（原载《江海学刊》1982年第6期）

① 吴敬梓：《笙》，见《文木山房集》卷二。

② 袁枚：《随园诗话》卷七。

吴敬梓与甘凤池

《儒林外史》中凤四老爹鸣岐之原型为甘凤池，见之于金和《儒林外史跋》。有的研究者以此作为《儒林外史》具有民族思想的一项佐证。何泽翰《儒林外史人物本事考略》于甘凤池事迹颇多勾稽，并以之与《儒林外史》中有关凤四老爹的描写相对照，惟于甘凤池与作者吴敬梓的关系，仅推论甘凤池“籍隶南京，恰与作者同时同地，可能直接有往来”。其说不为无因，但语焉不详。此文拟就此一“可能”略作补证。

关于甘凤池事迹，《清史稿》（卷五〇五）、《耆献类征》（卷四八一）、《金陵通传》（卷三十二）以及王友亮《双佩斋文集》（卷二）中均有小传。野史笔记中记载更多，如《白下琐言》、《清稗类钞》、《清朝野史大观》等等，甚至雍正《硃批谕旨》中也多次提到他的名字，是当时赫赫有名的人物。

甘凤池所作所为对清廷统治颇为不利，因而屡遭迫害。据浙江总督李卫奏折，“江宁省城正月间，屡有盗劫之事”，其中“不轨之徒，以符咒惑人，各处煽诱，江、常、镇、苏、松等属以及浙、闽，皆有声气相通”。所谓“盗劫之事”实为反抗清廷统治的活动。而其中主要人物又为“甘凤池、周崑来等十余人”，其中尤以甘凤池“苍猾异常”，不但“颇晓天文、兵法”，而且武艺高强，各处闻名，声气颇广，“人人欲得以为将帅，无不与之邀结往来”①。特别是他“随身密带之二本，将各省山川关隘险要形势，攻守机宜，备悉登记；并于身所到处，将方隅远近，逐一增注”②，因而更遭到清廷统治者的仇视，被认为“江浙好事悖谬之人”，“莫过于现在拿获之甘凤池等各犯”③了。

当时“大江南北有八侠”，依次为僧了因、吕四娘、曾仁父、路民瞻、周

---

① 雍正《硃批谕旨》七年十二月初二日。

② 雍正《硃批谕旨》八年正月十七日。

③ 雍正《硃批谕旨》八年二月初八日。

玗、吕元、白泰官、甘凤池。八人中“了因无行”，为其余七人所共“歼”。这七人均“抱种族主义”，为雍正所“列名严捕”，例如周玗就“以醉卧旅邸，毙于侦吏手”[①]。甘凤池在“八侠”中虽“居末座”，但却为雍正“严饬天下督抚逮甘凤池等甚急”，至于“弋获与否，则不可得而考矣”[②]。这些野史虽大都是传闻之词，而且辗转渲染，不能视作信史，但甘凤池等人的大致情况，还是可以据此揣知的。

甘凤池的结局究竟如何，说法不一。王友亮作《甘凤池小传》后有论说：“甘氏世多勇士，于汉则君况，于吴则兴伯，类能乘时建功，著名史册，伟矣！凤池材力不减前人，而生当太平，未得一官以自效，终老乡闾，其名日就湮没，岂非命哉！”据王友亮“自记”，其传记乃据黄之纪所作改制。友亮在自记中说黄之纪“长余十余岁”，曾“及见”甘凤池，因而为其“立传颇详”。但“惜其文冗”，王友亮乃“为改作”。可见黄之纪与甘凤池时代相去不远，且之纪又与吴敬梓的一些友人均有交往（参见《陈古渔〈所知集〉中有关吴敬梓交游资料》），而王友亮《双佩斋诗集》前有姚鼐所作《婺源王君墓志铭》，云友亮“以贡生中乾隆三十年顺天乡试举人，三十四年会试，取为中书舍人，46 岁成进士”，于“嘉庆二年五月十二日卒，年 56 岁”。据此逆推，当生于乾隆六年（1741），此时吴敬梓尚健在，因而其说似有根据。后出的《清史稿·甘凤池传》亦说“或云凤池年八十余，终于家”，《金陵通传·甘凤池传》则更具体说其“卒，葬凤台门，表曰：勇士甘凤池之墓”。不过，一些野史笔记所记则不同，有说甘凤池曾“携妾客皖”为清吏侦知，“乃火旅舍”，但二人已“从黑焰中双双飞去”[③]。王友亮时代去吴敬梓不远，其时文字之狱仍然十分严厉，于记载凤池事迹时，不能不有所避忌。试将《双佩斋文集》、《清史稿》、《金陵通传》等三篇甘凤池小传略作比较，或可说明问题。王友亮所记内容主要为凤池与张大义、马玉麟角技事，其叙述较《清史稿》为详。但《清史稿》中所云“雍正中，浙江总督李卫捕治江宁顾云如邪术不轨狱，株连百数十人，凤池亦被逮，谳拟大辟。世宗于此狱从宽，未尽骈诛”一节，王友亮则只字未及。《金陵通传》不仅说甘凤池“以任侠结党，

① 《清朝野史大观·江南北八侠》。

② 《清朝野史大观·甘凤池》。

③ 《清朝野史大观·江南北八侠》。

与张天如辈同系狱，终脱于难”，而且更增添“驻防旗人”试其技勇一事，则同为王友亮、《清史稿》均所未曾云及。这些参错的记叙颇耐人寻味，依照其一贯反对胤禛的行径，以及雍正朝君臣对他的仇视的情况来推断，似乎很难善终。

甘凤池确与吴敬梓同时，并同在南京活动，但两人之间直接交往的情况，尚无资料可以证明。不过，“八侠”中的周玙，也就是雍正《硃批谕旨》中提到的周崑来，却与吴敬梓有瓜连。

关于周玙的生平，除《金陵通传》卷二十九有小传外，光绪六年《江宁府志》卷四十三中也有不满百字的传记：“周玙字崑来，原籍河南，居金陵。工画山水人物，尤善画龙马。每晨起画龙，呵气研池和墨写数笔，匝月而就。画马亦然。性倨傲，高自位置，求之不专，虽达官贵人，酬赠百金不易也。诗亦清古，枪法尤擅名。”这一则小传，主要述其画艺，因为周玙确能画，尤以画龙出名，《金陵诗征》卷二十三中有侯学诗《题周玙画龙歌》可证。但周玙尚有另一侧面：即与颜元（习斋）李塨（恕谷）学派的关系。早在康熙四十年（1701）即吴敬梓出生这一年，周玙曾往北方向李塨“问学”，并以贫忧，李塨劝其“洗名士清客之习，恶食恶衣，皆能安之，乃为豪杰”。次年，周玙更欲拜李塨为师，李塨坚辞，表示“愿与子同学于习斋”，于是乃从学颜元。及其南归，恕谷又馈其“斧资”以及著述多种。此时周玙可能已与反清志士有往来，李塨在“送之南巡”时，一再“嘱以慎交，勿为书生所误”。周玙南归后七年即康熙四十七年（1708），李塨就闻说“南方有乱者败亡，吕晚村之门人也。……幸早辨其妄，斥而远之也”。看来吕晚村这个“门人”曾在李塨身旁“从学”，但究竟为谁，无从稽考。根据记载，李塨以后仍与周玙有往来，康熙四十九年（1710）他曾写信给周崑来，要求崑来为其“写照”。康熙五十九年（1720），李塨南下到达江宁，曾与周崑来、程廷祚等人晤面谈学。在这几年之中，吴敬梓随其嗣父吴霖起在赣榆县学教谕任上，但因其生父吴雯延先在南京从霄道院攻读，后又卧病不起，敬梓经常往返于大江南北。程廷祚为其至友、李塨为其曾祖吴国对门生，因而李塨在南京与周玙、程廷祚等人晤谈情况，吴敬梓当十分了然。此后，李塨北返，但与周崑来、程廷祚等人并未中断联系。雍正五年（1727）三月，周崑来、程廷祚等人均曾有信给李塨[①]。周崑来既然与敬梓曾祖国对门生李塨有非同寻常的关系，又与敬梓至交程

---

① 参见冯辰《恕谷年谱》有关各卷。

廷祚同学于恕谷，而敬梓本人又极倾致于颜、李学说，因此尽管崑来与敬梓两人年龄有相当差距，但也不会毫无交往。

不仅如此，周璕女婿戴瀚与吴敬梓颇有交谊，并见之于有关记载。光绪六年（1880）《江宁府志》卷四十有戴瀚小传。瀚“字巨川，号雪邨，上元人”。《金陵通传》卷二十九也有其传略，较之光绪《府志》为详。据《金陵通传》所记，戴瀚善诗，8岁即能成篇。自幼侍其父读书栖霞山，半夜偶得佳句，即起床书写。陈古渔辑录《所知集》，曾选其诗四首。雍正元年（1723）乡、会试联捷，以榜眼授职编修。先后典试顺天、贵州，督学福建。官至侍讲学士、南书房行走。颇得胤禛宠信，并曾召见，问及家事，特令江南总督以二千金养赡其母。但耐人寻味的是，在雍正十三年（1735）“复典顺天乡试”时，却“坐累下刑部狱”，被革职归里后，“贫至无室可栖，而好奖进后学，休宁戴震师事之”。戴瀚之所以失宠，怕与其岳父有关。因为他的岳丈如上文所述，正是“以拳勇著”、“精峨眉枪法”，又“与甘凤池齐名”的周璕。戴瀚早年颇得崑来之欢心，不但“妻以女”，又教他“学射”，以至“能引弓十石”。周崑来既然与甘凤池同为“八侠”，戴瀚的处境就不妙了，帝君之侧岂容“不轨之徒”之爱婿在？当然要借故予以清除。

戴瀚与吴敬梓交游一节，未见于吴敬梓之《文木山房集》，但戴瀚之《雪村编年诗賸》中却颇有记叙。在乾隆四年至六年（1739—1741）间，两人在南京过从甚密，还曾在李天泽的园林中宴集，《诗賸》卷十二有《芦渡园消寒小集，励行南招同吴蒙泉、龚退庵、冯粹中、吴敏轩、朱草衣、宋润九、涂长卿、沈瘦岑、樊圣谟、顾秋亭，即席各赋次仲弟粒民韵四首，兼呈徐药川、顾秋庭、程绵庄》四首，诗中有云：“人于白下门边遇，酒是黄公垆上斟”；“由来此乐忘宾主，且听雄谈迈古今”；“千间厦问寒谁庇，五岳心知笑可排”；“酒力还将风力欺，高歌欲动鬼神时”。可见他们交往频繁，友谊甚笃。这次小集参加者吴蒙泉（培源）、冯粹中（祚泰）、朱草衣（卉）、涂长卿（逢豫）、樊圣谟（明征）都是敬梓（敏轩）至友。“仲弟粒民”即戴瀚之弟戴浚字，浚又字渐东。程绵庄即程廷祚，也是敬梓至交。从《诗賸》中还可寻出除上述小集参加者以外，而为戴瀚、吴敬梓的共同友人的尚有李本宣（蘧门）、程丽山（锦春）等。

吴敬梓与戴瀚交游之日，已在戴瀚革职归里之时。敬梓对于周璕所作所为，早年从其与恕谷问学时便当知晓，而今更会从其爱婿处悉知一切。吴敬梓开始创作《儒林外史》当在乾隆元年（1736）左右，大约到乾隆十五年（1750）才基本完稿。因而将从戴瀚及其岳丈周玗处所了解到的甘凤池的某些事迹，采摘入《外史》，塑造凤鸣岐这一形象，也就可以理解了。

（原载香港《大公报》1984年1月1日）

秦淮水亭的史地考索

《红楼梦》中的大观园究竟在何处，曾发表过不少的考证文章。但《儒林外史》作者吴敬梓在南京的寓所秦淮水亭，却至今未见有探查和考证的文章问世，这未免令人感到遗憾。今略作考索，以为“拾遗补阙”，或可作研究吴敬梓生活之助。

一

吴敬梓虽是安徽全椒人，但早年即来游南京，雍正癸丑（十一年，1733）年33岁时，更正式移家南京秦淮水亭。之后，虽经常出游，但终其后半生是在秦淮水亭度过的。秦淮水亭在青溪、秦淮二水汇流处的淮青桥附近，在历史上是南朝江总等人园宅遗址。

吴敬梓生父吴雯延早年即流寓南京，《金陵诗征》卷四十四即有“始居金陵”的记载。吴敬梓在30岁（雍正八年，1730）时写的《减字木兰花》词中说“秦淮十里，欲买数椽常寄此”；移家南京后写的《移家赋》也说“爰买数椽而居，遂有终焉之志”。可见其南京寓所是自己购置的，而且远离其父的活动处所。

吴雯延的住处，从《文木山房集》中《过丛霄道院》一诗可以得知一些消息。吴敬梓在这首诗自注中说：“康熙丙子岁，先君子读书其中，今道士尚存，年九十矣。”丙子为康熙三十五年（1696），敬梓尚未出生。几十年以后，他曾不止一次地专门探寻“先君子”寓居的丛霄道院，并写有《过丛霄道院》一诗，诗云：“铃铎风微静不闻，客来芳径正斜曛。烟昏树杪鸦千点，水长陂塘鹭一群。幽草绿遥寻古刹，疏窗碧暗哭遗文。白头道士重相访，极目满山飞乱云。”这个丛霄道院位于何处？顾云《盋山志》卷二有记载：“丛霄道院，在虎踞关旁，旧有老桂二，相传数百年物。今圮。”陈诒绂的《石城山志》记得更详细一些：“丛霄道院，内有阁，奉吕祖，道士设坛扶鸾于此。门外修竹万竿，绿阴成海。春时款客辄出笋以供，谓之玉版筵。”陈“志”中“绿阴成海”的景色与吴“诗”中“幽草绿遥”一联的描写是一致的。由此可见，尽管吴雯延在宁是否有固定的寓所以及其寓所的确切地址，尚无文献可据以最后断定，但他经常生活在南京城西清凉山脚下的虎踞关附近，则可以肯定。

吴敬梓购置的秦淮水亭在城东南角，但他却常到城西北一带来。《移家赋》中说“诛茅江令之宅，穿径谢公之墩”；《春兴》诗亦云“诛茅江令宅，蜡屐谢公墩”等，均为纪实之作。南京有两个谢公墩，光绪六年（1880）《江宁府志》卷八：“谢公墩在冶城西。”因谢安“尝与王羲之共登冶城，悠然遐想，有高世之志”[①]而得名。城东又有一谢公墩，《府志》卷八：“谢公思会稽东山，于城东筑土以拟之，名土山。”吴敬梓《谢公墩》诗序也说：“金陵有两谢公墩，其一在冶城北与永庆寺南者，乃谢太傅所眺。”永庆寺则在五台山、清凉山之间，距离虎踞关附近的丛霄道院不远，地属城西。《盋山志》卷二记永庆寺：“在蛾眉岭，永庆公主第也，后舍为寺，故名。……寺有浮图一（亦公主造），亚于长干之塔，然亦迥立云表，遥相拱揖云。今圮。”由此可知，吴敬梓提到的谢公墩，当指城西北角的谢公墩，他来谢公墩也是为了寻访先人遗迹，非仅游览而已。

吴敬梓的秦淮水亭却正在与清凉山遥遥相对的城东南角秦淮河一带。他在《买陂塘》词中说“偶然买宅秦淮岸，殊觉胜于乡里”；词序亦云“癸丑二月，自全椒移家，寄居秦淮水亭”。都说明水亭在秦淮河畔。秦淮河流经半个南京城，他的水亭又在哪一段？他的《洞仙歌》词云：“我亦有闲庭两三间，在篴（笛）步青溪板桥西畔。”《青溪》诗序也有记载：“过大中桥而北为青溪。……其流九曲，达于秦淮。……入濠而绝，所谓青溪一曲也。秦淮水亭相连……”由此可知，秦淮水亭在笛步、青溪一带。这与其子吴烺《感旧》一诗所记也相符，诗云：“小亭卜筑板桥西，一桁春山与屋齐。可爱阑干临水面，数株垂柳绿云低（余家自癸丑春半，移寓秦淮上）。”再从《移家赋》中所云“诛茅江令之宅”可以得知秦淮水亭即在江总宅址。江令宅则在秦淮、青溪汇流处的淮青桥附近，陈诒绂《钟南淮北区域志》云：“秦淮与青溪相接处，故曰淮青矣。西为江令宅。《建康实录》云在青溪中桥，旁湘宫寺，巷对桃花园路，北为宋段缝宅，有亭曰割青，取王荆公诗‘割我钟山一半青’意也。”

---

① 《晋书·谢安传》。

通过以上考索，可以知道秦淮水亭即是处于淮青桥西的江总宅址或其附近一带。这与程晋芳《文木先生传》中所记“移居江东之大中桥”也大致相符，因为淮青桥与大中桥相去不远。

二

据张敦颐《六朝事迹编类》卷下“江令宅”，可知所谓“江令宅”即“陈尚书令江总宅也”。

江总字总持，在梁代作过尚书仆射，入陈为尚书令。“好学能属文”，但“不持政务”，“日与后主游宴后庭”[①]，其园宅在青溪、秦淮一带，历来为文人词客所称道。《编类》并引《建康实录》等书云：“南朝鼎族多夹青溪，江令宅尤占胜地。”此说不为无据，聚居在青溪两岸的士族不在少数，据同治《上江两县志》卷四，仅在淮青桥一带，除江总宅以外，还有诸葛恪、孙瑒、王嶷、郄鉴、檀道济等人宅第。由于江总宅“尤占胜地”，所以更为历史上一些闻人所据有。在江总以前，此处为晋郄僧陁宅，袁枚《江宁新志》引宋人张椿《青溪阁记》云：“青溪数曲，近在城中。晋则郄僧陁之所领览，陈则江总持之所据依。”金兆燕《甲戌仲冬送吴文木旅榇归金陵》诗亦云：“江山孙伯符，风月郄僧陁。生平爱秦淮，吟魂应恋兹。”[②]这都说明吴敬梓的秦淮水亭即是郄僧陁寓宅。郄僧陁为郄鉴子郄超从弟郄俭的儿子，生平事迹附见《晋书·郄鉴传》。此后，到陈时，此处才成为江总宅舍，他曾写有《岁暮还青溪宅》诗：“悒然想泉石，驱驾出城台。玩竹春前笋，惊花雪后梅。青山殊可对，黄卷复时开。长绳岂系日，浊酒倾一杯。”[③]从此诗亦可以想见当时泉石草木之胜，无怪为时人及后人所称道。

至唐朝，此地为何人宅舍，尚未见诸记载，有待进一步考索。但当时池台竹树之胜，则颇为驰名。刘禹锡《金陵五题》有“江令宅”一首：“南朝词臣北朝客，归来唯见秦淮碧。池台竹树三亩余，至今人道江令宅。”[④]诗中即明说园宅有三亩多大。许浑《游江令旧宅》诗：“身没南朝事已荒，邑人犹赏旧风光。芹根生

---

① 《陈书·江总传》。

② 金兆燕：《棕亭诗钞》卷五。

③ 此据乾隆《上元县志》卷二十七所引；《全陈诗》卷三诗题作《岁暮还宅》。

④ 《刘禹锡集》卷二十四。

叶石池浅，桐树落花春井香。带暖山蜂巢画阁，欲阴溪燕集书堂。闲愁此地更西望，潮浸台城春草长。”① 不仅描写了园林景色，而且说明了江令宅此时已变成为南京人游赏的一个胜地了。

到宋代，则为段缝所居。段缝字约之，上元（南京）人，神宗时官至知兴国军，以职方郎中致仕，“居青溪，与王安石游，安石及苏轼皆有赠诗，所谓‘昔时江令宅，今日段侯家’者也”②。王安石《招约之职方并示正甫书记》诗说“往时江总宅，近在青溪曲”，到此际已颓圮不堪，“井灭非故桐，台倾尚余竹”；“故人晚得此，心事付草木”③。经过段约之的着意修葺，渐复旧观，以致苏轼也想比屋而居：“若得与君连北巷，故应终老忘西川。”④ 其后又一度荒废败落，南宋马光祖《青溪》诗云：“人道青溪有九曲，如今一曲仅能存。江家宅畔成花圃，东府门前作菜园。登阁自堪观叠嶂，泛舟犹可醉芳樽。料应当日皆无恙，苕霅潇湘不足言。”九曲仅存一曲，亭台楼阁则已铲为花圃菜园的沧桑变化，诗中慨乎言之。马光祖是理宗宝庆二年进士，“三至建康”，“兴废起坏”⑤，乃于其地建青溪园，“其中桥池亭馆数十处，最为繁盛，当时号小西湖”⑥。所建桥池亭馆皆有题名，如百花洲、放船亭之类，详见《钟南淮北区域志》。

及至明代，则为顾璘息园。夏仁虎《秦淮志·园林志》：“顾尚书璘别墅，即江总故宅也。”袁枚《江宁新志》卷十一：“息园，在淮青桥东北，明尚书顾璘造，有楼曰见远，堂曰顾贤。”金鳌《金陵待征录》卷三记息园说：“园内有顾贤堂，旁置小舍，延四方之士；有见远楼，高可三十丈，八窗轩豁，都城内外属之一览；又有映目、宜晚二亭。”其见远楼的构造，从《金陵诗征》卷二十七乾隆举人王嘉言诗题可知其大概：“息园高楼，明顾东桥先生所筑，在中正街后，岿然凌空，构造不施寸砖，四面八窗，飞檐深广，回廊栏槛，周绕于外，制作工巧，已三百余载，嘉庆六年忽被毁拆。”则从一个角度记叙了高楼的崇峻宏敞。金鳌少时还曾见到此楼“孤耸于菜畦蔬圃间”，而当他写《金陵待征录》时则早已倾圮残败，

---

①《全唐诗》卷五三四。

② 陈作霖：《金陵通传》卷五。

③ 王安石：《王临川集》卷一。

④ 苏轼：《苏东坡集》卷十四《次韵段缝见赠》。

⑤《宋史·马光祖传》。

⑥ 光绪六年《江宁府志》卷九。

无复往观了。

至迟到清康熙朝，此处即有“秦淮水亭”之称。施闰章曾邀约一些朋友在“水亭”中听苏生唱曲，写有《秦淮水亭邀郭汾乂、杨商贤、吴野人、汪舟次听苏生度曲》七古诗[①]，中有“桃叶渡头歌重续”句，可见“秦淮水亭”当即为息园。吴敬梓自称“秦淮水亭”，他的朋友有时却仍称息园，如严东有就有《过顾氏息园和敏轩丈韵》一诗。

通过以上考索可知“秦淮水亭”位于青溪与秦淮汇流处的淮青桥附近，先后为郄僧施、江总、段缝、顾璘所居住；也曾数度成为南京士人游赏、饮酒的处所。但秦淮水亭是否即为江总宅原址而未有丝毫更移，则难以肯定。金鳌《金陵待征录》即云：“江总宅，《景定志》固言为青溪最胜处，然桃花园路今已不能确指，其人品又极卑下，似不必苦争界址。”这就说明当时对江总宅的确切界址已有争议。吴敬梓的朋友王又曾在《丁辛老屋集》卷十二《书吴文木诗集后》中，说他“住近青溪江令宅”，并不说“住是青溪江令宅”，是颇有分寸的，所以我们说秦淮水亭是在江总宅址或其附近。而吴敬梓径直将水亭称为“江令宅”，则是旧时代文人喜欢攀附名流古迹的习气，吴敬梓也不能免俗。

三

秦淮水亭附近的六朝遗迹不少，吴敬梓徜徉其间，受其浸润，并见之吟咏。例如吴敬梓诗赋中提到的篴步、板桥、桃叶渡、乌衣巷都在秦淮水亭附近。篴步即笛步，光绪六年（1880）《江宁府志》卷八：“邀笛步即王徽之泊舟青溪邀桓伊吹笛处。”金鳌《金陵待征录》卷三：“邀篴步，《事迹编类》旧名萧家渡，在青溪桥即今上水门也。”桓伊吹笛的韵事，见于《世说新语·任诞》。吴敬梓对这一历史故事十分神往，在《桃叶渡》一诗中还发出“邀笛久沉埋”[②]的慨叹。

桃叶渡即利涉桥，袁枚《江宁新志》卷六：“利涉桥，即古桃叶渡也。”但利涉桥是否即是古桃叶渡，则颇有争议。吴敬梓在《桃叶渡》诗序中也说：“桃叶，王大令妾，王诗‘渡江不用楫’，后人诗亦云‘桃叶春深夜渡江’，则其渡宜与

① 施闰章：《学余堂文集诗集》卷二十，康熙四十七年楝亭刻本。

② 吴敬梓：《金陵景物图诗》。

江相近，不当在秦淮上。”但又接着说：“然彼自送其妾耳，何与人事？”仍将利涉桥当作桃叶渡来赋诗。文学作品中的历史传说，本多附会，强为辨别，殊属多事。同治《上江两县志》卷四一段话说得好：“淮青桥东为桃叶渡，王献之婢渡处也。《吕志》谓渡在江北。案琅玡诸王，世居乌衣巷，前临淮水。郭璞占曰‘淮水绝，王氏灭’是也。今乌衣巷在文德桥西可百余步，淮流咫尺，何假远涉？”并认为“必欲以六合桃叶山当之，则高叟之说诗矣”。当然，从地理学角度来看，辨明桃叶渡究在何处，是有意义的，但非将文学作品中提到的秦淮河上的桃叶渡加以否认不可，则是大煞风景的事。吴敬梓颇懂得二者关系，所以诗序中虽说明“其渡宜与江相近”，但诗中仍将利涉桥当作桃叶渡来描写：“花霏白板桥，昔人送归妾”，“世间重美人，古渡存桃叶”。

板桥即长塘，在丁官营一带。陈作霖《东城志略》：“……迤北为丁官营，直东为长塘，旧长板桥所跨也。桥西为教坊。”《上江两县志》卷四：“长塘，旧长板桥也（康熙中改为坝），桥西为教坊，有乐王祠，俗讹曰药王矣。”这才是余怀《板桥杂记》所记载的歌儿舞女营聚的处所——教坊、板桥。但吴敬梓诗赋中的板桥，则是指利涉桥，其《桃叶渡》诗序云：“顺治时李某为江宁守，设木桥。康熙癸卯易木为石，以垂永久。又不知废于何时？今则仍木桥，名利涉。”其诗首句即点明“花霏白板桥”可证。《移家赋》中有“乌衣巷口，燕子飘零；白板桥边，鱼舟暧乃（同“欸乃”）”之句，将乌衣巷与白板桥对举，可见均在秦淮河——也即秦淮水亭附近。将利涉桥指作板桥，不仅吴敬梓一人，如《金陵待征录》卷三所记：“长桥即长板桥，今名长塘。康熙时始改为坝。周青山诗注指为利涉桥，误矣。”

乌衣巷离秦淮水亭也不远。吴敬梓也写有《乌衣巷》一诗，其序说：“东晋时，乌衣、马粪皆王谢所居。乌衣巷在城南，有王谢故居，一堂匾曰‘来燕’，久倾圮，马光祖撤而新之，堂后建堂馆。”所谓“来燕”堂，即取刘禹锡《金陵五题》中“乌衣巷”一首诗意：“朱雀桥边野草花，乌衣巷口夕阳斜。旧时王谢堂前燕，飞入寻常百姓家。”面对着“广厦久已倾，人往流风微”的历史遗迹和现实景象，吴敬梓也只有唏嘘感叹，形之诗赋而已。

总之，吴敬梓诗赋中提及的这些靠近“秦淮水亭”附近历史遗迹的故事，大都是发生在东晋南朝时期。这样的生活环境，对他的思想感情并非没有影响。程晋芳有“敏轩生近世，而抱六代情。风雅慕建安，斋栗怀昭明”[①]的诗句，正是最好的说明。

四

秦淮水亭当时地处城乡之交，景色十分幽美。到吴敬梓晚年，水亭本身建筑已逐渐荒芜败落，但吴敬梓与其子吴烺仍居此处，没有他迁。

秦淮水亭附近景色的幽美，见之于诗人的吟咏，例如与吴敬梓曾祖辈有过往还的清初名诗人王士禛就写道：“青溪水木最清华，王谢乌衣六代夸。不奈更寻江总宅，寒烟已失段侯家。”[②]吴敬梓、吴烺父子两人的共同友人李啸村所写的青溪绝句，则为袁枚所激赏，诗云：“粉墙径扫落花尘，一带楼台树影昏。雨细风斜帘未卷，纵无人在亦消魂。”[③]这些诗都可以使我们想象到秦淮水亭附近景色的幽美。但是，吴敬梓晚年，已无力修缮园宅，水亭本身也就逐渐荒凉败落，可供“闭门种菜”[④]。严东有《过顾氏息园和敏轩丈韵》一诗正记录了它的衰败：“曾是尚书第，登临迹已荒。人稀苔草合，水近竹风凉。渔具安横槛，书声出坏墙。可怜旧时燕，犹自语空梁。”梁空墙坏，人稀草合，正是敬梓晚年“灶冷囊无钱”[⑤]经济状况的写照。

尽管秦淮水亭已衰败荒凉，但吴敬梓并没有弃之他徙，仍居此处。有的学者根据严东有《宿文木山房待涂长卿、陶衡川不至》一诗中“夕阳度西村，烟际数峰暝。返景入苍潭，深沉飒余映。竹露隐清光，松风答佳听。虚室卧翛寥，吟床拂深净。却忆苏门生，张琴散高咏。感此候中宵，孤筇伫萝径”诗句，认为诗中描写的景象不像在闹市之侧的东水关，从而推断吴敬梓晚年已不住在秦淮水亭。其实这一说法是没有根据的。严东有诗中“却忆苏门生，张琴散高咏”之句，正为施愚山《秦淮水亭……听苏生度曲》作一注脚，证明施诗中的“秦淮水亭”即是后来敬梓居住的寓所，并非泛指。再从自然景色来看，吴敬梓自己在《青溪》

---

① 程晋芳：《寄怀严东有》，《勉行堂诗集》卷五。

② 王士禛：《秦淮杂诗》，《渔洋山人精华录》卷五，康熙三十九年写刻本。

③ 袁枚：《随园诗话》卷十三。

④ 顾云：《盋山志》卷三。

⑤ 程晋芳：《怀人诗》，《勉行堂诗集》卷二。

诗序中所描写的与严诗也是相符合的。秦淮水亭与秦淮河相近的一端，虽然“笙歌灯火称极盛”，但“路入青溪”的一段，“则两岸皆竹篱茅舍，渔唱樵歌，互答于冷烟衰草之外，耕夫扶犁，渔家晒网，昔人拟于苕霅潇湘，犹未足尽焉”。严东有诗集《归求草堂集》有长沙郎园刻本，按年排列，但《宿文木山房》一诗并未见收，而为《金陵诗征》卷二十五所选。此诗写作时间大约是在吴敬梓晚年，因为据程晋芳《严东有诗序》以及严东有壬申年（乾隆十七年，1752）《晤程二鱼门有赠》诗，严东有与吴敬梓相识是在辛未年（十六年，1751），这一年严东有虽仅21岁，而吴敬梓却已51岁了。严东有另一首诗《过顾氏息园和敏轩丈韵》前文已引，其中关于“水亭”景色的描写与《宿文木山房》一诗、吴敬梓《青溪》诗序是一致的，而这首诗确写于乾隆十六年（1751），因而可以断定吴敬梓晚年仍住在秦淮水亭，也就是顾氏息园——郄僧施、江总、段缝所曾住过的寓所或其附近，未曾他徙。这一点还可以从吴敬梓、吴烺父子两人的共同友人周榘的诗中找出根据。据光绪六年（1880）《江宁府志》，周榘著有《阙里小志》、《清凉山志》、《幔亭诗钞》等书，据《金陵待征录》卷一，《清凉山志》并“无刻本”，至于《幔亭诗钞》是否付之梨枣，尚未之见。但《金陵诗征》卷二十二中却录存其诗二十余首，《感怀》之十云：“才海才江既生子，酒醒酒醉且从予。绝怜一曲秦淮水，偏与东西两处居。”自注云：“吴荀叔（吴烺字）与余共居江宁东西水关上。”由此可见，吴烺一直住在其父吴敬梓的“秦淮水亭”——淮青桥附近东水关；周榘所居“幔亭”，则在“乌龙潭侧”[①]，正近西水关，也靠近从霄道院。幔亭此诗正从另一角度证明吴敬梓晚年未曾迁家，甚至身故以后一段时期内，其子吴烺仍居原处。王又曾说：“今夏复来秦淮，值舍人（指吴烺）居忧里门”[②]就是佐证。

吴敬梓晚年不但没有迁居，而且有一段时期还是与其子吴烺同居水亭。除上引周榘诗、王又曾诗序之外，严东有在乾隆壬申（十七年，1752）写有《青溪和吴荀叔二首》，诗云：“新制双游艇，将来系短桥。探花忆前路，其奈不通潮。浮云归北林，新月生南浦。照见隔溪人，沙头笑相语。”诗题即说吴荀叔仍在青溪。而这一年，吴敬梓并未出游，也居青溪。程晋芳在《严东有诗序》中说自己于“壬

---

① 顾云：《盋山志》卷三。

② 王又曾：《丁辛老屋集》卷十二《书吴征君文木山房诗集后有序》。

申春，就试金陵。敏轩偕东有来访”；“风雨晨夕，余三人往来最密也”。凡此，都足以证明这两三年内，吴敬梓、吴烺同居秦淮水亭，可无致疑。

通过以上考索，我们知道吴敬梓移家南京以后，购置了秦淮水亭为寓所。水亭在南朝文人江总宅遗址或其附近。这一带既是南朝士族聚居之所，又多六朝名胜遗迹。这样的历史、地理环境，对吴敬梓的思想情操也不能不产生一定影响，例如他追慕六朝的思想感情，研习《文选》的刻苦努力，与此也并非全无关系。

（原载香港《大公报》1981年8月9日，《南京史志》1984年第1期）

附：吴敬梓秦淮水亭修复记

《儒林外史》是我国乃至世界文学中的瑰宝，鲁迅认为它是具有“伟大”价值的作品。在这部杰出的作品中，前后近两个半世纪的历史中，许许多多的知识分子生活，都被作者作了生动形象的反映，这在中国文学史上还不多见。作者从他们的生活情景切入，深刻地揭露了封建末世的腐败与黑暗，并且不断地探索知识分子的出路，但都以对封建士人的深沉失望而告终，从而将目光投入到“市井中间”崛起的新人，在市井小民身上寄托了作者新的理想与期望，这对于后世读者是有着深远的启示意义的，得到世界各族读者的赞赏，英国大百科全书说它“是一部杰出的讽刺文学作品”，美国大百科全书说“它对后来的中国讽刺文学产生了极大的影响”，美国研究中国文学的学者亨利·韦尔斯认为“吴敬梓的艺术风格可与意大利薄伽丘、西班牙塞万提斯、法国巴尔扎克或英国狄更斯等人的作品相抗衡”。

这样一部享誉世界的小说《儒林外史》的作者吴敬梓虽然出生于安徽全椒，但其族人与江苏尤其是南京有着千丝万缕的联系。清雍正十一年（1733）吴敬梓33岁时“自全椒移家，寄居秦淮水亭”。他定居南京以后不久，便开始创作《儒林外史》，历经十几个春秋，大约在乾隆十三年（1748）到十五年（1750）之间，大体写完，并已在友朋中流布，而且为他赢得了极大声誉。这部小说无疑义地是在南京完成的。这部小说完成不数年，吴敬梓即于乾隆十九年（1754）病逝扬州，归葬南京，其墓地一说在清凉山，一说在凤台门。吴敬梓有年54岁，有30余年生活在江苏南京。

吴敬梓以无比的深情，选择江苏尤其是南京作为这部小说人物活动的主要场景，生动地叙写了南京社会的风土人情，表现了南京的山光水色，描绘了南京的市井商衢，尤其是刻画了南京人物的鲜明个性，反映了南京深厚的文化传统，充分显示了它浓郁的地域文化特色，因而获得了江苏尤其是南京民众的欢迎与喜爱。

1984年，为纪念吴敬梓逝世230周年，在南京举行了盛大的学术讨论会，据《新华日报》1984年11月3日报道，省市领导到会讲话，来自全国各地的学者有120余人，并成立了中国《儒林外史》学会。1996年夏，又在扬州召开了国际《儒林外史》学术研讨会，来自全国以及美、韩、瑞士等国40余位学者参加了讨论会。《明清小说研究》于1997年第1期设立了专栏选载了此次会议的论文。这也表明吴敬梓在南京、江苏、全国乃至世界各民族人民心目中的地位。因此在南京修复他的故居很有必要。在1981年8月9日香港大公报艺林副刊，笔者先行发表《吴敬梓"秦淮水亭"史地考察》（《南京史志》1984年第1期转载此文，又收入笔者《吴敬梓研究》和《清凉文集》中），考证出"秦淮水亭"的处所。然后在1984年11月举行的纪念吴敬梓逝世230周年学术讨论会上，正式提出在南京修建纪念场所，得到与会学者赞同。1986年《南京城市研究》创刊，笔者应邀在创刊号上发表《恢复和发展南京历史文化名城的特色》，文中有"名胜古迹，择善修缮"的建言，其中包括修复秦淮水亭。1987年有关部门召开整修秦淮风光带问题座谈会，笔者应邀出席，在会上再次提出这一建议。

在这些呼吁的基础上，笔者于1990年省政协六届三次会议上，作为教育界政协委员提出提案：为了弘扬民族文化传统，发展旅游事业，建议在秦淮风光带的修建中恢复秦淮水亭。这一提案受到南京市政府的重视，并于1990年5月23日发出"宁政办案［1990］2号"的答复，说"您的建议很好，我市非常重视，有关部门对此已做了大量的准备工作"并"力争尽快地对该工程进行开工建设"。1991年3月8日，《省政协六届三次会议以来提案工作情况的报告》对本人这一提案以及南京市政府的答复均做了充分肯定，但历经数年仍未见开工。1994年我作为文化界政协委员，在省政协七届二次会议上，就此问题再次提出提案，并给时任省委副书记兼南京市委书记的顾浩同志写信，市领导对此极为重视，交由秦淮区政府落实，区政府责成区旅游局负责。区旅游局两位同志邀约本人前去淮青桥畔现场考察，并说动迁工作已开始，即日复建，由秦淮区网点建设开发公司投资千万元进行这一工程。1997年年底，秦淮水亭复建竣工，笔者十余年的动议，终于在省政协、市政府的关注下得以实现。《新华日报》1998年1月14日以《融自然景观与人文历史为一体，吴敬梓故居陈列馆开放》为题作了报道，报道说该馆分"南北两部分，南部为文木亭区域，由大门、古榆桩、洗砚池、涌云石、双亭组成”，“沿文木亭向北为碑廊，内嵌名家绘制的反映吴敬梓生平中具有代表性的生活片断，有迁寓秦淮、绝意仕途、绕城暖足、愤世著书、重修秦淮水亭记等五块石碑，回廊栽种数丛紫竹，林前竖立吴敬梓花岗岩石雕像一座，高约二米”；“北部重建的秦淮水亭为二层仿明清亭榭式，各有展室一间”。

《秦淮水亭重建记》是笔者应命而撰，原以秦淮区人民政府名义为之，但有关领导再三强调需由专家学者署名。因《儒林外史》是以白话写成的小说，按照鲁迅“伟大也要有人懂”的观念，同时考虑到秦淮水亭为广大民众游赏之地，不宜出以文言，乃以白话为之。

秦淮水亭重建记

吴敬梓，皖人也。清雍正十一年（1733）二月举家自全椒迁居金陵，购置秦淮水亭以居，并于此撰成不朽杰作《儒林外史》。

秦淮水亭为陈朝江总宅第遗址，位于淮青桥附近，极占风光之胜。唐人刘禹锡诗云：“池台竹树三亩余，至今人道江令宅”。宋时为段缝所得，诗人苏轼异常歆羡，有诗云：“若得与君连北巷，故应终老忘西川”。

时移世改，苍黄翻复。江总宅第，几度兴衰。唐人许浑诗即云：“身没南朝事已荒，邑人犹赏旧风光”。宋人马光祖诗亦云：“江家宅畔成花圃，东府门前作菜园”。可见桥亭池阁屡建屡圮，但水亭周围依旧山明水秀，花木荫深。吴敬梓移居此处，极感适意，于词赋中再三称美，有“诛茅江令之宅”，“偶然买宅秦淮岸，殊觉胜于乡里”，“爱买数椽而居，遂有终焉之志”之句。惜其晚年困窘，修葺乏力，以至梁空墙坏，草盛人稀。二百余年，陵谷变迁，更无遗迹可寻。

今值时和岁丰，文明昌盛，学术繁荣，秦淮风光，云蒸霞蔚。中外人士来游者无不蹑迹追踪先贤遗址。为弘扬民族文化之优秀传统，表彰先贤立德立言之巨大贡献，促进文化交流和旅游发展，今特重建秦淮水亭，俾便四方之士休憩其间，远眺钟山，近临淮水，追念先哲，思齐时贤。兹亭落成有日，特述其颠末云云。

（原载全国政协编《人民政协记事》，中国文史出版社2004年版，又见《江苏政协》2004年9月）

吴敬梓修先贤祠考

吴敬梓移家南京以后，过着“失计辞乡土，论文乐友朋”[①]的生活。参与修筑先贤祠，则是他在南京生活中的一件大事，特别是《儒林外史》中又有关于祭泰伯祠的描写，所以这一个问题很值得探索。

程晋芳在《文木先生传》中没有提及吴敬梓修先贤祠的事迹，倒是吴敬梓族兄吴檠的姻戚晚辈金和，在《儒林外史跋》中说：“先生（敬梓）又鸠同志诸君，筑先贤祠于雨花山之麓，祀泰伯以下名贤凡二百三十余人。宇宧极宏丽，工费甚巨，先生售所居屋以成之。”顾云在《盋山志》卷四也有记载：“江宁雨花台，明所建先贤祠在焉，祀吴泰伯以下五百余人，岁久，圮矣。征君（敬梓）与同志议复其旧，赀弗继，则独鬻全椒老屋成之。”后出的《全椒志》则据两说加以综合：“江宁雨花台有先贤祠，祀吴泰伯以下五百余人，祠圮久，敬梓倡捐复其旧，赀罄则鬻江北老屋成之。”

关于先贤祠修筑、迁徙的历史，有关志书中有详细记载，但均未发现与吴敬梓有关系。如乾隆十三年（1748）袁枚所修《江宁新志》（抄本）卷十“祠祀”中说：“先贤祠旧在青溪之东，宋开庆元年制使马光祖建，所祀诸贤皆生长金陵及仕宦、流寓有芳名茂□四十有一人，各有记赞。……后祠毁。明□□竑言于大学士李廷机、叶向高，乃属祠部祭郎葛□□于普德山后建祠……自春秋以下至明复补祀十七人，有司春秋祭祀，地名先贤坊。后渐圮坏，又境地幽僻，为穿窬逋逃□，有县丞某者患之，尽取其梁柱砖瓦以修廨舍，祠遂废为平地。副榜万□□分授徒所得，制各先贤神主，尚未能全而亦未有所归。”光绪六年（1880）吕燕昭修《重刊江宁府志》卷十三“祠庙”所记大致相同，也说“所祀先贤四十一人，各有记赞曰至德逊王吴泰伯”；并说清初曾由“江南总督范承勋改建于府学之西”。从吕志中可以补明袁志所缺，袁志的“□竑”实为明朝焦竑；“葛□□”则为葛寅亮。金

① 吴敬梓：《文木山房集·春兴八首》。

鳌《金陵待征录》卷二所记也与袁志大体相似，并指出当时修建者为“陈参藩录崖、副榜万君”，而“赞之缺者”，则“属庠生安镜湖补之”。安镜湖曾有《金陵先贤祠记赞》之作，为津逮楼所藏，朱绪曾尝欲收入《金陵丛书》。至于“敬梓倡捐复其旧”的事迹，并未见诸志书。但这并不排除吴敬梓曾经赞助并捐款修葺先贤祠的事实。

在吴敬梓的朋友中就有主张修先贤祠以祭祀吴泰伯的人，如在吴敬梓移家南京前早已数代定居金陵的程廷祚，其父程京萼就曾有此主张。他写有《金陵祀典议》①，在这篇文章中，他说金陵为东南大都会，在历史上大禹足迹曾至，也是泰伯封地，孔子七十子中子游也为此地人。他认为“大禹有平天地之功，泰伯作君作师，子游以文学衍圣人之传，议祀典于金陵，舍二圣一贤，其谁先之？”因而积极主张修建先贤祠以祭祀大禹、泰伯诸人。

程京萼生于清顺治二年（1645），卒于康熙五十四年（1715），是当时南京的闻人，为人方正，敢于“面斥人过”。江宁织造曹寅因他工书法，曾请他伪作董其昌墨迹，他说：“吾生平不解作伪！”严词加以拒绝；曹寅求见，他亦拒不前往②。著有《野处堂文钞》，袁枚曾为其作跋③。这样一个方正的学者，他的议论在当时是会有一定影响的。范承勋总督江南在康熙三十三年（1694）六月至三十七年（1698）十月④，他修先贤祠很可能是受程京萼主张的影响。吴敬梓于雍正十一年（1733）移家南京后，从与程廷祚的交游中知悉程京萼的主张是很自然的事。

同时，在《儒林外史》中倡议“盖一所泰伯祠，春秋两仲，用古乐致祭，借此大家学习礼乐，成就出些人才，也可以助一助政教”的却是迟衡山，杜少卿只是积极赞同捐资而已。而迟衡山的原型则是樊圣谟。当然，文学作品中人物的活动并不全同于现实中的人事，但也可从其中发现一些线索，供我们研究。据《续纂句容县志》卷九，樊圣谟的伯父“早岁为普德寺僧”，“明征（圣谟）以是侨

① 此文收于乾隆十六年蓝应袭、何梦篆、程廷祚所修《上元县志》卷十一。

② 参见程廷祚《青溪文集》卷十二《先考祓斋府君行状》，光绪六年《江宁府志》卷三十六、陈作霖《金陵通传》卷二十九。

③ 袁枚：《随园文集》卷十一。

④ 此据《清史稿·疆臣年表》；李次青《国朝先正事略》所记《范文肃公事略》则为康熙三十三年至三十八年。

居金陵”。明代葛寅亮重修的先贤祠正在“普德寺后山”①。据《金陵梵刹志》卷三十八：“普德寺在都门外南城地，东去所统报恩寺一里，东北去聚宝门一里半。……前后山苍翠环逼，松林茂深，时坠秀色，旁接雨花之胜。”正是樊圣谟朝夕栖迟之所。吴敬梓与樊圣谟相交极深，据《文木先生传》，他们经常一起“乘月出城南门，绕城堞行数十里，歌吟啸呼，相与应和”，“夜夜如是，谓之‘暖足’”，可见他们生活都较贫困。又据程廷祚《青溪文集续编》，吴、樊、程之间经常探讨礼乐问题。此外，吴敬梓作的《金陵景物图诗》，樊圣谟还以不同字体为之书写。这样，樊圣谟有鉴于普德寺后山先贤祠的倾圮有倡议修复之意，并为吴敬梓所知悉从而积极赞助，也同样是十分自然的事。

由此可见，当时倡议修建先贤祠以祭祀大禹、泰伯者，已不止程京萼一人。这又是什么缘故呢？原因当然很复杂，非此短文所能尽述，但有一条很重要的原因可略加申说，这就是封建统治阶级有意倡导。康熙即十分推崇泰伯，当他于四十四年（1705）南巡江浙时，曾亲笔书写“至德无名额悬吴泰伯祠”②。吴敬梓对康熙在长干寺、明孝陵等处的“御书匾额”十分注意，因而不可能不注意到康熙“御书”的泰伯祠匾额。乾隆也曾祭过泰伯。“乾隆辛未（十六年，1751），巡幸江浙，谕先贤祠墓在御道三十里以内者，均赐祭。……江南则泰伯、季札、子游……祠墓皆在御道三十里内，亦一体遣祭”③。而这一年，从严东有《吴丈敏轩招集文木山房分咏南史隐逸传》、《过顾氏息园和敏轩丈韵》④等诗可知吴敬梓此时正住在南京秦淮水亭。他对于康、乾二帝在江南推崇、祭祀吴泰伯的活动是不可能不有所闻的。而其时，《儒林外史》也在最后写定中。

康熙、乾隆如此推崇泰伯，是因为清代初期释道势力曾一度扩张，甚至到了对封建统治极其不利的程度，所以清廷一再加以抑制。顺治十一年（1654）“定禁止创建寺庙，其修理颓坏寺庙，不得改建加广大”；康熙元年（1662）又规定“凡作道场，止许在本家院内，不许当街悬榜，绕街行走，违者官议处，民治以违禁之罪，僧道杖二十为民”⑤。康熙十八年（1679）还颁行上谕十六条，其中有一条即为“黜

---

① 光绪六年《江宁府志》卷十三。

② 《清史稿·康熙本纪》。

③ 阮葵生：《茶余客话》卷四“江浙先贤祠墓”。

④ 均见严长明《归求草堂诗集》卷一，宣统三年观古堂刻本。

⑤ 阮葵生：《茶余客话》卷十四“清禁建寺庙”。

异端以崇正学”，雍正于每一条下申明畅论，是谓“圣谕广训”；并规定童生参加县、府试时应能背录。以功令形式罢黜道、释异端，倡导儒学。这种情况到乾、嘉以后，仍然存在。例如江宁府知府“李璋煜逐冶山妖道”的事①。从这些行政命令中可以知道清代特别是顺治、康熙二朝对释、道二家是加以抑制的。这还只是从消极方面着手，而在积极方面就不断加强和抬高儒学的地位，重用理学名臣。泰伯是孔子称之为“其可谓至德也已矣”②的人物，康、乾二帝推崇泰伯，实包含有推崇儒家以抑制释道、从而加强封建统治秩序的用意。

程京萼在《金陵祀典议》中的见解，很能说明这种情况。他说：“夫国有淫祠而弗禁，与古先圣贤当祀而废弗举者，均失礼也。”认为近年以来“民间所祷祠报赛者”，未必是应该祭祀之神，而“庙宇众多，一方以数十计”，所以出现了“当祀而弗克举”的情况。大禹、泰伯、子游都应当祭祀，但“六朝崇尚佛老，未足与议”；南宋建先贤祠，又“未遑详考，以泰伯降与后世往来游宦者同列”，极为不妥；“明太祖创基金陵，制礼作乐”，却又未议及此二圣一贤，“当时议礼之臣何其陋与”？因而他竭力主张为大禹、泰伯等“圣贤”立祠祭祀。这一倡议实际上也同样是包含了尊崇儒学、抑制道释的用意在内。

正是在这样的背景下，清初重修南京先贤祠。这可从明清之际文人施闰章在康熙九年（1670）③写的《金陵先贤祠堂歌》中看出。在这首长诗中，他一方面叙述了先贤祠的兴废史：“崇祀杰阁南山前，问谁祀者惟先贤。在宋开庆实肇始，旧基结构青溪边。”就说明宋开庆年间所建的先贤祠，从青溪迁至南山重建的历史。“重典何时遂湮废，南郊再祀神宗年。议复维焦及李叶，祠堂经营分俸钱”，则具体说明明代神宗时在南山修复的情况。“狐狸所家蛇豕溷，颓墙败棘相钩缠”，是清初再次荒芜破败的景象。另一方面，这首长诗又说明了清初为什么要修复先贤祠的原因：“倔强魏生与张子，吊古抗言相后先。佛老精庐塞天下，忍没先贤无数椽。”反映了当时释道寺院遍及各地，势力大张，而儒家所推崇的“圣贤”祠舍却倾圮颓败，无人过问，因而引起一些士人愤慨的景况。在重修先贤祠过程中，“陈侯磊落能办事，刮磨位置重熏湔。踵旧增新五十四，曰采舆论无陂偏”。

---

① 陈作霖：《上元江宁乡土合志》卷一，宣统二年刊本。

② 《论语·泰伯》。

③ 施念曾：《施愚山先生年谱》卷三。

这就非常清楚地说明了当时金陵先贤祠的修葺，其目的正在于推崇儒学，以与释、道对抗；同时也说明了在范承勋“改建”之前，康熙初年即曾修葺过一次。

程廷祚对佛老二家势力的扩大也不满，他与何梦篆等人于乾隆十六年（1751）编修的《上元县志》卷十一祠祀序中，有如下的一段话，“……佛老二家起于圣教之衰，江左自吴大帝始为康僧会置寺名建初，又为道者葛元立观方山，流风相煽，代加崇饰，至于穷竭帑藏，益以卖儿贴妇钱，君子病之。……方今治教清明，自日星河岳、帝王圣贤而外，不在祀典，民心其自是而端所趋向也与！”也是以倡导圣教（儒学）来贬斥道释。至于序中所说的“益以卖儿贴妇钱”，则是指湘宫寺的修建。据《南齐书·虞愿传》：“虞愿字士恭……明帝立……除太常丞、尚书祠部郎……帝以故宅起湘宫寺，费极奢侈……新安太守巢向之罢郡还，见帝，曰：‘卿至湘宫寺未？我起此寺，是大功德。’愿在侧曰：‘陛下起此寺，皆是百姓卖儿贴妇钱，佛若有知，当悲哭哀愍。罪高佛图，有何功德？’”吴敬梓的“秦淮水亭”正靠近湘宫寺故址，这一历史故事，自然也会使吴敬梓这样的“君子病之”。

此外，从吴敬梓的一些作品中，也可看出他有着与程京萼父子相同的贬斥道释的思想。在《儒林外史》第四十一回中，作者描写当时南京城内崇尚佛事的情景，字里行间委婉地透露了作者的不满。这种不满情绪，在他的《雨花台》诗序中则表露得更为明白。而《儒林外史》中关于祭泰伯祠的描写也正是在当时这种推崇儒学、抑制释道的背景中出现的。当然，吴敬梓之所以接受这种见解，并且于“先贤二百三十人”中“独举泰伯”，径直将先贤祠改为泰伯祠者，却并非完全由于泰伯“潜逃避位，如弃敝屣，其于功名富贵无介意”①，而且还有着自身的因素，这就是他的门阀意识在作祟。他在《移家赋》中说“我之宗周贵裔，久发轫于东浙”，“按族谱，高祖为仲雍九十九世孙”。仲雍为泰伯之弟，因而吴敬梓也自认为泰伯后人。表彰先人德行，这是封建社会地主阶级知识分子所乐于作为的，吴敬梓自不例外。至于他的门阀意识的种种表现，这里就不深入探讨了。

（原载《南京师范学院学报》1978年第4期）

---

① 张文虎：《儒林外史评》第三十七回，光绪十一年宝文阁刻本。

略论吴敬梓的“治经”问题

程晋芳在《文木先生传》中说，《儒林外史》作者吴敬梓，“与余族祖绵庄（程廷祚）为至契。绵庄好治经，先生（吴敬梓）晚年亦治经”[①]，首先提出吴敬梓的“治经”问题。但对于吴敬梓“治经”的成绩，却未置一词，而在《怀人诗》“全椒吴敬梓”一首中说：“外史纪儒林，刻画何工妍。吾为斯人悲，竟以稗说传！”[②]这不仅表明了对吴敬梓仅以小说传世的悲惋，也透露了吴敬梓的“治经”并无足称道。的确，尽管吴敬梓有“治经”的家庭传统，甚至他的儿子吴烺也被视为“经学名儒”[③]，但吴敬梓的“治经”成绩却一直并没有人论及，只有胡适将他与程廷祚并举，说他们是“乾嘉经学的先锋”[④]。这一论断，对以后的吴敬梓和《儒林外史》研究者颇有影响，有些论著将吴敬梓的“治经”与顾炎武、黄宗羲、王夫之等人的“治经”相提并论，认为吴敬梓和他们一样用经学新解的方式进行反对理学的斗争，个别学人并以此而更进一步将《儒林外史》说成是一部具有鲜明的反儒倾向、甚至就是“反孔批儒”的小说。为了弄清真相，因而有必要对吴敬梓的“治经”问题进行一番认真的考索。

一

何谓“经”？《博物志》说：“圣人制作曰经，贤者著述曰传。”传说“（孔）丘治诗、书、礼、乐、易、春秋六经以为文”[⑤]。《汉书·儒林传》说：“六艺者，

① 程晋芳：《勉行堂集》卷六。

② 程晋芳：《勉行堂集》卷二《春帆集》。

③ 平步青《霞外捃屑》卷六载常熟张问月撰《经学名儒记》。张问月共记一百二十人；平步青踵事增补，其中记有吴烺。

④ 胡适：《吴敬梓年谱》。

⑤ 《庄子·天运》。

王教之典籍，先圣所以明天道、正人伦、致至治之成法也。”汉人说的六艺就是六经，是儒家学说的典籍。由于乐经无书，一般称“五经”。汉武帝罢黜百家，独尊儒术，正说明以“五经”为代表的儒家学说在当时对于加强和维护封建统治方面，有着极大的作用。从此，研究儒家经典的“贤者”也越来越多，他们均以此效力封建王朝，谋取功名利禄，正如《汉书·儒林传赞》所指出：“盖禄利之路然也。”并且这些“贤者”又形成不同的派别，相互攻讦。例如汉代“经学”就有今古文之争。宋明的“经学”即道学，又称理学，也有程（颢、颐）、朱（熹）与陆（九渊）、王（守仁）之分。明清两朝，程朱理学被官定为正统学说，就占有统治地位。总之，无论是汉学还是宋学，他们对“经典”的见解和研究途径有着各自的差异，取得的成就也不尽相同。在他们当中，也有少数知识分子由于种种原因和条件，使得他们敢于对“圣人”的“经典”作了不同程度的怀疑和否定，对于他们著述中的进步因素，应该给予历史唯物主义的肯定。但在他们解释“经典”、章句训诂方面，也还存在着是非问题，我们也应该认真研究，区别对待，绝不能一讲到“治经”，不做具体分析研究，就毫无保留地肯定其必然有进步意义，这种态度是极其不妥的。

吴敬梓“治”过哪些“经”？见解又如何？这些见解又有多少进步性？是否像清初顾炎武、黄宗羲、王夫之那样结合现实斗争去研究经史？这些，都值得很好研究。

据记载，吴敬梓曾经治过《诗经》和《书经》。治《诗经》，是全椒吴氏世代相传的学问。吴敬梓高祖吴沛著有《诗经心解》，曾祖辈中吴国鼎有《诗经讲义》、吴国缙有《诗韵正》，吴敬梓本人也著有《诗说》。例如程晋芳说吴敬梓著有“《诗说》若干卷”[①]；王又曾则说“《诗说》八卷”[②]；沈大成却说“《诗说》数万言”[③]；章学诚与金和都说是七卷[④]。尽管诸家记载的卷数不一，但其治过《诗经》则是一致公认的。可惜这部《诗说》已失传，无法详尽地研究他对《诗经》的见解，只能从他朋友的诗文中窥探他治《诗》的观点。

---

① 程晋芳：《勉行堂集》卷六。

② 王又曾：《丁辛老屋集》卷十二《书吴征君敏轩先生文木山房诗集后》。

③ 沈大成：《学福斋集》卷五《全椒吴征君诗集序》。

④ 章学诚：《章氏遗书》外编卷三《丙辰札记》；金和：《儒林外史跋》。

孔丘首先说《诗经》的内容“思无邪”[①]，说它的作用“可以兴，可以观，可以群，可以怨。迩之事父，远之事君”[②]。这对后来的研究者产生了很大的影响。汉代治《诗》的有申培的鲁诗，辕固的齐诗，韩婴的韩诗，都是今文学派；毛公的毛诗则系古文学派。毛诗《序》中说《诗》的作用就在于“经夫妇、成孝敬、厚人伦、美教化、移风俗”，“上以风化下，下以风刺上”，就与孔丘的兴观群怨、事父事君的主张是一脉相承的。今文三家的序，虽已亡佚[③]，但从治齐诗的匡衡上疏中[④]，可以了解他们对《诗》的见解，与毛《序》并无根本分歧。因而郑玄作《笺》，虽力申毛义，也兼采今文三家之说。其后，唐代孔颖达撰《毛诗正义》，进一步阐发毛、郑之说，于是毛诗乃成为官定的经典。可是到了宋代，《诗》毛、郑之学开始受到欧阳修、苏辙、郑樵等人的诘难。特别是朱熹，认为孔丘不曾删诗，毛《序》不足凭信。在《诗纲领》[⑤]中，他还十分反对毛《序》的美刺说，这对还原男女情诗的本来面目起了一定的作用。但他又站在道学立场，在《诗集传》中，将二十四篇描写男女爱情的诗斥责为淫佚之词。另外，他还把这样一部诗歌总集作为维护封建秩序的工具，认为“修身及家，平均天下之道”，亦可于《诗经》中求得[⑥]。因此，他也必然会对这部诗集作出一些不符合作品实际的解释。由此也可见他的《诗集传》虽然破除了汉人说诗的一些不当，表现了某种程度的大胆，但仍然得到封建统治者的推崇和采用，特别是自元仁宗延祐年间定科举法，诗用朱熹的《集传》以后，朱熹的诗学几乎成为一统局面。清初顾炎武、黄宗羲等人“治经”并无门户之见，而是杂采汉宋，不主一家之言。乾、嘉之后，由于政治形势的变化，学风也为之一变，汉、宋两家才截然分明，汉学盛行而宋学衰落。从勘正训诂以求《诗》的本义，是清代治《诗》的主流。

生活于康雍乾三朝的吴敬梓治《诗》又是宗主哪一派？他的朋友金兆燕在《寄吴文木先生》诗中说吴敬梓“晚年说诗更鲜匹，师伏翼萧俱辟易”；金兆燕还斥

---

① 《论语·为政》。

② 《论语·阳货》。

③ 据魏源《齐鲁韩毛异同论》。

④ 参见《汉书·匡衡传》。

⑤ 朱熹：《朱子全书》卷三十五。

⑥ 朱熹：《诗集传序》。

责“申公辕公老且秃，驱之不堪填硎谷”，鼓动吴敬梓“先生速起为我折五鹿”[1]。这很明显，金、吴二人研治《诗经》的观点，是赞同汉学中的古文学派而反对汉学中的今文学派。金兆燕诗中说的申公即申培，辕公即辕固，师伏翼萧是指传齐诗的师丹、伏理、翼奉、萧望之[2]。五鹿充宗治今文梁丘易，善于辩论，无人能与之争，唯有朱云可以折服他[3]。金兆燕希望吴敬梓充当朱云的角色，在《诗》今古文之争中，能令今文学派望而“辟易”。

的确，吴敬梓治《诗》是古文学派的观点，但并不如金兆燕所说的那样是“坚定”的古文派。这是因为古文《诗》郑氏所笺，已间采今文三家。同时，清初治经的风气，并未严分畛域。而朱熹的宋学，也是博采众说，杂用今古。这些对吴敬梓都产生一定影响。倒是沈大成的分析接近于实际。沈大成本人“治经皆宗汉学”[4]，他与吴敬梓父子、金兆燕、王又曾、程廷祚、程晋芳、江宾谷等都有交往，应该同金兆燕一样对吴敬梓是十分了解的。他说吴敬梓“少治毛诗，于郑氏孔氏之笺疏，朱子之集传，以及宋元明诸儒之绪论，莫不抉其奥，解其症结，猎其菁英，著为《诗说》数万言，醇正可传”[5]。这是说吴敬梓的《诗说》，既采用汉，又不废宋。在汉学中，主治古文学毛诗，但郑笺已间采今文，吴敬梓也并不摒弃。正如后来章学诚所说，“不偏主汉宋门户”[6]。

无论吴敬梓主治毛郑，兼采三家，还是调和汉宋，但总归结为“醇正”，也就是说在基本观点上并没有违背传统的“圣贤”之道。这可从现存的片断记叙中窥知。金兆燕在《寄吴文木先生》一诗夹注中说他“注《诗》，力辟《凯风》原注‘不能安室’之谬。《南有乔木》（即《汉广》）云祀汉神也”。金和在《儒林外史跋》中说《诗说》“载有《说〈溱洧〉篇》数语；他如《南有乔木》为祀汉江神女之词；《凯风》为七子之母不能食贫居贱，与淫风无涉；《爰采唐矣》（即《桑中》）为戴妫答庄姜《燕燕于飞》而作”。这些，都可供我们研究。如《汉广》一诗，本是写求女失恋之作，毛传却说是“汉广，德广所及也”，完全无视

① 金兆燕：《棕亭诗钞》卷三。
② 《汉书·儒林传》。
③ 《汉书·朱云传》。
④ 沈大成：《学福斋诗集》卷十五《奉和张霍山先生》一诗夹注。
⑤ 沈大成：《学福斋诗集》卷五《全椒吴征君诗集序》。
⑥ 章学诚：《章氏遗书》外编卷三《丙辰札记》。

诗的内容本身。鲁、韩二家则认为指江汉女神。鲁诗说江妃二女，于江汉之湄，逢郑交甫；韩诗说游女指汉神[①]。这是由于《汉广》的恋情内容实在不能完全抹煞，所以鲁、韩二家乃变通为祀女神，这是极其密致的曲解。像这样解释恋情诗，连道学家朱熹也不满意，他说："今必曰三百篇者皆祭祀朝聘之所用，则未知《桑中》、《溱洧》之属，当以荐何等之鬼神，接何等之客耶？"[②]因而他在《诗集传》中解释此诗为"江汉之俗，其女好游，汉魏以后犹然，如大堤之曲可见也"，是符合诗本身内容的。当然，他又从道学家立场宣扬用"文王之化"，"以变其淫乱之俗"，则极不可取。吴敬梓认为此诗为"祀汉神"之作，是用鲁、韩之说，虽与朱熹解释不同，但也并没有什么进步意义，因为他根本否认男女同游的内容，使其完全符合"思无邪"的观念。

《爰采唐矣》乃《鄘风·桑中》篇，明明是一首男女幽期密约的情歌。毛传说它"刺奔也"，将正面描写的恋情绕弯子说成是反面讽刺。齐诗也"以为淫奔，义与毛合"[③]。朱熹则直斥为淫辞，是桑间濮上之音。这说明《桑中》的大胆的爱情内容，使得无论汉儒或宋儒都无法否认，只能加以曲解或斥责。可是吴敬梓却认为是"戴妫答庄姜《燕燕于飞》而作"。《燕燕于飞》乃邶风《燕燕》篇，本是写送嫁的诗，毛传却说是"卫庄姜送归妾"，用《春秋左氏传》来附会《燕燕》一诗[④]，已非其本意，吴敬梓却又使之再截搭上《桑中》一诗，与此诗的爱情内容则完全不相干了。

《凯风》是写儿子感谢母亲的抚养，但却不能安慰母心而自责。毛传却说是"美孝子也"，因为"卫之淫风流行，虽有七子之母，犹不能安其室，故美七子能尽其孝道，以慰其母心"。朱熹基本上沿用毛传，说"卫之淫风流行，虽有七子之母，犹不能安其室，故其子作此诗"，"婉词几谏，不显其亲之恶，可谓孝矣"。他们同样是为了宣扬孝道，不惜将七子之母污蔑为淫妇。吴敬梓反对把它说成是"淫诗"，认为"与淫风无涉"，这是对的，应予肯定。不过，吴敬梓仍然是从不违背"思无邪"的观念出发的；同时他又赞同此诗有表彰孝道的内容，虽不同意将其母污蔑为"不能自守"，但又贬斥为"不能食贫居贱"，与毛《序》"成

---

① 王先谦：《诗三家义集疏》卷一。

② 朱熹：《朱子全书》卷三十五。

③ 《诗三家义集疏》卷三。

④ 见《左传·隐公三年》。

孝敬”的观念是一致的，而与诗的本意却依然毫无干连。倒是齐诗认为“凯风无母，何恃何怙，幼孤弱子，为人所苦”，鲁、韩两家对此诗也“说当与齐同”①。今文三家并没有像古文毛诗那样把这首诗曲解得不成样子，也没有借此“美孝子”，因而为吴敬梓所不取。由此可见，吴敬梓虽然“力辟”对此诗的谬说，但其见解也并不高明。

吴敬梓的《说〈溱洧〉篇》，在金兆燕的诗和金和的跋中，没有透露出具体见解。小说《儒林外史》中杜少卿却谈到此诗，说“《溱洧》之诗，也只是夫妇同游，并非淫乱”。当然，杜少卿的见解不能与吴敬梓的观点划等号，只能供我们联系吴敬梓对其他诸诗的见解一起研讨时参考。《溱洧》一诗写男女在春天欢聚于溱洧两水之旁，相互赠送定情的香草。毛传无法掩饰其爱情内容，乃曲解为“刺乱也”，因为“兵革不息，男女相弃，淫风大行，莫之能救焉”，说它是讽刺淫乱的作品，真是颠倒黑白。鲁、齐也是说郑国“淫辟”，“男女私会”；韩诗不说它“淫辟”，认为是“说（悦）人”之作，但又曲解为“郑国之俗，三月上巳之辰，于两水上，招魂续魄，拂除不祥，故诗人愿与所说者，俱往观也”②。对于“招魂续魄”之说，朱熹是不同意的，但却直截了当地将其斥为“淫奔者自叙之词”。杜少卿不能无视此诗的爱情内容，但既不愿说它是淫诗，又不敢按诗的本意讲，乃曲为解释，说成是“夫妇同游”，这就符合了“经夫妇”、“厚人伦”的诗教。杜少卿的这种见解，与吴敬梓的观点是极其相似的。

通过以上的具体分析，可以知道吴敬梓虽然“少治毛诗”，基本上宗主毛传，但能于毛、郑之外，间采今文三家，也不完全摒弃朱熹《集传》，而是有所取舍，其标准就在于“醇正可传”，符合孔丘所说的兴观群怨、事父事君以及毛《序》所云“经夫妇、成孝敬、厚人伦、美教化、移风俗”的诗教。他在某些方面，不采取朱熹的说法，特别是不赞同“淫诗”说，根本原因在于这样的说法与孔丘“思无邪”的评价有矛盾，因为《诗经》是“曾经圣人手”的，说其尚有“淫诗”，这就有损于“圣人”孔丘的形象。对这种“淫诗”说，与朱熹同时代的陈傅良就“窃有所未安”③，表示不满。元代马端临也加以指责说：“夫子（孔丘）删《诗》

① 《诗三家义集疏》卷三。

② 《诗三家义集疏》卷五。

③ 叶绍翁：《四朝闻见录》，《丛书集成初编》本。

矣，其所取于《关雎》者，谓其乐而不淫耳，则夫《诗》之可删，孰有大于淫者！今以文公（朱熹）《诗传》考之，其指以为男女淫佚奔诱，而自作诗以叙其事者，凡二十有四。……夫以淫昏不检之人，发而为放荡无耻之辞，而其诗篇之繁多如此，夫子犹存之，则不知所删何等一篇也。"[①]清初陈启源《毛诗稽古篇》、毛奇龄《白鹭洲主客说诗》均有类似意见，这对吴敬梓评说《诗经》颇有影响。从目前尚存的片段记载来看，他在论《诗》时有些不同于朱熹的地方，并不等于具有反对程朱理学的进步意义；认为他的《诗说》批判了孔孟之徒歪曲《诗经》的谬论，表现了进步的观点，也就缺少根据。

二

吴敬梓还治过《书经》。他有一篇完整的文章保留至今，可供我们研究。

他的朋友江昱作有《尚书私学》四卷，除作者在乾隆二十年（1755）写有自序外，吴敬梓、程廷祚都曾为之写序。吴序收入焦循《扬州足征录》卷十三，程序见《青溪文集续编》卷二。

《书》的内容大都是记载上古的政事和政治文告，所谓"《书》以道事"[②]，"《书》记先王之事，故长于政"[③]。《尚书》研究中也有今古文之分，济南伏生所传的是今文，鲁共王在孔丘宅所得而归之于孔安国的是古文；除此之外，还有三国时魏人王肃采辑逸书托名孔安国的伪古文《尚书》，并附有孔安国的《传》。到唐代，伪孔定于一尊，同毛诗一样，成为官定的经书。但千百年来怀疑其伪者，颇不乏人。清初阎若璩作《古文尚书疏证》，条分缕析，钩沉决断，经过激烈争论，《尚书》有伪之说，才为学者公认。

《古文尚书疏证》的问世，在学术史和思想史上有一定意义，因伪古文《尚书》所增各篇都是极端崇儒的。朱熹在《朱子语类》中虽对伪古文有所怀疑，但仍用伪古文《大禹谟》中舜对禹说的"人心惟危，道心惟微，惟精惟一，允执厥中"来解释《四书》，建立道统，用"十六字"为"心传"来宣扬理学，维护封建统治。

---

① 马端临：《文献通考·经籍考》。

② 《庄子·天下》。

③ 《史记·太史公自序》。

顾炎武驳斥它“陷于禅学”，为“六经孔孟所不道”[①]，指责“今之君子”，“置四海之困穷不言，而终日讲危微精一之说”[②]。但顾炎武对理学家所宣扬的“十六字心传”虽加批驳，其根据还是儒家经典《尚书》、《论语》。阎若璩在《古文尚书疏证》中则直斥“十六字心传”为伪托，非“圣人”所制，指出前三句出自《荀子·解蔽》所引《道经》一段话加以概括，后一句则见于《论语·尧曰》[③]。这一摘发，无异是釜底抽薪，原来千百年封建统治者用以驾驭人民、理学家用以建立道统、封建知识分子日夜诵习的所谓“圣人”经典，居然是伪造的，这在客观上则是对宋明理学的一次毁灭性冲击。

围绕这一问题，清初的学术界展开了争论，存在着两种不同的意见。毛奇龄作《古文尚书冤词》，专以驳斥阎若璩为能事，江昱对毛著极为赞赏，吴敬梓又对江昱著作大加推崇，倒是程廷祚却先后著书立说，阐发古文之不足信，程晋芳也认为古文尚书系属伪托。

毛奇龄作《古文尚书冤词》实出于李塨的怂恿。李塨曾师事颜元，颜元学说倡导六府、三事，曾“著《存学》一编，申明尧、舜、周、孔三事、六府、六德、六行、六艺之道，大旨明道不在诗书章句，学不在颖悟诵读，而期如孔门博文约礼，身实学之，身实习之，终身不懈者”。[④]李塨颇受其影响，赞同他的主张。但所谓六府（金、木、水、火、土、谷）、三事（正德、利用、厚生），出于《尚书》；三物（六德：智、仁、圣、义、忠、和；六行：孝、友、睦、姻、任、恤；六艺：礼、乐、射、御、书、数），见于《周礼》。李塨应郭子坚之招前往浙江桐乡后收有学生钱晓城，晓城却赞成阎若璩学说，怀疑《书》有伪托。李塨为维护师教，对晓城大加斥责，并将此事告诉毛奇龄，他在《上河右（奇龄）书》中说：“今人辨《尚书》有伪之说，先生既有驳正，此事所关非小，即可行世。阎百诗（若璩）书未见，姚立方所著略观之，钱生（晓城）书则详观之，均属谬误。今人驳《尚书》不已，因驳《系辞》；驳《系辞》不已，因驳《中庸》，不至扬矢周孔不止。此圣道人心之大患，岂能坐视不言？”[⑤]在他的鼓动下，毛西河《古文尚书冤词》八卷乃问世。

① 顾炎武：《日知录》卷十八。

② 顾炎武：《亭林文集》卷三《与友人论学书》。

③ 见《古文尚书疏证》卷二。

④ 颜元：《存学编》卷一《上太仓陆桴亭先生书》。

⑤ 冯辰等：《恕谷年谱》卷三。

李塨卫道之心极其执着，完全无视客观事实。毛氏之作，虽“以卫经为辞，托名甚正”，实则强词夺理，不能服人，“舞文愈工，而罅漏弥甚”，是“不必再烦较论”的[①]。但李塨离开浙江返回北方路过淮安时，又访问阎百诗讨论古文《尚书》，企图再次争辩古文尚书真伪，并于康熙三十九年（1700）将这次讨论情况寄书毛奇龄，说：“自客岁拜别函丈，过淮上晤阎百诗，因论及古文《尚书》，塨曰毛先生有新著云云，潜丘（若璩）大惊索阅，示之。潜丘且阅且顾其子曰：此书乃专难我耶？塨曰：求先生终定之。潜丘强笑曰：我自言我是耳。塨曰：不然。圣经在天壤，原非借之作门户者，况学殖如先生，惟是惟从，何论人己？已而再面，辨析他书甚夥，毫不及《尚书》事，想已屈服矣。”于是他就以为“《尚书冤词》辨博而确，真可拄惑者之口”[②]。同时，毛奇龄也附书给阎百诗，说自己作《冤词》原非得已，“诚不忍以言论抵牾，启参差之端，衹谓圣经是非，所系极大，非可以人情嫌畏，谬为逊让”。但阎若璩却认为“伪古文《尚书》甚难而实是，不伪古文《尚书》甚易而实非。人将从易而非者乎？抑将从难而是者乎？此余所以不复与毛氏辩，而但付之闵默尔”[③]。可见李塨的所谓“屈服”，只是人家的“闵默”而已。甚至在辩论不胜时，毛奇龄还会以武力殴人。全祖望《萧山毛检讨别传》说“西河雅好殴人”，“其于百诗，则力攻之。尝与之争，不胜，至奋拳欲殴之”[④]。李塨既曾受业于河右，又是吴敬梓曾祖吴国对的学生，因而他对《书》的见解，是会对吴敬梓产生一些影响的。但吴敬梓对《书》的观点并非全然与李塨相同，同治《诗》一样，并不是一个坚定的古文学派（说详下）。

毛西河《冤词》一出，程廷祚态度鲜明，即予驳正，著《古文尚书冤词辩》、《晚书订疑》、《尚书通议》，以纠其失。他指出《冤词》“博引极辨，欲以钳天下之口”，但“孔书之罅漏痕瑕，实难磨灭”，批评毛西河“虽有卫经之心，而甘蹈于不知言之讥”[⑤]。对阎百诗的《疏证》他极为钦服，说它“指抉痕瑕，擿发幽隐，能令作伪者骇服于既往，而袒伪者虽欲为之辞而不得。快哉斯书，使得见于前，则

① 《四库全书总目提要·经部·书类二》。
② 冯辰等：《恕谷年谱》卷三。
③ 张穆：《阎潜丘年谱》卷三。
④ 全祖望：《鲒埼亭集》卷十二。
⑤ 程廷祚：《青溪文集》卷四《古文尚书冤词辩》。

《订疑》之作，可以已也”[①]。程廷祚议论《尚书》古文，正当吴敬梓去世前后，而吴敬梓为江昱《尚书私学》写序也在晚年，他们的交谊很好，但对《尚书》古文的看法，却有很大分歧。

吴敬梓的另一友人程晋芳也认为古文《尚书》系伪托，他认为“虽以西河之博识多闻，为之奋臂大呼”，也“莫能翻已成之案”。但他又说伪古文“亦不可废”；并且以“嗜经成癖，矻矻汗青垂四十年”的功力，花了六个月的时间编定《尚书古文解略》六卷[②]。总之，他认为今文、古文都不可废，但却要知道真伪，说“儒生读书，不辨真伪，占毕囫囵，则又不可矣”[③]。

明白这些与吴敬梓有关系的人对《尚书》古文的见解以后，就便于深入研究江昱、吴敬梓对“经学”的观点。

江昱字宾谷，号松泉，原名旭，字才江。生于康熙四十五年（1706），卒于乾隆四十年（1775），得年七十。早年曾随其弟江洵官湖南知县，但仍不忘家中衣食，要家人广栽树木，说“老去菟裘身后冢，他年都要此中来”[④]。他还命其子侄多见名人，如袁枚每过邗江，必令子侄出见，他说“余少时得见前辈某某，至今夸说于人。汝等不可与随园先生当面错过”[⑤]。他曾在“秣陵（南京）与程廷祚辩论《尚书》古文，至日晡忘食，钱塘袁枚目为经痴”[⑥]。吴敬梓与他颇有交往，《文木山房集》中有《留别江宾谷》七绝二首，《高阳台》词中也提及他。江昱能诗，有《松泉诗集》六卷[⑦]；善词，有《梅鹤词》四卷[⑧]；所著《尚书私学》则为其子所校刊。对于《尚书》古文，江昱认为它“论政论学，莫不广大精深，非圣贤不能道”，并非伪托。他说阎若璩等人凭“一得”之见，“妄斥圣经”是不足取的；相反，却赞赏毛奇龄的《冤词》为“极有力”之作，只不过认为它“其词之过费”，不够简洁，因而采取“诸家驳正之言，一一解之，自为一编”[⑨]，颇为自许。其

① 程廷祚：《青溪文集》卷四《尚书古文疏证辨》。
② 程晋芳：《勉行堂文集》卷二《尚书古文解略序》。
③ 程晋芳：《勉行堂文集》卷二《晚书订疑后序》。
④ 阮元：《广陵诗事》卷八。
⑤ 袁枚：《随园诗话》卷十三。
⑥ 蒋士铨：《忠雅堂集》卷四《江松泉传》。
⑦ 见《清史列传》卷七十一。
⑧ 《仪征县志》卷四十五。
⑨ 江昱：《尚书私学》自序。

实“其说多据理意断”，又“过于求深”[①]，少有价值。

程廷祚在为《尚书私学》写的序文中虽然讲了一些捧场的话，但并不同意江昱的见解，并且与之辩论，“宾谷意不然，余亦卷而怀之”。江昱却一向听不得相反意见，与人争论不过，甚至去祈求亡灵。他曾“以古文《尚书》之故，走南岗，谒梅将军庙，涕下交颐，不能仰视。曾见有朱衣象笏，博带峨冠，假寐而陈辞，夜分而共语者”，程廷祚很风趣地劝他不要如此，以免为“山魈”、“野魅”所惑[②]。

吴敬梓在为《尚书私学》写的序中，虽然十分赞赏江昱这部著作，但并未像李塨那样着力维护古文尚书的是真传并非伪托，而是采取了比较超然的态度。他在序中说：“一二高明之士，喜持辩论今古文之真伪，聚讼无休，究何当于《书》之义理。”对古文《尚书》的真伪问题并未表示明确态度，认为这与“《书》之义理”并没有重要关系。吴敬梓这种看法倒与颜元见解十分近似。当颜元从李塨那里知道钱晓城怀疑《书》有伪托之后，并没有像李塨那样加以斥责，而是写信给他循循劝诱，认为：“古来诗书不过习行经济之谱，但得其路径，真伪可无问也；即伪亦无妨也。今与之辨书册之真伪，著述之当否，即使皆真而当，是彼为有弊之程朱，而我为无弊之程朱耳，不几揭衣而笑裸、抱薪而救火乎？”[③]当然，纠缠于《书》之真伪，从现在看来并没有什么意义，特别是我们今天要研究《尚书》，还不得不依靠这部伪古文，因为其中搜集和保存了数百年来经学家所称引的《尚书》和他们的见解，已经散失的汉代今文二十八篇也是靠了这部伪古文才得以保存。但在当时，尊伪古文者“则以人心惟危十六字为圣学心传”，而疑伪古文者则“于凡人所共信者，一一指所由来”[④]，从而说明“圣经”并非“圣人”所制，实是赝品，其冲击宋明理学的客观意义自不待言。李塨坚信伪古文固不足取，颜元、吴敬梓认为不必分辨真伪同样不足称道。但颜元与吴敬梓虽然同样主张不必分辨真伪，其中也有不同之处。颜元认为辨别真伪只是书生行径，而儒者却应该“留心经济”，所以他劝钱晓城研究他“素所究心兵水二端，而深之以讨论，重之以体验……更不必分心力读一书，著一说，斯为真儒之学，而苍生被泽矣”，

---

① 《四库全书总目提要·经部·书类存目二》。

② 程廷祚：《青溪文集》续编卷七《与江宾谷书》。

③ 颜元：《寄桐乡钱生晓城书》。

④ 程晋芳：《勉行堂文集》卷二《晚书订疑后序》。

希望钱晓城不必“轻费有用心力于无用”[①]。从这里看来，颜元主张不必纠缠真伪，是为了将有用的精力去做些有利于“苍生”的事，这还是有一定积极意义的。吴敬梓在为江昱《尚书私学》作的序中，除了对辩论古文真伪问题持批判态度以外，却充分肯定了“经”和“经学”，说：“圣人之经，犹天有日月也。日月照临之下，四时往来，万物化育，各随其形之所附，光华发越，莫不日新月异。学者心思紬绎，义理无穷，经学亦日为阐明。”对江昱的“卓识”和“神悟”也表示赞赏，但却没有像颜元那样着眼于“苍生”利泽，因而对他的治《书》观点是不宜作过高的评价的。有的论文中说吴敬梓这种对《书》的见解，是“朴素的唯物主义观点”，“进步的初步民主主义思想”；并且认为江昱对《尚书》的态度也表现了“批判精神”和“唯物主义的卓识”。对吴敬梓和江昱的“治经”观点作了全面的肯定，实在是不够妥当，令人难以苟同的。

当然，阎、毛、李、程廷祚、程晋芳等人对古文《尚书》的意见并不等于他们对程朱理学的态度。例如阎潜丘对宋儒理学不敢讽刺，对于“义理”仍循传统见解；毛奇龄早年虽攻朱熹，著《四书改错》，说“四书”无一不错，但晚年又自斧其版；李塨却反对程朱之学；程廷祚则调和汉宋；程晋芳又笃信程朱，但是在古文《尚书》的真伪问题上，却存在着是非。吴敬梓不但在古文《尚书》之争中流露的观点并不高明，而且在对待程朱理学上也同样表现了并不反对的态度。在他的《移家赋》中，他还以颂扬的语气，称赞他的高祖吴沛能“绍绝学于关闽，问心源于邹鲁”。如众周知，“邹鲁”是指孔、孟，“关闽”概举周、程、张、朱；“心源”即是《大禹谟》中的“十六字心传”，正是伪古文所增加的内容。由此可见吴敬梓这种自得情绪和他治《书》、治《诗》一样，也并没有什么批判孔孟程朱的意向，因而这也就不能成为《儒林外史》具有鲜明的反儒倾向的根据。其实，《儒林外史》自有其不可抹杀的价值。鲁迅先生论述这部讽刺小说，有极其精辟的见解，在引用程晋芳的《文木先生传》时，也是作了极为审慎的选择。他摒弃所谓“亦治经”的叙述于不顾，而引用了“独嫉‘时文士’如仇”一说，从而指出《儒林外史》的“机锋所向，尤在士林”，“攻难制艺及以制艺出身者亦甚烈”[②]，

① 颜元：《寄桐乡钱生晓城书》。

② 鲁迅：《中国小说史略》，《鲁迅全集》第九卷，人民文学出版社1981年版。

"写儒者之奇形怪状为独多而独详"[①]，紧紧抓住了这部讽刺小说的主要价值所在，对它作了相当高的评价。我们正不必为了要坐实《儒林外史》具有批孔反儒的价值，而过分强调吴敬梓的"治经"观点如何进步。

（原载《南京师范学院学报》1977年第4期）

附记：

据1999年6月24日《光明日报》报道，《诗说》近日在上海图书馆发现，为手抄本，封面有"旧抄本戊子四月收"，卷端有"王献唐印章"，卷末有"献唐劫后所得"印。36页，页双面，面8行，行20字，计11000字左右。笔者正谋求一阅，尚未得见。据报道，《诗说》的见解"都突破汉、宋儒之见"。笔者此文撰写于70年代，也认为吴敬梓治诗，"基本上宗主毛传，但能于毛、郑之外，间采今文三家，也不完全屏弃朱熹《集传》，而是有所取舍"。待见及《诗说》全文后。再做进一步研究。又，报道中说"王献唐，生平不详"；又说"戊子为何年，难以确定"，但又根据《儒林外史跋》，认为可能是1888年。按：王献唐，山东日照人，为现代考古学家（1896—1960），曾任齐鲁大学教授、山东省立图书馆馆长，新中国成立以后任山东省文物管理委员会副主任。旧抄本《诗说》既然为他于"戊子四月收"，则戊子当为1948年。

1999年8月18日

---

① 鲁迅：《中国小说的历史的变迁》，《鲁迅全集》第九卷。

颜李学说对吴敬梓的影响

历史上任何一种学说的产生，都是由一定历史时期的物质生产方式所决定的。但是，就其理论形式来说，任何一种学说的产生，“它必须首先从已有的思想材料出发，虽然它的根源深藏在经济的事实中”[①]。因为“每一个时代的哲学作为分工的一个特定的领域，都具有由它的先驱者传给它而它便由以出发的特定的思想资料作为前提”[②]。吴敬梓生活的时代虽然仍是封建社会，但已有了资本主义经济的萌芽。这样的物质生产条件，对他进步思想的形成起着重要的作用。但是他也从早于他的一些进步思想家的学说中汲取了有益的养料，特别是明、清之际的进步思想家颜元和李塨，对他的影响很大。兹就颜、李学说与吴敬梓思想的关系略作论说。

一

颜元（1635—1704）字习斋，生活在明末清初，是一位唯物主义思想家，他的学生李塨（1659—1733）字恕谷，继承和发展了他的思想，在学术史上被称为颜、李学派。他们的时代略早于吴敬梓。

明代自中叶以来，由于手工业和商业的逐渐繁荣，在封建经济内部已孕育着资本主义的萌芽，城市市民阶层逐渐形成。随之而来，就产生了封建官僚和市民阶层之间的矛盾。农村中土地兼并现象也日趋严重，农民和地主阶级的矛盾不断激化，阶级矛盾不但尖锐而且复杂。同时，民族矛盾也逐步上升，满族统治者在东北地区，对明王朝的领域蚕食鲸吞。此外，在汉族统治阶级内部，也是各派势力结党营私，相互倾轧，矛盾重重。在这样的背景下，以李自成为代表的农民大

① 恩格斯：《反杜林论》，《马克思恩格斯选集》卷三，人民出版社 1966 年版，第 137 页。

② 恩格斯：《致康·施米特》，《马克思恩格斯选集》卷四，第 485 页。

起义终于推翻了明王朝。随即满族统治者武装进入关内，与汉族官僚地主相互勾结，攫夺了农民大起义的胜利果实，建立了清王朝。这一段时期内，不但阶级矛盾、民族矛盾十分激烈，思想领域内的斗争也非常尖锐。明朝统治者大力提倡宋元理学，前期是程、朱为代表的客观唯心主义理学占上风，中叶以后，以陆、王为代表的主观唯心主义理学又逐步得势。但不论程、朱还是陆、王，他们都是空谈心性，不务实际，无益于国计民生。在这样的形势下，以顾炎武、黄宗羲、王夫之等人为代表的进步思想家从富国强民的目的出发，或批判程、朱，或驳斥陆、王，提倡"经世致用"的学问。颜、李学说也正是这种思潮的产物。他们不但批判程、朱，同时反对陆、王，对主、客观唯心主义理学一齐痛加驳斥。习斋大声疾呼："今何时哉！普地昏梦，不归程朱，则归陆王，而敢别出一派与之抗衡翻案乎？"[①] 恕谷也斥责宋明理学亡国祸民，说："纸上之阅历多，则世事之阅历少；笔墨之精神多，则经济之精神少。宋明之亡，此物此志也。"[②] 因而他们极力主张实践，反对浮言，讲求功利，谋取事功。颜元逝世那一年还表示："思生存一日，当为生民办事一日。"[③] 李塨则经常斥责宋明理学家不务实际的恶劣作风，说："道学不能办事，且恶人办事。"[④] 对董仲舒"正其谊不谋其利，明其道不计其功"的思想，他也加以驳难，诘问哪有"用兵而不计兵之胜"、"耕田而不计田之收"[⑤] 的道理。他们为了反对空疏的理学，倡导务实的学风，对于我国固有的某些自然科学以及西洋传教士带来的一些西洋文明，也十分重视，并认真学习。例如习斋在22岁时"学医"，35岁时"学习数，自'九九'以及因、乘、归除，渐学'九章'"，43岁时与"精西洋数学"的杨计公讨论学问，48岁时又从人学"天文之学"[⑥]。恕谷也是如此，23岁时"读《步天歌》"，33岁时学"测天法"，48岁时向吴子淳"问西洋三角法"，62岁时至安徽宁国，应当时大数学家梅定九之邀，两人晤面，切磋学问[⑦]；而梅定九治学，就能兼取中外，包涵古今，他曾说：

---

① 颜元：《习斋记余》卷三《寄桐城钱生晓城》。

② 冯辰等：《恕谷年谱》卷二。

③ 李塨：《习斋年谱》卷下。

④ 冯辰等：《恕谷年谱》卷四。

⑤ 戴望：《颜氏学记》卷五。

⑥ 李塨：《习斋年谱》有关各卷。

⑦ 冯辰等：《恕谷年谱》有关各卷。

“法有可采，何论东西；理所当明，何分新旧。”[①]正由于重视这些学科的学习，使得他们能够从富国强民的目的出发，在反对科举制度的同时，提出培养“经世致用”人才的一些具体意见。当然，他们提出的种种主张，其最终目的仍在于挽救封建王朝的厄运，强化地主阶级的统治。但由于他们受到新兴资本主义经济萌芽的影响，加之生活道路上的升沉浮降，从而接触到农村和城市各个阶层的人士，所以在他们的思想中存在着很多的进步成分，他们的主张也在不同程度上反映了劳动人民和新兴工商业者的利益和愿望。他们思想中的进步成分和落后糟粕，都对当时及后来不同的学者产生了不同的影响。

吴敬梓在他的《儒林外史》中受到颜、李学说的影响很大。虽然颜、李都生活在北方，但恕谷却数次渡江而南。到了吴敬梓的青年时代，颜、李学说也已流传到南方。当康熙五十七年（1718）恕谷60岁时，看到“陶甄夫《秦关稿序》内有云‘颜李之学，数十年来，海内之士靡然从风’”，也曾惊叹：“岂南方信此道已众乎！”[②]在颜、李之学广为流传的情况下，吴敬梓这样一个“涉猎群经诸史函”[③]的好学青年，接受这一学说是极为自然的事。特别是吴敬梓还具有特殊的个人条件。首先，全椒吴氏和恕谷有着不同一般的关系，吴敬梓曾祖吴国对曾任顺天学政，康熙十六年（1677）主持府院试时将19岁的青年李塨录取为“县学生员第一名”[④]。吴国对常以“敦孝悌、崇实学、正心术”[⑤]教导士人，对恕谷的思想也产生一定影响。他对恕谷的文章又深为喜爱，为之“开雕行世”[⑥]，扩大它的影响。吴敬梓十分崇敬曾祖吴国对，因而对恕谷的文章、思想当早有接触。其次，吴敬梓的长子吴烺曾从湖北江夏人刘湘煃学历算之学，刘氏《答历算十问》即为吴烺而作。刘是宣城梅定九弟子，又是恕谷门生[⑦]，因而吴烺是恕谷的再传弟子。吴敬梓与其子吴烺的关系极好，两人有如“良友”，经常讨论学问。吴敬梓当然会注意到其子的治学思想。再次，吴敬梓的挚友程廷祚也是恕谷的学生，

---

① 梅文鼎：《堑堵测量》卷二。
② 冯辰等：《恕谷年谱》卷五。
③ 吴檠：《为敏轩三十初度作》，金榘：《泰然斋诗集》卷二附。
④ 冯辰等：《恕谷年谱》卷一。
⑤ 张其浚：《全椒志》卷十。
⑥ 冯辰等：《恕谷年谱》卷一。
⑦ 冯辰等：《恕谷年谱》卷五。

年轻时就向往颜、李学说，从南京写信给住在北方的恕谷老人，说读了颜、李的著作以后，“始知当世尚有力实学而缵周、孔之绪于燕赵间者”，极为倾倒。恕谷收到此信后大为高兴，称赞程廷祚“议论辉光，肆映如伟炬烛天”，认为是“此天特生之以使周、孔之传不至堕地者也”①。戴望说程廷祚治学“以习斋为主，而参以梨洲、亭林”②是十分恰切的评论。吴敬梓与程廷祚交谊极深，时相过从，交流思想，讨论学问；《青溪文集续编》中还保存给吴敬梓的信，以及替吴敬梓姐姐写的墓志铭。因而，吴敬梓通过程廷祚接触到颜、李学说更是理所当然的。此外，吴敬梓还极有可能亲聆过恕谷的讲学。恕谷晚年有南迁传学之意，他曾说：“金陵地廓人文，或可倡明圣道也。”③正当此时，方苞因《南山集》一案牵连出狱后改隶汉军旗，须住北方，与恕谷约定相互交换南北田宅，于是恕谷在康熙五十九年（1720）冬南下到江宁。这时，南京的一些学者如程廷祚、周崑来、张晓天、王符躬、李正芳、身在修、江素庵、翁止园、周侣樵、刘伊园、张钥门等人都向恕谷请教学问，如“翁止园问律吕”。恕谷也参观南京学者的研究成果，如“观身在修所造测量天地仪器”，对南京学者的研究著作也加以评价，如“观李正芳所著，正芳求为作题辞”④。李正芳名师柏，南京人，他曾经向督学郑渔门“陈请，以习斋之学训士”。“郑渔门名钥，恕谷亦与有往来”⑤。在这段时间之前，吴敬梓之父卧病南京，由于侍医等缘故，吴敬梓经常往来大江南北，结识士人很多。因此，其后不久，恕谷在南京的讲学盛举，吴敬梓也当能从其亲友中知悉详情。从上述种种可以知道，吴敬梓接受颜、李学说的影响并非偶然，而是有一定的主、客观条件的。

二

《儒林外史》是以批判八股举业为中心内容，从而触及到封建教育的目的、内容和方法。所以研究颜、李学说对吴敬梓的影响，首先从颜、李的教育思想对《儒

---

① 李塨：《恕谷后集》卷四《复程启生书》，程信亦附此。

② 戴望：《颜氏学记》卷九。

③ 李塨：《恕谷后集》卷八《长子习仁行状》。

④ 冯辰等：《恕谷年谱》卷五。

⑤ 徐世昌：《颜李师承记》卷四。

林外史》的影响谈起，再兼及其他有关方面。

在教育与生产的关系上，颜、李都认为教育的发展要建立在经济繁荣、国家富强的基础之上，教育则是培养人才从而使得国富民强的一种手段。颜元说："如天不废予，将以七字富天下：垦荒、均田、兴水利；以六字强天下：人皆兵、官皆将；以九字安天下：举人才、正大经、兴礼乐。"[①]这就是他们的政治纲领，而"举人才"——也就是教育，在他们的政治纲领中占有重要的地位。至于人才的培养教育，在他们看来，首先是"养"，然后才是"教"；首先是"预养"，也就是要在"薄税敛"，从而发展生产"以足民食"的基础上，才能进行"预教"，达到"简师儒、申孝悌、崇忠义，以保民情"的目的。所谓"教以济养，养以行教，教者养也，养者教也"[②]。将"养"和"教"相提并重，注意到生产的发展与教育的发展之间的关系，这在当时是难能可贵的。

吴敬梓在《儒林外史》中通过形象的描绘也表现了近似的主张。如嘉靖向庄绍光询问："只是百姓未尽温饱，士大夫亦未见能行礼乐。这教养之事，何者为先？"之后，庄绍光"便把教养的事，细细做了十策"，呈了上去。这教养十策的具体内容，虽然小说中没有具体写出，但只要我们分析一下作者另一理想人物萧云仙的实践，就不难明白它的内容究竟是些什么。萧云仙在平定青枫城以后，首先"出榜招集流民"，"开垦田地"；接着"亲自指点百姓"兴修水利；然后"骑着马"到处劝农。这就把恢复生产放在第一位。到了次年，生产发展了，"百姓们的日子有的过了"，他才考虑"只是这班小孩子……怎得有个先生教他们识字便好"。再三寻找，终于请到一个常州读书人沈大年来教书，把这些孩子"都养在学堂里读书"，一旦他们懂得道理、学得知识，萧云仙立刻加以抬举，"和他分庭抗礼，以示优待"。这不是在发展生产的基础上发展教育的生动反映么？《儒林外史评》对此即加以评论说："既有以养之，必思所以教之，坐言起行，方不愧儒者。"《卧闲草堂》本评者也同样认为："萧云仙在青枫城能养能教，又能宣上德而达下情，乃是有体有用之才。"这些评论都肯定了萧云仙在青枫城对农民进行"养"和"教"的措施，也正反映了作者吴敬梓关于教育的发展必须在生产的发展基础上进行的教育思想。

在教育与政治的关系上，颜、李都认为教育应该培养能巩固封建政权的有用

---

① 李塨：《习斋年谱》卷下。

② 颜元：《存治编》。

人才。习斋说："盖学术者，人才之本也；人才者，政事之本也；政事者，民命之本也。无学术则无人才，无人才则无政事，无政事则无治平、无民命。"[①]恕谷也认为"……有人才乃有政事"[②]。同时，他们认为知识分子也应该有巩固封建政权的实际能力。习斋对"愧无半策匡时艰，惟余一死报君恩"的明代士人极为不满，认为"儒者不能将不能相，只会择将相"是极为可耻的，并且反问道，果然如此，则"将相皆令何人做乎？"[③]恕谷也认为："我辈居官，立志为圣贤，出政效帝王，皆分内也。"[④]这些言论都说明了他们对教育与政治关系的见解，即教育应该培养人才，而这些人才则要为巩固封建统治秩序效力。

吴敬梓关于教育与政治关系的见解，也在《儒林外史》中通过所塑造的形象有所表现。例如他的理想人物迟衡山就认为教育的目的即在于"成就出些人才，也可以助一助政教"，"替朝廷做些正经事"。杜少卿也认为"宰相须用读书人，将帅亦须用读书人"。在吴敬梓看来，教育培养的人才，既要能做宰相，又要能当将帅。做宰相，就要使得百姓能获"温饱"，引导士大夫"能行礼乐"；为将帅，则要像萧云仙那样能平定叛乱，或者像汤镇台那样能剿灭"目无法纪"的逆贼，维护"朝廷体统"。对于当时一些"地方官办事"，"件件都是虚应故事"以致"盗贼横行"，作者是十分不满的，通过庄绍光之口斥责他们"全不肯讲究一个弭盗安民的良法！"对于念念不忘"三年清知府，十万雪花银"的南昌太守王惠，作者极力加以辛辣的讽刺。对于把持朝政、结党营私的大学士太保公，作者也没有放过对他的讥讽。至于以举业为做官的敲门砖，如马二先生这一类的知识分子，作者也根据他们不同的情况予以不同程度的嘲讽。马纯上的读书做官思想，就是通过他自己一段言论表现出来的，他认为"就是夫子在而今，也要念文章，做举业"，否则"那个给你做官？"对这种读书为了做官而不是为了有助政教的士人，吴敬梓是十分不满的，并加以讽刺、鞭挞。从作者对这两类人物一正一反的描写中，我们也就可以看出他实际上也是认为教育应该培养有助封建政权巩固的人才，与颜、李的主张仍然一致。

在教育内容方面，颜、李反对以八股举业为教育内容。习斋说："八股行而

---

① 颜元：《习斋记余》卷一《未坠集序》。

② 冯辰等：《恕谷年谱》卷二。

③ 颜元：《存学编》卷二。

④ 冯辰等：《恕谷年谱》卷四。

天下无学术，无学术则无政事，无政事则无治功，无治功则无升平矣！”[①]恕谷也认为用这样内容培养出来的人才只是谋取功名的禄蠹，而非谋求事功的干臣。他指出用八股举业对士人进行教育所造成的恶果是“所学非所用，所用非所学，且学正坏其所用，用正背其所学，以致天下无办事之官，庙堂少经济之臣”[②]。在他们看来，应该以“六艺”作为教育的内容，颜元就说：“古者学从六艺入。”[③]李塨也认为：“教士之道，不外六德六行六艺。”[④]他们说的“六艺”，也就是《周礼》所谓的礼、乐、射、御、书、数。其中就包括了社会科学和某些自然科学。例如六艺中的“数”就是中国古代数学的萌芽。不过，李塨心目中的“数”，还包含了西洋输入的内容，他曾说：“吾人行习六艺，必考古准今。……数本于古，而可参以近日西洋诸法者也。”[⑤]他们认为这些都是有裨实用的学问，因而颜元主张教育内容应该包括“……数、天文、地理”等自然科学和“水学、火学、工学、象数”等技术科学，以至“黄帝、太公以及孙吴五子兵法并攻守营阵、陆水诸战法、射、御、技击”等军事科学，还有“十三经、历代史、诰制、章奏、诗文”等社会科学在内[⑥]。对这些学科的具体内容，恕谷还有进一步的阐说，如对于水学、火学应该包括哪些内容，他就作了具体说明：“……言水则凡沟洫、漕挽、治河、防海、水战、藏冰、醝榷诸事统之矣；言火则凡焚山、烧荒、火器、火战，与夫禁火、改火诸燮理之法统之矣……”[⑦]

这些主张对吴敬梓的影响是十分明显的。他的理想人物迟衡山就认为“这举业二字原是无凭的”；但在反面人物鲁编修看来，只有做八股文的举业才是“一鞭一条痕，一掴一掌血”的实实在在的“学问”。因而迟衡山愤怒地指责当时一般士子终日只知“揣摩”时文，不务实际，他说：“而今读书的朋友，只不过讲个举业，若会做两句诗赋，就算雅极的了，放着经史上礼乐兵农的事，全然不问！”用这些八股举业教育出来的又是些什么样人呢？举人张静斋把赵普与张士诚的事

① 钟陵编：《颜习斋言行录》。
② 李塨：《平书订》卷六。
③ 颜元：《存性编》卷一。
④ 李塨：《平书订》卷六。
⑤ 冯辰等：《恕谷年谱》卷三。
⑥ 颜元：《习斋记余》卷二《漳南书院记》。
⑦ 李塨：《瘳忘编》。

胡扯一起当作典故，进士范进不知苏轼为何人。他们有什么“德政”呢？张静斋居乡时，“没脊骨的事”就做得不少：到高要县打秋风，又替知县汤奉出主意把回民老师夫枷死，激起“众回子心里不伏，一时聚众数百人，鸣锣罢市，闹到县前来”。范进才做了山东学道，为了报答老师周进的“高厚栽培”，主持童生考试时就意图徇私录取荀玫。但吴敬梓的理想人物却个个都像虞育德那样“不耐烦做时文”，重视有裨实用的自然科学、技术科学和某些社会科学。王冕年轻时就把“天文、地理、经史上的大学问，无一不贯通”；虞华轩也精通“一切兵、农、礼、乐、工、虞、水、火之事”；杜少卿“祖上几十代行医”；虞育德也准备教儿子在“读书之余”“学个医”。由此可见，吴敬梓和颜、李一样，在教育内容方面，都反对空言无益的八股举业，都提倡有裨实用的实际学问。这样的主张，在当时无疑是很进步的。

此外，对于选士之法，颜、李反对科举考试，主张乡举里选，认为这样才能成就人才，有助政事。习斋主张：“治道不必文武分途，亦不必举人进士，只乡里选举秀才。秀才长于文德者，充乡约耆德之职；长于武略者，充保长职；其显有功德者，擢大乡长；……以至三公，皆通为一体，或次或递，或超擢。”①他认为科举取士弊病太多，“今之制艺，递相袭窃，通不知梅枣，便自言酸甜。不特士以此欺人，取士者亦以自欺”，应该变更这一陈法，“窃尝谋所以代之，莫若古乡举里选之法”②。恕谷也认为八股取士的结果，将造成“朝庙无一可倚之臣，天下无复办事之官”，“以致天下鱼烂河决、生民涂毒”③的局面，也主张“……不行乡举里选、小学大学之法，不足以得人才。而不废科举，不能行乡举里选、小学大学之法”④。其实乡举里选也不是最好的办法，他们自己也知道，但在当时历史条件下还提不出更好的替代办法。颜元就说：“选举即不能无弊，而所取为有用之才；科举即使之无弊，而所得多无用之士。”⑤两相比较，他们还是认为“选举”优于“科举”。这正表明他们不能理解政教制度只是经济基础的上层建筑，无论科举考试还是乡举里选，同样都是腐朽的封建经济的上层建筑，都不

---

① 钟陵编：《颜习斋言行录》。

② 颜元：《存治编》。

③ 李塨：《恕谷后集》卷四《与方灵皋书》。

④ 李塨：《平书订》卷六。

⑤ 钟陵编：《颜习斋言行录》。

能改变封建秩序走向没落的轨道。

吴敬梓对科举弊端的讽刺、揭露是通过形象的描绘表现出来的，例如主试大人的不学无术，应试士人的愚蠢无知；考试过程中买卖关节，贿赂公行，猜测试题，寻找枪手；取得功名以后出则为贪官酷吏，处则为恶霸劣绅，上不能定国，下不能安民。总之，在吴敬梓的笔下，科举取士之法，弊端丛生，积重难返。这与颜、李用政论语言的揭露是一致的。但对于乡举里选的取士之法，虽然小说中两次写到，却没有像颜、李那样不遗余力地鼓吹倡导。作品中先写安徽巡抚荐举杜少卿，杜以病辞。再写浙江巡抚荐举庄绍光，受到皇帝两次召见。在作者笔下，廷对时气氛庄严肃穆，作者也曾大声赞美“真乃旷典”！但吴敬梓毕竟是忠于现实的作家，庄绍光虽然廷对称旨，也仍然被放归乡里，一事无成。这就通过形象的描绘，从客观上暴露了所谓“乡举里选”、“征辟”、“选举”的主张同样不能改变现实的黑暗。不过，吴敬梓在小说中对此却没有作过多的讽刺、否定，这也说明即使在这一问题上，吴敬梓也受到颜、李思想的一些影响。

总之，无论在教育与生产的关系、教育与政治的关系、教育的内容和取士的方法等方面，吴敬梓受到颜、李教育思想的影响是十分明显的。当然，在《儒林外史》里，这种影响是通过作者所塑造的人物形象和情节的发展自然流露出来的，不同于颜、李是用政论语言直接表述出来的。这在我们评论《儒林外史》的思想意义时，是不可忽视的一个重要内容，应该加以探讨。

三

颜、李都是封建时代的思想家，他们的世界观中虽然有进步的因素，但也存在着很多的糟粕。他们提出的一些政治理想以及教育主张，虽然在一定程度上与大地主阶级的经济利益、政治措施和思想统治有着矛盾的一面，但从根本上说，他们又都是为了挽救封建社会日趋没落的命运，他们倡导的礼乐兵农，其实质也就在于此。颜元讲得很清楚：“朝廷设官分职以为万民长，立法定律以防万民欲，人虽贤智，只得遵朝廷法律而行，所谓‘虽有其德，苟无其位，亦不敢做礼乐也’。”[①]

① 颜元：《存人编》卷一。

制礼作乐如此，兵农合一更是如此，所谓“有事则兵，无事则民”，“突然有事，随地即兵”[①]，大都还是为了维护封建统治秩序。雍正时观察使黄世发就把颜、李学说推崇为“周孔正传”[②]，不是没有道理的。

作为封建地主阶级出身的作家吴敬梓，颜、李学说中这些落后保守的观点，也很自然地符合了他的思想中的落后一面。例如，他虽然对封建社会的某些黑暗面有所指责、揭露和批判，但其出发点却在于挽救它的颓运，是“恨铁不成钢”式的诅咒，并不是意图推翻这一“吃人的筵席”，正如前人所指出的是“醒世”，而非仅“骂世”[③]。因而在小说中对暴力反抗封建统治的行为，他就深恶痛绝，大加挞伐。例如对彭泽县知县缉拿抢盐的“凶神也似的人”不力，他即予以辛辣的讽刺；另一方面又通过庄绍光之口，斥责地方官不肯讲究一个“弭盗安民”的良法，也就是镇压暴力反抗的方法。这种对比描写十分鲜明地表现了他的阶级立场。其他如郭孝子劝说萧云仙“出来替朝廷效力”，“博得个封妻荫子”，更是鼓吹读书人应该为加强封建统治效命。特别是对待敢于抢劫统治阶级“饷银”的赵大，作者先让他在山东道上被萧昊轩打得“抱头鼠窜”，还不放过，又让他在成都府被昊轩之子萧云仙打瞎双眼。这一情节的先后发展，正是作者阶级立场的表现。此外，对于敢于不顾上下尊卑的等级制度，自由穿戴衣着的演员如钱麻子、黄老爹等，作者不但通过鲍文卿之口对他们进行讽刺，还直接跳了出来，怒斥为“老畜生”。可见作者的封建等级意识即使在日常生活中也时有流露。总之，在颜、李、吴的思想和著作中，固然表现了很大的进步性，但同样也存在着许多封建糟粕。

吴敬梓虽然受了颜、李学说的影响，但他的见解并不全同于颜、李思想。这是因为颜、李学说只是影响了吴敬梓思想的一个方面，他还接受了其他方面的影响，例如魏晋六朝时代的风尚和文学等等。但更重要的还是他的生活道路，也就是他的社会实践使然。仕途蹭蹬、不赴鸿博廷试、中年破产、移家南京，以致沦落民间，终生潦倒，从而接触到更多的下层人民，受到他们思想品德的熏染，使得他的思想能够随着时代前进的脚步而有所发展，他对一些问题的认识，许多方面已超出了颜、李学说的樊篱，较之颜、李的一些观点表现出更大的进步性。例

① 颜元：《存治编》。

② 冯辰等：《恕谷年谱》卷五。

③《儒林外史评序》。

如关于礼乐兵农的理想，尽管小说中也着力鼓吹，但也写出它的失败的结局。倡导礼乐的盛况莫如祭泰伯祠，但为时不久，王玉辉、邓质夫闻名而来时，祠中已到处“尘灰”，无人过问，乃至盖宽来游，更是山墙倒坍，楼板拆毁，“较王、邓游时又是一番景象，泰伯祠至此收拾了毕，而文字亦结煞矣”[①]。至于实践兵农理想最为集中体现的平青枫之举，萧云仙也被“任意浮开”的罪名，让“地方官勒限严比归款”，“家产都已赔完了”。最后，作者描写的这些倡导礼乐兵农理想的人物，“都已渐渐销磨尽了”；作者表彰的“礼乐文章，也不见那些贤人讲究”了。作品中这些形象的描绘，表明时代已经变迁，这些迂阔无当的理想并不能治疗当时社会的痼疾。迟衡山就说“前代后代，亦时有变迁的”；盖宽更把祭泰伯祠一举称之为“古事”，可见它们已不符合时代的需要。这也就在一定程度上表明作者对礼乐兵农这些理想是否能改变黑暗现实的怀疑，这显然比坚持这些理想的颜、李前进了一步。

又如在对待下层人民的态度上，吴敬梓虽然也时常流露出一定的阶级偏见，但在某些方面也能表彰下层人民的某些优良品德，表现了一定的平等态度。对市井小民的才能也加以肯定，如季遐年的书法，王太的棋艺，荆元的弹琴，盖宽的作画，肯定他们自食其力和一技之长。这与颜、李的主张就有所不同。颜、李虽然也主张教育可以培养博学的通儒，也可以训练一技之长的专门人才，但无论通儒或专才均是士人的事，与老百姓无关。他们认为老百姓只“宜耕田凿井以养父母，以受天子法制”[②]，甚至肯定“民可使由之，不可使知之”的愚民政策，习斋认为这“是孔子明言千圣百王持世成法，守之则易简而有功，失之徒繁难而寡效”[③]；恕谷也加以肯定，说“此诚先王谕民之道”[④]。在这方面，吴敬梓也比他们前进了一步。

再如在对待妇女的态度上，颜、李也是十分保守的。他们一方面承认男女之情是合乎情理的，说“故男女者，人之大欲也，亦人之真情至性也”[⑤]，但又极为重视三纲五常，认为“修道立教”，要“使民率由乎三纲五常之路”，并且要“使

① “齐省堂本”批语。

② 颜元：《存人编》卷一。

③ 颜元：《存学编》卷一。

④ 冯辰等：《恕谷年谱》卷五。

⑤ 颜元：《存人编》卷一。

家喻户晓之”[①]。恕谷还“作禁止妇女入庙焚香、当街看戏示”[②]。吴敬梓的见解要比他们开明得多，如杜少卿反对娶妾、庄绍光夫妇同游，沈琼枝敢于逃离夫家。在这些描写中虽然仍有保守思想的一些局限，但基本态度是肯定和赞扬的。

仅从这几个方面看，吴敬梓虽然受到颜、李学说的影响很大，但并不全然相同。我们在研究吴敬梓的思想、评价他的创作时，既要看到他受到颜、李思想影响的一面，也要了解他不同于颜、李见解的一面。

（原载《南京师范学院学报》1979年第2期）

① 戴望：《颜氏学记》卷五。

② 冯辰等：《恕谷年谱》卷四。

魏晋六朝风尚和文学对吴敬梓的影响

吴敬梓对魏晋以迄六朝的社会风尚十分神往，对这一时期的文学作品非常喜爱，在他的许多作品中，都保留着明显的魏晋六朝风尚和文学的影响。他的好友程晋芳曾经指出“其学尤精《文选》，诗赋援笔立成”[①]，并在《寄怀严东有》一诗中说：

> 敏轩生近世，而抱六代情。风雅慕建安，斋栗怀昭明。囊无一钱守，腹作乾雷鸣。时时坐书牖，发咏惊鹂庚。阿郎虽得官，职此贫更增。近闻典衣尽，灶突无烟青。频蜡雨中屐，晨夕追良朋。孤棹驶烟水，杂花拗芬馨。惟君与独厚，过从欣频仍。酌酒破愁海，觅句镂寒冰。西窗应念我，余话秋灯青。[②]

从这首五言诗中，我们可以约略窥知程晋芳所说的吴敬梓的“六代情”包括了这样几个内容：一、“风雅慕建安，斋栗怀昭明”。《书·大禹谟》：“（舜）祗载见瞽瞍，夔夔斋栗”，说舜见其父瞽瞍，态度十分敬谨恭惧。“斋栗”就是言其态度敬谨恭惧。这就是说吴敬梓以无比诚谨敬惧的态度，仰慕魏晋六朝人物的道德和文章。二、“酌酒破愁海，觅句镂寒冰”。像阮籍、嵇康那些文人一样蔑视礼教，不拘习俗，借酒破愁，赋诗作文。三、“频蜡雨中屐，晨夕追良朋”。像阮孚那样，与友人蜡屐纵游，据说当时人“或有诣阮，见自吹火蜡屐，因叹曰：‘未知一生当箸几量屐’。”[③]程晋芳所言的“六代”，实际上包括了魏晋南北朝这一历史时期。兹根据目前所能见到的吴敬梓作品，对此略作论说。

一

吴敬梓“六代情”的一个重要表现，是对魏晋六朝遗迹的留连，对这一时期

① 程晋芳：《勉行堂文集》卷六。

② 程晋芳：《勉行堂诗集》卷五。

③ 刘义庆：《世说新语·雅量》。

人物的企慕。

南京是当时东南地区的大城市，又是历史上六朝的故都，遗迹累累，人文荟萃。吴敬梓年轻时就曾游历过“淮水钟山”，留下极为美好的印象，当时就产生了“秦淮十里，欲买数椽常寄此”①的念头。及至雍正十一年（1733）他33岁移家南京之初，更对南京大加赞美，说：“金陵佳丽，黄旗紫气，虎踞龙盘，川流山峙，桂桨兰舟，药栏花砌，歌吹沸天，绮罗扑地，实历代之帝都，多昔人之旅寄。”②住定之后，一再表示：“偶然买宅秦淮岸，殊觉胜于乡里”③；“移居星岁易，为爱白门山”④。由此可见，他对“淮水钟山”的感情十分深厚。

明代以来，在封建经济内部已孕育着资本主义因素的萌芽，作为东南地区大城市的南京，商业、手工业十分发达，经济空前繁荣。随之，文化学术思想也活跃起来，全国各地不少思想家、文学家前来南京，这对移家南京的吴敬梓是有一定影响的。南京又是六朝故都，吴敬梓对这一时期的文、史有着深沉的感情，在《冶城春望》诗中就叹息“衣冠晋代浑难问，独凭高原空夕阳”；在《买陂塘》词中也感慨“石头城、寒潮来去，壮怀何处淘洗？……南北史，有几许，兴亡转眼成虚垒”。这种眷怀魏晋六朝的感情，使得他留连遗迹，并见诸吟咏，借以抒发思古之幽情。

他在作品中一再表明自己的“秦淮水亭”是梁朝文人江总宅舍的遗址，《移家赋》中说“诛茅江令之宅，穿径谢公之墩”；《春兴八首》中也说“诛茅江令宅，蜡屐谢公墩”。除“江令宅”以外，吴敬梓还对南京的其他六朝遗迹一一吟咏，写有诗作。《金陵景物图诗》中几近一半的篇什是为凭吊六朝遗迹而作，如《冶城》写“晋尚书卞壶墓”，所谓“冶山幽绝处，烟草卞公祠”，“至今严伏腊，风雨护灵旗”。《谢公墩》一诗则对南京两个谢公墩加以分辨，嘲笑王安石以自己所居的谢公墩为谢安所眺，说“直拗笑獾郎，独与昔贤争”；赞美为“谢太傅（安）所眺”的谢公墩是“地险人喧少，超然遗世情”。《凤凰台》原为讴歌以李白诗而闻名的凤凰台，但吴敬梓在诗序中又说：“台下有阮籍墓。”不过，他对此并不相信，疑其为阮孝绪墓。可是，在诗中仍然流露了对阮步兵的追慕情绪，说“后

① 吴敬梓：《文木山房集·减字木兰花》。
② 吴敬梓：《文木山房集·移家赋》。
③ 吴敬梓：《文木山房集·买陂塘》。
④ 吴敬梓：《文木山房集·春兴八首》。

先两酒人，千秋动欣慕”。《凭虚阁》一诗更抒发了诗人“怅望台城外”的“怀古有余情”。《雨花台》诗则表现了吴敬梓在登上聚宝山以后，想到“梁武帝时云光法师讲经于此”；又想到“晋豫章内史梅赜家于冈山，或云营于冈下”，从而“怀古寻断碣”。《桃叶渡》则是写晋王献之送其妾桃叶渡江，慨叹“世间重美人，古渡存桃叶”。吴敬梓在写作《天印山》一诗时，又想到“方山在六朝时，亦为用兵设险之地”。《幕府山》诗序中说“世传王导从晋元帝渡江，建幕府之所在，因以为山名”，因而在诗中推崇王导，说他“高才推管仲，重任拟萧何”。《乌衣巷》则为吟咏东晋时“王谢故居”而作。《东山》一诗写谢安“偶憩林麓间，名山夙所乐”。《文木山房集》中也有不少这类作品，如《登周处台同王溯山作》中的周处读书台[①]，《洞仙歌》中所提到的篴（笛）步[②]，在《世说新语》中也有记述，都是这一历史阶段的遗迹。从以上提及的作品中，我们可以看到吴敬梓经常徘徊在魏晋六朝遗迹之中，对之凭吊、低吟，不能自已。

吴敬梓在这些凭吊六朝遗迹的篇什中，借景抒情，寓情于景。描写六朝遗迹，是为了抒发“吊六代之英才”[③]的感情，是为了表现“抗志慕贤达”[④]的志向。这一时期文人的道德文章、言谈行事，对吴敬梓的影响甚大。例如一些重视封建孝道的历史人物常常受到吴敬梓的赞扬，他对萧统孝行的钦仰，程晋芳在诗中已经说及。至于他对卞壸的忠孝，除写有《冶城》一诗予以肯定之外，还在《满江红》词中表彰卞氏的“子孝臣忠”。再如魏晋六朝文人的性傲自高、慎重交游的性格，对他也显然有影响。金兆燕《寄吴文木先生》一诗中说他“有时倒著白接䍠，秦淮酒家杯独持。乡里小儿或见之，皆言狂疾不可治”[⑤]。对看不惯的人他绝不敷衍，“时贤”的“分题角胜”他不去凑趣而是“惴惴乎谢不敏”[⑥]。

他所受到的魏晋六朝文人的影响，不但在他的作品中，而且也在他的行事中都表现了出来。例如他与袁枚的关系，就很有可能受到桓伊吹笛故事的影响。此事见于《世说新语·任诞》：“王子猷出都，尚在渚下，旧闻桓子野善吹笛而不

① 事见刘义庆《世说新语·自新》。

② 事见刘义庆《世说新语·任诞》。

③ 吴敬梓：《文木山房集·移家赋》。

④ 吴敬梓：《文木山房集·登周处台同王溯山作》。

⑤ 金兆燕：《棕亭诗钞》卷三。

⑥ 李本宣：《文木山房集》序。

相识。遇桓于岸上过，王在船中，客有识之者云：'是桓子野。'王便令人与相闻，云：'闻君善吹笛，试为我一奏。'桓时已贵显，素闻王名，即便回下车，踞胡床，为作三调。弄毕，便上车去。客主不交一言。"王子猷停舟之处，由于有这样一个故事就被称之为"邀笛步"。金鳌《金陵待征录》卷三："邀笛步，《事迹编类》旧名萧家渡，在青溪桥即今上水门也。"光绪六年（1880）《江宁府志》卷八："邀笛步即王徽之泊舟青溪邀桓伊吹笛处。"笛步离开秦淮水亭并不远，吴敬梓在《洞仙歌》词中即说："我亦有闲庭两三间，在笛步青溪，板桥西畔。"他还借用这一故事抒发了"邀笛久沉埋"①的慨叹。袁枚对这一故事也很熟悉，常加称引，曾说："余最爱言情之作，读之如桓子野闻歌。"②在吴敬梓移家南京以后，袁枚于乾隆十年（1745）来南京任江宁知县，十三年（1748）更购置随园作久居之计，其间虽然一度返乡钱塘，养病苏州，出宦陕西，但为时不久，最后仍然归卧随园。吴敬梓定居南京之后，也曾一度远游淮安，作客扬州，但总归是息影秦淮水亭。两人都有文名，交游也甚广，吴敬梓的友人如程晋芳、金兆燕、程廷祚、江昱、朱草衣、陈古渔、严东有、樊明征、周幔亭、王又曾、徐紫芝、李葂、涂长卿、陶蘅川、梅兆颐等成为随园座上客的也颇为不少。吴敬梓本人也曾涉足随园附近的永庆寺、丛霄道院等处，但尚未曾发现有其到过随园的记载。《儒林外史》中的沈琼枝这一人物的描写，就是以袁枚所审理的松江张宛玉一案③为素材进行再创造的。又如杜少卿所说"宰相须用读书人"，虽见于《宋史·太祖本纪》，但据《清朝野史大观》卷十，乾隆乙丑（十年，1745），袁枚在江宁县任上曾妥善地调处一件纠纷，其师两江总督尹继善就称赞不已，说："可谓宰相须用读书人矣。"由此可见，吴敬梓对袁枚的"政务"也有所知。但在他们两人的文集中，以及他们友人的文集中，却未发现他们有过直接交往的记叙。这看来颇为奇怪，但如从桓伊吹笛的故事来理解，也就不足诧异了。

二

吴敬梓受到魏晋六朝风尚和文学的影响，绝不仅仅限于旧时文人程晋芳一诗

① 吴敬梓：《金陵景物图诗》。

② 袁枚：《随园诗话》卷十。

③ 袁枚：《随园诗话》卷四。

所述及的范围，魏晋六朝时期文士的放达任诞、愤世嫉俗的思想行为，显然是吴敬梓极其倾致和仰慕的重要方面。从他毕生反对士人中的伪道学、赞扬不阿附权贵的隐逸人物、敢于着力鞭笞庸俗恶浊的社会风气等等作为中，不难发现他所接受的这一历史时期的风尚和文学中一些积极因素的影响。

竹林七贤中的阮籍和嵇康，是吴敬梓非常钦仰的人物，在自己的作品中一再称道他们。“阮籍之哭穷途，肆彼猖狂”的遭遇，颇引起他的身世之感，嵇康“常扪虱而自如，乃送鸿而高视”[①]的情操，又使他极其钦羡，不但经常与友人在一起“佯狂忆步兵”[②]，而且还向“嗜酒嵇中散”学习，不去“侯门”“曳裾”[③]。他的友人也以阮籍比他，金两铭诗中就说：“乌衣门第皆依旧，止见阮氏判北南。”[④]阮籍、嵇康生当“天下多故”[⑤]之际，统治阶级为了维护他们以“巧取豪夺”而得来的“天位”，不得不“以孝治天下”，表面上极其“崇奉礼教”，但目的却在于“用以自利”[⑥]，他们自己是并不奉行的。阮、嵇二人对此极为反感，为了表示对抗，阮籍自己不但“任性不羁”，“不拘礼教”，而且“见礼俗之士”，还要“以白眼对之”[⑦]。嵇康不但一向“性意傲散”，而且还“非汤武而薄周孔”[⑧]，以致为“大将军闻而恶之”[⑨]，终于取为杀害他的口实。

吴敬梓生活在极为崇奉理学的康、雍、乾三朝，玄烨认为“治天下，以人心风俗为本，欲正人心，厚风俗，必崇尚经学”[⑩]。而“宋儒朱子，注释群经，阐发道理，凡所著作及编纂之书，皆明白精确，归于大中至正，经今五百余年，学者毫无疵议”，因而他“以为孔孟之后，有裨斯文者，朱子之功，最为弘巨”[⑪]。在最高统治者倡导之下，程朱理学享有崇高地位，以致陆陇其认为“宗朱子为正学，

---

① 吴敬梓：《文木山房集·移家赋》。

② 吴培源：《会心草堂集·辛酉正月上弦与敏轩联句》，乾隆六年刻本。

③ 吴敬梓：《文木山房集·春兴八首》。

④ 金两铭：《为敏轩三十初度作》，《泰然斋诗集》卷二附。

⑤ 《晋书·阮籍传》。

⑥ 鲁迅：《而已集·魏晋风度及文章与药及酒之关系》。

⑦ 《晋书·阮籍传》。

⑧ 嵇康：《与山巨源绝交书》。

⑨ 《世说新语》刘孝标注引《嵇康别传》。

⑩ 《清圣祖实录》卷二五八。

⑪ 《清圣祖实录》卷二四九。

不宗朱子即非正学”[①]。但清王朝“虽然尊崇朱子，但止于‘尊崇’，却不许‘学样’”[②]。这就促使社会上出现不少伪道学，连玄烨也不得不承认“自有理学名目，彼此辩论，朕见言行不相符者甚多”[③]。吴国对的门生、当时极享盛名的理学名臣李光地，就曾被人指责“初年则卖友，中年则夺情，暮年则居然以外妇之子来归，足称三案，大儒固如是乎”[④]，是一个道道地地的伪道学。伪道学的存在，就使得已经腐败的社会风气更加败坏。吴敬梓出生于“讲孝友于家庭，有代传之清节”的诗礼之家，从小受到严格的封建道德教育，但自从生父雯延、嗣父霖起相继病逝之后，“君子之泽，斩于五世”，族人群起争夺遗产。这其间，他逐步认识到“宗周贵裔”已然堕落到“兄弟参商，宗族诟谇”的地步；族人之中也居然出现类似东海王源“贩鬻祖曾，窃资皂隶”那样败坏祖风世德的人，这颇出乎吴敬梓的意想之外。特别是他更从族人的贪婪面目进而认识到社会的恶劣风气，原来是“鬼嗤谋利之刘龙，人笑苦吟之周朴”，“谁为倒屣之迎，空有溺庐之辱”[⑤]。世态人情居然如此炎凉，这更使得他感到无限的愤激。自此，由“外患既平家日削”而“一朝愤激谋作达”，他也像阮籍、嵇康那样，由愤世嫉俗而恣情任性，或“赋诗诈人称沈约”，或“闭门嗄唶长醺酣”，由一个“涉猎群经诸史函”的“三河少年”成长为一个“迩来愤激恣豪侈”、“放达不羁如痴憨”[⑥]的礼教叛逆者。这样，当然不会为社会所容，而被“乡里传为子弟戒”[⑦]了。

也许正由于此，吴敬梓在以阮籍、嵇康自喻的同时，又以吴质自况。吴质字季重，以文才受知于曹丕兄弟。在吴敬梓所钦慕的“贤达”之中就有“工愁吴季重”[⑧]。这虽然因为吴质是他同姓的先贤，旧时的风气，常有以同姓古人比附的习惯，但吴敬梓确也极赞赏他的作为。在送别好友李啸村时，一方面叹息啸村如同“佯狂李白，思原无敌”，另一方面又自比做“工愁吴质，益用增劳”[⑨]。

---

① 唐鉴：《国朝学案小识》卷一。

② 鲁迅：《且介亭杂文·买小学大全记》。

③ 《清圣祖圣训》卷五。

④ 全祖望：《鲒埼亭集》外编卷四十四《答诸生问榕村学术帖子》。

⑤ 吴敬梓：《文木山房集·移家赋》。

⑥ 金两铭：《为敏轩三十初度作》，《泰然斋诗集》卷二附。

⑦ 吴敬梓：《文木山房集·减字木兰花》。

⑧ 吴敬梓：《文木山房集·登周处台同王溯山作》。

⑨ 吴敬梓：《文木山房集·沁园春》。

为友人徐紫芝诗集作序时，在肯定作者“启盈箱之芍药，才是徐陵”的同时，又自谦“浣满手之蔷薇，友非吴质”[①]。他的友人十分了解其以吴质自况的情趣，也比之以吴质，如王又曾就有“重觅秦淮十年梦，因看吴质一编诗”[②]之句。吴质传世的作品并不多，《文选》中收其书笺三篇。吴敬梓对他的仰慕之情，不仅仅由于他的文章而发，还包含着他们有着某些类似遭遇的内容。据《三国志·魏书·王粲传》裴松之注云：“始（吴）质为单家，少游遨贵戚间，盖不与乡里相沉浮，故虽已出官，本国犹不与之士名，及魏有天下，文帝征质，与车驾会洛阳。到，拜北中郎将，封列侯，使持节督幽、并诸军事，治信都。太和中，入朝，质自以不为本郡所饶。谓司徒董昭曰：‘我欲溺乡里耳。’昭曰：‘君且止，我年八十，不能老为君溺攒也。’”吴敬梓对家乡的厌恶之情也并不亚于吴质，他在全椒故乡到处碰壁，“竟有造请而不报，或至对宾而杖仆”，以致不得不怀着“逝将去汝”[③]的愤怒心情离开故乡，前往他向往已久的六朝故都南京去定居。

在夺产到移家的过程中，他体验到世态人情的炎凉冷热，识破了诗礼人家的虚假诈伪，对周围那些终日高谈八股、理学并以之为敲门砖的道貌岸然的“时文士”，产生了嫉之“如仇，其尤工者，则尤嫉之”[④]的激烈感情，从而予以讥讽、抨击。这就更招致各方面的怨恨，如同阮籍“为礼法之士，疾之若仇”[⑤]一样，他也被人认为“文章大好人大怪”，从而功名无望。虽然他也一度“匍匐乞收”，但却“遭虓虥”[⑥]，不得不自嘲“郎君乞相”，叹息“家世科名，康了惟闻毰毸声”。他也分明知道“西北长安，欲往从之行路难”[⑦]，因而在移家南京、未赴鸿博廷试之后，功名进取思想日趋淡薄，以隐而不仕结局。

退隐与出仕，是旧时文士经常存在的矛盾。一般说来，正直之士的退隐，常常掺和着对时政不满的情绪，《论语·泰伯篇》就说：“天下有道则见，无道则隐。”这种出处问题，在天下多故的魏晋时代尤为突出，表现在理论上就是“名教”和“自

① 吴敬梓：《玉巢诗草序》。
② 王又曾：《丁辛老屋集·书吴敏轩文木山房集后》。
③ 吴敬梓：《文木山房集·移家赋》。
④ 程晋芳：《勉行堂文集》卷六《文木先生传》。
⑤ 《晋书·阮籍传》。
⑥ 金两铭：《为敏轩三十初度作》，《泰然斋诗集》卷二附。
⑦ 吴敬梓：《文木山房集·减字木兰花》。

然”的对立。阮籍和嵇康就以“自然”对抗“名教”，以任性不羁、不拘礼俗来突破名教的束缚。这就为“名教”所不容，而为礼俗之士所嫉恨。阮籍虽“以酣醉获免”[①]，而嵇康终因“善谈理”[②]，并明白地标举出“越名教而任自然”[③]的主张，为“帝王者所不容”[④]而遭到杀害。吴敬梓移家南京以后，在愤世嫉俗、发泄“灌夫骂座之气”的同时，也坚定了退隐避世、产生“庄叟物外之思”[⑤]的念头。而且，他的退隐又是学习阮籍、嵇康的作为，在《买陂塘》词中宣称：“身将隐矣，召阮籍、嵇康，披襟箕踞，把酒共沉醉。”这里流露了对现实社会深刻不满的强烈情绪，而不同于那些身在江湖、心存魏阙的名流文士。后来，他终于因病辞去征聘，“日惟闭门种菜”[⑥]，如同他自己所说“亦有却聘人，灌园葆贞素”[⑦]，表明了不和黑暗社会同流合污、永葆自己清白坚贞的志向与情操。

当然，魏晋六朝风尚和文学中这些积极因素，之所以能够对吴敬梓产生一定的影响，是和吴敬梓生活时代的思潮以及他个人的遭遇有密切关系。这种影响更以具有他个人的特色而表现出来，并不是魏晋六朝风尚和文学的简单翻版。

三

吴敬梓仰慕建安、眷怀六代的感情，还表现在对这一阶段文学作品的热爱上。从他现存的作品看，的确留有魏晋南北朝文学的明显影响。“其学尤精《文选》”，也不是泛泛之论。《文选》是我国现存的最早诗文选集，其中不但保存了一些秦汉时代的作家作品，而且还辑录了大量魏晋南北朝时的文人诗文。历史上不少作家都从其中汲取了有益的养料，丰富了自己的创作。吴敬梓也不例外，对以《文选》为代表的魏晋南北朝文学，着实下了一番工夫，精通“选学”，并擅长这一阶段的主要文学形式——诗、赋的写作，所谓“诗赋援笔立成”。

魏晋南北朝时期的文学，在我国文学史上占有重要地位。在这一阶段，出现

---

① 《晋书·阮籍传》。
② 《晋书·嵇康传》。
③ 嵇康：《释私论》。
④ 《晋书·嵇康传》。
⑤ 吴敬梓：《文木山房集·移家赋》。
⑥ 顾云：《盋山志》卷四。
⑦ 吴敬梓：《文木山房集·左伯桃墓》。

了各种文学体裁，如《文选》除录有大量诗、赋以外，还收有书、论、辞、序、诏、表、令，乃至弹事、奏记、碑文、行状等等。特别是诗、赋在前一时期的基础上，又有了长足的发展。建安时期，五言诗盛极一时。南朝时更加讲究诗歌艺术形式，七言古体的规模也大体完成，齐、梁之际也已孕育着近体诗——律、绝的胚芽。这一时期的诗歌创作，已与汉代文人创作的主流赋取得了并驾齐驱的地位并骎骎而过之。但赋的创作，也并不因此而衰竭，依然成为文人驰骋才华的一个重要领域。建安时期，如曹植的《洛神赋》、王粲的《登楼赋》等等，均为名噪一时之作。及至晋代，赋的创作又达到一个新的高峰，如左思的《三都赋》、陆机的《文赋》、潘岳的《秋兴赋》等等，也都影响很大。刘宋一代，依然名篇迭出，如鲍照的《芜城赋》、谢惠连的《雪赋》；历经宋、齐、梁三朝的江淹，更写了大量赋作，最有名的如《恨赋》、《别赋》；至于羁留北朝的庾信，创作了以《哀江南赋》为代表的许多名篇。由于受到诗、赋的影响，这一时期的散文也逐步骈偶化。这时期，一些志人、志事的小说笔记，也在前代的基础上有所发展，产生了像《世说新语》这样重要的著作。文学理论也有了系统的总结，在这一阶段出现了一些专著，除曹丕的《典论·论文》、陆机的《文赋》以外，刘勰的《文心雕龙》、钟嵘的《诗品》这两部文学批评史上的重要著作，也同时产生。

吴敬梓对建安以迄六朝时代，怀有钦慕的感情，对这一阶段的文学作品有着精湛的研究。以文体而论，建安以迄六朝时期的各种文学体裁，吴敬梓无不擅长，他能作诗、写赋，撰作骈文，著有评论，更写有小说。

《文木山房集》现存赋四篇，其中《移家赋》一篇尤为卓特。《移家赋》属对精密，用典确切，显然受到建安以迄六朝时期赋作的影响。就以用典而论，赋中运用了大量魏晋南北朝时期的人物故事。如王粲（“土云信美”）、阮籍（“阮籍之哭穷途”）、陆机（“昔陆士衡之入洛”）、任昉（“葛帔西华”）、汜腾（“汜腾财散”）、潘尼（“潘尼之诗”）、左思（“左思之赋”）、江淹（“销江淹别后之魂”）、王志（“门巷则家夸马粪”）、孙绰（“永赴遂初之约”）、侯景（“侯景以儿女为奴”）、王源（“王源之姻好唯利”）、嵇康（“惧诵绝交之书”）、沈约（“识沈约梦中之路”）等等。这些人的事迹，均见于《晋书》、《宋书》、《齐书》、《梁书》以及《南史》本传。除此之外，《世说新语》中所记这一历史阶段的人物故事，《移家赋》中也大量引用。如“卫叔宝之过江”、

“干时无通名之谒”、“陆氏则机云同居”、“戏鹅栏而忿深”、“闭户而学书空”、“元默以为稼穑、洪笔以为钽耒”、“枕石漱流”等，分别见于《世说新语》言语、赏誉、忿狷、黜免、排调等篇。另外，吴敬梓还直接借用这一阶段的文学作品，或一字不改，或更动一二，写入《移家赋》中。如“虽浚发于巧心，终受欸于拙目”，出自陆机《文赋》“虽浚发于巧心，或受欸于拙目”；“诛茅江令之宅，穿径谢公之墩”，“黄旗紫气，虎踞龙盘”，则从庾信《哀江南赋》“诛茅宋玉之宅，穿径临江之府”，“昔之虎踞龙盘，加以黄旗紫气”化来；丘迟《与陈伯之书》中的名句“杂花生树，群莺乱飞”，在《移家赋》中则以“群莺乱飞，杂花生树”出现；“南邻钟磬，北里笙竽”则是从左思《咏史》“南邻击钟磬，北里吹笙竽”略去二字而来；陶潜《归去来兮辞》中“登东皋以舒啸，临清流而赋诗”，在《移家赋》中则简化为“登高舒啸，临流赋诗”；“每求信于尺蠖”显然是受到鲍照《尺蠖赋》“知哉尺蠖，观机而作”的影响；“向屠门而嚼肉”则是出自曹植《与吴季重书》“过屠门而大嚼”。《移家赋》中称引的这些作品，大都见收于《文选》。由此看来，“其学尤精《文选》”，绝非过誉之词，而是十分中肯的评论。

吴敬梓的赋固然受到这一时期文学创作的影响，其诗歌创作也是如此。从《文木山房集》所收诗作来看，无论是五七言，还是古今体，吴敬梓都十分擅长。黄河说他的诗“如出水芙蕖，娟秀欲滴”①。在他的诗歌创作中，也大量运用了建安以迄六朝的人物故事，如《登周处台同王溯山作》中“昔者周孝侯，奋身三恶除”，出自《世说新语·自新》篇中所记周处的故事；《丙辰除夕述怀》中“堪笑谢仁祖，转向修龄索”，也借用了《世说新语·方正》篇中所记王修龄的故事。吴敬梓在写诗作赋之外，还能写作极为圆熟的骈文。他为建德徐紫芝《玉巢诗草》所写的序文，对仗工稳，用典巧实，句调齐整，音节铿锵，如“羁愁旅鬓，何妨重补四愁；孤影穷途，直欲高吟五噫”，属对精切，运古如新，的确是一篇可臻上品的骈体文。除了从事文学创作以外，吴敬梓在文学理论和学术理论方面，也颇有著述，他曾写有评论《诗经》的《诗说》一书，可惜没有留存下来。现在尚可见及的论文，有他为李本宣《玉剑缘》传奇、江昱《尚书私学》所写的两篇序文，从中可以约略窥知他对戏剧文学和今古文经学的一些见解。总之，魏晋南北朝时期盛行的主要文学体裁，无论诗、赋、骈文、理论，吴敬梓无一不能写作；而且在作品中还

① 黄河：《文木山房集》序。

大量引用这一时期的典故。显然，这也是他极为深厚的“六代情”的一个方面的表现。

四

吴敬梓虽然擅长诗、赋、骈文的写作，然而他的传世之作却是为封建文人所瞧不起的小说《儒林外史》。他对魏晋六朝的仰慕之情，同样也在这部作品中有强烈的表露，魏晋南北朝时期的文学创作和社会风尚，对《儒林外史》的创作也产生了很大的影响。

首先，在题材上，《儒林外史》就受到魏晋六朝文学的影响。《儒林外史》是我国文学史上第一部以知识分子为题材的长篇小说。吴敬梓之所以选择这样的题材来进行创作，当然是由于他自己也是一个知识分子，对同时代知识分子生活非常熟悉的缘故，但前人的创作无疑也对他产生一定影响。例如这一时期优秀的志人事的小说《世说新语》，对吴敬梓选择知识分子生活作为小说题材不无借鉴。《世说新语》记录了从汉末到东晋时期出身于豪门贵族的大批知识分子的遗闻逸事，描写了他们许多奇特的行为和怪诞的言论，每段文字不长，却将这些名士们的俭啬、骄纵、豪爽、谗险、假谲、忿狷等等不同性格刻画得栩栩如生。吴敬梓在《儒林外史》中也塑造了大批出身于封建地主阶级的知识分子形象，有名士，有学者，有高人，有儒生，他们的身份不一，遭遇不同，思想性格也就随之而异。吴敬梓也是运用不多的文字，突出某一人物的主要特征，或记其言行不符，或写其表里不一，把他们的丑恶嘴脸形象地表现出来。这显然是在一定程度上受到《世说新语》的启迪。当然，《世说新语》是中古时期豪门名士生活的记录，《儒林外史》则是封建末世知识分子遭遇的写照，有着不同的时代内容和特色，但就题材而言，两者有相似之处。

其次，《儒林外史》的思想倾向，在某种程度上也受到这一时期的风尚和文学的影响。吴敬梓是一个“束身名教之内”[①]的地主阶级知识分子，具有严重的正统儒家思想，对那些掮着孔孟招牌而又违背儒家教义的儒生和名士，非常厌恶，因而在小说中对他们进行辛辣的嘲讽和无情的抨击，褫去他们的伪装，揭露他们

① 鲁迅：《中国小说史略》。

的真相。这种倾向与魏晋时代一些文人的思想有近似之处，例如阮籍“虽不拘礼教”，认为“礼岂为我设邪”[①]，但却认为“君臣不犯其位”[②]。再如嵇康，尽管钟会说他“言论放荡，非毁典谟”[③]，其实他倒主张“君静于上，臣顺于下”[④]。正如鲁迅所说：“魏晋时代，崇奉礼教的看来似乎很不错，而实在是毁坏礼教，不信礼教的。表面上毁坏礼教者，实则倒是承认礼教，太相信礼教。”[⑤]吴敬梓对于表面上毁坏礼教实际上承认礼教的阮籍、嵇康，十分仰慕，因而不能不受到他们的思想影响。例如《儒林外史》中杜少卿，一手携着夫人，一手拿着酒杯，同游清凉山，使我们联想到阮籍醉酒邻妇之家，又与嫂“相见与别”[⑥]的种种表现。他们“登山临水，经日忘归”的“傲然独得”[⑦]和“会期得意，忽焉忘返”的“高情远趣”[⑧]，在《儒林外史》中的王冕、季遐年、荆元乃至蘧景玉等形象中，隐约可见其影响之痕迹，甚至“蘧景玉”之名，也会使读者联系到“君子哉蘧伯玉！邦有道则仕，邦无道则可卷而怀之”[⑨]。王冕的隐居会稽山、季遐年的不慕权势、荆元的“诸事都由得我”自主等等表现，无不流露了对社会腐败、政治黑暗的厌恶和不满情绪；至于蘧景玉引述乃父蘧祐所说“宦海风波，实难久恋”，更是对统治阶级内部激烈争斗的揭露和批判。蘧祐的“急流勇退”与阮籍的“不与世事”[⑩]又何其相似！其他如吴质所倾泻的“欲溺乡里”的愤慨，与吴敬梓对“恶俗地方”五河县的“势利熏心”的无情挞伐，又可并举连读。上述种种，均可见魏晋南北朝时期的这种社会风尚和文人思想，显然对吴敬梓产生了一定影响。

再次，《儒林外史》中有些情节，是吴敬梓以魏晋南北朝时期一些文人故事为素材而提炼出来的。最显著的例子是作者的理想人物之一萧云仙，他在收复青枫城之后，兴水利，修农田，办义学，正当他在努力实践礼乐兵农的理想之际，

① 《晋书·阮籍传》。
② 阮籍：《乐论》。
③ 《晋书·嵇康传》。
④ 嵇康：《声无哀乐论》。
⑤ 鲁迅：《而已集·魏晋风度及文章与药及酒之关系》。
⑥ 《晋书·阮籍传》、《世说新语·任诞》。
⑦ 《晋书·阮籍传》。
⑧ 《晋书·嵇康传》。
⑨ 《论语·卫灵公》。
⑩ 《晋书·阮籍传》。

却被封建朝廷以“任意浮开”的罪名，“被工部核减追赔”。后来得到平少保的帮助，才了结此案，被起用为应天府江淮卫守备。在他赴任途中路过广武山，游阮公祠时见到一首七言古风《广武山怀古》，不禁“读了又读，读过几遍，不觉凄然泪下”。阮公祠是阮籍的祠堂，这里是把阮籍的故事提炼成小说的情节。阮籍曾“登广武，观楚、汉战处，叹曰：‘时无英雄，使竖子成名！’登武牢山，望京邑而叹”。因为阮籍本非酒徒，而“有济世志”，只是由于当时“天下多故，名士少有全者”，才“酣饮为常”[①]，以此避祸全身的。萧云仙登广武而泪下，是从阮籍遭遇中见到自己的厄运；而萧云仙不能实现自己的济世之志，礼乐兵农的理想付之流水，也正寄写着作者自己的慨叹和惋惜！小说中另一位理想人物杜少卿在辞去征辟时也曾说：“正为走出去做不出什么事业……所以宁可不出去的好！”就从另一角度对萧云仙必然失败的遭遇安下了启发性的伏笔。

如前所述，吴敬梓眷怀六朝感情的一个表现是对六朝故都南京，怀有极大的好感，在诗赋中一再称道。程廷祚对此也有揭示，说，“金陵大都会，人文之盛，自昔艳称之。考之于古，顾陆谢王，皆自他郡徙居。所谓‘避地衣冠尽向南’者，其所致良有由哉。全椒吴子敏轩，慨然卜筑而居。”[②]吴敬梓这种感情在《儒林外史》中也有表现，当鲍文卿回到南京时，作者用情节以外的一段插话，将南京城大大赞美一番。此外，他还将南京作为故事情节发生的主要场所，小说中的一些理想人物，虽然隶籍各地，但都先后来过南京：他们或早年入籍白下如庄绍光、迟衡山；或后来流寓南京如杜少卿、沈琼枝；或为宦而来金陵如虞育德、萧云仙；或即为南京土著如武正字、季遐年；或为寻父而路过如郭力；或为访友而小驻如卢信侯。他们都向往南京。特别是娄太爷临死之际，还劝说杜少卿：“南京是个大邦，你的才情到那里去，或者还遇着个知己，做出些事业来。”所谓“事业”之一的祭泰伯祠这一活动，正是在南京进行的。作者是将它当作头等大事来写的，书中的大量人物全都出场与祭。而且影响所及，多年以后王玉辉还从徽州赶来“泰伯祠遗贤感旧”；再隔了若干年，开茶馆的盖宽又前来凭吊，叹惜“破败至此”，“令人伤感”不已。当然，吴敬梓将小说的主要场所安排在南京，是与他中年移家金陵有关，是与当时江南地区学术思想活跃、学者皆欲游历南京有关，但他眷怀六

① 《晋书·阮籍传》。

② 程廷祚：《文木山房集》序。

朝的感情，在创作过程中也是起了一定作用的。

此外，作为讽刺小说的《儒林外史》还从魏晋南北朝时期文学作品中的讽刺手法汲取养料，从而丰富了自己的讽刺艺术。这一时期的文学创作，有不少作品继承了《诗经》的美刺传统，在不同程度上运用了一些讽刺手法，讽刺艺术有了一定程度的发展和提高。如阮籍《大人先生传》对现实的弊端，就颇有讽刺之言。李善在注阮籍《咏怀》诗时就说他的作品“虽志在讥刺，而文多隐避”[①]。陆机的《豪士赋》、《吊魏武帝文》也有讥刺之辞。孔融的作品也颇有嘲讽，曹丕在《典论·论文》中说他“至于杂以嘲戏，及其所善，扬、班俦也”。扬雄的《解嘲》、班固的《答宾戏》，都是嘲戏之作。这些作品，大都见收于《文选》，吴敬梓对此是十分熟悉的。至于这一时期的小说作品，其中运用讽刺手法的更属多见，如邯郸淳的《笑林》，鲁迅说它“举非违，显纰缪”，为“后来诽谐文字之权舆”；侯白的《启颜录》，虽然“诽谐太过，时复流于轻薄”，但其中“调谑”之处颇多[②]。这些，对《儒林外史》的讽刺艺术，无疑是有着启示作用的。总之，《儒林外史》在题材、情节、思想、艺术等方面，都曾受到魏晋南北朝时期社会风尚和文学创作的影响。吴敬梓的“六代情”在这部小说中也有明显的表露。

综上所述，“敏轩生近世，而抱六代情”，并非程晋芳的空泛议论，而是对吴敬梓知之甚深的品评。循着程晋芳的这一品评，进一步探察研究，可以窥知吴敬梓思想情操的一个重要方面，这对于我们全面了解吴敬梓的世界观及其文学思想，有着重要意义。

（原载《群众论丛》即《江海学刊》1981 年第 5 期）

---

① 《文选》卷二十三。

② 鲁迅：《中国小说史略》。

隆礼与崇孝

——四论魏晋风尚对吴敬梓的影响

笔者在20世纪70年代初，于读程晋芳所写《文木先生传》中所云吴敬梓“其学尤精《文选》”[①]；又于程氏所作《寄怀严东有》诗中见有“敏轩生近世，而抱六代情。风雅慕建安，斋栗怀昭明”[②]之句，再以之对读吴敬梓所作之诗词文赋乃至小说，颇有所感。但在程氏诗、传之后，并无专文对此进行深入探讨，仅何其芳所作《吴敬梓的小说〈儒林外史〉》一文中稍有涉及，何氏在引述程氏的诗作后说：“程晋芳说吴敬梓生在清代而抱有六朝人的情怀，并非仅仅称赞他的文采风流，还有说他满肚皮不合时宜的意思。”[③]受程、何二氏启迪，笔者不揣浅陋，就此问题不断进行研索，先后发表了《吴敬梓秦淮水亭考索》[④]、《魏晋六朝风尚和文学对吴敬梓的影响》[⑤]、《吴敬梓的门阀意识》[⑥]等文，意犹未尽，再就“隆礼”与“崇孝”问题继续进行探讨，成《四论魏晋风尚对吴敬梓的影响》一文，以就正于方家。

一

如同门阀意识产生很早而大盛于魏晋六朝一样，礼与孝这两种道德规范也并不始自魏晋六朝，它们的产生可以上溯至奴隶社会，然而在魏晋六朝时期却得到分外的重视，这自有其社会背景和政治需要。其后，不同时代、不同人物也程度不同的

---

① 程晋芳：《勉行堂文集》卷六，嘉庆刻本。

② 程晋芳：《勉行堂诗集》卷五。

③ 《文学研究集刊》第一辑，人民文学出版社1955年版。

④ 香港《大公报》1981年8月9日。

⑤ 《群众论丛》（即《江海学刊》一度改名）1981年第5期。

⑥ 《明清小说研究》1986年第4期。

或自觉或不自觉地接受其影响。试以吴敬梓及其《儒林外史》为例分别探讨如下。

先说隆“礼”。

“礼”是产生于奴隶社会而在封建社会中不断丰富其内涵所形成的道德规范和社会规范。礼，最初是指祭神的器物和仪式，后来逐渐形成一种伦理观念和礼治思想，所谓“礼，经国家、定社稷、序民人、利后嗣者也”[①]，这就成为巩固等级制度和宗法制度的精神利器。孔子就强调“君君臣臣父父子子”[②]的统治秩序不容破坏，主张“为国以礼”[③]，对民要“齐之以礼”[④]，倡导“非礼勿视，非礼勿听，非礼勿言，非礼勿动”[⑤]。毫无疑问，“礼”属于儒学范畴，是儒家思想的核心，《汉书·艺文志》即云“儒家者流，盖出于司徒之官，助人君顺阴阳、明教化者也。游于六经之中，留意于仁义之际，祖述尧舜，宪章文武，宗师仲尼，以重其言，于道为最高。”主张“礼乐”、“仁义”、“忠恕”、“中庸”，倡导“德治”和“仁政”。尤其在西汉董仲舒向汉武帝建议“诸不在六艺之科、孔子之术者，皆绝其道，勿使并进”后，形成“罢黜百家、独尊儒术”[⑥]的局面，儒学更是达到巅峰。但自魏晋以降，传统的儒学有所变化，用道家思想解释儒家经籍的玄学兴起，奉易、老、庄为“三玄”，东晋时玄学又与佛学趋同，因之儒学一度稍歇，但并未衰落。在魏晋六朝时期，儒学仍有其地位，依然为官方所重视。如建安二十二年(217)五月，时为魏王的曹操曾在邺城南立泮宫[⑦]。黄初五年(224)曹丕立太学于洛阳，规定“五经”课试细则[⑧]。晋武帝咸宁二年（276），专门设立“国子学”[⑨]，“有博士十九人”，传授五经，其一人为博士祭酒。东晋太兴(318—321）初年，元帝立太学于建康。宋元嘉十五年（438），文帝刘义隆设立儒、玄、文、史四学[⑩]。建元四年（482）齐高帝萧道成下诏“式遵前准，修建教学，精选

① 《左传·隐公十一年》。
② 《论语·颜渊》。
③ 《论语·先进》。
④ 《论语·为政》。
⑤ 《论语·颜渊》。
⑥ 《举贤良对策》，见《汉书·董仲舒传》。
⑦ 《三国志·魏书·武帝纪》。
⑧ 《三国志·魏书·文帝纪》。
⑨ 《宋书·礼志》。
⑩ 《资治通鉴》卷一三二。

儒官，广延国胄”[①]。天监四年（505），梁武帝下诏置五经博士五人，“广开馆宇，招内后进”[②]；九年（510）三月，驾国子学，亲临讲肆[③]。通过如上的简略考察，可知儒学教育虽未再如西汉时鼎盛，但历经魏晋六朝始终未曾全然废止，今文经学虽日趋式微，但古文经学却日渐兴隆。究其深层原因言之，乃因魏晋六朝由世家巨族、豪门大姓掌权，为此，门阀制度空前强化，而以维护这种等级制度为指归的儒学核心礼，正完全适应统治者的需求，《晋书·礼志》即云：“汉兴，承秦灭学之后，制度多未能复古。历东、西京四百余年，故往往改变。魏氏承汉末大乱，旧章殄灭，命侍中王粲、尚书卫觊草创朝仪。及晋国建，文帝又命荀觊因魏氏前事，撰为新礼，参考今古，更其节文，羊祜、任恺、庾峻、应贞并共刊定，成百六十五篇。”太康初，又由尚书郎挚虞损增，并上表云：“臣典校故太尉觊所撰《五礼》，臣以为夫革命以垂统，帝王之美事也，隆礼以率教，邦国之大务也。”由此可见，儒学的核心礼，受到魏晋六朝时期统治者的关注。士大夫也以之作为教化的根本，如颜之推在《颜氏家训·勉学》中即云“礼为教本”，也就并非偶然。出自这种需要，在这一历史阶段，与谱牒学为适应门阀制度需要而繁荣一样，礼仪学著作也十分丰盛，据有关文献著录，先后有《晋新定仪注》、《晋杂仪注》、《晋尚书仪》、《甲辰仪》、《封禅仪》、《宋仪注》、《宋尚书杂注》、《宋东宫仪记》、《东宫新记》、《梁吉礼仪注》、《梁宾礼仪注》、《吉仪注》、《凶仪注》、《军仪注》、《嘉仪注》、《皇典》、《杂凶礼》、《政礼仪注》、《士丧仪注》、《杂仪注》、《陈尚书杂仪注》、《陈吉礼》、《陈宾礼》、《陈军礼》、《陈嘉礼》、《车服杂注》、《礼仪制度》、《古今舆服杂事》、《晋卤簿图》、《卤簿仪》、《陈卤簿图》、《齐卤簿仪》、《诸卫左右厢旗图样》、《内外书仪》、《书仪》、《书笔仪》、《吊答仪》、《皇室仪》、《吉仪疏》、《新仪》、《文仪》、《徐爰家仪》、《赵李家仪》等等[④]，可谓极一时之盛。

吴敬梓既然接受了魏晋门阀观念的影响，也必然受到维护门阀等级的礼仪观念的影响。这在他的作品中同样有所反映。根据陆续发现的诗文著述来看，吴敬

① 《南齐书·礼志》。
② 《资治通鉴》卷一四六。
③ 《梁书·武帝纪》。
④ 参见《隋书·经籍志》。

梓对儒家《五经》中的《书》、《诗》均有所涉猎，并有一定的研究。早在1977年，笔者就曾发表《略论吴敬梓的“治经”问题》[①]，对此有所研讨。当年《诗说》尚未被发现，仅从有关文献资料中勾稽出一些内容加以论说。1999年第5期《复旦大学学报》刊载了周兴陆所发现的《诗说》，这为笔者于20世纪70年代所发表的见解提供了更有力的文献佐证。从《诗说》有关条目看，吴敬梓对儒家《五经》之一的《礼》也颇有会心，如《“四始”、“六义”之说》、《“风”、“雅”分正、变》两条之言周代礼乐，《申女》之说婚礼，《阳厌》之说祭祀，《秦人不用周礼》论“蒹葭”诗引毛序言秦人不用周礼[②]，《豳》言“七月”一诗用朱熹所引王安石《诗义》所云此诗之义在于“上以诚爱下，下以忠利上，父父子子，夫夫妇妇，养老而慈幼，食力而助弱”，又引孔颖达疏“以誓告众人，使无违于礼”，《子衿》引程颐《诗解》说“乱世”“风俗杂乱浮偷”，而“礼义廉耻之风”为人多“废惰”[③]等等，莫不表现出吴敬梓对“礼”的重视。

《儒林外史》中也有同样反映，小说第三十五回，即以《圣天子求贤问道》为回目，所谓“圣天子”是指明世宗朱厚熜，当他召见庄绍光时说“朕在位三十五年，幸托天地祖宗，海宇升平，边疆无事，只是百姓未尽温饱，士大夫亦未能行礼乐”，希望庄绍光为他“悉心筹划”，庄绍光就为之“细细做了十策”呈献上去。至于“圣天子”是否真正付诸实施，另当别论。但至少在表面上做足重视礼乐的文章。而庄绍光倒是一度诚心诚意实践“礼乐”的君子，在他赴京之前就曾对妻子说“既然奉旨召我，君臣之礼是傲不得的”，便“闻命就行”；廷对之后明知“我道不行”，但依然为“圣天子”所询教养之事出谋划策；自京归来后，又“将泰伯祠所行的礼乐商订的端端正正”，并在泰伯祠大祭中任亚献之职。至于修祭泰伯祠的用意，第三十七回《祭先圣南京修礼》回目即有暗示，目的在于“修礼”。在倡议祭祀泰伯活动时，迟衡山就表示这一活动的目的在于“借此大家习学礼乐，成就出些人才，也可以助一助政教”。这也正是明清之际思想家颜元、李塨“礼乐兵农”主张的反映。而颜、李的主张从根本上说，仍然符合儒家之礼的。颜元

① 载《南京师范学院学报》1977年第4期。

② 《儒林外史》五十六回万历上谕中亦引此事。

③ 参见周延良《文木山房诗说笺证》，齐鲁书社2002年版。

所谓“古者学从六艺入”[①]、与李塨所云“教士之道，不外六德六行六艺”[②]之“六艺”，也就是《周礼》所说的礼、乐、射、御、书、数，只不过颜李的主张增进了时代的内容而已。而不论周孔之礼抑是颜李之礼，从其本质而言，均是为了维护统治秩序服务的，所谓“朝廷设官分职以为万民长，立法定律以防万民欲，人虽贤智，只得遵朝廷法律而行，所谓‘虽有其德，苟无其位，亦不敢做礼乐也’”[③]。吴敬梓以极其虔敬庄重的心态叙写“祭泰伯祠”，正表明他对礼乐的重视，在祭祠之前，先由几位“名流”迟衡山、杜少卿一起去“访友”——“闭户著作、不肯妄交一人”的庄绍光共同“议礼乐”；接着又以整整一回来为主祭虞育德立传，称其为“真儒”、为“名贤”；其后方是正面叙写“祭先圣南京修礼”的活动。对于这回书的叙写，过去的论者有截然相反的评价，如卧闲草堂评本云：“此篇古趣磅礴，竟如出自叔孙通、曹褒之手，觉集贤学士萧蒿辈极力为之，不过如此。堂哉，皇哉，俟其祎而。”而黄小田则评之曰：“此评甚迂，不过相题立言而已，何必过赞！”可见不同评者对同一回书的评议竟然相左如此。笔者则以为此乃视角有异而致。从叙写礼乐而言，可谓“古趣磅礴”，从艺术感染而论，则趣味索然，这无疑是反映了吴敬梓表现礼乐的强烈意图胜过对艺术审美的执着追求。明乎此，也就可以理解作者何以在嘉靖召见庄绍光前后有关情节的叙写中不无委婉的讽刺，而在叙及召见“旷典”时，却又情不自禁地写下颂扬之辞：“……净鞭响了三下，内官一队队捧出金炉，焚了龙涎香，宫女们操了宫扇，簇拥着天子升了宝座，一个个嵩呼舞蹈。庄征君戴了朝巾，穿了公服，跟在班末，嵩呼舞蹈，朝拜了天子。当下乐止朝散，那二十四个驮宝瓶的象，不牵自走，真是：花迎剑佩星初落，柳拂旌旗露未干。”其中对于朝拜天子一节毫无不敬之词，与召见之前之后的委婉讽刺显得极不调合，这也正反映了吴敬梓对礼乐的敬重与对艺术的追求的矛盾心态。

至于小说叙写婚丧祭祀之礼，同僚师生相处之礼，乃至同阶层不同阶层之间送往迎来、宴请酬酢之礼，无不中拍。即以小说中写到的几件婚礼为例就可以觇知吴敬梓“礼”观念之复杂内涵，书中有鲁小姐与蘧公孙、鲍廷玺先后与王管家

---

① 颜元：《存性编》卷一，《畿辅丛书》本，光绪刊本。以下所引颜、李著作均同。

② 李塨：《平书订》卷六。

③ 颜元：《存人编》卷一。

之女和胡偏头之女以及牛浦郎与卜氏之婚礼等。对鲁、蘧的婚礼，由于双方均为仕宦人家，自当分外重礼，对纳采、问名、纳吉、纳征、请期、亲迎所谓“六礼”均详描细写，分毫不爽，但由于蘧公孙、鲁小姐均是作者着力讽刺的人物，因而在繁文缛节的叙写中，安排婚宴席上老鼠掉入燕窝碗里、小使钉鞋踢入点心盘中的“闹剧”予以辛辣嘲讽。而鲍廷玺先后两次婚娶均无好结果，作者以《鲍廷玺丧父娶妻》的回目进行正面谴责，因为在三年丧期内婚娶，古以为非礼。而叙写牛浦郎与卜氏之婚姻又完全是另一种手法，显示了作者对礼的另种态度。对牛浦郎无耻下流的种种表现，作者是着力谴责的，而于其与卜氏之婚娶却毫无讽刺，乃因作者之意在于表现乃祖牛老爹及卜老爹等市井小民之淳朴、诚挚，因而用笔全无嘲讽，虽文字朴实无华，但却饱含感情，有催人肺腑之力。卜老爹向牛老爹表示这门亲事完全是“爱亲做亲”，并“不争你的财礼”，正如卜老爹名字“卜崇礼”所隐含的“不从礼”之意。这又反映了吴敬梓“礼”观念中新的成分。

至于祭祀之礼，小说在叙写修祭泰伯祠时，文笔之庄重已如上述。而于叙写五河县节孝祠之祭典时，作者先以回目《方盐商大闹节孝祠》予以挞伐；然后又于正文中突出叙写盐商方老六与权卖婆在尊经阁上的种种丑态着力鞭笞；最后又借余大先生之口痛斥道：“我们县里，礼义廉耻，一总都灭绝了！”对于盐商种种“非礼之事”，以嬉笑怒骂的态度揭擿无遗，正从另一面显示了作者重礼的心态。这种心态在叙写娄府老家人邹吉甫对娄三、娄四两位主人的态度上、在鲍文卿眼中戏子黄老爹穿戴不合“体统”而被作者斥之为“老畜生”的詈咒中，一正一反地表明了作者吴敬梓对“礼”的重视、对非“礼”的斥责，尽管他在某些场合、某些事件的行为表现上似乎冷漠礼仪。他的这种表现与魏晋六朝时期一些文士的作为颇有相通之处。从他在小说中或庄重或戏弄的有关叙写中可以明白吴敬梓在某些方面确实近似他所心仪的阮籍、嵇康，如阮籍“虽不拘礼教”，认为“礼岂为我设邪”[①]但却认为“君臣不犯其位”[②]；再如嵇康，尽管钟会说他“言论放荡，非毁典谟”[③]，其实他却主张“君静于上，臣顺于下”[④]的。正如鲁迅在他那

① 《晋书·阮籍传》。

② 阮籍：《乐论》，严可均：《全上古三代秦汉三国六朝文》卷四十六，中华书局1987年版。

③ 《晋书·嵇康传》。

④ 嵇康：《声无哀乐论》，严可均：《全上古三代秦汉三国六朝文》卷四十九。

篇著名的文章《魏晋风度及文章与药及酒之关系》[1]中所说："例如嵇、阮的罪名，一向说他们毁坏礼教。但据我个人的意见，这判断是错误的。魏晋时代，崇奉礼教的看来似乎很不错，而实在是毁坏礼教、不信礼教的，表面上毁坏礼教者，实则倒是承认礼教、太相信礼教。"而"礼"又是儒家思想的重要核心，《礼记·礼运篇》即云："夫礼，先王以承天之道，以治人之情。故失之者死，得之者生。"认为如要败国、毁家、灭人，"必先去其礼"。在儒家看来，"礼"的重要是无由怀疑的。而从吴敬梓对"礼"的重视和《儒林外史》中对"礼"的描写，正也可以提示我们，吴敬梓的思想主流仍不出儒家范畴。

二

再说崇"孝"。

"孝"也是儒家的重要的道德规范之一，其主要内涵是养亲、尊亲。《尔雅·释训》云"善父母为孝"，这就不仅包括"养"而且包涵"尊"。孔子即云："今之孝者，是谓能养。至于犬马，皆能有养；不敬，何以别乎？"[2]孔子又云："夫孝，德之本也，孝之所由生也。"[3]起始，孝只是"善继人之志，善述人之事"[4]，也就是"先意承志，谕父母于道"[5]。尔后，就渐次成为一切道德的根本，所谓"天之经也，地之义也，民之行也"[6]。从这内涵的扩大中，可以觇知孝已成为维护宗法社会所必需的伦理意识和行为规范，是为巩固宗法秩序、强化宗族凝聚力服务的。继奴隶社会而后的封建社会中也同样重视"孝"，并使之与"忠"相匹配，《礼记·祭义》曾云："事君不忠，非孝也。"在儒家思想体系中，孝是忠的前提，忠是孝的目的，忠缩小为孝，孝扩大为忠，忠臣必出于孝子之门，在家讲孝，在朝言忠。将孝的内涵作了统治者所需要的扩展，并力图使二者统一，成为体现封建统治阶级意志的道德规范，并使之渗透到社会生活的各个领域，灌输到所有社会成员的头脑中去。

---

① 鲁迅：《而已集》，《鲁迅全集》第三卷，人民文学出版社 1981 年版。
② 《论语·为政》。
③ 《孝经》。
④ 《中庸》。
⑤ 《礼记·祭义》。
⑥ 《孝经》。

但忠与孝二者是否果真如《论语·为政》篇所云“孝慈，则忠”，是否果真如《孝经》所云“君子之事亲孝，故忠可移于君”呢？事实并不如此。所以儒家又设计出弥合二者矛盾的理论和措施，如《礼记·曾子问》所说“君子不夺人之亲，亦不可夺亲也”，但遇上“金革之事无辟”，也是说朝廷需要尽忠时，尽孝则让路，所谓“夺情”是也。但魏晋以降，由于政权变动频仍，忠与孝的矛盾日益突出，如《三国志·魏志·邴原传》注引“别传”就记载如下一段事：“太子（曹丕）燕会众宾百数十人，太子建议曰：‘君父各有笃疾，有药一丸，可救一人，当救君耶？父耶？’众人纷纭，或父或君。时（邴）原在坐，不与此论。太子谘之于原，原勃然对曰：‘父也！’太子亦不复难之。”可见忠孝难两全时选择孝，亦不被认为非是。此乃因曹氏夺刘汉之政权，司马氏夺曹魏之政权，均违反臣事君以忠之道，为维护自身统治计，只能以孝治天下为号召。如司马炎即位之初，“令诸郡中正以六条举淹滞”，其中之一即为“孝敬尽礼”。泰始四年（268）六月又下诏，有云“士庶有好学笃道，孝弟忠信，清白异行者，举而进之，有不孝敬于父母，不长悌于族党，悖礼弃常，不率法令者，纠而罪之”①。又如司马绍为太子时即“性至孝”，王敦“欲诬以不孝而废焉”，温峤则针锋相对地声言太子“钩深致远，盖非浅局所量，以礼观之，可称孝矣”，得到众臣支持，王敦之谋遂寝，元帝死后，司马绍乃得以继位②。再如穆帝司马聃还于永和十二年（356）二月亲自“讲《孝经》”，升平元年（357）三月“帝讲《孝经》”③。孝武帝司马曜宁康三年（375）九月“讲《孝经》”④。可见魏晋以降，历代统治者都大倡孝道。

在统治者纷纷以孝治天下的号召下，影响所及，《孝经》就成为弟子入学者必读之书。而两晋六朝以来，有关注疏《孝经》的著作十分繁多，据有关文献记载，有《孝经》郑氏注，梁有马融、郑众注二卷；《孝经》王肃解；苏林、何晏、刘邵、孙氏等注各一卷；《孝经解赞》一卷，韦昭解；《集解孝经》一卷，谢万；《集议孝经》一卷，荀昶；《集议孝经》一卷，袁敬仲；梁宋均《孝经皇义》；晋杨泓、虞槃佐、孙氏、殷仲文、殷叔道、车胤、孔光注《孝经》各一卷，荀

① 《晋书·武帝纪》。
② 《晋书·明帝纪》。
③ 《晋书·穆帝纪》。
④ 《晋书·孝武帝纪》。

昶注二卷；宋何承天、费沈，齐王玄载、明僧绍，梁严植之、曹思文、江系之、江逊等注《孝经》各一卷；释慧始注《孝经》一卷、陶弘景《集注孝经》一卷；释慧琳注《孝经》一卷；晋穆帝《晋孝经》一卷；武帝时有《送总明馆孝经》讲、议各一卷；宋大明中《东宫讲》、齐永明三年《东宫讲》、永明中《诸王讲》、贺玚《孝经义疏》讲、议各一卷；梁武帝《孝经义疏》十八卷，天监八年皇太子《孝经义》讲一卷，梁简文帝《孝经义疏书》五卷，萧子显《孝经义疏》一卷、《孝经敬爱义》一卷等等，或存或亡①。如此众多之《孝经》讲、疏、议，可见统治者大倡孝道之用心。

而其时，一些奸佞之徒如何曾、荀顗之流，却均以“孝子”著称，并以不孝罪名谋害他人。如阮籍、嵇康就曾因此被诬陷而遭到不幸。何曾曾向晋文帝司马昭进谗说：“公方以孝治天下，而听阮籍以重哀饮酒食肉于公座，宜摈四裔，无令污染华夏。”②幸亏司马昭尚能容忍，阮籍“虽不拘礼法”，却又能“口不臧否人物”、唯“酣饮为常”而得免。其实阮籍也“性至孝”③；《魏氏春秋》亦云“籍性至孝，居丧虽不率常礼，而毁几灭性，然为文俗之士何曾等深所仇疾，大将军司马昭爱其通伟，而不加害也”。④但嵇康却无此幸运，他既是魏室姻戚，自然不愿与司马昭合作，又得罪钟会，于是便被罗织进吕安不孝的罪名中予以杀害。《三国志·魏书·王卫二刘傅传》引《魏氏春秋》云：“钟会为大将军（司马昭）所昵，闻康名而造之。……会至，（康）不为之礼。……会深衔之。……康与东平吕昭子巽及弟安亲善。会巽淫安妻徐氏，而诬安不孝，囚之。安引康为证，康义不负心，保明其事……钟会劝大将军因此除之，遂杀安及康。”其实只因吕安有济世之才，乃与嵇康同以“言论放荡，非毁典谟”的罪名为钟会所谮而为文帝所杀，“以淳风俗”⑤。正如鲁迅所指出的“嵇康的见杀，是因为他的朋友吕安不孝，连及嵇康，罪案和曹操的杀孔融差不多。魏晋是以孝治天下的，不孝，故不能不杀。为什么要以孝治天下呢？因为天位从禅让，即巧取豪夺而来，若主

---

① 参见《隋书·经籍志》。

② 《晋书·何曾传》。

③ 《晋书·阮籍传》。

④ 余嘉锡：《世说新语笺疏·任诞》引，中华书局1983年版。

⑤ 《晋书·嵇康传》。

张以忠治天下，他们的立脚点便不稳，办事便棘手，立论也难了，所以一定要以孝治天下。”但“嵇康的害处是在发议论”，如果“只是实行不孝，其实那时倒不很要紧的”；“曹操、司马懿何尝是著名的孝子，不过将这个名义。加罪于反对自己的人罢了。于是老实人以为如此利用，亵渎了礼教，……激而变成不谈礼教，不信礼教，甚至于反对礼教，——但其实不过是态度，至于他们的本心，恐怕倒是相信礼教，当作宝贝，比曹操、司马懿们要迂执得多”①。

吴敬梓十分重视孝道，无论在诗文作品中还是小说创作中都有强烈的表现和反映。这与他的科举世家有关，在《移家赋》中他曾夸许自己家族能“讲孝友于家庭，有代传之清节”。他的曾祖吴国对主持福建乡试时就以《夫子之道忠恕而已矣论》为题考试士子②。族曾祖吴国龙主持山东乡试时，所出试题为《文行忠信论》③。不仅如此，他们也能身体力行，如其远祖吴谦事父母能“婉顺尽志”④；高祖吴沛因自己生辰与乃父吴谦忌辰为同一天，因而每逢自己生辰“哀不举觞，并不受诸子觞，终其生不改”⑤；其曾祖辈吴国鼎“事亲孝，一出于至诚，亲或有色不怿，即长跽伏地，不命不敢起”⑥；吴国器曾“割股和药”以供父饮⑦；吴国龙也能“笃天伦，重名谊，奉亲孝”⑧；而曾祖吴国对同样“性笃孝，时时语其先人，辄呜咽下泣”⑨。祖父吴旦曾随父国对在京师做官，“父若寒，旦身温衾以俟睡，早起取父衣先衣之，俟温然后扶父起”⑩。至于他的嗣父吴霖起同样也是一个“当捧檄之未决，念色养之堪娱”⑪的孝子。而在《文木山房集》所收的诗词作品中，也很有一些感念先人的作品，如“每念授书志，其如罔极何”⑫；如《过丛霄道院》乃为怀念“先君子读书其中”而作；又如因未选得一块佳域以安葬父母而深自谴责，

---

① 鲁迅：《魏晋风度及文章与药及酒之关系》。
② 法式善：《清秘述闻》卷二，中华书局 1982 年版。
③ 同上书，卷二，第 36 页。
④ 蓝学鉴：《全椒志·吴谦传》
⑤ 蓝学鉴：《全椒志·吴沛传》。
⑥ 蓝学鉴：《全椒志·吴国鼎传》。
⑦ 蓝学鉴：《全椒志·吴国器传》。
⑧ 蓝学鉴：《全椒志·吴国龙传》。
⑨ 蓝学鉴：《全椒志·吴国对传》。
⑩ 张其浚：《全椒志·吴旦传》。
⑪ 吴敬梓：《移家赋》。
⑫ 吴敬梓：《遗园四首》。

“劬劳慈母，野屋荒棺抛露久，未卜牛眠，何日泷冈共一阡”[①]；并以功名无就，“总难酬罔极深恩矣”[②]，在在反映了他对先人的孝思。在其《诗说》中亦有申明子孝的思想，早在1977年笔者根据一些零星记载评述了吴敬梓的“治经”观点，就《凯风》一诗，在比较毛传、朱传的训释后，认为吴敬梓反对说此诗为“淫诗”，同时也肯定此诗有表彰孝道的内容。如今《诗说》已被发现，笔者当年所言尚不失可信。今见《诗说》中尚有说“父母孔迩”条，即《周南·汝坟》一诗，吴敬梓评述道：“……故虽劳苦焦（憔）悴，犹私幸得近见其父母，以遂其孝养之愿。”也可觇知其对孝道之重视。

吴敬梓对“孝”之观念，在《儒林外史》中也有同样反映，大约不外三种表现：表彰并赞扬真孝，揭擿并抨击伪孝，忠孝两难时取孝而舍忠。

赞扬和表彰真孝，莫如有关王冕的描写。因家境贫困，其母让他去替人家放牛，他也毫无怨尤地去秦家；秦家给他吃的腌鱼、腊肉，“他便拿块荷叶包了来家，递与母亲”。母丧后，他则“擗踊哀号”、“三年苫块”。凡此，均表现出他的养亲、尊亲。小说中其他正面人物，也无不恪守孝亲之道，如杜少卿，“但凡说是见过他家太老爷的，就是一条狗也是敬重的”，认为鲍廷玺这个“梨园中的人却有思念父亲孝敬母亲的念，这就可敬的很了”。甚至因重视孝道而被杨裁缝所骗。虞育德救助无力葬父行孝不得而欲投水自尽的农民，说“这是你的孝心，但也不是寻死的事”。武书“事母至孝”，是个“克敦孝行”的士子，虽然有些夸夸其谈、自负才学的习气，但作者仍然肯定其孝行。即如匡超人，在他未发迹前，对病父的照料也很尽心，作者便用回目《大柳庄孝子事亲》予以表彰，当然，在匡超人堕落变质以后，吴敬梓也毫不吝笔墨地予以无情抨击。

揭擿并抨击伪孝者，如对成了举人的范进的讽刺。范举人治丧，自不同于乡间平民王冕，极尽排场，阴阳先生写七单，僧人荐亡斋、做道场、跑五方，请人题铭旌、作墓志，似乎尽心尽意。然而“七七之期”刚过，未等安葬、更谈不上“三载居庐”，即与张静斋外出秋风。到了高要县，不着丧服而穿“吉服”拜见汤知县，不用“银镶杯箸”而大吃“虾元子”，如此“居丧”“尽礼”，真如鲁迅所言“情

---

① 吴敬梓：《减字木兰花·庚戌除夕客中》。

② 吴敬梓：《乳燕飞·甲寅除夕》。

伪毕露"[①]。至于"热孝在身"的权勿用，一旦娄府来召，也不守庐墓三年之制，"百日满过"即前往湖州，在娄府宴席上口口声声"居丧不饮酒"，却大用"肴馔"，还强辩说："古人所谓五荤者，葱、韭、芫荽之类，怎么不戒？"真可谓无耻之极。再如王惠与荀玫同榜进士，正当考选之际，荀玫母亲病故。按封建礼制，应即呈请丁忧。但在王惠诱劝之下匿丧不报，而周司业、范通政对于他的"夺情保举"之求，居然表示"可以酌量而行"。对这种种违背孝道的行止，吴敬梓极其深恶痛绝，不遗余力地或讽刺或斥责。

在忠孝两难的处境中，作者总是取孝而舍忠。在萧云仙的故事中。就鲜明地反映了这种意念。萧云仙平定青枫城，颇有建树，但却被工部以"任意浮开"罪名，"勒限严比归款"，不得不回家攒凑家产。正当其时，乃父萧昊轩已经"病重"。云仙"衣不解带，伏伺十余日"后，乃父病逝。云仙哀痛异常，在"尽哀尽礼"之余，不禁叹息道："人说'塞翁失马，未知是福是祸'。前日要不为追赔，断断也不能回家，父亲送终的事，也再不能自己亲自办。可见这番回家，也不叫做不幸。"这种尽忠不得而能尽孝的心理活动，正反映了作者对孝的重视对忠的淡漠。这种态度还表现在郭孝子的故事中，郭孝子虽然口口声声劝人替"朝廷效力"，博得"忠孝两全"。但他却"二十年来""走遍天下""寻找父亲"，而他的父亲却是投降反叛朝廷的宁王而隐姓埋名的王惠。对于郭孝子寻父的孝行，小说中的正面人物如杜少卿、虞育德、庄绍光、武书等等，无不表示敬佩，并以各种方式支持他的寻父行为。再如余特、余持，为了安葬父母之需，乃兄余特私和人命，案发后，乃弟余持强词夺理硬顶过去。作者在叙写这一故事中，显然为了二余重视孝悌之道而原宥了他们的收受贿赂。凡此，均可觇知吴敬梓对孝与忠的态度，与魏晋六朝时一些士人的思想行径颇有近似之处。

总之，隆礼与崇孝，也是吴敬梓钦"慕建安"风雅、怀抱"六代"之"情"的重要内涵，这对他的涉世态度、行为举止、学术思想乃至小说创作，都产生了深刻的影响。

（原载《文学遗产》2003年第4期）

---

① 鲁迅《中国小说史略》第二十三篇《清之讽刺小说》，《鲁迅全集》第九卷，人民文学出版社1981年版。

吴敬梓的门阀意识

吴敬梓是一个生活在封建社会晚期、出身于官僚地主阶级家庭的作家，由于家道中落、仕途坎坷，逐步从世家大族走向市井下层。随着生活条件和社会关系的改变，他的思想不断有所发展，在他的世界观中自然也渐渐地滋长了进步的因素，从而创作出杰作《儒林外史》来。对于他的进步思想以及在这种思想指导下进行的文艺创作，我们必须给予充分的肯定。但是，在他身上毕竟还留存着封建思想意识的鲜明烙印，我们必须仔细辨别，认真研究，区别对待。对于吴敬梓世界观中的进步因素，已有许多论著加以阐述，而对其封建意识的表现，则至今尚无专文论及。这对于全面地了解、评价作家思想的进步与局限、创作的成就与缺失，显然是极为不利的。作者不揣浅陋，试仅就其思想局限之处略作探讨。

一

封建时代的作家当然具有封建意识，但每个作家的封建意识则有各自独特的表现。吴敬梓的封建思想的具体特征则是他的门阀意识。这种门阀意识在他的创作中（无论是抒情的还是叙事的）都有明显的表露，也是他的作品产生局限的重要原因。

门阀制度是随着封建制度的产生而出现，并为巩固封建等级制度服务的。《史记·高祖功臣侯者年表序》说："古者人臣功有五品，以德立宗庙定社稷曰勋，以言曰劳，用力曰功，明其等曰伐，积日曰阅。"当然，此处仅就立功者本人而言，至后世则扩大为始封者以其积功所得的高官厚爵的遗泽所庇荫的家族后人，以致一些仕宦子弟，每以郡望门第自诩。尽管门阀制度随着历史的推移已逐步陵替，但一些高门显宦子弟的门阀意识并没有随之消失。正如钱大昕所说："自魏晋以门第取士，单寒之家，摒弃弗齿，而士大夫始以郡望自矜。唐宋重进士科，士皆投牒就试，无流品之分。……士既贵显，多寄居他乡，不知有郡望者，盖五六百年矣。惟民闲（间）嫁娶名帖，偶一用之。言王必琅玡，言李必陇西。言张必清河，言刘必彭城，言周必汝南，言顾必武陵，言朱必沛国。其所祖何人，迁徙何自，概置弗问，此习俗之甚可笑者也。"[①]这正反映了社会意识落后于社会存在、门阀意识落后于门阀制度的现实情况。甚至在封建社会后期的明清之际，一些比较进步的思想家也并不能全然摆脱这种门阀意识的影响，例如顾炎武在《与卢某书》、《莱州任氏族谱序》、《裴村记》以及《日知录》卷十二"流品"等文中也流露了这种封建意识。因而，杰出的讽刺小说作家吴敬梓，在他的思想和创作中同样存在着门阀意识，也就不是不可理解的事了。

吴敬梓的门阀意识最为强烈地表现在他对自己的出身显赫、门第高贵的陶醉，以及对先人的功名仕宦和道德文章的赞美。

旧时代的文人为了抬高自己的氏族门第，总要在历史上找出自己的显赫远祖来。从屈原的"帝高阳之苗裔兮"[②]，以至司马谈对司马迁所言"余先周室之太史也。自上世尝显功名于虞夏，典天官事"[③]，以及班固所谓的"班氏之先，与楚同姓，令尹子文之后也"[④]，无不如此。吴敬梓也不能免俗，曾说："我之宗周贵裔，久发轫于东浙"，"按族谱高祖为仲雍九十九世孙"[⑤]。这是因为泰伯、仲雍为历史上吴姓的最早祖先，唐林宝《元和姓纂》卷三："吴，周太王子泰伯、仲雍封吴，后为越所灭，子孙以国为氏。"据《史记·吴泰伯世家》，泰伯至寿梦已十九世，寿梦元年为公元前585年，吴敬梓高祖吴沛病死于明崇祯四年即公元1631年（据吴沛《临去留题》小序"辛未闰十有一月念六日，以手书授而逝"；张其浚《全椒志·吴国鼎传》言鼎"崇祯间魁于乡……辛未父〈沛〉卒"），寿梦元年到崇祯四年共计2216年，再加上寿梦前推至泰伯的"十九世"，年代久远，实在难以稽考，似也无必要辨明。吴敬梓于此津津乐道，也和屈原、司马谈、班固一样，只是述祖德之清芬而已，这其中自然潜伏着吴敬梓的门阀意识。

在《移家赋》中，吴敬梓还极力铺陈宣扬先人的仕宦功绩和道德文章。远祖

---

① 钱大昕：《十驾斋养新录》卷十二"郡望"。

② 屈原：《离骚》。

③ 司马迁：《史记·太史公自序》。

④ 《汉书·叙传》。

⑤ 吴敬梓：《文木山房集·移家赋》。

吴聪在“永乐时从龙”有功，授官正五品骁骑卫，吴敬梓对此极力铺扬说：“赐千户之实封，邑六合而剖符。”吴聪之后，因无子弟再立新功，自然失袭，以致吴凤“自六合迁全椒”务农，成为《儒林外史》中胡屠夫所说的“平头百姓”。凤子谦，曾自学成医，吴敬梓随即赞扬说“僦贷季以为师”，“治青囊而业医”。吴谦行医之后，家道渐丰，乃命其子吴沛专攻儒业，多次应举，但“七战皆北”，最后乃以乡里私塾先生告终，吴敬梓又说他“乃守先而待后，开讲堂而雒诵，历阳百里，诸生游从”。从吴凤至吴沛，由务农、行医而教书，没有仕宦之人，吴敬梓自然也无法铺扬他们的政绩。由于吴沛教子有方，并以自己的失败教训总结为十二则有关写作八股文的经验①，传授给国鼎、国器、国缙、国对、国龙诸子，又命国器专“任家政”，以保证其他四个“兄弟皆业儒”，专攻举业，终于都考中进士，国对且是探花。吴敬梓对此极为得意地说：“曾祖兄弟五人，四成进士。”并且，还对他们仕宦经历一一铺陈，赞美表彰。吴国鼎是中书舍人，接近“紫禁”，因此说“伯则遨游薇省”；吴国缙是江宁府学教授，坐冷衙门，所以说“叔则栖迟槐署”，“遨游”与“栖迟”显然有张扬与潜郁之分，这正暴露了吴敬梓热衷功名的庸俗一面。任给事中的吴国龙，则被说成是“季抗疏于乌台”，似乎是个敢于风议朝政的言官，其实却是个出仕两朝的“贰臣”，原为明崇祯朝的户部主事，降清后于康熙时任工部给事中。吴敬梓并不隐讳，反说他“受两朝之眷顾”，感恩戴德之情溢于言表。至于亲曾祖吴国对，吴敬梓更是极尽铺扬美化之能事：“三殿胪传，九重温语；宫烛宵分，花砖月午”，是写他考中探花；“张珊网于海隅”，是写他曾任福建乡试主考；“悬藻鉴于畿辅”，则指他提督顺天学政；“羡白首之词臣，久赤墀之记注”，是写他由编修而升任侍读。总之，他的曾祖一辈，是他的家族鼎盛时期，因而也就成为吴敬梓追慕不已的一段家史，他曾加以总结性的描写：“五十年中，家门鼎盛。陆氏则机云同居，苏家则轼辙并进。子弟则人有凤毛，门巷则家夸马粪。绿野堂开，青云路近。宾客则轮毂朱丹，奴仆则绣韆妆靓。卮茜有千亩之荣，木奴有千头之庆。”此后，祖父吴旦以下，功名逐渐下降，虽然叔祖辈中有两个进士，但总不如曾祖辈显赫一时，因而吴敬梓也就不再大肆铺陈他们的功名仕宦，而是以另一种方式表现出来，这就是赞扬其先人的道德文章。对“讲孝友于家庭，有代传之清节”的封建道德传统，颇为自诩。特

① 吴沛：《题神六秘说》六则、《作法六秘说》六则。

别对于谦让孝悌等德行更是赞扬不遗余力。既然他自称是泰伯、仲雍后裔，泰伯曾“三以天下让”“可谓至德也已矣”[①]，所以在《移家赋》中对于始迁全椒的“转弟公”，明明是失去千户爵的承袭资格，却美化为“让袭”，以表彰其所谓“让德”。至于吴谦之所以“翻玉版之精切，研金匮之奥奇”[②]，则是因为其母病久，他“不忍听之庸医”，乃“自习岐黄学，遂精针灸之术”[③]，学医乃是为了尽孝。至于吴敬梓的嗣父吴霖起更是孝子，母在则“六芝竞进以延年，五采戏前而色喜”；母死则“肝干肺焦，形变骨立”[④]，孝行彰著。此外，对于文章传家，他同样也是沾沾自喜地大加赞扬，说他的高祖吴沛“绍绝学于关闽，问心源于邹鲁”，“初奋发于制举，仍追逐于前贤”，可见只是一个遵循孔孟程朱之学、沿着科举阶梯一心向上爬而未爬上去的秀才。至于探花公曾祖吴国对，则“常发愤而揣摩，遂遵道而得路”，显然是依靠揣摩举业、遵循儒术而得官的翰林侍读。作者还赞扬嗣父吴霖起极有学问，“网罗于千古，纵横于百代”，其实只是一个“暮年黌舍，远在海滨”的教授八股举业的拔贡、江苏赣榆县学教谕。从这里可以看出吴敬梓极力赞扬的传家的“文章”，其主要内容只是儒术和举业，并未涉及其先人的学术研究领域，其实他的家庭有着治《诗》的传统，代有著述。虽然这并不能不受儒家思想的支配，但并不全同于完全为应科举考试的儒术。因此，从吴敬梓所钦迟和追慕的具体内容来看，实际上只是自诩门第的思想意识的表露，并未能摆脱时俗的见解。如他的友人王又曾就曾赞叹地写道：“国初以来重科第，鼎盛最数全椒吴。”[⑤]与吴敬梓的思想正相仿佛。

二

吴敬梓经常以出身这样的一个家庭而自负，说自己从小受到诗文的教育和道德的熏陶，所谓“少有六甲之诵，长余四海之心”[⑥]，幼时钻研学问，壮时有心济世；

① 《论语·泰伯》。
② 吴敬梓：《移家赋》。
③ 张其浚：《全椒志·吴谦传》。
④ 吴敬梓：《移家赋》。
⑤ 王又曾：《丁辛老屋集》卷十二《书吴征君敏轩先生〈文木山房诗集〉后（有序）》。
⑥ 吴敬梓：《移家赋》。

“有瑰意与琦行，无捷径以窘步”[①]，说自己品德高超、志尚远大，既不趋炎附势，又不谄媚阿谀，有学问，有操行。并且，他还以历史上姓吴的闻人来比拟自己的道德文章，这其中也自觉或不自觉地流露了一定程度的门阀意识。

他最喜欢把自己比做吴质。吴质是三国时文学家，号季重，以文才受知于曹丕兄弟。官至振威将军，封列侯。吴敬梓不断地吟咏“工愁吴季重”[②]、“工愁吴质”[③]；在替朋友徐紫芝的作品写序时，一方面称赞徐紫芝是“启盈箱之芍药，才是徐陵”，另一方面又谦虚地说自己“浣满手之蔷薇，友非吴质”[④]，其实还是以吴质自况。他对吴质的钟爱，是他的友人尽知的，王又曾在诗中就把他比作吴质，说“重觅秦淮十年梦，因看吴质一编诗”[⑤]。他何以如此喜爱吴质，一是因为吴质和他一样都是泰伯后人。《元和姓纂》卷三：“汉有长沙王芮……桓帝时吴遵，遵孙质。”宋邵思《姓解》卷一：“吴，周泰伯始封于吴，因以命氏姓，起自季札。史有吴芮，封衡山王，后有吴起、吴广……魏有吴质。”吴质为泰伯之后，屡见记载，因而具有门阀意识的吴敬梓引以自比也就不足为奇。二是吴质和他一样都不见容于乡里，类似的遭遇，当然会引起这种比附。《三国志·魏书·王粲传》裴松之注：“始（吴）质为单家，少游遨贵戚间，盖不与乡里相沈浮。故虽已出官，本国犹不与之士名。及魏有天下，文帝征质，与车驾会洛阳。到，拜北中郎将，封列侯，使持节督幽、并诸军事，治信都。太和中，入朝，质自以不为本郡所饶，谓司徒董昭曰：‘我欲溺乡里耳。’昭曰：‘君且止，我年八十，不能老为君溺攒也。’”吴敬梓对乡里也是怀着“逝将去汝”[⑥]的愤怒，而全椒乡人也把吴敬梓“传为子弟戒”[⑦]。遭遇的相似，当然容易引为同调。

吴敬梓在以吴质自况的同时，还自比吴刚。吴刚原是神话传说中于月中斫桂的人物，科举时代考试中式也被称为蟾宫折桂，因而旧时代文人常以吴刚斫桂来比拟功成名就，也有诗人将吴刚写作吴质，如李贺的诗作《李凭箜篌引》即云：

---

① 吴敬梓：《移家赋》。
② 吴敬梓：《文木山房集·登周处台同王溯山作》。
③ 吴敬梓：《沁园春·送别李啸村》。
④ 吴敬梓：《玉巢诗草序》。
⑤ 王又曾：《书吴征君敏轩先生〈文木山房诗集〉后（有序）》。
⑥ 吴敬梓：《移家赋》。
⑦ 吴敬梓：《减字木兰花·庚戌除夕客中》。

“吴质不眠倚桂树，露脚斜飞湿寒兔。”此处的吴质即月中斫桂的吴刚。因而吴敬梓以吴刚自况，实际上也隐藏着以吴质自比的意义在内。他在《寄李啸村四首》中曾叹惜“浪说吴刚能斫桂，无由得见月中人”，显然是以吴刚斫桂来比拟自己的功名无成，正如吴质在魏文帝征召之前沉沦下层一样。以历史上同姓的闻人来自况，他已感到不敷运用，乃借用神话中的同姓人物来自比，这种封建的门阀意识表露得已够充分的了。

他还乐于与现实生活中吴姓的人攀亲认故，上元县学教谕吴培源[①]，字蒙泉，著有《会心草堂集》。在他任上元教谕期间，与吴敬梓、程廷祚等人诗酒唱和，颇有交往[②]，是吴敬梓“生平所至敬服”的人[③]，籍贯江苏无锡。安徽全椒吴敬梓却写有《赠家广文蒙泉先生》，说“吾宗宜硕大，分派衍梁溪”，认为一家。这在吴敬梓看来也并非全无根据，据《一统志》，故泰伯城在无锡县东南四十里处的梅里，自泰伯以下至王僚二十三君皆都于此，以后才迁往苏州。吴敬梓自称为泰伯、仲雍后人，认无锡人吴蒙泉为本家，在他看来并无不可。

吴敬梓的门阀意识表现得极为可笑，只要与“吴”沾上关系，他就拉来自比。在《秋病四首》中写道：“屯贱谁怜虞仲翔，那堪多病卧匡床。黄金市骏年来贵，换骨都无海上方。”明显地以虞仲翔自比，因为金文“虞”作“吴”，虞仲亦作吴仲。虞仲翔名虞翻，三国时人，《三国志·吴书》有传，不引。他也是泰伯、仲雍之后，《元和姓纂》卷二：“虞，虞有天下号曰虞，子商均因以为氏。又武王封虞仲于河东，亦为虞氏。会稽余姚人赵相虞卿。秦有虞香，香十四代孙意，自东郡徙余姚；五代孙歆，歆生翻。”《姓解》卷二：“虞，帝舜之后，有虞仲，史有赵相虞卿……吴有虞翻。”不仅同是泰伯、仲雍后人，而且还有类似的身世：虞翻是浙东余姚人，吴敬梓也说自己“久发轫于东浙”；虞翻不就曹操的征辟，吴敬梓也未赴京应鸿博廷试；虞翻被徙交州，吴敬梓也被迫离乡；虞翻“性不习俗，多见谤毁”，吴敬梓也有“灌夫骂座之气”，以致“竟有造请而不报，或至对宾而杖仆”[④]；虞翻是有名的经学家，著有《易注》，吴敬梓晚年也“治经”，著有《诗说》。凡此，都足以使吴敬梓将虞仲翔引为同调并以之自况。

---

① 光绪六年《江宁府志·秩官表》卷二十二。

② 《江苏诗征》卷十五，道光元年刻本。

③ 金和：《儒林外史跋》。

④ 吴敬梓：《移家赋》。

吴敬梓门阀意识的这种表露形式，也为他的友人所注意。江西会昌人吴湘皋在为《文木山房集》作序时，最后竟以调侃的语气特别说明“余两人有同姓之谊，故质言以叙其端”，就是明显的例子。

三

以历史上同姓的闻人来称美友人，这是封建时代文人的通病，吴敬梓亦不例外。但由于他特别看重自己的门第，因而在他赞扬别人门第时自不免多少也流露了一些门阀意识。怀宁秀才李葂，字啸村，颇擅写诗，吴敬梓一再将他比之以李泌、李白：“邺侯风骨谪仙狂，白下空台咏凤凰”①；“叹佯狂李白，思原无敌；工愁吴质，益用增劳”②。李泌是唐代 7 岁能文的奇童，后历仕玄宗、肃宗、代宗、德宗数朝，以功封邺县侯；李白是众所周知的大诗人。用李泌、李白来比拟李葂，未免溢美过甚。他还将建德诗人徐紫芝比之为徐陵，在为紫芝《玉巢诗草》作序时说：“启盈箱之芍药，才是徐陵。”徐陵是南北朝陈代文学家，字孝穆，是当时宫体诗的重要作家，编有《玉台新咏》，在文学史上有一定影响。吴敬梓用以比拟徐紫芝也是极为不伦。值得注意的是，这两位诗人之所以得到吴敬梓的极力褒扬，还在于他们的某些遭遇可能触发起吴敬梓的感慨。吴敬梓曾被荐举应鸿博之试，并已参加过学院、抚院、督院三级地方考试，但却未赴廷试。李啸村也有同时被荐举的传闻，光绪《怀宁县志·文苑》记云：“雍正乙卯（1735）试博学鸿词，两淮都转卢氏见曾以葂名荐，为学使者放归。”即据当时这些传闻为传，其实，李葂被荐一事纯属子虚乌有，参见拙作《关于吴敬梓应征辟问题》一文。徐紫芝也有被荐举的消息，郑相如在为他的《玉巢诗草》作的序中说：“凤木（紫芝字）入举场，三十年矣；鸿博之科，今亦一与矣。”但检李富孙《鹤征后录》并无徐紫芝之名。可见李啸村与徐紫芝两人都有被荐举应鸿博之试的“动议”，然而并未成为事实。这与吴敬梓虽曾参加地方级的考试而未能参与廷试的情况正有某些类似，因而吴敬梓特别垂注并推崇他们，也就并非偶然。

吴敬梓与王溯山相交也很深，《文木山房集》中有好几首诗、词写到他，如《登

① 吴敬梓：《文木山房集·寄李啸村四首》

② 吴敬梓：《沁园春·送别李啸村》。

周处台同王溯山作》、《题王溯山左茅右蒋图》、《雪夜怀王溯山山居二十韵》、《丙辰除夕述怀》、《青玉案·途次怀王溯山》。他把王溯山比做王维和王伯舆，说“深情王伯舆”、“平生我爱王摩诘”。王维是唐代诗人、画家，画过《辋川图》，被董其昌推为“南宗”之祖；王溯山画过《左茅右蒋图》，吴敬梓将它比之为《辋川图》，“谁其峙者茅与蒋”。王伯舆名王廞，《世说新语·任诞》：“王长史登茅山大恸哭曰：‘琅琊王伯舆，终当为情死。’”可见王伯舆极重感情。王溯山对吴敬梓的友情也十分深厚，当吴敬梓从安庆应试回来，满腹牢骚，极不愉快时，王溯山则去安慰他；乾隆丙辰除夕，吴敬梓无米过年、无金避寒，也是王溯山接济了他，因而吴敬梓满怀感情地把他比做“深情王伯舆”。

李本宣字蘧门，江都人，流寓南京二十年。他曾为《文木山房集》作序，称赞吴敬梓的诗“皆纪事言怀、登临吊古、述往思来、百端交集”之作。《文木山房集》中有《二月三日舟发通济河同李蘧门作》、《酬李蘧门》、《陈仲怡刺史留饮寓斋看灯屏同李蘧门作》、《腊月将之宣城留别蘧门》，还录有李本宣和吴敬梓《夕阳》诗一首，可见李本宣亦颇有诗才。他还是个画家，作有《板舆花径奉母图》，遍征当时诗人题咏，所以吴敬梓将他比做小李将军，说：“回望秣陵城，小李将军画。”唐代画家李思训擅画金碧山水，被称为李将军，其子李昭道也以山水画闻名，被称为小李将军。吴敬梓晚年曾“治经”①，而李本宣也“二十年来勤治诸经，羽翼圣学，穿穴百家”②。这些，都成为吴敬梓赞扬李本宣的原因。

黄河，即黄仑发，南京人，有《自怡集》。黄河曾为《文木山房集》写过序。吴敬梓将他比之为黄权。姚莹，字文洁，南京医生，有《环溪草堂集》。吴敬梓将他比之为姚合。在《月夜怀姚文洁、黄仑发》诗中，吴敬梓写道：“黄权真快士，姚合擅诗篇。”黄权字公衡，三国时四川阆中人，大将军司马宣王与诸葛亮书中说：“黄公衡，快士也。”③姚合是唐代名相姚崇的曾孙，以诗名于时，《全唐诗》卷四九六中收有他的诗作七卷。

综上所述，吴敬梓总是找出历史上同姓的“闻人”或“名人”来比拟自己的友人，这与他以历史上吴姓的“闻人”或“名人”自况一样，虽属封建文人通病，

① 程晋芳：《文木先生传》。

② 见吴敬梓为李本宣《玉剑缘传奇》所作序。

③ 《三国志》卷四十三。

但对吴敬梓来说，多少也有门阀意识在作祟，既表示自己是世家华胄，又说明自己交接的友朋也非暴发新贵。

四

夸耀自己的氏族，看重自己和友人的门第，这固然是吴敬梓门阀意识的一种表现，而对族人不顾自己的世家大族身份去与盐典商人攀结姻亲感到无比的愤怒并加以斥责，更是他的门阀意识的顽固表现。

这种情况在明清两朝也是屡见不鲜的。据刘献廷《广阳杂记》卷一云："东吴犹重世家，宜兴推徐、吴、曹、万，溧阳推彭、马、史、狄，皆数百年旧家也。宜兴许氏，溧阳包氏，皆新发，而欲自附巨族之后。乡人嘲之曰：'彭马史狄包，疯痨癞膈哮（方音作蒿）；徐吴曹万许，马赵温关鬼（方音作举）。'吴人嘴舌轻利，一至于此。"只不过刘氏所记是"新发"攀附"巨族"，而吴敬梓所写则是"旧家"低首于"暴发"而已。这也正反映了时移世转的实况。在《移家赋》中，吴敬梓以极为愤怒的感情痛斥那些败坏世德祖风、贻羞先人门第的族人，讥刺他们"假荫而带狐令，卖婚而缔鸡肆。求援得援，求系得系。侯景以儿女作奴，王源之姻好唯利。贩鬻祖曾，窃赀皂隶。若敖之鬼馁而，广平之风衰矣。"只须一一阐明这些典故，就可对吴敬梓的思想境界有所了解。"假荫而带狐令"，是指唐令狐楚、令狐绹父子两世人相，极有权势，当时一些趋附小人纷纷冒认同宗，姓狐者乃增为令狐。温庭筠曾有诗嘲讽道："自从元老登庸后，天下诸狐悉带令。"①吴敬梓以此典故对冒认同宗的无耻之徒作了极为辛辣的讽刺。"卖婚而缔鸡肆"，据张鷟《朝野佥载》卷三所记，罗会原来拾粪，所谓操贱业，后来发家致富，时人谓之"鸡肆"。吴敬梓这里是指同族人中有人不顾自己门阀，把女儿嫁给豪富之家，而不论对方门第高低，与卖婚无别。"求援得援，求系得系"是董叔事。据《国语·晋语九》所载，晋大夫董叔将娶于晋卿范氏，叔向问其意，答以"欲为系援"，也就是攀高结贵以为奥援。后来夫妇失和，范献子将董叔绑悬于庭槐。董叔见叔向经过，向之求救，叔向不予理睬，说："求系既系矣，求援既援矣，又何请焉？"吴敬梓借用此事讽刺那些攀高结贵的族人，有可能不但得不到"援"，

① 见《旧唐书》卷一七二，又见钱易《南部新书·庚》。

反有可能为其所“系”。“侯景以儿女作奴”，据《通鉴纪事本末》卷二十三：“（侯）景请娶于王谢，上（梁武帝）曰：‘王谢门高非偶，可于朱张以下访之。’景恚曰：‘会将吴儿女配奴。’”“王源之姻好唯利”，是说王源不顾自己高门，贪图富豪满氏数万钱的聘资，将女嫁去。满家虽富有，但却是庶族，王源与之结亲，违反门阀习俗，所以沈约愤怒地指责他“托姻结好，唯利是求，玷辱流辈，莫斯为甚”。认为王源这种行为无异出卖祖宗，所谓“贩鬻祖曾，以为贾道”；而“窃赀皂隶”则是说他贪图聘财等于向所谓下贱的皂隶换取金钱[①]。这两个典故的引用，表明吴敬梓对族人不顾门第、贪图钱财、将女儿下嫁给庶族极为不满，并大加挞伐。接着作者又连用以下两个典故，概括以上几层意思。“若敖之鬼馁而”，是令尹子文事。据《左传·鲁宣公四年》：子文是若敖氏。当越椒初生时，子文说：“是子也，熊虎之状，而豺狼之音。弗杀，必灭若敖氏矣。”子文担心越椒当楚政后，要覆灭若敖一族，祖宗将无人祭祀，鬼将挨饿。“广平之风衰矣”，是用宋璟事。据《新唐书·宋璟传》，宋璟以功封广平郡公，刚正为时所重。但其死后，诸子“皆荒饮俳嬉，并以赃败”，而“广平之风衰矣”。这些描写，无一不表明吴敬梓对某些族人不顾门第与豪绅富商结姻极为痛恨，认为这是出卖祖宗、贻羞先人、败坏家风、趋炎附势的行为。他对这种行为的愤慨和斥责，流露了“恨铁不成钢”的感情，这也正是他的门阀意识的一种表露。

与此同时，吴敬梓还怀着强烈的门第优越感，对盐商典当尽情讽刺、着力鞭挞，咒骂那些商人“彼互郎与列肆，乃贩脂而削脯。既到处而辙留，能额瞬而目语”，指斥他们贩卖起家，到处兜售，巧诈奸伪，唯利是图，见隙即钻，无孔不入；嘲笑他们全都是“钱癖”、“宝精”。对于“漉沙构白，熬波出素，积雪中春，飞霜暑路”[②]的盐商，作者更斥之为“山獠人面”。雍、乾两朝，江淮盐商与山西的票号一样，都是国内最大的商人。吴敬梓几度前往的扬州，则是盐商的集中地，他们资本雄厚，利润至大，家拥巨资，生活豪奢，如汪廷璋“富至千万”。他们之间竞相比富，有的以万金购金箔于塔顶散去，顷刻而尽[③]。吴敬梓及其长子吴

① 沈约：《奏弹王源一首》，《文选》卷四十。

② 吴敬梓：《移家赋》，化用张融《海赋》语（见《南齐书·张融传》）。

③ 李斗：《扬州画舫录》卷十五、十六。

烺曾出入两淮盐运使卢见曾幕中。当卢见曾“因事遣戍”之际[①]，画家高凤翰绘图送行，不少诗人如郑板桥等都有题咏，吴敬梓也有题画之作《奉题雅雨大公祖出塞图》。乾隆十九年（1754）卢见曾再任盐运使时，吴敬梓死于扬州，乃由敬梓友人、也是吴烺的同年王又曾出面，请求卢见曾出资“殓而归其殡于江宁”[②]。在卢见曾幕中，吴敬梓必然会与盐商有所交接，对他们的生活情景自会有所了解。吴敬梓的挚友程晋芳，其家也是由业鹾而成两淮殷富的。程家在广畜声色狗马之余，也购书多至五万余卷，招致学者讨论学问。在程晋芳中年以后，家道中落，及至乾隆十九年（1754）吴敬梓与其在扬州相会时，已经一败如洗，无复旧观。不过，在乾隆六、七年间，程家鼎盛时期曾延吴敬梓赴淮安，“与研诗赋，相赠答，惬意无间”[③]。因而吴敬梓对于盐商典当“牢盆牟国利，质库朘民脂”，“高楼明月中，笙歌如沸糜”[④]的生活也曾亲眼目睹，一旦回顾自己虽然出身高门，然而却衣食不周，难免不发出“谁识王明扬，斋钟愧阇黎”[⑤]的感慨。而族人中居然还有人对盐商典当的豪富表现出既羡慕又懊丧的态度，所谓“昔之列戟鸣珂，加以紫标黄榜，莫不低其颜色，增以凄怆，口嗫嚅而不前，足盘辟而欲往。念世祚之悠悠，遇斯人而怏怏”[⑥]，这就更加激起吴敬梓对盐商的憎恨、对族人的不满，对过去家门鼎盛的怀念，对如今门庭衰落的悲惋，流露了无可如之何的门阀意识。

五

吴敬梓这种落后的门阀意识，在他杰出的创作《儒林外史》中也有所表现。特别是对于泰伯祠的祭祀盛况，作者尤着力描写，全篇“古趣磅礴，竟如出自叔孙通、曹褒之手”[⑦]。当然，《儒林外史》之所以极其铺张地描写祭泰伯祠，原因不止一端，已另有文探讨，但不可否认其中也夹杂着作者表彰先祖、自矜门阀的意识。除此而外，无论在人物形象的塑造或景物环境的描写上，也都有痕迹可寻。

---

① 王定安：《两淮盐法志》卷一三七《职官门·名宦传上》，光绪三十一年刻本。

② 程晋芳：《文木先生传》。

③ 同上。

④ 金兆燕：《棕亭诗钞》卷五《甲戌仲冬送吴文木先生旅榇于扬州城外登舟归金陵》。

⑤ 同上。

⑥ 吴敬梓：《移家赋》。

⑦ 卧闲草堂本评语。

从人物形象看，杜少卿、沈琼枝、四奇客无疑是闪烁着光彩的新人，然而就在他们身上也存在着门阀意识的印记。杜少卿的“太老爷是中过状元的”，“大老爷”则是“江西赣州府知府”。他本人对科举时文、举人进士固多嘲讽，然而他所蔑视的王进士只是“灰堆里的进士”，“不要说先曾祖、先祖，就是先君在日，这样知县不知见过多少！”不过，当王知县丢官坏事、无处容身时，他却又接到家中来住，不怕别人因此前来闹事，说：“先君有大功德在于乡里，……就是我家藏了强盗，也是没有人家来拆我家的房子。”只要略加品味，就不难发现无论先前拒绝去拜会，还是后来主动邀约来家，在对待王进士前后不同的态度上都表露了优越的门第感。不仅如此，杜少卿其他一些“豪举”也常是如此。例如他送张俊民的儿子冒籍应考，就因为是他家“太老爷拿几千银子盖了考棚”，“众人谁敢不依？”又如他对韦四太爷的敬重，对鲍廷玺的照顾，都是因为他们都是他家“太老爷”的拜盟同学或受过抬举的人，所谓“但凡说是见过他家太老爷的，就是一条狗也是敬重的”。这些都表明他对先人遗风、祖宗门第的念念不忘。

沈琼枝看不起盐商的富贵奢华，不愿做他们的小妾，敢于从扬州盐商宋为富家中只身逃到南京，依靠卖诗文、做女工生活，在污浊的社会中能岸然挺立，有信念有决断，诚为不可多得的妇女。但是，就在她身上也潜伏着作者的门阀优越感。吴敬梓特地安排她为斯文之后，是帮助萧云仙在青枫城实践礼乐兵农理想的常州贡生沈大年的女儿。更可说明问题的是，作者让她说出之所以不肯为宋为富小妾的原因在于“……我虽然不才，也颇知文墨，怎么肯把一个张耳之妻去事外黄佣奴？故此逃了出来”。张耳故事见《史记·张耳陈余列传》。可见作者通过沈琼枝之口斥责盐商为“佣奴”，显然是以赵王张耳夫人自拟的意念出发的。这不能不说是作者的门阀意识的不自觉的流露。

吴敬梓还塑造了一些市井小民的形象，表现了他们的某些优良品德，如“四客”的自食其力、不畏权势等等，颇有进步意义。但是，对无家无业的季遐年、卖火纸筒子的王太、做裁缝的荆元，作者在以赞扬的笔调描写了他们一番之后，随即抛开，不再关心他们今后的命运。唯独对原来“家里有钱，开着当铺，又有田地，又有洲场”的商人地主出身的盖宽，却怀着更为深厚的感情，写出他一生的不幸遭遇，对往昔泰伯祠盛况的不胜追慕，对眼前泰伯祠败落的欷歔感叹，还特地交代了他的下场，被人“出了八两银子的束脩，请他到家里教馆去了”。这不能不说是由于盖宽较其他三客有“根底”，因而才获得作者如此饱含感情的笔墨，这显示了作者重视门第的思想意识无往而不在。这种情况也出现在鲍文卿这一形象上。作者赞扬鲍文卿自食其力、敬重斯文，特别表彰他知书识礼、安分守己，不敢与知县向鼎同座，怕坏了“朝廷体统”，大力肯定他对不安本分、穿着士人服饰的同行钱麻子、黄老爹的斥责。吴敬梓显然把这样一个出自下层的演员，塑造成为一个“名戏而实儒”[①]的人物。可见作者的门阀意识对他笔下的人物形象实在是产生了某些歪曲的消极作用。

吴敬梓在《儒林外史》中很少有对商人的赞扬笔墨，除了对资助周进二百两银子捐监的商人金有余没有贬词，对“好友敦伦”、“敬重文人”的泗州典当庄濯江有所表彰之外，一般说来，对盐商典当的骄奢淫逸的生活，作者总是尽情嘲讽、着力鞭笞的，对他们盘剥小民的罪恶，也在一定程度上有所揭露、予以抨击。这些都具有一定的认识意义，不容否定。但作者对他们的讥刺和抨击，又常常为他所赖以进行讥刺和抨击的思想境界所削弱。例如作者在暴露盐商万雪斋的骄奢淫逸的生活之后，却由子午宫的道士抖出他本是盐商程明卿“书童”（奴仆）的老底。他发财后，见了主子程明卿，还“由不的自己跪着”。这其实是封建社会中一种特殊的主奴关系。吴敬梓从这一角度来揭发万雪斋，其批判意义就受到局限，而且反倒暴露了自己的门阀意识。又如五河方家，既是乡绅地主，又是盐商典当，用重戥子“剥削小民”，吴敬梓的描写，也初步触及到剥削阶级的本质，这也应予肯定。但也仅此而止，在初步触及之后并没有跟踪追击，深入挖掘，而是笔锋一转，花费大量篇幅去描写盐商典当方家和世家大族虞府入节孝祠的不同情景，从而鞭笞方家所谓的“伤风败俗”的行为，站在同情正在衰败过程中的地主阶级世家大族的立场，倾泻了对盐典商人的极大不满和无限愤慨。当然，这些描写，对于我们认识作者所处的时代特点、社会面貌、剥削阶级的丑恶及它们内部之间的种种矛盾，无疑也是有意义的。但也不可否认，作者显然是从对世家大族的无限深情、对暴发新贵的极端仇视出发的。

吴敬梓这种感情在小说的景物描写中也有所流露。中堂娄府的“焚香”方法、武英殿御赐的尚书虞府的料丝灯、杜少卿先人埋了九年零七个月的老酒，都以极富感情的笔墨加以描绘。国公府的园林，富丽堂皇而又雅致宜人；可是盐商万雪

---

① 卧闲草堂本评语。

斋的园林，在奢华之中处处露出暴发户特色，“塘沿略窄”到一不小心就要掉下塘去。高翰林的园林，作者则让迟衡山与武书去嘲讽，迟衡山说：“园子到也还洁净，只是少些树木。”武书就借题发挥说：“亭沼譬如爵位，时来则有之；树木譬如名节，非素修弗能成。”武书这段话是从宋人卢秉的议论中借来。卢秉又是何许人？在《宋史·卢革传》中附有小传，记他曾“奉使淮浙，治盐法”，不得“私鬻”；他还比较关心人民生活，安徽滁州一带曾经发生饥馑，“滁、和民捕蝗充食”，他据实上奏神宗，得以“罢献”，从而减轻了人民的一些负担。作者借用历史上曾在自己家乡管理过盐政的卢秉的言行，来鞭笞眼前新贵的不修名节，指责他们远远比不上“素修”名节的世家大族。这在相当程度上也是从门第优越感出发的。

总之，无论在故事情节的选取上，还是在人物的塑造和景物的描写上，都或多或少地存在着这种自高门第的门阀意识。有的研究者已经指出吴敬梓对“旧家”总有好感，对“新贵”总是恶感，这无疑是正确的。但又认为不能把它单纯地看做是落后意识，而是民族感情的一种表现。至于吴敬梓是否具有民族感情，这一问题仍可探讨，但非本文论题以内，此处不论。如仅就作者对世家大族与盐商典当的不同态度而论，上述论断似不符合吴敬梓的思想实际。依笔者浅见，这正是作者落后的门阀意识在作祟。它也正是形成这部杰出的讽刺小说《儒林外史》种种缺陷的思想根源的一个重要方面。

（原载《明清小说研究》1986 年总 4 辑）

吴敬梓和释道异端

吴敬梓自幼接受了儒家正统思想的严格教育，十分尊崇儒学，对释道所谓“异端”颇多嘲讽，这在他的诗文作品和小说创作中都有所反映。

在中国哲学史上，我国自创的道教与外面传入的释教，自汉代以来大为兴盛起来。在漫长的中国封建社会中，释、道二教虽然不断被封建统治阶级所利用，但也时时受到限制和排斥。如初唐时期，傅奕从唯物主义自然观所谓“生死寿夭，由于自然”出发，极力反对佛教，但其目的却在于巩固封建君主集权制度，所谓“刑德威福，关之人主”，认为释教“窃人主之权，擅造化之力”，“于百姓无补，于国家有害”①。后来到了藩镇割据的中唐时代，为了加强中央集权，巩固封建君主制度，韩愈反对释教的态度更较傅奕为坚决，甚至主张“人其人，火其书，庐其居”②，采取行政措施加以限制。同时，他还重视民族的文化和学术传统，运用儒家的“道统”作为武器，对释教进行了批判。一般说来，释教受到的排斥和批驳之所以常常甚于道教，在一定程度上也是由于它是由外面输入的宗教，一些学者出于夷夏之辨的思想，为了反对用夷变夏的目的，抵制尤力。而释、道二家为了自己的生存和发展，也常迎合儒家观点，重新解释自己的教义。及至宋代，程颢、程颐、朱熹等人，虽然也反对释教，但却又吸取佛学的某些思想资料，融入他们所建立的新的儒学——理学中去。例如二程的人性论，名为反对释教，实际上已包含了一些释教的僧侣主义及唯心主义成分。又如朱熹，他所激烈反对的只是佛学中“以君臣父子为幻妄”③。实际上朱熹的学术思想吸收了禅宗和华严宗的不少观点，只是摒弃了释教中与君君臣臣父父子子的封建伦理关系有抵触的成分。

---

① 《旧唐书·傅奕传》。

② 韩愈：《韩昌黎集》卷十一《原道》。

③ 朱熹：《朱子语类》卷九四。

明末清初的一些进步思想家，他们反对宋明理学，在一定程度上就因为其中包含了释道思想。例如明代思想家黄绾就指出："宋儒之学，其入门皆由于禅。"[①]明清之际的学者顾炎武也曾说："古之所谓理学，经学也。……今之所谓理学，禅学也。"[②]当然，顾炎武重点批驳的是陆、王心学，但作为宋学整体来说，批判陆、王，也势必不能不涉及程、朱。及至颜元、李塨，更对程、朱、陆、王学说中所包含的释教思想严加批驳。颜元就指出宋代理学并非儒学正传，其中夹杂佛老之说甚多，他说："宋代当举世愦愦罔所适向之时，而周子（濂溪）突出，……以其传于禅僧寿涯、道士陈抟者，杂入儒道，绘图著书，创于一宗，程朱陆王皆奉之。"[③]李塨也同样认为"宋儒学术之误，实始周子，周子尝与僧寿涯、道士陈抟往来，其教二程以寻孔颜乐处，虽依附儒学，而虚中玩弄，实为二氏潜移而不之觉"[④]，因而认为宋代理学是伪学而非真学，大声疾呼："宁使天下无学，不可有参杂佛老章句之学。"[⑤]

满洲贵族统治者入关建立清王朝之初，政权尚未十分巩固。为了恢复封建统治秩序，康熙帝玄烨就极力倡导儒学，推崇程朱，他高度评价了朱熹的著作，认为"非此不能知天人相与之奥，非此不能治万邦于衽席，非此不能仁心仁政施于天下，非此不能外内为一家"[⑥]；并且认为"书生评论帝王每多苛刻，惟朱子最为公平"[⑦]，因而大加推崇。对于释道，康熙屡加抨击，十八年（1679）颁行的上谕十六条中就有"黜异端以崇正学"一条。所谓"异端"即指释道，所谓"正学"即指儒学。玄烨特别对于历史上"崇奉佛释、溺信仙道"的"人君"表示了极大的不满[⑧]。不过，雍正帝胤禛继位以后情况稍有变化。为了钳制朝野舆论，巩固皇位，乃大兴文字之狱，并借吕留良一案，著《大义觉迷录》以驳斥汉族知识分子尊王攘夷的议论；同时有意识地倡导禅学，刻佛经、选语录，自号圆明居士，企图以政教合一的手段用夷变夏，达到加强对汉族人民统治的目的。这是清初封

① 黄绾：《明道编》卷一。

② 顾炎武：《与施愚山书》文集卷三。

③ 颜元：《习斋记余》卷一《大学辨业序》。

④ 冯辰等：《恕谷年谱》卷二。

⑤ 颜元：《存学编》。

⑥ 康熙：《御制朱子全书序》。

⑦ 《永宪录》卷一。

⑧ 同上。

建统治阶级对待儒、道、释三家不同的手段和相同的目的。

生活在康、雍、乾时期的吴敬梓，在其名著《儒林外史》中，在尊崇儒学的同时，也贬斥释道。小说中出现的和尚、道士，不论是作为事件的主角，还是作为陪衬的人物，作者不是加以正面斥责，就是旁敲侧击地予以贬抑。将作者所刻画的形象、所描绘的画面稍作分析，便可看出吴敬梓对释、道二教中人均无好感，很少加以褒扬，而是嬉笑怒骂，极尽讥讽之能事。点染所及，涉笔成趣，极深刻地暴露了他们的丑恶嘴脸。

《儒林外史》中的佛门弟子大都是势利小人。汶上县薛家集观音庵的和尚，对教私塾糊口的周进十分冷淡，给周进“享用”的伙食是“一碟老菜叶，一壶热水”；连王举人在庵中吃酒时“撒了一地的鸡骨头、鸭翅膀、鱼刺、瓜子壳”，也得由周进“昏头昏脑”地“扫了一早晨”。但对国子监司业周进，这个和尚的态度却大不相同了，庵中“一张供桌、香炉、烛台，供着个金字牌位，上写道‘赐进士出身，广东提学御史，今升国子监司业周大老爷长生禄位’”，这是“薛家集里人、观音庵僧人同供奉”的。连周进从前写的对联，也被和尚“用水揭下”准备去“裱一裱”。这种露骨的势利连旧时代的评论家也为之感叹不已，说：“薛家集村野地方亦有此趋风之事！”[①] 其实，《儒林外史》中这些佛门弟子，不仅要趋附现任官员，即连才中举人尚未获得一官半职的范进，也尽心巴结，因为今天的举人就可能是明天的官员。范进中举发疯时，滕和尚不在庵中，未曾献得殷勤，事后懊悔不迭，再三对范进丈人胡屠户言说：“前日新中的范老爷得病在庵里，那日贫僧不在家，不曾候得；多亏门口卖药的陈先生烧了些茶水，替我做个主人。”将别人的人情硬拉到自己的殷勤账上，真是无耻之极！及至“和尚听了”胡屠户要请他去举人家做斋时，更是“屁滚尿流，慌忙烧茶、下面”，招待屠户，大献殷勤。滕和尚先对“那日”“不曾候得”“范老爷”表示歉意，这只是空口人情；及至闻得请他做斋，有油水可捞时，才“烧茶、下面”，给胡屠户以小小的实惠。吴敬梓细致地描绘出滕和尚前后言行的不同，就更加深刻地暴露了他们的势利嘴脸。《儒林外史》中类似这样鞭笞和尚势利的描写还有一些。如乐清县大柳庄村民房屋被火，匡超人欲借和尚庙安顿一下患病的父亲，和尚执意不肯，直到潘保正出来说情，特别说明“这小二相公（指匡二）好个相貌，将来一定发达”之后，

① 张文虎：《儒林外史评》。

和尚才同意匡二临时搬进去住。张文虎评此一节说:“和尚势利,必须以此动之。”[①]这颇得作者之意。萧金铉、季恬逸、诸葛天申寻寓所选书,寻到南京中华门外和尚庙,当家的老和尚“铺眉蒙眼”地问了三人的“姓名、地方”,知道并非达官贵人,“口气便不对路”[②]地说:“小房甚多,都是各位现任老爷常来做寓的。”“老爷”、“现任老爷”,又是“常来”的“现任老爷”,分明不把这三个人放在眼中,因而故意刁难,抬高房租,“一口价定要三两一月”,“一厘也不肯让”;接着又对着三人之面痛骂小和尚:“不扫地!明日下浮桥施御史老爷来这里摆酒,看见成什么模样!”俗话说“对着和尚骂秃子”,作者十分熟悉这种手法,在《移家赋》中称之为“对宾而杖仆”,在小说中则套用这一手法而有变化,让大和尚对着客人骂小和尚,从而用和尚本身的言行来暴露他们的势利嘴脸。继而作者又通过萧金铉之口,呼之曰“秃驴”,真是“骂得痛快之至”[③]。但吴敬梓在鞭笞他们丑恶的灵魂时并没有简单化,在作者笔下,他们偶尔也会做点“雅事”,然而要看对象。被他刁难走的萧金铉等三人一旦成为天长阔少杜慎卿的座上客时,他的态度就大不相同了。当萧金铉三人吃酒吃得“手舞足蹈”,而杜慎卿“也颓然醉了”时,只见这个“老和尚慢慢走进来,手里拿了一个锦盒子,打开来,里面拿出一串祁门小炮仗,口里说道:‘贫僧来替老爷醒酒。’就在席上点着,烨烨烞烞响起来。杜慎卿坐在椅子上大笑”。谁曾想到如此势利的“老和尚”能做出如此凑趣的“雅事”!但深入一想,这样的“雅事”由于只是对阔少做出来的,“雅事”也就不雅,而是更严重的势利了!总之,在吴敬梓笔下,这些佛门弟子既能以势利丑态对人,又会以清客帮闲事人;既能倨傲无礼,又能足恭谄媚,一切随着需要、随着客人的不同身份而改变。

在《儒林外史》中,这些势利和尚无不勾结乡绅地主、盐商典当,甚至他们本身就是地主、商人。如范进家乡的僧官慧敏就有田地、有佃户,因为一块田不肯卖给张乡绅,为其捉弄,拿送官府,后来由于举人范进说情才得以无罪开释。这就表明这些佛门弟子并不“六根清净”,而是参与世俗的财产之争的。他们不勾结这个乡绅,就要投靠那个地主,彼此狼狈为奸,沆瀣一气,作奸犯科,为害

① 张文虎:《儒林外史评》。

② 齐省堂本批语。

③ 同上。

百姓。乡绅地主与盐商典当有着血缘关系，常常是乡绅地主兼为盐商典当。和尚、道士既然要勾结乡绅地主，也就必然要依赖盐商典当。例如南京桂花道院中新近从扬州来的道士来霞士，与寻男色的杜慎卿初次见面，知道慎卿是天长人，赶忙问道："我们桃源旗领的天长杜府的本钱，就是老爷尊府？"当那慎卿答道"便是"时，"道士满脸堆下笑来，连忙足恭道：'小道不知老爷到省，就该先来拜谒，如何反劳老爷降临？'连忙叫道人快煨出新鲜茶来，捧出果碟来"。在来霞士这副势利嘴脸的背后，我们可以察知他与扬州盐商桃源旗有利害关系，而桃源旗又与天长大地主杜府有经济来往。这一方面真实地反映了清代行盐商人与封建地主经济的密不可分的特殊关系，另一方面又深刻地揭发了释道之徒之所以如此势利，常常是由于有着经济上依存关系的缘故。

在《儒林外史》中，这些释道门徒不但无一不是势利小人，而且无一不是诈骗能手。他们有的软欺，有的硬诈，花样翻新，手段巧妙，骗人诈财，无所不为。妓院虔婆原是敲诈嫖客的行家，而南京延寿庵师姑本慧居然能从她们手中讨得布施，按月收钱。不但骗钱，而且也骗人，当她诉说"一个20岁的大徒弟前月死掉了"时，张文虎在批语中即指出"顶补的快来也"，齐省堂本批语也指出这一句话"带叙带伏"。果不其然，后来妓女聘娘就"剃光了头"，拜她为师"出家去了"。南京天界寺的和尚，摸透了季遐年的脾气，知道他不肯巴结权贵，要他写字偏不肯写，不要他写字却又技痒，为了替达官贵人谋得他的字，故意摆着上好的纸、墨，诱使他技痒写字。这真是十分巧妙的欺骗手段。安东县曾经审理了一件"为活杀父命事"的案子，原告是个和尚，他认定一头肥牛为父，骗到手后即转出去，事后又要加价找银子，勒索不遂时又去告状。这一离奇的情节，正非常有力地鞭笞了这些佛门子弟"可恶极了"的丑恶灵魂。

在吴敬梓笔下，这些和尚道士常用诈骗、剥削来的钱财吃喝玩乐，丝毫不遵守佛门的清规。僧官慧敏到佃户何美之家吃酒，被张师陆指使七八个人闯进来当场捉住，被"精赤条条"地捆走。这里，作者着意暴露的是乡绅与僧官的矛盾，以及和尚贪恋酒色的无耻行径，但在客观上也反映了佃户的悲惨境遇，为了佃得田地，被迫以妻女奉事主人。中华门外萧金铉寓居的寺院僧官，不但"摆酒唱戏"，而且还好男色，与以诈骗为生的龙三颇有些"私情事"，闹得不可开交，具体情节虽然没有写出，但从字里行间却透露出这些出家人的生活腐败，灵魂肮脏，张文虎说“恐是作者嫌芜秽笔墨，故略之”。至于对五河县龙兴寺隔壁和尚家“摆酒唱戏”、“细吹细唱”，“仁昌典方老六与厉太尊的公子”，“一个人搂着一个戏子，在那里顽耍”的现象，作者的不满与愤怒更达到极点，其后通过虞华轩对五河县这些“伤风败俗”的现象加以淋漓尽致的揭露和斥责。

吴敬梓在《儒林外史》中甚至将僧道视同“盗贼”，表示了对他们的深恶痛绝。陕西同官海月禅林来了“一个挂单和尚，那和尚便是响马贼头赵大，披着头发，两只怪眼，凶像未改”。这个赵大，当年在山东道上“抢劫”四川解京的饷银，被萧昊轩打得“抱头鼠窜”，“如飞的逃命去了”；而今已成为一个“吃酒、行凶、打人，无所不为”的“恶和尚”，甚至要将海月禅林方丈的脑袋劈开，用活人脑下酒。正当他的钢刀“向老和尚头顶心里劈将下来”时，却被萧昊轩之子萧云仙用飞弹打瞎眼睛。通过这一故事的描写，吴敬梓斥责了这些佛门弟子杀人吃人、无恶不作的行径。

一般说来，吴敬梓在《儒林外史》中对释道门徒没有好感，极为厌恶。但也偶有例外，例如对海月禅林的“善知识”，也就是先后在芜湖县甘露庵、京师报国寺做过方丈的老和尚，却没有任何微词。作者写他的外貌是“清癯面貌，颜色慈悲”；写他的处事，极为公正无欺，郭孝子送给他“两个梨”，他却放在缸内加水捣碎，“传齐了二百多僧众，一人吃一碗水”；写他的待人，十分厚道，受人之托，忠人之事，为牛布衣经营丧事，关心郭孝子寻父结果。因而他虽然遭到赵大的磨难，却终为萧云仙所救。为什么作者对他特别偏爱，极有好感？这固然是和他重视孝道的思想感情有密切关系，更与他本人的斯文沦落的生活遭遇分不开。

吴敬梓厌恶释道之徒的思想感情，不仅在他的《儒林外史》中，而且也在他的诗词中反映出来。现存的吴敬梓诗词中涉及到释道作品的有以下一些，我们可略加探讨。《琉璃塔》诗并非赞美长干寺，而是抒写作者瞻仰康熙匾额“辉煌天语”的感叹。《灵谷寺》一诗也只是写洪武“圣明朝”的“隆礼高千古”，而非赞扬佛寺。《永庆寺》一诗，只是感叹今昔变迁，欣赏此寺环境的清静。《过丛霄道院》则是追念先人之作。《残春僧舍》主要是抒发“客久无乡梦，愁深有病魔”的情绪。《夏日读书正觉庵示儿烺》，无非是希望儿子吴烺前来避暑读书。《赠真州僧宏明》乃记其“从母子”宏明的不幸遭遇。《初夏惠隐寺花屿山房食笋》则写食笋韵事。

《百字令》写作者在天宁寺中看到“青然兄题壁诗”而生发的感慨。《减字木兰花》是写作者在识舟亭意外地见到故人道士王昆霞赠钱沽酒事。这些诗词，均与释道无关，既谈不上赞美，也谈不上讥讽。在《题王溯山左茅右蒋图》一诗中，通过对王溯山隐居草堂环境幽美的赞美，抒写其“雅志高怀见此贤，何须服食求神仙”的见解，这倒透露了吴敬梓极不赞成修道学佛的思想。在吴敬梓现存的诗词中，多少能够看出与释道思想有关的作品并不多。在40岁以前的作品中有一首《水龙吟》：

木犀香满精庐，晚来受月池光浅。一龛佛火，一炉茶影，一床诗卷。旅鬓迎秋，断魂惊梦，曲阑凭遍。怅才晴又雨，重阳近也，留不住，辞巢燕。休说琼楼玉宇，尽西河、吴刚迷恋。功名尚记，昔年知遇，依然沦贱。北固山明，南泠水美，客怀聊遣。谢多情老衲，军持净洗，把黄华荐。

词中虽然有“佛火”、“老衲”等字眼，但却是与“茶影”、“诗卷”、“黄华”等连举的。全词的主要内容只是反映了作者功名不遂、羁留他乡、无可排遣、百无聊赖的情绪，谈不上有什么皈依释道的念头。至于《儒林外史》中最后一回的一首《沁园春》词，有的学人从其中看出吴敬梓和他“所仰慕的人”如王冕、虞育德、庄绍光、杜少卿以及四奇客等，有隐于释道的思想，这样的理解是可以商榷的。全词如下：

记得当时，我爱秦淮，偶离故乡。向梅根冶后，几番啸傲；杏花村里，几度徜徉。凤止高梧，虫吟小榭，也共时人较短长。今已矣！把衣冠蝉蜕，濯足沧浪。　　无聊且酌霞觞，唤几个新知醉一场。共百年易过，底须愁闷？千秋事大，也费商量。江左烟霞，淮南耆旧，写入残编总断肠！从今后，伴药炉经卷，自礼空王。

这首词是吴敬梓晚年的作品，其中虽有伴经卷、礼空王的字眼，但只是表现了作者在经过不断探索以后，终于明白自己提出的礼乐兵农的理想也并不能实现，从而产生的破灭虚无之感。“经卷”、“空王”，在吴敬梓作品中只是作为归隐的同义词，而并非表示真正皈依于释道的意思。因为同是晚年的作品《雨花台》诗序中，吴敬梓曾有这样的言论：“……近年冈下建仓颉庙，郡中士大夫春日以牲牷酒醴致祭庙中，奏古乐，用佾舞，每倾城往观。此殊有三代报赛风，不似笃信浮屠者，梵呗喧天，香花匝地已也。”很明显，吴敬梓是用肯定“奏古乐、用佾舞”的儒家祭祀活动来否定“梵呗喧天，香花匝地”的崇佛活动的。由此可以察知，直到晚年他对释道并无好感，当然也就谈不上什么隐于释道了。《沁园春》词中即使表现出某些“自礼空王”之意，但也只能看做是封建文人的套语。地主阶级士大夫在仕途失意或政治上无所作为时，常常产生归隐念头，每当此际，他们常喜谈释说道。如白居易在《郡斋暇日，忆庐山草堂，兼寄二林僧社三十韵，多叙贬官已来出处之意》一诗云：“谏诤知无补，迁移分所当。不堪匡圣主，只合事空王。……春抛红药圃，夏忆白莲堂。……闲吟四句偈，静对一炉香。……”① 就表明了“只合事空王”的原因在于“不堪匡圣主”，这与吴敬梓在“千秋事大，也费商量”理想破灭之后，表示要“伴药炉经卷，自礼空王”的思想发展过程，有一定的相似之处。当然，白居易与吴敬梓时代不同，处境不同，思想状况也大不相同，特别是吴敬梓并没有像白居易晚年那样去修仙学佛。这里只是说明旧时代的文人，在自己的理想不能实现时，谈释说道就成为一种时髦的避世话题：其中有的真心皈依释道，也有借谈释说道表达冷寂的心绪，并非真的要学佛修仙。吴敬梓显然属于后者。在《沁园春》词中，作者固然一方面表示要“伴药炉经卷，自礼空王”，但另一方面也还说“把衣冠蝉蜕，濯足沧浪”。蝉蜕只是表示解脱之意。《史记·屈原列传》云：“蝉蜕于浊秽，以浮游尘埃之外。不获世之滋垢，皭然泥而不滓者也。”与释道思想毫无关系。濯足沧浪，是用《孟子·离娄上》中所引的孺子歌。对于孺子所歌，“孔子曰：‘小子听之，清斯濯缨，浊斯濯足矣，自取之也。’”但吴敬梓引用此典，则是用《楚辞·渔父》中的意思，“渔父莞尔而笑，鼓枻而去”，歌此沧浪一曲，“遂去不复与言”，表示了隐居之意，同样也与释道思想毫无瓜葛。由此也可以看出，吴敬梓虽然在《买陂塘》词中流露了“身将隐矣”的情绪，但不能说一定就是皈隐于释道。特别是不能根据少数诗词中偶然出现与释道有关的字眼，就来概括他的主要作品《儒林外史》中的理想人物有“隐于佛、隐于道”的思想倾向。

这部杰出的讽刺小说，对释道之徒的嘲讽已如上述，对崇佛的迷信活动也颇有微词，例如在四十一回写南京秦淮河上中元节的景象有这样的描写：

> 又有极大的法船，照依佛家中元地狱赦罪之说，超度这些孤魂升天，把一个南京秦淮河，变做西域天竺国。

---

① 《白居易集》卷十八。

> 人都说地藏菩萨一年到头都把眼闭着，只有这一夜才睁开眼，若见满城都摆的香花灯烛，他就只当是一年到头都是如此，就欢喜这些人好善，就肯保佑人。

这两段话中的讥讽语气是十分明显的。从吴敬梓对释道门徒的鞭笞和对崇佛活动的讥讽中，我们可以肯定“对于矛盾的解决”，吴敬梓并非采取“类乎贾宝玉所采用的办法”，“走道家、释家的路子”。至于吴敬梓在诗词中偶尔涉及释道，也只是受到时代习俗的浸润而已。自道教兴起、释家传入以后，一般知识分子虽然接受的仍是传统的儒家教育，但在一定的条件下也喜谈释说道，更何况儒、道、释三者同样都曾被封建统治阶级所利用。三者虽时有矛盾，但也时有调和。因而在封建文人身上，同时存在这三种思想也并不奇怪。当然，就某一个具体人来说，三种思想必有主次之分。在吴敬梓世界观中，崇儒思想占据着主导地位，释道思想的影响是很微弱的。

吴敬梓崇信儒家思想之所以较为强烈，这是因为有着崇儒的家庭传统的缘故。他在《移家赋》中说其“高祖为仲雍九十九世孙”，也就是为孔子所推崇的泰伯、仲雍的后人。他们全椒吴氏一向“讲孝友于家庭，有代传之清节”：高祖吴沛“绍绝学于关闽，问心源于邹鲁”①，醉心于孔孟、程朱之学；曾开讲堂传道授业，从其游者为数甚众，陈廷敬说他的“道德文学为东南学者宗师”②。曾祖吴国对于顺治戊戌考中探花，先后典试福建、提督顺天学政，“一时名公巨卿多出其门”，理学名臣李光地即为其弟子③。祖父吴旦“性笃孝”，“奉继母尤谨”，能助人为学，有某生因“家贫欲徙业，乃转贷金若干以赠，劝其卒学，后竟入泮成名”④。嗣父吴霖起，是康熙丙寅拔贡，做过赣榆教谕，吴敬梓在《移家赋》中赞美他“为天下之楷模，识前贤之纪载”，“时矩世范，律物正身”，是一个典型的儒者。吴敬梓恪守着这样的家庭传统，在《遗园》四首中说：“辛苦青箱业，传家只赐书”，“每念授书志，其如罔极何”；并且表示“治生儒者事，谋道古人心”。在《儒林外史》中，他虽然鞭笞了假儒，但对所谓的真儒，则是极为钦仰的。也正由于他恪守尊崇儒学的家庭传统，才对释道“异端”痛加斥责。

---

① 吴敬梓：《文木山房集·移家赋》。

② 陈廷敬：《吴国对墓志铭》。

③ 方嶟：《文木山房集》序。

④ 蓝学鉴：《全椒志》卷十。

吴敬梓成年以后，特别是在移居南京之后，又接受了颜元、李塨思想的影响，这对他厌恶释道思想的形成也有一定作用。颜、李是反对释道的，他们反对理学的一个重要原因，就在于他们认为程、朱“隐为佛氏六贼之说浸乱，一口两舌而不自觉”，他们所倡导的理学已“为佛氏所染，为世人恶习所混”[①]，“实为二氏（佛老）潜移而不之觉”[②]；认为宋儒专事章句、清谈，“其与老氏以礼义为忠信之薄，佛氏以耳、目、口、鼻为六贼者相去几何也！”[③]颜元在《存治编》中还专门写有“靖异端”一节，提出绝由、去依、安业、清蘖、防后、杜源、化尤、易正、明法九种措施来靖除佛老左道，主张“明先王之道以教之”，从而使“风淑俗美，仁昌义明”。在《存人编》中又写有“唤迷途”一节，对受惑不深、受惑渐深、西域番僧、名儒心佛、教门左道等五种不同对象，分别晓以利害，惊醒迷途，唤其回头。总之，他们认为释道异端是对周孔之教——也就是正统的儒家思想的极大危害，不利于封建秩序的巩固，所谓“佛仙出家灭伦，无父无君之教也”[④]；“一旦为僧道，便为世界废人，与朝廷无干，不但不为朝廷效力战斗，并不当差纳粮，以供其上”[⑤]，因而极力加以反对。吴敬梓从小受到正统儒家思想的教育，成年以后又受到颜、李思想的影响，因而在《儒林外史》中对释道异端的嘲讽，就不是随手拈来的游戏笔墨，而是有一定的思想基础的。

吴敬梓反对释道“异端”，还和他丰富的生活阅历有关。吴敬梓一生中有机会接触到各种不同类型的释、道门徒。据有关资料可以知道，吴敬梓的生父吴雯延寄寓在南京丛霄道院读书，在他移家南京、雯延病逝以后，还曾去道院寻求遗踪，“疏窗碧暗哭遗文”，“白头道士重相访”，但这位道士当时已“年九十余矣”[⑥]。吴敬梓本人早年来游南京，也曾借寓在寺院[⑦]；后来又曾读书于正觉庵[⑧]；作客真

① 颜元：《存性编》卷一。
② 冯辰等：《恕谷年谱》卷二。
③ 颜元：《存学编》卷一。
④ 冯辰等：《恕谷年谱》卷一。
⑤ 颜元：《存人编》“唤迷途”。
⑥ 吴敬梓：《文木山房集·过丛霄道院》。
⑦ 吴敬梓：《文木山房集·残春僧舍》。
⑧ 吴敬梓：《文木山房集·夏日读书正觉庵示儿烺》。

州时，也寄寓于“僧舍”①。其姊夫金绍曾曾借读于滁州琅玡寺②并题诗于壁。其族兄吴檠也曾寓居过安庆天宁寺，同样写有题壁诗③。吴敬梓的友人，也有不少曾经寓居在寺院道观中，如徐紫芝一度“匿影僧楼”④，金兆燕也曾“独客卧禅关”⑤。他们还常去寺观探幽寻胜，如敬梓与其长子吴烺先后游览过南京永庆寺，并各有诗作。在扬州，敬梓还常和金兆燕去碧天观访问石庄上人，所谓“碧观寻髡缁”⑥。石庄是上元人，极善绘画，又工吹箫，交游甚众，以致“僧寮而为书画舫矣”⑦。吴敬梓族人中也有“髡缁入空门”的人，如真州僧宏明，即为其从母之子⑧。他的友人中也颇有与释道之徒有着瓜连的人，如樊圣谟的伯父就是有名的怀远大师，颇通文墨，著有《经颂随笔》⑨；朱卉字草衣，曾依芜湖吉祥寺僧⑩。在南京，吴敬梓还与冶山道院的周羽士结下深厚的友谊，当周羽士死后，他还写有《早春过冶山园亭追悼周羽士》、《伤周羽士》等诗篇，有“十载知交存此地，只今寥落不胜哀”之句。在这些接触和交游过程中，吴敬梓对释道门徒的精神状态和日常行事，当然会由一般的认识进而有深切的了解，对其中一些过着寄生生活的释道门徒的丑恶行径，不但熟悉，而且厌恶；对因生活所迫、不得不寄迹空门的人，却十分同情，哀其不幸；对少数高尚、又通文墨的释子道徒，则相互交游，彼此唱酬。这种丰富的生活阅历，使得吴敬梓对释道门徒的面目和品质，不仅具有了感性认识，而且也具有了一定的理性认识，从而能站在当时比较进步的立场上，在《儒林外史》中嘲讽和抨击了那些厕身空门的势利小人。当然，现在还没有足够的材料可以论证小说中那些释道之徒的原型究竟为谁，但作家的塑造典型原就可以广采众相，而不必拘于一人。从《减字木兰花》词作中作者曾在芜湖识舟亭阻风，幸而“喜遇”“王道士崑霞”等友人，“羽客凭阑”不

---

① 吴敬梓：《文木山房集·雨》。

② 吴烺：《春华小草·琅玡寺小序》。

③ 吴敬梓：《文木山房集·百字令》。

④ 吴敬梓：《玉巢诗草序》。

⑤ 金兆燕：《棕亭诗钞》卷五《甲戌仲冬送吴文木先生旅榇于扬州城外登舟归金陵》。

⑥ 同上。

⑦ 李斗：《扬州画舫录》卷二。

⑧ 吴敬梓：《文木山房集·赠真州僧宏明》。

⑨ 续纂《句容县志》卷九。

⑩ 顾云：《盋山志》卷四。

但为其“指点行舟杳霭间”又“解赠青铜沽浊酒”的描叙中，可以知道《儒林外史》第三十三回中，写到杜少卿在识舟亭阻风，窘迫之中遇到道士来霞士等友人的情节，确有吴敬梓的生活经历作为基础。由此可以推知，吴敬梓在《儒林外史》中之所以能对释道门徒的丑恶本质作了极为形象的刻画和极其有力的鞭笞，是与他在生活实践中所积累的创作素材、所形成的进步思想分不开的。

总之，从吴敬梓的家庭传统、所受的时代思潮的影响以及他的生活实践等方面加以综合考察，再对他的作品进行全面分析，他对释道的讥讽是显然的，因而说他要“走道家释家的路子”就未免言之无据了。

（原载《文史哲》1981年第5期）

吴敬梓和戏剧艺术

在我国文学史中，小说、戏曲这两种文学样式，是随着城市经济的繁荣和市民阶层的壮大而逐步发展成熟的。为了满足市民的需要，它们也在某种程度上反映了下层人民的生活状况和思想感情，因而受到广大市民的欢迎。封建统治阶级和地主阶级文人，喜其文词新颖，为了消遣娱乐，对其中某些作品也并不排斥，但对那些内容进步的作品，认为它们有坏于世道人心，不利于他们的封建统治，则不断加以鄙视、咒骂、烧毁、禁演。俞正燮曾记叙了清代禁毁小说的经过，他说："其小说之禁，顺治九年题准，琐语淫词，通行严禁。康熙四十八年六月议准，淫词小说及各种秘药，地方官严禁。五十三年四月，九卿议定，坊肆小说淫词，严查禁绝，板与书尽销毁，违者治罪，印者流，卖者徒。乾隆元年覆准，淫词秽说……限文到三日销毁。"[①] 对于戏曲也是如此，雍正十三年规定："如有当街搭台悬灯唱演夜戏者，将为首之人，照违制律杖一百，枷号一月。"[②]

生活在这种文化专制政策统治下的世家子弟吴敬梓，虽然能诗善文，却偏爱小说、戏曲，他的朋友程晋芳就说他"好为稗说"[③]。他的讽刺小说《儒林外史》比他的诗文集《文木山房集》更为广大读者所熟知，他的"文名"也正是靠了这部小说才传世的。但吴敬梓对于戏剧艺术的喜爱和见解，却很少为人所重视，更少有人论述。为了全面了解和评价吴敬梓，有必要进行探讨和研究。

一

吴敬梓对戏剧艺术非常喜爱，十分熟悉。据现有材料所知，他从小就喜爱戏

---

① 俞正燮：《癸巳存稿》卷九《演义小说》。

② 《大清会典事例》卷八二九《刑部刑律杂犯》。

③ 程晋芳：《勉行堂诗集》卷九《哭敏轩》："艳歌蛱蝶情何远？散录云仙事可征。"自注："君好为稗说，故及之。"

剧艺术，金两铭说他“生小性情爱吟弄，红牙学歌类薛谭”[①]，还邀约有名的歌手参加他与吴檠、金榘、金两铭等亲友的聚会[②]，一起豪饮欢唱，谈笑作乐。30岁那年除夕，在他写的《减字木兰花》词中，描写了青年时代的生活：“昔年游冶，淮水钟山朝复夜。金尽床头，壮士逢人面带羞。王家昙首，伎识歌声春载酒。白板桥西，赢得才名曲部知。”在《春兴八首》中，也有对早年“顾曲周公瑾，呼卢刘穆之”这种欢场生活的回忆。特别是在他经历了屡试不第而遭受冷遇、父母双亡而族人夺产的不幸之后，更是愤世嫉俗，也更加蔑视礼法世俗，索性沉湎于声色犬马之乐。他的族兄吴檠说他“弟也跳荡纨袴习，权衡什一百不谙。一朝愤激谋作达，左骧史妠恣荒耽。明月满堂腰鼓闹，花光冉冉柳鬖鬖。……香词唱满吴儿口，旗亭法曲传江潭”[③]，过着“老伶小蛮共卧起，放达不羁如痴憨”[④]的生活。中年移家南京之后，在以诗文会友的同时，也曾“寄闲情于丝竹，消壮怀于风尘”，“妙曲唱于旗亭，绝调歌于郢市”[⑤]。

这样的“欢场”生活，虽然使他沾染了一些纨袴习气，但也使他对于出身下层的歌儿舞女、戏子倡优的痛苦遭遇有所了解，并产生一定的同情。在《老伶行》一诗中，他对一位“潦倒梨园五十年，萧萧白发暮江边”的演员的穷困暮年，倾注了极大的同情，并以自己更为不幸的遭遇去劝慰他：“我语老伶声勿吞，曾受君王赐予恩。才人多少凌云赋，白首何曾献至尊。”对演员如《儒林外史》中的鲍文卿的某些优秀品质，也在一定程度上加以肯定、表彰。从《移家赋》可以看出，他一方面与“青钱学士，白衣尚书”一类的文人相互称道，“私拟七子，相推六儒”；另一方面又与“何戡白首，车子青春，红红小妓，黑黑故人”[⑥]这样的演员歌女友好相处，将他们与文人学士相提并举，平等对待，这跟统治阶级封建文人玩弄鄙视歌女演员的态度迥然不同。

---

① 金两铭：《为敏轩三十初度作》，金榘：《泰然斋诗集》卷二附。薛谭向秦青学歌事，见《列子·汤问》。

② 均见《泰然斋诗集》卷二。吴檠《为敏轩三十初度作》中说：“销魂忽忆少年事，歌呼且拉老何戡。”何戡为有名歌手，见段安节《乐府杂录》；《刘禹锡集》卷二十五有《与歌者何戡》诗。

③ 吴檠：《为敏轩三十初度作》，《泰然斋诗集》卷二附。

④ 金两铭：《为敏轩三十初度作》，《泰然斋诗集》卷二附。

⑤ 吴敬梓：《文木山房集·移家赋》。

⑥ 车子，三国魏人，有名歌者，见《文选》卷四十繁钦《与魏文帝笺》；红红，姓张，唐代名歌手，见《乐府杂录》；黑黑，姓罗，唐宫人，善琵琶，见《朝野佥载》卷五。

吴敬梓晚年曾作客扬州卢见曾幕中，接触到不少擅长戏曲的朋友，这对他是有影响的。卢见曾字抱孙，号雅雨山人，曾两任两淮转运使，“筑苏亭于使署，日与诗人相酹咏”①。先后出入雅雨幕中而与吴敬梓有交游的文人不少，如程廷祚、金兆燕、王又曾、李葂、严长明、周榘，还有原籍江都而寄寓江宁的李本宣也经常返回扬州。敬梓与见曾及其座上客经常丝奏竹吹、引商刻羽，研讨戏剧艺术。如金兆燕“工诗词，尤精元人散曲”，在雅雨幕中居近十年，“凡园亭集联及大戏词曲，皆出其手”②，极有戏剧创作才能，常“为新声作诨剧”，传奇《旗亭记》③即其所作，内容写唐代诗人王之涣故事。关于《旗亭记》之作，卢见曾却自居有功，他在序中说“爱其词之清隽，而病其头绪之繁，按以宫商，亦有未尽协者”，于是请“梨园老教师，为点版排场，稍变易其机轴，俾兼宜于俗雅”。当他七十大寿时，还演此剧庆祝，袁枚寄诗祝寿有所谓“淮南闻说泛流霞，七十神仙鬓未华”，“寄语旗亭女郎口，红牙添唱卷中诗”，自注“时演旗亭新谱”的记载④。但剧作者金兆燕对卢见曾的“奋笔涂抹，自为创语”却很不满意，只是由于“老亲在堂，瓶无储粟，非是则无以为生”，依人作客，不得不“委曲迁就”、“强为人欢”⑤，这也正是寒士的苦恼。

程廷祚虽是一个学者，但也创作戏曲。他的《莲花岛记略》一文记宋仁宗朝高正乾联络“诸番”击退太西游蚕国入侵功成名就的故事，并自注“后演为传奇，与此颇异”⑥，传奇《莲花岛》的故事梗概于此也可窥见一斑。乾隆二十三年（1758）冬，他在扬州卢幕中曾将传奇内容告诉金兆燕，兆燕后来为它写了序。这时敬梓虽已过世，但在他生前，他们经常在一起研究讨论，从事戏剧创作则是无疑的。金兆燕和程廷祚的戏剧创作思想，与吴敬梓颇有相似之处。他们都是将戏剧创作用来抒写个人胸臆，而不把它当作什么正经文字，当然更不可能把戏剧艺术视作是一种反映社会生活的文艺样式。金兆燕的《旗亭记》写唐代王之涣状元及第，本非实有其事，梁廷枏在《曲话》中也认为它十分“荒唐”，指出它与唐代的现

---

① 李斗：《扬州画舫录》卷十。

② 同上。

③ 一作《旗亭画壁记》，卢见曾为之作序，并刻印出来，见《今乐考证》；又《曲目新编》则题卢作。

④ 袁枚：《随园诗集》卷十六《寄卢雅雨观察》。

⑤ 金兆燕：《棕亭文集》卷六《程绵庄〈莲花岛〉传奇序》。

⑥ 程廷祚：《青溪文集续编》卷三。

实生活并不相符，说："唐时虽已有状元之名，其实授官始于宋代，初阶不过佥判、廷评，历俸既深，然后入馆承制，驯至宰执，非若今之状元，甫经释褐，即践清华如登仙，为科名之冠也。然则唐之状元，于之涣何关轻重？作是曲者，亦如尤西堂之扮李白登科，徒为多事矣。"但由于《旗亭记》如同沈归愚题词所说是"特为才人吐气"之作，所以梁廷枏仍然肯定它"亦快人心之论也"；程廷祚的《莲花岛》传奇，也是借用离奇的情节一吐胸中悒郁，表露作者个人建立功勋的愿望。金兆燕曾为之作序，在序言中即说"度《莲花岛》之作，盖自为立传，而与天下共白其欲表见于世者耳"。又说："倘使先生（指廷祚）得志而行其所学，则《莲花岛》中之奇功伟业当炳于丹青，著之史策，乃不得已而仅托之子虚乌有，为氍毹顷刻之观，以悦妇人孺子之目，岂不惜哉！"可见他们创作传奇，常常是借此抒发自己的胸臆，而并不把它当作正经"学问"的。吴敬梓虽然没有戏剧作品传世，但是他对戏剧作品的看法却在他为李本宣的《玉剑缘》传奇所作的序言中有所表露，与程廷祚、金兆燕的戏剧创作思想颇为一致。

李本宣所作传奇《玉剑缘》，有吴敬梓、宁楷、田倬三家序。从田序中可以知道李本宣曾于乾隆十六年（1751）夏，由寓居的南京返回原籍江都，与田倬相会于"广陵城东之益思堂"；乾隆十七年（1752）冬，两人又"同寓真州客楼"，在"篝灯夜话"时，本宣出示所作《玉剑缘》传奇，田倬阅后为之作序。敬梓晚年曾客游真州、扬州，其为本宣传奇作序，亦当在这一期间。吴敬梓在《〈玉剑缘〉序》中，也认为文人创作传奇不过是抒发胸臆而已，他说："君子当悒郁无聊之会，托之于檀板金樽，以消其块磊。"这种见解，与程廷祚和金兆燕在创作实践中所表露的戏剧创作思想并无不同。他们并没有（当然也不可能）有意识地把戏剧创作当作反映社会生活的一种重要的艺术手段。正由于此，吴敬梓对戏剧作品中描写到作为社会生活一个方面的男女爱情生活，颇不以为然，认为"南北曲多言男女之私心，雕镂劖刻，畅所欲言，而后丝奋肉飞，令观者惊心骇目"。从《玉剑缘》第一出〔沁园春〕中可以了解该剧情节梗概："杜子才华，家藏玉剑，光芒烂然。有痴肥公子，乘机欲夺，颠狂侠友，仗义相援。挥麈仙姬，卖珠女弟，一笑相思两意悬。遭魔障，幸庙中神女，说与姻缘。无端妙选朝天，又祸结兵戈杀气连。喜情通戚畹，佳人内释，文高殿陛，才子廷宣。破贼有功，辞婚不允，相厢乘龙摆喜筵。浮生事，算只应如此，便合神仙。"恰拾也有男女情爱的内容，吴敬梓对此是颇有微词的，说“〔私盟〕一出，几于郑人之音矣”。虽然出自维护友人声誉，他劝说读者不要以此而怀疑“作者为子衿佻达之风”、从而“想见李子之风流”，但字里行间却不免流露了不满本宣未能“悔其少作”的意思。吴敬梓这种文艺思想在《儒林外史》中也是有所表现的。如前所述，这部小说虽然是以反对科举制度的种种弊病为其主要内容，但却反映了一定广度的生活面。不过，唯独没有涉及男女的爱情生活，这绝不是偶然的。他曾“自言‘聘娘丰若有肌，柔若无骨’二语而外，无一字稍涉亵狎，俾闺人亦可流览”[①]。当然，我们不能要求作家一定要反映男女爱情生活，但如果认为反映爱情生活就是涉及“亵狎”，则未免有些陈腐气息。不过，尽管如此，从《玉剑缘》的序中，还是可以看出吴敬梓晚年确曾在卢见曾幕中与友人诗酒唱和，檀板金樽，协宫商、践排场，整日与戏曲打交道。其实，吴敬梓早年就对戏曲由熟悉而喜爱，从喜爱到擅长，终其一生虽然没有戏剧创作传世，但却能评曲[②]，能发现“曲中误”[③]。此处，他还以乐器为题，写有《笙》、《琵琶》等诗，这些虽然是托物寓兴之作，但如对所托之“物”性毫无所知，也是不能贴切地寄“兴”的。

吴敬梓晚年在南京还结交了一些年轻的文士，其中也不乏擅长戏剧的朋友，如严长明，他比吴敬梓年轻很多，但他们过从却甚密。严长明也懂得戏曲，曾与曹仁虎等人合撰《秦云撷英小谱》，论乐曲甚详[④]。在两人往还讨论学问时也定然会谈到词曲和戏剧的。

由于吴敬梓在生活中接触到一些歌女演员和一些擅长戏剧创作的朋友，使得他对戏剧的创作和演出能作出精当的评论；对歌女演员的不幸，深切同情；对他们的优秀品德予以肯定。这些，在《儒林外史》中都有所表现。

二

《儒林外史》在以批判科举制度为其主要内容的同时，也反映了一定广度的社会生活面。戏剧艺术也是其中的一个内容，约而言之，表现在以下三个方面。

---

① 金和：《〈儒林外史〉跋》。

② 见其《玉剑缘》传奇序。

③ 吴敬梓诗“顾曲周公瑾”乃本“曲有误，周郎顾”之意。

④ 谢章铤：《赌棋山庄词话》卷九。

首先，反映了清代南京梨园的情况。关于清代北京、扬州、苏州等地梨园的资料还较易见到[①]，唯独反映清初南京梨园的史料留存很少，因而《儒林外史》中的描写虽不多，也就十分珍贵。

南京的歌儿舞女大都聚集在秦淮河两岸，小说中的南京，“城里一道河，东水关到西水关足有十里，便是秦淮河。水满的时候，画船箫鼓，昼夜不绝……更有那细吹细唱的船来，凄清委婉，动人心魄。两边河房里住家的女郎……凭栏静听。……望着如阆苑仙人，瑶宫仙女”。这与珠泉居士在《续板桥杂记》中所记大致相同，“今自利涉桥至武定桥，两岸河房，丽姝栉比”；“每当放船落日……聆清歌之一曲，望彼美兮盈盈”；河亭设宴，则选女优“派以生旦，各擅所长，装束登场，神移四座”；“由南门（即聚宝门，今之中华门）桥迄东水关，灯火游船，衔尾蟠旋”；“秦淮游舫……进自水西门”。由此可见，《儒林外史》真实地描绘了当时秦淮河两岸笙歌不绝的景象。

歌儿舞女聚集之所也常常是梨园子弟所到之处。小说中记南京梨园的分布情况是：“淮清桥是三个总寓，一个老郎庵；水西门是一个总寓，一个老郎庵。”淮清桥正在吴敬梓“秦淮水亭”附近，靠近东水关；水西门则靠近西水关，离吴敬梓生父吴雯延寓居的丛霄道院不远[②]，是吴敬梓足迹常到之处，可以说吴敬梓生活的环境就是梨园聚集之处。

所谓“老郎庵”是戏剧行业的同行组织，对演员有统辖控制之权。小说中记鲍文卿所在的戏行“规矩最大，但凡本行中有不公不法的事，一齐上了庵，烧过香，坐在总寓那里品出不是来，要打就打，要罚就罚，一个字也不敢拗的”；戏行中由年长的“世家子弟”任道长，演员“凡遇本行公事，都向老道长说了，方才敢行”；约定演出，先要在总寓内挂着的戏牌上“写上一个日子”才行。这种行会组织具有严重的封建性，常由戏霸头所掌握，成为剥削和压迫演员的工具。这种情况，不独南京一地为然，演员到各地演出，先要向当地老郎庵朝拜才能挂牌，例如扬州“城内苏唱街老郎堂，梨园总局也。每一班入城，先于老郎庵祷祀，谓之挂牌”[③]。又如北京，崇文门外设立老郎庵的目的就在于“束修其俦侣”，“有事则聚议之，

---

① 《清代燕都梨园史料》辑录了一些反映北京剧坛的著作；《扬州画舫录》中也涉及到扬州梨园的情况；《江苏省明清以来碑刻资料选集》中收录的一些碑刻则反映了苏州梨园的活动。

② 关于吴敬梓及其父雯延在宁寓所，参见《秦淮水亭考索》一文。

③ 李斗：《扬州画舫录》卷五。

岁时伏腊以相休息，举年资深者一人统司之”[①]。从这些记载来看，《儒林外史》中所说的“规矩最大”，就包含有封建戏霸头对演员的控制和由他们所制订的清规戒律在内。

尽管戏曲演员身受沉重的压迫，但由于城市经济的不断发展，市民阶层的迫切需要，戏剧行业仍然不断繁荣兴盛起来。小说中记载南京戏曲行业仅“门上和桥上”（指水西门和淮清桥）两处多达一百三十多个戏班，其中淮清桥小旦就有十班之多。这些戏班都有名称如芳林班、灵和班、三元班等。他们不仅在南京城内演戏，而且还出去跑码头，如鲍文卿身后，他的戏班子就曾到南京附近的盱眙、天长一带演出，因为“那里乡绅财主多，还赚的几个钱”。这就反映了当时南京各个戏班之间竞争十分激烈，演员谋生也极为不易。在如此激烈的竞争中，有的戏班子逐步衰败下来，例如文卿死后，鲍家的戏班子“消折了本钱”，虽有杜少卿接济也“不济事”。而其成员成分也就经常发生变化，如廷玺本是读书人倪霜峰之子，过继给文卿后，迫于生活的驱使，终于也干上继父这一行，甚至更不如乃父，由领班降而为清客。但也有演员因此而发迹的如黄老爹、钱麻子，已经能与城里乡绅士人平起平坐。这些描写客观地反映了演员社会地位的变化，作为研究清初南京戏曲发展的史料看，是弥足珍贵的。

《儒林外史》中还稍稍涉及到清代初期民间演戏的情况。在南京不远的五河县，盐商方老太太入节孝祠，尊经阁上“悬着彩子，摆着酒席”，在“方老爷家的戏子来了”一片声中，“戏子一担担挑箱上去”，在阁子“摆席唱戏，四乡八镇几十里路的人都来看”戏。尽管清代朝廷法令规定：“民间丧祭之事，诵经礼忏，仍听自便外，其有违制，加以丝竹管弦演唱佛戏之处，地方官不严行禁止，照失察夜戏例议处。”[②]雍正十三年（1735）十一月丁酉上谕也严厉禁告：“嗣后民间遇有丧葬之事，不许仍习陋风，聚饮演戏，以及扮演杂剧等类，违者按律究处。”[③]但这些规定也不过一纸空文而已。从这里可以看出，清初的戏剧活动极为活跃，朝廷的律令对之也不能遏止。可惜的是，吴敬梓对这种戏剧活动，通过余大先生之口予以斥责，流露了他的陈腐观念。

---

① 光绪十三年立于北京崇文门外精忠庙的《梨园聚议庙合碑》。

② 故宫博物院编：《钦定吏部处分则例》卷二十九《礼仪制》。

③ 《雍正上谕内阁》卷六，《文渊阁四库全书》本。

其次，塑造了演员鲍文卿的形象，藉以表现作者的某些道德观念。在作者笔下，鲍文卿原是按察司崔某门下戏子，他与安东知县向鼎素不相识，只是因为敬重向鼎是个才子，才向主人求情，请求免参向鼎。向鼎得悉原委后非常感激，要重重酬谢他，他却坚决谢绝。对穷秀才倪霜峰也非常敬重，将其子倪廷玺过继为己子，并且“因他是正经人家儿子，不肯叫他学戏，送他读了两年书，帮着当家管班”，“比亲生的还疼些”。这些敬重“斯文”的表现都得到作者的赞扬。不仅如此，吴敬梓还大力肯定他对“斯文”极其厚道。例如本是为了解决倪霜峰的困难才过继廷玺为子，却反送霜峰银子二十两；霜峰过世后，他还叫廷玺“披麻戴孝”，自己也“一连哭了几场”，这在宗法社会中是很难得的表现。又如向鼎请他们父子帮忙巡查考场，廷玺捉住一个正在传送夹带的考生要送去向鼎发落，他赶忙拦住，对这个考生说：“你一个正经读书人，快归号里去做文章，倘若太爷看见了，就不便了。”这种“厚道”已经有些是非不分了。但文卿的其他表现又说明他并不是一个是非不分的人，如安庆府两个书办托他向向鼎求情，答允送他五百两银子，他却严词拒绝，断然不受，并且表示“须是骨头里挣出来的钱才做得肉”。可见他厚待作弊考生并非不分是非，只是为了敬重“斯文”。这正反映了作者的思想矛盾：一方面自己是读书人，因而只要别人敬重“斯文”，他就全盘肯定；另一方面，作者又强调自食其力、洁身自好，主张自己挣钱，所以就表彰却贿行为。前一种思想有很大局限，而后一种主张颇有进步意义，要区别对待。

吴敬梓除了正面描写文卿种种值得赞扬的行为以外，还通过向鼎之口来肯定文卿的所作所为。向鼎说：“他虽生意是贱业，倒颇多君子之行”，比那些“中进士、做翰林的”还要高尚。把“戏剧行”看做“贱业”，正是封建士人的传统观念，但他能充分肯定戏子文卿的好品德，认为他高出士人多多，这却表现了作者的进步观念。卧闲草堂评本在批评中说：“鲍文卿之做戏子，乃其祖父相传之世业。文卿溷迹戏行中而矫矫自好，不愧其为端人正士，虽做戏子庸何伤？天下何尝不有士大夫而身为戏子之所为者，则名儒而实戏也。今文卿虽然一戏子，而实不愧于士大夫之列，则名戏而实儒也。”这一分析颇得作者塑造文卿这一形象的用心。作者和评者都是站在封建知识分子立场，肯定了不同于自己这一阶级的演员的某些品质，否定了同属于一个阶级的士人的某些恶德，这自然是难能可贵的，其中存在着作者和评者的思想局限，也自然是不可避免的。例如作者对于鲍文卿受到封建意识毒害而具有的某些奴隶道德的表现十分欣赏并大加赞美。在吴敬梓笔下，他不敢与官绅士人同起同坐，认为“这个关系朝廷体统”，口口声声自称“贱人”，指责演员钱麻子、黄老爹“不安本分”，居然穿戴士绅服装，流露了落后的思想意识。作者这种态度，在塑造另一演员鲍廷玺形象时也有所表现。起初，吴敬梓对鲍廷玺的种种表现本无微词，但自从廷玺在父丧期间娶妻以后，即隐隐约约地表示了不满。《儒林外史评》即指出作者态度的这一变化：“观后鲍廷玺之为人，已远不及文卿，然尚知本分。奈娶此喇子（指王太太）以至半生颠倒”；“文卿虽有不必等满服之说，然此时去文卿之丧止半年余，廷玺自可以此为辞，而无如忽忘之矣。故纲目大书‘鲍廷玺丧父娶妻’”[①]。这正是所谓的春秋笔法。从此以后，廷玺的所作所为，言谈行事，在作者笔下大不同前，所谓“廷玺身份、口声全不似文卿了”、“竟似妓家帮忙及豪门拉马声口”[②]，作者的描写也随之婉而多讽、语含讥刺了。这与其说是鲍廷玺违背孝道，倒不如说是作者重视封建道德的表现。不过，《儒林外史》中出现了鲍文卿及鲍廷玺等演员形象，就使得小说不仅仅是客观地反映了南京梨园的一些情况。而且也通过对演员形象的塑造，表现了作者主观上的某些道德观念，可供我们作为全面评价吴敬梓思想的一些根据。

再次，运用一些传统剧目以表现人物性格，补充故事情节。小说中集中写戏的场面有三处：蘧公孙与鲁小姐婚礼，杜慎卿风流高会莫愁湖，秦中书宴请万青云。这三个场面写得各有千秋，毫无重复之感。蘧公孙自命是风流才子，偏偏与热中制艺的鲁小姐成婚，婚礼又全由鲁府安排。席上演戏时，蘧公孙是娇客却“再三谦让，不肯点戏”，其后“商议了半日，点了《三代荣》”，可见点《三代荣》并非公孙一己的意愿。因为此时公孙正是一个风流才子，“要做两件雅事”，对于做官的敲门砖制艺“不甚在行”，看了《封赠》[③]中苏秦因功拜“六国都丞相”时，已经有些不舒坦，而《三代荣》中三代“多有封赠”的结局，当然不是他此时此际的理想，因而点戏时才要“商议了半日”。偏偏蘧公孙不能满足鲁编修父女的愿望，所以虽然按鲁府的意愿点了戏，但在演出时却“天外奇峰”[④]似地出了两个岔子，“鲁编修自觉得此事不甚吉利”，他们寄托在公孙身上的愿望终于落空。

---

① 二十七回批语。

② 二十九回批语。

③ 《金印记》中一出，据《缀白裘》本，以下同。

④ 卧闲草堂本第十回批语。

在作者笔下，描写鲁府演戏出尽洋相，是为了预示情节的发展、人物今后的命运，而非故弄玄虚，徒博读者一笑。

杜慎卿莫愁湖高会集中了一百三十班梨园弟子，盛况空前。帖子上发起者是季苇萧与杜慎卿，但会演前“六七十个唱旦的戏子”只“叩见杜少爷”一人，而未有“叩见”季少爷的。这不是作者漏笔，而是有意为之，因为实际主人是慎卿，苇萧只是帮闲清客。但更为重要的是慎卿托人寻女妾、道观访男色的声名早已流传在外，因而这些“旦角”无不趋奉。这固然表现了“旦角”的势利，更表现了杜慎卿的思想情操并不高尚。这在后面会演的节目中还有更进一步的暴露。一百三十个昆曲班演出的节目很多，作者只写出《请宴》、《窥醉》、《借茶》、《刺虎》、《思凡》五出[①]。《请宴》写红娘请张生赴宴；《窥醉》写赵汝州被“友人招饮”“不觉大醉”，谢素秋在一旁尽情窥视汝州醉态；《借茶》写张文远以讨茶为名，对阎婆惜进行调戏；《刺虎》写宫女费贞娥灌醉农民起义领袖一只虎，将其刺死；《思凡》写尼姑赵色空“幼入空门”，十分怨恨，终于逃“下山去寻一个年少哥哥”。这几出戏都是旦角充分表演身段的传统剧目，杜慎卿在一百三十班梨园弟子会演的节目中独独欣赏这几出戏，其人情操的低级庸俗不问也就可知了。他所选定的“色艺双绝”演员，第一二名均为小旦，第三名则是自己新宠的兄弟，比乃姊还要“标致”的王留歌，他所擅长的仍然是旦角戏《长亭》。据《缀白裘》云：“此出时下新兴俱用旦脚装，不用生丑，名曰《女长亭》。”由此可见，作者只是写出杜慎卿所欣赏的剧目和演员，虽然未多作正面描写，却极为深刻地将杜慎卿好女色、耽声乐、故作风雅而实极庸俗的思想性格表露无遗。这其实也是《儒林外史》讽刺艺术的一种绝妙手法。

秦中书宴请假中书万青云，席上也有戏。万中书点的是《请宴》、《饯别》，施御史点的是《五台》，高翰林点的是《追信》[②]。《请宴》中张君瑞赴宴时一心想与莺莺成匹配，老夫人却在宴席上变脸赖账，张生赴宴时“欢天喜地”，赴宴后却怨天尤地。这岂不是映衬万青云赴宴时意气扬扬，而席上被捕立即垂头丧气么？《饯别》中“笑吟吟，一处来；哭啼啼，独自归”，也正是秦、施、高、

① 《请宴》见《南西厢》；《窥醉》见《红梨记》；《借茶》见《水浒记》；《刺虎》见《铁冠图》；《思凡》据《缀白裘》云出自《孽海记》，究出自何处，此处不论。

② 《请宴》、《饯别》见《南西厢》；《五台》见《昊天塔》；《追信》即《千金记》中《北追》。

万欢聚悲散的写照。《五台》写杨七郎盗骨表现手足之情，而施御史却为母亲迁葬问题与乃弟闹成反目。《追信》写韩信弃官逃回，被萧何追回朝廷任官。万青云一案，终于由高翰林等人为之奔走，不但案情了结，而且成了真中书，一如韩信之作官，得力于萧何一样。由此可见，秦府席上的戏，不是暗示故事情节，就是表现人物性格，或正面比喻，或反面嘲讽，衬托映照，相互发明，并非可有可无之笔。

《儒林外史》中除了这三个场面集中写戏以外，其余随手点染之处，看似无意却颇具匠心。如周进点梁灏八十中状元的戏[①]，匡超人停妻再娶，想到“蔡状元招赘牛相府”的戏[②]，都不是闲笔，而是有其作用的，此处不再赘叙。

仅从以上三个方面来看，《儒林外史》中关于戏剧艺术的描写、演员形象的塑造以及当时戏剧演出活动的记叙，都有一定的意义和价值。总之，从《儒林外史》中关于这些方面内容的描写，可以让我们了解吴敬梓对待戏剧艺术的看法和对待戏剧演员的态度，固然有其进步的一面，也有其落后的一面。这对于我们深入研究在封建时代与戏剧同一命运的小说《儒林外史》来说，也是一个不可或缺而必须加以注意的方面。

（原载《南京大学学报》1979 年第 4 期）

① 参见焦循《剧说》卷下，此戏见《锦字笺》。

② 高明：《琵琶记》。

吴敬梓和科学技术

恩格斯曾经说过："科学的发生和发展一开始就是由生产决定的。"[①] 吴敬梓生活的时代，由于生产力的发展，也促进了科学技术的新的繁荣。特别是康熙帝玄烨不但自己向国内的一些学者以及传教士如张诚、白晋之流学习天文、历算、测量、物理等学问，还鼓励士人学习自然科学，称赞学有成就的知识分子。他曾经召见当时有名的历算学者梅文鼎，讨论学问，奖慰有加，并且对李光地说："历象算法，朕最留心，此学今鲜知者，如文鼎真仅见也。"还"特赐"文鼎"'积学参微'四大字"[②]。康熙十七年(1678)为网罗高级知识分子而特设的博学鸿词科，考试时赋题为《璿玑玉衡赋》，在以《四书》、《五经》为考试内容的科举时代，而以天文仪器方面的问题作为试题，是极为难得也极为罕见的[③]。最高统治者为巩固政权、发展生产需要而重视科学技术的这些措施，也促使不少知识分子竞相钻研自然科学，像以梅文鼎为代表的自然科学家固不必说，就连一些思想家也十分重视自然科学的学习，如颜、李学派的李塨即如此。经学名家阎若璩曾与李塨、毛奇龄等人辩论《尚书》古文的真伪问题，所著作的《古文尚书疏证》，在学术史上颇有地位。他也曾钻研过历算之学，并以之作为研究《尚书》的一种手段，阮元说他"通时宪及授时法，尝据算术以证古文《尚书》之伪"[④]。在当时，一些著名的自然科学家和社会科学家还常在一起讨论学问，如李塨曾经去安徽宁国

---

① 恩格斯：《自然辩证法》，《马克思恩格斯选集》卷三。

② 《清史稿·梅文鼎传》。

③ 所谓璿玑玉衡，是测量天体坐标的仪器，即浑天仪的前身。梅瑴成说："《虞书》璿玑玉衡为仪象之权舆，其制不传。汉人创造浑天仪，即玑衡遗制，唐宋皆仿为之。至元始有简仪、仰仪、阙几、景符等器，视古加详矣。明于齐化门南倚城筑观象台，仿元制作浑仪、简仪、天体三仪，置于台上；台下有晷影堂、圭表、壶漏。国初因之，康熙八年，命造新仪，十一年告成，安置台上，其旧仪移置他室藏之。"（见《畴人传》卷三十七）又，沈括《梦溪笔谈》载宋仁宗朝礼部试也曾出过类似试题。

④ 阮元：《畴人传》卷四十。

拜访梅文鼎。

吴敬梓向来就喜与“文士辈往还”[①]，在他的亲友中更有不少科技人才。生活在这样的环境中的吴敬梓，也就不能不受到这种学风的熏陶。他所创作的《儒林外史》，虽然没有像《红楼梦》那样出现了西洋的钟表、药品、食物和用具等等“舶来品”，然而科学技术文明对它也并非全无影响。恩格斯曾经说过：“科学和哲学结合的结果就是唯物主义。”[②]《儒林外史》中所表现出来的朴素的唯物主义和初步的民主主义，其来源虽不止一端，但当时重视自然科学研究的学风，也必然会在某种程度上产生一定的作用。因而，考察吴敬梓亲友中的科技研究情况，对我们深入探索吴敬梓进步思想的形成以及在《儒林外史》中的表现，也就并非全无意义。

一

有关吴敬梓本人从事科技研究的记载，虽然目前尚未之见，但他亲友中研究自然科学的却颇不乏人，他们与吴敬梓的关系虽有亲有疏，但总在不同程度上对吴敬梓产生了一些积极的影响。在这些人中，有一些虽然过去研究者已经提及，但对于他们从事科学技术研究的情况并未曾涉及，或虽曾提及而语焉不详，此文则着重予以介绍。

吴敬梓的长子吴烺就是一位数学家。吴烺字荀叔，号杉亭，乾隆十六年（1751）南巡召试举人，授官内阁中书。他在写诗填词（有《杉亭集》）、研究音韵（有《学宋斋词韵》、《五音反切图说》）之余，还曾向大科学家梅文鼎的弟子刘湘煃学习天文、历算，因而颇“通历象章算音韵”[③]、“工勾股旁要之学”[④]。他“著有《周髀算经图注》，以西法补证古经，尤有裨实用。乾隆戊子（1768）刊成，松江沈大成曾为序行之。更有《勾股算法》……行世”[⑤]。他的历算专著《周髀算经图注》是值得重视的一部著作。《周髀算经》是我国古代主张盖天说的一部天文学著作（在

---

① 程晋芳：《文木先生传》，《勉行堂集》卷六。

② 恩格斯：《英国状况·十八世纪》，《马克思恩格斯全集》卷一。

③ 姚鼐：《惜抱轩文集》卷四《吴荀叔杉亭集序》。

④ 陈作霖：《金陵通传》卷三十三。

⑤ 张其浚：《全椒志》卷十。

古代，天文学中有盖天派与浑天派之分），作者失考，成书年代不晚于公元前1世纪。鲍澣之在《周髀算经序》中说：“《周髀算经》二卷，古盖天之学也。以勾股之法，度天地之高厚，推日月之运行，而得其度数。其书于商周之间，自周公受于商高，周人志之谓之《周髀》。”大略介绍了此书的内容[①]。这部著作中涉及的数学知识颇多，如直角三角形的性质、勾股定理即毕达哥拉斯（古希腊数学家）定理、分数运算和开平方法等等。历来为之注解、阐释的著作颇多，如梅文鼎有《周髀算经补注》。吴烺的《周髀算经图注》，显然是受到文鼎的影响而作。沈大成在为吴烺的《图注》作序时说：“客有问于余者，西法何自昉乎？曰《周髀》。何以知其然也？曰周髀者，盖天也。盖天之学始立勾股。勾股者，西法所谓三角也。”就指出吴烺的《图注》糅合了中西数学知识。而文鼎治学，也兼取中外、包含古今，他曾说：“且夫数者所以合理也，历者所以顺天也。法有可采，何论东西；理所当明，何分新旧。在善学者知其所以异，又知其所以同。……务集众长以观其会通，毋拘名相而取其精粹。”[②]不过，吴烺的《周髀算经图注》还自有其特色，这就是以图说明，沈大成在序中也曾指出：“全椒吴杉亭舍人精于《九章》，以是经之难明也，写之以笔算而绘以图，皎若列眉，劃然若画井，昭昭然若揭日月而行，举千载之难明者，一旦豁然于目而洞于心。”[③]《周髀算经》中除弦图、日高图、七衡图等少量图解以外，大多为文字叙述，因而吴烺将其叙述文字复原为图形，对于理解它的内容、进行深入的研究，是大有助益的。吴烺的友人中也颇多此类人才，如诸寅亮、钱大昕等人，吴烺与他们同为乾隆十六年（1751）召试举人，一道授官内阁中书，常在一起“同习梅氏算术”[④]，寅亮著有《勾股广问》三卷[⑤]，钱大昕作《三统术衍》，对寅亮之说，颇有采取。吴烺与其父敬梓二人经常在一起讨论创作，研究学术，例如《儒林外史》中严监生为两茎灯草不咽气的情节即为吴烺所提供[⑥]，因而吴烺及其友人对自然科学的研究活动，自不能不引

① 但胡震亨在《周髀题辞》中引虞喜之说别为解释，他说：“周髀以周人志之乃称周髀。而虞喜则谓天之体转四方，地体卑不动，天周其上故云周。其解‘周’字又一义也。”但一般不采此说。

② 梅文鼎：《堑堵测量》卷二。

③ 沈大成序见《学福斋文集》卷二。

④ 《清史稿·钱大昕传》。

⑤ 阮元：《畴人传》卷四十二。

⑥ 阮葵生：《茶余客话》卷十五。

起敬梓的重视。

在吴烺的友人中也还有一些与其父吴敬梓有文字交往而又钻研自然科学的人，如沈大成（1700—1775）。大成为江苏华亭人，字沃田，又字学子。雍正时，家道中落，出为幕府，历游广东、福建、浙江、安徽等地，晚年在扬州曾入卢见曾幕中。吴敬梓晚年亦曾出入见曾两淮盐运使署。虽然大成对敬梓十分尊敬，于乾隆十九年（1754）十月，曾去敬梓住所拜访，但“洎先生来，俱不遇”，以致“慕先生（敬梓）而阻于不一见”。敬梓死后十年，吴烺曾到扬州，请大成为其所编《文木山房集》作序[①]。吴烺所著《周髀算经图注》，沈大成曾为之作序，吴烺也曾为沈大成题《秋灯夜读图》[②]。可见沈大成与吴敬梓、吴烺父子都有文字之交，并且与敬梓父子的许多友人如程廷祚、江昱、金兆燕、王又曾、严东有等人均有往还。沈大成在“笃志经学”的同时，也在研讨自然科学，以致“旁通天文地理六书九章算学，覃精研思，粹然成一家之学”，特别是他曾“校定《梅氏历算丛书》，尤为一生精力所萃”[③]。既然他与吴氏父子均有文字之交，他的科研活动，吴敬梓自不会毫无所闻。

颜元、李塨是当时进步的思想家，但他们都重视自然科学的学习。李塨与全椒吴氏有特殊的关系，而李塨的“门生”刘著，又是吴烺的老师。不过，吴烺从刘著所学，并不是社会科学的颜、李学说，而是自然科学的历算之学，因为刘著又曾从梅文鼎学习。刘著，字允恭，别号学稼，后更名湘煃，湖北江夏人，“性颖悟，负奇气，不屑为举子业”，认为“学以经世，天下事，必求端于天时”，听说“宣城梅文鼎以历算专家”，乃“鬻产走千里，受业其门，湛思积悟，多所创获”[④]。师徒二人相互切磋，极为相得。梅文鼎著《历学疑问》，允恭为之著《历学疑问订补》三卷；允恭著《五星法象编》五卷，文鼎“叹为古所未有”，为之摘要成《五星纪要》一书。《畴人传》卷四十说其死后“遗书无一存者”，但笔者在光绪六年（1880）《江宁府志》中，却发现他的《金陵城中沟洫考》和《赤山湖水利说》二文。程廷祚对《沟洫考》一文评价极高，说其“贯穿处，虽

---

① 沈大成：《学福斋集》卷五《全椒吴征君诗集序》。

② 吴烺：《杉亭集》卷六。

③ 阮元：《畴人传》三编卷一。

④ 《刘湘煃传》，《湖北通志》卷一百五十二。

士人不能举"[①]。章学诚认为"天文、地舆，皆刘氏专长"[②]，不为过誉。他的《学稼堂存稿目录》中有《答全椒吴荀叔历算十问》一卷，可见吴烺曾在其门下受业。不仅如此，吴敬梓还可能与他直接交往。据程廷祚所记，刘著曾于"雍正戊申（六年，1728）冬十一月，携书游金陵"，馆于廷祚家，直到"乾隆丙辰（元年，1736）还楚，客江南九载"[③]；而敬梓则于"癸丑（雍正十一年，1733）二月，自全椒移家，寄居秦淮水亭"[④]，其时刘著尚未还乡。吴敬梓与程廷祚为至交密友，程家的西席即为乃子吴烺的业师，不可能没有往还。因之，刘著的科研活动及其学术成就，自当为吴敬梓所知晓。特别是吴敬梓曾祖吴国对的门生李塨曾于康熙五十九年（1720）冬南下，十一月十七日抵达江宁，在南京讲学访友，十二月初六日又曾到达安徽宁国，与自然科学家梅文鼎晤面谈学。而梅、李之会，即为刘著所促成。据《恕谷年谱》卷五记载，李塨到达宁国之后，"刘允恭持门生帖来视。允恭旧日门生，此时从梅定九（文鼎）学数也"。文鼎极想与李塨晤谈，但由于年事已高（88岁），行动不便，乃由允恭去邀约李塨。两位学者终于相聚，研讨学问，颇为相得。临分手之际，定九不胜依依，极凄然地说："恐老不能再相见矣。"李塨却慰藉文鼎说："公孙（指梅瑴成）官翰林于京师，可以往来质学也。"梅、李的相会交谈，在当时东南的士人中可能会引起一些反响，对这一时期经常来往于大江南北的年轻的吴敬梓也自会产生一定的影响。

吴敬梓移家南京以后，与南京的学士文人交接更多，其中也有一些在科学技术上颇有建树的学者。据陈作霖所记："天文书术六艺之一耳。金陵工此者梅瑴成、严长明……周棨……类皆通经生家言，融会中西，而非仅以算博士传者耳。"[⑤]这三人与吴敬梓、吴烺父子均有深浅不同的关系。梅瑴成（1681—1763）是梅文鼎之孙，吴烺是文鼎的再传弟子，在封建时代，有此关系就并非泛泛。梅瑴成致仕以后改籍江宁[⑥]，其子钫更在江宁建立家祠[⑦]，遂世为南京人。梅瑴成与其祖文

① 程廷祚：《青溪文集续编》卷八《与陶稚山书》。
② 章学诚：《章氏遗书》第二十六《湖北通志检存稿》。
③ 程廷祚：《青溪文集续编》卷三《纪〈方舆纪要〉始末》。
④ 吴敬梓：《文木山房集·买陂塘小序》。
⑤ 陈作霖：《上元江宁乡土合志》卷五。
⑥ 光绪六年《江宁府志》卷四十二。
⑦ 陈作霖：《上元江宁乡土合志》卷四。

鼎一样，也是精通中西数学的专家，曾任《数理精蕴》、《历象考成》诸书的分纂，著有《增删算法统宗》等书[①]。周榘，笔者在本书《陈古渔〈所知集〉中有关吴敬梓交游资料》一文中有所介绍，此处略补该篇所未备。他不仅懂得数、历之学，而且擅长制造科学仪器，袁枚对他极力称赞，说他所"造浑天球拳许，绘长江黄运图仅尺幅，而星经地维，罗缕毕具"[②]。顾云将他比作张衡、祖冲之一流的学者，并且认为从周榘的才能看来，乃"知自古以来，所为奇异不经之物，未始无能者，不仅欧罗巴新法也"[③]。其实，还是陈作霖所记符合实情，周榘之学乃"融会中西"而成。不但他本人能制作科学仪器，而且他的女儿斯庄、斯敬也"俱善天文，能制天球"。之所以如此，乃是他们在学习中国古代科学技术知识的同时，也善于吸收外国科学技术之长，他本人、"外孙女"以及"家人婢仆"，无不熟悉"华严字母法"[④]即可证明。严长明，字东有（一作冬友），又字道甫，江宁人。姚鼐为其所作《严东有墓志铭》说他于乾隆五十二年（1787）57岁时卒，逆推可知其生于雍正九年（1731）。乾隆二十七年（1762）南巡召试，赐举人，授内阁中书，后入军机处办事。他以一个青年诗人而得交于前辈文人吴敬梓，颇得吴敬梓的称美，程晋芳所作《严东有诗序》中就说："吾友吴君敏轩，于世落落寡推许，独盛称严生东有，以为才士。"冬友颇擅长诗词，其所作《归求草堂集》、《秋山纪行集》等，现有长沙郎园刻本，其中乾隆辛未（1751）、壬申（1752）年所作诗篇，颇有一些反映了吴敬梓晚年生活情景。据《随园诗话》卷十一可知，他还选有《宋人万首绝句》。冬友治学范围极广，经史、金石方面都有著作，在数学、天文方面有《五经算术补证》、《淮南天文太阴解》等专著，在历史地理方面曾纂修《汉中府志》。钱大昕说他"于蒙古托忒唐古特文字，一见便能分晓，尝奉命直经咒馆，更正《翻译名义》、《蒙古源流》诸书"[⑤]。这就使得他在治学时不会囿于传统载籍的科学技术，而能接受多方面的学术成果。当时也有不少蒙古族学者，在自然科学研究方面同样取得辉煌成果。例如在严冬友授官中书的

---

① 阮元：《畴人传》卷三十九。
② 袁枚：《小仓山房文集》卷二十六《幔亭周君墓志铭》。
③ 顾云：《盋山志》卷五。
④ 陈作霖：《金陵通传》卷三十四。
⑤ 钱大昕：《潜研堂文集》卷三十七《内阁侍读严道甫传》。

那一年，钦天监监正就是蒙古正白旗人明安图，他曾先后向梅瑴成及法国学者杜德美学习，著有《割圜密率捷法》四卷[①]。此外，不但吴敬梓的先人中有学医的，在他的友人中也有以医为业的如姚莹，而当时西洋医药也已传入，如康熙三十二年（1693）玄烨患病时就曾服过法人张诚献的西药金鸡纳霜；法籍传教士樊继训精通外科，曾为玄烨孙子治病。当然，姚莹是否通晓西洋医药知识则不可考知。不过在西洋医药于上层社会已经较为盛行之际，姚当也不会全无所闻。总之，在吴敬梓的周围，他的亲友中已有不少人从事自然科学的研究。这就表明，他所交结的"文士"绝不限于吟诗作赋的文人，也不限于从事哲学研究的思想家，而且还有不少科技工作者，这就开拓了他的眼界，增长了他的知识，对于他的思想和创作也无疑是起了一些积极作用的。

二

恩格斯认为："人们的一切法律、政治、哲学、宗教等等观念归根结蒂都是从他们的经济生活条件、从他们的生产方式和产品交换方式中引导出来的。"[②]科学是生产力，它的发展必然是对某种生产方式的一定突破，是对旧的思想意识的有力冲击。当时蓬勃开展的科学研究活动，也自然成为促使吴敬梓思想发展的一个（不是唯一）重要因素。他所受到的这种积极影响又是以朴素的唯物主义和初步的民主思想表现在《儒林外史》中的。

众所周知，他在这部杰出的讽刺小说中，对唯心主义的理学作了有力的批判。宋明理学是一种以儒家思想体系为主，又混合了佛教神学思想的唯心主义，在封建社会后期，起着维护和强化封建君主专制、麻痹和毒害广大劳动群众的消极作用。在宋代就有进步思想家陈亮、叶适等人对之进行批判。到明代中叶理学内部又发生了以陆、王为代表的主观唯心主义和以程、朱为代表的客观唯心主义相互驳难的现象。理学内部的相互攻讦，无疑有利于后来唯物主义思想的发展，列宁说得好："当一个唯心主义者批判另一个唯心主义者的唯心主义基础时，常常是利于唯物主义的。"[③]除了理学内部这种相互驳难以外，明清之际的顾炎武、王夫之、

① 阮元：《畴人传》卷四十八。

② 恩格斯：《法学家的社会主义》，《马克思恩格斯全集》卷二十一。

③ 列宁：《哲学笔记》，《列宁全集》卷三十八。

颜元、李塨以及稍后的戴震等进步思想家，都曾对宋明理学进行了程度不等的批判，他们有的批判陆、王而近程、朱，有的驳斥程、朱而近陆、王。颜元、李塨则对程、朱、陆、王一齐痛加驳斥，他们这种朴素的唯物主义思想的形成，又是与他们重视自然科学的学习分不开的。吴敬梓除了接受颜、李思想的影响而外，也从他自己的从事科技研究的亲友中受到熏陶。在《儒林外史》中留下了诸如范进母丧守制、荀玫谋求夺情、王蕴勉女殉夫等鞭辟入里而又惊心动魄的描写，从而暴露了理学的虚伪和残忍。

吴敬梓在《儒林外史》中还对唯心主义与神学的混合物——宗教迷信思想进行了批判。哲学领域中唯物主义和唯心主义的斗争，常常是与自然科学和神学的斗争分不开的。吴敬梓既然对唯心主义理学进行了揭露，当然也就很自然地会对宗教迷信思想进行批判。在《儒林外史》中，作者对于梦寐与现实、命运与人事关系的种种荒唐无稽的言行，常常予以无情的揭露和辛辣的嘲讽。王惠中举的文章有“神道”相助，荀玫中进士后的扶乩算命、施御史的迁葬母坟等等，正表明迷信思想对人们毒害之深。但作者笔下的正面人物，在一定场合中也能在某种程度上突破迷信思想的束缚。庄绍光出京以后，夜见走尸，原也有些惧怕，继而想到“生死亦是常事”，也就定下神来。迟衡山痛斥风水迷信之说，杜少卿甚至企图以法律形式禁止堪舆活动，认为“朝廷应该定一个法子”，凡是风水术士说得不对的，“一刀把这奴才的狗头斫下来”，对“那要迁坟的，就依子孙谋杀祖、父的律，立刻凌迟处死，此风或可少息了”。由此可见，吴敬梓对宗教迷信的言行确是抱着深恶痛绝的态度的，但这种进步主张是不会被封建朝廷采纳的，正如《儒林外史评》中所说：“妙哉！可惜朝廷不肯行此法！”不过，吴敬梓这种科学的态度和进步的主张，由于受着历史条件和阶级意识的局限，自然不可能十分彻底，他笔下的正面人物也难免存在着这种落后的言行，虞育德在做秀才时替人选地葬坟“用心用意”，这虽然是作者为了表现虞育德后来发迹并非偶然，而是平昔积累阴德的结果，但同时也暴露了吴敬梓未能将堪舆与地理（迷信和科学）完全区别开来。同样，懂得天文的王冕，仰天而视，看到“贯索犯文昌”，就说“一代文人有厄”；看到百十颗小星坠下，就说这些“星君去维持文运”。这虽然是为了预示情节发展的需要，但同时也表明作者未能完全将天文学和占星术区别开来。这种将自然现象与社会现象牵强附会在一起的言行，显然是在某种程度上受到“天人感应”说影响的一种表现。而这也说明吴敬梓虽然受到一些自然科学的积极影响，但由于时代的局限，他还不能完全将其上升到哲学高度来认识客观世界。所以在他的作品中虽然表现了一些朴素的唯物主义思想，但也存在着不足之处。不过，即使如此，对于生活在二百多年以前的吴敬梓来说，他能对宗教迷信思想进行一些批判，也是十分难能可贵的。这也表明吴敬梓的自然观受到当时自然科学研究活动的积极影响，也是分明的事实。

在《儒林外史》中，还表现了吴敬梓对待历史有一定的发展变化观念。他和颜元、李塨一样，也曾把“礼乐兵农”作为政治理想予以宣扬，希望用它来救弊补偏，挽救已经倾斜的封建大厦。但是，“生产力的增长、社会关系的破坏、思想的产生都是不断变动的”[①]。历史发展到吴敬梓时代，具有浓厚复古色彩的“礼乐兵农”的主张，已经充分暴露出它的迂阔无当、不切实际。吴敬梓当然不可能像现代马克思主义者一样，运用历史唯物主义和辩证唯物主义的观点去观察人类历史、研究社会现象。然而，他毕竟是忠实于现实的作家，他以极其冷静的科学态度，观察现实的变化、历史的发展，因而在极其铺张地描写了体现“礼乐兵农”主张的祭泰伯祠、平青枫城两件大事以后，又以严峻的笔墨勾画出以下一系列的场景：泰伯祠破落不堪、无人问津，公祭泰伯祠的“真儒”风流云散、流落四方，平定青枫城的“儒将”也落得一个赔完家产的下场，从此“礼乐文章”再也不见那些“贤人”讲究。这些情节的出现，表明作者也意识到这种理想已不能适应时代发展的需要，也就不能成为改变现实黑暗的“药方”。迟衡山说出“前代后代，亦时有变迁的”话，正表明作者自己也已经认识到历史的发展、时代的变化。这种对于自己一度热衷的社会理想的自我否定，正表明了作者的科学态度和思想变化。恩格斯说得好：“每一种事物都有它的特殊的否定方式，经过这样的否定，它同时就获得发展，每一种观念和概念也是如此。”[②]当然，吴敬梓在否定了自己先前的社会理想以后，并未能提出一种替代的新的理想，然而他的眼光已开始深入市井下层。尽管他的新的探索尚不明确，但这是由于当时生产力发展水平的局限。而他这种根据现实发展不断否定先前的理想、不断向前探索的精神，不能不说是一种朴素的唯物史观的表现。

---

① 马克思：《哲学的贫困》，《马克思恩格斯全集》卷四。

② 恩格斯：《反杜林论》，《马克思恩格斯选集》卷三。

吴敬梓在《儒林外史》中批判了以《四书》、《五经》作为教育内容的同时，还十分重视某些有裨实用的自然科学和技术科学，认为这些学问也是“士人”所应该了解的。小说中的一些正面人物都通晓天文、地理、工、虞、水、火之学，而且还努力付诸实践，如萧云仙平定青枫城就运用了历史地理知识，知道那一带“水草肥饶”，可以进兵。不仅如此，吴敬梓还在作品中将科技工作者饱受迫害的不幸遭遇作了形象的反映。这就是卢信侯因收藏《高青邱文集》被祸一事。关于这一情节究竟是反映现实生活中哪一件文字案，研究者说法不一。有的认为是指戴名世《南山集》一案，有的认为是指刘著因收藏顾祖禹《读史方舆纪要》一案。笔者虽同意后说，但不认为仅仅限于此案，吴敬梓在反映这一案件时，必然从康、雍、乾时代发生的一系列的文字案件中（当然包括《南山集》一案）摄取一些事实，加以改造，提炼成作品中的情节。不过，刘著一案则起着较大的作用，对此须略作探索。

顾祖禹是秉承其父遗志著作《读史方舆纪要》一书的，在总序中他记叙了父亲去世前对他的谆谆教诲：“……及余之身，而四海陆沉，九州腾沸……嗟乎！园陵宫阙，城郭山河，俨然在望，而十五国之幅员，三百年之图籍，泯焉沦没，文献莫征，能无悼叹乎？余死，汝其志之矣。”可见，顾祖禹著作此书乃是寄托了兴亡之感的。魏禧在序此书时，更指出“其书言山川险易，古今用兵战守攻取之宜，兴亡成败得失之迹可见，而景物游览之胜不录焉”的特点，可见此书实在是一部军事地理著作。而刘著“奇爱”此书，则与他平素“喜谈兵，论天下形势险要”的抱负有关。因而这部《读史方舆纪要》在当时虽然并未列为“禁书”，但从顾祖禹写作意图到刘允恭“奇爱”其书的用意，在在都是清初统治者所不能容忍的。正因为此，才有可能被顾爆所诬陷，打入“海案”，刘著也因此被捕入狱“前后七年，父死家破，几至刑戮”，“人皆怜之”[①]。吴敬梓在小说中，虽然对此案做了某些改造，但最早收藏《高青邱集诗话》的王惠，后来更名逃窜，远走四川，隐藏二十年之后被儿子寻见时随即“病死”——应该说是“吓死”，萧云仙连呼：“可怜！可怜！”不正与“人皆怜之”的结局有相似之处么？在小说中，不但杜少卿、庄绍光、虞育德、武书等肯定人物都支持王惠之子寻父，而且一些“中间人物”如蘧公孙、马纯上等，也都支持和同情文字狱的受害者，这绝不是偶然的，而是

① 程廷祚：《青溪文集续编》卷三《纪〈方舆纪要〉始末》。

作者进步思想的反映。历史上中外一切专制制度，都把科学家看作低人一等的贱民，他们的命运十分悲惨，特别是中国封建社会一向重本抑末，认为科学技术是“奇技淫巧”。吴敬梓的朋友，擅长科技的周榘，就被人称之为“振奇人”，这虽然还不是特别鄙视的称呼，但已含有不同常人的意思在内。思想家和科学家刘著的家破人亡的悲惨命运，自然更会激起吴敬梓的深切同情，从而在作品中予以表现。同时，在他所“添”的“四客”中，对出身于市井小民而又有一技之长的人才，以及他们凭一技之长谋生的自食其力的精神，又以饱含感情的笔触加以讴歌，赞美人与人平等相处的新关系。这正在一定程度上反映了作者初步的民主主义思想。

总之，仅从以上几个方面就可以看出，当时科学研究活动和学术成果，对吴敬梓的世界观是产生了一些积极影响的。当然，从当时的科学家来说，他们中大多数人的世界观中占主导地位的基本上还是唯心主义；同时他们还不能把自己所从事的科研活动的实践上升到哲学理论，这样就不能从根本上将科学和神学区分开来。但正如恩格斯所说：“上帝在信仰他的自然科学家那里所得到的待遇，比在任何地方所得到的都坏。”[①]无论是古代的还是西洋的科学，其中毕竟存在着符合客观规律的内容，这就在一定程度上破除了唯心史观，发展了朴素的唯物史观。应该说，科学技术的研究活动及其取得的成果，必然会对社会科学者和思想家产生积极的影响，开拓他们的眼界，大有助于他们发展唯物主义和民主主义思想。而从事文学艺术创作的作家、艺术家，又不能完全不受当时社会潮流的制约。生活在清代前期的吴敬梓，当然也会受到这种潮流的熏染，从而在作品中有所反映。尽管还存在着很大的局限，也应予以充分的肯定。

（《教学与进修》1983年第4期、1984年第1期连载）

① 恩格斯：《马克思恩格斯选集》卷三《自然辩证法》。

吴敬梓的家世对其创作的影响

法国著名作家法朗士曾经说过："凡小说，苟不把它的观念弄错，那么就都无非是一种'自传'。"[①] 这一见解多少也反映了文学创作的实际情况，例如法国作家莫泊桑就认为左拉早年创作的《柯劳德的忏悔》，其中就"可以找到许多很像是他本人经历的情节"，说"在某种程度上"，这部作品显然"类似自传体小说"[②]。

但是，对于法朗士所谓的"自传"，绝不能作狭义的理解，它应该不仅包括作家个人的经历，而且也应该包括作家生活的阅历（诸如家庭的、社会的等等）在内。俄国无产阶级革命作家高尔基就曾说过，他的小说"大部分是用自传材料"，只不过他是"把自己置于事变的见证人的地位，不是把自己当作行动的力量。这是为着不妨碍自己——故事的陈述者来讲人生的缘故"[③]。高尔基此处所说的"自传材料"，显然就不仅仅指他个人的，而且也包括了他所认识的，他曾说："我早晚要写一份自传，有根据地引用一些人物和地点，来证实我的小说中的一切，证实那些有时仿佛是或然的事件和内心状态。"[④] 而出现在一些作家笔下的"有根据"的"人物"和"事件"，就常常不仅包括作家本人而且也包括作家亲属的某些经历在内。《红楼梦》的创作就是如此。与曹雪芹关系极为密切的脂砚斋在批语中就曾指出："非经历过，如何写得出"；"此等皆家常细事，岂是揣摹得者"；"试思若非亲历其境者，如何摹写得如此"；"与余三十年前目睹身亲之人，现形于纸上"[⑤]。当然，出现在小说《红楼梦》中的人物和情节，已经过作者的提炼和改造，具有了高度的典型意义，而不是实际生活中曹氏族人原型的翻版。

---

① 〔美〕琉威松：《近世文学批评》。

② 〔法〕莫泊桑：《爱弥尔·左拉研究》。

③ 〔苏〕高尔基：《我的写作经验》。

④ 〔苏〕高尔基：《〈瓦萨·日列兹诺娃〉的剧本分析和角色创造》。

⑤ 《脂砚斋红楼梦辑评》第十七、十八、七十六、七十七回。

不独《红楼梦》的创作存在着这种情况，与曹雪芹几乎同时而略早的吴敬梓，在他创作的《儒林外史》中也存在着类似现象。但过去限于他的家世资料发掘得不多，对这方面的探索工作也就少有人去做。已往的一些著述如平步青《霞外捃屑》、金和《儒林外史跋》、天目山樵《儒林外史评》、《一叶轩漫笔》、《松风阁笔乘》，以及鲁迅、孔另境、赵景深、何泽翰诸家的论著，也大都从与吴敬梓同时的社会上的真人真事以及吴敬梓与之交游的友人中去寻求小说的原型和本事，这自然是学术研究的一条重要途径。然而，从作者吴氏家族的成员中去研究《儒林外史》的创作，似也应当引起学术界的重视。笔者于70年代初，在公私藏书中读到胡适当年撰写《吴敬梓年谱》时未曾见及的康熙《全椒志》，主纂者为吴敬梓的曾祖吴国对，辑校人员中诸如吴晟、吴旦、吴勖、吴昇、吴昱、吴泉、吴暹吉等人，都是吴敬梓的祖父一辈。因而该志为吴敬梓历代先人所撰写的传记特别详尽，并采辑了他们的一些诗文、奏疏。这对于了解吴敬梓先人的生平事迹、思想著述，提供了目前尚无以替代的资料；同时，对于我们研究吴敬梓在创作《儒林外史》过程中如何受到其家族的哪些影响，也是极其重要的根据。笔者不揣浅陋，现根据康熙《全椒志》以及其他有关资料，对这一问题作一至为粗略的探讨。

一

《儒林外史》无论在题材的选择、人物的塑造、情节的提炼等方面，都受到吴敬梓家族传统的影响，其中颇有类似他的先人的某些事迹。首先，作者选择清代初期生活在科举制度下知识分子的遭遇作为小说的题材，就与他先人的仕宦经历分不开。如众周知，自高祖吴沛以下的吴敬梓历代先人，均从科举出身谋得官职。吴敬梓的挚友王又曾曾说："国初以来重科第，鼎盛最数全椒吴。"[①] 这并非虚美之词。吴敬梓本人在《移家赋》中就说"五十年中，家门鼎盛"，此亦非夸诞之言。李调元在《制义科琐记》卷四中还曾记载了吴敬梓先人的科名："全椒吴氏兄弟，同胞五人，其四皆进士。长国鼎，前癸未进士，官中书舍人。三国缙，顺治己丑进士。四国对，顺治戊戌进士，榜眼及第（按：应为探花），官翰林侍读。五国龙，亦前癸未进士，官礼科都给事中。国对、国龙孪生也。国龙子晟，

① 王又曾：《丁辛老屋集》卷十二《书吴征君敏轩先生〈文木山房诗集〉后》。

康熙丙辰进士；昺，辛未进士，榜眼及第。”而且，据福格所记，吴昺初拟第一即状元，但因“上以鼎甲久无北人，遂拔大兴黄叔琳为状元，吴昺乃屈居榜眼”[①]。他们从科举谋得出身以后，又大都担任教职，如吴敬梓嗣父吴霖起任江苏赣榆县学教谕[②]；族曾祖吴国缙任江苏江宁府学教授[③]；曾祖吴国对任顺天学政[④]，而学政大人就要主持府、院试，以考选和甄别生童。同时，康熙五年丙午科乡试，吴国对还以编修而出任福建主考；吴国对孪生弟吴国龙则以兵科给事中外放山东主考[⑤]。兄弟两人同科被钦派为乡试主考，一时成为科举史上的“佳话”。但即使在功名如此显赫的科举世家中，也并非每一个读书应试的子弟都是幸运儿，全椒吴氏族人中也颇有不少屡困场屋、功名蹭蹬的老童生、老秀才，如吴敬梓高祖吴沛进学以后，曾多次参加三年一科的乡试，但“七战皆北”[⑥]，郁郁以终。还有吴敬梓的舅父也是一个“弱冠为诸生，六十犹迍邅”[⑦]的屡试不第的老秀才。吴敬梓表兄兼连襟金榘，在其《生日自叹》长诗中，历叙自幼苦读制艺的生活，说“忆自成童年，帖括习经义”，但却科场不利，“年年打毷氉，未饮心先醉”，经历了“弹指卅载余，何止书十说”以后，到了“我今马齿长，半百更余四”之年，依然“瓠落竟无成”，但他并不退却，仍要拼命向前：“明年又文战，据鞍拟再试。”[⑧]总之，全椒吴氏大家族中，固然有科名得意、仕途显赫之士，但也有名落孙山、抱恨终生的人；既有应试士子，也有主考大人。虽然，他们在追逐功名的途路中有得有失，然而他们在揣摩八股制艺上全都下了苦工。吴沛虽然“七战皆北”，但却从屡次失利中积累了丰富的写作八股文的经验，并加以总结写成《题神六秘说》、《作法六秘说》两篇文字，研究如何使自己的制艺文，写得被人“称雄”、“称异”、“称爽”、“称快”、“称捷”，而令阅卷者“色栗”、“神远”、“心折”、“意冷”、“胆破”、“思永”，从而将其拔置高等。在吴沛精心教导下，其子吴国对就写得一手极为“漂亮”的八股文。方嶟称赞他说：“所为制义，衣

---

① 福格：《听雨丛谈》卷九。

② 吴敬梓：《文木山房集·移家赋》。

③ 蓝学鉴：《全椒志·吴国缙传》。

④ 陈廷敬：《吴国对墓志铭》。

⑤ 法式善：《清秘述闻》卷二。

⑥ 蓝学鉴：《全椒志·吴沛传》。

⑦ 吴敬梓：《文木山房集·哭舅氏》。

⑧ 金榘：《泰然斋诗集》卷一。

被海内，一时名公巨卿多出其门，李文贞公（光地）其一也。”[①]金椝的父亲也曾教导其子孙“作文要体贴书理，要揣摩圣贤语气。前后要有步骤有针线，思想又要生发得开”，告诫他的子孙“切记、切记”这一要领[②]。可惜金椝并未能通过掌握这一“举业的金针”谋得功名富贵。吴敬梓有着这样经历的先人和亲友，必然使他对于揣摩八股制义的枯寂生涯、功名得失之际的心理状态，以及府、院、乡试的实际情景，自幼就有所了解；并且通过他自身屡试不第的经验，将这种口耳相传的了解上升为清醒而深刻的认识。这对于他创作这部反映科举制度下知识分子生活情景的《儒林外史》，无疑是一个极为有利的条件。只有熟悉科举制度的人，才能深知其弊端；只有从科举出身的人，才能深明其真相。个中人的反戈一击，“撕其面具，当比不熟悉此中情形者更加有力”[③]。

其次，《儒林外史》中的许多情节，固然大多是从当时现实社会生活中摄取而来，但作者也常常掇拾家族中发生的一些真事写入作品，这当然已经过一番改造与提炼。例如赵姨娘立嗣、严贡生夺产一节，作者极其形象地描绘了封建宗法社会中嫡庶贵贱的不同，揭露了封建地主阶级家庭中立嗣纠纷的实质，只不过是财产继承权的争夺而已。作者之所以于此节能描摹得极其生动、十分深刻，则是与全椒吴氏这个大家族和吴敬梓本人的生活遭遇有关。在吴氏家族中由于各房子女多寡不等，经常发生立嗣现象。例如吴敬梓的族兄吴檠，原为吴国龙长子吴晟之孙，其父名雷焕。但因雷焕之弟雩澍无子，因而吴檠就被过继给雩澍，这样吴檠就成为雩澍的嗣子。吴敬梓本人也曾有出嗣经历，半个世纪前胡适根据有关资料断定吴敬梓之父为吴霖起，这一结论其实是错误的。吴霖起为吴国对长子吴旦的独子，吴旦早亡，霖起又无子女，因而长房吴旦就面临着绝嗣的危机，于是乃从吴旦之弟吴勖的第三子雯延众多的子女中选择了一子一女过继给吴霖起。因而吴霖起只是吴敬梓的嗣父，吴雯延才是他的生父。为此，并发生了遗产之争。吴敬梓在《移家赋》中所慨叹的“嗟早年之集蓼，托毁室于冤禽”，以及吴檠在《为敏轩三十初度作》中所叙述的“他人入室考钟鼓，怪鸮恶声封狼贪”就反映了这一情况。吴敬梓亦由此而对封建家族中尔虞我诈、你争我夺的丑恶本质有所认识，

① 方嶟：《文木山房集序》。

② 金兆燕：《赠君公塾训跋》，《棕亭文钞》卷十。

③ 鲁迅：《关于小说题材的通信》。

不禁发出“君子之泽，斩于五世”[①]的惋惜。在我们知道他这样的切身经历之后，对于小说中有关立嗣之事、遗产之争的描写之所以如此生动、深刻和真切，也就不难理解了。又如作品中描写祭泰伯祠的情节，也与他的家世颇有关系。吴敬梓在移家南京之后，曾受其友人樊圣谟、程廷祚及其父程京萼等人思想主张的影响，参与修复位于聚宝门（今中华门）外普德寺后山的先贤祠。但在小说中却径将先贤祠改为泰伯祠，而于“先贤二百三十人”中“独举泰伯”，这并非全然如天目山樵评语所说是因为泰伯“潜逃避位，如弃敝屣。其于功名富贵，无介意”[②]，而且还有着自傲世家大族的门阀意识在内。在《移家赋》中，他就曾沾沾自喜地说：“我之宗周贵裔，久发轫于东浙。”在自注中还明说：“按族谱，高祖为仲雍九十九世孙。”他的高祖吴沛既为泰伯弟仲雍九十九世孙，那么他本人当然就是仲雍一百零三世孙了，表彰祖风世德，自是封建文人所乐于作为的，吴敬梓亦不例外。再如小说中对堪舆士看坟地的活动，也有着极其形象的描绘，对余敷、余殷的奇谈和丑态，也有着鞭辟入里的讽刺。当然，小说中的正面人物尽管也有替人尽心尽意寻找坟地的，如虞育德；但也有主张“朝廷该立一个法子”，把那些胡说八道的风水先生的“狗头斫下来”，对“那些要迁坟的，就依子孙谋杀祖父的律，立刻凌迟处死”的，如杜少卿。这种谋寻“善壤”安葬先人以求子孙发迹的行为，在吴敬梓先人中屡代有之，如吴沛之父吴谦，在其父吴凤死后，特请福建有名的堪舆士简尧坡“远近求之三年”以后，方于梅花山中择定一块“吉兆域”葬下吴凤，简尧坡还对吴谦说：“君子未即发，至孙乃大发，发必兄弟同之。对面文峰秀绝，发必鼎甲；然稍偏，未必鼎元，或第二第三人，亦不仅一世而止。”[③]后来吴谦的孙子即吴敬梓曾祖辈吴国对兄弟五人，四成进士，国对且为探花（第三名）；吴敬梓的族祖吴昺、吴晟也先后考取进士，吴昺且是榜眼（第二名）。吴沛死后，其长子国鼎即吴敬梓伯曾祖，也就亲自“携一奴及堪舆士，遍历诸山，浃两岁始得石虎山之吉壤”以葬其父[④]。国鼎之弟国龙即敬梓叔曾祖，也曾“究心堪舆医卜星纬诸学”[⑤]。吴敬梓本人早年也相信此术，30岁时写的《减字木兰花》

---

① 吴敬梓：《移家赋》。

② 张文虎：《儒林外史评》。

③ 李调元：《制义科琐记》卷四。

④ 蓝学鉴：《全椒志·吴国鼎传》。

⑤ 蓝学鉴：《全椒志·吴国龙传》。

词中，就曾因自己不能像陶侃那样寻得“牛眠地”以葬亲人，从而发出“未卜牛眠”的悔恨，只是后来由于生活的教训、思想的转进，对这一问题的不当的认识，才逐步得到一些纠正。但早年的影响并未全然消除，因而在小说中对风水堪舆活动的描写，就产生相当的局限。总之，这种从自己切身的经验和家族成员的经历中掇拾创作素材的事例，在中外文学史上并不乏见，不仅《红楼梦》、《儒林外史》如此，屠格涅夫的《木木》，也取材于作者的母亲、一个专横而又暴躁的女地主瓦尔瓦拉·彼德罗夫娜庄园中发生的真事，“除了结局之外，其余完全相同”①。果戈理也曾不断要求她的母亲为他提供家里、村里所发生的“有趣的逸事”；他也的确“从家里获得了不少使他发生兴趣的见闻”加以提炼改造，从而写入诸如《狄亢加近乡的夜话》等类作品中去②。这些文学创作中出现的类似现象，恰恰可以说明吴敬梓从自身及家族成员的经历中摄取创作的素材，并不足怪，也并非无此可能。

此外，在塑造人物形象的过程中，吴敬梓经常糅合进自身的遭遇和亲人的事迹，加以移置、改造、概括、提炼，从而使之具有不同程度的典型意义。如果像胡适那样，将小说中的二进（周进、范进）与吴敬梓的母舅、杜少卿与吴敬梓本人这些文学典型与生活原型完全等同起来，将他们的事迹一一加以比附，这自然是错误的。但否定胡适这样的研究方法，并不等于否认吴敬梓在创造这些人物形象时确曾从自身和亲属的遭遇中撷取素材这一事实。杜少卿的所作所为，当然融合了吴敬梓的某些生活经历。高翰林在责骂杜少卿“不到十年内，把六七万两银子弄得精光”的同时，还教导子侄们且“不可学天长杜仪”。这一情节就有所本，有吴敬梓词作《减字木兰花·庚戌除夕客中》“田庐尽卖，乡里传为子弟戒”可证。又如杜少卿风阻识舟亭，得韦四太爷接济盘缠一节，同样也是吴敬梓的亲身经历。在《减字木兰花·识舟亭阻风喜遇朱乃吾王道士昆霞》一词中作者就写道：“故人白首，解赠青铜沽浊酒。”尽管在杜少卿这一形象的塑造中，吴敬梓确实糅合进自己的某些生活经历和思想感情，但我们绝不能径将杜少卿当作吴敬梓。例如杜少卿装病辞征辟一节，就不能与吴敬梓因病不赴鸿博廷试完全等同起来；也不能用作者在创作小说的过程中描写到这一情节时的思想感情，去印证吴敬梓

① 〔苏〕多宾：《论题材的提炼》，《译文》1955年11月号。

② 〔俄〕万垒赛耶夫：《果戈理是怎样写作的》。

早年不赴廷试时的思想见解。因为吴敬梓应鸿博廷试在乾隆元年（1736），时年36岁。当时他已先后参加过学院、抚院、督院三级地方考试，只是因病未赴廷试而已。至于真病抑或装病，学术界意见不一，笔者以为应属真病①。而小说中描写杜少卿辞征辟一节时，全然未涉及是否参加过学院、抚院、督院三级地方考试一事，只是写他装病不能“到京里去做官”，这其中就颇可玩味。因为他往昔参加这三级地方考试的作品具在，无法否认。而《儒林外史》的创作，虽从乾隆元年（1736）开始，但却经过十余年才完稿。杜少卿辞征辟一节在小说三十四回。此回当写于乾隆元年以后的数年内，作者在小说中重现早年这段经历时，思想境界当已不同于往昔，而有所发展提高，对封建统治阶级举行鸿博之试的目的亦自会有进一步的认识。作者在小说中只不过借助于自己过去的这一段生活经历从而生发开去，塑造了杜少卿这一艺术形象。可见，将杜少卿与吴敬梓完全等同起来自然是不妥的，应予否定。但这也并不排除作者在塑造这一艺术形象时，确也曾糅合进自己的一些生活经历这一分明无疑的事实。不仅杜少卿如此，即连作者在创造虞育德这一形象时，也糅合进自己先人的许多事迹，并非全然如过去研究者所一致认为的那样，其原型当为江宁府学教授吴培源（蒙泉）。据光绪六年（1880）《江宁府志》，吴培源只是江宁府属上元县学教谕，而未任过江宁府学教授。倒是吴敬梓族曾祖吴国缙任过江宁府学教授。至于小说中的虞育德则为南京国子监博士，虞育德在中了进士之后，“朝廷要将他选做翰林”，后来因皇帝说他“年纪老了，着他去做一个闲官”，就补了南京国子监的博士。他闻讯后反倒高兴地说：“南京好地方，有山有水，又和我家乡相近。……强如做个穷翰林。”这一段经历与吴国缙的遭遇极为相似。据康熙《全椒志·吴国缙传》，国缙于中进士后，以他的才望本应入馆选，但为忌者中伤，谢归二十年。后来因“性好山水游，遂应江宁郡学博之命”。全椒离南京的确不远，南京的淮水钟山也确能吸引性爱山水的文士。虞育德在任南京国子监博士时，应天府（小说中假托故事发生在明代，而明代的应天府即清之江宁府）送来监生端某，说他“犯了赌博，来讨收管”，虞育德替他“辨明白了这些冤枉的事”。吴国缙在任江宁府学教授时，也曾“雪梅生进瑚之冤”。虞育德从祁太公处学到看坟山的本领，“用心用意地替郑姓人家看坟葬”，更是吴敬梓历代先人吴谦、吴国鼎、吴国龙等所着意讲究的“学问”。

① 参见《关于吴敬梓应征辟问题》。

至于虞育德救了准备跳水自杀的农民，并送他四两银子去安葬亡父一节，则显然撷自其嗣祖吴旦的事迹。据康熙《全椒志·吴旦传》，吴旦曾“省父（国对）京邸，道经徐州，夜见老妪临河哭甚哀，询知为逋急鬻子，将捐生焉，遂解囊尽与之，并不问其姓氏”。吴敬梓显然将这一事迹予以改造写入作品中去。而吴国缙曾“助豫章难妇之赎”一事，可能被吴敬梓移置到虞育德的友好、南京的“老名士”、现任同官知县尤扶徕身上去，尤知县曾帮助广东充军来陕西的军妻，资助他回归故乡。总之，吴敬梓在塑造艺术形象时，不但从当时社会上的真人真事中去寻求“原型”，他还从自身的遭遇和亲人事迹中撷取片段注入小说艺术形象中去。如此塑造艺术典型，也并非我国古代小说所独有，在外国小说创作中也不乏此例，列夫·托尔斯泰在创作《战争与和平》时也曾如此。一度作过托尔斯泰私人秘书的著名的托尔斯泰研究家和传记作者尼·尼·古谢夫曾经指出：“在《战争与和平》中，托尔斯泰通过罗斯托夫和保尔康斯基两家描绘了托尔斯泰和伏尔康斯基两家的祖先，小说手稿中这两个家族的人员常常以真实姓名出现。”当然，古谢夫同时也认为：“绝对不能说，我们可以把罗斯托夫和保尔康斯基两家当作托尔斯泰祖先十分逼真的写照。”① 对于吴敬梓在《儒林外史》中塑造人物形象时曾借助自己和亲人的经历这一事情，也应作如是观。

二

吴敬梓的家世对他创作的影响，还不仅仅表现在题材的选择、情节的提炼和人物的塑造这几个方面，而且在这部小说的思想主旨和批判特色等方面也表现出来。

吴敬梓的先人从科举发迹以后，大都担任教职，因而他们关于教育、科举方面的言论颇为不少，并对他们的后人吴敬梓产生一定的影响。首先，《儒林外史》中有关教育的目的和教育的内容等方面的描叙，就留有其先人的思想主张的明显痕迹。例如吴国龙在任礼科掌印给事中时曾说：“天下之治在民安，民安在吏善，吏善在士良，士良在得师以育之。”认为教育士人是选择人才从而治理天下的先着。他还提出教育士人的六条标准：务孝友、慎交游、砺廉耻、崇经学、斥排偶、

① 〔俄〕古谢夫：《托尔斯泰是怎样进行创作的》，《文艺理论研究》1980年第1期。

禁坊选[①]。吴国对也有类似的主张，他在任顺天学政时曾“颁三则以教士：敦孝悌、崇实学、正心术”，从而“士风丕变”[②]。对于科考的具体做法，他们认为应在“广开贤额”的基础上“博采真才”[③]，主张“用之在严，收之在宽，入泮冀成大学，拔之者十，得之者五”[④]。吴敬梓先人有关教育、科举的言论，与当时的颜（元）李（塨）学派的主张颇为近似（其实李塨原就是吴国对任顺天学政时所录取的得意门生，他的文章也得到吴国对的赏识，并为之刊刻行世），他们的议论也和颜李的学说一样，如同恩格斯所说，都是作为一种“特定的思想资料”，“传给”了吴敬梓，吴敬梓也就“由此出发”[⑤]而形成自己的教育思想，并在《儒林外史》中有着形象的反映。

吴国对所谓的“崇实学”和吴国龙所谓的“崇经学”都与教育的目的和内容有关。所谓“实学”就是指的有裨于国治民安的实际学问。颜李主张也大略同此，颜元曾说：“学者，士之事也，学为明德亲民者也。”[⑥]李塨也说：“学乃学习明亲之事。”[⑦]他们都认为教育士人的目的，在于培养他们成为理国治民的人才。既然教育的目的如此，那么教育的内容必须服务于这一目的，就要讲究实用。吴敬梓先人提倡的“实学”、“经学”，与颜李的学说极其类似，而且他们还有更进一步的具体阐述，认为“实学”应包括“历数、天文、地理”等自然科学和“水学、火学、工学、象数”等技术科学，以及“十三经、历代史、制诰、章奏、诗文”等某些社会科学[⑧]。这种见解对吴敬梓的影响是十分明显的。他晚年“亦治经”[⑨]，并曾为江昱《尚书私学》写过序，大声疾呼“高明之士”要讲究“《书》之义理”，而不要专门去辩论今古文的真伪。所谓“《书》之义理”，则是如《庄子·天下篇》所说“《书》以道事”，即记录先王之政事，以为后来统治者所效法。吴敬梓《儒林外史》中曾描写金东崖著《四书讲章》，以嘲讽当时一些经学家穿凿附会的弊

① 吴国龙：《重修学宫记》。
② 张其浚：《全椒志·吴国对传》。
③ 吴国对：《制策·对》。
④ 吴国龙：《请增入学科举名数呈》。
⑤ 恩格斯：《致康·施米特》，《马克思恩格斯选集》卷四。
⑥ 《习斋年谱》卷上。
⑦ 李塨：《大学辨业》卷三。
⑧ 颜元：《漳南书院记》，《习斋记余》卷二。
⑨ 程晋芳：《文木先生传》。

病。同时，他笔下的正面人物无不重视所谓的“实学”，如王冕对于“天文、地理、经史上的大学问，无一不贯通”；虞华轩精通“兵、农、礼、乐、工、虞、水、火之事”；杜少卿先人行医；虞育德教子学医。这些在吴敬梓看来都是有裨实用的学问，因而也都用充分肯定的笔触予以表彰。既然重视“实学”，崇尚“经学”，就必然要反对空洞无物的八股制艺。吴国龙主张“禁坊选”、“斥排偶”。颜元也曾责问说：“天下尽八股中何用乎？”[①]李塨更指出“日日揣摩、年年背诵”这些脱离实际的制艺文章，必然败坏人才，使得广大士子“偶阅一世事，则亟走恐乱之，气息柔脆如妇女，人事迂阔如天痴”[②]，从而不能亲民临政、有益政事。在《儒林外史》中也有着近似这种思想主张的形象描写。吴敬梓在颂扬那些思想开明的读书人都如虞育德那样“不耐烦做时文”的同时，又通过他所肯定的正面人物迟衡山去斥责那些“只不过讲个举业”的士子，尽情地嘲讽他们终日“揣摩”制义的精神状态。在小说中，作者还在不同的场合描写和讽刺了诸如随岑庵、卫体善之流的制艺选家，他们自己胸无点墨却去批选文章；更有甚者，把“先儒”解释为“先生”的匡超人居然也选批起“文章”来，而且还被认为批得“又快又细”，将来“生意多哩”。由此可见，吴敬梓也和他的先人一样，对这种“坊选”、“排偶”都持着抨击的态度，只不过是以讽刺的笔墨通过具体情节的描述、人物性格的刻画，以达到其先人所主张的由“斥”而“禁”的目的。

其次，吴敬梓的先人和颜元、李塨一样，主张广大士子不仅应掌握理国治民的学问，而且更重要的还要培养自己孝悌忠信的德行，具有封建地主阶级的道德修养。吴国龙主持山东乡试时，所出试题为《文行忠信论》，即包括了学问、道德两个方面的内容；吴国对主持福建乡试时，更以“夫子之道忠恕而已矣论”为题考试士子[③]。吴国龙平日要求儿子“务孝友”、“砺廉耻”，吴国对也以“敦孝悌”、“正心术”要求士人，从而求得“士风丕变”。这些都是从加强封建道德修养这一目的出发的。李塨同样也认为“孝弟忠信，体也；兵农相礼，用也。能孝弟忠信，而不能兵农相礼，不失为善士；……能兵农相礼，而不能孝弟忠信，终陷于小人”[④]。颜元更进一步要求广大士子，不但自己要修养性行，而且还要去转移不良的社会

① 《颜习斋言行录》卷下。
② 李塨：《平书订》卷六。
③ 法式善：《清秘述闻》卷二。
④ 李塨：《论学》卷二，《畿辅丛书》本。

风气，主张“凡读圣人书，便要为转世之人，不要为世转之人”①。吴敬梓历代先人倒很能身体力行，颇多孝悌君子。如吴凤“善让”②；吴谦事父母“婉顺尽志”，对三位兄长“推让有加”③；吴沛因自己生辰与乃父吴谦忌辰为同一日，因而每遇诞辰则“哀不举觞，并不受诸子觞，终其生不改”④；吴国鼎“事亲孝，一出于至诚，亲或色有不怿，即长跽伏地，不命不敢起。抚诸弟，敬爱备至，故诸弟咸敬事之”⑤；吴国器更“割股和药”以供父饮⑥；吴国龙也是一个“笃天伦、重名谊、奉亲孝”的孝悌君子⑦；吴敬梓曾祖吴国对同样“性笃孝，时时语其先人，辄呜咽下泣”，兄弟之间“尤重友爱”⑧；祖父吴旦曾随父国对在京师做官，“父苦寒，旦身温衾以俟睡，早起取父衣先衣之，俟温然后扶父起”⑨；嗣父霖起也是一个“当捧檄之未决，念色养之堪娱”⑩的孝子。这种重视封建孝悌的道德观念，对吴敬梓自不能不产生一定的影响，他不但在抒情作品诗词中，一再以自己“总难酬罔极深恩矣”⑪而深自谴责，而且还在叙事小说《儒林外史》的许多描述中流露了这种思想影响。他笔下的正面人物无一不有孝行，如王冕于母死后不但“负土成坟，三年苫块”，服丧尽礼，而且牢记其母教导“不要出去做官”，隐居在会稽山中以终。杜少卿只要听说“是见过他家太老爷的，就是一条狗也是敬重的”。小说中一些正面人物不但自己尽孝，而且也颂扬、赞助有孝悌行为的人，如武书就对萧云仙说，虞育德、迟衡山、庄绍光、杜少卿这“几位大名家，素昔最喜赞扬忠孝的”。这并非过誉之词，他们对“二十年走天下，寻访父亲”的孝子郭力，就曾全力支持，让他顺利地到达四川会见逃亡在外的父亲一面。即使一些作者常加鞭笞的人物如匡超人之流，作者对他们的孝行也并不全然抹煞，并不因为他们后来的蜕变而否定先前的作为。在李本瑛推荐匡迥时，学道大人就以“士先器识

① 《颜习斋言行录》卷上。
② 蓝学鉴：《全椒志·吴凤传》。
③ 蓝学鉴：《全椒志·吴谦传》。
④ 蓝学鉴：《全椒志·吴沛传》。
⑤ 蓝学鉴：《全椒志·吴国鼎传》。
⑥ 蓝学鉴：《全椒志·吴国器传》。
⑦ 蓝学鉴：《全椒志·吴国龙传》。
⑧ 陈廷敬：《吴国对墓志铭》。
⑨ 张其浚：《全椒志·吴旦传》。
⑩ 吴敬梓：《文木山房集·移家赋》。
⑪ 吴敬梓：《文木山房集·乳燕飞》。

而后辞章”为理由同意录取匡二进学。但是，吴敬梓在小说中对那些伪孝行为却痛加抨击，辛辣无情地嘲讽范进、荀玫、权勿用之流借丁忧为名谋求利禄的丑恶行径。这种种描写表现了吴敬梓在一定程度上也接受了其先人重视培养士子道德修养的影响。尽管这些道德观念基本上还属于封建道德的规范，但却是分明的事实，自不必讳言。

再次，除教育思想以外，在对待其他一些社会问题的态度上，吴敬梓也显然受到其先人的某些影响。例如《儒林外史》中对盐商典当进行了无情的嘲讽和着力的鞭笞，就和他的封建地主家庭传统分不开。他的曾祖吴国对就主张“革奸商”[①]，并且反对开矿，认为“矿利无一而矿害有百”，要求制台大人“张示严禁”[②]；他的族曾祖吴国缙还反对农村利用水力开设磨坊，认为这要破坏风水，先后上书县令、藩台，要求将已设磨坊“尽行撤毁，永远封禁”[③]。又如在《儒林外史》中，吴敬梓固然通过王冕说出黄河沿上的州县，到处是“逃荒的百姓”，对“官府又不管”的现实进行了一定程度的谴责；但同时却又对以武力劫饷的赵大式人物进行更为严厉的笔伐。这种思想立场也渊源有自，和其先人的思想主张有近似之处。吴国对在《救荒末议》中一方面大声疾呼要采取措施赈济灾荒，安抚灾民；另一方面又极力主张“禁抢夺并造讹言”，认为“抢夺，即小盗也；小盗者，大盗之渐也。严治抢夺，则小盗绝；严治小盗，则大盗消。涓涓江河，乌得以小慈滋大忍哉！”吴国对还在《过郏城吊康尉济民》一诗中，表彰明朝正德年间镇压刘六、刘七起义的康县尉，这又与吴敬梓在《西墅草堂歌》中谴责“有明末运干戈里，黄巾赤眉纷如蚁，淮南十家九家空，眼看城郭生荆杞”有一定的承传关系。仅从这几方面略加比较，就可看出，吴敬梓先人站在封建地主阶级立场上，对现实社会某些问题有着自己的见解和主张，并进而影响及他的后人吴敬梓的思想和创作。当然，吴敬梓的思想观点并不全然与其先人相同，也并非和颜李学派的思想主张完全一致，在某些方面具有更大的进步性，这是由其本人的独特的生活遭遇所决定的。在他对现实生活的艺术认识中，固然反映了其先人的一些影响，但更重要的还是表露了他自己的见解和观点。不过，也并不能因此而无视其先人对他的正、

① 吴国对：《救荒末议》。

② 吴国对：《复蓝父母禁开矿书》。

③ 吴国缙：《禁止石濑水磨呈》。

反两个方面的影响。《儒林外史》在思想主旨上留有其先人思想主张的某些痕迹，则是不容忽视的；相反，却应引起我们的重视和进一步的研究。

此外，《儒林外史》对现实问题进行批判时所采用的讽刺形式，在某种程度上也受到他的家庭教养和传统的影响。当然，作为社会意识形态之一的文学艺术，其产生的根本原因是“要到社会底物质生活条件中，要到社会存在中去探求”[①]，然而也不能忽视文学本身的传统，作者的家庭教养以及作家本人的生活道路诸种因素的影响。此处则仅从其家庭的教养和传统来略加考察。

全椒吴氏自吴沛专攻儒业以来，世代受儒家思想的浸润颇多，特别是对儒家奉为六经之一的《诗经》研究有素。这部诗集所开创的“上以风化下，下以风刺上，主文而谲谏，言之者无罪，闻之者足以戒”[②]的“美刺”传统，为后世儒者奉为圭臬，对文人影响也至为巨大。如刘向在《说苑·正谏》中就认为“……谏其君者非为身也。将欲以匡君之过，矫君之失也”。他还说：“见君之过失而不谏……忠臣不忍为也。”桓宽在《盐铁论·刺议》中也认为儒者如果不能讽枉刺邪，也是“衣儒衣，冠儒冠，而不能行其道，非其儒也”。这种见解对于文艺创作是产生一定影响的。刘勰在《文心雕龙·杂文》中所说的“讽一劝百”，即反映了这种影响的存在。吴敬梓历代先人都很重视研究《诗经》，他也就必然会受到这一传统的影响。他的高祖吴沛著有《诗经心解》，族曾祖吴国鼎有《诗经讲义》，吴国缙有《诗韵正》。亲曾祖吴国对虽然没有研究《诗经》的专著，然而在他的诗歌创作中同样存在着体现了“讽喻、警戒之旨”的篇什[③]，如《春正雪后洪邑侯同傅韶加集署斋二首》中“草亭雪压万条冰，一片光明是玉灯；不及使君心照远，逃亡屋遍几千里”；“官厨如洗食无鱼，椽烛高烧话夜初；风雪几夜闻盗发，论文还及救荒书”。这些，在一定程度上与《诗经》的“美刺”精神有一致之处。吴敬梓显然也接受了其先人治《诗》的影响，他曾经著有“《诗说》若干卷”[④]，对《诗经》中的一些作品发表了自己的见解和评说，可惜此书目前尚未见及。当然，吴敬梓先人对《诗经》的理论研究以及在诗歌创作中所体现的“美刺”精神，

---

① 斯大林：《辩证唯物主义和历史唯物主义》。

② 《毛诗序》。

③ 陈廷敬：《吴国对墓志铭》。

④ 见程晋芳《文木先生传》。王又曾则说“《诗说》八卷”，沈大成又说“《诗说》数万言”，章学诚和金和都说是“七卷”。

影响及于吴敬梓的还不仅仅表现在著作《诗说》一书上，而且更重要的还是表现在叙事作品《儒林外史》的讽刺形式的采取上。这部小说一再被评论家称为“警世”之作[①]，认为作者的目的在于“醒世”[②]，邱炜萲说得更明白：“《儒林外史》一书，颇得主文谲谏之义”，是一部“警世小说”[③]。这些评论都表明《儒林外史》的讽刺艺术乃是继承了《诗经》“主文谲谏”的美刺传统。诚然，吴敬梓自会直接向这部古代诗歌集子汲取丰富的艺术经验，但其先人研治《诗经》的优良学养也定然会在一定程度上对他产生影响。自然，这种影响如同“润物细无声”的春雨一般，是在无声无息潜移默化中形成的。

总之，《儒林外史》的产生，绝不是偶然的现象，有着特定的现实土壤和我国文学的讽刺传统，但这些因素又都是通过作家吴敬梓独特的生活实践才发生作用。这其中，他也曾接受了先人从宦的经历和家庭教养的传统的一些影响。对这样一个领域，还有进行不断开拓、深入探讨的必要。

（原载《文学遗产》1985 年第 1 期）

① 金和：《儒林外史跋》。
② 黄安谨：《儒林外史评序》。
③ 邱炜萲：《客云庐小说话》。

中　编

作　品　论

《儒林外史》是我国文学史上第一部反映知识分子生活的长篇小说

自从鲁迅作出“迨吴敬梓《儒林外史》出……于是说部中乃始有足称讽刺之书”[①]的论断以后，一些论著在提及该书时，均称之为我国文学史上第一部长篇讽刺小说，这自然是正确的。但此仅就艺术表现而论，从思想内容来看，《儒林外史》应该说是我国文学史上第一部反映知识分子生活的长篇小说。这在一些研究论著中尚未得到应有的反映，或虽已涉及但也缺少全面的论述，因而有必要进一步加以探讨。

关于《儒林外史》的思想内容，各个时代的研究者有着各自不同的评论。程晋芳说它“穷极文士情态”[②]，杨钟羲也同意这一见解[③]。但闲斋老人的看法却不同，他在序《儒林外史》时说“其书以功名富贵为一篇之骨”，并将小说中对待功名富贵不同态度的四种知识分子分别加以品评。这一看法对后来颇有影响，如东武惜红生说“其命意以富贵功名为一编之局”[④]，刘咸炘也认为“其书以功名富贵为全书眼目”[⑤]。但也有将上述两种意见同时并提的，如卧闲草堂本评语，一方面指出“功名富贵四字是全书第一着眼处”（第一回），“是此书之大主脑”（第二回）；另一方面又认为“名之曰儒林，盖为文人学士而言”（三十七回）。此后，胡适论及《儒林外史》时，则认为“批评明朝科举用八股文的制度”，是“全书的宗旨”[⑥]。新中国成立后，一些研究论著在评论《儒林外史》的思想内容时，除了着眼于它对功名富贵和科举制度的嘲讽以外，又

---

① 鲁迅：《中国小说史略》第二十三篇《清之讽刺小说》。

② 程晋芳：《文木先生传》，《勉行堂文集》卷六。

③ 杨钟羲：《雪桥诗话》三集卷七。

④ 增补齐省堂本序。

⑤ 刘咸炘：《校雠述林》卷四《小说裁论》。

⑥ 胡适：《吴敬梓传》。

肯定了它对礼教虚伪的揭发。在这些评论中，虽也有涉及小说反映了知识分子生活的见解，但也大都仅仅局限于将它作为功名富贵和科举制度的陪衬。其实，这几个方面的内容各自反映了知识分子生活的一个侧面，实际上《儒林外史》是一部反映知识分子生活全貌的长篇小说。程晋芳在《怀人诗》中所说"《外史》纪儒林"，就很能概括出这部小说的主旨。吴敬梓在这部杰出的作品中，塑造了许多知识分子形象，描写了他们生活的浮沉、境遇的顺逆、功名的得失、仕途的升降、思想情操的高尚与卑劣、社会理想的倡导与破灭，从而反映出在清朝封建统治阶级怀柔与镇压政策下生活着的知识分子的命运。他们或受其羁縻，或拒其牢笼，或惨遭镇压，或远祸全身。作者对他们有讽刺也有表彰，有否定也有肯定。从他们的生活情景入手，深刻地揭露了封建末世的腐败与黑暗。这在前此的我国文学史上尚未曾有，因而就其思想内容来说，《儒林外史》是我国文学史上第一部反映知识分子生活的长篇小说。

二

《儒林外史》所反映的知识分子生活状况，与清初封建统治阶级对待知识分子实行怀柔与镇压的政策密切相关；或者说《儒林外史》中一些知识分子的种种表现都是这种政策的产物。其怀柔手段，主要是广开仕途，尊孔读经；其镇压手段，主要是频兴文字之狱，钳制异端言行。

满洲贵族在入关之初即广开仕途，目的在于维护和加强新王朝的政权，而恢复科举制度则是广开仕途的一项重要措施。顺治时大学士范文程上疏说："治天下在得民心，士为秀民，士心得，则民心得矣。请再行乡、会试，广其登进。"①康熙时大臣鄂尔泰说得更为露骨："非不知八股为无用，特以牢笼志士，驱策英才，其术莫善于此。"②由此可见，恢复科举制度的目的就在于"牢笼"、"驱策"人才为其所用。对统治阶级这一手段，当时不少进步的思想家、文学家都曾站在各自的立场上，从不同的角度予以揭露和批判。吴敬梓在《儒林外史》第一回中就让他的理想人物王冕公开否定"三年一科，用《五经》、《四书》、八股文"

---

① 《清史稿·范文程传》。

② 《满清稗史》三十节。

的"取士之法"，说："这个法却定的不好！"然后以很多的篇幅，极为深刻地揭发了这一制度对知识分子产生的巨大影响和造成的严重后果。在吴敬梓笔下，由于科举制度的恢复，许多知识分子都以"儒"为业，读《五经》、《四书》，写八股文章。全国各地不同阶层、各种职业的人都在读文章，做举业。他们热中斯道的原因，就在于他们的想法都像马纯上那样，认为"人生世上，除了这事，就没有第二件可以出头"，"只是有本事进了学，中了举人、进士，即刻就荣宗耀祖"。正如《儒林外史评》所指出的那样："何以要做举业？求科第耳。何以要求科第？要做官耳。儒者之能事毕矣。"（十三回）。吴敬梓在小说中以形象的描绘，批判了这一制度引诱得读书人如醉似狂，全身心都受到腐蚀。其中少数人侥幸考中举人、进士，谋得一官半职之后，不是像周进那样成为推行科举制度的主考、学政，就是像王惠那样变成勒索小民"十万雪花银"的"清知府"。这些"英才"也就被封建统治阶级所"驱策"，成为他们的帮凶和爪牙。绝大多数读书人却是名落孙山，终生不第。但这些"志士"既然白首穷经，也已受其"牢笼"，他们或游说四方，或终老牖下，无以为生，衣食艰难，甚至如倪霜峰那样落得卖儿卖女的下场。他们之中的大多数人，无论考中考不中，既无真学问，也无好操守，为了谋得功名，不惜通关节、营贿赂，无所不为。而社会上衡量人物的标准又全看其是否考中功名，如鲁编修就说："若果有学问，为什么不中了去？"施御史以为："有操守的，到底要从科甲出身。"五河县这个"恶俗地方"就盛行这种热中功名、趋炎附势的"恶赖""风俗"。其实五河县不过是当时整个封建社会的缩影。吴敬梓在作品中嘲讽了这种恶赖的风俗，也就有力地揭发和谴责了这一制度极为恶劣的社会效果：它不仅培养了一批封建朝廷的鹰犬、爪牙，而且也造就了大量"稂不稂莠不莠"的废物，还严重地败坏了社会风气。

清朝封建统治者在恢复科举的同时，还征聘山林隐逸，举行鸿博之试，实行捐纳制度，多方面地广开仕途。这些，在《儒林外史》中都有或多或少的反映。福临再三征用贤能，"凡境内隐逸、贤良，逐一启荐，以凭征擢"；玄烨也曾"命有司举才品优长、山林隐逸之士"[①]。但当时一些有民族气节的知识分子都拒而不出。《儒林外史》第一回写吴王即位之后，曾遣官员前往诸暨征聘王冕为"咨议参军"，但他却"久矣不知去向"，"隐居在会稽山中，并不自言姓名"。作

① 《清史稿·选举志》。

者将他置于全书之首，就有着使之成为知识分子楷模的意义。接着，吴敬梓在小说中还描写了一些知识分子对待鸿博之试的不同态度，反映了封建统治阶级推行这一策略的复杂影响。有清一代，于康熙、乾隆两朝各举行博学鸿词科试一次。玄烨的目的主要在于笼络高级士人，弘历的用心主要在于为自己延揽虚誉。康熙之试，应试者少而起用者多，未授官者也赐以征君衔，从而消弭他们的敌对情绪；乾隆之试，应试者众而录用者寡，抗节不出虽亦有人，但多数士人均以能参与征聘为荣。《儒林外史》中所写的鸿博之试，实际上涉及到这两次考试的情景。小说中既有真心装病不愿应聘的文人杜少卿，也有碍于君臣之礼“只得去走一遭”的学者庄绍光。围绕这两个人物的应征辟问题，作者描写了各种知识分子的反应。高翰林认为：“征辟难道算是正途出身么？”还说杜少卿“果然肚里通，就该中了去”。萧柏泉则按照自己的志趣去理解庄绍光的辞聘，认为庄绍光想“要从正途出身，不屑这征辟”。这代表了热中举业的一批士人的看法。另有一些人对能够应聘十分歆羡，尤滋就希望虞育德能被山东巡抚康大人推荐，并说：“老师就是不愿，等他荐到皇上面前去，老师或是见皇上，或是不见皇上，辞了官爵回来，更见得老师的高处。”这番话的确曲尽其妙地表现出某些知识分子灵魂的细微奥秘。庄绍光在应征前“闭户著书”，固然他自己“不肯妄交一人”，但也很少有人登门结交；及至“引见”获得“征君”衔归来，就大不相同。路过扬州时，盐商、盐务数十位迎来送往；回到南京后，司、府、道、县，乡绅势豪不断来拜，这正反映了鸿博之试对社会人情的影响。庄绍光被召见之后，虽并未出而为官，但一顶“征君”虚衔也已将他羁绊住。他在赴京引见之前，就已表示“君臣之礼是傲不得的”；赴京途中又劝说卢信侯对“国家禁令，也不可不知避忌”；归乡之后更隐居在玄武湖“闲着无事”，“着实自在”。这些言行全然不同于清初那些抗节不出的知识分子，这也正反映了鸿博之试对高级知识分子的羁縻作用。

捐纳制度又为富豪子弟另开登进之途。如康熙十七年（1678），凡“各直省生童捐银一百两，准与入泮”①，公开买卖功名。当时有不少比较正派的官员就反对这一弊政，如陆陇其说：“此辈由白丁捐纳得官，其心惟思偿其本钱，何知有皇上之百姓？”②但由于封建统治者推行这一制度，不但为了聚敛钱财，而且

① 钱泳：《履园丛话》卷四，中华书局1979年版，第109页。

② 《清史列传·陆陇其传》。

还有政治目的。胤禛就大量任用捐纳得官的新进，以牵制科名出身的官僚，认为“使富厚之家叨授官职”，也是“肃清科场之道”[①]。因而终清一代，此一弊政始终未能革除。《儒林外史》对这种公开卖官鬻爵的捐纳制度，也有所反映和指擿。南昌太守蘧祐对其孙子蘧公孙“娇养惯了”，以致使得他对“举业也不曾十分讲究”，就“替他捐了个监生”。六十多岁的老童生周进也是在商人金有余等人的资助下，才捐了个监生，而后参加乡、会试，中了举人、进士。可以说他的功名富贵全凭“金银有余”而获得的。小说中还写出了只要肯出钱，就可以直接做官。如假中书万里被陷入“钦案”，眼看身份就要败露，但在“有了钱，就是官”的这种制度下，凤四老爹迫使秦中书出两千两银子，立即“保举”了一个真中书，赢得了官司。这种公开卖官鬻爵的制度，固然使得原就弊端丛生的吏治更趋腐败，但却为知识分子仕进又开一方便之门，因而也就有着很大的笼络作用。

总之，清初封建统治者恢复科举、征聘隐逸、特开鸿博、实行捐纳，用多种手段“牢笼志士，驱策英才”，为加强和巩固他们的封建专制政权服务，而广大知识分子却纷纷“入其彀中”。吴敬梓在《儒林外史》中对这种社会现实有着生动的描写、辛辣的讽刺和无情的挞伐。

二

清初封建统治者除广开仕途以羁縻知识分子以外，还尊崇宋学、提倡汉学以使知识分子就范。玄烨即位之后，大力推崇宋学，他自己“夙好程朱”、“穷理尽性”，任用“李文贞（光地）、汤文正（斌），皆理学耆儒”，因而当时“宋学昌明，世风醇厚也”[②]。雍、乾两朝在继续尊崇程朱理学的同时，还倡导脱离现实、大搞烦琐考据的汉学，弘历“特诏大臣保荐经术之士……”一时耆儒夙学布列朝班，而“汉学大著”[③]。他们尊崇宋学、倡导汉学，其目的都在于使知识分子俯首帖耳地接受新朝统治。因为清统治者深深明白，尊孔读经是汉族地主阶级知识分子的头等大事，正如鲁迅所指出的，在他们看来“大莫大于尊孔，要莫

① 《永宪续录》“开云南垦田捐纳例”。

② 昭梿：《啸亭杂录》“崇理学”。

③ 昭梿：《啸亭杂录》“重经学”。

要于崇儒，所以只要尊孔而崇儒，便不妨向任何新朝俯首”[①]。而倡导脱离实际、烦琐考证的汉学，则使得一些“所谓读书人”“躲起来读经，校刊古书，做些古时的文章，和当时毫无关系的文章”[②]，这就无损于封建政权的巩固，也正是封建统治阶级所企求的“太平之治”。

吴敬梓在小说中对封建统治者推行这种策略所造成的严重后果，也有形象的反映。作品中首先围绕和读书人紧密相关的“书”展开对程朱理学的嘲讽。明清两代科举考试规定“国家明经取士，说书者以宋儒传注为宗，行文者以典实纯正为尚”，“其有剽窃异端邪说，炫奇立异者，文虽工弗录”[③]。玄烨还颁行上谕十六条，其中也有“黜异端以崇正学”的规定，所谓“正学”就是“宋儒传注”的《四书》、《五经》。在这些功令下，周进无论是“上位教书”，还是自己“苦读了几十年的书”，都只能是宋儒注疏的《四书》、《五经》。沈大年在青枫城“指授”给学生的“书理”，也还是宣扬程朱理学的“理”。卫体善、随岑庵所选的书，也无非是宣扬程朱理学的时文。王蕴“要纂三部书”，其中礼书是讲“事亲”、“敬长”之礼，乡约书是“添些仪制，劝醒愚民”，也都是宣扬维护封建秩序的程朱理学的书。凡此都表明，当时知识分子无论是读书、教书，还是选书、著书，无一不受清统治者所尊崇、科举考试所规定的宋儒注疏的《四书》、《五经》所制约。正因为此，吴敬梓在小说中始终是将科举弊端和理学虚伪放在一起予以嘲讽和挞伐的。其次，作品还揭示了在这种功令下，一些知识分子只将程朱理学当作“学问”，其他任何知识都不是学问，一概加以否定。学道大人周进将“诗词歌赋”全视为“杂览”，只重视宣扬理学的“文章”；鲁编修更将《离骚》和“子书”全看作“不是正经文字”；马纯上“批文章”，总是在《朱子语类》、《四书或问》上摘取“精语”，并且认定宋朝“都用的是些理学的人做官，所以程朱就讲理学，这便是宋人的举业”。当然，在当时的读书人中也有少数能有所醒悟，认识到理学的无用，如倪霜峰就说“一辈子坏就坏在读了这几句死书”上，但其觉悟之时已届晚年，不久人世了。吴敬梓就以饱含着哀怜、混含着同情、夹杂着嘲讽的笔触，描绘了程朱理学对知识分子的毒害，使得他们业务荒疏、精神空虚，自幼至老，

① 鲁迅：《花边文学·算帐》，《鲁迅全集》第五卷。
② 鲁迅：《三闲集·无声的中国》，《鲁迅全集》第四卷。
③ 明《卧碑文》。

一事无成。再次，吴敬梓在小说中还描写了一些掮着理学招牌的伪道学，他们口是心非，言行不一：范进母丧守制，却大吃虾圆子；权勿用自称“居丧不饮酒”，但却大用“肴馔”；荀玫母死匿丧不报，谋求夺情：高侍读更把“敦孝悌、劝农桑”看成是“教养题目文章里的词藻”，尽是些“呆话”。对这些口言仁义、行为卑污的伪道学，吴敬梓怀着极大的愤怒，无情地暴露他们的丑恶嘴脸，深刻地解剖他们的肮脏灵魂。此外，值得提出的是，吴敬梓在揭露程朱理学对士人毒害时，并未将全部笃信理学的士人一齐否定，而是区别对待的。程朱理学当然有利于封建统治秩序，但从笃信理学的知识分子的个人操守来看，却有清正邪浊之分。吴敬梓笔下的庄绍光就是一个讲究操守而又笃信程朱的知识分子。他不但自己讲究“君臣之礼”，自我检查“义理不深”，而且还劝说卢信侯要遵守“国家禁令”，指责地方官“全不肯讲究一个弭盗安民的良法”。这些言论都有利于维护封建秩序。但他个人行为却十分清廉、谨慎，扬州总商送他六百两银子，他一介不受；平素“不肯妄交一人”，对贫困而死的老夫妇却出力掩埋。他虽然笃信程朱，但又讲究操守，作者对他这些言行没有任何嘲讽，而是当作正面形象来塑造的。这就表现了吴敬梓的现实主义的创作态度，没有将复杂的社会生活简单化，也没有把不同的知识分子脸谱化。

吴敬梓用了大量的笔墨描写了不少笃信程朱理学的士人形象，但在刻画脱离现实、烦琐考证的“汉学家”时，却着墨不多。小说中所塑造的金东崖这一形象，也充分暴露了这些“汉学家”的嘴脸。首先，对他那种穿凿附会的治学方法，吴敬梓给予辛辣的嘲讽。他所著作的《四书讲章》颇多谬论，如解释《孟子·尽心下》“曾皙嗜羊枣，而曾子不忍食羊枣”，就十分荒唐。他先认定“羊枣，即羊肾也”，之后引用俗语“只顾羊卵子，不顾羊性命”为证，说明所以“曾子不吃”。对这种令人喷饭的谬论，杜少卿随即予以抨击：“古人解经也有穿凿的，先生这话就太不伦了！”其次，作者又暴露他的贪婪嘴脸。荀玫谋求夺情时，曾请他这个“吏部掌案”帮忙，后来荀玫出任两淮盐运司，他“特到扬州来望”，敲了荀玫“几百两银子”竹杠。纳贿贪污的劣迹甚多，学道衙门的差役李四就揭了他的老底，说“有个金东崖，在部里做了几年衙门，挣起几个钱来”。贪财，是当时一些“汉学家”的通病，例如与作者同时而稍后的王鸣盛（1722—1797）“未第时，尝馆富室家，每入宅时，必双手作搂物状，人问之，曰：'欲将其财旺气搂入己怀也'"[①]。类似王鸣盛一类的汉学家并非仅见，金东崖这一形象无异是概括了这些"汉学家"的特征。此外，作者虽然只少许点染了他与光棍龙三的暧昧关系，却已充分地暗示出他的生活糜烂、行为不端。

吴敬梓在《儒林外史》中，还反映了真正汉学家的著作在当时却不被重视、甚至不为人知的状况。那些"做举业的"人，对于《毛诗》"泥定了朱注，越讲越不明白"；杜少卿著作的《诗说》引用了一些"汉儒的说话"就被人"当作新闻"，引起很大波动，或被人曲解，或受到责难。总之，吴敬梓通过他所刻画的人物形象、所描写的故事情节，深刻地揭露了封建统治阶级有意尊崇宋学、倡导汉学，造成了知识分子愚昧无知、不学无术的严重后果，有力地批判了这种文化政策愚民的罪恶。

三

清初封建统治者在怀柔、笼络知识分子的同时，还对一些不愿就范的具有进步思想或民族气节的知识分子进行严酷的镇压。顺治十四年（1657），福临借顺天、江南两闱乡试舞弊事件，大兴科场案，开清代统治者镇压知识分子的先声。顺治十八年（1661），又借苏、松、常、镇四府奏销案，对江南知识分子严加惩处，革黜功名，刑责逮捕，牵连受害者多达一万余人。康熙一朝，大小文字狱有十余次之多；雍正在位仅十三年，文字狱却增至近二十起；乾隆一朝则高达八十余起，仅在吴敬梓去世之前（乾隆十九年），也有十余起之多。总之，随着清统治者武力统一全国，也越趋频繁地严酷迫害知识分子。由于最高封建统治者屡兴大狱，因而社会上挟嫌诬告成风，统治者罗织罪名则唯恐不力，常常一案之起，地涉七八省，时延数十年，牵连甚广，造成知识分子人人自危的局面。乾隆朝御史曹一士曾上疏说："比年以来，小人不识两朝所以诛殛大憝之故，往往挟睚眦之怨，借影响之词，攻讦诗文，指摘字句。有司见事风生，多方穷鞫，或致波累师生，株连亲故，破家亡命，甚可悯也。……使以此类悉皆比附妖言，罪当不赦，

① 昭梿：《啸亭续录》"王西庄之贪"。

将使天下告讦不休，士子以文为戒，殊非国家义以正法、仁以包蒙之意。”[①]可见当时文字狱的恐怖气氛严重地笼罩住整个社会。

吴敬梓生活在文网如此森严的时代，却敢于将封建统治者以文字罪人的血淋淋的现实，通过“遮眼法”形象地反映出来，表现了巨大的胆识和娴熟的技巧。在第一回里，王冕假借天象含蓄地点出文字狱的恐怖气氛，他说：“贯索犯文昌，一代文人有厄！”贯索与文昌，原就是分别象征牢狱和文运的两颗星座，作者用一“犯”字，就充分表现了文字狱的血淋淋景象。之后，吴敬梓则将文字狱的情节若断似续地分别穿插在有关回目中来描写，并以所谓禁书《高青邱诗文集》将它们贯串起来，从而反映了一起文字狱的全貌。小说第二回就出现了文字狱的受害者之一的王惠，作者对他原无好感，从多方面予以嘲讽和抨击，但在他成为“钦犯”、仓皇逃走之后，作者一反常态，不再加以讽刺，而以怜悯的笔触叙写其厄运。在宁王“束手就擒”之后，他“在衙门并不曾收拾得一件东西”，只取了“几本残书”就“黑夜逃走”；逃到浙江乌镇时“盘缠”已经用光，幸亏遇到前任南昌太守蘧祐的孙子蘧公孙，赠送他二百两银子。王惠不胜感激，极为郑重地将这“几本残书”交付给公孙，说：“我除了行李被褥之外，一无所有，只有一个枕箱，内有残书几本。此时潜踪在外，这一点物件，也恐被人识认，惹起是非，如今也将来交与世兄，我轻身更好逃窜了。”这有可能“惹起是非”的“几本残书”就是《高青邱集诗话》，后来果然引起“是非”。当公孙将此书拿给其祖看时，蘧祐知道利害，吩咐公孙：“不可轻易被人看见！”岂料公孙好名心切，竟然题上自己名字刊刻出来，遍赠亲友，被家人首告“交结钦犯，藏着钦赃”，后来马二先生用自己的全部积蓄替他赎回藏着“几本残书”的枕箱，才算脱却干系。但《高青邱集诗话》一案并未了结，在立志“要把本朝名人的文集”都收藏在家里的卢信侯将高启的文集“用重价买到手”之后，庄绍光曾劝他：“青邱文字，虽其中并无毁谤朝廷的言语，既然太祖恶其为人，且现在又是禁书，先生就不看他的著作也罢。”信侯未听其劝，果然为人告发，被收捕入狱，后来得到庄绍光的营救才被开释出来。至此，这一案件似已结束，但作者仍然反复叙写，直到交待出最早受此案牵累的王惠的命运才住手。王惠从江西逃到浙江，削发为僧远走四川，隐姓匿名深藏在成都城外四十里的庵中，他的儿子郭力“走遍天下”，寻了二十年，

---

① 《清史稿·曹一士传》。

终于找到庵中，他却不敢相认，不久也就凄惶地死去。在作者笔下，这一起文字狱迁延二十年之久，从江西发案，波及到浙江、南北二京，直到四川，受牵连的人有曾任南赣道的王惠、前任南昌太守蘧祐的孙子蘧公孙、制义选家马纯上、湖广藏书家卢信侯、应荐鸿博的征君庄绍光。这就把文字狱的恐怖气氛色彩浓郁地表现出来。当然，这一起文字狱被作者分散在不同的回目中叙写，似乎不够集中；也穿插了一些与文字狱无关的情节，好像有些游离，但这是作者不得已采用的"遮眼法"，这种若断似续的描写，也正是文网森严的产物！

这一起案件是以刘著收藏顾祖禹《读史方舆纪要》被诬入狱事为蓝本，但吴敬梓并未全然照搬原案，而是从康、雍、乾三朝发生的许多文字狱中选取了不少事实改造成小说的情节，有一个典型化的过程。但刘著一案对他的创作也确有一定影响，对此须略加探讨。顾祖禹著作《读史方舆纪要》一书，目的很明确，在该书总序中，他记叙了其父去世前对他的教诲，他父亲说："……及余之身，而四海陆沉，九州腾沸……嗟乎！园陵宫阙，城郭山河，俨然在望，而十五国之幅员，三百年之图籍，泯焉沦没，文献莫征，能无悼叹乎？余死，汝其志之矣。"顾祖禹即秉承父志著成此书。魏禧在序此书时指出："其书言山川险易，古今用兵战守攻取之宜，兴亡成败得失之迹所可见，而景物游览之胜不录焉。"朱象贤也认为此书"并考山川形势，历代用兵战守，悉为详载，乃经济书也"[①]。所谓"经济书"实际上就是一部军事地理著作。刘著"奇爱"这部书，又是与他生平"喜谈兵，论天下形势险要"的抱负不无关系。这样一部"经济书"、顾祖禹的著作意图、刘著"奇爱"的用心，都是清朝统治者所不能容忍的。正因为此，才有可能被顾爆所诬陷打入"海案"，刘著也因此被捕入狱，"前后七年，父死家破，几至刑戮"[②]。刘著字允恭，湖北江夏人，是宣城梅定九的弟子，又是李恕谷的门生。他在江南一共住了九年，并曾馆于程廷祚家中。程廷祚是吴敬梓至交。后来吴敬梓的长子吴烺又从刘著学数天之学，《答历算十问》即刘著为吴烺所作。此案发生时，吴敬梓已从故乡迁居南京，因而吴敬梓对这一案件的始终十分了解。也正因为此，在《儒林外史》中对于文字狱的恐怖气氛，才能做出真切感人的描写。当然，在整个作品中，揭露文字狱的

① 朱象贤：《闻见偶录·读史方舆纪要》，道光七年世楷堂本。

② 程廷祚：《青溪文集续编》卷三《纪方舆纪要始末》。

分量少于批判科学弊端的篇幅，但在文网严密的时代能做出如此深刻而形象的描写和揭发，也就非常难得，弥足珍贵了。这无异保存了清初封建统治阶级迫害知识分子的血腥记录，具有文献价值和认识意义。

四

吴敬梓在《儒林外史》中，不仅形象地表现出知识分子受到牢笼和迫害的情形，而且还以赞赏的笔触描写了一些知识分子有自己的生活情趣和社会理想，他们不受羁縻，远避迫害。这无异是宣告了封建统治阶级对知识分子实行怀柔与镇压政策的破产。

小说中许多作者所肯定的正面人物，大都反对统治阶级用以牢笼士人的八股举业。在第一回中王冕公开否定此法以后，接踵而来的一些正面人物，均从不同角度批判了八股制艺。如杜少卿的父祖先人中有不少人出身于科举，但他本人却不愿"守着田园做举业"；虞育德"也不耐烦做时文"；武书"并不会做八股文章"。由于看不起八股时文，他们也就连带着看不起举业出身的士人，杜少卿对那些"灰堆里的进士"根本不予理睬；迟衡山看不起"只不过讲个举业"的"读书的朋友"，当面教训高翰林这一类禄蠹："讲学问的只讲学问，不必问功名；讲功名的只讲功名，不必问学问。"甚至公子哥儿们娄三、娄四在愤激之余也居然说出"俗语说得好，'与其出一个斫削元气的进士，不如出一个培养阴骘的通儒'"。这样的言论也的确反映了当时一些比较正直的知识分子的见解，也的确有人认为"子孙有一才人，不如有一长者，与其出一丧元气的进士，不若出一能明理的秀才"①。作品中的正面人物还都主张做人要讲究操守，修养道德，而不应该蝇营狗苟、追逐利禄。虞华轩希望余大先生教育自己的儿子"第一要学了表兄的品行"，认为"举人、进士……也不是什么出奇的东西"，不必在意。这样的主张显然与统治阶级倡导八股制艺的策略针锋相对。作者让我们看到，在当时社会上除了有把举业当作人生出头的大事如马二那样的读书人以外，也还有不少鄙薄举业的知识分子。他们既鄙薄举业，也对统治阶级尊崇的宋学、汉学表示冷漠。他们有自己的主张

① 钱泳：《履园丛话》卷十三。又，吴敬梓高祖吴沛亦曾教育诸子云："若辈姿好不一，能读书固善，不然做一积阴德平民，胜做一丧元气进士。"（吴国器：《先君逸稿跋言》）

和理想，认为教育要与生产并重。萧云仙在青枫城首先发展生产，“开垦田地”，兴水利、劝农桑，在此基础上才办学堂，把当地一些孩子“都养在学堂里读书”；庄绍光也“把教养的事，细细做了十策”献给嘉靖皇帝。他们还认为八股文章于政事无用，主张教育要有助于政治（当然是封建的政治），迟衡山就说“成就出些人才，也可以助一助政教”，“替朝廷做些正经事”；杜少卿也认为“宰相须用读书人，将帅亦须用读书人”。他们反对烦琐考证的汉学和空疏无用的宋学，提倡经世致用的自然科学、技术科学和某些社会科学。王冕年轻时就把“天文、地理、经史上的大学问”都“贯通了”；虞华轩也精通“一切兵、农、礼、乐、工、虞、水、火之事”；杜少卿“祖上几十代行医”。这些，都是与科举制度所规定的《四书》、《五经》全然不同的学问，作者着力提倡和肯定，有着很大的进步意义。

吴敬梓在小说中不仅反映了这些正直知识分子的思想言论，而且还描写了他们的出处行为。封建统治者要“征聘王冕出来做官”，但他却“连夜逃往会稽山中”。安徽巡抚李大人准备荐举杜少卿应鸿博之试，他却装病辞荐，对知县说：“治晚不幸大病，生死难保，这事断不能了。”庄绍光被礼部侍郎徐大人所荐，虽然奉旨赴京“引见”，但他却认为“我道不行”，坚决“恳求恩赐还山”，回到南京玄武湖著书立说。还有一些知识分子出于衣食考虑，不得不谋求一官半职，但在能够维持温饱以后，就表示要辞官归里，虞育德就曾对杜少卿表白：“我本赤贫之士，在南京来做了六七年博士，每年积几两俸金，只挣了三十担米的一块田，我此番去，或是部郎，或是州县，我多则做三年，少则做两年，再积些俸银，添得二十担米，每年养着我夫妻两个不得饿死，就罢了。”也有一些读书人在觉醒之后，毅然放弃“儒业”，而改以其他技艺谋生。例如秀才倪霜峰就不再攻读制义，而以“修补乐器”的手艺为生；虞育德在功成名就、做了南京国子监博士以后，也认为“儒业”不可安身立命，要求子女在“读书之余”“学个医”，将来也“可以糊口”。他们大祭泰伯祠，倡导礼乐，兴修青枫城，实践兵农，也曾努力争取把理想变成现实。他们的见解、理想，并不是偶然产生的，而是受到当时一些进步思想家的影响所致。例如颜元、李塨，都反对八股制艺和程朱理学，提倡礼乐兵农。李塨所设想的分“艺能”、“乐律”等九科取士之法，在“艺能”科中就包括“医道”[①]。由此可见，《儒外林史》中这些正面人物的思想言行，与当时比较先进的思潮息息相通。

在吴敬梓笔下，这些正直的知识分子对文字狱的受害者都表现了极大的同情，给予可能的支持。王惠曾经勒索过蘧祐两千两银子，可是在王惠逃亡时，蘧祐对自己孙子蘧公孙送他二百两银子作盘缠，也“不胜大喜”。特别是蘧公孙为人悭吝，并不豪爽，马纯上就说他不是一个“慷慨角色”，居然能倾其所有悉数相赠。这就表明，对于受到统治者迫害的人，即使有个人恩怨也能释去前嫌，即使为人悭吝也能慷慨解囊。后来蘧公孙也受到此案牵累，随即有马纯上出来相救，将自己全部积蓄“挤的干干净净”，从秀水县差人那里赎回“钦赃”。之后，卢信侯也因收藏过这“几本残书”被捕入狱，庄绍光又为之积极疏通，获得释放。郭孝子“二十年走遍天下，寻访父亲”王惠来到南京，杜少卿让自己妻子替他“浆洗衣服”，并“寻衣服当了四两银子”相赠；武书也“当了二两银子”送他；庄绍光不但送了四两银子，还写了“一封书子”；虞育德也送了十两银子，写了“一封书子”。郭孝子原不肯接受，杜少卿说：“这银子是我们江南这几个人的，并非盗跖之物。”这样，他才接受下来。由于有了这样两封介绍信，一路上得到照顾，顺利地寻到父亲。但不久王惠即已“去世”，连萧云仙也为之“垂泪”，连呼：“可怜！可怜！”在这些同情文字狱受害者的读书人中，不仅有作者所充分肯定的正面人物如庄绍光、杜少卿、虞育德，而且还有作者并不全部肯定的“中间人物”，如马纯上、蘧公孙。吴敬梓对这些“中间人物”热中举业、追逐名利的思想言行，有着委婉的嘲讽，但对他们同情和支持文字狱受害者的所作所为，则给予充分的赞扬。作品中出现的文字狱受害者，既有藏书家卢信侯，也有朝廷官员王惠。作者对王惠贪婪好财、不讲操守的种种表现，曾进行了辛辣的讽刺、深刻的揭露；但一旦成为文字狱的受害者以后，作者的笔锋就由谴责转为怜悯。凡此都说明小说中这些读书人之所以同情文字狱的受害者，是因为作者对他们也有深切的同情所致。吴敬梓代表着当时具有进步思想的知识分子，通过自己的创作生动地暴露和批判了封建统治阶级迫害知识分子的血腥罪行。

当然，《儒林外史》中这些正面人物虽然不接受封建统治阶级的牢笼，不惧

---

① 李塨：《平书订》卷六。

怕封建统治阶级的迫害，他们有自己的生活志趣和社会理想；但他们的理想过于迂阔，违背历史发展的趋势，并不能实现。在现实与理想的矛盾中，他们“也有老了的，也有死了的，也有四散去了的，也有闭门不问世事的”，“渐渐销磨尽了”。作者以令人“黯然销魂”[①]的笔墨，写出他们风流云散的下场。这就十分真切地反映出封建末世的知识分子，在体察到社会的种种弊端之后却寻不到出路的苦闷。这是时代使然、阶级使然。

综上所述，吴敬梓以他杰出的艺术才能，在《儒林外史》中表现了我国封建社会后期知识分子的生活、遭遇，并以此为中心广泛地反映了当时文化教育界的状况。吴敬梓时代的知识分子和任何时代的读书人一样，都是生活在一定的社会环境中具有社会属性的人，为了多方面地表现他们的所言所行，作者不能不将他的视野扩大到整个社会上去。因而，在《儒林外史》中，作者通过对知识分子形象的塑造，还为我们描绘了一幅18世纪上半叶的社会风情画。这样一幅“浮世绘”虽自有其意义，但毕竟是作为知识分子活动的场景出现的，正如天目山樵所指出的：“是书特为名士下针砭，即其写官场、僧道、隶役、娼优及王太太辈，皆是烘云托月，旁敲侧击。”[②]在这样一幅“浮世绘”中，知识分子仍然占据主要位置，因而我们可以说，它是我国文学史上第一部以知识分子生活为题材的长篇小说。

1978年10月初稿 1981年8月改定

（原载《古典文学论丛》第5辑，齐鲁书社1986年6月版）

---

① 张文虎：《儒林外史评》五十五回批语。

② 张文虎：《儒林外史评》序。

吴敬梓笔下的盐典商人及其与文士之关系

吴敬梓生活的时代正当封建社会的晚期，在封建经济内部已孕育着资本主义的萌芽，特别是他长期生活和足迹所至的南京、扬州、淮安，以及作品中所涉及的东南沿海的苏州、杭州、嘉兴、湖州，乃至广东的高要、安徽的芜湖等地，手工业和商业都十分兴盛，城市经济非常繁荣。即以丝绸纺织业而言，苏州城东“比户习织，专其业者不啻万家”①；南京生产的“江绸贡缎之名甲天下”②，远销北京，并在京城建立元宁（上元、江宁）会馆，作为存放绸缎和行主议事的处所，当时常驻北京的南京缎行业主有刘含六、章景璞等人③，可见当时商业繁荣兴盛之一斑。

在有大量商人和手工业者存在的社会生活中，知识分子也就很难不和他们发生这样那样的联系和纠纷。因而在以清代初期知识分子生活为主要题材的《儒林外史》中，作者不但用了一定的篇幅反映了当时商人和手工业者的生活情景，而且在塑造知识分子形象时也注意到他们和盐典等各业商人的关系，否则，就不可能显示出吴敬梓那个时代士人性格的特征来。

一

《儒林外史》中出现的人物当然以各类士人为最多，但同时也出现不少封建官僚、地主士绅（这两类人中也大半是有功名的士人）以及衙门吏役、星相医卜之流。除此而外，更有不少商人、手工业者以及依附于他们的各行各业的从业者。例如大盐商有扬州的万雪斋、宋为富，行盐而兼典当的有五河县的仁昌典方三老爷、仁大典的方六老爷，庄濯江也曾在泗州开典当；贩丝客人有杭州的陈正公和

① 乾隆《长洲县志》卷十六。

② 甘熙：《白下琐言》卷八。

③ 乾隆五年《交收元宁东馆契纸公议碑》。

毛二胡子，陈正公还兼放高利贷，毛二胡子又开小当铺；小商小贩如开米店的高要县的赵老二、芜湖的卜老爹；经营杂货店的有芜湖的牛老爹，杭州有景本蕙的头巾店，南京有开绒线店的张国重、开香蜡店的王羽秋；书店则有杭州的文瀚楼、嘉兴的文海楼；苏州人凌风更去五河县开设糟坊。至于依附商人和手工业主而出现的各种行业的从业者则有：南京的房牙子，杜少卿、鲍廷珠等先后在南京租赁住房都要找他们介绍经手；买卖土地的中间商人，如兴贩行的行头成老爹就想为虞华轩购进土地以从中牟利；扯银炉的有赵老汉；刻字的有郭铁笔等。至于茶馆、饭店、戏行、妓院更是随处多有。一些店家既经营商业交易，又可招待食宿，如匡超人就寄宿在杭州文瀚楼书店，沈大年也在扬州盐商大丰旗下店吃住；有的商店还可先取货后结账，如南京报恩寺门口的聚升楼，就为季恬逸三人垫用伙食用费，“一日要吃四五钱银子”，“又赊了百十桶纸来”给他们印书。

但是，吴敬梓在《儒林外史》中着意刻画的乃是安徽籍而在扬州行盐兼设典铺的商人，如扬州大盐商万雪斋及其座上客，大都是原籍徽州而来两淮行商的。甚至这些盐商延致的清客也大都是安徽人，如牛玉圃“本是徽州人”，辛东之也是被扬州盐商河下兴盛旗冯家“从徽州请了”出来的，等等。这也确实反映了当时的现实状况。明清两朝徽州商人势力极大，经营范围遍及全国，正如顾炎武在《天下郡国利病书》中所说，徽人外出经商“就食他郡者常什九”。他们主要经营茶、木、典当和盐筴等业，其“质铺（即典当）几遍郡国，而盐商咸萃于淮浙”，特别是两淮都转盐运使司所在地扬州，更是“徽商殖民地”[①]。当时“山西、徽歙富人之商于淮者百数十户，蓄资以七八千万计”[②]，徽商在扬州的社会生活中占有举足轻重的地位。更何况吴敬梓生活的时代与扬州盐商发迹的时代是一致的。清代康熙中叶，正是扬州盐商开始兴旺之日，而在吴敬梓晚年也就是乾隆年间，扬州盐商更是声势煊赫、盛极一时。吴敬梓曾几度前往扬州及仪征、淮安一带纵游，去扬州主要是在卢见曾幕中作客。卢见曾曾任江宁知府，吴敬梓移家南京后就与之相识。乾隆元年（1736）和乾隆十八年（1753），卢见曾两任两淮盐运使，后又护理两淮盐政，既掌理盐运，又巡察盐课。两淮盐政还在真州（仪征）、淮安分设淮南、淮北盐所，辖区甚广，权限极大。吴敬梓及其长子吴烺都曾出入其幕

① 陈去病：《五石脂》。

② 薛瑄：《从政录》卷二《姚司马德政图叙》。

中。敬梓死于扬州时，其丧葬费用也为卢见曾所资助。从有关诗文看，吴敬梓至少“两度客真州”[①]，在乾隆六、七年间，又到淮安访问程晋芳[②]。程晋芳的“高祖自歙迁扬，以盐筴起家”[③]，及至乾隆初期，在“两淮殷富”中“程氏尤豪侈，多畜声色狗马”[④]，晋芳“兄弟三人接屋而居，食口百人，延接宾客，宴集无虚日”[⑤]。吴敬梓既曾与之在南京过从，又去淮安作客，对其“豪侈”的生活亲见亲闻。特别是吴敬梓虽然经常“出游江淮间”，但“留扬最久”[⑥]。扬州是盐商的集中地，吴敬梓既然出入于两淮盐运使署，必然会与这些盐商有直接间接的接触，对他们那种“牢盆牟国利，质库朘民脂；高楼明月中，笙歌如沸糜”的骄奢淫逸的剥削生活，有着深切的了解。他在扬州过着“柜坊与茶阁，到处随狂嬉”[⑦]的生活，游览过如后土祠、琼花台、碧天观等名胜以及其他园林，而扬州的园林又大多为盐商所修建。他的长子吴烺还曾为盐商汪氏的十八峰草堂题诗：“阑槛凭虚望，峰峰积翠浮。琅玕千个晚，钟磬数声秋。塔影明流外，人烟古渡头。重来玩凉月，桂树小山幽。”[⑧]而其友人如李葂、金兆燕、李本宣等人在游览园林之后，大都或曾吟咏或曾题名。由此可以推知，在吴敬梓“到处随狂嬉”的漫游中，也必然包括有扬州盐商所修建的园林。这就表明吴敬梓对盐典商人的起居处所，有着仔细的观察。正由于吴敬梓对这些盐典商人的庸俗、糜烂的生活都有深切的了解和细致的观察，因而能在《儒林外史》中刻画了他们势利铜臭而又附庸风雅的性格，表现了他们起居和冶游处所的美轮美奂与草木泉石之胜，让我们了解到当时商人的生活情景以及他们的丑恶本质和恶劣影响，不但具有诗的价值，也有很高的史的价值。

吴敬梓首先在《儒林外史》中反映了盐商骄奢淫逸、糜烂腐朽的生活情景。据孙鼎臣在《论盐上》中统计，当时全国九个盐区共额定行盐总数为五百四十万引，淮南淮北额引为一百六十八万余，约占百分之三十一；全国盐课总额为

---

① 吴敬梓：《文木山房集·真州客舍》。

② 程晋芳：《文木先生传》。

③ 翁方纲：《程晋芳墓志铭》，《碑传集》卷五十。

④ 袁枚：《小仓山房续文集》卷二十六《程鱼门墓志铭》。

⑤ 翁方纲：《程晋芳墓志铭》，《碑传集》卷五十。

⑥ 沈大成：《全椒吴征君诗集序》，《学福斋集》卷五。

⑦ 金兆燕：《棕亭诗钞》卷五《甲戌仲冬送吴文木先生旅榇于扬州城外登舟归金陵》。

⑧ 吴烺：《杉亭集》诗卷八《过十八峰草堂》。

九百八十二万两，两淮课银为六百零七万两，约占百分之六十二[①]。税课虽不为不重，但两淮盐商也从其中获得大量利益，例如歙县人汪廷璋自其先世迁扬行盐以来，“富至千万”[②]。像这样的豪富之家颇为不少，以致“百万以下者皆谓之小商，彼纲总者得嘻笑而呼叱之”[③]。这些两淮盐商在获得大量财富以后，仅将一小部分用以进行再生产，更多的钱财除“报效”朝廷、贿赂官府以外，就是用来挥霍享受，要么再做一些维护封建家族声势的“义举”，所谓“其上焉者，在扬则盛馆舍，招宾客，修饰文采；在歙则扩祠宇，置义田，敬宗睦族，收恤贫乏。下焉者则但侈服御居处声色玩好之奉，穷奢极糜，以相矜炫已耳”[④]。对于盐商这种奢侈腐朽的生活，《儒林外史》中有真实而形象的描写。如扬州大盐商万雪斋家，将冬虫夏草当做菜吃，第七个妾生病用三百两银子买一味中药雪虾蟆。他家的花园，有高低的楼阁，成行的柳树；他家的厅堂一进又一进，陈设一套又一套，极其华美富丽。另一总商宋为富也如此，家里设有药房，无事时“看着药匠弄人参”。他家的花园“竹树交加，亭台轩敞”，是一个“极幽的所在”。宋为富本人“一年至少也娶七八个妾”，甚至花了五百两银子把常州贡生沈大年的女儿沈琼枝买来作妾。沈琼枝被迫为宋为富小妾一节，实际上是反映了号称“盛世”的康乾时期卖儿鬻女的惨相。乾隆九年（1744）九月，江苏按察使的奏报中就有这种实际情况的反映：“近年以来，江省地方偶有偏灾，贫民小户日用拮据，往往割其所爱以救燃眉之急，或将幼小之儿典于巨室，或将已许之女鬻于富家。……致使穷苦小民，生当盛世，不免骨肉分离。”[⑤]甚至沈琼枝身价银五百两也是写实之笔。康熙四十六年（1707）王鸿绪的奏报中就记载了当时“侍卫五哥买女人一名，用价四百五十两”[⑥]。由于作者意图维护衣冠人物脸面，用笔颇为曲折隐晦，但也反映了当时盐商的骄奢淫逸，不仅平民百姓之女，甚至连穷贡生之女也有能力公然强讨为妾。扬州方盐商用二百二十两银子买下“大名士”金寓刘写的二十二个字的对联，然后为“卖弄有钱”，又赌气将它当着“大名士”之面扯碎。扬州的

---

① 葛士浚：《皇朝经世文续编》卷四十三《户政》二十。

② 李斗：《扬州画舫录》卷十五。

③ 《清朝野史大观》卷十一“觞令之解围”。

④ 民国《歙县志》卷一“风土”。

⑤ 朱批奏折，第一历史档案馆藏。

⑥ 《文献丛编》第三辑《王鸿绪密缮小折》。

盐商如此，其他各地的盐商也无不如此。五河县的方盐商其剥削所得，不仅用于维持他们的奢侈生活，而且丝竹吹奏地将老太太神主送入节孝祠，摆威风、讲排场。这节孝祠又修造得极其辉煌，祠前的尊经阁“盖的极高大”，特别是又修“在街中间，四面都望见”。支锷本是杭州的巡商，却“戴了方巾”，冒充秀才。这种现象并非少见，扬州大盐商万雪斋也是“头戴方巾”，“脚下朱履”，“手摇金扇”，俨然仕宦身份。胤禛上台后，就曾于雍正元年（1723）针对盐商的奢靡僭越斥责他们说：“……然奢靡之习，莫盛于商人：内实空虚而外事奢侈，衣服屋宇，穷极华丽；饮食器皿，备求工巧；俳优伎乐，醉舞酣歌；宴会嬉游，殆无虚日；金银珠贝，视为泥沙。甚至悍仆豪奴，服食起居，同于仕宦，越礼犯分，罔知自检，骄奢淫逸，相习成风。各处盐商皆然，而淮扬尤甚。”[①]可见《儒林外史》中的形象描绘，正是当时这种现实情景的写照。

其次，吴敬梓还反映了这些盐典商人在经济和政治上与朝廷官僚、地主士绅有着相互依存的千丝万缕的关系。这也是当时现实状况的真实反映，例如乾隆南巡至扬州，当地盐商竭力奉承，“大构架、兴宫室、建园池、营台榭，屋宇相连，矗似长云”[②]，“凡有可悦上意者，无不力致之”，连弘历自己“亦谓行在以来，莫若扬州适意者”[③]。另外，盐商还以各种形式“报效”朝廷，例如盐商黄仁德在雍正十一年（1733）以佐军糈名义报效十万两，乾隆三年（1738）又以助修水利名义报效三十万两，乾隆六、七年（1741、1742）再以赈灾名义与其他盐商共同先后报效七万两、二十四万两，乾隆二十三年（1758）又以助西北用兵，与其他盐商共同报效一百万两。对主管盐政的官吏，他们也经常以大量财物行贿。雍正时曾规定盐商馈送盐政“公务”银每年八万两、馈送盐运司“薪水”银每年四万两。至于平素交结官府、贿赂当道，所费更是不赀。封建朝廷得到他们的“报效”以后，也不会亏待他们，用允许他们“加价”、“加耗”以及“借帑”给他们等方式，予以实惠。封建官僚则对他们剥削小民的种种罪行多方予以包庇，受其害者仍是升斗小民。虽然，如同吴敬梓揭擿科举弊端仅限于院试、乡试，而没有描写会试、殿试一样，他对盐商“报效”朝廷、迎奉帝王的行径也未尝涉及，

---

① 嘉庆《两淮盐法志》“杂记”。

② 徐谦芳：《扬州风土小记》。

③ 汤捷南：《国朝遗事纪闻》第一册《高宗南巡遗事五则》。

但对于官商勾结、残害小民的黑暗现实，在《儒林外史》中则是有所描绘和暴露的。例如扬州盐商桃源旗的资本就是出自天长官僚地主杜府。当时现实生活中官僚地主而经营盐典者确不乏人，如徐乾学就曾“发本银十万两，交盐商项景元于扬州贸易，每月三分起利。本年七月间，著伊孙婿史姓家人李相，押同景元于八月二十四日到京算账，共结算本利一十六万两”[①]，可见《儒林外史》中所反映的情景确是有现实根据的。主管盐政的朝廷官员两淮运司可以随便荐人去盐商办事机构——公匣上去领干薪，荀玫就把金东崖“荐在匣上，送了几百两银子”。盐商自己又会主动送钱给当道，甚至连与盐商不甚相干的庄绍光，辞去征辟归来路过扬州钞关时，当地盐商为了巴结这位“征君”，纷纷前往拜见之后，还“凑齐六百两银子到船上送盘缠”。盐商之所以要讨好庄征君，是因为“皇上”有可能“重用”他，不能不事先留有地步。天长汪盐商经常要请县主吃酒，五河盐典商人方三、方六也要巴结知县、知府。这些盐典商人在给予当道以好处之后，当然得到庇护。五河县方家的仁昌、仁大典铺，“戥子太重，剥削小民”，但因为他们“又是乡绅，又是盐典，又同府县官相与的极好，所以无所不为，百姓敢怒而不敢言”。尽管厉太尊派季萑前来查访，但却被方老六把季萑请“进了书房门，讲了一天”；厉太尊的公子又与方老六一起坐上“极齐整的席”，又“一个人搂着一个戏子”吃酒作乐，一天大事也就烟消云散。盐商公裕旗主人，“一张呈子送到德清县”，尽管“廪生挨贡”的杨执中尚是衣冠人物，但“县主老爷见是盐务的事，点到奉承”，就将他“拿到监里坐着追比”。江都知县被盐商宋为富“打通了关节”，就一反前态，咬定“常州贡生”沈大年是一个“刁健讼棍”，命令两个差人押解他还乡。当然，如果遇到官位高的主子时，盐典商人也要败下阵来。例如德清县主虽然奉承公裕旗店主，将扬执中“寄监收禁”，但娄中堂府上三公子、四公子一出面，县主就“心下着慌”，不敢再行“追比”，用“几项盐规银子凑齐”亏空，“即刻把杨贡生放出监来，也不用发落，释放去了”。盐商万雪斋尽管在扬州声势煊赫，然而他店中的朝奉押着盐船在江西彭泽县江面上被劫，告到县里，彭泽县主不去捉拿盗劫之人，反痛打船工、朝奉，直到他们求情告饶、主动撤回原呈才罢。因为这一公案涉及到他的官声政绩，而这位知县大人又一向以“本县法令严明，地方清肃”自居，“那里有这等事”发生。这两个情节正表明在清代

① 王先谦：《东华录·康熙四十四》。

前期，尽管盐典商人势力有较大的扩张，然而占据统治地位的仍然是封建地主阶级。盐典商人尽管与朝廷官僚、地主豪绅有千丝万缕的关系，他们可以任意刻剥小民，但却不能危及封建统治阶级的利益。

再次，吴敬梓在《儒林外史》中还暴露了这些盐商典商尔虞我诈的剥削本质和伤风败俗的丑行。原先是杭州绒线铺商人的毛二胡子，在嘉兴开了个小当铺，又与陈正公合伙去南京贩丝。他劝说陈正公不如将贩丝的银两拿去放高利贷，可以坐收高额利息。陈正公被他说动，而他则在“二次放债已买服其心”[①]之后，一下子诓骗去一千两银子，远走高飞。陈正公前去嘉兴毛二胡子典铺中讨债，他则避而不见。这一情节，不仅谴责了这两个商人剥削之残酷，而且也暴露了他们之间尔虞我诈的本质。在作者笔下，不仅朋友之间相互欺骗，即连夫妇之间也彼此相瞒。地主严监生也开典当，其妻王氏的“私房”“利钱”，一次竟多达三百两；而她“历年聚积”的五百两银子，在她生前却一直不为其夫严大育所知。这样的情节，在全书中虽不多见，但揭露得却极其深刻。更使作者愤怒的则是这些商人伤风败俗、不顾廉耻的丑恶行为。作者在描写五河县糟坊老板凌风家“两个婆娘”争风吃醋、大打出手一节之后，忽然加了一段插话说：“五河的风俗是个个人都要同雇的大脚婆娘睡觉的。不怕正经敞厅里摆着酒，大家说起这件事，都要笑的眼睛没缝，欣欣得意，不以为羞耻的。”这就更直截了当地谴责了这些商人行丑而不以为丑。同样，对于盐典商人“方六老爷”“笑容可掬”地在尊经阁上陪着权卖婆嬉笑、权卖婆却公然“拉开裤腰捉虱子”的丑态，作者让余大先生骂出：“我们县里，礼义廉耻一总都灭绝了！”其愤慨之情溢于言表。

这些都是吴敬梓在小说中所反映出来的各种商人、特别是在扬州行盐筴、开典铺的徽商的实况，是他们的不同角度的剪影。

二

扬州的徽商在聚敛大量财富以后，除了过着纸醉金迷、奢侈淫逸的生活以外，为了冲淡自己身上的铜臭，还附庸风雅、交结文人。因之，在吴敬梓时代，扬州的盐典商人大多与文士有所往还，发生了或深或浅的关系，不仅自己吟诗弄赋，如“吴氏尊德，字宾六，徽州人，世业盐法。弟尊楣，字载玉，工诗”[②]。即使

---

① 齐省堂本批语。

② 李斗：《扬州画舫录》卷十三。

著名的文人与盐典商人之间也难免没有一些瓜葛，如朱彝尊于“举博学鸿词、授检讨，归过扬州”时，盐商安麓村就曾“赠以万金”[1]。而当时一些名士在盐商大量馈送金银拉拢之下，也不得不与他们周旋应酬。也就是这个盐商安麓村，在“重刻孙过庭书谱数石”以后，找到当时“主持风雅”的袁枚，“馈二千金”求其题跋。袁子才看在“二千金”面上，为其“书‘乾隆五十七年某月某日，随园袁某印可，时年七十有七’二十二字归之”，而“安已喜出望外矣”[2]。不仅盐商要拉拢文人，即连主持盐政的朝廷官员，也无不如此。例如卢见曾在两淮转运使任上，就交结延纳学士名流，“一时文宴盛于江南”；“丁丑修禊虹桥”，卢见曾“作七言律诗四首”，而“和者七千余人，编次得三百余卷”。在他的使署中，先后有学者如戴震、惠栋，画家如郑燮、高凤翰，文士如李葂、严长明等为其座上客[3]。

现实生活中这种状况，在《儒林外史》中均有所反映。扬州盐商万雪斋的大厅上，挂着“读书好，耕田好，学好便好；创业难，守成难，知难不难”的对联，书房中悬着“课花摘句”的小匾。而且他还能诌几句歪诗，据其清客牛玉圃说，他的“诗稿”是南京“国公府里徐二公子”“亲笔看的”。杭州头巾店老板景兰江，“每日在店里，手里拿着一个刷子刷头巾，口里还哼的是‘清明时节雨纷纷’”。巡商支锷口发狂言：“谁不知道我们西湖诗会的名士！”这些盐商还延纳不少清客，像总商万雪斋家中的清客牛玉圃，就颇有“气势”，乘船上挂着“两淮公务”的灯笼，随身带着四个长随，路上还收留一个小清客牛浦。扬州“河下兴盛旗冯家”、“河下方家”分别延请“作诗的从古也没有这好的，又且书法绝妙”的“扬州大名士”辛东之、金寓刘为座上客。至于掌管盐政的朝廷官员也复如此，自称“风流人物”的季苇萧一到扬州，就找到两淮盐运使荀玫。荀玫不但送他一百二十两银子，又派他去“瓜洲管关税”；著《四书讲章》的金东崖，到扬州来望荀玫，也被“荐在匣上，送了几百两银子”。所谓“匣上”，就是盐商的“引行公所”，这就表明荀玫以之结交士子的钱财仍出自盐商身上。

当时一些士人之所以不得不依赖这些盐商典当，则是由于生活所迫，例如贡生杨执中在德清县新市镇公裕旗盐店中任“管事”，而在仪征“万府下店”专司

---

① 李斗：《扬州画舫录》卷十。

② 《清稗类钞》三十一册“安麓村刻书谱”。

③ 李斗：《扬州画舫录》卷十。

文笔的也是一个秀才。像牛玉圃、辛东之、金寓刘之类，则是比王秀才、杨贡生要高一级的清客。王汉策可以当面挥走王秀才，“这个不与你相干”，他就不得不“自在那边坐了”；公裕旗一张呈词就可以把杨贡生送进监里，这些情节说明这类士子对盐商的依附性极大。但万盐商、冯盐商、方盐商却不能这样随便而又干脆地斥退他们延聘来的清客。牛玉圃对牛浦说的一段话，颇可表明他们主客之间的微妙关系，牛玉圃说：“我不瞒你说，我八轿的官也不知相与过多少，那个不要我到他衙门里去？我是懒出门。而今在这东家万雪斋家，也不是什么要紧的人。他图我相与的官府多，有些声势，每年请我在这里，送我几百两银，留我代笔，代笔也只是个名色。我也不耐烦住在他家那个俗地方，我自在子午宫住。”万雪斋“图”于牛玉圃的是所谓的“声势”——尽管是牛玉圃自己牵三搭四自吹出来的“声势”；而牛玉圃“图”于万雪斋的则是每年送他“几百两银子”。牛玉圃尽管把万府叫作“俗地方”，但及至到了方家，又随即告诉牛浦说万府园中“还有许多齐整房子好看”。他一方面看不起东家万雪斋，认为他“也不是什么要紧的人”，但后来上了牛浦圈套被万家辞退后，又因失去这样的富豪依靠而极为气恼，甚至乘船去苏州寻牛浦算账。牛玉圃这种自白和行径固然曲尽其妙地暴露了他的肮脏灵魂，但更重要的却是反映了当时士人依附盐典、而商人又利用名士的相互拉拢关系。这就造成吴敬梓时代那些士子的特殊性格，即时代特征。不但牛玉圃如此，其他士子也大都如此。辛东之固然痛骂那些“有钱的盐呆子，其实可恶”，金寓刘也痛快地斥责方盐商“这畜生”，可是一旦他们被东家打发之后，一个颇为恨恨，一个却“登时大怒”。季苇萧固然尖刻地挖苦扬州盐商是“六精”——债精、牛精、屁精、谎精、妖精、方巾中的水晶（精），然而他也得投靠主管盐政的运司荀玫，通过他从盐商那里分得一些残杯冷炙。

这些士子的表现固然引起人们的可嫌，但他们的遭遇却也引起人们的可怜。像牛玉圃、辛东之、金寓刘这一些士人，大都寄人篱下，有的还潦倒终生。但这类士人中也偶有侥幸者，他们在发迹之前曾有过投靠盐典商人的历史，后来又从科举谋得一个出身，终于发迹起来。如高翰林从前做秀才时，就曾与万青云一齐在扬州投靠“盐务”“诸公”。不过，后来他虽然获得功名，但这段历史仍然使他有些担心，隔了二十年之后，他与万青云再次相见时，就携着万中书的手离开客人，“直到亭子上去”“悄悄的讲话”。因为当年扬州“盐务的诸公都不敢轻慢”

万青云，可见他们当年与“盐务”“诸公”必有不能见人的勾当。不过，像这样曾经投靠盐商而后发迹的士子毕竟只是少数。

作者对那些投靠盐商、趋炎附势、巴结讨好的丑恶嘴脸，是极为厌恶的，把他们刻画成名士清客中最不堪入目的一类。如果说牛玉圃、辛东之、金寓刘之类的文士，在不得不依附于盐典商人时还有故作姿态以示清高的表现，那么成老爹、二唐之流则是甘心趋奉、唯恐落后，极其下作恶俗、势利不堪了。五河县的成老爹看到盐典之家“彭府上、方府上，都一年盛似一年”，居然当面对世家大族的虞华轩说“三十年河东，三十年河西”，如今府上是胜不过彭、方二家；他还妄言即使“华轩世兄下科高中”，也“不能像彭老四做这样大位”；而且又说元武阁尽管“是令先祖盖的”，但“今科甲发在彭府上”，是与“你家是不相干了”。但他对方盐商却又无话找话地当面奉承，说“太尊同六老爷相与的好”，“太爷阖县也就敬重的是六老爷一位”，全县没有“第二个乡绅抵的过六老爷”。不过，尽管他一再恭维，方盐商并不将他放在眼中，更没有留他用饭。他虽然受到冷落，却抵死认定别人也和他一样势利，他不相信虞华轩会不去送方老太太神主入节孝祠，而居然会去送那“穷的有腿没裤子”的八房本家的叔祖母神主入祠。成老爹也是个半吊子读书人，一个屡试不中的老童生，如今已成为兴贩行的行头，难怪他全身心都已浸透市侩习气。唐二棒椎则“是前科中的文举人”，其弟唐三痰是个“头戴破头巾”的秀才，是一个专在“县里吃荤饭的朋友”，他们兄弟“二难”[①]在巴结盐商方面不比市侩成老爹逊色，在某些方面更有过之而无不及。唐二棒椎起先不相信历太尊所派前来查访的“名士”季萑居然会去拜访虞华轩，而不去拜访“同太尊密迩的彭老三、方老六他们二位”；后来知道果真有其事，又再三要求虞华轩带他去“见见太尊”并“拜季苇萧”。及至虞华轩与他同去以后，他又发觉方老六已同历太尊的公子“在那里顽耍”，懊悔不该同华轩同来，如果“同了方老六来”，“此时已同公子坐在一处”了。这种既要巴结太尊又要讨好盐商的患得患失心理，活脱脱地暴露出其丑恶势利的灵魂。其弟三痰虽然上不得台盘，“方家里平日请酒吃饭，只请他哥举人，不请他”，但却经常对人有意无意地说起“我绝早同方六房里六老爷吃了面”，恨不得一身贴附在彭、方两家门墙上。因而送方老太太神主入祠的“六七十位”“乡绅末了一个是唐二棒椎”，“六七十

① 张文虎：《儒林外史评》批语，第四十六回、第四十七回。

位”“秀才末了一个是唐三痰”，真是“两唐竞爽”[1]，“薄俗浇漓，色色可恶”[2]。对这些势利场中的无行文人，作者除了勾勒出他们的丑恶嘴脸外，还以插话的形式加以抨击道：“问五河县那个有品望，是奉承彭乡绅；问那个有德行，是奉承彭乡绅；问那个有才情，是专会奉承彭乡绅。”这样的痛斥真“如飘风急雨之骤至”[3]，令读者顿然为之一爽。但是，在《儒林外史》中并非所有士人都拜倒在盐商脚下，“以言君子，尚亦有人”[4]。庄绍光在扬州钞关换船时，那些盐院、盐道、分司、总商不断来拜见，又送银两，他被“闹的急了”，“作速开船”而去，一介不取。如果说庄绍光只是洁身自好，那么杜少卿对那些市侩的厌恶之情就形之于色了。汪盐商请他去陪客，他坚决推辞。不仅如此，还通过对沈琼枝的赞美，既非议了盐商，又讥讽了文士。他说道：“盐商富贵奢华，多少士大夫见了就销魂夺魄；你一个弱女子，视如土芥，这就可敬的极了！”这番话真是“骂得刻骨”[5]。虞华轩又较杜少卿进了一层，对那些市侩痛加抨击，他斥责那些盐商乡绅“无所不为”，使得“百姓敢怒而不敢言”，当面讥刺唐二棒椎是“势利小人”；至于设置圈套作弄市侩成老爹，更是他的“矫激之行”[6]。由庄绍光而杜少卿而虞华轩，对盐商典商的批判逐步深刻，态度越趋严厉，一面表现了作者对他们的深恶痛绝情绪的逐步强烈，同时也反映了当时盐商典商势力日益扩张的现实。

《儒林外史》中对于盐商典当的色色表现以及他们与文士的种种关系的描写中，很有几点值得注意，颇可从中觇知吴敬梓的态度。首先，他对盐商典商的抨击，固然是从传统的“士农工商”的本末观念出发，但重点却在于对他们伤风败俗、破坏封建道德的谴责上。在我国漫长的封建社会中，商贾的地位从来卑下，《汉书·食货志》上即云：“士、农、工、商，四民有业。”士居于首而商屈于末。吴敬梓曾祖吴国对颇歧视商贾，曾把“革奸贾”当作救荒的措施之一[7]。出身于封建士大夫家庭的吴敬梓，也不能不在一定程度上受到这种传统观念的约束，他对盐商典当的抨击，也常常着眼于他们出身的低微，例如他运用让人物当场出丑

① 张文虎：《儒林外史评》批语，第四十六回、四十七回。
② 卧闲草堂本批语。
③ 齐省堂本批语。
④ 鲁迅：《中国小说史略》。
⑤ 齐省堂本批语。
⑥ 张文虎：《儒林外史评》批语，第四十七回。
⑦ 蓝学鉴：《全椒志》卷十四《救荒末议》。

的手法以揭露盐商万雪斋原为万有旗程明卿家未成年的奴仆。这固然是现实生活中确曾有的事实，如两淮总商安麓村就是相国明珠的家仆。当时奔走于明珠门下者甚众，大多由他牵线说合，因而聚敛了大量财富。尔后则去扬州为磋商，一时富甲天下，第宅连云[①]。吴敬梓所写虽非凭空臆造，然而仅从出身低微予以抨击，也就在相当程度上流露了吴敬梓出身于阀阅世家的传统观念。特别是作者对盐典商人及其帮闲者的揭擿，着眼其剥削本质者少而着力于有悖名教者多。五河县方盐商的所作所为，均被作者认为是“非礼之事”，斥责他们“礼义廉耻一总都灭绝了”。而为其帮闲的举人唐二棒椎，尽管作者对他进行了多方面的嘲讽，但重点却在于他“得罪名教”的言行。凡此种种，难免不削弱了作品的批判力量。其次，作者固然极端厌恶盐典商贾，但更其讨厌奉承趋附盐典商贾的士子，对他们的讥刺更加尖刻、责备更加严厉，流露了作者对阶层内的异己分子的痛恶之情。在他笔下，成老爹、唐三痰、唐二棒椎这一类童生、秀才、举人的形象在某些方面甚至较他们所依附的主子更其丑恶，作者有时甚至故意将他们贬在盐商之下。例如当庄绍光辞去征辟归来时，扬州的众盐商都说是：“皇上要重用台翁，台翁不肯做官，真乃好品行。”而出入于乡绅盐商之家的扬州“少年名士”号称“萧姑娘”的萧柏泉，却拉做知己地说道：“晚生知道老先生的意思。老先生抱负大才，要从正途出身，不屑这征辟。今日回来，留待下科抡元。”这一番说话正是他那“庸恶陋劣，鄙俗不堪”的灵魂的表白，“反不如众盐商‘好品行’三个字”[②]的恭维。作者对这种文士的庸俗灵魂的卑视，正是他大力赞扬那些能够洁身自好的文士情操的折射。此外，和对待盐典大商贾不同，作者对于小商小贩中能够相互扶持的精神，却饱含感情地加以赞扬。开小米店的卜老爹对开小香烛店的牛老爹及其孙子牛浦的照顾和关怀，很令读者感动。如同卧闲草堂本评语所说：“牛卜二老者乃不识字之穷人也。其为人之悫挚，交友之肫诚，反出识字有钱者之上，作者于此等处所加意描写，其寄托良深矣。”至于卖火纸筒子的小贩王太，方才下了半盘棋，就杀败了“在扬州盐台那里”“赢了二千多银子”的“天下的大国手”“马先生”，也正如齐省堂本批语所说“真是快人快事快谈”，王太可谓“快人”，

① 关于安麓村事迹的记载甚多，如《扬州画舫录》卷九，《永宪录》卷四，《清稗类钞》十七册“安麓村为明珠鬻盐”、二十四册“盐商起居服食之奢靡”，《墨缘汇观》端方叙等。

② 张文虎：《儒林外史评》批语，第三十五回。

杀矢棋是“快事”，而作者写来纯用直笔，蔑视之情喷泻而出，可谓“快谈”。吴敬梓的对待商人，也常以他们和知识分子的关系为转移，如果说卜老爹、王太还只是小商小贩，那么金有余所结交的四个商人却是“大本钱的人”。作者对他们也并无贬词。何以如此？则在于他们认为“见义不为，是为无勇”，而能“成人之美”，资助周进二百两银子捐监进场考试，得以考中举人、进士，成就一段功名。卧闲草堂本评语也说道：“金有余以及众客人何其可感也。天下极豪侠极义气的事，偏是此辈不读书不做官的人做得来，此是作者微辞，亦是世间真事。”庄濯江也曾在泗州开典当，作者对他非但没有微词，而且还通过其长辈庄绍光之口，称赞他“亦非等闲之人”，原因就在于他不但“好友敦伦”，而且“最是敬重文人”。这些描写都表明，只要商人能扶持士子，敬重斯文，作者也就很少对之进行嘲讽。而这又与作者自己终生不第的遭遇不无关系。由上述几点看来，作者对于盐商典当以及依附于他们的各类士子的描写，固然基于他对现实社会的艺术认识，是从“世间真事”所摄取得来，然而也在一定程度上留有他的阶级意识、文化教养和生活遭遇的痕迹。

（原载《吴敬梓研究》，上海古籍出版社 1984 年版）

试论吴敬梓对科举制度的批判及其对知识分子出路的探索

一

任何一个统治阶级为了巩固和强化自己的统治，必须建立完备的国家机器，而国家机器的正常运作，又无不依赖于操纵这部机器的大小官员。因之，无论哪一个统治阶级也就无不注意培植人才并从中选拔官员。我国古代的统治阶级曾经企图使人才的培养和官员的考选二者衔接起来，所谓：

> 司徒修六礼以节民性，明七教以兴民德，齐八政以防淫，一道德以同俗，养耆老以致孝，恤孤独以逮不足，上贤以崇德，节不肖以绌恶。……命乡论秀士，升之司徒，曰选士。司徒论选士之秀者，而升之学，曰俊士。升于司徒者，不征于乡。升于学者，不征于司徒，曰造士。乐正崇四术，立四教，顺先王诗书礼乐以造士，春秋教以礼乐，冬夏教以诗书。……大乐正论造士之秀者，以告于王，而升诸司马，曰进士，司马辨论官材，论进士之贤者，以告于王，而定其论。论定，然后官之。任官，然后爵之。位定，然后禄之。

《礼记·王制》中这段话，就设想将教育与考选紧密结合起来。但是，这一设想无论是奴隶社会所实行的世卿制，还是封建社会早期实行的选举制，都未能做到，直到隋朝大业年间所初创的科举制，方始逐步将二者衔接起来，使之熔为一炉。

科举制度初创于隋并非偶然，而是由经济、政治诸多因素所使然。任何一种制度无不是一定的经济基础的上层建筑，它的创建又无不是为了满足一定的经济、政治的需要。隋王朝的建立，结束了东汉以后历经三国、魏、晋、南北朝（220—589）几近四个世纪的多政权并立的局面，统一了全国，恢复了生产，发展了经济。

随着政务的繁剧，必须不断增设和扩大政权机构；同时，中小地主阶层也日益扩大，参与政务的要求也日益迫切。为了适应这一形势，乃逐步以科举考试取代九品中正制。不过，隋王朝有国年促，考选所取官员极少。直到李唐王朝，科举制度方始逐步完备，科目增多，被选用为官员的士子也为数不少，并且形成与以门荫得官的贵族官僚集团相抗争的局面。赵宋王朝是在五代十国长期封建割据局面上建立的，因而特别重视加强中央集权，科举制度虽然“承唐制”①，但朝廷控制考选更趋严密。皇帝亲自甄选（即所谓殿试）已成定制。及至朱明王朝，科举考试依然“沿唐宋之旧，而稍变其试士之法，专取四子书及易、书、诗、春秋、礼记五经命题试士。……其文略仿宋经义，然代古人语气为之，体用排偶，谓之八股，通谓之制义”②。不但考试内容只准用宋儒注疏的儒家经典，而且连考试文体也严加限制，束缚士人思想之严密，莫此为甚。清王朝的科举制度仍然“一沿明制”③。可见科举取士之法，发展至明清两朝，已极顶僵化，导致的不良后果也日趋严重，从而遭到有识之士更为严厉的批判和抨击。

综观科举制度的历史，有着创建、成熟和僵化的发展过程，它在历史上产生过积极作用，也存在着消极影响。

从积极方面而言，首先是将实行选举制时分散于豪门贵胄手中的任用官员的权力集中到朝廷上来。中央朝廷通过这一制度的推行，也的确培养和选拔了不少官员，满足了封建政权各级机构的扩大和新旧官员更替的需要，这对封建政权的统一和巩固，无疑是产生了很大作用的。其次，由于它是朝廷主持，在全国范围内，自下而上三级考试，择优选取的考试制度，这对于历来由豪门贵族世袭做官的封建政权结构，无疑是一打击，使得中小地主阶层出身的士人有了较为广阔的仕进之途，从而缓和了封建统治阶级的内部矛盾，稳定了封建社会的秩序（自然，也延缓了封建社会的历史）。再次，由于考试内容的统一，《礼记·王制》篇中所提出的教育、考选相衔接的设想遂得以成为现实。此外，这一制度对西方各国也产生了巨大影响。明穆宗隆庆三年（1569）出版的葡萄牙传教士克鲁兹所作《中国游记》，就对中国的科举制度大加称赞，神宗万历十一年（1583）出版的葡萄

① 《宋史·选举志》。
② 《明史·选举志》。
③ 《清史稿·选举志》。

牙修士胡安·冈萨雷斯·德万多萨的《伟大的中国》，则以肯定的态度详细地介绍了中国科举考试的内容和方法。《伟大的中国》一书出版后，随即被译成多种文字，从而引起欧洲人士对中国政治制度的极大兴趣，法国著名的启蒙思想家伏尔泰和孟德斯鸠等都曾表示关注。从隆庆四年(1570)到清朝同治九年(1870)三百年间，西方用英文出版的介绍中国选官制度的书刊多达七十余种，直到英国近代文官制度确立的前期，许多著名的刊物如《伦敦杂志》等还多次介绍中国的科举制度。显然，我国的科举制度对英国文官制度的确立是产生过积极影响的。

从消极方面而言，科举制度产生的恶劣影响也是很严重的。首先，这一制度的考试内容脱离实际，因而无补于政事。唐朝实行科举考试时，尚有"选试"一关以考察选用士人处理政务的实际能力。而宋朝只要考中进士，立即授官。因而考试内容是否切合实际需要，就成为十分尖锐的问题。王安石在《上仁宗皇帝言事书》中曾尖锐地指出当时士人所习无非是应试之文，"大则不足以用天下国家，小则不足以为天下国家之用"，主张"苟不可以为天下国家之用，则不教也；苟可以为天下国家之用者，则无不在于学"[①]。而到了明、清两朝，这一倾向就更为严重，李塨对统治者用八股举业作为教育与考试的内容，曾非常激烈地加以抨击，认为这已造成"所学非所用，所用非所学；且学正坏其所用，用正背其所学，以致天下无办事之官，庙堂少经济之臣"[②]的严重后果。其次，这一制度又使得广大士人塞聪蔽明，从而导致学术凋敝。读书人除八股举业而外，不知尚有其他学问。顾炎武曾大声疾呼地指责道："嗟乎，八股盛而六经微，十八房兴而廿一史废。"在当时，即使有"一二好学者，欲通旁经而涉古书，则父师交相谯呵，以为不得颛业于帖括，而将为坎坷不利之人"[③]。再次，败坏社会风气，腐蚀士人品德，即使在科举制度刚确立的唐朝，已经弊端丛生。王士禛即云："唐时知贡举，皆预定，亲知权要，皆得荐其私人。"[④]扬州刺史赵匡在《举选议》中列举其十项弊端，逐一驳斥。其第五弊端即指出由于应试者众而录取者少，于是广

① 王安石：《临川文集》卷三十九。
② 李塨：《平书订》卷六。
③ 顾炎武：《日知录》卷十六"十八房"。
④ 王士禛：《香祖笔记》卷三。

大士子“交驰公卿，以求汲引；毁訾同类，用以争先”，以致“业因儒雅，行成险薄”[①]。到了明清之际，这一情况非但未见缓解，而是更其严重，顾炎武也曾疾言厉色予以斥责，说一些读书人“一举于乡，即以营求关说为治生之计，于是在州里则无人非势豪，适四方则无地非游客”[②]。

这些批评和谴责是相当严厉和深重的。但是，对科举制度持批判态度的大多数人，却常常未能将科举制度运作者的徇私舞弊和科举制度本身的欠缺误端区别开来，而将推行这一制度的封建统治阶级所造成的恶果视作这一制度本身的弊病加以抨击。其实，在科举制度创立之初，封建统治阶级通过它考选人才的同时，就别有用心地利用这一制度以实现他们的罪恶目的。例如唐太宗在看到进士从端门鱼贯而出，就大喜过望，脱口而出：“天下英雄入吾彀中矣！”[③]正暴露了唐朝统治阶级借此制度以羁縻士人的用心。至于录取名额大增的宋朝“广开科举之门”，也不过是为了使“人人皆有觊觎之心，不忍自弃于盗贼奸宄”[④]。明朝洪武十五年（1382）颁布的《卧碑文》中更规定“天下利病，诸人皆许直言，惟生员不许”。清朝入关之初，又利用科举考试来消除士人的敌对情绪。顺治二年（1645），浙江总督张存仁曾建议朝廷“速遣提学，开科取士，则读书者有出仕之望，而从逆之念自息”[⑤]。可见，科举制度从它创立之初直到它的衰落，一直被各个朝代的统治者所利用，以它作为牢笼广大知识分子的重要手段。因此，在历朝的科举考试中出现的种种弊端也就不足为怪，它是运作这一制度的封建统治者所造成的，不能全然归罪于这一制度本身的考选方式。

二

明朝末叶以来，地主阶级内部一些进步的思想家，或受农民起义的冲击，或受资本主义萌芽的影响，目睹封建社会的日趋衰落，大多从“补天”的动机出发，

---

① 杜佑：《通典·选举五》。

② 顾炎武：《日知录》卷十六“经义策论”。

③ 王定保：《唐摭言》卷十五。

④ 王栐：《燕翼贻谋录》卷一。

⑤ 《清世祖实录》卷十九。

以富国强民为目的，在民族矛盾和阶级矛盾日趋尖锐复杂的背景下，批判现实社会的种种弊端，提出内容各自不同的改良主张，而明朝以来所实行的八股科举制度，也就成为他们所批判的一项重要内容。如前所述，黄宗羲、顾炎武、颜元、李塨等，从不同角度，站在不同的立场，或抨击八股举业，或驳斥宋明理学。在这种风气下，也产生了一些以批判八股科举为内容的文学作品，仅以小说而言，华阳散人的《鸳鸯针》、蒲松龄《聊斋志异》中的某些篇章，都曾对八股科举的某些侧面，作了形象的反映和深刻的批判。但是，像吴敬梓这样以他的长篇巨制《儒林外史》对那个时代重大“时弊”之一的八股科举制度，作出全面而深刻的揭露与批判，还是前所未有的。

吴敬梓又是如何揭露和批判明朝（自然包括清朝）八股科举弊端的呢？首先，他认为八股科举制度导致教育与考试的内容脱离政治（当然，此处所说的教育与政治，均指封建的教育与政治）需要，不能有益于政治，反而败坏政事。这可说是当时进步思想家的共识，如李塨认为“言经济首在复学校选举，以有人才乃有政事也”[①]。吴敬梓在《儒林外史》中流露了同样的见解。如小说中的理想人物杜少卿就主张“宰相须用读书人，将帅亦须用读书人”；迟衡山也认为教育的目的就在于“成就出些人才，也可以助一助政教”，从而可以“替朝廷做些正经事”。当时一些进步的思想家、学者之所以反对八股科举，就在于认为它不能实现上述目的，颜元就说：“八股行而天下无学术，无学术则无政事，无政事则无治功，无治功则无升平矣！”[②]广大的读书人只是用八股举业“取科名、享富贵”[③]而已，如同《儒林外史》中王冕所说这是读书人的“一条荣身之路”，从而“把那文行出处都看得轻了”。他们当朝执政，则只知网罗党羽，扩大势力，排除异己，谋固权位，如大学士太保公要庄绍光拜他为师，否则不能重用，庄绍光不愿，就被放归故里。他们治理地方，就像王惠那样念念不忘“三年清知府，十万雪花银”。从这些形象的描绘中，不难发现吴敬梓之所以痛加揭露八股的弊病，首先就在于认为它不能造就有益于封建政治的人才，而只是培养了一些败坏政事的禄蠹。

① 冯辰等：《恕谷年谱》卷三。

② 钟凌编：《颜习斋言行录》卷下。

③ 顾炎武：《日知录》卷十六“十八房”。

其次，对明清时代的八股科举的考试内容，吴敬梓也是持批判态度的。在小说开宗明义的第一回“楔子”中就借王冕之口，对“礼部议定取士之法：三年一科，用五经、四书，八股文”予以批评，说：“这个法却定的不好！”考试内容既然如此，必然导致教育内容也如此。顾炎武在《与友人论门人书》中即指出，当时读书人“穷年所习，不过应试之文”[①]，而这些应试之文，“既非经传，复非子史，展转相承，皆杜撰无根之语”[②]。对这些“应试之文”即“时文”、“举业”，《儒林外史》中的迟衡山予以全盘否定，说：“这举业二字原是无凭的。”正因为如此，广东学道大人周进初看范进考卷时，不知文章“说的是些什么话”；但他一心想周全范进，看到第三遍时，居然推许为“天地间之至文”。从此可见，学政大人衡文亦无标准可言。但当时的读书人却终生钻研这个“无凭”的“应试之文”，把“揣摩”二字当作“举业的金针”。甚至儒家经典《四书》、《五经》，那些“只不过讲个举业”的“读书的朋友”也未见得认真研究。他们或者未曾读懂而胡乱解说，如进士王惠把孟轲所说的“夏后氏五十而贡”[③]的奴隶制的贡纳制度，附会成是指自己50岁登科；或者只知有宋儒而不知有汉儒，“泥定了朱注，越讲越不明白”极其孤陋寡闻。吴敬梓还通过杜少卿说《诗》一节，表达了“朱文公解经，自立一说，也是要后人与诸儒参看。而今丢了诸儒，只依朱注，这是后人固陋”的见解，认为教育和考选士子，不能仅凭官方所推崇的一家之言，而要广采博取，以丰富教育和考选的内容，培养真正有学问、有见识的人才。

再次，对于这一制度的运作者即封建统治阶级在主持考试中的丑恶表现，吴敬梓也有形象的描绘和深刻的批判。周进主持广东院试时，试卷尚未收齐即将魏好古取为秀才第二十名；范进主持山东院试时，只因梅玖冒认是周进的门生，虽然成绩低劣“照例责罚”，但由于范进也是周进门生，因而循情饶过。范进参加会试前，他的座师周进经常替他“在当道大老面前荐扬”，及至范进中了进士，做了山东学道，周进又要他提携自己过去的学生荀玫，他们就是如此相互勾连、提携共进、不择手段以求官禄的。至于考生，也是形形色色，各种表现不堪入目。如纨袴子弟汤由、汤实赴考时，一直猜测“今年该是个什么表题”；入考场前，

---

① 顾炎武：《顾亭林诗文集》卷三。

② 顾炎武：《日知录》卷十六“经义策论”。

③ 《孟子·滕文公上》。

尽管“认真搜检”，“一字不通”的金跃，依然能打通关节，花了五百两银子请人代考。这对于封建统治阶级所吹嘘的“隆学校以端士习”，真是意味无穷的讽刺。对于这种种弊端，顾炎武也曾加以指责，在《生员论上》中揭露道：“今之生员，以关节得者十且七八矣。”[①]这种议论文字正可作为吴敬梓形象描绘的佐证。

此外，吴敬梓在《儒林外史》中对八股科举培养的士人和选拔的官员，以及他们所作所为对社会风气所产生的恶劣影响，也作了无情的讽刺。在他的笔下，这些秀才、举人、进士，除了八股制艺以外，可谓“他书一切不观”，以至“不知史册名目、朝代先后、字书偏旁”[②]。秀才写别字（魏好古），举人把赵普与张士诚混为一谈（张静斋），进士不知苏轼为何人（范进）。他们学的是“圣贤”经典，却处处违背“圣贤”教导。范进母丧后，不按照封建礼制在家守丧，却以“礼有经，亦有权”为借口，出外秋风，招摇撞骗。他们大力倡导封建道德，但自己却不讲究操守，一旦取得科名，出则为贪官墨吏，处则为劣绅恶霸。汤奉在高要知县任上，每年搜刮八千两银子；贡生严大位居乡拦猪讹钱，夺产凌人，无恶不作。这些科场中人物的所作所为，更使得原已污浊的社会风气更加败坏。在当时社会中，谁取得功名，谁就有学问、有品德。只因为“科甲发在彭府上”、“中了几个进士，选了两个翰林”，所以整个五河县的“品望”和“才情”全归于彭乡绅一家。这种恶劣的社会风气，甚至还毒害了下层人民，如胡屠户之斥范进，测字先生之争议名士，妓女聘娘之梦想做官太太，等等。这些描写都鞭辟入里地暴露和嘲讽了封建统治阶级推行这一制度所造成的无穷流毒。

总之，吴敬梓在《儒林外史》中，通过他塑造的栩栩如生的人物形象，他所描绘的奇特突出的艺术情节，把八股科举放在当时现实社会的场景上，从各个侧面加以解剖，嘲讽和抨击它的显然弊端，暴露和谴责它的隐秘和黑暗，其描写的全面精到、批判的深刻有力，在前此的古典小说中尚未见有。

自然，吴敬梓和当时许多进步的思想家一样，虽然意识到封建统治阶级在推行这一制度时所形成的弊端已积重难返，然而他们提出的补救措施依然是不切实际的。如顾炎武在《与彦和甥书》中说：“今欲吾甥集门墙多士数人，委之将先正文字注解一二十篇来，以示北方学者。除事出《四书》不注外，其《五经》子

① 顾炎武：《顾亭林诗文集》卷一。

② 顾炎武：《日知录》卷十六“十八房”。

史、古文句法一一注之，如李善之注《文选》，方为合式。此可以救近科杜撰不根之弊也。”[①] 企图以一二部“优秀”的八股文选注来转变科举制度下的“学风”，这岂能奏效？吴敬梓对八股科举的批判，同样存在着局限。在他的笔下，不仅否定人物无一不企求通过八股举业的考选以求官禄，即使肯定人物也大多由此出身。如被他表彰为“真儒”的虞育德，依然是从科甲出身补了南京国子监博士。又如被赞扬为“豪杰”的杜少卿，虽然看不起科举出身的某些人物，甚至说“学里秀才，未见得好似奴才”，把王知县叫做“灰堆里的进士”，但凤阳府的考棚是他家“太老爷”盖的，他本人还要出钱去修理；张俊民的儿子冒籍应考，是他一力保荐的。可见他看不起科甲出身的人，只是那些“暴发的举人进士”，而对自己屡世科甲的门第却是极为看重，并以此自负的。更可以说明问题的是实践礼乐兵农理想的萧云仙，在青枫城请常州贡生沈大年教导小孩和士兵的仍然是“破题、破承、起讲”之类的八股文作法，萧云仙也无异议；相反，“但凡做的来，萧云仙就和他分庭抗礼，以示优待”。凡此种种，都表明尽管吴敬梓在小说中对那些热衷于八股举业的童生、秀才、举人、进士以及两榜出身的朝廷官员的丑态和劣迹，做了极其辛辣的嘲讽和非常有力的抨击，然而，他的揭露和批判依然存在一定的局限，这是与他的“家声科第从来美”[②] 的出身以及所处的八股盛行的时代有关，不可也不必苛求于他。

三

吴敬梓在《儒林外史》中通过形象的描绘，明确地表示出八股科举不能培养和选拔人才而只能造就庸才和奴才的同时，也在冷静地思考，不断地探索读书人应该走怎样的生活道路。

在我国封建社会中，无论是实行选举制还是实行科举制，无非是封建统治者对广大士子诱之以利禄、胁之以刑罚，使其为封建政权效力。汉高祖即位不久，即颁布诏书说：“贤士大夫有肯从我游者，吾能尊显之。”[③] 这是以利禄引诱人才为其效力。明太祖于洪武十八年（1385）制定《大诰》，共计十条，第十条即说：

① 顾炎武：《顾亭林诗文集》卷三。
② 吴敬梓：《文木山房集·乳燕飞·甲寅除夕》。
③ 《汉书·高帝纪》。

“寰中士夫不为君用，其罪至抄札。”①当时有“贵溪儒士夏伯启叔侄断指不仕，苏州人才姚润、王谟被征不至，皆诛而籍其家”②。这则是以刑讯威胁读书人为其卖命。在封建统治阶级这种软硬兼施的策略下，长期以来，广大士人大都就范，循着读书——做官的轨道生活。他们有的获得成功，即进入统治阶层；有的却无缘入仕，以致沉沦民间，由于种种机遇而导致他们经常处在出与处的相同而各异的矛盾之中。吴敬梓笔下的大多数读书人，也是循着读书——做官的模式生活，这是因为“学也，禄在其中矣”③的观念，长期盘踞在读书人的思想深处，一旦通过“读书”获得功名富贵，他们也就随之成为封建统治阶级的帮闲或帮凶；如果一时未能获得高官显职，其中一些人也会流露出对朝廷的怨怼乃至批评，然而这只是企求不得的牢骚而已。前者如周进、范进，后者如娄琫、娄瓒。周进、范进早先可说是八股科考的受害者，及至他们做了一省学政之后，又成为八股科举制度的运作者；娄琫、娄瓒之所以每常说“自永乐篡位之后，明朝就不成个天下”，乃是因“科名蹭蹬，不得早年中鼎甲、入翰林，激成一肚子牢骚不平”所致。从这样形象的描绘中，可以看出吴敬梓已深刻地认识到当时广大知识分子只要依然循着读书——做官的轨道生活，就难以跳出利害得失的网罗。

在这样的历史背景和社会环境中，读书人有没有另一条生活之路呢？吴敬梓在《儒林外史》中对此做了极为冷静的思考，进行了新的探索。虽然，这一探索仍处在感性阶段，但已明晰地显示出这一意图，这就值得我们表而出之并予肯定。

在吴敬梓笔下，正面人物形象大体有三类：一类是“楔子”中即出现的王冕，一类是小说中部方始出现的以虞育德为主的几个人物，一类是书末出现的“四客”。这三类人物形象在作品中走马灯式的转换，正表明作家认识的不断深化和思想的日趋先进。

先说王冕。从回目“借名流隐括全文”来看，吴敬梓显然是将他作为笼罩全书的理想人物来刻画的，力图使其成为当代知识分子的楷模。《儒林外史》中的王冕，主张当国者要以仁义服人，为政者不可酷虐百姓，士子要讲究文行出处，

---

① 《明史·刑法志一》。
② 《明史·刑法志二》。
③ 《论语·卫灵公》。

不可一味追逐功名富贵，认为八股科举是导致士子堕落的祸源，竭力加以斥责否定，最后隐居在会稽山中。根据他一生的表现来看，王冕并非是不问世事的隐者，但却不愿为官。其实，他的言和行并不矛盾，只不过是遵循着“天下有道则见，无道则隐”[①]，“邦有道，则仕，邦无道，则可卷而怀也”[②]的主张行事的。由此可见，王冕显然是一个儒家知识分子的典型。不过，在出与处的问题上，他能正确抉择，这在旧时读书人中自然被认做是应予肯定的人物。但值得注意的是，他读“古人的诗文”、“画几笔荷花”，则在很大程度上是从研治学问、热爱自然的情操出发的，因而已在一定程度上表现出脱离了读书——做官的生活轨道；同时，他的“不愁衣食”，又是依靠卖画所得维持的，这方始能使他摆脱以做官俸禄维持生计的生活模式。

如果说《儒林外史》中的王冕只是一介平民，没有任何科名，那么小说中第二类人物则大多有大小不等的科名，可说是科场人物，尽管他们是作者作为正面人物形象来塑造的。虞育德教馆出身，最后做了南京国子监的博士，然而他却不同于范进、周进，并未成为八股科举的积极运作者；相反，居然对他负有管辖、教育责任的生员武书说：“我也不耐烦做时文。”他也曾表示“我要做这官怎的”，但为生计所迫，又不能跳出以俸禄维持生计的生活模式。当他卸职离开南京时，曾凄然地对杜少卿说：“我本赤贫之士，在南京来做了六七年博士，每年积几两俸金，只挣了三十担米的一块田。我此番去，或是部郎，或是州县，我多则做三年，少则做两年，再积些俸银，添得二十担米，每年养着我夫妻两个不得饿死，就罢了。”这种直露胸臆的谈话，正明白无遗地表示了对这种生活模式的厌腻，然而却又不能与之决绝。但是他已在为后代设计如何摆脱读书——做官的生活道路，他曾对杜少卿说：“现今小儿读书之余，我教他学个医，可以糊口。”尽管医和乐、巫、师一样，在封建社会中地位并不高，然而由于他可以以医药济世，有一定经济来源，这就使得业医者对封建政权的依附性要较之仕宦者为弱，而能在一定程度上保持自己独立的人格。虞育德如此安排后人的生活模式，实在是吴敬梓对知识分子生活道路不断探索的一种表现，不可等闲视之。至于杜少卿，其先人则是由“祖上几十代行医”而转入仕途的，尽管杜氏族人中颇多显宦，但到了他本身却已式

① 《论语·泰伯》。

② 《论语·卫灵公》。

微，当他辞却征辟后，也曾欢喜异常地说道："好了！我做秀才，有了这一场结局，将来乡试也不应，科、岁也不考，逍遥自在，做些自己的事吧！"虽然书中没有明确叙写出"自己的事"是指哪些事，然而意图结束读书——做官的生活追求却是分明的。此后，他也的确未再回到这样的生活的轨道中来。不过，他的生计问题却未能解决，最后不得不去浙江投靠依然"做官"的虞育德去了。

读书人如何才能彻底摆脱这种生活模式呢？又如何才能保持"不事王侯，高尚其事"①，"不降其志，不辱其身"②的人格尊严呢？在《儒林外史》情节即将结束的第五十五回中出现的"四客"形象，体现出吴敬梓对这一问题的探索。这四客是写字的季遐年、卖纸火筒子的王太、开茶馆的盖宽、做裁缝的荆元。他们都是市井中人，然而在他们身上，作者显然赋予他们以读书人的性格。他们都热爱文人所喜爱的技艺：琴、棋、书、画。然而，他们却又都是以自己精湛的艺术娱人娱己，并不以它去追求功名富贵。且看王太，当他的棋艺胜过所谓"天下的大国手"马先生之后，众人拉他去吃酒，他却大笑道："天下那里还有个快活似杀矢棋的事！我杀过矢棋，心里快活极了，那里还吃的下酒！"他们还不以自己的艺术作为商品出售，季遐年的书法为时人所看重，却不肯为自高其位的施御史孙子写字，并且"迎着脸大骂"他："你是何等之人，敢来叫我写字！我又不贪你的钱，又不慕你的势，又不借你的光，你敢叫我写起字来！"但是，如果遇到相互尊重、彼此平等相待的知音，他们却情愿为之贡献自己的技艺，如荆元就时常为灌园的于老者和弦弹琴。

他们之所以能如此，根本的原因在于他们已摆脱了读书——做官的生活轨道，他们并不依赖做官的俸禄为生计，而是自食其力。经济上的独立，就可以消除对封建政权的依附，从而保持人格的独立。当有人问起裁缝荆元"何不同学校里人相与相与"，他回答得好："我也不是要做雅人，也只为性情相近，故此时常学学。至于我们这个贱行，是祖、父遗留下来的，难道读书识字，做了裁缝就玷污了不成？况且那些学校中的朋友，他们另有一番见识，怎肯和我们相与？"这分明表示以荆元为代表的"四客"，作画、写字、下棋、弹琴，只是"性情相近"，而并非以之求干禄。而且由于他们凭自己的技艺能于"每日寻得六七分银子，吃饱了饭"，

① 《周易·蛊》。
② 《论语·微子》。

所以方能“要弹琴，要写字，诸事都由得我；又不贪图人的富贵，又不伺候人的颜色，天不收、地不管，倒不快活”，这就与《儒林外史》前文中所出现的读书人有了根本的区别。虽然，除了盖宽最后被人请去教书以外，季遐年、王太、荆元这三“客”的下场，书中并无交代，这种不结而结的艺术处理，正表明吴敬梓虽然意识到他们的生活模式应予肯定，但是否能代表生活发展的主流趋势，依然心有犹疑。不过，生活在近三百年前的封建地主阶级出身的作家，已然在读书——做官的定势之外寻找读书人的新的生活之路的努力，却是应予充分肯定的。在当时的文化学术界，能够具有类似吴敬梓这样意图扬弃读书——做官的生活模式而另寻新路的学人，还是不多见的。自然，吴敬梓之所以能做出如此的探索，显然是与他晚年“日惟闭门种菜，偕佣保杂作”[①] 的类乎市井小民的生活实践有关，但同时与他积学好思、勇于反省的探索精神也是分不开的。他曾经发出“如何父师训，专储制举才”[②] 的疑问，可见对读书——做官的生活之路，业已产生厌恶之情。也正因为如此，他方始能在《儒林外史》中做出新的探索，从而使得他的思想见解在当时历史条件下具有了先进性，他所创作的《儒林外史》也不愧被人称作是思想家的小说。

（原载《明清小说研究》1991年第4期，又收入《中国传统思想文化与21世纪国际学术研讨会论文选集》，南京大学出版社1992年版）

---

① 顾云：《盋山志》卷四。

② 原诗已佚。此二句见《丁辛老屋集》卷十二，王又曾《书吴敏轩〈文木山房诗集〉后》所引。

试论《儒林外史》对封建道德的暴露与批判

《儒林外史》产生于我国封建社会末期。面临封建社会“天崩地解”[①]的现实，明清统治阶级更是大力倡导尊孔读经、崇敬理学，强调封建地主阶级的道德规范，以维护他们已经千疮百孔的封建秩序。清统治者在入关之初，即继承前朝衣钵，科举用八股、理学，藉以牢笼和毒害广大士人，从而巩固新朝统治。生活在这样一个时代的吴敬梓，却敢于在他的作品中对从孔孟一直到程朱都大力鼓吹的封建道德的虚伪面目，有所暴露和抨击，是极为难能可贵的。

一

作为封建道德核心的忠孝节悌，在《儒林外史》中都有所反映。孝悌这种道德观念实质上是封建统治者要求人民安于被统治的地位的意愿的反映，所谓“其为人也孝弟，而好犯上者鲜矣！不好犯上，而好作乱者，未之有也”[②]。他们还将孝与忠贯通起来，所谓“孝慈，则忠”[③]，“君子之事亲孝，故忠可移于君；事兄悌，故顺可移于长”[④]。这就要求人民不仅要安于被统治地位，而且还要求他们对统治者尽忠尽孝。程朱理学还提出了妇女贞操问题，程颐甚至说“饿死事极小，失节事极大”[⑤]。方苞曾说：“尝考正史及天下郡县志，妇人守节死义者，秦周前可指计，自汉及唐亦寥寥焉。北宋以降，则悉数之不可更仆矣。”[⑥]清代节妇之多更甚于明代，仅安徽休宁一县，有明一代节烈妇女近五百人，而清初至

---

① 黄宗羲：《南雷文定》前集卷一《留别海昌同学序》。

② 《论语·学而》。

③ 《论语·为政》。

④ 《孝经·广扬名章第十四》。

⑤ 程颐、程颢：《二程集·河南程氏遗书》卷二十二下。

⑥ 方苞：《望溪先生文集》卷四《岩镇曹氏女妇贞烈传序》，咸丰元年刻本。

道光三年竟达二千二百余人，剧增四倍之多[①]。由此可见，自程朱理学盛行以来，妇女受其毒害者何啻百千之数！这种残酷的景象，在《儒林外史》中都有形象的描绘和深刻的暴露。

首先，《儒林外史》不少情节都显示了忠与孝的矛盾，有的研究者已经注意及此，认为作者以“尽孝”来否定“尽忠”。其实并不全然如此。尽管剥削阶级思想家一再倡导忠孝，鼓吹移孝作忠、忠孝一致，但忠与孝的矛盾自来就存在，像《三国志·魏书》卷十一《邴原传》注引《别传》所记：“太子（曹丕）燕会，众宾百数十人，太子建议曰：‘君父各有笃疾，有药一丸，可救一人，当救君耶，父耶？’众人纷纭，或父或君。时（邴）原在座，不与此论。太子咨之于原，原悖然对曰：‘父也。’太子亦不复难之。”这正反映了忠孝难以两全的实情。为了调节尽忠与尽孝的矛盾，统治阶级曾设计了种种的权宜之计，如夺情即其中之一。《礼记·曾子问》有云“君子不夺人之亲，亦不可夺亲也”，但“金革之事无辟”。《儒林外史》中也有夺情的描写，王惠、金东崖出谋划策为荀玫匿丧不报，请求周司业、范通政“保举”“夺情”，这两位进士出身的朝廷命官居然也异口同声地表示“可以酌量而行”。事虽未谐，却已然暴露了这些“朝廷支柱”热衷功名利禄而不恪尽孝道的丑恶嘴脸。至于忠与孝的矛盾，作品中更有不少极为形象的描写，如郭孝子千里迢迢地从江南去四川，历尽艰险寻访父亲，可谓大孝之人。然而其父原任南赣道王惠，却是因降顺反叛朝廷的宁王朱宸濠而畏罪潜逃在外的，对明武宗朱厚照来说则是大逆不忠之臣。作者对王惠早年的作为，多所鞭挞，而于描写郭力行事时却又多所肯定，这正显示了忠与孝之间的矛盾。如果说这一忠孝矛盾的情节是体现在王惠与郭力父子两代人身上，那么作者在描写有关萧云仙活动的情节中，却将这种矛盾集于他一身。萧云仙之所以家居，则是因为其父萧具轩“年老”，自己要尽孝养之责，“不敢远离膝下”。对于他的孝行，其父并不赏识，反责备他“贪图安逸”，“恋着妻子，乃是不孝之子”；云仙无奈，“只得辞了父亲，拴了行李，前去投军”以尽忠朝廷。可是萧云仙尽忠报效朝廷的结果，却以“任意浮开”的罪名被“地方官勒限严比归款”，尽忠的结果并不能尽孝，他也并未能“挣得一丝半粟”以“孝敬父亲”；反之，如果不是追赔回家，就不能为其父送终，就不能“尽哀尽礼，治办丧事”，“可见这番

---

① 据《休宁县志》统计，嘉庆二十年刻本。

回家，也不叫做不幸”。作者于解剖忠与孝的矛盾可谓严峻至极。作者越是以赞扬的笔触去表彰那些忠孝节悌之士，倒越是深刻地暴露了这种道德观念的不合理与相互矛盾。再如余大、余二的行事，同样如此。余大为了谋取钱财安葬先人以尽孝道，却去私和人命收受贿赂；余二为了克尽悌道而掩饰乃兄罪行，居然置朝廷法令于不顾。而作者于此未置一词，反表彰他们的“品行文章是从古没有的”，并且在回目上大书“余明经把酒问葬事”、“敦友谊代兄受过”。这些描写，尽管作者是以赞扬的笔墨出之，但在客观上却无形地暴露了封建道德本身的破绽百出，甚至产生了某些与统治阶级原来意愿相反的结果，这无疑也是对这种道德观念本身的极大讽刺。

其次，封建道德虽然是为了调节统治阶级内部关系、毒害广大劳动人民而设计出来的，但只要有可能，封建统治阶级成员并不恪守他们所制定的道德规范。正如恩格斯所说：“实际上，每一个阶级，甚至每一个行业，都各有各的道德，而且也破坏这种道德，如果它们能这样做而不受惩罚的话。”[①]《儒林外史》中也反映了这样的现实。高翰林就公然宣称“教孝悌、劝农桑”只不过“是教养题目文章里的词藻”，并不可认真对待；他还以此指责杜少卿的父亲竟然将这些“呆话”“当了真，惹的上司不喜欢，把个官弄掉了”。一向认为“无兵无粮，因甚不降”的鲁编修，不但被萧柏泉一流士人看成“言论风采”“是个正经的人”，而且还被朝廷拔置高位，竟然“开坊升了侍读”。娄三、娄四甚至说宁王反叛与成祖篡位“差不多”，只是一个“运气低”“为贼为虏”，一个“运气好”“称圣称神”，认为这“也要算一件不平的事”。这些言论似乎很激烈，但如果以此而认为他们“大有造反有理之意”，未免与小说原意有些隔膜。作者明明写道：“这两位公子，因科名蹭蹬，不得早年中鼎甲、入翰林，激成了一肚子牢骚不平，每常只说：‘自永乐篡位之后，明朝就不成个天下！’每到酒酣耳热，更要发这一种议论。”对此节描写，还是前人所评符合实际：“二娄因早年蹭蹬，激成一段牢骚，此正东坡所谓一肚皮不合乎时宜也。”[②]“假使中鼎甲、入翰林，又是尧舜之世了。究竟系热中变相。”[③]确实如此，二娄这种言论只不过是他们功名

① 恩格斯：《路德维希·费尔巴哈和德国古典哲学的终结》，《马克思恩格斯选集》卷四。

② 卧闲草堂批语。

③ 天目山樵批语。

不遂时所发的牢骚，正不必当真，而这种言论倒透露了他们并无时时恪守忠君之道的打算的。“正与二娄议论相反”①，杜慎卿却认为“本朝若不是永乐振作一番，信着建文软弱，久已弄成个齐梁世界了”。他还指责方孝孺“迂而不当，天下有多少大事，讲那皋门、雉门怎么？”其激烈程度既与二娄类似，而其发出此种议论的境遇也正与二娄相同，是他“在这一两年内要中”之前发此狂言的，后来“加了贡，进京乡试”，“铨选部郎”之后，再也没有见到此公行踪、也听不到如此的议论了。作者这些描写只是表明封建统治阶级的成员，并非全都恪守封建道德，愚忠之人固然存在，但更多的成员却只不过在不损及个人功名利禄的前提下尽忠而已，一旦功名不遂、损及自身利益时，就会像“此公节操可知”②的鲁编修那样，忠君之忱早被抛置一旁。不仅忠君之道如此，在作者笔下，所谓孝道亦复如是。抚院差人郑老爹因温州姓张的弟兄三个秀才，为争夺家产吵得老父不安一事叹息道：“而今人情浇薄，读书的人，都不孝父母。”此时尚未发迹变泰的匡超人听了此话后不胜感慨地说：“有钱的不孝父母，像我这穷人，要孝父母又不能，真乃不平之事！”与孝密切相关的悌也与此相似。匡超人的三叔为争夺匡二之父的居屋，居然“下一个毒”计，强行低价购买，“三五天一回人来催”，逼迫卧病的乃兄迁让。如果说匡二的三叔要乃兄让屋还用些心计，那么严贡生在乃弟身亡以后，则以更直截了当的强占手段，面目狰狞地公然逼迫弟妇让屋。这就是封建悌道的实况。这正暴露了剥削阶级的贪婪嘴脸和封建道德的虚伪本质。

再次，《儒林外史》中对那些高谈性命之学的伪道学家，有着极为生动的勾勒和深刻的揭发，暴露了他们口是心非的虚伪面目和卑鄙龌龊的丑恶灵魂。甚至可以说，吴敬梓对这些伪道学家的憎恶更在那些公然违背封建道德的士绅之上。高翰林、鲁编修之流尚是公然敞开他们丑恶灵魂的奥秘，而那些伪道学家却用堂皇的语言将他们卑污的灵魂装饰起来，因而更令人厌恶。如举人范进丧母后，另一举人出身的退职知县张师陆劝说他正好以此理由出去“秋风一二”。范举人原有些犹疑，表示“不知大礼上可行得？”张举人却回答说：“礼有经，亦有权，想没有什么行不得。”于是两个举人双双出去“秋风”了。须知张举人借以说动范举人的根据“礼有经，亦有权”，朱熹也曾说过。他在《甲寅行宫便殿奏札一》

① 齐省堂本批语。

② 天目山樵批语。

中说："天下之事有常有变，而其所以处事之术，有经有权。君臣父子，定位不易，事之常也；君令臣行，父传子继，道之经也。事有不幸而至于不得尽如其常，则谓之变；而所以处之之术不得全出于经矣，是则所谓权也。当事之常而守其经，虽圣贤不外乎此，而众人亦可能焉。至于遭事之变而处之以权，则唯大圣大贤为能不失其正，而非众人之所及也。"[1]吴敬梓于此节描写中嵌进朱熹的故事，固然嘲讽了张师陆的言伪行污，同时在客观上对理学大师朱熹也是一种调侃和不敬，他的言论居然成了张师陆之流的遮羞布，这本身就具有强烈的讽刺意味。至于被杨执中吹捧为"有程朱的学问"的权勿用，一面说"居丧不饮酒"，一面却大用"肴馔"，还要强辩什么"古人所谓五荤者，葱、韭、芫荽之类，怎么不戒？"真是无耻之极！难怪天目山樵于此要批道："此是程朱学问了！"范进居丧不用银镶杯箸而大吃虾圆子，正与此相类。权勿用穿孝服而戴方巾，也正与范进居丧拜客而穿吉服一样。作者在刻画他们居丧似乎尽礼时，有意留出这样的"破绽"，让读者窥见他们的心肝，从而达到抨击的效果。其他如严贡生明明怕吃官司逃往省城，当其亲弟严监生为其了结官司病死以后，他才得以安然返乡。于此一节他瞒过不提，反振振有词地说："……就是我们弟兄一场，临危也不得见一面。但自古道'公而忘私，国而忘家'。我们科场是朝廷大典，你我为朝廷办事，就是不顾私亲，也还觉得于心无愧。"真是厚颜无耻。在"为朝廷办事"的美名下，掩盖了多少丑行，严贡生如此，匡超人亦如此。蒋书办邀他去监里看看他往昔的恩人潘三时，匡二也用"既替朝廷办事，就要依着朝廷的赏罚"来搪塞推托，以掩盖自己的忘恩负义。至于王德、王仁在妹夫议立偏房时的表现，更为读者所熟知。他们未见银子之前"把脸本丧着，不则一声"，及至收受了银两，立即"义形于色"，但却又以"我们念书的人，全在纲常上做功夫"来掩饰自己的贪婪无耻。作者"笔挟秋霜"[2]、毫不留情地撕去他们虚伪的假面具，暴露他们丑恶的真嘴脸，从而产生了强烈的喜剧效果和巨大的抨击力量。与吴敬梓同时代的英国现实主义小说家菲尔丁曾说："真正可笑的事物的唯一源泉（在我看来）是造作。"他认为"造作的产生有两个原因：虚荣和虚伪。虚荣促使我们装扮成不是我们本

---

① 《朱子大全》卷十四。

② 天目山樵批语。

来的面目以赢得别人的赞许，虚伪却鼓动我们把我们的罪恶用美德的外表掩盖起来，企图避免别人的责备”。而“把造作加以揭发，可笑的事物便得显露，而可笑的事物总会引起读者的惊奇和快感的”[①]。吴敬梓特别善于“揭发”虚伪的造作，暴露出它的本质，令读者在惊奇之余予以极度的厌恶，从而使得伪道学无处藏形。

此外，《儒林外史》中还描绘了一些受封建礼教毒害的士人，他们笃信程朱理学，不但自己身体力行，而且还劝导别人恪守。他们是受害者，并不自觉；又去毒害别人，但却以为助人。这些形象的出现，可以说对封建礼教和程朱理学的揭擿，较之刻画高翰林、鲁编修之类公然违背封建道德以及范进、权勿用之流口言圣贤行同狗彘的言行，更具有强烈的批判意义，表明礼教和理学对士人毒害至深至巨！最典型的人物无过于马纯上与王玉辉了。马二先生是一个“补廪二十四年”的老秀才，平素言行力求符合封建道德的规范：游西湖，“女人不看他，他也不看女人”；批文章，从不带词赋气，以免“后生们看见”“坏了心术”，总是在《语类》《或问》上“采取”“精语”。他劝说一心想做名士的蘧公孙，告诉他孔孟之道和程朱理学都是“举业”，而“举业”却“是从古及今人人必要做的”，认为“就如孔子生在春秋时候，那时用‘言扬行举’做官，故孔子只讲得个‘言寡尤，行寡悔，禄在其中’，这便是孔子的举业”；“到宋朝又好了，都用的是些理学的人做官，所以程、朱就讲理学，这便是宋人的举业”。在他苦口婆心的劝说之下，“蘧公孙如梦方醒”，开始留心他早先认为的“俗事”——举业。不过，公孙留心举业的结果，只是把一个“名士”造就成“选家”；而马二“教诲”匡二的结果，则使一个农家子弟堕落成为儇薄小人。马二开导匡超人说，“举业”就是“孝”，“只是有本事进了学，中了举人、进士，即刻就荣宗耀祖。这就是《孝经》上所说的‘显亲扬名’，才是大孝”。之后，匡二就开始向举业的道路上奋进，而他的品质也以相应的速度向下滑落。作者在十六回回末对此做了概括的评述：“婚姻缔就，孝便衰于二亲；科第取来，心只系乎两榜。”正点明他之所以变质蜕化的根由。另一个受到程朱理学毒害而又去迫害他人的则是王玉辉，他是个六十多岁的“迂拙的人”，又做了“三十年的秀才”，但依然功名不就；家中既无恒产，子女又多，三个女儿虽已出嫁，大女儿却“守节在家里”，生活极端“清贫”。

---

① 〔英〕菲尔丁：《约瑟夫·安德路斯》序言。

可是他却立定志向，要纂写礼书、字书、乡约书以“嘉惠来学”。他解释自己所著的礼书是讲“事亲之礼、敬长之礼”，乡约书是“添些仪制，劝醒愚民”。由此可见，他时刻想的是如何以自己身受的封建礼教去毒害群众，而在他看来却是“劝醒愚民”的善举。可悲的是，他的“三姑娘”首先受到他竭力宣扬的礼教的迫害，成为他的“善举”的牺牲品。对其女“殉节”活活饿死，他不仅毫不悲伤，反而“仰天大笑道：‘死的好！死的好！’”还认为“只怕我将来不能像他这一个好题目死哩！”这种反常的表现，固然有些“矫揉造作”[①]，难免“伪妄”之讥[②]，但却也实足以暴露理学杀人的血淋淋的罪行。当然，王玉辉毕竟是受害者的亲生父亲，“在家日日看见老妻悲恸”，自然也有些“心下不忍”而“转觉心伤”，以致产生了“良心与礼教之冲突”[③]，也就是天目山樵批语所说的：“矫情者决裂于一时，岂能持久乎？”然而由于王玉辉受理学的毒害过深，始终未能认清杀害女儿“凶手”的真面目，仍然向邓质夫夸耀女儿的“节烈”行为。这正如稍后于吴敬梓的进步思想家戴震所揭示的那样：“人死于法，犹有怜之；死于理，其谁怜之！”[④]

总之，吴敬梓不但暴露了封建道德本身的不合理性，抨击了并不恪守封建道德的地主阶级成员的言行，揭发了口是心非的伪道学的灵魂的奥秘，而且还极其深刻地表现了广大士人受其毒害而不自觉的精神状态。可以认为，对程朱理学鞭笞之猛烈，并不亚于他对八股举业的无情揭擿。这是由于举业与理学互为表里构成科举考试的重要内容所致。因而，以揭露科举弊端为重要内容的《儒林外史》，在嘲讽“无凭”的举业的同时，自不能不对“伪妄”的“程朱的学问”有所讥刺。尽管作者在暴露它的虚伪面目时还存在着种种局限，但对于旧时代的读者却无疑是产生了发聋振聩的巨大作用，直至今天仍有深刻的认识意义，不可等闲视之。

二

吴敬梓在《儒林外史》中虽然对封建礼教和程朱理学的严重恶果有所触及，但并没有发展到与之完全决裂的地步，他的封建道德观念依然十分浓重，这在他

---

① 天目山樵批语。

② 鲁迅：《中国小说史略》。

③ 同上。

④ 《孟子字义疏证》。

的创作中留下相当严重的“内伤”。

《儒林外史》这种“内伤”首先表现在他只对礼教的虚伪有所抨击，而对虚伪的礼教却没有任何嘲讽，他只是反对假道学、真小人，而对所谓的“真儒”、“贤人”则是竭力赞扬表彰的。吴敬梓特别赞赏所谓的孝悌君子，笼罩全书的理想人物王冕，就是一个至性纯正的孝子，母亲死后“负土成坟，三年苫块”自不必说，更其难得的是牢记母亲“守着我的坟墓，不要出去做官”的遗言，终老会稽山中。至于小说中其他几个正面人物如虞育德、迟衡山、庄绍光、杜少卿等人，用武书的话说都是“最喜赞扬忠孝的”“大名家”。“真儒”虞育德一生行善，积累了许多“阴德”，其中一桩就是用自己辛苦教学得来的束脩，救济了一个无钱葬父准备跳水自杀的“庄农人家”，以赞助其“孝心”。迟衡山更是倡导“礼乐”，建议修祭泰伯祠的主要人物。庄绍光同样重视“礼乐”，把它看做是“千秋大事”，最后还回到“故乡去修祖坟”，表现了他的孝行。杜少卿更其重视孝道，杜慎卿说他有个“毛病”，这就是“但凡说是见过他家太老爷的，就是一条狗也是敬重的”。对这些“君子”的孝行，作者是以赞扬的笔墨去描写的。不仅如此，即令一些否定人物如匡超人之流，作者对他发迹前侍养病父的恪尽孝道，也并没有抹杀，而是细细描绘，也颇感人；即使朝廷“叛逆”王惠之子郭力“二十年走遍天下，寻访父亲”的孝行，作者也予以肯定，连杜少卿也“心里敬他”；甚至为了肯定余大先生安葬先人的孝道，作者居然原宥了他私和人命的罪行，这倒如同杜慎卿指责杜少卿有个“毛病”一样，吴敬梓也有着看重孝行而是非不分的“毛病”。至于匡太公临终之际告诫匡超人“德行是要紧的”，鼓励他在“孝悌上用心”，这与萧昊轩瞑目之前教导萧云仙“为人以忠孝为本，其余都是末事”正相类似，无不表现了吴敬梓对孝行的重视、表彰和赞扬。对于封建道德的另一核心忠，也并非如有的研究者所说的那样，吴敬梓是以“尽孝”来否定“尽忠”。萧昊轩主张的“为人以忠孝为本”将忠与孝并举自不必说，迟衡山念念不忘的是“替朝廷做些正经事，方不愧我辈所学”，他倡导礼乐的目的仍在于“成就出些人才，也可以助一助政教”；郭孝子也劝说萧云仙“出来替朝廷效力”，可见作者并非否定“尽忠”；至于杜少卿虽然辞去征聘，但其实他也主张士子应该报效朝廷，主张“宰相须用读书人，将帅亦须用读书人”；庄绍光尽管辞爵还家，同样也主张“地方官办事”应该“讲究一个弭盗安民的良法”。他们之所以辞聘、辞官，杜少卿是“正为走出去做不出什么事业，徒惹高人一笑，所以宁可不出去的好”；庄绍光则是因为“臧仓小人”作怪，“看来我道不行了”才“恳求恩赐还山”的。由此可见，他们完全是按照“有道则见，无道则隐”[①]的儒家思想进退的，而并非是对忠君之道的否定。在作者看来，士子在野并非不忠，忠君也并非一定要做官。尽管迟衡山最后“到远处做官去了”，但杜少卿、庄绍光终生未曾出仕，这种现象的出现，可能与作者终生未仕有密切关系。再进一步看，作者虽然描绘了一些朝廷命官的丑态，并且予以嘲讽和抨击，但他笔下也出现一些“好官”，他们富有才情，提携后进，识拔人才，奖励孝行，如乐清知县李本瑛、安东知县向鼎、同官县知县尤扶徕等。这就足以说明作者并非全然否定做官，更没有以是否做官作为是否尽忠的标准，当然也就谈不上什么以尽孝来否定尽忠。只是他所强调的尽忠表现为士子无论在朝或在野都要“报效朝廷”。自然，在“朕即天下”的封建时代，“报效朝廷”与忠君自难截然分开，但强调“朝廷”而不突出“皇上”，不强调如杜慎卿所说的“皋门”、“雉门”的区别，也正表明吴敬梓所重视的忠，与忠于一姓的愚忠也微有差别。但尽管如此，他毕竟像重视孝道那样的同样重视忠，却是分明的事实。吴敬梓重视悌，也是显然的。如作者以赞美的笔调写余大、余二“弟兄两个，守着祖宗的教训，闭户读书”，和睦相处。当余大因私和人命一案发作，余二却揽在自己身上蒙混过去。作者对这种悌道的表现大加肯定。但在作品中可以肯定的悌道描写实在太少了。相反，倒可看到兄弟之间失和的大量情节，如严大位与严大育之间、匡大与匡二之间、施御史兄弟之间，他们或觊觎兄弟财产，或以势利眼光相处，或因嫉妒功名而生事端，大都有违于悌道。这种情节的大量出现，也和作者早年出嗣为人子、家产被族人所夺的经历有关，并不足以证明他对悌道的否定。相反，它正可以表明作者对违背悌道行为的谴责。因此，从根本上来说，作者也是肯定悌道的。至于节烈，吴敬梓固然描绘了“三姑娘”殉夫自杀的惨剧，在客观上起到暴露礼教杀人的作用，但其中也存在着讽刺王玉辉“伪妄”的用意。在另外一些情节描写中，似乎作者也并非绝然否定节烈，如书中的“真儒”虞育德就任南京国子监博士时，所办的第一件事就是出资为武书的母亲“节孝的事”请求“旌表”。杜少卿虽然为生活所迫，但毕竟也为中山王府里的“烈女”作了“一篇碑文”，自不免要颂扬一番节烈美德。由此可见，作

① 《论语·泰伯》。

者对虚伪的礼教本身并没有彻底否定（当然，不能这样要求二百余年前的吴敬梓），他所嘲讽、鞭笞的只是一些士子在遵守礼教时所表现的虚伪而已，他反对的只是假道学，肯定的是真儒者。

吴敬梓重视封建道德的思想局限，在讥刺盐商典当的伤风败俗行为上表现得尤为突出。我国封建社会从明代中叶起即已孕育着资本主义的萌芽，随着商业经济的发展，商业手工业的繁荣，出现了大量的城市市民，包括商人和手工业者，这就必然要引起道德观念的变化。恩格斯就曾指出："人们自觉地或不自觉地，归根到底总是从他们阶级地位所依据的实际关系中——从他们进行生产和交换的经济关系中，吸取自己的道德观念。"[①]对于明季以来由于商业经济的发展而引起道德观念的变化，顾炎武在《天下郡国利病书》卷三十二中引《歙县风土论》有所说明，"国家厚泽深仁，重熙累洽。至于弘治盖綦隆矣"，是时"诈伪未萌，讦争未起，纷华未染，靡汰未臻"；及至正德、嘉靖年间，"则稍异矣，商贾既多，土田不重"，"于是诈伪萌矣，讦争起矣，纷华染矣，靡汰臻矣"；到了嘉靖、隆庆之际，"则尤异矣，末富（商人）居多，本富（地主）益少，富者愈富，贫者愈贫"，"贸易纷纭，诛求刻核"，"于是诈伪有鬼蜮矣，讦争有干戈矣，纷华有波流矣，靡汰有邱壑矣"；而到万历中叶以后，"则复易矣：富者百人而一，贫者十人而九"，以致"金令司天，钱神卓地，贪婪罔极，骨肉相残，受身于享，不堪暴殄！"当然，这段话中把自然经济的封建社会说成既无"诈伪"又无"讦争"，未免过于美化，但却反映了明季以来"金令司天，钱神卓地"的商人道德观念对"三纲五常"的封建道德的冲击，则是真实可信的。明代的话本小说中就反映了安徽徽州的民情习俗，当地社会上"以商贾为第一等生业，科第反在次着"；说"徽人因是专重那做商的，所以凡是商人归家，外而宗族朋友，内而妻妾家属，只看你所得归来的利息多少为重轻。得利多的，尽皆爱敬趋奉；得利少的，尽皆轻薄鄙笑。犹如读书求名的中与不中归来的光景一般"[②]。这种认为"世界上没有一样东西不是为了金钱而存在的"[③]道德观念，在《儒林外史》中同样有着形象的反映：凤四老爹所说的"有了钱，就是官"，表明朝廷的命官是可以用金钱买到的。而

① 恩格斯：《反杜林论》，《马克思恩格斯选集》卷三。

② 《叠居奇程客得助，三救厄海神显灵》，见《二刻拍案惊奇》。

③ 恩格斯：《英国工人阶级状况》，《马克思恩格斯全集》卷二。

且在作者笔下，还写出金钱可以买人的现实，盐商宋为富就说："我们总商人家，一年至少也娶七八个妾。"他所谓的"娶"就是"买"。当然封建婚姻也是买卖婚姻，但却要以财礼的形式出现，一般尚未发展到"现钱交易"。可是当沈琼枝被抬进宋府时，宋为富并不急于见新人，而是"叫管家到下店里，吩咐账房中兑出五百两银子"给其父沈大年，抵作身价银。这不是如同恩格斯所指出的资产者"和自己的老婆之间的联系百分之九十九也是表现在同样的'现钱交易'上"[①]一样么？不仅如此，金钱还可以"买"来封建道德，请看五河县祭节孝祠的情景：世家大族虞府祭祠时一片冷清，而盐商方老太太木主入祠则热闹非凡，知县、学师、典史、把总、乡绅、进士、举人、贡生、监生、秀才这些县中体现风化的人物一齐出动，逢迎凑趣。难怪余大先生要说："我们县里，礼义廉耻，一总都灭绝了！"难怪作者自己也要挺身而出愤怒地斥责"这恶俗地方""势利熏心"，真所谓"乡僻地面，偏多慕势之风；学校宫前，竟行非礼之事"。这种"金令司天，钱神卓地"的气焰对于封建道德的进逼，激起了吴敬梓的极大愤慨，予以无情的讥刺和抨击。尽管他也揭发了盐典商人"戥子太重，剥削小民"的罪行，然而更多的抨击却是落在他们所谓"伤风败俗"、有悖封建道德的行为上的，如剥去支剑峰冒充斯文、附庸风雅的伪装，摘去他头上的方巾，暴露出他的盐务巡商的身份；揭露盐商万雪斋的奴仆出身，当他娶媳妇正在热闹之际，却安排他的"主子程明卿"出场，让他"由不的自己跪着"，当场出丑；斥责盐典商人方老六大闹节孝祠，与权卖婆在尊经阁上旁若无人地公然调笑，等等。这些描写，虽然使我们对当时商人的丑态产生一定的感性认识，但由于作者在相当程度上是从维护封建道德的纯洁性出发的，这就大大削弱了作品的批判力量。作者这种思想感情，在他的抒情作品《移家赋》中有更其直率的表露：他在痛骂"彼互郎与列肆，乃贩脂而削脯，既到处而辙留，能额瞬而目语"，全都是"山獠人面，穷奇锯牙"之余，对一些旧家大族在这些"钱癖"、"宝精"面前，居然"莫不低其颜色，增以凄怆，口嗫嚅而不前，足盘辟而欲往"的种种表现极为不满，从而滋生了"忿世祚之悠悠，遇斯人而怏怏"的无可奈何的惆怅。由这种情绪而导致的对盐典商人伤风败俗的谴责和讥刺，也就难免与欧洲封建主对资产阶级的批判有某些类似之处，"其中半是挽歌，半是谤文；半是过去的回音，半是未来的恫吓；它有时也能用辛辣、

① 恩格斯：《英国工人阶级状况》，《马克思恩格斯全集》卷二。

俏皮而尖刻的评论刺中资产阶级的心，但是它由于完全不能理解现代历史的进程而总是令人感到可笑”[①]。总之，吴敬梓对盐典商人有悖于封建道德行为的抨击，虽然有一定的认识意义，但也鲜明地表现了他维护封建道德的立场。

不过，《儒林外史》中毕竟存在着暴露和批判封建道德的虚伪和不合理的部分，这就表明吴敬梓虽然基本上是站在维护封建道德的立场上，但在他的世界观中必然存在着一些进步的因素，否则小说中出现这些描绘就是不可思议的事了。吴敬梓曾接受了明清之际进步思想家、特别是颜李学派的影响，而反对宋儒之学则是颜李学说的一个重要内容。颜元曾经指出："仙佛之害，止蔽庸人；程朱之害，偏迷贤知。"[②]李塨也曾讥刺宋儒说："自宋有道学一派，列教曰'存诚明理'，而其流每不诚不明何故者。"[③]颜李学派另一重要人物王源，更尖锐地斥责了理学家的虚伪造作，他说："因叹天下无事不伪，而理学尤甚！今所号为儒者，类皆言伪行污，不足起人意。"[④]王源还具体揭露了伪道学的种种丑态，说："盖以后世之儒谓之道学，而近之讲道学鲜有不伪者，非借道学以掩其污秽而要禄位，即借之以投时尚而博声名，欺人不得不自欺，自欺不得不大声疾呼自以为真程朱……以见其所以自命者，至纯至正而无一之不实，著书立说，纵横侈肆，无所不至。乃试问其心术，考其行事，不但不足为君子，并不足为小人，只成其为穿窬之盗、患得患失之鄙夫而已！"[⑤]李塨为吴敬梓曾祖吴国对的门生，晚年又曾到南京讲学传道，吴敬梓接受他的影响是极为自然的。特别是吴敬梓的挚友程廷祚一度曾向李塨称弟子，而他对理学就颇有微词，姚鼐曾指责他"好非议程朱"，以致"流于蔽陷之过而不自知"，并且认为程廷祚之所以非议程朱，乃在于"其始厌恶科举之学，而疑世之尊程朱者，皆束于功令，未必果当于道"[⑥]。可见程廷祚是从反对八股举业而及于程朱理学的。吴敬梓在《儒林外史》中的表现与之极为类似。程廷祚与吴敬梓的关系非同一般，既为吴敬梓《文木山房集》作过序，又为吴敬梓亡姊金孺人写过墓志铭，他们相互讨论问题的书信仍保存于程廷祚的

① 《共产党宣言》，《马克思恩格斯选集》卷一。
② 李塨：《习斋年谱》卷下。
③ 李塨：《恕谷后集》卷二《恽氏族谱序》。
④ 王源：《居业堂文集》卷七《与李中孚先生书》。
⑤ 王源：《居业堂文集》卷八《与方灵皋书》。
⑥ 姚鼐：《惜抱轩全集文后集》卷一《程绵庄文集序》。

《青溪文集续编》中。因此可知吴敬梓之所以对理学虚伪有所非难，首先是与这些进步学者的影响分不开的。其次，吴敬梓对于魏晋六朝的文学和社会风尚极其钦迟，他的另一至交程晋芳在《寄怀严东有》一诗中说："敏轩生近世，而抱六代情。风雅慕建安，斋栗怀昭明。"[①]吴敬梓在自己的诗作中也流露了这种仰慕之情，叹息"衣冠晋代浑难问，独凭高原空夕阳"[②]；感慨"石头城、寒潮来去，壮怀何处淘洗？……南北史、有几许，兴亡转眼成虚垒"[③]。对于这一历史时期狂放不羁、傲视礼俗的文士阮籍、嵇康，他极为心折，在《买陂塘》词中就说："身将隐矣，召阮籍嵇康，披襟箕踞，把酒共沈醉。"其实，阮籍"虽不拘礼教"，说"礼岂为我所设邪"[④]，但却又认为"君臣不犯其位"[⑤]；尽管钟会说嵇康"言论放荡，非毁典谟"[⑥]，但他却主张"君静于上，臣顺于下"[⑦]，可见他们表面上看似乎傲视礼俗，但实际上却极为重视礼教。鲁迅对此有极为精到的分析，说："魏晋时代，崇奉礼教的看来似乎很不错，而实在是毁坏礼教，不信礼教的。表面上毁坏礼教者，实则倒是承认礼教，太相信礼教。"[⑧]而"束身于名教之内"[⑨]的吴敬梓，对那些掮着孔孟程朱招牌而又处处有悖于封建道德的伪君子、假道学，极为厌恶、痛恨，从而加以讥讽、抨击，揭其面目，撕其伪装。这对当时及后世的读者当然不无裨益，但从根本立场来考察，他其实并不是决然摒弃封建道德的。以此来分析杜少卿的形象，对他一面做出许多惊世骇俗的举动，一面又极为重视孝道的似乎矛盾的性格，就易于理解了。至于"四客"中的王太、季遐年、荆元，他们傲视权贵、痛骂豪门、无拘无束的思想性格，虽然也散发出一些魏晋名士的气息，但在那恶浊的社会中也多少表现出"新人"的气质，这对于那窒息人的正常愿望的封建伦理，也是相当程度的突破。此外，明清两代自然科学有了相当的发展，这对当时的社会科学研究和文艺创作也产生了一定的影响。不少思想家也

① 程晋芳：《勉行堂诗集》卷五。
② 吴敬梓：《文木山房集·冶城春望》。
③ 吴敬梓：《文木山房集·买陂塘》。
④ 《晋书·阮籍传》。
⑤ 阮籍：《乐论》。
⑥ 《晋书·嵇康传》。
⑦ 嵇康：《声无哀乐论》。
⑧ 鲁迅：《而已集·魏晋风度及文章与药及酒之关系》。
⑨ 鲁迅：《中国小说史略》。

认真学习自然科学，颜元就曾与“精西洋数学”的杨计公讨论学问，李塨也曾“问西洋三角法于吴子淳”[①]，阎若璩也“通时宪及授时法，尝据算术以证古文《尚书》之伪”[②]，吴敬梓长子吴烺为当时著名的历算学家梅文鼎门生刘著的弟子。因而吴敬梓当也受到这种学风的影响，《儒林外史》中一些正面人物都再三强调天文、地理等学问就是明证。对自然科学的重视，无疑是有利于他们形成朴素的唯物主义思想的。恩格斯就说：“科学和哲学结合的结果就是唯物主义。”[③]从吴敬梓来说，这也构成他对唯心主义理学进行批判的思想基础之一。小说中对陈和甫的扶乩请神，余敷、余殷的风水堪舆等迷信活动，都有极为形象的描绘和辛辣的嘲讽。众所周知，宗教迷信思想是唯心主义与神学的混合物，而又渗透进某些封建道德观念。由此可见，吴敬梓对封建道德和宗教迷信的暴露与批判，显然与他受到由自然科学发展而形成的朴素唯物主义思想的“洗礼”有关。最后，也特别重要的是由于作者独特的生活遭遇，导致他接触到下层人民，感受到他们美好的品德；也导致他密切关心现实人生，对生活作了冷静而又客观的反映。吴敬梓早年出身于官僚地主家庭，自幼接受了正统儒家思想的教育，有着浓厚的封建的思想意识。然而由于门庭衰落，少年丧母，青年丧父，家产被夺，功名不就，中年移家，生活渐趋贫困，以致晚年漂泊四方，几度依人作客，从而广泛地接触到社会各阶层。对盐典乡绅的骄奢横豪、附庸风雅，读书士子的揣摩制艺、招摇撞骗，以及伪道学家的口是心非、言行不一，他都极为熟悉；同时对于城乡平民、小商小贩和手工业者的困苦生活以及相互扶持的美好品德，也都有切身的体验。因而在《儒林外史》中，就对前一类人物有所讽刺和抨击，对后一类人物则流露了同情和赞叹；并且，对前一类人物的嘲讽，也常常由对后一类人物的赞美出发。例如小说中几次写到立嗣问题，严监生病故后，赵姨娘欲立严贡生之子以继承财产。在这一问题上，作者描绘了严贡生的种种恶劣表现，令人厌恶。而演员鲍文卿过继倪霜峰之子，则全然是为了解救穷秀才的燃眉之急。当倪霜峰病故以后，鲍文卿不但“自己去一连哭了几场”，还叫“儿子去披麻戴孝，送倪老爹入土”。关于地主严氏的立嗣，作者显然根据自己的亲历而叙写；至于鲍文卿的立嗣，分明是根据下层

① 参见李塨《习斋年谱》、冯辰等《恕谷年谱》有关各卷。

② 阮元：《畴人传》卷四十。

③ 恩格斯：《英国状况·十八世纪》，《马克思恩格斯全集》卷一。

人民的实情而描绘。因为按照宗法制度，子女过继出去以后再也不应该为生父“披麻戴孝”。但各个阶级“都各有各的道德”，下层人民是按照自己的道德观念行事的，他们并不会去考虑自己的行为符不符合宗法制度或封建道德教条。虽然吴敬梓对盐典商人“伤风败俗”的嘲讽常常是从维护封建道德的纯洁性出发，但在他跌落下层之后，终于接受了劳动群众和被剥削群众美好品德的感染和熏陶，为他回顾和检讨本阶级士人追求功名利禄的虚伪丑态提供了对比的标尺、批判的根据。例如小说中的权勿用，其原型即为所谓的“江南布衣，究心经籍”[①]的是镜。而是镜的虚伪狡诈，早为时人所不齿，在袁枚《与是仲明书》[②]、董潮的《东皋杂钞》卷二、阮葵生的《茶余客话》卷八等文章笔记中均有或委婉或直率的记叙。从权勿用这一形象的创造过程即可明白，吴敬梓对当时伪道学家的揭露与讥刺，全源自社会生活的现实存在。也正由于此，他所接受的多方面的良好影响才能发生作用，也才使他有可能在自己的创作中对封建道德的虚伪与不合理作出形象的描绘，并予以暴露和抨击。

（原载《明清小说研究》1985年总1辑）

① 法式善：《槐厅载笔》卷八。

② 袁枚：《小仓山房文集》卷十五。

论《儒林外史》中的势利描写

——纪念吴敬梓逝世250周年

在人类社会的历史长河中，由于政治地位、经济状况的悬殊和重新分割，从而形成势利的社会风气；又由于个体素质和操守的差异，不同的人所表现出的势利性格也就各不相似。既然现实生活中存在着势利风气和势利人物，作为社会生活反映的文艺作品，也就必然会有程度不同的描写。纵观一部中国文学史（乃至世界文学史——但本文不拟涉及），不乏重点描写和揭擿这种势利风气、势利人物的作品，也有其他题材的作品而涉及这一内容的创作。但对这一论题的描述与评论，迄今尚未见有专文。阅读之余，常掩卷深思，对这一论题进行研究，或许对我们认识社会、了解历史不无裨益。笔者以为，有关这一内涵的作品自来就有，并不自《儒林外史》始，但吴敬梓对它的描写却极为充分。因此，笔者在作历史扫描的基础上，重点剖析《儒林外史》有关这一方面的内容，作为对这一论题的初探。

一

我国古籍中关于“势利”的论述颇不少见，在《书·君陈》中就有“尔惟弘周公丕训，无依势作威，无倚法以削”。[①]《荀子·正名》篇中也云“不賂贵者之权势”。[②]《尹文子》更说“亲疏系于势利，不系于不肖与仁贤”。又云：“众人见贫贱，则慢而疏之；见富贵，则敬而亲之。”《淮南子·原道训》则说：“贪饕多欲之人，漠睧于势利，诱慕于名位。”《史记》卷一〇七《魏其武安侯列传》则记述了魏其与武安的故事，说：“武安侯虽不任职，以王太后故，亲幸，

---

① 《尚书正义》卷十八。

② 《荀子集解》卷十六。

故言事多效，天下吏士趋势利者，皆去魏其归武安，武安日益横。”《汉书》卷三十二《张耳陈余列传赞》亦云“势利之交，古人羞之”。在这些子、史著作中，除记述事实外，某些篇章还有生动的描写，颇类文学创作，如《战国策》和《史记》中对于苏秦未遇时遭到世人（包括亲人）冷遇的描写，就极为生动、逼真而又震撼人心。试引《战国策》所写为例，在卷三“秦一”中描写苏秦当年“说秦王书十上而说不纳”，归时“形容枯槁，面目犁黑”，“状有愧色”。家人见状，十分冷淡，乃至“妻不下纴，嫂不为炊，父母不与言”。苏秦不禁喟然叹曰：“妻不以我为夫，嫂不以我为叔，父母不以我为子，是皆秦之罪也。”为此，苏秦再次出游，被赵王“封为‘武安君’，受相印”。路过家乡时，“父母闻之，清宫除道，张乐设饮，郊迎三十里”；其妻则“侧目而视，倾耳而听”；其嫂则“蛇行匍伏，四拜自跪而谢”，苏秦不禁问道：“嫂何前倨而后卑也？”其嫂赤裸裸地回答道：“以季子之位尊而多金。”于是苏秦得出如下的人生经验：“嗟乎！贫穷则父母不子，富贵则亲戚畏惧。人生世上，势位富贵，盖可忽乎哉！”作者用笔不多，但将苏秦一家人的心性、言谈、举止纤毫毕露地呈现出来。关于苏秦的遭际，在《史记·苏秦列传》中也有同样的描写。这些记叙，对后世文人颇有影响，并将它谱写成传奇，宋元戏文中有《苏秦衣锦还乡》，元杂剧中有《冻苏秦》，明传奇中有《金印记》、《合纵记》等，不一一列举。

《史记》与《汉书》还记叙了下邽翟公事，见两书《汲郑传》。此引《史记》卷一百二十太史公所言：“夫以汲、郑之贤，有势则宾客十倍，无势则否，况众人乎？下邽翟公有言。始翟公为廷尉，宾客阗门；及废，门外可设雀罗。翟公复为廷尉，宾客欲往，翟公乃大署其门曰：‘一死一生，乃知交情；一贫一富，乃知交态；一贵一贱，交情乃见。’汲、郑亦云，悲夫。”此一简明记载，亦为后世文人注目，并构成“门可罗雀”或“门可张罗”成语。如《梁书》卷三十《到溉传》“及卧疾家园，门可罗雀”；唐韦述《西京记》“秘书省”云：“唐初，秘书省唯主写书贮掌勘校而已，自是门可张罗。”[①]宋吴曾《能改斋漫录》卷五“沿袭·门雀屋乌宣室茂陵”条云“张天觉既相，谢表有云：十年去国，门前之雀可罗；一日归朝，屋上之乌亦好。”又引丁晋公诗“屋可占乌曾贵仕，门堪罗雀称衰翁”[②]。

① 《太平广记》卷一八七，中华书局 1981 年版。

② 《笔记小说大观》第八册，江苏广陵古籍刻印社 1983 年版。

清人的小说、戏曲的文辞中亦常出现，如纪昀《阅微草堂笔记·滦阳续怪录三》“……渐有道途相遇，似不相识者。僮奴婢媪皆散，不半载，门可罗雀矣”。[①]李渔《慎鸾交》第三十三出《绝见》[②]“体统乖，威仪亵，纲常没半些，又不是门堪罗雀无宾客”。甚至专以此记铺衍故事，创作杂剧，这就是曹锡黼所写《四色石》中的《雀罗庭》一剧。

有关抨击描述势利的文字，自秦汉以降，不绝于书，而唐以后，连篇累牍，更是屡见不鲜。有名者如王定保所记王播事，《唐摭言》卷七“唐王播孤贫，尝客扬州惠照寺木兰院，随僧斋餐。后厌怠，乃斋罢而后击钟。后二纪，播自重位出镇是邦，因访旧游。向之题名，皆以碧纱笼罩其诗。播继以二绝句曰：‘三十年前此院游，木兰花发院新修，而今再到经行处，树老无花僧白头。上堂未了各西东，惭愧阇黎饭后钟，三十年来尘扑面，如今始得碧纱笼。’”[③]这一故事，元杂剧王实甫的《吕蒙正风雪破窑记》、明王錂改订的传奇《采楼记》中均曾采入作为一段情节。至清，则有专以此事为题材的无名氏杂剧《木兰院诗笼处故里垂芳》，为《广陵胜迹传奇》中之一种，有乾隆冰鹤堂刻本。

不但我国古代戏曲中有许多涉及“势利”描写的作品，而且在明清小说中也有许多作品刻画和抨击势利风气和趋炎附势的小人，有的是涉笔触及，有的是专门叙写。仅从几部流行的小说集中翻检一下，即可发现所在多有。如《古今小说》中的《吴保安弃家赎友》；《警世通言》中的《俞伯牙摔琴谢知音》、《钝秀才一朝交泰》；《醒世恒言》中的《独孤生归途闹梦》；初刻《拍案惊奇》中的《韩秀才乘乱聘娇妻，吴太守怜才主姻簿》、《钱多处白丁横带，运退时刺史当艄》、《通闺闼坚心灯火，闹囹圄捷报旗铃》；《二刻拍案惊奇》中的《青楼市探人踪，红花场假闹鬼》；《型世言》[④]中《千秋盟友谊，双璧还他乡》、《拔沦落才王君择婿，破儿女态季兰成夫》、《不乱坐怀终友托，力培正直抗权奸》、《白镪动心交谊绝，双猪入梦死冤明》、《痴郎被困名缰，恶髡竟投利网》等。或写势利浸透交友之道，所谓“一关微利已交恶”（《吴保安弃家赎友》）、“于今交道奸如鬼”（《俞伯牙摔琴谢知音》）、“财尽交疏，势移交断，见利相争，见危相弃”（《不

① 《笔记小说大观》第二十册，江苏广陵古籍刻印社1983年版。

② 《李渔全集》第五卷，浙江古籍出版社1991年版。

③ 《太平广记》卷一九九，中华书局1981年版。

④ 《中国话本大系》，江苏古籍出版社1990—1993年版。

乱坐怀终友托，力培正直抗权奸》）；或写婚配中的势利，“如今世人一肚皮势利念头，见一个新中了举人、进士，生得女儿，便有人抢来定他为媳，生得男儿，便有人挜来许他为婿”（《韩秀才乘乱聘娇妻，吴太守怜才主姻簿》），“凶恶势利之徒”白长吉见岳家穷了下来，“就要赖他的婚姻”（《独孤生归途闹梦》）；或写失意得意、否极泰来的不同遭际，以谴责世态炎凉，“丈夫失意惹人轻，总入荣华始称庆”（《钝秀才一朝交泰》）、“如今人一有了时势，便自道是万年不拔之基。旁边看的人也是一样见识，岂知转眼之间，灰飞烟灭”（《钱多处白丁横带，运退时刺史当艄》），而当其发迹变泰之后，便“把当时贫交看不在眼里，放不在心上”（《青楼市探人踪，红花场假闹鬼》）。小说的作者对势利种种表现大多持否定态度，并予以谴责。在这些作品中，无论是作者还是评者，大多都认为这种势利之风已弥漫于整个社会，《型世言》第二十三回《白镪动心交谊绝，双猪入梦死冤明》翠娱阁主人“题辞”即云：“穷相亲，利见背，宁独市井然哉！”

对于势利的描写，不仅存在于戏曲、小说之中，在诗文中亦不少见。如刘孝标作《广绝交论》，有云“……于是素交尽，利交兴……若其宠钧董（贤）、石（显），权压梁（冀）、窦（宪），……皆愿摩顶至踵，隳胆抽肠，约同要离焚妻子，誓殉荆卿湛七族，是曰势交。”[①]欧阳修在《集贤校理丁君墓表》[②]中则赞扬晋陵人丁宝臣不慕势利的品格，说他“及居阁下，淡然不以势利动其心，未尝走谒公卿”。明人洪应明在《菜根谭》前集一四三条中亦云“饥则附，饱则飏；燠则趋，寒则弃，人情通患也”。提醒人们“我贵而人奉之，奉此峨冠大带也；我贱而人侮之，侮此布衣草履也。然则原非奉我，我胡为喜？原非侮我，我胡为怒？”（前集一七二条）又告诫世人“趋炎附势之祸，甚惨亦甚速”（后集二二条）；认为“势利纷华，不近者为洁，近之而不染者为尤洁”（前集四条）；倡言“栖守道德者，寂寞一时；依阿权势者，凄凉万古”（前集第一条）。但告诫也好，警示也好，趋炎附势之徒，也如飞蛾投火一样，前仆后继，难以遏止；势利之风，也依然如故，越至封建末世而越是猛烈。此亦历史社会中之一持续不断发生的现象，徒令各个时代正直士人扼腕不已而又无可奈何，只有付诸笔端，感慨世态炎凉和人情冷暖而已，如唐诗中有白居易《和松树》云：“彼如君子心，

① 《文选》卷五十五。

② 《欧阳修全集·居士集》卷二十五。

秉操贯冰霜；此如小人面，变态随炎凉。”（《和答诗》十首）[①]宋词中有曾觌《忆秦娥》“世情冷暖君应识，鬓边各处侵寻白”[②]；或创作小说戏曲，叙写一些故事，刻画几个人物，对这种世风予以谴责。

二

清代几部著名长篇小说，无论是写什么题材，只要一写及世态人情，无不存在对势利风气的描写，也无不具有抨击世态炎凉的文字，即以与《儒林外史》几乎同时出现的巨著《红楼梦》而言，也所在多有。如《散余资贾母明大义，复世职政老沐天恩》回中叙及贾政承袭荣国公世职一事，作者“插说”道：“且说外面这些趋炎奉势的亲戚朋友，先前贾宅有事都远避不来，今儿贾政袭职，知圣眷尚好，大家都来贺喜。”就是明证。但《儒林外史》中对势利的描写较之《红楼梦》为多为详，也更为生动深刻。

首先，《儒林外史》从讥讽势利起始，到谴责势利为结，对势利的描写可说是贯串全书，具有长久的历时性。《儒林外史》“楔子”故事发生于元末明初，而故事结束的“幽榜”回已是万历四十四年，前后历经二百四十余年。正文从第二回开始，上距“楔子”约一百二十年，第五十五回“四客”故事，发生于万历二十三年，下距“幽榜”二十一年。即从正文所历时间而言也在百年之上。可见势利之风历久而不衰。在“楔子”中，七泖湖畔出现的胖子、瘦子和胡子三个穿着“直裰”的准士人或准仕宦，对“县尊的老师”并未曾出场的“危老先生”的胡吹乱捧，就透露出他们刻骨势利的嘴脸。而在全书多处抨击势利之余，于全书行将结束之五十五回，通过寄寓天界寺的写字的季遐年痛斥施御史之孙：“你是何等之人，敢来叫我写字！我又不贪你的钱，又不慕你的势，又不借你的光，你敢叫我写起字来！”种菜出身、靠卖火纸筒子为生而极擅棋道的王太，看不起下矢棋的一群“大老官”簇拥着的“大国手”，大笑道：“天下那里还有个快活似杀矢棋的事，我杀过矢棋，心里快活极了，那里还吃的下酒！”做裁缝而又爱好弹琴的荆元更是凭自己的手艺，“每日寻得六七分银子，吃饱了饭，要弹琴，要

① 《全唐诗》，上海古籍出版社1986年版。

② 《全宋词》，中华书局1980年版。

写字，诸事都由得我；又不贪图人的富贵，又不伺候人的颜色，天不收，地不管，倒不快活？”原先家里有钱如今败落而能作画的盖宽则对劝慰他的邻居说：“老爹，‘世情看冷暖，人面逐高低’。……而今我这般光景，走到他们家去，他就不嫌我，我自己也觉得可厌。……我若去寻他，空惹他们的气，有何趣味！”作者细细地描写这四客的言行，从而表露了他们对势利社会人情冷暖的极大厌恶。

其次，《儒林外史》中所揭露的势利之风还具有地域的普遍性。“楔子”从浙江诸暨写起，正文则从山东兖州落笔，历经山东、广东、浙江、安徽、江苏、湖广、四川、贵州以及南北二京，几乎遍及全国。而且，它并不是仅仅存在于个别人的身上，而是充斥于整个社会。吴敬梓满怀愤慨地抨击了五河县的势利之风，他讽刺道“五河人有个牢不可破的见识，总说但凡是个举人、进士，就和知州、知县是一个人”，“假使有人说县官或者敬那个人的品行，或者说那人是个名士，要来相与他，就一县人嘴都笑歪了”。接着，作者更直截了当地抨击“五河的风俗”，那就是“说起那人有品行，他就歪着嘴笑；说起前几十年的世家大族，他就鼻子里笑；说那个人会做诗赋古文，他就眉毛都会笑”；“问五河县有什么山川风景，是有个彭乡绅；问五河县有什么出产稀奇之物，是有个彭乡绅；问五河县那个有品望，是奉承彭乡绅；问那个有德行，是奉承彭乡绅；问那个有才情，是专会奉承彭乡绅”。总之，在“五河人”看来，品行、才情，甚至山川景物、珍奇土产均集中于“彭乡绅”一身，也就是说“五河人”目光所聚仅一暴发的乡绅而已，作者不禁感叹道：“乡僻地面，偏多慕势之风。”（四十六回结语）值得注意的是，作者所抨击的是“一县人”，而不是指责某个人，这表明整个五河县都被势利之风所浸透。但其实，五河县不过是整个封建社会的缩影，从作者笔触所及来看，慕势之风即在所谓“大邦”南京，也并不稍歇。可见势利之风并非一地所独有。

再次，《儒林外史》中还具体叙写各个阶层、各类关系中的势利言行，具有广泛的社会性。以官场而言，庄绍光在应征赴京之际，只是“悄悄叫了一乘小轿”出门，他人无所动静；获得“征君”名衔后，无论是路过扬州换船时，还是回到南京家中，都有许多官府迎送、拜见，前后景象大不相同。以士林而言，童生范进穷得揭不开锅盖，无人过问，而一旦中举，素无往来的举人张静斋立即来拜，一再表示“世先生同在桑梓，一向有失亲近”，声称“我和你是亲切的世弟兄”，既送房子、又赠银子。以下层民众而言，无论是农村还是城市也都受到这种风气的侵蚀。山东兖州汶上县薛家集的申祥甫只因“亲家”是夏总甲，众人恭维他还连带吹捧他的亲家夏总甲。在南京，陈木南有“国公府”徐九公子支持时，虔婆也好，妓女聘娘也好，口口声声“姐夫”、“老爷”，一旦陈木南失去了经济靠山，虔婆对他再也“不瞅不睬”，聘娘连见也不愿见他。甚至六根清净的僧道也不例外，如薛家集观音庵的和尚，对发迹前的周进十分冷淡，一旦周进中了进士，做了国子司业，立即在庵中设了供桌，供着金字牌位，上写着“赐进士出身，广东提学御史，今升国子监司业周大老爷长生禄位”。农村庵观僧尼如此，城市寺院僧众更也如此，如南京城南报恩寺附近一和尚庙的“当家的老和尚”，对着出不起高价房租的季恬逸等三人大“骂小和尚”，口口声声说“小房甚多，都是各位现任老爷常来做寓的”。以师生而言，最典型的例子莫若匡超人，他只认提拔他的知县李本瑛为老师，而不承认“学里老师”。可是一旦传说他所拜的老师李本瑛出事时，他却又认为拜了这样的老师要连累自己，真是“晦气”，但在李本瑛升任给事中派人来寻他时，他的态度又立即大变，表示“蒙老师呼唤，不日整理行装，即来趋教”。可见“老师”有用时即为“门生”，无用时立即脱离甚至谋求洗刷掉这层关系。不见被某些作者认为“不是其人品质的虚伪”①的王玉辉，闻知余特来任徽州府学训导时，立即来拜，并恳切地表示：“门生在学里也做了三十年的秀才，是个迂拙的人。往年就是本学老师，门生不过公堂一见而已。而今因大老师和世叔来，是两位大名下，所以要时常来聆听老师和世叔的教训。要求老师不认做大概学里门生，竟要把我做个受业弟子才好。”对既往的“本学老师”如此不敬，而在二余面前如此谦卑，只是因为二余是“大名下”，这岂是“迂拙”？而接下来又自诩所著的“礼书”是讲究“事亲之礼，敬长之礼等类”。将他所著之书与他对“本学老师”的态度相对照，这岂不是“品质的虚伪”又能做何解？可见，在《儒林外史》中师生之情有时也不能不被充斥着的势利风气所左右。以亲属而言，无论乡绅仕宦或市井小民，在他们的亲属关系中也浸透了彻骨的势利；无论是岳父与女婿之间、还是夫妻、兄弟之间，无不被这种势利之风侵蚀。吴敬梓笔锋所及，尤在兄弟之间，如严贡生算计乃弟严监生家产；秦二侉子不耐烦与乃兄秦中书相处；胡八公子与乃兄胡三公子“离门离户”；施御史兄弟二人为求自己发达择地迁母坟而失和；杜慎卿说房分兄弟杜少卿“是个呆子”，

---

① 《王玉辉的悲剧世界》，《文学遗产》2000年第6期。

并以之为壑，让鲍廷玺去讹骗他的家财；甚至农村小贩匡大也怪乃父偏爱乃弟匡二等。在《移家赋》中，吴敬梓曾经感叹“兄弟参商”，考察吴氏家族的实况，《儒林外史》中多处叙写兄弟失和的情节就并非偶然。

此外，在《儒林外史》中，作者还塑造了几个典型的势利小人。除胡屠户、匡超人而外，尚有唐二棒椎、成老爹之流。唐二棒椎是个“文举人”，要与“同榜同门”的侄子认起“同年”来，向虞华轩请教，但又不听从，余特听说，大声斥责道：“如何才中了个举人，便丧了天属之亲，叔侄们认起同年同门来？”成老爹言行更是恶浊不堪，他是一个“准给衣巾”的老童生，但却干着“兴贩行的行头”，是个地地道道的市侩掮客。坐在虞府宴席上，却数落虞家的衰败，夸耀彭、方二家的兴盛，甚至主观武断地说虞华轩不会去送本家八房的叔祖母入节孝祠，而去方家攀附，送“方老太太入祠”，还说虞华轩一族“八房里本家穷的有腿没裤子，你本家的人那个肯到他那里去？”在他看来，所有的人都同他一样爱富嫌穷、趋炎附势。这正是势利小人共同的心态写照。总之，从小说的开篇至小说的结尾，从农村到城市，从下层文士到上层缙绅，这些势利小人不断出现，无处不在，而且越来越恶俗不堪。作者对这些势利小人十分厌恶，尤其是对那些厕身于士林中的势利小人尤为深恶痛绝。到他的晚年，这种厌恶情绪也并未稍减，相反，越来越激烈。如果说对胡屠户、匡超人还是婉而多讽的讽刺，那么对唐二棒椎、成老爹则是激而为怒的斥责。

三

《儒林外史》对于势利的描写较前此或同期文学作品何以更为丰富，吴敬梓的揭摘又何以如此深刻，这与《儒林外史》的题材和作者的际遇有关。

众所周知，《儒林外史》是一部以反映科举社会中知识分子生活和命运为题材的长篇讽刺小说。在我国漫长的历史社会中，知识分子谋求出路历经三大不同制度的制约，在奴隶社会中凭血缘关系谋求官职，即世代相传、亲贵合一的世卿制，平民中的士人是难以入仕的。在封建社会前期实行的是选举制，无论是两汉实行的察举、征辟，还是魏晋时期的九品中正，都是由皇帝选拔，或由高官推荐经考试后方可出仕；或由大小中正品定级别再由朝廷选择任用。但现任官员包括大、小中正，大都出自豪门，因而庶民子弟也是难以登仕进之途的。对这种选举制度（无论是汉代的察举征辟还是魏晋的九品中正）的弊端进行抨击的文字不绝于史籍，如《抱朴子·汉过篇》云："道微俗弊，莫剧汉末也，……进官则非多财者不达也，狱讼则非厚货者不直也。"《晋书·段灼传》云："九品访人，惟问中正，故据上品者，非公侯之子孙，则当涂之昆弟也。二者苟然，则蓬门荜户之俊，安有不陆沉者哉！"科举制度则是通过考试选拔士人为朝廷命官，相对选举制度而言，有一定的客观标准，为广大的贫寒子弟开辟了一条仕进捷径。如唐朝牛僧孺原是"少单贫力学"[①]的寒门子弟，但于德宗贞元二十一年（805）考中进士后即进入仕途，甚至官至宰相。及至宋代，科举制度又有发展，三年一科、分三级考试，录取后不必像唐代那样还须通过"选试"方能授官，而是考中进士后立即授官，录取名额又大大增加，分进士及第、赐进士及第、赐同进士及第三等录取，最多时可多达五、六百人，少时也有二、三百人。这就给广大士子进入仕途大开方便之门。这些做法至明、清时代依然沿袭未变，不但考取进士立即授官，连乡试合格取得举人身份者，也具有出仕资格，而明清时代每科录取举人多时达一千五、六百人。因此，宋明以降，士人通过这一制度而步入仕途的机遇大大增加，也就是说改变身份的机率更为扩大，"朝为田舍郎，暮登天子堂"的现象也就并非绝无仅有。由一介书生陡然成为朝廷命官，财势地位便产生急剧变化，因此必然加剧社会势利之风的盛行，炎凉世态也就随之而俱来。唐代诗人刘得仁"长庆中即以诗名"，但"自开成至大中三朝昆弟皆历贵仕"，而"得仁出入举场三十年，卒无成"。在他的诗集中有送人应试及第诗作，如《送高湘及第后东归觐叔》，有云"此去几般荣，登科鼎足名。无惭入南巷，高价耸东京"；也有送人落第返乡之作，如《送车涛罢举归山》，有云"朝是暮还非，人情冷暖移。浮生只如此，强进欲何为"；又有抒写一己参加考试的心情诗作，如《省试日上崔侍郎四首》，其第二首云"如病如痴十二秋，求名难得又难休。回看骨肉须堪耻，一著麻衣便白头"。[②]宋人王柏也有《科举》诗云："纷纷衿佩止时文，竞巧趋新做日程。一试奔驰天下士，三年冷暖世间情。"[③]直到清代，由科举制度

① 徐松：《登科记考》卷十五。

② 《全唐诗》，上海古籍出版社1986年版。

③ 《全宋诗》卷三一七〇，北京大学出版社1998年版。

而加剧的世态炎凉风气也未稍减。如康熙九年庚戌科状元蔡启僔，为浙江德清人，有乡试同年为江苏山阳县知县。蔡启僔赴京会试时路过山阳，投名刺谒见，知县命传达人查明回报，蔡怒而去。其后，蔡启僔会试为一甲一名进士及第，即状元。县令闻之，以厚币谢过。蔡却之，并寄诗云："一肩行李上长安，风雪谁怜范叔寒；寄语山阳贤令尹，查明须向榜头看。"① 地位急剧变化，财势自然重新分配，朝炎晚凉之风必然加剧，而士人饥附饱飏的性格也当然更形突显。因此，以生活在科举制度下的知识分子为题材的《儒林外史》，涉及对势利的描写自然是不但不可避免而且还是很重要的内容。

其次，吴敬梓之所以能将"势利"之风描写得如此生动、真切，在很大程度上是与他生活在衰落的科举之家有关。全椒吴氏原先务农，自吴沛弃农业儒成为塾师以后，教导子弟一心读书，以博一第。他将五子做了分工，次子国器主持家政，其余四子国鼎、国缙、国对、国龙专攻举业，均成进士，传为士林佳话。在《移家赋》中，吴敬梓自诩地写道"曾祖兄弟五人，四成进士，一为农"。在词作《乳燕飞》中更是夸美说"家声科第从来美"。吴敬梓亲曾祖吴国对更是进士第三名即俗所谓探花，曾先后出任福建乡试主考、国子司业、顺天学政等职。但自曾祖以下，各房功名高下不一，族曾祖吴国龙后人功名最高，其子吴昺为第二名进士即俗所谓榜眼。而亲曾祖吴国对的后人则功名不高，如吴敬梓祖父吴旦是增生，生父雯延也是秀才，嗣父霖起则为拔贡。由于各房功名不一，形成财势的悬殊，猜疑、嫉妒、怨恨、愤慨等心理状态和言行表现自然也就随之俱来。发达的房分难免盛势凌人，而衰落的房分自然感到世态炎凉。但在吴国对这一支中，吴敬梓却又是长房长孙，这一"宗子"身份也自然会受到吴旦之弟吴勖、特别是庶出的吴昇后人的注目，同时招致其他各房的嫉恨。因此，在吴氏大家族中，吴敬梓就处在歆羡他人又被他人妒恨的特殊地位。他的表兄金两铭在《为敏轩三十初度》诗中说："忆昔重光大荒落，子方生时我十三。乌衣门第皆依旧，止见阮氏判北南。"此乃用《世说新语·任诞》中所记"阮仲容步兵居道南，诸阮居道北。北阮皆富，南阮贫"事，这表明吴敬梓出生时，吴国对后嗣已坠入贫困，而吴国龙后嗣却家业旺盛。他的族兄吴檠在《为敏轩三十初度》中所记"浮云转眼桑成海，广文身后何啥含。他人入室考钟鼓，怪鸮恶声封狼贪"，则又表明在吴国对这一支中，

① 商衍鎏：《清代科举考试述录》，生活·读书·新知三联书店 1958 年版。

他承袭的父祖遗产时时遭人觊觎。这种尴尬处境，激发了吴敬梓的无穷愤慨，在《移家赋》中写道：“梓少有六甲之诵，长余四海之心。推鸡坊而为长，戏鹅栏而忿深。”用贾昌“鹅栏”（见陈鸿《东城老父传》），桓玄、桓冲故事（见《世说新语·忿狷》、《桓玄别传》、《桓冲别传》）抒发族兄弟对他的欺凌。《移家赋》中又云“贤人则岁在龙蛇，仙翁则惟遗笙鹤。于是君子之泽，斩于五世，兄弟参商，宗族诟谇”，则是反映他所承受的各房一再“夺产”的压力。而自己又屡试不第，功名未遂。无论是家族的经济状况还是自己的社会地位都一落千丈。因此，在实际生活中所遭遇的冷落、鄙视，并由此而激发起的种种感慨乃至愤恨，他都一一抒写在诗、词、赋中。如《移家赋》中所言“葛帔西华，故交零落”，甚至“竟有造请而不报，或至对宾而杖仆”的遭遇，从而发出“人生不得意，万事皆愬愬”（《丙辰除夕述怀》）的感叹。从这地位的剧变中，他终于体验到“君子淡以成，小人甘以坏”（《酬李蘧门》），认识到“贵为乡人畏，贱受乡人怜”（《哭舅氏》）的现实。这种感受和认识，对于他在《儒林外史》中能够十分生动地描写势利之风和极其深刻地暴露势利小人之丑态心性，无疑是具有积极意义的。鲁迅在《呐喊》自序中说：“有谁从小康人家而坠入困顿的么，我以为在这途路中，大概可以看见世人的真面目。”[①]吴敬梓正是在“坠入困顿”的处境后创作《儒林外史》的，自然会生动、真切地再现“世人的真面目”。

四

如何认识《儒林外史》中势利描写的意义？我想，不同时代、不同读者均可以从各自的角度去探讨。

首先，从小说的实际描写来看，虽然势利之风遍及社会各阶层，历久而不衰。但仔细读来，作者所描写和谴责的势利现象和势利小人又大多麇集于士林和官场。这也与作品的题材密切相关。八股科举、功名富贵，是彼时士人生活的重要内容，甚至是唯一的生活内容。而为了追逐功名、谋求富贵，未曾入仕和已经入仕的士子，必然要依附请托，夤缘钻谋，广结网络。对此，前人评论中已多有涉及，如卧闲草堂评本说：“自科举之法行，天下人无不锐意求取功名。”[②]天目山樵

① 《鲁迅全集》第一卷，人民文学出版社1981年版。

② 卧闲草堂评本《儒林外史》第二十五回，人民文学出版社1975年影印本。

评本说："何以要做举业？求科第耳。何以要求科第？要做官耳。儒者之能事毕矣。"[①]唐代文人韩愈也曾直白地道出其中奥妙，他在《与凤翔邢尚书书》中说："布衣之士，身居穷约，不借势于王公大人则无以成其志；王公大人，功业显著，不借誉于布衣之士，则无以广其名。"韩愈认为此乃士人与官员"相须"、"相资"之需，[②]可见此风由来已久。只不过到了科举时代后期更为剧烈而已。而产生于清代的小说《儒林外史》中，对这种风气和现实做了极其详尽的描写和沉重的抨击，也就不难理解了。

在吴敬梓笔下，无论是秀才如匡超人、举人如唐二棒椎、进士如王惠，乃至翰林如高某、中书如秦某、大学士太保公等，无不如此。对此，不妨略加揭示。个案如荀玫，读私塾时，乃父曾先讨好过塾师周进；后来周进发迹，做了国子司业，就委托另一门生，时任山东学政的范进主持"考事"时，"推情拔了他"。荀玫7岁时，举人王惠曾梦见与他为同榜进士，不禁脱口而出："难道和他同榜不成！"卑视之意显然。岂料在他"须发皓白"的暮年竟然与荀玫成为同年，他即时态度大变，不但主动去拜见荀玫，表示"将来'同寅协恭'，多少事业都要同做"，还将荀玫的行李搬至"自己下处同住"。荀玫丁忧时，他又劝说荀玫匿丧不报，以免影响考选，二人找吏部掌案金东崖设法，以谋求"在任守制"。此事虽不谐，但当此后荀玫出任两淮盐运使时，金东崖去扬州荀玫住所探望，荀玫既送"几百两银子"，又将他"荐在匣上"任职。从荀玫、王惠、金东崖交往过程的粗粗勾勒中，就可见士人与官吏的"相须"、"相资"的真相。三湖之会则是士人群体趋附豪门的画像。莺脰湖之会的主人娄璋、娄瓒，其祖为太保公，父为中堂大人，长兄为现任"通政司大堂"；西湖之会的主角是"做过冢宰"的胡尚书的三公子胡缜；莫愁湖之会东主为不久之后就铨选部郎的杜倩，其先人曾任礼部尚书；另一东主为季苇萧，乃父为候选守备。娄、胡、杜均属豪门，虽未任现职，但家族"余热"尚在，一些未曾入仕、地位低下的士子也都热衷于奔走门下，或为清客，或做幕友。主人一时兴起，也可为他们解决一些困难，如杨执中被系囹圄，就是娄府几句话才得以开释。所以谋求功名富贵无望的士人也趋附依傍。

至于官员之间相互勾结、彼此趋附者更众，如"授了中书""从京师回来"

---

① 《儒林外史评》第十三回，上海宝文阁光绪乙酉刊本。

② 韩愈：《韩昌黎文集校注》卷三，古典文学出版社1957年版。

的万青云，立即受到高翰林、秦中书、施御史的热情接待。高翰林认为他是“一个最有用的人”，立即宴请，还请亲家秦中书相陪。秦中书还争做东主，说：“我的同事，为什要亲翁做东道？”岂料万青云东窗事发，被差人在秦府席上拿去。顿时，高、秦和施御史三人“面面相觑”，继而高、秦二人又相互埋怨。现任官员结交士子之事，小说中也不乏描写。如应天府江淮卫守备萧云仙，他不但将自己“半生事迹”请人作了“三幅图”，还请国子监生武书邀约“几位大手笔，撰述一番”以求“不朽”。中山王府出了一个“烈女”，也得请国子监博士虞育德“作一篇碑文”。此乃是官员结托士人，以布声誉。而大学士太保公欲将庄绍光“收之门墙，以为桃李”，则是网络师生关系，扩张立朝势力。清朝乾隆皇帝曾对这种现象予以痛斥，说：“朕为天下主，而令天下大臣，因师生而成门户，在朝则倚恃眷注，事事要被恩典，及去位而又有得意门生留星替月，此可姑容乎？”[①]官员结交士人，与士人攀附官员有所不同。士人攀附官员当然以现职为主，一时攀结不上也退而求其次，曾任过职的闲居官员、尤其是高官豪门之后，也是士人攀附的对象。但官员结交士人，则要选择对他们有作用的士人，于他们无用的士人则很少过问。如牛布衣曾攀附过不少官员，在他的诗稿中就有《呈相国某大人》、《怀督府周大人》、《娄公子偕游莺脰湖分韵兼呈令兄通政》、《与鲁太史话别》、《寄怀王观察》以及为“某太守、某司马、某明府、某少尹”而作的诗颇多，“不一而足”。然而当他病逝芜湖甘露庵时，全赖老和尚照顾、料理，他“一生相与的人”，未见一人有所表示。可见士人、官员之间的交谊，全由能否“相须”、“相资”而定，也就是由求名求利而定。因此，势利之风在士人和官员中尤为强烈，也是极为自然的。

其次，我们在《儒林外史》中可以看出作者对弥漫于整个社会中尤其是士林和官场中的势利风气极其厌恶，并着力讽刺和抨击，但他却无力改变这种丑恶的现实。尽管从“楔子”起直到“四客”结，作者对此种风气的揭擿未曾稍歇，然而他的努力却全然是徒劳的。“势利”已成为封建社会的痼症之一，并且越来越趋严重。在“四客”回中，作者通过四客虽然痛快淋漓地斥责了这种污浊的风气、丑恶的现实，然而在字里行间也透露出作者的无可奈何的心态，在这一回书中，出身下层的季遐年、王太、荆元，对于炎凉的世风、冷暖的人情，都是毫无顾忌

① 《东华续录》乾隆十四年十二月。

地予以抨击：季遐年对施御史之孙的斥责痛骂，王太对“大国手”的讥笑蔑视都表明他们与“势利”势不两立的态度。荆元与季、王二人微有差异，他自尊自重、洁身自好，但同样表明不与势利人物交往的决绝态度。这三客言行轩爽、态度明朗，听他们所言、观他们所行，真可一洗天下寒士的郁闷。但他们的所作所为固然赢得读者的赞许，然而他们的下场如何，小说中却没有交代，作者也难以预测他们的结局。整个社会都被势利之风所浸染，个别人的言行能改变这种污浊的现实么？事实上无此可能，因而作者以“不结而结”的形式处理这三客的“下场”。他们的命运如何，留给读者去忖度；他们出现于这种现实社会中的意义和作用，也让读者去评说。至于原先“家里有钱，开着当铺，又有田地，又有洲场”的盖宽，在家道败落下来后，他的表现则没有这三“客”的激烈，虽然他也感受到“世情看冷暖，人面逐高低”的困扰，但只是默默忍受这种现实。作者安排他的下场是“有个人家出了八两银子束修，请他到家里教馆去了”。但这种下场的实情，也是难以估猜的。塾师的处境，在整部小说中也有多处描写，如山东汶上县薛家集的塾师童生周进，受尽新进学的梅玖的奚落，遭遇举人王惠的轻视，还要向夏总甲之辈弯腰屈膝。就是“大名下”的余大先生，汤镇台欲延聘他教导子弟，而汤大公子却视他为“半师半友”。由此可以推测：破落户盖宽去人家做西席，能否摆脱困人的势利之风的侵扰，盖宽对这种污浊风气能承受到何种程度，其后半生又如何了结，等等，作者未曾写出，读者也难以预知，也同样是不了而了、不结而结。如此叙写是与他在生活实践中的遭际是一致的。吴敬梓出生并生活于他的家族由盛而衰之际，由于矛盾焦点“夺产”之争的爆发使得他逐步认识到宗族社会中“诗礼”人家的真相，饱尝人间的冷暖、世态的炎凉，产生了对势利社会的无穷愤慨。甚至发出“枭将东徙，浑未解于更鸣”的呼号，怀着“逝将去汝”的决绝态度离开故乡全椒的势利社会，移家南京。在南京，他受到颜、李学说的影响，力求身体力行。颜元曾教导士人“……要为转世之人，不要为世转之人。”[①]也就是说，读书人要为改变社会不良风气有所作为，而不要被不良社会风气所侵袭。因此，在他的创作中痛斥这种不良之风也是既有家变的现实基础，也有进步思想的熏染。但是晚年的吴敬梓历经磨难，倍感整个社会恶浊之风的沉重浓厚已如重重黑幕，并非一二个仁人志士所能够撕裂出一条缝隙，更不用说改变这种现实状况。因而

① 钟凌编：《颜习斋言行录》卷上。

在盖宽的结局上就透露出这种无可奈何的情绪。总之，社会不前进，经济不发展，制度不更换，作为上层建筑的道德风气的变化自然是不可能的，更何况社会意识落后于社会存在，即使基础已然发生变革，上层建筑在相当长的时间内还会存在于新的肌体内，有待后来者不断的揭擿、批判。吴敬梓在《儒林外史》中对势利的鞭笞，尽管有些微的变化，但他从来不认可势利。他对势利之风的深恶痛绝之情，他的游离于势利社会边缘的独立不羁的人格，是值得后世士人景仰的，也是具有永恒价值的。

吴敬梓和本文第一节提及的许多作品的作者一样，都成为历史的“过客”，然而他们所创作的作品，均曾程度不同地抨击旧时代的癌症之一——“势利”，这些作品的价值并未曾消逝，而且还留给我们以无尽的深思。他们将“势利”描写得如此生动深刻的艺术手段，也给我们提供了极好的借鉴。如何总结古代文学中对“势利”的描写，是一个值得继续深入研究的课题。

（原载《中华文化论坛》2004年第2期）

论《儒林外史》中的师生关系

——《儒林外史》中士人性格与命运探索

《儒林外史》是一部描写知识分子生活、反映知识分子命运的小说。人的本质是社会关系的总和，知识分子也不例外，既是历史的存在、传统的存在，也是现实的存在、社会的存在。吴敬梓从不同的生活环境和社会层次去描写他所生活的时代的知识分子，我们也应该从各个视角去研究它、评论它。《儒林外史》是把知识分子放在科举制度下来表现的。众所周知，科举考试就是一种对人才的教育与选拔制度，《儒林外史》所描写的情节中就存在大量的师生关系。但在考查《儒林外史》的研究史时，不难发现既往的研究成果中专门论及这一课题的文字还不多见。因此从这一重关系来探讨士人的性格与命运也就不无意义。

一

我国自来重视教育，《春秋穀梁传·昭公十九年》即云："羁贯成童，不就师傅，父之罪也。"《礼记·学记》亦云："玉不琢，不成器。人不学，不知道。是故，古之王者，建国君民，教学为先。"并且，很早就建立了较为完善的教育制度，中央和地方都设有教学机构，《孟子·滕文公上》记载："设为庠序学校以教育之。……夏曰校，殷曰序，周曰庠。"同时，还配置掌管教育的官员，《周礼·地官·司徒》亦云"教官之属。大司徒卿一人，小司徒中大夫二人，乡师下大夫四人"。当然，统治者重视教育的目的在于修明政治，《毛诗·周南·关雎序》即明言"美教化，移风俗"；桓宽在《盐铁论·授时》中亦云："是以王者设庠序，明教化，以防道其民。"

正因为教育是为政权服务的，因而在我国古代重视教育的传统历久而不衰。无论是《儒林外史》所假托的明代，还是作者吴敬梓所生活的清代，都重视教育。

洪武二年（1369）朱元璋曾谕告中书省臣说“朕惟治国以教化为先，教化以学校为本”，并在中央和地方分别设立学校，中央“曰国学”，地方“曰府、州、县学”。洪武一朝，全国“无地而不设之学，无人而不纳入教。庠声序音，重规叠矩，无间于下邑荒徼，山陬海涯”，其时，“教官四千二百余员，弟子无算”，学校之盛可谓“唐宋以来所不及也”。[①] 清朝虽是少数民族入主中原，但对汉族传统文化依然重视、利用。福临方“定鼎燕京”，就“修明北监为太学”。顺治七年，“改南京国子监为江宁府学”，并谕礼部云：“帝王敷治，文教为先。臣子致君，经术为本。……今天下渐定，朕将兴文教、崇经术，以开太平。”[②]

明初建学，凡“司教之官，必选耆宿”。当时于选拔官员有四种途径，即学校、科目、荐举、铨选，但尤重学校，所谓“科举必由学校，而学校起家可不由科举”。因而学校教职颇为士人所重视。但“一再传之后，进士日益重，荐举遂废，而举贡日益轻”，学校之功能虽经“南北祭酒陈敬宗、李时勉等加意振饬，已渐不如其始”，其缘故乃在于“宦途升沉，定于谒选之日”，在监攻读“即奋自镞砺”也“不能有成”，于是“众情所趋向，专在甲科”，“积重之势然也”。在正统朝就出现“天下教官多缺，而举人厌烦其卑冷，多不愿就”的局面，及至嘉靖朝“南北国学皆空虚”，“举人不愿入监”读书，[③] 更无人愿就教职。

清季建学之初，亦选用经明行修之士充任教职，当时国子监“六堂讲师，极一时之选”。但此后，卑冷闲职无人愿就一如明季，到乾隆十六年（1751）因“天下教官多昏耄，滥竽恋栈”，也同明季一样出现“儒学寝衰，教官不举其职”的局面。但尽管如此，明清两朝中央国子学和地方府、县学依然存在，各级教职与众多士子所构成之师生关系也依然存在。此外，在府、县学之下，明洪武八年（1375）还建有“延师以教民间子弟”的社学[④]。清代亦然，“社学，乡置一区，择文行优者充社师”；社学之外，尚有义学等[⑤]。此种初级教学机构，自然也有师、生，也同样存在师生关系。《儒林外史》中也有叙及。

除“朝廷制下”的“学里老师”之外，尚有另外一种老师，即主持各级考试

---

① 《明史·选举一》。

② 《清史稿·选举一》。

③ 《明史·选举一》。

④ 同上。

⑤ 《清史稿·选举一》。

的现任官员：知县、知府、学政、总裁、阅卷大臣、读卷大臣等，他们与应考士子也结成师生关系，但正如小说中潘保正所言“这是私情”。但却较之“朝廷制下”的学里老师与士子所构成的师生关系更受到士子的重视。这些，在小说中均有形象生动的描叙。

二

《儒林外史》中叙写的师生关系从乡镇塾馆到县学、府学乃至国子监，无不涉及。正文一开始就出现塾师周进。他是一个老童生，坐馆谋生。起先在县衙门“户总科提控顾老相公”家任教，尽管经他所教的“顾小舍人”进学成了秀才，尽管他处处讨好东主，连点戏也要讨主人欢心，但在学生有成以后，他却失去馆地。此后，由夏总甲推荐沦落到薛家集观音庵中来坐馆，勉强混了一年即被辞退。老童生做塾师，地位之卑下、境遇之凄惨，实在令人难堪。因此，祁太公劝说在他家坐馆的虞育德“出去应考，进个学，馆也好坐些”。果然，虞育德成为秀才后，即有杨姓人家“包了去教书”。可见，没有生员资格，连塾师也难以谋得；即使求得，也难以坐稳。

祁太公是厚道人家，待虞育德不薄，虞育德也知道感戴。周进却无此幸运，观音庵中坐馆教了“七长八短几个孩子”，各家所送贽见，“合拢了也不够一个月的饭食”，每日伙食只能是“一碟老菜叶，一壶热水”。因为他称赞了殷实子弟荀玫而触怒了众人便遭辞退。其实荀玫在几个弟子中自有过人之处，先后进学、中举、成进士。众人因荀家所送贽见较多而怪罪周进是不公道的。其间，他又受到秀才梅玖的讥刺、举人王惠的冷遇，更是令人心寒。

虞育德有了秀才身份，谋馆虽较容易，但生活也依然拮据。杨家原先说定三十两银子一年，但落实时“只得二十几两”，不能不去替人看“葬坟”获取谢仪以弥补家用。当然，有了贡生的资格，任教的待遇要比一般生员为强。如余特起先在扬州盐商家坐馆，后来汤镇台欲延聘他任西席，事虽未谐，但预定的“每年馆谷”约有“五六十金”，已较生员虞育德为多多。即令如此，一旦失去馆地后，便要去无为州抽丰以维持生活。可见即令贡生坐馆，生活之资也不丰足。

周进当年教的是“几个孩子”，已经为荀玫闹出“事”来而存身不住。虞育德在杨家坐馆时与弟子关系，作者虽未曾叙及，但从祁太公的厚待中可以看出师生相处还是融洽的。余特在扬州盐务人家坐馆，虽未正面涉及与东主及弟子之间有什么纠葛，但“不甚得意”四字已透露出消息，从扬州盐商冯家、方家对待“扬州大名士”辛东之、金寓刘的卑视和戏侮来推测，同样是盐务人家怕也不会礼遇余贡生。而余贡生又讲究身份，极其重礼，只有回到故乡“闭户读书”了。当然，有馆地还是要坐的。萧柏泉举荐他去汤镇台府上坐馆，教导两位公子汤由、汤实，但纨绔子弟汤大爷只以“半师半友”身份拜见，余特见其非“求教之诚”而拒不就聘。后来虞华轩以礼相求，“每年修金四十两”——已较汤府五六十两为少——余特也就欣然同意。做塾师能遭遇到虞华轩如此尊师的东主，确属难得了。

贡生余特虽讲究礼义，然而其所作所为也颇有可诟病之处，如他外出抽丰是“私和人命”，“分得一百三十多两银子”，便满心“欢喜”地“兑了银子”，就“收拾行李回家”，毫无内疚。小说中戏子鲍文卿断然拒绝为五百两银子替人去向知府求情，并且掷地有声地说：“他若有理，断不肯拿出几百两银子来寻情。若是准了这一边的情，就要叫那边受屈，岂不丧了阴德？”知书识礼的学里秀才真是不如为人所鄙视的梨园子弟！又如，他不满权卖婆与方盐商在尊经阁上的种种丑态，极为激愤地对虞华轩说：“我们县里，礼义廉耻，一总都灭绝了！”但我们只要看他前此在南京士人饯别虞育德宴席上的表现，又不能不产生疑惑。宴席上有人提起“梨园榜”，虞育德虽在南京已数年，却不知此事。当时与宴者有庄绍光、杜少卿、迟衡山、武书等久居南京或南京本地士人，唯独后于虞育德来南京的余贡生津津有味地抢先“把昔年杜慎卿这件风流事，述了一遍”，可见他所关注者为何事。但他和乃弟余持特别善于掩饰，“难兄”私和人命，“难弟”包庇官司，连表弟虞华轩也不知晓，还要礼敬聘请为西席，要“小儿”“第一要学”他的“品行”。吴敬梓极其娴熟地运用“皮里阳秋”手法，表现了塾师、贡生余特的双重人格、两副面孔。但正是这样一个人物却被选为徽州府学训导，这岂不是极大的讽刺！至于在府学训导任上的表现如何，且待下文表述。

《儒林外史》中叙及县学教谕、训导的情节极少见，但在作者似乎不经意的叙写中，也可觇知县学教职不受重视的实况。当时县学教官在九品十八级中，教谕为正八品，训导为从八品，都属于下层，无人愿就。已任者中也确有不知自尊之徒，如浙江乐清县学“老爷”要新进学的匡超人去拜见，并要“进见之礼”，匡超人也是势利小人，不但不肯去拜，还发狠地说：“我只认得我的老师！”潘保正乃劝告他说拜知县老爷为老师，是私情；学里老师，则“是朝廷制下的，专管秀才”，“这老师也要认的”，他这才不得不“认”。可见县学老师所管教之弟子对之也不礼敬。正因为此，浙江德清县贡生杨执中垂老得补教官——“钦选应天淮安府沐阳县儒学正堂”，也就是沐阳县学教谕，却以病力辞，宁愿为盐店管账也不赴任，可见教职之卑冷。

府学教授、训导官阶较高，教授为正七品，相当于知县，训导则为从七品。但教授之职远不如知县为人所看重。不过，这一闲职也不易为之。多年坐馆谋生的贡生余特，一旦“选了徽州府学训导”，自然十分“欢喜”。赴任之前，劝说前此为他妥善处置官司的乃弟廪生余持同行。莅任之初，“每日也有几个秀才来往”，但作者只叙写了一个“做了三十年的秀才”王蕴的故事。老秀才桀骜不驯的言行，余特大约早有所闻，所以一旦王蕴来拜，即说“二十年闻声相思”，表示“我和你只好论弟兄”，似乎十分礼贤下士。继而听老秀才傲慢不逊地说“往年就是本学老师，门生也不过是公堂一见而已”，知其一向不尊师重教。接着又听他大言不惭地说要著作礼书、字书、乡约书以“嘉惠来学”，更知其妄自尊大的心性。颇有世故、熟谙人情的余特在虚情敷衍之后，便“将门生帖子退了不受”。连潘保正都知晓“学里老师，是朝廷制下的，专管秀才”，而老秀才被“学里老师”退了门生帖子，居然毫不辞让而坦然受之，其狂妄之态可知。面对如此弟子，功名并不高几许的贡生训导，只能笼络、安抚，又赠其米一石、银一两。其实，对老秀才三部书，他未见得首肯，既然王蕴以此自诩，他也只附和几句，不见余二毫不经意地将他“嘉惠来学”的三部书稿“丢在篓里”挑回。作者着一“丢”字，就将余二忽视的神态泄露出来。至于老秀才之女殉夫，余特闻知“大惊”，“不胜惨然”，并无一语肯定此种灭绝人性的举措，但既为儒学司训，不能不出面祭奠。此后老秀才“到外面去作游”，他们之间本应是师生而实无师生关系的交往也从此终结。

府、县学的师生关系如此，国子学的师生关系又如何，且看南京国子监博士虞育德的经历。当博士莅任之初，就有夸夸其谈的门生武书来拜。虞育德以自己言行熏陶他，让他逐渐改掉自我表现的恶习。面对“积年相与学博”的储信、伊昭动员他“做个生日，收他几分礼过春天”的游说，虞育德不为所诱，坚决拒绝。监生端某，“犯了赌博”，则替他辩明冤枉。考试作弊的监生，为了“养其廉耻”，也要包涵过去。虞育德品行文章得到他周围人物的称赞，也是作者视作理想人物“真儒”叙写的。然而，他在国子监中任教，却也不得不妥善应对和处理各色弟子的各种表现和不同作为。如此做了六七年博士，所得不过“每年积几两俸金，只挣了三十担米的一块田”，便凄然离任而去。

总之，清朝统治者虽然礼崇儒学，兴立文教，然而无论生员或学师，良莠不齐，贤愚不等，品行不端、文义不通者比比皆是。统治者一再颁布谕旨、刊刻训饬，也未见有成效。如顺治十年（1653）谕礼部云“比闻各府州县生员有不通文义者，倡优隶卒及子弟厕身学宫者，出入衙门，交结官府，霸占地土，武断乡曲”等等表现，乃令各省学道严查禁处。[①] 地方学如此，国子学也不见佳。康熙四十三年（1704）将训饬士子文勒石于太学并颁行直省，斥责国子学和地方学生员的种种表现，诸如“或蜚语流言，挟制官长；或隐粮包讼，出入公门；或唆拨奸猾，欺孤凌弱；或招呼朋类，结社要盟”等等不良作为[②]。至于教职人员，也多有不称职者。顺治九年（1652），朝廷要求提学官员到任时，即将各学教官进行考核，凡“行履无过但学问疏浅者，姑行训饬，责令勉进……若钻营委署、横索束脩、卑污无耻、素行不谨者，即行参奏，分别究革；其有把持学校生员及书役门夫，私行诱惑者，一并究拟重治”[③]。由此可见，《儒林外史》中所叙写的县学、府学乃至国子监中的师生的表现是有现实生活为依据的。

三

在科举时代，读书人要取得童生资格必须通过知县主持的县试；要取得秀才资格，在通过县试后还要通过知府主持的府试和每省学政（学院、学道）主持的院试；要取得举人资格，要通过三年一次的乡试；要取得进士资格，还要通过三年一次的会试、殿试。乡试主考官由朝廷钦命简放，一般由翰林、进士出身的阁学侍郎、翰詹科道、编修检讨官员充任；主考官下还有分房阅卷的同考官。会试主考官当然也由朝廷钦命简放，多为一、二品大员，称总裁、副总裁，其下也有同考官，合格者为会士，再参加皇帝主持的殿试，分三甲成为进士。殿试有读卷

---

① 《清文献通考》卷六九《学校七》。

② 《清文献通考》卷六五《学校三》。

③ 《清文献通考》卷六九《学校七》。

大臣，由大学士、部院大臣充任。各级主考官员遂与考生构成师生关系，如考生称知县、知府为“老师”，称学道为“大宗师”，称乡、会试主考为座师，房考为房师。这虽是“私情”，为朝廷所禁止，但却为师、生双方所看重。顺治十四年（1657）福临有谕旨申告“制科取士，课吏荐贤，皆朝廷公典。臣子乃以市恩，甚无谓也。师生之称，必道德相成，授受有自，方足当之。岂可攀援权势，无端亲暱。考官所得，及荐举属吏，辄号门生。贿赂公行，径窦百出，钻营附会，相煽成风”，并要求“大小臣工杜绝弊私”，“犯者论罪”。[①]但此风在雍正朝更趋炽烈，已不能遏止。弘历继位后又加严禁，再次谕告：“朕为天下主，而令天下大臣，因师生而成门户，在朝则倚恃眷注，事事要被恩典，及去位而又有得意门生留星替月，此可姑容乎？”[②]尽管三令五申，严予禁止，但师生攀援、夤缘勾结之风并未根绝。《儒林外史》中即有生动描写。

小说的楔子回是作者“敷陈大义”、“隐括全文”的重要开篇，回中就出现了壬午乡试的主考官危素，他因故离开京城返回故乡浙江诸暨县。诸暨知县时仁原是他主持乡试时录取的门生，又听说危素“就要做官”，岂敢怠慢，立即搜罗王冕所画“册页”和其他“几样礼物”送上，以“作候问之礼”。危素其实并无鉴赏眼色，只是“爱玩”，其“法眼”所在只是作画者王冕的“将来名位”，欲将他网罗自己门下以为后用。时仁自然遵命，岂知王冕拒不前往，并远避他乡。类似情况并不仅仅发生在浙江诸暨县城中，在朝廷主持的征辟大典中也同样存在。礼部侍郎徐穆轩荐举庄绍光，嘉靖皇帝有旨着其“来京引见”，“以光大典”，庄绍光奉命就“教养之事”为皇帝“筹划”。正当其时，朝中“大学士太保公”对荐举官员徐侍郎说：“南京来的庄年兄，皇上颇有大用之意。老先生何不邀他来学生这里走走？我欲收之门墙，以为桃李。”岂知庄绍光“不敢领教”，拒不前往。因此，在皇上欲重用庄绍光时，大学士就以“祖宗法度”为由从中作梗，庄绍光终被放归南京。

虽然危素、太保公二人欲罗致王冕、庄尚志的意愿未能实现，这自然与王冕、庄尚志的高尚品性有关，而在谋求功名心切的士人看来，这无异是绝好的机遇，趋之唯恐不及，岂可放过。试看匡超人的作为，曾在杭州城隍山摆摊拆字的匡超人，

① 《清史稿·世祖本纪二》。

② 《东华续录》乾隆十四年十二月。

得到马纯上的资助，返回故乡温州乐清县探视父母。深夜苦读时为路过村庄的知县李本瑛所闻知，颇为怜惜，令保正“叫他报名来应考；如果文章会做，我提拔他”。李本瑛果真在县试中将他取为案首，其后又通过府试。学道大人来温州“按临”时，李知县竟为他“在学道前下一跪”，说匡迥是“孤寒之士，且是孝子”。这位学道也主张“士先器识而后辞章”，便也让他通过院试，取得生员资格。匡超人感谢李知县识拔之恩并“拜做老师”。有了知县做老师，他居然就不愿认学里老师。在他看来，这并非学里老师与李知县二人文行有差异，而是知县、知府为考试主官，有左右其前途的权力。不过，一旦这些当官的老师失去权势，哪怕是暂时的，这些士子们便会立即换上另一副嘴脸。当李本瑛被“摘了印”时，匡超人居然说拜他做老师真是“晦气”，并远走杭州以免连累。李本瑛被参乃是“虚情”，查清以后“依旧复任”，并调入京中“授了给事中”，李本瑛仍然不忘这个学生，还托人前来寻找。匡迥即刻表示“蒙老师呼唤，不日整理行装，即来趋教”，全无“晦气”的怨嗟了。此后，他从李本瑛处获得好处多多，既招他为甥婿，又帮他考取“内廷教习”。匡超人对“官老师”的态度由热趋而冷飏而再次攀附，乃由李本瑛之地位权势变化而然。其实，这种现象在旧时普遍存在。试看安徽天长县生员臧荼着力为其“官老师”王父母罗致杜少卿去认门生，少卿明白地表示“拜知县做老师的事”绝不会去做，也不愿去作陪客。可是一旦“王父母”被摘印，自称学生的臧三非但自己不肯借房与他，让他“只好搬在孤老院”去，而且还阻止杜少卿主动借屋给他住，说“他这事有拖累”。此际倒是杜少卿执意招请王知县来家中暂住。不久，“王知县事体已清，退还了房子，告辞回去”，也未见臧三出场送别。这当然是由于王知县未曾像李知县那样复任、升官，不可能像李知县再有用于匡二那样再有用于臧三，因此，任随“老师”悄然离去。

梅玖、周进、范进、荀玫的故事网络勾连，交错演进，极其形象地表现了各人不同的心性，也非常深刻地解剖了科举时代复杂的师生关系。周进坐馆薛家集时比较看重弟子荀玫，后来发迹做了国子司业，仍不忘当年的门生，乃托新任山东学政的另一门生范进照顾荀玫。范进为“报师恩”，尽心尽意搜索考卷而不可得，但却在已取案卷中找到，荀玫已“取在第一”，此后又“中了第三名进士”。可见塾师周进当年识拔荀玫并非荀家送了面筋、馒头之类的孝敬而为之。这与他识拔范进一样，是他为人厚道而然。范进未遇时也是一介寒儒，被丈人胡屠户一再斥之为“穷鬼”。周进主持院试时，见其文字“一字一珠”，便取为第一名。范进对宗师并无任何“孝敬”，也无力有所“孝敬”，相反，在范进中举后进京会试时，去拜见国子司业周进时，周进不但“常在当道大老面前荐扬”他，因而“人人都欲致之门下”，而且还表示“若有些许缺少费用”，他可以“相帮”，范进果然不负老师所望，中了进士，做了山东学道。

周进、范进这两位“宗师”在发迹前，虽然极其热衷科举、也有庸俗甚至令人作呕的表现，但他们为人应该说是宅心仁厚，力求识拔人才。不过，他们也难免为了师生之情而有不当之举。例如，秀才梅玖先前曾讥刺老童生塾师周进，此后范进来山东主持生童考试时，梅玖文字极其“荒谬”，考居四等，要“照例责罚”，即以小说假托的明朝而言，洪武十五年（1382）颁行的卧碑文，即规定“生员考试不谙文理者，廪膳十年以上发附近充吏，六年以上罢黜为民，未及六年发社。”清朝亦有相应条款。梅玖哀告求情，谎称周司业是他的“业师”，范进见是“我周老师的门生”，就“权且免他”，告诫几句从轻发落。这就未免因循私情而有违科考则例，未尽学政职掌。学道一职要负责督察师儒、考校庠序。朝廷并多次申明学道职责，如顺治八年（1651）“又申严学臣考试及约束教官生员之法”①。又如荀玫考取进士、授了工部员外，因“考选科、道在即”，而母亲亡故，按照礼制应报“丁忧”，但在王惠游说之下，居然匿丧不报，“去求周司业、范通政两位老师”，请他们保举“在任守制”。事虽未谐，但周、范两位都说“可以斟量而行”，这就背离了封建礼教规范，违反了为师之道。

此外，除了上述两类师生关系以外，《儒林外史》中还触及一类虽无师生之名但却实有师承关系的人物，如马纯上与蘧公孙、马纯上与匡超人便是。马纯上虽然醉心于举业，热衷于科名，然而其待人诚恳厚道，热心热肠，不计自身利害而勇于解人危困，是值得称道的。他曾分别劝说蘧公孙、匡超人要用心举业，力求上进。无论从年辈还是从科名来讲，他都应是蘧、匡二人父师辈，但蘧公孙仅与他“结为性命之交”，匡超人仅将他“拜为盟兄”，不仅礼敬不够，而且二人还存心侵占他的“便宜”。匡超人原先以拆字为生，在学习举业时颇得马纯上的帮助，不但指出他的习作“才气是有，只是理法欠些”，而且还传授给他“许多虚实反正、吞吐含蓄之法”。但在他成为选家之后，居然在牛布衣面前攻击马纯

① 《清文献通考》卷六九《学校七》。

上“理法有余，才气不足”。如此作为，自然令人不齿。但他的攻击还是背着马纯上进行的，而蘧公孙侵占马纯上的“名利”则是公然为之的。起始他要求在马纯上所选编的《历科墨卷持运》上添上自己的名字，“与先生同选，以附骥尾”，被马纯上“正色”拒绝。但后来在南京状元境书店中居然出现他们二人“同选”的《历科墨卷持运》一书，并且双双公然活动在南京士人中间。马纯上何以从拒绝到认同，小说中没有具体叙写，但从作者细细地写出蘧駪夫当年如何在《高青邱集诗话》封面上写上“嘉兴蘧来旬駪夫氏补辑”后刻印几百部遍送亲友，“自此，浙西各郡都仰慕蘧太守公孙是个少年名士”的手段来看，也不会是怎么样光明磊落的。匡、蘧之于马纯上，虽无师生之名，但他们均从马纯上处受益匪浅，无异师生，而如此对待父师辈马纯上，不能不令人感到世风日下，人心大坏。

总之，在科举社会中，师生的关系常由利害而牵合，自然也常由利害而疏离。由于各人心性不同而有各异的表现。对此，《儒林外史》中有极为生动而深刻的叙写，为我们留下一幅那个时代师生关系的形象画卷，既有历史的认识价值，也有现实的烛照意义。何满子先生在评论拙作《清凉布褐批评儒林外史》的文章《伟大也要有人懂》[①]中在引述吴组缃教授所说“关于中国知识分子的历史性格与命运，除了反右、文革、上山下乡之外，《儒林外史》里已经全有了”之后，说“正因为如此,《儒林外史》迄今还有烛照世相,特别是知识分子各色心态的巨大生命力”，对此“需要作专门的理论阐析”。承满子先生不弃，认为“陈美林是有对此做出贡献的合宜人选，笔者期待其新的成果”。为此，不佞当勉力为之。在小结一己的研究成果过程中，在主持江苏省社科“九五”规划《〈儒林外史〉研究史》项目工作中，对自己和前贤的研究成果，先行做些深化和补缺工作，例如，去年发表的《隆礼与崇孝》已是第四篇论述吴敬梓所受到的魏晋南北朝时代风尚和思潮影响的文字，显然属于深化；尽管我在有关论著中一再点击师生关系，但并无专文发表，也未见他人有专文论及，此篇可说是补缺。我想：只有作好深化与补缺的研究，尽可能正确地解读文本的深刻内涵，“才能抉发其精神”，指明其烛照世相的功用。时代毕竟不同，“知识分子的历史性格与命运”也有新的发展，即以师生关系而论，笔者的苜蓿生涯整整五十年，半个世纪所见所闻，其多姿多彩的程度毫不逊色于《儒林外史》中所叙写的情节。同时，对知识分子性格与命运

---

① 载《中华读书报》，2002年3月27日。

的研探，既要理清历史传统的继承，又要分析现实环境的作用。在目前，笔者拟像满子先生所指出的拙作评点中“严守前代评点派不离小说而旁骛的家法”那样，紧紧扣住《儒林外史》文本不断进行全面、深入地探索，以发掘它的深刻内涵和“伟大”意义所在，先成此文以作为对《儒林外史》中士子性格与命运的初步探析，求教于学者方家。

（原载《南京师范大学学报》2004年第6期）

“兄友弟恭”的理想与“兄弟参商”的现实

——《儒林外史》兄弟群像所体现的士人性格与命运

近来读到两篇同为三湘学人所写的文章，一篇是长沙大学陈兮的《论〈儒林外史〉中的兄弟群体》，一篇是长沙理工大学华德柱的《论〈论儒林外史〉中的兄弟组合》[①]。陈文说，《儒林外史》中兄弟群体很少有人关注；华文虽说“学界极少有人关注这一现象”，但同时又肯定“陈美林先生是为数不多的关注《儒林外史》中兄弟形象的学者之一，他在‘儒林外史人物论’系列论文中，分别对二严、二王、二娄、二余等形象做了精彩的分析”。不过，也确如陈、华两位先生所论，注意这一课题的学人尚不多，说明这一课题仍有不断深入研究的价值，乃乘两位先生鸿文发表的东风，就此问题再行探讨。

一

《儒林外史》中之所以出现如此众多的兄弟形象，乃是吴敬梓有感于现实生活中兄弟关系存在着种种问题；而笔者之所以研究这一课题则是意图解剖作者如何将现实生活中的素材转化为作品的情节，以及对这一问题的艺术认识和道德评价。可以说吴敬梓的描写和笔者的研究，都基于现实的存在：如果没有吴氏家族中兄弟关系间种种情状的存在，《儒林外史》中就不可能有如此生动的描写；如果不是《儒林外史》中具有这些生动的描写，笔者的研究也就不可能涉及这一问题。

笔者研究这一课题，起始于20世纪70年代对吴敬梓家世和生平资料的搜集，其目的则是为了“知人论世”。笔者在一篇文章中说，在发掘吴敬梓资料方面，“解

---

① 陈文发表在《明清小说研究》2002年第4期，华文发表在《长沙电力学院学报》2003年第4期。

放前以胡适的成绩最大，解放后以何泽翰的贡献为多”。[①] 但这并不等于说他们所开辟的领域已没有再行拓展的空间。笔者在有关论著中充分肯定他们成就的同时，对他们间或产生的缺失也有所补正，对他们未曾涉及的领域也进行了一些探索。在20世纪70年代初期也发现一些他们未曾见及或虽曾见及而未能全部检阅的有关文献，陆续发表了一些文章如《吴敬梓身世三考》（1977）、《吴敬梓身世杂考》（1980）、《关于吴敬梓身世问题》（1981）、《吴敬梓的父亲究竟是谁》（1987）、《陈古渔〈所知集〉中有关吴敬梓交游资料》（1982）、《略述康熙〈全椒志〉中有关吴敬梓先世资料》（1983）等[②]。何满子在一篇书评中对笔者的研究有如下论述：“他从基础性研究着手，花力气探究作家吴敬梓的家史和生平，考证出了吴敬梓生父是吴雯延出嗣给长房吴霖起的，这一出嗣关系加上上代的嫡庶和功名显晦等复杂的原因所导致的遗产纠纷，严重地影响了吴敬梓的人生选择，使之由缙绅子弟变成宗法制度的叛徒。因此他的考证与‘红学’界考证曹雪芹直追到‘将军魏武之子孙’的烦琐考据有别，对作家研究有其必要性。这些研究收集在1984年出版的《吴敬梓研究》一书中。”[③] 此后又在《吴敬梓评传》[④] 中进行了系统的论述。至于将吴敬梓的家世和他的创作联系起来加以研究，可以笔者在《文学遗产》1985年第1期发表的《吴敬梓的家世对其创作的影响》为代表。此文曾被《二十世纪中国文学史论文精粹》“小说戏曲卷”[⑤] 选录，编者并加按语云：“自胡适的《吴敬梓传》、何泽翰《儒林外史人物本事考略》等奠基性的著述面世之后，陈美林发现了康熙《全椒志》等资料，并由此切入，在吴敬梓研究上，不断有所突破，许多以往不甚明了的事实，得以澄清，而后由人及书，重新解读文本，寻找吴敬梓的家世及家族思想对其创作的影响，指出这种影响在题材选择、人物塑造、情节提炼、主旨确定以及批判特色等方面的具体表现。以材料说明作者的经历、家世是怎样被照搬或改变而后化入作品的情节中去的，从而将《儒林外史》与吴敬梓生平家世关系的研究向前推进了一步。”

笔者的研究思路的确是“由人及书，重新解读文本”。即以兄弟群体的研究

① 拙著《吴敬梓研究资料的发掘和利用》，见《文史新澜》，浙江古籍出版社2003年版。

② 括号中所标年份指最初刊发时间。

③ 《中华读书报》，2002年3月27日《伟大也要有人懂》。

④ 南京大学出版社1990年版。

⑤ 河北教育出版社2001年版。

而言也是如此。在搜集大量文献的基础上详考了自浙江迁居江苏的吴敬梓先人吴聪以下数代人的事迹。从高祖吴沛起即弃农业儒，但屡试不第，仅获廪生功名，以教书终身。吴沛有子五人即吴国鼎、国器、国缙、国对、国龙，都是吴敬梓曾祖辈，除吴国器遵父命专理家政外，其余四人却都考取进士。但各房功名有高有低，子嗣有多有寡，即以吴敬梓亲曾祖吴国对一支而言，国对虽为探花，但子嗣功名不如国龙后人。吴国对有妻妾陈氏、汪氏，陈氏生子二人吴旦、吴勖，汪氏生吴昇，吴旦、吴勖是秀才，吴昇却是举人。吴旦有独子吴霖起即吴敬梓嗣父；而吴勖有霄瑞、霜高、雯延诸子；吴昇有子露湛。吴敬梓生父吴雯延有子女多人，为此才能将吴敬梓及其姊（金孺人）出嗣给吴旦的独子吴霖起。各房的经济状况也各不相同，因此在吴勖这一辈时就有人要求"析产"即分家，而吴勖则"泣谢不许"。但财产的再分配是大势所趋。到吴敬梓这一辈时，夺产之争终于爆发。又由于各房之间存在着出嗣情况，例如，吴敬梓原为吴国对次子吴勖之孙，自出嗣为吴国对长子吴旦的独子吴霖起为子后，就成为长房长孙，即所谓的"宗子"，而在宗法社会中，宗子有祭祀的主祭权，在分割遗产时又可多得一份，这就招致其他各房子女的嫉妒，更加剧了财产分割的复杂性，导致了各房亲人之间不断发生纠纷。吴敬梓在《移家赋》中对此有详细的叙写，如："君子之泽，斩于五世。兄弟参商，宗族诟谇"；如"嗟早年之集蓼，托毁室于冤禽。淳于恭之自箠不见，陈太邱之家法难寻"等等。他的族兄吴檠《为敏轩三十初度作》[①]诗中也有记叙，如"浮云转眼桑成海，广文身后何啗含！他人入室考钟鼓，怪鸮恶声封狼贪！""外患既平家日削，豪奴狎客相钩探"等等。总之"兄弟参商，宗族诟谇"的现实，激发起吴敬梓无穷的愤慨，同时也让他认识到封建礼教所倡导的"兄友弟恭"的道德观念下的"兄弟参商"的真相，并进而产生对封建道德观念孝悌之道的深思，终于在小说中予以生动的叙写和深刻的抨击。这就是《儒林外史》中出现众多兄弟群像的现实根据。

二

吴敬梓在全椒吴氏封建宗族大家庭中所见所闻、亲历亲感的兄弟关系的种种

① 金榘：《泰然斋集》卷二附。

情状，都成为他在《儒林外史》中塑造各类兄弟形象的素材。据陈兮文统计说“《儒林外史》提到或描写的兄弟共19对”；华德柱文称“据朱一玄先生《儒林外史人物表》进行统计，《儒林外史》共写兄弟33组83人”，剔除一些描写笔墨不多的，尚有“15组30人”。确如华文所言，作者着力描写的兄弟群像也不过十余对二十来人。但关键不在于数量而在于它能触及到各个层面、性格各异的兄弟群体。在吴敬梓笔下，既有同胞兄弟，也有房分兄弟；当然同胞兄弟居多，而在同胞兄弟中又有辈分不同的兄弟。以房分兄弟而言，有豪门大族的杜倩、杜仪，有市井小民的潘保正与潘自业。还有同胞兄弟与房分兄弟成对出现，如余特、余持与余殷、余敷是两对同胞兄弟，但两对之间又为房分兄弟。以同胞兄弟而言，有两代兄弟同时出现在小说中，如汤奉、汤奏与汤奏之子汤由、汤实，这是上层人物，下层人物则有匡太公与乃弟匡三房，匡太公之子匡大与匡超人。还有两对兄弟互为亲属关系，如严大位、严大育与王德、王仁为郎舅关系。除此而外小说中尚有仕宦人家娄琫、娄瓒为兄弟；商务人家卜诚、卜信为兄弟。有生活之路不同、性格表现相似或相异的同胞兄弟，如秦中书与秦二侉子，胡缜与胡八乱子，施御史与施二先生，这些兄弟之间性格截然不同，但唐二棒椎与唐三痰这对兄弟则同为势利彻骨的小人。更有出嗣给人的同胞兄弟倪廷珠与倪（鲍）廷玺，等等。可以说《儒林外史》中出现的兄弟群体充分反映了宗法社会中兄弟之间种种关系的现实存在，尤其是这些兄弟群体大多置身于士林，对他们的研究，可以丰富我们对吴敬梓时代士人性格和命运的探究，值得我们予以分外的重视。

笔者于20世纪70年代始就关心这一课题，但既然陈文说“很少有学人关注”，不得不略作表述。从20世纪80年代起笔者就陆续发表一些探讨文章，如1984年3月14—18日南京广播电台播出《谈〈儒林外史〉中的二严与二王》就将严大位、严大育与王德、王仁这两对兄弟放在一起论述。后来《文史知识》为我开辟专栏，发表《儒林外史》人物论，自1991年第7期开始，在发表十余篇后结集于1998年由中华书局出版了《儒林外史人物论》。该书中涉及兄弟形象的文章有先行在刊物上发表的《“忝列衣冠”的严贡生》（《文史知识》1991年第11期）、《“胆小有钱”的严监生》（1991年第12期）、《“铮铮有名”的廪生王德、王仁》（1992年第1期）、《汤奉与汤奏，文治和武功》（1992年第2期）、《“科名蹭蹬”的豪门公子娄琫、娄瓒》（1992年第3期）等；另有《倪霜峰及其儿子们》（倪霜峰及其子倪廷珠、倪［鲍］廷玺）、《由“风流才子”而“铨选部郎”的杜倩》（另在《明清小说研究》1994 年第 3 期发表《杜慎卿论》）、《由“豪杰”堕落为败家子弟的杜仪》（另在《扬州师范学院学报》1994 年第 4 期发表《杜少卿论》）以及《孝悌君子余特、余持》（又于《淮海文汇》1996 年第 4—5 期合刊发表《余特、余持论》）等文。

除单篇文章而外，在拙作《新批〈儒林外史〉》（以下称《新批》，经增订后更名为《清凉布褐批评〈儒林外史〉》，以下称《清批》）中也多处论及，如第五回夹批、回评中有关严大位、严大育与王德、王仁的批评；第六回中比较二严与二王在性格上的异同；第八回、第十一回之评娄琫、娄瓒；第十六回之论匡太公与乃弟三房以及匡超人与乃兄匡大；第二十回之专论匡大与乃弟匡二；第二十一回之论卜诚、卜信；第二十七回之论倪廷珠、倪（鲍）廷玺；第二十九、三十一、三十二、三十三、三十四诸回之比较杜慎卿与杜少卿；第四回、第四十二回之论汤奉、汤奏与汤由、汤实两代兄弟；第四十四回分论余特、余持以及施御史和乃弟；第四十五回继论余特、余持之外，又论余敷、余殷；第四十六回之评唐二棒椎、唐三痰；第四十九回之论秦中书、秦二侉子；第五十二回之评胡三公子与胡八哥等等，均以兄弟并举，时或分说，时或合论，既比较他们言谈行事，又探求他们心灵隐秘。此外，在笔者发表的一些专题研究论文中，也曾涉及对一些兄弟形象特征的探讨，或分析他们的性格及其成因，或研析作者表现他们的艺术手段等等，如《论〈儒林外史〉的讽刺艺术》、《〈儒林外史〉中人物的进退场》、《论〈儒林外史〉人物的性格》、《试论〈儒林外史〉的结构艺术》等等。

华文所列参考文献中有拙作《清批》，文中也举出拙作《儒林外史》人物论系列论文。陈文在参考文献中也列入拙作《吴敬梓评传》，其实这部以评论作家为主的传记中，也曾涉及兄弟形象这一课题，如第五章第二节第二部分论及匡家三房谋夺卧病在床的乃兄匡太公的房产，严贡生强夺亡弟的财产，以及王德、王仁在严贡生夺产中之种种丑恶表现（第 471—472 页）。陈文有云：“汤奉、汤奏在官场中的不同为官之道而招致不同结局也极易让人看清封建末世所谓文治武功的滑稽可笑”，笔者也曾于《文史知识》1992 年第 2 期发表《汤奉与汤奏，文治和武功》一文。笔者之所以要屡述一己的研究，并非因某些学者由于条件所限，未能见及或提及拙作——这其实是可以理解的，不必苛求。问题在于有极个别的人故意对他人的成果视而不见。例如某一刊物，在2001年第11期发表《新时期〈儒林外史〉研究综述》（以下称“综述”）一文，概述自“文革”结束以后到2001年9月之间的研究状况，提及有关论文41篇。而在同一时期内，笔者在《文学遗产》、《文献》、《社会科学战线》、《文史哲》等刊物上发表有关《儒林外史》研究论文85篇，其中包括与发表“综述”同一刊物上的19篇，但“综述”一篇也未提及；笔者在上海古籍出版社、中华书局、江苏古籍出版社等多家出版机构出版有关《儒林外史》的著述11种，“综述”也提及很少，即连《新批儒林外史》，自1989年出版以来，至1998年已印行七次。《人民日报》（海外版）、香港《大公报》、新加坡《联合早报》等中外报刊发表书评近20篇，但这本书在“综述”中居然连书名也找不到。“综述”一文值得商榷之处颇多，如介绍讽刺特色和批判现实主义讨论时，只介绍一方意见，不提另一方意见。将2001年9月出版的一本书捧为“代表着新时期研究成果的力作”，不知作者何时见到该书、何时撰写“综述”、何时投寄刊物？“综述”一文还大量撮录1987年出版一本论文选集的前言，文字基本相同。鉴于这样的“综述”，为了如实反映学术界的研究状况，笔者不能不自行“丑表功”地在有关文章中复述一番自己的论著，这其实是不得已之举，并非借此炫耀——其实也毋须炫耀，既往的研究即使取得一些成绩，也都成为过去，后来者定然会超越，长江后浪推前浪，芳林新叶催陈叶。所有的成就都具有“历史性”，都只能显示某一历史阶段的研究状况——希望读者能够谅解。

三

吴敬梓在《儒林外史》中对兄弟群像栩栩如生的刻画和鞭辟入里的解剖中，透露出他对宗法社会中的伦理道德的核心——孝悌观念的体察和反思。孝悌观念作为传统道德的核心一直受到历代统治者和思想家的重视，也在一定程度上得到广大群众的认同。吴敬梓在《移家赋》[①]中也曾一度以“讲孝友于家庭，有代传之清节”而自诩。在爆发遗产之争后，他终于看清孝悌观念掩饰下的宗法社会真相。对封建家族你争我夺的贪婪嘴脸有了清醒的认识，便怀着“逝将去汝”的决绝态度举家南迁，背弃诗礼之家，成为“秦淮寓客”，从此定居南京。在痛定思痛之

① 吴敬梓：《文木山房集》卷一。

余创作了杰作《儒林外史》，其中，描写了一批兄弟群像，构成这部小说的重要内容，并通过兄弟群像的塑造从一特定角度表现出士人的性格和命运。

在《儒林外史》兄弟群体中绝少有兄友弟恭的人物，却颇多兄弟阋墙的角色。从作者所描写的十几对兄弟群体来看，真正有手足之情且令人感动的人物仅有一对，那就是倪廷珠与乃弟倪（鲍）廷玺。廷珠的名字见于27、28、56回，廷玺的故事则见于25—33、37、42等回，正面叙写二人关系的文字并不多，仅27回中一小节，叙述倪廷珠因早年家贫被卖在“他州外府”，自己苦读而挣得秀才身份，二十余岁起就在各地做馆游幕，直到五十岁时才得到巡抚姬大人赏识，每年有“束脩一千两银子”。近日跟随姬大人赴苏州履新之际，派人持着“红纸帖子”在南京水西门一带寻找乃弟廷玺，帖子上写道：

水西门鲍文卿老爹家过继的儿子鲍廷玺，本名倪廷玺，乃父亲倪霜峰第六子，是我的同胞的兄弟。我叫倪廷珠。找着是我的兄弟，就同他到公馆里来相会。要紧！要紧！

帖子中透露出迫切寻找胞弟的深厚情谊。及至兄弟相见之初，各自迸发出“你便是我六兄弟”、“你便是我大哥哥”的呼唤，继而又“抱头大哭”，“说着又哭，哭了又说”，饱含着无限辛酸，夹杂着由衷庆幸。尤其是廷珠对乃弟说，拟将“历年节省的几两银子，拿出来弄一所房子，将来把你嫂子也从京里接到南京来，和兄弟一家一计的过日子”，极为深刻地反映出平民百姓在生离多年之后重又相逢的辛酸遭遇和对今后安定生活的强烈愿望，情真意切，催人泪下。如此动人描写，实际上蕴涵着作者吴敬梓曾被出嗣的切身感受。在《文木山房集》卷三中有《伯兄自山中来，夜话山居之胜，因忆去秋省兄未及十日而别，诗以志感，得二十韵》一诗，云“愿得长相倚，须完未了因”，此乃借用苏轼《狱中寄子由》“与君世世为兄弟，更结人间未了因”之意，表达了一己对胞兄的无限眷恋[①]。正因如此，在廷珠、廷玺故事中，二人相会的文字虽很少，但作者却将它作为27回回目，大书“倪廷珠兄弟相逢”来处理的，由此可见作者对二倪相逢的重视程度。《儒林外史》中出现的兄弟大多关系平平，如豪门公子娄琫、娄瓒，“铮铮有名”廪生王德、王仁，纨绔子弟汤由、汤实，小商人家卜诚、卜信等等，这些兄弟之间

① 参见拙著《吴敬梓的父亲究竟是谁》，《明清小说研究》1987年总6辑。

虽未同室操戈，但也谈不上同胞共气。在更多的情况下，小说中这些兄弟之间并不能遵守兄友弟悌的道德规范。如二王之间虽未同床异梦，但在严大位谋夺乃弟严大育的财产时，郎舅之间则是同恶相济；而与严大位在举业上互争高低又表现出同业相仇。余殷、余敷兄弟二人本是同恶相党，但对待嫡堂兄弟余特、余持又表现出同源异派。匡三房谋夺匡太公房产显然是同胞相残。而二施（施御史与乃弟施二）因功名不同而同类相妒。至于二秦（秦中书与秦二侉子）、二胡（胡缜与胡八乱子）则因意趣有异、交游不同而不能同盘共食甚至同门异户。二唐（唐二棒椎、唐三痰）一为举人，一为秀才，但难兄难弟趋炎附势、自甘下流则同为一体。至于仕宦豪门人家的兄弟，更多地受到礼教束缚，不能公然同室操戈，但也未见得能宜兄宜弟，如豪族杜氏，杜倩、杜仪为房分兄弟，却不能同明相照，而是如同参商，难谋一面；又如仕宦汤氏，汤奉、汤奏为同胞兄弟，均为朝廷文武大臣，却未能同寅协恭，同样是“你方唱罢我登场”，乃弟出场时，乃兄早已退场。总之，这些兄弟群像并无兄友弟悌的品格，甚至缺少同休共戚的感情。这不能不说是封建道德的破产。

至于余特、余持兄弟虽然被说成是“品行文章是从古没有的”“饱学秀才”和“孝悌君子”，但他们的实际行为也是颇可疵议的。他们为了筹措银钱安葬先人，余特去无为州抽丰，“州尊着实念旧”让他“私和人命”，分得一百三十余两银子，他便十分“欢喜”地“谢了州尊”。这种行为是被鲍文卿视作“丧了阴德”，决不肯为的，而“孝悌君子”居然为之。岂料东窗事发，为人告发，因值日书办误将余特写作余持，乃弟余持便硬顶软磨，抗过一场官司。从现象看，似乎在尽弟悌之义，然而从实质看则是包庇罪犯，干犯法纪，对朝廷也是不忠的表现。二余虽为同胞共气兄弟，但他们所作所为无论如何也说不上是同忧相救而近似同恶相党了。二余尽孝、尽悌，正从客观上暴露了忠孝等道德观念之间的矛盾。对二余的作为，作者虽然未曾有明显抨击，但又细细写出余持抗命日程，怕也无肯定赞扬之意。

总之《儒林外史》中所出现的兄弟群像，除夹杂着作者自身出嗣经历的二倪外，可说大多为作者所嘲弄、讽刺乃至鞭笞、抨击的一群“难兄难弟”，作品中出现对他们的大量描写，正表明作者对兄友弟恭这种伦理道德的清醒认识；也正是这些兄弟群像的现实表现，促进了作者世界观中进步成分的滋长，而且通过栩栩如生的形象塑造，批判了士人中这一群体的作为，预告了他们必然没落的命运。

正因为如此，他所创作的《儒林外史》也才能被鲁迅视作伟大的作品。

四

《儒林外史》中出现了十几对兄弟形象，其中主要人物的性格十分鲜明，予读者难以忘却的深刻印象。应该说，这是吴敬梓艺术创造力的杰出表现。

首先，是众多的兄弟形象呈现出同而不同、不同而同的性格特点。作者所描写的兄弟群像中，大多为士人出身，此为同；而其中有下层士人如二王（廪生）、二严（贡生、监生），也有由士人出身而为朝廷命官的二汤（知县和总镇），有的虽是豪门公子但功名却不高如二娄（举人和监生）；有的士人出身熬到一任闲职如二余中之余特（府学训导），有的则沉沦为篾片与讼棍如二唐（文举人与荤饭秀才）等等，此为不同。然而他们均为士人出身的兄弟，他们或同时进退或先后登场，大都为名为利而喋喋不休，争夺不已。这是这些兄弟的共同特点，但作者写来却个性鲜明，而读者读来不感雷同，各对兄弟均有符合他们自己身份、处境的独特行为和语言。而且，即使为同胞兄弟，他们的表现也各具个性，并不相类，如同是表现二严的吝啬本性，严监生之吝，作者明写，两茎灯草死不瞑目的情节极具经典性，而严贡生之吝，作者却将其深藏于讲排场之奢中表现，如请吹鼓手而克扣工资，金字牌和门枪插在船头而讹诈船工力资，等等。又如二汤之处理“闹事”民众，汤奉的对象是“回子”，而汤奏的对象则为“苗子”，各自闹事原因不同，而处置手法也就各异，但均暴露了封建统治者“文治”与“武功”的手段，颇具异曲同工之妙。至于堂兄弟之间，这种同而不同的表现也十分突出，如二余（特、持）与另二余（殷、敷），两对兄弟的性格截然相反，对待风水堪舆的不同态度就是显著的例子。总之，作者所描叙的众多的兄弟形象，均有栩栩如生的鲜明个性，虽然他们具有共性，但每对兄弟甚至每对兄弟之间每一个人，都是“这一个”而彼此不能相互替代。

其次，是表现手法的摇曳多姿，丰富多彩。或分合包孕，二严与二王故事即是用这种手法处理的，严大位是由于范进、张静斋拜望汤奉而登场，再由大位而牵出乃弟大育；大育为应付乃兄官司又请出舅爷二王（王德、王仁）来。写二严有分有合，先写严大，再写严二，严二死后，严大再来，合而不重，分而不断；写二王，则相提并举，同进退、共处事。而二王的生平包孕于二严事迹之中，设若无二严的种种劣迹，则无以表现二王的真面目，但如无二王的种种卑劣行为，亦无以衬托二严的贪婪。二严与二王乃依存包孕，彼此映衬，从而丰富人物性格的内涵，但文章却极省俭，以不多的笔墨表现四人各异的心性。或虚提实写，有些兄弟间的纠葛，作者并未直接描写，而是由作品中人物叙述出来，如匡超人三叔欲夺乃兄匡太公房产事，作者并未正面描写，而是由匡太公对其子匡超人口述而表现，这是当事人的叙述；也有由旁观者交代而出的，如施御史与乃弟施二先生为争“发”功名要迁葬先人而发生矛盾，则是由武正字对迟衡山娓娓道出。这些兄弟之间的纠葛，可谓“虚提”而未“实写”。至于秦二侉子不满乃兄秦中书，不欲与乃兄之贵客相晤，以及胡八乱子不满乃兄胡三公子“相与一班不三不四的人”等情节，则是作者直接描绘出来的。而这两对兄弟又与其他均为文士的兄弟不同，老兄胡三公子与秦中书虽是文士，但两位老弟侉子与乱子却都性喜习武。两对兄弟间虽未形成水火，却并不和睦，两位老弟均不愿与乃兄同居，但侉子另住，是暗写，从万中书与秦中书宴席间所言透露出来；而乱子别住，则是明写，由其自言“自己搬出来住，和他离门离户了”。但无论虚提或实写，都生动地反映了所谓兄友弟悌的真相，是对孝悌之道的极大讥讽。此外，为特定人物的取名以寄予作者的褒贬，对人物进退场的安排等等，都强化了兄弟群像塑造的艺术效应。这些，笔者在《人物论》、《新批》以及有关专论中均有所涉及，此不赘论。

值得强调的是，在《儒林外史》研究中，一直存在着以历史人物比附艺术形象的现象，笔者在《“隐括全文”的“名流”王冕》一文中曾指出：“任何一个历史人物，一旦被作家采缀到文学作品中、被塑造成文学形象之后，必然与其原来的面貌有所不同。作家总是顺从文学作品本身的规律，依照自己的意愿去塑造他：凭自己的想象力去丰富他，靠自己的判断力去修剪他。这种对历史人物事迹的增饰与芟除，正反映了作家的审美情趣，表现了作家对现实生活的理解。因而作为文学形象与作为历史人物，二者是有所不同的。对于文学形象的王冕，我们只能依赖文学作品的本身去分析他，历史人物王冕的某些事迹，只能作为参证，而不能处处以之去推求文学形象王冕。”《红楼梦》中的人物、情节有很多是采自曹雪芹家族中的人物和事件，然而都经过作家的选择、改造、概括和提炼，绝不是曹家生活原型的翻版。俄国著名小说家列夫·托尔斯泰在《战争与和平》巨著中“通过罗斯托夫和保尔康斯基二家描绘了托尔斯泰和伏尔康斯基二家的祖先，小说手稿中这两个家族的人员常常以真实姓名出现”，曾经担任托尔斯泰私人秘书、著名的托尔斯泰研究者和传记作家尼·尼·古谢夫指出这一现象的同时，又强调地指明“绝对不能说，我们可以把罗斯托夫和保尔康斯基二家当作托尔斯泰祖先十分逼真的写照”①。《儒林外史》中的杜少卿、杜慎卿，历来被指认为是依照吴敬梓、吴檠为原型而塑造的文学形象。因此不少研究者就自觉不自觉地以二吴的史实去比照二杜。当然，对二吴史实的掌握可以让我们更好地理解作为艺术形象的二杜的意义，但如将他们直接画等号则易产生误解。华文根据小说情节指明二杜关系极为冷淡，这完全符合作家在作品中所叙写的实际。但华文又说“若考虑到杜氏兄弟是以吴敬梓本人及其堂兄吴檠为原型写成的，则这种冷淡就更有深究的价值”。华文所持态度是审慎的，“深究”也是必要的。但笔者要指出的是切不可以为小说中二杜的“冷淡”就意味着生活中二吴的“冷淡”，实际上并非如此。据笔者考证，吴敬梓在众多的族兄弟中，唯独与吴檠比较友好。因为他们均有出嗣的生活经历②。吴敬梓30岁生日时，吴檠有《为敏轩三十初度作》③一诗，说“阿连今日开酒甑”，径直将吴敬梓比作谢惠连，而以谢康乐自喻，这是以谢氏族兄弟比喻他们的亲属关系，同时也以大小谢自诩。吴敬梓在移居秦淮水亭后，还邀约他在重阳节登高，而吴檠因故未至，吴敬梓写有《九日约同从兄青然登高不至》诗四首以记其事。《百字令》词则为吴敬梓游天宁寺时见青然题诗而作，词中回忆当年“终日同挥麈”的交游生活。而当吴檠应鸿博之试落第而归，他又写有《酬青然兄》、《贫女行》等诗作，既予慰藉又含讽示。从这些事实考察，不能说现实生活中的“二吴”关系“冷淡”。至于小说中为什么将以二吴为原型的二杜两个艺术形象之间的关系处理得如此“冷淡”，这涉及到吴敬梓的创作意图，其原因自然是值得“深究”的，但历史人物与艺术形象之间毕竟不能画等号，这是在研究任何一个艺术形象时必须注意遵循的，自然在研究《儒林外史》兄弟群像中也不能例外。

（原载《南京师范大学文学院学报》2004年第2期）

---

① 〔俄〕古谢夫：《托尔斯泰是怎样进行创作的》，《文艺理论研究》1980年第1期。

② 参见拙著《吴敬梓家世杂考》，《安徽师范大学学报》1980年第2期。

③ 金榘：《泰然斋集》卷二附。

论《儒林外史》人物的性格

《儒林外史》是一部以知识分子生活为题材的长篇讽刺小说。吴敬梓在这部作品中塑造了许多鲜明生动的形象，从而广阔地反映了清代康、雍、乾时期的社会现实。这部杰出的讽刺小说中出现的人物形象，有它显著的特征，值得我们分析、研究。

一

所谓时间这一概念只不过是人类发展的空间。文学作品是以塑造作为社会属性的人物形象来反映社会生活的，而每一个社会属性的人又无不在时间——这个人类发展的空间生活，因此文学作品中的人物也就无不受到时代的制约和影响，打上时间的烙印。《儒林外史》中的人物也都具有时代特色，不同于它产生之前、之后的文学作品中的人物。德国大诗人歌德就曾说过："时代给予当时的人的影响是非常大的，我们真可以说，一个人只要早生十年或迟生十年，从他自己的教养和外面的活动来看，便成为全然另一个人了。"[①] 以《儒林外史》的人物形象和吴敬梓生活的时代进行对照，歌德所言就很有道理。

吴敬梓生活时代正当封建社会晚期，在封建经济内部已孕育着资本主义的萌芽，特别是他长期生活和足迹所至的南京、扬州、淮安，以及《儒林外史》中涉及的东南沿海的苏州、杭州、嘉兴、湖州等地，手工业和商业十分兴盛，城市经济非常繁荣。即以丝绸纺织业而言，苏州城东"比户习织，专其业者不啻万家"[②]，南京生产的"江绸贡缎之名甲天下"[③]，甚至远销北京，并在京城建立了元宁（上元、江宁）会馆，作为存放绸缎和行主议事的处所，当时常驻北京的南京缎行业

---

① 〔德〕歌德：《歌德自传》，刘思慕译，人民文学出版社 1983 年版。

② 李光祚：《长洲县志》卷十六。

③ 甘熙：《白下琐言》卷八。

主有刘含六、章景璞等人。在商业交易活动中，一些商人积累起大量财富，形成巨大的商业资本，如两淮的盐商、山西的票商，大多拥有数十万以至数百万两的资金。随之，官僚地主从事典当业的也逐渐多起来，如徐乾学就曾借给盐商项景元白银十万两，月利高达三分。当商人拥有大量财富之后，他们一方面用来与封建官府勾结，如两淮盐商经常以“报效”的形式向皇帝贡献无数金银财宝，馈赠地方官员财礼，以求庇护；另一方面用以过着穷奢极侈的腐朽生活，如北京的祝、查、盛等家，扬州的汪、黄、程、方、吴、江诸家。此外，他们也用部分财富来购买土地、开设作坊、加工产品、发展手工业生产，以获得更多利润，从而使得土地兼并现象日趋严重，部分失去土地的农民流入城市，城市手工业工人增多，市民阶层逐步扩大，资本主义经济的萌芽因素不断增长，这就必然要与已经趋向崩溃的封建生产关系发生种种矛盾。反映在意识形态领域中，就表现为明清之际和清初的一些进步思想家如黄宗羲、王夫之、顾炎武、颜元、李塨等，他们从各自的立场、不同的侧面，对维护封建统治的程朱理学以及科举制度进行猛烈的批判。这种时代的思潮自不能不对当时文艺创作产生影响。

《儒林外史》是反映知识分子生活的小说，其主要人物形象当然是各类士人。但除此而外，也出现了封建官僚、农村地主、衙门吏役等等，更有不少商人、手工业者，以及依附于手工业主和商人的各种行业的从业者。例如，大盐商有扬州的万雪斋、宋为富，行盐而兼典当的有五河县仁昌典的方三老爷、仁大典的方六老爷，庄濯江也在泗州开典当；贩丝客人有杭州的陈正公和毛二胡子，陈正公还兼放高利贷，毛二胡子又开小当铺；小商小贩如开米店的赵老二、卜老爹，经营杂货小店的有牛老爹，开绒线店的有张国重，王羽秋则开一爿香蜡店，苏州人凌风却在五河县开有糟坊，景本蕙是头巾店的老板。依附于手工业主和商人而出现的各种行业的从业者有：房牙子，买卖土地的中间商人，如兴贩行的行头成老爹，扯银炉的工人有赵老汉，刻字的有郭铁笔，等等。至于茶馆、饭店、戏班子、青楼妓院更是随处皆有。这些手工业者、商人以及依附于他们的各种行业的从业者，都成为《儒林外史》中的人物。吴敬梓对他们的描写虽然着墨不多，但也勾勒出他们形象的特征。他们过着穷奢极侈的糜烂生活，银钱花得像淌水，万雪斋因为第七个妾生病，需要一味中药，不惜派人拿了三百两银子去苏州购买；宋为富一年要娶七八个妾。他们重利盘剥，坑害小民，如方三、方六的仁昌、仁大两个典铺“戥子太重”，“百姓敢怒而不敢言”。这些商人相互之间，尔虞我诈，见利忘义，如毛二胡子与陈正公“合伙贩丝”，却骗取陈正公一千两银子。他们满身铜臭，却附庸风雅，如头巾店老板景本蕙整天哼诗，故作斯文；盐务巡商支剑峰游湖吃酒，冒充名士。他们还攀附权贵、极端势利，如成老爹巴结盐商典当方家，郭铁笔恭维天长官僚世家子弟杜慎卿。他们所言所行无不带有市侩习气，无不具有吴敬梓那个时代的特征。

在《儒林外史》中，吴敬梓还描绘了这些盐商、典当与各种人物之间的关系，从而反映出康、雍、乾这个特定时期的社会面貌。这些商人是生活在封建社会，他们必然与封建统治阶级发生种种关系，他们的经营活动也必然与封建地主经济有着千丝万缕的联系，例如，扬州盐商桃源旗就是借用天长官僚地主杜府的资金作本钱。这些商人虽然广有钱财，但政治地位不高，他们仍然要贿赂当道，以求庇护。例如德清县知县“见是盐务的事，点到奉承”，无不照办；江都县知县收到宋为富的打点，就一反前态，反说沈大年是一个“刁健讼棍”，命差人将他押解还乡；天长汪盐商要经常请县主吃酒；五河方老三、方老六要巴结知县、知府；甚至厉太尊的公子到来，也要“备了极齐整的席”，还找戏子供他“顽耍”。这些盐商、典当有了封建官府庇护，对一般小民可以为所欲为；但如果触及封建势力，他们则要败下阵来。例如，德清县知县奉承公裕旗老板，将杨执中“寄监收禁”，可是娄中堂府上三公子、四公子一出面，德清县“即刻把杨贡生放出监来，也不用发落”；万雪斋对门下的清客可以颐指气使，一旦见到他原来的主人程明卿，这个“书童”出身的盐商“就由不的自已跪着”。这些情节都表明在清代前期，商人势力已有很大扩张，但仍然是封建社会，封建地主阶级势力仍然占据统治地位。吴敬梓对盐商、典当与封建官府的这种关系的揭示，就赋予这些人物形象以时代特色，他们只能是生活在封建末世社会的盐商、典当。

由于《儒林外史》是以知识分子生活为题材的作品，其中出现的盐商、典当又必然与当时的士人发生种种关系，这就使得《儒林外史》中出现的知识分子带有特定的时代色彩，不同于其他文学作品中的士人形象。一般说来，吴敬梓笔下的知识分子是看不起盐商典当的，因为他们大都出身于封建家庭，对这些不完全恪守封建规范的商人十分鄙视。如杜少卿在家乡时从不与汪盐商之流来往，到南京后又大为赞赏把“盐商富贵奢华”“视如土芥”的沈琼枝；虞华轩更被盐商而兼典当的方家那种不顾礼义廉耻的行为所激怒；余有达、余有重兄弟二人对糟坊老板凌风伤风败俗的家庭生活尽情嘲讽，等等。这都表现了小说中一些正面人物大都鄙薄盐商典当。不仅这样，作品中一些被作者经常予以嘲笑的读书人也看不起盐商、典当。如季苇萧尖刻地挖苦扬州盐商是“六精”——债精、牛精、屁精、谎精、妖精、方巾中的水晶（精）；辛东之无情地撕破盐商外面装阔而实际吝啬的假面具，骂这些盐呆子“其实可恶”。尽管作品里正、反人物都看不起这些商人，但他们中间除了极少数能洁身自好以外，大多数的读书人又不得不依赖这些盐商、典当。即如并不是作者所全然否定的人物余大先生，虽然看不起家乡的方盐商，但在他作客扬州时，却又寄寓在“河下卖盐的吴家”。至于作者所嘲讽的人物与盐商典当的瓜葛就更多，他们明明想从盐商典当那里分得一点残杯冷炙却又羞于承认，反装出一副鄙薄盐商典当的清高之态。例如牛玉圃就对牛浦说：“我不瞒你说，我八轿的官也不知相与过多少，那个不要我到他衙门里去？我是懒得出门。而今在这东家万雪斋家，也不是什么要紧的人。他图我相与的官府多，有些声势，每年请我在这里，送我几百两银，留我代笔；代笔也只是个名色。我也不耐烦住他家那个俗地方，我自在子午宫住。”这番话固然曲尽其妙地表现出牛玉圃的龌龊灵魂，但更重要的却是反映了当时读书人的经济依附关系，他们这种性格特征，正是那个时代所造成的。除牛玉圃与万雪斋这种微妙的关系以外，小说中还描写了辛东之与扬州盐商河下冯家的关系，金寓刘与扬州盐商河下方家的关系，也无不反映了这一历史阶段不少读书人依附盐商典当的现实。当然，像牛玉圃、辛东之、金寓刘这样的士子，他们最后依然生活无着，潦倒终生。但也偶有侥幸者，他们在发迹之前虽然依附于盐商典当，后来又从科举谋得一个出身，如高翰林从前做秀才时，就曾与万中书一齐在扬州投靠“盐务”“诸公”。但他虽然获得了功名，隔了二十年后再次与万中书相见时，却携着万中书的手离开众人，“直到亭子上去”“悄悄的讲话”。可见当年他们在扬州有些见不得人的勾当。作品中还有些士人，起先与盐务诸公并无瓜葛，但在获得一官半职以后，却又与盐商典当交接来往。例如荀玫原来是山东汶上县薛家集“田地广，粮食又多”的荀老爹的儿子，考中进士出任两淮盐运使后，就与扬州的盐商相互过从，万雪斋客厅“慎思堂”金匾就是他写的。这也正反映了封建衙门与盐商典当相互勾结、彼此利用的关系。凡此，在在表现了这个时代知识分子所特有的心理状态和社会关系。他们生活在封建末世，大都出身于封建地主之家，虽然他们对这些盐商典当气焰熏天、盛气凌人的种种表现极为不满，但在一定时期、一定场合，又不得不低声下气地依附于他们，而在口头上却又要表露出自己对他们的蔑视。这就使得这些士子身上除了具有封建劣根性之外，更增加了庸俗的市侩习气。作品中出现的一些封建官僚，他们与盐商、典当既勾结又矛盾的复杂关系，也使得这些封建官僚“钱可通神”的剥削阶级本性表现得更为露骨。吴敬梓紧紧抓住这个时代赋予知识分子和封建官僚的这些特征，嘲讽他们可怜、可笑的一面，鞭笞他们可憎、可恶的一面，塑造了许多生动的、富有时代特征的形象，深刻地反映了他那个特定时代的社会现实。

吴敬梓之所以能赋予他笔下人物以如此的特征，也是与他的生活经历有关系，他的好友程晋芳就是盐商人家子弟，他本人以及他的长子吴烺曾为盐商典当的幕客。在中年以后，吴敬梓曾多次出游于盐商集中地的淮安、扬州。这样的经历，使得他对盐商典当“牢盆牟国利，质库朘民脂”的剥削本质及“高楼明月中，笙歌如沸糜”的腐朽生活有了深刻的认识，对寄身于盐商典当之家的大批清客——士人的精神状态也有客观的解剖。这在他塑造人物形象时都起了重要作用。

二

《儒林外史》中的人物形象不仅具有时代的特征，而且在否定人物身上还留有环境的印记。这些否定形象不仅是时代的产物，也是环境的产物。众所周知，“人创造环境，同样环境也创造人”①。文学作品不仅要描写人、描写人所赖以生活的环境，而且还要反映出人与环境彼此作用的相互关系。历史上的伟大作家在他们的创作实践中也大都能自觉或不自觉地在某种程度上重视环境对人物的影响。例如，法国大作家左拉就曾说：“人不能脱离他的环境，他必须有自己的衣服、住宅、城市、省份，方才臻于完成。”认为作家应该“在准确地研究环境、认清和人物内心状态息息相关的外部世界的情况上做功夫”②。吴敬梓虽然没有像左拉那样有理论的阐明，但在他的创作实践中却也表现出环境与人物之间的重要关系。

---

① 恩格斯：《德意志意识形态》，《马克思恩格斯选集》卷一，人民出版社 1966 年版。

② 左拉：《论小说》，《古典文艺理论译丛》第 8 辑。

吴敬梓在《儒林外史》中，通过他生花的妙笔，让读者看到那些否定人物之所以可恶、可憎，总是由于他们所生活的社会环境可恶、可憎，他们之所以应予否定，也总是由于他们生活的社会环境应该否定。他们肌体上的毛病和心灵中的污点，无一不是受到那个社会环境的毒害和浸染所致。作者力图运用多种手法，从不同侧面描绘出社会环境对人物性格的影响。二王（王德、王仁）这两个“铮铮有名”的秀才，口口声声“在纲常上做功夫”，“代孔子说话”，但一收了妹夫的银子，就连亲妹的利益也可牺牲，亲妹还未断气就替妹夫扶正偏房。二进（周进、范进）都是进士出身主管一省学政的大人，但他们除举业而外，一切学问都茫然无知，认为诗词歌赋都是“杂览”，甚至不知苏轼为何人。作者通过二王、二进为代表的个别人物的表现，反映出普遍存在于广大士人中的社会现象：正是清代封建统治阶级有意推行科举制度、尊崇程朱理学，才造成社会上大批这样胸无点墨、学问空疏、口言圣贤、行同狗彘的伪道学、假儒生。

科举制度自隋朝大业年间开始实行以来，直到清代末年废止，在这一千三百年间一般只是男子攻读制艺、参加考试。但《儒林外史》中不仅二汤（汤由、汤实）那样仕宦人家要追逐举业，二娄（娄琫、娄瓒）那样豪门高第要做“名士”，就是大家闺秀的鲁小姐也热中斯道。她从五六岁就开始读《四书》、《五经》，十一二岁读八股文章，每日“丹黄烂然，蝇头细批”，制艺文也写得“理真法老，花团锦簇”，以致她的父亲也叹息：“假若是个儿子，几十个进士、状元都中来了！”鲁小姐热衷制艺的目的，当然不是为了自己做官，而是为了“封诰”。这种心理状态，吴敬梓还进一步通过另外两个特殊身份的妇女表现出来：青楼妓女聘娘梦想嫖客陈四老爷“升授杭州府正堂”，自己也成为官太太与之“同享荣华”。再嫁的王太太，也认为鲍廷玺是个“武举”，自己可以像孙老太太那样“戴着凤冠，穿着霞帔”。这几个妇女的身份不同，但她们的希望却有一致之处。由此可见，在只有男子可以应试的科举社会中，居然有妇女热衷斯道，这一现象粗粗看来颇似特殊，但却更深一层地鞭笞了科举制度、功名富贵对世道人心的腐蚀、对社会风气的毒害。这种特殊的现象，也是当时社会的产物，与整个科举社会的种种弊端紧密地联系在一起。作者所嘲讽的这些人物的否定性格，首先是社会所造成的。与其说作者存心要赋予这些人物以否定性格，还不如说作者只是如实地描绘了这些人物的生活状况。而这种对他们生活状况的真实而深刻的表现，却突出了这些人物的否定性格，成为对他们以及他们所生活着的社会环境的绝妙讽刺与有力否定。腐败的社会造成否定的性格，否定的性格又促使社会更趋黑暗。

吴敬梓不只是静止地表现人物性格与社会环境的关系，而且还能反映出人物性格与社会环境的变化动态。在他的笔下，人物性格的发展常常是由于环境的变化、人与人关系的变化而促成。匡超人原是一个比较勤恳、淳朴的农家子弟，先在柴行里记账，后以测字为生，在杭州城隍山遇到马纯上。马二劝他说读制艺、应科试才是“荣宗耀祖”、“显亲扬名”的唯一道路，并资助他回乡攻读。接着在家乡又遭遇乐清县知县李本瑛，受到他的奖掖提携，先后考取案首、秀才。从此，他的气质就开始发生变化，势利嘴脸逐步暴露。甚至只承认李本瑛是他的老师，不承认学里的老师，公然对门斗发脾气：“我只认得我的老师！他这教官，我去见他做甚么？”其变化也“直是快速之至”[①]。但他何尝真心感激、爱戴李本瑛？只不过因为李本瑛是他的“父母官”，是他向上爬的靠山。后来李本瑛被错参坏事，他竟然掉头不顾，并不过问，“全不为意”[②]，还远走杭州。及至在赴杭途中；结识了景兰江，听到这个杭州“名士”的谈吐，一方面固然“不胜骇然”，一方面也增长了小人见识，学到社会上假名士那些大言不惭、欺世盗名的诀窍，对他的恩人、“盟兄”马二也看不起了。在杭州又与潘三混在一起，冒名替考、巧取豪夺，干了不少坏事，完全成为这个“恶棍”的帮凶。吴敬梓描绘了匡超人生活环境逐个变化的场景，从而形象地反映出他的堕落变质过程。他的否定性格之所以形成，正是他所生活、活动的社会环境所致。卧闲草堂本批语说：“司马君实云：好好一个老实苍头，被东坡教坏了。匡超人之为人，学问既不深，性气又未定。假使平生所遇皆马二先生辈，或者不至斗（陡）然变为势利熏心之人，无如一出门即遇见景（兰江）、赵（雪斋）诸公，虽欲不趋于势利，宁可得乎？蓬生麻中不扶自直，苟为素丝未有不遭染者也。”就比较客观地说明社会环境的变化，是匡二堕落为“势利熏心之人”的重要原因（当然，卧批对马二的影响作了不完全妥当的评论）。人物性格随着社会环境的改变而变化，在《儒林外史》中除了匡超人这个典型人物以外，还有牛浦郎。吴敬梓“写牛浦、匡超人往往相对。匡超人之事父未尝非孝，牛浦之念诗未尝非好学。匡超人一遇景兰江，便溺于势利；

① 齐省堂批语。

② 张文虎：《儒林外史评》。

牛浦一见牛布衣诗，便想相与老爷”[①]。牛浦的变质与匡迥的堕落极为类似，都是由于他们生活环境和相与的人发生了变化所造成的。由此可见，社会环境变化造成人物性格的变化并不是偶然的、个别的事例，而是存在于当时广大士人中的普遍现象。吴敬梓描写的是个别人物的个别事件，但却具有典型意义，反映了具有普遍意义的社会现象。

吴敬梓除了形象地描绘了社会环境与人物性格之间相互作用的关系之外，还通过人物的生活环境——也就是左拉所说的“衣服、住宅、城市、省份”——来烘托人物的性格，并且取得了很大的成功。例如同是描写厅堂、花园，但对不同人物的“住宅”，作者用笔就不同。在作者笔下，盐商、典当、暴发户如万雪斋、宋为富、高翰林等人的厅堂花园就不同于天长杜府、五河虞府、湖州娄府等世家大族的厅堂花园。万雪斋的厅堂中虽然挂满了“读书好、耕田好、学好便好”以及“课花摘句”之类的大小对联、金匾，但他在如此厅堂上结交的却是顾盐商一类的人物，忙的是“第七位如夫人”的病，既未读书耕田，也未课花摘句。这些匾额正好烘托出万盐商附庸风雅的习气，真是雅得俗不可耐。他的花园里尽管盖了“许多齐整房子”以及“高高低低许多楼阁”，但是“塘沿略窄”，甚至窄到牛浦郎一不小心就“一脚蹉了个空，半截身子掉下塘去”，受了牛玉圃的许多埋怨。作者突出这一细节，固然为表现“二牛”性格所必需，但塘沿窄到如此程度也正反映了花园主人万雪斋只是一个暴发户。宋为富的花园虽然“竹树交加，亭台轩敞”，但“彼人也不会赏鉴”，徒为虚设。迟衡山说高翰林的花园“倒也还洁净，只是少些树木”。武书则快言快语地说破迟衡山这种含蓄的贬词，他说：“这是前人说过的：亭沼譬如爵位，时来则有之；树木譬如名节，非素修弗能成。”借用宋人卢秉的话讥刺主人高翰林不修名节。在作品中，这些描写园林的笔墨，也是使得这些否定形象“臻于完成”的一个重要手段。相反，对世家大族的园林，作者总是用饱含感情的笔触一赞三叹地予以描绘。如描写五河虞府厅上的“一对料丝灯”，已经历了六十余年，至今“犹然簇新”，作者特地说明这“还是虞华轩曾祖尚书公在武英殿御赐之物”，并通过余大先生之口予以赞美：“自古说‘故家乔木’，果然不差，就如尊府这灯，我县里没有第二副。”再如写湖州娄府的书斋，“瓶、花、炉、几位置得宜”，“两边墙壁上、板缝里，都喷出香气来，

① 张文虎：《儒林外史评》。

满座异香袭人”，身临其境的人都“觉飘飘有凌云之思”。娄三公子颇为自得地说：“香必要如此烧，方不觉得有烟气。”流露了强烈的自我欣赏情绪。但与其说作品中这些人物或自我赞许、或相互颂扬，毋宁说是作者的赞美和颂扬。这些描写，既对封建晚期趋向没落的世家子弟性格的某一方面起了烘染作用，又表现了作者复杂的思想感情，在一赞三叹中显然夹杂着哀叹没落的情绪，而在哀叹没落的感情中又隐约地起伏着“犹有傲霜枝”式的孤高自许的感情色彩。既是赞歌又是挽歌。而这种描写，又使得他笔下的这些人物性格具有了与他们时代、家世相一致的特征。

三

《儒林外史》中的人物不仅是科举社会的产物，有着封建末世的时代特征，而且其中的肯定形象还表露了作者吴敬梓的思想情操和社会理想。

吴敬梓受到颜元、李塨学说的影响很深，他们倡导礼、乐、兵、农的思想主张，深为吴敬梓所赞同。颜元主张“举人才，正大经，兴礼乐”[①]的教育思想，更为吴敬梓所心折。在《儒林外史》中出现的一些肯定形象的身上大都留有颜、李学说影响的印记。迟衡山倡议修祭泰伯祠以兴礼乐，得到杜少卿、庄绍光、虞育德的赞助；作品中一些并非为作者全然肯定的中间人物，也都热心其事：参与祭典，甚至马纯上还被举为祭典的“三献”。萧云仙在青枫城实践礼、乐、兵、农的活动，更是得到“素昔最喜赞扬忠孝”的虞育德、迟衡山、庄绍光、杜少卿等南京的“大名家”的赞扬。可以说，重视礼乐兵农的思想，是《儒林外史》中肯定形象共同具有的特征，是他们的“共性”，当然也是作者社会理想的体现。

吴敬梓为了要把自己的理想赋予这些人物形象，因而在刻画这些人物性格时，尽管对某些肯定形象的某些方面也有些委婉的嘲讽，但一般说来总是态度端严，用笔庄重，力图在有限的篇幅内将他们一生的重要行迹都表现出来，并且特别着重反映他们重视礼乐兵农的思想主张和讲究文行出处的品德修养，使之成为一个完整的人物小传。例如，写笼罩全书的理想人物王冕，从他“七岁上死了父亲”写起，写他读书、放牛、学画；写他拒不接受“酷虐小民”的时知县的邀请，却

---

① 李塨：《习斋年谱》卷下。

在家招待礼贤下士的吴王；写他孝顺母亲，恪守母亲教诲，终生不为官，最后病逝在隐居的会稽山中。写庄绍光，也是从他十一二岁写起，在家著书、应召赴京、祭泰伯祠、回乡修祖坟。写杜少卿，不但写他平居的种种豪举，也写他侨寓的万般拮据，最后不得不离开南京去投靠在外地做官的虞育德。在描写这些人物一生行迹时，吴敬梓还运用侧写、反衬、补叙等手法，从各个角度强化对他们的正面描写，力图把自己的社会理想通过他们的形象完整地表露出来。然而，正因为作者将他们作为自己的“传声筒”，而忽略了从现实生活中摄取素材、提炼情节、塑造形象，所以这些人物形象始终缺少血肉，颜面苍白，反不如作者刻画否定性格的身边士人那样生动活脱。他常常怀着强烈的憎恶情绪，让这些否定人物一个斤斗就翻到前台来。快速地把他们的丑态推向读者，嬉笑怒骂，涉笔成趣，随意点染，均为妙文。而那些肯定形象只是为了体现作者的理想而创造出来的，缺少坚实深厚的生活基础。同时由于影响作者世界观很深的颜李学说，尽管在明清之际不失为一种进步的思潮，对社会弊端也做了有力的抨击，然而颜元、李塨所提出的改良措施，在他们自己那个时代就显得迂阔不当，到了吴敬梓时代更失去它的现实意义。离开现实生活，仅仅依靠这种思想塑造人物，虽然能够表露作者的思想，但作为文学形象来说却是失败的。他们只能是作者理想的模式，而不是现实生活的典型。

在这些理想人物中，虞育德形象的塑造是作者最为重视的。吴敬梓是将他作为“真儒”、“贤人”来对待的，因而在塑造这一形象时运用了不少理想化的手法，使得这一形象在理想人物中尤为突出而成为一个理想化的人物。吴敬梓先专门用了一回文字集中写他的小传“常熟县真儒降生，泰伯祠名贤主祭”。作者如此安排显然有深意，张文虎就道出作者这一意图，他说：“虞博士是书中第一人，故特起立传”[①]。同时，在此回中，作者用笔庄重到了几乎虔敬的地步，卧闲草堂本批语就说：“虞博士是书中第一人，纯正无疵”；作者“纯用正笔、直笔，不用一旁笔、曲笔”，这“正是量体裁衣、相题立格”的写法。而当虞育德离开南京、悄然退出政治舞台之际，作者又用了半回文字，以令人“伤神”的“淡语”[②]写了“三山门贤人饯别”。卧闲草堂本批语即说：“博士去而文坛自此冷落。虞

① 张天虎：《儒林外史评》。

② 天目山樵批语。

博士是书中第一人，祭泰伯祠是书中第一事，自此以后皆流风余韵。”张文虎在《儒林外史评》中也说：“阅者至此亦不禁凄然泪下。或问何故，曰‘《儒林外史》将完了’。”这些评论，的确揭示了作者塑造这一形象的意图。祭泰伯祠是表现作者理想、倡导礼乐的盛举，是《儒林外史》的重要情节，作者着意安排，精心构制，齐省堂本批语就说此回写法，先“总领一句，以下逐件分写，堂哉皇哉，是全书大手笔”，最后“复用总结一遍的是《史记》体例”。卧闲草堂本批语也称赞说：“此篇古趣磅礴，竟如出自叔孙通、曹褒之手，觉集贤学士萧嵩辈极力为之，不过如此。”也许正由于“古趣”过多，所以全无“生趣”，写得极为枯败，但在吴敬梓来说却是全力为之的。他将心目中这样重大的盛典安排虞育德来主祭，正说明虞育德是他心目中的“第一人”。因而，在塑造这个“第一人”形象时，作者也自然要尽情铺陈、颂扬，着重刻画他“以德化人”的种种作为。在作品中，受到他的德行感化的人很多。例如，秀才武书初次见到虞育德时，颇有些自负的表现，滔滔不绝地说自己考了三个一等第一：考秀才一等第一，考诗赋一等第一，八学合考又是一等第一。但自从受到虞育德的陶冶以来，就渐渐收敛，没有当初急于自见的种种表现。又如端监生“是个乡里人”，被人诬陷“犯了赌博”，应天府将他送到国子监要虞育德“收管”。虞育德却将他“待作上客”，并为之辩明冤屈，端监生受其感化，感激不尽。其他如支持郭孝子寻父，赞赏杜少卿的才情，救援无钱葬父准备寻死的“庄农人家”，出资为武书的母亲请求旌表，尽心报答当年祁太公的照顾，拒绝尤滋去求康大人荐举自己，等等，都表现了他的德行高尚。甚至在他下场以后，吴敬梓还通过余有重、余有达兄弟二人来追念他。这些正面描写、事后补叙，都是为了突出虞育德自己既重视礼乐兵农，讲究文行出处，又能以德化人，助人行善。在这个形象身上集中体现了作者的社会理想和道德观念，是作者心目中的“真儒”、“贤人”，自然也是作品中的理想化人物，而不仅仅是一般的理想人物。

然而，文学作品中的人物越是趋向理想化，就越是有可能脱离现实。在吴敬梓笔下的虞育德是现实生活中所没有的超人。法国杰出的启蒙思想家狄德罗说：“一位画家在画布上画了一个人头，其中一切形式都很有力，很雄伟，端方四正，显得是一个最完美最罕见的整体。在看这幅画时我感到羡慕和惊骇。我想从自然中找到这幅画的蓝本，却找不到，和它比起来自然中一切都是软弱的、纤小的、凡庸的。于是我就感觉到这里画的是一个理想的头。但是我认为画家应该使我看到她额上露出一点轻微的裂痕，鬓边现出一个小斑点，下唇现出一个小得看不见的伤口才好，这样就会使这幅画马上从一种理想变成一幅画像了。眼角或鼻梁旁边如果有点天花的痕迹，这女人面貌就不是爱神维纳斯的面貌，这幅画就是我的邻居中一个女子的画像了。”[①]《儒林外史》作者吴敬梓所塑造的虞育德这一人物形象也只是一个“理想的头”，是当时读者在自己的“邻居”中找不到的人物，因为他完美得只能是作者想象的产物。车尔尼雪夫斯基说：“假如我们把‘完美’了解成为这样一种事物的形态：它融合了一切可能的长处，而毫无缺点，那只有内心冷淡或厌倦了的人由于无所事事，凭了幻想才可能发见的。”他还进一步说明：“当情感无所归宿的时候，想象便被激发起来；现实生活的贫困是幻想中的生活的根源。”[②]虞育德这一理想化形象，正是作者在对封建末世的科举社会生活极为厌倦、对功名富贵相当冷淡以后，激发起自己的“想象”，按照自己接触过的颜李学说的某些观念而“创造”出来的。

吴敬梓虽然按照自己的观念塑造了以虞育德为代表的一系列理想人物，占据了《儒林外史》的舞台中心，但并未让他们成为支配全局、贯串始终的主角。在小说最后部分，作者写道：“那南京的名士都已渐渐销磨尽了。此时虞博士那一辈人，也有老了的，也有死了的，也有四散去了的，也有闭门不问世事的。花坛酒社，都没有那些才俊之人；礼乐文章，也不见那些贤人讲究。”这就与一般长篇小说有所不同。何以出现这种现象？这是因为吴敬梓固然受到颜李学说的影响很深，但也受到其他思想的影响，例如他对魏晋风尚就非常神往。更重要的是现实生活修正了作者原先的社会理想，他已初步地意识到颜、李所重视的礼乐兵农主张并不能纠正社会的弊端。因而体现这种理想的、以虞育德为代表的一群形象，就像划过黑夜长空的一群流星，瞬息即逝，未曾留下耀眼的光芒。在这些人物退场以后，《儒林外史》即将结束之前，现实主义作家吴敬梓又把他探寻的眼光转移到社会下层，终于发现“市井中间，又出现了几个奇人”。从而他又“别开畦町”，“另作一番议论”[③]，重新添写了四客：季遐年、王太、盖宽、荆元，并且让裁

① 狄德罗：《波滂的两个朋友》，转引自朱光潜《西方美学史》上卷，人民文学出版社1963年版。

② 车尔尼雪夫斯基：《生活与美学》，周扬译，人民文学出版社1957年版。

③ 齐省堂本批语。

缝荆元说出一番“学校里人未必见得到、未必说得出”的“明白正大”[①]的道理。他们不贪图人的富贵，不伺候人的颜色，凭一技之长自食其力，以琴棋书画愉悦自己。虽然作者对这四客能否成为理想人物尚有犹豫，但他毕竟以这四客替代了虞育德为代表的一群，这就值得充分肯定。

在古今中外的文艺史上一些伟大作家的笔下，常常出现违背作者最初心愿的人物和情节。阿·托尔斯泰在写作《彼得大帝》时，“他的人物常常不按照他所愿意的那样去行动，并拒绝采取作者给他们预先指定的途径”。普希金对于《欧根·奥涅金》中的女主角达吉亚娜，竟然拒绝并完全放弃了奥涅金，感到“这是我对她从未想到的事”。列夫·托尔斯泰认为《安娜·卡列尼娜》中女主角安娜·卡列尼娜卧轨自杀，也是自己想不到的，并且说：“我小说中的人物所做的，完全……是现实生活中所应该做和现实生活中所存在而不是我希望有的事。”[②]在这些伟大作家创作过程中，现实生活的强大影响常常掩没了他们的主观意愿，让他们笔下的人物按照现实生活发展的必然逻辑去行动，并改变了作者的主观愿望。上述作家笔下出现的这种情况，是体现在同一人物形象身上。吴敬梓的社会理想被生活发展的必然逻辑所修正的情况，却不是发生在同一人物形象身上，而是表现为作品中理想人物的更换，从体现礼乐兵农主张的虞育德、杜少卿、庄绍光、迟衡山、萧云仙转移为体现自食其力思想的市井小民“四客”。这较之同一人物“背叛”作者意愿的作品尤有意义，说明吴敬梓完全摒弃了先前不切实际的理想，在现实生活的光照下，重新去探索新的社会理想，并寻找能够体现新的理想的新人。这虽然不同于一般长篇小说，但却正清楚地展示了作者思想的发展历程。在作品中，无论何种类型的理想人物，无一不是作者“思想的结晶”，无一不留有作者思想的印记。这是《儒林外史》人物塑造的又一重要特征。

（原载《中国古典文学论丛》第2辑，人民文学出版社1985年版）

① 《儒林外史评》。

② 参见〔苏〕季靡菲耶夫《文学概论》、戈宝权编译《普希金文集》。

《儒林外史》中人物的进退场

过去有些研究者认为《儒林外史》的情节纷纭、人物众多，但却没有贯串始终的主角，因而批评它没有“布局”，没有“结构”，新中国成立以来发表的某些论著对此也予诟病。这种非难是从某些外国长篇小说有贯串始终的主角这一观念而生发出来的。其实，外国长篇小说也并非全然如此。俄国现实主义作家契诃夫在《写给阿·谢·苏沃陵》中就曾经说过：“《我的朋友们的生活故事》，我把它写成许多各自成篇的故事的形式，由情节、思想、人物等的共同性而互相紧密结合起来。每一篇故事都有一个单独的标题。不要以为这长篇小说是由许多小块凑成的。不，它是真正的长篇小说，是一个整体，其中每一个人物都跟整个小说血肉相连，不能缺少。”[①]这一见解，对于我们评价《儒林外史》的结构样式就很有启发。对于这部具有某些独创性的作品，我们应该深入研究，予以实事求是的评价，而不应该求瘢索垢，百般挑剔。

文学作品的结构无非是组织故事情节、展现人物性格的手段。《儒林外史》作为长篇讽刺小说，它的结构主要在于安排一些小故事，展现不同的人物性格，逐步加深作品的主题思想。我们仅从作者对于人物进退场所作的设计上，就可看出这部小说的结构是紧扣住它所描写的一切人物故事的，它不失为一部结构艺术极为独特的长篇作品。

一

吴敬梓为他笔下人物所设计的进退场方式极为自然巧妙，如不细心研究很难发现他的艺术匠心和创作意图。那种摇曳多姿、曲折入胜的进退场，既形象地刻画了人物性格、严密地组织了故事情节，又表现了作者或褒或贬的鲜明态度。

---

① 《契诃夫论文学》，汝龙译，人民文学出版社 1958 年版。

《儒林外史》中人物的进场方式多种多样，极富变化。有的是着意介绍，有的却是无意邂逅。在小说中，当一个相对独立而又复杂的情节开始时，作者有时并不立即直接进入主要阶段的叙述，而是采用逐步向读者交代必要情况的手法，以渐渐激发起读者对故事情节的兴趣和注意，从而引入有关这一情节的主要人物。周进的进场即是如此。作者先从山东兖州府汶上县薛家集几家人家在观音庵中议事写起，商量“闹龙灯之事”以后，又提起兴办学堂延请塾师一节。此际就由夏总甲推荐了一位曾在县“衙门里户科总提控顾老相公家”教过书的周进，并且介绍了他的生平遭遇。大家议定聘请之后，周进方才在“门外狗叫”声中出场。这就表明穷书生要谋得一个馆地也不得不依仗地保一类的恶势力；得到馆地之后，他又不知道要时时孝敬夏总甲，终于又被辞退。在失去馆地之后，更加刺激了他向更高一级科举阶梯攀登的强烈欲望，最后通过捐监，先后考中举人、进士，出任广东学政，从而生发出后面一系列的故事情节来，一部反映科举制度下士人生活的讽刺长卷从此徐徐展现。与此相反，也有些人物是在作者事先毫无交代的情况下进场的，如鲁编修的出场，是在娄三、娄四两位公子在访问杨执中的归途中相遇的。这位曾是娄中堂的门生、现时的“穷翰林”一时捞不到“肥美的差”，觉得与其“白白坐在京里，赔钱度日”，“不如告假返舍，料理些家务”，因为他有“一个小女，还不曾许字人家”。在他返回故乡的河道中与座师的公子却无意邂逅，世兄世弟自然要见礼畅叙。这种进场方式看似偶然，却是现实生活中可能发生的，因而也就可信。同时通过他这种登场方式，在他与二娄的寒暄中，就预先提示了鲁小姐与娄三表侄蘧駪夫的婚事，为后来的情节发展埋下伏笔。

迟迟不出与突然现身也是吴敬梓为他笔下人物所设计的两种进场方式。作者描写杨执中的入场颇为曲折，一再提及他的为人行事却又一再延搁他的进场时机。在邹吉甫转述他的言论以后，娄三、娄四两公子对他十分钦佩，认定这个“老阿呆”是一位“读书君子”，要家人去把他保出狱来。他们坐在家中专候这个“君子”，却又不见人来。于是“命驾相访”，初访未曾见着，再访又被“老阿呆”事先躲过。直到次年正月才通过邹吉甫的安排得以相见，杨执中方才出场。而在他们相见之前，又描写了刘守备冒用娄府灯笼、卖菱角的小船和鲁编修的官船以及鲁、蘧婚事。情节发展看似枝叶蔓生，实则横峰断云，下笔行文如波浪迭起但却筋脉连贯，从不同角度表现其人其事．以激发起读者的注意。他一进场来，读者立即明白无误地认清他的呆中有伪的性格。严贡生的入场则是在读者毫无准备的情况下突然现身，他想巴结汤知县却一时找不到机缘，听说县太爷的门生张师陆与范进正在关帝庙中等候座师回衙，他就立即闯进庙中，主动上前攀谈，自我吹嘘，复命家人送上酒席讨好巴结。作者通过他突兀其来的上场表演，辛辣地嘲讽了其言行不一，同时也反映了当时官场中为了高攀老师先结识学生辗转攀结的恶习。这两种进场方式与前面讲的两种方式颇为相类，但亦不全同。前两种方式大多为了安排情节发展的需要，这两种方式多半出自刻画人物性格的目的；前两种方式是不用技巧隐蔽其技巧，而这两种方式则是故意显露出作者的有意安排。

《儒林外史》中还有些人物的登场或是彼此勾连或是参差错进。作者常常通过一个人物的活动牵连出一串人物来，从而彼此勾连上场，各自表演一番。匡超人在搭船去杭州避难途中，先遇到自称名士的景兰江，于是这个头巾店老板开始进场活动，并由此而引出赵雪斋、支剑峰、浦墨卿、胡密之、卫体善、随岑庵等一批所谓的“西湖名士”先后登台亮相。这种彼此勾连的进场方式常常表明这一串人物气质接近、臭味相投，因而他们各自生发出来的情节虽然各具特色，但却都暴露了他们丑恶性格的一个共同方面。参差错进的入场方式则不同，人物之间的关系较为复杂，既有格调不同的反面人物，也有气谊相合的正面人物。余大先生的进场是因萧柏泉的推荐，但他见汤公子并无“求教之诚”，所以辞去汤府之聘，不过余特确又因此一节方才入场。余特虽然不就汤府之聘，却接受了虞华轩的“帖子”，并于“次日去回拜”，慨然应允训教其子，这就导致虞华轩上场。余特的出场是由于辞聘，虞华轩的出场则由于余特的受聘，余特的辞聘说明他与汤公子大异其趣，其受聘则表明他与虞华轩声气相应。这种参差错进的入场方式，使得情节的发展错落有致而不单调板滞，也使得不同类别的人物性格相互映衬更其鲜明。

吴敬梓还运用前后绾连与逐个转递的方式，让他笔下的人物上场演出。王惠出任南昌知府后，就把前任太守蘧祐、蘧景玉、蘧駪夫祖孙三代前后绾连起来。不过，蘧氏三人的出场虽由王惠一人所绾连，但作者写得极其婉约多姿，各具特色。蘧祐是以前任太守的身份“来拜”现任太守王惠而出场，他以“年老告病”为由，早已“出了衙门”，他的出场即意味着退场。蘧景玉虽然前此在山东学道范进幕中偶一露面，但他的主要活动却于此际方正式开始。此时是替乃父向王惠移交而出场，他早年的“幕客”生涯却正是今日办理交接事宜的有用经历。所以尽管王惠十分贪求，他办得也很爽利。如果说景玉出场正值王惠仕途得意之年，那么骁夫上台则为王惠落魄逃难之日。景玉、骁夫父子的先后出场，在折射出王惠的性格和遭遇的同时，也从客观上反映了仕途中的险涛骇浪和统治阶级内部矛盾的变幻莫测。三“牛”的登场则是运用逐个转递的方式。牛布衣不死，牛浦郎就不能冒名顶替；而牛浦郎不假冒名士，攀结官府，就没有条件傲慢尊长“舅丈人”，也就不会出走，当然也就失去在赴安东船上遇到牛玉圃的机缘。而“小牛”一旦遇到“老牛”，作者的聚光灯就集中在“老牛”身上，使他一时成为舞台的主角。他们逐个脚跟脚地进场，又似走马灯地转递下场，有的病死（如牛布衣）、有的退为配角（如牛浦郎），但他们各自生发出来的故事情节并未中断，他们各自活动的社会现实依然仍旧，有其绵绵不断的连续性。

在吴敬梓笔下，有的人物一进场就面临着尖锐的矛盾，但有的人物出场只起了陪衬和补充的作用。前者如沈琼枝是被其父沈大年送往扬州宋家成亲时出场的。在常州贡生沈大年看来，宋家自然应该把女儿琼枝“当作正室”；但在盐商宋为富看来，这只不过是“一年至少也娶七八个妾”中的一个，根本不当一回事。双方态度如此截然不同，因而她一出场就处在严重的对立形势中。她在此际的作为却颇有决断，逃离宋家，远走高飞。这种进场方式是把情节发展较为缓慢的一段过程留在作品画面以外，而从情节发展趋向急剧接近高潮时刻加以横切表现，迅速地把人物推向矛盾旋涡，通透地描绘出人物的性格，让读者立刻了解到人物在情节发展到高潮时的表现。与此相反，有的人物在出场时，并非情节发展的迫切需要，但却又不可缺少。他们出场活动，可以烘托主要人物，使他们的性格更加突出；又可补充交代作品画面以外的某些往事，使故事情节更耐人寻味。薛家集的农民宴请周进时，就请了梅玖“做陪客”——他一生只是“陪客”，先“陪”周进，后“陪”周进弟子荀玫。这个“新进学”的少年秀才对“花白胡子”老童生周进极尽挖苦之能事。没有他，周进依然入场，情节依然发展；但有了他的挖苦嘲讽，就形成后来导致周进撞“号板”的心理因素之一。因而这个“陪客”的活动也就自有其作用。万青云一出场，作者就用隐约委婉的文字，把他和高翰林早年在扬州时与“盐务的诸公”相互勾结的一段肮脏历史补叙出来，从而加强了对这位翰林公现时言行的抨击力量。自然，就万青云这一角色来说，他的主要活动还在其后，但作者如此安排他的进场，具有回还映带、远近衬托之妙，显示了作者的艺术匠心。

吴敬梓有时安排两人同时进场，但却一实一虚；有时通过人物的上场，既刻画人物描叙情节，但又有主有次。比如五河县的彭乡绅与方盐商，在他们进场之前，无论是作者的正面介绍，还是书中一系列角色如唐三痰、赵麟书、余敷、余殷、唐二棒椎、姚老五以至成老爹之流的议论，都是把他们相提并举，满纸彭、方。但实际进场的却只是方盐商，作者描写了他与厉太尊公子的吃喝玩乐，与权卖婆在尊经阁上的谈笑风生，并予以讥刺抨击。而彭府几位“老爷”只在送方老太太神主入节孝祠的队伍中一晃而过，可见前文只是虚写。这种相提并举而有虚实的进场方式，不仅省却许多笔墨，而且也表明作者对方盐商的憎恶更在彭乡绅之上，通过具体描绘，实录其种种丑态，予读者以深刻印象。一般说来，文学作品的情节是表现人物性格的手段，而人物性格的展示又离不开作者对情节的组织，人物和情节具有密不可分的相互作用的关系。吴敬梓让他笔下的人物在进场之初立即通过他们所触发的行动展现他们独特的性格。不过，也有些人物在进场之际，作者描写的重心并不在于立即展示他们的性格，而在于着重抨击某一社会现象。例如，荀玫的名字在作品中第一次出现，是举人王惠在塾师周进批的“仿”上所见。当时王举人极为惊讶，因为他曾梦见自己与荀玫为同榜进士。此时作者已将荀玫安排进入作品，但并未描写他的任何活动，当然也不能表现出他的性格。荀玫的正式上台演出却是在十几年以后，那时范进出任山东学政，他果然与王惠成为一老一少的“同年”进士。由此可见，尽管作者对荀玫后来的夺情等等行径有所谴责，然而在他首次入场之际，却并非表现其为人，而在于通过他的名字为王惠所梦见的情景，抨击了科举制度的荒唐无稽。显然可见，荀玫与读者初次见面，作者的目的在于绘事而不在于写人。这种主次分明、虚实配合的进场方式，正表现了作者不同的态度。

对于理想人物的进场，吴敬梓更是精心设计，着意安排。作品中出现的正面人物有杜少卿、迟衡山、庄绍光、虞育德等人，特别是虞育德更是“书中第一人”①。据金和《〈儒林外史〉跋》所云，虞育德的原型为“江宁府学教授吴蒙泉”，是

---

① 天目山樵批语。

作者“生平所至敬服者”，“故书中表为上上人物”。作者极其庄重地描写他的进场：在他进场之前先写杜少卿入场，由杜少卿出场引进迟衡山，再由杜、迟二人导致庄绍光出场，最后才由杜、迟、庄等人众星拱月式地捧出虞育德，充分显示他的崇高身份。

杜、迟、庄三人的进场也各有特色。杜少卿入场前，有族兄杜慎卿和父执韦四太爷对他的议论，杜慎卿说他是个“最好做大老官”的“呆子”，韦四太爷却说他是“大江南北有名”的“豪杰”。这截然相反的评价必然激发读者想要亲见其人的强烈愿望，于是在韦四太爷前来访问时，他出场了。迟衡山的进场，则是杜少卿前往白下表侄卢华士家中所遇见。迟衡山是卢华士的业师，少卿见他“不是庸流”，便“一见如故”。杜少卿是住在家中受人访问而登台，迟衡山则是因杜少卿出门访客而出场，何其婀娜多姿，变化无穷。如果说迟衡山登台是杜少卿无意邂逅，那么庄绍光的出场则是杜少卿的有心拜见，而且初访再访，其中又因七事八事，一再延宕彼此相见的时机，颇经曲折始得见面，真是波浪迭起，疏密相间。

杜、迟、庄三人先后进场会聚以后，最重要的活动是彼此议论礼乐，募捐修泰伯祠。这时方才由迟衡山说出：“这所祭的是个大圣人，须得是个圣贤之徒来主祭，方为不愧。如今必须寻这一个人。”在远近相托、反复铺扬之后，引出“常熟县真儒降生，泰伯祠名贤主祭”这一回来。作者如同司马迁写《史记》一样，特为这“上上人物”立传，把这位“真儒”、“名贤”的生平大节作了详尽介绍，然后才让他出场。他出场后的表现又与杜、迟、庄不同。作者是从他来南京国子监任职开始，正式描写他的活动。他虽然身为“博士”却“无学博气”，虽然高中甲科也“无进士气”，因而任职之初不是坐等士人来拜，相反却主动先访当地宿儒：庄绍光推辞不见，杜少卿却与之相会；在少卿赞美之后，庄绍光才偕同少卿同去回拜。这样回环映带、错落呼应的进场方式，不但表现了虞育德谦恭下士的品德，也说明他之所以能受到广大士子的眷恋和追慕并非偶然，确为儒林中的“第一人”。

总之，吴敬梓在这部人物众多、情节纷纭的小说中，以极其纯熟而精湛无比的艺术技巧，根据人物性格的特征和故事情节的需要，时或浓笔酣墨、时或精镂细刻地设计了各自独特的进场方式，不但自然而且巧妙，看似偶然却具必然，波澜起伏但却筋脉连贯，奇峰突起但却真实可信。

二

《儒林外史》中人物的退场方式，相对来说不如进场方式那样千姿百态，但这并非作者才力不济，而是由于人物的退场必须符合情节发展的必然逻辑，必须符合社会生活发展的必然趋向。这就与作者对社会发展远景的展望具有密切关系。不能设想，未曾具有历史唯物主义观念的旧时代作家，能够高瞻远瞩地了解到历史发展的正确方向。尽管一些忠实于现实的作家能够根据他们的社会实践，在一定程度上体验到生活洪流的趋势，但却很少能有意识地、正确地指明社会发展的清晰远景。吴敬梓在《儒林外史》中为他所描写的人物设计的退场方式，不如进场方式那样摇曳多姿、令人眩目，这与他受历史的局限性是分不开的。例如科举场中人物以及盐典商人的下场，常常交代得不那么明确，因为如众周知，在清代科举制度自顺治朝恢复实行以来，雍、乾之际正处于鼎盛时期，盐商势力则自康熙朝以降逐步扩大，到乾、嘉之际达于极盛。身历康、雍、乾三朝的吴敬梓，虽然对这两类人物极端厌恶，但却无法预见他们的最后结局。不过，吴敬梓究竟不愧为大家，尽管他无法预见这些人物的结局，但却凭着“公心”，仍然精心地设计了他们不同的退场方式，或明写或暗喻，表露了作者对他们的不同态度。

吴敬梓和许多作家一样，经常运用艺术的对比来刻画人物，描绘场景，在人物退场方式的设计上也常运用对比，从而更为显明地表露了自己对这些人物的不同态度。例如，先后紧跟着入场的杨执中和权勿用，二人都是清客，并无本质区别，但杨执中较之权勿用究竟要“老实”一些，只是呆中有伪；而权勿用纯是伪中有诈，所以作者让权勿用被萧山县差人“一条链子锁去”，而当此际却于杨执中的去向未着一字。虽然后来从浦墨卿口中说出杨执中已经进京，从陈木南口中说出权勿用已经昭雪，但那只是虚写，而对权勿用被锁走的下场却予以具体描绘，给读者以深刻的印象。如果说杨执中的下场略胜过权勿用，是表现了作者对他们的憎恶程度有所不同，那么比较“本分”的严监生的下场却不如一向不守“本分”的严贡生，就流露了作者强烈的愤慨之情。严监生虽和所有封建地主一样残酷剥削农民，但尚未有其他罪恶行径；而乃兄严贡生却迥然不同，拦人的猪，讹人的钱，霸占弟妇财产，无恶不作。可是他闯下“祸事”以后一走了之，乃弟严监生不得不为之处结。从此，“本分”的严监生气恼交加一病不起，而极不安分的严贡生却在京里攀结上范进，居然陪同范通政大人返回故里省墓，也说得上不是衣锦荣归的“衣锦荣归”了。严氏兄弟不同退场的对比，不但暴露了世道的不公，也倾泻了作者的不平。张铁臂和万中书的下场与此颇为类似。张铁臂伪作侠士，出入湖州娄府和天长杜府，依靠豪门贵族骗取一点残杯冷炙，然而却被蘧公孙“看破了相”，因而“存身不住”就悄悄返回故乡去了。假中书万青云则不同，当他被捕以后身份败露，其东道主高翰林、秦中书出于自身利害不得不出银1300两，为其保举了一个真中书，“一场焰腾腾的官事”就被“一瓢水泼息”。但他并未从此收敛，居然老着脸皮“仍旧穿了公服到这两家谢谢去”。在作者笔下，小骗子为衣食骗人却不能见容，而大骗子倒能骗到一官半职；张铁臂尚有羞耻之心，而万青云却恬不知耻。这种对比的下场，既深刻地反映了“有了钱就是官”的黑暗吏治，也表现了作者对这两个不同人物的抨击程度有所差别。作者不仅在不同人物退场时运用对比，而且也常常将同一人物的退场和他的进场相对比。王惠的上场，是在山东兖州府薛家集河中乘着“一只船”飘然而来，那时还只是举人，尔后中了进士，做了南昌太守，又升任南赣道，真是前程似锦；然而他的下场却是远窜四川，病死在成都乡间的竹山庵里，寂然而去。这个被朝廷认为是“才能干济之员”的王惠，却以曾降过宁王的罪名被缉捕，这不但是对统治阶级的所谓能员的一种嘲讽，也暴露了统治阶级的内部矛盾已趋激化。汤奏一上场，就为了维护“朝廷体统”，要发兵去“尽行剿灭”“逆苗”，极其慷慨激昂、轰轰烈烈；然而其下场则是“着降三级调用”，回到故乡，角巾私第，教子读书，诗酒自娱，渐渐寂寂无闻了。与此类似的还有萧云仙，他上场时弹打恶和尚赵大，正当英勇少年，尔后“替朝廷效力”的结果却被“地方官勒限严比归款”。如果说汤奏“率意轻进”尚有贪功之意，那么萧云仙平定青枫却全出自“半生忠悃”，但都落得如此下场。他们两人上场时何其激烈，下场时又如此悄寂，正暴露了封建朝廷的举措失当，有功反受其罚，这在客观上就具有了抨击政治黑暗的意义。

除对比手法以外，吴敬梓还设计了其他一些方式的人物退场。如鲍文卿初次登场是出自“爱惜人才的念头”，向主人崔按察司“双膝跪下”，求他赦免“斯文”向鼎。与此相照应，他的下场即其死后，作者则安排已升任为道台的向鼎来到他的柩前"恸哭了一场，上了一炷香，作了四个揖"，并亲自写铭旌，称他为"皇明义民"，落款为"老友向鼎顿首拜题"。这就回应了前文，又表现了两人的性格。又如胡屠户是在女婿范进考取秀才时进场的，当时气势昂昂；范进中举以后，虽然他还曾出面，但已换了一副卑谀胆怯的面孔，有客来拜女婿时，他"忙躲进女儿房里，不敢出来"；及至范进中了进士，此人便再也不曾露面。以后范进做了通政大人，他和范进的关系如何，本人的表现如何，颇耐人寻味，作者未着一字，一概留与读者去猜想与品评。再如危素本为元朝官僚，而在"归降之后"，仍然"妄自尊大"，居然"在太祖面前自称老臣"，惹恼了朱元璋，而被"发往和州守余阙墓去了"。余阙却是元朝安庆守将，与陈友谅作战身亡，让"危老先生"去替余阙守墓，这样的结局就具有强烈的讽刺意味，危素也就在读者的嘲笑声中退场而去。

这些退场方式的设计，虽然出自作者的匠心，但却未能揭示这些人物在退场之后的归宿，可以说这是由于时代所限，作者无法预见他们的今后命运，因而只能做出这种无法预见其将来的退场安排。

至于作者笔下的理想人物，他们的退场又另具特色。作者从自己大半生的社会实践中终于明白原先倡导的礼乐兵农的理想，在现实生活中已经破灭，他不得不"黯然销魂"[①]地感叹道："话说万历二十三年，那南京的名士都已渐渐销磨尽了"，"花坛酒社，都没有那些才俊之人；礼乐文章，也不见那些贤人讲究"。他原先寄寓着理想的人物已面临着没落的命运。这些人物又都是作者曾经钟爱过的，他不能像安排否定人物那样，运用明讽暗嘲的艺术手法，对他们不可预见的前景设计出不同的退场。可是，他们既然已上场演出，就必然要下场卸妆，这是情节演进所必需，也是作者无法回避的责任。但设计他们的退场又不能违背生活发展的客观规律，因此作者只能用极为"伤神"的"淡语"[②]为他们安排了不是结局的结局。虞育德在南京国子监"做了六七年博士，每年积几两俸金"，但还不能保障"夫妻两个不得饿死"，因而仍然要谋一官职"再积些俸银"以便养老不得不去浙江为宦去了。杜少卿在原籍的家产已经卖尽，寄寓南京时经常依靠虞育德替他介绍为人代撰诗文，换得一些银钞度日。虞育德离开南京时，他便极其伤感地说："老叔已去，小侄从今无所依归矣！"此后不久，他在南京果然住不下去，只得投奔

① 天目山樵批语。
② 同上。

虞育德去了。庄绍光一向讲究礼乐，因而以到“故乡去修祖坟”的方式结束了他的活动。迟衡山平素主张要“助一助政教”，所以他的结局是“到远处做官去了”。至于沈琼枝，虽然在她身上具有一些“新人”色彩，但作者并不全然肯定她的所作所为，所以在江宁知县致书江都知县，“托他开释此女，断还伊父，另行择婿”以后，只交代一句“此是后事不题”，又是不结而结。也许读者会觉得这几个人物的退场方式不如否定人物下场那样或使人瞠目，或令人粲然，然而这却是作者在觉察到礼乐兵农理想破灭以后所可能设计的最符合这些人物身份、性格、学养和际遇的退场方式。

吴敬梓在精心安排理想人物退场以后，又添写了“四客”。这在整部小说中虽然仅仅一回书，但其分量却不容忽视，它表明作者的理想已有所转变，显示了作者对生活发展的远景有所预测的意图。这颇使我们想到列夫·托尔斯泰的《战争与和平》这部巨制来。虽然作者在序言中表明他无法预见自己笔下人物的结局，然而在具体创作实践中，于主角娜塔莎·劳斯托娃和彼尔·别尔豪夫终于团圆、小说的正文结束以后，作者又添写了一段尾声。这段尾声不仅与小说的正文紧密结合，而且还展现了这些人物的未来命运，透露了作者对社会生活趋向的展望。《儒林外史》中“四客”的出现，在某种程度上也是有同样意义。只不过这“四客”并非小说正文中曾经出现过的人物，而且由于吴敬梓的时代更早于列夫·托尔斯泰等等条件的限制，他对于自己重新寻找的理想人物是否就能代表生活发展的必然趋势还没有充分把握。因而在赞美他们的同时也表现出相当程度的迟疑。这些，在为他们所设计的退场方式上也有所反映。“四客”中只有盖宽的结局是被人请“到家里教馆去了”，这可能与盖宽原是有钱人家子弟，和作者属于同一阶级的读书人而又十分钦迟礼乐的化身——虞育德不无关系。如果说作者在“四客”中独独偏爱盖宽，那也只是作者在意识到原先理想的迂阔和必然破灭之后尚有恋恋不舍之情的不自觉的流露。作者在描写“四客”时，也唯独对盖宽才流露了极其伤感的情绪，这正是作者无可奈何的心境的反映。至于其余真正出自市井中的三“客”，作者在安排他们进场之后作一表演随即截然收束：寄住在天界寺中的季遐年，在痛骂施乡绅之后，“依旧回到天界寺里去了”；卖火纸筒子的王太，在杀了“天下的大国手”马先生的“矢棋”纵后，“哈哈大笑，头也不回，就去了”；裁缝荆元则去种菜的于老者园里弹琴，一直过着“天不收、地不管”的生活。作者虽然以赞扬的笔触描写了三“客”的作为，令读者耳目一新，然而在那混浊的社会中，这三“客”的命运如何呢？“看官！难道自今以后，就没有一个贤人君子可以入得《儒林外史》的么？”就流露了作者的迟疑。正因为此，他只能创造出这种新颖的方式让他们一一退场。这表明他终于从礼乐兵农的理想中逐步清醒过来，把他的目光从广大士子身上转注到市井小民中去。

综上所述，《儒林外史》中人物的退场也和他们的进场一样，都是经过作者深思熟虑后所安排的，是为组织繁复的情节和紧扣一切人物的需要而设计的。作为结构艺术一个方面的人物进退场的方式，吴敬梓极为讲究，颇见功夫，这正表明《儒林外史》确为一部不同于一般结构的长篇小说。

（原载《文学遗产》1984年第1期）

试论《儒林外史》的结构艺术

一

在中外文学史上常有这样的现象：一位伟大作家的别出心裁的构思，他的再现生活的艺术结构，帮助他的作品在思想或艺术方面取得独特的成就，但在当时或后来某一时期却不为人所理解，甚至遭到诟病和诋毁。然而，在历史的筛子长期筛选之后，它的价值终于逐步被人们所认识和肯定。法国杰出的作家巴尔扎克在他的《十九世纪风俗研究》出版时，曾请当时的名记者和小说家菲力克思·达文替他写了一篇序言。在这篇由巴尔扎克亲自参与下写成的序言中，达文说："巴尔扎克先生慢慢地、一点一点地实现了他的《风俗研究》，这部分作品不愧是社会的全面确切的画像。它的统一性就是世界本身，人只是其中的一个细节；因为他提出要从人的生活的各种场合来描写他；从各个角度来刻画他。"其目的在于"揭示那不断瓦解、不断重新组合的社会，这个社会是威胁人的，因为它本身就受到威胁；总之，把社会的成分一一重建，以获得社会的整体。这样一个充满着详尽与耐心的分析的精细的作品，必然在很长的期间会停留在不完全的状态中"。因而，作者巴尔扎克也就必然要"听任短视的批评家指责他没有逻辑、没有固定的计划与风格，而事实上他不得不四面八方都探索一下，才能勾画出它的基本轮廓，不得不试用一切风格才能描绘出一个在细节上如此丰富的社会，不得不虚构一个故事以适应一个为虚伪渲染得越来越深的文明的变化无常。人是细节，因为他是手段"。巴尔扎克自己也曾对达文说过，一个作家必须通过他的作品表达鲜明的目的，才能在文学史上获得一席地位。这样，"只作为一个人是不够的；必须作为一个思想体系。伏尔泰与马里乌斯一样，是一种思想，因此他获得成功"。他自己也同样认识到，这种努力要经过"时间"的考验才能为人所承认，他说：

"在你能与读者中持有健全的见解而善于判断你的大胆的事业的人成为知音之前，你必须久饮痛苦之杯；你必须容忍别人的嘲笑，忍受不公正；因为有见识的人的无记名投票（通过这种投票你的名声才能受到推崇）是一张一张地投来的。"[①]巴尔扎克（1799—1850）这种"统一性就是世界本身，人只是其中的一个细节"的创作构思，以及他所估计的可能遭到的种种非难，颇使人联想起早于他一个世纪的吴敬梓（1701—1754）创作《儒林外史》时的独特的构思——结构艺术的命运。

在《儒林外史》流传近一个世纪的时间内（从目前所可能见到的最早刻本清嘉庆八年［1803］的卧闲草堂本算起），很少有人对它的结构艺术有所非难。大约在"五四"运动前后，开始有人对这一独特的结构表示不满。《缺名笔记》的作者首先说："《儒林外史》之布局，不免松懈，盖作者初未决定写至几何人几何事而止也，故其书处处可住，亦处处不可住。处处可住者，事因人起，人随事灭故也；处处不可住者，灭之不尽，起自无端故也。此其弊在有枝而无干。何以明其然也？将谓其以人为干耶？则杜少卿一人不能绾束全书人物。将谓其以事为干耶？则'势利'二字，亦不足以赅括全书事情，则无惑乎篇自为篇，段自为段矣。"[②]指责《儒林外史》没有贯串全书的情节，没有统率全书的主角。这种看法，在当时是产生一定影响的。胡适在论及《儒林外史》的结构样式时，就发表了不少与此类似的意见。他说："《儒林外史》没有布局，全是一段一段的短篇小品连缀起来的；拆开来，每段自成一篇，斗拢来，可长至无穷。"胡适甚至认为它不如《二十年目睹之怪现状》，因为"《怪现状》的体例还是散漫的，还含有无数短篇故事；但全书有个'我'做主人，用这个'我'的事迹做布局纲领，一切短篇故事都变成了'我'二十年中看见或听见的怪现状"[③]。胡适的非难与《缺名笔记》的指责是一样的。鲁迅在有关著作中曾对吴敬梓及其《儒林外史》作了许多深刻的论述，给予很高的评价。在论及《儒林外史》的艺术结构时，虽然并不同意《缺名笔记》作者以及胡适的见解，但又没有能完全排除他们的影响，例如说"惟全书无主干，

---

① 〔法〕菲力克思·达文：《巴尔扎克〈十九世纪风俗研究〉序言》，《古典文艺理论译丛》第3辑。

② 蒋瑞藻：《小说考证》拾遗引，上海古典文学出版社1957年版。

③ 胡适：《五十年来中国之文学》。类似的见解还散见于其《建设的文学革命论》、《再寄陈独秀答钱玄同》、《〈海上花列传〉序》等篇中。

仅驱使各种人物，行列而来，事与其来俱起，亦与其去俱讫”[①]；又说它“是断片的叙述，没有线索”[②]。当然，紧接着这两段评论之后鲁迅又有肯定的意见。但这两段话实在含有一些贬义，这也是毋庸讳言的。对《儒林外史》结构的非难，在新中国成立后的某些论著中依然存在[③]。自然，不是所有的论著都袭用《缺名笔记》的见解，一些论著对《儒林外史》的结构就充分予以肯定[④]。还有一些论著对它既有肯定又有否定，否定的意见，大体与《缺名笔记》所说类似，但却增加了对祭泰伯祠一节的指责，认为这一节描写没有“必要”，因为“前面不少重要人物都不可能来参加祭泰伯祠，这样贯串全书的作用就不大了”[⑤]。由此可见，对《儒林外史》结构的评论，至今意见纷纭，这就有必要对这样一种艺术结构重新进行探讨。

没有贯串全书的情节，没有统率全书的人物，这其实只是一个问题的两个方面。所谓文学作品的情节，无非是展现人物性格、展示人物关系的一种手段，没有人物当然也谈不上情节；而文学作品的结构，则是为安排情节、表现人物性格的发展过程、从而更好地再现生活和作家对生活的评价服务的。一般长篇小说，特别是西方长篇小说，常常通过一个或几个主要人物的性格成长史来完成，因而它的艺术结构就必然要为展示这一个或几个主要人物性格的发展过程服务。但这并不能概括所有小说创作的普遍法则。一部文学作品的结构，在很大程度上取决于作者对现实生活的认识和评价以及由此而形成的艺术思维。例如，当有人向列夫·托尔斯泰问及《安娜·卡列尼娜》的艺术结构时，他曾经回答道：“我以建筑自豪——拱顶镶合得那样好，简直看不出嵌接的地方在哪里，我在这方面费力也最多。结构上的联系既不在情节，也不在人物间的关系（交往），而在内部的联系。”[⑥]所谓“内部的联系”，实际上也就是作者对他所反映的现实生活的合于逻辑的艺术思维。《安娜·卡列尼娜》的艺术结构，无论在人物的

① 鲁迅：《中国小说史略》。

② 鲁迅：《中国小说的历史的变迁》。

③ 如宋云彬《讽刺小说和〈儒林外史〉》、刘大杰《〈儒林外史〉与讽刺文学》、陆侃如《略论吴敬梓和他的〈儒林外史〉》等。

④ 如何满子《论〈儒林外史〉》、吴组缃《〈儒林外史〉的思想与艺术》等。

⑤ 见何其芳《吴敬梓的小说〈儒林外史〉》，王俊年《吴敬梓和〈儒林外史〉》也持同样见解。

⑥ 布罗茨基主编：《俄国文学史》下册，蒋路、刘辽逸译，作家出版社 1962 年版。

分类、场景的配置方面都采用对照手法，将庄园生活的质朴与城市生活的虚伪做了对比描写，这正反映了列夫·托尔斯泰对当时俄国社会生活的认识和评价。由此可见，如何安排故事情节、展现人物性格，即所谓的艺术结构，是和作者的生活经验和艺术思维分不开的。因此，仅以《儒林外史》没有贯串全书的情节和统率全书的人物为根据而不顾及作者的创作意图，就对它的结构加以非难，显然是不妥当的。

其实，一部长篇小说需要有一个或几个主要人物，并不是所有的长篇小说都如此。英国十九世纪现实主义小说家萨克雷（1811—1863）为他的代表作《名利场》所拟定的副标题就是“A Novel without a Hero”，即“没有主角的小说”[①]，但这并不影响它是一部“比较好的英国小说”，“有其不可辩驳的文学和文化历史的意义”[②]。在艺术表现的领域内，应该允许作家有充分驰骋才能的自由，而不应该要求作家削足适履，按照一定的模式去仿造。俄国杰出的现实主义作家契诃夫（1860—1904）曾经说过：“《我的朋友们的生活故事》，我把它写成许多各自成篇的故事的形式，由情节、思想、人物等的共同性而互相紧密结合起来。每一篇故事都有一个单独的标题。不要以为这个长篇小说是由许多小块凑成的，不，它是真正的长篇小说，是一个整体，其中每一个人物都跟整个小说血肉相连，不能缺少。”[③]这对那些说《儒林外史》是由许多故事“凑拢”来的非难，无异是一个很好的驳正。《儒林外史》虽然没有统率全书的主角，但并不是像胡适所说那样是“没有结构”、“没有布局”的。因为它的艺术结构，不是像一般长篇小说那样为展现主角的性格发展服务，而是为展现作品中一切能够体现作者思想的人物性格服务。这在文艺创作中也是完全允许的。俄国优秀的讽刺小说家果戈理（1809—1852）就认为：“结构必须紧扣一切人物，而不是一个或两个，必须接触到多多少少激动着一切登场人物的东西，每一个人在这儿都是主人公。”[④]《儒林外史》的艺术结构，正是“紧扣”作品中的“一切人物”，“接触到”作品中的所有情节。上面所引的这些外国作家的创作经验，说明了以《缺名笔记》作者

---

① 〔英〕萨克雷：《名利场》第六章，杨必译，人民文学出版社 1957 年版。

② 恩格斯致拉萨尔的信，1859 年 5 月 18 日，《马克思恩格斯选集》卷四 1957 年版。

③ 〔俄〕契诃夫：《写给阿·谢·苏沃陵》，见《契诃夫论文学》。

④ 〔俄〕果戈理：《作者的自白》，见《文学的战斗传统》，满涛译，新文艺出版社 1953 年版。

和胡适为代表的一些研究者，仅仅以某些西方长篇小说（不是所有的）的创作法则为准绳，来范围《儒林外史》，并对之进行种种苛刻的非难，是完全不公正的。《儒林外史》结构艺术的高度成就是不容抹杀的。

二

《儒林外史》艺术结构的特色，颇为近似列夫·托尔斯泰所说的“内部的联系”，也与巴尔扎克所说“它的统一性就是世界本身”颇有类似之处。吴敬梓是根据他自已对于他所反映的社会生活的认识和评价而选择这样结构样式的。美国学者林顺夫认为:“小说的结构不仅仅是一种适当的文学技巧——这是相当重要的，而且也是一种人们看待生活事件的方法。”[①]这种看法是很有见地的。吴敬梓如何认识并摄取生活，必然要在《儒林外史》的艺术结构上体现出来。自从闲斋老人在序中说“其书以功名富贵为一篇之骨”以后，不少评论者都以为《儒林外史》的主旨就在于表现各种士人对待功各富贵的不同态度。诚然，生活在封建社会科举制度下的知识分子必然面临着如何对待功名富贵的问题，然而它毕竟不是知识分子生活的全部内容。闲斋老人也只说是“一篇之骨”，并没有说彻头彻尾都是表现这一主旨。《缺名笔记》把这段话加以绝对化，说“‘势利’二字，亦不足以赅括全书事情”，因而引起了一些争议。林顺夫则认为“这部小说的性质是……用‘礼’当作小说结构的全部原则”，说“‘礼’不仅对小说的结构来说是中心，而且也是作者的道德观念”[②]。这种见解虽然有合理的部分，即作者的社会价值观决定作品的思想意义和艺术表现。但是，在具体论说过程中，他仅仅全然从“礼”这一传统的道德观念出发，认为“吴敬梓用礼仪……当作主题是非常合适的”[③]，而忽略了文学作品毕竟是现实生活的反映，并不是某种道德观念的解说；忽略了作者的生活实践在艺术创作中最大的作用，“礼”的道德观念并不能反映吴敬梓的艺术思维全貌，以及他对现实人生的评价。因此，这样的评论也难免有偏颇之处。

《儒林外史》实际上是一部以知识分子生活为中心的历史，是反映清前期广大知识分子生活面貌的长篇小说。作者通过对当时各种类型知识分子思想言行的

---

① 林顺夫：《〈儒林外史〉的礼及其叙述体结构》，《文献》1982 年第 2 期。

② 同上。

③ 同上。

描写，从而揭露和抨击了封建社会末世的黑暗和弊端，并提出改良主张；同时还反映出自己社会理想在现实生活的冲突下，不断幻灭、不断发展的过程。它的结构就是为这样的艺术思维服务的。这里也不妨将《儒林外史》全书的结构作一简略分析。从纵的看，在整个小说的情节发展中，贯串着以下几条线索：知识分子中大多数人受到牢笼、毒害；个别人物受到迫害、镇压；还有一些正直的知识分子，在努力将自己的理想付诸实践的过程中逐步幻灭。围绕着对知识分子生活遭遇的描写，作者又深入解剖了官场和社会：从科举出身的官吏，昏聩无能，使得吏治越发腐败、黑暗；受理学浸染的士人，口是心非，使得社会风气更趋败坏，道德观念日趋薄弱。官僚地主与盐商典当相互勾结，两者势力彼此消长不已。作者对否定人物施以嘲讽，切盼他们改善；对肯定人物大力表彰，希望他们能挽救颓风。然而，他们先后都使作者失望。作者的希望落空，不得不舍弃他们，而在现实生活中另行寻求。这样几条线索或隐或现，时伏时起地贯串全部作品，从而反映了封建末世的真实景象。

从横的看，整部小说的结构，除楔子与尾声之外，又可分成三大部分，作者将上述的几条线索按照现实生活发展的实际情况，精心地分别主次，妥善地安排在这几个部分中。全书五十六回[①]浑然一体。在第一回中，通过“楔子”以“敷陈”创作的“大义”，塑造“名流”王冕以“隐括”小说的“全文”；然后又以最后一回“幽榜”回映“楔子”。卧本在“楔子”回批语中说：“作者以史汉之才，作为稗官，观楔子一卷，全书之血脉经络，无不贯串玲珑，真是不肯浪费笔墨。”在“幽榜”回批语中又写道：“一上谕、一奏疏、一祭文，三篇鼎峙，以结全部大书，缀以词句，如太史公自序。”这是以《史记》、《汉书》来比喻《儒林外史》的结构特色。后来不少评论家也都一再指出这一点，如天僇生说《儒林外史》这类小说“其源出于太史公诸传”；吴组缃说它“像《史记》的‘列传’或‘五宗’、‘外戚’诸篇形式的放大”；何满子更认为“吴敬梓是师承了司马迁《史记》的方法来写《儒林外史》的”，认为“《儒林外史》的构成”，和《史记》中的“列传”体例相类，“不过扩短篇为巨制，范围更大罢了”[②]。这样的评价并不为过，整部《儒林外史》的结构确实十分严密，

---

① 目前可见的最早刻本卧闲草堂本作五十六回，有的评论家怀疑最后一回“幽榜”不是原作。此处仍依卧本。

② 分别见《中国历代小说史论》、《〈儒林外史〉的思想与艺术》、《论〈儒林外史〉》。

处处可见作者惨淡经营的匠心。

开始的“楔子”已提示了小说的全部情节。在那个时代，广大知识分子面临两种命运：一是读《四书》、《五经》，写八股文章，沿着科举阶梯向上爬，成为朝廷命官、地主士绅；一是受到文字狱的迫害，以致家破人亡。前一类的士人如危素、时知县；后一类的士人，作者在“楔子”中虽然没有塑造出一个具体形象来，但对这类士人的苦难命运，已有十分明确的暗示。这一回中还有巴结前类士人的七泖湖边三个未写出姓名的客人，他们愚昧无知，又热衷于攀附权贵，这又预示了作品中后来三湖之会的情景。除却这两类士人以外，作者又重点突出地塑造了讲究文行出处、提倡以礼服人的理想人物王冕，使之成为全书正面人物的楷模。又通过王冕的眼光，探视了社会上一片混乱的情况：黄河决口，百姓逃亡，官府又不管，直是一幅世纪末的景象。面对这种天下大乱的现实，即使有理想、有操守的人物王冕，也束手无策，只能隐居在会稽山中终老。可以说，“楔子”中显示的这些画面，无异是整部小说情节的浓缩，是当时社会现实的缩影。尔后的正文，只不过是将“楔子”中浓缩的内容点点融化，将现实的缩影徐徐舒展。而“幽榜”中的上谕点明“欲迪康兆姓，首先进用人才”；奏疏中则指出“开乡会制科”是难以取用人才的，所谓“夫萃天下之人才而限制于资格，则得之者少，失之者多”；祭文中更说“资格困人，贤豪同叹”。这就表明要治理天下，首先要进用人才，但科举制度又限制人才的进用，以致人才虽有，也不能尽其所用。这又与“楔子”中王冕的慨叹相呼应，回映前文，所谓“血脉经络，无不贯串玲珑”。

第一部分从第二回到三十回，主要描写为科举所牢笼、理学所毒害的一群士人。以二进（周进、范进）、二王（王德、王仁）、二严（严大位、严大育）以及汤奉、张师陆之流为代表，他们或愚昧无知，或口是心非，谋得功名后则为贪官、为劣绅，更加为非作歹、盘剥百姓。接着，作者又写了三湖之会，集中地暴露那些功名蹭蹬的士人——名士、选家的嘴脸。而且三湖之会，每下愈况：莺脰湖之会与会者只是所谓的一些布衣高士、侠客山人。西湖之会，与会者大都是制艺选家，并且有头巾店商人景兰江参加，甚至盐务巡商支剑峰也戴着秀才的方巾冒充斯文与会。莫愁湖之会与会者更是不伦，如僧官，如道士。通过三湖之会的描写，集中嘲讽了科场以外的一批热衷功名、攀附权贵而又风流自命、故作高雅的士子的丑恶灵魂。这两类士人的种种表现，实际上是相同的，都在追求功名富贵，只不过手段有所不同。他们之所以热衷于此，作者归之于以《四书》、《五经》、八股文选拔士人的制度，即王冕所说的“这个法却定的不好”。在这一部分中，也隐隐约约地表现了一些士人受到残酷迫害的现实情景，这就是“钦犯”王惠，他公开的罪状是投降宁王，深藏未露的原因则在于收藏禁书《高青邱集诗话》，这一情节在下一部分有所补叙交代。围绕着这两条线索而展现的吏治腐败、人民困苦，均有点染。此外，在描写封建官僚统治势力的同时，也反映了盐商典当逐步抬头的趋势，但占统治地位的仍是封建势力。

第二部分从三十一回到四十六回。在这一部分中，虽然前一部分中那些士人依然存在，但作者描写的重点却在于这样一些士人：他们不受八股制艺的牢笼，坚持自己的社会理想，并努力付诸实践，但最终归于破灭。沿着这一条线索，着重写了三个中心：主祭泰伯祠、奏凯青枫城、送别三山门。为了写祭泰伯祠一节，从三十一回起逐步塑造了一些真名士、真学人、真儒者的形象，如杜少卿、迟衡山、庄绍光，然后再引出主祭虞育德，可见作者十分重视这一节描写。因为修、祭泰伯祠的目的在于提倡礼乐，培养人才，有助政教。这是作者社会理想的具体表现，因而在结构上作者也的确下了一番工夫。卧闲草堂本批语就指出：“祭泰伯祠是书中第一个大结束。凡作一部大书，如匠石之营宫室，必先具结构于胸中：孰为厅堂，孰为卧室，孰为书斋、灶厩，一一布置停当，然后可以兴工。此书之祭泰伯祠是宫室中之厅堂也。从开卷历历落落写诸名士，写到虞博士是其结穴处，故祭泰伯祠亦是其结穴处。譬如岷山导江，至敷浅原是大总汇处，以下又迤逦而入于海。书中之有泰伯祠，犹之乎江汉之有敷浅原也。”至于祭典中也有些“切切于”功名富贵的某些士人，看似“文不对题”，其实这正是“作者寓意所在”[①]，表明作者倡导的礼乐兵农理想，也感悟了某些士人，使得他们也来参与大典。如果说，主祭泰伯祠还只是倡导礼乐兵农理想，而萧云仙奏凯青枫城一节，则是写礼乐兵农理想的实践。萧云仙攻复青枫，修筑城池，垦荒地、修水利、办学堂、教子弟，都是体现作者理想的具体表现。张文虎评语就指出：“作者于大祭之后叙……萧云仙，非无意也！”并认为萧云仙能“坐言起行”，不愧为“儒者”[②]。

① 张文虎：《儒林外史评》。

② 同上。

从作品情节发展来看，这一中心是继祭泰伯祠后的又一高潮。但是，作者在描写这两个中心的同时，又扩展他的视野，表现了社会各阶层的状况：朝廷上太保公掌权嫉贤妒能，分门立户；地方上文官武将办事都是虚应故事，贿赂公行。士人中如高翰林、唐二棒椎之流，更以“名教”为幌子，成为名教罪人。受文字狱迫害而入狱者有卢信侯，远逃他乡而死者有王惠。盐商典当的势力有所增长，较前一部分中出现的商人更为横豪。老百姓依然困顿异常，有农民无钱葬父、跳水自杀，有老夫妇贫困而死、无人安葬。作者让之实践礼乐兵农理想的萧云仙又被革职追赔。这就为情节发展趋向低潮作了准备，从而引出第三个中心：三山门送别。面对这样的现实情景，贤人虞育德也束手无策，作者只能让他离开南京，凄然而去。这是作品趋向低潮的开始，更是作者理想幻灭的转折。虞育德去后，杜少卿痛切感到“从今无所依归矣”，迟衡山深深叹息“前代后代，亦时有变迁的”，都表明礼乐兵农的理想已成过去。社会上那些假名士如季苇萧之流更是与官僚、盐商沆瀣一气，盐商典当势力更在某些地区、某些场合压倒了封建世家大族的势力，如成老爹所说的“三十年河东、三十年河西”。至此，第二部分中原为针砭第一部分中那些否定士子而出现的肯定士人，他们提出的理想以及付诸实践的努力，并不能改变现实社会的状况，甚至现实社会较以前更为腐败、黑暗，他们只能悄然离开舞台。

第三部分从四十七回到五十五回。在这一部分中，重点描绘了第二部分中出现的肯定人物虽已成为过去，但他们的影响还在；第一部分中出现的否定人物依然四处活动，而且更为不堪。虞华轩是这一部分中出现的肯定人物，如果说虞育德、庄绍光、杜少卿、萧云仙等人以礼乐兵农的倡导和实践来改变社会风气，那么虞华轩只是“激而为怒”式地亲自上阵与“五河的风俗”搏斗，显然不及虞、庄、杜、萧诸人。张文虎说他“穷而在下又嫉于薄俗，故为矫激之行，不及诸君之浑厚，盖世运愈衰，而贤者亦不免与化推移也”①，就揭示了他不及前一部分中肯定人物的原因是由时势所致。至于前两部分中出现的热中功名富贵的科场人物以及在社会上鬼混的假名士，在这一部分中的表现就更令人不齿。高翰林与万中书相互勾结，秦中书、施御史又和高翰林相互依傍，名士陈和甫的儿子陈思阮与丁言志争论莺脰湖之会以致相打。围绕这些人物的活动，

---

① 张文虎：《儒林外史评》。

作者更深入地解剖了这一时期的社会真相：吏治愈来愈腐败，前一部分虽然也有贿赂行为，但还要暗通关节，这一部分却已沦为公开卖官鬻爵，所谓“有了钱，就是官”，例如，假中书万里花了两千两银子变成真中书。盐商典当招摇横豪、伤风败俗，如方盐商大闹节孝祠，较之前两部分中的盐典商人有过之而无不及。一些势利文人如唐二棒椎之流，也顺着这一潮流去巴结盐商典当方家、彭家，而冷落“诗礼人家”虞、余二府。寄寓着作者理想的泰伯祠，“壁上”已积着“尘灰”，“乐器、祭器”也被全部锁着，已无人问津。这就必然引起读者的深思，作者从而写出第五十五回“述往思来”。在这一回中，作者对既往的理想做了检讨，对未来的希望做了探索。这一回一开始就说“那南京的名士都已渐渐销磨尽了”，表示了一个旧时代的结束；接着又写道“那知市井中间，又出了几个奇人”，预示着一个新时代的到来。虽然，作者对自己所“添”的“四客”能否成为代表一个新的时代的人物尚有犹疑和保留，然而他毕竟“看到了”——借用恩格斯评巴尔扎克的话——他心爱的理想人物已成为历史陈迹，“不得不违反自己的阶级同情和政治偏见”[①]，去在市井小民中探寻理想，在“述往”的基础上“思来”，从而完成了十八世纪上半叶以“儒林”为中心的社会画卷。至于“幽榜”一回，则与“楔子”相映照，点出科举限制人才的问题，使得整部小说的结构首尾一致，成一整体。

整部小说虽然没有统率全书的人物，也没有围绕主角的一以贯之的情节，但是，整个作品中出现的众多人物仍然相互联系，围绕着众多人物的情节仍然配置得宜，其艺术结构是十分完整而严密的。当然，它只是不以书中的“主角”性格发展为依据，而是以作者对现实生活的艺术认识的发展为轨迹。可以说，吴敬梓并不是企图塑造一两个主角，让他们带领读者去经历主角所生活过的家庭和社会环境，让读者从主角的成长史中去认识社会、了解生活；而是以无所不知的作者身份，直接引导读者在《儒林外史》中去观察和探索他所认识的社会黑暗及其社会理想。在吴敬梓笔下，不同的社会生活面、不同的人物性格，都集中到生活在清代初期统治阶级实行怀柔与镇压政策下的广大士人身上，以与士人有关的科举、礼教为中心，广阔地指擿了社会的黑暗状况。整部小说的

① 恩格斯：《致玛·哈克奈斯》（1888年4月），《马克思恩格斯选集》卷四。

结构就为这样的思想主题和创作意图服务，有着紧密的“内部的联系”，“是真正的长篇小说”。

三

正因为《儒林外史》是由众多的人物性格、各自的故事情节，按照作者对现实生活的艺术认识的发展轨迹组织起来的长篇小说，所以它的艺术结构必须重视各种人物的登场与退场、故事情节的联系与照应。吴敬梓以他高度的艺术才能，使得作品中人物的进退显得自然而不突兀，情节的发展有其必要而非偶然。

作者在《儒林外史》中精心安排了不同人物登场与退场的方式，充分表现了他们独特的性格，也显露了作者对他们或贬或褒的态度。有的是同气相求，有的是趋附拉拢。前者如范进，他的第一次登场是参加院试，而主持院试的又是早年与他有着类似遭遇后来发迹的学道大人周进；范进就在他的手中考取秀才、继而方能参加乡、会试考取举人、进士，从而进入宦途、混迹官场的。后者如“没脊骨的事”不知做了多少的“南海县光棍”张师陆，他的初次登场是听说范进中了举人，连忙赶了四十五里地下乡去拜见，尔后邀约范进双双出去打秋风。有的闲闲引人，有的突然闯进。前者如“老阿呆”杨执中，最早由邹吉甫与娄三、娄四两公子闲话时偶然提及，邹吉甫对他的所作所为未必全然首肯，但他转述的杨执中的言论，却引起两位“贤公子”的极大兴趣，认定他是一个“襟怀冲淡”的“读书君子”，先行救其出狱，后又几度相访，颇历周折，始见其人。后者如张俊民的出场，正当“当世第一等贤人”、“高贤”权勿用从萧山县来到湖州时，在人群中“横着膀子乱摇”，不料他的“高孝帽子”被卖柴的扁担无意中挑了去，他就大喊大叫“乱跑”追赶前去，一头就撞到街道厅魏老爷的轿子上，他又不肯认错，“向着官指手画脚的乱吵”，魏大人“要将他审问”。正当不可开交之际，张铁臂突然闯进场中，向魏大人说明这是娄府请来的“上客”才解了围，而张俊民也就开始了他在小说中的活动。有的是无意邂逅、臭味相投，有的是故意作合、投其所好。前者如匡超人逃离乐清前往杭州的船上，先遇到景兰江，两人求名心切。一拍即合，谈得非常投机。后来到了杭州，又遇到景兰江“最相好的赵雪斋先生”，于是牵三搭四，勾出一串西湖名士来。从此，匡二与他们饮酒、赋诗、游西湖，奢谈功名富贵，混迹在一起。后者如“美貌少年”季苇萧，他原先考过“案首”，在安庆曾讨王典史的女儿为妻，到了扬州后又与尤家的女儿再婚，是一个自命“清风明月常如此，才子佳人信有之”的风流俗物。当他与另一个既贪男色又恋女色的“对月伤怀、临风洒泪”的风流才子杜慎卿结识以后，两人“极其投合”。他摸透了杜慎卿心思，故意作弄他，说神乐观来了一个“飘逸风流”的“男美”，从而把杜慎卿所谓的“独得情之正”的情欲煽动起来，于是“洗脸，擦肥皂，换了一套新衣服，遍身多熏了香”前去寻访。当他从神乐观曲曲折折地转进桂花道院后，终于寻到“扬州新来道友来霞士”。这样，一个身材“肥胖”、黑脸“油晃晃”、“两道重眉，一个大鼻子，满腮胡须”的五十多岁的来霞士就出场了。杜慎卿一心想看“男美”，乍见到这副尊容、如此体态的老道士，“心里忍不住”“拿衣袖掩着口笑”，而读者却为之喷饭。有的帮助亲友处断家庭纠纷而登台，有的见义勇为为人消灾免难而出场。前者如两个“铮铮有名”的见银眼开的“廪膳生员”王德、王仁，是地主“二老官”监生严大育的“阿舅”。因为严大育受“大老官”贡生严大位的欺凌、牵累，就请他们前来“商议”，于是他们开始登台表演了，后来在严二老官议立偏房的矛盾中，就趁火打劫，捞了一票。后者如鲍文卿的出场，他原是崔按察司“门下的一个戏子”。一天他见到崔按察司正在“细看”参处安东县知县向鼎的“揭帖稿”，他久已钦慕向鼎“是个大才子、大名士”，为了“敬重斯文”，他挺身而出向主人“双膝跪下”，为从无交往的向鼎求情。这两种不同的登场方式，正表明了作者对这两类不同人物爱憎分明的态度。

特别是对于理想人物的出场，作者更加着意安排，以取得先声夺人的效果。他们或由正面人物先予介绍，事后追念，或由反面人物引而出之，反面烘托。前者如庄绍光出场前，先由杜少卿说“绍光先生是我所师事之人”。虞育德离开南京以后再也未出场，然而他的影响一直存在，作者安排许多人物在不同场合一再追念他，如余特、余持兄弟二人先后向王玉辉称道他帮助寒士的德行；之后，又由邓质夫向王玉辉介绍他主祭泰伯祠时的盛况；隔了若干年，“四客”之一的盖宽又不胜叹惜地对邻居老爹提起他。齐省堂本批语就说“处处提着虞博士，是文章顾母法”，就指出了作者这一创作意图。后者如实践礼乐兵农理想的萧云仙，他的初次“亮相”是由于救援老和尚、弹打“贼头”赵大。又如，在一定程度上具有“新人”意义的沈琼枝，她开始出场是在扬州盐商宋为富半强讨、半骗娶她为侍妾之际。前一种出场方式，起了正面渲染作用；后一种出场方式，则产生反面烘托效果。《儒林外史》中人物的退场方式，因为作者着力于描写人物的登场，似乎退场人物大都是无声无息地走了，然而也并非全然简单划一，没有变化。其中的人物有的是寂寞无聊，悄然离去，有的是洁身自好，终老林下。前者如虞育德在考中进士以后，任官南京国子监博士，在南京与一班正面人物一起倡导礼乐，担任泰伯祠的主祭。然而，这些活动并不能有助于社会风气的好转。在这个冷僭门中感到寂寞无为、百无聊赖，只能黯然收场，悄然离去。后者如笼罩全书的理想人物王冕，"酷虐小民"的知县来访，他固然避而不见；尊贤下士的吴王即皇帝位后，派人前来授他官职，他依然却之不受，终老会稽山中。前一种退场方式，表露了作者原有的礼乐兵农理想的破灭；后一种退场方式，则表现了作者对真正能弃绝功名利禄人物的钦迟。还有一些人物，不是远祸全身、老死他乡，就是打瞎双眼、跌倒在地。前者如王惠，他任南昌太守，刻剥小民，贪婪无比；升任南赣道，贪生怕死，投降宁王。作者对他原无好感，极尽挖苦、讥诮之能事。后来变姓匿名，远走四川，连亲生儿子也不敢相认，老死异乡（实际上，与收藏"禁书"有瓜葛），作者也觉其十分可怜。后者如敢于武力"劫饷"的"贼头"赵大，作者先让萧昊轩在山东道上将他打得抱头鼠窜，尔后又让昊轩之子云仙在四川弹瞎他的双眼，使他跌倒在地。这种下场，体现了作者对人物的爱憎。除此而外，小说中出现的人物，大部分人的下场是不了了之、莫知所终。这其中又分两种情况，一大部分是热衷制艺、追逐功名的科场中人物，作者通过他们的某些言行以揭露现实社会的畸形怪状以后，就放在一旁，弃置不问。这是因为这些追逐功名利禄之徒，当时比比皆是，可以任其浮沉。另一种情况是体现在少数人物身上，这就是作者在原先的理想破灭以后，重新在市井中寻找的"新人"即"四客"。作者所"添四客"中，除了原先"开着当铺，又有田地，又有洲场"，后来才败落下来的盖宽，于出场后的"次年三月间"，被"人家出了八两银子束脩"请去教书以外，其余纯属市井小民的季遐年、王太、荆元，作者于肯定他们凭一技之长自食其力，赞扬他们不阿附权贵、逍遥自在的性格而外，对于他们的下场不着一字，莫知所终。这则是由于作者对他们是否能成为新的理想人物，尚有犹疑的缘故。总之，由于《儒林外史》不是以一两个主角的经历来反映某一阶段的社会现实，而是塑造了众多的人物形象以共同完成反映一定社会现实的任务，因而它的艺术结构就要尽可能地"联系"每一个人物，充分展示每一个人物的性格，这就要对每一个人物的登场与退场进行精心的设计。吴敬梓在这方面也的确十分注意，取得了突出的成就。

为了展现众多的人物性格，《儒林外史》的情节必然呈现纷纭繁复的特点。要把复杂的情节组织得天衣无缝，前后既要有联系，又不能彼此重复，这就特别需要注意情节的前后照应。所谓照应，是指性质有某些相通、表象有若干类似的事件，在作品中反复出现，彼此补充，显示它们在区别之中的联系，从而更加突出事件的本质，起到强化思想主题的作用。在这方面，《儒林外史》也取得了十分可喜的成绩。例如召见与邀约，即在朝或在上位者或召见或邀约在野或在下位者，这种事件在吴敬梓笔下曾反复出现，但它们之间既有类似之处，又有不同之点，前后照应，显示了作品的和谐统一而又极富变化。王冕见吴王，劝说吴王要以仁义服天下；庄绍光见嘉靖帝，建议嘉靖帝实行教养十策。这两件事，都是写天下至尊与臣民舍见、征询安邦治国大计，彼此是相同的。但在作者笔下又各具特色：吴王是亲往诸暨县“晋谒”王冕的，下了马就“独和王冕携手进到屋里，分宾主施礼坐下”，“促膝谈到日暮”，王冕也不对乡邻说起吴王的身份。这既表现了开国君主于戎马倥偬中求贤问津、虚怀若谷的气度，也表现了王冕确为不慕荣利的高士。嘉靖帝则是在金殿宝座上两次下旨召见庄绍光。徐侍郎赞叹说“今日皇上升殿，真乃旷典”，正从反面表明嘉靖皇帝平素深居宫中，很少“升殿”过问朝政，与乃祖吴王大不相类了。同时，庄绍光听说嘉靖帝召见，就表示“君臣之礼是傲不得的”，与高士王冕相比，也等而下之了。危素要他的门生时知县去邀约王冕，他对时知县说：“此兄不但才高，胸中见识，大是不同，将来名位不在你我之下。”表面上爱才，实际上着眼于“名位”。王冕却对“时知县倚着危素的势要，在这里酷虐小民”十分不满，所以不愿见他。大学士太保公要徐侍郎去罗致庄绍光，他对徐侍郎说：“南京来的庄年兄，皇上颇有大用之意，老先生何不邀他来学生这里走走？我欲收之门墙，以为桃李。”其用意与危素邀见王冕颇为相似，但危素着眼于“将来名位”，太保公则窥知目前“皇上颇有大用之意”，这是同中有异。王冕不肯“相与他”而避走济南，庄绍光“不敢领教”被放归南京，则是异中有同。这种前后重复出现的情节，相互呼应，就将封建统治阶级把持朝政、树立朋党的面目逐步深入地暴露出来。

又如攀附与教唆，在小说中一再出现这样的情节，如范进中了举人，乡绅张师陆立即赶下乡来拜见，既送银子又送房子；荀玫考中进士，同乡王惠也随即“来拜”，將荀玫接到自己购置的“京里房子”同住。张师陆是举人结交举人范进，王惠是进士结交进士荀玫，两者都是呼朋引类，拉帮结派，这是相同的。但同中有异：张师陆是前科举人，现已赋闲在家，所以对新贵人范进格外巴结；王惠与荀玫是同科进士，结交的目的是为了“将来‘同寅协恭’。多少事业都要同做”，所以只是拉拢而不巴结。范进刚中举人，母亲喜极痰涌而死，张师陆随即怂恿范进出外“秋风一二”；荀玫方中进士，“家里老太太”已经归天，王惠立刻劝他匿丧不报，谋求夺情。两者的行为都是教唆别人不尽“孝道”，极为相似。但又有不同：张师陆教唆范进，是说什么“礼有经、亦在权”似是而非的歪理；王惠则说“考选科道在即”，以功名利禄引诱荀玫；范进出去秋风已成事实，而荀玫谋求夺情却被驳回。但同样暴露了这些官僚士人不尽“孝道”的真面目。再如违心的高论与丑恶的行径，这种口是心非的士子官僚，在旧社会中随处皆有，在《儒林外史》中也到处可见。严监生病故后，其兄严贡生早先因作恶多端，为人告发，逃往省城，此刻不能归来奔丧，反而厚着脸皮对人说：“……自古道‘公而忘私，国而忘家’，我们科场是朝廷大典，你我为朝廷办事，就是不顾私亲，也还觉得于心无愧。”匡二的表现与他如同一辙，当潘三被访拿入狱后，托蒋刑房请已考取教习的匡超人前来“叙叙苦情”时，匡二全然不顾早年受过潘三的许多恩惠，翻脸不认人，还振振有词地说：“只是小弟而今比不得做诸生的时候，既替朝廷办事，就要依着朝廷的赏罚。”“替朝廷办事”这一冠冕堂皇的违心高论，遮掩了多少丑恶的行径。严贡生用之于乃弟，匡二施之于潘三，前后映照，相互补充，使得作者的揭露更为广泛、深刻。其他如“楔子”中三个不知姓名的人乱捧危素出京时的口吻，与余殷胡吹彭老四辞朝时的语气极为近似；范进丁母忧不用银镶杯箸，与权勿用丁母忧拒不饮酒也十分相类，但又各有千秋，不尽相同，两两对比，相映成趣。“楔子”中七泖湖之会，对于正文中的莺脰湖、西湖、莫愁湖之会，既起了预示作用，又产生相互照应的效果。在吴敬梓笔下，重复同样一个动作，又出自不同的需要，表现了性格的差异。周进撞倒、范进跌倒、范老太太仰倒、王太太望后便倒，这四“倒”各有特色：周进撞倒贡院号板前，是因为“苦读了几十年的书，秀才也不曾做得一个”，所以到了贡院见了号板，不觉伤心，痛不欲生，一头撞倒。范进跌倒，是因为考了二十余次，到了54岁还是老童生，原以为绝望，却不料接二连三考取秀才、举人，功名到手，喜从天降，一时痰迷心窍疯倒在地。二进是一苦一乐，同样跌倒在地。范老太太与王太太则是一喜一恨，也同样跌倒在地。老太太因为儿子范进中了举人，家道骤然富起来，不免“把细磁碗盏和银镶的杯盘逐件看了一遍，哈哈大笑道：‘这都是我们的了！’大笑一声，往后便跌倒”，以致喜极而亡。一心想着“纱帽”的王太太，原以为再嫁的是个武举人，哪里知道后夫鲍廷玺只是戏子，不由得“怒气攻心，大叫一声，望后便倒”，“气成了一个失心疯”。这四“倒”写得极富变化，但总归是由功名富贵所激“倒”，它们相互补充，彼此照应。这些情节的反复出现，就使得作者对生活的批判逐渐深入，强化了《儒林外史》的艺术力量。

四

《儒林外史》结构艺术的特色，还表现为对比手法的大量运用和作者插说的适当配置。

文学作品中的情节来自生活中的矛盾。没有矛盾，就很难产生激动人心的情节。文学作品就是要通过对种种矛盾冲突的形象描写，以塑造人物、反映生活。狄德罗在《论戏剧艺术》中就认为文学作品中的“人物的处境要有力地激动人心，并使之与人物的性格成为对比，同时使人物的利益互相对立”。他所谓的人物与处境、人物与人物之间的“对比”或“对立”，也就是指的矛盾冲突。而要全面、深刻地表现出矛盾冲突的各个方面，最有效的方法就是对比。作为讽刺文学作品来说，较之一般文学作品尤要突出事物的矛盾和冲突，因而也更要求作家无论在组织情节，还是在塑造人物方面，更其需要注意对比手法的运用。狄德罗在同一篇文章中就说：“我认为在愉快的喜剧里，对比能产生相当可喜的效果。”

对比，作为一种组织情节、刻画人物的艺术方法，要求作家有高度的认识水平和丰富的生活阅历，能够分辨出客观事物之间以及客观事物本身各方面的差别和联系。只有这样，才能在他的创作过程中正确而又娴熟地运用对比。

吴敬梓出身于官僚地主家庭，但在中年以后家道中落，又生活在市井小民中，因而他对当时社会的上层与下层的生活状况都有亲身体验，对社会矛盾着的两个方面也十分了解，对两个阶层的人物特别是各类知识分子的精神状态非常熟悉。

因此在组织情节时，能把矛盾冲突的各个方面妥善地加以安排，并且在通过种种的矛盾冲突以表现人物时，又能显示出他们各自之间的联系和差别，从而在整部作品中，处处形成鲜明的对比，取得强烈的艺术效果。从整部作品的结构来看，祭泰伯祠前后是一对比：之前是以嘲讽否定人物为主，之后则是以肯定正面人物为主。从小说的人物来看，这部以知识分子为主要形象的作品，在作者笔下，尽管这些士人的性格不同、身份各异，但大体上可分为两类：一类是受科举牢笼、理学毒害而醉心于功名利禄的士子，一类是坚持自己理想、不受统治阶级羁縻的比较正直的士人。这两类知识分子的思想情操、生活意趣处处形成对照，这又是一种对比。从作者的理想看，在作品的主要部分所塑造的虞育德、杜少卿、庄绍光、迟衡山、萧云仙等正面人物形象中，寄寓着作者倡导礼乐兵农、讲究文行出处的理想；在作品后一部分中却反映了作者先前理想的破灭，并重新在市井小民中去探寻新的理想。尽管这两种情况在作品中所占的篇幅很悬殊，但也是一种对比，从这对比中也让读者了解到作者对现实生活的认识和评价也随着情节的展开而不断发展。这些，都是整部作品中形成的对比。

在具体情节的安排上，在人物之间以及人物本身的变化上，吴敬梓也运用了丰富多变的对比手法。例如，正反两类人物的集会，在作者笔下气氛就大不相同，三湖之会与祭泰伯祠的描写，形成强烈的对比。莺脰湖之会，客人是“怪模怪样”，主人则“招摇豪横”；西湖之会，“且夫”、“尝谓”都写入诗中，腐气扑人；莫愁湖之会，所谓的风流韵事，只是“传遍了水西门，闹动了淮清桥”的秦楼楚馆。总之，三湖之会集中地暴露了一批士人的丑恶嘴脸和卑污情操。祭泰伯祠则与三湖之会截然不同，作者先一一介绍主持祭典的主要人物如迟衡山、杜少卿、庄绍光、虞育德等人的德行、操守；然后才用“史记体例”[①]正面描写祭泰伯祠的仪式。为了表示郑重起见，凡是参与祭典的人基本上都称姓道名，而不用字或号。由此可见作者态度十分严肃庄重，不像写三湖之会那样嬉笑怒骂（至于描写祭泰伯祠一节缺少艺术感染力，原因很多，当作别论），这也是一种对比。又如，正反两类人物对待士人的态度，也有鲜明的对照。时知县奉了老师“危老先生”之命去邀见王冕，王冕不应召，知县大人无法，只得以“屈尊敬贤”自慰，亲往乡下寻访，岂知王冕又避而不见，他就“十分恼怒”，不再“敬贤”，而要慢慢“处置他”

---

① 齐省堂本批语。

了。李本瑛邀见匡超人就与此大相径庭，完全是出自爱才心切。不但自己鼓励他读书、应考，而且又向宗师竭力推荐。这两者都是求贤求才，但却有云泥之别，自然形成对比。不过，时知县与匡二，是作者否定的人物，李知县与王冕则是作者肯定的人物，他们交错邀约，使得对比之中又显出变化，毫不呆板。次如，正反两类人物对待财富的态度，也截然不同，形成对比。范老太太听说那些从未见过的财物都属于自己时，不禁"哈哈大笑"，欢喜过度，以致不起。庄绍光得到嘉靖皇帝赏赐的玄武湖，只是和娘子一同欣赏"湖光山色"，在其中饮酒念书而已，并不把它看得很重。再如，正反两类人物对待所谓的"政务"也不同，蘧祐任南昌太守时"讼简刑清"，衙门里只是"吟诗声、下棋声、唱曲声"；王惠来接任，就变了三声，成为"戥子声、算盘声、板子声"，两者也就成为对比。

吴敬梓在《儒林外史》中，不但安排故事情节时运用对比，而且在刻画人物性格时也同样运用这一手法。同样是肯定人物，性格也有差异，作者让他们在一起活动从而加以刻画，也就自然产生对比作用。在向鼎与鲍文卿的交往中，作者着意表现向鼎之谦、文卿之恭。在鲍文卿生前，向鼎称之"老友"；文卿死后，向鼎题称"义民"，处处表现了一个"谦"字。文卿虽然营救过向鼎，但随时随地都按着"朝廷体统"对待向鼎，甚至"断然不敢"与向鼎同坐叙礼，又处处表现了一个"恭"字。这就相辅相成，形成对比（至于如何评价鲍文卿这种态度，又当另作别论）。同样是否定人物，性格之间的差异也很明显，这也自然会产生对比作用。如严贡生之奢与严监生之吝，就非常突出。严贡生顿顿鱼肉，大吃大喝，严监生连"猪肉也舍不得买一斤"；严贡生处处讲究"臭排场"，严监生连灯碗里多点了一茎灯草也死不瞑目。亲兄弟之间性格如此迥异，但却一正一反地反映了剥削阶级的本质。在作者笔下，不同身份的人物之间也有对比。如学道大人周进主持南海、番禺两县童生考试时，看到老童生范进"头上一顶破毡帽"，身上"穿着麻布直裰，冻得乞乞缩缩"的；再反顾自己，"绯袍金带，何等辉煌"，童生范进的褴褛与学道周进的辉煌形成强烈的对比，显示出科举制度之所以能牢笼士人的原因。身份相同的人物之间也有对比，高侍读与鲁编修都是热中制艺的翰林，身份相似。鲁编修曾劝说假名士娄三、娄四不必"屈尊好士"，去延纳那些"盗虚声者多，有实学者少"的如杨执中那样的人物，语气平和，于劝说中略寓责备。高翰林对真名士杜少卿却到处诋毁，说他从"不肯相与一个正经人"，告诫子弟"不可学天长杜仪"，指责既不当，语气又苛刻。这两者也就有所对比：高侍读责备杜少卿较之鲁编修鄙薄杨执中更为严峻，这是因为杨执中也是醉心功名之徒，与鲁、高一流原为一丘之貉，殊途同归；而真名士杜少卿就是看不起那些醉心于功名举业的鲁、高之辈，所以更为招嫉。其他如一个人物身份起了变化，对有关人物的态度前后表现也形成对比，如匡二之对马二。有关人物的身份起了变化，一个人物的态度跟着变化也形成对比，如梅玖之对周进。吴敬梓运用这两种对比手法，突出地反映了人情浇薄、世风日下的社会现实，嘲讽和鞭笞了阿谀奉承、趋炎附势的小人嘴脸。吴敬梓还运用这种对比手法来刻画同一家庭的不同人物，如前文提到的二"严"便是亲兄弟。再如杜慎卿与杜少卿是族兄弟，两人性格却不相类，慎卿表面似慷慨而实际极吝啬，这就与少卿的种种"豪举"、乐于助人的作风形成对比。不但兄弟之间，连夫妻之间也有对比。蘧公孙一心想做名士，夫人鲁小姐却醉心举业，新婚之初未免有些龃龉。蘧公孙原也只是图虚名的假名士，后来在马二、鲁小姐的感染、熏陶之下，终于也成为制艺选家，夫妇两人最后殊途同归。但前半生的各自表现却形成对比。这正暴露了科举制度的流毒极为复杂，表现的方面很多，即连亲如夫妇，所受的影响也不完全一致。这就更深刻地揭发了八股制艺的罪恶。

吴敬梓在组织情节时还经常将照应、对比这两种表现手法交织起来运用，取得更为突出的艺术效果。例如权勿用、万青云、沈琼枝、卢信侯的下场颇有类似之处：权勿用是在二"娄"席上被乌程县差人当场一条链子锁走的；万青云也是在秦中书厅上看戏时被台州府差人一条链子锁走的；沈琼枝是在杜少卿府上被县里差人捉走的；卢信侯也是在庄绍光的花园中与主人"同饮"时被中山王府发兵拿走的。这四个场面极其相似，先后出现于作品中，彼此有着照应作用。但权勿用、万青云是作者嘲讽的对象，而沈琼枝、卢信侯却不是作者抨击的人物。尽管他们的下场类似，但具体情节又不同，也就自然形成对比。权勿用被捉时，引荐他的杨执中立即为刷清自身，向主人二"娄"说："他既弄出这样的事来……把他交与差人，等他自己去料理。"万青云被捕后，主人秦中书与他的亲家、万青云的旧相识高翰林相互埋怨，啾啾不休。沈琼枝被差人捉拿时，主人杜少卿既送诗集，又送程仪，使得知县了解她"也和本地名士倡和"，就不十分为难她。卢信侯被捕时，庄绍光对卢信侯说："你只去权坐几天，不到一个月，包你出来。"

这两位主人与前两个主人，后两位被捕的人与前两个被捉拿的人，这之间既有照应，也有对比。作者写得各具特色，恰如其分，从而表现了对不同人物的不同态度。总之，作者在《儒林外史》中将这种表现手法运用得十分娴熟，得心应手，在安排故事情节、刻画人物性格方面取得了杰出的艺术效果，既全面深刻地突出了当时社会矛盾的真实状况，又表露了作者的爱憎感情，是值得我们重视、总结、借鉴、发展的。

吴敬梓的爱憎，除了通过他所描写的故事情节，所刻画的人物性格表露出来以外，他还以作者的身份，直接对所反映的生活断面予以评价，以强化故事情节和人物形象所显露的现实意义。这种由作者直接出面的插说，在艺术结构中就成为非情节成分。这种非情节成分，在我国及外国文学作品中并非罕见。例如，我国宋元话本和明代拟话本中，就有说书人（作者）的插话，表明他对所说（所写）的故事、人物的看法，有褒有贬，或解释或补充。西欧小说中也有类似现象。例如与吴敬梓同时代的英国小说家菲尔丁（1707—1754）就曾经说过："我不能叫书里的角色自己解释，只好自己来讲解一番。"[①] 稍后一些的英国小说家萨克雷在其代表作《名利场》的"开幕以前的几句话"中就说，他自己这部小说"表演每一幕都有相称的布景，四面点着作者自己的蜡烛，满台雪亮"，都表明作者直接在作品中出面插话。俄国的讽刺作家果戈理在他的杰出作品《死魂灵》中，小说家列夫·托尔斯泰在他的代表作之一《战争与和平》中，都有不少或是议论的、或是叙事的、或是抒情的非情节成分。因此，《儒林外史》中的作者插说也不足以诟病；相反，它倒更加突出地强化了作品的思想主题，更加鲜明地表明了作者的创作意图。

《儒林外史》中出现的非情节成分，是以议论式为主，其矛头主要是针对作品所假托的时代——明朝的科举制度和社会风气。例如第二回中对儒学生员之中又有"小友"、"老友"的区分，作者比之为"新娘"、"奶奶"，在解释二者的区别中寓托着作者辛辣的嘲讽和深刻的不满。第七回中作者解释"明朝的体统"，说"举人报中了进士，即刻在下处摆起公座来升座，长班参堂磕头"，辞气之间显然也流露了对这种"臭排场"的微讽。这些，都表明作者对明清两朝实行的八股制艺的教育和选官制度中某些具体措施的不满，在塑造人物形象表露自己态度

① 〔英〕菲尔丁：《汤姆·琼斯》第三卷第七章。

的同时，更用这种解释说明性的议论式的语言予以抨击。与此同时，对当时的社会风气，作者在小说中也多有批判。例如四十四回中说“五河人有个牢不可破的见识，总说但凡是个举人进士，就和知州知县是一个人”；四十五回中说“五河的风俗是个个人都要同雇的大脚婆娘睡觉的”；四十七回中说“五河的风俗，说起那个人有品行，他就歪着嘴笑”等等，对以五河县为代表的整个封建社会的浇薄、势利的风气，做了义正词严的指责。作者在作品中点起了批判的“蜡烛”，把社会上这些魑魅魍魉照得无处遁形，痛加挞伐。《儒林外史》中这种议论式的非情节成分，与他在《移家赋》中所流露出来的愤慨情绪是十分吻合的。

除了议论式的插说以外，小说中还有一些叙事式的插说，如五十三回“话说南京这十二楼……自从太祖皇帝定天下，把那元朝功臣之后都没入乐籍，有一个教坊司管着他们”，就在叙述史实过程中，暴露了“太祖皇帝”的“桀纣之政”[①]。四十一回中把“一个南京秦淮河，变作西域天竺国”，也是在叙述性的插说中，流露了对崇敬释道风气的不满。在《儒林外史》中还有几处抒情式的插说，如二十四回中说南京“里城门十三，外城门十八，穿城四十里，沿城一转足有一百二十多里。城里几十条大街，几百条小巷，都是人烟凑集，金粉楼台。城里一道河，东水关到西水关足有十里，便是秦淮河。……”简直是一篇充满激情的赞美南京的抒情散文，这与他在《移家赋》以及其他诗篇中对南京赞美的情绪是一致的。至于五十五回中“看官！难道自今以后，就没有一个贤人君子可以入得《儒林外史》的么”则是直接对读者呼唤，要求读者来回答他的疑虑，解除他的忧端，与他一道来进行新的探索。这种插说，将作者的胸襟敞露开来，与读者直接交流思想。这和议论式的、叙事式的插说一样，把作者评价人生、追求生活真理的愿望表露得更加明确，更加饶有余味。

综上所述，对《儒林外史》的结构艺术可以归结为几点：首先，可以同意胡适所说的是一种“新体”，但这种“新体”并未曾离开我国文学的民族传统，在外国文学作品中也非罕见，但同时又有吴敬梓自己的独创性。其次，这种结构样式已圆满地完成了吴敬梓所要反映的社会生活以及对它的评价这一任务，形式和内容完全协调。再次，无论在安排情节、刻画人物性格方面，吴敬梓都做了精心

---

① 张文虎：《儒林外史评》。

设计、妥善安排，不能说它“没有结构”、“没有布局”。因此，尽管整部《儒林外史》的结构中也有某些小疵，这是任何一部文学名著也难避免的问题，我们不应对这种“新体”索瘢求垢，百般挑剔；相反，要充分肯定吴敬梓创“新”精神。至于后来谴责小说采用这种“新体”所产生的种种缺失，原因很复杂，要做具体分析，不能笼统地归之于《儒林外史》。

（原载《吴敬梓研究》，上海古籍出版社 1984 年版）

论《儒林外史》的讽刺艺术

18世纪产生的我国文学史上第一部长篇讽刺小说《儒林外史》，它的杰出的讽刺艺术，与17世纪法国优秀的讽刺作家莫里哀、19世纪俄国进步的讽刺作家果戈理的成就相比较，也毫不逊色，而且还具有自己显著的特色。鲁迅对之有极高的评价，称赞它为“诚微词之妙选，亦狙击之辣手”①。有充分的理由认为，吴敬梓与莫里哀、果戈理一样，都是世界文学史上第一流的讽刺作家，他们所创作的讽刺作品，是全世界人民共同的精神财富。《儒林外史》的讽刺艺术，值得我们不断探讨、深入研究。

一

《儒林外史》作为长篇讽刺小说产生于我国18世纪上半叶，这不是偶然的现象，而是当时的社会条件、文学发展的传统、全椒吴氏的家庭教养以及吴敬梓个人的生活遭遇诸因素相互作用的产物。

文学艺术和其他的社会意识一样，它们产生的根本原因是要到社会底物质生活条件中去寻求，要到社会存在中去探求。作为观念形态的文艺作品，都是一定的社会生活在作家头脑中反映的产物，讽刺作品也不例外。鲁迅曾说：“非写实决不能成为所谓‘讽刺’。”②《儒林外史》之所以被视为讽刺小说，正由于它极为形象地反映了我国18世纪时期具有极为浓郁的讽刺意味的社会现实。清朝康、雍之际，封建政权虽较前一历史阶段有所巩固，封建经济有所发展，被称为“盛世”，但漫长而古老的中国封建社会发展到这一时期，也已呈现出日暮途穷的征兆，所谓“盛世”景象也只不过是回光返照而已；同时，在封建经济内部所孕育着的

---

① 鲁迅：《中国小说史略》。

② 鲁迅：《论讽刺》，《且介亭杂文二集》。

资本主义生产关系萌芽，在这一时期也有了相当程度的发展。在吴敬梓身后不到百年，我国的封建社会即变为半封建半殖民地社会。在吴敬梓生前，不但存在着封建社会中一直存在着的农民与地主的矛盾，而且还存在着城市市民与官商豪绅的矛盾；同时剥削阶级内部的矛盾也较前一阶段更趋复杂。这种生产力与现存制度的矛盾现象也必然反映到文化、道德等上层建筑领域中来。

吴敬梓生活的时代，统治阶级的“思想体系”的确越来越“虚伪”，而他们的“语言”也的确越来越“崇高”。即以《儒林外史》所涉及的科举制度、程朱理学而言，就可看出这种矛盾情况。以科举制度而言，这一制度始行于隋朝大业年间，到明末由于腐败不堪，积弊深重，受到各阶层有识人士的抨击。满族统治者在入关之前也并不重视科举取士之法。入关之初，由于各地反清斗争相当激烈，不少士人也参与这一行列。为了笼络这批读书人，削弱反清力量，顺治二年（1645）七月，浙江总督张存仁建议朝廷“速遣提学，开科取士，则读书者有出仕之望，而从逆之念自息”[①]；同年十一月大学士范文程再次向福临上疏说：“治天下在得民心，士为秀民，士心得，则民心得矣。请再行乡、会试，广其登进。”[②]满洲贵族统治者这才接受了这一意见，于顺治二年、三年（1645、1646）先后恢复乡、会试。由此可见，清初统治阶级被迫恢复科举制度的实际用意，并不在于培养、选拔人才，所以，康熙即位，天下初定之后，他即宣布八股举业实与政治无益，命令将制艺文章永行停止，以策论表判替代。此令实行五年，礼部侍郎黄机上疏说“……不用经书为文，人将置圣贤之学于不讲”[③]，于是康熙八年（1669）又恢复用八股文章考试。乾隆九年（1744），兵部侍郎舒赫德又奏称“科举之制，凭文而取，按格而官，已非良法。况积弊日深，侥幸日众”；再以空言时文试之，“不适于用”，“实不足以得人”，请求改变遴拔人才之道[④]。当时大学士鄂尔泰当政，诸大臣议论再三，认为无事更张，仍然用八股、行科举。尽管他们议论堂皇，但实际无非是为了维护统治集团的私利。鄂尔泰就曾说：“非不知八股为无用，特以牢笼志士，驱策英才，其术莫善于此。”[⑤]他们牢笼、驱策士人的险恶用心，

① 《清圣祖实录》卷十九。
② 《清史稿·范文程传》。
③ 《清史稿·选举志》。
④ 同上。
⑤ 《满清稗史》三十一节。

却被之以“抡才大典”的美名，表里不一竟然如此。以程朱理学而言，由于程朱理学重视君君臣臣的封建秩序，有利于封建政权的巩固，所以玄烨即位后大力推崇，不遗余力，命朱熹配享十哲，纂刊《朱子全书》，并亲为作序，认为朱熹之学“集大成而绪千百年绝传之学，开愚蒙而立亿万世一定之规”。尊崇至极，但却不许臣子效法，他在以《理学真伪论》为题考试士人的同时，大加斥责伪道学。他曾于康熙二十二年（1683）冬十月对张玉书说：“自有理学名目，而彼此辩论。朕见言行不相符者甚多。终日讲理学，而所行之事，全与其言背谬，岂可谓之理学？若口虽不讲，而行事皆与道理吻合，此即真理学也。”[①]他表面上十分重用理学名臣如熊赐履、李光地等，但骨子里却时刻提防他们，并有意让他们的伪道学面目暴露出来。他一再命令他在江南的耳目曹寅，常向他汇报辞官后隐居在南京的熊赐履的活动。他让李光地在位守制即所谓的“夺情”，使得朝臣交相弹劾李光地恋栈忘亲，全谢山就指责李光地“初年则卖友、中年则夺情、暮年则居然以外妇之子来归，足称三案，大儒固如是乎？”[②]玄烨这种手段固然剥露了李光地之流的伪道学面目，但也暴露了封建帝王的权术，他们与朝臣的关系只是相互利用，所谓尊崇程朱理学也同样只是让理学家为其所用而已。总之，仅从《儒林外史》涉及的制艺、理学两个领域的现实状况而论，在吴敬梓时代统治阶级的思想体系愈来愈虚伪，而相应的这个阶级的语言却变得似乎越崇高，越合乎道德，使得这个历史阶段的社会现实具有了极为浓郁的讽刺意味。恩格斯曾说过：“历史，即世界史，变得越来越讽刺了。”[③]这段话移用来描绘吴敬梓时代的特征，也极为精当。在这个历史阶段，广大知识分子的精神面貌、道德情操，很难不受到封建统治阶级这种愈来愈虚伪的思想体系的严重腐蚀和毒害。事实上他们也的确除“制艺而外，百不经意，但为矫饰，云希圣贤”[④]。而受到腐蚀和毒害的广大知识分子的用“崇高”的“语言”装饰起来的种种丑行，又反转过来使得已经严重“虚伪”的“思想体系”更加虚伪，已经严重败坏的社会风气更加恶化。这就是产生长篇讽刺小说《儒林外史》的现实基础，没有如此具有讽刺意味的现实土壤，任何天才也不能凭空创造。

---

① 王先谦：《东华录·康熙三十二》。

② 全祖望：《鲒埼亭集》外编卷四十四《答诸生问榕村学术帖子》。

③ 恩格斯：1866 年 7 月 9 日给卡尔·马克思的信，《论艺术》卷一。

④ 鲁迅：《中国小说史略》。

文学本身的讽刺传统，对于吴敬梓创作《儒林外史》的影响也是很大的。在先秦文学中，《诗经》中的怨刺诗就运用了讽刺手法。孔子曾说这三百篇“可以兴，可以观，可以群，可以怨。迩之事父，远之事君”[①]。毛诗《序》也说：“上以风化下，下以风刺上，主文而谲谏，言之者无罪，闻之者足以戒。”《大雅·民劳》最后一章即有“王欲玉女，是用大谏”的诗句，可见在古代就有运用讽刺意味的诗篇向统治者进行规谏劝诫的先例。当然，其目的仍在于巩固剥削阶级统治。《诗经》所开创的这种传统对后世文学影响很大。例如，屈原也曾用他的作品对统治者有所劝诫，班固就曾经批评屈原“责数怀王，怨恶椒兰”[②]。虽然王逸在《楚辞章句》中不同意班固的见解，认为“诗人怨主刺上”并非坏事，但也表明自汉代而下，文网渐趋严密，即使为统治阶级长治久安而进行的讽刺、规谏，也并非全然行得通。这可以从汉明帝对待《史记》的态度看出。尽管司马迁声称自己著作《史记》“非独刺讥而已也”[③]，但还是被明帝指责为“反微文刺讥，贬损当世，非谊士也”[④]。不过，《诗经》这种传统对正统儒者仍然发生影响，刘向就认为“谏”是为了“匡君之过，矫君之失”，不“谏”则不为“忠臣”[⑤]。桓宽又进一步认为如果“无忠正之心”不能正枉匡邪，也是“衣儒衣，冠儒冠，而不能行其道，非其儒也”[⑥]。这种种见解，都表明怨刺、讥谏是儒者应该坚持的职责，他们的目的大都在于为封建统治者纠偏补弊。而这种观念在文学创作中的反映是大量的，除《诗经》的怨刺诗以外，在先秦诸子散文中也有不少具有讽刺意味的作品。如《庄子》中“儒以诗礼发冢”、《孟子》中“齐人有一妻一妾”、《韩非子》中“守株待兔”等等都运用了讽刺手法。自秦以下，如王充在《论衡·自纪篇》中也说“充既疾俗情，作讥俗之书”，表明在《论衡》中也有讽刺之作。这些，对后世的小说创作也不无影响。例如邯郸淳的《笑林》中就有不少讽刺小品，《吝啬老》一篇就对剥削阶级的贪婪、悭吝本质有辛辣的讽刺。邯郸淳为魏之给事中，此职原是谏官，在秦、汉时此职备顾问应对、议论政事。邯郸淳善于写作类似笑谈的

---

① 《论语·阳货》。

② 洪兴祖：《楚辞补注》引。

③ 《史记·太史公自序》。

④ 《文选》卷四十八班固《典引》序。

⑤ 刘向：《说苑·正谏》。

⑥ 桓宽：《盐铁论·刺议》。

俳谐文字，很可能是借此向曹操、曹丕进行规谏。隋朝的侯白于文帝时做过明经待问的散官儒林郎，也善于写作富有讽刺意味的俳谐文字，作有《启颜录》。此外，在封建帝王周围的俳优，他们也经常运用具有讽刺意味的故事，以插科打诨的形式向帝王进谏。汉魏以后，特别是隋唐以下的记载颇为不少，如唐玄宗时的黄幡绰、敬宗时的高崔嵬、后唐庄宗时的敬新磨、南唐时的申渐高以及宋徽宗时讽刺童贯、高宗时讽刺秦桧的伶人，他们都是以讲故事的形式向封建统治阶级进行讽刺、规劝。《南唐书·谈谐传序》对此作了颇有见地的分析，它说："谈谐之说，其来尚矣。秦汉之滑稽，后世因为谈谐而为之者，多出于乐工、优人，其廓人主之褊心，讥当时之弊政，必先顺其所好，以攻其所蔽。虽非君子之事，而有足书者。"这就说明这种俳谐文字的特点，在于运用讽刺手法廓褊心（《诗·葛屦》："维是褊心，是以为刺"）、讥弊政，这说的是讽刺的内容；先"顺其所好"再"攻其所蔽"则说的是讽刺手法。洪迈也说："俳优侏儒，固伎之最下且贱者，然亦能因戏语而箴讽时政，有合于古'矇诵''工谏'之义。"[①] 更说明以戏语箴讽时政传统由来已久。这种俳谐文字的讽刺传统对唐宋小说——传奇、话本的影响也是十分明显的。在传奇、话本中就有一些俳谐与讽刺交织并用的作品，更有一些摒弃俳谐而专用讽刺的小说。例如李公佐的《南柯太守传》，对书生眷恋禄位的思想行为进行了深刻的嘲讽；话本《宋四公大闹禁魂张》中，也有对典当老板悭吝性格的讥讽，等等，它们都在不同程度上运用了讽刺手法。到了明代，《西游记》、《西游补》乃至《金瓶梅》等长篇小说，其中也不乏对世态人情的讥讽。在短篇小说话本中也有一些讽刺之作。清初蒲松龄的《聊斋志异》中更有不少嘲讽科举的篇什，如《僧术》、《考弊司》、《续黄粱》等。这些作品中，虽然有一些俳谐太过，流于轻薄，也有一些发泄私怨，近于诬蔑。它们或为短篇，或为文言，但都不同程度地运用了讽刺手法，为我国文学史上第一部"秉持公心，指擿时弊"，"感而能谐，婉而多讽"的白话长篇讽刺小说《儒林外史》的产生，提供了宝贵的经验。如果没有我国文学中这样源远流长的讽刺艺术传统的哺育和借鉴，吴敬梓要取得超过前人的成就，也是难以想象的。

吴敬梓先人的治学和从政的态度，对他创作公心讽世的小说也是有一定影响的。全椒吴氏最初务农，继而从医，从他高祖吴沛起则专门业儒。吴沛虽然是一

---

① 洪迈：《夷坚志》支乙四。

个不第秀才，但对“兴、观、群、怨”的《诗经》颇有研究，著有《诗经心解》，并开创了吴氏研究《诗经》的传统。吴敬梓曾祖辈中国鼎有《诗经讲义》、国缙有《诗正》，吴敬梓本人有《诗说》。因而“上以风化下，下以风刺上”的讽谏之义，全椒吴氏自有深切领会。吴敬梓的曾祖吴国对虽然没有关于《诗经》的学术研究著作，但在他的诗集《诗乘》中，却有不少“愁忧、欢愉、离合、讽喻、警戒之旨”[①]的作品，对“逃亡”、“盗发”的现实有所讽喻、警戒。吴敬梓的叔曾祖吴国龙也有不少诗作，对殷实之家不肯输粮救荒予以警戒，他曾写道：“富者犹如此，贫家何望焉？”[②]只不过，《诗经》所开创的讽喻、警戒、谏刺的传统，对吴敬梓先人的影响是表现在他们的抒情诗篇中，而对吴敬梓本人的影响则是表现在他的叙事小说中。

全椒吴氏由科举发家以后所担任的官职，对吴敬梓的创作也可能有所影响，值得重视。他的曾祖吴国对为官翰林侍读，是为皇帝近臣；叔曾祖吴国龙在明、清两朝曾担任过工科给事中、河南道监察御史、礼科掌印给事中，都是所谓的言官。言官的职掌就在于拾遗补阙，匡正政事中的失误。吴国龙对朝廷和地方的政事颇多建言，有《吴给谏奏稿》八卷，在这些奏稿中有不少建言颇能反映当时政治、经济等领域中的弊病，也有不少建言对最高统治者进行讽喻、警戒。司马迁曾为太史令、邯郸淳为官给事中、侯白是儒林郎，也大都为近臣、为言官，他们都运用俳谐、讽喻文字起过“箴讽时政”的作用。吴国龙为谏议之官，当然也要尽言官的职责。吴敬梓先人从政的职掌，也自然会形成一种家庭传统，认为补弊救偏是儒者应尽的义务。吴敬梓也有可能受到这种传统的浸染，从而将先人以奏疏形式表现的讽谏之旨，在小说中再现出来。当然，《吴给谏奏稿》与《儒林外史》一为奏疏文字，一为小说创作，两者的价值悬殊，不可同日而语，但从讽谏、警戒的意义而言，也有某种一致之处。这种治学和从政的家庭传统，在我们研究讽刺小说《儒林外史》的产生条件时，也是一个不可忽略的因素。

具有讽刺意味的社会现象，是吴敬梓创作《儒林外史》的现实土壤；文学历史中的讽刺传统，为他提供了养料和借鉴；家庭治学和从政的态度，对他的创作实践又产生了影响。但这些因素都只有在通过他个人的思想活动后才能发生作用。

---

① 陈廷敬：《吴国对墓志铭》。

② 吴国龙：《坐宝林寺赈饥永日，待募米不至》。

他的生活道路和社会实践则又决定了他的思想观点的发展、变化，这是他之所以能够创作出讽刺小说的主要原因。吴敬梓自幼也是读《四书》、《五经》，写八股文章，准备沿着科举阶梯向上爬的，但是偏偏屡试不第，功名无望。他在幼年时母亲亡故，青年时生父、嗣父又相继去世，从此家庭爆发了遗产之争，自己与族人的关系极坏，以至中年时不得不离开故乡安徽全椒，流寓南京。在这过程中，他饱尝了族人的冷眼，体验了世态的炎凉，从而使得他在对暴发户的愤怒抨击中夹杂着对家族没落的怨嗟，在对族人不顾门第、不讲究操守的严厉斥责中掺和着对祖风世德的赞扬，在对士人不学无术、热中功名的辛辣嘲讽中流露出以才情自负、自许甚高的优越感。这种种复杂的情绪在他移家南京之初创作的《移家赋》中有着强烈的流露，他后来创作的《儒林外史》在一定程度上也染有这种感情色彩。

移家南京以后，他的眼界更扩大了。当时的南京是东南沿海的大城市，手工业商业十分发达，学术空气非常活跃，南来北往的学者文人也很多。吴敬梓的交游也随之广阔起来。例如颜、李学派的李塨曾经到过南京传道讲学，吴敬梓受到他们的影响，并在《儒林外史》中有非常明显的反映。曾向李塨称弟子的程廷祚，也是吴敬梓的挚友，他的某些思想见解，例如对《诗经》中美刺诗的看法，就可能对讽刺小说《儒林外史》的创作产生影响。程廷祚认为美和刺都符合诗教：对贤明君主，作诗美之；对昏乱之主，作诗刺之，“诗之本教，盖在于是矣”。他又说：“若夫诗之有刺，非苟而已也。盖先王之遗泽，尚存于人心，而贤人君子弗忍置君国于度外，故发为吟咏，动有所关。”因而“诗人自不讳刺”，因为刺之的目的仍在于救之。[①]这种见解与以“醒世”为目的的《儒林外史》的讽刺艺术颇为近似。此外，吴敬梓的友人中还有一些研究自然科学的学者，如懂得天文、历象、地理之学的周榘、刘著等人。他们的影响在吴敬梓笔下一些正面形象的身上表现出来。由于他在南京结识许多学者文人，接触到一些进步思潮，在他离开闭塞而守旧的故乡，脱离了世代书香的官僚子弟生活之后，这些进步思潮就成为促进他的思想发展的重要因素。特别是在南京，由于他的生活十分拮据，甚至一度“闭门种菜，偕佣保杂作”[②]，因而与下层人民有了更密切的接触，对下层群众的生活状况和思想感情有了更深切的了解和感受，并在小说中有所表现。同时

① 程廷祚：《青溪文集》卷一《诗论六》。

② 顾云：《盋山志》卷四。

对那些以八股举业为中心的陈旧的事物表示了很大的厌恶和反感，对那批高谈程、朱，满口仁义的伪道学表示了很深刻的不满和蔑视。因之，对热中制艺、道德堕落的士子和官僚的批判，也不同于刚刚离开故乡时那样仅从维护封建道德的“纯洁”出发，而具有了新的思想因素，在某种程度上对封建道德本身的合理性也有所怀疑和批评，从而大大增强了这部小说的进步意义。总之，《儒林外史》产生在十八世纪不是偶然的现象，它是现实的土壤、文学的传统、家庭的教养、个人的遭遇诸因素相互作用的结果。而其中有决定意义的因素则是他的社会实践和人生态度。

二

《儒林外史》的讽刺艺术成就极高，鲁迅认为在它产生之前说部之中没有“足称讽刺之书”[①]；即在以后，这样“旨微而语婉”的小说“就可以谓之绝响”[②]。这当然是就“五四”以前中国小说史的现象而言的。因此，对这样一部小说的杰出的讽刺艺术，断非一两篇文章所能详述，此文仅就其主要之点略作阐说。

首先，从讽刺的目的来看，《儒林外史》的讽刺艺术有着鲜明的阶级烙印。它不但继承了我国文学中从《诗经》开始的“美刺”传统，以讽刺实行挽救，所谓“讽一劝百”[③]，而且与外国的讽刺文学比较，其用意也颇相似。谢皮洛娃在总结了萨尔蒂科夫——谢德林等著名讽刺作家的创作经验后说：“讽刺乃是对生活的某些方面和现象的嘲笑，其目的在于改正或根除它们。”[④]鲁迅更在对中外古今讽刺作品进行深入研究的基础上作出十分精辟的论断，他说：“讽刺作者虽然大抵为被讽刺者所憎恨，但他却常常是善意的，他的讽刺，在希望他们改善，并非要捺这一群到水底里。”[⑤]《儒林外史》的讽刺目的，也在于挽救被作者所嘲讽的一群。自来的评论者也都指明这一要旨，如闲斋老人序中就认为《儒林外史》可以做到“善者，感发人之善心，恶者，惩创人之逸志”；金和在《儒林外史跋》

① 鲁迅：《中国小说史略》。

② 鲁迅：《中国小说的历史的变迁》。

③ 刘勰：《文心雕龙·杂文》。

④ 〔苏〕谢皮洛娃：《文艺学概论》第七章，罗叶等译，人民文学出版社 1958 年版。

⑤ 鲁迅：《什么是“讽刺”？》，《且介亭杂文二集》。

中也认为作者之“苦心”在于“警世”；黄安谨在评该书的序中同样认为“作者之意为醒世计，非为骂世也”；东武惜红生在序该书时也说这部小说“如暮鼓晨钟，发人猛省”；邱炜萲更说“《儒林外史》一书颇得主文谲谏之义”，是一部“警世小说”[①]这些评论都说明《儒林外史》讽刺艺术的目的仍在于挽救被作者所嘲讽的一群，“并非要捺这一群到水底里”。

《儒林外史》中出现的人物大都是吴敬梓同阶级的读书人。如前所述，作者讽刺他们的目的在于希望他们改善，“指擿时弊”是为了消灭时弊。为了达到消灭时弊的目的，作者无论对否定人物还是肯定人物，只要有“弊”，便都有所嘲讽。对那些基本否定的人物所进行的嘲讽固然辛辣、无情，但并非将他们置之死地，而是希望他们能幡然悔悟。例如在作者看来是头等大事的祭泰伯祠活动，参与者就有被作者嘲讽过的人物，如热中举业的马纯上、诸葛佑，冒充名士的蘧来旬、景本蕙，风流恶少季苇萧，书办恶吏金东崖，甚至被杜少卿斥为“下流无耻极矣”的“匪类”臧荼也厕身其间。现实的情势只能这样，这是吴敬梓所无可奈何的。时代、统治秩序和作者自己的艺术认识也不容许他虚构出一个更完美的人生来。吴敬梓对否定人物的嘲讽的深刻有力，人们已经论述得很多，此处从略。对于肯定人物，作者也并非全是歌颂，毫无嘲讽。在过去的中外文学作品中常常出现“十全十美”的完人，其实这是现实生活中不可能存在的人物。与吴敬梓同时代的英国现实主义小说家菲尔丁（1707—1754）就说，“在我们一生交际之中从未遇到过这样的人”，因此，“我有点怀疑，人不过是个人，怎能达到那样完美的地步呢？”因此，他的小说就不“写这种人”[②]。忠实于生活的现实主义作家吴敬梓的高明之处，就在于《儒林外史》中的肯定人物也并不是十全十美的“标准人物”。前人评论就指出：“其佳处即写社会中殆无一完全人物……视寻常小说写其主人公必若天人者，实有圣凡之别，不仅上下床也。”[③]既然不是“完全人物”，作者对他们的不“完全”之处也有所嘲讽，只不过遣词委婉而不辛辣，笔触隐藏而不显露。例如，作者写杜少卿不知择友而交，与臧荼、张俊民之流饮酒作乐，将

---

① 邱伟萲：《续小说闲评》，《客云庐小说话》卷一，转引自阿英《晚清文学丛钞·小说戏曲卷》，中华书局 1960 年版。

② 〔英〕菲尔丁：《汤姆·琼斯》卷十，转引自《文艺理论译丛》1958 年第一册《关于现实主义创作的理论》。

③ 俞明震：《觚庵漫笔》，载《小说林》第一卷，1907—1908 年。

大捧银子送给骗他的人使用，以致家产荡尽，这正表现了他“全不知人情世事”、“不分黑白”[①]的世家子弟性格。杜慎卿说他“最好做大老官”，平步青认为这正是作者的“自嘲”[②]，是颇有见地的。再如写庄绍光，他前天晚上在客店中与萧昊轩高谈阔论，还指责“近来的地方官办事，件件都是虚应故事。……全不肯讲究一个弭盗安民的良法”；次日清晨上路不久就遇到“响马贼”，他却被吓得“坐在车里，半日也说不出话来”。卧闲草堂本批语说：“最妙在绍光才说出有司无弭盗安民之法，及乎亲身遇盗，几乎魄散魂飞，藏身无地，可见书生纸上空谈，未可认为经济。此作者皮里阳秋，真难从不知者索解也。”这种“皮里阳秋”的笔墨，就透露了作者在调侃之中夹杂着委婉的嘲讽。又如写沈琼枝，当她乘坐的轿子被强行抬进盐商宋为富的后花园时，居然想到“这样极幽的所在，料想彼人也不会赏鉴，且让我在此消遣几天”，甚至席卷了宋为富房中“金银器皿、真珠首饰”，“穿了七条裙子”，连夜逃出宋家。张文虎对沈琼枝这样思想行为评道：“谬极！”“谬不可言。”[③]其实这样的描写正是对沈琼枝言过其实的讽刺。后来杜少卿称赞她对“盐商的富贵奢华”“视如土芥”，显然是根据她自己的陈述。这就嘲讽了她有时也要自我吹嘘一番。沈琼枝这一所谓的“新人”形象，也并不能完全摆脱类似武书初次见到虞育德时急于自现的习气。仅以此三人而论，作者虽然对他（她）们的主流方面充分予以肯定，但也委婉地嘲讽了他们身上的某些气质。就是对于虞育德这一“上上人物”[④]，作者虽然运用了许多理想化的手法来描绘他，主观上竭力企图将这“真儒”的德行充分表现出来，可是在他任南京国子监博士时以德化人的种种作为只是姑息纵容了无行的士子。从客观效果看，虞育德也只是一个善恶不分、好坏不辨的滥好人，同样具有讽刺意味。由此可见，《儒林外史》的讽刺矛头不但指向作者否定的人物，也指向作者所肯定的人物，即连作者用理想化手法所描绘的“真儒”虞育德的作为，在客观上也让读者感受到讽刺意味。作者之所以对肯定人物也有些微的嘲讽，目的仍在于他竭力希望这些被他所肯定的人物，能够成为“讲究”“礼乐文章”的十全十美的“贤人”，从而能担当起补弊救偏的重大任务。

---

① 张文虎：《儒林外史评》。
② 平步青：《霞外捃屑》卷九。
③ 张文虎：《儒林外史评》。
④ 金和：《儒林外史跋》。

由于作者的讽刺无法超越阶级的局限，因而在《儒林外史》中常常出现作者又重新肯定被自己已曾辛辣嘲讽过的事物。例如，尽管他鞭笞了封建礼教的“伪妄”表现，但并不反对虚伪礼教的本身；尽管他抨击了八股制艺的腐败，但并没有根本否定这一制度。当然，要求作者从根本上反对封建礼教、否定科举制度，是极不恰当的。但今天的读者却也应该了解这些不足之处。从具体作品看，以嘲讽封建礼教的“伪妄”表现而言，吴敬梓在小说中一方面讽刺了范进居丧尽礼却大吃虾圆子，权勿用居丧不饮酒却大用肴馔的所谓“孝”；抨击了严贡生觊觎其弟严监生的财产、匡二的叔父用低价强买匡二之父房产的“悌”等。这些描写固然揭发了作者同阶级读书人的丑恶面目，讽刺了他们恪守封建道德的“伪妄”，对我们有很大的认识价值。然而另一方面，作者在作品中对孝、悌等封建道德本身并没有任何嘲讽，相反却予以肯定。例如作者十分赞赏“但凡说是见过他家老太爷的，就是一条狗也是敬重的”杜少卿的孝行。甚至为了肯定“孝悌”到了不分是非的程度。例如余大先生在无为州“私和人命”得到贿赂一百三十多两银子，就事论事本应受到作者的嘲讽，因为吴敬梓在小说中对其他人物如王惠之流的贪婪聚敛就有尖锐的抨击，但余特受贿打秋风却是为了安葬父母，所以作者对他的受贿行为并无讽刺，这正表现了作者为了肯定他的“孝”行，连他不应该做的事也曲予原宥。余二先生强词夺理包庇其兄的罪行，蒙混过关，也同样是应该反对的，但作者却为了肯定他的“悌”，也多方维护。打秋风是封建时代落拓文人常有的事，也可说是“时弊”吧，《儒林外史》中对此有不少描写。余特、余持为了安葬先人而出外打秋风，作者并未曾嘲讽；但对张静斋伙同范进以安葬母亲出外“秋风一二”的行为却大加讽刺，这是因为张、范二人外出以后的种种表现无非是借此骗取钱财，不像二余那样真心为了安葬先人。其实张、范在外只不过招摇撞骗，其罪行不若余特“私和人命”为重。同样是打秋风，作者有的加以讽刺，有的予以原谅，正表明作者仇视的只是遵守礼教的“伪妄”，而不痛恨礼教的本身。以抨击八股制艺而言，尽管吴敬梓在小说中对那些热中斯道的童生、秀才、举人、进士的种种丑恶进行了辛辣而无情的嘲讽和揭露，虽然他以现实主义的艺术敏感淋漓尽致地揭露了这一制度的弊害，形象地宣告了它的死刑，但他不敢正面地将它当作一种制度予以否定。他虽然也公开在楔子中说“这个法却定的不好”，但他笔下的肯定人物如杜少卿也只是看不起由科举出身的那些“灰堆里的进士”，但无力根本上反对这一制度，还是出了一百二十两银子送张铁臂儿子冒籍应试。即连“也不耐烦做时文”的“真儒”虞育德也还是以八股制艺应试，接连考取秀才、举人、进士而做到国子监博士的。他固然对独尊程朱理学的现象不满，但又以先人能“绍绝学于关闽”[①]而自豪；他虽然发出了“如何父师训，专储制举才”[②]的慨叹，但又以“家声科第从来美”[③]而自傲。他思想中的矛盾和局限，必然也影响到《儒林外史》讽刺艺术的成就。但尽管如此，《儒林外史》的讽刺对我们仍然有着很大的认识价值。鲁迅说过：“然而待到同群中有讽刺作者出现的时候，这一群却已是不可收拾，更非笔墨所能救了，所以这努力大抵是徒劳的，而且还适得其反，实际上不过表现了这一群的缺点以至恶德，而对于敌对的别一群，倒反成为有益。我想：从别一群看来，感受是和被讽刺的那一群不同的，他们会觉得‘暴露’更多于‘讽刺’。”[④]的确如此，不但吴敬梓笔下的否定人物有种种“恶德”，连他笔下的肯定人物也存在许多“缺点”。无论是他所肯定的还是所否定的人物，在我们看来都是一群没有前途“不可收拾”的士子。作者对他们的讽刺（虽有委婉、辛辣之分）也并不能使他们有所感悟，有所奋发，只不过“暴露”了他们必然没落的命运而已。

其次，《儒林外史》讽刺的内容有着浓郁的时代特色。吴敬梓重点抨击了科举弊端并深入到官场社会，嘲讽了理学的虚伪，并涉及释道异端思想，斥责了与地主官僚血肉相连的盐商典当，等等。这些，无一不是吴敬梓时代的产物。吴敬梓也是在时代进步思潮的影响下才对上述社会现实进行了嘲讽。明清之际的一些进步思想家，面对着“天崩地解”[⑤]、“天崩地坼”[⑥]的现实，他们批判科举弊端，揭发理学虚伪，甚至触及整个封建制度。这种进步的学术思想对当时的小说创作也不能不产生影响。稍前于《儒林外史》的有《聊斋志异》，稍后于《儒林外史》的有《红楼梦》，总的说来，都是“指擿时弊”的。蒲松龄和曹雪芹在他们各自的创作中，涉及的社会问题更多，不像吴敬梓集中于几个突出的问题。以小说所

① 吴敬梓：《文木山房集·移家赋》。
② 王又曾：《书吴征君文木山房诗集后》，《丁辛老屋集》卷十二。
③ 吴敬梓：《文木山房集·乳燕飞》。
④ 鲁迅：《什么是“讽刺”？》，《且介亭杂文二集》。
⑤ 黄宗羲：《南雷文定》前集卷一《留别海昌同学序》。
⑥ 顾炎武：《亭林余集·先妣王硕人行状》。

集中描写的科举制度而言，从历史发展的眼光来看，以科举制度代替选举制度是有进步意义的，但到明清两朝，随着封建社会走向晚期，作为上层建筑的科举制度久已积弊重重，日趋腐败，这就使得当时有识之士纷纷对之进行批判与抨击。吴敬梓通过形象的描绘，向读者表明这一制度不能真正做到教育士人、并从中选拔官吏从而有助于"政教"。因为在作者笔下，作为教育士子的宋儒注疏的《四书》、《五经》，以及训练士子写作的八股文章，均是束缚人们思想的工具，只能培养出一批愚昧无知的废物。《儒林外史》中出现的大批秀才、举人、进士多是些孤陋寡闻的人就可说明。例如举人范进、张静斋、汤奉之流。相反，作者在"楔子"中肯定的王冕是极有学问的人，在"添四客"中颂扬的季遐年、王太、盖宽、荆元，各自具有琴、棋、书、画一技之长，他们都不是科场中人物。教育的内容如此，再加上考试制度又弊端丛生，作者描写安庆七学的考试情况是一片混乱。张文虎在《儒林外史评》中指出这种现象全国各地"滔滔皆是，岂独安庆"；而主试者也公然收受贿赂、出卖功名，如绍兴的秀才值一千两银子，庐州的秀才值三百两银子。因而通过这种教育、考试制度选拔出来的官吏就必然是一批懵懂无能、刻剥成性的贪官禄蠹，如汤奉、王惠之流。而淘汰下来的士人，因为有了功名作护身符，就更加肆无忌惮地横行乡里，成为一乡的恶霸，如严贡生、严监生之流。还有一些士子在这种制度下消磨了几十年的大好时光，结果成为"稂不稂莠不莠"的寄生虫，他们或冒充名士如权勿用、杨执中之流，或成为制艺选家如随岑庵、卫体善之辈，更有连谋生也缺乏能力的如王玉辉、倪霜峰等人。根据顾炎武估计，清初全国就有五十万秀才[①]，其中能够谋得一官半职的人为数甚微，而谋不到官职的人，他们并无一技之长，必然沦落为社会的寄生虫。《儒林外史》对这一制度所造成的种种后果所进行的讽刺，正是清代初期社会实际的写照，具有时代的内容。以程朱理学而言，宋元两朝原是二程与朱熹为代表的客观唯心主义理学占统治地位；及至明朝，以陆九渊、王守仁为代表的唯心主义心学大为泛滥，并且在阶级斗争的影响下发生分化，形成以王艮、李贽为代表的左派王学，从而走向它的反面，刺激了唯物主义的发展。清初封建统治者有鉴于此，对陆、王心学竭力挞伐，而大力推崇程、朱理学。康熙朝的"理学名臣"陆陇其就曾

---

① 顾炎武：《顾亭林诗文集·生员论上》。

抨击王守仁的心学，他说："王氏之学遍天下……学术坏而风俗随之"，认为"明之天下，不亡于寇盗，不亡于朋党，而亡于学术"，因为"学术之坏，所以酿成寇盗朋党之祸也"[①]。既然最高统治者尊崇程朱，天下讲理学者也就翕然成风，但大多数士子只是将程朱理学作为谋求官禄的工具，与以八股文为求得功名的敲门砖一样对待，因而社会上就产生了大批口是心非的伪道学。吴敬梓对这样的伪道学就曾予以无情的讽刺，如二王（王德、王仁）的"全在纲常上做功夫"，严贡生的"公而忘私，国而忘家"，张静斋的"礼有经，亦有权"等等冠冕堂皇的议论，与他们盯着银子的行为极不相称，正暴露了他们这些伪道学的真面目。玄烨对这些伪道学也深为不满。这正说明《儒林外史》对这批伪道学家的讽刺有着坚实的生活基础。同时，小说中还描写了由于以程、朱为代表的宋学猖獗一时，汉儒的著作反不为人所知的情景，这又反映了清初极为尊崇宋学所造成的恶果。至于清代封建统治者所鼓励的脱离实际、烦琐考据的汉学，要到乾、嘉时才比较普遍地兴盛起来，在吴敬梓生活的康、乾之际只局限在少数学者之间，因之《儒林外史》中才出现一些士人将汉儒著作视为"新闻"的现象。此外，由于清初统治者"黜异端以崇正学"，因而在尊崇程朱"正学"的同时，对释道"异端"也曾大加抨击，《儒林外史》中对释子道徒就有不少极为精彩的讽刺。以盐商典当而言，他们与封建经济的关系十分密切，而其从业者中也有不少就是朝廷官僚和封建地主。他们固然具有地主阶级的剥削本质，同时也具有商人唯利是图的手段。他们的道德观念也不全同于封建地主阶级，而是有了商人的某些道德观念。因为"每一个阶级，甚至每一个行业，都各有各的道德，而且也破坏这种道德，如果它们能这样做而不受惩罚的话"。[②]吴敬梓在《儒林外史》中对他们的嘲讽大致有以下几个方面：骄奢的生活方式，贪婪的剥削手段，谄媚的势利嘴脸以及违背封建道德的丑行。特别是他们不顾封建道德的"伤风败俗"行为，尤为作者所深恶痛绝。在对他们的嘲讽中，也表露出封建末世的时代色彩。例如对方盐商与权卖婆相互谈笑嬉戏的描写，除在正文中极尽嘲笑讽刺之外，还在回目中大书"方盐商大闹节孝祠"予以正面抨击。这虽表明了作者对盐商典当的讽刺大都是以封建道德观念为依据的，但却反映了封建末世社会中封建道德观日趋微薄的现实。

---

① 陆陇其：《学术辨》上，《三鱼堂文集》。

② 恩格斯：《路德维希·费尔巴哈和德国古典哲学的终结》，《马克思恩格斯选集》卷四。

又如，作者对中间商人成老爹巴结暴发户方盐商、冷落世家大族虞华轩的势利嘴脸，有着生动的描绘、锐利的嘲讽，但也流露了作者维护没落的世家大族“尊严”的感情，从而反映了在吴敬梓时代，由于封建肌体之内资本主义势力的增长，封建地主阶级已逐步趋向式微的命运。总之，从作者所嘲讽的八股制艺、程朱理学、释子道徒、盐商典当等内容看来，《儒林外史》的讽刺艺术显然具有着吴敬梓时代的特色，不同于前于他的任何时代的讽刺文学。

再次，从讽刺的具体情节来看，《儒林外史》的讽刺艺术常常出现否定整体而肯定个别的现象，这是由于小说中糅合了作者的生活遭遇所致。中外文学历史上任何作家的个人独特的生活遭遇无不对他的创作产生影响，在他们的作品中总或多或少地留有作家个人生活的印记，吴敬梓也不例外。从《儒林外史》中所描写的具体情节来看，一般说来作者鄙视戏子、咒骂和尚、讽刺商人、抨击官僚，但对这几类人中的个别人物却另眼相看，毫无嘲讽。例如他对不遵守上下尊卑的封建秩序的戏子黄老爹、钱麻子等人极为憎恶，斥骂黄老爹为“老畜生”，讥刺钱麻子“来生”“变驴变马”，但对安分守己的戏子鲍文卿却大加称赞，誉之为“皇明义民”，还特别表彰他敬重斯文的行为。小说中出现了这样的情节：他曾为营救“大才子”安东县知县向鼎向主人下跪。当时有人“说向知县相与作诗文的人，放着人命大事都不问，要把向知县访问参处”，他听说之后，随即向主人按察司崔大老爷求情，说向鼎“这件事也还是敬重斯文的意思”，崔按察司见他“倒有爱惜人才的念头”，最后放过此案不问。又如，作者对释道之徒，特别是佛门子弟极尽嬉笑怒骂之能事，揶揄讥刺兼而有之，但对甘露寺老和尚却无任何微词，因为他尽心尽意地照顾落拓文人牛布衣，病中服侍他，死后安葬他。所以，后来老和尚在四川遇到强人，也被作者安排萧云仙将他救出厄境。再如，作者对商人极为仇视，一有机会就尽情嘲笑，无情讽刺，但对“好友敦伦”、“最是敬重文人”的泗州商人庄濯江却充分肯定，还通过庄绍光之口颂扬他“亦非等闲之人”。至于以金有余为首的几个商人，由于他们出资帮助老童生周进捐监应试获得功名，因而把他们写得“光明磊落”，是“富贵场中”[①]所没有的人物，不像作者笔下其他商人形象那样丑恶。复如，作者对科举出身的大小官僚一般说来没有好感，不是加以委婉的嘲讽，就是给予无情的揭发。但对浙江乐清县知县李本

① 张文虎：《儒林外史评》。

瑛却是例外，因为他先能识拔匡超人于寒素之中，资助他银两读书，录取他为案首；后又向学道下跪保荐匡二是“孤寒之士，且是孝子”，求学道大人优先录取为秀才。正因为李本瑛能够识拔斯文，所以后来虽被误参“摘印”，但最后“审的参款都是虚情，依旧复升”，并且调到京城升任给事中。总之，上述的戏子、释徒、商人、官僚这几类人，从整体来看，吴敬梓对他们并无好感，随时予以讽刺、鞭挞；但对其中的个别人物，吴敬梓却予以肯定、颂扬。这一方面固然说明了吴敬梓善善恶恶时的“公心”，但从其中也可以看到作者的生活遭遇和思想感情。由于吴敬梓屡困场屋，未曾有人识拔，常有沦落之感。在他抒情作品中，就常发出怨嗟，什么“狂来自笑、摸索曹刘谁信道”①，“才人多少凌云赋，白首何曾献至尊”②；而对于曾经荐举他应鸿博之试的上江督学郑江，则感激涕零地表示“知遇真难报”③。因之，这样的生活遭遇和思想感情也必然反映到他的叙事作品中来。

三

《儒林外史》的讽刺手法极富变化，摇曳多姿。那些别出心裁的讽刺方式随着情节的展现纷至沓来，令人目不暇接，毫无重复之感。

吴敬梓经常运用一目了然和出乎意外这两种截然相反的表现方法，使之产生强烈的讽刺效果。词的产生，稍有常识的人都知道是唐五代以后的事，这本是一目了然的。可是当陈礼扶乩，请出“关圣帝君”所写的判词居然是“调寄《西江月》”一首，而进士王惠、荀玫又居然“悚然，毛发皆竖”，相信无疑。这样，在吴敬梓笔下，进士的无知，读者也就一目了然了。严贡生在船上吃的是云片糕，船家何尝不知道，读者也十分清楚。可是严老爷却开出一大篇账来，什么上党人参、四川黄连，一共“费了几百两银子”才“合了这一料药”，其存心讹诈船家力资，连“搬行李的脚子”也瞒不过。这本是一目了然的讹诈行为，严贡生却振振有词地倒打一耙，其操守之卑污不问可知。侠客张铁臂用一颗血淋淋的“人头”骗了娄三、娄四两公子五百两银子去后，“不怕有意外之事”的这两位公子还在等他

① 吴敬梓：《文木山房集·减字木兰花》。
② 吴敬梓：《吴敬梓集外诗·老伶行》。
③ 吴敬梓：《文木山房集·送学使郑筠谷夫子还朝三十韵》。

归来大作："人头会"。久等不来，打开革囊一看，却只是六七斤重的一个猪头。事情之怪诞出乎读者的意料，不禁令人哑然失笑，而娄三、娄四徒务好客虚名，交接匪人的公子习气，也就历历如绘地呈现在读者面前了。梁上的老鼠掉在燕窝碗里，厨役的钉鞋踢到点心盘上，陈和甫的衣袖招翻了粉汤，这三件事虽然光怪陆离，但在现实生活中也是可能发生的。不过，先后一齐出现在蘧公孙和鲁小姐的新婚宴席上，却未免出乎主客的意外，也出乎读者的意外。这就使得"一些也没有破绽"的、"极其辉煌"的喜事"不甚吉利"。存心"要做两件雅事"的蘧公孙，与热中制艺追求"封诰"的鲁小姐，原就不十分相配，志趣各异，岂能"吉利"？作者在他们的婚礼上穿插进这几件出乎意料的情节，既有嘲讽，也有暗示。

小说中也有不少故意漏写与特为补叙之处，这种情况极易被误认为是纰漏和赘笔，但仔细读来却会发现这原是作者绝妙的讽刺。莫愁湖梨园大会发起人，帖子上写的是季苇萧和杜慎卿，但会演前"六七十个唱旦的戏子"只"叩见杜少爷"一个，而未有"叩见"季少爷的。这不是作者的漏笔而是故意的漏写。因为实际主人是杜慎卿，季苇萧不过是帮闲清客。这一漏写，不但讽刺了旦角的势利眼光，也讽刺了杜慎卿好女色的卑污行径。有时作者又不惮词费，事情已经过去，却又特为补叙，从而产生讽刺效果。严监生与妾赵氏正在谈论前妻王氏如何"心慈"、接济别人，之后，却让猫将床顶上的竹篓子跳翻，抖出王氏的私房银子五百两。这种对"心慈"的补叙，看似随手拈来，却有着浓郁的讽刺意味。同样，当范进中举后，退职知县张师陆随即来拜，既送银子，又送房子，颇为慷慨。但作者又通过僧官之口说出"张家是什么有意思的人"，点出他的为人。其后，他怂恿范进去汤奉处打秋风，汤奉收到"帖子"，对"张世兄屡次来打秋风，甚是可厌"，但因同着"门生范进"前来，"不好回他"，只能"吩咐快请"。这一补叙就表明张师陆先前的"慷慨"行为，只是吃小亏占大便宜的手段。作者就以他后来为了"打秋风"的目的否定他先前的送银子、赠房子的手段，也同样具有浓郁的讽刺意味。

在小说中人物的冷讽与作者的热嘲层出叠见，这也增强了作品的讽刺效果。吴敬梓对否定人物的讽刺，有时通过作品中正面人物的言谈表现出来，有时却又直接以作者的身份加以斥责。作者在描写杜慎卿的形象"穿着莺背色的夹纱直裰"，"面如傅粉，眼若点漆"之后，忽然说"这人是有子建之才、潘安之貌"，这颇似赞美之语，但后文却又写他在雨花台上“太阳地里看见自己的影子，徘徊了大半日”，活脱一幅顾影自怜的画像。读者至此方才明白前文的赞美之语实在是作者极为冷峻的嘲讽。黄老爹“不做戏子”之后，穿戴起士绅衣着，颇引起恪守上下尊卑封建秩序的鲍文卿的不满，讽刺地说：“像老爹拄着拐杖，缓步细摇，依我说，这‘乡饮大宾’就该是老爹做！”这种冷讽一转到作者口中，则直斥黄老爹为“老畜生”！王惠就任南昌太守之初，迫不及待地要多方搜刮，蘧景玉却缓缓而言，说府中的吟诗声、唱曲声、下棋声将被戥子声、算盘声、板子声所代替。这是作者通过正面人物之口去委婉地嘲讽那些否定人物。对于“五河的风俗”，作者却直接出面给予热辣辣的斥骂，说“其风俗恶赖如此”，倾泻其满腔的愤怒。总之，冷讽热嘲，相映成趣，嬉笑怒骂，皆成妙文。

吴敬梓常让他的讽刺对象互相攻讦，从而抖出他们的“老底”。王德、王仁借汤奉取文“不入时目”、没有入帘，来讥刺严贡生笔下干枯，没有才气。严贡生则反唇相讥，说：“才气也须是有法则，假若不照题位，乱写些热闹话，难道也算是有才气不成？”并且明知二王在周进“手里都考的是二等”，就竭力赞扬“周老师极是法眼，取在一等前列，都是有法则的老手”，从而讽刺二王笔下杂乱无章。这样的攻讦，就彼此揭了“底”。卫体善、随岑庵这两位制艺选家对同行马纯上极为嫉恨，攻击“他把个选事坏了”，说他“终日讲的是些杂学”，“于文章的理法”，“全然不知”。事实上马纯上所选的《三科程墨持运》虽不如古书行时，但在杭州城隍庙附近书店中尚有“发卖”，而这两位“老选家选的文章”却未曾见在何处刊刻出来。可见卫、随两位更在马二之下，他们攻击马二“全然不知”，只是暴露了自己的浅薄无知。小说中还有不少相互胡吹乱捧的描写，这更是一种妙趣横生的讽刺。西湖名士集会，分韵赋诗，卫体善、随岑庵这两位“二十年的老选家”自视颇高，目空一切，众名士也如众星拱月加以顶礼膜拜。岂知他们的诗作中居然出现“且夫”、“尝谓”的字面，连此时刚刚学写诗的匡超人看来，也并不甚佳。被吹捧者的“才气”既然如此，那么，吹捧者的“才情”也就可想而知了。他们相互吹捧得越高，在读者眼里也就贬得越低。有时作者又让他笔下的人物诚心诚意吹捧对方，却不料实实在在地戳痛别人。万雪斋宴席上，许多盐商争相夸美自己的家乡徽州，“一切的东西是我们徽州出的好”，“不但东西出的好，就是人物也出在我们徽州”。正在极为热闹之际，清客牛玉圃也向主人凑趣：“雪翁，徽州有一位程明卿先生是相好的么？”岂料他这诚心诚意的献媚却戳痛了“雪翁”的疮疤，当众抖出万雪斋是程明卿的“书僮”老底来。于是，一场吹捧的闹剧哑然收场，满座为之不欢，读者却为之喷饭。吹捧者的主观意愿与吹捧后的客观效果极为不协调，作者逼真地予以描绘，就形成强烈的讽刺。

吴敬梓常常用夸张的手法，突出描写否定人物的奇特外貌，从而鞭辟入里地表现他们灵魂的丑恶。他们矫揉造作的外表，常常是内心空虚的流露。具有“管、乐的经纶，程、朱的学问”的权勿用，一副怪模怪样，宦成奉主人之命前去邀请他，首先映入眼帘的是一顶“高白夏布孝帽”。及至他应邀来到湖州，刚进城门，这顶表示他“热孝在身”的帽子却被卖柴的尖扁担挑走。奇特的穿着遇上奇特的动作。在作者的戏笔中却寓有深意：权勿用哪里在守“孝”！请看下文，娄三、娄四宴请时，他虚伪地说：“居丧不饮酒”，但“肴馔也还用些”；后来又因被人告发曾奸拐霸占尼僧心远一事而锒铛入狱。在佃户何美之“浑家”的眼中，范举人夫人的外貌是：“一双红镶边的眼睛，一窝子黄头发……而今弄两件‘尸皮子’穿起来，听见说做了夫人，好不体面！你说那里看人去！”这样描写举人夫人的外貌，实际上也就流露了对举人身份的不敬。马二的迂腐、空虚，通过他对匡二的劝导表现出来，他劝匡二要“以文章举业为主，人生世上，除了这事，就没有第二件可以出头。……只是有本事进了学，中了举人、进士，即刻就荣宗耀祖，这就是《孝经》上所说的‘显亲扬名’，才是大孝，自身也不得受苦”。这种夫子自道，说得越恳切，人物的灵魂也暴露得越深刻，而作者对科举制度毒害世人的鞭笞也就越发有力。

吴敬梓还经常描写出一个人的崇高的谈吐与卑污的行为，从而使之在对比中产生浓郁的讽刺意味。杜慎卿纳妾，偏偏说成是“为嗣续大计”；寻男色，又说成是“独得情之正”。严贡生自我表彰“为人率真，在乡里之间，从不晓得占人寸丝半粟的便宜”，但却拦劫猪只，讹诈钱财，逼占弟妇财产，强赖船伕力资，刻剥家人奴仆，到处招摇撞骗，无所不为，无恶不作。秀水县差人，口口声声说：“我们公门里好修行……怎肯坏这个良心？”却执定要敲诈蘧公孙“三二百两银子”。作者如实地描绘出他们的言行不一，也就将他们的丑恶本质暴露无遗，产生了强烈的讽刺效果。这种手法在小说中运用得最普遍，随处可见。范进的“遵制丁忧”、荀玫的“递呈丁忧”，言与行都全然相背，自然形成绝妙的讽刺。

《儒林外史》的回目与正文，是经过作者精心安排的，两者相互配合起着多方面的作用，而讽刺效果也是一端。匡超人从乐清逃来杭州，结识了赵雪斋这一批西湖名士；之后才去拜访他的恩人潘保正的房分兄弟、“现在布政司里充吏”的潘三。十九回回目大书“匡超人幸得良朋”，作者宁愿把兜揽公事、私刻印章、买卖关节、广放私债的恶吏称为“良朋”，可见得他对西湖名士的憎恶更在恶吏之上。此一回目，也就极为有力地配合正文，讽刺那些假名士。鲍文卿临死虽然叮嘱儿子廷玺不必等满服就娶一房媳妇，但作者对廷玺未能守制极为不满，二十六回回目大书“鲍廷玺丧父娶妻”，大加斥责。但正文中却没有正面指责此事，只是描写廷玺的言谈行事，逐步变化，完全违背其父文卿做人之道，成为一个帮闲清客，作者用语也就多含讥刺。盐商方老六与权卖婆站在尊经阁上一处说笑，“权卖婆一手扶着栏杆，一手拉开裤腰捉虱子，捉着，一个一个往嘴里送”。作者在正文中突出这一丑恶的画面，予以辛辣的讽刺；回目则为“方盐商大闹节孝祠”，用一“闹”字，就将正文中的讽刺转化为严峻的谴责。回目与正文，两两掩映关照，烘托出否定人物的丑恶，达到讽刺的目的。

前倨后恭与前恭后倨这两种截然不同的态度，正反映了封建社会中人与人之间世态炎凉的关系。吴敬梓极善于摄取前后不同的镜头来入木三分地鞭笞那些势利小人。二“进”在发迹前受尽冷落，而一旦飞黄腾达，不是亲的也来亲。范进中举前，张静斋足迹从未到过范家草屋，一旦范进成了举人，张静斋立即乘轿来拜，既送银子，又送房子。胡屠户再也不骂这个“尖嘴猴腮”的女婿，而是口口声声“贤婿老爷”。老童生周进受尽了秀才梅玖的奚落、挖苦，但国子监司业周进却赢得梅玖如神般的敬重，连他当年在观音庵教私塾时写的对联，梅玖也要和尚“揭下来裱一裱”珍藏起来。反之，在不明白对方身份或有求于对方时，先是诚恳恭敬，而后又倨傲无礼。牛浦郎初次见到牛玉圃，为他装模作样的气势所慑，作揖下跪，认作“叔公”。跟随日久，渐知底细，却让他在其衣食主人万雪斋前出丑，被撵出万家，连清客也做不成。匡超人逃至杭州时，对潘自业也曾“作揖行礼”，“欢喜之极”，潘三则帮他攒钱成家，一旦考取内廷教习，潘三事发入狱后，要会他一面“叙叙苦情”，他竟然毫不理会。作者对他的憎恶较之潘三更为强烈。而这种强烈的憎恶则是通过描写他前后不同的态度表现出来的，这也是一种极富讽刺意味的手法。

一个特写镜头，闪光似地将讽刺对象的丑恶显现出来，让他们当场出丑，这是《儒林外史》中常见的一种讽刺手法。西湖名士支剑峰吃得酩酊大醉，口称"谁不知我们西湖诗会的名士"。正在手舞足蹈，高兴万分，前面却来了盐捕公府，立即叫人将巡商支锷"采过他来"，"掳去"他冒充士人的方巾，"一条链子锁起来"。秦中书的宴席上高朋满座，饮酒演戏，一片欢乐，"大门口忽然一棒锣声"，就在这欢乐的宴席上，将假冒中书的万里"锁了出去"。吴敬梓常常在他们兴头上浇下冷水，让他们显出原形。有时吴敬梓对他所要讽刺的对象，有意不让他们的丑恶嘴脸一下子暴露出来，而是先轻描淡写地提上一两句，再像剥春笋似地层层剥露，逐步展现他们的丑恶本质。对匡超人的讽刺是从他拜马二先生为"盟兄"开始的，当时他流落杭州摆摊拆字，马二先生帮他银子，送他衣服，赠他书籍，让他回乡事亲攻读，匡超人十分感激，"拜为盟兄"，心地忠厚的马二先生为之"大喜"。但此时匡超人才22岁，而马二先生已补廪二十四年，无论从年岁、学问、恩情来看，匡二也应该拜其为师，却只认为"盟兄"，作者此处只用一句话点出他为人"乖巧"、心性刻薄。然后才通过他的一系列表现，逐步地暴露他的丑恶灵魂，最后竟然攻击起恩人马二先生来，说他"理法有余，才气不足"。写胡三公子的吝啬也是先淡淡地写一句，他将为祝寿者所设的宴席由"两席改作三席"，一句话已透露了他的悭吝性格，然后才写他因"出名的悭吝"，无人肯借地方让他饮酒作乐。他买鸭子要看肉厚不厚，买肉包子又嫌贵，吃剩的"骨头骨脑"一齐装走，从而淋漓尽致地表现了他的吝啬性格。这两种手法，各有千秋，却都能曲尽其妙地达到讽刺目的。

吴敬梓还善于随意点染人物周围的有关事物，或者联系他们过去的遭遇，烘染、衬托人物的性格，取得强烈的讽刺效果。周进见到山东贡院的"号板"，勾引起长年屡困场屋的积愤，一头撞在号板上，不省人事；范进考了二十余次，得到周进的识拔才中了举人，一见报帖，由悲而喜，喜极而疯，一跤跌倒，也是不省人事。一喜一忧，一哭一疯，均由与科举有关的事物号板、报帖引起。鲁小姐闺房中，"晓妆台畔，刺绣床前"，全摆了八股文章，其人的心愿、志趣不问可知。杨执中客座中对联是"三间东倒西歪屋，一个南腔北调人"，颇有"名士"腔，可是对联上又有一个报帖，上书"捷报贵府老爷杨讳允，钦选应天淮安府沭阳县儒学正堂"，却露出了腐儒气。这样的对联与报帖放在一起极为不伦不类，但却正表现了“老阿呆”不三不四的性格。有时，突出人物褊陋狭隘的经验，让他们根据自己的理解去吹嘘他们并不熟悉的事物，从而出尽洋相，也成为绝妙的讽刺。五河县余殷为了吹捧乡绅彭老四如何有声势，与皇帝如何亲近，居然说：“彭老四点了主考了。听见前日辞朝的时候，他一句话回的不好，朝廷把他身子拍了一下。”别人笑他缺少常识，他还是红着脸强辩“然而不然”。牛浦郎吹嘘他骑着驴子一直骑到安东县董老爷的暖阁上，“走的地板格登格登的一路响”；这与王太太吹嘘她当年嫁入王家的威风，四个家人婆娘“把头在地板上磕的扑通扑通的响”，有异曲同工之妙。此外，如夏总甲、匡超人、汤六之流，都爱吹牛，也都是从一己之生活经验，吹嘘未见之排场，作者冷冷着笔，读者却为之捧腹。

《儒林外史》的讽刺手段极为丰富多变，绝不限于以上所举。鲁迅称它为“诚微辞之妙选，亦狙击之辣手”，是非常切当的。

（部分段落发表在《光明日报》1980年8月27日，全文收入《吴敬梓研究》，上海古籍出版社1984年版）

谈《儒林外史》的景物描写

文学作品是借人物形象的塑造以反映社会生活的。塑造人物形象的方法极为丰富多样，在这个领域内，每个作家有充分的自由进行选择和驰骋才能的广阔天地。而景物描写也是表现人物性格的一个重要手段。评价一部文学作品景物描写的成败，也取决于它是否能渲染人物性格、烘托作品思想主题。这个道理，在今天已是众所周知的文学常识，然而在半个世纪以前，并非人人都懂得，甚至专事文学创作和研究的学者也并非全然清楚，例如胡适就如此。

胡适对于我国古典小说的考证、评论做过不少工作，他的一生成果一直被后人所引用。但是，在他的考证和评论中，也存在不少缺点和错误。对于中国古典小说中的景物描写，他基本上持否定态度，说"描写风景的能力在旧小说里简直没有"，即连像《西游记》、《红楼梦》这些杰出的小说中的景物描写，他也不予肯定。这种观点在他评价《儒林外史》的景物描写时，也同样表现出来。他说："写西湖只说'真乃五步一楼，十步一阁；一处是金粉楼台，一处是竹篱茅舍；一处是桃柳争妍，一处是桑麻遍野'。"也"只是用几句烂调的四字句，全无深刻的描写"，予以全盘否定。但是，他对于王冕在七泖湖放牛、学画的一段景物描写，却又充分加以肯定。他说："只有《儒林外史》第一回里有这么一段：'王冕放牛倦了，在绿草地上坐着。须臾，浓云密布，一阵大雨过来了。……湖里有十来荷花，苞子上清水滴滴，荷叶上水珠滚来滚去。'在旧小说里，这样的风景描写可算是绝无而仅有的了。"[①] 胡适之所以否定前者而肯定后者，就是因为前者只是用四字句的"烂调"，而后者却是用"活文字"写的。这种评价标准，正是形式主义文艺观的表现，既不恰当，也不公允。他不了解吴敬梓笔下的景物描写，之所以出现如此的不同，正是为了表现人物性格的差异，是值得称道而不应该诟病的。

---

① 以上所引均见胡适《〈老残游记〉序》。

七泖湖在我国山水名胜中并不著名，可是它的雨后景色，在王冕看来却十分清新可爱。而被历史上许多诗人再三吟咏的“湖上四时无不好”、“淡妆浓抹总相宜”的西子湖，在马二看来只不过“一边是江，一边是湖，又有那山色一转围着”而已。这种截然相反的情况就表明：自然景色的美虽是客观存在，但要能欣赏它的美，却有待于不同人物主观的审美能力，有待于欣赏它的人的心灵的美。费尔巴哈曾经说过：“如果我的灵魂的审美力是坏的，我怎能感觉到一幅美的图画是美的呢？”[①]欣赏美的图画如此，欣赏美的自然景色也同样如此。别林斯基曾说过：“记述大自然之美的作品是创造出来的，不是抄袭而成的；诗人从心坎里复制大自然的景象，或是把他所看到的东西加以再创造。无论在哪一种情况下，美都是从灵魂深处发出的，因为大自然景象不可能具有绝对的美；这美隐藏在创造或者考察它们的那个人的灵魂里。”[②]《儒林外史》中所描绘的七泖湖和西子湖的景色，可以说也是从王冕与马二的“心坎里复制”出来的，它们“隐藏”在这两个欣赏它的人的“灵魂”里。

同样秀丽的湖光山色，但由于欣赏的人不同而呈现不同的景色，这正表现了欣赏的人的“心灵”的差异。因之，通过作品中人物对自然景色的感受，可以表现出人物的思想情趣。对王冕来说，置身于七泖湖畔，就好像“人在图画中”，就惋惜“没有一个画工，把这荷花画他几枝”；对马二来说，徜徉在西子湖边，只要“看得见西湖、雷峰一带”，连“湖心亭都望见”，他就“心旷神怡”，就赞叹：“真乃‘载华岳而不重，振河海而不泄，万物载矣’！”放牛时的王冕，年纪还轻，又生活在农村大自然中，还未曾受到封建社会恶浊的习俗所侵染，在欣赏七泖湖雨后景色时，就想到“何不自画他几枝？”这样，从客体的七泖湖的自然美，到主体王冕的心灵美，就完全统一起来，达到情景交融的境界。卧闲草堂本批语便说“学画荷花，便有雨霁湖光一段”，“文笔异样烘染”。可见吴敬梓对于七泖湖清新可爱的景物描写，正是为了“烘染”王冕天真自然的思想情操。他的心灵美通过他所欣赏的自然美表露出来，两者都给读者以“清水出芙蓉，天然去雕饰”的观感。马二游西湖时，已经是一个“补廪二十四年”、“考过六、七个案首”、“只是科场不利”的老秀才，以选辑制艺为业，满嘴皮的《四书》、《五

---

① 〔德〕费尔巴哈：《十八世纪末——十九世纪初德国哲学》。

② 《别林斯基选集》第一卷。

经》，一肚子的八股文章。因而他赞叹西子湖的秀丽景色时，脱口而出的只是《中庸》中的几句话，由此可见他的“胸中仅容得高头讲章一部”，[①]这也正表现了他这个对自然美“全无会心”的“迂儒之本色”。[②]吴敬梓描写出王冕与马二眼中自然景色的差别，正是为了表现他们思想性格的迥异。对美的欣赏，是与人的心灵、文化修养乃至世界观有密切关系的。王冕眼中七泖湖的景色如此清新可爱，是因为王冕的心胸天真自然；马二眼中的西子湖景色如此黯淡无光，是因为马二的心灵蒙昧无知。吴敬梓真有一副“画工”（不，应该是画师）的本领，既描绘了自然景色，又表现了人物性格。

《儒林外史》的景物描写，还在对称之中有着变化，错错落落，颇具情致，构成一幅美的图画。娄三、娄四两公子归乡途中、访扬执中、大宴莺脰湖的景物描写，与杜慎卿登雨花台，寻来霞士、高会莫愁湖的景物描写，就两两相对，而又富变化。着墨虽不多，但都起到“烘染”人物思想情趣的作用，达到情景交融的境界。

（原载《美育》1982年第3期）

① 卧闲草堂本批语。

② 鲁迅：《中国小说史略》第二十三篇《清之讽刺小说》。

试就卧评略论《儒林外史》的民族特色

近年来对《水浒传》、《三国演义》、《金瓶梅》，《红楼梦》的回评眉批进行系统、深入研究的论文时有刊布，且有专著问世。唯独有关《儒林外史》回评眉批的论著则不多见，令人不无遗憾。其实过去对《儒林外史》进行批评的著述并不少，目前可见的就有嘉庆八年卧闲草堂本的回评，同治年间又出现天目山樵（张文虎）的评点和齐省堂增订本的眉批，齐省堂本基本上翻印卧本回评，但在若干回增加了一些回评，在各回中均另有眉批。而天目山樵本的评语，其立论角度与卧本大不相类，各有千秋。本文仅就卧本回评中有关《儒林外史》民族特色的文字，略加探讨。

如众周知，卧闲草堂本为五十六回本。其中写有回评的计五十回（四十二、四十三、四十四、五十三、五十四、五十五等六回则无回评），综计五十回评语，约一万五千余言，于作者的立意、人物的塑造、情节的安排、作品的结构、描摹的特色等各方面均有所涉及，其见解之精辟颇足称道，甚至在某些方面为“五四”前后一些学人所不及。

一

《儒林外史》人物性格的鲜明、突出，为历来研究者所肯定。而卧本评者更极赞吴敬梓在描写人物方面，具有“化工”本领，已臻“神似”之境．其所以取得如此高超的成就，他认为首先在于作者所描写的人物并非向壁虚构，而是在现实生活中所实有的，具有客观的真实性。卧评并举出闯荡江湖、依附权门的张俊民为例说明，“革囊一开，使阅者失笑，然书中正不乏此等人。凡讲势要，矜权贵，无非带假面吓鬼。作者正借一张铁臂引起无数张铁臂也。”这就指出了张俊民这一形象的真实性和典型性。其次，卧评还指出《儒林外史》中的主要人物，他们的命运又都与他们所生活着的社会分不开，他们的坎坷遭遇常常是当时的社会制度所造成。评者以倪霜峰为例说，“自科举之法行，天下人无不锐意求取科名，其实千百人求之，其得手者不过一二人；不得手者不良不莠，既不能力田，又不能商贾，坐食山空，不至于卖儿鬻女者几希矣。”这就比较中肯地指出了作者笔下人物形象的社会意义。正是由于《儒林外史》中主要人物形象具有的真实性、典型性和广泛的社会意义，才使得他们达到神似的境地，也才表现出作者的化工本领。再次，则由于作者对他所描写的人物在清醒认识的基础上，有着或憎或爱的深切感情，这才能使得他所描写的形象有血有肉、有哭有笑而栩栩如生。例如对严监生，作者尽管辛辣地嘲讽了他的吝啬，使之成为世界文学悭吝人画廊中有名的人物之一，但在描写他追念已逝的前妻时，却倾注了深挚的感情。卧评体察入微地指出：“除夕家宴，忽然被猫跳翻篾篓，掉出银子来，因而追念逝者，渐次成病。此亦柴米夫妻同甘共苦之真情，觉中庭取冷，遗挂犹存，未如此之可伤可感也。文章妙处，真是在语言文字之外，”评语中“取冷中庭”虽是借用《世说新语》“惑溺”篇中所记荀粲的故事，然而却包容了作者的亲身遭遇。在《减字木兰花》词中，吴敬梓就曾叹息“闺中人逝，取冷中庭伤往事”。正由于作者在塑造人物时倾注了自己的真情实感，才使得他笔下的人物有思想有感情，从而显示出“在语言文字之外”的神似“妙处”。在这一问题上，卧评实际上已涉及艺术形式（语言文字）和艺术形象（人物性格）之间的辩证关系了。艺术形象要依靠艺术形式来表现，但却应该突出艺术形象而不应该突出艺术形式。艺术形式只是表现艺术形象的手段。这正是中国古典美学的传统。吴敬梓以他的艺术形象、卧本评者以他的艺术分析体现了这一传统。

卧评还从各个角度对《儒林外史》人物描写的“神似”作了具体论述：如人物描写的生动性，卧评认为小说对严监生及王德、王仁的描写极其生动，说“看财奴之吝啬，荤饭秀才之巧黠，一一画出，毛发皆动”；描绘陈和甫，卧评说“写山人，便活画出山人的口声气息”；写堪舆士二余，卧评说“其妙处在于活色生香，呼之欲出，呆形呆气，如在目前”。这些评述，的确表明《儒林外史》中的各种人物，已臻“现身纸上、声态并作”的地步，又如人物性格的共性与个性，卧评认为作者能写出二者之区别，并以二杜为例评述道，“慎卿、少卿俱是豪华公子，然两人自是不同。慎卿纯是一团慷爽气，少卿却是一个呆串皮，一副笔墨，却能分毫不犯如此”。娄三、娄四虽是名士，但由于出身、际遇不同于一般士人，卧评即指出他们的个性，“虽是名士习气，然与斗方名士不同”。这些评论表明吴敬梓笔下的人物，虽都具有同类人物的共性，但又由于各种条件而具备鲜明的个性特征。再如人物性格的复杂性，卧评指出《儒林外史》中某些人物身上，偶尔也会出现一些不同于自己的一类人物的某些特性，在一定条件下，不同类别的人物之间也有可能相互熏染、彼此渗透。卧评以鲍文卿为例说明，“天下何尝不有士大夫而身为戏子之所为者，则名儒而实戏也。今文卿居然一戏子，而实不愧于士大夫之列，则名戏而实儒也。”复如人物性格的层次性，由于人物之间彼此身份、经历不同，形成利害冲突的程度也就有深浅，从而表现出人物之间的关系和人物性格上的层次性。凡此，都说明《儒林外史》中主要人物形象已臻于神似，吴敬梓刻画人物性格的“化工本领”绝不亚于世界文学史上任何讽刺大师。

《儒林外史》的人物描写，还有值得我们重视的特点，那就是作者虽然从各个方面去刻画人物，然而却绝少孤立的叙述描写，总是将人物性格的展现与故事情节的发展紧密地交织在一起。这显然是受到古代通俗小说传统的影响，具有明显的民族特色。我国最早的通俗白话小说是由说书人讲述的底本发展而来的，为了紧紧抓住听众的注意力，激发起他们的兴趣，因而必须十分重视故事情节的动人，在故事情节的发展中自然地展现人物性格。这就与一些外国小说不同，很少有与情节不十分密切的肖像描写和心理描写，也很少有关于人物生活背景的孤立介绍。但这并不意味着我国通俗小说中的人物活动脱离一定的环境、缺少时代气习，没有思想变化和心理活动，只是这一切大都是紧密地结合故事情节的发展而表露出来的。《儒林外史》也具有这些特点。例如，书中所写农村子弟匡超人本质原也不坏，但所遇非人，后竟沾染名士习气、受到举业毒害，以致蜕化变质。卧评即指出：“匡超人之为人，学问既不深，性气又未定。假使平生所遇皆马二先生辈，或者不至斗（陡）然变为势利熏心之人。无如一出门，即遇见景、赵诸公，虽欲不趋于势利，宁可得乎？蓬生麻中，不扶自直，苟为素丝，未有不遭染者也。”此论颇中肯綮，揭示了社会环境的转换对人物思想的变化具有很大的影响，也表明了故事情节的发展与人物性格的展现两者之间的辩证关系。

总之，卧评正确地分析了环境、时代、人物诸种复杂辩证关系，并且指出环境的转换、时代的推移、心理状态的变化，都是通过情节的发展而显露出来，绝少孤立的叙述、交代和描写。这正是我国通俗小说表现人物的特点，具有自己的民族特色。

二

《儒林外史》的结构样式颇具特色，然而却没有像它的人物描写那样，得到众口一词的赞扬。相反，在“五四”运动前后，却有人对它百般挑剔、一再非难。如《缺名笔记》中说：“《儒林外史》之布局，不免松懈，盖作者初未决定写至几何人几何事而止也。故其书处处可住，亦处处不可住。处处可住者，事因人起，人随事灭故也；处处不可住者，灭之不尽，起自无端故也。此其弊在有枝而无干。”胡适也一再否定、贬斥，说《儒林外史》“没有结构”，“没有布局，全是一段一段短篇小品连缀起来的；拆开来，每段自成一篇；斗拢来，可长至无穷”①。但是在这些不公正的评价发表之前，卧本回评中却已有对这部小说结构的精辟分析，值得我们重视。

首先，卧评认为这部小说是有结构的，说：“凡作一部大书，如匠石之营宫室，必先具结构于胸中，孰为厅堂，孰为卧室，孰为书斋灶厩，一一布置停当，然后可以兴工。”其次，卧评还进而认为它是长篇小说的结构，全书有开端（评语曰“起首”）；有发展（评语曰“递入”、曰“带出”、曰“夹出”、曰“引出”、曰“生出”等等）；有高潮（评语曰“大结束”、曰“结穴处”、曰“大总汇处”、曰“臻于泰山”、曰“八音繁会”）；有结局（评语曰“结束”）；有尾声（评语曰“余文”、曰“流风余韵”）。评者认为全书的“起首”是夏总甲的故事；一组组不同的人物、故事的转换，则是情节的发展；高潮在于祭泰伯祠；王玉辉凭吊颓败的泰伯祠，则是结局；主祭虞育德离开南京后的情节，是全书的尾声。由此出发，卧评充分肯定了这部小说完整而严密的结构，称赞作者的艺术才能如“国手布子，步步照应”，赞叹这部小说的“布局之妙，莫与京矣”。这与后来以胡适为代表的某些学人的非难正好形成尖锐的对立。

胡适对《儒林外史》结构样式的贬低，是以某些西洋小说的结构样式为标准出发的。他曾说过《二十年目睹之怪现状》在结构上之所以胜过《儒林外史》，

① 胡适：《五十年来之中国文学》，《胡适文存》二集卷二，上海亚东图书馆排印本。

是由于“吴沃尧曾经受过西洋小说的影响”[1]。这无疑是一种偏见。其实在外国小说中，类似《儒林外史》结构样式的作品也并不少见。例如俄国作家契诃夫所著的一部长篇小说《我的朋友们的生活故事》，便与《儒林外史》的结构相类似。

尽管在外国小说中也存在类似《儒林外史》结构样式的作品，但它们与《儒林外史》的结构并不全然相同。《儒林外史》的结构样式，虽然在不受时空限制、扫描角度比较广阔、可以容纳更多的人物等等方面，与外国作品中所谓“开放式”的结构有某些类似，但在安排情节上，它却很少运用那种跳跃式的、多线索的手段，而是按照我们民族的审美习惯，尽量在有限的篇幅内集中地组织几段情节，表现几个人物的主要性格，力求故事情节的连贯、人物形象的完整。例如写王太太的为人心性，作者是通过金次福、沈天孚、沈大脚三人先后的叙述、逐步展现的。卧评对此有极精到的剖析，说：“金次福初来说亲，其于王太太盖略得其概，故但能言其奁资之厚、箱笼之多。盖此事已七、八年，而次福新近始知之，其意不过怂恿成局，以图酒食而已，本无他想。沈天孚即能知其根底，是以历历言之，然犹是外象三爻。至沈大脚然后识其性情举动，和盘托出。作三段描写，有前有后、有详有略。”在这之后再紧接着写她被鲍廷玺娶进门来的“许多疙瘩事”。经过作者这样的安排，就把王太太一心想嫁个举人的心理状态和行事言谈，描摹尽致，烘托而出，从而深刻地抨击了科举制度的无穷流毒。作者这种表现手法十分高明，确如卧评所说“真非锦绣之心，不能布置”。其他如有关二王（王德、王仁）、二严（严大位、严大育）的情节，也大都如此组织。不仅对否定人物，即使对肯定人物，作者也常运用这样的艺术手段，如王冕、迟衡山、庄绍光等。卧评认为这种写法，“正是量体裁衣、相题立格，有不得不如此者耳”，也就是说安排情节、描写人物的艺术手段，是受作者的创作意图支配的。总之，吴敬梓在安排情节时，不能不受到我国通俗小说传统的影响，不能不考虑到民族的审美习惯，尽可能地相对集中、前后连贯，转换自然，从而在小说的结构艺术上带有自己的民族特色。

但是，这并非说《儒林外史》的情节展现没有波澜起伏，人物性格的发展没有曲折变化。卧评特别举出二娄访问杨执中的一段描写为例，说：“文章最嫌直率，假使两公子驾一叶之扁舟，走到新市镇，便会见杨执中，路上一些事也没有，岂非时下小说庸俗不堪之笔墨，有何趣味乎？”认为要使读者感到“趣味”就不

---

① 胡适：《五十年来之中国文学》，《胡适文存》二集卷二，上海亚东图书馆排印本。

能“直率”为文，而要能“炉锤在手，花样生新”，具有“千变万化”的手段，才能强烈地吸引和感染读者。对于吴敬梓组织情节的高超的艺术手段，卧评从多方面予以概括、总结。如“罗络勾连”，小说中写周进吃斋引出梅玖谈梦，又由梅玖之梦掩映王惠之梦，从而生发出一系列的故事，逐个转递、深入发展，卧本评道“文章罗络勾连，有五花八门之妙”。由于《儒林外史》是由许多不同的故事组成的，因而就特别需要这种“罗络勾连”的艺术手段。又如，“极平实的文字”却有“极奇突的峰峦”，当邹吉甫为杨执中做好一切准备，专等娄三、娄四两公子光临时，忽然听到叩门声，以为必是两公子驾到，岂料开门一看，却是“一个稀醉的醉汉”——杨执中的二儿子杨老六，颇出读者意料之外，但却刺激了读者的“趣味”。这也就是说，作者组织情节的高明手段，能让读者在不知不觉中沿着情节的发展变化感受到美的享受和满足。又如，“虚实衬托”，安东知县向鼎受理活杀父命、毒杀兄命、谋杀夫命三件命案时，作者并没有三案同写，而是如卧评所说“两虚一实衬托妙无痕迹”。这样写来既节约了文字，又使得情节繁富、紧凑而不单调、拖沓。复如，“同而不同”，在小说中常常出现类似的情节，但写法并不雷同，吴敬梓颇能写出类似情节的不同之处，使读者一直保持新鲜的艺术感受。如三湖之会同是名士聚首，而莺脰湖之会表现了二娄的“轻信而滥交”；西湖之会表现了斗方名士的“酸气逼人”；莫愁湖之会则是“一部燕兰小谱”，写法却绝不相犯，各具个性，各有千秋。

除了上述常用的艺术手法之外，卧评中还提到“返对”、“对照”、“倒摄”、“掩映”、“照应”、“映带”等等组织情节的手段，这里就不一一评论了。总之，从卧评这些分析中，我们可以明白鲁迅所说《儒林外史》的“变化多而趣味浓，在中国历来作讽刺小说者，再没有比他更好的了”①。这一论断，是有充足的根据的。

三

卧评还论及《儒林外史》的描写艺术，其见解也同样反映了这部小说在描写上的民族特色。即使在18世纪以前的外国小说中，也很少运用描写手段，巴尔扎克在评论司汤达的《巴马修道院》时就说过，18世纪的小说（勒萨日、伏尔泰

① 鲁迅：《中国小说的历史的变迁》，《鲁迅全集》卷九。

等人）几乎不知描写为何物，直到 18 世纪以后，描写才成为叙事文学中的一个重要艺术手段，而被作家们广泛运用[①]。

在我国古代通俗小说中，描写手段也曾被作家们所运用，与 18 世纪以后的外国小说中的描写成分相比较，分量不多然而并非付之阙如；同时无论在描写景物或描摹人物方面，都具有鲜明的民族特色。

胡适从 18 世纪以后的外国小说中有大量的景物描写的观念出发，曾一再激烈地否定或贬低我国古代小说中的景物描写。而对《儒林外史》，他一方面肯定“第一回里有这么一段：‘王冕放牛倦了，在绿草地上坐着。须臾，浓云密布，一阵大雨过来了。……湖里有十来枝荷花，苞子上清水滴滴，荷叶上水珠滚来滚去。’在旧小说里，这样的风景描写可算是绝无而仅有的了”；但另一方面又指责马二游西湖的一段景物描写，说“写西湖只说‘真乃五步一楼、十步一阁；一处是金粉楼台，一处是竹篱茅舍；一处是桃柳争妍，一处是桑麻遍野’。”也只是四字句的烂调，这种欲抑先扬的批评，正说明胡适并不明白文学作品中景物描写的意义。自然景色的美是客观存在，但要能欣赏它的美，却有待于欣赏它的人的心灵的美。文学作品中通过人物对自然景色的不同感受，正可以表现人物性格的各自差异。王冕对七泖湖自然美的欣赏，正是他自身心灵美的流露，主客体完全统一，达到情景交融的境界。卧评对此颇有体会，说“学画荷花，便有雨霁湖光一段”，“文笔异样烘染”。而马二引用《中庸》中的几句话赞美西子湖的秀丽景色，正表明他这个对自然美“全无会心”的“迂儒之本色”（鲁迅语），也如同卧评所说，其“胸中仅容得高头讲章一部可知”，由此可见，卧本评者颇懂得景物描写的意义，他对小说中关于雨花台景色的描写就曾评道：“写雨花台，正是写杜慎卿。”则更直截了当地说明写景正是为了写人。这样的见解的确要比胡适的言论高明多了。

卧本评者认为吴敬梓描写景物的本领还有特别值得称道之处，那就是作者常常在自然景色的描写中融合进各地的风俗人情。评者说：“书中如扬州、如西湖、如南京，皆名胜之最，定当用特笔提出描写，作者用意已囊括《荆楚岁时》、《东京梦华》诸笔法，故令阅者读之，飘然神往，不知其何以移我情也。”这就一语道破我国古代通俗小说景物描写的民族特色。南朝梁宗懔所撰的《荆楚岁时记》，记叙了荆楚地区自元旦至除夕的民风习俗。南宋孟元老所著的《东京梦华录》，

① 参见〔匈〕卢卡契《叙述与描写》，《卢卡契论文学》，中国社会科学出版社 1980 年版，第 1 册。

追述了北宋都城汴梁的盛景，如内外城垣、河道桥梁、宫廷殿阁、街头巷尾、商店酒楼、杂技百戏等等。《儒林外史》中关于扬州的描写，就渗透进盐商骄侈的习俗；关于西湖的描写，就与当地男女同游的风俗人情、酒楼茶肆的繁荣兴盛糅合在一起；关于南京的描写，更是与秦淮河畔的金粉楼台、城里城外的人烟凑集、大街小巷的酒座茶社、聚宝门的粮食、淮清桥的戏班，以及中元节的崇佛活动等等相映成趣，形成一幅自然景色与社会风俗相统一的、极为和谐的画卷。这样的景物描写确实是我国古代通俗小说的特色，在《儒林外史》之前、之后的小说中都可见及，卧本评者能指出这一特色，亦不失为一种灼见。

此外，卧评还一再肯定《儒林外史》的白描手法。如对于牛浦郎的自我吹嘘，卧评指出牛浦郎“刮刮而谈，诌出许多话说。书中之道士不知是谎，书外之阅者深知其谎，行文之妙，真李龙眠白描手也。”李龙眠即北宋画家李公麟，公麟擅画人物、佛道神像，多用线描而不设色，笔法如行云流水，生动异常，故被人称为“白描”。此处以李公麟喻吴敬梓，正形象地说明了《儒林外史》一书在艺术上的“白描”特点。

卧评还指出《儒林外史》“白描”的特点是“直书其事，不加断语”。在评论汤奉宴请张师陆和范进的一节谈话时，卧评即指出：“席间宾主三人侃侃而谈，毫无愧怍，阅者不问而知，此三人为极不通之品。此是作者绘风绘水手段，所谓直书其事，不加断语，其是非自见也。”文学作品中“直书其事，不加断语”的白描手法，与绘画艺术中的不设色极为类似，也正体现了我国古代通俗小说的民族特色。而这一特色又与整个人类的艺术创作规律并不相悖，恩格斯在《给敏娜·考茨基的信》中，曾经高度地概括了现实主义创作的一条重要经验，他说：“我认为倾向应当是不要特别地说出，而要让它自己从场面和情节中流露出来。”《儒林外史》中许多精彩的讽刺、深刻的抨击，正是从作者所具体描写的场面和情节中极其形象地呈现出来的，即卧评所谓的“直书其事”，而作者并没有特别地说出，即卧评所谓的“不加断语”。

但是，任何民族的艺术经验都是丰富多彩的。《儒林外史》中虽然大量存在“直书其事，不加论断”的白描，却并不妨碍作者在某些场景和情节的描绘之后，直接对他所反映的生活断面予以评价，以强化故事情节和人物形象所表露的现实意义以及作者的批判态度。这种由作者直接出面的插说，在《儒林外史》中也并不少见，如第二回中对秀才之中又有“小友”、“老友”的区分，作者在比之为“新娘”、“奶奶”之中就夹杂着辛辣的嘲讽。第七回中在说明“明朝的体统”时，辞气之间就流露了作者对这种“臭排场”的不满。五十三回中“话说南京这十二楼……自从太祖皇帝定天下，把那元朝功臣之后都没入乐籍，有一个教坊司管着他们”，在历史事实的叙述中，就谴责了“太祖皇帝”这种“桀纣之政”（天目山樵批语）。凡此等等插说，都对于作者所刻画的人物、所描写的情节起了一定的强化作用，倾泻了作者强烈的愤慨情绪，从而激发起读者同样强烈的感受。

这种由作者直接出面的插说，正是我国早期通俗小说作者惯常使用的一种表现手段。在宋元话本和明代拟话本中，就有说书人（作者）的插说，表明对他所说（所写）的故事、人物的看法，有褒有贬，或解释或补充。这一艺术传统，在后来的长篇通俗小说中也就被继承下来。对于吴敬梓来说，他运用这种插说手段，正表明他是接受了中国古代通俗小说传统的影响。因而就使得他所创作的《儒林外史》，也显示了我国的民族特色。

应该说明的是，本文肯定《儒林外史》的民族特色，只是针对那种否定我国文学中民族传统的虚无主义的偏见而言，并不是否认《儒林外史》在思想和艺术上尚存在的种种不足，更不是抱残守阙，拒绝接受其他民族艺术创作的宝贵经验。所谓艺术作品的民族化，无非是指作家审美意识中所渗透着的本民族的审美要求，其所创作的作品应能满足本民族的审美心理。但“任何一个民族的艺术都是由它的心理所决定的，它的心理是由它的境况所造成的”①。而一个民族的“境况”又是在不断变迁的，因此民族的审美心理、艺术创作的民族特色，也必然要随着社会生活的发展而发展。以《儒林外史》等优秀作品为借鉴，我们今天的文艺创作也需要根据时代的前进、生活的发展而不断丰富和发展自己民族的艺术传统。

（原载《社会科学研究》1984年第4期）

① 〔俄〕普列汉诺夫：《没有地址的信》，曹葆华译，生活·读书·新知三联书店1964年版。

试论吴敬梓的生活环境与《儒林外史》的地域特色

去岁承《艺术百家》主编王永敬约稿，以清代三部以南京为主要场景的传奇《秣陵春》、《桃花扇》、《秣陵秋》为题，撰写成《论清代三部以南京为场景的传奇》一文，阐述它们在递衍承传中所显示出来的地域特色。秋季交稿后刊于今年第1期。有20世纪80年代一同参加"南京文化"、"南京风味文学"讨论会的同道见此文后，鼓励笔者再对具有南京地域特色的名著作一些新的探索，并建议先从《儒林外史》着手，接受大家好意，便成此文，以就教于同道方家及广大同好。

一

作家生活的社会环境对其创作中所呈现出的地域特色有着极其重要的作用。法国文学史家泰纳（Hippolyte Taine）在其《英国文学史》"导论"中就将"环境"作为制约文学作品产生的三个条件之一（其余二者为种族、时代）。法国著名小说作家左拉（Emile Zola）在《论小说》[①]中说："我们认为人不能脱离他的环境，他必须有自己的衣服、住宅、城市、省份，方才臻于完成。"法国思想家狄德罗（Denis Diderot）更说"人物的性格要根据他们的处境来决定"[②]。其实这种见解，在我国文献中也屡有陈述，如班固《汉书·艺文志》有云："自孝武立乐府而采歌谣，于是有代、赵之讴，秦、楚之风，皆感于哀乐，缘事而发，亦可以观风俗，知薄厚矣。"代、赵与秦、楚各有其"讴"、其"风"。贾岛认为"骚者，愁也，始乎屈原"，由于"为君昏暗时，宠乎谗佞之臣，含忠抱素，进逆耳之谏不纳"

---

① 见《文艺理论译丛》第八册，人民文学出版社1964年版。

② 见《文艺理论译丛》第一册，人民文学出版社1958年版。

而被“放之湘南，遂为《离骚》经”，“乃变风而入于骚”[①]。白居易创作《秦中吟》，乃由于诗人在长安的生活体验而成，诗人在序中自言“贞元、元和之际，予在长安，闻见之间，有足悲者。因直歌其事，命为《秦中吟》”[②]。宋人刘宰在《书沈少白诗稿后》中云：“诗贵乎工，然非身更此境，不能为此语。杜子美久于羁旅，故语多凄切；韩退之洊游宾幕，故语多严整；陶元亮志在田园，故语多闲旷。”[③]明人胡震亨曾记：“余友姚叔祥尝语余云：余行黄河，始知‘孤村几岁临伊岸，一雁初晴下朔风’之为真景也。余家海上，每客过，闻海唑声必怪问，进海味有疑而不下箸者，益知‘潮声偏惧初来客，海味惟甘久住人’二语之确切。”[④]这种论说诗文创作与作者所生活的环境与具体的处境关系的见解可谓不绝于书。小说创作也如此，如曼殊《小说丛话》云：“小说者，‘今社会’之见本也。无论何种小说，其思想总不能出当时社会之范围。”[⑤]表述了小说创作与社会的依存关系。再以《儒林外史》创作而言，黄安谨在为其父黄小田批评《儒林外史》作序时，就开宗明义地指出“《儒林外史》一书”，“我皖南北人多好之，以其颇涉大江南北风俗事故”[⑥]。要指出的是黄氏原籍安徽当涂，后移居芜湖，他对《儒林外史》的批评颇为精辟，有许多见解值得重视，但也许出自乡邦桑梓之情，对安徽的风土人情常以赞赏之笔表述，而对外地社会人情、自然景色的批评则偶有欠公允之辞[⑦]。不过，他认为《儒林外史》一书“颇涉大江南北风俗故事”的见解还是值得充分肯定的，只是皖江、扬子江分别为长江之一段，有所谓上江、下江之分，仔细研读这部小说所涉及者则多为扬子江、即下江也即江苏境内的大江“南北风俗故事”。谓予不信，试作论析。

从篇幅看，《儒林外史》全书五十六回，从浙江写起，继而山东、广东、江西、江苏、安徽、陕西、四川等省区，并涉及南、北二京，各地在小说中所占的篇幅或云述及各地之回数，当以江苏为最多，浙江次之，而安徽则居第三。以江苏而论，

① 贾岛：《二南密旨》，《学海类编》本。
② 《白居易集》卷二，中华书局1979年版。
③ 刘宰：《漫堂文集》卷廿四，《嘉业堂丛书》本。
④ 胡震亨：《唐音癸签》卷十一，上海古籍出版社1981年版。
⑤ 《中国历代小说论著选》下册，江西人民出版社1985年版。
⑥ 黄安谨：《儒林外史评序》，见上海宝文阁刊《儒林外史新评》。
⑦ 参见拙作《新近发现的〈儒林外史〉黄小田评本略议》，《文献》1990年3月。

达五十一回之多，其中直接提及南京者（元至正十六年［1356］朱元璋以元集庆路为应天府；洪武元年［1368］称南京，十一年［1378］称京师；永乐元年［1403］仍称南京。应天府有属县八：上元、江宁、句容、溧阳、溧水、高淳、江浦、六合。入清以后，改应天府为江宁府，有属县七：上元、江宁、句容、溧水、高淳、江浦、六合［溧阳改属镇江府］）有二十四回（24、25、26、27、28、29、30、33、34、35、36、37、38、40、41、42、44、46、49、50、52、53、54、55），间接提及者有四回（1、20、22、28），又加清江宁府属六合县二回（31、34），累计多达三十回。扬州有七回（20、22、23、28、35、40、44），扬州府属之仪征六回（22、23、41、42、43、44），江都 一回（41），累计十四回。苏州有四回（23、27、48、51），属县常熟一回（36），累计五回。此外，叙及安东（今涟水）有二回（23、24）。叙及江苏者总计有五十一回之多，几占小说之全部。以浙江而言，也多达二十七回，杭州有九回（12、14、15、17、18、19、20、51、52）。嘉兴五回（8、10、13、14、52）。湖州四回（10、11、12、13）及属县德清二回（9、11）。绍兴一回（10）及属县萧山二回（12、13）。温州乐清三回（15、16、20）。台州一回（51）。而叙及安徽者则有十五回，其中有太平府属之芜湖三回（20、21、22），安庆三回（25、26、33），泗州所属天长三回（29、31、32），五河四回（44、45、46、47），庐州所属无为一回（44），徽州一回（48）。由此可见，江苏尤其是南京就成为《儒林外史》所叙及之主要地域。

从人物看，吴敬梓所塑造的理想人物，除“楔子”出现的王冕是浙江诸暨人以外，大多为江苏尤其是南京的士人、市民，如泰伯祠主祭虞育德为苏州府常熟县人，在南京任国子监博士；又如为祭祀泰伯祠“斟酌”礼乐的庄绍光是江宁府属上元（今南京市区）县人；发起和组织祭祀泰伯祠的迟衡山是江宁府属句容县（今属南京市）人，却长期在南京仓巷卢家任西席；装病辞荐的杜少卿虽是泗州所属天长县人，却已移居南京；国子监生武书亦是南京土著。当然，这些都是迟均所言“讲学问的只讲学问”一流的儒林学人；自然也有如同迟均所言“讲功名的只讲功名”一流的乡宦士绅，如讲究“揣摩”的高翰林也是江宁府属六合县（今属南京市）人；再如其亲家秦中书则为南京土著；又如兄弟失和的施御史同样是南京本地士绅；此外还有南京鼓楼街的薛乡绅等。至于寄寓着作者新的理想的“四客”——盖宽、季遐年、王太、荆元都是南京土著。市井人物中得到作者充分赞扬的如戏子鲍文卿为江宁县（今南京市区）人；杜少卿的管家娄焕文也是江宁县人；穷困潦倒方知为举业所困的倪霜峰也是南京人。至于远在陕西同官任知县而能扶危济困的尤扶徕也是南京人；而极其“义气”的“壮士”凤鸣歧也是江宁县人。自然，国子监生有伊昭、储信两个南京混子；南京梨园中也有不安本分的戏子钱麻子；寺院道观中也有势利之徒如老退居和尚；市井中也有无赖讹骗者如龙三、刻薄小人如鲍老太及其姑爷归某以及“喇子”王太太等等。总之，在吴敬梓笔下的理想人物或者否定人物中，江苏尤其南京籍贯的角色甚多，并且占据了《儒林外史》的主要篇章，他们的活动构成了小说的主要内容，而作者对他那个时代的审美认识也主要是通过这些人物表现出来的。

二

以江苏尤其是南京士人为核心，以他们在江苏尤其是在南京地区所生发的故事构成小说的主要情节，并在情节的发展中显示出作者所推崇的社会理想及其失败的过程，以及新的理想的产生及其对新的理想的犹疑彷徨的心态。这就是《儒林外史》的主要意蕴所在。

祭泰伯祠是《儒林外史》情节的重中之重，是体现作者礼乐兵农理想的重要篇章。尽管卧闲草堂本“此篇古趣磅礴”之评（三十七回评语）未见妥切；但卧评对作者的匠心所作出的评说则十分精到，三十三回评语说：“祭泰伯祠是书中第一个大结束。凡作一部大书，如匠石之营宫室，必先具结构于胸中：孰为厅堂，孰为卧室，孰为书斋、灶厩，一一布置停当，然后可以兴工。此书之祭泰伯祠，是宫室中之厅堂也。从开卷历历落落写诸名士，写到虞博士是其结穴处，故祭泰伯祠亦是其结穴处。譬如岷山导江，至敷浅原，是大总汇处，以下又迤逦而入于海。书中之有泰伯祠，犹之乎江汉之有敷浅原也。”综观全书，作者也确实如此着笔的。小说中各类士人大都不约而同、或前或后的向南京集中：主祭虞育德、倡议修祭者迟均、首先附议者杜少卿、亚献庄绍光、奔走联络者武书或是南京土著，或已定居南京。除这些人以外，正在扬州活动的一些名士诸如辛东之、金寓刘、郭铁笔、来霞士等人也在议论说“我们同在这个俗地方，人不知道敬重，将来也要到南京去”；选家萧金铉也从安庆前来南京找机遇；马纯上、蘧駪夫也自浙江来到状元境书店；在南京鼓楼街薛乡绅酒宴席上，还有两个“少年名士”即扬州的萧柏泉、采石的余和声；湖广的宗姬因拜会杜慎卿的缘故也到了南京，同为湖广人的卢信侯也因庄绍光之约“枉驾过舍”到了南京，他们都参与了祭泰伯祠大典。所谓祭泰伯祠的活动，是迟均发起的，他建议“盖一所泰伯祠，春秋两仲，用古礼古乐致祭。借此大家习学礼乐，成就出些人才，也可以助一助政教”。这一动议，立即得到杜少卿等人的赞许。虽然，从艺术表现的角度来看，祭泰伯祠大典的叙写并不成功，缺少艺术感染力，但作者却是以极其庄重、虔敬的心情着笔的。在大典进行之际，还安排一些“百姓，扶老携幼，挨挤着来看，欢声雷动”，甚至通过百姓之口说“我们生长在南京，也有活了七八十岁的，从不曾看见这样的礼体”云云。这正反映了此“礼”业已远离现实，但却是作者一度热衷的颜（元）李（塨）所倡导的礼乐兵农理想的体现。祭祀大礼甫行结束，季萑、辛东之、金寓刘回扬州，马纯上、蘧駪夫回浙江，萧金铉等人回安徽，宗姬回湖广，四散而去。甚至连主祭“真儒”“名贤”虞育德“在南京做了六七年博士”后也凄然离去。礼乐兵农的理想终于在喧哗一阵后又重归于寂灭。

但是，生活在南京的作者吴敬梓并未停止他的探索，在现实生活的冲击下，在历史发展的进程中，他原先信仰的礼乐兵农理想已经破灭，在小说即将结束之际，他对这一过程有所回顾与小结，并对未来的期望进行了新的探索，即回目中所说“述往思来”。司马迁在《史记·太史公自序》中云：“夫《诗》、《书》隐约者，欲遂其志之思也。昔西伯拘羑里，演《周易》；孔子厄陈蔡，作《春秋》；屈原放逐，著《离骚》；左丘失明，厥有《国语》；孙子膑脚，而论《兵法》；不韦迁蜀，世传《吕览》；韩非囚秦，《说难》、《孤愤》；《诗》三百篇，大抵圣贤发愤之所为也。此人皆意有郁结，不得通其道也，故述往事，思来者。”这些都说明作家的处境与其创作的关系。当然太史公所言大都从政治处境着眼，其实作家的生活环境同样影响其创作。屡困场屋的吴敬梓在其移家南京前夕，曾于雍正八年（1730）30岁时来游南京，写下《减字木兰花·庚戌除夕客中》词八首，叹息“家世科名，康了唯闻毷氉声”，产生了“秦淮十里，欲买数椽常寄此”的移家念头。此后不到三年，即于雍正十一年（1733）二月举家南迁，《买陂塘》

词序云："癸丑二月，自全椒移家，寄居秦淮水亭"，词中也有"偶然买宅秦淮岸，殊觉胜于乡里"之句。此时尽管正当壮年，却穷愁潦倒，所谓"臣之壮也，似落魄相如，穷居仲蔚，寂寞守蓬舍"。由此，追逐功名之念也渐次淡薄，终于在39岁生日时创作的《内家娇》词结尾，痛呼出"恩不甚兮轻绝，休说功名"！其后，生活日益拮据，乃至秋雨连绵之日，米价腾飞，居然"不食二日"[①]；严冬"无御寒具"，乃绕城而行，谓之"暖足"[②]。吴敬梓此时已无仕进之机遇，生活又极其困难。而《儒林外史》正是在此种处境中所创作的。其友人王又曾在他身后所写的《书吴征君敏轩先生〈文木山房诗集〉后》云："闲居日对钟山坐，赢得《儒林外史》详。"[③]更表明《儒林外史》这部杰作是在南京完稿的。因此，在礼乐兵农的社会理想倡导失败之后，他所关注的目光自然也投向南京的市井社会，从与其自身有所接触的小民中发现闪光的亮点，在对士人失望之余，又从小民中寻觅出新的理想人物，于是在小说即将结束之际，在"述往"的基础上"添"写"四客"以"思来"，在与"乡绅堂里，坐着几个席头，无非讲的是升、迁、调、降的官场，就是那贫贱儒生，又不过做的是些揣合逢迎的考校"知识阶层决裂之后，终于发现"市井中间，又出了几个奇人"，也就是季遐年、王太、盖宽、荆元。他们也都是南京本土所孕育出来的新人，如季遐年寄住在天界寺，该寺位于中华门外邓府山，为明代南京三大名刹之一；王太世代住在三牌楼以卖菜为生，虽然三牌楼现已为通衢，但地名仍旧；而观棋之妙意庵虽已颓圮，但乌龙潭今日依然为一公园；盖宽居住何条街巷，没有明写，但其与邻居出"南门"登雨花台，南门即中华门，南京老居民至今仍将中华门呼之为"南门"；荆元则在三山街开着裁缝铺，而三山街一带一直是商业中心，新中国成立后方始衰落，近年又渐趋繁华，至于他所前去弹琴的于老者所居住的清凉山，至今仍然是座"极幽静"的城市园林，与乌龙潭相去不远。吴敬梓移居的秦淮水亭位于淮青桥一带，与三山街临近；而清凉山、乌龙潭与吴敬梓生父吴雯延寄居的丛霄道院也相近。由此可见，这"四客"的活动处所与吴敬梓的生活环境相邻近，他们是市井社会中的人物，也就是说作者在小说中所表露出来的新

---

① 程晋芳：《勉行堂文集》卷六《文木先生传》。

② 顾云：《盋山志》卷四。

③ 王又曾：《丁辛老屋集》卷十二。

的理想依然源自南京这块土壤。

三

《儒林外史》涉及江苏尤其是南京的篇幅较多，其中南京籍贯的人物也多，他们的主要活动地也大多是在六朝古都展开的，作者的社会理想也主要是通过南京的士人和市民表现出来的。不仅如此，吴敬梓在小说中还十分鲜明地刻画了南京籍贯人物栩栩如生的性格。德国诗人歌德曾经指出，拉·封丹之所以被法国人尊敬，“那并不是因为作为诗人的业绩，而是因为他作品里显现出来的伟大的人格”[①]。《儒林外史》的南京地域特色也主要是表现在作者对南京籍人士的性格描写的成功。

在吴敬梓笔下，南京一些读书人有理想有抱负，力图做些有利于国计民生的事情；富有同情心，仗义勇为，助人危难；洁身自好，拒收不义之财；能认识到社会的发展变化，也能破除一些迷信。如迟衡山对杜少卿说，“你此番征辟了去，替朝廷做些正经事，方不愧我辈所学”；并表示自已也将发动“朋友”，“各捐几何，盖一所泰伯祠，春秋两仲，用古礼古乐致祭，借此大家习学礼乐，成就出些人才，也可以助一助政教”。又如庄绍光，嘉靖皇帝因“百姓未尽温饱，士大夫亦未见能行礼乐”而向他垂询“这教养之事，何者为先”，他便“把教养的事，细细做了十策”呈献上去。他们行事有准则，不愿攀富结贵，庄绍光宁愿不为官也拒绝“欲收之门墙”的大学士太保公的邀约，杜少卿也“正为走出去做不出什么事来”，“宁可不出去的好”而辞却征聘。他们又能洁身自好，当庄绍光被放归南京路过扬州时，“当晚总商凑齐六百两银子到船上送盘缠，那船已是去的远了”，一文不受。而为了支持郭孝子寻亲，他们却倾囊相助，郭孝子是投降宁王的王惠之子，“二十年走遍天下，寻访父亲”，此次在南京利涉桥上遇到武书，被武书引到附近杜少卿河房中去，少卿此际已落拓，手中拮据，但仍让妻子“替郭孝子浆洗衣服，治办酒肴款待”；虞育德不仅给同年、“南京的一位老名士”如今在陕西同官任知县的尤扶徕写信，托他照顾郭孝子，还取出十两银子让武书转交，并且特地声明“你去送与他，不必说是我的”；“杜少卿自已寻衣服当了四两银子”；“武书也到

① 《歌德对话录》，周学普译，商务印书馆1933年版。

家去当了二两银子”；庄绍光“也写了一封书子、四两银子送来”。当时郭孝子不肯受，杜少卿说“这银子是我们江南这几个人的，并非盗跖之物”，郭孝子方才收去。杜少卿所云“江南这几个人”是什么样的人物？他自己不好说，但武书对萧云仙介绍虞育德、迟衡山、庄绍光、杜少卿等“这几个人”时说道：“这边有几位大名家，素昔最喜赞扬忠孝的。”对武书所说的“忠孝”的理解，不可拘泥于字面。他们明知郭孝子是投降宁王、反叛朝廷的王惠之子，而倾力相助；他们明知萧云仙有功朝廷反被追赔，而对他在青枫城的“一番事业”，也“乐于题咏”等等，这体现的就不是一般意义上的“忠孝”观了。他们不同于南京一些当官的士人如高翰林、施御史、秦中书之流，迟衡山就明确表示“讲学问的只讲学问，不必问功名；讲功名的只讲功名，不必问学问”。实际上表明他们只论是非道理，不计功名利害。这一态度表现在各个方面，例如他们不信风水迷信，迟衡山就表明“那些发富发贵的话，都听不得”；武书还讥笑施御史兄弟二人为迁葬发家相争的丑态；杜少卿建言要“定一个法子”以杜绝任意迁坟。又如迟衡山就青枫城的环境变化所说的“前代后代，亦时有变迁的”，在一定程度上也体现了他的时代发展观。当然，他们的思想见解、学术才情，在那个时代是不会受到重视、得到重用的。在作者笔下，那一代人“也有老了的，也有死了的，也有四散去了的，也有闭门不问世事的”，虞育德主祭泰伯祠为嘉靖三十年，到“添四客”的万历二十三年，也不过四十年而已。但一代人业已逝去，所谓“那南京的名士都已渐渐销磨尽了”。

不过，在吴敬梓后半生所生活的南京“市井中间，又出了几个奇人”，他们已不是“名士”，作者理想所寄托的对象也随着他的生活实践而有了变化。“四客”中盖宽出身富家，不懂生计又喜济人，整日看书、做诗、画画，家道自然中落，靠卖茶为生。他原也神往“虞博士”时代，以为“那一班名士在”不愁吃不愁穿。其实虞博士也在终日为稻粱之谋的，现实的教训终于使得盖宽从心造的幻影中清醒过来，认识到虞博士等人所作所为也都是些“古事”了，“提起来”徒然“令人伤感”而已，最后被人请去教书，了此一生。但他的施恩不图报，洁身自好，安于贫困的品格，仍是令人钦敬的。季遐年、王太、荆元这“三客”与盖宽虽然在洁身自好、自谋生计方面有共通之处，但却有所不同：他们敢于傲视权贵，蔑视“国手”，不受拘束，自尊人格，以自己的一技之长谋求衣食，既不受“荣”，也拒绝受“辱”。吴敬梓通过这三客的塑造，探索出有别于封建时代一般士人的生活常轨，指明一条背离学而优则仕的生存途径，凭自己的技艺，谋求生活之资，不依赖统治阶级的恩赐，保持自己的人格尊严。这就是生活在市井中间的南京平民的代表人物所显示出来的可贵的性格，有着深厚的精神内涵和感人力量。

其实，南京市井小民的优秀品质还不仅仅体现在这四客身上，如戏子鲍文卿敬重斯文、为人厚道，“须是骨头里挣出来的钱才做得肉”的掷地有声的语言和坚决拒绝五百两说情银子的行为，令人钦敬无比。对比之下，五河贡生余特私和人命分得“一百三十多两银子”，就“欢喜”异常地“谢了州尊”。如此贡生的如此作为能称得上“孝悌君子”、能为人师表去任徽州府学训导么？收了贿银而“欢喜”，得了教官也“欢喜”，也就是说在钱、官面前就“欢喜”的训导能称得上“明师”么？这其实是作者皮里阳秋的讽刺，切不可就字面去认识和评价其人。又如凤四老爹敢作敢为、救人厄难，当然秀才万里假冒中书招摇行骗的行径并不值得肯定，然而他乃迫于“家下日计艰难”，不得不出此下策，较之高翰林、施御史、秦中书辈，他分明是“弱者”。在他的身份未曾暴露前，高、秦、施都欲与之结交，趋之唯恐不及，而一旦身份暴露，则拒之唯恐不速，幸亏凤四老爹仗义勇为，为之排忧解难，挨过官司。再如在天长杜府管理账目“三十年”的江宁县陶红镇人娄焕文，是少卿父亲的“知心朋友”，病重之际返回故乡之前，恳切地劝导少卿如何做人，如何做事业，并且“不要”杜少卿“又拿银子给我家儿子孙子”，平凡人物的平凡言行，无不透露出感人的品格。

此外，作为江南乡试所在，前来应试的士子既有扬州府属仪征县的纨绔子弟汤由、汤实，也有南京本地士子，特别难能可贵的是作者描写了南京士人倪霜峰“从20岁上进学，到而今做了三十七年的秀才”，终于觉悟到“就坏在读了这几句死书，拿不得轻，负不得重，一日穷似一日”，以致卖儿卖女，靠“修补乐器”的“手艺糊口”。这就是科举考试社会中广大不第士子的生活写照，虽已届垂暮之年，但能有此觉悟也非易事。作为六朝古都的南京，文化积淀深厚，即令升斗小民，也能领略山光水色，从自然风光中寻求心灵的休憩，小说中写到“两个挑粪桶的，挑了两担空桶，歇在山上。这一个拍那一个肩头道：‘兄弟，今日的货已经卖完了，我和你到永宁泉吃一壶水，回来再到雨花台看看落照。’”听到这两人的对话，杜慎卿不禁赞叹道：“真乃菜佣酒保都有六朝烟水气，一点也不差！”

自然，在南京的士人中既有做学问的迟衡山、庄绍光、虞育德、杜少卿等人，自然也有做官的高翰林、施御史、秦中书等人；在南京的市井小民中同样既有作者所肯定的四客、鲍文卿、凤四老爹等人，也有刻薄的鲍老太、泼辣的王太太等人。这是人类社会复杂性的表现，是任何一座城市也不能避免的现实状况。但是，吴敬梓毕竟在他的小说中以大量的篇幅塑造出一批南京人物形象，他们的身份不同，地位有异，但却具有值得肯定的品格，从而使得《儒林外史》这部“伟大”①小说具有同歌德所言的“伟大的人格”。

四

《儒林外史》不仅涉及江苏尤其是南京地区的篇幅较多，刻画的江苏尤其是南京士人、市民的形象亦众，而且通过这些人物表现了作者社会理想的倡导、破灭从而更新的过程。与此同时，也描绘了江苏尤其是南京社会生活的浮世绘，留下一帧 18 世纪上半叶的南都繁华图。

首先呈现在读者眼前的是都城的壮丽、市面的繁华、商业的兴隆、人气的旺盛，作者是这样描写的：

> 这南京乃是太祖皇帝建都的所在，里城门十三，外城门十八，穿城四十里，沿城一转足有一百二十多里。城里几十条大街，几百条小巷，都是人烟凑集，金粉楼台。城里一道河，东水关到西水关，足有十里，便是秦淮河。水满的时候，画船箫鼓，昼夜不绝。城里城外，琳宫梵宇，碧瓦朱甍，在六朝时是四百八十寺；到而今，何止四千八百寺！大街小巷，合共起来，大小酒楼有六七百座，茶社有一千余处。……到晚来，两边酒楼上明角灯，每条街上足有数千盏，照耀如同白日，走路人并不带灯笼。那秦淮，到了有月色的时候，越是夜色已深，更有那细吹细唱的船来，凄清委婉，动人心魄。……水西门与聚宝门相近。这聚宝门，当年说每日进来有百牛千猪万担粮；到这时候，何止一千个牛，一万个猪，粮食更无其数。……

自明代建都南京以来，商业、手工业空前兴盛，据中国历史博物馆收藏的明人所绘《南都繁会图卷》画图所呈现的南京商铺招牌有一百种以上，《儒林外史》

---

① 鲁迅：《叶紫作〈丰收〉序》，《鲁迅全集》第 6 卷《且介亭杂文二集》。

所叙写的情景正是用文字解释了这幅图卷。

其次，文教事业兴盛，尤其是夫子庙一带，为贡院所在地，素有“天下文枢”之称。附近的三山街状元境一带，书铺林立，如世德堂、富春堂、继志斋等等。杜少卿移家金陵之初，“走到状元境，只见书店里贴了多少新封面，内有一个写道：‘《历科程墨持运》，处州马纯上、嘉兴蘧駪夫同选。’”仪征汤由、汤实两个纨绔子弟曾来南京参加乡试，跟随的“两个小子”“一路打从淮清桥过，那赶抢摊的摆着红红绿绿的封面”，都是选家所选的“时文”。贡院在河北，河南为歌儿舞女聚集之所，如水袜巷中有戏子葛来官家。与淮清桥相近的利涉桥，停航码头上还有“招牌”，写着：“毘陵女士沈琼枝，精工顾绣，写扇作诗，寓王府塘手帕巷内。”可见卖字鬻文也如同手工艺一般可以公然上市销售，而且是“女士”为之。由于书铺林立，刻书也易，当然要由刻书者自行出资，如盱眙县人诸葛佑来到“状元境刻字店”，“有几百两银子要选文章”，想在南京“大都”“请一位大名下的先生”为之，他可“以附骥尾”。当然，如果像王玉辉那样，以为南京“有极大的书坊”，可以“逗着他们刻”自己所写的“三部书”，必然要失望的。正如同季苇萧要鲍廷玺劝说季恬逸回家乡时所说“南京这地方是可以饿死人的”。可见繁华的南京城对于一般士子来说也是“长安居大不易”的。

再次，《儒林外史》中还反映了南京戏曲活动的情况，无异是一份极为详尽的南京梨园史料。在吴敬梓笔下，南京梨园组织分布状况很清楚：“淮清桥是三个总寓，一个老郎庵；水西门是一个总寓，一个老郎庵。”吴敬梓的秦淮水亭就在淮清桥附近，而水西门距其生父吴雯延寄居的丛霄道院也不远，在他的生活环境中颇多演员戏子聚集的处所。所谓“老郎庵”是戏曲行业的同行组织，对演员戏子有统辖管制之权，由“世家子弟”任道长，“凡本行中有不公不法的事，一齐上了庵，烧过香，坐在总寓那里品出不是来，要打就打，要罚就罚，一个字也不敢拗的”；凡要演出，先在总寓内挂着的戏牌上“写上一个日子”约定。南京的戏班为数甚多，仅“门上和桥上”（指水西门和淮清桥）两处就多达一百三十余，淮清桥一带仅小旦就有十班之多。这些戏班都有名称如芳林班、三元班、灵和班等。他们有机会也会齐聚在一起做大规模的演出，如杜慎卿在莫愁湖就邀约了一百三十班梨园弟子演出，其中旦角就有六七十个，在演出活动中还评选“色艺双绝”的演员。士绅人家宴聚，也常请戏子唱堂会，如秦中书宴请万中书，就“发了一张传戏的溜子，叫一班戏”。鼓楼街薛乡绅家请酒，邀请了“淮清桥有一个姓钱的朋友”也即是戏子钱麻子，而钱麻子应酬颇为繁忙，“不得到”，高翰林立即感到极大的失望，连声呼道：“没趣，没趣！今日满座欠雅矣！”而从薛乡绅回答迟衡山的问话中得知士大夫与梨园中人“一席同坐”，“此风也久了”。但其实，演员的生涯也十分艰难，如鲍文卿病故后，他的戏班子“消折了本钱”，不得不到南京附近县城如盱眙、天长一带演出，因为“那里乡绅财主多，还赚的几个钱”。总之，《儒林外史》中对南京的戏曲活动作了生动的描写，不仅保存了南京梨园的史料，也烘托出作为历史名城南京的文化气氛。

复次，“南朝四百八十寺，多少楼台烟雨中”，唐代诗人杜牧在《江南春》中所描叙的景象，在《儒林外史》中有更为生动、细致的描写，在吴敏梓笔下，佞佛活动风靡全城：

> 转眼长夏已过，又是新秋，清风戒寒，那秦淮河另是一番景致。满城的人都叫了船，请了大和尚在船上悬挂佛像，铺设经坛，从西水关起，一路施食到进香河，十里之内，降真香烧的有如烟雾溟濛。那鼓钹梵呗之声，不绝于耳。……把一个南京秦淮河变做西域天竺国。到七月二十九日，清凉山地藏胜会，……南京人各家门户都搭起两张桌子来，两枝通宵风烛，一座香斗，从大中桥到清凉山，一条街有七八里路，点得像一条银龙，一夜的亮，香烟不绝，大风也吹不熄，倾城士女，都出来烧香、看会。

在《儒林外史》中，南京的一些庵观寺院可以接纳客人寄寓，如南门外老退居和尚声称“小房甚多，都是各位现任老爷常来做寓的”，对萧金铉、季恬逸、诸葛佑三人欲来租屋选书，根本看不上眼，而对豪门公子杜慎卿却谀媚有加。天界寺的和尚虽能容纳季遐年寄寓，却又设计为施御史的孙子哄骗他为其写字。南门外的僧官请客，“从应天府尹的衙门人到县衙门的人，约有五六十”，但却有男色“龙老三”来厮闹。杜慎卿又去桂花道院寻“男美”，延寿庵的师姑本慧居然能到妓院收“月米”。凡此种种，均表现出清净地出家人的肮脏处境和市侩嘴脸，即使在六朝古都，这种僧尼道姑也未曾绝迹。

此外，《儒林外史》中随处可见对六朝古都山山水水以及南京的社情民俗的描写，洋溢着浓郁的文化气息。登雨花台可以“望着城内万家烟火，那长江如一条白练，琉璃塔金碧辉煌，照人眼目”；放眼看去，莫愁湖的湖亭，“轩窗四起，一转都是湖水围绕，微微有点熏风，吹得波纹如縠”；至于玄武湖，“和西湖也差不多大。左边台城望见鸡鸣寺……园内轩窗四起，看着湖光山色，真如仙境”。小说中还有对乌龙潭、清凉山、秦淮河等景点的描写，这些绮丽的风光至今依然。新媳妇进门要烧鱼，外面客店请客不恭，殡葬活动大多在南门（中华门）外，乡试之年河房租价上涨，典房无银兑现则押金“干罚”，租房则要同时“付一个过房，一个押月”，这是“南京的风俗”。南京的“人事”——来往交际所馈送之礼物，在小说中也曾写及，戏班领班鲍文卿身份不高，应安庆知府向鼎之招从南京去安庆时，“买了几件南京的人事——头绳、肥皂之类，带与衙门里各位管家”。所谓头绳，乃是用纱线绞成，染成红色，可以扎辫子、包扎礼品，以示吉祥喜气，新中国成立前夕，犹有此风。而庄濯江的身份不同，赠送的对象又是杜少卿，因此端午节礼则是“一尾鲥鱼、两只烧鸭、一百个粽子、二斤洋糖，拜匣里四两银子”。所谓“洋糖”即精制的白糖，旧时也以此为馈赠之品，笔者幼时尚见此风，也有“洋糖”之称。总之，《儒林外史》中所显示的南京地域文化的特色十分浓郁，南京的读者读来会感到分外的亲切。

五

《儒林外史》中之所以有着浓郁的江苏尤其是南京的地域特色，应该说是审美主体与客体完满结合的产物。

吴敬梓出身于全椒望族，但及其身业已衰落，尤其是他所隶属的一房更甚，童年丧母、出嗣，备受各房冷落甚至欺凌，积忿甚深，在《移家赋》中曾自言：“梓少有六甲之诵，长余四海之心，推鸡坊而为长，戏鹅栏而忿深。”其童年生活自无乐趣可言，金榘在《为敏轩三十初度》[①]中曾回忆13岁时吴敬梓的生活情景，有“不随群儿作嬉戏，屏居一室如僧庵”之句。14岁时嗣父吴霖起赴任江苏赣榆县教谕，他随之前来。滨海县城的生涯一洗其蛰居内地城镇的窒人郁闷，从而襟怀开阔，意气风发，在他所创作的《观海》诗作中有充分的表现：

> **浩荡天无极，潮声动地来。鹏溟流陇域，蜃市作楼台。齐鲁金泥没，乾坤玉阙开。少年多意气，高阁坐衔怀。**

---

① 金榘：《泰然斋集》卷二。

在赣榆，一直生活到22岁时因吴霖起"去官"而回归故乡全椒。但在赣榆期间，吴敬梓曾来往于大江南北，来南京的目的则是探视其寄居在虎踞关旁丛霄道院的生父吴雯延。当然，同时也曾游览了六朝古都、秦淮胜景。在其后移家南京时所写的《买陂塘》词作中就曾回忆了这段经历，有"少年时，青溪九曲，画船曾记游冶"，并由衷地发出"江南好"的赞赏之词。回到故乡后又遭际族人的夺产，社会的鄙视，在《移家赋》中慨叹"兄弟参商，宗族诟谇"，倾诉了对全椒社会势利的厌恶，"侯景以儿女作奴，王源之姻好唯利。贩鬻祖曾，窃赀皂隶"；叙写了与乡人交恶的经历，"至于眷恋乡人，与为游处，似以冰而致蝇，若以狸而致鼠"，最后又无比愤怒表达出欲"见几而作，逝将去汝"的绝决态度。同时，他又回忆起多次来游南京的经历，尽情地赞美了这座东南大都会，有云"金陵佳丽，黄旗紫气，虎踞龙盘，川流山峙，桂桨兰舟，药栏花砌，歌吹沸天，绮罗扑地，实历代之帝都，多昔人之旅寄"，"爰买数椽而居，遂有终焉之志"。及其卒于扬州，也要归葬金陵，金兆燕在《甲戌仲冬送吴文木先生旅榇于扬州城外登舟归金陵》[①]长诗结尾时就写道："生平爱秦淮，吟魂应恋兹。"

吴敬梓对南京的深厚"情结"不仅仅在六朝山水之间，而是意欲在南京有所作为。同为原籍安徽而定居金陵的学人程廷祚，在为《文木山房集》作序时就说"余新安产，而流寓金陵者久"，他认为"金陵大都会，人文之盛，自昔艳称之，考之于古，顾陆谢王，皆自他郡徙居，所谓'避地衣冠尽向南'者，其所致良有由哉。全椒吴子敏轩，慨然卜筑而居"。再从《儒林外史》中娄焕文对杜少卿说"南京是个大都，你的才情，到那里去，或者遇着个知己，做出些事业来"；连逃出盐商宋为富家的沈琼枝也想到"南京是个好地方，有多少名人在那里，我又会做几句诗，何不到南京去卖诗过日子；或者遇着些缘法出来也不可知"。虽然，无论是现实生活中的吴敬梓还是小说中的杜少卿、沈琼枝，尽管他们对南京充满各种期望，但也都未能做出什么事业来，这是时代使然、社会使然。不过，正由于吴敬梓具有如此强烈的志愿情缘，使得他移居南京后，更易于接受南京的社会生活以及自然风光等客体物象对他创作灵感的触发，在他融入南京社会生活、徜徉于六朝山水之际，"应物斯感，感物吟志"[②]，极其自然地将南京的风土人情、

---

① 金兆燕：《棕亭诗钞》卷五。

② 刘勰：《文心雕龙·明诗》。

社会习俗、各类人物的心性，熔铸于笔端，从而在《儒林外史》中显示出南京的社会现实与自然景色的方方面面。

在南京，他不仅结交了诗文之士，而且也认识了科技人才，不仅受到时代思潮(如颜李学说、重视科技之风等)的影响，而且还进一步接受传统文化的熏染(如儒家传统、魏晋六朝风尚等)，还参加一些重大的活动(如修祭先贤祠等)。同时，由于生活坠入贫困，与市井小民有了密切的交往，甚至“日惟闭门种菜，偕佣保杂作”①，这对他的思想转进极具良好作用。而南京魏晋六朝遗迹也极多，他也常去凭吊，但是他所吟咏的有关篇什，大多是寓情于景，借景抒情，是为了抒发“吊六代之英才”②，也是为了“抗志慕贤达”③而为之。可见，是作者的审美主体与南京的审美客体的融汇才孕育了这部小说的江苏尤其是南京的地域特色。《儒林外史》如此浓郁而又能明确指认的地域特色，可以说较之明清以来几部著名小说和戏曲如《桃花扇》、《红楼梦》等有过之而无不及。

江苏尤其是南京的受众，对如此表现自己地域特色的作家、作品也给予极大的关注和欢迎。他的《文木山房集》是江苏仪征人方嶟为之刊刻的；他的《儒林外史》是在南京写成的，而最早刻本则是扬州府学教授金兆燕梓行的，这一刊本虽未见行世，但此后一些重要刻本均出自江苏，如清江浦的注礼阁本、苏州的群玉斋本，苏州还有潘氏抄本；而其晚年创作的二十三首有关南京名胜古迹如冶城、燕子矶、凤凰台、莫愁湖、雨花台、灵谷寺、桃叶渡、乌衣巷、钟山等的诗作，是江宁府属句容人樊明征仿各种碑帖字体写录④。而作家本人，在移居南京后不久，就入籍南京。其实，他远祖吴聪因参加明永乐“靖难”之役建立军功，封官骁骑卫，任所在江宁府属之六合(今南京市属)，全家乃从“东瓯”(今浙江温州一带)迁来；后人无功袭爵，方迁去全椒；曾祖辈吴国鼎曾奉母避难白下，吴国缙曾任“江宁郡学博”，吴国对则卒于扬州；祖父吴旦赴京路过徐州时，曾“倾囊”救援一欲投水之老妪；嗣父吴霖起任赣榆县学时曾捐赀修复学宫，生父吴雯延长期寄居南京丛霄道院，历代先人均与江苏尤其是南京有着种种情缘。朱绪曾

① 顾云：《盋山志》卷二。

② 吴敬梓：《文木山房集·移家赋》。

③ 吴敬梓：《文木山房集·登周处台同王溯山作》。

④ 范宁：《关于吴敬梓的“金陵景物图诗”》，见《文学研究集刊》第四册，人民文学出版社1956年版。

在《金陵诗征》卷四十四中曾记敬梓之父“雯延，诸生，始居金陵”。陈作霖《金陵通传》卷三十三收有吴敬梓长子吴烺传，有云“吴烺字荀叔，号杉亭，上元（今南京市区）人。始祖自六合迁全椒。祖雯延，始居金陵”。而陈作霖作志，一贯主张氏族宜穷源流，籍贯宜严去取。《金陵通传》只收本籍人士，外地侨迁者必居一世方可入选。既然吴烺已入籍上元，乃父敬梓必当已归属南京。笔者无意与安徽全椒争夺名人，其实安徽全椒仅为其出生之地，在作家五十四年生涯中，在江苏度过三十余年。正是江苏尤其是南京的人文环境孕育和造就了这样一位伟大的作家，他是属于全国的、乃至全人类的。此文所论则是探讨作家生活环境与其创作中所呈现的地域特色的相互关系。安徽可以纪念他，江苏也可以讨论他。经笔者十余年的呼吁（包括在省政协六、七两届会上的提案、给时任省委副书记兼南京市委第一书记写建议信），终于在南京淮青桥（秦淮与青溪汇合处）修建了秦淮水亭，对游人开放。笔者还应邀撰写了《秦淮水亭重建记》勒石为碑，文末有：“今值时和岁丰，文明昌盛，学术繁荣，秦淮风光，云蒸霞蔚。中外人士来游者无不蹑迹追踪先贤遗址。为弘扬民族文化之优秀传统，表彰先贤立德立言之巨大贡献，俾使四方之士休憩其间，远眺钟山，近临淮水，追念先哲，思齐时贤”云云。今年适逢吴敬梓来赣榆290周年，卒于扬州而葬于南京250周年，特撰此文，以为纪念。

（原载《江苏社会科学》2004年第6期）

论《儒林外史》“幽榜”的作者及其评价问题

关于《儒林外史》“幽榜”一回的作者问题，一直有所争论。金和在《儒林外史跋》中首先提出“幽榜”不是吴敬梓所作，他说：“先生（敬梓）著书皆奇数。是书原本仅五十五卷，于述琴棋书画四士既毕，既（即）接《沁园春》一词，何时何人妄增‘幽榜’一卷，其诏表皆割先生文集中骈语襞积而成，更陋劣可哂，今宜芟之以还其旧。”接着，《儒林外史评》（黄小田与天目山樵合评本）中，也认为是“伧父”“搀入‘幽榜’一回，真如狗尾”[①]，说它“硬作包罗，不伦实甚。作者本意以不结之结，悠然而住，何得为此蛇足。金跋以为荒伧续貂，洵然洵然”[②]。此后，胡适在《吴敬梓年谱》中认为“幽榜”一回“确如金和所说，是后人增加的”。鲁迅在《中国小说史略》中只是叙述了这一见解，没有下断语，并特别注明是“金和跋云”。赵景深在《读〈儒林外史〉》[③]中则倾向于是吴敬梓所作，认为第一回描写的“只见天上纷纷有百十个小星，都堕向东南角上去了。王冕道：‘天可怜见，降下这一伙星君，去维持文运，我们是不及见了。’”这几句话，“就是‘幽榜’的张本”。姜克涵在《“幽榜”非吴敬梓所作辩》[④]中，则不同意赵景深的意见，认为原作没有“幽榜”一回。新中国成立以后历年出版的《儒林外史》也都将这一回删去，可见金说影响颇大。去年，房日晰发表《关于〈儒林外史〉的“幽榜”》一文[⑤]，对此说作了质疑，肯定这一回“是作者颇费匠心的特意安排，并非后人伪托”，表现了敢于探索的治学态度。在上述两种对立的意见中，都涉及两个问题：一、金和跋的可信程度；二、“幽榜”与全书的关系。为繁荣学术，共同学习，兹就上述两点，

① 五十五回评语。

② 金和跋后天目山樵识语。

③ 赵景深：《小说闲话》，北新书局1936年版。

④ 见《文史哲》1957年第11期。

⑤ 见《西北大学学报》1978年第1期。

敬献所疑，略申管见。

一

关于金和跋语的可信程度，双方讨论的焦点集中在“先生著书皆奇数”这句话上，但有意思的是双方都认为此话不可信。否定一方如胡适，他就说：“无论诗文集四卷或十二卷，这都是偶数，金和‘先生著书皆奇数’的通则，已不能成立了。况且《儒林外史》原本止有五十卷，程晋芳和《全椒志》都是如此说的。”[①]姜克涵也指出“‘先生著书皆奇数’之说的不符事实”。肯定一方如赵景深：“他（金和）将何以解释现在胡适所刊行的四卷本的《文木山房集》呢？又将何以解释《全椒志》上所载的《文木山房诗文集》十二卷和《儒林外史》五十卷呢？”房日晰也认为“这个前提并不符合事实”。争论双方既然都认为这句话没有根据，似无研究必要，其实这是判定“幽榜”非吴敬梓所作的一条重要根据，仍须深入讨论，不宜轻轻放过。笔者认为此说并非全属无稽，虽与现存作品的实际卷数不尽符合，却有一定缘故，不是子虚乌有的推测之词。

首先，从金和与全椒吴氏的关系看，他们虽非同一时代，却是至戚。金和之母为吴敬梓从兄吴檠女孙，有关吴敬梓的生平事迹，金和从其母处知悉甚详，他在跋语中说：“余敢以所闻于母氏者（余母为青然先生女孙），略述其颠末如此；于所不知，盖阙如也。”态度是谨严的。他虽然是上元（南京）人，但全椒“吴氏，其母家也，故岁恒数至，寓居累月，于吴氏事最悉。敬梓征君所著《儒林外史》，传本罕见，和出藏本与邑人薛时雨集资为笺注而梓行之”[②]。由此可见，关于吴敬梓的生平、著述，他的记载应该是有根据的，不同于“传闻”而有“异辞”。在没有充分根据前，似未便遽作否定。《全椒志》中提到的薛时雨，即金跋中的薛慰农，也是原籍全椒而在南京寓居的。金、薛二人还集资刻过《儒林外史》，可惜这一刻本，今未得见，不知其卷数若干。笔者也曾专程去安徽寻访吴敬梓和薛慰农后人，虽晤谈多次，均未能提供更多的材料，但也并不能因此而否定金跋有一定的可靠性。

---

① 胡适：《吴敬梓年谱》。

② 张其浚：《全椒志》卷九。

其次，金跋著录的卷数与“先生著书皆奇数”的“通则”并非全然矛盾。跋语著录“《诗说》七卷”、“《文木山房集》五卷、《诗集》七卷”，全是奇数，而且金家“旧藏抄本”，有实物可证，并非凿空之语。至于五十五卷本的《儒林外史》，虽然跋语中没有提及是否收藏，但未提及并不等于一定没有收藏。同样，跋语中提到金兆燕刊刻《儒林外史》事，虽然未提及是否见过，也未谈及这一刻本的卷数，也同样不等于就一定未见过和不知其卷数。相反，从跋语中所叙述的语气看，“是书为全椒金棕亭(兆燕)先生官扬州府教授时梓以行世，自后扬州书肆，刻本非一”，他对这一刻本应该很清楚，如果其卷数不是“奇数”，是一定要指出的，而没有特地说明卷数，反足以说明倒是与“奇数”的“通则”并不相左。当然，“妄增”的一回“幽榜”，的确“也非金和发现”，这在跋语中他说得很清楚，他不知道“何时何人妄增‘幽榜’一卷”，因为在“刻本非一”的情况下，并不一定非要“别人告知”不可。他见到卷数与自己所知悉的不同的一种刻本，自然会说是别人“妄增”，非敬梓原著。由此也可以反证，他在记叙金兆燕刻本时没有特地说明卷数，正可能是因为它与“奇数”的“通则”并不矛盾。

再次，从现存《儒林外史》不同卷数的版本来看，金跋也并非全不可信。增补齐省堂六十回本，其中四回非敬梓原作，早经前人指出。房文也说它“显系狗尾貂续，了无疑义”，可以置而不论。五十卷本，则见于程晋芳《文木先生传》所记。程传说敬梓“仿唐人小说为《儒林外史》五十卷，穷极文士情态，人争传写之”。程作传时间大约在乾隆三十五年到三十六年（1770—1771）之间，这时金兆燕刻本固然尚未问世，似也无其他刻本，程传所记的五十卷本当时也没有付之梨枣，所以才“人争传写之”，这一本子是否全稿也很难说。直到道光、咸丰年间叶名沣的《桥西杂记》中才有“坊间所刊《儒林外史》五十卷”的记载。这个刊本至今未见流传，难以评说，也只能置而不论。除此两种，现在能见到的最早刻本，就是嘉庆八年（1803）卧闲草堂的五十六回本，也就是有“幽榜”一回的刻本，其后嘉庆二十一年（1816）的艺古堂本、同治八年（1869）群玉斋本、苏州书局本等，均以卧本为祖本。而金和于同治八年冬十月写的跋语，即附在苏州书局本中；也就是在这跋语中，金和指出“幽榜”为他人“妄增”。新中国成立后屡次整理出版的本子也都是以卧本为底本，删去“幽榜”一回，成为五十五回本。由此可见，现存的《儒林外史》只有五十六回与五十五回两种本子，而五十六回本删去“幽榜”一回即为五十五回本，实际上两者只是一个本子。因而金和在指出“幽榜”为他人“妄增”之后，其“先生著书皆奇数”之说并非“不能成立”，因为根据他所见或所闻的是五十五卷本，从而据以著录，如有与实际情况的某些方面不尽符合，只能说他囿于见闻，而不能指责他的说法没有根据。

复次，从吴敬梓生平遭遇和愤世情绪看，是有可能将自己著作的分卷定为“奇数”的，倒不一定是“对奇数的特殊癖好”。虽然，吴敬梓在《儒林外史》中对八股举业作了辛辣的讽刺，但他对功名富贵并非全然忘怀。出身于“家声科第从来美”[①]的举业世家，而自己终其一生只是一名秀才，这对他的思想情绪不能不产生影响。早年即叹息“黄金市骏年来贵，换骨都无海上方”[②]；未应丙辰鸿博之试后的元夕，也曾想象“何人金殿侧，簪笔祝丰年”[③]，颇有钦羡、懊悔情绪；40岁以后作的《老伶行》有云“才人多少凌云赋，白首何曾献钦尊”，更流露了无限的隐痛；特别是乾隆十八年（1753），他去世的前一年，还对“乾隆丙辰荐举博学鸿词”的资历以及因其子吴烺出仕而受封的“文林郎内阁中书”的虚衔恋恋不忘[④]。可见，在他的思想中，固然有着淡泊功名的一面，但同时也存在着封建社会中知识分子普遍具有的追求虚名的一面。可是他的实际遭遇却偏偏屡困场屋，“徒博数奇之叹”[⑤]，在这种心情支配下，一时申明将自己著作卷数定为“奇数”以示对自己“数奇”的愤慨，并非不可能。更值得注意的是，新中国成立后发现的他所作的《金陵景物图诗》，也偏偏只有二十三首，这又是否又是“奇数”的一个佐证？

此外，既然“奇数”说不能遽作否定，又如何解释目前存世的吴敬梓某些著作卷数是“偶数”的现象呢？第一，作者的思想情绪是有发展变化的。在情绪愤激时强调“奇数”的思想行为，亲人不会不知道，从而口耳相传下来；同时又有“奇数”的稿本为证，此说也就为金和所相信。但吴敬梓的著作非一时所完成，而是经过不断修改的，这就有可能在情绪冷静时又“破坏”了自己定下的“奇数”“通则”，从而有不同的卷数。如《诗说》，各家著录的卷数就不相同：“七卷”说，

---

① 吴敬梓：《文木山房集·乳燕飞》。

② 吴敬梓：《文木山房集·秋病四首》。

③ 吴敬梓：《文木山房集·元夕雪》。

④ 《吴敬梓集外诗》。

⑤ 吴敬梓：《儒林外史》三十九回。

除金和以外，尚有章学诚《丙辰札记》以及民国九年《全椒志》；王又曾却说“八卷”[①]；沈大成则只说“数万言”，而未著卷数[②]。吴敬梓对自己作品不断进行修改的情况，可以从乾隆三十二年（1767）刊刻的陈毅（古渔）所辑《所知集》得到证实。《所知集》卷二中收有敬梓诗作五首，其中三首并见于敬梓生前方嶟所刻的四卷本《文木山房集》，两者相校，《所知集》所辑者字句有所修饰润色。既然吴敬梓的作品是在不断修改的过程中流传开来，因而有两种或两种以上关于其卷数的著录，也就不是什么不能“解释”、“不符事实”的了。第二，胡适、赵景深的看法，均是根据《全椒志》的著录提出的。虽然，他们引用《全椒志》卷十五著录的《文木山房集》为十二卷、《儒林外史》为五十卷，均是偶数，但《诗说》明明著录为七卷。笔者目前已过目的《全椒志》有三种：康熙二十三年（1684）蓝学鉴等人所修，其时敬梓尚未出生，当然不会有关于他的记载；同治时金仲和所修，所录多为嘉、道两朝人事，关于全椒吴氏的记载极少；此外即为胡适等人所援引的张其浚等人于民国九年所修，其中关于吴敬梓生平、著作的记录，显然是根据程传、金跋等材料。因而关于吴敬梓著作卷数也只是辗转相抄，修志者并不了然。如卷十五艺文中固然著录了卷数，但卷十敬梓传中则只说“著有《诗说》、文集、诗集若干卷，并《儒林外史》行世”。可见修志者对纷纭的旧说，也分辨不清，只能含糊了事。因而以后出的张志去怀疑甚至否定金跋，也就难以令人信服。

总之，金和“奇数”说不为无据，各家所见不同，著录也就不一，因为吴敬梓的著作是在不断修改过程中流传开去的。这一说法如能成立，那么金和的“奇数”说也就不能成为否定或肯定“幽榜”为吴敬梓所作的根据。

二

“幽榜”究竟出自谁的手笔，在没有实证之前，我同意赵景深的说法，“还是存疑的好”。但这并不妨碍我们对这一问题进行探索。当然，所得的结论也确如姜克涵所说“最多也只不过是有限的一种假设而已”。认为“幽榜”非吴敬梓

---

① 王又曾：《丁辛老屋集》卷十二《书吴敏轩文木山房诗集后》。

② 沈大成：《学福斋集》卷五《全椒吴征君诗集序》。

所作者，大都说这一回“与全书的主题及叙写风格、思想感情都不符合”[①]，甚至进而认为是“封建文人”“杜撰一个第五十六回，让书中抵制科举和热中科举的两种士人，冰炭同炉，同受皇帝赐以进士出身，荣登‘幽榜’。……都是妄图抵销《儒林外史》对科举八股和封建礼教的批判，磨灭它的反封建锋芒，实际上是对《儒林外史》的反动”[②]。认为是吴敬梓所著者，则认为“就思想内容而论，‘幽榜’一回加强和深化了《儒林外史》的主题”[③]。双方意见颇有分歧，不像“奇数”说那样，双方都认为不足信。其实这也只是两种结论不同的“假设”而已。笔者不揣浅陋，也就此问题试作一“假设”。

不可否认，“幽榜”一回与全书的思想倾向是有所抵牾，但这也不能排除是出自吴敬梓之手的可能。因为两者的思想倾向固然有所矛盾，但也有吻合之处，而且吻合之处实多于矛盾之处。这种情况正反映了作者世界观中的矛盾，并不足以说明“幽榜”非吴敬梓所作。

首先，“幽榜”中对《诗经》的见解与吴敬梓治“诗”的观点一致。程晋芳说吴敬梓“晚年亦治经”，据现存材料，我们知道吴敬梓治过《诗》、《书》二经。在治“诗”中，于汉学、宋学之间，则以汉学为主，在汉学今、古文中则倾向于古文，即“治毛诗”，但亦间采今文三家之说；对于宋学的一些观点并不排斥，但不全然同意，特别是对朱熹的“淫诗”说，更持批判态度。“幽榜”一回中曾说：“昔秦穆公不能用周礼，诗人刺之，此‘蒹葭苍苍’之篇所由作也。”《蒹葭》是《诗·秦风》中的一篇，本是男女情歌。毛序却说：“蒹葭，刺襄公也。未能用周礼，将无以因其国焉。”郑笺亦然。孔疏除重申上义外，还说：“经三章，皆言治国须礼之事。”朱熹并不同意这一说法，吴闿生《诗义会通》引述朱熹对此诗的见解，说“朱子曰：秦风惟黄鸟、渭阳为有根，其他诸诗皆不可考……于此篇则曰此诗未详所考。”可见朱熹对《蒹葭》一诗的意义虽未作出明确解释，但也未穿凿附会，赋予微言大义。“幽榜”一回中对这首男女情歌曲为解说，强加以政治含义。这与吴敬梓对《桑中》、《溱洧》诸诗的解说极其相似，可见他治“诗”的观点前后是一致的[④]。

---

① 《儒林外史》“出版说明”，作家出版社1955年版。

② 《儒林群丑的讽刺画卷》，安徽人民出版社1977年版。

③ 《关于〈儒林外史〉的“幽榜”》。

④ 参见拙作《略论吴敬梓的“治经”问题》。

其次，“幽榜”对科举制度埋没人才的批判与全书相似。房日晰文章已指出王冕批判八股取士的言论与单飏言奏疏中的议论极其类似。除房文所述以外，再略作补充。《儒林外史》三十五回，写嘉靖召见庄绍光以后拟授官爵，但却为大学士太保公所扼抑，其理由是“庄尚志果系出群之才，蒙皇上旷典殊恩，朝野胥悦。但不由进士出身，骤跻卿贰，我朝祖宗无此法度，且开天下以幸进之心”。这是通过正面人物遭遇的典型事例，对科举制度限制人才进行批判。在“幽榜”中，单飏言的奏疏，则通过议论朝政得失，对这一制度的种种弊端作了揭露，奏疏说：“我朝太祖高皇帝定天下，开乡会制科，设立翰林院衙门，儒臣之得与此选者，不数年间，从容而跻卿贰，非是不得谓清华之品。凡宰臣定谥，其不由翰林院出身者，不得谥为‘文’。如此之死生荣遇，其所以固结于人心而不可解者，非一日矣。”两者对科举制度限制人才的揭露和批判是一致的，只不过一个是通过具体情节描绘出来，一个是通过政论语言表述出来。

再次，对封建最高统治者皇帝的态度，两者也是一致的。前三十五回中，嘉靖召见庄绍光；“幽榜”中，单飏言向万历上疏，这两个画面十分相似，甚至两个封建帝王所用的语言也几乎雷同。嘉靖对庄绍光说：“朕在位三十五年，幸托天地祖宗，海宇升平，边疆无事。只是百姓未尽温饱，士大夫亦未见能行礼乐。这教养之事，何者为先？所以特将先生起自田间，望先生悉心为朕筹画，不必有所隐讳。”万历的上谕，无论内容还是用语，也如出一辙，他说：“朕即祚以来四十余年，宵旰兢兢，不逞（遑）暇食。夫欲迪康兆姓，首先进用人才，昔秦穆公不能用周礼，诗人刺之，此‘蒹葭苍苍’之篇所由作也。今岂有贤智之士处于下纹？不然，何以不能臻于三代之隆也？诸臣其各抒所见，条列以闻，不拘忌讳，朕将采择焉。”如此相似定非偶然。嘉靖的垂询，神宗的上谕，其中提到一些民生疾苦，不过是历来封建统治者习用的“套话”，并无丝毫真情实感，也不足以说明吴敬梓已将批判的矛头直指封建皇帝。在作者笔下，嘉靖召见庄绍光时是一片庄严肃穆的景象：排班侍候、净鞭奏乐、金炉焚香、嵩呼舞蹈，甚至“那二十四个驮宝瓶的象，不牵自走”。对这些，作者都是以带有例行公事式的赞扬、肯定语气加以描绘的。因而说作者的笔锋已直指封建皇帝，似不符合实际。再说在整个《儒林外史》中，作者对府院试、乡试的种种黑暗作了揭露；但对全国性的会试、特别是皇帝亲自主持的殿试，却没有什么批判。这也可以从另一角度说明作者无意触及皇帝。当然，在作者的生活经验上，秀才、举人等地方考试是他所熟悉的，京城中的会试和殿试，为他耳目所不及，缺乏生活基础，是很大的原因。但认为“幽榜”一回“使主题升华到相当的高度”，“把批判的锋芒直指封建的最高统治者皇帝”，是“对统治者的很深刻的讽刺”，对作者也是不虞之誉。

复次，吴敬梓反对科举制度的局限性，“幽榜”与前五十五回也是一致的。“幽榜”中，反对科举与热中科举两种截然相反的士人同登幽榜，好像与吴敬梓反对科举的思想有所冲突，其实这种矛盾现象在前五十五回中已曾出现过。如写得“堂哉皇哉，是全书大手笔”[①]的祭泰伯祠，在作者看来，这是倡导礼乐、成就人才的“千秋大事”。但是，与祭者固然有着看不起举业的虞育德、杜少卿、迟衡山、庄绍光等，却也有热中功名的士人，甚至认为“人生世上，除了（举业）这事，就没有第二件可以出头”的马纯上也担任了三献。还有等而下之的如臧荼、伊昭之流也参与祭典，更是不伦不类。这与“幽榜”中出现的情景正极其相似。

如何理解这一矛盾现象？有的论文把这种情况说成是：“‘幽榜’是按皇帝的旨意出的……谁上‘幽榜’毋劳作者赞同，毋需导黄泉之路以征死者的同意”，而作者则“对统治阶级把他们的意愿强加于死者，并借死者以‘昭示来兹’恶劣行径，进行了无情的讽刺和愤怒的鞭笞”。这种说法的前提，应该是作者奉了某一个皇帝的命令写上了这一回书，这才“毋劳作者赞同”与否，都只得写一张“幽榜”，并可以从中讽刺。难道不应该是这样一个滑稽的逻辑吗？其实，作品中出现的这种矛盾正是作者思想中矛盾的反映，它既可以出现在祭泰伯祠中，自然也可以反映在“幽榜”中。

最后，根据以上的分析——“假设”，大致可以认为“幽榜”为吴敬梓所作，并且反映了作者的思想的复杂性。出生在二百多年前官僚地主家庭的吴敬梓，不能不深深地打有阶级和时代的烙印，只是由于家道的中落，仕途的坎坷，社会地位的下降，经济生活的困苦，从而更多地接触到下层人民和当时较为进步的思想家，促使他的认识高出同时代人一头，对科举制度的种种弊端和程朱理学的某些虚伪现象进行了深刻的揭露，表现了很大的进步意义，对此，我们应予充分肯定。这也是《儒林外史》思想价值之所在。但是，我们也应该看到吴敬梓始终未能也不可能完全割断与他出身的那个阶级的思想联系，在他的思想发展过程中不断有

① 齐省堂本评语。

反复，这个矛盾贯串在他的一生中。因此，正如整部小说中有进步和落后的意识并存一样，写出具有矛盾内容的“幽榜”一回也并非不可能。金和可能只知有前五十五回而不知有后一回，从而否定它为敬梓原著。后来一些研究者看出“幽榜”中的一些落后意识，为了充分肯定《儒林外史》的思想价值，就同意金和的意见否定为敬梓手笔；另一些研究者则看到“幽榜”与前五十五回的联系之处，同样是出自肯定《儒林外史》思想价值的目的，则对“幽榜”一回的思想意义作了相当程度的拔高。凡此，均不能充分说明“幽榜”一回与前五十五回中同样出现的一些矛盾现象。只有联系作者思想中的矛盾，才能阐述清楚。当然，指出吴敬梓的思想矛盾及其局限，并不等于否定我国文学史上第一部长篇讽刺小说的价值。至于如何处理“幽榜”一回，笔者同意房日晰的意见，不宜轻易删去，可另加说明。

以上看法是否正确，亦不敢自信。这同样只是一种“假设”，目的在于与同志们共同研究，以求得一个较符合客观事实的结论。

三

以上关于《儒林外史》“幽榜”的两段文字，是在读了房日晰同志的文章以后，于 1978 至 1979 年之交写成的。在 1981 年吴敬梓诞生二百八十周年学术讨论会上，有的同志再次提出这一问题，近年来又陆续读到一些论文，对这一问题或专门论述，或有所涉及[①]。在这些论文中，有的同志不但肯定金和所说“幽榜”一回出自伪托，而且还进一步认为五十五回本中也有五回为后人窜入，《儒林外史》原貌应为五十回。其主要根据不外乎：一、程晋芳的《文木先生传》及叶名沣的《桥西杂记》中均有五十卷的记载；二、金跋中所云五十五卷不可信（但“幽榜”一卷为他人所“妄增”则属可信）；三、“幽榜”一回的思想内容有与前文抵牾之处。这与以前讨论此一问题时所提出的“根据”并无多大出入，只是在具体论证时有所补充、在推断上更为详尽而已。对此，拟再做些探讨。

程传是否全然可信？如前所述，程晋芳虽为吴敬梓至友，但《文木先生传》

---

① 如《〈儒林外史〉原貌初探》（见《学术月刊》1982 年 7 月）、《〈儒林外史〉原书应为五十卷》（见《复旦学报》1982 年第 4 期）、《〈儒林外史〉清代抄本初探》（见《文献》第 12 辑）、《〈儒林外史〉版本源流考》（见《文学遗产》1982 年第 4 期）等。

却写于吴敬梓身后；所传生平史实虽大体可信，然而是否在细节上也全然符合实际，尚可研究。有的同志认为程晋芳在述及《文木山房集》和《诗说》时只说“若干卷”而不提具体卷数，正表明其态度的郑重、负责，并以此反证传中所说“儒林外史五十卷”是“必有所据”的。其实数字说得具体也并不见得一定可信，例如程传说十月七日与敬梓分别后，“又七日而先生殁矣”，就显系失误。《文木先生传》所云“若干卷”，也诚如有的同志所指出的那样，程晋芳的确不知道具体卷数，但这又不等于凡是说“若干卷”者均不知道具体卷数。例如王又曾在《书吴征君敏轩先生文木山房诗集后》的小序中说，吴烺曾将自己编定的乃父吴敬梓“诗集若干卷”，在“将付梨枣”之前，交给他“且校且读”，王又曾在为之“凄怆旧怀”之余“辄叙离合生死之故，为题集后十绝句”。显然这里所说的“若干卷”的具体数字，王又曾是知悉的。由此可见，资料的可信程度，并不取决于数字是否具体。因此，仅以程传有具体卷数的记载而将它作为一项重要根据也就难以令人信服。至于道、咸之际的叶名沣《桥西杂记》中述及的吴敬梓生平，也确如有的同志所云，大多采自程传，其中所记的“坊间所刊”，只是说明当时已有刻本行世，“五十卷”之说也很难说是有力的佐证。这也可能叶名沣沿用程传所记，而在他撰写《桥西杂记》时或许并未检阅“坊间所刊”的《儒林外史》卷数。不过，如果道、咸时确有五十卷本的刻本行世，也不至于一部都未曾流传下来。而早于道、咸的嘉庆朝的三种刻本（虽然同出自卧版）倒都传了下来。这种现象当然可能产生，但总属特殊。更何况上海图书馆所藏潘世恩手抄本，其抄阅时间也在道、咸之间。而这一抄本却仍然以五十六回的卧本为底本，并未根据差不多同时的叶名沣所说“坊间所刊”的五十卷本，这在一定程度上也颇能说明一些问题。当然，如果将来有五十卷本的《儒林外史》被发现，则程传、叶记所云当为大家所信服。而在目前，仅凭这两条记载，至多也只能作为一种可能，尚不足以做结论。

认为原书仅五十卷的另一根据，就是否定金跋五十五卷之说。关于金跋，正如前文所说，过去持不同见解的双方都一致认为并不全然可信。近年发表的论著也同样如此。只不过肯定哪些、否定哪些，则又因人而异。例如认为《儒林外史》原貌应为五十回者，只承认金跋中“幽榜”一回为他人所“妄增”之说为可信，除此而外，则认为金跋“颇多讹误，不尽可信”，并且罗列出许多例子以证明金和所说“五十五卷”的“自不足信”。当然金跋可訾议之处颇多，不过有些所谓的“差错”是否确实荒谬，也还需要讨论。这里不妨举出几处加以研究。例如金跋说敬梓家产“不二十年而籯金垂尽矣”，有的同志认为这与实情不符，因为程传说“不数年而产尽矣”，并举出吴敬梓自己在作于30岁的词中也说“田庐尽卖”，以及金榘《为敏轩三十初度作》中在叙“述敬梓情况”时有“栗里已无锥可卓”之语，从而认定这是一个“差错”。笔者却认为“不二十年”与“不数年”当然有长短之分，但是否因此就可以断定是金跋的“差错”呢？却还值得考虑。首先，两文所记数字均为“约数”；其次，两者所推算承继祖产的年代并不全然一致，金跋云“所席先业綦厚”，程传则云“袭父祖业”，“先业”与“父祖业”两者意义虽有相通的一面，但也不尽然全同；再次，吴敬梓30岁时所说的“田庐尽卖”，也不能照字面理解为“卖尽”，旧时文人写诗作词难免有夸大之处，果如此，此后续娶叶氏、购置水亭的费用以及移家南京初期的“论文乐友朋”、“北里寻商女”[1]的花销又从何处来？复次，金榘诗中所说“栗里已无锥可卓，吾子脱屣尤狂憨”，并非指敬梓卖屋，而是敬梓岳家陶氏卖去旧居，“栗里”与同一诗作中“柴桑门楣夸邢谭”句的“柴桑”，都是借用陶渊明的故事以指代岳家陶氏。白居易《访陶公旧宅》有“柴桑古村落，栗里旧山川”之句，可为证明。紧接在论文所引这两句诗之后，金榘又写道：“卜宅河干颇清适，独苦病妇多呫谛。”联系上下诗意，显然是说岳家旧居虽然卖去，敬梓却弃之如屣，毫无顾恋之意，而又在“河干”“卜宅”，只是“病妇”有些叽叽咕咕而已。吴敬梓此时尚能另行选择住处，正可见其家产未尽。由此可见，先肯定一个“约数”为可信，并以之去证明另一个“约数”为不可信，更进而以之证明整个跋文的不可尽信，也并非确论。如果再以“栗里已无锥可卓”进而断定金跋中所说吴敬梓“售所居屋”以筑先贤祠也“属子虚乌有”，同样也就难以成立。我们不能以《文木先生传》未载修先贤祠一事而否认吴敬梓曾有此举，短短八九百字的一篇传记，岂能将一个人的生平大事尽载无遗？又如，关于吴敬梓应鸿博之试的问题，有的作者认为当时敬梓确因病未曾参加廷试，笔者对此是表示同意的。但以此指责金跋所记敬梓当时“坚卧不起”为失实，未免有欠公允。因为记载“失实”的罪魁祸首并非金和，程传所云“竟不赴廷试”一句，先就留下了不同解释的地步。吴敬梓的至戚金兆燕在《寄吴文木先生》一诗中，早于金跋就曾赞美吴敬梓“蒲轮觅径过蓬

① 吴敬梓：《文木山房集·春兴八首》。

户，蹈坏而遁人不知”。论文作者不去责备“始作俑者”，而苛求于后于金兆燕的金和，并以此而否定金跋所记“五十五卷”一说，也同样不能令人信服。再如，有的论文就金跋中所列举的《儒林外史》人物原型加以考辨，认为“真伪杂糅，不可尽信”，也进而以此说明金跋的不可信。金跋所指实的人物原型，当然不能“尽信”，但不失为一种参考意见。其实，关于文艺作品的人物形象与现实生活中的人物原型之间的关系，是个比较复杂的问题。一定要说作品中的某一形象就是现实生活的某一人物，也多半是“可怜无补费精神”的。鲁迅就曾说过“作家的取人为模特儿，有两法。一是专用一个人……二是杂取种种人，合成一个”。鲁迅“是一向取后一法的”。[①]但他认为这种方法也有“困难”，在创作过程中，如“有什么分心的事情来一打岔，放下许久之后再来写，性格也许就变了样，情景也会和先前所预想的不同起来”[②]。即使运用前一种方法，即“专用一个人”为模特儿的作家，在他们创作过程中，也不能按原型照搬，必然要根据自己对现实生活的艺术认识、性格发展的必然逻辑，对人物原型做一番改造工作，使之成为具有典型意义的艺术形象。屠格涅夫在《回忆录》中谈及《父与子》的创作过程时曾经说道：“当我描绘巴扎洛夫的形象时，我从他的爱好中排除了一切艺术性的东西，却给他添了一种刺眼的、粗犷的色调”，这是由于“观察我的熟人德米特利耶夫医生以及跟他类似的人的结果”，因为“‘生活就是这样’经验又告诉我”，“我正应该这样勾画他的形象”。屠格涅夫这种经验是具有普遍意义的。列夫·托尔斯泰也同样说过：“假如直接根据一个什么真人来描写，结果就根本成不了典型。只能得出某个个别的、例外的、没有意思的东西。”[③]金跋中所述《儒林外史》的人物原型，鲁迅在《中国小说史略》中虽然也曾述及，但同时在《〈出关〉的“关”》中又反对把马二先生与原型冯粹中等同起来。对于金跋所提及的人物原型，张文虎在《儒林外史评》、平步青在《霞外捃屑》、近人何泽翰在《儒林外史人物本事考略》中也曾转述，并有所增补、考辨。这些工作是很有必要的，对于我们深入研究《儒林外史》人物创造的艺术经验大有裨益。但他们的见解并不全然相同，不必肯定一家而否定另一家。同样的道理，关于《儒林外史》情节

---

① 鲁迅：《〈出关〉的“关”》，《且介亭杂文末编》。

② 鲁迅：《我怎么做起小说来》，《南腔北调集》。

③〔俄〕列夫·托尔斯泰：《同作家莫欣的谈话》，见布罗茨基主编《俄国文学史》下册，蒋路、刘辽逸译，作家出版社 1962 年版。

来源也可做如是观。金跋所云“《高青邱集》即当时戴名世诗案中事”，此说也并不能算是一个“差错”，尽管笔者同意这一情节大致是以刘著收藏顾祖禹《读史方舆纪要》被诬之事为蓝本，但却不同意把这一情节说成“与戴名世无涉”。因为吴敬梓将此事写入小说时，必然摄取了当时发生的多起文字狱的细节，似不必坐实某一案而排除另一案。有的同志也曾将这两桩案件做了分析比较，倾向于此一情节大体上取材于《南山集》一案，并认为金跋所云并非“无因”，也不是没有道理的[①]。因为这是研究作家的创作过程，容许研究者发表自己的见解。这与考辨作品的卷数和作家的生平有所不同，那只能依照事实原貌来说明。金跋中关于人物原型和情节素材的叙述，我们应该把它看作是他个人的见解，应该与他对于吴敬梓生平事实的叙述和著作卷数的记载区别开来。将两者相互混同起来，于问题的讨论并无助益。如果再用这样的“差错”去证明金跋“五十五卷”记载的不可信，似亦不妥。

此外，否定“幽榜”一回出自吴敬梓之手的另一根据，认为这一回的思想内容与全书有抵牾，这就牵涉到对《儒林外史》全书及“幽榜”一回的评价问题。有的同志认为“幽榜”一回中追封的人，“自是作者所认为应该褒扬的人物”，但“却连胡缜、严大位、牛浦这样的人都列上了”，而在以前各回中，作者“对这些人显然都持否定态度”，由此可见“幽榜”确非吴敬梓所作。其实，如上所说，类似这样的现象在参与祭祀泰伯祠活动的人物名单中已经出现，而写祭泰伯祠的第三十七回却又没有被认为是后人窜入的。可见这也不能成为否定“幽榜”一回为吴敬梓所作的理由，前文中已试作解释。有的论文认为“幽榜”一回所反对的“并不是这种（科举）制度本身”，只是批判“资格困人、贤豪同叹”的科举制度的“缺点”；而认定吴敬梓则是“把以八股取士的科举制度视为败坏人材的制度”加以反对的，这显然又可证明“幽榜”不是吴敬梓原作。究竟如何评价《儒林外史》对科举弊端的揭发和批判，原就是可以讨论的问题，笔者的意见已在前面有所说明。此处要补充一点的是，在明清之际一些进步的思想家、文学家，尽管他们对科举制度的种种黑暗与弊病作了无情的揭露和深刻的批判，鉴于科举制度是为当时的统治力量所竭力维护的，不能摇撼政治上的统治力量，也就无法彻底改变这种毒害文人的制度。无可奈何之下，便有企图加以改良的想

---

① 见何满子《吴敬梓是对时代和对他自己的战胜者》，《儒林外史研究论文集》，安徽人民出版社1982年版。

法。例如顾炎武在他的论著如《日知录》有关章节、《生员论》等文章中，尽管对时文、科举进行了多方面的批判，然而他还曾经设想过选定一二十篇时文加以详细注解，“如李善之注《文选》”，用它来“救近科杜撰不根之弊”[①]。可见，他也懂得不可能全面否定这一制度。“一定时代的革命思想的存在，是以革命阶级的存在为前提的”[②]。在清代前期，正是科举制度盛行未衰之际，而要从根本上去否定这一制度本身，事实上无此可能。清代的许多先进思想家虽然不能从理论上作这样的理解，但现实生活也会使他们懂得这个道理。在这样的客观条件下，现实主义的吴敬梓也仍然不能摆脱对科举制度的某种思想上的依存状态。“幽榜”一回对八股科举的批判，很难说与前五十五回有本质的差别，因而以此证明“幽榜”不是出自吴敬梓之手也同样难以令人信服。有的同志还认为“幽榜”非吴敬梓原著的另一根据是其中有“许多常识性错误”，还“有与以前各回相抵触者”。其实，任何一部杰出的文学作品，在一些细枝末节上也很难完全避免一些纰漏，但这并不会削弱一部杰出的文学作品的价值。至于《儒林外史》中这些“罅漏”，不但前人已有指出如齐省堂增订《儒林外史》例言，而且近人也有所评说，如何满子在《论〈儒林外史〉》中就指出它存在着“人物之间的辈分的矛盾，事件所发生的时间的矛盾”等等“疏漏”。而且这些“罅漏”或“疏漏”，在前五十回如第八、第十、第三十等回中也都存在，而这几回文字又是论者确认为吴敬梓原作。这又如何解释呢？我们岂能因此而断定这几回又不是出自吴敬梓之手吗？

由此可见，要论证“幽榜”是他人所“妄增”，还需要进一步提出新的论据。作为学术问题，自可充分展开讨论，发表各自不同意见。但对于出版这部小说来说，则不宜轻易删去此回。人民文学出版社最近出版《儒林外史》时，已将此回作为附录收入，正是一种审慎的做法。

至于《儒林外史》原貌仅为五十卷的问题，原不属本文所论述的范围，但它与“幽榜”一回作者问题，既有联系又有区别，此处也不能不略加说明。首先，有的论文仅从作品故事情节发生的时间加以排比说明，虽然推断十分细密，但这仅仅是内证，尚需外证——也就是有五十卷本的《儒林外史》来证实。而在五十卷本出现之前，这只能是一种假说。其次，如果书中确有五回是后来窜入的，但

① 顾炎武：《顾亭林诗文集》卷三《与彦和甥书》。

② 《德意志意识形态》，《马克思恩格斯全集》卷三。

作者何以要窜入这五回，总有个缘故，可惜持此论者未能说明。再次，不能因为这几回书“不但思想内容不高明，在艺术上也颇低劣”而断定不是吴敬梓所作。其实，即使是杰出的作家的代表作中也难免出现不足之处，《儒林外史》中的“缺点和败笔也是够多的”①，而这些“缺点和败笔”也并非全存在于这几回书中。最后，是否有此可能，即这几回书诚然与“全书的高度艺术成就很不相称”，然而这“不相称”也有可能恰恰是出自作者自己的补笔。如本文第二节中所说，吴敬梓对于自己的作品是在不断修改的，他的《儒林外史》也并非一时完成的，近年来也有的研究著作提出这一见解②，果如此，可能有的同志要提出既然为后来所补写，为什么成就反倒不如早期所作，《论〈儒林外史〉》一书所附的两封信中，对此有很好的论述，笔者颇为同意。其实，像这种情况，在中外文学史上并非少见，如果戈理的《死魂灵》，第二部的价值就大大逊于第一部，鲁迅曾经精辟地指出：《死魂灵》“这一部书，单是第一部就已经是足够的，果戈理的运命所限，就在讽刺他本身所属的一流人物，所以他描写没落人物，依然栩栩如生，一到创造他之所谓好人，就没有生气。……而乌理尼加是作者理想上的好女子，他使尽力气，要写得她动人，却反而并不活动，也不像真实，甚至过于矫揉造作”③。并非偶然，《儒林外史》被指为窜入的五回书，恰恰是写萧云仙奏凯青枫城与汤镇台大战野羊塘，这两段情节也可谓是表现了两个“好男子”，这也是颇引人深思的。是否吴敬梓也同果戈理一样，为其“运命所限”呢？因为这一问题已越出本文范围，此处就不详说了。

（原载《西北大学学报》1979 年第 4 期）

---

① 何满子：《论〈儒林外史〉》，人民文学出版社 1981 年版。

② 同上。

③ 鲁迅：《〈死魂灵〉第二部第二章译后附记》，《鲁迅全集》第十卷《译文序跋集》。

古籍校勘与文学作品解读

我国古籍汗牛充栋，在长期流传中，“后人习读，以意刊改”、“意有所疑，辄就增损”的现象屡屡有之，以致不少古籍失去原来面貌，从而有校勘之必要，以“克复其旧”、“归其真正”[①]。

古籍内容十分广泛，举凡文、史、哲、经、农、医、理、工等学科无不有大量古代著作传世，它们都是先贤从事物质生产和精神生产的经验总结，对人类社会的发展有着重大的借鉴作用。我们在解读各类古籍时，自然也必须考虑不同学科的特点，即使文、史两类最为接近的学科也有很大差异。文学是形象思维的产物，而史学则是逻辑思维的成果，文学容许虚构，而史学则不能有违史实。虽然文史可以互证，但艺术的真实不等于历史的真实。在二者互证时必须注意它们各自的特点，以免混淆而致误读。

刘红军《“做官”还是“做馆”——兼论迟衡山武书的结局》（见《明清小说研究》2007 年第 3 期）（下称“刘文”）一文既缺少必要的校勘，又未曾将文、史二者分辨清楚，以致误读文学作品。因此，该文的结论仅可视为一家之言，而不能成为定论。

一

刘文根据 1988 年中国书店影印之光绪十四年（1888）鸿宝斋《增补齐省堂〈儒林外史〉》（下称齐补本）六十回本之第五十二回《徽州府烈妇殉夫，泰伯祠遗贤感旧》文中所叙及的“迟衡山、武正字都到远处做馆去了”来校正早于此本的嘉庆八年（1803）的卧闲草堂本（下称卧本），卧本第四十八回（回目文字与齐本五十二回同）中的文字为“迟衡山、武正字到远处做官去了”。刘文认为卧本“做

① 颜师古：《〈汉书注〉叙例》，《汉书》，中华书局 1962 年版。

官”误，而齐补本“做馆”是，但缺少必要的校勘根据。

由于《儒林外史》并无作者吴敬梓的稿本传世，自然无法与之对校；同时，在其他文献载籍中又寻不到有关《儒林外史》原作的辑录，也无法进行他校。但《儒林外史》全文俱在，可以进行本校，提出本证，而刘文作者未能注意及此，仅凭自己的识见予以推断，未免偏颇。

卧本之后亦有多种刊本行世，重要者有咸丰三年（1853）至同治元年（1862）间的黄小田评本（下称黄本）；黄本长时间未曾刊刻，后虽与天目山樵（张文虎）评本合刊，但大量评语被删，仅保留三条，署名“萍叟”，直到20世纪80年代中期被发现，由黄山书社于1986年出版李汉秋辑本。同治十三年（1874）几乎同时有《齐省堂增订〈儒林外史〉》本（下称齐本）及天目山樵评本（下称天本）出现。齐本也为五十六回本。至于光绪十四年上海鸿宝斋所出之《增补齐省堂〈儒林外史〉》则为六十回本，其中四回显非原著。总之，这几种评本在《儒林外史》面世之后，是影响最大的几种刊本，不仅有批评，也有一定校勘。至于申报馆本、商务本、亚东本，大体不出以上几种刊本体系，不过取其所长、舍其所短而已，取舍之间全由编校者择定。新中国成立之后重要刊本有：20世纪50年代的张慧剑校注本（下称张本）；70年代有南京师院整理本（下称南师本）；80年代有李汉秋的会校会评本（90年代增补为汇校汇评本），笔者的《新批儒林外史》本（2002年增补为《清凉布褐批评儒林外史》本，下文称陈本）；90年代有李汉秋校、杜维沫注的《精校精注卧闲草堂儒林外史》本（合前二种称李三本）。

以上各本虽然均以卧本为祖本，但在“做官”与“做馆”进行本校时亦可参照。以卧本“做官”而言，仅齐补本改为“做馆”。但连刘文也承认齐补本“历来以代为修饰、擅改原文为论者所诟病”，李汉秋就曾指出数例，如“匣上”被改为“闸上”，“惣成”被改为“总成”等，“率以已意删改”，而“校改者识力不够而误改反致错误的也不少”①。总之，齐补本中不乏点金为铁之处，即如改“做官”为“做馆”也显系擅改。但刘文却认为“就‘做馆’这一个案而言，不当视作擅改原文，而是正确的校勘”。此说其实并无根据，不妨以卧本为底本试求本证如下。

先查“做馆”。

① 李汉秋：《〈儒林外史〉的版本及其沿递》，《〈儒林外史〉汇校汇评》，上海古籍出版社1984年版。

第二回：

王惠问周进："去年在谁家作馆？"王惠接着又说："足下莫不是就在我白老师手里曾考过一个案首的？说这几年在顾二哥家做馆，不差不差。"

（按：齐本、黄本、天本、张本、南师本、陈本均同；唯李汉秋 1999 年 8 月之汇校汇评本将第一个"作馆"改为"做馆"，但李氏 1984 年 9 月之会校会评本及 1999 年 11 月之精校卧本均未改动，仍依卧本为"作馆"）

第三十六回：

祁太公对虞育德说："你还该去买两本考卷来读一读，将来出去应考，进个学，馆也好坐些。"

虞博士对娘子说："我自从出来坐馆，每年大约有三十两银子……"

武书对虞博士说："……因是后来穷之无奈，求个馆也没得做……"

（按：以上各本均同）

第四十一回：

沈琼枝回答杜娘子所问，说："家父历年在外坐馆……"

（按：上述各本均同）

第四十四回：

萧柏泉对汤镇台介绍余特说："……今年在一个盐务人家做馆，他不甚得意……"

（按：以上各本均同）

余特对萧柏泉说："小弟因有一个故人在无为州做刺史，……他若帮衬我些须，强如坐一年馆。"

（按：上述各本均同，唯齐补本改"坐"为"做"——齐补本为第四十八回）

第四十六回：

杜少卿对余特介绍汤镇台时说："便是请表兄做馆的了"；对汤镇台介绍余特时说："这便是表兄余有达，老伯去岁曾要相约做馆的。"

（按：上述各本均同）

第四十八回：

"话说余大先生在虞府坐馆……"

（按：上述各本均同）

以上各例或为“作馆”、或为“做馆”、或为“坐馆”，都是教书之意，未曾错为“做官”即出仕之意。至于第二十七回倪廷珠对乃弟廷玺所说：“我自从二十多岁时候就学会了这个幕道，在各衙门里做馆”中的“做馆”则为做幕僚之意，不会与意为教书的“做馆”相混。至于写成“坐”或“做”或“作”也并无不可，但一般当写成“坐馆”，因坐在人家授徒，第四十六回唐二棒椎对虞华轩说及余特，认为“这先生最好，只是坐性差些，又好弄这些杂学……”。正因为此，二思堂在翻印增补齐本时，将鸿宝斋齐补本的“做馆”又改为“坐馆”，越改越失去原真。

虽然上述各例中之“做馆”，有的出自叙述者（作者）之口，有的出自书中不同人物之口，但均未有将“做馆”误为“做官”之意。唯齐补本第五十二回（卧本第四十八回）中将“做官”改为“做馆”，但均为各本所不取。

再查“做官”。

第二十回：

匡超人对他的娘子说：“我如今贡了，要到京里去做官……”他的娘子说：“你去做官罢了……”匡超人又说：“……我而今是要做官的……”

（按：上述各本均同）

第四十八回：

“那知因虞博士选在浙江做官，杜少卿寻他去了；……迟衡山、武正字都到远处做官去了……”

（按：除齐补本外，上述各本均同。齐补本为第五十二回，将后一“做官”改为“做馆”——即刘文认为改得对的“个案”）

第五十三回：

聘娘说：“……难道做官的、有钱的女人都是好看的？……”聘娘问陈木南：“……你几时才做官？”聘娘说：“我是好人家儿女，也不是贪图你做官……”

（按：以上各本均同）

以上各例所用“做官”一语均为出仕之意，语义明确，未曾与“做馆”相混，特别是第四十八回余特劝说乃弟余持同赴徽州府学训导之任时说：“……料想做官自然好似坐馆”，将“做官”与“坐（做）馆”并举，并无混淆，而且各本均同。

总之，《儒林外史》全书在涉及教书与出仕时所使用的“做（作、坐）馆”与“做官”两个语词，各自所表述的意义明白准确，并无含混，没有一例可以作为齐补本将“做官”改为“做馆”的佐证。可见齐补本显系“率以己意删改”，并无版本依据。

二

刘文在认定“迟衡山、武正字都到远处做官去了”应为“做馆去了”的前提下，对《儒林外史》的思想主旨和形象意义做了一番解读。但由于改“做官”为“做馆”，并不如刘文所说是“正确的校勘”而是“擅改原文”，因此也就连带误读了《儒林外史》。

刘文认为“‘做官’还是‘做馆’，虽说只有一字之差，但毕竟反映了人物的不同追求，对人物形象的分析评价也应该有所不同。如果是‘做官’，便说明迟、武二人直到最后仍留意于科举功名，他们的精神追求的脚步始终徘徊于新旧思想之间，其价值取向便不会与高翰林、施御史、万中书如此扞格不入了（第四十九回）；如果是‘做馆’，便说明他们和虞育德、庄绍光、杜少卿保持一致，‘终乃以辞却功名富贵、品地最上一层’，成为‘中流砥柱’（闲斋老人序词）”。这段解读至少有两点可以商榷：一是沿袭闲序所言，将虞、庄、杜三人一齐归之于辞官行列；二是将是否出仕视作评价人物思想境界高下的唯一标准。

先说第一点，虞育德并无辞官不就的言行。当他在中进士之前，尤资深曾劝他去求康大人推荐应征辟，他不愿意。尤资深进一步说：“老师就是不愿，等他荐到皇上面前去，老师或是见皇上，或是不见皇上，辞了官爵回来，更见得老师的高处。”虞育德回答说：“你这话又错了。我又求他荐我，荐我到皇上面前去，我又辞了官不做。这便求他荐不是真心，辞官又不是真心。这叫做什么？”虞育德不愿求康大人推荐，并不是因为不愿做官，而是不愿如此作秀。当他中了进士，授了“闲官”南京国子监博士后，他便“欢喜道：‘南京好地方，有山有水，又和我家乡相近。我此番去，把妻儿老小接在一处，团阙着，强如做个穷翰林。’”全无辞官之意，不过以平常心态对之而已。在国子监博士离任后又去外地做官，杜少卿与之话别时，他说：“少卿，我不瞒你说，我本赤贫之士，在南京来做了六七年博士，每年积几两俸金，只挣了三十担米的一块田。我此番去，或者部郎，或是州县，我多则做三年，少则做两年，再积些俸银，添得二十担米，每年养着我夫妻两个不得饿死，就罢了。……我要做这官怎的？”显然，他之所以做官并不是求去富贵而是为了生存必需。须知在科举社会中，读书人除了做官、做馆之外，就很少有其他的出路了。至于庄绍光在面见圣上之后辞去征辟，是因为朝中小人作祟。杜少卿则是因为“正为走出去做不出什么事业”而宁可不出去的；少卿此言又是他回答迟衡山所劝“替朝廷做些正经事”而发。可见庄、杜之所以辞官不就，原因就在于无法“做些正经事”。既然他们“做官”的目的并不在于追逐富贵，而是要“做些正经事”，即使他们做了官，又有何可苛责之处？

这些正面人物的理想是倡导礼乐兵农，借以为朝廷培植人才。集中体现这一理想的行为则是祭泰伯祠，而主祭者即是虞育德，其时正任国子监博士；亚献则是认为“君臣之礼是傲不得”的庄绍光；三献却是一向劝导士人“总以文章举业为主”、“只是有本事进了学，中了举人、进士，即刻就荣宗耀祖”的马纯上。虽然他们在不同程度上都重视仕途，也由于不同原因而未能功名得手或辞官不就或为官不久，但并不影响他们倡导礼乐兵农的思想和作为。至于在青枫城实践礼乐兵农理想的萧云仙也是现任千总，虽在仕途上一度受挫，但最后依旧被任命为“应天府江淮卫的守备”。而作者吴敬梓对他的出仕经历，一如对虞育德离开国子监之后又去浙江“做官”一样，并无微词。既然如此，可见作者对人物的品评自有他的准则，并非仅着眼于他们是出仕抑是辞官。

当然，小说中也出现了一批为作者所深恶痛绝的“父母官”，例如诸暨、德清、江都、彭泽等地区的“县太爷”，他们昏聩无知，贪得无厌，蒙混朝廷，欺压百姓，正如庄绍光所指责的那样“近来的地方官办事，件件都是虚应故事”，作者对他们讥讽有加。但小说中又出现如同乐清知县李本瑛、安东知县向鼎那样的官员，他们大都敬重斯文、爱惜人才，作者在叙述他们的故事时，赞扬之情透露在字里行间。这正说明作者对朝廷“官员”并非不问青红皂白地一律贬斥，认定他们都是思想情操卑下的士人。

自然，吴敬梓在小说中也透露了意图寻求一条与学而优则仕的不同途径的士人出路，在故事一开始所塑造的王冕形象中，在故事行将结束时所添写的“四客”形象中都蕴含着这样的意思[①]。然而生产力的发展尚未能形成新的阶层、社会的

① 参见拙作《试论吴敬梓对科举制度的批判及其对知识分子出路的探寻》（《明清小说研究》1991年第4期）、《“隐括全文”的“名流”王冕》（《文史知识》1991年第7期）、《“述往思来”的四客》（《明清小说研究》1997年第3期）。

进步尚未达到新的阶段之前，能够与传统思想坚决绝裂的新人是不可能出现的。作者的理想也不可能十分明晰，必然会呈现出一定的局限。然而吴敬梓却能“心有依违”[①]确非易事，在当时条件下可谓是一定程度上的超前意识，自应大大肯定，而不能用当代的标准苛求于他。基于这种认识，对《儒林外史》中人物的品评也应该避免绝对化，不宜将是否出仕视作人物思想品格高下的唯一标准。果如此，不但《儒林外史》中找不出几个品格高尚的人物，即连整个科举社会中怕也找不出几个值得充分肯定的人物。

刘文还以《明史・选举志》所记载的读书人出仕资格和铨选程序来考证文学作品中的人物迟衡山、武正字二人之不可能“做官”，因为他们只是“秀才”身份，不具备“参与铨选的原始条件”。须知《儒林外史》是文学作品，正如本文开始就说到历史的真实与艺术的真实是各具特点的，虽然艺术的真实离不开历史的真实，但这并非说文学艺术作品中所描写的每一故事、每一故事的每一细节都要与当时社会的规章制度完全一致。《儒林外史》毕竟是小说，而非历史人物的真实传记，它自然不可能也没有必要按照现实生活中的考选规定去交代书中所有人物的出仕经历。作者的着力点在于塑造一些具有典型意义的人物形象，藉以反映科举社会中士人的命运而已。在艺术形象的塑造过程中，自然容许虚构成分的存在，《儒林外史》毕竟不是史籍的翻版。其实在整部《儒林外史》中交代一生经历的人物仅有一人，即张文虎批语所说的“特为立传”的、以“名贤”身份“主祭”泰伯祠的国子监博士虞育德。作者在小说中虽然交代了他的家世、祖父、父亲状况，叙写他的出生、命名、丧母、开蒙、坐馆、进学、成亲、中举、做幕、中进士、出仕南京国子监博士，最后又去浙江“做官”的经历，但文笔也很简洁，不过集中在少数几回书中叙及。至于对其他人物的描写，文字虽有多少之分，但均未交代他们的一生经历，只是撷取他们生平中的某一片段、剪裁他们生活中的某一侧面予以突出生动的刻画，以展示他们的某种性格，透视他们的心灵深处，甚至让他们突然闯进舞台中心来表演一番，而后便又悄然消失，甚至长时期不见踪影，隔了若干年后方才虚写一笔交代他们的下场，甚至一无交代。迟衡山、武正字二人的仕宦经历并非表述作品主旨的必需情节，略而不写也并不影响作者创作意图

① 鲁迅：《中国小说史略》。

的反映，自不必因此而断定“做官”为“做馆”之误。

刘文还从小说中对迟衡山、武正字的称谓来说明此二人之不可能“做官”。该文举出第四十九回“亦即所谓‘辞官’归来之后，参加了高翰林的一次宴会”为例，说他们宴会的“席次如下：‘高翰林奉了万中书的首座、施御史的二座，迟先生三座，武先生四座，秦亲家五座，自己坐了主位。’”根据这段文字，刘文认为“显然，相对于在朝者称官衔，未任官的诸生只能叫‘先生’了。”刘文这段文字可注意者有二：一是“辞官”云云，在卧本以及其他各本包括齐补本中，均未有所谓“辞官”情节的叙写，甚至连“辞官”这一语词也未曾出现。二是高翰林与秦中书均是有官衔的，不过二人都已致仕在家而已，何以在上引的文字中不出秦中书官衔而仅称“秦亲家”，这不是与刘文所言相悖？再说迟、武二人固然在此节文字中被称为“先生”，但在第四十九回开始，高翰林的家人奉主人之命前来请武正字做陪客时，高家家人对武正字说：“家老爷多拜上老爷，请的是浙江一位万老爷，是家老爷从前拜盟的弟兄，就是请老爷同迟老爷会会，此外就是家老爷亲家秦老爷。”无论是当面的武正字还是不在场的迟衡山，都被高翰林的家人称呼为“老爷”。而刘文又说：“明清时期，相对于已入仕者或举人以上者称‘老爷’，秀才是称‘相公’的。这一点，作者心中一清二楚自不待言，即使在作品里的一个市井屠户的心目中也是有着严格区分的。……由此看来，武书也并未‘做官’，而是和迟衡山一样，只是‘做馆’去了。”当然，刘文此种说法在一般意义上是正确的，但何以应该较胡屠户更为熟悉官场应酬的高翰林家人，却一再称呼迟、武二人为“老爷”呢？由此可见，文学作品的叙写，自不能以现实状况来刻板比对，作者如此安排情节、描叙人物都是其创作个性的反映。如果不考虑文学创作与史学典籍的差异而立论，就难免胶柱鼓瑟，难求实情了。

三

《儒林外史》在我国古代几部著名的长篇小说中，是比较难以读“懂”的一部巨著。鲁迅就曾慨叹“伟大也要有人懂”[①]。而它的难“懂”，不仅仅是题材问题，如胡适所言“书里的人物又都是‘儒林’中人，谈什么‘举业’‘选政’，都不

① 鲁迅：《叶紫作〈丰收〉序》。

是普通一般人能了解的”[①]，而且在艺术表现方面也有它难“懂”之处，笔者曾连续撰文就它的讽刺艺术、结构艺术、人物描写艺术、景物描写艺术以及人物进退场的方式等加以研讨[②]，以期有助于读“懂”这部小说。在上述各文中也程度不等地涉及它的独特的叙事手法，而在《新批儒林外史》（江苏古籍出版社 1989 版）的夹批回评中，也不乏论及叙事手法特点的文字，此不赘述。但有关迟衡山、武正字二人到远处“做官”一节，在上述诸文中未曾专门论及，此处不妨略作探析。且看小说原文：

（王玉辉）一路来到南京水西门上岸，进城寻了个下处，在牛公庵住下。次日，拿着书子去寻了一日回来。那知因虞博士选在浙江做官，杜少卿寻他去了；庄征君到故乡去修祖坟；迟衡山、武正字都到远处做官去了：一个也遇不着。

首先，细阅此段文字的前后，均未见有二人“到远处做官”的具体描写，自然也没有如刘文所肯定的齐补本所改的“做馆”叙述。这句突兀其来的话语，从上下文的语气考察，只是王玉辉四处寻访这几个人物不遇的结果。但这几个人物的去处，是王玉辉从何处打听得来的，是否确实可信，书中一无交代。况且，迟衡山、武正字二人也从未自言要去“做官”，如同匡超人所反复声言的“要到京里去做官”云云。同时，除了王玉辉寻访他们不遇时言及二人“做官”外，书中未有其他人物说及迟、武二人去“做官”。既然迟、武二人未曾言及“做官”，当然也不会言及“辞官”，而且书中其他人物也同样未曾言及迟、武二人“辞官”，如此，刘文所说的“辞官”云云就未免落空。至于第四十八回文末所云“邓质夫打听得武正字已到家”，只不过表明其外出归来而已，并未说明因何外出、又因何归来。由此可见，小说中关于迟衡山、武正字二人“做官”“辞官”（或如齐补本所擅改的“做馆”）均无具体叙述，留下极大的空间要由读者去寻思，从而作出合情合理的补充诠释。因此，在第四十九回回评中，涉及迟、武二人“做官”一节，笔者的评说是“即使出仕，亦不能安于位”。这里，“即使”一词实有两层意思：一是是否确实出仕；二是就是做官，也不能做久。这其实也是对迟、武二人“到远处做官去了”的一种解读。

---

① 胡适：《五十年来中国之文学》。

② 如《论〈儒林外史〉的讽刺艺术》、《〈儒林外史〉的结构艺术》、《论〈儒林外史〉的人物性格》、《论〈儒林外史〉的景物描写》、《试论〈金瓶梅〉对〈儒林外史〉和〈歧路灯〉的影响》等。

其次，再从王玉辉寻找南京几位贤人不遇前后的情节来探析，也有可以深思之处。在第四十六回“三山门贤人饯别”回中，庄濯江等人在南京相约办一登高会，“五百里内贤人聚矣”。会前，庄濯江在家等候，庄征君已先在，“少刻，迟衡山、武正字、杜少卿都到了”。而第四十八回“泰伯祠遗贤感旧”书中，王玉辉寻访诸贤时，提及迟、武二人“去远处做官了”，但到本回回末又云“邓质夫打听得武正字已到家”，这一情节的进展为时极为短暂。据朱一玄《〈儒林外史〉故事编年》[①]，这几回书中的故事都发生在第四十七年即同一年内。迟、武二人何以要在短短一年内去“远处做官”（或如齐补本所云“做馆”）又匆匆返回？这其间究竟有什么隐情、关节呢？这又是一个值得寻思的问题，也留待读者去解读。总之，关于迟衡山、武正字二人去远处“做官”的描写，显得扑朔迷离，耐人寻思。

再次，王玉辉寻访迟衡山、武正字一事发生在第四十七年即小说的第四十八回书中，我们不妨探析一下次年即第四十八年间万中书拜访迟衡山、武正字的情节，即小说第四十九回“中书冒占凤凰池”有关情节，或许对于我们理解王玉辉寻访迟、武二人不遇的叙写有所启示。在第四十九回书中，万青云“去拜迟相公，迟衡山家回：‘昨晚因修理学宫的事，连夜出城往句容去了。’只得又拜武相公，武正字家回：‘相公昨日不曾回家，来家的时节，再来回拜罢。’”二人均避而不见。拙作《新批儒林外史》于此处批道：“不赴宴。”何以迟、武二人不愿赴宴呢？当施御史得知万中书拜访二人而不遇时便道：“这两个人却也作怪。但凡我们请他，十回倒有九回不到。”《新批儒林外史》中于此批道：“薰莸不同器也。”既然不愿与这般人同席，那就不会如刘文所云“其价值取向便不会与高翰林、施御史、万中书如此扞格不入了”。之所以不愿赴秦中书之宴请，因为此前迟、武二人已赴高翰林之宴请，在席上与高翰林、施御史的交谈话不投机，自然秦中书邀请“还是我们照旧六个人”的再次宴集，“迟衡山、武正字不曾则一声”，就已显露出他们不会与宴的态度。既然如此，聚会前万中书来拜访时自然要托故不见。

从迟、武二人不愿与高、施这般人聚会，托词回避的作为来揣度，王玉辉来访，他们也完全有可能借故不见。王玉辉鼓励女儿殉夫一事，即连徽州府学训导、

---

① 朱一玄：《古典小说版本资料选编》，山西人民出版社 1986 年版。

被他认为是“大名下”的余大先生听说后也不免“大惊，不胜惨然”，离徽州不远的南京士人也可能知晓此事；再说王玉辉的妄自尊大，就是“本学老师”，他“也不过是公堂一见而已”，其傲慢师长之言谈举止，更不是重视礼乐的迟、武之辈所能容纳；何况王玉辉到南京寻访南京几位贤人，无非是希望他们“赞扬”他自以为可以“嘉惠来学”的三部书，以便书坊刻印。对于这样一个自称“迂拙”其实“伪妄”[①]的老秀才，迟衡山、武正字二人完全可以像回避万中书那般拒而不见。当然，这种诠释也只是一种可能，不同时代的不同读者完全可以根据自己的生活体验、从自己的审美认识去解读，而不必为笔者识见所拘。

《儒林外史》中如此般叙事的情节非仅这一“个案”，可以举出不少。作者常常重笔浓彩地描绘出某些情节，而至于这一情节所显示的意义，作者的态度或倾向有时潜藏不露，有待读者自行去发掘寻思，甚或有待读者去补充解读。如第二十七回“王太太夫妻反目”中，叙及鲍廷玺再婚之后，备受继母鲍老太及其女婿归姑爷的虐待和欺压，以及新夫人“喇子”王太太的絮叨和折磨，生活状况“苦不堪言”。作者对此详描细写的用意何在？笔者在《新批儒林外史》该回回评中试图予以解析：“抑或因其父丧未满服即行婚娶故以此报应之焉？抑或借此写其出嗣后种种遭遇之需焉？抑或二者兼而有之焉？《外史》读者亦可自行体味，不必为批者识见所拘。”对笔者这一做法，有学人发表文章予以肯定，说：“评点的首要目的是发掘作品的潜藏意义，填充意义空白，帮助阅读。而阅读对象的意义具有不确定性，对于同一阅读对象，不同时代的读者有不同的解释，同一时代的读者也会见仁见智。因此，在多项意义中如何选择一个最佳（最基本）的意义项，使不同的读者易于接受，是新评点面临的一个严重挑战”。该文还举出此例说明“当最佳意义不易择定时，批者便提出几种不同的接近创作本意的理解义，让读者思考选择”。该文认为笔者的《新批》对此“作了有益的探索”[②]。其实这三种诠释都各自有一定依据，并非出自笔者臆想。如第一种解读，在第二十六回回目“鲍廷玺丧父娶妻”的文字中就潜藏着作者的批判倾向，并已预示着与第二十七回“王太太夫妻反目”情节的因果关系。在第二十六回回评中笔者就曾指出：“至于回目大书‘鲍廷玺丧父娶妻’亦为诛心之笔……不仅回目文字皮里阳秋，

---

① 参见拙作《自称“迂拙”其实“伪妄”的老秀才王蕴》，载《淮海文汇》1996年第4期。

② 许建平：《评〈新批儒林外史〉》，《南京师范大学学报》1991年第2期。

而其后叙及廷玺之文笔，亦多有微词矣。此亦为作者伦理观念之显露，并不足取。”至于第二种诠释，即出嗣为人子之后的种种遭遇，作者在《移家赋》以及其他诗文中均有所流露，有关文献亦不乏记载[①]；同时在《儒林外史》中也多有叙写夺产、出嗣等情节，如第六回之严贡生、严监生，第十六回匡超人之三叔与其兄等等，而在第十六回回评中，笔者指出“由于文木老人自身有此经历，……才叙写得如此真切”。第三种解读，则是一、二两种诠释的掺合。总之，《儒林外史》所叙及的不少情节，作者吴敬梓只是“直书其事”，而“不下断语”，如何理解他所描写的情节，读者可自行寻思、解读。小说中有许多可由读者去思索、去补充的空间，而作者没有具体叙写的情节有时比已然详描细绘的故事更令人深思，如同人际交往中有些未曾明言的事较之已说出口的话更为重要。这固然让一般读者感到难“懂”，却又同时可以激起读者的不断探寻的兴趣，唤醒读者的生活体验，激活读者的审美眼识，与作者共同完成接受《儒林外史》的“伟大”意义。这一类的描叙尚可举出一些，限于篇幅，不能详论。仅以此例说明“迟衡山、武正字去远处做官”的叙写，也须读者认真去寻思。

总之，无论从文本的校勘上，还是从文学作品的解读中，不必强行将“做官”改为“做馆”。段玉裁在《重刊明道二年国语序》中说：“校定之学，识不到则或指瑜为瑕，而疵类更甚。转不若多存其未校定之本，使学者随其学之浅深以定其瑕瑜，而瑕瑜之真固在。古书之坏于不校者固多，坏于校者尤多。坏于不校者，以校治之；坏于校者，久且不可治。”[②]齐补本改卧本“做官”为“做馆”，二思堂印行齐补本时又将“做馆”改为“坐馆”，越改越失其真，遂令后之读者必以为“做官”为误，真是“不可治”矣。笔者以为在没有版本依据之前，齐补本之擅改可视为一家之言，不能判定其必是、而卧本及其他诸刊本为必非，可由学识深浅不同之学人自行寻思、解读。

（原载《南京师范大学文学院学报》2008年第2期）

① 参见拙作《吴敬梓评传》有关章节。

② 段玉裁：《经韵楼集》卷八，影印嘉庆十九年刻本。

下　编

研究史论

略评胡适对《儒林外史》的研究

胡适在他早期的学术活动中，为了反对旧文学、提倡白话文学的需要，曾对中国古代小说如《水浒传》、《三国演义》、《西游记》、《儒林外史》、《红楼梦》等作品，进行了介绍、考证和评论。这在当时有开风气的作用，对后来也产生了一定的影响。当然，他的考证有得有失，他的评论也瑕瑜互见。但对他所做过的工作，也不能忽视，对他的研究成果必须进行鉴别，给以公正的评价，还其历史地位。此文仅就他对吴敬梓及其《儒林外史》的评述略加论说。

一

胡适对吴敬梓的评价很高，这是与当时开展的反对旧文学、提倡新文学的运动分不开的。他认为“我们安徽的第一个大文豪不是方苞，不是刘大櫆，也不是姚鼐，是全椒县的吴敬梓”[①]。众所周知，方苞（1668—1749）、刘大櫆（1698—1779）、姚鼐（1731—1815）是统治了清代文坛达二百年之久的桐城派的创始人与中坚分子，他们或与吴敬梓同时，或稍晚。桐城派的作家很多，无论是政治思想和文艺思想还是创作成就都不全然相同，作为一个文学派别，迄今对之还研究得不够，应该引起学人重视。桐城派的理论主张和文学创作有提倡孔孟程朱之道、重视封建伦理纲常的内容，因而这个流派一直遭到进步思想家和文人的抵制与驳难。远的不说，吴敬梓的友人程晋芳，因为从刘大櫆学古文，就受到他“族祖”、也是吴敬梓友人的程廷祚的驳难（见《与家鱼门》、《复家鱼门论古文书》等信）。但由于桐城派的主张和创作适应了清王朝的政治需要，所以尽管有人驳难，仍然成为当时统治文坛的主要流派，在姚鼐时更达到鼎盛。姚鼐死后，经过鸦片战争、太平天国革命的冲击，历史发生了转折，坚持封建道统和文统的桐城派，受到革

① 胡适：《吴敬梓传》，《胡适文存》一集卷四。

新思潮和革命力量的冲击，一度衰替。不久由于太平天国革命的失败，以曾国藩为首以及他网罗的一批文人，竭力鼓吹方、姚，“中兴”桐城派。但好景不长，时代的变迁已经宣告了他们的文学主张的过时，在进步学者的批判下，19 世纪末叶，桐城派更趋式微了。辛亥革命以后到“五四”运动前夕，特别是在袁世凯称帝、张勋复辟前后，桐城派文人又再度活跃起来，有的参与军阀政权，有的占据学校讲坛，提倡尊孔读经，宣扬桐城“义法”，成为反对新文学运动的急先锋。他们的代表人物林纾（1852—1924），仍然坚持他的陈腐观念，攻击新文学运动的倡导者是“斥桐城不值一钱”的“庸妄巨子”，不过他也不得不承认对他们的批判得到“无识之谬种”“嗥声彻天”的响应[①]。而他却仍然希望在“天心厌乱，终有清平之一日”时，青年“诸君子”能够“力延古文之一派”，使其“不至于颓坠”[②]。以林纾为最后代表的桐城派的言论，曾经遭到鲁迅、钱玄同、胡适等新文学运动倡导者的有力反击。在抨击“桐城谬种”，提倡以白话文为表达工具的新文学的同时，便对文学史上几部用白话文写成的小说加以宣扬和肯定。正是在这样的背景下，胡适才把吴敬梓称为安徽第一个大文学家，而把桐城派的创始人和巨擘方、刘、姚贬在一向不为正统文人所看得起的小说家之下。他在《白话文学史·引子》中更大声疾呼：“你要晓得，当方苞、姚鼐正在努力做韩愈、欧阳修的‘肖子’的时候，有个吴敬梓也正在做《儒林外史》，有个曹雪芹也正在做《红楼梦》。那个雍正、乾隆时代的代表文学，究竟是《望溪文集》与《惜抱轩文集》呢？还是《儒林外史》与《红楼梦》呢？”他在另一篇文章中更举出《水浒传》、《儒林外史》等十三部作品，认为它们“代表四五百年的小说”[③]。可见在他的心目中，《儒林外史》与《红楼梦》已经取代方、姚的文章而成为雍、乾两朝的“代表文学”了。

胡适这样高度地评价吴敬梓在文学史上的地位，无疑是正确的，特别是在反对旧文学、提倡新文学的“五四”运动前后，更具有积极意义。对此应予充分肯定。不过，胡适对于“安徽的第一大文豪”吴敬梓之所以伟大，却缺乏深刻的分析和论述，只是说他“是个有学问、有高尚人格的人”[④]。这样的评价未免失之空泛。

① 林纾：《慎宜轩文集序》，《林琴南文集》，中国书店 1916 年版。

② 林纾：《送文科毕业诸学士序》，《林琴南文集》，中国书店 1916 年版。

③ 胡适：《一个最低限度的国学书目》。

④ 胡适：《〈官场现形记〉序》。

鲁迅对吴敬梓的评价就具体和中肯得多。他认为在我国小说史上，吴敬梓是第一个创作了“足称讽刺之书”[①]的作家，“在清朝，讽刺小说反少有，有名而几乎是唯一的作品，就是《儒林外史》”[②]，而且后来也“鲜有以公心讽世之书如《儒林外史》者”，受其影响而产生的一些谴责小说，它们的作者也“殊不足望文木老人（敬梓）后尘”。这一论断说明《儒林外史》不仅仅是雍、乾两朝的“代表文学”，并从小说发展史的角度说明了它在我国文学史上所占的特殊地位。

鲁迅不仅高度评价了吴敬梓创作的成就、影响和在文学史上的地位，而且知人论世地对作家和作品进行了具体分析和精辟论断，他首先研究了吴敬梓的生活遭遇对其思想和创作的影响。鲁迅对吴敬梓生活道路的描述，引用了一些原始的传记材料，揭示了吴敬梓“不善治生”，以致“不数年挥旧产俱尽，时或至于绝粮”的、急剧变化的个人生活遭遇对他的思想和创作所产生的重大影响。鲁迅在谈及自身经历时也曾说过：“有谁从小康之家而坠入困顿的么，我以为在这途路中，大概可以看见世人的真面目。”[③]而“刻画何工妍”的《儒林外史》，也正是在“白门三日雨，灶冷囊无钱”[④]的困穷境遇下的产物。其次，鲁迅又指出吴敬梓的社会生活实践对他的思想和创作的影响。鲁迅认为吴敬梓所以能够创作出这部“机锋所向，尤在士林”，揭露那些“制艺而外，百不经意，但为矫饰，云希圣贤”的士流丑态的小说，是由于他“身为士人，熟悉其中情形，故其暴露丑态，就能格外详细”[⑤]。鲁迅一向认为一个作家对自己本阶级的社会生活作“反戈一击”式的描写，更为切中要害。他后来曾经说过：“非同阶级是不能深知的，加以袭击，撕其面目，当比不熟悉此中情形者更加有力。”[⑥]事实也确实如此，正由于吴敬梓从小就接触到八股制艺和程朱理学，对它们腐败、虚伪的真实情况有着深切的体验，所以才能在《儒林外史》中做出如此深刻的描写。再次，鲁迅虽然充分肯定了吴敬梓个人生活的遭遇和社会生活的实践等等因素促使他思想中进步成分的滋生和发展，但同时也极为深刻而中肯地解剖了他思想中的矛盾和局限，指出吴

① 鲁迅：《中国小说史略》，以下所引鲁迅文字，不特别注明者均出自此书。
② 鲁迅：《中国小说的历史的变迁》。
③ 鲁迅：《呐喊·自序》。
④ 程晋芳：《勉行堂集》卷二《怀人诗》。
⑤ 鲁迅：《中国小说的历史的变迁》。
⑥ 鲁迅：《二心集·关于小说题材的通信》。

敬梓“生清初，又束身名教之内，而能心有依违，托稗说以寄慨，殆亦深有会于此矣”。在吴敬梓的世界观中也的确存在着时代的（清初）和教养的（名教）局限，这对他的创作也产生了不小的影响，他在《儒林外史》中揭露了科举弊端，但在科举上不能汰尽患得患失的情绪；批判了礼教的“伪妄”，但恪守的还是封建士大夫的“文行出处”。不过，鲁迅认为吴敬梓既然“能心有依违”，也就值得充分肯定。总之，鲁迅对吴敬梓的高度评价，是在他对吴敬梓的家庭遭遇、社会实践，并联系到他所处的时代和阶级局限进行深入分析后作出的，因而不仅符合吴敬梓思想和创作的实际，也较胡适的空泛评论更为具体，而令读者信服。

二

胡适不仅极为推崇吴敬梓，也十分称赞他所创作的《儒林外史》。胡适认为“吾国第一流小说古惟《水浒》、《西游》、《儒林外史》、《红楼梦》四部”[①]。对于“第一流”的《儒林外史》，胡适又是如何进行评价的呢？他在《吴敬梓传》中说：“《儒林外史》这部书所以能不朽，全在他的见识高超、技术高明。”他不同意钱玄同仅“就内容立论”来评价《儒林外史》，认为“论文学者固当注重内容，然亦不当忽略其文学的结构。结构不能离内容而存在，然内容得美好的结构乃益可贵”[②]。这里要指出的是，胡适时代的文学术语与今日有所不同，他所谓的“结构”实际上是指艺术形式。这样，从上述两段话来看，胡适评论《儒林外史》能够兼顾思想内容及艺术形式两个方面。当然，胡适的这种见解，颇有将内容与形式割裂开来的意味。别林斯基在《论柯尔卓夫的生活和作品》中说：“如果形式是内容的表现，它必和内容紧密地联系着，你要想把它从内容分出来，那就意味消灭了内容；反过来也一样，你要想把内容从形式分出来，那就等于消灭了形式。”[③]不过，在“五四”前后，胡适能注意到从思想内容和艺术形式两个方面来评论古代小说，尽管表现出一些机械论的倾向，似也不必苛责。

---

① 胡适：《再寄陈独秀答钱玄同》。
② 同上。
③《别林斯基论文学》。

胡适所谓的"见识高超"，即就《儒林外史》的思想内容而言。在具体论述这部小说的思想内容时，胡适涉及《儒林外史》的主题、题材以及社会价值等问题，颇有一些可取的见解。例如关于这部小说的主题，他说："这书的'楔子'一回，借王冕的口气，批评明朝科举用八股文的制度道：'将来读书人既有此一条荣身之路，把那文行出处都看得轻了。'这是全书的宗旨。"[①]这样的概括，确实指出了《儒林外史》的主要内容，鲁迅也曾指出这部小说"攻难制艺及以制艺出身者亦甚烈"。然而，胡适把这个内容强调为整部小说唯一的题旨，却未免过于绝对化了。他在《吴敬梓传》中说："不给你官做，便是专制君主困死人才的唯一妙法。要想抵制这种恶毒的牢笼，只有一个法子：就是提倡一种新社会心理，叫人知道举业的丑态，知道官的丑态；叫人觉得'人'比'官'格外可贵，学问比八股文格外可贵，人格比富贵格外可贵。社会上养成了这种心理，就不怕皇帝'不给你官做'的毒手段了"；而"一部《儒林外史》的用意只是要想养成这种社会心理"罢了。这样的评述就大大降低了《儒林外史》的思想意义。其实这部小说不仅仅描写了知识分子的生活遭遇，而且还通过他们对"功名"的追求和对"富贵"的醉心，极为广阔而深刻地反映了清代初期的社会现实，诸如朝政的腐败、官吏的贪墨；封建道德的崩溃、人情世风的险恶；盐商典当的骄奢、地主士绅的不法；以至民族之间的纠纷、市井细民的反抗，等等。所以鲁迅不仅说它"攻难制艺及以制艺出身者亦甚烈"，而且还说它是一部"指擿时弊"的作品，这显然比胡适仅就举业这一点立论要全面而深刻得多多。

次如关于《儒林外史》的题材，胡适说："……这部书是一种讽刺小说，颇带一点写实主义的技术，既没有神怪的话，又很少儿女英雄的话；况且书里的人物又都是'儒林'中人，谈什么'举业''选政'，都不是普通一般人能了解的。因此，第一流小说之中，《儒林外史》的流行最不广，但这部书在文人社会里的魔力可真不少！"[②]的确，《儒林外史》既不像《西游记》那样假借神怪来反映现实，也不像《水浒传》那样塑造了一系列传奇性的英雄形象，更没有像《红楼梦》那样描写了儿女情事。胡适实际上是从这几部小说题材的比较中，揭示了《儒林外史》的题材特点，这种见解并没有错。然而，这样的论述与鲁迅的评论相较，仍

---

① 胡适：《吴敬梓传》。

② 胡适：《五十年来中国之文学》。

然失于片面和笼统。之所以如此，也与他对这部小说主题的概括有关。鲁迅认为吴敬梓能够“秉持公心”，在小说中“指擿时弊”，其“机锋所向，尤在士林”，也就是说从“士林”生活的描写来对“时弊”进行“指擿”。鲁迅还具体阐述了《儒林外史》所着重“指擿”的“时弊”有以下几个方面：“攻难制艺及以制艺出身者亦甚烈”，即批判科举弊端以及由科举出身的士人和官吏，并以马二的自述为例加以表现；批判理学的虚伪，则以范进“丁母忧，翼翼尽礼”而大吃虾圆子“情伪毕露”为例；暴露礼教杀人的罪恶和受害者的矛盾、痛苦心情，“描写良心与礼教之冲突，殊极深刻”，则以王玉辉鼓励其女殉夫之后“转觉心伤”为例。鲁迅还提到“刻划伪妄之处尚多，掊击习俗者亦屡见”。对这部小说题材的概括和内容的分析，鲁迅显然较前人仅从批判“功名富贵”着眼为深刻，又比同时代的胡适仅拈出“儒林”、“举业”、“选政”几点为全面，更符合这部小说的实际。

再如，关于这部小说的社会价值，胡适的看法也颇有可予肯定之处。他说：“我们若要知道某个时代的社会生活的详细记载，只好向《红楼梦》和《儒林外史》一类的书里寻去。”[①] 把《儒林外史》等小说做为了解社会生活的资料。不仅如此，他还进一步认为《儒林外史》“可以作批评社会的一种绝好工具”[②]，强调了它对社会的批评功能。在胡适之前，一些改良主义者如梁启超等人过分夸大了小说社会功用，他们把小说当作“新道德”、“新宗教”、“新政治”、“新风俗”、“新学艺”、“新人心”、“新人格”，乃至“新一国之民”的一种“不可思议之力”[③]，把小说当作包治百病的万应灵药。对这种小说理论，后来一些具有民主革命思想的论者就表示过不同的看法，如黄人就指出“昔之视小说太轻”和“今之视小说又太重”[④] 两种不同偏向。胡适评述《儒林外史》的社会价值时，却没有黄人所指出的偏向，并且能具体说明小说的职能在于认识社会。在当时历史条件下，这种看法远较梁启超为代表的改良派的见解为平实可取。但是，在胡适评述小说的社会价值的言论中，也暴露了他在一定程度上将社会存在和意识形态、将艺术和思想割裂开来的文艺观，即不从艺术形象着眼，而只单纯地抽象地论述文学作品的社会意义。鲁迅的评论就显然与胡适不同，他说吴敬梓时代，“士流盖尚有明

---

① 胡适：《国语文法概论》。

② 胡适：《五十年来中国之文学》。

③ 梁启超：《论小说与群治之关系》。

④ 黄人：《〈小说林〉发刊词》。

季遗风”，而《儒林外史》中“所描写者即是此曹”，这就是说《儒林外史》中的艺术形象是从当时社会上广泛存在的实有其人中所摄取和塑造的；吴敬梓“既多据自所闻见，而笔又足以达之”，这就是说吴敬梓既有切身的生活经验，又具有高度的艺术才能，因而“能烛幽索隐，物无遁形，凡官师，儒者，名士，山人，间亦有市井细民，皆现身纸上，声态并作，使彼世相，如在目前”。这就说明吴敬梓能够塑造各种不同身份的艺术形象，并通过这些艺术形象把“世相”显示出来的原委。可见鲁迅论述《儒林外史》的社会价值时，首先指出作者根据他所“闻见”的“士流”的种种表现，塑造了“声态并作”的艺术形象，从而使广大读者认识到“如在目前”的“世相”。这样的评论充分考虑到文学的特点，无疑是十分正确的，也是胡适远远不能及的。

三

胡适也谈艺术，即他所谓的“技术高明”。他首先注意到人物塑造，胡适认为“《儒林外史》所以能有文学价值者，全靠一副写人物的画工本领。……如严贡生，如马二先生，如杜少卿，如权勿用……个个都是活的人物”；“即如那《儒林外史》里的王冕，是一个有感情、有血气、能生动、能谈笑的活人。这都是因为做书的人能用活言语活文字来描写他的生活神情”[①]。决定一部文学作品成就的高低，当然取决于这部作品的人物形象是否鲜明、是否具有典型意义。《儒林外史》对人物的塑造十分成功，前人多有评论，如说“其写君子也，如睹道貌，如闻格言；其写小人也，窥其肺肝，描其声态，画图所不能到者，笔乃足以达之”[②]。姑不论胡适将塑造人物的本领单纯地归之于“活语言、活文字”，单就他说吴敬梓“全靠”描写人物的“本领”，才使得《儒林外史》具有“文学价值”，这一点无疑是符合文学本身的特点的。此外，关于《儒林外史》中人物形象的原型问题，金和曾在《儒林外史跋》中提供了不少线索，这原是研究作家如何塑造人物典型的重要参考资料，同时也在一定程度上透露了《儒林外史》中的人物形象源自社会上的真人真事，并非作者凭空臆造。如果我们正确理解和运用这一资料，将有

---

① 胡适：《建设的文学革命论》。

② 《儒林外史》惺园退士序。

利于我们研究工作的进行；反之，如果信其确凿无疑，则将使我们的研究工作走入歧途。齐省堂增订本的《例言》中，在引用了金和的意见之后有所评论，说："窃谓古人寓言十九，如毛颖宋清等传，韩柳亦有此种笔墨，只论有益世教人心与否，空中楼阁，正复可观；必欲求其人以实之，则凿矣。且传奇小说，往往移名换姓，即使果有其人，而百年后亦已茫然莫识，阅者姑存其说，仍作镜花水月观之可耳。"这种看法是可取的。而在其后的胡适，却一方面认为"金和跋中举出的人，至多不过可供参考"；但另一方面又说"如马纯上之为冯粹中，庄绍光之为程绵庄，大概已无可疑"①。在《吴敬梓年谱》中更经常将作品中的人物与现实中的人物等同起来，说什么"这自然是《外史》里的迟衡山了"，"滁州冯粹中即是《儒林外史》中的处州马纯上"等等，将生活的真实与艺术的真实、人物原型和艺术形象混为一谈，这显然是索隐派研究学术问题惯用的影射比附方法的表现。鲁迅在他的研究论著中，同样充分肯定了这部小说人物描写的成功，认为吴敬梓所刻画的各类人物都能立得起来，而且这些栩栩如生的人物形象又都能反映一定的社会生活图景，具有很大的典型意义。鲁迅还指出吴敬梓在塑造人物形象时，不是单纯地采取脸谱化的方式，而是能曲尽其妙地表现出人物的复杂性格，并以马纯上为例说明作者一方面通过他们自己的"议论"，"不特尽揭当时对于学问之见解，且洞见所谓儒者之心肝"；另一方面又描写出他的"性行，乃亦君子"；"在'时文士'中实犹属诚笃博通之士"。对吴敬梓严格按照客观现实表现出人物复杂性格的创作方法，鲁迅在详尽的分析中给予充分的肯定。他虽然也引用了金和的跋语，但只是为了说明这部小说的真实性，说"《儒林外史》所传人物大都实有其人"，而没有机械地将人物原型与艺术形象等同起来。此后，鲁迅关于这一问题，还曾针对胡适的见解作了辩证的阐述。他说："……纵使谁整个的进了小说，如果作者手腕高妙，作品久传的话，读者所见的就只是书中人，和这曾经实有的人倒不相干了。例如……《儒林外史》里马二先生的模特儿是冯执中（应为冯粹中），现在我们所觉得的却只是……马二先生。"②这就明确地肯定了吴敬梓虽然采用真人真事为原型，但却根据自己的社会实践

---

① 胡适：《跋〈红楼梦考证〉》。

② 鲁迅：《且介亭杂文二编·〈出关〉的"关"》。

进行了艺术概括，从而使得他笔下的人物形象更具有典型意义。鲁迅这些深湛的见解，无疑是胡适所不能企及的。

复次，对《儒林外史》的结构，胡适在一定程度上也有所肯定，认为它开创了一种“新体”，而且承认这种结构样式“成了近代讽刺小说的普通法式”[①]，并指出受其影响的作品很多，像“《官场现形记》、《文明小史》、《老残游记》、《孽海花》、《二十年目睹之怪现状》诸书，皆为《儒林外史》之产儿”[②]；说韩子云的《海上花列传》的结构样式，也是从《儒林外史》“脱化”而来的[③]；李涵秋的《广陵潮》，其结构也是“《儒林外史》式”的[④]。这些论断，还是比较符合我国小说发展的客观实际的。不过，胡适虽然承认《儒林外史》的结构是一种“新体”，但却对这种“新体”加以全盘否定。说《儒林外史》“没有结构”，“没有布局，全是一段一段短篇小品连缀起来的；拆开来，每段自成一篇；斗拢来，可长至无穷”[⑤]；甚至还以某些近代西洋小说的结构去范围《儒林外史》，认为它没有贯串始终的人物，不如《恨海》、《九命奇冤》之类他所谓的“全德的小说”，因为它们有“‘我’为主人，全书中种种不相关属之材料，得此一个‘我’，乃有所附者，有所统系”[⑥]。这种皮相之见，正表现了胡适形式主义的文艺观。不过，胡适也曾试图寻找形成这种“新体”的原因，他曾说：“做小说的人往往把许多短篇略加组织，合成长篇，如《儒林外史》和《品花宝鉴》名为长篇的‘章回小说’，其实都是许多短篇凑拢起来的。”[⑦]说《儒林外史》是由短篇“凑拢”起来的当然不妥。他在另一篇文章中还更具体地论述说“白话小说起于宋代，传至元代，还不曾脱离幼稚时期。到了明朝，小说方才到了成人时期；……清初的《水浒后传》，乾隆一代的《儒林外史》和《红楼梦》，都是很好的作品”，但其后小说创作曾一度衰竭，原因之一就是“觉悟从前那种没有结构没有组织的小说体——或是《儒林外史》式，或是《水许》式——已不能使人满意了，所以不知不觉的格外慎重

① 胡适：《五十年来中国之文学》。
② 胡适：《再寄陈独秀答钱玄同》。
③ 胡适：《〈海上花列传〉序》。
④ 胡适：《五十年来中国之文学》。
⑤ 同上。
⑥ 胡适：《再寄陈独秀答钱玄同》。
⑦ 胡适：《论短篇小说》。

起来”[①]。胡适把《儒林外史》这种结构特点放在小说的发展过程中来考察，尽管有些见解不尽妥当，对小说发展的见解也未中肯綮，但他能历史地看待问题，这在当时也算难得了。鲁迅对这种“新体”的新在何处，做了具体分析，在说它是“虽云长篇，颇同短制”的同时，又肯定这种结构样式“如集诸碎锦，合为帖子，虽非巨幅，而时见珍异”的特点，并没有随声附和，全盘否定这种“新体”，在一片否定声中表现了鲁迅不苟同流俗之见的卓识。

再如，胡适对于《儒林外史》景物描写的意见，也是正确与缺失并存。一般说来，胡适对我国古代小说景物描写的成就是持否定态度的，认为“古来做小说的人在描写人物的方面还有很肯用力气的；但描写风景的能力在旧小说里简直没有”。即使对于《西游记》与《红楼梦》的景物描写，他也加以否定，认为“只是用几句烂调的四字句，全无深刻的描写”，他认为景物描写成功的小说只有《老残游记》一部，说它的成就达到“前无古人”的地步[②]。对于《儒林外史》的景物描写，他有肯定之处，如说“《儒林外史》第一回里有这么一段：‘王冕放牛倦了，在绿草地上坐着。须臾，浓云密布，一阵大雨过来了。……湖里有十来枝荷花，苞子上清水滴滴，荷叶上水珠滚来滚去。’在旧小说里，这样的风景描写可算是绝无而仅有的了”。这样的评价不可谓不高。但是，他同时又认为《儒林外史》中也充满了四字句的烂调式的景物描写，“写西湖只说‘真乃五步一楼，十步一阁；一处是金粉楼台，一处是竹篱茅舍；一处是桃柳争妍，一处是桑麻遍野’”[③]，全是“套语烂调”，毫无意义。这样的评述显然是很偏颇的。察其肯定否定的标准，全在于是否运用他所说的“活文字”去描写景物，而没有能够正确理解文学作品中景物描写的意义和作用。文学作品中自然景物的描写与人物形象的塑造有着紧密的关系，自然景物可以烘染人物的思想感情，而人物的思想感情又影响着人物对自然景物的感受。即以胡适所举的王冕观雨景、画荷花一段，文字固然清新，但这是为了表现王冕这一笼罩全书的理想人物的高尚情操。前人已经指出：“学画荷花便有雨霁湖光一段……文笔异样烘染。”[④]景物描写正是为“烘染”人物性格服务的。同样，胡适所举的马二游西湖一段的景物描写，是腐儒眼中所见。

---

① 胡适：《五十年来中国之文学》。

② 胡适：《〈老残游记〉序》。

③ 同上。

④ 卧闲草堂本《儒林外史》回批。

秀丽的湖光山色，在马二看来，只不过如《中庸》中所说“真乃‘载华岳而不重，振河海而不泄，万物载焉！’”这几句描写景物的陈词滥调正是为了“烘染”这个腐儒的胸襟。鲁迅对此有正确的剖析，说马二“西湖之游，虽全无会心，颇杀风景，而茫茫然大嚼而归，迂儒之本色固在”，极其精辟地揭示了自然景物描写与表现人物性格之间的关系，而胡适于此则也可谓“全无会心”。

又如，胡适极为赞赏《儒林外史》的语言运用，说它“是用一种活文字做的”[①]，“用的语言是长江流域的官话，最普通、最适用”[②]。这一见解还是正确的。在一些《儒林外史》的研究论著中，对《儒林外史》的语言运用也曾给予高度的评价，如《缺名笔记》作者就说“其完全白话小说，予生平实未之见。其俗语、官话、文言较少者，似不得不推《儒林外史》为首屈一指”，认为它的语言可算“是白话之正宗，盖行之全国、传之后世，无有人病其费解者也”。由此可见胡适对它的推崇也并不过分。但与此同时，胡适又对它的语言运用做了不合情理的指责，认为它不能表现不同人物性格的差异，说：“小说里最难的部分是书中人物的谈话口气。什么官僚乞丐都谈司马迁、班固的古文腔调固是不可；什么小姐小孩都打着‘欧化’式的谈话，也是不可；就是像《儒林外史》那样人人都说着长江流域的普通话，也叫人起一种单调的感觉，有时还叫人感觉这种谈话的不自然，也不能传神写实。”[③]如何解决这一问题呢？他认为“文学要能表现个性的差异”，就“不能不依靠方言”，因而他极为称赞用吴语创作的《海上花列传》，说“《海上花》的胜利，不单是作者私人的胜利，乃是吴语文学的运动的胜利”，从而主张“国语的文学从方言的文学里出来，仍须要向方言的文学里去寻他的新材料、新血液、新生命”[④]。胡适这种责备全无道理，首先他错误地将文学作品中人物的对话与文学语言混为一谈。对话固然应该表现出各种不同性格的人物，但也必须符合文学语言也就是作者的语言风格和特色。而且，性格不仅靠对话完成，文学的语言在描述中就有将人物、环境、情节性格化的功能。胡适把文学语言仅限于人物的对话，立论先就不当。鲁迅在论及《儒林外史》的语言时，不但指出它

① 胡适：《建设的文学革命论》。

② 胡适：《五十年来中国之文学》。

③ 胡适：《〈儿女英雄传〉序》。

④ 胡适：《〈海上花列传〉序》。

的“戚而能谐，婉而多讽”的特色，而且还兼及人物语言与叙述语言两个方面。前者举出“马二先生自述制艺之所以可贵”的一段话为例，说明其人物对话的性格化；而在评论小说的文学语言，即形象的描叙时，则说“故凡所有叙述，皆能在纸上见其声态”①，以肯定其文学语言能表达其形象的完善性。其次，胡适提出“依靠方言”来解决人物语言个性化的方法也是错误的。作为“文学的第一个要素”②的语言，一定要为使用这一语言的民族所能共同理解。作家在向人民群众学习语言时，必须考虑及此。过多地使用某一地区的偏僻的方言土语，非但不能使人物性格更加鲜明，反会缩小作品的读者范围。像胡适所赞赏的“均用吴音”的《海上花列传》，只有“吴中人读之颇合情景，他省人则不尽解也”③，又怎能如《儒林外史》那样“行之全国”而为全国人民所易于理解？由此可见，和他评价《儒林外史》的思想内容一样，胡适对这部小说的艺术表现的评述，虽有可取之处，但也有不少欠妥的看法。

四

胡适除了就《儒林外史》的“见识”和“技术”也就是思想和艺术有所论述以外，还对讽刺艺术的性质进行评论。

对于讽刺艺术的特点，胡适开始将谴责小说和讽刺小说放在一起加以评论，但能看到两者的区别。他曾用《官场现形记》来和《儒林外史》比较，认为《官场现形记》的“体例与方法，最近《儒林外史》”，但又指出：“《儒林外史》写的是儒生，《官场现形记》骂的是官场；《儒林外史》里还有几个好人，《官场现形记》里简直没有一个好官。”④他还指出《儒林外史》中有作者的理想，说：“这一部大书，用一个做裁缝的荆元做结束。……这是真自由、真平等——这是我们安徽的一个大文豪吴敬梓想要造成的社会心理”⑤。这里，他虽然没有将谴责小说从讽刺文学中划分出来，但已初步地理解到两者的不同。尽管胡适对讽刺

① 鲁迅：《中国小说的历史的变迁》。

② 高尔基：《论文学·和青年作家谈话》，人民文学出版社 1978 年版。

③ 《谭瀛室随笔》，转录自《文艺杂志》1914 年第 5 期。

④ 胡适：《五十年来中国之文学》。

⑤ 胡适：《吴敬梓传》。

小说的特征概括得不完全，没有从艺术本质说明问题，但在当时来说，应该说是有见识的。及至后来他见到鲁迅于“讽刺小说”之外，又另分一类“谴责小说”时，立即表示赞同，他说：“鲁迅先生在他的《中国小说史略》里另标出‘谴责小说’的名目，把《官场现形记》、《二十年目睹之怪现状》、《老残游记》、《孽海花》等书都归入这一类。他这种区别是很有见地的。……鲁迅先生这样推重《儒林外史》，故不愿把近代的谴责小说同《儒林外史》并列。这种主张是我很赞同的。”[①] 对鲁迅的分类，他不仅积极地表示同意，而且还进一步根据鲁迅的分类，从作者的角度比较了这两类小说的不同。对于讽刺小说《儒林外史》，他认为其作者“吴敬梓是个有学问、有高尚人格的人，他又不曾梦想靠做小说吃饭，故他的小说是一部全神贯注的著作。他是个文学家，又受了颜习斋、李刚主、程绵庄一派的思想的影响，故他的讽刺能成为有见解的社会批评。他的人格高，故能用公心讽世；他的见解高，故能‘哀而不愠，微而婉’。”对于谴责小说的作者，他认为：“大都是失意的文人，在困穷之中，借骂人为糊口的方法。他们所谴责的往往都是当时公认的罪恶，正不用什么深刻的观察与高超的见解，只要有淋漓的刻画，过度的形容，便可以博一般人的欢迎了。”[②] 从这一对比分析中可以知道，他认为讽刺小说的作者，应该是有高尚人格的人，应该具有在当时来说是进步的思想意识，应该用讽刺作品来批评社会的不合理现象。这一见解与鲁迅的评述很接近。鲁迅肯定吴敬梓的“公心讽世”，指出这部“讽世之书”中不但有“奇形怪状”的“儒者”[③]，而且也有“君子”和“贞士”。胡适所批评的谴责小说的弊病，与鲁迅所论也十分相似。鲁迅认为那些谴责小说“……描写失之张皇，时或伤于溢恶，言违真实，……仅足供闲散者谈笑之资而已”。胡适后来的这些评论，无疑是受了鲁迅的启示而做出的。

但是，胡适又将讽刺艺术分为有意的讽刺与无心的讽刺两类，并且认为后者胜过前者。这种看法则显然是欠当的。他认为《儒林外史》的讽刺是吴敬梓“有意刻划”，“《儿女英雄传》里的心理也正是《儒林外史》攻击讥讽的心理”，但却是文康的“无心流露”；并且说“正因为作者不是有意的，所以那些部分更

---

① 胡适：《〈官场现形记〉序》。

② 同上。

③ 鲁迅：《中国小说的历史的变迁》。

有社会史料的价值；这种不打自招的供状，这种无心流露的心理，是最可宝贵的，比那些有意的描写还更宝贵”[①]。这一看法之所以欠当，在于将作家的目的性的自觉这一可贵品质置之于不自觉的流露之下，这等于说，作家愈不理解他的描绘的对象的性质（而只是无心地流露出了对象的性质），就愈加高明。这能令人信服吗？胡适在品评作品的议论中，还有自相矛盾之处，他既说《儒林外史》是吴敬梓“有意刻划”之作，但又说“有时……吴敬梓高兴了，便做一两部白话的小说。这都是不知不觉的自然出产品，并非是有意的主张”[②]。这种自相矛盾的评价，说明他根本没有统一的标准，表现了他对文艺科学的认识尚有欠缺。

此外，胡适还论述了《儒林外史》讽刺艺术对后来文学创作的影响。《儒林外史》的讽刺艺术对后来的小说的确产生过多方面的影响，鲁迅从论述中国小说史的角度，特别重视它对后起的谴责小说的直接影响；又从谴责小说之不逮于《儒林外史》、不足称讽刺之书的视角，认为“……讽刺小说从《儒林外史》而后，就可以谓之绝响”[③]。胡适在论述《儒林外史》讽刺艺术的影响时，则是从诗歌来着眼的。他曾举出一个他认为“确是可以算是代表时代的诗人”金和的《初五日纪事》一诗，说明《儒林外史》的讽刺艺术对金和的诗歌创作是产生影响的。胡适说：“他是全椒吴家的外孙，与《儒林外史》的著者和《儒林外史》的几个重要人物都有点关系，他是表彰《儒林外史》的一个人，故他的诗也很像是得力于《儒林外史》的嘲讽的本领。”[④] 金和固然与全椒吴氏有亲戚关系，但却是一个敌视太平天国农民起义的封建地主阶级文人。他曾从太平天国天京（金陵）潜逃出城，与镇压起义的刽子手向荣联系，准备里应外合消灭太平天国起义军。由于清朝军队在起义军的奋勇抗击下徘徊不前，未能如期进剿，金和对此极为不满。《初五日纪事》一诗就充满了金和对官军作战不力的嘲讽，说什么：“吁嗟乎，将军作计必万全，非不灭贼皆由天。安得青天不寒亦不暑，日月不出不风雨！”诗中嘲讽的是官军，诅咒的却是起义军。全诗充满着对官军无能的讽刺，正是倾泻了金和对起义军的恐惧与仇恨。胡适说这首诗是“有心人的嘲讽，不是笑骂，乃是痛哭；不是轻薄，

---

① 胡适：《〈儿女英雄传〉序》。

② 胡适：《建设的文学革命论》。

③ 鲁迅：《中国小说的历史的变迁》。

④ 胡适：《五十年来中国之文学》。

乃是恨极无可如何，不得已而为之”[1]。金和的诗作表现了他敌视农民起义的反动立场，和吴敬梓的讽刺封建反动势力的作品并论，就已经不分黑白了；更为可笑的是，胡适仅仅从金和与吴敬梓的亲戚关系，就断定金和诗作中的嘲讽得力于《儒林外史》，这纯是主观推断。

五

胡适对《儒林外史》的评论的得失，都和他的学术思想、治学方法以及他的政治立场有关。胡适早年接受封建教育，但很快就受到所谓“新学”的影响，并且去美国留学，受到了“泰西之考据学”、“致用哲学”、“天赋人权说之沿革”的影响；认为“归纳的理论”、“历史的眼光”、“进化的观念”为“今日吾国急需之三术”[2]，从而形成了他的治学思想和治学方法。在“五四”运动前后，他以“进化的观念”为指导，提倡文学革命，主张“今人当造今人之文学”[3]。同时，以“历史的眼光”进行学术研究，例如一反小说被人瞧不起的传统观念，对我国古代几部著名的小说进行了专题研究，并在《白话文学史》中，充分肯定了古代白话小说在我国文学史上的重要地位。他认为《儒林外史》和《红楼梦》的价值大大超过方、姚的文章，甚至比程、朱语录，韩、柳文章，《四书》、《五经》的影响还要大，是代表了一个历史时期的文学。在封建学术思想仍然十分严重的“五四”运动前夕以及后来相当长的时期内，如此高度地评价古代白话小说，其进步意义是自不待言的。在学术研究活动中，胡适将“归纳的理论”，具体化为“细心搜索事实，大胆提出假设，再细心求实证”[4]。这当然是实验主义的方法，但他在具体运用时，又糅合进乾嘉学者的治学传统，他曾说“大胆假设，小心求证”是被过去汉学家“非常有效地使用”过的方法，“是人类经常训练的常识的方法”[5]。因此，他注意广泛搜集资料，在此基础上提出问题，然后再进行论证。他对《儒林外史》的研究就是如此，先搜求到吴敬梓的《文木山房集》，并且由

---

① 胡适：《五十年来中国之文学》。
② 《胡适留学日记》1911 年 3 月 14 日；1911 年 6 月 17 日；1914 年 1 月 25 日。
③ 胡适：《历史的文学观念论》。
④ 胡适：《我的歧路》。
⑤ 胡适：《杜威在中国》。

金和的儿子金还出资将它排印出来，他为之写了《重印〈文木山房集〉序》。除此而外，他还翻查了吴敬梓几个好朋友的文集，如程晋芳的《勉行堂集》、金兆燕的《国子先生集》、严长明的《严东有诗集》，以及张其浚《全椒志》等地方文献，广泛搜集有关吴敬梓的材料，然后加以整理、研究、论述，“把这两年搜集的新材料整理出来”，再“作成”[①]《吴敬梓年谱》。尽管由于种种原因，年谱中还存在一些问题，但毕竟是历史上第一部吴敬梓年谱，即使在今天，对研究吴敬梓和他的《儒林外史》仍然有参考价值。《吴敬梓年谱》的撰成，正体现了他所认为的“作者的生平与时代是考证‘著作之内容’的第一步下手工夫”[②]的主张，这样的见解如果不使之绝对化，也是可取的。也正是这样的治学思想和方法，使得他在学术研究，包括对吴敬梓的研究中，取得了一些可以肯定的成果。另外，还有一点不可忽视的是，当他开始对古代小说进行研究的同时，鲁迅也已注意及此，他们之间也曾相互汲取长处。他对鲁迅在这方面的成绩还是充分肯定的，曾经说：“在小说的史料方面，我自己也颇有一点点贡献，但最大的成绩自然是鲁迅先生的《中国小说史略》，这是一部开山的创作，搜集甚勤，取材甚精，断制也甚谨严，可以替我们研究文学史的人节省无数精力。”[③]因而在他论述《儒林外史》的文字中，有着与鲁迅相似甚或相同的见解，也就不足为奇了。这也无疑是他取得值得肯定的成果的一个重要原因。

但是，胡适的学术思想比之前于他的评点家虽有进步的地方，治学方法亦有近代科学方法的因素，但他的实验主义认识论的哲学基础是唯心主义，方法论则是形而上学的。他分析文学作品，虽然也注意到文学的内容，“提倡‘言之有物’，‘不摹仿古人’，‘不作无病的呻吟’”[④]，但并无深刻的思想含义。再从他一贯的研究实践来看，仍然是偏重于文学形式方面的问题，而对他来说，文学形式又仅仅局限于表达工具的语言问题。例如他对于什么是“文学”这一问题的回答是：“语言文字都是人类达意表情的工具，达意达的好，表情表得妙，便是文学”；他认为“文学有三个要件：第一要明白清楚，第二要力能动人，第三要美”[⑤]，完

---

① 胡适：《吴敬梓年谱》。
② 胡适：《跋〈红楼梦考证〉》。
③ 胡适：《白话文学史·自序》。
④ 胡适：《中国新文学大系——〈建设理论集〉导言》。
⑤ 胡适：《什么是“文学”》。

全是从语言的角度立论。他对《儒林外史》的评说也大都从语言文字角度出发，是为他提倡白话文学服务的。他在《建设的文学革命论》中，首先肯定《儒林外史》是“活文学”，他说：“再看近世的文学，何以《水浒传》、《西游记》、《儒林外史》、《红楼梦》可以称为‘活文学’呢？因为他们都是用一种活文字做的。”他认为这种用“活文字”写成的“活文学”对当时提倡新文学有借鉴作用，因而他要求大家“多读模范的白话文学”，包括《儒林外史》在内。并且，他还认为当时人们之所以能写出白话文章来的缘故，就是从这几部白话小说学习来的，他说：“试问我们今日居然能拿起笔来做几篇白话文章，居然能写得出好几百个白话的字，可是从什么白话教科书上学来的吗？可不是从《水浒传》、《西游记》、《红楼梦》、《儒林外史》等书学来的吗？”而提倡白话文学也正是促使他撰写《白话文学史》的重要原因，他“要使大家知道白话文学是有历史的，是有很长又很光荣的历史的”[①]，而《儒林外史》又是组成这一“光荣的历史”的一部重要作品，因而他对之作了很高的评价。也正因为他以“活文字”作为品评文学作品的重要准绳，因而他对《儒林外史》的评论必然存在着很大的局限。他一再强调“撇开一切先入的成见，处处存一个搜求证据的目的”[②]，看来似乎很“实事求是”，其实没有正确理论作指导，搜求来的“论据”便难以反映出事物的本质。他自己首先就未能“撇开一切先入的成见”，例如他错误地认为艺术的真实就等于生活的真实，因而主观地断定小说中的人物就是现实中的某人，从而作了不少烦琐的考证，却缺少对艺术形象本身的分析。又如他主观断定吴敬梓创作《儒林外史》的目的，仅在于养成一种不怕“不给你官做”的社会心理，由此出发而对吴敬梓的创作意图、《儒林外史》的思想意义所作的评论，也就必然毫厘千里，不符合作品的客观实际了。

胡适虽是中国资产阶级思想的代表人物，但他的封建意识也不少。例如，在《儒林外史》的研究中，对封建道德的批判就很不彻底，认为“《儒林外史》里的王玉辉看女儿殉已嫁之夫，尚在情理之中”[③]。这岂不是又在一定程度上肯定了封建礼教？又如，他把鲍文卿由于受到统治阶级思想毒害而流露出来的一些“奴

---

① 胡适：《白话文学史·引子》。

② 胡适：《跋〈红楼梦考证〉》。

③ 胡适：《贞操问题》。

性”表现称之为“人类平等”，对他所受的封建等级制度的毒害熟视无睹。凡此，都足以说明胡适在对吴敬梓和《儒林外史》的研究中所产生的一些错误是和他的基本思想分不开的，并非偶然。

今天，离开胡适研究中国古代白话小说已经半个多世纪，他的《中国章回小说考证》（其中并未收进有关《儒林外史》的研究著作）又重新出版，我们已有可能回过头来对他的小说研究作一客观的评述。本文仅就他对于《儒林外史》的研究加以粗浅的探讨，是否公允，不敢自信，只是抛砖引玉而已。

（原载《南京师范学院学报》1981年第4期）

鲁迅与吴敬梓

我国文学史上优秀的讽刺作家吴敬梓，诞生在280年前（1701）的封建社会末世。那时一般文人都不把小说当作正经文字，但他却“好为稗说”[①]，创作了我国文学史上第一部长篇讽刺小说《儒林外史》。在他去世86年之后，中国封建社会逐渐沦为半封建半殖民地社会；再隔40年，也就是100年前（1881），我国伟大的革命文学家鲁迅诞生。鲁迅同吴敬梓一样，也十分重视小说的作用，认为“我们国民的学问，大多数却实在靠着小说”[②]；对历来封建统治阶级将小说称为“闲书”，看作“邪宗”[③]，他深为不满，有感于“中国之小说自来无史”[④]而撰写了《中国小说史略》；他还从现实社会摄取题材，创作了不少杰出的短篇小说。鲁迅的思想随着革命形势的发展而不断提高，并以自己的创作服务于革命需要，成为“中国文化革命的主将”[⑤]。但早于鲁迅的吴敬梓也自有其作用和贡献，他所创作的《儒林外史》不仅在中国文学史上，而且也在世界文学史上占有光辉的一页。鲁迅曾对吴敬梓的生平和思想进行了十分深入的研究，对《儒林外史》这部杰出的创作也有非常精辟的分析，并在自己的创作中汲取了包括吴敬梓在内的中外古今优秀作家的经验。在34岁那年，他还向友人表示要写一部《儒林外史》式的小说，揭露绍兴社会生活的黑暗面[⑥]。他这一愿望虽然未能实现，但从这里也可以看出他对吴敬梓十分敬仰、评价很高。因而将文学史上先后相辉映的两位作家放在一起来研讨，也就并非全无意义。至于鲁迅如何评价吴敬梓及其《儒林外史》，此文则不拟论述。

---

① 程晋芳：《勉行堂集》卷九《哭吴敏轩》。

② 鲁迅：《华盖集续编·马上支日记》。

③ 鲁迅：《南腔北调集·我怎样做起小说来》，《且介亭杂文二集·徐懋庸作〈打杂集〉序》。

④ 鲁迅：《中国小说史略》，以下所引鲁迅文字，不特别注明出处者均见此书。

⑤ 毛泽东：《新民主主义论》。

⑥ 参见鲍昌《鲁迅年谱》，天津人民出版社1979年版。

一

鲁迅想创作一部《儒林外史》式的小说，这一愿望虽未曾实现，但在他所创作的一些短篇小说中却明显的有着与《儒林外史》类似之处；他的小说和杂文的讽刺手法，也曾借鉴了《儒林外史》的讽刺艺术。之所以能够如此，是由于这两位杰出的作家，尽管从根本上说，他们的时代、生活、思想不能同日而语，但颇为类似，特别在“秉持公心，指擿时弊”这点上，则是一致的。

首先，他们都生活在不重视小说作用的时代。鲁迅曾愤慨地说过，在他留心文学的时候，“在中国，小说不算文学，做小说的也决不能称为文学家”。但他却抱着“为人生”、“要改良这人生”的目的出发[①]，认为“善于改变（国民）精神的是，我那时以为当然要推文艺，于是想提倡文艺运动了”[②]。因而他将“病态社会的不幸的人们中”的某一生活面，作为文学创作的题材，写了不少短篇小说，“意思是在揭出病苦，引起疗救的注意”[③]。在吴敬梓时代，一般封建文人更不把小说当成文学，即连吴敬梓的好友程晋芳也认为他仅以《儒林外史》传名是一件可“悲”的事，说“吾为斯人悲，竟以稗说传”[④]。但吴敬梓却偏偏“好为稗说”，并用了十余年的时间创作了《儒林外史》。当然，吴敬梓并没有像鲁迅那样公开宣称自己创作的目的在于“为人生”，但却用创作实践来体现这样的用心，历来的研究者也都揭示了这部小说是有益于世道人心的作品，这也无异说明作者的目的也在于“为人生”。例如闲斋老人序说，这部小说的读者，“无论是何人品，无不可取以自镜”；惺园退士序认为这部小说“足以兴起观感，未始非世道人心之一助”；东武惜红生也说它“如暮鼓晨钟，发人猛省”。这些评论，都从作品的客观效果说明这是一部“为人生”的小说。金和在《儒林外史跋》中说，吴敬梓“所阅于世事者久，而所忧于人心者深，彰阐之权，无假于万一，始于是书焉发之，以当木铎之振，非苟焉愤时疾俗而已”；黄安谨在《儒林外史评序》中也说“作者之意为醒世计，非为骂世也”。这些论说，则是从作家的主观动机阐发

① 鲁迅：《南腔北调集·我怎样做起小说来》。
② 鲁迅：《呐喊·自序》。
③ 鲁迅：《南腔北调集·我怎样做起小说来》。
④ 程晋芳：《勉行堂集》卷二《怀人诗》。

他的“为人生”的主张。由此可见，无论从作者的创作动机或作品的客观意义来看，鲁迅和吴敬梓创作小说的目的，都在于以此改造社会，引起疗救的效果。当然，由于时代不同，作者的主观认识和作品的社会内容，以及两位作家对社会的弊病以及疗救的方法，其见解和主张都是不相同的。

其次，从生活遭遇、家庭变化来看，这两位作家也有某些相似之处。鲁迅的先世为浙江绍兴的一个世代书香的封建地主之家，有着不少田地房产。祖父周介孚是翰林，在光绪十九年（1893）鲁迅13岁时，因在浙江乡试中有买通关节的行为，经“钦旨”定为“斩监候”，被关进杭州大牢。父亲周凤仪是会稽县学生员，数应乡试并未中举。由于营救周介孚，田地房屋逐步典卖尽净，从此陷入困顿。吴敬梓的先世也居住浙江，后来迁到安徽全椒，也是一个世代科举的封建地主家庭，拥有大量田地、房屋和奴仆。他的父亲吴雯延只是一名秀才，未曾中举，嗣父吴霖起是一个贡生。吴敬梓13岁时死了母亲，14岁时随嗣父离开家乡，后来因为父亲死去、遗产之争等原因，家道中落，由盛而衰。吴敬梓和鲁迅都曾饱尝旧社会的世态炎凉，受尽本阶级的歧视冷落。鲁迅就曾无限感慨地说过，从小康之家坠入困顿，是“可以看见世人的真面目”[①]的。吴敬梓在《移家赋》中也具体描写了切身遭遇，不是吃闭门羹，就是讨没趣，所谓“竟有造请而不报，或至对宾而杖仆”。家道的中落，生活的下降，为他们打开了眼界，使得他们对现实人生有了更为清醒的、深刻的认识。

再次，从这两位作家生活时代的社会现象来看，也有近似之处。吴敬梓生活在封建社会晚期，在他身后86年，也就是鲁迅出生前40年，由于帝国主义势力的侵入，我国社会已沦为半封建半殖民地社会。吴敬梓时代的种种社会现象和上层建筑包括封建道德、封建文化等等，在鲁迅时代依然普遍存在（当然，又逐渐蒙上半殖民地色彩）。“一定的文化是一定社会的政治和经济在观念形态上的反映”[②]，半封建半殖民地社会，除了存在着反映帝国主义政治、经济利益的殖民主义文化外，还存在着反映封建地主阶级政治、经济利益的封建文化。在这个历史阶段，“凡属主张尊孔读经、提倡旧礼教旧思想、反对新文化新思想的人们，都是这类文化的代表”[③]。“五四”运动时期，鲁迅作为新文化运动的主将，对

① 鲁迅：《呐喊·自序》。
② 毛泽东：《新民主主义论》。
③ 同上。

帝国主义的、封建主义的旧文化、旧道德、旧思想展开了猛烈的斗净。尽管鲁迅比吴敬梓晚了180年，但社会意识落后于社会存在，封建末世的道德、文化、思想，在半封建半殖民地时期依然存在，仍在散发着腐败的气息，甚至到了鲁迅晚年，仍不得不和尊孔读经的封建文化进行艰巨斗争。因此，吴敬梓所批判的封建道德（例如礼教）、封建文化（例如科举）的某些弊病，仍然是鲁迅要加以彻底否定、痛加批驳、与之斗争的一个重要方面。

最后，吴敬梓与鲁迅都十分喜爱魏晋六朝文化，在不同程度上受到这一时期文化学术思想的影响。吴敬梓的诗、词、文、赋中，大量运用这一时期的典故，更有不少直接吟咏魏晋六朝人物的篇什。在《儒林外史》中也有一些情节是根据这一时期人物故事加以改造而成的。程晋芳说"敏轩（敬梓字）生近世，而抱六代情。风雅慕建安，斋栗怀昭明"[①]，就客观地描述了吴敬梓曾接受了魏晋以迄六朝文化学术传统的影响。鲁迅对这一时期的文化、学术也曾下过很大功夫。在不少文章中特别是《魏晋风度及文章与药及酒之关系》这篇重要论文中，对魏晋时代的社会风尚、道德面貌、学术思想作过极为深刻而精辟的论述，对曹操、曹丕、阮籍、嵇康、陶潜等大作家的为人、思想和著作，有许多发人所未发的独到见解和评论。不仅如此，他还用了近11年（1913—1924）的工夫，整理《嵇康集》，根据多种刻本以及《三国志》、《晋书》、《世说新语》、《文选》等校勘四次，写有《〈嵇康集〉逸文考》、《〈嵇康集〉著录考》等重要论文。他对阮籍的著作也注意搜集，表现了浓厚的兴趣。在1932年2月至4月，连续购买了汪士贤本以及翻刻汪本《阮嗣宗集》、程荣本《阮嗣宗集》、张溥本《阮步兵集》。其实早在1910年任教浙江两级师范时，鲁迅就对六朝文学发生了浓厚的兴趣，辑录的六朝小说达十册之多。到北京教育部任事以后，除辑校《嵇康集》以外，还搜集了大量汉魏六朝画像拓本。"五四"运动前一年，他还发表了《南齐吕超墓志跋》的考古论文，表明鲁迅对这一阶段的文史有精湛的研究。他还认为六朝为止的群书对研究神话十分重要[②]。从这些方面看来，鲁迅和吴敬梓一样，对魏晋南北朝的文化、学术非常喜爱，十分熟悉，各自都在不同程度上受到它的影响。而鲁迅评论嵇康、阮籍的一些见解和观点，对我们研究吴敬梓及其在《儒林外史》

---

① 程晋芳：《勉行堂集》卷五《寄怀严东有》。

② 《鲁迅书信集·1925年3月15日致傅筑夫、梁绳祎》。

中所表现的思想倾向，有着很大的启发意义。

尽管这两位作家前后相差近200年，但由于有上述的近似之处，特别是两人都出身于知识阶层，对同阶级士人的生活、思想都十分熟悉，吴敬梓就以知识分子生活为题材创作了《儒林外史》；鲁迅的《孔乙己》、《白光》等等也是描写知识分子生活的短篇小说，这就可以把他们放在一起进行考察。不难看出，鲁迅的作品多少受到吴敬梓小说的影响，但又有所发展，取得了吴敬梓所不能取得的成就。当然，对这两位作家的比较研究，不是这一篇短文所能详述的，只能标举一二，以期引起重视。

《儒林外史》是反映清初知识分子生活的长篇小说，主要情节围绕着封建王朝利用八股举业和程朱理学牢笼和毒害广大士人而展开。作者通过一幅幅鲜明的画面，一个个生动的形象，嘲讽和抨击了封建统治阶级这种反动措施；同时，也塑造了一些力图摆脱牢笼、洁身自好、追求理想的知识分子形象，予以歌颂和肯定。但由于时代和阶级的局限，他们并不能提出并坚持先进的理想，只能在愤懑与怀疑中度过寂寞的一生。历史前进了180年，鲁迅诞生以后仍然要承担起批判科举制度、反对封建礼教的任务。将鲁迅的一些短篇小说与《儒林外史》加以对照，在这几个方面颇有不少类似之处。

《儒林外史》中对科举弊端和理学虚伪的批判，鲁迅在创作小说时也同样进行，只不过更为深刻、彻底。《孔乙己》中的孔乙己，是孔夫子的信徒，“原来也读过书”，可是“连半个秀才也捞不到”，“又不会营生，于是愈过愈穷，弄得将要讨饭了”，最后真的讨饭、行窃。《白光》中的陈士成，是个五十多岁的老童生，多次应考，“连今年是十六回”，“竟没有一个考官懂得文章”，因而始终不能进学成秀才。但他却梦想着荣华富贵，乡、会试联捷，树旗杆匾额，或做京官或谋外放，但什么也没捞到，最后淹死在万流湖中。孔乙己和陈士成的遭遇，不能不使我们联想到《儒林外史》中的周进、范进。鲁迅通过对这两个人物命运的描写，深刻地批判了封建教育和科举制度对知识分子的毒害。尽管鲁迅在创作这两篇小说时，科举制度已经废止，然而它所造成的罪恶后果却仍有待于清除。以反对封建礼教而言，《肥皂》中力倡“忠孝”的四铭，一方面与一些标榜尊孔读经的“移风文社”的社友何道统之流大作《孝女行》；另一方面，又买了香皂想把乞讨的孝女“咯吱咯吱遍身洗一洗”，连他的夫人也无情地揭破他的心事，无非想“寻了那孝女来了”。这就不由得要令读者想到吴敬梓笔下的权勿用，他一方面戴着一顶“高白夏布孝帽”，连声说“居丧不饮酒”；另一方面又“肴馔也还用些”，难怪“学里几个秀才”要“诬赖”他奸拐霸占尼姑心远，是一个十足的“地棍”了。封建等级制度对下层人民心灵的毒害，两位作家都有不同程度的描写。《故乡》中闰土对“我”的称呼由小时的“迅哥儿”到如今的“老爷”，不能不令人想起吴敬梓笔下鲍文卿对向鼎的恭顺态度。此外，《高老夫子》中为了“看看女学生”而到贤良女校去教书的伪道学高尔础，《祝福》中“讲理学的老监生”鲁四老爷等等，我们在吴敬梓的笔下也可找到他们的影子。《祝福》中被宗法制度、封建礼教和封建迷信摧残致死的祥林嫂，与《儒林外史》中殉夫自杀的三姑娘的悲惨命运，又何其近似！鲁四老爷的虚伪与王玉辉的愚妄，都是程朱理学培养出来的标本。鲁四老爷“案头”放着的《康熙字典》、《近思录集注》、《四书衬》等三部书，无异是王玉辉要纂的字书、礼书、乡约书的翻版。两位作家所反映的社会现象相同或近似，正说明吴敬梓去世 180 年以后，鲁迅仍然要承担起反对封建制度、批判封建文化的艰巨任务。

二

鲁迅毕竟晚于吴敬梓 180 年，尽管在批判封建道德、封建文化等方面，两位作家有相同或近似之处，但不可能全然一致。例如，在反对封建礼教方面，吴敬梓对于一些理学家的虚伪面目，有着辛辣的嘲讽，对他们肮脏的灵魂，有着深刻的解剖。然而，他只是反对礼教的虚伪，并不反对礼教本身，对于封建礼教所鼓吹的孝、悌等道德观念，他却很少进行有力的批判，更谈不上根本加以否定。鲁迅则不然，对封建礼教痛加抨击、彻底否定。他的第一篇小说《狂人日记》就是我国现代文学史上第一篇彻底反对封建礼教的新型小说。在小说中，他通过“狂人”的翻查，指出在我们几千年的历史上，虽然每页上面都“歪歪斜斜”地“写着‘仁义道德’几个字”，但实际上只是“吃人”两个字，从而发出“救救孩子”的沉痛呼声。在稍后创作的小说《长明灯》中，鲁迅描写了一个受到封建主义迫害致狂的疯子，在反动势力的围困下，依然坚持要吹熄那盏象征着封建统治的长明灯，甚至要采取“我放火”的斗争形式，坚决与封建势力进行斗争。这些都是《儒林外史》所不能达到的思想高度。次如，吴敬梓尽管多方面揭发和批判了八股举业牢笼、毒害士人的罪恶，甚至让王冕说出“这个法却定的不好”的见解，然而，他仅仅是批判它的弊端，而未能、也不可能将它当作封建经济的上层建筑即封建的教育、选举制度来加以更深层次的批判。因而吴敬梓的嘲讽尽管辛辣无情，但《儒林外史》中作者的理想人物之一的萧云仙，为实践礼乐兵农的理想，在青枫城请沈大年教授学生的内容，也不能不仍是八股举业。同时，在吴敬梓笔下的科甲人物中，也有一些正派人，如向鼎、虞育德之流。但在鲁迅笔下，科举对知识分子，不是给予悲惨的命运，就是赋予丑恶的灵魂。前者如孔乙己被人打折了腿，最后无声无息地在地球上消失；陈士成淹死在万流湖中，“浑身也没有什么衣裤”，更“无尸亲认领”，极为悲惨。后者如《阿 Q 正传》中的秀才、举人，《祝福》中的老监生，没有一个是像样的人。又如，在对待封建等级制度对下层人民的毒害方面，吴敬梓所采取的是赞赏的态度，如鲍文卿安分守己、恪守上下尊卑的奴性，得到吴敬梓的充分赞赏，誉之为“皇明义民”。而在鲁迅，当闰土把少年时代的友人迅哥儿称呼为“老爷”，却使得“我”不禁“打了一个寒噤”，意识到由于地位的不同，在“我”和少年朋友之间，现今“已经隔了一层可悲的厚障壁”，从而感到无限的“惘然”，非常的“气闷”。这就表现了鲁迅对于劳动人民精神上受到的毒害深感痛苦，没有一丁点儿欣赏闰土知分守礼的情绪。再如，《儒林外史》虽然通过一些正面人物提出了自己的理想，但作者对于理想是否能实现则是抱着深沉的怀疑态度的。在最后一回中，吴敬梓以无限凄婉的笔触向读者提出他自己无法回答的问题：“看官！难道自今以后，就没有一个贤人君子可以入得《儒林外史》的么？”鲁迅笔下的知识分子，虽然有的高升上去，有的颓唐下来，有的看不到前途，有的找不到出路，但鲁迅自己，却一开始就坚信光明前途在于自己的探寻。在《故乡》中作者就写道：“其实地上本没有路，走的人多了，也便成了路”；“他们应该有新的生活，为我们所未经生活过的”。随着思想的成熟，鲁迅对于生活前途更有了非常明确的信念，认为“惟新兴的无产者才有将来”[①]。因此，鲁迅对现实社会的反映，必然要较吴敬梓为深刻，能够揭示社会矛盾的本质，指示生活发展的方向，对前途充满坚强的信心。这是早于他 180 年的吴敬梓无法做到的，因而也是不能比拟的。在两位大师之间，我们看到了现实主义艺术的演进的历史。

---

① 鲁迅：《二心集·序言》。

但无论如何，吴敬梓也自有其不可磨灭的贡献。他的《儒林外史》不仅代表了一个时代文学创作的杰出成就，而且至今仍是全人类宝贵的精神财富。伟大的革命作家鲁迅就十分喜爱《儒林外史》，在对吴敬梓及其作品进行深入研究的基础上，一方面指出作者的局限和作品的缺陷，另一方面也是主要的方面，则对《儒林外史》做了充分的肯定，给予很高的评价，并且总结了它的创作经验特别是讽刺艺术经验，作为自己创作的借鉴。这不仅表现了鲁迅虚怀若谷的博大精神，也充分表明了吴敬梓的创作的确是文学史上一份弥足珍贵的遗产。

（原载《儒林外史研究论文集》，安徽人民出版社 1982 年版）

《儒林外史》卧评略论

一

《儒林外史》现今可以见到的最早刻本是嘉庆八年（1803）的卧闲草堂本。由于这一刻本附有评语，因而也是最早的《儒林外史》评本，即所谓卧闲草堂评本。卧本十六册，五十六回，国家图书馆和复旦大学图书馆均有藏本。人民文学出版社于 1974 年曾将北京藏本略予放大影印，其中残损模糊以及经后人墨笔描改的书页，则以上海藏本同页配版。

卧本卷首有闲斋老人作于乾隆元年（1736）二月的序言，约五百字。全书除四十二、四十三、四十四、五十三、五十四、五十五等六回无回评以外，其余五十回均附有回评，约一万五千余言。回评作者为何人，迄今未见诸记载，亦无从查考。闲斋老人又为何人，至今亦言人人殊。黄小田在批评《儒林外史》时，曾认为"是书序者闲斋老人"，"闲"乃"阏"之误，阏斋老人即和邦额。但以和邦额之生平经历及其思想境界，比照闲斋老人序言进行研究，二者大相径庭，此说自不能成立。迩来亦有学人以为闲斋老人即是吴敬梓本人，全椒一位老中医曾以吴敬梓自书之《奉送雅雨大公祖出塞图》，对照闲斋老人序，研究二者墨迹，认为极其相似，因之断定闲斋老人即为吴敬梓。仅以笔迹类似作断定，论据似欠充分。同时亦有书家以为二者笔法各异，虽有近似之处但并不雷同。一时众说纷纭，也难以遽定。至于着眼于"闲"字而进行论说者，先前已有学人以"闲斋老人"与"卧闲草堂主人"均同用一"闲"字，从而推断闲斋老人即卧闲草堂主人。近年亦有学人以吴敬梓词赋中颇多"闲"字出现，又断定闲斋老人即吴敬梓本人。其实，旧时文人吟咏闲情，以闲情自适，所在颇多，不必限于一时一人。同时早年即有学者认为"这序文笔调，也不大类吴敬梓的文字"；近年亦有学人认为"从口气上一眼即可看出，闲斋老人与吴敬梓并不相熟，他不是为友人之书写序，而是后辈人的推荐评介文字”。由此可见，闲斋老人究竟为何人，仍待进一步发掘资料，进行考辨。至于序文与评文是否同出“闲斋老人”之手，亦同样需要进一步论证。但细味序文及评文，发现二者之文艺见解相同相近之处实多，因之在论说卧本时，乃将序、评并举。

从卧本序评看来，序评者的文学观念是进步的，对小说的学术地位、创作原则、作者的创作意图，以及小说的艺术特征，都发表了许多精到的见解。兹分别加以研讨。

一

在中国，稗官小说从来“不算文学，做小说的决不能称为文学家”。鲁迅早年在《我怎么做起小说来》中所慨叹的这一情况，确实反映了我国两千余年以来的传统文化观念。早在《汉书·艺文志》中就将小说贬为“街谈巷语，道听途说者之所造也”，并置之自生自灭的境地，所谓“君子弗为也，然亦弗灭也”。然而由于稗官小说贴近现实、反映民生的传统，使得这一艺术奇葩，在历史长河中得以滋生繁殖，并呈现出炫目的异彩。但是，长期以来，正统文人依然对之忽视、鄙视。即以吴敬梓至友程晋芳而论，他在乾隆十三年（1748）至十五年（1750）二月之间所写的《怀人诗》中，也竟然对吴敬梓因《儒林外史》传名而惋惜不已，写出如下的诗句：“外史纪儒林，刻划何工妍。吾为斯人悲，竟以稗说传！”[①]此后不久，纪昀在乾隆四十六年（1781）汇编成的《四库全书总目提要》中论及小说时，依然承袭传统的陈腐观念，斥之为“诬谩失真”、“妖妄荧听”、“猥鄙荒诞”，并且一律“黜”而“不载”。

在这种学术气氛中，卧本序评者却能慧眼独具，公然在序言中提出了“稗官为史之支流”、“夫曰《外史》，原不自居正史之列也”的主张，将稗官小说提高到史的地位，是极有胆识的，也正揭示了吴敬梓创作《儒林外史》的意图。当然，“支流”、“外史”云云，仍然流露了作序者的局限，尚未能将作为文学的小说完全与史学区别开来，并使之与史学并驾齐驱。但他毕竟与卑视小说的传统观念

① 程晋芳：《勉行堂诗集》卷二。

不同，而从史的角度去衡量小说了。

卧本的序评者也的确处处以修史的眼光对《儒林外史》进行评点，一再将太史公修撰《史记》与吴敬梓创作《儒林外史》相提并论。如说“作者以《史》、《汉》之才作稗官”（第一回回评），这就肯定小说作者吴敬梓虽好为稗官，却具有司马迁作《史记》、班固作《汉书》那样的才华。这无异是说创作小说与修撰正史同样需要才华，二者并无高低上下之分。评语又说：“一上谕、一奏疏、一祭文，三篇鼎峙，以结全部大书。缀以词句，如太史公自序。”（第五十六回回评）这不但将《儒林外史》的整部构成比之于太史公的《史记》，而且辞气之间，又将作《儒林外史》的吴敬梓比之于作《史记》的太史公。这一评价不可谓不高。

序评者还认为吴敬梓是以《史记》笔法创作《儒林外史》的，在第二回回评中写道：“书中并无黄老爹、李老爹、顾老相公也者，据诸人口中津津言之，若实有其人在者。然非深于《史记》笔法者未易办此。”在第三十六回回评中，说作者描写“书中第一人”虞育德“纯用正笔、直笔”，此亦是作者学得太史公“量体裁衣、相题立格”的手段所致。不仅如此，序评者还以《左传》与《儒林外史》进行比较，说“昔人谓《左传》最善叙战功，此书应是不愧”（第三十四回回评）。不过序评者此段评语乃针对萧昊轩山东道上弹打赵大一节而言，细读原书，此评未免溢美。但序评者处处以史籍名著比拟《儒林外史》的艺术成就，探讨作者的创作意图，显然是为了提高小说《儒林外史》的学术地位。序评者还针对小说中叙及杜少卿说诗的一节描写，评论道：“说经一段是真学问，不可作稗官草草读之。”（第三十回回评）其实，吴敬梓研习《诗经》，主治毛、郑，兼采三家，又调和汉、宋，无甚创见，也并不以治《诗》而闻于世。但我们同样可以看出，如此评论，只不过是为了充分肯定稗官小说《儒林外史》作者吴敬梓的学术素养而已。

总之，卧本的序评，充分称赞作者的学术修养，认为创作小说同样需要如同太史公修《史记》、班固撰《汉书》那样的才华；而作为史之支流的“外史”的《儒林外史》，只要在“善读稗官者”手中，就“可进于史”，具有了与正史的同等价值。这种观念无疑是极其进步的，也是应予以充分肯定的。自然，序评者虽然也注意到稗官与正史的差异，然而仍不能从根本上正确地区分文学与史学的不同，因而对“不尽合正史”的《三国演义》也流露出一些不满之情。可见，序评者小说观的进步性，毕竟只是属于他那个时代。

三

由“稗官为史之支流”而派生，卧本序评者又提出小说创作必须反映现实人生，符合社会真实的现实主义创作原则。因之，对采用浪漫主义创作方法的《西游记》，闲序以“玄虚荒渺”目之，虽然自谦地表示“予弗敢知”，其实是颇有微辞的。而对于《儒林外史》，则誉之为“迥异玄虚荒渺之谈也”，辞气之间无疑是借贬斥《西游记》而抬高《儒林外史》。至于序言中所谓“善读稗官者，可进于史”云云，更是要求读者从小说作品中来观察人生、了解社会、接受教益。

卧评不但与闲序持同样的见解，而且同样处处以社会现实来印证作品。在第六回回评中，即揭示出其文艺创作观：“世间惟最平实而为万目所共见者，为最得其神似也。”此即认为文艺应该反映“万目所共见”的“最平实”的生活，而且要求“神似”的反映。此处所谓的“神似”，无疑是得其本质之意。评者以为《儒林外史》是做到这一点的。例如企求功名富贵，是封建时代士人广泛存有的一种心态，在科举社会中，这种心态更其炽烈，并于科举考试中执意追逐表现出来。而《儒林外史》就着重地反映了这一“最平实”的“万目所共见”的现实，闲序极为中肯地指出“其书以功名富贵为一篇之骨”。评语中也一再表述“功名富贵四字，是全书中第一着眼处”（第一回回评），“是此书之大主脑”（第二回回评）。在第二十五回回评中更明白说出：“自科举之法行，天下无不锐意求取科名。”科举社会中，一旦取得科名，功名富贵即接踵而至，唾手可得。而《儒林外史》正是极为“神似”地反映了这种社会中广大士子猎取功名富贵的心态和行径，卧本评语亦对此种描写反复予以评说。

《儒林外史》虽然将“功名富贵”作了重点描写，然而其反映社会现实的幅度相当广阔，并不限于科举八股、功名富贵，卧评也没有忽略其他方面的内容，对作品中反映的广阔现实，也有所述及。例如针对小说中描写五河县中贤愚不等人物也在相互往还的情景，卧评写道：“薄俗浇漓中而有一二自爱之人，此众口之所不能容者也。虞华轩书房里偏生有唐二棒椎、姚五爷来往，写小地方之人情，出神入化，从来稗官无此笔仗。”（第四十六回回评）现实社会中的人事关系纷纭繁复，不可能纯然一色，《儒林外史》的确作了符合现实的真切反映，而卧评也十分郑重地表而出之。

在整个卧评中，此种议论所在多有。如五十回万青云说及中书的一段言谈，回评中即肯定其说，并以明朝职官制度加以佐证，说："明朝中书有从进士出身者，有从监生出身者，原是两途。篇中所叙，并非杜撰也。"又如二十八回写及扬州盐商的骄奢生活，回评又用扬州乐府加以印证，也从而使得作品的嘲讽之意分外昭彰。再如二十二回中有关乌龟王义安戴方巾上妓馆的描写，回评也以"扬郡风俗"加以说明，认为此乃属常事。

卧本评语不仅静止地比较了社会现实与小说某些情节的类似，而且还动态地研究了社会风气的变化与小说情节的发展之间的关系。如二十二回写到牛玉圃居然与王义安拜盟一事，回评中即云："夫时世迁流，今非昔比。既云二十年前拜盟，则二十年前之王义安，尚未做乌龟可知。"此种评语即揭示了王义安由一与乡绅往还之士子堕落为"乌龟"之经过，从而也就暴露了社会更趋黑暗、士子愈加堕落的变化情景。

至于以史传对照小说，卧评已开其端。只是由于《儒林外史》中大多人物虽然均有原型，但已经过作者重新塑造，并变名更姓后方出现于小说，因而卧评中此种现象不多见，唯有第一回之王冕，却是以真名出现，《明史》等著述中多有记传，卧评即以传记中的王冕对照吴敬梓小说中的王冕进行评述。在第一回回评中写道："穿阔衣，戴高帽，叹黄河北流，却是王元章本传内事，用来都不着形迹。"其实，王冕虽以真名出现于《儒林外史》中，但其在小说中之种种表现，实不可以史传中的王冕事迹加以推求，文学的真实毕竟不同于历史的真实。卧本序评者以历史传记对照小说作品加以评述，虽然只此一见，但是对其后之数种评本产生了不小的影响。

四

卧本序评者十分强调稗官、小说的教育作用，认为作者应该有明确的"善善恶恶"的创作目的，务使所创作的小说，能做到"善者，感发人之善心；恶者，惩创人之逸志"，使得广大读者"有所观感戒惧，而风俗人心庶以维持不坏"，广大读者也应该"善读稗官"，以获教益，所谓"读之者，无论是何人品，无不可取以自镜”（闲斋老人序）。

这种明确的文艺教育观念，在回评中同样有所表露。如对作者来说，在第三十九回回评中，评者就曾“向友人言，大凡学者操觚有所著作，第一要有功于世道人心为主，此所谓‘修辞立其诚’也”；而从读者来说，则如第三回回评中引用的评者友人之语所云：“慎毋读《儒林外史》，读竟乃觉日用酬酢之间，无往而非《儒林外史》。”此即取以“自镜”之意。这种见解对其后数家评论也产生了很大影响。

如果做进一步探索，卧本评者所谓的“有功于世道人心”，无非是讲究以忠孝廉节为核心的封建道德。如卧评者竭力称赞鼓励女儿殉夫的王玉辉，说“观此人，知其临大节而不可夺”（第四十八回回评）。又如充分肯定郭孝子劝说萧云仙报效朝廷一节，说：“世所传之稗官，惯驱朝廷之命官去而之水泊为贼，是书能劝冒险借躯之人出而为国家效命于疆场。信乎！君子立言必不朽也。”（第三十九回回评）此段评语中所云“之水泊为贼”，显然指《水浒》而言，闲序中已斥之为“诲盗”之作。评者为了肯定《儒林外史》的教育作用而不惜斥责《水浒》的做法，实不足取。此亦为不同的评论者对于稗官小说究竟应该具有什么样的教育作用，存在着不同的观念的表现。卧评对描写范进上席不用银箸的伪孝一节，加以评论道：“盖天下莫可恶于忠孝廉节之大端不讲，而苛索于末节小数。”此可谓诛心之论，颇得作者刻画范进心态之意图。

同时，《儒林外史》中原就流露出作者强烈的门阀意识，卧评也予以肯定，如对“鲍文卿之卑下”（第二十五回回评）就极为赞赏，在第二十四回回评中写道：“优伶贱辈，不敢等于士大夫，分宜尔也。乃晚近之士大夫，往往于歌酒场中，辄拉此辈同起同坐……而此辈久而习惯，竟以为分内事……一二寒士在座，不惜多方以揶揄之。彼富贵中人，方且相视而笑，恬然不怪。呜呼！其识见真出文卿下也。”这显然表现了卧本评者的士大夫的优越意识，并不足取。

卧本序评者认为小说之有益于世道人心，包孕实多，这也符合《儒林外史》的实际。例如品评人物，不但须了解其身份，更重要的是须察看其行为，评者借鲍文卿这一人物做了精辟说明：“文卿溷迹戏行中，而矫矫自好，不愧其为端人正士，虽做戏子，庸何伤？天下何尝不有士大夫而身为戏子之所为者？则名儒而实戏也。今文卿居然一戏子，而实不愧于士大夫之列，则名戏而实儒也。”（第二十四回回评）又如对于科举，评者借倪霜峰所云“可恨当年误读了几句死书”一句评道：“‘死书’二字奇妙，得未曾有，不但可为救世之良药，亦可为醒世之晨钟也。”即在一定程度上否定了广大士子企图通过科举以取得功名的努力。而此评语中的“救时”、“醒世”云云，又对其后的评者产生一定影响。再如交友处世，卧本评者亦认为“善读稗官者”必可从《外史》中汲取许多有益教训，如针对毛二胡子讹骗陈正公现银一节，评者即指出：“可见我以何术制人，人即以何术制我，机巧诈伪，安所用之？此书有功于人世处不少也。”

总之，仅由以上数例可以窥知卧本序评所谓的“有功于世道人心”，包含了十分广泛的内容。自然，每个时代的作者、评者，对于“有功于世道人心”的具体内涵，会有不同认识和见解，这是不能以今日之准的去要求旧时之作者和评者的。然而，他们主张小说作者应抱着“善善恶恶”的动机去创作，读者应抱着“自镜”的态度去阅读，这种见解即使在今日，也自有其可资借鉴之处。

五

卧本评者不仅对小说的学术地位、小说必须反映现实生活、必须有益于世道人心等问题发表了许多精辟的见解，而且还对作为文学作品的小说的文学特性进行评说，许多见解也同样是十分精到的。

文学作品是通过塑造生动鲜明的艺术形象，从个别、具体事件的描绘中反映现实社会的。因此，人物形象的鲜明、生动与否是衡量文学作品成败得失的一项重要标准。卧本序评者对此评论颇多，闲序中首先指出“篇中所载之人，不可枚举，而其人之性情心术，一一活现纸上”。在四十万言的《儒林外史》中，吴敬梓叙及的人物竟然多达380人左右，确乎称得上“不可枚举”了。自然，并非所有人物都被描绘得形象生动、性格鲜明，然而就其几十个主要人物而言，却的确是个个栩栩如生，“活现纸上”。卧评也曾指出“篇中之文人学士，不为少矣”（第三十七回回评），而这些人物的性格又都被作者刻画得惟妙惟肖，“此如铸鼎象物，魑魅魍魉，毛发毕现”（第三回回评）。

闲序认为《儒林外史》人物描写之所以获得成功，乃在于它的“摹写人物故事，即家常日用米盐琐屑，皆各穷神尽相，画工化工，合为一手”的艺术手段，而且这种艺术手段又并不逊于《水浒》、《金瓶梅》。卧评亦持相同见解，并举严贡生、张静斋、范进三人于关帝庙一席谈为例，认为此节描写已臻“画工所不能画，化工庶几能之”（第四回回评）的境地。这一评价是极其中肯的。

卧本序评者指出小说必须反映现实人生，《儒林外史》中所塑造的人物也大都是现实生活中实有的人物，因而它所反映的社会生活就具有客观真实性。对此，卧评也多有论说，例如以王德、王仁为例评论道：“赵氏自以为得托于二王，平生之泰山也。孰知一到认真时，毫末靠不得。天下唯此等人最多。”可见二王形象确是以现实社会中之真实人物为原型而创造出来的。同时，作者描写了王德、王仁这两个形象，即将此类“自以奸巧得计”（第六回回评）之人极为“神似”地刻画出来，此乃“借一张铁臂，引起无数张铁臂”（第十三回回评）的手段，具有极高的典型性。卧评以倪霜峰的坎坷遭遇为例，说明小说中人物的命运又和他们生活于其中的社会分不开。在第二十五回回评中评论道：“自科举之法行，天下人无不锐意求取科名，其实千百人求之，其得手者不过一二人。不得手者，不稂不莠，既不能力田，又不能商贾，坐食山空，不至于卖儿鬻女者几希矣。”这就揭示出小说中人物形象的社会意义。也正因为《儒林外史》中主要人物形象大多具有真实性、典型性和广泛的社会意义，才达到“神似”的境界，显示了作者的“化工”本领。

卧本评者还指出作者塑造人物形象时，常常包含着丰富的或憎或爱的深切感情，正因为如此，小说中一些人物的遭遇，才会使读者与作者一同或憎或爱。如写虞华轩与余大先生在五河县遭受冷遇的情景，卧本评者写道：“作者虽以谑语出之，其实处处皆泪痕也。薄俗浇漓，人情冷暖，乌衣子弟触目伤心。”书中之五河其实是作者故乡全椒，吴敬梓在故乡就曾饱受“竟有造请而不报，或至对宾而杖仆”（《移家赋》）的冷遇，不能说《儒林外史》中全无此种情绪的流露。正因为作者在塑造人物时倾注了自己的爱憎情感，才使得其笔下人物有思想有感情，具有了“语言文字之外”的神似“妙处”。

卧评还从多方面研究《儒林外史》描写人物的艺术手段。如分析人物描写的生动性，以严监生及王德的描写为例，评道：“看财奴之吝啬，荤饭秀才之巧黠，一一画出，毛发皆动。”（第五回回评）如分析人物的共性与个性，以同是“豪华公子”的慎卿、少卿为例，“俩人自是不同”，作者“一副笔墨，却能分毫不犯如此”（第三十一回回评）。如评论《儒林外史》中人物性格的复杂性，以潘三为例，潘三本一恶棍，“该杀该剐”（第二十回回评），但亦有“爽快浏亮，敢作敢为”（第十九回回评）之处，其待匡超人实有深恩，作者不因其恶而掩其美，评者亦能正确揭示作者之用心。如剖析人物的层次性，以高翰林、鲁编修分别斥责杜少卿与二娄为例，评说道：“物之不同类者，每不能相容也。然编修之怪娄氏，语尚和平，侍读之怪少卿，语太激烈矣。以少卿较之二娄，似少卿之锋芒太露，故其受怪又加于二娄一等。”（第三十四回回评）这就极其细腻地分析了由于人物之间各自身份、经历不同，形成彼此利害冲突的程度也就有深浅，描写出这种差异，就表现了人物性格的层次性。如社会环境的变化和人物性格的关系，以匡超人为例，评说道：“匡超人之为人，学问既不深，性气又未定，假使平生所遇，皆马二先生辈，或者不至陡然变为势利熏心之人，无如一出门即遇见景、赵诸公，虽欲不趋于势利，宁可得乎？蓬生麻中，不扶自直，苟为素丝，未有不遭染者也。”（第十七回回评）这一评语，既揭示了社会环境的转换对人物思想的变化具有很大影响，又说明故事情节的发展与人物性格的展开两者之间的相互关系。总之，卧本序评者在他们的序评中就人物形象的塑造，深入研究和总结了吴敬梓的艺术经验。

六

《儒林外史》的艺术结构是颇有特色的，体现了吴敬梓的创作意图和对现实生活的艺术认识，卧本序评对小说的结构艺术作了大量的评述。

闲序充分肯定《儒林外史》的“章法之奇”并不在《水浒》、《金瓶梅》之下。此所谓的“章法”，即指艺术结构。《儒林外史》的结构艺术，在“五四”前后曾受到一些学人的非难，认为“没有结构”，“没有布局，全是一段一段短篇小品连缀起来的”[①]。但卧评却对《儒林外史》的艺术结构持肯定态度，并且高度称赞它的长篇小说的结构艺术。在第三十三回回评中明白地说道：“凡做一部大书，如匠石之营宫室，必先具结构于胸中：孰为厅堂，孰为卧室，孰为书斋、灶厩，一一布置停当，然后可以兴工。”评语所谓“大书”云云，即指其长篇性质。从此评语中，可以看出《儒林外史》何尝是“没有结构”、“没有布局”的呢？

---

① 胡适：《五十年来中国之文学》。

卧本许多回评还一再做出了分析研究，如一些回末评语中所谓的“起首”，即指小说的“开端”；所谓的“递入”、“带出”、“引出”、“生出”等等，即指情节的“发展”；所谓的“大结束”、“结穴处”、“大总汇处”、“臻于泰山”、“八音繁会”即指情节发展的“高潮”；所谓的“结束”即“结局”；所谓的“余文”、“流风余韵”即“尾声”。这些评语全面而细微地评析了《儒林外史》作为长篇小说的艺术结构。通观卧评，再结合作品略作对比研究，不难发现：全书的“起首”是夏总甲故事；其后一组组人物的转移、故事的变化，则是情节的发展；祭泰伯祠是全书高潮；王玉辉凭吊泰伯祠则是结局；虞育德离开南京后的情节，则是全书的尾声。尽管如此评说是否全然揭示出吴敬梓的创作意图、全然反映出小说的客观意蕴，还可进一步研究，但它毕竟探讨了长篇小说《儒林外史》的艺术结构，而评语所云“国手布子，步步照应”（第四十七回回评）确亦非溢美之词。

至于《儒林外史》组织情节手法之丰富多彩、摇曳多姿，卧本评语论述更多。如主张情节发展要有波澜起伏，要极尽曲折变化之能事，以二娄访杨为例，第九回回评中论说道：“文字最嫌直率，假使两公子驾一叶之扁舟，走到新市镇，便会见杨执中，路上一些事也没有，岂非时下小说庸俗不堪之笔墨，有何趣味乎？”认为要使读者感到有“趣味”，就不能“直率”为文，而要“炉锤在手，花样生新”（第五十二回回评），才能强烈地吸引和感染读者。如情节的发展要“罗络勾连”，这一手段对于由不同故事组成的长篇小说《儒林外史》来说，尤为重要。小说中写周进吃斋引出梅玖谈梦，又由梅玖之梦掩映王惠之梦，从而生发出一系列故事，逐个转递，深入发展。卧本即评道：“文章罗络勾联，有五花八门之妙。”（第二回回评）如情节安排要有伏笔，所谓“千里来龙，蜿蜒夭矫”（第三回回评），在蘧公孙与鲁小姐婚宴席上，老鼠落汤，钉鞋上桌，“此两件奇事”，其实是“埋伏后文编修将病而死”，但“阅者至此，惟觉峰外飞天，绝倒之不暇，亦不足寻味其中线索之妙”（第十回回评）。这就指出了作者组织情节手段之高明，使得读者在不知不觉中沿着情节的发展变化得到美的享受和满足。如虚实衬托，安东知县向鼎受理三件命案，“其情节荒唐略同”，但作者并没有三案同写，而是“两虚一实，衬托妙无痕迹”（第二十回回评），用简洁的文字写出了繁复的情节，非但不单调板滞，反觉趣味更其盎然。如“同而不同”，小说中常出现类似情节，但写法却不雷同，这就细微地表现出相同情节的不同处理，使读者能一直保持新鲜的艺术感受。萧昊轩在山东，其子云仙在四川，先后弹打赵大，卧评即指出其情节虽类似而写法截然不同，说："萧云仙弹子世家也，而其打法又绝不与萧昊轩犯复，笔墨酣畅，无所不可。"（第三十九回回评）

此外，卧评中提及的"返对"、"对照"、"倒摄"、"掩映"、"照应"、"映带"、"交互回环"、"避实击虚"、"血脉筋络"等等，均为安排情节的艺术手段，评者均有所论说，从而总结了《儒林外史》的"章法之奇"的特色。

七

《儒林外史》的语言具有高度的含蕴性、具象性和情感性，圆满地完成了作者塑造许多鲜明的文学形象的任务。闲序所谓的"用笔之妙"以及评语中一再提及的文笔、笔墨、正笔、直笔、旁笔、曲笔等等，均是指《儒林外史》语言的描写功能。序评者认为"其摹写人物故事，皆各穷神尽相"，"用笔"之成就同样不在《水浒》、《金瓶梅》之下。

卧评一再论及的"白描"手法，就显示了《儒林外史》语言艺术的含蕴性。如牛浦郎对子午宫道士自我吹嘘的一段描写，卧本就指出"刮刮而谈，诌出许多话说。书中之道士不知是谎，书外之阅者深知其谎。行文之妙，真李龙眠白描手也"（第二十三回回评）。这是以北宋画家李公麟不设色的绘画艺术来比喻吴敬梓的"白描"。卧评还一再说明所谓"白描"，就是"直书其事，不加断语"。小说描写汤奉宴请张师陆和范进时的一席谈话，卧本加评道："席间宾主三人侃侃而谈，毫无愧怍，读者不问而知此三人为极不通之品。此是作者绘风绘水手段，所谓直书其事，不加断语，其是非自见也。"（第四回回评）确然如此，《儒林外史》中许多精彩的讽刺，深刻的抨击，正是从作者所具体描写的场面和情节中极其自然而又无比形象地呈现出来，而作者自己的评价却隐藏在描写之中含而不露。这其实是现实主义创作的一条重要经验。

至于文学语言的形象性，卧评也多次论及，认为作者所描写的人物，无不形象生动，性格鲜明。如第十七回回评中就写道："是书之用笔，千变万化，未可就一端以言其妙。如写女子小人，舆台皂隶，莫不尽态极妍；至于斗方名士，七律诗翁，尤为题中之正面，岂可不细细为之写照？上文如杨执中、权勿用等人，绘声绘影，能令阅者拍案叫绝，以为铸鼎象物，至此真无以加矣；而孰知写到赵、景诸人，又另换一副笔墨，丝毫不与杨、权诸人同。建章宫中千门万户，文笔奇诡何以异兹！”这就指出作者在描写人物时之用笔确实是姿态万千、各尽其妙。卧评还具体地论及一些“笔法”，如对比鲁小姐、蘧公孙订婚与严二相公娶亲，二者必须“对看，乃觉一处锦铺绣列，一处酸气逼人”（第十回回评）。如陪衬，描写杜慎卿与萧金铉、季恬逸、诸葛佑一段交往，作者乃“以小杜之风流，形三人之龌龊”（第二十九回回评）。如反衬，小说中鲁小姐与乃父鲁编修均热中举业，思想庸俗，但写二人之手法又不尽相同，“盖作者欲极力以写编修之俗，却不肯用一正笔，处处用反笔、侧笔，以形击之。写小姐之俗者乃所以写编修之俗也”（第十一回回评）。如讽刺，众所周知，《儒林外史》是一部长篇讽刺小说，而其塑造各类反面人物形象时，无不运用讽刺笔墨，卧评中再三述及的“庄语”与“谑语”（第四回回评）、“皮里阳秋”（第三十四回回评）等等，均是指其讽刺笔墨而言。如小说中有关牛浦郎借“董老爷”以自重而侮其舅丈人卜氏兄弟的一段描写，卧评即揭示出其辛辣讽刺的内涵：“‘老爷’二字，平淡无奇之文也，卜信捧茶之后，三人角口，乃有无数‘老爷’字，如火如花，愈出愈奇。正如平原君毛遂传，有无数‘先生’字，删去一二，即不成文法，而大减色泽矣。”（第二十二回回评）凡此种种笔法，交替使用，互补互证，就使得作者笔下的人物无不“活色生香，呼之欲出”（第四十五回回评），具有“生龙活虎之妙”了（第二十七回回评）。

《儒林外史》虽然是叙事小说，但其语言所具有的浓郁的情感性，也不亚于抒情诗词，卧评对此也一再提及。如夫妇关系，作者虽然辛辣嘲讽了严监生的悭吝，但在描写他追念已逝的前妻时，却也倾注了深挚的感情，卧评体贴入微地评说道：“除夕家宴，忽然被猫跳翻篾篓，掉出银子来，因而追念逝者，渐次成病。此亦柴米夫妻同甘共苦之真情，觉中庭取冷，遗挂犹存，未如此之可伤可感也。文章妙处，真是在语言文字之外”（第五回回评）。“取冷中庭”用荀粲故事[①]，但却包含了作者自己的亲身遭遇，在《减字木兰花》词中，吴敬梓就曾叹息：“闺中人逝，取冷中庭伤往事。”如兄弟关系，小说中出现了无数对兄弟，然而关系迩密者甚少，唯有写及倪廷珠与其出嗣之弟倪廷玺相认一节，卧评深刻地指出：“叙说父子兄弟别离之苦，至性感人，沁人心肺。”（第

① 刘义庆：《世说新语·惑溺》。

二十七回回评）这是因为作者亦曾出嗣他人之故。如师友关系，杜少卿与虞育德有世谊，论辈分杜为虞之世侄，然而俩人相处却如师友，杜少卿在南京常得虞育德接济。一旦虞育德离去，杜少卿极为神伤，卧评即指出："临别数言，凄然欲绝，千载之下謦欬如闻。"（第四十六回回评）如由自身遭际而借题发挥，小说中萧云仙虽建功业而不得受封，卧评有如下议论："李蔡为人下中，竟得封侯，亦千古同叹之事。呜呼！尚何言哉！"（第三十九回回评）卧评对《儒林外史》细节描写中所蕴藏着的作者的丰富情感，做了细腻的发掘，让读者可以感知其叙述语言的情感性。这与小说语言的含蓄性、具象性交织在一起，形成了《儒林外史》语言艺术的特色。

总之，《儒林外史》是文学作品，卧本序评则是文学评论。它的序评除了从文学的社会功能加以论说外，更多的议论则是针对作品的文学特性而发，不乏真知灼见。

（原载《河北师范学院学报》1991年第4期，又收入《海峡两岸明清小说论文集》，河海大学出版社1991年版）

《儒林外史》齐评略论

一

《儒林外史》最早的评本也是目今可以见及的最早刻本为清嘉庆八年（1803）卧闲草堂本。其后，大约在咸丰三年（1853）至同治元年（1862）间有黄小田评本。黄评本完成之后在长时间内未曾刊刻，后虽与张文虎评本“合梓之”，但大量评语都被删落，仅保留三条批语，署名“萍叟”，直到20世纪80年代中期，方始被辑录面世。在卧本问世之后七十年左右，即同治十三年（1874）同时有齐省堂评本和张文虎批评。不过，张氏评本直到光绪七年（1881）方始被采入申报馆第二次刊印的《儒林外史》中。他的第二次评本更迟至光绪十一年（1885）方始由上海宝文阁出版。因此，在卧闲草堂评本问世之后，论及《儒林外史》的评本则当推齐省堂本了。

齐省堂《增订儒林外史》为五十六回本，一如卧本。惟撮入已略有改动的闲斋老人序为原序，另有惺园退士所作序，并附有增订“例言”五则。至于光绪十四年（1888）上海鸿宝斋所出《增补齐省堂儒林外史》石印本，则删去闲斋老人序，而撮入齐省堂《增订儒林外史》惺园退士序为原序；另有居世绅所作序，署“光绪十有四年岁次著雍困敦余月东武惜红生叙于侍梅阁”，东武惜红生即居世绅。所谓“增补”是从四十三回中间起到四十七回上半回止，中间插入四回，成六十回本。此四回所叙“事既不伦，语复猥陋”[①]，定非吴敬梓《儒林外史》原本所有。“增补”本所插入的四回文字，全无眉批回评，其余各回的批评均承袭“增订”本，因此在论及《儒林外史》齐省堂评本时，只就“增订”本而言，不涉及“增补”本。

---

① 鲁迅：《中国小说史略》。

《增订儒林外史》除将卧闲草堂本全部回评阑入外，补写了卧本原缺第四十二到四十四、五十三到五十五等六回的回评，并于第十三到十六、二十、二十三、三十、三十二、四十一至四十四、四十六至四十七、五十、五十三至五十六等二十回另行写有回评，还有为数不少的眉批。

除对小说进行批评以外，齐省堂“增订”本还对卧闲草堂本《儒林外史》作品本身做了一些“修订”工作，大体包括如下内容：一、修订回目文字。齐本评者认为卧本中“往往有事在后而目在前者”，并举第二回为例，认为该回情节只叙写到周进游贡院撞号板为止，而回目已有“暮年登上第”字样，“殊非核实之意”，因此按照“总以本回事迹，联为对偶”这一原则“代为改正”，将卧本回目“周蒙师暮年登上第”改为“周童生乡闱观坐号”。这样的改订，回目联语与本回情节就更吻合。二、弥补情节“罅漏”。齐本评者指出卧本一些情节有不合理之处，并且“代为修饰一二”。例如，他举出万里捐中书，“不及半月”，而捐官知照已到浙江抚台行辕，“断无如此之速”。对这类“罅漏”一一予以弥补。三、更改人物位置高下。齐本评者认为入“幽榜”的人物，“去取位置，未尽合宜”，因此“辄为更正”。上述各点为齐省堂增订本改动原作面貌的大概。总的说来，原作的“冗泛字句”，经齐本评者“稍加删润”后，确实在一定程度上更趋“简括”，但也有原作较为精彩的描写，被齐评者无端删落，这些“修饰”就值得商榷了。不过，从这些“修饰”中也可觇知齐本评者的文艺见解。

至于齐本评者为谁何？书中未有明白交代，笔者疑即为增订本作序的惺园退士。他在序中说：“余素喜披览，辄加批注，屡为友人攫去。”又说：“偶于故纸摊头得一旧帙，兼有增批，闲居无事，复为补辑。”可见其先已有自己“批注”，后又为“旧帙”“补辑”，闪烁其词，欲盖弥彰，正说明批评文字出自其手。

在齐省堂评本之前，有卧闲草堂评本，其后又有张文虎评本。研究《儒林外史》的学人大多重视卧评及张评，对齐评则常予忽视。其实，细加研究，齐评颇有可取之处。诚然，其所作回评很少，大多为眉批。但究其缘由，乃在于齐本评者同意卧本回评所言，他在增订例言中就极为推崇卧评，说其“论事精透，用笔老辣”。因此，齐本评者只对卧本缺少的回评的数回增写评语，对卧本回评“寥寥数语，亦多未畅”的数回加写回评，以求“阙者补之，简者充之”；至于为数甚夥的眉批则是卧评所无。本文结合增订例言，对其回评眉批稍作论述，以期引起学人的更多注意。

二

强调和宣扬小说、戏曲的教化作用，是儒家思想在小说、戏曲领域中的重要表现形态。明清以来，许多小说、戏曲的作者都将教化民众作为自己创作的目的，而旧时一些研究者也将此奉为圭臬。即以《儒林外史》的研究而言，首先出现的卧本评者就如此，闲斋老人序中即明言小说作者的创作目的是："故其为书，亦必善善恶恶，俾读者有所观感戒惧，而风俗人心庶以维持不坏。"在这一目的驱使下所创作的小说作品，就能做到"善者，感发人之善心；恶者，惩创人之逸志"的要求，而读者"无论是何人品，无不可取以自镜"。其后，黄小田批评该书时，同样强调它的教化作用，在闲序后所写的识语中，黄氏告诫那些"不善读者"，勿仅"取其中滑稽语以为笑乐"，而要了解"作者嫉世救世之苦衷"；在有关回评中，黄氏又一再强调"此等文章真作者救世苦心，切勿随意看过"（第十五回），"……无非教孝之深心，读者切须玩味，勿谓小说惟以讥讽诙谐为能事，庶不负作者著书本意"（第十六回）。齐本评者未必看到黄评，但确实研究过卧评。和他们一样，他也十分强调《儒林外史》的教化作用。

齐本序言中就说《儒林外史》其书"善善恶恶，不背圣训"，因而"足以兴起观感，未始非世道人心之一助"，能够起到"见贤思齐焉，见不贤而内自省也"的作用。可见在肯定《儒林外史》的教化作用方面，齐评与卧评、黄评均是一脉相承的。不过值得注意的是，无论卧评或是黄评均强调读者之"善读"，如卧本序即云"善读稗官者，可进于史"，黄评则从反面指出"不善读者"的负效应。总之，这两家批评都是从读者是否"善"读《儒林外史》来强调它的教化作用。而齐本批评却从作品本身所具有的感化力来立论，在序言中就说："士人束发受书，经史子集，浩如烟海，博观约取，曾有几人？惟稗官野乘，往往爱不释手，其结构之佳者，忠孝节义，声情激越，可师可敬，可歌可泣，颇足兴起百世观感之心；而描写奸佞，人人吐骂，视经籍牖人为尤捷焉。"明白无误地表达出他的见解：形象思维的文艺小说，其诱导民众的作用远较逻辑思维的经籍为快捷迅速。

可见齐本评者已从文艺作品本身的特点来研究它的教化作用。此种观念在小说正文的眉批中也有表露，如第四十回写及萧云仙将自己“半生事迹”的“卷子”交与南京文人武书，请其“或作一篇文，或作几首诗，以垂不朽”时，武书慨然应允，齐本批道：“文人之笔重于山丘，往往正史所无，一经妙笔描写，反津津在人口角者，正是这个意思。”（第四十回）这就表明文人的“描写”较“正史”更为广大读者所喜闻乐道，因此，它的感人、育人的作用也就自然地浸润、熏染读者。此外，在四十四回的回评中，虽然仅就“葬论一段”立论，却宣称“莫作寻常稗官读也”。这些批评其实都是从“稗官”“牖人”的功能立论的，这正显示了齐本评者对文艺教化作用的识见，较之卧本评者要略高一筹。

自然，就其教化内容而言，齐评亦如卧评、黄评一样，仍然离不开教忠、教孝的范畴。齐本序言中明确表示“可师可敬”的内涵在于“忠孝节义”，这在正文的批评中也有多处表现。如宁王破了南昌，“王道台也抵当不住”，齐本评者以讥讽语气批道：“那会‘抵当’？自称‘抵当不住’耳。”（第八回）又如，匡大说将“预备着娘的衣衾棺木都把与”郑氏“用了”，匡二听罢说“这也罢了”，齐本评者同样以嘲讽的口吻批道：“孝子口气如此。”（第二十回）这些批语，流露了评者对不忠不孝言行的不满。从整体上看，齐评表彰忠孝的目的在很大程度上是从处世为人方面着眼的，例如萧昊轩临终教导儿子萧云仙时说“为人以忠孝为本”，齐本评者即批道：“语简而大，可敬可佩。”（第四十回）又如郭孝子劝说短路为生的木耐，齐本又批道：“到处劝化后生辈，可见孝子必有仁心义气，匪但愚忠愚孝也。”（第三十八回）的确，评者品评人物的标准并非一味着眼于愚忠愚孝，而更多的是着重人的品行，这就大大突破了“忠孝”二字范畴。他主张衡量人物高下的标准应是先品行后艺能。在第五十六回回评中，他以设问的语气写道：“既曰采访儒修，则应皆是读书之人，何以进士、举人、生员、贡监之外，又兼及武职、布衣、女子、释道？虽云其中不乏能文之士，而品流不太杂耶？不知士先器识而后文艺，苟其品行超人，或有技能可取，录长略短，皆可勿遗。”这就表明了他臧否人物的准则。虽然他所谓的“品行”自不能离开“忠孝”二字，但已与愚忠愚孝有所区别。他的所谓“品行”在他的批评文字中具体化为一“正”字，如“正论，卓然可敬”（第八回），“两公子性虽牢骚，语却正大，自是贤者”（第九回），“这一席话却是正论不磨”（第十三回），“语极正大”（第三十六回），“立身待物，能见其大”（第三十七回），“字字正大”（第三十九回），“此是正论”（第四十九回）。由此可见，齐本评者的见解显然属于儒家思想体系，不仅序言中所云“见贤思齐”出自《论语·里仁》，而且“正论”、“正大”云云，也与《论语·子路》“其身正，不令而行”的思想渊源有自；《大学》第一章更说得明白：“古之欲明明德于天下者，先治其国；欲治其国者，先齐其家；欲齐其家者，先修其身；欲修其身者，先正其心；欲正其心者，先诚其意；欲诚其意者，先致其知，致知在格物。格物而后知至，知至而后意诚，意诚而后心正，心正而后身修，身修而后家齐，家齐而后国治，国治而后天下平。”修身、齐家、治国、平天下皆由“心正”而衍发。齐本评者正是抓住这一“正”字，对小说中的人物进行月旦的。

齐本评者这种观念从其对马二、匡二的评论中也可窥知一斑。马二认为“文章总以理法为主”，齐本批道：“这一席话却是正论不磨。”以此开始，齐评不仅在眉批中对之颇多肯定，如说“马二先生又有血性，又有担当，此种朋友实不多得”（第十三回），“如此存心真是古人气谊”，“大有蘧伯玉不欺暗室之意”（第十四回），“此是马二先生好处”，“马二先生自是热心人”（第十五回）。而且接连在第十三、十四、十五回回评中予以表彰，称赞其“古道热肠”，不但“逢人教诲，谆谆不倦”，而且能“曲突徙薪”，救助他人，“化风波于无形”。从这些评语来看，齐本评者显然认为马静乃一正人君子。自然，对马二的迂腐、“念念不忘”功名等性格，也不曾忽略，而予以适当批评。这正是“爱而知其恶，憎而知其善”[①]思想的体现。至于对匡二的批评，当他感慨于自己“要孝父母又不能”时，齐本评者指出他“此时原有赤子之心”，并未一开始即予全盘否定。可是当他考取秀才不肯认“教官”为老师时，齐本评者及时点出：“便变了气质，真是快速之至。”（第十七回）其后，则不时对之讥刺有加，如“真是聪明人”（第十八回），“好孝子，好名士，竟会如此，真是‘通才’”（第十九回），“诈伪无比”，“居然有架子矣”，“竟是严贡生口气，何天下之秀才都会说谎”，“此人真不可相与”，“还该先访拿自己”，“好货”，“亏他一副老脸皮”（第二十回）等等，而且在第十六回回评中总结性地评道：“文行判然二途矣”，“如是而文行安能并驾齐驱哉！”齐本评者显然认为匡二乃一势利小人，言行均

① 《礼记·曲礼上》。

不可谓“正”。如此品评人物，仍有其一定意义。当然，齐本评者对人物的品评也自不能不烙上他自己所处的时代、所受的教育的印痕，有些见解也并不可取，如对鲍文卿某些落后言行却予以称道，说什么“大有见识”、“异哉此人”（第二十四回）、“语语本分”（第二十五回）等等，这又显然暴露了批评者自己意识的落后。由此可见，他的批评固然有值得肯定的成分，但也有消极因素。

三

齐本对《儒林外史》思想内涵的批评在数量上不仅少于卧评，也少于它自身对艺术特色的批评。这是由于齐本评者在对作品思想内涵的理解上，大都赞同卧评，因而较少落笔。偶或有不同卧评之处，则另行添写若干评语以表达自己的见解。

尽管齐本批评涉及内容的文字较少，但也分明地表达出评者对这部小说思想内涵的理解和评价。他的一些见解，对我们深入研讨这部小说仍然是有着启迪作用的。例如对于这部小说的主旨，卧本所刊闲斋老人序中首先提出“其书以‘功名富贵’为一篇之骨”的观点。在卧评中一再申说此意，如第一回回评云：“‘功名富贵’四字，是全书第一着眼处。”齐本评者对此是十分赞同的，在“楔子”开篇前的《蝶恋花》词“功名富贵无凭据，费尽心情，总把流光误”句下即批道：“全书主脑。”可见，同卧评一样，齐评是紧紧抓住了这部小说主旨所在的。在科举社会中，一个士子必先通过科举考试取得功名方可出仕，而一旦出仕不但可以贵而且可以富。因此，功名富贵四字是紧密相连的。小说中对这“四字”的批判就是从批判科举入手，焦点又集中在功名——“官”之上。士子在通过科举考试获取功名富贵的过程中，被引诱得自身品质日益堕落，从而又导致社会风气更趋败坏。齐本评者对此痛心疾首，在他所加写的为数不多的回评中一再予以斥责，如第十六回回评即云：“嗟乎！自有时文，而文行判然二途矣。士人居家敦行，只以自尽其心；及入世，则以文字为功名之阶，以功名为势利之的，群趋群效，不外乎此。向之所谓敦行者，曾莫之知，而亦自忘之也。如是文行安能并驾齐驱哉！”在第三十四回回评中，齐本评者写道：“‘敦孝弟，劝农桑，乃教养题目中词藻。’此等说话，竟可大庭广众言之，时文取士之流弊，乃至于此！作者殆慨乎言之矣。”这些都明白地表示出评者对时文（科举）导致士子文行堕落、社会风气败坏的强烈不满。除回评以外，在正文的眉批中更是多处谴责这一制度的种种弊端，如对热衷功名的高翰林的评价是："以科举骄人，与鲁编修如出一口。"（第三十四回）而对鲁编修热衷功名的批评，则又大都在对其女鲁小姐的批评中表露出来，如说她"以八股文为正务，以诗为笑话，此小姐真脱尽小说中小姐窠臼矣"；"越是不中进士越要自称名士，若能中进士还要名士二字何用？小姐要二者相兼，未免苛求太甚了"（第十一回）等等。至于对一心追逐"肥美"差事的鲁编修本人，齐评更是紧紧抓住他已获得的官身大加挞伐，他的船舱有"翰林院"封条，是"官体"；他说的"肥美的差"，是"官话"；先"苦辞"后收受酒席的做法，是"官习"；认为有无学问全看功名中与不中，是"官论"；见客行事的气度，是"官派"，等等。总之，在齐评者看来，翰林编修鲁老爷全身心已被"官"字侵蚀，时时散发出"官"的气息。在这一点上，齐评似与黄评有相通之处，将"功名富贵"与"官"扭结在一起加以笔伐，这也正反映了现实生活中这二者紧密相连的关系。

在批判科举时文、功名富贵等社会现实问题方面，齐评与前此产生的卧评和同时存在的黄评固然有血脉相通之处，但齐评识见亦有为卧评、黄评所不及之处，如"幽榜"回中对御史单飏言所上疏的批评。卧本、黄本乃至其后的张文虎评本对此疏均无一字批评，唯有齐本加了三条眉批，在疏中所云"三代之用人，不拘资格"之上，齐本加眉批道："以古证今，从源头说起。"对疏中所云"资格之限制"，齐本眉批更有深刻含意，他批评道："古今同慨。然不谋其生者举法，而反欲将死者旌赠，所谓作为无益，不过此书借作收科耳。"不为"生者举法"而将"死者旌赠"，也就是说不为活着的士人考虑，只是追认已死的士子。小说作者于此固有寄寓，而齐评亦大有深意，颇有细加玩味的价值。

除了对这部小说的主旨作了深刻的批评以外，齐评还对现实生活中的一些社会现象做了画龙点睛式的批评，流露出的一些见解也是值得我们重视的。如批判世风日下、世途险恶，有"世之以无为有，以曲作直者，大率如是"（第十三回）；"说尽世途弊病，时至末流，欲其返朴还原，岂可得哉"（第二十六回）；"如此同志之人，尚要设计诓骗，可谓人心叵测"（第五十二回），等等。又如对人情冷暖、趋炎附势的批评，有"卖屋也讲势利，可谓奇谈"（第一回）；"如此小馆也有情面，也须奉承，可为一叹"（第二回）；"人生世上，势位富厚岂可以忽乎哉"（第三回）；"人情只有锦上添花，那有雪中送炭"（第五十回），等等。

至于对时政的批评，尽管齐评着墨不多，但却有着卧评所不及者。如第五十三回一开始，正文道："自从太祖皇帝定天下，把那元朝功臣之后都没入乐籍，有一个教坊司管着他们。"齐本即评道："此是有明第一秕政。"这种直裸裸的揭擿，则是卧评所无。而齐本所批，也有史实为据，并非子虚乌有之词。明初大臣妻女被发送到教坊司之事并非小说家言，而是确有其事，并见诸史籍记载。清人俞正燮《癸巳类稿》卷十二"除乐户丐户籍及女乐考附古事"条，据明人王世贞《弇州史料》"南京法司所记"引录永乐上谕云："永乐十一年正月十一日，教坊司于右顺门口奏：齐泰姊及外甥媳妇，又黄子澄妹四个妇人，每一日一夜，二十余汉子看守着，年少的都有身孕，除生子令做小龟子，又有三岁女子，奏请圣旨。奉钦依：由他不的，到长大便是个淫贱材儿？"又"铁铉妻杨氏年三十五，送教坊司；茅大芳妻张氏年五十六，送教坊司。张氏病故，教坊司安政于奉天门奏，奉圣旨：分付上元县抬出门去，着狗吃了！钦此。"对于统治阶级如此酷虐的嘴脸，吴敬梓在小说中以叙述的语言轻描淡写地写出，其实是一种皮里阳秋手法；而齐评则以评论的语言直截明快地指出，更是态度鲜明。

一般说来，齐评大多同意卧评，而与黄小田评、张（文虎）评则时有相异处。例如在对待沈琼枝这一妇女形象的认识上，卧评与齐评的识见就远较黄评和张评为进步。卧本在第四十回回评中首先指出："（萧）云仙，豪杰也；（沈）琼枝，亦豪杰也。"对此，黄本批道"此评大谬"，并且专门写了一条回评，指责琼枝行为"大谬"，还批评卧评"不伦"，又对卧本第四十一回回评肯定沈琼枝的"英姿飒爽"批道："此评似是而非。"无独有偶，张文虎也针对第四十回卧评批道"不伦"，也加了一条回评，说："如评者（指卧评）之意似欲以琼枝配云仙，谬哉！"同样，对第四十一回卧评也批道："浮谈。"总之，黄、张二氏批评，既认定沈琼枝行径荒谬，又指责卧评大谬不伦。齐评则不然，首先在眉批中，与黄、张苛责沈琼枝的眉批相对立，表达出自己对沈琼枝的观感。当沈琼枝乘夜逃出宋盐商家，欲赴南京"卖诗"为生，心想"或者遇着些缘法出来也不可知"时，张批即疑其不轨，诘难道："是何缘法？"而齐评却是在一定程度上肯定她的行为"真是奇特"。当她在杜少卿面前自诉来南京半年的际遇时说："凡到我这里来的，不是把我当作倚门之娼，就是疑我为江湖之盗。"黄评居然认为"下一句或者有之"，张批更认为是其"自取之"；齐评却能设身处地为其着想，批道"正所谓可与人言无二三”，表现了一种宽容理解的态度。特别是齐本又在第四十一回加写回评道：“沈琼枝一段，大为巾帼中人吐气。世之陷入圈套埋没终身者，比比皆是。而此写得生龙活虎，不可捉摸。”更是明白无误地认为沈琼枝之所以落入尴尬境地乃是宋盐商所设“圈套”使然，而对她“生龙活虎”般逃出牢笼，则又大加赞赏。凡此，均足以证明在对待妇女婚姻自主方面，齐本评者的观念较之黄氏、张氏远为进步。

总之，齐评虽然涉及这部小说思想内容方面的笔墨不多，其中亦有陈腐、不当之见，然而齐评所表露的一些识见，也是值得我们重视的。

四

齐本评者对《儒林外史》艺术特色的阐说，较之其对小说思想内涵的批评，更值得我们重视。首先，在人物原型与艺术形象的关系上，齐本评者的见解比较高明。《儒林外史》是一部文艺小说，作者所创造的一系列栩栩如生的艺术形象，自然是采撷自现实生活中人物的言行，当然也剪裁了一些历史人物的事迹。然而他们毕竟只是原型，在写入小说时，是经过作者“提炼”的，有一个典型化的过程。我们在进行文学研究和批评时，虽然也须了解艺术形象的原型，然而毕竟只是将他们作为研究时的参照，不宜以对原型的发掘替代对艺术形象的分析，或者将二者混淆。最早出现的卧评，闲斋老人在序中虽然认为“稗官为史之支流”，然而他却能将历史人物和艺术形象区分开来，在卧本回评中仅于第一回回评中说王冕“穿阔衣，戴高帽，都是王元章本传内事”，但同时又强调它在被作者“用来都不着形迹”，而不是以历史人物的王冕去范围艺术形象的王冕。除此而外，全部回评再无以人物原型的寻求代替对艺术形象分析的文字出现。黄评本多处称《儒林外史》为小说（如第一回、第二回眉批，第四回回评等），并且已意识到文学真实与历史真实的关系，将作者所塑造的艺术典型称之为“亡是公”（第二十回眉批）。因此，黄氏自然不会处处以人物原型去硬套艺术形象，唯一涉及二者关系的也仅仅是王冕学画一事，小说写王冕“学画荷花”，黄小田所加眉批云：“元章善画梅。此不过借荷花引出时知县耳。”这就表明黄氏已然明白文学创作在取材于现实生活情景和历史人物事迹时，必然有所剪裁，有所增饰，或予改造，或予提炼，不必也不可处处以史实苛求。

尔后，同治八年（1869）金和在跋《儒林外史》中，却以大段文字指实小说中艺术形象的原型，说："书中杜少卿乃先生自况，杜慎卿为青然先生。……书中之庄征君者程绵庄，马纯上者冯粹中，迟衡山者樊南仲，武正字者程文也。他如平少保之为年羹尧，凤四老爹之为甘凤池，牛布衣之为朱草衣，权勿用之为是镜……或象形谐声，或廋词隐语，全书载笔，言皆有物，绝无凿空而谈者，若以雍乾间诸家文集细绎而参稽之，往往十得八九。"言之凿凿，流风所及，其后之研究者大率循此途径，或有纠误，或有补遗。例如与齐本几乎同时出现的张文虎评本这一倾向也极其明显，多次以历史人物死扣艺术形象。不妨仍以王冕为例，在第一回中，张评本不仅有多处眉批以朱彝尊《曝书亭集》和《明史》中的王冕传所记史实来对照小说中的有关情节，甚至苛责小说作者有"诬先贤"之嫌；而且还在回评中据《保越录》、《广舆记》等书所记，来纠正小说中的"传闻异辞"。对文艺作品作如是批评，显然是有悖于艺术创作规律的，也是不足称道的。

但与张评同时出现的齐评本则不然，在增订例言中，针对金和跋文所指实的人物原型，态度鲜明地表达了自己的见解，说："窃谓古人寓言十九，如毛颖、宋清等传，韩、柳亦有此种笔墨，只论有益世教人心与否，空中楼阁，正复可观；必欲求其人以实之，则凿矣。且传奇小说，往往移名换姓，即使果有其人，而百年后亦已茫然莫识，阅者姑存其说，仍作镜花水月观之可耳。"这样的见解，既在回评中有所表露，如说"稗官虚虚实实，信笔游行，未可刻舟求剑耳"（第二十三回），又在眉批中有所阐发，如说"姓名、籍贯本属子虚，不得以挂一漏万为讥也"（第五十六回）。因此，齐评对小说中唯一以真名出现的历史人物王冕，仅就其艺术形象加以分析，绝不以史实推究。如小说中王冕对吴王所说的"若以仁义服人，何人不服？岂但浙江；若以兵力服人，浙人虽弱，恐亦义不受辱"云云，齐评只说其"言简而尽"；张评则以《王冕传》对照，说此语为王冕答胡大海所询，小说中却用来以"为答太祖语"。这不同的批评正表现了对艺术创作规律的不同认识。相形之下，在人物原型与艺术形象的关系上，齐本评者的识见显然高于张氏一筹。

此外，齐评还十分注意对人物形象的批评。惺园退士在序中即先行肯定这部小说形象塑造的成功，说"其写君子也，如睹道貌，如闻格言；其写小人也，窥其肺肝，描其声态，画图所不能到者，笔乃足以达之"。也就是说《儒林外史》的人物有个性，"君子"不同于"小人"，每一个艺术形象都是"这一个"；而之所以能臻于此境界，乃在于作者之笔已超越“画”工之笔而达到“化工”地步。考察他对一些人物言行所作的批评中，也的确贯穿着这样的见解，如评述权勿用与范进“守制”而赴宴时，即云：“讲考究是头巾腐气，却与范进不用银镶杯箸不同。”仔细地辨别了他们同而不同。同时，他又十分注意人物性格的不同而同，如针对张铁臂一番说话，批道：“此等话头又与权勿用歌诀异曲同工。”（第十二回）正因为此，齐本评者认为《儒林外史》作者在刻画人物时颇多“传神”（第七回）之笔。

对于全书结构的完整、情节的变化，齐评亦有许多精辟的见解，如对最早刊本即卧闲草堂本为五十六回本的争议，金和跋语说最后一回“幽榜”为他人“妄增”，认为甚是“陋劣可哂”。齐本在增订例言中则不以为然，充分肯定这一回的作用，“藉以收结全部人物，颇为稗官别开生面”；对于“后人续貂”一说，仅表示“未知然否，姑不具论”，引而存疑。他的这一见解，在这回回评中再次有所表露，说“是篇为全书收结”，认定第五十六回应与前文为一整体。

对于情节的变化，齐评也有极为细致的剖析，如第九回描写娄三、娄四公子访问杨执中的过程一再受阻，情节的发展曲折回环，悬念丛生。对此，卧本回评中已曾指出：“……且文字最嫌直率，假使两公子驾一叶之扁舟，走到新市镇，便会见杨执中，路上一些事也没有，岂非时下小说庸俗不堪之笔墨？有何趣味乎？”齐评在此基础上，充分发挥眉批的作用，在这一情节逐步进展中的若干关键时刻，要言不繁地分别点出，如“文情逐步而出”、“又生曲折”、“曲折有致”、“愈转愈深”、“愈曲愈妙”等等，这些批语可以使读者省识作者高超的艺术手段。另外，对于《儒林外史》“语语爽绝，如急雨芭蕉，清脆无比”（第五十回）的语言风格，也作了充分的肯定，认为作者驾驭语言文字的本领十分娴熟，写人叙事，均得心应手，能达到“真是画都画不出”的水平。这类批评，文中俯拾即是，此不详论。

总之，齐本是一部值得重视的评本，它对后于它的张氏第二次批评也产生了一些影响。如对汤知县处理“偷鸡贼”一案，齐评有“居然以一反三”之评，张评亦云：“此公可谓闻一知二。”严贡生娶媳，吹手“滴滴打打的，总不成个腔调”，齐评说“实在好听”，张评则云“绝调”（第六回）等等。张氏承袭齐评之处所在多有，这一现象亦足以佐证齐评确有不容忽视的价值。

（原载韩国《中国小说研究会报》总16号）

《儒林外史》张评略论

一

《儒林外史》评本主要有卧闲草堂本、齐省堂增订本、黄小田评本和张文虎评本四种：卧本最早出，影响也最著；黄本长期湮没无闻，近年始为世人所知；齐本批评文字不多，常为一些研究者所忽视，其实，齐本批评亦颇有见地，笔者已另有专文介绍。既往研究者，除卧评以外，大都重视张评。

张评作者名文虎，字孟彪，又字啸山，号华谷里民，又号天目山樵，江苏南汇人。其生平大略见于《清史稿·儒林三》"俞樾传"所附、《清史列传·张文虎》等史籍。《清史稿》记其卒年为七十一。但徐世昌《晚晴簃诗汇》云："啸山邃于经学、小学，旁通历算、声律。……同光以来，在吴中最称耆硕，黄漱兰侍郎创立南菁书院，首延主讲，已近八旬矣。"据缪荃孙所作《州判衔候选训导张先生墓志铭》所记："癸未学使瑞安黄公体芳创建南菁书院于江阴，……躬延先生主讲席，……甲申长至得类中疾，乙酉下月卒于复园，年七十有八。"[①]与《晚晴簃》所记相近，当为可信。癸未为光绪九年（1883），甲申为十年（1884），乙酉为十一年（1885）。由卒年乙酉上推七十八年，其生年当为嘉庆十二年丁卯（1807）。

据缪荃孙云，张文虎自幼"颖异，见书籍辄自翻阅"，"于书无所不览"[②]。世人所鄙视的稗官小说，如《儒林外史》之类，他也不予冷落，而"好读是书"，闲暇时又"好坐茶寮，人或疑之，曰：'吾温《儒林外史》也。'"[③]因此，在披阅之余屡加批评，实不足为怪。据现存资料可知，他的评点工作大约始于同治十二年（1873），时年六十有七。阅世既久，人生经验越益深厚，发而为批评，

① 缪荃孙辑：《续碑传集》卷七十五。

② 同上。

③ 刘咸炘：《校雠述林》卷四《小说裁论》。

无不切中世态人情，非无病呻吟者之可比。

张氏对《儒林外史》的批评为时甚久，早在上海申报馆于同治十三年出版的第一次排印本《儒林外史》之末，即附有张氏作于同治十二年（1873）癸酉暮春的识语，这是他最早的评语。此后，光绪二年（1876）丙子又写有识语；光绪三年（1877）丁丑于七月下弦和嘉平小寒分别写有识语，在农历腊月（嘉平）写的识语中说"予评是书凡四脱稿矣"，可见张氏从同治癸酉到光绪丁丑四年间批阅已有四次，几乎每年批评一次。光绪五年（1879）己卯夏、六年（1880）庚辰花朝、七年（1881）辛巳季春均写有识语。迨至光绪七年申报馆第二次排印本问世之后，他的评语乃以夹批和回末总评形式被采入书中。至此，张氏的大量批评文字始为世人所知。但他对此书的批评并未终止，仍在不断进行。徐允临在光绪十年（1884）甲申七月，闻知"张先生近有评语定本"，乃"驰书向先生乞假以来，重过录焉"（徐允临跋语）。在徐氏过录之后一年即光绪十一年（1885）乙酉，上海宝文阁就刊行了这一"定本"，即所谓的"天目山樵戏笔"《儒林外史新评》上下二册，而此年，张氏已经病殁。次年即光绪十二年（1886）丙戌二月，徐允临从宝文阁主人处得到这一刊本，"翻阅一遍，中多误字，遂为校正"，并重新刊印，此即《儒林外史评》。在这一刊本中徐允临题记刊于封里，行款与乙酉刊本全然相同，所以封面仍署"光绪乙酉夏宝文阁藏板"。宝文阁所刊《儒林外史新评》和《儒林外史评》，二者同样仅录评语，不刊小说正文。总之，张氏从同治十二年写有识语起直到去世之际长达十余年之久，可谓日不间断地批评这部小说。他的批评文字在光绪七年（1881）和十一年（1885）两次被刊行。

张氏批评文字数量甚多，卧本只有回评（尚缺四十二至四十四、五十三至五十五回回评）而无眉批或夹批。齐本虽有回评、眉批，但数量远逊于张评。张评不但两次写有大量夹批，而且同样两次写了回评。仅以回评而论，张氏第一次写有三十五回回评（即一至二、六至八、十至十三、十八、二十至二十三、二十五至二十六、二十八、三十至三十一、三十三至四十三、四十五、五十至五十二、五十六等回，其中有些是针对卧评的，如六、十一、二十八等回，不一一列举）；第二次又写有三十六回回评（即一至二、六至七、十至十四、十六至十八、二十至二十六、二十九、三十一、三十三至四十、四十二至四十三、四十五至四十六、四十九至五十一、五十六等回，其中也有些针对卧评的如十六至十八、二十四、五十六等回）。两次回评文字有完全相同的如二十、二十二、二十六、三十三、三十五、四十、四十二、五十等回，但多数回评不是见解略有变化，就是文字有所修饰。这种差异也是极其自然的，因为张氏对《儒林外史》的批评，前后历经十年之久，社会的变动，人事的沧桑，学养的增进，识见的拓展，都会令评者对这部反映世态人情小说的认识不断深化，继之也就会不断修正自己的批评。

张评与三家评有一显著的区别，三家评均从小说本身立论，虽然卧本评者视小说为“史之支流”，但在批评《儒林外史》时并未拘泥于史实的辨正；黄、齐二家则都明确意识到其书实为小说，书中人物为“亡是公”（黄氏评），只宜“作镜花水月观之”（齐本例言）。而张评则不同，不仅就小说本身发表意见，还从史实加以推求，尽管他深研过卧评、齐评，与黄评作者小田氏也有交谊，在一段时间内过从甚密，对黄氏的见解亦必谙知，其本人也意识到文学形象与现实人物不能等同，如在小说最后一回即五十六回回评中写道：“是书于人情世故纤微曲折无不周到，殊不似杜少卿之为人，盖文木聊以少卿自托，非谓少卿即文木也。”分明知道杜少卿与吴敬梓不能混同，但在其批评文字中依然一再出现以史实范围情节、以原型推究形象的评论。

在张氏撰写的三十余则回评中，有十则评语或以史实比勘情节，或以历史人物对照艺术形象，如第一回有关王冕的情节，张氏前后两次据《保越录》所记，指出小说情节中的“传闻异辞”。又如第三十七回回评，据金和《儒林外史跋》，认为小说中所写泰伯祠实为雨花台先贤祠，进而认为“《儒林外史》除虞、庄、杜、迟诸人，皆不免切切于此，此番大祭亦居然系名其间，得无文不对题”？还有不少回评则推求艺术形象的原型，如第十二回回评，据《太平广记》所引《桂苑丛谈》，认为小说中张铁臂原型乃张祜；第二十回回评，据《江宁府志》和袁枚诗作，认为小说中牛布衣即朱卉；第三十三回回评，指出迟衡山原型为樊明徵；第三十五回回评，认为庄绍光原型为程绵庄：第四十二回回评，指出汤大爷、汤二爷乃杨凯之子；等等。显然，这些推求是受到金和影响所致，金跋即指出小说中二十余个人物原型，但尚未举出出处，张氏则进一步摘出有关文集、方志中的记叙加以证实。

这种批评文字，不仅出现在回评中，而且也出现在夹批中。如第十二回夹批中据阮葵生《茶余客话》，指出小说中权勿用即江阴是镜；第三十八回夹批中，据李宝泰《啬生文集》中《胡孝子寻亲记》一文，将小说中郭孝子事迹比附胡孝子；第四十一回夹批中，认为小说中的庄濯江“疑即程鱼门”等等。在夹批中，张氏还据史籍纠正小说有关情节“失真”之处，如第十一回夹批中纠正小说中所云“朱子《治家格言》”之误，说“《治家格言》乃明朱柏庐所作，非朱子文”，等等。甚至还针对小说中人物议论，发表自己的学术见解，迹近与小说中人物相互辩论，如第三十四回夹批针对杜少卿说《凯风》诗，“那母亲也该有五十多岁，那有想嫁之理”，张氏反驳说“五十多岁想嫁未必无”。这些文字已与文学批评相悖，只有令读者生厌。想来平步青亦为之不满，针对此条夹批所引范家相《三家诗拾遗》之误，平氏特地指出：《三家诗拾遗》应作《诗瀋》。

其实，平步青治学亦继承乾嘉重考据的朴学传统，但他对张氏这种过分拘泥于史实、充溢着学究气的批评，也不以为然。如第八回叙及王惠为“江西第一个能员”时，张氏在夹批中责难王守仁，诘问道：“阳明先生不闻乎？亦以为能员乎？”平氏针对这条夹批评道：“王惠事本子虚，此评可删。”其识见显然高于张氏。在同一回中，王惠“自此更姓改名”，张氏又批道：“岂即更姓为郭耶？”平氏则指出：“王惠、郭力父子事，……作者写得支离，啸山评似黏滞。”所谓“黏滞”，即指其过分拘泥史实，不明艺术重虚构之理。在第二十六回叙及向鼎“升了福建汀漳道”之后，张氏有一段批评说“明时布政司有左右参政、左右参议，按察司有副使、佥事，皆今之道员，既托名明官，不当径称今制，此亦疏忽之过”。平氏明白不过地指出他不懂“故谬其辞”的艺术手法，说：“此等皆稗官家故谬其辞，使人知为非明事。亦如《西游记》演唐事，托名元人，而有銮仪卫明代官制；《红楼梦》演国朝事，而有兰台寺大夫、九省总制节度使、锦衣卫也。……此评可删。”由此可见，张评中的一些考辨尽管对我们研究这部小说的取材有一定参考意义，但他的批评中也确有背离文学创作特点的“外行话”。

张评中之所以存在这种“黏滞”之病，如前文所云是受金和《儒林外史跋》的影响，但也是乾嘉以来考据学余光在文学批评中的反映，同时也是张氏本人治学风格的表现。缪荃孙所作《墓志铭》中说他：“尝读元和惠氏、歙江氏、休宁戴氏、嘉定钱氏诸家书，慨然叹为学自有本，驰骛枝叶无益也，则取汉唐宋人注疏，若说经诸书，由形声以通其字，由训诂以会其义，由度数名物以辨其制作，由言语事迹以窥古圣贤精义，旁及子史，是非得失源流异同，以参古今风会之变。”缪《铭》又赞其“尤长于比勘，遇疑义必反复穷究，广证旁引以汇于通”，其治学纯为考据学派一脉，以此种学风批评文学创作，必然出现上述种种“黏滞”之病。

二

张文虎对《儒林外史》思想内涵的批评，虽与卧、黄、齐三家评有相通之处，但也有差异。

他对《儒林外史》“主旨”及其教育作用的见解就与三家评相近，在前后数次所写的识语中也曾一再叙及，如于闲斋老人序后所写的识语中，他在引用闲序所云“其书以功名富贵为一篇之骨”之后，即加以发挥，说：“功名富贵具甘酸苦辣四味，炮制不如法，令人病失心疯，来路不正者能杀人，服食家须用淡水浸透，去其腥秽及他味，至极淡无味乃可入药。”此后，在光绪六年（1880）“庚辰花朝”识语中，又指出“是书特为名士下针砭”。可见，他也认为《儒林外史》是一部以表现“名士”与“功名富贵”为主旨的小说。同时，亦如三家评一样，他也认为这部小说实具有一定的教育意义，在光绪二年（1876）“丙子暮春”所写的识语中，他就认定此书“可以镜人，可以自镜，中材之士喜读之。其有不屑读者，高出于《外史》之人；有不欲读者，不以《外史》中下材为非者也”。在“庚辰花朝”识语中，更语重心长地寄深望于读者，要求“读者宜处处回光返照，有则改之，无则加勉，勿负著书者一肚皮眼泪，则批书者之所望也”。张氏在识语中所表露的这些见解，在作品的夹批回评中也时有所见，如第一回作者述及功名富贵“到手之后，味同嚼蜡”，张批即云：“无论到手不到手，口里说说也香。到味同嚼蜡时，已是醒过来了，能有几人？否则恐甘蔗渣儿尚要嚼了又嚼也。”对于此书的教育作用，张氏称之为“醒世”，如第五回夹批即云：“人知其骂世之口毒，而不知其醒世之意深也。”总之，从这些回评夹批中可以看出张评对小说“主旨”和教育作用的议论，实不出三家评之外。

但是，这些见解在夹批回评中虽不时闪现，张氏却并未十分着重予以阐发。他的注意力则是别有所钟，这就是对于举业与功名、学问与做官、举业与文行的关系等方面详尽地表述了自己的见解，而从这些议论中可以看出他的某些识见也确实在三家评者及小说作者之上。如在举业与功名的关系上，张氏针对马纯上劝说蘧公孙“举业二字是从古及今人人必要做的”一段话批道：“何以要做举业？求科第耳；何以要求科第？要做官耳。”（第十三回）以剥笋般的层层分析，“一鞭一条痕”地指出“举业”与“做官”二者的关系。“举业”二字，在张氏眼中并算不得学问，所以在学问与做官的关系上，他认为二者原不相干。王冕母亲临终嘱咐儿子不要出去做官时，他即批道：“做官不消学问，学问又何必做官。”（第一回）在高翰林高谈龙虎榜之际，迟衡山曾表示：“依小弟看来：讲学问的只讲学问，不必问功名；讲功名的只讲功名，不必问学问。”对此，张氏先后两次发表自己的见解，第一次夹批云：“学问与功名万古不通。”第二次又批道：“衡山此论圆融斩截，千古不易。”（第四十九回）对书中人物迟衡山的见解极表赞同。张氏尽管为小说中个别人物的某些议论所折服，但亦时有不同意见表达出来，而其所论又确为小说中人物所不及。如作者的理想人物王冕对举业与文行关系的见解就不为张氏所赞同，王冕曾对秦老议论用《五经》、《四书》、八股文取士之法的不妥说：“这个法却定的不好！将来读书人既有此一条荣身之路，把那文行出处都看得轻了。”对于王冕这种将士子不重视文行出处归罪于八股取士之法的见解，张氏就表示异议，批道：“然古来荣禄开而文行薄，岂特八股为然。”（第一回）显然，他认为导致士子堕落的罪魁祸首是“荣禄”，而非仅仅八股——举业。卧评亦对八股科举大加挞伐，在第二十五回回评中写道：“自科举之法行，天下人无不锐意求取科名。其实千百人求之，其得手者不过一二人。”张氏针对此条卧评批道：“选举无善法，即不用八股文，亦岂能人人得意。”这就将批判的矛头指向封建社会中所有的取士之法，而不再仅仅苛责八股科举一端。张氏如此识见显然是小说中的王冕、卧本的评者所不及。

张氏的批评除了对举业、学问、功名、做官等问题发表了自己的见解以外，还着重对封建末世的世态人情进行重点笔伐。他在金和跋后所写的识语中，认为《儒林外史》这部小说“于人情世故，纤微曲折，无不周到”，而人有不曾省识者。因此，如同他在光绪五年（1879）辛巳季春所写的识语中所云，他的批评作用就在于“凿破混沌，添了许多刻薄”。确实如此，对于封建时代的人情冷暖、亲友势利，张氏在批评中多次指出，如“活写出恶薄人情”。他还认为此种风气并非存在于一人一地，而是“人情恶薄，天下同风”（第十六回），像五河那样的“恶赖”风俗，他认为“遍地如此，岂特五河”（第四十四回），是具有普遍性的。而且这种“恶赖”的风气，还会使人堕落变质。如针对第十六回卧评所云：“写匡超人孺慕之诚，出于至性，及才历仕途，便尔停妻再娶，势使然耶，抑亦达官道、畜生道，固同此一番轮回也。”他反驳道：“此谩骂耳。匡二之坏，不待停妻再娶。且本未历仕途，何得云‘达官’？总之，习俗移人，脚根未定，与诱物交，天真遂失，亦可危矣哉！”从书中大量批语来看，张氏所谓的“习俗移人”，不仅指社会风气的恶劣能驱使“脚根未定”的人渐次沉沦堕落，而且同样也会使“君子”、“贤人”发生气质变化，例如在比较虞华轩与虞育德、庄绍光、杜少卿的品行之后批道：“虞、庄、杜三人之后，又出色写一虞华轩，以见天下人才未尝断绝，虽黄茅白苇中，亦自有轶群之品，穷而在下，又嫉于薄俗，故为矫激之行，不及诸君之浑厚。盖世运愈衰而贤者亦不免与化推移也。”（第四十七回）这一见解无疑是正确的，也是可取的。

张文虎对书中涉及的一些社会政治问题的识见，之所以在某些方面高于三家评者，既与他所处的时代较后有关，更与他个人的学识、经历分不开。正如德国大诗人歌德在《自传》中所说：“时代给予当时的人的影响是非常大的。我们真可以说，一个人只要早生十年或迟生十年，从他自己的教养和外面的活动看来，便成为全然另一个人了。”如众所周知，晚清时期，社会状况的变化是巨大的，学术思想的发展也是急剧的。再从作为一个“不求闻达”的“贡生”[①]张文虎来说，他既能深入下层，与平民百姓共坐于茶寮之中，从而感受到民众的喜怒情绪和是非标准；又能“综论古今中西得失而持其平”[②]，贯通中西古今之学，甚至“深明算理格致之学”的英国学者艾约瑟向他“质疑问难”，他也能令其“大折服，叹为彼国专家勿能及”[③]，显然不是一个株守残编的迂儒，这样的时代，如此的学养，就促使他对一些社会政治问题进行冷静的思考，从而具有清醒的认识，在此基础上进行文艺批评，虽然不免“黏滞”，但也自然有值得肯定之处了。

不过，张文虎毕竟是封建文人，他对社会弊病的认识，在某些方面虽较三

---

① 《清史列传·张文虎》。

② 同上。

③ 缪荃孙：《州判衔候选训导张先生墓志铭》。

家评者为清醒，然而他也和小说作者以及三家评者一样，是找不出治疗社会痼疾的药方的。小说中人物迟衡山曾云“我们这南京，古今第一个贤人是吴泰伯”（第三十三回），这其实也透露了作者的认识，吴敬梓也曾企图以表彰“三以天下让”的吴泰伯，宣扬让德以化习俗。卧本评者显然也赞同小说作者的设想，在第四十六回回评中认为主持祭祠的“虞博士是书中第一人，祭泰伯祠是书中第一事”。但是，吴敬梓最后终于意识到这一理想的迂腐、不切实际，从而弃之不顾，这正表现了他不愧为文学史上一位清醒的现实主义伟大作家。而卧本评者较之小说作者却又不及，始终认定这一“理想”。张评就不赞同卧评以虞育德为第一人、以表彰谦让的祭泰伯祠为第一事。不过，张氏的主张实亦不足道，在第三十七回回评中，他写道：“大祭后接写郭孝子何也？泰伯之事太王，视于无形，听于无声，三以天下让，宗庙享之，子孙保之，德之至极，孝之至极也。接写郭孝子正其寓意处。由武书引入者，武书亦孝子也。郭孝子才是书中第一人，而未与大祭，意在言外。”可见他只是不同意卧评认为小说作者意在表彰让德，而他认为小说作者意在宣扬忠孝。他认为小说中之所以写郭孝子，“盖欲出萧云仙耳”（第三十八回回评），而萧云仙却是本着乃父所教“为人以忠孝为本”处世的。因此，张氏在第四十四回夹批中赞道：“云仙又经济，又风雅，又豪爽，我以为在虞、庄、杜三人之上。作者于大祭之后叙郭孝子、萧云仙，非无意也。”不过，无论卧评认为小说表彰的让德也好，张评认为小说宣扬的忠孝也好，都属于封建道德范畴。它们全都不能令日趋没落崩溃的封建社会起死回生，只是对增进我们的认识有所裨益而已。

三

张氏对《儒林外史》表现手法的批点，也是下过一番功夫的。他的一些见解十分精辟，值得我们予以重视。

张评对《儒林外史》艺术表现的评点既有微观的剖析，又有宏观的审视，小到字、词、句、章，大至布局谋篇，均属于他的批评范围。例如在第八回中，原作叙及为娄府看守祖坟的家人邹三，见了两位主人，“纳头便拜下去。说道：‘娄少老爷，认得小人么？’”张氏即在“娄”下批道：“此‘娄’字不合口气，宜删。”第九回小说接着叙及邹三答话：“两位少老爷认不得小人了么？”张氏再批道：“可知前文‘娄’字之衍。”的确，张氏批评极为中肯，又极为细微，粗心读者如不读他的批点，是很难发现仆人称自己主人带姓而出的不当。对于书中人物身份的变化，凡能反映出人事关系及性格特征之处，张氏也加以点出，如严监生妾赵氏，在严监生正妻王氏口中只是“赵家的”，张氏特地指出：“只‘赵家的’三字，足知王氏与赵氏平日。”（第五回）及至赵氏扶正以后，虽然丈夫严监生亡故，但仍有儿子在，大伯严贡生不得不依然称她为“二奶奶”，张氏提醒式地指出“称‘二奶奶’”。但“二奶奶”在亲生儿子夭折后，要立大房之子为嗣时，严贡生谋夺乃弟家产的存心已可付诸实施，对她的称呼随即改为“赵新娘”，张氏及时地批道：“赵新娘了。”（第六回）称呼的变化，不但反映了家庭关系的日趋复杂，也反映了人物地位的不断变化。这些细微之处，一经评者点出，读者立即领会到作者之苦心经营，既而也省识到评者之批评细微。

在谋篇布局方面，张氏批评尤重于人物的进退和情节的发展。例如，严贡生赴京到周司业处告状时，正好范进来拜，“长班又送进一个手本……上面写著‘范进’”，张氏批道：“借此递入范进，灵敏之极。”（第七回）当邹三拜见娄三、娄四两公子时，张氏批道：“从邹三引出邹吉甫，从邹吉甫引出杨执中，取径又别。”（第九回）小说中不同的人物以各自的方式登场，而评者则根据他们的不同方式一一加以批点，读者从中可以觇知作者的艺术手段。小说作者对人物退场方式的叙写，相比之下，不如对人物登场方式的处理着力，但也非漫不经心。张氏对小说中人物的退场方式也时有批点，如在僧官宴席上，董书办对金东崖说：“荀大人因贪赃拿问了。”郭铁笔也证实道：“是我们下船那日拿问的。”张氏两次批道：“了荀玫。”（第二十九回）即此后小说中再无荀玫的消息，而简简单单的三字批语则透露了评者对这一不值得关注的人物此后命运的冷漠。但在南京一些名士送走虞育德，“杜少卿上了岸，看着虞博士的船开了去，望不见了，方才回来”，张氏也两次批道：“送君者自崖而返，而君自此远矣。”（第四十六回）又透露了评者无限慨叹之情。这些批评文字，对读者了解人物的结局以及作者为何如此安排人物的结局都是大有助益的。

在情节的发展方面，如娄三、娄四正准备去访问权勿用，忽然街道厅魏老爷来访，不能成行，张氏即批道：“峭接横隔，作者屡用此法。”并且在与魏老爷谈及丈量坟山时，又具体加以说明：“丈量一事，正为阻二娄往萧山，使权勿用自来出丑耳。若写二娄真去，一径相会，既嫌直率；生出曲折，又易与杨执中事相犯，不如烦劳宦成一行矣。”（第十二回）又如当沈琼枝去杜少卿家中拜见时，姚奶奶在杜娘子面前极力夸赞“沈姑娘出奇的针黹”，“对门葛来官家”还“买了一幅”，张氏即在“葛来官家”后批道“草蛇灰线”（第四十一回），这就提醒读者尚有下文。果然，在第四十二回中，葛来官家就有一出好戏演出。这种预示情节发展的批语所在多有，张氏时有点拨，如“欲往仍回，书中每用此法”（第五十三回）、“过接无痕”（第五十四回）等等。这些批评，不仅指出作者的艺术手段，而且分析了作者何以要运用这些手段。对读者的鉴赏、研究者的探讨，都有所启迪。

至于《儒林外史》的描写手段，张氏也多有评述，如“烘染法”、“烘衬”、“反衬”、“振起下文”等等，在他的批评中经常出现。此处只想就其评论写景与写人的言论略予介绍。近代一些学者，对《儒林外史》的景物描写颇多微词，其实小说中的景物描写颇有值得称道之处，如描写南京秦淮风光，张氏在夹批中赞美道：“写秦淮风景，百世之下犹令人神往。”（第二十四回）又如描写西湖的文字，在胡适看来小说中“只说‘真乃五步一楼，十步一阁；一处是金粉楼台，一处是竹篱茅舍；一处是桃李争妍，一处是桑麻遍野’”，无非是四字句的“套语烂调”①，而张氏则不如此认识，在第十四回回评中特地指出“极写西湖之幽秀，风俗之繁华”，而其作用又在于“与马二先生之迂陋穷酸互相映发，形容尽致”。不但肯定了这部小说的景物描写，而且还指出这部小说描写景物乃是为了表现人物。这一见解，在小说叙及聘娘睡去而又惊醒的神态时又有表露，张氏批道：“写景入微。灯花之炸，吉乎？凶乎？”再次明白地反映出他对写景与写人二者关系的正确认识。

此外，张氏还十分重视小说中对比手法的运用，多次剖析了小说中这一艺术手段，在回评、夹批中，都曾不止一次地将人物性格的类似、故事情节的迹近加以对比分析。在人物性格方面，有时通过相同人物前后言行的不同予以对照，如当“严监生的病一日重似一日”时，他的“五个侄子穿梭的过来陪郎中弄药”，张批即指出“与前文‘一个不来’相对”。而“前文”是指赵氏扶正时，“诸亲

① 胡适：《〈老残游记〉序》。

六眷”都到齐了，“只有隔壁大老爹家五个亲侄子一个也不到”（第五回）。他们或到场或不到场，都表明这“五个亲侄子”对叔父、婶母的态度，也即透露了对叔父——应该是对叔父家产的觊觎。在不同人物之间，张氏更从他们的穿戴、谈吐、行为等方面找出不同而同、同而不同之处予以对照，如当作者写及周进与梅玖二人时，张氏即批道：“旧毡帽与新头巾相映。”（第二回）比较了老童生与新秀才的穿戴，从而暗喻出他们的身份和性格特征。又如张氏将严贡生与匡超人的谈吐比较之后，批道：“匡二口口‘作官’与严大口口‘乡绅’相对。”（第二十回）再如在王太太“怒气攻心”“望后便倒”时，张氏即联系小说前文所叙批道：“周进之跌倒以怨，范进母子之跌倒以喜，王太太之跌倒以怒：合而言之曰痰。”他们这些谈吐、行为，一经张氏批点而出，所显示的意义就昭然若揭了。除了这些夹批以外，张氏还在第七、十八回、二十三回、二十六回、四十九回等回评中，对有关人物和情节做了对比研究，写下一些极为精彩的评语。这些，虽说是作者描写手段的高超、生活体验的深厚；同时也显示了评者张文虎的识见和阅历。

在论及张氏批评风格时，黄安谨在为《儒林外史评》作序时曾有所评说：“旁见侧出，杂以诙谐”。这八字评语极为的当。细而论之，张评风格不同于三家评之处，有以原文批评、以反语批评、以斥责语批评等特色。如汤知县批准了两张告严贡生的状子之后，张氏的批语自己不出一字，纯用严贡生自我吹嘘的语言：“‘最好的相与’，‘凡事心照’！”（第五回）自打嘴巴，极为传神。又如当匡超人向冯琢庵等人吹嘘说“……此五省读书的人，家家隆重的是小弟，都在书案上，香火蜡烛，供着‘先儒匡子之神位’”时，张批即云：“至今读《儒林外史》都犹仰慕‘先儒匡子’。”反语嘲讽，极其辛辣。再如王胡子为鲍廷玺讹骗杜少卿钱财做帮衬时，张氏即以第二人称语气批道：“不过请你几顿酒，何苦尽口帮衬。”直面斥责、毫不容情。类似的批语，所在多有。这种“诙谐”风格与小说原作的“讽刺”氛围是极为协调、相得益彰的。

张评之所以能臻此境界，也非偶然。从《清史稿》、《清史列传》、缪荃孙为其所撰写的墓志铭等文献中看来，他是一位严肃的学者。但从刘咸炘所记来看，他又极喜读《儒林外史》，其实从他的批评文字来看，他不仅喜读《儒林外史》这一部小说，而且对众多的小说、戏曲作品有着浓厚的兴趣。在他的评语中，不时出现："写火势，从《三国》、《水浒》来，却无一语蹈袭"（第十六回）；"应伯爵声口"（第三十三回，按应为《金瓶梅》中人物）等等，至于"倒不如兴尽还家闲过遣"的批语，更是《牡丹亭·惊梦》中杜丽娘的一句唱词，居然被张氏一字不改地移来作批语（第五十五回）。这是封建正统文人所不愿为的，而张氏却能放胆用来，可见他对正统文人所鄙视的小说、戏曲极为喜爱，并十分重视。这不能不说是他对《儒林外史》的批评取得令人瞩目成绩的一个重要原因。

（原载《文学遗产》1994年第3期）

《儒林外史》黄评略论

一

目今可以见及的《儒林外史》最早刊本为清嘉庆八年（1803）的卧闲草堂本，卧本首有署名闲斋老人的序言，每回书后有回评（有六回无回评）。其后，有同治十三年（1874）的齐省堂评本，以及与齐本几乎同时出现的天目山樵（张文虎）评本。

至于黄小田批评的《儒林外史》，有关资料虽曾提及，但一直未见其书，直到新近才有辑本面世。而提及此事的首先是其子黄安谨，在光绪十一年（1885）所写的《儒林外史评序》一文中说："先君在日，尝有批本，极为详备，以卷帙多，未刊。"从目今发现的黄小田评本中的批语推断，他大约是在咸丰三年（1853）至同治元年（1862）之间完成这项工作的。以之对照黄安谨《儒林外史评序》，可以知道黄小田在完成《儒林外史》批评之后，长达二十余年时间之内并未曾刊刻，后来有人劝说黄安谨"请公之世"，方始与天目山樵的评本"合梓之"。

但在行世的"合梓"本中，明著"萍叟"（即黄小田）的评语只有三条。这与黄安谨序言中所说的"卷帙多"、"极为详备"的情况颇为不合。不能不令人考虑以下问题：黄小田评本是否传世，批语内容究竟如何，又何以未见全文公之于世？对于这些问题，只要仔细推究一下天目山樵于光绪十二年（1886）在金和《儒林外史跋》后所写的识语，即可窥知大略消息。天目山樵识语云：

> 昔黄小田农部示余所批《外史》……农部所批颇得作者本意，而似有未竟，因别有所增减。适工人有议重刊者，即以付之。三年矣，竟不果。去年，黄子眘太守又示我常熟刊本，提纲及下场语幽榜均有改窜，仍未妥洽，因重为批阅，间附农部旧评，所标萍叟者是也。

识语中所提及的黄子容即黄安谨。原来经过天目山樵先是“有所增减”复又“重为批阅”之后，“极为详备”、“卷帙多”的黄小田评语已被删除净尽，仅余三条“间附”于天目山樵评本中，也算作所谓的“合梓”本了。而黄小田的大量评语也就从此被湮没，长期不为广大读者所知。

然而，黄评依然存世。先是光明日报 1985 年 7 月 2 日发表《初揭闲斋老人之谜》一文，文章作者说曾“于前年在安徽省博物馆古籍保管部查阅了一部同治八年己巳（1869）秋摆印的群玉斋活字本《儒林外史》，发现有黄富民（署名‘小田氏’）的题记两则”云云。黄氏题记未署年月，但其人早于两年前即同治六年（1867）去世，不可能见及群玉斋刊本。因此可知，这两则题记必为他人过录于是本，而非黄氏亲笔。可惜《初揭闲斋老人之谜》一文作者未能有机会蹑迹追踪，作进一步寻究，以致黄评又延迟近两年方与世人见面。其实就在安徽博物馆所藏的群玉斋本中不仅过录了这两则题记，还过录了黄小田的大量批语。黄山书社于 1986 年 10 月所出版的黄小田评本《儒林外史》，即根据该本过录的评语辑成。

综观此辑本，黄氏自写回评十四则（即九、十五、十六、二十三、二十六、三十二、三十八、四十、四十三、四十七、四十八、四十九、五十四、五十五等回），针对卧本回评所写的评语有三十四回之多（即一至七、九、十一、十三、十五、十七至二十、二十二至二十六、二十八、三十至三十七、三十九至四十一、四十五、四十八等回），又于七回回目之下写有评语（即十二、十五、十六、十九、四十四、四十七、四十八等回）。此外，还加写了两千余条眉批。细加推究，“合梓”本中的黄氏评语虽被天目山樵大量芟除，但天目山樵所批与黄氏所评时有相似甚或全然相同之处，自然，也时有一些不同见解。天目山樵虽说黄评“未妥洽”，但其“重为批阅”后的评语，虽有胜过黄氏之处，其中不乏精到之语，但也有一些败笔，并不能完全替代黄评。至于二者的承传渊源关系，则因目前所见到的黄氏评本，仅为他人所过录，特别是黄安谨识语中明说其父所评“未刊”，而所谓“合梓”本中又仅余三条批语，所以安徽博物馆所藏极有可能是根据黄氏稿本过录，因而一时还难以作出最后辨识。但尽管如此，黄氏评语的真面目毕竟在一定程度上为世人所知晓。因此有必要对它进行一番研究，探讨一下它的特色。总的说来，黄小田对《儒林外史》的许多批评，继承并发展了约早于它半个世纪出现的卧评见解，但也有一些不同之处。同时，在眉批中，对小说的某些叙写手段，分析得较卧本回评更为细腻，且多有发明。自然也有一些见解不及卧评高明。本文拟联系卧评专就黄评得失略作商讨，至于天目山樵评本，则另文论说。

二

在小说的观念上，黄评无疑要较卧评更为切合近代的见解。卧本序评，为了提高稗官《儒林外史》的地位，将其视为“史之支流”。这种见解较之《汉书·艺文志》以来的传统观念，自属进步。然而小说毕竟不是史学，更不是“史之支流”。黄评完全摆脱传统观念，将小说从史学中剥离出来。黄小田在所写的题识中说：

> 予最服膺者三书：《聊斋志异》、《儒林外史》、《石头记》也。《聊斋》直是古文，《石头记》为从来未（有）之小说，先生是书（指吴敬梓《儒林外史》）最晚出，其妙足鼎足而三。

“最晚出”云云，虽然不尽符合事实（这则题识中尚有一些记叙明显失误，如关于是书作者为和邦额等，因与本文论述无关，此不赘述），但将《儒林》与《聊斋》、《红楼》同视为“小说”之意则是明显不过的。

如果说这则题识中尚未直接将《儒林外史》称为“小说”，那么在全书的眉批乃至在若干回的回评中则屡有明白的表述。如第一回在叙及王冕之母送子去秦家放牛时，黄批写道“是小说入手法”；第二回结束，当周进一头撞在号板上，眉批写道“此处不欲笔平，小说常事”。而在第四回回评中结合卧本评语更加直接地指出：“一部《儒林外史》皆用此法，为从来小说所无。”综观黄评，在眉批、回评中称《儒林外史》为“小说”者所在多有。仅从此数条批评中，我们就不难发现黄评与卧评在评价《儒林外史》上的最大差异即为观念的不同：一是将其视为“史之支流”，一是将其视为“小说”。

卧评将《儒林外史》视为“史之支流”，自然是为了提高作为“稗官”的《儒林外史》的地位，在他那个时代，显然有着进步意义。而黄评将其视为“小说”，也并不是将《儒林外史》再次贬为“君子弗为也”[①]的“稗官”，同样也是肯定它的价值。在闲序之后写的题识中，黄小田以不容置疑的语气写道：“……先生一生犹幸赖是书之存也夫！”在鄙视小说的封建社会中，这种人以书存、特别是

① 《汉书·艺文志》。

文人以小说存名的观念是极为难得的。

卧评与黄评肯定《儒林外史》地位和价值的用心是相同的，但黄氏评语又显较卧本评语更具说服力。如卧本第三十七回评语，针对小说中有关祭泰伯祠的描写评论道："此篇古趣磅礴，竟如出自叔孙通、曹褒之手，觉集贤学士萧嵩辈极力为之，不过如此。堂哉皇哉，侯其祎而。"黄小田指出这一批评并未切中肯綮，说："此评甚迂，不过相题立言而已，何必过赞！"又在眉批中正面阐述自己的见解，他认为："小说而真用古礼古乐连篇累牍以写之，非小说。此段看似繁重，其实皆文公家礼，吾乡丧祭所常用者也。足见作者相体裁衣斟酌尽善，盖非此不足以称大祭，而又一目了然，令人望而生厌，煞费苦心。"这就纠正了卧评中的过誉之辞。除了针对卧评而发的评语而外，黄氏自己所写的评语，也表述了同样的见解。如第三十五回中写及庄绍光正要奏对时，不禁头顶疼痛异常，请求"容臣细思，再为启奏"，黄氏在眉批中即指出："连篇累牍奏对，非小说矣。只如此过去，最妙。"又如第四十一回，江宁知县要沈琼枝当面作诗一首，沈琼枝随即吟出一首七言八句来，黄小田即批道："寻常小说必将诗写出，无关正文而且小家气。"凡此等等，均是紧扣小说特点进行批评。从这些见解中，不难看出黄氏主张小说作者的任务在于刻画人物以表现主旨，而不是为了表现作者的才华。这种批评显然更符合近代小说的观念。

黄小田的许多批语，从多方面表现了他对"小说"这一文艺形式的特点有着正确的认识。如关于文学真实与历史真实的关系，黄小田的见解无疑是可取的。第二十回写到匡超人考过教习回到杭州，不但不肯去见潘三，而且还对之痛加斥责，说什么"潘三哥所做的这些事，便是我做地方官，我也是要访拿他的"。黄小田即批道："丧心昧良一至于此！虽小说所托皆亡是公，然天下此等人正复不少。阅之不禁气涌如山，恨不取匡二杀之剸之。"这就精辟地指出作为文学形象的匡超人虽然是"亡是公"，但社会生活中类似匡超人一类的人物确实存在，吴敬梓正是根据社会上此类人物而创造出匡超人这一艺术形象来的。这无疑是说在社会生活中不一定有匡超人其人，却一定有匡超人一类的人。再如，关于《儒林外史》的讽刺特色，卧评曾经指出"作者不以庄语责之，而以谑语诛之"（第四回回评）。黄氏则接过此评写道："一部《儒林外史》皆用此法，为从来小说所无。"这一批评，既对《儒林外史》整体的讽刺艺术做了概括，又公允地指出《儒林外史》

在我国小说发展史上所占有的重要地位。此外，对于《儒林外史》的艺术结构，黄氏所作的批评亦自有特色。大体说来，卧评论及《儒林外史》的谋篇布局，常从整体着眼；而黄评不但注意到“联络后文，又启前文”（第五十二回眉批）的关键情节，还在许多眉批中更为细致地分析了情节发展转换的手法、人物出场的不同方式，以评议作者的艺术构思。如第九回写二娄访问杨执中的经过，黄氏眉批即写道：“曲而又曲，折而又折，却愈看愈妙，不嫌其纡。”这是评论情节的转换手法。同回写二娄邂逅邹三，黄氏眉批即指出：“便从此处引出杨执中来，取径又别。”这是分析人物的登场方式。黄氏还举出郭孝子写信给海月禅林老和尚，借以“递到萧云仙”为例，说明《儒林外史》叙写情节发展、人物联系的“笔墨”，“大异寻常小说”（第三十八回眉批），对它做了充分的评价。总之，这些批评细致入微地论述了作为讽刺小说《儒林外史》的特色，又大都符合近代的小说观念。

三

《儒林外史》究竟反映了什么样的社会现实？卧本闲序中明确地说“其书以‘功名富贵’为一篇之骨”。卧评除在有关回评中反复申说“‘功名富贵’四字，是全书第一着眼处”（第一回回评）、“‘功名富贵’四字，是此书之大主脑”（第二回回评）以外，还认为“名之曰《儒林》，盖为文人学士而言”（第三十七回回评）。黄评基本上同意卧评见解，在开卷第一回中，针对“功名富贵无凭据”词句，即批道“一篇主意”。而在回末，针对王冕所言“这个法却定的不好！将来读书人既有此一条荣身之路，把那文行出处都看得轻了”，他又批道“作书本旨”。在第一回到第五十四回之间，斥责“功名富贵”的批评更是层出不穷。第二十二回在作者叙及卜诚、卜信闻说“有官来拜”之后，他又批道：“虽诚信人，亦以官为喜，总无非写富贵之害人耳。”这就指出《儒林外史》反映了“功名富贵”是毒害士人的祸根，认为作者这样的叙写正切中科举社会的弊病。

卧评与黄评虽然同是斥责“功名富贵”，但黄评更着重于将“功名富贵”与“官”联系在一起予以笔伐，如第三十四回写及杜少卿装病辞征辟一节时，黄氏批道：“一部书中人听见做官未有不喜者，少卿独如此避之，亦足当第三人之目。”

又如第五十三回在聘娘“心里最喜欢相与官”之后，黄氏又加批：“喜欢相与官，方是《儒林外史》中人。”将这两则批语相互对照，仔细研究，不难发现黄小田是将“功名富贵”四字集中体现在一“官”字上。由此出发，他对《儒林外史》中出现的各类官宦，也从自己的是非标准予以评骘。如对江都知县收受宋盐商贿赂前后的不同表现，两次评以“好知县”三个字（第四十回），但前一“好知县”与称赞识拔匡超人的乐清县知县李本瑛“好知县”一样，同为称扬之语；而后一“好知县”则显然是反语，嘲讽之意十分豁然，与讥刺不知追捕“盗贼”反责备失盗水手的彭泽县知县为“此等知县必是能员”（第四十三回）一样含义。黄氏的批评虽只有片言只语，但确能揭露出小说所反映的封建官吏的堂皇言论与丑恶嘴脸。

四

在强调小说的教育作用方面，黄评也与卧评有一致之处。闲斋老人序中首先提出“取以自镜”说，卧评也同样强调这一作用，在第三回回评中指出：“慎毋读《儒林外史》，读竟乃觉日用酬酢之间无往而非《儒林外史》。”对此种见解，黄小田十分赞同，不但在卧本此条评语之后表示“吾亦云云”，而且在闲序之后所写的题识中又引用此一评语，说：“善乎评者之言曰：‘慎毋读《儒林外史》，读之觉所见无非《儒林外史》。’”并誉之为“知言哉”！同时，他还批评一些“不善读者，但取其中滑稽语以为笑乐，殊不解作者嫉世救世之苦衷”。对此，其子黄安谨在《儒林外史评序》一文中也有所阐发，即“作者之意为醒世计，非为骂世也”。可见黄氏父子均以为吴敬梓之所以“嫉世”，乃是为了“醒世”；而“醒世”，又是为了“救世”，并非“骂世”。黄氏这种批评观念已为时人所知晓，即所谓“作者之意醒世，批者之意何独不然”（见黄安谨《儒林外史评序》所引）。

黄氏父子的“嫉世”，“醒世”乃至“救世”说，都涉及小说的教育作用这一论题。在黄小田所写的《儒林外史》许多批评文字中，都反复申述了这一观念。如第二十回中写及甘露庵老和尚招待“众位施主”，以答谢他们帮助料理牛衣布后事一节时，黄氏特加眉批，写道：“此一段虽无关正文，然亦可感发人之善心。”这正与闲序中“善者感发人之善心，恶者惩创人之逸志”的见解如出一辙。而黄氏为第二十六回所写的回评，更明白不过地阐释道：“……写文卿之守本分，曰义，曰廉，兼而有之。求之读书成进士者，曾见几人？而乃出于戏子乎！此先生嫉世之深心，激而为此，以愧天下之读书成进士耳。呜呼！与其著无用之书，无宁作此等小说。”这段评语直截了当地指出吴敬梓由于深心嫉世，方创作此等小说，借以教诲天下士子。又如第十六回叙及匡超人母亲梦见儿子做官不归之后，黄氏眉批写道：“此即匡超人后来结局，却先从梦里了之。愿天下做官人细读而深味之，庶不负先生一片醒世婆心。”再如第十五回匡超人为有钱人不孝父母、穷人要孝父母又不能而叹息“真乃不平之事”时，黄氏又加批道：“果然不平。后来看你变为两截人也，令我又不平，又奈你何？此等文章真作者救世苦心，切勿随意看过。”

但如果我们做进一步探寻，不难发现黄氏所强调的教育作用之内涵，其实也脱不出封建道德的范围，尤其是封建道德的核心——孝。在他为第十六回所写的回评中以极为肯定的语言表述了自己这一观点，他写道：“自此篇以下写匡超人至五六回之多，无非教孝之深心，读者切须玩味，勿谓小说惟以讥讽诙谐为能事，庶不负作者著书本意。”虽然黄氏此评只提及小说中叙写匡超人的五六回书，但此评实可作为他对整部《儒林外史》的评价，即他认为吴敬梓创作《儒林外史》的“本意”就在于“教孝”。

五

黄小田不仅对小说《儒林外史》进行批评，而且对最早批《儒林外史》的卧评也进行了批评。

从黄评所写的回评和眉批中，不难看出他对卧评的肯定和赞赏。他的许多评语与卧评极其近似，或由卧评所引发。尽管如此，黄评仍有自己的特色，并且有些评语针对卧评提出不同见解，表现了他对卧评既尊重又不盲从的态度。如第四回卧本评语“关帝庙中小饮一席话”一节中曾引用杜诗以说明作者的“化工”本领，黄氏即批道：“此拟不伦，此君批语惯有此等毛病，然好处却多。”不因其有“毛病”而抹煞其“好处”，正显示了黄氏既严格而又宽容的批评态度。因此，无论是他对小说本身还是对卧评的批评，也就比较客观。

综观黄氏对卧评的批评，在某些问题上的识见，也确乎较卧评为高明。例如，他多次指出卧评引用古人诗文评论作品并不妥切，认为这些引文并不符合书中人物情节的实际。除上文举出引用杜诗之“不伦”外，在第十一回中，卧评又引用“英雄之俊伟不钟于男子，而钟于妇人”云云来比拟鲁小姐，黄氏指出：“引书不当，评此书者往往有此病。可删。”又如第三十四回回评中，关于鲁编修与二娄、高翰林与杜少卿的关系，卧评的议论原极精辟，但又引用韩昌黎的“小得意则小怪之，大得意则大怪之”，这的确并不切合这两类人物纠葛的实质，黄氏即正确地指出：“不切。”

对于某些论及人物性格的卧评，黄氏也持有不同意见，如第四十八回书中，卧评认为王玉辉“临大节而不可夺”、又“慷慨决断”，因而“必非天下之乖人”。这种看法自然未得作者刻划这一形象的用心，黄小田毫不客气地批评道：“此评大谬。评此书者妙处固多，而错处亦不少，总由未会作者本意，且看书亦粗心之甚。可删。”其他如对杜少卿、娄焕文的性格分析，黄氏也有不同于卧评的见解，如卧评说：“写少卿全没一分计较，可为艰难缔造者一哭。”黄小田却认为：“责少卿却不在此。”（第三十二回）卧评认为娄焕文与韦思玄一个是“暗要”，一个是“明吃”，黄氏却说小说“写至娄焕文之死，中间却无微辞，评者谓是‘暗要’，未必然”（见第三十一回）。

黄小田对卧本评语中一些无关于小说本文的议论，也不以为然。如第十九回书中写及潘三众案齐发，卧评对潘三两重性格所作的分析十分透彻，但又借此发了一番有关“先王”“用人”的感慨，确实与潘三情事无关，黄氏即批道：“所言不切潘三，评者往往有此败笔。”这些，都表明黄氏对卧评的某些评论持有异议，也自有其可取之处。

但是，黄小田对卧评的某些批评也未见得正确，甚至有自相矛盾之处。例如第六回，卧评认为“严老大一生离离奇奇，却颇有名士风味”，黄氏却反驳道：“此批不合，如此混账，哪得以名士例之？”其实卧评下文还有对严老大“名士风味”的具体阐说，认为他时刻以乡绅自居，时刻以相与汤知县自重，实在是“一副老面皮”。如此议论未见得“不合”。在第十三回中，卧评说张铁臂“许多做作”，无异“徒习名士腔调，而不知其中之乌有也”；黄氏接着批道“张铁臂即名士之变相耳”。其实，无论严贡生抑是张铁臂，尽管他们出身不同、性格各异，但又都是以士子身份出现的。卧评对这两人的评论是一致的，倒是黄评对他们的看法截然不同。又如，黄评中对“势利”习俗深恶痛绝、嫉之如仇。在第二十八回中，针对老和尚的势利嘴脸，卧本评语写道：“写恶秃可恶，真令人发指。”而黄评却说：“也不至‘发指’，太迂。”显然与其在前后文的评语中所表露的极其嫉视“势利”的态度相违背。这都表明了黄氏对卧评的某些批评，不但不符合小说原意，而其评语本身也有不一致之处。

黄评虽然后于卧评，而在某些问题上的见解恰恰也落后于卧评。例如第二十六回写向鼎与鲍文卿的生死交往，极为感人，卧评写道：“写向观察哭友，堂皇郑重，可歌可泣。”但黄氏却批道：“‘堂皇’两字，‘郑重’两字，不配。此亦评者之谬。”何以黄氏对此要持不以为然的态度呢？原来在他为此回书专写的回评中有这样的文字：“向太守感激文卿出于至诚，固是难得，然究属私恩。”这就流露出十分明显的封建意识，并不可取。又如，尽管沈琼枝的言行有许多不足肯定之处，但这毕竟是她所处的时代、环境影响的产物，也是作者某种程度的局限所致，而作者原意该是将她作为一个正面形象来塑造的。卧评对此做了充分的肯定。黄氏在第四十回中针对卧评批道：“沈琼枝何得与萧云仙并论？此评大谬。”又在第四十一回卧评之后写道“此评似是而非”，“实未解作者用意”。其实，未解作者用意的倒恰恰是黄小田自己。

黄小田原籍安徽当涂，后移居芜湖。小说中叙及安徽的风土人情处，他常以赞赏之笔加以揭示，这是人之常情，也是可以理解的。但他对卧评中赞美扬州的文字又极其反感，如第二十四回卧评说：“书中如扬州，如西湖，如南京，皆名胜之最，定当用特笔提出描写。”黄氏即批道：“扬州何足称名胜？”第二十八回卧评引用扬州乐府讥刺盐商，黄氏又批道：“引沈君《谐铎》语，可笑。”这些地方又表现了他的批评中不时流露出来的个人好恶，这就有欠公允了。

黄小田不但对卧评的批评有欠恰当之处，而且对《儒林外史》小说本身的批评也未见得尽得“著者本意”。例如，黄氏对于吴敬梓倡导礼乐兵农的意图就并无会心。自然，祭泰伯祠一节写得枯燥无味，黄氏指出卧评过誉欠当，自是正确，但他对“著者”写此一节的“本意”也不理解，因而连及对实践礼乐兵农理想的取青枫城一节也评价不高。在第四十三回回评中，黄氏写道：“传奇家嫌杂出冷淡，必有金鼓齐鸣之出，此篇与前青枫取城，亦此意也。”仅以此节描写是避冷淡、凑热闹，是为了“略投时好”（第三十八回回评），这就未免误解了作者“本意”。

此外，也时有不解小说原文而妄加批评之处，如第四十二回书中，来官说到螃蟹：“大爷道：‘……我家伯伯大老爷在高要带了家信来，想的要不的，也不得一只吃吃。’”黄氏在“伯伯”之后批道：“‘伯伯’即父母也。”此批显然谬误。大爷即监生汤由，其父乃任贵州镇台的汤奏；而任广东高要知县的汤奉，则是汤由的伯父、汤奏之兄。南京方言“伯伯”乃指伯父，与《儒林外史》中的叙写是一致的。曾经寓居南京的黄小田，不应有此误解。

总之，黄小田在继承卧评的基础上，对《儒林外史》的篇章结构、情节转换、人物登场、语言个性等方面作了更为细致的批评，颇多精辟之见。然而，他毕竟是封建时代的文人，在他的批评中亦时有落后意识的表露，必须细加辨识。但他的批评能公之于世，对我们研究《儒林外史》的批评发展史，却是大有裨益的。

（原载《文献》1990年第3期）

二百余年来《儒林外史》研究之回顾

鲁迅在《中国小说史略》中说："迨吴敬梓《儒林外史》出，乃秉持公心，指擿时弊，机锋所向，尤在士林；其文又戚而能谐，婉而多讽，于是说部中乃始有足称讽刺之书。"又在《中国小说的历史的变迁》中说："在中国历来作讽刺小说者，再没有比他更好的了。"这一评价不仅得到国内学者的首肯，也得到国外学者的认同，如美国研究汉学的专家亨利·韦尔斯（Henry W.Wells）就在其《论〈儒林外史〉》中说它"足堪跻身世界文学述作之林"，认为与意大利的薄伽丘、西班牙的塞万提斯、法国的巴尔扎克、英国的狄更斯等人的创作相比，也毫不逊色。英国大百科全书在"清朝时期的中国文学"条说它的成就"远远超过了前人"，美国大百科全书在"中国小说的发展"条中以为"它对后来的中国讽刺文学产生了极大的影响"。这些论述，均表明这部小说在各国研究者心目中的地位与价值。可是也毋庸讳言，与《三国演义》、《水浒传》、《西游记》、《红楼梦》等几部同样著名的小说相比，广大读者对它的熟悉程度却要低得多。对这一现象，胡适有所分析。他在《五十年来中国之文学》一文中说它："既没有神怪的话，又很少英雄儿女的话；况且书里的人物又都是'儒林'中人，谈什么'举业'、'选政'，都不是普通一般人能了解的。因此，第一流小说中《儒林外史》的流行最不广。"不过，胡适也公允地指出它"在文人社会里的魔力可真不少"！也正因为如此，知识界并未轻视对它的研究，相反，倒产生了许多成果，而且越至近日，对它的研究也越趋繁荣。现将二百余年来的研究做一简要综述。

一

正史中，未曾见有吴敬梓传记，自然也不可能有对其著述的著录和论述。不过，在他同时代与其有过交往的友人的著述中，却有一些零星记叙和片断评说。这其中，当首推他的至友程晋芳。

程晋芳生于清康熙五十七年（1718），卒于乾隆四十九年（1784），字鱼门，又字蕺园，江苏淮安人。原籍安徽新安（今徽州），高祖时迁至扬州，以业盐发家，后来又因经营不善而家道中落。程晋芳晚年中进士后初任吏部文选司，后为四库馆纂修，书成后入翰林院为编修。一生著述甚丰，有《勉行堂集》等行世。在其文集卷六中有《文木先生传》一文，虽不足千字，但却是吴敬梓友人为他所撰写的唯一一篇传记，也是现存的与吴敬梓同时代人写的最为详尽的一篇传记，它为我们勾勒了吴敬梓的生平际遇、思想性格、治学经历和著述概况。如述其为全椒"望族"子弟，族人中颇多"科第仕宦之贤者"；叙其"素不习治生"，又"遇贫则施"，"饮酒歌呼"而致"产尽"；记其不应博学鸿词科之"廷试"；状其穷困以致"不食二日"之窘态；赞其精《文选》，擅诗赋以及晚年"好治经"；写其逝于扬州及殡葬于江宁之经过；录其文集、论著、小说等著作；记其后人状况；论其"足以掩映一时"之"流风余韵"等等。程晋芳此稿写于吴敬梓身后的十六七年之际，传中有些记述，尽管为后来所发现的资料所补充、纠正（如子女人数等），也有成为后来争议的问题（如《儒林外史》卷数等），但这篇传记的史料价值却是不容忽视的。

程晋芳除为吴敬梓写有传记外，还在一些诗文中或怀想或悼念他。如《春帆集》中有"怀人诗"十八首，其中第十六首即写"全椒吴敬梓，字敏轩"。诗的最后写道："《外史》纪儒林，刻画何工妍。吾为斯人悲，竟以稗说传。"在《拜书亭稿》中有《哭吴敏轩》三首，记其生前死后的际遇。在《寄怀严东有》诗中也述及吴敬梓，说"敏轩生近世，而抱六代情"[①]；在《严东有诗序》一文中，又述及与吴敬梓、严东有之友谊[②]。这些诗文，也都成为研究吴敬梓及其著作的极其珍贵的资料。

吴敬梓三十初度时，其族兄吴檠写有《为敏轩三十初度作》一诗；吴敬梓之表兄弟金榘、金两铭也有和作，三首诗均见于金榘《泰然斋集》卷二。三首长诗分别叙述了吴敬梓三十年来的生活遭遇，涉及他的个性、才华、家产纠纷以及应试不第等状况，为我们提供了第一手的资料。此外，金榘还在《冬日邀兰溪、半园、

---

① 程晋芳：《白门春雨集》，见《勉行堂诗集》卷五。

② 程晋芳：《勉行堂文集》卷二。

敏轩小集……》、《寄怀吴半园外弟》、《赠陈大希廉即用留别并示吴大敏轩》[①]，吴檠在《怀从弟客长干》[②]等诗作中叙及吴敬梓的生活状况和思想情绪。

金榘之子金兆燕与吴敬梓之子吴烺为儿女亲家。金兆燕生于康熙五十七年（1718），卒于乾隆五十四年（1789）之后。曾在扬州为盐运使卢见曾幕僚，其时与晚年的吴敬梓多所往还。他在乾隆十六年（1751）或稍后所作《寄吴文木先生》一诗中，概括了吴敬梓五十年来的"书痴"生涯，透露了敏轩"治经"的一些见解以及不应弘历南巡召试的情况[③]。吴敬梓病逝扬州后，他又写有五古《甲戌仲冬送吴文木先生旅榇于扬州城外登舟归金陵》，详尽地描述了吴敬梓晚年居扬州时的穷困，导致亡故的疾病以及丧事的料理等情况[④]，也是极为难得的资料。金兆燕在乾隆三十一年（1766）中进士后，任扬州府学教授。当然，这已是吴敬梓逝后之事。据金和在《儒林外史跋》中说："是书为全椒金棕亭先生官扬州府学教授时梓以行世。"金兆燕是否确实梓行过《儒林外史》，除金跋外，并无旁证，至今又未曾见有这一刻本传世。

比吴敬梓迟出生五年的王又曾却与吴敬梓长子吴烺于乾隆十六年（1751）弘历南巡召试时同被赐举人，同被授内阁中书，又同上北京供职。王又曾一直心仪吴敏轩，却未能谋面，直到乾隆十九年（1754）农历十月二十八日，南返扬州停舟拜访，两人方始聚首。岂料当夜吴敬梓即病逝，次日凌晨王又曾闻此噩耗，惊诧不已，乃协助金兆燕料理后事，并出面向两淮盐运使卢见曾诉说敏轩之困窘状，得到卢之资助。在他的《丁辛老屋集》卷十二中，有《书吴征君敏轩〈文木山房诗集〉后》，共十首绝句，前有小序，详述了吴敏轩病逝前夕的情景。在第六首中还引用了吴敬梓"如何父师训，专储制举才"的诗句，而这两句颇能窥见作者思想的诗作，却不见于现在传世的四卷本《文木山房集》。

出生于康熙三十年（1691）的程廷祚与晚于他十岁的吴敬梓却是"至契"好友[⑤]。程氏早年曾一度潜研颜元、李塨著作，并转而对吴敬梓也产生一定影响。

---

① 金榘：《泰然斋集》卷三、卷四。

② 吴檠：《咫闻斋诗钞》。

③ 金兆燕：《棕亭诗钞》卷三。

④ 金兆燕：《棕亭诗钞》卷五。

⑤ 程晋芳：《文木先生传》。

他不但为《文木山房集》写有序，而且还为吴敬梓之姊金孺人写有《墓志铭》[①]。他不但与吴敬梓经常聚首切磋学问，而且还有书信往还讨论有关妇女出走和礼乐改革等问题。在《与吴敏轩书》中劝说吴敬梓不要支持离家出走之茸城女士，而要“引女士以当道，令其翻然改悔，归而谋诸父母之党”[②]。又在与吴敬梓另一友人樊圣谟的书信中，反对樊圣谟和吴敬梓“制礼作乐”的革新措施[③]。这些文献，无疑是研究吴敬梓的极其珍贵的资料。

除程廷祚为《文木山房集》作序以外，唐时琳、吴湘皋、方嵞、黄河、李本宣、沈宗淳也曾为《文木山房集》写有序言。方、黄二序，反映了《文木山房集》刊刻情况。程、唐二序，透露了吴敬梓“曾与荐鸿博，以病未赴”的消息。对此，后之学者颇有争议。至于沈大成所作《全椒吴征君诗集序》，则已在敏轩逝后十年，由其子吴烺所编。此序所提及之《文木山房集》则未见传世。

与吴敬梓同时代之吴培源、郭肇璜、涂长卿、严东有、陶湘、戴瀚、陈古渔等人的诗文集中，亦有星星点点涉及吴敬梓的文字，均可以觇知其生涯片断。

二

在吴敬梓身后直到清代末叶，虽然在钱大昕为吴烺（吴敬梓长子）《杉亭诗集》所作序文、章学诚《丙辰札记》、李斗《扬州画舫录》、叶名沣《桥西杂记》、俞樾《茶香室续钞》、杨钟羲《雪桥诗话》等著述中，有零星文字涉及吴敬梓而外，比较重要的资料无过于光绪九年刊刻的顾云《盋山志》和光绪十一年刊本朱绪曾的《国朝金陵诗征》，二书中均有吴敬梓小传。此后，陈作霖所作《金陵通传》中有吴烺小传，也溯及其祖、父两代名讳。顾云所撰小传中涉及吴敬梓的生平际遇主要有这几方面内容：家道中落，“坚以疾笃辞”鸿博之试，建先贤祠，晚年闭门种菜，步行“暖足”以御寒，著有《诗说》七卷、文集五卷、诗集七卷和《儒林外史》等。朱绪曾所作小传则说其鸿博之试“会病不克举”，记其父名“雯延”。陈作霖所作吴烺小传，也说吴烺“祖雯延……父敬梓”，记吴敬梓举鸿博之试“并不克赴”。这些记载有两点值得注意：首先，朱、陈二传中均云吴敬梓其父名讳

---

① 程廷祚：《青溪文集续编》卷八。

② 程廷祚：《青溪文集续编》卷六。

③ 程廷祚：《与友人樊某书》、《答友人攀某书》，见《青溪文集续编》卷四。

为吴雯延，前此尚未见有文献提及吴敬梓父亲名讳；其次，这两篇小传中所说未赴鸿博之试的原因有真病与托病两说，前说有唐时琳、程廷祚序可以印证，后说在金兆燕诗作及一些笔记中可以找到类似记叙。

在这期间，关于吴敬梓生平治学状况，也有零星记载，主要集中在“治经”与“修祠”问题上，但均语焉不详，只是成为后来学者研究的课题。

在这段时期，除对吴敬梓本人身世、经历有上述记载外，对其小说《儒林外史》的研究，则有比较重要的进展。这表现在小说的传抄和刊刻方面。

程晋芳撰写《文木先生传》大约在乾隆三十五年到三十六年（1770—1771）间，传中提及这部小说时，未曾云及刻本，只说“人争传写之”，可见当时并无刻本行世，但抄本却不止一种，可惜目今可以见及的较早抄本，只有上海图书馆所藏苏州潘氏抄本。潘氏是指生于乾隆三十四年（1769）卒于咸丰四年（1854）的潘世恩。金和曾云金兆燕任扬州府学教授时曾将《儒林外史》“梓以行世”，而且“自后扬州书肆，刻本非一”[①]。如果情况确实如此，金兆燕所刻当在乾隆三十七年到四十四年（1772—1779）之间（金兆燕任扬州府学教授为乾隆三十三年（1768）到乾隆四十四年（1779）），因为乾隆三十五、三十六两年间成文的《文木先生传》中只说“抄本”。果如是，出生于乾隆三十四年的潘世恩，此际年龄为十岁，自然不曾去抄写为世人所轻之“稗说”。潘氏于乾隆五十八年（1793）中状元，年方24岁，正是青云得志之际，哪有闲暇、何来兴趣去抄此小说？而在其后十年，即嘉庆八年（1803），即有卧闲草堂刻本行世。金和记述金兆燕刻本以后，“扬州书肆刻本非一”。至于金兆燕刻本之有无，另作别论，而“刻本非一”的情况倒确实如此。从现存刻本来看，嘉庆二十一年（1816）即有清江浦注礼阁刊本、艺古堂刊本（当然，这两种刊本均可能是卧本的复印本）。在这种情况下，怎见潘氏所阅之“抄本”当是嘉庆咸丰间的“抄本”呢？何况，此一抄本既有与卧本相同之处，也有相异之处，是否“照抄”卧本，也难遽定。有否可能即为程晋芳所说“人争传写之”中的一种“写本”呢？也许正因为此，才由潘世恩后人祖荫于“同治癸酉（十二年，1873）二月重装并题签”。总之，对于这一“抄本”尚待深入研究。

至于刻本，目前可见的最早刻本，如上所述，当为嘉庆八年（1803）之卧

---

① 金和：《儒林外史跋》。

闲草堂本了。其后同治八年（1869）苏州又有群玉斋活字本，而且被复印多次。卧本为五十六回本，既不同于程晋芳传中所说的“五十卷”，又不同于金和跋中所说的“五十五卷”。此本成为后来许多刻本之祖本，由此可见，它在《儒林外史》研究史上之重要地位。不仅如此，前有闲斋老人题于乾隆元年（1736）二月的序，在五十六回中有五十回正文之后写有长短不等的回评（缺四十二、四十三、四十四、五十三、五十四、五十五回评语）。闲斋老人为何人，自来说法不一，也难以论定。作序年代，同样也难以认定为乾隆元年。程晋芳在《怀人诗》中提及“《外史》纪儒林，刻画何工妍”，而收入此诗的《春帆集》始作于乾隆戊辰（十三年，1748），止于乾隆庚午（十五年，1750）。可见这部小说成书于乾隆十五年之前，当在乾隆元年（1736）吴敬梓未赴鸿博廷试之后。至于回评作者为何人，亦不可知。但此评必作于乾隆五十年（1785）之后，因第三十回评语中提及的《燕兰小谱》刊于乾隆五十年之故。且不论序者、评者为何人，又作于何年，但他们均对这部小说的创作主旨、艺术特色、历史地位、社会作用，作了精辟的分析和探讨，向来为《儒林外史》研究者所重视。

大约在咸丰三年（1853）至同治元年（1862）之间，黄小田又对此书作了批评，不过其评语长时期未曾刊刻，后来方与天目山樵之评语合刊。在“合梓”本中，黄氏评语仅存寥寥三条。但黄氏评本并未湮没，80年代终于重见天日（详下）。根据近人辑本，黄小田自写回评有十四回，针对卧本回评所写有三十四回，又于七回回目之下写有评语，另有约两千条眉批。总的说来，黄小田继承并发展了卧评的见解，也有不少不同于卧评的观点，但某些见解并不及卧评高明。黄评对小说某些叙写手法的分析，则较卧评更为细腻。

同治十三年（1874）有齐省堂《增订儒林外史》刊本问世，亦为五十六回。此本将闲斋老人序略作改动撮入卷首为原序，另有惺园退士序，并附有增订“例言”五则。至于光绪十四年（1888）上海鸿宝斋所出《增补齐省堂儒林外史》石印本，则删去闲斋老人序，而将惺园退士序作原序，另有署名东武惜红生（即居世绅）所作序。所谓“增补”，即在四十三回中间起到四十七回上半回止，中间插入四回，成六十回本。此四回所叙“事既不伦，语复猥陋”（鲁迅语），并非原著。这四回文字全无眉批回评，其余各回批评均与“增订”本同。“增订”本除将卧评全部阑入外，补写了卧本原缺回评的六回回评，并在十三至十六、二十、二十三、

三十、三十二、三十四、四十一至四十四、四十六、四十七、五十、五十三至五十六等二十回另写有回评，还有不少眉批。齐评对卧评极为推崇，因此自写的回评不多，但为数甚夥之眉批，以及“例言”五则，颇可显示评者的文艺见解和文字功底。

与齐本几乎同时产生的有天目山樵（张文虎）评本。张氏对此书的批评历时甚久，同治十三年（1874）出版的申报馆第一次排印本之末，即附有张氏写于同治十二年（1873）的识语，光绪四年（1878）已“四脱稿”。光绪七年（1881）申报馆第二次排印本问世，他的评语亦以夹批和回评形式面世。此后，他仍在不断批评，直到光绪十一年（1885）上海宝文阁还刊行了“天目山樵戏笔”之《儒林外史新评》上下二册，此年张氏病殁。次年即光绪十二年（1886）张氏之“新评”又经徐允临“校正”重新刊印，即《儒林外史评》。但此二评，均不刊小说正文，仅录评语。张氏批语文字，仅从数量而言，大大超过上述几种评本，不仅两次写有大量夹批，而且同样两次写了回评。第一次回评写有三十五回，第二次又写了三十六回，两次回评有的全然相同，但多数回评经第二次写定后，不是见解略有变化，就是文字有所修饰，其中不少回评是针对卧评而发。与上述三家批评不同之处，在于三家批评均据小说本身立论，而张氏批评，不仅就小说本身发挥一己之见，还就小说涉及的史实加以推究，其中虽有“黏滞”之语，但也有许多见解可供研治《儒林外史》者参考。

除这四种评本以外，徐允临、平步青均曾有文字论及此书，但或过于简略，或流于支离，虽有参考价值，但未成系统，此不具论。

三

迨及辛亥革命前夕，至1949年新中国成立之初，近现代对《儒林外史》的研究，已不同于清季仅就作品论作品的局限，常出自对改良社会、革新文化的需要，而重新审视我国古代小说，包括《儒林外史》在内。一些论者受西学东渐的影响，强调小说与社会清明和政治革新的作用，梁启超甚至大声疾呼“欲新一国之民，不可不先新一国之小说”，认为要“新道德”、“新宗教”、“新政治”、“新风俗”、“新学艺”、“新人心”、“新人格”都必须先“新小说”。主张“欲改良群治，必自小说界革命始；欲新民，必自新小说始”[①]。一时有关小说的刊物纷纷创刊，发表了不少论述古代小说的文章，其中也有一些涉及《儒林外史》者。这些论文，大都认为此书是一部反映社会混浊、志在警世的小说。如邱炜萲在《菽园赘谈》（1897）中认为“《儒林外史》一书，意在警世，颇得主文谲谏之义”。又如天僇生在《中国历代小说史论》（1907）中说此书是“写卑劣”的“痛社会之混浊”的小说等等。也有述及其艺术表现者，其中既有指出其成就，也有指出其不足。前者如黄摩西的《小说小话》（1907）说：“《儒林外史》之写社会中种种人物，并不下一前提语，而其人之性质、身份，若优若劣，虽妇孺亦能辨之，真如对镜者之无遁形也”；后者如夏曾佑在《小说原理》（1903）中指出的“写小人易，写君子难”，“《儒林外史》竭力写一虞博士，乃适成一迂阔枯寂之人”。还有的指出这部小说对其他小说的影响，如韩邦庆在《海上花列传例言》（1892）中认为《海上花列传》的“笔法”全从《儒林外史》“脱化出来”；又如《谭瀛室随笔》（1914）认为《官场现形记》“其体裁仿《儒林外史》”等等，均表明当时一些研究者已充分认识到《儒林外史》的历史地位和对后世的影响。

不过，对吴敬梓及其著作的系统研究，当在“五四”运动前后。“五四”运动不仅是反帝反封建的政治运动，也是反对封建思想的新文化运动。陈独秀、钱玄同和胡适等人倡导文学革命，反对旧文学，提倡新文学，反对文言文，提倡白话文。在这潮流中，对用白话创作的小说竭力推崇，因而《儒林外史》也得到他们的充分肯定。如钱玄同在1917年2月25日《寄陈独秀》信中说：“弟以为旧小说之有价值者，不过施耐庵之《水浒》、曹雪芹之《红楼梦》、吴敬梓之《儒林外史》、李伯元之《官场现形记》、吴趼人之《二十年目睹之怪现状》、曾孟朴之《孽海花》六书耳。”胡适则于同年5月10日《再寄陈独秀答钱玄同》信中表示有条件地同意钱玄同这一见解，认为钱玄同仅“就内容立论”，而他主张“论文学者固当注重内容，然亦不当忽略其文学的结构”。因此，他认为“《官场现形记》、《文明小史》、《老残游记》、《孽海花》、《二十年目睹 之怪现状》诸书，皆为《儒林外史》之产儿”。由此出发，他认定“吾国第一流小说，古人惟《水浒》、《西游》、《儒林外史》、《红楼梦》四部”。应该说，胡适

---

① 梁启超：《论小说与群治之关系》。

提出这四部小说为第一流作品的见解，即使时至今日也被学人认同。1920年上海亚东图书馆出版了汪原放标点本《儒林外史》，书前有陈独秀和钱玄同的“新叙”。陈叙肯定这部小说“是客观的，写实的”，指出这部小说在父母代定婚姻、妇女贞操、“工”与“读”的关系等问题上，都有新的见解。钱叙指出它有“三层好处”：一是“描写真切，没有肤浅语，没有过火语”；二是“没有一句淫秽语”；三是“国语的文学”。除此而外，钱序中还指出吴敬梓敢于“讪笑举业，怀疑礼教”，因而是“一个很有新思想的人”。

在这一历史阶段，虽然评说吴敬梓及其《儒林外史》者尚有其他学者，但以胡适发表的言论最多，倡导最力。如1918年4月写的《建设的文学革命论》中，他认为吴敬梓创作的《儒林外史》，与《水浒》、《西游》、《红楼》一样，都是“活文学”，是“模范的白话文学”。虽然在文章中有失偏颇地指责“《儒林外史》的坏处在于体裁结构太不紧严”，但却充分赞扬了作者“写人物的画工本领”。此后，在1922年3月，他又写有《五十年来中国之文学》一文，依然指责《儒林外史》“没有结构”，但却肯定是“开一种新体”，南方许多讽刺小说“都是学《儒林外史》的”，是“《儒林外史》式”的。在这篇长文中，胡适也指出《儒林外史》为题材所限，在“第一流小说之中”“流行最不广”，但同时又肯定其语言“最普通，最适用”。

胡适不仅在有关论文中涉及《儒林外史》时，对它做了充分的肯定，还写有关于吴敬梓及其作品的专论。例如附在1920年亚东本《儒林外史》第一版卷首的《吴敬梓传》，这可算是近代学人所写的第一篇吴敬梓传。在短短两千字的文章中，他认为“我们安徽的第一个大文豪”就“是全椒县的吴敬梓”；肯定《儒林外史》的作者“见识高超，技术高明”，使得这部小说“能不朽”；赞扬吴敬梓小说中要造成“真自由，真平等”的“社会心理”，可谓颂扬备至。其后，他又根据“这两年搜集的新材料”于1922年11月3日“作成这一篇《年谱》”，刊在亚东本《儒林外史》第四版卷首。《年谱》共分家世、年谱、后记三部分，虽然，其中限于资料，难免有疏失之处，但毕竟是胡适首先理清全椒吴氏家族状况和吴敬梓生平大事的，它的历史价值及对后来研究者的启迪是不容怀疑的。

胡适作《年谱》的主要依据是《文木山房集》，而此书是1921年由带经堂书铺为他"访得此本"的。他在1925年10月29日还写了《重印〈文木山房集〉序》一文[①]，"略述此集的历史"。这四卷本的《文木山房集》也就成为后来学者研究吴敬梓生平、著作、思想的极其难得的资料。

在胡适推崇安徽第一大文豪吴敬梓的同时，鲁迅则于1920年在北京大学讲授中国小说史，1924年据其讲稿整理出版《中国小说史大略》，1925年又增补为《中国小说史略》。同年又发表了前一年于西安讲学时的讲稿《中国小说的历史的变迁》。

鲁迅在这两部专著中，对吴敬梓及其《儒林外史》作了极其精辟的分析和充分的肯定，认为这部小说在内容上着重批判士林，所谓"机锋所向，尤在士林"；在艺术上，凡书中出现的人物，都能"声态并作"，形象鲜明。同时，鲁迅又为《儒林外史》在中国小说史上定位，认为他是前无古人后无来者的讽刺作品，说"迨吴敬梓《儒林外史》出……说部中乃始有足称讽刺之书"；又说"讽刺小说从《儒林外史》而后，就可以谓之绝响"。而且，鲁迅还以《儒林外史》作为讽刺小说的典范，提出了讽刺小说的作者要"秉持公心，指擿时弊"，在艺术表现上要"旨微而语婉"，切忌"过甚其辞"。这些论述，无不确切精到，深刻透彻。此后，在1933年写的《真假吉诃德》[②]和《选本》[③]文章中一再借《儒林外史》中出现的几个人物形象发表自己的见解。在1935年写的《叶紫作〈丰收〉序》和《论讽刺》[④]二文中，又再次论及《儒林外史》，特别是在前文中，说"《儒林外史》作者的手段何尝在罗贯中下，然而留学生漫天塞地以来，这部书就好像不永久，也不伟大了，伟大也要有人懂"，显然是将《儒林外史》视作"伟大"、"永久"的小说的。及至1936年在《〈出关〉的"关"》[⑤]中，更再次以《红楼梦》和《儒林外史》为例，说明"人生有限，而艺术却较为永久"的真谛。这可谓是对吴敬梓及其《儒林外史》的极其崇高的评价了。

在胡适、鲁迅之后，论及吴敬梓及其《儒林外史》者尚亦有人，最著者如茅盾、张天翼等人。茅盾在《谈我的研究》[⑥]中说，对于准备写小说的年轻人，如

---

① 收入《胡适文存》三集卷六。
② 鲁迅：《南腔北调集》。
③ 鲁迅：《集外集》。
④ 鲁迅：《且介亭杂文二集》。
⑤ 鲁迅：《且介亭杂文末编》。
⑥ 茅盾：《印象·感想·回忆》，文化生活出版社1936年版。

果要从旧小说里找点可以帮助提高艺术修养的资料，他就“推荐《儒林外史》”，这就说明他对《儒林外史》是否有益于发展现代小说创作的作用，作了肯定的评价。张天翼于 1942 年 12 月在《文艺杂志》第 2 卷第 1 期发了《读〈儒林外史〉》的长篇论文，对其人物描写、结构特色以及艺术表现等等，都有不少值得注意的分析。

在 20 世纪三四十年代，尚有吴文祺、王璜、钱锺书、赵景深、季羡林等人有论述《儒林外史》的文章发表，在有关文学史著述中也有为数不等的文字论及这部小说，限于篇幅，也不一一介绍。

四

新中国成立以后，直至 20 世纪 80 年代初期，对《儒林外史》的研究出现两次高潮，一次在 1954 年前后，一次在 1981 年前后。

1954 年 12 月 11 日，中国作家协会在北京举办了吴敬梓逝世二百周年纪念会，由中国作家协会主席茅盾主持会议，在京学术界、文化界人士如翦伯赞、邵荃麟、冯雪峰、何其芳、沙汀、吴组缃、罗隆基、侯外庐、曹禺、游国恩、艾青等八百余位教授、评论家和作家出席了会议，各国驻中国使馆文化参赞、秘书也与会。以这一纪念活动为契机，掀起了新中国成立以来研究《儒林外史》的第一次高潮。这次纪念会由茅盾作了开幕词，会后由作家出版社出版了《儒林外史研究论集》，吴组缃《〈儒林外史〉的思想和艺术》、何其芳《吴敬梓的小说〈儒林外史〉》、冯至《论〈儒林外史〉》、刘大杰《〈儒林外史〉与讽刺文学》、姚雪垠《试论〈儒林外史〉的思想性》、吴小如《吴敬梓及其〈儒林外史〉》等论文，分别从不同角度探讨了吴敬梓所接受的时代先进思潮的影响，特别是顾炎武、黄宗羲、王夫之的影响，从而形成他的进步的思想观念和清醒的现实主义创作特色。有的论文，结合清代初期的政治、经济、文化背景，探讨了这部小说反科举、反礼教的思想内涵。有的论文则阐述了作为讽刺小说的艺术特色。总之，这次纪念会前后所发表的论文，可说是《儒林外史》研究史上第一次用进步的政治观念和文艺思想，对这部小说做了全面、系统的研究。自然，对有些问题并未能取得一致见解，如这部小说是否具有反满的民族思想等。这次纪念会的召开，无疑是一个极为良好的开端，有利于促进、开拓和深化对吴敬梓及其《儒林外史》的研究。在此后两三年内，各种报刊上发表了有关论文不下 60 篇。上海出版公司还于 1954 年出版了何满子的《论〈儒林外史〉》一书，该书七万余字，论述了吴敬梓的道路、艺术、理想人格、天才性质、表现方法、价值和影响等。此书于1957年修订重版，1981年又加以修订由人民文学出版社再版。

在1954年纪念会之后，除出现一些研究论著之外，还有不少学人潜心坟籍，广搜博采，爬梳整理，辑录吴敬梓的诗文，颇有成绩。如《金陵景物图诗》二十三首，以及吴敬梓为友人汤懋绅《石臞诗稿》、江昱《尚书私学》、徐紫芝《玉巢诗草》、李本宣《玉剑缘传奇》等著作所作的序文；还有零星诗作，如《奉题雅雨大公祖出塞图》诗，以及散见在《所知集》、《会心草堂集》中的诗作，均经众多学者如范宁、卞孝萱、陈汝衡、汪蔚林、竺万、去病、夏襄乾、袁行云、陈美林等人的努力发掘出来，先后在有关报刊披露，这对于了解和深入研究吴敬梓及其创作大有裨益。尤其值得提出的是何泽翰的《儒林外史人物本事考略》，1957年由上海古典文学刊行社印行，经修订增补后1985年6月由上海古籍出版社出版。全书十余万言，共分四编：第一编为重要人物考索；第二编为有关作品取材来源的研究资料；第三编是有关作者的研究资料；第四编是前人评论《儒林外史》的言论选录。何氏作了大量的钩沉索隐、爬梳剔抉工作，其功不可没，在当代《儒林外史》研究上应该予以重要位置，对后来的资料汇编工作起了十分积极的作用，也极大地方便了研究者。

1966年以后，同整个学术研究状况一样，对吴敬梓和《儒林外史》的研究也陷入空前冷寂的境遇。虽然在“四人帮”横行之际，亦有少数人曲解这部小说的主旨来证明他们“反儒”的“正确”，但这种非学术性的喧嚷，岂能为学人所首肯，又岂能历经长久的检验，不几时，即销声匿迹。

在沉寂十余年之后，《儒林外史》的研究也渐次趋向另一高潮，其标志为1981年10月12日至16日在安徽滁县召开的吴敬梓诞辰二百八十周年学术研讨会。其实，在“文革”结束之后，对吴敬梓和《儒林外史》的研究也同其他领域的研究一样开始复苏。其时以陈美林的研究成果为较多，陈氏访得康熙《全椒志》，主持纂修此志者即为吴敬梓曾祖吴国对，因此，此志颇多吴氏族人资料。康熙志为后来修志者所未曾见，胡适在作《吴敬梓年谱》时自然也未曾见到。陈氏又在南京图书馆中广泛搜览，得以见到前此研究者未曾发现的零星资料，在1981年纪念会之前撰写并发表了近二十篇论文，如《吴敬梓身世三考》、《吴敬梓家世杂考》、《吴敬梓修先贤祠考》、《秦淮水亭考》、《魏晋六朝风尚和文学对吴敬梓的影响》、《颜李学说对吴敬梓的影响》、《吴敬梓和戏剧艺术》、《吴敬梓和科学技术》、《陈毅〈所知集〉中所涉及的有关吴敬梓交游资料》、《康熙〈全椒志〉中有关吴敬梓先世资料》等。这些论文不仅披露了一些前人所未曾见及的资料，而且从多角度研讨了作家和作品，时贤认为是开拓性的工作。后来，作者又将这些论文辑成《吴敬梓研究》一书，由上海古籍出版社于 1984 年出版。在这期间，陈汝衡的《吴敬梓传》于 1981 年 5 月由上海文艺出版社出版，全书十二万字。安徽人民出版社于 1981 年 3 月也出版了孟醒仁的八万余字的《吴敬梓年谱》。二书中采纳陈美林之说颇多。

在 1981 年会议之前，上海古籍出版社还于 1980 年出版了王俊年的《吴敬梓和〈儒林外史〉》，全书近五万字，简明扼要地介绍了吴敬梓的生平和《儒林外史》的思想与艺术特征。

这些论著已逐步将吴敬梓研究推向一个新的高潮，因此 1981 年在安徽滁县再次召开了全国性的学术讨论会。滁县会议参加者近七十人，来自全国十五个省市的高等学校和研究单位，收到学术论文近四十篇。

这次学术讨论会涉及的内容很广，不少论文都发表了许多精辟的见解。首先，关于吴敬梓的思想研究，吴组缃在《关于吴敬梓的民族思想问题》中，进一步申说他在 1954 年纪念会上提出的吴敬梓思想内容中存在着“反对清政权统治的民族思想的内涵”。陈美林在《鲁迅与吴敬梓》文中，将这两位先后辉映一代的作家做了细致的比较，予以客观的评价；继而又指出吴敬梓和鲁迅一样，也接受了魏晋六朝文化学术的影响，这对他的学术思想和世界观产生了很大的影响。陈美林又于 1981 年 9 月出版的第 5 期《群众论丛》上发表了《六朝风尚和文学对吴敬梓的影响》一文（收入上海古籍出版社出版之陈氏专著《吴敬梓研究》时，仅题目改作《魏晋六朝风尚和文学对吴敬梓的影响》，内容未有任何增删），李汉秋也在 1981 年 10 月出版的第 5 期《江淮论坛》上发表《吴敬梓与竹林名士》，都曾涉及这一论题。此外，何满子的《吴敬梓是对时代和他自己的战胜者》、周中明的《应该全面地认识吴敬梓的思想转变》、范宁的《〈儒林外史〉中的伦理思想》、胡金望的《〈儒林外史〉中的理想光辉》等论文，也从各自角度探讨了吴敬梓的思想特点及其在《儒林外史》中的表现。其次，对《儒林外史》的艺术成就也有深入的研讨，如严云受《〈儒林外史〉讽刺艺术的写实性与客观性》、黄秉泽《论〈儒林外史〉的长篇艺术结构》、滕云《世相、人情与人物》等论文，分别论述了《儒林外史》的讽刺、结构、人物塑造等艺术特征。宁宗一《喜剧性和悲剧性的融合》、鲁德才《小说掺合了戏剧因素》等论文，又对《儒林外史》的美学特征与贡献进行探讨。此外，何泽翰、丘良任、周德恒等学者的文章，或提供了新的资料，或对已发现的资料进行新的诠释。总之，这次会议是继1954年之后又一次规模盛大的研讨会，提交的论文后来选编成《儒林外史研究论文集》，由安徽人民出版社于1982年9月出版。这些成果，更加促进了《儒林外史》的研究活动。在这次会议上还酝酿1984年的纪念活动。

五

1981年滁州之会以后，学术界对于吴敬梓及其《儒林外史》的研究继续取得不少成果，并且也出现两次高潮：一次在1982年到1984年之间，一次在1986年前后。江苏人民出版社于1982年出版了陈美林的《吴敬梓》，上海古籍出版社于1984年7、8两月，分别出版了李汉秋编的《儒林外史研究资料》和陈美林著的《吴敬梓研究》。李氏所编，囊括了前述众多学人搜寻爬梳的成果，并有所增补，全书25万余言，共分作者生平、版本和序跋评点、创作素材及评论四部分，大大便利了研究者的检索。陈氏所著，为其1981年以前所发表的论文选编，全书选录21篇近24万字，共分四组：论述吴敬梓的思想面貌及治学、涉世态度；考证吴敬梓的身世、行实和交游；论述《儒林外史》的讽刺、结构以及人物性格特征；对鲁迅、胡适研究吴敬梓论著的阐说。此外，报刊上发表的有关《儒林外史》的研究论文近70篇。

在学术界取得如此成绩的形势下，新中国成立后第三次规模盛大的学术讨论会终于在1984年11月2日于南京召开，有来自21个省市的近百名学者参加会议，历时5天，提交论文40篇。

这些论文涉及《儒林外史》研究的方方面面。首先，有一组论说思想主题与客观意蕴的文章，如潘君昭《论〈儒林外史〉的主题和结构艺术》，提出这部小说是表现作者富国裕民、作育英才理想的见解。杜贵晨在《功名富贵为一篇之骨》文中，再次肯定闲斋老人“功名富贵为一篇之骨”的观点。李汉秋《从泰伯祠大祭看〈儒林外史〉的传统思想和艺术构思》，认为“泰伯祠祭祀大典明显表露了传统儒家的礼乐思想”。戴燕《从马二先生到四大奇人》，论述了《儒林外史》中表现出来的作者对封建文化的怀疑批判和对新文化的模糊向往。还有的论文论及《儒林外史》重视才学和人才的内容以及反映长江三角洲的乡土气息的特色。其次，不少论文还分析了《儒林外史》的创作方法、艺术特征和美学价值。在会议召开前半年，即 1984 年 4 月，《光明日报》曾就这部小说的创作方法是不是批判现实主义问题展开讨论。在会议上，周林生、苏海《〈儒林外史〉是批判现实主义文学吗？》一文再次申说他们对此所持的否定意见。周中明《“以公心讽世之书”》认为仅以批判现实主义来概况这部小说的特色，显然盖住了它独有的光彩。关于这部小说的艺术特色，何满子《文学的觉醒》一文，认为它已摆脱了因袭的传奇性质，使艺术与生活的关系更为融和，是艺术内容的一次变革，也是作家新的觉醒。黄岩柏等人的文章，分别论述了吴敬梓的“完美追求”以及《儒林外史》的“和谐美”。再次，对《儒林外史》的创作时间和版本问题，也有一些文章论及。关于《儒林外史》起笔于何时，有关史料中并无确切记载。孟醒仁在《〈儒林外史〉创作时间的几点新议》中认为动笔于吴敬梓移家南京之后，整个创作过程历时十余年。在此会之前，章培恒先后发表了《〈儒林外史〉原书应为五十卷》和《〈儒林外史〉原貌初探》等文章。此次会议提交的论文，也有不同的见解，如陈新在《再论〈儒林外史〉第五十六回》中进一步论证五十六回当属原作，在五十回、五十五回、五十六回三说中，采取最后即五十六回一说的尚有谈凤梁等人。此外，对《儒林外史》由何产生的探讨，则有陈美林的《吴敬梓的家世对其创作的影响》，文中从题材选择、人物塑造、情节提炼等方面加以探寻；又从吴敬梓先人的思想主张来分析这部小说的思想主旨和批判特色；最后又指出吴氏家族的治学传统对这部小说的影响，做出如下判识：“《儒林外史》的产生，绝不是偶然现象，有着特定的现实土壤和我国文学的讽刺传统，但这些因素，又都是通过作家吴敬梓独特的生活实践才发生作用。这其中，他也接受了先人从宦经历和家庭教养的传统的一些影响。”朱泽吉《吴敬梓的交游和〈儒林外史〉的创作》、苗壮《承前启后和空前绝后：谈〈儒林外史〉创作的承启问题》也从特定角度探讨了这一问题。总之，这次会议提交的论文，虽未成集，但大都已在报刊上发表，对推动吴敬梓及其《儒林外史》的研究同样也产生了积极的影响。

在这次讨论会上，经过长时期的筹备，中国《儒林外史》学会也正式成立，《新华日报》1984年11月7日发表了题为《纪念吴敬梓逝世二百三十周年学术讨论会结束，“中国〈儒林外史〉学会”在宁成立》的报道。经酝酿后选举北京大学吴组缃教授为名誉会长，复旦大学章培恒教授为会长，南开大学宁宗一教授、南京师范大学陈美林教授和安徽大学李汉秋教授为副会长，中国社会科学院文学所刘世德研究员、陈毓罴研究员，上海古籍出版社何满子编审，湖南师范大学何泽翰教授，华东师范大学郭豫适教授，武汉大学吴志达教授等40人为理事。因此，可以说南京召开的这次学术讨论会，在《儒林外史》研究史上翻开极其重要的一页。从会后至1986年6月不到两年内，各地报刊上发表的研究论文近60篇，即可说明此次会议对形成《儒林外史》研究的繁荣局面确实产生了积极的影响。

在这次会上，陈美林建议在南京重建秦淮水亭，得到市府的重视，并已列入规划。而吴敬梓故乡全椒却闻风而动，积极筹备建立吴敬梓纪念馆。在各界人士热忱关心下，在全椒县人民政府大力操持下，轩丽宏敞的吴敬梓纪念馆终于落成。为庆祝开馆仪式，中国《儒林外史》学会与全椒县人民政府于1986年6月17日至20日，在安徽全椒县联合召开了第四届全国《儒林外史》学术讨论会，有十一省市的学者五十余人参加，会议论文后由黄山书社汇集出版。其中何满子《总结型和开拓型》一文，认为从吴敬梓对艺术使命感的明确自觉、小说接触生活的方面和角度、表现人物的手段直到小说的结构，在中国小说史上都是史无前例的，也是古代小说中最后一部开拓型的作品。宁宗一在《吴敬梓对中国小说美学的贡献》一文中从小说观念的更新和宏观的历史反思两方面，论析了《儒林外史》的价值与贡献。其他论文有涉及人物形象塑造的，有谈论结构艺术的，有与《金瓶梅》、《汤姆·琼斯》相比较的。提交的论文中还有王同书《吴敬梓确有生父、嗣父说》一文，再次论证陈美林于1977年提出的吴敬梓生父为雯延、嗣父为霖起一说的可靠性。当年陈氏此说一出，陈汝衡、孟醒仁等均予赞同，并采入自己著述中。刘世德于1985年发表《吴敬梓的父亲是谁》一文，不同意陈说，依旧维持胡适之说。王同书此文赞同陈说而否定刘所依据的胡说。此后，孟醒仁又在《安徽大学学报》1988年第1期发表《吴敬梓具有生父与嗣父的新证》，再次赞同陈说。《中国大百科全书·中国文学卷》有关“《儒林外史》”词条，以及《中国古代小说百科全书》有关“吴敬梓”词条，均采用陈说，即吴敬梓生父为雯延，嗣父为霖起。

六

新中国成立以来，历经1954年、1981年、1984年和1986年召开的四次全国性的《儒林外史》学术讨论会以后，对吴敬梓及其《儒林外史》的“伟大”意义，学术界有了共识，继之对它的研究也逐步深入。尽管1986年讨论会以来没有举行专门讨论《儒林外史》的学术会议，但在有关古代小说的研讨会（如1990年春在南京召开的海峡两岸明清小说金陵研讨会）上，也有论及吴敬梓和《儒林外史》的论文。而在全国范围内，经广大学者的努力，近十年来在不同报刊上发表的论文多达二百余篇，出版的有关著作也不下十余种，取得了前所未有的好成绩。而且，有些研究成果显然是带有总结性的，学术价值也较前此的成果有显著的提高。

吴敬梓的《文木山房集》在20世纪50年代曾经刊刻，此后又陆续发现他的一些集外诗文，也曾出版过《吴敬梓集外诗》；其子吴烺的《杉亭集》虽有传本，但未刊行。周德恒曾经“校点了这部集子”（见其所作《读〈杉亭集〉札记》一文，收入《儒林外史研究论文集》，安徽人民出版社1982年版），但也未曾出版。此后，李汉秋“吸收了时贤的研究成果”，将《文木山房集》与《杉亭集》合而为一，由黄山书社出版了《吴敬梓吴烺诗文合集》，这对研究者来说，可以省去翻检之烦。

十年来，出版了不少《儒林外史》刻本、评本和点校本。其中比较重要的有三种：一是中国书店据鸿宝斋石印本影印了增补齐省堂《儒林外史》，这是六十回本在新中国成立后第一次重印。虽然其中四回是后人插入，但它的出版则弥补了1949年以后只印行过五十五回、五十六回两种本子的缺憾。六十回本的影印出版，将现今所知的几种不同回数的本子全部出齐，大大满足了研究者的需求。二是黄小田评本的湮而复出。《光明日报》于1985年7月2日发表麦若鹏《初揭闲斋老人之谜》一文，透露出安徽省博物馆藏有黄小田题记的群玉斋活字本的讯息，李汉秋循此线索，将它整理出来，于1986年10月由黄山书社出版。此书一出，二百余年中出现的四个重要评本（即卧闲草堂评本、齐省堂评本、张文虎评本与黄小田评本）均已重新出版，这对于研究《儒林外史》的批评史来说，无疑是大有裨益的。三是陈美林《新批儒林外史》的面世，这是新中国成立以后用新观点批评古典小说的第一部，至今已印行七次，可见其受到欢迎的程度。此书面世后，《人民日报》海外版、《中国图书评论》、香港《大公报》等十余家报刊先后发表评论。徐柏容在其专著《书评学》中说："倘若以新的思想观点，新的审美意识来运用评点方式，它还不失为一种好的、有特色的书评方式……'文化大革命'前，有的出版社想出版《水浒》的新评点本，曾印过几回试稿，可惜一直未见其蒇事。倒是1990年（应为1989年）江苏出版了陈美林的《新批儒林外史》，但愿这是评点式书评重新繁荣的一个好的开始。"果然，其后就有一批作家评点的古代著名小说陆续问世。除以上三书而外，上海古籍出版社、浙江古籍出版社以及河北、河南、湖南等不少省市出版社还出版了各自点校的《儒林外史》普及本，可见对这一名著的社会需求量极大。这也反映了《儒林外史》的"伟大"，已逐步得到广大读者的认同。

继20世纪80年代初期出版了陈汝衡12万字的《吴敬梓传》和陈美林5万字的《吴敬梓》之后，近十年来，又出版了两种《吴敬梓评传》。一是1987年8月由中州古籍出版社出版的孟醒仁、孟凡经合著的《吴敬梓评传》，全书28万字，分为20章，以"传"为主，"评"的内容很少。一是1990年12月南京大学出版社出版的陈美林《吴敬梓评传》，全书四十余万字，分为5章20节，分别论述传主吴敬梓的时代、家世、生平、思想和著作，另附有"人名索引"及重要参考书目。该书有传有评，传评结合，在对该书二十余篇的书评中，有的书评即以《精当详实，评传交辉》为题。该书作为匡亚明教授主编的"中国思想家评传丛书"首批出版的四种之一，不及两年就再次印刷。

有关《儒林外史》辞典式的工具书，在近几年内也出现两种：一部是李汉秋主编的由中国妇女出版社于1992年2月出版的《儒林外史鉴赏辞典》，72万字；一部是陈美林主编的由南京大学出版社于1994年10月出版的《儒林外史辞典》，全书110万字。前者着重于从鉴赏角度编写，试图对广大读者阅读原著有所裨益；后者着重于从研究角度编写，因而资料丰富，学术性也较强。

十年来，还出版了一些论述吴敬梓及其作品的著作，如张国风的《浮世画廊——儒林外史的人间》、陈文新的《士人心态话儒林》、陈美林的《吴敬梓与儒林外史》等等，还有李汉秋的《儒林外史研究综览》。

十年来发表的论文多达二百余篇，充分显示了古代小说研究者对《儒林外史》

的重视程度，研究的力度也得到加强，对作家作品的研究视野逐渐扩大，并力求用新的思维方式，变换不同的角度，进行全方位的深层次的研究。

这些论文，有的继续前此的讨论，但有所发展，显示了新的见解，新的内容。例如关于吴敬梓是否参加修祭泰伯祠以及这一活动的意义问题，有李忠明《吴敬梓在南京修先贤祠再考》、李文新等《关于吴敬梓家族纠纷的性质问题的辨析》等文章，再次肯定了吴敬梓确曾参与过这一活动；皋于厚《祭泰伯祠与〈儒林外史〉的文化意向》则阐述了这一活动的内容。次如《儒林外史》的思想主旨，有崔子恩《〈儒林外史〉浅谈》、董国炎《〈儒林外史〉主题新说》等；陈美林先有《〈儒林外史〉是我国文学史上第一部反映知识分子生活的长篇小说》，继而又发表了《知识分子人生之路的探寻：纪念吴敬梓逝世240周年》，进一步深化了前文的论点：《儒林外史》不仅描写了一个时代的知识分子的生活命运，而且更重要的是反映了他们的志向和理想以及对实现自己志向与理想的探索与追求。又如，关于《儒林外史》的文化内涵，不少文章承继前此的讨论，从更广阔的角度加以论述，如王平《〈儒林外史〉：文化反思与整合的艺术显示》、王日根《〈儒林外史〉与民族文化的历史审视》等文章，均作了有益的探索。再如，对《儒林外史》人物形象的分析，陈美林在1991—1996年之间的《文史知识》上连续发表了15篇人物论，此后又在有关报刊上发表了《杜慎卿论》、《庄尚志论》、《杜少卿论》和《虞育德论》等，构成了《儒林外史》人物论的完整体系，这些论文力求从文化背景、作者际遇、时代特色、作品内涵等方面分析人物性格及其形成的内外因素和主客观条件。在分析人物形象方面还有不少值得一提的佳作，如平慧善《杜少卿论》、蔡景康《〈儒林外史〉妇女形象脞谈》、秦川《〈儒林外史〉中的名士》等等。

此外，还有不少论文所涉及的问题，是近十年来方始提出的，如关于闲斋老人是谁的问题，自麦若鹏《初揭闲斋老人之谜》一文发表后，又有薛勣的《“闲斋”与“闳斋”》、姜东赋《也谈和邦额》、孟醒仁《也揭“闲斋老人”之谜》以及汪岳尊《卧闲草堂本〈儒林外史〉序的作者“闲斋老人”是吴敬梓》等文章发表，对于闲斋老人是否即是吴敬梓发表了各自的见解。又如，对于吴敬梓的思想局限，在前此的研究成果中虽也有涉及，但无专文加以深入研讨。陈美林的《吴敬梓的门阀观念》对这一落后意识作了全面论述，指出这种意识为他的创作所带来的负面影响。次如，从小说的叙事观点、类型特征、叙事模式等角度论述《儒林外史》

的文章，也是近十年才日见其多的。如鲁德才的《论〈儒林外史〉的叙事观点》、宁宗一的《从小说文体演变看〈儒林外史〉与〈红楼梦〉的类型品位》、杨义的《〈儒林外史〉时空操作与叙事谋略》等均是这方面的力作。再如，比较研究的论文同样是近十年来方始较多出现的，如奚永吉《人物性格特征的审美探索——对〈儒林外史〉与〈弃儿汤姆·琼斯的历史〉的尝试比较》、刘登东的《〈儒林外史〉与〈死魂灵〉的比较研究》等论文，将吴敬梓与英国作家菲尔丁、俄国作家果戈理进行比较研究。但更多的文章却是与我国古代文史著作如《史记》、《金瓶梅》、《歧路灯》、《红楼梦》等进行或承先启后或横向平行的研究。复如，对研究史的研究，如前所述，迄今可以见及的评本共有四家，前此有些论文涉及旧评时，大多集中在对卧闲草堂评本的阐述，近十年来方始有对这四种评本进行全面研究的论文。陈美林连续发表了《〈儒林外史〉卧评略议》、《新近发现的〈儒林外史〉黄小田评本略议》、《〈儒林外史〉张评略议》、《略论〈儒林外史〉齐省堂评》，不但分论四家评本的特色，而且比较了四种评本的得失。这一系列成果不但有助于读者加深对原著的理解，还有助于推动《儒林外史》研究史的进一步深入开展。此外，近十年来还出现了一些对当代研究《儒林外史》学者的研究，这集中表现在对陈美林与李汉秋二氏研究成果的评介上。总之，近十年来，学术界对当代研究成果也予注意，并加评述，这表明对于《儒林外史》研究状况的研究，经历了从吴敬梓同时代的记载、清人的研究、近人的研究等阶段，也延伸到对当代学人的研究，这一趋势也值得嘉许，它对于拓展和推进吴敬梓及其《儒林外史》的研究，无疑是大有裨益的。

（此文乃应大连1996年国际小说研讨会特约撰写，摘要先后发表于春风文艺出版社1996年出版之《稗海新航》及《文史知识》1996年第11期及1997年第1期，全文刊载于韩国《中国小说论丛》1997年第6期。）

《儒林外史》前言有四稿

由人民文学出版社出版的南京师范学院（20世纪80年代改为南京师范大学）《儒林外史》整理小组的本子先后有撰写于1976年6月（见1977年1月初次印刷本）和1981年1月（见1984年1月第6次印刷本）的前言，题名虽同为《吴敬梓和他的〈儒林外史〉》，但内容大有出入。1981年前言之末云：“尤其需要说明的是，我们整理本书时在1975年，前言和注释定稿则在1976年夏天。”此言不确，南京师院成立《儒林外史》整理小组是1971年间事。当时是应人民文学出版社约稿设立的，近日笔者还向当时过问此事的系负责人之一曹济平教授核实。人民文学出版社由杜维沫、陈新两位先生联系。笔者与两位的结识，也是从此事开始的。陈先生多年未见，但杜先生2000年10月在山东五莲《金瓶梅》国际学术讨论会上还见到。

1971年，笔者与中文系同事刚从“五七”农场返校不久，人民文学出版社约请整理《儒林外史》并撰写前言，这是自1967年停课以来涉及学术研究的一项比较重要的活动，因此，院、系领导都很重视。当时就成立所谓老中青三结合的四人小组（如今一位老先生早已逝世，一位比我年长一岁、一位比我小一岁的两位先生也已退休多年）先行撰写前言。为了写好这篇前言，小组四人认真查找资料，阅读作品。除一位老先生外，其余三人还持江苏省革委会出具的介绍信去安徽调查访问。安徽负责接待的是省、地和县革委会有关同志。由此可见此事在当时受到重视的程度。在合肥安徽省图书馆古籍部见到负责人丁宁女士，她述说自己如何睡在藏书室门外，阻挡企图入内焚书的红卫兵。我们都赞扬她这种保护古籍的精神。丁宁女士曾在南京图书馆工作过，是一位女词人，与先师瞿禅先生有过交往，因而对我分外热情。在全椒，接谈的是王郁昭同志，当我们询及吴敬梓是否有后人时，他说有吴炽桀，现下放农村，我们建议对名人后代应在政策允许范围内予以照顾。此后不久，吴炽桀被安排在县文化馆，也不知是否与我们的建言有关。

安徽归来后，经过认真反复的讨论，决定按照时代背景、作者生平、思想内容和艺术成就四部分，由四人分别撰写，最后由一人统稿。应该说，小组四人都认真负责地投入了这项工作。经过大半年努力，各自写出初稿，经合并成一文后，系领导召集古代文学教研组和文艺理论教研组部分老师开座谈会，对此稿进行了认真的讨论，提出修改建议。大家的意见集中在四个部分风格不一上。因此，此稿暂时搁置起来。隔了一段时间，小组负责人找我谈话，他说：系领导交代了两件事：第一，此稿交你一人重新执笔撰写，限期一个月内完成；第二，完成此稿后，去唐圭璋先生处做助手，为唐先生编纂《全金元词》。

一个多月后，我总算完成任务，交出初稿，经系领导认可后打印出来寄往人民文学出版社。我就去唐圭璋先生处接受新的任务，对于《儒林外史》前言一事未再过问。时隔不久，在圭璋先生并不知情的情况下，系有关人员突然通知我必须立即交出唐先生交给我的几页写有金元词集的书目来。他们不容分说，取了几页纸而去。我赶紧去圭璋先生府上汇报此事。唐先生无可奈何，一语未发。此后有一年之久，我未便再去唐府，那是后话了。

正当此时，杜维沫、陈新先生忽然来到南师，对我们说："看了你们写的稿子，编辑室大体认可，未做修改就排印出来分送有关院所征求意见。因为完全是按照你们的打印稿排印的，所以铅印稿未给你们寄。现在反馈的意见不多，你们稍做修改即可完稿（大意）。"同时，他们还取出排印稿交给系负责人之一曹济平。这篇前言应该说是第一稿，可惜未注明年月日；正文29页。如今我手边还存有一份，白纸封皮，题有"《〈儒林外史〉前言》（征求意见稿）"，还有曹济平先生用钢笔手写的"古典文学组留存"字样。

自杜、陈两位先生来校以后，这项工作引起个别人的兴趣和重视。我虽也奉命参加定稿，但此后不久，由于整个形势发生变化，在全国范围内展开了轰轰烈烈的"批孔评法"运动，尤其是1973年8月《人民日报》先后刊发了杨荣国的《孔子——顽固地维护奴隶制的思想家》、《两汉时代唯物论反对唯心论先验论的斗争》，同年9月《北京日报》发表了梁效的《儒家和儒家的反动思想》，上海《学习与批判》创刊号（1973年9月15日出版）发表了石仑的《论尊儒反法》等几篇文章以后，大大影响到对《儒林外史》的评价问题。有一天（可惜具体日期未曾记下），新闻联播中播发了上海复旦大学（？）工农兵学员写的题为《〈儒林外史〉是反儒尊法的作品》的文章，内容并未播放，但仅这一题目就足以使我们撰写的第一稿作废。我系当然闻风而动，立即改组“前言”小组，由工农兵学员组成，让金启华先生（在“文革”前一直担任古代小说讲授工作）和笔者（因是第一稿的执笔者）做顾问。因为我并不同意如此评价《儒林外史》，但又不能公开抵制，只好不“问”不“顾”。金启华先生很认真负责，但旋即明白另有“背景”，也采取了不“问”不“顾”的态度。不久，工农兵学员撰写的第二稿打印出来，也发了一份给我，至今还保留在手边，文前有一“说明”云：“此稿系南师中文系二年级工农兵学员，就‘批林批孔’前部分教师所写的《前言》，在系党总支领导下，和教师共同讨论修改完成的，现在印发出来，广泛征求意见。希望同志们给我们更大的支持和帮助，搞好这一工作。一九七四年五月二十九日。”由于全国都在“批儒评法”，安徽也不例外，而我们为撰写《儒林外史》前言曾去安徽访书寻迹一事，自然为人所知。时隔数年，由安徽大学、滁州地区和全椒县三方面组成的研究小组来我校访问交流。这一活动，系革委会有关负责人便不让笔者参加。但安徽的同志们希望见我，与我交流。当时他们住在校内南山招待所（如今改为吴贻芳纪念室），我住在南山甲楼，步行二三分钟即可往来。他们便请我系顾复生先生带领，来到我一家三口所住的十一平方米的斗室相访，主客都坐在床边上促膝交谈。转眼到了1975年，我收到他们的一份打印稿，说“根据安徽省委批转的关于《注释法家著作、评法批儒编写出版规划》”，他们担任了“研究《儒林外史》和它的作者吴敬梓的任务”，并且已“初步拟出提纲”，寄我征求意见云云，下署日期为“一九七五年五月八日”，提纲定名为《反儒的讽刺小说〈儒林外史〉》。

我校工农兵学员撰写的第二稿，后又转入个别教师手中（其间过程不清楚，不敢妄加猜测），由此而写成第三稿，即刊于人民文学出版社1977年出版的《儒林外史》前言。“四人帮”粉碎后，学术界也在拨乱反正，对《儒林外史》的研究也不例外，第三稿前言，自然被一些文章提及，特别是在1981年10月，在安徽滁州地区举行吴敬梓诞辰280周年的学术讨论会上，有几位学者发言对第三稿“前言”有所批评。还有个别学人在大会发言批评后，又找到我一再表明，他的发言为的是学术研究，而不是针对我个人。对此，我也真无法分辨，也更不宜说明真相，只能含糊地表示感谢。在这之后，便有了前言的第四稿（刊印于1984年《儒林外史》之首的前言)。删除了第三稿中认定此书具有“鲜明的反儒倾向”,以及阅读此书可以“对我们反修防修、彻底批判反动的孔孟之道并肃清其流毒的现实斗争,是有借鉴作用的”等等言论。但对一些问题仍有曲笔回护之处,例如本文开始就提到的南京师院接受整理《儒林外史》任务的整个过程未能如实反映,抹去了“‘批林批孔’前部分教师和‘二年级工农兵学员’”的一、二两稿的存在。其实从四稿的流变过程可以看出政治因素如何左右学术研究的状况。为此,实有必要重提旧事。

附言:

今年为吴敬梓(1701—2001)诞辰300周年,也是笔者参加《儒林外史》整理小组工作30周年。自1971年以来,吴敬梓及其作品的研究就成为我的重点课题之一,先后发表了一些文章,出版了一些著作。30年来,经历的一些事实,撰写的不少文字,其“背景”也有他人所不知者。平素教学之余,曾与朋友、弟子们偶或说及,他们都认为不可让其湮没无闻,一再鼓励我将它写出来,或许不为无益之举。在他们的鼓励下,乃援笔为之。文中有时涉及时贤,目的在于如实反映,并非“算老账”。在特定时期的政治气候下,个人确也难以摆脱其影响,无论是奉“命”而为抑或自主作文,都不能不留下深浅不同的“烙印”。如今旧事重提,只是认识“历史”,并非追究个人得失,盼被涉及的时贤有以谅之。

2001年5月15日

(原载《文史知识》2001年第11期)

吴敬梓思想面貌寻踪纪略

——吴敬梓思想构成研究之回顾

作家思想与其作品之间的关系十分复杂，但思想影响创作则是分明存在的事实。无论研究方法如何更新、研究视角如何变化，对于作家思想的研究总不能忽视。我在20世纪70年代初开始研究吴敬梓及其《儒林外史》时，就十分注意着力寻究其思想状况，历经30年，现略叙颠末，对于研究者来说，也许不无参考意义。

一

对于吴敬梓的思想面貌，前辈时贤均曾注意研究，并有许多精辟论断，研读之下，颇受启迪。如何在前贤成就基础上继续向前推进、向深发掘，我的具体做法是先分专题论析，然后进行整合研究。吴敬梓思想的主导方面应该是传统儒家思想。对此，胡适、鲁迅有极其扼要的论断，他们根据吴敬梓的著作及其家世、生平，认定全椒吴氏家族有着儒学传统，而吴敬梓本人也是一位"儒者"。这一论断是符合实际的，其后的学者有更为详尽的论证，如吴组缃在《〈儒林外史〉的思想与艺术》[①]一文中，充分论析吴敬梓的"正统儒者的观点"，十分透彻，令人信服。还有其他学者也有类似的论述。笔者也认为儒家传统思想在吴敬梓思想中占有主导地位。但因前辈、时贤对吴敬梓的正统儒家思想已有详尽论述，我便力图从另一侧面予以补充论证。为此，我发表了《略论吴敬梓的"治经"问题》（1977）、《南京先贤祠的兴废及其与吴敬梓的关系》（1978）以及《吴敬梓和

---

① 《人民文学》1954年第8期；收入《儒林外史研究论集》，作家出版社1955年版，以下称"作家版论集"。

释道异端》（1981）等文，作为对前辈、时贤这一立论的回应，同时也对20世纪70年代一度泛滥的“反儒说”予以委婉的否定。

至于吴敬梓是否具有反满的民族思想，前辈时贤也都有不少论述，如1946年王璜在《与〈儒林外史〉有连续性的三部小说》、《论〈儒林外史〉的结构》和《论〈儒林外史〉的人物讽刺》三篇文章[①]中就提出小说中“潜伏”着作者的“民族主义”思想。20世纪50年代姚雪垠《试论〈儒林外史〉的思想性》[②]以及吴组缃《〈儒林外史〉的思想和艺术》、冯至《论〈儒林外史〉》[③]等论著中，均认为《儒林外史》具有民族主义思想。但也有许多学者著文不同意此说，如吴小如《吴敬梓及其〈儒林外史〉》[④]、胡念贻《吴敬梓和他的时代》[⑤]、范宁《关于吴敬梓的〈金陵景物图诗〉》[⑥]等。1981年举办纪念吴敬梓诞生280周年学术讨论会时，吴组缃又写了一封信，重提此事。据会议综述，与会者对此进行了热烈讨论，有的同志“认为这种看法不符合吴敬梓表现在他作品中的思想实际”。何泽翰发表了《吴敬梓未参加博学鸿词科考试问题之我见》[⑦]，也不同意此说。我在会后撰写了《关于吴敬梓应征辟问题》，但直到1984年才刊载于《社会科学战线》第2期上。此文则从另一侧面说明吴敬梓的思想中难以找出反清的民族感情。

前辈时贤还论及吴敬梓曾受到颜元、李塨思想的影响。胡适在1920年撰写《吴敬梓传》、1922年写作《吴敬梓年谱》时，尚未涉及颜、李思想对吴敬梓的影响，也未曾注意李塨与全椒吴氏的关系，在《年谱》中，未见提到李塨，于叙写吴国对曾任顺天学政时也并无一字涉及吴国对与李塨的座师与门生关系，在《年谱》乾隆十六年条下已说及吴敬梓之子吴烺“习算学，师事刘湘煃”，但也未说及刘湘煃曾师事李塨一节，直到1927年所写的《官场现形记序》中，他方始明确指出吴敬梓“受了颜习斋、李刚主、程绵庄一派的思想的影响”。但也止于此，

① 分别见《东方杂志》第42卷第5、6、10期。

② 《长江文艺》1954年第4期，收入作家版论集。

③ 《文艺报》1954年第23、24期，收入《古典文学研究汇刊》，上海古典文学出版社1955年第一辑。

④ 《新建设》1954年第8期，收入作家版论集。

⑤ 《光明日报》1954年12月12、19日，收入《文学遗产选集》第一集。

⑥ 《文学研究集刊》第四册，人民文学出版社1956年版。

⑦ 《艺谭》1981年第3期。

而未有具体的阐说。1936年他见到程廷祚《青溪文集》及续编之后，在撰写的《颜李学派的程廷祚》[①]一文中，方才有意识地注意颜李学派与吴敬梓及其《儒林外史》的关系，也方始提及刘湘煃是颜李学派信徒，并且在此文中说："我附记此人此事，只是要介绍《儒林外史》和颜李学派的人物关系。"令人不解的是虽然胡适在这篇文章中也引用了《恕谷年谱》等文献，但依然未曾指出吴国对与李塨的座师与门生关系。

尽管如此，胡适所做的工作对后人研究吴敬梓思想仍然有着很大的启迪意义，新中国成立以后也有一些论著偶有涉及，但同样没有细说，其中以吴小如《吴敬梓及其〈儒林外史〉》一文说得最为直白，指出"从他（吴敬梓）所交游的人如程廷祚来看，从他的行动有斗争性来看，则他受颜、李学派的影响也很深厚"，已触及要点，但也未继续做深入的探寻和评述。胡适的一些论著激起了我的浓厚兴趣，我在考虑：吴敬梓生活在南方，受到顾、黄、王的影响比较自然，而产生于北方的颜李学说何以会影响他；颜李学说影响吴敬梓的表现究竟在哪些方面。带着这样的问题，我便搜寻了有关颜李的著作《颜李遗书》、《颜李丛书》以及《颜氏学记》、《颜李师承记》、《颜习斋言行录》、《习斋年谱》、《恕谷年谱》等著作来细细研读。在冯辰纂、刘调赞续纂、恽鹤生订之《恕谷年谱》中发现卷一"丁巳十六年十九岁"条下赫然有记："学院吴公国对岁考进县学生员第一名。吴公深喜先生文，开雕行世。"并且，《年谱》有关条目下记有颜李学说传布到南方的情况，此外，还记有李塨南下至金陵讲学、到宁国会晤梅文鼎的经过以及吴敬梓至友程廷祚等人的活动等。查到这些记载，我又进一步将李塨著述中有关社会、政治等方面的理论主张与吴敬梓在文学创作中所表露的思想观念做一番比较，尤其着重研究他们在教育、考试方面的见解，可以明显地看出吴敬梓确曾一度受到颜李学说的影响。与此同时，我还注意到吴敬梓对某些问题的见解并不与李塨的主张全然相同。在细致的比较分析以后，于1979年发表了《颜李学说对吴敬梓的影响》。撰写此文所依据的文献，大都为胡适先后翻阅过，但我依然去认真重读，终于发现为胡适最初所忽略的内容。这也说明，前人查阅过的文献、提供的资料也不一定完全符合自己研究的需要，还得去认真研读原著，不能停留

① 刊于1936年4月出版的《国学季刊》第5卷第3号，又以单行本形式附于《青溪文集》之后。

于转引。①

与此情况相类似而表现形态略有差异的是我的另一篇论文的写作，那就是《魏晋六朝风尚和文学对吴敬梓的影响》。如果说，吴敬梓的诗文、小说创作中并没有明显的颜李学说影响的直接标记，其中也未曾提及颜李姓名，吴敬梓同时代人的文集中也没有关于他与李塨直接交往的记载，但阅读吴敬梓的诗词文章以及小说创作，不但可以见到许多魏晋六朝时期的人物事迹、典故，作品中还流露出浓烈的对这些人物的钦敬、追慕之情。而且，他的友人程晋芳也在《文木先生传》中说他“其学尤精《文选》，诗赋援笔立成”，在《寄怀严东有》一诗中又写道：“敏轩生近世，而抱六代情；风雅慕建安，斋栗怀昭明。”虽然如此，但后之学者对吴敬梓所接受的魏晋六朝时期社会风尚和文学创作的影响也尚无专文论及。不过，在1955年出版的《文学研究集刊》第一辑中刊有何其芳《吴敬梓的小说〈儒林外史〉》一文，他在征引“敏轩生近世，而抱六代情”一诗后指出：“程晋芳说吴敬梓生在清代而抱有六朝人的情怀，并非仅仅称赞他的文采风流，还有说他满肚皮不合时宜的意思。”可惜，何文虽然指明这一点，却没有做进一步的探究和论说。

我在研读吴敬梓创作时，感受到他的这份崇敬“六代”之“情”和钦慕“建安”之风雅，又受到程晋芳、何其芳的启迪，便将吴敬梓的创作分类排比，列出他的创作中所提及的这一历史阶段的人物，勾稽出他们的事迹，查明所处的历史、地理环境，找来那个时代的史籍文集，诸如《三国志》、《晋书》、《六朝事迹编类》、《建康实录》以及《昭明文选》、《世说新语》、《文心雕龙》、《诗品》等等以及有关南京的一些史志文献，诸如《金陵诗征》、《金陵文征》、《金陵通传》、《金陵待征录》、《白下琐言》、《秦淮画舫录》以及《江宁府志》、《江宁县志》、《上元县志》、《上江两县志》以及抄本《江宁新志》，还有《金陵梵刹志》、《盋山志》、《秦淮志》、《石城山志》、《钟南淮北区域志》等等，从中找出有关记载与吴敬梓作品相对照；并且无数次的亲自寻访吴敬梓诗文

① 20世纪70年代写作此文时，尚未见及胡适所作《李塨年表》。近年始在黄山书社1994年出版的《胡适遗稿及秘藏书信》第5册中见及。表中有云李塨“19岁中秀才，学院为吴国对（文木之曾祖），开雕其文行世”。此表很简单，极有可能是摘自《恕谷年谱》而成。写作年代不详，估计当在写作《吴敬梓传》、《吴敬梓年谱》之后，甚或在《颜李学派的程廷祚》之后，因为这一材料十分重要，胡适如果当时就已见及，不会不在文中加以引用的。

中提及的魏晋六朝时期的遗迹。先后撰写了《吴敬梓“秦淮水亭”考索》[①]以及《魏晋六朝风尚和文学对吴敬梓的影响》[②]。在前文之末，我写道：“这样的历史、地理环境，对吴敬梓的思想情操也不能不产生一定影响，例如他追慕六朝的思想感情，研习《文选》的刻苦努力，与此也并非全无关系。”在后文之末，我写道：“综上所述，‘敏轩生近世，而抱六代情’，并非程晋芳的空泛议论，而是对吴敬梓知之甚深的品评。循着程晋芳的这一品评，进一步探索研究，可以窥知吴敬梓思想情操的一个重要方面，这对于我们全面了解吴敬梓的世界观及其文学思想，有着重要意义。”当收有这两篇文章在内的拙著《吴敬梓研究》于1984年8月由上海古籍出版社出版以后，何泽翰先生即有诗相赠，谬奖不佞“于吴文木外史最为专精，赋诗即正”中“徽音愧我才难企，遗躅欣君地与邻”一联，就是说我生活在吴敬梓后半生所生活的南京，与吴敬梓的“遗躅”相邻相亲，自是有利于对他的研究。

总之，对于吴敬梓正统儒家思想，前辈时贤已有详尽的论述，我则从另一侧面加以补证；而于颜李学说对他的影响，前人虽已指出，却未展开论说，我则进一步探索李塨与全椒吴氏的关系，在此基础上比较二者的异同；至于吴敬梓的“六代情”、“慕建安”，同样也有前人涉及，也同样未有深入研论，我则以其作品，结合六朝的历史地理环境，全面进行探讨。上述几点都各自表现了吴敬梓思想的不同侧面。

二

至于吴敬梓思想中的其他成分，亦有前辈时贤未曾论及者，我也做了一些探索，如他所接受的自然科学技术的影响，我曾于1984年先后发表了《吴敬梓和科学技术》、《宁国之会》等文章。

我是何时开始注意这一问题的呢？那是在20世纪70年代后期。当时为撰写吴敬梓“治经”问题的文章，查阅有关典籍文献，见到阮元说及著作《古文尚书疏证》的阎若璩“通时宪及授时法，尝据算术以证古文《尚书》之伪”[③]。在研究接受

① 摘要先行发表在香港《大公报》1981年8月9日。

② 《群众论坛》（即《江海学刊》）第5期，1981年9月10日。

③ 阮元：《畴人传》卷四十。

颜李学说影响时，我曾再三检索颜李著作及二人年谱，发现颜元 22 岁时“学医”，35 岁时“学习数”，48 岁时学“天文之学”①；李塨 23 岁时“读《步天歌》”，33 岁时学“测天法”，48 岁时向人请教“西洋三角法”，62 岁时还去安徽宁国，与大数学家梅定九切磋学问②。而《宁国之会》一文，就是为考索和描述清代数学家梅定九与思想家李塨晤面谈学而作。

在我考索吴氏家族情况时，又得知吴敬梓长子吴烺也通数学，先后著有《周髀算经图注》、《勾股算法》，姚鼐说他“通历象章算音韵”③，《金陵通传》卷三十三也记他“工勾股旁要之学”。吴烺曾为刘著弟子，而刘著曾先后为梅定九、李塨弟子，梅、李二人之聚晤，就由他促成。在我考察吴敬梓生活的时代背景时，又发现不但当时学术界的风气如此，而且在朝廷中，以玄烨为代表的最高统治者，也注重自然科学的学习，经常向国内学者和西洋传教士学习天文、历算、测量、物理等知识，又大力褒扬数学家梅文鼎（定九）“积学参微”④，还以测量天体坐标仪器——璿玑玉衡为博学鸿词之试的赋题。

除了上述提及的与全椒吴氏有瓜葛的学人如李塨及其弟子刘著以外，在吴敬梓、吴烺父子交游中也并非全是诗文之士，也有不少自然科学技术的爱好者、研究者。最著者如周荣光及其子周榘，与吴氏父子关系迩密。周榘不仅工诗、善书，而且还懂得数、天之学，擅长制造科学仪器，绘制舆图，袁枚曾为他写有《幔亭周君墓志铭》⑤，对他极其赞许，称之为“振奇人”。顾云在《盋山志》卷五中更将他与张衡、祖冲之一流人物并提。陈作霖《金陵通传》卷三十四中说他的学问“融会中西”，全家乃至婢仆都熟悉“华严字母法”，懂得梵文。其他如友人姚莹，不仅工诗善画，还是儒医⑥。又如沈大成，“旁通天文地理六书九章算学，覃精研思，粹然成一家之学”，特别是他所“校定《梅氏历算丛书》，尤为一生精力所萃”⑦。再如梅定九之孙梅瑴成，当时也在南京活动，而吴烺却为梅定九

① 参见李塨《习斋年谱》有关各卷。

② 参见冯辰等《恕谷年谱》有关各卷。

③ 姚鼐：《惜抱轩文集》卷四《吴荀叔杉亭集序》。

④《清史稿·梅文鼎传》。

⑤ 袁枚：《小仓山房文集》卷二十六。

⑥ 袁枚：《江宁新志》卷十七。

⑦ 阮元：《畴人传》三编卷一。

再传弟子。此外，在吴敬梓晚年结识的友人中，严东有也通晓数学、天文、历史地理诸学，并各有著述，又精通“蒙古托忒唐古特文字”[①]，等等。既然社会环境和学术氛围如此，生活在此时此地的吴敬梓是否也接受到这种学风的影响呢？可以断言，他不能置身于这一时代、环境之外，在他的思想和创作中也不能不受到这种风尚的影响。

我再认真阅读他的创作，特别是在他的《儒林外史》中表现出一定程度的历史唯物主义观点，如中年时期倡导礼乐兵农，但经过现实生活的冲击，到晚年时对此也感到幻灭，曾通过迟衡山之口表述出“前代后代，亦时有变迁”的理念。又如，他的先人吴谦、吴国鼎、吴国龙等均有过寻求“吉壤”安葬父母以求子孙发达的举措，他本人在早年所写的《减字木兰花·庚戌除夕客中》一词也曾因“未卜牛眠”安葬“慈母”而自谴，但到中年以后创作《儒林外史》时就对施御史家迁葬母坟一事，通过杜少卿之口在一定程度上予以否定。凡此等等，都说明吴敬梓思想的不断更新和进步，这显然与他所接受的自然科学学风的影响是分不开的。有了对吴敬梓亲友科研活动的考察和了解，有了对他作品的深入研究和思考，于是就有了《吴敬梓和科学技术》一文的写作，在此文中，着重阐发了吴敬梓思想内涵中的这一侧面。而这项工作，则为前贤所未曾涉及。

与此类似，对于吴敬梓的门阀观念，前贤也未曾注意到。我起始研读《儒林外史》时，见金东崖将其所著《四书讲章》送给杜慎卿“请教”，杜并未翻阅，却“冷笑了一声”，并向仆人说：“一个当书办的人，却跑了回来讲《四书》，圣贤可是这样讲的！”颇以为欠当，不评骘其书内容，而议论其人身份。继而一想，杜慎卿并非作者全然肯定之人，如此描述，大约是对他的委婉的讥讽。但接下去看到作者描写的杜少卿，也曾自恃“先君有大功德于乡里”，对臧蓼斋说：“……就是我家藏了强盗，也是没有人家来拆我家的房子。”杜少卿如此言谈，作者如此描写，就引起我的深思，进而再仔细全面审视杜少卿的种种表现，觉得此中颇有可寻味之处，当有作者的思想观念在。及至读到吴组缃《〈儒林外史〉的思想与艺术》一文，说吴敬梓“对于‘旧家’和老年人总怀着好感，而对于暴发户和青年新贵总表示憎恶鄙视”。这段话确实反映出作者吴敬梓在《儒林外史》中所表露的情绪，给我以很大启迪。但此文仅从明代、清代的时代变革中阐

---

① 钱大昕：《潜研堂文集》卷三十七《内阁侍读严道甫传》。

释其缘故，从而归结为吴敬梓的民族思想和感情的见解，则引起我不断深入思考。

我又仔细研读他的诗词文赋，尤其是《移家赋》。此赋一开始就铺陈家世显赫，表彰门第高贵。封建时代文人自来如此，也不足为怪。但作者在自我夸诩的同时，也流露出强烈的“愤怒”，诸如“假荫而带狐令，卖婚而缔鸡肆。求援得援，求系得系。侯景以儿女作奴，王源之姻好唯利。贩鬻祖曾，窃赀皂隶。若敖之鬼馁而，广平之风衰矣”，充满着斥责族人败坏世德祖风的憎恨。再如赋中又表露出对“彼互郎与列肆，乃贩脂而削脯。既到处而辙留，能额瞬而目语”的商人的强烈诅咒。这些叙写所流露的作者情绪引起我的深思，便又将他所有的诗词文赋与《儒林外史》做深入的研读，终于发现这种情绪是残余的门阀观念的表现。门阀观念虽盛行于魏晋时代，然而从顾炎武[①]、刘献廷[②]、钱大昕[③]等人的著述中可以悉知，直到明清时代，这种观念的残余仍深刻地烙印在一些士人头脑中。有了这样的认识，我就撰写了《吴敬梓的门阀观念》（1986），专就吴敬梓思想中的局限一面进行评述，并不因为我将他列为自己的重点研究课题之一，而讳其不足。

至于吴敬梓的学术思想，前贤未有专文论及，在上面提及的《略论吴敬梓的“治经”问题》一文中，就评说了吴敬梓对《诗》、《书》的观念，兹不赘述。而于其文艺思想，前辈时贤也同样未曾有专文研论。我在阅读吴敬梓亲友所写的涉及他的生活的某些诗文中，发现他们都提及他的艺术爱好，诸如“红牙学歌类薛谭”、“老伶小蛮共卧起”等等；他自己也有自述，如“寄闲情于丝竹，消壮怀于风尘”，“妙曲唱于旗亭，绝调歌于郢市”，“顾曲周公瑾”等等；还有专咏乐器的诗作，如《笙》、《琵琶》；有叙老伶生涯的长诗，如《老伶行》；还为友人李本宣所创作的戏曲《玉剑缘》写序。在此基础上，又研读《儒林外史》，其中有反映清代南京梨园的描写，有戏曲演员形象的塑造，还运用许多戏曲作品以穿插情节、表现人物，如《三代荣》、《请宴》、《窥醉》、《借茶》、《刺虎》、《思凡》、《长亭》、《饯别》、《五台》、《追信》等等，安排得当，臻于妙境。由此可知，吴敬梓对于重要的文艺形态之一的戏曲艺术，是有着自己的见解的，我在深入研究的基础上，写成《吴敬梓和戏曲艺术》（1979）一文。

---

① 如《与卢某书》、《莱州任氏族谱序》、《裴村论》以及《日知录》有关条目。

② 如《广阳杂记》卷一。

③ 如《十驾斋养新录》卷十二。

这些分题研究，开始于20世纪70年代初，是与研究吴敬梓的家世、生平同步进行的。但所撰写的论文大都发表于70年代中后期及80年代。在这些分题研究的基础上，对吴敬梓思想面貌做全面考察和综合评论，就比较有“底气”，就有可能避免空泛之谈和主观推论。这些研究为1990年出版的《吴敬梓评传》第四章“吴敬梓的思想”的写作奠定了基础。在这一章六万字中，结合其家世、生平，论述了他的思想渊源、具体内涵，以其诗词文赋和小说创作来印证，并参稽其亲友记叙和后人评说。除学术思想（包括文艺思想）以及思想局限（门阀意识残余）有专节分析以外，对其思想主流还做了综合概括。

三

对于吴敬梓思想的研究，不会也不应到此为止。学术研究是不断深入的，新见当然也会不断涌现。而对于每一个研究者来说，在纷纭的众说中，他自然会有所采纳也会有所不取。不同意见均可发表，能够取得共识，自然可喜；即使见解暂时不能取得一致，也不必强求，可以继续进行探讨。何况，人的思想（包括任何一位伟大的作家）是复杂的、变动的，绝不能简单圈定，只能说其思想主流是属于什么体系，而不能说除了某种思想体系以外，其他思想体系的影响就不存在，正如一个唯物论者，在特定时期、对待特定问题也可能表现出唯心论的观点一样。中国传统思想博大精深，儒家思想在其中虽然占有主导地位，但不能囊括整个传统思想。正因如此，对于吴敬梓来说，在接受儒家思想的教育外，有没有接触到其他思想体系，这自然是肯定的，但接触到某一思想体系是否就意味着认同其学说，则又是另外一回事了，这需要进行认真、细致的研究后才能得出结论。

历来许多研究者都认同吴敬梓思想主流属于儒家体系，但也有研究者认为在儒家之外，吴敬梓还接受了其他体系思想的影响。例如早在1933年3月北京出版的《学风》（第三卷一、二期合刊）上所发表的吴景贤《吴敬梓及其社会观》一文，既指出吴敬梓受到道、墨二家思想的一些影响，但又肯定吴敬梓的基本立场仍是儒家，其思想仍属于儒家范畴。由于吴景贤的文章是着重介绍吴敬梓的生平和《儒林外史》以及吴敬梓对社会的认识，对于吴敬梓的思想渊源及其内涵，尚未及做深入的全面研讨，但毕竟提出了道、墨二家对吴敬梓的影响。其后，在

20世纪70年代末期，有人著文说吴敬梓有“隐于佛、隐于道”的思想，“对于矛盾的解决”是“走道家、释家的路子”。

笔者在对吴敬梓生平进行探究的同时，也注意对他的思想做深入考察。对上述说法进行了一番比较深入的研究，认为吴敬梓于儒家思想之外，接受了其他思想的影响是自然的，但因此而说他要“走道家、释家的路子”，则不敢苟同，曾发表《吴敬梓和释道异端》（1981）一文，从朝廷功令（康熙十八年颁行上谕十六条中就有“黜异端以崇正学”）、帝王言行（如《永宪录》卷一中记载玄烨对历史上的“崇奉佛释、溺信仙道”的“人君”表示极大不满）、文化思潮（如颜元在《大学辨业序》中指出宋学中“杂入儒道”，并在《存学编》中大声疾呼“宁使天下无学，不可有参杂佛老章句之学”）、作者诗词（如《题王溯山左茅右蒋图》“雅志高怀见此贤，何须服食求神仙”等等），特别是《儒林外史》中对和尚、道士的嘲讽、讥刺甚至斥骂（描写文字太多，请参读小说原文，此处不能一一列举）等方面，认为吴敬梓要“走道家、释家路子”的说法怕不符合实际。

近年又有学人著文说《儒林外史》的思想内容是“儒道互补”的。对此，有人希望我撰文谈谈自己的看法。我一直未写，因为我觉得这正如1984年那场围绕《儒林外史》是讽刺小说还是批判现实主义小说讨论时一样，有人也请我写文，我则认为是两个不相等同、并不相悖但也不能彼此替代的概念之争，毋需撰文。同时，也无精力投入这种旷日持久的争论中去。这并不是笔者无根据的杞忧。在1996年《儒林外史》扬州国际学术讨论会上，韩国赵宽熙教授就发表了自己的见解。不久，他的文章发表在《明清小说研究》1997年第1期上，题为《〈儒林外史〉是讽刺还是批判现实主义？》[①]。奇怪的是2001年11月，某刊物发表的《新时期〈儒林外史〉研究综述》中，只肯定提出这一口号的同志的文章和见解，而对赵宽熙的文章和见解则一字不提。不仅如此，在20世纪80年代这场讨论中不同意这一口号的文章，如周中明《〈“以公心讽世之书”——就《儒林外史》创作方法问题答驳难〉读后》[②]也未见提及，在这一口号提出者所编的《儒林外史研究论文集》所附索引中也未列入周中明的这篇文章。因此，“儒道互补”云云，笔者也不拟写文章，以免今后不断被卷入无谓的争论中，但可以简单说一下一己

① 此文人大复印资料也曾转载。

② 《光明日报》1984年10月30日。

之见。

要说明的是，首先这一提法不是新发明，前文已说过在20世纪30年代就有文章谈及，不过，吴景贤的论文虽然说其中有墨、道思想，但同时指出，吴敬梓最终仍归结于儒家思想。其次，学术问题可以各自发表不同意见，不必也不能强求统一。考察中国思想史，不难发现，自先秦以来，在历史长河中，儒家思想已然接受了包括释道在内的许多思想体系的影响，如吴敬梓受到魏晋六朝时期思想文化的影响，这一点在学术界已基本形成共识。而魏晋六朝时期盛行的玄学，就存在儒学与道学的离合异同。及至宋明理学更是掺进佛老之言，黄绾在《明道编》卷一中即云“宋儒之学，其入门皆由于禅”。顾炎武在《与施愚山书》[①]中说“古之所谓理学，经学也；……今之所谓理学，禅学也”。李塨也认为“宋儒学术之误”乃是由于他们“实为二氏（佛老）潜移而不之觉”[②]。凡此均说明无论是先秦的儒学还是宋明的新儒学，已非“纯正”的儒家思想。明乎此，则可以理解吴敬梓所具有的儒家思想中掺杂些其他思想体系的一些成分也就不足为怪了。至于说吴敬梓十分仰慕的阮籍、嵇康，他们“发挥老庄崇尚自然的思想抗击名教”，具有“反对封建主义束缚”的“进步思想”。对此，不妨读读鲁迅《魏晋风度及文章与药及酒之关系》，便可明白所谓“士林”与“儒林”的本质了，对它似乎不必做求之过深的理解。

至于有的学人根据宁楷所写的吴敬梓挽诗中有一条注，说“赠君方欲注《云笈七籤》，未果”，以之说明吴敬梓“对道教的确有过潜心研究，而这种研究可以想见在很大程度上是基于某种观念的认同的”。这一判断也还值得斟酌。由于至今并未见有一条注文传世，以供我们研究并做出恰当的评判，仅凭这简单几个字的夹注就如此推断，未免缺少充分的根据。此外，即使是吴敬梓做了这一番工作，也难以说明他是认同的。上文所引的鲁迅文章，其中说到“他（阮籍）诗里也说神仙，但他其实是不相信的”。这一见解十分精辟，也非常辩证。诗文中（包括学术著作）提到是一回事、认同又是另一回事。正如研究宗教的学人并非都是有神论者，这是显而易见的道理，毋需赘言。总之，研究吴敬梓思想必须从文本出发，根据切实可信的文献资料进行深入的研究，而不能根据片言只语做主观推论。

---

① 顾炎武：《顾亭林诗文集》卷三。

② 冯辰等：《恕谷年谱》卷二。

《儒林外史》是一部思想内涵极为丰富的“思想家小说”，由于它的题材的特殊性，在文学史上摆脱了古代小说一向以英雄天人、神奇鬼怪、儿女脂粉为描写对象的“传奇”色彩，反映了现实生活中平凡人物的普通生活，因而在第一流的小说中也是属于流行不广的作品。胡适就指出它“既没有神怪的话，又很少儿女英雄的话；况且书里的人物又都是‘儒林’中人，谈什么‘举业’‘选政’，都不是普通一般人能了解的”[①]。鲁迅则从这部小说深刻地反映了中国传统文化的严重危机和社会的颓败无望来理解这部小说的价值和意义，从而发出“伟大也要有人懂”[②]的慨叹来。因而要理解这部作品的深刻内涵，就必须理解它的作者的思想面貌，因此，反复寻求探讨吴敬梓思想的真实面貌，并作出全面的理解和符合实际的评析，对于我们理解《儒林外史》的“伟大”意义是十分重要的，因而不惮辞费，作如上的回顾，以求正于方家。

（原载《长江学术》第三辑，长江文艺出版社 2002 年版）

---

① 胡适：《五十年来中国之文学》，《胡适文存》二集卷二。

② 鲁迅：《叶紫作〈丰收〉序》，《且介亭杂文二集》。

“铸鼎像物”，“遗貌取神”

——《儒林外史》人物形象研究之回顾

一

20纪70年代起，笔者在反复研析《儒林外史》的同时，对前人的文献资料和研究成果也深入探究。诸如吴敬梓亲友金榘《泰然斋集》、金兆燕《国子先生集》、程廷祚《青溪文集》及续编、程晋芳《勉行堂文集》及诗集、王又曾《丁辛老屋集》、金和《儒林外史跋》，以及卧闲草堂本、齐省堂本、黄小田本、张文虎本等四种评本，还有《小说小话》、《觚庵漫笔》、《缺名笔记》、《新世说》、《小说裁论》等等，以及胡适、鲁迅等学者的有关著作，莫不搜阅一过。这些文献和论著中，涉及《儒林外史》人物的评论，大约有以下几个方面。

首先，对这部小说所描写的人物身份，大多论者均认为是士子，也即今日所谓之知识分子。当然，其中包括已仕、未仕乃至休致的各类士子。程晋芳首先说，吴敬梓“又仿唐人小说为《儒林外史》五十卷，穷极文士情态”[①]、“外史纪儒林，刻画何工妍”[②]；卧闲草堂本评者也说：“名之曰儒林，盖为文人学士而言，篇中之文人学士，不为少矣。”（第三十七回评语）张文虎认为“是书特为名士下针砭，即其写官场、僧道、隶役、倡优及王太太辈，皆是烘云托月，旁敲侧击”[③]；胡适也说：“……况且书里的人物又都是‘儒林’中人。”[④]

---

① 程晋芳：《勉行堂文集》卷六《文木先生传》。

② 程晋芳：《勉行堂文集》卷二《怀人诗》。

③ 光绪刊本《儒林外史评》，庚辰花朝天目山樵识语。

④ 胡适：《五十年来中国之文学》，《胡适文存》二集卷二。

至于鲁迅说得更清楚，认为这部小说“写儒者之奇形怪状，为独多而独详”[①]，“机锋所向，尤在士林”[②]。

其次，一些论者认为小说中所写乃生活中实有其人，并一一指名道姓予以考证比附。最著者如金和，他认为“杜少卿乃先生自况，杜慎卿为青然先生”，“书中之庄征君者程绵庄，马纯上者冯粹中，迟衡山者樊南仲，武正字者程文也。他如平少保之为年羹尧，凤四老爹之为甘凤池，牛布衣之为朱草衣，权勿用之为是镜，萧云仙之姓江，赵医生之姓宋，随岑庵之姓杨，杨执中之姓汤，汤总兵之姓杨，匡超人之姓汪，荀玫之姓苟，严贡生之姓庄，高翰林之姓郭，余先生之姓金，万中书之姓方，范进士之姓陶，娄公子之为浙江梁氏，或曰桐城张氏，韦四老爹之姓韩，沈琼枝即随园老人所称‘扬州女子’，《高青丘集》即当时戴名世诗案中事：或象形谐声，或廋词隐语，全书载笔，言皆有物，绝无凿空而谈者。若以雍、乾间诸家文集细绎而参稽之，往往十得八九”[③]。对金和这样的判定，齐省堂评本作者虽不完全同意，但显然也受到此说的影响[④]。张文虎在评本中还以历史载籍中的有关记载与小说的描写一一对照，如第一回之王冕、第二十回之朱卉与牛布衣、第三十三回樊明征与迟衡山。张文虎之比附，间亦有误，如三十五回之程绵庄与庄绍光、第四十二回之杨凯与汤奏等，已经平步青为之纠正。金、张二氏的方法和一些结论，也影响到胡适，他也说“马纯上之为冯粹中，庄绍光之为程绵庄，大概已无可疑”[⑤]，“这自然是《外史》里的迟衡山了”、“滁州冯粹中即是《儒林外史》中的马纯上”[⑥]等。鲁迅在著作《中国小说史略》时，也曾一度接受这种见解，说：“《儒林外史》所传人物，大都实有其人，而以象形谐声或廋词隐语寓其姓名。”并夹注云：“详见本书上元金和跋。”

再次，既往的评论，对吴敬梓刻画人物性格的成就，都予以充分肯定。如闲斋老人序云：“篇中所载人物，不可枚举，而其人之性情、心术，一一活现纸上。”[⑦]

---

① 鲁迅：《中国小说的历史的变迁》，《鲁迅全集》第九卷。

② 鲁迅：《中国小说史略》，《鲁迅全集》第九卷。

③ 金和：《儒林外史・跋》，同治群玉斋刊本。

④ 《增订儒林外史・例言》，同治齐省堂刊本。

⑤ 胡适：《跋〈红楼梦考证〉》，《胡适文存》二集卷四。

⑥ 胡适：《吴敬梓年谱》，《胡适文存》二集卷四。

⑦ 嘉庆卧闲草堂刊本《儒林外史》卷首。

惺园退士在序言中也肯定“《儒林外史》一书，摹绘世故人情，真如铸鼎像物，魑魅魍魉，毕现尺幅”①。天目山樵在识语中说此书“描写世事，实情实理，不必确指其人，而遗貌取神，皆酬接中所频见”②。东武惜红生也肯定书中所写，于“骄凌谄媚，摹绘入神，凡世态之炎凉，人情之真伪，无不活现纸上”③。其后，诸如《一叶轩漫笔》、《新世说》、《小说原理》、《小说小话》、《小说丛话》、《觚庵漫笔》等著述中亦颇有类似的评述。迨至“五四”新文学运动以后，一些学人的评述就更为切实具体，如钱玄同在《儒林外史新叙》中说吴敬梓在此书中，“描写各人的性格、言语、动作，都能各还其真面目”④。陈独秀在同一版《儒林外史》卷首的“新叙”中也肯定作者所描写的“哪一个人不是惟妙惟肖”？胡适在《建设的文学革命论》中同样肯定“《儒林外史》所以能有文学价值者，全靠一副写人物的画工本领”⑤。鲁迅在《中国小说史略》中也充分肯定吴敬梓写人物的成就，说“凡官师，儒者，名士，山人，间亦有市井细民，皆现身纸上，声态并作，使彼世相，如在目前”。总之，历来论者都肯定《儒林外史》人物刻画的成功。

此外，对于《儒林外史》人物描写的艺术手法，历来评者也有深入细腻的探索，最著者莫如卧评所提出的“直书其事，不加断语，其是非自见”（第四回）的白描手法，后来许多评论文字均承继此说。此外，卧评所评说的“世间惟最平实而为万目所共见者，为最难得其神似”（第六回）的神似说，同样也得到黄小田、张文虎等人的赞同。至于张文虎所分析的“不同而同，同而不同”（第四十九回）手法，在小说中有多处表现。如卧评就曾指出仕宦子弟二娄行事“虽是名士气，然与斗方名士自是不同”（第八回），“慎卿、少卿，俱是豪华公子，然两人自是不同”（第三十一回）。张文虎还认为作者“写牛浦、匡超人往往相对”（第二十三回）的手法，在小说中也有多种样式的变化使用，如卧评所揭示的“向太守之谦光，鲍文卿之卑下”（第二十五回），其实也是“相对”的表现样式。其他如写自然景色与人物性格之“互相映发”（第十四回张评），分析匡超人的堕落，“一出门即遇见”一些势利小人也就是与社会环境的关系（第十七回卧评），探

① 同治齐省堂本《儒林外史》卷首。

② 光绪刊本《儒林外史评》丙子暮春天目山樵识语。

③ 光绪鸿宝斋《增补齐省堂儒林外史》卷首。

④ 《儒林外史》卷首，1920年亚东图书馆版。

⑤ 《胡适文存》一集卷一。

讨“时代迁流”导致人物性格变化与时代的关系（第二十二回卧评），等等，均有可称道之处和值得肯定的价值。鲁迅在《中国小说史略》中也以具体人物的描写为例，极其简要、准确地归纳了《儒林外史》刻画人物性格的艺术手法。如说作者写范进“无一贬词，而情伪毕露，诚微辞之妙选，亦狙击之辣手”；以写王玉辉为例，说“刻画伪妄”、“掊击习俗”，“描写良心与礼教之冲突，殊极刻深”等等，鲁迅的见解是十分精辟的。

需要指出的是，在“五四”运动前后，西洋小说渐次传入我国，其时颇有一些论者以某些西洋小说作品的结构样式范围我国的传统小说，对《儒林外史》的结构颇多微词，其中也涉及人物描写。如《缺名笔记》就说《儒林外史》一书的情节“处处可住，亦处处不可住。处处可住者，事因人起，人随事灭也；处处不可住者，灭之不尽，起之无端也。此其弊在有支而无干”①。这种见解与胡适1918年《建设的文学革命论》的意见类同。即连鲁迅在《中国小说史略》中也认为“全书无主干，仅驱使各种人物，行列而来，事与其来俱起，亦与其去俱讫”，对这部小说的结构设计和人物刻画不无微词。

上述的种种见解，都呈现在笔者眼前。如何对待，如何评述，也就是我研究的起点。

二

笔者对于《儒林外史》的研究，自然是在前人所取得的成果基础上向前拓展的。自20世纪70年代起，发表的有关《儒林外史》人物形象研究的总论性质的文章约有六七篇；还有一些评论其他问题的文章中也涉及人物描写，如论结构艺术、讽刺艺术以及评论四家评等文字；分析具体人物形象的文章约四十余篇，仅《文史知识》即连载十五篇。如果从时间上来划分，大体上是先总论后分论，即20世纪90年代前以写总论性文章为主，分论具体人物的文章则集中出现在20世纪90年代，但二者并非截然分隔。除此之外，在1989年撰写的《新批儒林外史》中的夹批与回评中（《新批儒林外史》自1989年初次印刷以来，到1998年印行七次后，于2002年更名《清凉布褐批评儒林外史》，批评文字有所修正增补），

① 转引自蒋瑞藻《小说考证拾遗》，上海古籍出版社1984年版。

也有不少评语论及人物形象。总之，对《儒林外史》人物形象的塑造，笔者是十分重视的，因为小说毕竟是通过人物来反映生活、描写社会的。一部小说在艺术上的成败，常常取决于人物形象的塑造是否成功。

在总论性的文章中，笔者着重论述小说的主要人物是士人，拓展和深化了前人的有关论述；另一重点则是人物性格的特征以及如何在其特殊的艺术结构中展开人物的描写等。20世纪70年代末，笔者即以《〈儒林外史〉是我国文学史上第一部反映知识分子生活的长篇小说》为题，撰写了万言长文，在1981年吴敬梓诞辰280周年大会之际写定，寄《古典文学论丛》，但直至1986年6月第五辑才由齐鲁书社印出（因此提交大会的论文换为《鲁迅与吴敬梓》）。在这篇论文发表之前，应《语文导报》之约而撰写的《对〈儒林外史〉思想主题的几种不同认识》反而刊发在前。在这篇文章中，笔者再次强调："最早出现的'穷极文士情态'说，倒颇有识见。此后卧本评语中的'名之曰《儒林》，盖为文人学士而言'，天目山樵识语中的'是书特为名士下针砭'，鲁迅的'机锋所向，尤在士林'，直至杨宪益等英译本的题名 *The Scholars*（学士们），都表明这是一部反映知识分子生活的长篇小说。"同时，针对当时有的学人以统计数字来说明小说描写的主要对象，说"全书三百七八十人中，士人只占有一百人左右，过半数以上不属于儒林中"人，从而认为"《儒林外史》只是一部描摹世相的小说"。笔者以为"这种数字的分类统计是否能代替艺术分析尚可研究。我们不仅要看到这部小说中的士人的数量，更重要的是要考察这些士人在作品中占有何种地位"。在先撰写后刊发的文章中，从清代初期封建统治者对待知识分子实行镇压与怀柔政策下的知识分子的生活情景入手，对作品进行了详尽的分析，肯定在这部小说中"知识分子仍然占据主要位置"，《儒林外史》确实"是我国文学史上第一部以知识分子生活为题材的长篇小说"。当然，《儒林外史》中除士人以外，还出现许多其他身份的人物，为了支持上述二文的见解，笔者还特地就小说中出现较多的盐典商人进行研究，撰写了《吴敬梓笔下的盐典商人及其与文士的关系》①，除分析这些盐典商人自身的剥削本质及丑恶表现以外，着重谈及吴敬梓时代各种不同性格的士人与盐典商人或依附或厌恶的种种不同关系，从而说明这些盐典商人的存在，真如同张文虎所云"写官场、僧道、隶役、娼优及王太太辈"，"皆

① 收入拙著《吴敬梓研究》。

是烘云托月，旁敲侧击”，也都是为展现那个时代的士人性格服务的。此后，对这一论题，笔者仍在不断思索，随着认识的不断深化，又先后发表了《试论吴敬梓对科举制度的批判和对知识分子出路的探寻》[①]、《“竟以稗说传”的作家，探索士人出路的作品》[②]和《知识分子人生道路的探寻》[③]等文章，进一步申说自己的观点。

对于出现在《儒林外史》中的众多人物、尤其是士林中人物的性格，笔者曾发表《论〈儒林外史〉人物的性格》[④]一文，分析了作品中的人物，无不受时代、环境、作者的社会理想和思想情操的影响，这几项因素在很大程度上造就了他们的性格特征以及在社会生活中的种种表现。其实，在1984年发表的《试就“卧本”评语略论〈儒林外史〉的民族特色》[⑤]一文中，就结合卧闲草堂本评语，分析了《儒林外史》中人物性格受到环境的转换、时代的推移、心理状态的变化、人与人之间的种种关系的影响。在《略论〈儒林外史〉卧闲草堂评本》[⑥]、《略论〈儒林外史〉齐省堂评》[⑦]、《〈儒林外史〉张评略议》[⑧]、《新近发现的〈儒林外史〉黄小田评本略议》[⑨]等几篇评论清代四家评本的文章中，就不同评本对《儒林外史》人物性格的批评，发表了一己之见，分析了四家评本对人物性格批评的得失。针对“事因人起，人随事灭”的批评，笔者在深入研究《儒林外史》特殊的结构艺术与人物刻画二者之间水乳交融的关系后，发表了《〈儒林外史〉中人物的进退场》[⑩]一文，从人物出场方式的不同，分析作者如何刻画人物，又如何组织情节，以及作者或褒或贬的态度；而人物退场的不同方式，又与作者的社会理想的破灭、

① 《明清小说研究》1991年第4期，又收入《中国传统思想文化与21世纪国际学术研讨会论文选集》，南京大学出版社1992年版。

② 《文史知识》1994年第11期。

③ 《江淮论坛》1994年第5期。

④ 《中国古典文学论丛》二辑，人民文学出版社1985年版。

⑤ 原载《社会科学研究》1984年第4期，后收入《中国古代小说理论研究》，华中工学院出版社1985年版。

⑥ 原载《河北师院学报》1991年第4期，又收入《海峡两岸明清小说论文集》，河海大学出版社1991年版。

⑦ 韩国《中国小说研究会报》总16号（1993年11月）。

⑧ 《文学遗产》1994年第3期。

⑨ 《文献》1990年第3期。

⑩ 《文学遗产》1984年第1期。

对生活发展的远景难以预料不无关系。总之，将作品的艺术结构、人物刻画与作者的思想意图和社会理想交织在一起进行探讨。

以上可说是笔者对《儒林外史》人物的总体研究。至于对小说中单个人物形象进行分析的文章，虽然早在 20 世纪 70 年代就发表了《“范进中举”的前前后后》①，但主要成果却是在 20 世纪 80 年代末期以后陆续发表的。先是江苏古籍出版社约请笔者以批点的方式整理《儒林外史》，此后经过增补修订，更名为《清凉布褐批评儒林外史》出版。无论“新批”还是“清批”，都涉及对人物形象的评论。两书出版后不久，在海内外一些著名报刊上均各有十余篇评论文字。其中也有一些对拙作批评人物的评论文字，如认为该书回评“既能抓住各色人物的主要性格特征进行评论，又能指出人物性格的多层面因素，还揭示出人物随着环境变化而思想性格发生变化的过程”②；“评点文笔犀利，幽默风趣，言简意赅，妙语连珠。从分析书中人物音容笑貌、举手投足，他便能准确生动地透视出各类人物的心理，将其淋漓尽致地展示在人们面前”③。无论初版的“新批”或是增补后的“清批”，批评的重点始终放在作品的结构艺术和人物描写艺术两方面。在批评中熔铸了笔者多年的研究心得，正如海外评论所言“作者陈美林教授花了 3 年的时间，把累积了 20 年的研究心得注入他的‘新评’里”，作者的“批评方法很扎实，利用多种学科整合的研究方法，把作品搁在历史的大环境中来考察，而不是浮光掠影，游离于历史之外的懒人偷懒的方法”，“这样的批评方法，最能见出他的功力”④。这是针对“新批”的。“清批”出版后，国内也有学者指出“评本是撰者研治《儒林外史》的成绩的综合体现，也是他治学道路和他对小说所关注方面的生动反映”⑤，予以充分肯定。笔者援引这几段评论，意在说明撰写有关《儒林外史》人物形象探讨的文字，也是如同对运用传统形式进行批评一样着力。

自 1976 年发表对范进的分析文章以后，20 世纪 80 年代也陆续撰写了十余篇人物分析的文字，从 1991 年 7 月起，接受《文史知识》约稿，在该刊上辟有《儒林外史人物论》专栏，连续发表了十五篇，同时又在《明清小说研究》等刊物上

---

① 《语文战线》1976 年第 3 期。

② 王进驹：《致力于文学遗产的传承》，《光明日报》2002 年 2 月 18 日。

③ 柏冬友：《从〈清凉布褐批评儒林外史〉看吴敬梓笔下人物》，《世界》2002 年第 2—3 期。

④ 辜美高：《书海遨游》，新加坡《联合早报》1997 年 5 月 11 日。

⑤ 何满子：《伟大也要有人懂》，《中华读书报》2002 年 3 月 27 日。

发表了八篇，连同以前陆续发表的累计有四十余篇，经全面整合调整后，辑成《儒林外史人物论》一书，于1994年交稿、1998年由中华书局印出。该书收文30篇，论及人物51人，小说中的重要人物大都论及。如将各篇综合来看，无异是一部以人物为核心的《儒林外史研究》。

三

在我国几部著名小说的研究成果中，将艺术形象比附现实人物的研究方法，大约以对《儒林外史》的研究最为突出，其程度甚至超过《红楼梦》研究中的同样倾向。这是研究该书人物塑造时不能避开的问题。因此，不能不以专节略加评说。

以《儒林外史》的艺术形象去推究人物原型的学人，最早也最著者当为金和与张文虎二家。金和在《儒林外史跋》中做出一系列的指认（上文已引）后，于文末以极其权威的口吻说："薛慰农观察知先生于余为外家，垂询及之，余敢以所闻于母氏者（余母为青然先生女孙），略述其颠末如此；于所不知，盖阙如也。"青然，即吴敬梓族兄吴檠。张文虎其人则"邃于经学、小学，旁通历算、声律"，曾被延聘为南菁书院"主讲"①，治学颇近乾嘉学风。在其所写的《儒林外史》回评、夹批中，颇多据史实以推求形象的文字，如据《明史》、《保越录》、《曝书亭集》所传王冕事，说小说情节乃"传闻异辞"（第一回）等等。齐省堂增订本以及黄小田评本均有不同意金、张二氏的见解，此不赘引。

但金和、张文虎的研究方法和判识，对后来的研究者仍有影响，且不说具有考据癖的胡适，即连鲁迅早年著作《中国小说史略》时也持有此种见解。不过鲁迅虽然认为《儒林外史》所写"实有其人"，但也明确指出原型与形象的区别，说："纵使谁整个的进了小说，如果作者手腕高妙，作品久传的话。读者所见的就只是书中人，和这曾经实有的人倒不相干了。例如……《儒林外史》里马二先生的模特儿是冯执中（应为冯粹中），现在我们所觉得的却只是……马二先生。"②

新中国成立以后，何泽翰出版了《儒林外史人物本事考略》③，此书从大量文献中钩稽出有关材料，考证出《儒林外史》中二十余人的原型，用力颇勤，极

① 徐世昌：《晚晴簃诗汇》。

② 鲁迅：《且介亭杂文二编·〈出关〉的"关"》，《鲁迅全集》第六卷。

③ 上海古典文学出版社1957年12月第一次印刷，上海古籍出版社1985年6月出版了修订本。

有参考价值。在1957年初版前言中，著者明确地说："众所周知，经过作家概括和典型化以后的艺术形象和原型之间有着巨大的区别，小说并非家谱和碑传，与历史上的真人真事不会完全一样。我们应该把作者所摄取的生活素材当作艺术构思的胚胎来看待，藉以窥察创作过程本身，亦即作者将生活素材转化为艺术作品的手法，进而认识作品的整个倾向性及其社会意义。"此言极是，笔者深表赞同。

20世纪70年代初，笔者发掘出吴敬梓家族的一些材料，除撰文介绍这些材料，如《陈古渔〈所知集〉中有关吴敬梓交游资料》、《略述康熙〈全椒志〉中有关吴敬梓先世资料》[①]等文章以外，还撰写了一系列考证其家世、生平的文章，如《吴敬梓身世三考》、《吴敬梓家世杂考》、《关于吴敬梓家世问题》以及《吴敬梓的父亲究竟是谁》[②]等论文；同时还探讨了他的家世与其创作的关系，先后发表了《吴敬梓的家世和创作》、《吴敬梓的家世对其创作的影响》[③]。在后一篇论文中指出"《儒林外史》中的许多情节，固然大多是从当时现实社会生活中摄取而来，但作者也常常掇拾家族中发生的一些真事写入作品，这当然是经过一番改造和提炼"；同时也指出"在塑造人物形象的过程中，吴敬梓经常糅合进自身的遭遇和亲人的事迹，加以移置、改造，概括、提炼，从而使之具有不同程度的典型意义"。凡此都说明笔者严格地将原型与形象区分探讨的思路。

这一思路也体现在以传统形式评点《儒林外史》和撰写人物论的工作中。在1989年初次印刷的《新批儒林外史》中，第一回正文第一条夹批即云："王冕，历史上实有其人，以书画闻名于世。宋濂、朱彝尊等先后为之作传。惟《儒林外史》中之王冕乃作家所塑造之文学形象，不可处处以史实推求。"而在《〈儒林外史〉人物论》[④]第一篇《"隐括全文"的"名流"王冕》中，开宗明义地指出："吴敬梓笔下的王冕，虽然以传说中的王冕为原型，但已不是作为历史人物的王冕，而是一个文学形象了。任何一个历史人物，一旦被作家采撷到文学作品中、被塑造成文学形象之后，必然与其原来的面貌有所不同。

---

① 前文见《江海学刊》1982年第6期，后文见《文献》15辑（1984年1月）。

② 依次发表于《南京师范学院学报》1977年第3期、《安徽师范大学学报》1980年第2期、《艺谭》1981年第3期和《明清小说研究》1987年第4期。

③ 前文发表在香港《大公报·艺林》1982年11月21日，后文发表于《文学遗产》1985年第1期。

④ 中华书局1998年5月出版，此文首发于《文史知识》1991年第7期。

作家总是顺从文学作品本身的规律，依照自己的意愿去塑造他；凭自己的想象力去丰富他，靠自己的判断力去修剪他。这种对历史人物事迹的增饰与芟除，正反映了作家的审美情趣，表现了作家对现实生活的理解。因而作为文学形象与作为历史人物，二者是有所不同的。对于文学形象的王冕，我们只能依赖文学作品的本身去分析他，历史人物王冕的某些事迹，只能作为参证，而不能处处以之去推求文学形象王冕。"

笔者之所以细论这一几乎被普遍认同的理论常识，而不惮词费，乃是因为金和、张文虎的以人物原型去推求艺术形象的做法，其影响直到本世纪初还未完全消失。如《王玉辉的悲剧世界》[1]（下简称《悲剧世界》）一文就斥责笔者所写《自称"迂拙"其实"伪妄"的老秀才王蕴》[2]一文为"异说"。该文 14000 言，引文甚多，从"三礼"到程、朱等理学著作，以及徽州的一些族规义田条例，还有当地大族鲍氏特别是汪洽闻的材料（有关汪氏材料，何泽翰搜集甚多），颇令人惊叹，但这些材料究竟与分析王蕴其人有多少直接干系，对《儒林外史》文本的探讨究竟有何助益，则颇可商榷。"悲剧世界"认为王蕴是"古君子"，是"随着余特（大先生）携弟余持（二先生）到徽州当府学训导而出现的"，"这'二余'是孝悌的典范"，"他们遇到老秀才王玉辉，师生际遇，作者是把它当作明师贤契的关系来写的"。的确如此，王蕴折服于二余，认为是"两位大名下，所以要时常来聆老师和世叔的教训。要求老师不认做大概学里门生，竟要把我做个受业的弟子才好"；而且还进一步表示他对"往年就是本学老师，门生也不过是公堂一见而已"。如此对待"老师"，与他所著专讲"事亲之礼，敬长之礼等类"的"礼书"对读，怎不令人诧异，实乃言行不一的表现。其实被称作"古君子"的王蕴与"大名下"的二余倒也相投。小说中称道二余"品行"的只是虞华轩等辈，此外就是他自己所说"我们县里，礼、义、廉、耻一总都灭绝了"！而作者确实也在一定程度上表彰了他们的"孝悌"，但同时却又极其细致地描写了余大私和人命收受赃银一百三十余两、余二蛮缠狡辩包庇乃兄混过一场官司的过程。黄评在"余大先生欢喜"地收银时，批道："此何等事而'欢喜'耶！应前'品行'一语也。"可见余大之言行不一亦如王蕴一般。笔者在《新批儒林外史》此回回评中写道："余

① 《王玉辉的悲剧世界》，《文学遗产》2000 年第 6 期。

② 见《儒林外史人物论》。

特、余持之作为，常得文木老人之称赞。然渠辈尽孝悌，亦有可非议者：余特尽孝，私和人命；余持尽悌，包庇乃兄。恪守封建道德者，时有干犯法纪之事。此为文木老人有意嘲讽，抑或为无意表露耶？”[①]“悲剧世界”一文说王蕴与二余为“明师贤契”，不正说明二位“明师”与这位“贤契”的心性正相类同。

《悲剧世界》一文，对黄评是充分肯定的，认为黄小田“对徽州文化风俗与江浙之不同，深有体察，在评点中一再评点出徽州人的特点”，并且认为“了解徽州地域文化的特色是深入了解王玉辉形象的必要条件”。此言极是，黄小田对王玉辉的批语甚多，也很精辟。如评王蕴“问他（指三姑娘）便有意要他寻死，可是大谬”、“岂有烈妇而商量殉节乎”、“一‘做’字大谬，烈妇岂‘做’出来耶”、“岂止于‘呆’？真是忍人”、“等信，真是惟恐不死，忍哉”、“寻着题目做文章，文便不好”等等，直刺“伪妄”之徒王蕴的心灵深处，将其内心隐秘暴露无遗。正因为黄小田对“徽州人的特点”看得十分清楚，因此针对卧评“知其临大节而不可夺”云云，加批道“此评大谬”，是极其中肯的。但《悲剧世界》一文作者又据“……不可夺”一语引出《四书章句·论语集注》从而认定王蕴乃“古君子”，一反先前对黄评之充分肯定，而如同指责拙说一样，黄评也成为“这些异说”之一。《悲剧世界》作者何以对黄氏的评价如此矛盾？细究其文，乃是他已先入为主地认定王蕴为“古君子”，任何与他的判识不一致的评说均斥之为“异说”。那么，该文作者又如何做出这一判定的？从其对王三姑娘形象的分析中可以窥知，该文说：“应当承认，王三姑娘绝食殉夫的心理根据和文化环境是揭示得不够充分的，我们不得不发掘徽州，特别是原型人物周围的文化背景材料，加以阐释。”可见，该文作者对小说中人物的分析，不是根据小说文本，因为小说文本中“揭示得不够充分”（也就是小说文本中所未有），因而必须依据“徽州”、“原型人物”等等“背景材料”，然后由他“加以阐释”。如此，我们就可以明白“悲剧世界”一文中与“异说”相对的“正说”是如何“做”出来的。不过，这种“做”法，却是与文学研究的正常途径相违背，以“背景材料”去替代对作品本身的探讨、以既定的观念去概括艺术形象，怎能不导致对作品的误读、对形象的误解呢？其实，这种违反文学研究规律的分析，在同一作者另一篇文章即《〈儒林外史〉里

① 江苏古籍出版社1989年版，第四十五回回评。《清凉布褐批评儒林外史》本，此条回评依旧。

的儒道互补》[①]中也有所表现，以逻辑思维替代形象思维去分析小说中的人物形象，拙作《试论“思想家的小说”的作者吴敬梓的思想》[②]一文中已略有评说，此不赘言。总之，金、张二氏的影响至今犹在，不能不引起学人的重视。

四

笔者在研究《儒林外史》人物形象的过程中，努力按照自己的设定进行。

首先是统筹兼顾。《儒林外史》不同于以一两个主角的性格成长史来展示生活、反映现实的长篇小说，它是以众多的人物、从不同的侧面，来反映在同一的社会中生活的人群的各自际遇，虽然他们的命运各异，但他们都在18世纪士人生活浮世绘中占有一席之地。因此，无论是从整体论述《儒林外史》所反映的士人生活、命运及其对出路的探寻，还是具体探析那个时代代表性士人的共性与个性，都必须进行全面考察、整体研究。自然，这种考察与研究是离不开对具体人物形象的分析研讨的。而在撰写人物论时，更要统筹兼顾，因为《儒林外史》中出现的众多人物都有自己的生活、思想，从而引发了不同的故事、各异的情节，但却反映了共同的主题。因此在选择人物进行分析时必须考虑其人在整部作品中的位置及其与他人的关系，文学作品毕竟是借典型人物的塑造以反映社会人生的。“人物论”实际上应成为一部以人物为主的《儒林外史研究》专书。当1989年下半年，中华书局来人请我撰写“治学之道”，并拟辟一专栏，约我撰写《儒林外史》人物论时，笔者即准备将其写成一部以人物为核心的《儒林外史研究》。为此，斟酌再三，反复权衡，拟出全部篇目——也就是拟写的人物名单提交编辑部，经同意后便开始撰写。这整体计划约略言之，就是要通过对不同人物的剖析，既反映《儒林外史》的思想精粹所在，进而又能反映出其时的社会生活图景。因此既为否定人物写照，也为肯定人物立传。所收人物，既要能纵向地反映社会的发展变迁，如《蘧府四代人，望族陵替史》，与此相类的有《“穷翰林”鲁氏父女》、《“为人以忠孝为本”的萧浩父子》；又要考虑横向地对现实的深入解剖，如《汤奉与汤奏，文治与武功》，与此相似者如《由“能员”而“钦犯”的王惠》、

① 《文学遗产》1998年第1期。

② 《东南大学学报》2002年第6期。

《由"风流才子"而"铨选部郎"的杜倩》、《由"豪杰"堕落为败家子弟的杜仪》。此外尚有兄弟并写者，如《"铮铮有名"的廪生王德、王仁》、《"科名蹭蹬"的豪门公子娄琫、娄瓒》；有人以群分的如《名士杨执中和高人权勿用》；有一度寄寓着作者理想的肯定人物如《"渐渐销磨"的"真儒"虞育德》，更有作者寄予新的期待的人物如《"述往思来"的四客》等等。对51个人物的分析，或能反映出作品的精粹、作者的意图来。通过一个时代的士人生活情景的剖析，再从今日的审美观念加以观察、重读，也许可以引起对那个时代社会的反思。

其次，对于作者所塑造的人物的外在表现和内心奥秘，特别是"婉而多讽"[①]的创作风格，尤须深入底里，仔细探索。无论是否定人物还是肯定人物，作者对他们刻画都没有绝对化，对某些否定人物的某些方面也有程度不同的肯定，而对某些肯定人物的某些方面同样也有不同程度的批评，极其清醒地反映了大千世界芸芸众生的复杂性格。例如周进，是一贫寒士子，作者对他在追逐功名中的丑态，多有讥讽，然而也写出他发迹以后能"识拔"后进，但对严贡生之流则拒之门外。凡此，都表明其为人之心性。又如，通过马二先生劝说蘧駪夫要专心"举业"的一番话，深刻地暴露其身受八股之害又以之去害人而不自觉的言行，然而这种"毒害"又夹杂着深沉的关怀，如为解救蘧駪夫而"仗义疏财"，表现出"有意气，有肝胆"的性格。再如，对肯定人物庄绍光，作者极其礼敬，但也同样写出他的复杂性格来，笔者在《新批儒林外史》第三十五回回评中有如下评说："文木老人对伪道学颇多抨击，然对身体力行之真理学则少有讥刺。书中所叙写之庄绍光，讲究'君臣之礼'，自觉'义理不深'，劝人遵守'国家禁令'，指责地方官不注意'弭盗安民'等等，均有利于封建秩序。特别是借用朱熹'天山遁'故事隐退，显为一恪守程朱之理学家。然就其个人操守而言，却清廉、谨慎，又从不接受馈赠，不妄交一人，只是闭门著书。可见理学家亦有清正邪浊之分。文木老人对庄绍光并无讥讽嘲笑，乃是其实事求是创作态度之反映。"（"清凉布褐评本"同）同时，由于《儒林外史》结构特殊，人物众多，情节此起彼伏，人物进退相接，每一人物故事仅占数回，少则仅一回。如此结构的长篇小说，人物性格是否有发展，作者又是如何处理发展过程的等等问题，都是值得探讨的。细究文本，作者并未将这性格发展过程铺张开来详描细绘，而是用最简洁的笔墨加以点染，

① 鲁迅：《中国小说史略》，《鲁迅全集》第九卷。

可谓尺幅千里。以杜少卿为例，早年做“大老官”时，心直口快，说话无遮拦，曾当面责问张俊民“你当初曾叫做张铁臂么”，使他“破了相”而“存身不住”。但后来与虞育德交往频繁，日熏月染，受到陶冶，锋芒已大有收敛，因此当余大“官事”已了前来南京时，他“问了这场官事，余大先生细细说了”，他仅仅“不胜叹惜”，而未寻根究底，也就避免了当年直斥张铁臂那样不留情面的举措，这正从侧面表明他的性格的变化。至于一些人物的最后命运和结局，作者有时在后来出场的人物活动中似乎不经意地一笔交代出来，如祭泰伯祠的主要人物庄、杜、虞、迟等人，是王蕴去南京要拜访这几位未遇而透露出来的：“那知虞博士选在浙江做官，杜少卿寻他去了；庄征君到故乡去修祖坟；迟衡山、武正字都到远处做官去了：一个也遇不着。”又如“四客”，除盖宽“有个人家出了八两银子束脩，请他到家里教馆去了”，其余三客王太、季遐年、荆元则不知所终。这种不结而结、结而不结的处理，均寄有作者的深意[①]。

此外，循环往复。昔贤言“读书百遍，其义自见”、“好书不厌百回读”，确为至理名言。每读一遍，理解便会加深一层。而随着生活阅历的丰富、学养的提高，体会更自不同。昔人说：“少年读书，如隙中窥月；中年读书，如庭中望月；老年读书，如台上玩月。皆以阅历之浅深，为所得之浅深耳。”[②]就极为深刻地揭示了读书、阅历、学养的关系，笔者于此亦有体会。如对于《儒林外史》的思想主题究竟何在，最初发表的论文《〈儒林外史〉是我国文学史上第一部反映知识分子生活的长篇小说》，从文题即可知道，笔者对这部小说主旨的认识在于它反映了知识分子的生活。经过数年的研读、思索，笔者的认识有所提高，对作品的理解也有所深化，认识到吴敬梓在《儒林外史》中不仅仅是客观地反映知识分子的生活，而且还存在着探索知识分子出路的主观追求，因此又连续撰写了《试论吴敬梓对科举制度的批评和对知识分子出路的探寻》、《知识分子的人生之路的探寻》等文章，做进一步的论说和阐发。再以对具体人物形象的探析而言，早在1976年笔者就发表了《范进中举的前前后后》；1981年又发表了《“范进中举”琐谈》；20世纪80年代后期，笔者应约以传统的批评形式研究《儒林外史》时，又对范进这一形象重新审视，而于有关各回书中以回评、夹批的形式加以分

① 参见拙作《〈儒林外史〉中人物进退场》，原载《文学遗产》1984年第1期。

② 张潮：《幽梦影》，《昭代丛书》本。

析；20世纪90年代又将前此发表的文章重又酌量，另行发表《中举前后的范进》。可以说，笔者对《儒林外史》中的主要人物形象都有一个循环往复的研究过程。对《儒林外史》中所出现的栩栩如生的艺术形象，力求做出符合时代审美意识的新的诠释。如果有条件的话，笔者颇愿为《儒林外史人物论》做一些“补写”工作，对“新批”或“清批”《儒林》再做增评工作。

总之，笔者在《儒林外史》人物形象研究方面是做了一些工作，如同对《儒林外史》其他方面的研究一样，也得到学界的首肯，如《20世纪中国文学研究·清代文学研究卷》中说笔者“从1991年以来，陆续撰写了近20篇关于人物形象分析的文章（大多发表在《文史知识》杂志上），从而构成了《儒林外史》人物论的完整体系。值得注意的是，这些论文力求从文化背景、作者际遇、时代特色、作品内涵等方面分析人物性格及其形成的内外因素和主客观条件，从而颇为准确地把握了人物思想和艺术特征”。类似评论尚有，不再罗列。笔者将这些评论作为对自己的鞭策与鼓励。

（原载《东南大学学报》2004年5月）

吴敬梓研究资料的发掘与利用

笔者自1953年大学毕业以后，长期从事古代文学的教学和研究工作，但将吴敬梓和《儒林外史》作为重点研究课题之一，则是从1971年开始的。彼时人民文学出版社委托我所在的单位整理《儒林外史》，我被指定参与其事。其后，又独自继续进行[①]。岁月荏苒，至今已卅余载矣。三十余年来，也发表和出版了一些论著，有友人和弟子建议我小结一下从1971年开始涉足于这一领域的经历。于是先行撰写《跋涉"儒林"卅载》附在《清凉布褐批评儒林外史》书后作为代跋。然后再继续分专题回顾，去年秋季写成《吴敬梓思想面貌寻踪记略》，作为提交第二届中国古代小说国际研讨会的论文，并已在《长江学术》第三辑上刊布。现再就如何发掘和运用资料略作回顾，撰成一文，以应浙江古籍出版社成立二十周年征文之约。

发掘吴敬梓及其《儒林外史》的研究资料，笔者以为解放前以胡适的成绩最大，解放后以何泽翰的贡献为多。他们提供的资料为后来出版的资料汇编一类的书籍所大量采撷[②]。笔者在20世纪70年代初开始涉足这一领域时，也得益于胡、何（当时仅见何著1957年版，因此此文所论以此版为限）二氏之著作颇多，但在他们的基础上也努力开拓，以求有所创获。20世纪70年代中期，笔者寻访得到一些新的资料，乃有学人请我所在学校的资料室主任赵国璋先生传达信息：希望与我们合作编一本《儒林外史》的研究资料。我考虑到当时所掌握的新资料，其分量尚不足以专门辑成资料汇编一书。如果编辑成册，必然要大量逐录胡、何二氏著述，

---

① 至于我参加此项工作的经过，请参阅笔者以下文章：《学林寻步》（《文史知识》1990年3月）、《我与〈儒林外史〉研究》（《古典文学知识》1990年5月）、《〈儒林外史〉前言有四稿》（《文史知识》2001年11月）和《跋涉"儒林"卅载》（见《清凉布褐批评儒林外史》书后）等文。

② 参见萧晔《想望风流倍惆怅——评何泽翰先生对〈儒林外史〉史料学的贡献》（《中国文学研究》1993年3月）。该文指出1984年出版的一本"资料"，所引"31条人物原型资料"均见于何著，"42条情节素材中，包括何著35条"且"每条下所引材料亦大致相同"。

似非所宜，便婉言辞谢。但经过此事，笔者进一步加强收集资料的力度，30年来也发掘了不少胡、何二氏未曾称引过的资料，并且大部分都引进我的研究论著中去。对此，做点回顾也并非全无意义。

一

着力寻求新资料。本文所谓新资料，是指前人在研究吴敬梓时未曾发现的材料。为此，必须熟悉前人已经称引的资料，避免重复劳动。在接受整理《儒林外史》任务之初，便决定去吴敬梓故乡安徽全椒及滁州、合肥一带访书，重点在寻访吴敬梓生平及家世资料。而在这方面，胡适下的功夫最多（何泽翰著作则注重《儒林外史》人物本事考索）。因此，笔者重点浏览并熟悉胡适所称引过的文献资料。胡适在其《吴敬梓传》一文后，附录了程晋芳的《文木先生传》及有关诗作；他所编撰的《吴敬梓年谱》，其资料来源有《文木山房集》（他还写有《重印〈文木山房集〉序》一文）、程晋芳《勉行堂诗文集》、严长明《严东有诗集》、金兆燕《国子先生全集》以及民国九年（1920）《全椒县志》等五种，还参阅了《疑年录》、《明清进士题名录》等。

对这些资料，我在去安徽前都一一检读，尤以对《全椒县志》下的功夫为多。在民国九年《全椒县志》中有纂修者张其浚的序，序中说：《全椒志》“自康熙年间蓝君学鉴成书以后久未续刊，迄今二百余年，文献时虞失坠，遍求蓝志刊本，亦未即得”。该志还有张德霈序，也说：“所惜旧志，惟蓝本孤行，迄今二百余年，中间如韩春泉内翰修成，业刊大半而毁于兵燹，稿亦散佚。金仲和茂才续修而未成书。薛慕淮孝廉书虽成而未刊。”从两篇序文知道：一、该志修于民国九年，去吴敬梓时代已远；二、在该志之前，尚有蓝志、韩志、金志、薛志；三、韩志刊行大半，但毁于兵燹，稿也散失；四、金志未完稿，下落不明；五、薛志未刊，亦不知其下落；六、张志修纂时虽搜求蓝志，但未见及。胡适有关著作中也未曾征引过张其浚《全椒县志》以外的几种志书。经过这种排比，便在南京和安徽特别注意寻觅蓝志、金志与韩志。

南京大学图书馆收藏志书颇多，在那里查到金仲和所修《全椒志》，为抄本，同治八年（1869）纂修。细加研读，所志多为嘉庆、道光两朝人、事，很少述及吴敬梓家族或吴敬梓本人事迹，对于吴敬梓及其《儒林外史》的研究作用不大。于是更加注意寻找蓝志，因为从张其浚《全椒县志》卷九“职官·知县”中知悉：“蓝学鉴，字资辰，福建上杭人。康熙七年由举人任。”更重要的是该志还记载着蓝学鉴曾“与邑人吴国对刊修县志，裒然为一邦掌故”。在寻访志书之前已从胡适《吴敬梓年谱》中得知吴氏家族成员的大体情况，并将谱中所列的吴氏族人名字一一写出牢记，所以一见到蓝志纂修者中有“吴国对”其人，就知其为吴敬梓曾祖，从而更加迫切希望见到蓝志。同时，也消除了我起初对蓝志不甚重视的心态，因我在民国九年《全椒县志》上读到吴承志所写的序文，其中对蓝志多所批评，说“康熙朝蓝志刊行，其时适清奠鼎初，禁忌律严”，不少胜朝遗老的议论以及“抗节蹈行者”的事迹，“蓝志乃畏避削去不道”，便以为蓝志价值不高。如今既然知道蓝志纂修人有吴敬梓曾祖吴国对，便感觉到此志可能大有用处。

有着这样的考虑，在去安徽合肥、滁县、全椒各地访书时，就特别注意搜寻此志。有幸在安徽先后见到康熙十二年（1673）刊刻的蓝志以及合肥古旧书店于1960年的油印复制本。该志有蓝学鉴与吴国对序，蓝序作于康熙十二年，吴序写于康熙十三年，特别是看到吴国对《复蓝父母修县志书》一文，更引起我的重视，吴国对在这封信中首先肯定此志：“是书成，在邑乘可为佳乘，入国史即为信史”；继而又指出此志未曾涉及当时有关养驿马、漕运等等弊政，并云“家三兄”（即吴国缙）、“亡弟”（即吴国龙）对这些弊政多有“揭帖”、“呈稿”、“札稿”，“宜录入”志中，“可备将来顾问”。可见此志中必多全椒吴氏之资料。再翻检编校人员名录，颇多吴氏子弟，如编辑有吴晟，校阅有吴旦、吴勖、吴昇、吴昱、吴杲，分辑有吴暹吉等，均为吴敬梓祖辈，这更增强此志有关吴氏家族记载的可信程度。

有如此收获，自然异常惊喜，便将安徽访书的重点放在此志上。一再仔细翻阅，尽量多做摘录。回南京以后，又去南京图书馆古籍部仔细检索。因为我想：既然有油印本，南图极可能有收藏的。果然，南图也藏有一部合肥古旧书店的复制本，便又再三阅读，并与其他有关资料对照，自然首先与民国年间的张志比较，蓝志辑录了吴敬梓高祖吴沛、曾祖国鼎、国器、国缙、国龙以及祖辈吴旦等人的传记材料（国对为主纂者，未曾列入），且较张志为多为详。蓝志中辑录的有关文献或所志内容，有为张志所未收者，如李霨撰写的《清礼科掌印给事中吴公国龙墓表》。根据此表，可较胡适《吴敬梓年谱》更上推出一辈吴氏族人来，这就是迁江宁六合的远祖吴聪。又如在“选举·附生”栏中，吴霖起、吴雯延两人名字并存，这对考定吴敬梓嗣父、生父问题极有价值。此外，蓝志中所辑录的吴敬梓历代先人的一些奏疏文稿、诗文作品，涉及教育、财赋、钱粮、赈灾、水利、矿冶等内容，颇可窥知吴敬梓先人的政治思想和社会理想，这对于研究吴敬梓的思想渊源也极有参考价值。再如吴沛所撰写的《题神六秘说》、《作法六秘说》，总结了写作八股文的经验，是研究八股文写作技巧的难得资料。

根据康熙《全椒志》，结合其他大量文献，我对吴敬梓的家世、生平进行深入考索，撰写了一系列文章，最早发表的是《吴敬梓身世三考》（1977），紧接着又发表了《南京先贤祠的兴废及其与吴敬梓的关系》（1978）、《吴敬梓家世杂考》（1980）、《吴敬梓在南京》（1981）、《关于吴敬梓的身世问题》（1981）、《关于吴敬梓应征辟问题》（1984）等有关其家世生平的文章，还专就蓝志发表了《略述康熙〈全椒志〉中有关吴敬梓的先世资料》（1984）。特别是《吴敬梓身世三考》一文发表后，陈汝衡、孟醒仁两位同志通过我系徐复、赵国璋两位先生或来信或登门索取，并表示此后凡笔者所撰写发表的论文，希望都能寄赠他们。有关康熙《全椒志》的文章在《文献》（总15辑）发表后，1984年1月13日《文摘报》还做了介绍，引起更多学人的注意。而这些成果的产生，全然得力于新资料的寻获。

二

重新发掘旧资料。本文所谓旧资料是指前人已从其中称引过有关吴敬梓研究资料的文献。对于这些文献，笔者仍然认真检索，也大有收获。试举数例说明。如陈毅的《所知集》，我是在20世纪50年代任教于江苏师院时知晓其书的。彼时我担任古代文学的教学工作，现成教材极少，需要自编自讲。在编写至“孔尚任和《桃花扇》”一题时，见到《光明日报》（1961年11月12日）竺万所作《杂考二则》，一则是谈孔尚任与徐旭旦，一则则是提及《所知集》中一首吴敬梓佚诗。当时我所着重需要的是前一则，竺文指出《桃花扇》中《哀江南》一曲是采用徐旭旦的作品入剧的，其实，卢冀野《冶城话旧》卷一中已然指出；至于后一则，当时在苏州寻不到《所知集》，同时尚未将吴敬梓作为重点研究课题，也就未再深究，随手记下而搁置起来。至20世纪70年代初，承担《儒林外史》前言的撰写任务时，就想到这部《所知集》。我便去南京图书馆中寻索，终于见到。该书为乾隆三十二年丁亥（1767）刻本，有袁枚、蒋士铨二家序。袁序中有解题之语，说"四海大矣，人才众矣"，陈毅不能尽知，只能就一己"所见者"、"所闻者"予以收录，因而名其为《所知集》。细加翻检，此集对于吴敬梓研究颇有价值。竺万的"杂考"中指出《所知集》辑入吴敬梓诗五首，其中四首已为《文木山房集》、《国朝千家诗》、《国朝金陵诗征》所收，只有《江上阻风，同王蔗田、李蘧门作》为上述诗集所未收。虽仅提供佚诗一首，但竺万之贡献亦不可没。不过，我并未满足于竺文所提供的材料，而是将《所知集》反复阅读，发掘甚多。

除细研《所知集》内容以外，我又探考编者陈毅之生平，从光绪《江宁府志》、同治《上江两县志》、《金陵通传》、《金陵诗征》、《金陵待征录》、《国朝诗人征略》、《续同人集》、《随园诗话》、《小仓山房诗文集》、《勉行堂文集》等文献中，勾稽陈毅的家世生平，以及他在《所知集》中所提供的资料，于20世纪70年代末写成的《吴敬梓身世杂考》中有所征引，并专门写就《陈毅及其〈所知集〉中所涉及的有关吴敬梓交游资料》。在前一篇"杂考"文中曾据《所知集》考订吴敬梓三子吴蘅叔名煐。在后一篇"资料"文中，对陈毅的家世、生平以及辑录《所知集》的缘由做了一些介绍，并据他所提供的有关线索，扩大对吴敬梓交游的探寻，例如对周荣光、周榘父子事迹的考证，张慧剑的《吴敬梓交游考》文中也曾列有一节，张文发表于1954年，其成绩是应该肯定的。他的考证对笔者也有所启示，但这并不影响后来者在其考证的基础上有所拓展。对于周氏父子，张氏据《文木山房集》卷四一首词在他的文章中做了约十行、不足三百字的介绍，除提及周榘的几本著述外，并没有提出其他文献资料，而笔者以《所知集》为线索，遍阅《金陵通传》、《金陵诗征》、《小仓山房文集》、《盋山志》、《扬州画舫录》、《忠雅堂集》、《啸村近体诗钞》等十余种典籍，在《吴敬梓评传》中以近四页的篇幅约有2500字着重介绍他们的文史素养，大大拓展了张慧剑的介绍。总之，笔者从竺万引用过的《所知集》中获得的有关吴敬梓研究资料远远超过竺文所引。由此而写成的《吴敬梓身世杂考》和《陈毅及其〈所知集〉中所涉及的有关吴敬梓交游资料》两篇文稿原拟作为《吴敬梓研究》一书（该书于1984

年由上海古籍出版社出版）的篇目，不准备单独发表。徐复教授鉴于当时的情况，建议我先行发表[①]。“杂考”一文便在《安徽师大学报》1980年2期刊出，“资料”一文在《江海学刊》1982年6期刊出。“杂考”文刊出后，大约在1980年年底或1981年年初，见到1980年6月出版的《学林漫录》初集，其中刊有王孟白的《关于吴敬梓的佚诗》一篇短文，也是根据《所知集》提供了与竺万相同的一首，只是对此诗为初稿还是定稿，与竺万见解不同。为了尊重竺、王二位的发现，在“资料”一文正式刊出前，特在文前加写几行，专门提及竺、王二文。此后，又应江苏广播电台之约，写了《清代诗人陈毅》一文，于1984年3月间播出（后被编入《江苏历代文学家》，由江苏古籍出版社出版）。又于1984年10月7日在香港《大公报》发表短文《布衣诗人陈古渔》。总之，为研究吴敬梓而连带介绍了清代诗人陈毅及其著述。虽然，他的《所知集》曾经竺、王二位先后提及，但他们并未详尽介绍陈毅其人，对《所知集》中有关吴敬梓亲友的资料也未能全然予以披露和使用，我的拾遗补缺工作也就并非全无价值了。

又如李调元的《制义科琐记》（下称“琐记”），何氏已曾引用过，在他的《儒林外史人物本事考略》中曾辑录“琐记”中“神术”一条材料，说王渔洋的门人吴昺曾述及其曾祖吴谦择“吉壤”葬父，以致吴谦后人吴国鼎辈兄弟五人四中进士，吴昺也为一甲二名进士。此条材料自何泽翰提供后，一些学人屡加征引。但《制义科琐记》中有关全椒吴氏的记载绝非仅此一条，何氏未曾揭示，后之学人也就未曾征引。笔者检阅李氏“琐记”，何氏所引“神术”条收入该书卷四。其实李书卷四中尚有“戊戌三及第”条，说“顺治戊戌鼎甲三人，……全椒吴国对，皆江南人，皆中甲午顺天榜”。卷四中还有“全椒吴氏兄弟”条，记吴国鼎兄弟五人四成进士、国龙二子亦为进士。卷二尚有“癸未榜”条，提及“兄弟同科，则全椒吴国鼎、国龙”。我在有关论著中根据不同需要分别引用“神术”、“全椒吴氏兄弟”两条。在《吴敬梓评传》中为说明全椒吴氏发迹的历史，第二章第三节“弃农学医”中介绍吴谦生平事迹，除引用康熙《全椒志·吴谦传》外，还引用李书“神术”条，但并非止于此，在说明吴谦选“吉壤”葬父一事后，又根

① 安徽一位同志通过徐复先生借去笔者这些手稿，久久未见归还。其后，这位同志所作的一本小册子于1981年3月出版，书末（113页）“补遗”条引用了笔者手稿中的资料。后来这位同志来寻访《所知集》时，说当时尚未见到陈毅所著。又，这本小册子在引用拙作《吴敬梓身世三考》（第7页）时，也未提及作者姓氏。

据有关文献说明此举已形成家庭传统，对吴谦的后人也产生影响，如吴谦之孙吴国鼎、吴国龙，或“携一奴及堪舆士遍历诸山”选“吉地”葬父，或“究心堪舆医卜图纬诸学”。这种思想行为也影响了吴敬梓，他在词作《减字木兰花》中曾因“劬劳慈母，野屋荒棺抛弃久”至今“未卜牛眠”而深自谴责。当然，在吴敬梓中年以后创作《儒林外史》时，对此种思想行为已有所反省，并通过某些情节的描写，在一定程度上予以否定。因此，笔者引用“神术”条的目的在于说明吴敬梓思想的转变，而不在于交代吴国鼎、吴晟两代人的功名。在《吴敬梓的家世对其创作的影响》中，为了交代吴敬梓先人的功名状况，我就引用了李书卷四中“全椒吴氏兄弟”条，尽管“神术”条也叙及吴氏族人的功名，但是被用来验证“神术”的，未若此条专就功名而言。同时，对于全椒吴氏功名的记载，绝不限于李书（尽管此条尚未见有人征引过），其他文献著述中也有类似记载，于是我在写作《吴敬梓评传》（1990 年 12 月出版）时，提及吴氏兄弟功名时，就未重复引用李书此条，而在第二章第五节“科举发家”中引用了朱彭寿《旧典备征》卷四所记。朱书此条也未见前人征引过[①]。凡此可以说明对《制义科琐记》一书虽知之者众，但依然有一些材料未为研究者所发现或未被征引。

此外，类似的情况尚有，如《金陵文征小传汇刊》、《金陵通传》、《金陵诗征》、《广陵诗事》、《淮海英灵集》等等文献资料、诗词文集，在前辈时贤发掘的基础上，笔者再行检索，也颇有收获。限于篇幅，不能一一详说。

三

在寻访新资料、复查旧资料之余，又不断拓展检索范围。我大致从两个方面扩大搜寻面：一是与吴敬梓同时代人的文集（包括稍前、稍后）；一是吴敬梓足迹所至之地的志书（重点在苏、皖二省）。在文集方面，诸如刘子壮《屺思堂文集》、王士禛《带经堂文集》、全祖望《鲒埼亭集》、杭世骏《道古堂文集》、施闰章《愚山全集》、汪士慎《巢林集》、王友亮《双佩斋集》以及厉鹗《东城杂记》、法式善《清秘述闻》、蒋宝龄《墨林今话》、李濬之《清画家诗史》、昭梿《啸亭杂录》、福格《听雨丛谈》、钱大昕《十驾斋养新录》、王应奎《柳南随笔》、

① 在拙作出版之后近十年，又有著作称引这条资料，如1999年出版的一部《中国文学史》的有关章节。

陈康祺《郎潜纪闻》、杜登春《社事始末》、萧奭《永宪录》、朱彭寿《旧典备征》、金埴《不下带编》、李伯元《南亭笔记》等等。在志书方面，尤其着重查阅南京的史志文献，如袁枚《江宁新志》（抄本），金鳌《金陵待征录》、陈作霖《凤麓小志》、《上元江宁乡土合志》、夏仁虎《秦淮志》、陈诒绂《石城山志》和《钟南淮北区域志》，以及《金陵梵刹志》、《建康实录》、《六朝事迹类编》等等。这种地毯式的翻检，有时接连数日一无所获，但有时却发现意想不到的资料。这些都充实了我对吴敬梓生平、交游和著作的考察，极大地丰富了我的研究内容。例如吴敬梓的挚友程廷祚，胡适在撰写《吴敬梓传》、《吴敬梓年谱》以及《重印〈文木山房集〉序》时，涉及有关程廷祚的资料并不多，在介绍《吴敬梓传》后所附录的四篇材料，即程晋芳的《文木先生传》和三首诗时，胡适仅说："程晋芳字鱼门，是程廷祚（绵庄）的族侄孙。程绵庄即是《儒林外史》的庄绍光。"在《吴敬梓年谱》中虽也偶或提及程廷祚，但在文末所附"参考书举要"五种中，除第一种《文木山房集》七篇序文中有一篇为程廷祚所作而外，没有再提供程廷祚的其他资料。此后，张慧剑在《吴敬梓交游考》中据金和《儒林外史跋》、《上江两县志》以及《青溪文集续篇》几份资料，作了约 700 字的介绍。当然，由于此文发表较早，其历史贡献也是应该肯定的。此后，何泽翰在《儒林外史人物本事考略》中，涉及程廷祚时，又提供了《皖志列传》、《随园诗话》、《棕亭诗钞》及《古文钞》、《小仓山房文集》、《勉行堂文集》、《词科掌录举目》等著述中的有关资料，对程廷祚的考察大大超过张慧剑的介绍。笔者从 20 世纪 70 年代开始，在他们的基础上，又在《恕谷年谱》、《恕谷后集》、《颜氏学记》、《惜抱轩文集》、《金陵诗征》、《金陵通传》、《清史稿》、《清诗铎》、《清诗纪事》等文集中挖掘出一些资料，从而比较全面地论述了程廷祚其人其著，并理清他与吴敬梓的交往。这不但充实了我对吴敬梓的研究，而且还产生一系列相关的成果，我先后撰写和发表了《正直不阿的学者程廷祚》（1991）、《寓居如意桥的程廷祚》（1991）、《程廷祚的〈忧西夷篇〉》（1992）和《清初学者文人程廷祚》（1995）等论文。又如《儒林外史》中凤四老爹的原型甘凤池，张慧剑《交游考》中未涉及此人，何泽翰《人物本事考》中据《白下琐言》、《清稗类钞》、《耆献类征》、《清朝野史大观》、《雍正硃批谕旨》等文献加以考索。笔者在此基础上，又扩大搜索范围，从《清史稿》、《金陵通传》、《金陵诗征》、《恕谷年谱》、《雪村编年诗賸》、《双佩斋文集》、《江宁府志》、《南亭笔记》等著述中检得有关甘凤池的资料，除在有关吴敬梓的研究论著中加以称引外，还在香港《大公报·艺林》发表《吴敬梓和甘凤池》（1984）。与此相类者，尚有对姚莹、黄河、王溯山、团昇、江昱、李本宣、樊圣谟、程晋芳等人的考察，提供了较前贤更为丰富的资料。

同时，我还注意前人未曾考察过的人物，如王宓草、司徒际周、吴芗林等人，这看似拾遗补阙，但做来也大费工夫。不过，有了这些看似无关宏旨的考索材料，将它们融会贯通后，就能有助于我们的研究。我也是在做了这些大量的考索工作的基础上，才对吴敬梓的生平行实有了更深入的了解，也才能更为贴切地评价《儒林外史》的思想和艺术成就。

四

在全面发掘吴敬梓资料的过程中，我还根据已经掌握的研究对象的具体情况，考虑几个大的类别再行有目的地搜求。我大体上是从以下几个方面注意搜集的。

家族的情况。除康熙《全椒志》以外，也在其他文献典籍中注意搜集。如吴敬梓曾祖吴国对，金埴《不下带编》记其参加顺治十四年丁酉科场案后应试时的惊惧情态，《池北偶谈》中记其任职司业，《清秘述闻》中记其主考福建时所出试题，《社事始末》中记其为复社成员，《同人集》中记其与施闰章、邹祇谟、王渔洋、冒辟疆唱和，《带经堂诗话》和《香祖笔记》中记其与王渔洋初次晤面情景。此外，吴敬梓的族曾祖如吴国缙、吴国龙的事迹也寻得一些。叔祖吴昺参加殿试原拟状元，但因“鼎甲久无北人”而降为榜眼之事则见诸《听雨丛谈》。总之，对于吴敬梓先人事迹的勾勒搜寻，更加充实了我们对全椒吴氏“科举世家”的认识和了解。这些材料都被笔者引入自己的论著中去，并且写成专文，先后在香港《大公报·艺林》发表《吴敬梓的家世和创作》（1982），在《文学遗产》发表《吴敬梓的家世对其创作的影响》（1985）。

思想状况。笔者以为论说一位作家的思想，必须结合其生平际遇考虑，也就是说最好能探寻一些事实为依据，可避免主观推论。例如说颜（元）、李（塨）思想对吴敬梓的影响，前此已有学人注意，但举出的实证尚欠有力。笔者遍检《颜李丛书》、《颜氏学记》、《颜李师承记》、《颜习斋言行录》、《习斋年谱》、《恕谷年谱》等文集资料时，在《恕谷年谱》卷一中见有“学院吴公国对岁考进县学生员第一名。吴公深喜先生文，开雕行世”。还寻到李塨南下讲学至金陵与程廷祚等学人会晤的记载，又比较了颜、李的理论主张和《儒林外史》的思想内容，乃发表了《颜李学说对吴敬梓的影响》（1979）一文。又如笔者以为《儒林外史》中流露的初步的民主思想是与吴敬梓受到当时重视科技学风的影响有关。因而在了解颜、李二人都重视数天之学后，又寻获李塨与数学家梅文鼎晤面谈学的记载，中介人刘湘煃既师事李塨，又为梅文鼎弟子，同时又是吴敬梓之子吴烺的业师，于是便写成并发表了《宁国之会》（1984）。与此同时，还注意考察吴敬梓交游中擅长科技的文士，从《畴人传》、《金陵通传》、《江宁新志》、《潜研堂文集》、《小仓山房文集》等文献中，发掘出周荣光周榘父子、沈大成、严长明等人重视科技的记述，乃发表了《吴敬梓和科学技术》（1983）。总之，这些资料的发掘和运用，增强了论点的可信程度。

生活环境。生活环境对一个人来说有着不可忽视的意义，对作家来说尤为重要。程晋芳《勉行堂诗集》卷五《寄怀严东有》诗中说吴敬梓“敏轩生近世，而抱六代情”，并非凿空之语，有吴敬梓自我表白为证，在《移家赋》中他说：“金陵佳丽，黄旗紫气，虎踞龙盘，川流山峙，桂桨兰舟，药栏花砌，歌吹沸天，绮罗扑地，实历代之帝都，多昔人之旅寄。”在词作《买陂塘》中说：“偶然买宅秦淮岸，殊觉胜于乡里。”《春兴》诗中又说：“诛茅江令宅，蜡屐谢公墩。”凡此都表明他对六朝故都的深厚感情。笔者据《六朝事迹编类》、《建康实录》等文献记载查知“江令宅”，即“陈尚书令江总宅也”，在其周围颇多魏晋六朝遗迹。笔者又将吴敬梓创作中所涉及的这些遗迹及有关人物一一排出，然后从《三国志》、《晋书》、《昭明文选》、《世说新语》、《文心雕龙》、《诗品》以及《金陵诗征》、《金陵文征》、《金陵通传》、《金陵待征录》、《白下琐言》、《秦淮画舫录》以及《江宁新志》（抄本）、《江宁府志》、《江宁县志》、《上元县志》、《上江两县志》、《金陵梵刹志》、《盋山志》、《秦淮志》、《石城山志》、《东城志略》、《钟南淮北区域志》等文献中，和刘禹锡、王安石、马光祖、施闰章等人诗作中，涉及“水亭”周围的六朝遗迹，进行一番史地考索，发表《吴敬梓“秦淮水亭”考索》（1981）和《魏晋六朝风尚和文学对吴敬梓的影响》（1981）。当收有此二文的拙作《吴敬梓研究》（1984）出版后，何泽翰先生谬奖不佞“于吴文木外史最为专精，赋诗即正”有云“徽音愧我才难企，遗躅欣君地与邻”，说我生活在吴敬梓后半生所居的南京，与吴敬梓“遗躅”相邻相亲，自然有利于对他的研究。

故事情节。《儒林外史》的人物本事，何泽翰作了大量的考索工作，但并非无以拾遗补阙之处。如第一回叙写危素“妄自尊大，在太祖面前自称老臣”一节，陆容《菽园杂记》有记危素对内使自称“老臣危素”云云，较之《明史》本传更为贴近小说情节。又如第八回娄三、娄四说：“俗语说得好，‘与其出一个斫削元气的进士，不如出一个培养阴骘的通儒。’”吴敬梓族曾祖吴国器在《先君逸稿跋言》中记其父吴沛教导他们说：“若辈姿好不一，能读书固好，不然做一积阴德平民，胜做一丧元气进士。”钱泳《履园丛话》中亦有子弟中“与其出一丧元气的进士，不如出一能明理的秀才”的言论。再如，第四十六回，杜少卿赞扬萧云仙平定青枫城立功时说“宰相须用读书人”云云，此语虽出自《宋史·太祖本纪》，但乾隆十年（1745）袁枚任江宁知县时，处置韩姓少女被狂风刮走一案，十分得宜，其座师两江总督尹继善就赞扬袁枚说：“可谓宰相必用读书人矣！”[①]吴敬梓此际正在南京，采用地方官员的某些事迹写入小说，也是不足为奇的。

此外，在翻检文献资料时，有时寻获到一些似乎不能直接用来作为吴敬梓及其《儒林外史》研究依据的资料，但我也不放弃。如我在清初状元刘子壮《屺思堂文集》中发现《宋元春秋序》一文，得知《水浒传》又名《宋元春秋》。我便加以研究，并详考刘子壮生平，发表了《〈宋元春秋〉序略评》（1982）。《屺思堂文集》中还有《振纲领策》一文，论及汉满官员相互牵制的现象，说：“满人曰：‘吾所与定天下，而汝坐其成。’汉人曰：‘汝何知，非吾莫能。’……两不相能，则虽有便民之策，经国之方，相持而不能施，施之而不能左右以尽其利。”笔者写入《吴敬梓评传》第一章“吴敬梓的时代”中。近见2003年1月出版的《儒林外史作者对我说》也引用此语（65—66页），并且连节略也与拙作同。又如，笔者曾从《愚山诗集》中寻到《金陵先贤祠堂歌》一诗，在《南京先贤祠的兴废及其与吴敬梓的关系》（1978）文中曾节引，在《吴敬梓评传》第三章中则全引，用以说明南京先贤祠的兴废历史。《儒林外史作者对我说》（83页）也同样引用

① 朱克敬：《雨窗消意录》。

此诗前半。同样的资料被不同的人先后称引，可见这些资料的发掘和运用是有意义的。

总之，发掘资料的目的在于更好地认识作者、评价作品。何满子先生在评论《清凉布褐批评儒林外史》时认为拙作对“……旧时的制度、名物、掌故等，都作了精当的诠释，引经据典出语源、示例证”，“……追源索始勤求例证的考据方法”，“都可见撰人用心之劬，对理解小说艺术也有帮助”，“这个评本注释的精善，在近几十年来出版的几部长篇小说经典新版本中，也是很见功力的”[①]。何氏此评虽针对《清凉布褐批评儒林外史》一书而言，其实在拙作如《吴敬梓研究》、《吴敬梓评传》、《儒林外史人物论》和《清凉文集》等书中，所发掘和运用的资料均是为了这一目的。当然，由于功力有限，未见能遂所愿，有待于今后不断的探寻。

另外，要说明的是，或有资料在笔者称引之前已被前辈或时贤引入吴敬梓研究中，而不佞限于识见仍以为是自己首次披露。如有此种情况，一经指出，当为更正。语云：说前曾有易而说前所无难。信哉此言。

（原载《文史新澜》，浙江古籍出版社2003年版）

① 何满子：《伟大也要有人懂》，《中华读书报》2002年3月27日。

再议吴敬梓研究资料的发掘与利用

浙江古籍出版社成立20周年之际，笔者应约为其纪念文集《文史新澜》撰写《吴敬梓研究资料的发掘和利用》一文，着重回顾自己如何搜集有关材料并举例说明，而笔者自1971年开始研究这一课题以来所搜集的资料，在此文中并未一一列举。犹记《吴敬梓评传》于1990年付印前夕，一位看过书稿的同道向我建议，宜在后记中说明自己所发掘的资料。但因彼时出书时间紧迫，未遑做此工作。后来又忙于教学和著述，一时无暇顾及，但长期以来尤其是近年来主持江苏省"九五"项目《儒林外史研究史》的研究经历，更加坚定必须补作此项工作的决心。虽然亡羊补牢犹未为晚，但事过境迁，重新翻检，也颇费时费力，乃以数年之力排比检索，终于初步完成，交付学报刊发，以求正于贤达，如有缺漏讹误，亟盼得到方家指正。

在《儒林外史》研究中，胡适对吴敬梓有关文献的发掘当居首功，先后撰写了《吴敬梓传》（1920）、《吴敬梓年谱》（1922），在发现和刊印《文木山房集》后，又写有《重印〈文木山房集〉序》（1925）。在这些著作中，除考证出吴敬梓的一些族人以及戚友外，涉及交游者有程晋芳、王又曾、樊圣谟、方嶟、刘湘煃、严长明、黄河、程廷祚以及冯粹中等人，并揭示多寡不等的文献资料。对于程廷祚、方嶟、黄河三人，则仅提及他们分别为《文木山房集》所写的序言。对于冯粹中，提供的则是程晋芳《闻冯粹中殁于京师，诗以哭之》和余兆燕《哭冯粹中》二诗，至于与吴敬梓的交游情况则未见有资料说明，仅说冯粹中可能就是《儒林外史》中马纯上的原型。对于程晋芳的著作，胡适征引较多，有《程廷祚墓志铭》、《文木先生传》、《怀人诗》（十八首选一）、《寄怀严东有》（二首选一）、《严东有诗序》、《哭吴敏轩》以及袁枚所作《程晋芳墓志铭》等。对于王又曾，则征引其《书吴敏轩〈文木山房诗集〉后》十绝句。樊圣谟的资料，提供了《江宁府志·文苑传》中的小传。严长明提供了其所作《归求草堂诗集》中的三首诗：

《吴丈敏轩招集文木山房……》、《……和敏轩丈韵》、《晤程二鱼门有赠》等。对于刘湘煃，则仅涉及吴敬梓之子吴烺随其研治算学一节。胡适所撰写的这几篇著作，着意于考证吴敬梓的家世、生平，重点不在于考证交游，因此提供的资料并不多，但在其时也属难能可贵，开创之功不可没。

新中国成立后，张慧剑于50年代发表《吴敬梓交游考》[①]，基本上以《文木山房集》中所涉及的人物为考察对象，列出19人之多，为数远远超出胡适所列。19人中有吴敬梓族人戚友吴檠、金兆燕，不在本文论说之列。除这二人外，张慧剑考证的有程廷祚、吴蒙泉、姚莹、黄河、王溯山、朱卉、刘湘煃、周荣光周榘父子、李本宣、李葂、冯祚泰、樊明征、程晋芳、程文、严长明、王又曾等人。其中黄河、程廷祚、刘湘煃、严长明、冯粹中、王又曾、樊明征（圣谟）、程晋芳等人，胡适前此已经考察过，张慧剑则有不同程度的增补。如程廷祚，张文提供了《上江两县志·耆旧录》以及《青溪文集续编》中的《致吴敏轩》。黄河，胡适仅引用其为《文木山房集》所写的序言，张氏则指出其作品有《自怡集》。刘湘煃，张氏则征引了程廷祚《青溪文集续编》卷三中的《纪方舆纪要始末》以及卷八中的《与陶稽山书》；同时指出刘湘煃的《答历算十问》是为回答其弟子吴烺的疑问而作。樊明征，于胡适所征引的资料之外，张氏又提供了《青溪文集续编》卷四中《与友人樊某书》二通，《金陵诗征》卷二十六中樊明征所作长诗《石鼓歌》，以及袁枚为樊明征写的挽联。至于程晋芳、王又曾的资料，张氏所引未曾超出胡氏揭示的范围。关于严长明，张氏较胡适多提供《宿文木山房待涂长卿、陶衡川不至》一诗，摘录前四句，并指出涂、陶亦为吴敬梓友人，但未提供有关涂、陶二人的资料。至于冯粹中，张氏较胡适多提供了《滁州志》中的小传，以及《四库全书存目》著录中有冯粹中的《治河前后策》四卷。胡、张二氏均指出冯为《儒林外史》中的人物马纯上的原型，至于冯与吴敬梓的交游，则无可直接说明的资料。与此相类似的是，张氏所考察的程文，指出《金陵诗征》卷十二录有《过徐髯仙快园》一诗，又据金和《儒林外史跋》所言程文即小说中武书的原型，但程文与吴敬梓的交游情况，也无资料可以说明。

张慧剑考察出胡适未及提供有关资料的吴敬梓友人有吴蒙泉、姚莹、王溯山、朱卉、周荣光及其子周榘、李本宣、李葂等人。吴蒙泉的资料，张氏提供了《上

① 见《光明日报》1954年10月31日。

江西县志》、《无锡金匮县志》。关于姚莹，张氏提供了顾国泰《同王溯山过姚玉亭环溪草堂》以及芮宾王《环溪草堂歌》二诗，但未征引，亦未有对姚莹的具体介绍。对于王溯山，张氏也仅引用《文木山房集》中有关他的诗作，并无具体介绍。对于朱卉，引《上江西县志·耆旧录》，又从秦大士《蓬莱山樵集》中得知朱卉被时人称为"山人"，并引《金陵诗征》卷四十三中所作几十首诗中的二句，说明朱卉因其诗作而得名"朱破楼"。关于周荣光、周榘父子，张氏则介绍周榘著有《阙里小志》、《清凉山志》和《幔亭诗抄》，制有《天球图》，并录《诗抄》一首和吴烺的感旧诗。关于李本宣，张氏指出其有《板舆花径奉母图》，遍征时人题咏。关于李葂，张氏从金兆燕《棕亭诗抄》卷二中寻出《喜李啸村至》一诗，并引李葂《出门》一诗二句。这些文献，均是张慧剑在《吴敬梓交游考》中所揭示的，对于胡适所提供的资料有不同程度的增补。张氏所作又明确提出是"交游考"，与胡适着重理清吴敬梓的家世、生平和著作的意图有所不同。

20世纪，发掘吴敬梓研究资料最为丰富的当推何泽翰，他在《儒林外史人物本事考略》（1957）中提供了大量的资料，对深入研究吴敬梓的贡献很大。该书在考证小说中人物原型、情节本事的同时，也提供了许多与吴敬梓有交游的人物事迹。当然，何氏所提供的一些人物原型如是镜（权勿用）、商盘（向鼎）、汪洽闻（王玉辉）等，是否与吴敬梓有过交往，尚无直接资料可以说明。

何氏所考察的交游，虽然大体未出胡、张二氏的范围，但却对胡、张二氏所提供的资料做了大量的补充。例如朱卉，何氏提供了《江宁府志·流寓传》（又见《盋山志》卷四）以及杨钟羲《雪桥诗话》续集卷五的小传，录出程晋芳《勉行堂诗集》中赠朱卉的诗作（卷五）、挽朱卉的诗作（卷十），以及陆建《粲花轩诗稿》卷上访朱诗，《随园诗话》卷九所载朱诗等。又如李葂，何氏提供了光绪《怀宁县志·文苑》以及嘉庆《瓜州志》卷五、卷八和赵慎畛《榆巢杂识》卷上中有关资料，录出商盘、周来谦、金榘、金兆燕等人怀、赠、和李葂的诗作。再如樊圣谟，何氏新增续纂《句容县志》卷九，又提及袁枚所作《幔亭周君墓志铭》中有关樊的事迹。复如吴蒙泉（培源），何氏则提供了《江宁府志·秩官表》，以及吴培源作序的《遂安县志》卷四、卷十中的资料，还提及《江苏诗征》卷十五、《常州词录》卷十、《梁溪文钞》补编卷四十、《梁溪诗钞》卷三十四等文献中辑入的吴培源作品。对于程廷祚，所增资料较多，有《皖志列传稿》卷三、杭世骏《词科掌录举目》、袁枚《小仓山房续文集》卷二十八中的《程绵庄诗说序》以及《随园诗话》卷五中的材料，金兆燕《棕亭古文钞》卷六中的《程绵庄〈莲花岛〉传奇序》以及《棕亭诗钞》卷七、卷十中有关诗作；至于程廷祚的《青溪文集》及其续编中，何氏征引的有《上宫保某公书》、《南归留上海宁陈相国书》、《上李穆堂论书院书》、《葬术说》、《与家省徐书》、《与家鱼门书》、《与袁蕙纕书》等。对于刘著（湘煃），何氏提供了《湖北通志·刘湘煃传》、朱象贤《闻见偶录》，以及《章氏遗书》中《湖北通志检存稿》；《青溪文集》卷八中《书王家井先妣墓图后》、卷九中的《与刘学稼书》等。

何氏还考察了胡、张二氏未曾涉及的与吴敬梓有交游的人士，如卢见曾，何氏提供了《两淮盐法制·卢见曾传》，卢文弨《故两淮都转盐运使雅雨卢公墓志铭》。又如杨凯，何氏提供的资料有《仪征县志·杨凯传》、汪中《述学·别录·杨凯传》，以及《凤凰厅志》卷十四、《永顺府志》卷首和卷八、《苗防备览》卷十六、《随园诗话》补遗卷七等；并于杨凯资料中附录了杨谦资料，有《仪征县志》卷三十二、吴振域《养吉斋余录》卷九。在重版《考略》中又增加了王昆霞的资料，见《阅微草堂笔记》卷八。总之，何氏所提供的吴敬梓交游资料为数之多，远远超越前人。

与何氏先后涉足于吴敬梓交游考查的尚有陈汝衡。在1957年发现吴敬梓曾为友人江昱《尚书私学》写过序[①]。由于介绍这篇《文木山房集》外的佚文，而介绍了江昱其人，并提供了嘉庆《江都县续志》卷六以及阮元《广陵诗事》卷三等资料。江昱其人，是陈汝衡首先考查出来的吴敬梓交游者之一。此后，在20世纪60年代初，陈氏又发表《吴敬梓在扬州》，文中涉及吴敬梓交游者，除江昱而外，还有李葂、程晋芳、王又曾等，但未超越前人所提供的资料。对于方嶟，则揭示出阮元《淮海英灵集》戊集卷三中有《秋江漫录》七律一首和极为简略的小传。至于陈氏在此文中新查考的吴敬梓交游则有吴楷，提供了《淮海英灵集》丁集卷三中的小传及诗作四首的题目，以及阮元《广陵诗事》卷二、李斗《扬州画舫录》卷十三有关资料。石庄，则提供《扬州画舫录》卷一、卷二中有关资料。团冠霞，有《淮海英灵集》戊集卷二的小传和两首诗题，以及《广陵诗事》卷七中有关资料。总之，陈氏此文所提供的交游大多为吴敬梓在扬州的友人。陈汝衡

① 见《光明日报》1957年6月9日。

又于20世纪70年代后期撰作《吴敬梓传》（该书后记署“1979年春”，上海文艺出版社1981年出版），全书十二万言，涉及吴敬梓交游者有程晋芳、李葂、江昱、李本宣、吴蒙泉、朱卉、樊明征、吴楷、石庄、团昇、黄河、方嶟、涂长卿、陶衡川、严长明等人，因所涉及资料未出胡、张及其本人二文范围，介绍又简略，故此文不再评介。犹记拙作《吴敬梓身世三考》于1977年发表后，陈汝衡通过我系赵国璋先生之介，急于与我联系，一连给我数信，如1977年9月14日信开头即称“这是我给你的第三封信”，同年12月19日更言“所询吴敬梓儿子情况，恳就所知以告，为幸”，并云：“前天复上一函，内附小诗三首，现一再推敲已成六首，送请详正，前作希掷还。”三首之作，已遵其嘱寄回，但六首诗作仍保留我处。今复检其《吴敬梓传》后附诗为八首，文字也有所润饰，如第一首第二句：六首原稿为“烟水秦淮任徜徉”，书后所附则为：“烟水秦淮愿已偿”；第二首第二句原作为“遭逢鸿博拒京途”，后改为“遭逢鸿博岂迷途”，等等，从修订中也可觇知陈氏见解的改变。附录于此，也是极为珍贵的研究史料。

20世纪60年代初期，汪蔚林提供了吴培源所著《会心草堂集》①，从而具体地描述了吴敬梓与吴培源交游的片断，这就是诗集中的辛酉（1741）《正月上弦与敏轩联句》、壬戌（1742）《题敏轩〈老伶行〉诗后》以及壬戌（1742）《满江红·除夕和敏轩韵》等诗词，这则是胡、张、何、陈诸氏前此未曾涉及。而且从《老伶行》诗中（范宁从《雪桥诗话全集》辑入《吴敬梓集外集诗》中）可以觇知吴敬梓与下层艺人亦有交往。

以上数家，均为自“五四”以后“文革”之前，搜集吴敬梓资料卓有成绩的学者。

笔者自1971年研治吴敬梓以来，一直注意搜集有关文献资料，在前辈时贤考述的基础上，对程廷祚、程晋芳、江昱、周榘、严长明、团昇、吴楷、方嶟、沈大成、樊明征、刘著、朱卉、徐紫芝等人的有关资料，有所增补。现分说如下。

程廷祚，有《恕谷年谱》卷五以及《恕谷后集》卷四《复程启生书》（程致李塨信亦附见），《惜抱轩文集》卷六《再复简斋书》以及《后集》卷一《程绵庄文集序》，《金陵诗征》卷十八程廷祚所作《欧罗巴即西洋也》五古一首、及《忧西夷篇》，《清史稿》卷二六七《程廷祚传》，《金陵通传》卷二十九《程京萼传》及《程廷祚传》，《所知集》卷三，夏仁虎《秦淮志》，《小仓山房文集》卷七《程

① 汪蔚林：《从两部诗集中所见到的吴敬梓资料》，《文学遗产增刊》十一辑，中华书局1962年版。

南耕先生传》以及卷十一《野处堂遗稿跋》，《霞外捃屑》卷九，张应昌《清诗铎》，魏秀仁《陔南山馆诗话》，钱仲联《清诗纪事》以及乾隆《上元县志》祠祀序等。

程晋芳，在其《勉行堂诗文集》中寻出有关《寄江松泉表丈》、《赠陈古渔》、《尚书古文解略序》、《晚书订疑后序》等诗文，程廷祚《复家鱼门论古文书》，袁枚《答鱼门》和《随园诗话》卷八、卷十、补遗卷七以及《续同人集》中的有关资料，陈毅《所知集》、《清史稿·程晋芳传》、翁方纲《翰林院编修程晋芳墓志铭》、徐书受《程鱼门墓表》等。

江昱，笔者提供的资料有《清史列传·江昱传》，蒋士铨《忠雅堂集·江松泉传》，程廷祚文集中的《与江宾谷书》，《仪征县志》卷三十六、四十五和《江都县续志》卷六中有关资料，《广陵诗事》卷八、《随园诗话》卷十三、《扬州画舫录》卷十三中有关资料，《四库全书总目提要·经部·书类存目二》，以及《板桥诗钞·范县作》“江七姜七”，赵青黎《潇湘听雨录序》等。

周榘，笔者增补了如下材料，《所知集》卷八有其诗作四首（录出一首），《金陵诗征》卷二十二选其诗二十四首（不包括《所知集》所选四首），《金陵通传》卷二十八、三十四，《盋山志》卷三、卷五，《扬州画舫录》卷十，《随园诗话》卷七，蒋士铨《忠雅堂集》卷十四，袁枚《小仓山房尺牍》卷一，李葂《啸村近体诗选》卷下等诗文集中有关资料。

严长明，有《归求草堂集》卷一、卷二中未曾被胡、张、何等人引用的作品，《清史稿·严长明传》，《金陵通传》卷三十四《严冬友传》，钱大昕《潜研堂文集》卷三十七《内阁侍读严道甫传》，《惜抱轩文集》卷十三《严冬友墓志铭》，以及光绪《江宁府志》卷五十四，《随园诗话》卷十四，《续同人集·宴集类》中有关资料。

团昇，胡、张、何三氏均无介绍，陈汝衡引用《淮海英灵集》戊集卷二两首诗及小传和《广陵诗事》卷七资料。笔者则增加了道光《仪征县志》卷二十八、卷二十九、卷四十四中有关记载，并提供了郑板桥《题团冠霞画山楼》诗作，因其诗文集名《画山楼集》，诗十卷，文四卷。陈汝衡文中还提及吴楷，在其基础上，笔者又提供了道光《仪征县志》卷三十六中的小传。对于方嶟，笔者也增加了道光《仪征县志》卷二十九、三十八、四十五以及《广陵诗事》卷七的资料。

李葂，张氏《交游考》中仅提及金兆燕《棕亭诗钞》卷二中的一首诗作，陈汝衡《吴敬梓在扬州》亦同。何氏除上述诗外，还提及卷七中四首诗（录出一首）。笔者则补充了李葂《送周幔亭之西湖时余将楚游》（《啸村近体诗选》卷下）以说明李葂与周榘的交游。此外，还提及道光《怀宁县志·文苑》、《金陵诗征》卷四十四、《随园诗话》卷十以及《墨林今话》、《清画家诗史》、《扬州画舫录》、《扬州画苑录》中的资料。

朱卉，笔者所增加的有《随园诗话》卷五、补遗卷九，《所知集》卷一、卷五中录其诗 16 首，《金陵诗征》卷十八、卷四十八中录其诗 28 首。

樊明征，于张、何二氏所提供的资料外，笔者增加了《随园诗话》卷一中的有关资料。至于刘著，笔者所揭示的材料有《畴人传》卷四十，《郎潜纪闻三笔》卷五，以及《恕谷年谱》卷五中的有关资料。

吴敬梓还有一些友人，胡、何、陈三氏都未曾考查过，张氏在《吴敬梓交游考》中仅引《文木山房集》中有关诗作写下数行文字，如李本宣、王溯山等；也有一些友人的作品被发现或被提及，但提供的相关资料也很少，如徐紫芝、沈大成等，对这几人，笔者也尽可能地做些考索增补。如李本宣，张考在引述《文木山房集》中的诗作后，仅引程廷祚所云“先世多跻九列位华朊者”，其余三家均无考查。《文汇报》1962 年 6 月 6 日发表吴新雷发现的吴敬梓为李本宣所作《玉剑缘传奇叙》后，方渐为世人所知。笔者从北图复印得《玉剑缘》的吴敬梓、宁楷、田卓三家序言，又从《扬州画舫录》卷十三、戴瀚《雪村编年诗賸》卷十三中寻得有关资料；还在《今乐考证》、《曲考》、《曲海目》、《曲录》、《剧说》中寻得该部传奇的著录。与李本宣相关联，又从《金陵待征录》卷六中考查出宁楷的简略生平，著有《修洁堂集》。再如王溯山，张考仅引《文木山房集》中的诗作，笔者则在《金陵诗征》卷十三中寻出顾国泰所作《王溯山东庄幽居落成》一诗。

徐紫芝，胡、张、何、陈四家均未考察过，它的为世人所知，是由于卞孝萱在《光明日报》1961 年 8 月 6 日发表《发现一篇吴敬梓的骈文》，即吴敬梓为徐紫芝《玉巢诗草》写的序言。笔者循此文而知道作序者除吴敬梓之外，尚有吴骧、郑相如，并从《金陵诗征》卷二十二所收周榘《感怀》诗之八中，了解吴敬梓与郑相如、周荣光以及其子周榘均有交往。至于徐紫芝的材料，笔者则提供了《建德县志·文苑传》、《金陵诗征》卷二十六、《随园诗话》卷三、《所知集》卷三等。沈大成，胡、张、陈三家未曾涉及，何氏从沈大成《学福斋集》卷五中录出其所作《全椒吴征君诗集序》。笔者则增补了《畴人传》三编卷一的资料，同时遍检《学福斋集》，其中颇多与吴敬梓、吴烺父子以及与他们共同的友人如卢见曾、江松泉、严冬友、程廷祚、王又曾、陶衡川、吴楷等人的题赠唱和之作，分别见于卷二、十三、十五、十八、二十一、二十五。总之，在吴敬梓交游中，笔者于胡、张、何、陈四家所提供的资料基础上，有所补充的有16人，连同四家未曾涉及的宁楷，则有17人。

至于笔者新考察出的交游对象则有王宓草、洪月航、邢孟贞、司徒际周、吴芗林、戴瀚、涂逢豫、陶衡川及王昆霞等9人。

王宓草，浙江秀水（今嘉兴）籍而侨居南京莫愁湖畔，名蓍，字宓草，又字伏草，号湖村，著有《瞰浙楼集》，为著名画家。笔者从袁枚《江宁新志》卷二十二中寻出其小传；《金陵通传》卷二十四亦有小传。《金陵诗征》卷四十三中辑有朱卉《呈王宓草先生》诗作。蓍弟王槩也是画家，兄弟二人齐名，时人以元方、季方称之。吴敬梓写有《挽王宓草》一诗，极其推崇这位前辈画家，有“白鬓负人望”，“画苑推耆英”，“卓然身后名”之赞。

洪月航，初名声，后改元声，字宝田，江苏仪征人。康熙四十四年（1705）召试京师。曾任泾阳县丞，后任武昌通判，通判又称别驾。洪月航应试京师之年，吴敬梓方五岁，所以在《赠洪别驾月航》一诗中，吴敬梓首言“诗学看前辈”。道光《仪征县志》卷三十六中有其小传。《广陵诗事》卷七中摘录其佳句颇多。《所知集》初编卷二选其诗作三首，著有《宝田诗稿》一卷，并曾任《佩文韵府》“校录官生”。

邢孟贞，吴敬梓写有《石臼湖吊邢孟贞》诗作，孟贞名昉，明万历十八年（1590）生，清顺治十年（1653）卒。江苏高淳人，居住在高淳、溧水之间的石臼湖畔。吴敬梓与其时代不及，自然不可能有交游，但吴敬梓在其诗作中对其安贫守节、忍死吟诗的生涯和藐视科举、愤世嫉俗的心情充满同情和钦敬。因此对其生平略作考索也极有必要。《金陵待征录》卷六中对邢有所介绍，《带经堂诗话》卷六、卷八、卷十二均有其事迹的记载。其所作《石臼集》有康熙四十三年（1704）刻本。

司徒际周，吴敬梓写有《郤村同司徒左文、赵寿民、司徒孔文、司徒际周话旧》一诗，笔者在《金陵文征》小传汇刊、光绪《溧水县志》卷十三中查出司徒际周的记载。其名棠，号补山，虽为岁贡生，但却善于吟诗作文，又精于书法，时人称之为“燕许笔”。

吴芗林，吴敬梓词作《水龙吟》题解：“自然铛，为真州家芗林赋。”据《广陵诗事》卷十，吴芗林，名廷旃，号嘉树林边吟客。

戴瀚，吴敬梓诗词中虽无涉及此人的篇什，但戴所著《雪村编年诗賸》中记载他们之间的交游情况颇多，如卷十二中有《芦渡园消寒小集，励行南招同吴蒙泉、龚退庵、冯粹中、吴敏轩、朱草衣、宋润九、涂长卿、沈瘦岑、樊圣谟、顾秋亭即席各赋，次仲弟粒民韵四首，兼呈徐药川、顾秋庭、程绵庄》四首。笔者从光绪六年《江宁府志》卷四十、《金陵通传》卷二十九中录出其小传；《所知集》录其诗四首，并寻究出其为周玙之婿。

王昆霞，吴敬梓有《减字木兰花》词作，序云：“识舟亭阻风，喜遇朱乃吾王道士昆霞。”王昆霞为方外人士，但与大江南北一些士人颇有往还，有诗集《北游集》，著名学者杭世骏曾为其作序（见《道古堂文集》卷十四）。与扬州八怪之一汪士慎也有交谊。士慎《巢林集》卷三中有《柬昆霞道士》诗作。何泽翰1985年重印《考略》“附录”中增加“来霞士”一条，指认王昆霞为其原型，所引资料为《阅微草堂笔记》卷八中一条记载。

涂逢豫、陶湘二人，张氏《吴敬梓交游考》中未专列条目，仅在“严长明”条下，说从严长明《宿文木山房待涂长卿、陶衡川不至》一诗，“可以知道，当时南京的两个比较优秀的诗人——涂逢豫（长卿）和陶湘（衡川）也都是敬梓的朋友。”并摘此诗前四句。何氏《考略》则据《金陵诗征》卷二十五中录出此诗，并引《盋山志》卷八云，陶湘与程廷祚齐名，时有“南陶北程”之目；又在引用《雪桥诗话》三集卷七中记述吴敬梓条中涉及涂长卿曾有诗赠吴敬梓，并引用该诗“曾见鹤书飞陇畔，谁知豹隐隔山中”句。至于对涂、尤其是陶的生平史实一无介绍，笔者则对于南京这两位诗人做了进一步查考。涂逢豫，字长卿，又字怿堂，号莼溪，江宁人。乾隆二十四年（1759）举人，曾任潜山教谕，著述颇丰。笔者检阅的资料有《归求草堂集》卷二《过涂长卿荫梧书屋》、《与涂长卿访月江上人憩上林寺作》，以及戴瀚《诗賸》卷十二中《芦渡园消寒小集……》以及《四月三日，涂长卿招同人宴集花间……》等诗作。还有《金陵诗征》卷二十一，《金陵文征》小传汇刊，《金陵通传》卷三十三，以及《随园诗话》卷九、卷十三等。

陶湘，四家并无介绍。陶湘，字衡川，又字范文，号楚渔。乾隆三十六年（1771）

省试时，为同考官弃置，而主考官彭元瑞搜遗卷时叹为“宿学”，乃取之以“殿其榜”。笔者在《金陵文征》小传汇刊、《金陵待征录》卷八、《盋山志》卷六、《凤麓小志·考园墅第三》，以及《学福斋诗集》卷十八、《小仓山房诗文集》卷十六、卷二十五中，寻出他与吴敬梓、袁枚、沈大成等人的交游情况。

以上将历经多年搜索所得，与吴敬梓有交游的 26 人的生平资料，做了简略的介绍。

笔者重视发掘文献资料的目的在于充实自己的研究，以之作为提出判识的依据和立论的基础，而不在于做资料汇编的工作。

首先，细细研读前贤及笔者自已发掘的资料，充分利用这些文献资料所透露出来的有关信息，进行分解式的微观研究。以程晋芳为例，他与吴敬梓为同时代人，彼此交往频繁而且感情深笃。他所写的《文木先生传》及有关吴敬梓的不多的诗作，是研究吴敬梓生平、思想和创作的重要资料。尤其是《清史稿》、《清史列传》等文献中均无吴敬梓的传记，程晋芳所写的《文木先生传》就更有意义和价值。因此，笔者虽然对程晋芳其人也作了一些考察，但并未为之写有专文，仅在《吴敬梓评传》中对他有五千余字的概括性介绍（298—306 页），在有关论文中也曾涉及他的生活状况和学术见解，但研究的重点则是他所提供的有关吴敬梓的资料。为此，对他所撰写的《文木先生传》进行了逐句、逐段的研究，并结合其他有关文献撰写了一系列论文，如传云：“以博学鸿词荐，竟不赴廷试”，便结合《文木山房集》程廷祚、唐时琳、黄河等人的序文，以及《盋山志》、《金陵诗征》和《词科掌录》、《鹤征后录》、《听雨丛谈》、《公车征士录》等载籍，对此问题进行专门探讨，发表了《略论吴敬梓应征辟问题》（1984）。又如传云“其学尤精文选”，在进行深入研究的基础上，乃先后发表了《秦淮水亭的史地考察》（1981），《魏晋六朝风尚和文学对吴敬梓的影响》（1981）、《吴敬梓的门阀意识》（1986）和《隆礼与崇孝——四论魏晋风尚对吴敬梓的影响》（2003）。如传云“先生晚年亦治经”，则从经学研究史中来审视和评价吴敬梓研治《诗》、《书》二经的见解，发表了《略论吴敬梓的治经问题》（1977）。复如，传云“穷极文士情态”，在对这一部作品进行细致研究之后，随着对它思想内涵认识的不断深化，先后撰写了《试论对〈儒林外史〉思想主题的评论》（1985）、《〈儒林外史〉是我国古代第一部以知识分子为题材的长篇小说》（1986）、《试论吴敬梓对科举制度的批判和对知识分子出路的探索》（1991）、《"竟以稗说传"的作家，探索士人出路的作品》（1994）、《知识分子人生道路的探寻》（1994）等文。再如，传云"又仿唐人小说为《儒林外史》五十卷"，对于这部小说的回数及最后一回"幽榜"的作者问题，发表了《关于"幽榜"的作者及其评价问题》（1979）。后如，"告转运使卢公，殓而归其殡于江宁"，结合有关扬州盐商的资料，发表《吴敬梓笔下的盐典商人及其与文士的关系》（1984）。此外，传中一些记叙如"又七日而先生殁矣"、"子三人"以及一些提法如"袭父祖业"云云，或有误记或有值得玩味者，笔者在《吴敬梓身世三考》（1977）、《吴敬梓家世杂考》（1980）、《关于吴敬梓身世的几点辨证》（1981）和《吴敬梓的父亲究竟是谁》（1987）等文章中均有涉及和论说，不一一列举。

其次，对吴敬梓交游中成绩卓著的学者，则根据其人与吴敬梓关系的深浅，做一些专题式的宏观研究。例如程廷祚，他既为吴敬梓《文木山房集》写有序文，又为吴敬梓之姊撰作《金孺人墓志铭》，在其《青溪文集续编》中还有《致吴敏轩书》，论及如何对待妇女"自处"问题，可见他与吴敬梓交谊非同一般。特别是程廷祚曾师事李塨，而李塨又是吴敬梓曾祖吴国对任顺天学院时录取为县学生员的。程廷祚曾给李塨写过信，李塨也有复信，均见于《恕谷后集》。程廷祚既是一位成果甚丰的学者，著有《易通》、《大易择言》、《尚书通议》、《青溪诗说》、《春秋识小录》、《礼说》、《鲁说》等，又是一位能文的作家，自云"少好辞赋"，幼年时即创作长篇赋文《松赋》，还创作有传奇《莲花岛》，文集有《青溪文集》及续集，诗集有《岫云阁诗钞》等。笔者在对程廷祚有所了解后，撰写了《正直不阿的学者程廷祚》（1991）、《寓居如意桥的程廷祚》（1991）和《清初学者文人程廷祚》（1995年）等全面介绍评说他的文章；对其诗作则写有《程廷祚的〈忧西夷篇〉》；在《吴敬梓和戏剧艺术》（1997）文中又有对他的《莲花岛》传奇的评说；在《略论吴敬梓的"治经"问题》文中，还论及他的经学见解；在《颜李学说对吴敬梓的影响》文中，考及他与颜李学派的承传，是吴敬梓接受颜李学说影响的一个重要中介，等等。这些论文大都是从宏观上说明程廷祚的治学如何影响于吴敬梓，并涉及二人治学、见解的异同。类似对程廷祚研究的尚有陈古渔，笔者在披露他所提供的吴敬梓交游资料而发表《陈古渔〈所知集〉中有关吴敬梓交游资料》（1982）后，又发表介绍陈古渔的文章，先于1984年3月8—9日在江苏广播电台播出《清代诗人陈毅（古渔）》，又于1984年10月7日在香港《大公报·艺林》发表《布衣诗人陈古渔》，江苏古籍出版社出版的《江苏历代文学家》（1992）一书中也收入笔者所撰写的《陈毅》。这种由所提供的资料而及于对提供者的研究，也是有助于深化对吴敬梓的了解和评论的。

再次，将众多交游者各具个性而又具共性的文献资料集中排列，求同存异，作整合性研究。例如，在我了解到吴敬梓之子吴烺曾问数天之学于刘著时，便在考察刘著学术思想的同时，也对吴敬梓、吴烺父子二人交游中熟悉、研治自然科学的友人情况逐一排查。如刘著是数学家梅文鼎的弟子，梅文鼎著有《周髀算经补注》，而刘著弟子吴烺则有《周髀算经图注》，分明受其师祖影响。吴烺还与友人诸寅亮、钱大昕等人在一起学习梅氏算术。曾为吴敬梓、吴烺父子二人各自所著的《文木山房集》、《周髀算经图注》分别作序的沈大成，除笃志研治经学外，还研治天文、地理以及算学，曾校订《梅氏历算丛书》。至于吴敬梓、吴烺二人共同的友人周榘，除了懂得数天之学外，还擅长制造科学仪器，能造浑天仪、绘制长江航运图。而严冬友治学范围更为广阔，除了经史、金石之学外，在数天之学方面著有《五经算术补证》，《淮南天文太阴解》等，对历史地理学也颇有涉猎，曾纂修《汉中府志》。至于姚莹，更是以医为业，更何况吴敬梓先人中也颇有精通医术之人。总之，在吴敬梓、吴烺父子的友人中，颇有研治自然科学者。在此基础上，笔者又注意从两个方面去考察，一是学术时尚。当时研治自然科学已形成风气，如统治者康熙帝玄烨就大力提倡研治数学、天文、历算、测量、物理、医学，而且还表彰学有成就的士人，他曾召见梅文鼎，并“特赐”以“积学参微”四个大字。统治者提倡在上，在下者自然趋从，如阎若璩就十分熟悉时宪及授时法，并根据算术以证明古文《尚书》为伪作。二是中西沟通，康熙就曾向传教士请教这些学问，严冬友懂得蒙古文，周榘及其家人通晓“华严字母法”。刘著的老师李塨是一位思想家，但也注意学习西方自然科学，认为数本于古，可参以近日西洋诸法。众所周知，科学与哲学的结合对于进步思想的形成无疑是具有重要意义的。在此认识基础上，又结合《儒林外史》情节中所表露出来的作者的思想，撰写了《吴敬梓和科学技术》（1983）。类似此文整合不同人物的资料，而撰写成一个专题的文章，尚有《吴敬梓和戏剧艺术》（1979）、《吴敬梓和释道异端》（1981）等，不再举例。

此外，在搜寻吴敬梓交游资料的同时，也发现一些记载并不能直接运用于研究吴敬梓的论著中，但也自有价值，便另写文章予以利用，如发表于《艺谭》(1984年2期)的《宁国之会》，此文乃记叙李塨南下经过。李塨晚年颇欲定居金陵，便与时在京师不能南归的方苞交换住宅。因此，李塨乃得于康熙五十九年(1720)南下金陵，又至高淳再到宁国，由往日门生而今又师事梅文鼎的刘著牵合，与梅文鼎相聚谈学。一位思想家和一位数学家的晤谈，应是学术史上值得书写一笔的事，而这也正反映了当时学风的一个侧面，也可作为从旁补充吴敬梓接受自然科学的一个例证。类似者尚有发表于《南京史志》(1991年3期)的《石巢园、湘园和陶湘》。据陈作霖《凤麓小志》记载，湘园原为阮大铖的石巢园，几度兴废后，"踵而筑之者有陶氏冰雪窝"，为"衡川孝廉居之"。其实，"冰雪窝"仅是湘园之一角，并非全豹。笔者寻出沈大成曾有《寄陶衡川精舍》诗作十一首，称赞湘园中的一些景点，如百城烟水阁、深柳读书堂、春草池、黄叶廊、光风霁月之堂、冰雪窝、平桥、墙东古柏、移灯处、小罗浮、竹梧小隐等。与此文类似者，尚有前文提及的《寓居如意桥的程廷祚》(《南京史志》1991年6期)。此二文实为充实《盋山志》所记"南陶北程"而作，因湘园位于南京城西南，而如意桥处于城东北。此二文虽未涉及吴敬梓，但也有充实吴敬梓研究内容的意义。类似者尚有《吴敬梓与甘凤池》(1984)等文，不再赘述。

最后，要说明的是，笔者搜集有关文献资料的目的在于撰写研究论著，不同于汇编资料，不需要将所有资料都纳入其中编排，而是有选择的引用。因此有些资料并没有引入自己的论著中，例如，有关程晋芳的资料，尚有《国朝诗人征略》卷四十三、武億《祭程内翰文》、《惜抱轩文集》卷七《赠程二鱼门》等，虽然录钞，但未引用。其他如《颜李师承记》中有关程廷祚的资料，《香祖笔记》、《清画家诗史》、《国朝画家笔录》、《国朝画识》中有关王宓草的资料，《国朝诗人征略》、《清画家诗史》中有关李葂的资料；《勉行堂文集》中题赠王又曾的篇什，等等。这些资料，或与其他资料类同，或一时不足以说明问题，在已经发表的论著中未曾引用。但如来日对这些资料有了新的认识，也不排除重新引用的可能。此文只能就已经征引的资料加以叙说。

总之，笔者在从事这一课题研究的三十余年历程中，随时注意发掘有关资料(不限于此文所论的交游资料，有关家世、生平的资料已另文论及)。这项工作不仅有助于自己的研究，而且也表明一己先冶铜后铸钱、边冶铜边铸钱、既冶铜又铸钱的研究过程。这自然比不过少数借他人之铜铸自家之钱的“学人”既快又多地出成果。不过任何学术研究必须付出辛劳才能获得真正属于自己的成果，借用《儒林外史》中鲍文卿所说“须是骨头里挣出来的钱才做得肉”。同时，这种排比工作虽然既费力又琐碎，但对于撰作评述他人成果的“综述”、“纵览”、“研究史”而言，尤为重要。如不了解资料发掘和某一见解提出的先后，不清楚后继者做了哪些补益和拓展，不能清晰地了解这一发展脉络，不深入探讨每家的研究思路和独特方法，又如何恰如其分而又公允地评价每位学人的成就呢？又如何真实客观地反映学术发展史的面貌呢？笔者在主持《儒林外史研究史》的项目过程中，深深感到：对于诸如材料发掘的先后、见解提出的先后等等问题，做编年工作是不可或缺的。数年来，除此文外，也分别发表了系列论文，对吴敬梓的思想、《儒林外史》的主题、人物形象的研究，乃至人民文学出版社 70 年代出版的《儒林外史》前言有四稿等等问题的发展历程有所回顾，这些都是撰写《儒林外史研究史》所必须完成的基础工作，岂可忽视哉！

（原载《南京师范大学文学院学报》2005 年第 1 期）

附记：

代为录入此文的弟子询问，何以仅举胡、张、何、陈四氏而不及20世纪80年代之《年谱》作者以及《资料》编者。此乃因四家均在笔者于 1971 年从事这一课题研究之前已提供了大量资料。《年谱》编者虽于 20 世纪 50 年代发表一篇有关口头传说材料，而其研究成果始见于 20 世纪 80 年代。《资料》作者起步也晚于笔者。此外，有些文章也述及一些情况，读者如有必要作进一步了解，可参阅萧晔《想望风流倍惆怅——评何泽翰先生对〈儒林外史〉史料学的贡献》（《中国文学研究》1993 年第 3 期），周中明《坚持马克思主义的指导地位——增强吴敬梓研究的科学性》（《南京师范大学文学院学报》2004 年第 2 期）以及笔者的《吴敬梓研究资料的发掘和利用》（《文史新澜》）。

《儒林外史》评点研究与实践的回顾与思考

一

中国古代经籍中的注释、笺疏，史籍中的论曰、赞曰乃至太史公曰，文学作品中的序跋、章句等形式，在长期发展流变中形成一种重要的文学批评形态——评点。它不仅成为我国古代小说、戏曲两种叙事文体的重要的批评形式，而且在古代诗文中也存在，如宋人吕祖谦的《古文关键》、楼昉的《崇文古诀》、真德秀的《文章正宗》、谢枋得的《文章轨范》，等等。而小说的评点，亦有刘辰翁对《世说新语》的评点。及至明代，作为通俗文学的小说、戏曲的评点本大量出现，既有文人（包括作者本人）的评点，也有书商（包括书商邀请的文士）的评点，产生了一批著名的评点作品和优秀的评点家，如李卓吾之批评《水浒传》，毛纶、毛宗岗父子之批评《三国演义》，张竹坡之批评《金瓶梅》，脂砚斋之批评《红楼梦》；金圣叹除批评《水浒传》外，还批评过戏曲作品《西厢记》，吴吴山三妇之批评《牡丹亭》等等。这些经过评点的文学作品，大大有利于受众的接受，促进了通俗文学小说、戏曲的进一步繁荣，同时也充实了文学批评的内涵，使得中国文学批评史的发展更臻于成熟。

《儒林外史》面世以后，对它的评点也屡屡出现，如今能够见到的最早刊本即清嘉庆八年（1803）的卧闲草堂本，就是《儒林外史》的第一部评点本。其后则有大约作于咸丰三年（1853）到同治元年（1862）之际的黄小田评本。再后则有同治十三年（1874）齐省堂增订的评点本（包括增补齐省堂本），与齐本几乎同时而稍后的则有张文虎（天目山樵）评点本，张本始作于同治十二年（1873），至光绪三年（1877）仍在修订、完善中，直至光绪四年、五年、六年、七年仍写有识语。除此四家评以外，清人或批评或考索者亦尚有之，如徐允临、华约渔、平步青、金和等辈，但他们的成就和影响均不及上述四家评。

对于《儒林外史》评点的研究，始于20世纪80年代初，据《〈儒林外史〉研究史》所附论文索引，截止于2005年年底，综合讨论《儒林外史》评点的文章约有三四篇，如蔡国梁《从清人的评点看〈儒林外史〉的用笔》①、孙逊的《关于〈儒林外史〉的评本和评语》②、谭帆的《论〈儒林外史〉评点的渊源与价值》③等。而分论四家评者，论卧评的文章最多，有13篇。发表最早的是房日晰《卧闲草堂本〈儒林外史〉回评琐谈》④；其后是庞修森的文章（1983）；接着是笔者的《从卧本评语看〈儒林外史〉的民族特色》⑤；其后有杨翼（1985）、汪岳尊（1985）、沈继常（1987）、周腊生（1987）、马成生（1988）、吴圣昔（1988）等人文章；1991年笔者再次发表全面评论卧评的文章《〈儒林外史〉卧评略论》⑥，此文为参加主持的首届海峡两岸明清小说研讨会（1990）的会议论文；其后又有魏建刚（1998）、周书文（1999）、吴波（1999）等人的文章；杨爱军的《〈儒林外史〉卧评和天评情节结构论》⑦，则是半篇论卧评的文章。

至于20世纪80年代被发现的黄小田评本，先后有李汉秋和项纯文两篇评介文字⑧。笔者所发表的《新近发现的〈儒林外史〉黄小田评本略议》⑨，则是全面评论黄评的文章。此后，有胡光坡的《〈儒林外史〉黄评述略》⑩一文。对于齐省堂评本的专论文字，至2005年年底，仅有笔者所写的一篇，即《略论〈儒林外史〉齐省堂评》⑪。而对于张文虎的“天目山樵”评本，早于上述杨爱军半篇文字之前11年，笔者即发表《〈儒林外史〉张评略议》⑫，到2005年年底，也仅此一文而已。

---

① 《上海师范学院学报》1984年第1期。

② 《明清小说论稿》，上海古籍出版社1984年版。

③ 《社会科学战线》1996年第6期。

④ 《西北大学学报》1982年第3期。

⑤ 《社会科学研究》1984年第4期。

⑥ 见《海峡两岸明清小说论文集》，河海大学出版社。

⑦ 《集宁师专学报》2005年第1期。

⑧ 前者见《光明日报》1985年10月8日，后者见《安徽日报》1987年7月4日。

⑨ 《文献》1990年第3期。

⑩ 《湖北师范学院学报》1993年第5期。

⑪ 韩国《中国小说研究会报》第16号，1993年。

⑫ 《文学遗产》1994年第3期。

由上述排检可知，笔者对《儒林外史》清代四家评做了全面的研讨，发表了五篇文章（卧评二篇，其余三家评各一篇）。对此，《20世纪中国文学研究·清代文学研究》一书中评介说："从迄今所能见到的卧闲草堂评本开始，有关《儒林外史》的评点共有四家。研究这些评本的优劣及其特点，是本期《儒林外史》研究的一个重要内容。这方面，陈美林用力尤勤。"认为笔者所发表的论文"不但分论四家评本的特色，而且还比较了四种评本的得失（如指出张评与其他三家不同，具有'不仅就小说本身发表意见，还从史实加以推求'，而且'一再出现以史实范围情节、以原型推究形象'的批评倾向；齐评的优点是'从文艺作品本身的特点来研究它的教化作用'，而在人物原型与艺术形象的关系上，齐本评者的识见显然高于张氏一筹，并推测齐本评者可能是'为增订本作序的惺园退士'。）"①

笔者之所以研究这四家评本，目的有二：一是为了运用这一传统的批评形式，注入新的美学内涵，为撰作《新批儒林外史》做准备工作。这一成果已于1989年12月由江苏古籍出版社出版。一是为了撰作《儒林外史研究史》，这一成果也于2006年12月由海峡文艺出版社出版。兹分别就这两个项目略作回顾和探讨。

二

运用传统的批评形式，对古代小说进行有时代特色的评点研究，笔者在20世纪70年代就曾有所考虑。在研读四家评时，认为它们对于小说中人物的言行、悲喜，体察入微；对于情节的设置、安排，极有卓识；乃至对叙述语言、描写语言的或褒或贬，深有领悟。它们的作用非时下泛泛的理论文章所可替代，也非一般"套式"的赏析文字所可望其项背。因此，深深感到如果运用这一传统形式，扬长避短，赋予新的美学内涵，重新批评《儒林外史》，必将有助于当今读者的接受，有助于专家的研究，于是便有尝试之意。及至20世纪70年代末80年代初，江苏人民出版社（后又分立古籍等出版社）一些编辑常来舍间约请撰稿和代为审稿，交谈之间涉及这一意向，经他们研究后便正式向笔者约稿，于是《新批儒林外史》便于1989年12月出版。1990年在南京召开的出版家研讨会，老出版家徐

① 北京出版社2001年版。

柏容先生于与会期间来舍间相访，笔者便以此书相赠，徐老说此书已作为会议赠书，他已得到。此后，在1993年出版的《书评学》第五章第三节中，徐老说“评点这种形式也渐被人弃而不用了”，他认为“倘若以新的思想观点、新的审美意识来运用评点方式，它还不失为一种好的有特色的书评方式”，“这一点也不是从来无人看到，‘文化大革命’前，有的出版社就想出版《水浒》的新评点本，曾印过几回试稿，可惜一直未见葳事。倒是1990年（实为1989年）江苏出版了陈美林的《新批儒林外史》，但愿这是评点式书评重新繁荣的一个好的开始。”[①]可见笔者所作《新批儒林外史》是近百年来尤其是近五十年来这一形式被重新“开始”运用的成果。《20世纪中国文学研究·清代文学研究卷》中说：“陈美林在研究古人评本的同时，还借鉴这一传统形式，对《儒林外史》进行了独具特色的‘新批’。该书于1989年由江苏古籍出版社出版，一连再版六次，至今仍畅销不衰，可说是利用传统形式研究《儒林外史》的新尝试和新收获。”

在实践评点形式研究《儒林外史》之前，如上所述，笔者即对既往的四家评本及其他有关小说、戏曲的评点各做了一番探索，除了对《儒林外史》四家评发表了五篇论文以外，还意图对古代小说评点的成就和不足作一较为全面的评估，发表了《重视小说评点的研究，促进小说评点的繁荣》一文[②]。这些论文发表有先有后，但都是笔者自20世纪70年代以来长期研究的心得体会。如果没有这些基础性的研究便率而操觚，鲁莽从事，随意批评，信笔涂抹，必将唐突吴敬梓，肢解《儒林外史》。

但是仅仅对四家评进行研究后便着手评点《儒林外史》，还是远远不能顺利完成这项工作的。因为四家评只是四家对《儒林外史》的研究心得，他们生活时代虽同为清代中叶，但有前有后，社会的政治经济状况、时代的学术文化思潮、个人的学术素养和审美观念仍然有着差异，这就必然要影响到他们的批评观念，这是需要细加辨识的。更为重要的是他们的批评是我们研究的第二存在，吴敬梓其人与《儒林外史》其书是我们研究的第一存在。没有对吴敬梓其人的社会背景、家庭状况、个人经历以及学术素养和文艺思想等等有深切的了解，就很难探析其作品《儒林外史》的创作主旨、思想内涵和艺术特色，就无以细致入微地考察吴

---

① 黑龙江教育出版社1993年版。

② 原于韩国《中国小说研究会报》第35号，1998年5月。

敬梓创作《儒林外史》的客观环境和主观心态，从而做到知人论世的批评。同时还要考虑到我们批评的是古典小说，面对的是今日的读者，必须站在时代的高度，以新的审美意识去认识、解读和批评往昔的作品。

此外，由于小说是多体兼备的文学样式，一部叙事小说中也可能兼容着或多或少的抒情诗赋，《儒林外史》中引用前人诗词歌赋并不多见，但亦非全无。例如小说中“天下何人不识君”、“无人知道外边寒”等诗句，包含在作者的叙述语言中，又未特地表明是引用前人的诗句，很容易被读者误以为是吴敬梓自己的叙述语言。人民文学出版社的两个校注本和中华书局出版的精校精注本都未曾注出。其实这两句均为唐诗，前者为高适《别董大》诗句，后者为吴融《华清宫》诗句。除前代的文学作品外，小说中涉及经、史、子、集之处颇亦有之，如王惠扶乩的判词“羡尔功名夏后”，王惠说：“只有头一句明白，‘功名夏后’，是‘夏后氏五十而贡’，我恰是五十岁登科的。”此句出自《孟子·滕文公》，朱熹注云：“此乃言制民常产与其取之之制也。夏时一夫受田五十亩，而每夫计其五亩之入以为贡。”分明是指夏代的贡赋制度，与科举考试毫不相干。吴敬梓描写此节乃讽刺进士王惠连宋儒注疏的《四书》也不甚知晓，而上述几个校注本于此均无注释，今日之读者怕难以知晓吴敬梓这种讽刺手段。同时，小说中涉及的社会生活面极广，诸如政治经济、文化学术，乃至天文地理、医卜星相等等，例如严监生病重，“肝木克了脾土”云云，则属于中医理论，凡此种种均说明，如果没有多方面的知识是难以深入揭示这部小说的深刻的思想内涵的。当然，这是我做这部小说评点的体会，并不是表明笔者学问深厚、知识广博。

由于小说作品是反映社会生活的，评者还必须结合自己的生活体验去批评它。而由于作者的生活经验是不断累积的，也由于读者和评者的生活经验同样是逐渐丰富的，因而读者和评者读书体会也就有一个由浅而深的过程，正如张潮在《幽梦影》中所说：“少年读书，如隙中窥月；中年读书，如庭中望月；老年读书，如台上玩月。皆以阅历之深浅，为所得之深浅耳。”读书如此，评书亦如此，例如十三回中蘧公孙提出要在马纯上选批的《历科程墨持运》一书封面上“添上小弟一个名字，与先生同选，以附骥尾”，马纯上严词拒绝。不料若干年后，在三十三回中写到南京状元境书坊中出售该书，就具名“处州马纯上、嘉兴蘧駪夫同选”。至于马纯上何以由拒绝到同意，小说中没有叙及。十三回书中，马纯上自云“补廪生二十四年”，彼时当在四、五十岁间，据朱一玄所作《儒林外史故事编年》，此时与三十三回所叙故事，两者之间相距约17年之久，马纯上当在六七十岁间，老矣。人至晚年，生活、心态均有所变化。20世纪80年代中期开始作《新批》时，对此情节颇感犹疑，无从下笔，修订本《清凉布褐批评儒林外史》出版时也未曾补批。[①]直至近年重新审读，笔者老矣，对此始有所悟。但已不及写入《清批》，只有待诸来日再版时补写。

总之，如果没有对吴敬梓及其《儒林外史》有全面而深入的研究，如果没有广博的学养和深厚的积累，是难以做好运用传统形式批评这部小说的。当《新批儒林外史》于1989年12月出版以后，香港《大公报》发表《评陈美林新批〈儒林外史〉》一文即云：“他在多年探讨《儒林外史》的基础上，继承前人小说评点之长，结合今天读者的要求，熔学术探讨和艺术鉴赏于一炉，推出他的新著，再次受到学术界的注目与好评。”[②]一时《人民日报》（海外版1990年6月13日）、《中国图书评论》（1993年第6期）、新加坡《联合早报》（1997年5月11日）、《文学遗产》（1990年第2期）、《文献》（1990年第3期）、《明清小说研究》（1991年第2期）等十余种报刊发表评介。高翔《近代的初曙——十八世纪中国观念变迁与社会发展》将《新批儒林外史》列为参考书。瑞士学人安如峦在其所著《〈儒林外史〉中的隐士观念及形象》，日本学人须藤洋一在其《儒林外史论》，韩国学人赵宽熙在其《儒林外史研究》中均多有征引。而当修改本《清凉布褐批评儒林外史》本问世后，何满子在《中华读书报》发表对此书的评论《伟大也要有人懂》一文中说：“评本是撰者研究《儒林外史》的成绩的综合体现，也是他治学道路和他对小说所关注方面的生动反映”。[③]认为“清批”的长篇前言，“可以显示他对研究对象所关注的重心所在”；“夹批大抵是阐发文情，以数语点评小说的笔法，发明叙述上的前后照应，有时也随文起义，表述评者的世态评论和文化评论”；而“每回后有就文起义的‘回评’，相当于一篇紧凑的论文”；至于全书的注释，尤可见“评本的功力”，对于“小说中的成语、方言、俗谚、庾词，旧时的制度、名物、掌故等，都作了精当的诠释，引经据典出语源、示例证。这

① 新世纪出版社2002年版。

② 1990年6月4日。

③ 2002年3月27日。

是很费心力、前人称之为‘磨功夫’”，“这个评本注释的精善，在近几十年来出版的几部长篇小说经典新版本中，也是很见功力的”。此外，《中国图书评论》（2002年第10期），《北京晚报》（2001年12月26日）、《对外大众传播》（2002年第1期）、《北京日报》（2002年2月12日）、《光明日报》（2002年2月18日）、《世界》（2002年第2—3期）、韩国《中国小说研究会报》（总51号，2002年9月）等报刊亦有十余篇书评。这些评论，笔者均作为是对运用传统形式批评古代小说新尝试的鼓励，并非对个人的颂扬，无论是“新批”或是“清批”仍存在这样那样的不足，笔者又已修订一遍。

三

清代四家批评《儒林外史》的成果，在《儒林外史》研究史上的地位是很重要的，影响也是深远的。对四家评进行研究，也就是对产生《儒林外史》同一朝代评论该书的重要著作的研究，是撰作《儒林外史研究史》的重要内容和主要章节。

在有关论文中，笔者曾述及自己对《儒林外史》研究史的研究是与对《儒林外史》本身的研究同步进行的，甚至略早于对《儒林外史》本身的研究。这是符合学术研究规律的，因为在研究某一课题前，必须了解前人对这一课题的研究状况和成果，既为避免重复研究，又为一己的研究确立起点，而这种必不可少的研读也就可以说是对某一课题研究史的初始研究。

笔者在求学期间就对学术史有着广泛的关注。在长期担任中国古典文学的教学工作中，曾不断地翻阅林传甲以来的文学史著作，包括通史、断代史、分体史、专史等近百种，并在20世纪80年代发表了《重视对文学史著作的研究工作》就文学史著作的题名、范围、体例、评介等问题发表一己之见。[①]当年唐圭璋先生见到此文，颇为称赞。至于外国文学史的有关著作，如法国文学史家朗松（Gustave Lanson）的《法国文学史》、泰纳（Hippolyte Taine）的《英国文学史》，德国文学史家盖尔维努斯（Geovg Gottfried Gervinus）的《德国民族文学史》，意大利批评家德·桑克蒂思（Francesco De Sanctis）的《意大利文学史》以及丹麦文

① 《南京师范学院学报》1980年第3期。

学史家布兰代斯的（Georg Brandes）《十九世纪文学主流》等著作，不仅描述了各自国度的文学发展史，还对文学的基本原理发表了许多精辟的意见，如泰纳在其所著《英国文学史》的“导论”中就提出种族、环境与时代是制约文学创作的三个重要条件；又如布兰代斯在《十九世纪文学主流》中曾论及文学的比较研究。也许正因为接受了这些名著的影响，受到它们的启发，笔者也曾以莫里哀、巴尔扎克与吴敬梓的作品进行比较，在《光明日报》发表了谈比较文学的短文。①据许汝祉先生相告，这篇短文，还受到学界的重视。此后，卢兴基主编《建国以来古代文学问题讨论举要》约我撰写《略述中国文学史分期问题的几种意见》、《关于文学史主流问题讨论的回顾》。②此外还多次参加编写文学史的实践，20世纪50年代在江苏师院（现苏州大学）任教时自编讲义教材外，70年代曾先后参加过四所院校、十三所院校协作编写《中国文学史》和《中国古代文学作品选》的工作。80年代，中国社会科学院文学研究所组织编写多卷本中国文学史，我所在的学校承担宋代卷的编写任务，参加编写人员很多，为更好地完成任务，曾指定潘君昭与笔者二人为专职人员，鉴于当时的具体环境和既往从事同类工作的教训，笔者一再坚决请辞，幸得主编唐圭璋（后主编易人）先生支持，在接受唐先生交代的《董西厢诸宫调》一章的编写任务后免除此项工作。对此我至今感激唐老。《董西厢》一章完稿上交后，稍作改动写成论文投寄《文学评论》，在其丛刊古代文学专号上刊出。③

在自己研读和参编文学史的同时，也很注意向当时出版的文学史著作学习。如对20世纪60年代出版的两部《中国文学史》著作，就在认真学习的基础上提出自己的意见。中国科学院文学所主编的三卷本文学史，在正式出版前曾内部印出，广泛征求意见，我也收到一部并应邀参加1961年在南京召开的座谈会。主持会议者为时任江苏省文化局局长的周邨，与会者有余冠英率领的文学所几位同志，以及南京大学、南京师院等校部分老师，江苏师院与会者有刘开荣、钱仲联与笔者。至于游国恩、王起等人主编的四卷本，在重新修订时，王季思先生曾于1978年初夏亲来南京召开座谈会征求意见，与会者有唐圭璋、段熙仲、孙望等十

① 1980年10月15日。
② 齐鲁书社1987年版。
③ 1989年3月出版《文学评论》丛刊第31辑。

余人。笔者（20世纪60年代末，笔者已调入南京师院工作）在会上谈了一些不成熟的看法后，王季思先生又约笔者于会后个别交谈。

由于这样的学习和教学经历，在1971年接受人民文学出版社约请整理和撰写《儒林外史》前言初始（如今冠在书前的前言非笔者所写，请参阅拙作《人文版〈儒林外史〉前言有四稿》）[①]，即不断搜集资料，深入研究作家和作品，先后在《文学遗产》、《文献》等学术刊物上发表论文百篇左右，其中包括《儒林外史》研究史的专论三十余篇；出版著作十种，如《吴敬梓研究》、《吴敬梓评传》、《儒林外史人物论》、《新批儒林外史》等；还主编了《儒林外史》辞典，这就为撰作《〈儒林外史〉研究史》奠定了坚实的基础。于是便于20世纪90年代申报江苏省社科"九五"项目，获准立项后便正式着手这一课题。这原是我个人项目，但当时随我攻读博士学位的吴波君请求参与此次研究，经过考虑便予接受。[②]经过吴波君近两年的努力，完成近30万字的初稿，通过结项后，有出版社表示愿意出版。但我考虑作为学术专史，尚可进一步完善，便交给另一位博士弟子李忠明君再去"磨合"，忠明也欣然接受。二君在执笔过程中，主要根据我多年的研究成果和多方搜集的文献资料，或将我的一篇篇专论直接采入书中，或将我的多项研究成果加以综合、改写，作为该书的某章某节。当然，亦有我未曾论及的内容，如近十年的研究状况、对当代学人的评述等，则由二君补写。我所着重考虑的是整体设计，以及反复审读他们执笔的文稿。经过我们共同努力，四易其稿，终于完成。书稿也由海峡文艺出版社于2006年12月出版。具体过程可参见笔者所撰写的该书前言《辨章学术，述往思来》以及前此发表的《撰写〈儒林外史研究史〉的思考》、《撰写〈儒林外史研究史〉的再思考》和《论〈儒林外史〉研究与〈儒朴外史〉研究的研究》等文，亦多有论说，兹不赘述。此处仅就全书架构及撰写态度再略作叙说。

《〈儒林外史〉研究史》是学术史，学术史也是历史。前人在历史学著作的编纂中积累了许多经验，创造了多种叙述体例，完全可以供我们取法借鉴，例如我国史学著作中分别以《春秋左氏传》、《史记》、《通鉴纪事本末》为代表

---

① 原载《文史知识》2001年第11期。

② 可参阅笔者为其博士论文《阅微草堂笔记研究》所写的序言，上海古籍出版社2005年版。

的以逐年纪事为主、传人为主、叙述某一历史事件发展过程为主的编年体、纪传体、纪事本末体，它们各自以独特的体例反映了我国的历史面貌。即连外国史学著作中也有编年、纪传这两种体例，如古罗马史学家塔西佗（Publius Cornelius Tacitus），其生活年代在公元55—120年之间，相当于我国东汉时期，与我国史学家班固（32—92）、班昭（约49—120）时代相近，他的传世之作有五种，其中既有纪传体的《阿格里科拉传》是为其岳父阿格里科拉所作的传记，赞扬他任总督时的政绩；又有逐年纪事的《编年史》，记录了奥古斯都之死到尼禄之死，即公元14年到68年间的史实。中外历史学著作体例的近似，正说明了人类社会生活的共同规律，也反映了记录历史事件的相似需求。这些体例均可借鉴引进于学术史著作中，而既有的学术史著作，也不外乎以问题为中心、以著名学者或重要著作为中心，以某一课题研讨进程或某一学科的发展为中心几方面来架构，这正反映了学术史著作与历史学著作也有相近之处。但这三种体例各有长短，如何扬长避短，将三者综合进一部著作中，形成“一书多体”如《史记》那般，从而全面、完整、立体地反映《儒林外史》的研究历程，是我考虑的重心。在该书前言中有较多的说明，《光明日报》2007年8月4日发表的书评《〈儒林外史〉研究史的新开拓》一文中也揭示了该书这一体例特点。

编纂历史，撰写学术史，如何评述前辈时贤的成就和贡献，最为核心的问题之一，是要求学术史著作的作者要具备高尚的史德。既往治史者，强调才学识，《唐书·刘知几传》即云：“史有三长，才学识。”清代著名史学家章学诚在《文史通义·史德》中说：“能具史识者，必知史德。德者何？谓著书者之心术也。”鲁迅曾评说《儒林外史》是吴敬梓“以公心讽世之书”，[①]那么我们撰写《儒林外文》研究史，焉能不出自公心？但客观事实并不尽然。例如有的“综述”、“综览”一类文字（这其实是学术史的雏形）中偶也可见以个人爱憎或关系亲疏立言，或任意褒贬，或故意抑扬。20世纪80年代，《光明日报》就曾以《儒林外史》是讽刺小说抑或是批判现实主义小说这一问题展开讨论，先后发表了李汉秋、胡益民、周林生、苏海、王祖献、周中明的文章，双方观点不同。因周中明不同意李汉秋之说，因而在少数综述文字中就不提周文，甚至在有关著作所附索引中也剔除周文不录。直到2001年纪念吴敬梓诞辰300年之际，有刊物发表《新时期〈儒

① 鲁迅：《中国小说史略》，《鲁迅全集》第九卷，人民文学出版社1981年版。

林外史〉研究综述》一文，在回顾这场讨论时仍然不提周中明的文章，这就使这场讨论不同观点的双方有一方缺位。1996年，在扬州大学召开的《儒林外史》国际学术研讨会上，韩国学者赵宽熙提交了《〈儒林外史〉是讽刺还是批判现实主义》的论文，不同意李说。此文发表在《明清小说研究》1997年第1期，而上引之综述文字也不称引赵文，这并非综述作者未见赵文，因为"综述"文中引用了同一刊物同一专栏中美国学者连心达的论文。如此回避讨论中实际发生的不同观点、掩盖不同见解的做法，是缺少学术气度的表现。其实这种手段也是徒劳的，因为学术成果是客观存在，不会因为一两篇"综述"、"综览"文章或一两位论者的抑扬褒贬而增值或贬值，反而显露了论者史德的缺失。如此撰写"综述"、"综览"、"研究概况"乃至"研究史"，必然失之公正，失之客观，自然不能如实反映学术研究发展的真实状况，也就不可能有任何学术价值，只能对后代学人产生误导作用，让后代学人花费更大的精力去考辨事实，澄清真相，对于学术研究而言，这是浪费学人有限、有用的精力。2004年在香山举行的古代小说及文献国际研讨会上，我曾主持一场大会发言，在小结时曾就某位先生考订成就大加赞赏，并希望当代学人尽可能不要有意无意地"制造"一些让后人去"考辨"的问题，努力做到如实的、客观的反映当代学术研究的实况。这也是我对执笔编撰《〈儒林外史〉研究史》的两位弟子李忠明和吴波的要求。当然，究竟做得如何，也有待广大学者和读者的指正，如发现缺失，必当于再版时改善。

（原载《重读经典——中国传统小说与戏曲的多重渗透》，
牛津出版社2009年版）

论《儒林外史》研究与《儒林外史》研究的研究

对于如何撰写《〈儒林外史〉研究史》（下文称《儒研史》）这一课题，笔者先后发表过《撰写学术史的思考——〈儒林外史研究史〉漫说》（下文简称《思考》）和《撰写〈儒林外史研究史〉的再思考》（下文简称《再思考》）[①]，但言犹未尽，拟再从学理上略作论说。

一

《儒林外史》研究与《儒林外史》研究的研究是不同层次而又彼此依存的课题，这是首先要分辨清楚的。作为研究对象来说，作家吴敬梓和作品《儒林外史》是客观存在；而对其人其作进行研究的成果，对于我们撰写《〈儒林外史〉研究史》的作者来说，也是客观存在。但前者是不依人们意志为转移的第一存在；而后者则是有种种差异的第二存在，因为它是对第一存在的解读、诠释和评述，这就会由于社会变更、时代发展，以及研究者知识素养和审美观念等种种主客观条件的差异而呈现出种种不同的见解和评说。因此，在第二存在中是存在主观性的。例如《儒林外史》的原貌问题，现存最早的刊本为清嘉庆八年（1803）卧闲草堂五十六回本，这是不可更改的客观存在，其后嘉庆二十一年（1816）艺古堂本、同治八年（1869）群玉斋本、苏州书局本等，均以卧本为祖本。在苏州书局本中，附有金和于同治八年冬十月写的跋语，认为最后一回“幽榜”为他人“妄增”。此后有些整理本即据金和所言，删去“幽榜”一回，而成为五十五回本，但金和所指称的没有“幽榜”的五十五回本，至今未见传世。程晋芳在《文木先生传》中又说“《儒林外史》五十卷”，于是有学者以此为据，论证现存五十六回本中有几回为他人窜入，删去那几回就成为五十回本。但程晋芳所言的“五十卷”本

① 前文发表于《明清小说研究》2004年第1期；后文发表于《河北师范大学学报》2005年第3期。

也未见传世。此后，关于“幽榜”一回的真伪问题，言人人殊。因此，五十六回的卧本，就成为我们研究的第一客观存在，而程晋芳、金和所言及其后的种种见解和论说，大都根据一些不同的记载，围绕卧本进行的各自解读和研究所作出的种种判语，也即是《儒林外史》研究的研究，自然成为《儒研史》要加以介绍和评述的第二存在了。又如，吴敬梓的思想面貌，都反映在他所作的小说《儒林外史》、诗文集《文木山房集》以及新近发现的《诗说》和历年来被发现的数十篇佚诗、佚文中，这同样是不可变更的客观存在。至于他的亲友诸如吴檠、金榘、金兆燕、程廷祚、程晋芳、王又曾、沈大成、严长明等等，在吴敬梓生前死后所发表的感触式的议论，自然是我们了解和研究吴敬梓思想的重要资料，但这些记述也同样因各人所了解的侧面以及评议的出发点不同，而不可能完全一致。至于有意识地论说吴敬梓思想归属问题，则自胡适、鲁迅始，他们的评述大都将吴敬梓纳入儒家思想范畴。不过，鲁迅又提出吴敬梓虽然“束身名教之内”而“能心有依违”[①]。此后20世纪30年代有学人认为吴敬梓的基本思想未出儒家范畴，而又吸纳了道、墨二家思想，50年代发表的论文则大都认为是正统的儒家思想，但又触及顾、王、黄思想和受颜、李学说的影响。70年代又有人鼓吹吴敬梓具有所谓法家思想。20世纪末，又有人提出吴敬梓在《儒林外史》里所表露的思想是“儒道互补”。凡此种种，均是对第一存在即吴敬梓在自己创作和著述中所表露出来的思想作各自不同的解读和评论，他们也都是《儒研史》必须予以研究和评介的第二存在。再如，关于《儒林外史》的思想主旨，吴敬梓虽未曾明言，但其丰富的思想内涵全然蕴含在栩栩如生的人物形象和娓娓动人的故事情节中，如何认识这部小说的思想主旨，自《儒林外史》面世后，不断有人寻究，且不说程晋芳《怀人诗》所云“外史纪儒林”，也不说卧闲草堂评本、黄小田评本、齐省堂评本和张文虎评本中对于该书“主旨”、“主脑”的探讨，仅在“五四”前后，胡适就提出反对明朝八股科举制度说[②]；鲁迅则认为该书作者“秉持公心，指擿时弊，机锋所向，尤在士林”；[③]钱玄同又主张这部小说的内容在于“讪笑举业，怀疑礼教”[④]。20世纪50年代，批判科举（包括功名富贵）、反对礼教（包括反对程朱理学）等

① 鲁迅：《中国小说史略》，《鲁迅全集》第九卷，人民文学出版社1991年版。

② 胡适：《吴敬梓传》，《胡适文存》一集卷四，上海亚东图书馆1920年版。

③ 鲁迅：《中国小说史略》。

④ 钱玄同：《儒林外史新叙》，上海亚东图书馆1920年版。

见解占据主流；及至70年代，乃有丑史说、反儒尊法说等等；80年代又批判“丑史说”而提出“痛史”说、知识分子命运说等等。正如鲁迅评说《红楼梦》，“单是命意，就因读者的眼光而有种种：经学家看见《易》，道学家看见淫，才子看见缠绵，革命家看见排满，流言家看见宫闱秘事”[①]。以上仅举作品原貌、作者思想、作品主题三例说明作家吴敬梓和他的《儒林外史》及其诗文著述，是我们研究的第一存在，是不可更易的客观存在；而此后历代学人对它的解读、论述，则是不可避免地带有论述者的主观性的第二存在，但这些研究成果却是《儒研史》要重点加以探析、研究的内容。

二

《〈儒林外史〉研究史》所研讨的内容，当然是既往研究《儒林外史》的成果，而非《儒研史》作者自己研究《儒林外史》的成果，这是必须分清的又一问题。但在评述既往《儒林外史》研究成果时，《儒研史》作者也必须对《儒林外史》进行认真的研究，可以断言如果对吴敬梓和《儒林外史》本身没有全面而又深入的研究，是无从撰写《儒研史》的。何以说“全面”，因为历来的研究者可以从一己的视角切入《儒林外史》的研究，就作家而言，叙其家世，说其生平，考其交游，论其思想，从而为其作谱作传，无一不可；就作品而言，谈其刊本，叙其增删，考其真伪，评其内涵，论其形式，说其影响，从而为其定位定评，也无一不可。众多的研究者均可任选一角度予以研讨，做出各自贡献。而《儒研史》的操作则必须将既往的一切研究成果，都要网罗进自己的审视领域，这就要求对吴敬梓及其创作的方方面面都要有所了解。何以说“深入”，道理极其明白，如果“儒研史”作者的识见等同于甚或不及既往研究者，又何以辨识既往成果的品位，予以恰如其分的评论？因此，无论就作者还是就作品研究而言，都要力求深入，如仅局限于前人提供的资料、作出的结论来撰写，必然流于一般性的复述，而缺少理论的阐说（当然，此处是就撰写学术史的一般要求而言，并非特指）。总之，《儒研史》虽不复述作者对第一存在（即吴敬梓和《儒林外史》）的研究成果，但处处又必然会体现出作者对第一存在的研究程度，而其研究程度又是渗透在对

① 钱玄同：《〈绛洞花主〉小引》，《集外集拾遗补编》，《鲁迅全集》第八卷。

第二存在的解读和评述之中。

这种情况，在《儒研史》中随处可见，不妨例举一二，以为印证。例如，就作家生平经历而言，是否参加鸿博之试，辞却廷试是真病抑是装病，众说纷纭。对此，笔者曾发表《关于吴敬梓应征辟问题》①，在广泛征引有关资料诸如《词科掌录》、《鹤征后录》、《公车征士录》、《听雨丛谈》、《冷庐杂识》等等，超出一般论著所引用的《盋山志》、《文木山房集序》等资料范围；还考察了吴敬梓友人诸如程廷祚、李葂等人被荐举鸿博的过程；继而又细研吴敬梓有关诗文创作，从而提出了一己之见。这一论文就成为《儒研史》执笔者评述有关学人对此问题研究成果的参照。又如，关于吴敬梓移居南京秦淮水亭后，是否再次迁徙至大中桥。有些学人在论著中既不能否定吴敬梓自已诗文中所言“诛茅江令之宅”（《移家赋》），“诛茅江令宅”（《春兴》）②，又惑于程晋芳《文木先生传》中所言“乃移居江城东之大中桥”③，于是便作出了两次移家的判识，认为先移家“江令宅”（即淮青桥附近），再移家大中桥。其实，程晋芳的《文木先生传》虽然对于研究吴敬梓生平来说，极富价值，但其中也有误记之处，笔者在有关论文中已有考辨④。至于吴敬梓移家南京秦淮水亭之后有没有再次迁居大中桥，笔者在查阅大量资料诸如《建康实录》、《六朝事迹编类》、《江宁府志》、《上江两县志》、《东城志略》、《石城山志》、《钟南淮北区域志》、《金陵待征录》、《盋山志》等文献，搜集了唐宋诗人刘禹锡、白居易、王安石、苏轼、马光祖以及明清时代顾璘、施闰章、王士祯等文人吟咏青溪、江令宅的诗作；还考察了吴敬梓及其子吴烺的友人诸如李葂、严东有、周榘等人的有关诗作，认为吴敬梓移家南京秦淮水亭后，并未再迁，以此撰写了《吴敬梓“秦淮水亭”考索》一文⑤。而此文也就同样成为《儒研史》执笔者用以品评两次移家说的根据。此种情况，不一而足。仅举二例以说明《〈儒林外史〉研究史》中虽然并不介绍作者对第一存

---

① 《社会科学战线》1984年第2期，美国《海内外》1985年第5期亦刊发。

② 均见吴敬梓：《文木山房集》。

③ 程晋芳：《勉行堂文集》卷六。

④ 如《吴敬梓身世三考》（《南京师院学报》1977年第3期），《吴敬梓家世杂考》（《安徽师大学报》1980年第2期），《关于吴敬梓的身世问题》（《艺谭》1981年第3期），《吴敬梓父亲究竟是谁？》（《明清小说研究》6辑，1987年12月）等文以及《吴敬梓评传》（南京大学出版社1990年版）相关章节都有程度不同的涉及。

⑤ 先行刊发于香港《大公报·艺林》1981年8月9日，《南京史志》1984年第1期刊发全文。

在即《儒林外史》的研究成果，但在对第二存在即前人对《儒林外史》研究成果的评述中，无处不存在《儒研史》作者本人对第一存在的研究成果。笔者在“儒林”中跋涉三十余载，先后出版了《吴敬梓》、《吴敬梓研究》、《吴敬梓评传》、《新批儒林外史》（增补本更名《清凉布褐批评儒林外史》）、《儒林外史人物论》、《吴敬梓和〈儒林外史〉》等著作，发表了百余篇论文，还主编了《儒林外史辞典》，做了大量的前期准备工作，方始将《〈儒林外史〉研究史》纳入我的吴敬梓系列研究中来进行研究的。但尽管做了这些工作，也不敢自诩能对既往的《儒林外史》研究成果都能做出客观公允的评述。不过，学海本无涯，治学无尽头，每个人也只能根据目前的水平奋力向前而已。

三

如何将前辈时贤研究《儒林外史》成果按照时代先后、分门别类地予以介绍评述，也就是说如何架构《〈儒林外史〉研究史》，这也是值得思考的又一问题。笔者多次参加文学史的编写工作，也撰写了几篇文字探讨一些问题[①]。《〈儒林外史〉研究史》虽不像文学史（包括断代史、分体史）那样包罗广泛，但也是专书的研究史。如何撰写，同样需要认真研究。

我在总结撰写《吴敬梓研究》一书的经过时，曾引用谭元春在《诗归序》中所言“法不前定，以笔所至为法”[②]，我的理解不是不要“法”，而是不要事先主观定下“法”来，必须根据所要表达的内容（“笔所至”）来考虑“法”。因为所谓研究方法不仅仅是外在的表现形式，其核心应该是所研究的学术内涵。有什么样的学术内涵，就要选择什么样的表现方法，方法是为正确地揭示学术内涵服务的。学者对所研究的问题的理解达到何种程度，便会形成相应的表现方法。可以说，对表现方法的意识与择定，与学者对研究内容的自觉和把握紧密相关。

---

① 如《重视对文学史著作的研究工作》，《南京师范学院学报》1980年第3期；《也谈比较文学史》，《光明日报》1980年10月15日；《略述中国文学史分期问题的几种意见》和《关于文学史主流问题讨论的回顾》（均见齐鲁书社1987年4月出版《建国以来古代文学问题讨论举要》，前文由万建清、后文由许永协助写成）。

② 参见拙著《“知人论世”、“见从己出”和“法不前定”——〈吴敬梓研究〉出版20周年回顾》，《古典文学知识》2004年第6期。

在《思考》文中，提及我曾借鉴我国史学著作最为成熟也最具影响的编年体、纪传体、纪事本末体三种体例撰写了一系列的研究吴敬梓和《儒林外史》以及评论《儒林外史》研究成果的论文，这些成果构成了撰写《儒研史》的基础。

但我同时也注意到，借鉴可以，而不能照搬。即以最为人称道的编年、纪传二体而言，唐人刘知几在《史通·二体》中就曾在肯定二体之长的同时，也指出二者之短，认为编年体存有如下不足，"论其细也，则纤芥无所遗；语粗也，则丘山是弃"；而纪传体同样也有缺憾，"同为一事，分在数篇；断续相离，前后屡出"，"编次同类，不求年月，后生而擢居首佚，先辈而抑归末章"。此后，《四库全书总目提要》在论及袁枢《通鉴纪事本末》时也曾论及编年体、纪传体之失，有言"自汉以来，不过纪事、编年两法，乘除互用。然纪传之法，或一事而复见数篇，宾主莫辨；编年之法，或一事而隔越数卷，首尾难稽"。因此，《提要》对叙事为中心的纪事本末体则颇多肯定，"每事各详起讫，自为标题，每篇各编年月，自为首尾"，"前后始末，一览了然"。然而，纪事本末体毕竟不能充分体现历史的整体发展，也不能充分表现创造历史的人物事迹，鲁迅曾说"分类有益于揣摩文章，编年有益于明白时势，倘若知人论世，是非看编年的文集不可的"①，强调时序先后的重要；恩格斯更云"有了人，我们就开始有了历史"②，则充分强调历史发展中的人的作用。因而，以叙事为主的编年体，以传人为主的纪传体也并不可废，这"二体"与"纪事本末体"各具长短，我们都可以之借鉴，但不宜拘于一格。须要注意的是，运用这三种体例分别撰写文章是一回事，在一部书中同时运用这三种体例又是一回事，即以纪传体著称的《史记》而言，其中本纪部分显为编年体。总之，如何在一部书中，充分发扬三体之长，而避三者之短，仍是值得研究的。

同时，历史上一些优秀的学术史著作，也有借鉴价值，例如，阮元所著的《畴人传》，全书四十六卷，前四十二卷汇集了我国历史上主要科学技术专家 243 人的事略；后四卷搜集了对我国有影响的西洋科学技术史专家 37 人的事略，合计 280 人（后人又有续编、三编、四编），实际上是一部中国古代科技史。阮元为这些世代相传、家学渊源的科技专家立传的目的，在《凡例》中说得很明白，是

① 鲁迅：《且介亭杂文·序言》，《鲁迅全集》第七卷，人民文学出版社 1991 年版。

② 恩格斯：《自然辩证法》，《马克思恩格斯选集》第三卷，人民出版社 1973 年版。

为了鼓励“后来彦俊”“起其向慕之心”。又如黄宗羲的《明儒学案》六十二卷，将明代300年的学术发展，划分成19个学派，按时代顺序，组合208名思想家加以评述。每一学案，先以小序概括说明，然后列出学者生平、成就、言行并载，是非互见，不以爱憎去取，学术源流，了如指掌，充分反映了明代学术思想的真实面貌，尤其是明中叶以降占据统治地位的王学面貌，并不因一己为王门后学刘宗周弟子而故作回避，充分体现了实事求是的学者风范，是一部为后世称道的明代思想史。阮元著书为了鼓励后学，黄宗羲著书体现的实事求是精神，对我们撰作《儒研史》，应该是有启迪作用的。其实，在我国学术史上，诸如此类的优秀著作不胜枚举，都是我们可以学习借鉴的。

四

在《儒研史》的撰写过程中，还有一些问题须引起作者的重视，不妨也略作申说。如前所述，《儒研史》同样也存在着主观性。因此，在撰写过程中，我们首先要力避主观任意性，尽量做到客观真实性。对每一项研究课题的意义和成绩，在力求客观介绍的基础上予以公允评价；如有争议，则对各种见解均予以介绍，探究其源，追踪其流，说清来龙去脉，不轻易下断语。而对每一位研究者的介绍，力求全面，并联系其所处的时代的政治环境、学术氛围等客观条件，作出符合各自实情的评价，例如对清代出现的四种评本，指出张文虎评本与卧评、黄评、齐评不同之处，在于它不仅就小说本身发表意见，还从史实加以推求，甚至以史实范围情节，以原形推究形象。在分析何以如此时，则指出这是他的治学特色的反映，这一特色又与乾嘉考据学派的影响有关。又如20世纪70年代，之所以出现“丑史”说，断言《儒林外史》是“儒林群丑的讽刺画卷”，甚至认为“它对我们今天反修、防修、彻底批判反动的孔孟之道并肃清其流毒的现实斗争，是有借鉴作用的”。对于这些评论，不宜追究作者个人的责任，而应说明是当时左右学术研究的政治环境使然[①]。总之，既然《儒林外史》是吴敬梓“以公心讽世之书”[②]，那么我们做“儒研史”同样要出自公心，而务求客观真实，力戒主观随意，则是体现“公心”

---

① 参见拙作《〈儒林外史〉研究三题》，《明清小说研究》2002年第1期。

② 鲁迅：《中国小说的历史的变迁》，《鲁迅全集》第九卷。

的重要原则。

其次，由于《儒研史》是以评述前辈时贤的研究成果为主要内容，因而在撰写过程中就存在着如何对待他人成果的问题。我一向主张对他人成果不必仰视，更不可俯视，而要平视，即站在同一平台上彼此切磋，相互尊重。对于前辈学者，充分肯定他们的历史贡献，也不讳言他们由于主客观条件而导致的局限，不必因为他们是前辈而自惭不足。对于同辈时贤，充分肯定他们的成果，如有不同见解，坦率而又虚心地进行请教，彼此探讨，以求取得共识，即使一时不能达成共识，也要尊重对方意见，各自保留。对于新秀，更要充分肯定他们的成绩，鼓励他们继续提出新见，即使个别见解不成熟，也不要求全责备，当然，也要善意地提醒。总之，在学术研究上，要开诚布公，平等讨论，充分发扬民主，保持平和心态。

再次，为了真实客观地反映近300年来研究《儒林外史》的成果，在《儒研史》撰写时，要选择恰当、合适的叙述方式。因为叙述不仅仅是叙事写人的方法，而且也是一种议事评人方式的选择。一种恰当的叙述方式，评论也就蕴藏其中。司马迁最擅长此法。《汉书》卷六十二《司马迁传赞》中，班固据班彪所论，认为太史公之“是非颇谬于圣人，论大道则先黄老而后六经，序游侠则退处士而进奸雄，述货殖则崇势利而羞贱贫，此其所蔽也。然自刘向、扬雄博极群书，皆称迁有良史之才，服其善序事理，辨而不华，质而不俚，其文质，其事核，不虚美，不隐恶，故谓之实录”。在其先后、退进、崇羞之间即寓有评价。顾炎武在《日知录》卷二十六《〈史记〉于序事中寓论断》中便指出：“古人作史有不待论断而序事之中即见其指者，惟太史公能之……后人知此法者鲜矣。”例如论著索引的编制方法，我再三强调两种方式编制：一种是按发表年月编制，一种是按作者姓名编制——这或许是史学著作编年、纪传二体的一种运用，也或许是于序事中寓论断的一种方法。20世纪70年代，为了撰写《杜甫诗选析》①，我曾遍阅杜甫诗集各种刊本，如钱谦益笺注本、仇兆鳌详注本、杨伦镜铨本、浦起龙心解本。钱本按诗体编次，仇、杨则为编年本，浦解本首按诗体编次，尾附编年目录。且不论此数种刊本之得失，只说浦本对我的启迪。1994年，南京大学出版社出版我主编的《儒林外史辞典》，后附录论著索引，原欲效法浦氏所为，但出版者以为篇幅太多，只能舍弃一种，因当时按作者编制索引者还不多见，乃舍弃编年目录而取作者目录一种。

---

① 该书应江苏人民出版社之约，与人合作，出版于1981年4月，1982年12月重印。

及至1999年，个人出版论文选集《清凉文集》（南京师范大学出版社1999年版）时，便采用二种，首为分类目录，后为编年目录。在撰作《儒研史》的过程中，我力主二目并存，一以见问题提出的先后和讨论的过程，一以见个人著述的多寡和关注点之所在。如此叙述，毋须加以评说，而客观事实俱见，可以更好地了解学术的发展和各家治学的特长。

此外，需要说明的是，《〈儒林外史〉研究史》起初是我个人申报的省“九五”社科项目。立项之初，正在攻读博士学位的吴波君表示要随我作《儒林外史》研究[①]，经考虑后，便同意所请。我首先提出该书的立意、内容、架构等见解并与之研讨后，交由他一人执笔，由我逐章审阅。我所有的研究成果，他均可任意纳入。结项意见颇有好评，吴波原欲在湖南出版，但我认为，仍有可以提高的空间，便于2001年4月吴波夫妇自湘来宁之际，正式征得他的同意，交由李忠明君“磨合”。忠明随我十余年，对我的治学思路很熟悉，也曾为我助编《儒林外史辞典》。其时，他的教学和科研工作也很忙，但仍然接受这项工作。在与其充分讨论后，同样由他一人执笔。忠明接手后，反复考虑，再三斟酌，在保存原稿全部内容的基础上，调整章节，增加内容，补写了近几年的研究状况，直到2005年5月方始完成五十余万字的书稿。由于初稿和定稿都曾借鉴和融入我的不少研究成果（包括研究《儒林外史》的成果和研究《儒林外史》研究的成果），因此，对于该书的高下，我不便言说，仅就《儒研史》的撰写从学理上予以探讨。此处不妨借用我为高君小康博士论文所作的序言中一句话来结束本文。在该序中我引用法国著名作家菲力克斯·达文序巴尔扎克《十九世纪风俗研究》时所说：“因为有见识的人的无记名投票（通过这种投票，你的声望才能受到推崇）是一张一张地投来的。”[②]《〈儒林外史〉研究史》一书的价值，同样也是要由研究者和读者来评论的。

（原载《江苏社会科学》2006年第2期）

---

① 参见笔者为吴波《〈阅微草堂笔记〉研究》一书所作的序，刊发于《中国文学研究》2005年第3期；又见该书卷首，上海古籍出版社2005年版。

② 参见高小康著《市民、士人与故事：中国近古社会文化中的叙事》卷首，人民出版社2001年版。

“知人论世”、“见从己出”和“法不前定”

——《吴敬梓研究》出版20周年回顾

孟子有云：“颂其诗，读其书，不知其人可乎？”（《孟子·万章下》），后人对此有不同理解。笔者认同章实斋所言，他在《文史通义·文德》中说：“不知古人之世，不可妄论古人之文辞也。知其世矣，不知古人之身处，亦不可以遽论其文也。”袁宏道在《与张幼于》中说：“见从己出，不曾依傍半个古人。”谭元春在《诗归序》中说：“法不前定，以笔所至为法。”这些灼见，笔者极表赞同，并努力引进到自己的研究工作中来。兹值《吴敬梓研究》于1984年8月出版至今20周年，回顾往事，颇有可记之辞，乃借此三句警语以为文题。

一

研究任何一位作家，评价任何一部作品，都必须先做基础性工作，要深入了解作者的家世、生平、交游、际遇、思想和著作，以及作者生活时代的政治、文化、社会习俗、学术潮流和作品产生的背景等等。鲁迅在《且介亭杂文二集·“题未定”草》中就说：“……我总以为倘要论文，最好是顾及全篇，并且顾及作者的全人，以及他所处的社会状态，这才较为确凿。要不然，是很容易近乎说梦的。”笔者遵循这些经验之谈，对吴敬梓及其《儒林外史》作了一些探讨，《吴敬梓研究》后记中就说集中文章可分四组：第一组的文章“主要是论述吴敬梓的思想面貌及治学、涉世态度”，第二组的文章“主要是考证吴敬梓的身世、行实和交游”。其实，从研究工作的进程来说，第二组的文章先于第一组，《吴敬梓身世三考》（最初发表时间为1977年，下同）是笔者以个人名义最早发表的有关吴敬梓研究的论文。自然，第一组的论文，也有与第二组论文几乎同时或稍有先后发表的，撰写的时间与发表的先后并不全然一致，如《略论吴敬梓的“治经”问题》（1977）就发表较早。属于第二组的文章，除《三考》外，还有《吴敬梓家世杂考》（1980）、《关于吴敬梓家世的几点辨正》（1981）等等，这些论文以及1987年发表的《吴敬梓的父亲究竟是谁》，在这些论文中考述了吴敬梓先世（上推至吴聪）、“让袭”的实况，曾祖辈五兄弟功名及子嗣情况，祖父吴旦事迹何以不见于《移家赋》，以及吴敬梓本人既有生父又有嗣父、进学年龄、“析产”、“夺产”的情况，甚至考及族兄吴檠也曾出嗣、吴敬梓第三子名煐，等等。这些考证，对于深入研究和评价《儒林外史》也是有意义的，在《吴敬梓研究》出版18年以后，何满子先生以《伟大也要有人懂》[①]为题评论拙作《清凉布褐批评儒林外史》的长文中，仍然肯定这些工作的价值，他说：“他从基础性研究着手，花力气探究作家吴敬梓的家史和生平，考证出了吴敬梓是生父吴雯延出嗣给长房吴霖起的，这一出嗣关系加上上代的嫡庶和功名显晦等复杂原因所导致的遗产纠纷，严重地影响了吴敬梓的人生选择，使之由缙绅子弟变成宗法制度的叛徒。因此他的考证与‘红学’界考证曹雪芹直追到‘将军魏武之子孙’的烦琐考据有别，对作家研究有其必要性。这些研究收集在1984年出版的《吴敬梓研究》一书中。”必须说明的是，当这些文章发表之初，其中个别结论也有学人并不赞同，笔者以为这是正常的学术讨论。待有更为可靠的文献发现，拙说也是可以修正的。其后，1988年出版的《中国大百科全书》以及1993年出版的《中国古代小说百科全书》有关条目（分别由何满子、石昌渝撰写）仍采用拙说。

为了更好地知人论世，就必须建立在扎实的文献基础上，不能凭空臆说。《吴敬梓研究》中《陈古渔〈所知集〉中有关吴敬梓交游资料》和《略述康熙〈全椒志〉中有关吴敬梓先世资料》集中揭示了笔者所发现的一些资料，这两篇文章虽发表于20世纪80年代，但在70年代发表的《三考》等文中已经引用。而且，笔者所发掘的一些资料，并不全然见于此二文，浙江古籍出版社成立20周年纪念文集《文史新澜》（2003年11月）中收有笔者应约撰写的吴敬梓研究回顾系列之一的《吴敬梓资料的发掘和利用》中有所表述，但此文也仅做概略例举，并非笔者所发掘的资料全部。近日为“小说文献与小说史国际研讨会”所写的论文

---

① 《中华读书报》2002年3月27日。

《撰写〈儒林外史〉研究史的再思考》文中，也仅举出一例说明，即有关吴敬梓友人程晋芳的资料，笔者所称引的文献数量已达到胡适、何泽翰二氏所提供的总和；根据程晋芳《文木先生传》等诗文引申研究而撰写的论文也有十余篇。这十余篇论文中，撰写于1982年以前者已选入《吴敬梓研究》，1982年之后到1999年上半年所发表的则辑入《清凉文集》；1999年以后亦有十数篇，散见于有关刊物。

在学术研究中引用前辈时贤所发现的资料是不可避免的现象，学术研究有其累积性，不可能也没有必要全由一己去从头做起。不过，在资料汇编、研究纵览、研究史述等类书籍中，应该遵守学术规范，交代出处及发现者。作为研究者，在吸纳前辈时贤提供的文献资料的同时，更应亲自深入书库，躬自探索，以发掘新的资料，如果仅依赖他人所炼之铁以炼钢、别人取铜他铸钱的取巧做法，虽有短期成效，但其为人为文必为识者所讥。

二

前辈时贤在学术研究上做出的贡献，必须尊重，但也不能止于他们所提供的资料、囿于他们所提出的见解，在充分肯定他们的历史地位的同时，也必须有所推进、有所拓展。如能"见从己出"，或许可以实现这一要求。"见从己出"不仅对文献要进行仔细辨识，而且对评论也须审慎考查。

以文献辨识而论，可举吴敬梓父亲的问题为例。吴敬梓父亲是谁，史无明言，鲜有记载。胡适在《吴敬梓年谱》中根据吴敬梓在《移家赋》中所言，其父曾任"赣榆教谕"，便在民国九年（1920）《全椒志》中"寻出"做过赣榆教谕的吴霖起，便断定此人便是吴敬梓之父。长期以来，这一论断便为学人所接受。甚至何泽翰在《儒林外史人物本事考略》中已经引用朱绪曾的《国朝金陵诗征》所云"敬梓，字敏轩，上元人，全椒廪生"，父"雯延，诸生，始居金陵"，但囿于胡氏之说，认为"雯延"系"霖起"之误。笔者在发现康熙《全椒志》后，于卷七"选举"附生栏中见到并列的吴霖起、吴雯延二人姓名，再广泛搜集更多的文献资料，反复梳理、比较、考索，从而判定其生父为雯延，嗣父为霖起，并由此解决了一系列有关问题。又如，与父亲问题有关，即《移家赋》中所言："羡延陵之甥子，擅海内之文章。吾父于是仰而思，坐以待，网罗于千古，纵横于百代。"显系赞美其嗣父吴霖起。但所谓“睯子”之“睯”，究作何解，有学人以为季札称延陵季子，而将此字释为“季”。但作“季”解，在赋文中却讲不通。因为不是说季札之事，也不能以季札比拟吴霖起，因霖起为吴旦独子，不存在排行问题。笔者反复检索《甲骨文编》、《金文编》、《金石索》中石索一《敬临孔圣书吴季子墓碑》、顾炎武《金石文字记》卷一《吴季子墓碑》、《江苏金石志》卷一《孔子见延陵君子葬题字》、《铁桥金石跋》卷一《孔子观延陵君子之葬题字》等等文献资料，论证此字当为“君”。吴檠曾为吴敬梓三十初度作诗有云“僻书奇字来稽参”[①]，说明吴敬梓中年以后喜用“僻书奇字”，而《移家赋》正作于30岁之后。笔者经考索后认定此字为“君”字，与有些学人之见并不相同，但却符合实情，这一结论，得到徐复、钱玄、蒋礼鸿诸位先生的首肯。

以理论评述而论，对前辈时贤的观点、见解，十分尊重，他们的论述给笔者以有益的启示，如胡适、吴小如对吴敬梓曾受到颜李学说影响的考虑，程晋芳、何其芳对吴敬梓“六代情”简短的点击等等，都引发我的深思，为了进一步申说己见，撰写了多篇论文。但前辈时贤的有些论述，笔者反复研究后，也并不敢苟同或全然赞可。如程晋芳在《文木先生传》中说吴敬梓“晚年亦治经”，胡适在没有提供充分根据的前提下，便在《吴敬梓年谱》中说他是“乾嘉经学的先锋”，予以极高评价。20世纪50年代有的学者在《〈儒林外史〉的思想和艺术》一文中做了进一步的论述，认为黄宗羲、顾炎武等“大师”们的“治经”，“是拿来反对当时居于权威地位的‘理学’思想”；而到了吴敬梓时代，由于“政治环境不同了”，他的“治经”内涵“就具体表现为‘文行出处’”。但对吴敬梓“治经”的内容也缺乏具体分析。不过，仍成一家之言。可是到了20世纪70年代，掀起“评法批儒”的浊浪，有些文章便断言《儒林外史》是具有鲜明的反儒倾向的小说；为了找出理论“根据”，便在“治经”问题上做文章，毫无根据地断言，吴敬梓是“用经学新解等曲折、隐蔽的方式进行反理学斗争”[②]。此说一出，当年就有丰家骅、任访秋撰文质疑《儒林外史》“反儒说”[③]。但此二文仅就《儒林外史》作品本身立论而未涉及“反儒说”的理论根据——“治经”。笔者乃发表《略论

① 附见金榘《泰然斋诗集》卷二。

② 《吴敬梓和他的〈儒林外史〉》，见人民文学出版社1977年1月出版的《儒林外史》卷首。

③ 参见笔者《〈儒林外史〉研究三题》，《明清小说研究》2002年1月。

吴敬梓的"治经"问题》，对吴敬梓所涉及的《诗》、《书》二经分别做了具体探讨，认为"他在论《诗》时有些不同于朱熹的地方，并不等于具有反对程朱理学的进步意义"。此文发表后，前辈段熙仲先生一再称赞此文，说"新中国成立以久已无人问津经学了"。数年后，段老聘请我做他的研究生答辩委员时，我表示无此学识，他还以此文为例坚邀我参加。任访秋先生于1978年3月2日的来信中说"关于吴敬梓'治经'问题，我过去没有很好考虑。大作读后，觉用力勤劬，颇多发明"。1999年《诗说》在沪上被发现，当时有刊物约我撰文，我因并无新见，便婉言辞谢。其后《诗说》发现者周兴陆在其所著《吴敬梓〈诗说〉研究》中说，吴敬梓的"治经"特点，"陈美林先生在鸿文《略论吴敬梓的'治经'问题》曾就当时所可见及的材料给予详细的考述"，表现了不忘前人成果的学人风范。拙作中论及《诗》、《书》二经，《诗说》发现后，论说吴敬梓治《诗》的文章已有数篇，而评述吴敬梓对《书》的见解的文章，至今尚少见有专文发表。

总之，笔者在进行学术研究的过程中，先行搜集当时可以见及的有关论著来研读，对前辈时贤所挖掘的资料、所发表的评述，认真学习，充分尊重他们的工作和成绩。同时也告诫自己，在有充分根据的前提下，应该敢于发表不同意见，做到"见从己出"。果如此，便能如裴度所言："不诡其辞而词自丽，不异其理而理自新。"①

三

学术研究自然要讲究方法，每个学者也都是根据其研究对象而采取自己认可的方法。时至今日，不但传统的研治国学的方法仍在用，而且由于科学技术的发展形成的一些新的研究方法，诸如科学质疑法、分析比较法、归纳演绎法、理论模型法，以及系统论、控制论、信息论等等，也对人文科学的研究起了很大的促进作用；同样，人文科学的思维方式，对于物质生产活动的发展、物质文明的繁荣、自然科学的拓展，也具有巨大的推动力量；当然，也要充分考虑逻辑思维和形象思维的差异，充分注意文学本身的特性。《吴敬梓研究》出版以后，有弟子请问研究方法，我就表示"法寓于无法之中"②和"法不前

---

① 《唐文粹》卷八十四《寄李翺书》。

② 胡适：《〈老残游记〉序》。

定”，赞成鲁迅的“拿来主义”，什么方法能阐释清楚自己研究的问题，就采用什么方法。

试以《吴敬梓研究》中所辑入的《秦淮水亭史地考索》为例，此文写作意旨在于张扬程晋芳《寄怀严东有》诗所云“敏轩生近世，而抱六代情”的内涵，从吴敬梓所创作的诗词赋以及小说中涉及的魏晋六朝人物事迹，联系他的生活环境作一探索，从而说明他的生活处所“既是南朝士族聚居之所，又多六朝名胜古迹。这样的历史、地理环境，对吴敬梓的思想情操也不能不产生一定影响”。此文最初发表于香港《大公报》（1981年8月9日），后又被一家刊物转载。这篇文章的研究方法颇引起当时一些学人的注意，甚至效法。如一位研究李渔的学人，一再声称他的“芥子园”考证的文章就是取法于此的。其实，生活环境对作家创作的影响，古今中外许多作家、理论家均有所揭示，如屠隆在《李山人诗集序》中说：“余友李山人宾客，少而辞荣，中岁石隐，家幸不乏负郭，弛于负担，所居有林皋泉石之胜……发为诗歌，力去雕饰，天然冲夷……非独其材过人，盖根之情性者深哉！则其所得于丘壑之助不小也。”笔者不过将先贤所倡言之理引入一己之研究耳。又如，对于《儒林外史》的结构，大约在“五四”运动前后，开始有学人指责它没有结构，如《缺名笔记》认为它“篇自为篇，段自为段”，“有枝而无干”。胡适亦持同样见解，连鲁迅也在某种程度上受到这些议论的影响，说“全书无主干”。这种评论是以国外某些小说的结构为范式而生发出来的。笔者便举出一些国外小说的作品来反证这种议论不过是以偏概全，如英国萨克雷的《名利场》，其副标题即为“没有主角的小说”；俄国契诃夫在《写给阿·谢·苏沃陵》的信中，特别为他所写的《我的朋友们的生活故事》辩护，认为“不要以为这个长篇小说是由许多小块凑成的。不，它是真正的长篇小说，是一个整体，其中每一个人物都跟整个小说血肉相连，不能缺少”，这又是运用比较方法来论述《儒林外史》的艺术结构的。这便表明“法无定法”，根据研究需要做多种选择罢了。

讲究研究方法固然重要，但如不重视文献的发掘和文本的研讨，没有扎实的基础性研究为根基，仅综合前辈时贤的成果（资料、见解和思路等），在文字上重新炒作一番，拾人牙慧，装点“新”论，从而敷衍成文，其所作也许新巧，但却耐不住琢磨。笔者也格外注意避免这种空谈，在撰写《颜李学说对吴敬梓的影响》（1979）一文的过程中，发现颜元、李塨以及李之弟子刘湘煃、再传弟子吴敬梓长子吴烺等人都曾有学习数天之学的经历，便开始注意这一现象，因为恩格斯在《英国状况·十八世纪》中曾说“科学和哲学结合的结果就是唯物主义”，吴敬梓思想中的进步成分是否会与当时社会科学家重视自然科学研究的学风有关？这一推断必须要有坚实的文献资料做基础。笔者经过多方探索，搜辑出一批与吴敬梓、吴烺父子有种种不同关系的人文科学学者，他们的学术生涯中有许多与自然科学“结缘”的事实，颜元、李塨、刘湘煃不说，其他如作《古文尚书疏证》的著名学者阎若璩曾研究过历算之学，并以此作为证明古文《尚书》之伪的手段。又如与吴烺同为乾隆十六年（1751）召试举人的褚寅亮、钱大昕；还有沈大成、姚莹、梅㲄成、严冬友、周榘等人均对数天之学、地理学、医学、仪器制造技术颇有造诣。有了这样的文献基础，笔者便能撰写《吴敬梓和科学技术》一文，同时，又写成《宁国之会》一文①，专门考述思想家李塨与数学家梅文鼎晤面谈学的经过。如此，提出重视自然科学之风也曾影响到吴敬梓的论断便落到了实处。

此外，研究方法的选择与研究思路的拓展也是分不开的。在《吴敬梓研究》所辑入的文章中，有些议题是前人点击过而未深入展开研讨的，如颜（元）李（塨）学说对吴敬梓的影响、魏晋六朝风尚和文学对吴敬梓的影响、吴敬梓的“治经”问题等等。这些论题，前辈时贤未曾专文论及，但在他们的论著中都有简短的提示。笔者则进一步搜寻资料、研究作品，然后作拓展研究，写作成文。有的议题则是不但未见有专文发表，也未见有学人提及，而是笔者与作家作品进行零距离式的接触后，经过反复思考而拟定的，如吴敬梓与戏剧艺术、吴敬梓与释道异端，以及上文所论及的吴敬梓与科学技术等等。有前辈学者认为《吴敬梓研究》拓展了这项研究的领域，有许多问题是前人未曾履及的。《江西日报》即以《开拓〈儒林外史〉研究新领域的人》（1985年12月22日）为题予以介绍，此后，《人民日报·海外版》又以《陈美林和〈儒林外史〉研究》（1991年5月7日）为题发表专访，等等。总之，笔者在撰写《吴敬梓研究》的过程中，既考虑研究方法，但又“法不前定”，根据研究对象的不同采取不同的方法；同时，

---

① 《艺谭》1984年第2期。

又充分注意研究方法要与拓展研究思路相配合，更要以文献的发掘和文本的研究为基础，不可孤立地倡言什么方法。

四

《吴敬梓研究》于1984年8月由上海古籍出版社出版，距今已20周年。该书出版后，即作为在南京举行的纪念吴敬梓逝世230周年学术会议赠书。今年则为吴敬梓逝世250周年，又是吴敬梓于康熙五十三年（1714）来到江苏赣榆的290周年，回顾此书的出版，也就具有一些纪念意义。

《吴敬梓研究》后记写于1983年8月，一开始就说："十年来先后撰写了一些有关吴敬梓的文章。"确实如此，1971年笔者奉命参加人民文学出版社委托整理《儒林外史》小组，大约在1972年被推定执笔撰写"前言"。定稿后不久，"批儒评法"浊浪掀起，乃改由工农兵学员重写"前言"，我被安排为"顾问"。在和盘交出所有资料后，便进入纯粹个人研究的阶段。经数年的努力，陆续写了一些文章，直到1977年才发表了第一篇研究吴敬梓的文章，即《吴敬梓身世三考》。《吴敬梓研究》并不是笔者第一部有关这一课题的论著，但却辑入笔者第一篇有关这一课题的论文。《三考》一文见诸报刊后，得到一些老同志称赞，更得到一些老师的提携。笔者于1950年考入浙江大学中文系，系主任为郑奠老师，授课老师先后有徐震堮、夏承焘、陆维钊、沙孟海、王西彦、孙席珍、王焕镳诸位先生。20世纪70年代初，夏承焘老师通过唐圭璋先生找到我，从此恢复联系；又通过夏师与沙孟海、王西彦等老师联系上。特别是西彦师，70年代中期到80年代中期与我多次通信。他说在"靠边审查"期间不能创作，只能研究《红楼梦》；并说在《光明日报》等报刊上读到我的一些文章，让我有文章就寄给他。当他读到《吴敬梓身世三考》后，便向上海人民出版社负责人推荐。不久，出版社便来信希望我将有关论文汇集成书交他们出版。上海古籍出版社成立后，编辑室主任陈邦炎先生曾来南京进一步商谈书稿，笔者表示分章分节写与就专题撰写各有利弊。邦炎先生极有气度地说："尊重作者意见。"继而又表示："我们出版社以质量取胜，重视声誉，以'研究'冠名的著作，至今出版尚不多。希望陈先生认真完成，早日交稿。"1981年12月，应杭州大学之邀，前往做一讲座，乃携业已定稿的部分篇目过沪交稿，适邦炎先生外出。12月17日邦炎先生来信说："大驾过沪，蒙亲临敝社，惜适值外出，有失迎迓，不胜歉憾。""承将尊稿《吴敬梓研究》赐敝社，至感荣幸"，"在此谨感谢对敝社的厚爱与支持"——插此一节，以约略反映当年出版社和编辑人员的风范。1982年初夏，我将余稿寄去。1983年8月7日，何满子先生来信云"争取9月发稿"。笔者乃将此消息函告西彦师，12月16日接获西彦师复信，表示"等着拜读尊著《吴敬梓研究》"。总之，此书的出版，得到师友的关注和出版社的支持。

《吴敬梓研究》中所收文章21篇，总计不过二十二三万字，但都是1982年以前几近十年间所作，可以视为笔者研治吴敬梓及《儒林外史》的第一个十年的成果。从"后记"中将这些文章分为四组就可觇知笔者意图对这一课题进行全方位的研究。如没有这一基础以及1982年以后又20年间的研究成果，笔者不敢贸然申请江苏省"九五"社科项目《〈儒林外史〉研究史》。该项目经批准立项后，与其时正在攻博的吴波君合作，于2000年夏季完稿，全稿30万字。由著名文史专家卞孝萱教授任项目鉴定负责人。通过鉴定后，不久吴波回湖南工作，为精益求精起见，征得吴波同意，拟在出版前再行"磨合"一次。此项工作便交由李忠明君负责。忠明前此虽未参与，但他一直在我身边工作，对我的研究思路十分熟悉，我的许多文稿都经由他帮助做输入工作，他也乐意接受。希望能尽快完成这一课题，及时出书。

（原载《古典文学知识》2004年第6期）

“通作者之意，开览者之心”

——以传统形式研究《儒林外史》的回顾

一

世纪之交，学术界均回顾每一领域的百年研究状况，借以总结既往、拓展未来。承学界同道不以葑菲见弃，每以回顾《儒林外史》研究状况稿件相约。首先是大连国际小说研讨会主办者林辰来函，乃为之撰写《二百余年来〈儒林外史〉研究之回顾》，文约两万字，摘要与全文分别刊于《稗海新航》（大会论文集）及韩国《中国小说研究论丛》第VI期。1999年应韩国启明大学建校45年之邀前往作学术报告，其时韩国中国小说研究会邀请笔者在高丽大学中国学研究所做《五十年来〈儒林外史〉研究概论》报告，演讲全文刊于1999年9月出版之《中国小说研究会报》（总第40期）。归国后又应徐子方之邀为《东南大学学报》撰写《二十世纪〈儒林外史〉研究之回顾》（1999年第4期刊出）。与此同时，又对《儒林外史》研究中某些专题进行反思，先后发表《二十世纪〈儒林外史〉主题探讨之回顾》、《吴敬梓思想研究述评》、《〈儒林外史〉研究三题》等文。此际，有弟子及友人建议将笔者自己的研究历程也做些回顾，于是又发表《〈儒林外史〉前言有四稿》、《跋涉“儒林”三十载》、《吴敬梓思想面貌寻踪记略》、《吴敬梓研究资料的发掘和利用》、《回顾对〈儒林外史〉既往研究成果的研究》等文。今再就以传统形式整理《儒林外史》的工作，做一专题回顾。

明人袁无涯在《忠义水浒全书发凡》中云：“书尚评点，以能通作者之意，开览者之心也。”这非常精辟地诠释了评点书籍的目的。十余年前，当《新批儒林外史》出版之际，一位朋友曾以此为题撰写评介文字。十年来无此朋友消息，今仍以之为题，有思旧之意。

20 世纪 80 年代后期，江苏古籍出版社有关负责同志前来舍间，以传统批评形式整理《儒林外史》一稿相约，此正是笔者欲为而一时未敢为之事，于是便欣然同意。

“欲为而不敢为”。这正反映了笔者的研究状况和时代的学术风气。自 1971 年由于工作需要以《儒林外史》为自己研究的重点课题之后，便在研读作品的同时，对有关资料和既往的研究成果进行同步探析。笔者在这一研读过程中，深感清代几家对《儒林外史》的批评较之一些笔记中的三言两语的评说尤具价值。四家评本对于书中人物的一言一行、一悲一喜的批语，可谓体察入微；对于书中的字、词、句、段、回的评论又极为具体，这是理论研究文章所无法替代的，同样也不是一般“套式”赏析文章所可望其项背的。然而，这种形式的批评，由于种种原因，尤其是它内在的不足，在“五四”新文化运动以后逐渐湮没无闻，无人问津。笔者再度拾起这种形式重操此“业”，有何家出版社愿为、敢为之出书？这就是笔者“欲为而不敢为”的缘由。正当此际，江苏古籍出版社前来以此相约，正好解脱笔者之困惑，也正显示出出版社主事者的眼识。以传统的批评形式研究古代小说，自“五四”以来尤其是新中国成立以后极为少见。在《新批儒林外史》（以下简称《新批》）问世数年之后的 1993 年，徐柏容在其所著《书评学》第五章第三节中说“……评点这种方式也渐被人弃而不用了”，他认为“倘若以新的思想观点、新的审美意识来运用评点方式，它还不失为一种好的、有特色的书评方式”。他又说：“这一点，也不是从来无人看到。‘文化大革命’前，有的出版社想出版《水浒》的新评点本，曾印过几回试稿，可惜一直未见其蒇事。倒是 1990 年（应为 1989 年）江苏出版了陈美林的《新批儒林外史》，但愿这是评点式书评重新繁荣的一个好的开始。”也正说明拙作是近百年来尤其是近 50 年来的这一形式被重新“开始”运作的成果。其后，漓江出版社组织一批作家对几种古代小说进行批评，如高晓声就将他批评的《三言精华》赠我，以作为他向我索取《新批》的回报。2001 年出版的《20 世纪中国文学研究》“清代文学研究”卷中说：“陈美林在研究古人评本的同时，还借鉴这一传统形式，对《儒林外史》进行了独具特色的‘新批’。该书于 1989 年由江苏古籍出版社出版，一连再版六次（连初版为七次），至今仍畅销不衰，可说是利用传统形式研究《儒林外史》的新尝试和新收获。”

"同时进行"。诚如上述引文所云，对于既往评本的研究与对于传统的批评形式的新尝试是同步进行的。如果笔者对传统的评点形式一无所知，是不敢贸然接受约稿的。其实，笔者在接受这一任务之前，就于20世纪80年代初为应邀参加中国古代小说理论研讨会，撰写了《试就卧评略论〈儒林外史〉的民族特色》，先发表在《社会科学研究》1984年第4期，后又收入《中国古代小说理论研究》论文集。此文是在《新批》出版前发表的。其实当时的一些研究成果也陆陆续续累积并写成初稿。在笔者批评《儒林外史》的过程中，都起到了积极的作用。而在《新批》见书后，又先后整理成文陆续发表，如《新近发现的〈儒林外史〉黄小田评本略议》①、《〈儒林外史〉卧评略论》②、《〈儒林外史〉齐评略议》③和《〈儒林外史〉张评略议》④。如果没有这些基础性的研究，率尔操觚鲁莽从事，随意批评，必然唐突吴敬梓、肢解《儒林外史》。诚如文龙批评《金瓶梅》所言："作书难，看书亦难，批书尤难。未得其真，不求其细，一味乱批，是为酒醉雷公。"（见刘辉《金瓶梅成书与版本研究》所附）笔者曾总结传统批评形式的几项内在缺陷，这就是"零散而欠系统"，"随意而欠客观"，"蹈袭而欠创新"，见笔者《重视小说评点的研究，促进小说评点的繁荣》一文⑤。笔者在进行新的尝试时，力戒此弊。除了对既往评本进行研究以外，对作者的家世、生平、交游、思想、著作也必须有深入的研究；对作品的产生时代、思想主旨、艺术特色，尤其是它的结构、讽刺和人物形象的塑造相互制约的特色，也必须有细致的探讨；对吴敬梓生活时代的社会现实、文化背景、学术思潮、文学创作也要具有相当丰富的知识。没有这些研究和知识准备，自然也是无法运用这一形式进行"恰到好处"的批评的。而笔者在作《新批》之前，已就上述几方面发表了许多研究成果，也出版了一些著作如《吴敬梓研究》等等。我想：《新批》能得到学界的承认和首肯，也非轻而易举之事。正如香港《大公报》1990年6月4日《评陈美林〈新批儒林外史〉》一文所云："他在多年探讨《儒林外史》的基础上，继承前人小说评点

① 《文献》1990年第3期。

② 《河北师范学院学报》1991年第2期，又收入《海峡两岸明清小说论文集》。

③ 韩国《中国小说研究会报》第16号，1993年11月。

④ 《文学遗产》1994年第3期。

⑤ 韩国《中国小说研究会报》第35号，1998年9月。

之长、结合今天读者的要求，熔学术探讨和艺术鉴赏于一炉，推出他的新著，再次受到学术界的注目与好评。”在题为《传统形式的新收获》的书评中也说：“陈美林是研究《儒林外史》卓有成就的学者。这部《新批》十万言的评点，处处表现批评者的审美目光以及对这部小说的系统认识。”①

“地地道道的评点”。既然是运用传统形式，就必须用“旧”似“旧”。在出版社约稿之后，首先考虑的就是选择批评中哪些形式运作。明万历十九年（1591）万卷楼刊本《三国志通俗演义》中出现的批评形式有：释义、补遗、考证、论曰、音释、补注、断论等，大致可分为注解与批评两大部分。其后出现的一些小说评本注释部分逐渐减弱，而批评部分渐次加重。大略而言，批评的形式包括序、读法、述语、缘起、弁言、小引、发凡、回前评、回后评、文中夹批、文上眉批、文旁旁批，有的作品还加圈点，等等。面对这些纷繁杂出的批评形式，笔者斟酌再三，择定前言（相当于序言、读法）、夹批、回评三种，另加注释。与编辑同志商定，即按此种形式进行。交稿后，出版社某负责人突然决定不要注释，便以前言、夹批、回评三种形式的《新批》呈现给读者。所有注释撤去后，有些文句必须注释，读者方能知晓，便采取变通形式，改注为批，如第七回进士王惠说：“只有头一句明白。‘功名夏后’，是‘夏后氏五十而贡’，我恰是五十岁登科的。”此处如不加注释，一般读者是难以明白王惠的信口胡柴，也难以领会作者的委婉讽刺。既然总编不要注释，只能移此注为夹批。如此作法也自有根据，因为小说“评”其实乃由“注”发展而来。如上引之万卷楼本《三国志通俗演义》即评、注兼有，该书周曰校“识语”即称“句读有圈点，难字有注音，地里有释义，典故有考证，缺略有增补”。因此，笔者在《新批》中将个别本应纳入注释的条目改入夹批，目的仍然是为了方便读者。虽渊源有自，但仅能偶一为之，大量的注释被弃却，不能不说是一缺失。自1989年该书首次付印后历经十余年方才弥补缺憾（详下）。不过，由于笔者采用的这几种形式，确为传统批评所常见，因而《人民日报》（海外版）1990年6月13日发表的书评《喜读〈新批儒林外史〉》一文中肯定“《新批儒林外史》的确像评点，是地地道道的评点”。该书“采用了夹批和回末总评”，这是传统批评中“最适当的两种”；该书的“夹批主要为段、句、词加评，间有串评，回末评则为全回文字综评，并

① 《中国图书评论》1993年第6期。

兼顾前后串述，相互配合和补充，我以为恰到好处”。

“新的思想观点，新的审美意识”。这是徐柏容后来在《书评学》中提出的运用传统形式的见解。形式可以借用传统的，内涵必须现代化。他认为既往的评点，在对作品内容和艺术批评时，常“不免带有头巾气”，也“脱不开八股迂腐之气”。这也是笔者在操作之前所戒避的。在操作之前，笔者对卧本、齐本、黄本、张本分别进行了研究，在操作《新批》的同时仍不断研究这四种评本的得失，力求取其所长、避其所短。在《新批》“批点说明”中即明确表示“综观以上各种批评，虽然亦不乏有价值的见解，但由于时代变迁、社会发展诸因素，已不能以之为今日读者导读，有必要重新批评。此批点本分夹批、回评两种，着重点出作品思想内涵、分析艺术特色，偶或以史证文，亦或勾稽本事”，而其目的在于“力求有助于欣赏和研究”，也就是本文题目所显示的“通作者之意，开览者之心”。如何与作者创作意图沟“通”，用什么去“开”启读者欣赏思维？众所周知，任何时代的研究者在整理文化遗产时必须根据时代的需求、运用新的审美意识来评价；不同时代的读者对于既往的文化遗产也同样是根据自己所处的社会环境来选择和接受。同时，在运用传统批评形式的同时，必须赋予它以新的批评内涵。即以《儒林外史》的主旨而言，既往的评论家有多种见解，如卧评本闲斋老人序中提出“其书以功名富贵为一篇之骨”；卧评评语也说“功名富贵四字是全书第一着眼处”（一回）；张评在“识语”中也说“功名富贵具甘酸苦辣四味”；齐本东武惜红生叙同样认为“其命意，以富贵功名立为一编之局”；黄评认为“功名富贵四字开卷写一总甲，末卷写一妓女，可谓淋漓尽致矣”（五十四回）。总之，清代四种评本均将此书之主旨归结于“功名富贵”。及至“五四”运动前后，又出现“反科举”论，20世纪50年代将“反礼教”说与“反科举”说并举；到了“文革”时期又有“知识分子丑史”说；拨乱反正以后又有“痛史”说等，不一而足。那么，我如何认识这部小说的主旨呢？我曾撰写《对〈儒林外史〉思想主题的几种不同认识》、《〈儒林外史〉是我国第一部反映知识分子生活出路的长篇小说》、《试论吴敬梓对科举制度的批判及其对知识分子出路的探索》以及《知识分子人生道路的探寻》等文，虽然有的文章发表在作《新批》之前，有的发表在其后，但我的观点则是一致的，这在《新批》中也体现出来，首先在《前言》中就开宗明义地说：“《儒林外史》是一部反映知识分子生活的长篇小说。在这部杰出的讽刺作品中，吴敬梓塑造了各种类型的知识分子形象，描绘了他们生活的浮沉，境遇的顺逆，功名的得失，仕途的升降，情操的高尚与卑劣，理想的倡导与破灭，出路的探索与追寻"，"反映了几乎整整一个朝代的许许多多知识分子的生活。这在中国小说史上还是少见的。"在对全书的夹批与回评中也贯串这一见解，不一一列出。又如就这部小说的结构而言，在清代学人的批评中，对这部小说的结构很少有微词，但至"五四"前后，颇有学人对之进行非难，如《缺名笔记》作者认为它的"布局，不免松懈"，武断地认为"作者初未决定写至几何人几何事而止"云云。胡适亦有类似批评。这其实是以某些西洋小说的构架观念来范围《儒林外史》，是极其欠当的。笔者在作《新批》之前，即发表《试论〈儒林外史〉的结构艺术》、《〈儒林外史〉中人物的进退场》等文章，对这种评论有所驳正，同时对这部小说结构的创新之处有所揭示。在《新批》"前言"中也充分肯定这一结构（当然，也不讳言其不足）。新加坡《联合早报》（1997 年 5 月 11 日）的书评中已然注意及此，说："对于《儒林外史》的每一个章回，陈美林教授都附有回后评，……在回评中陈美林畅论各回的思想，并对回与回之间的联系，也不时加以剖析，使读者对全书前后情节的关联、整体主题的理解，更加易于把握。同时，陈氏的回评对于全书的布局也不时点到，尤其对于作品中的时间设计，在回后评中多处论及。这方面过去很多研究者注意得很不够。"再如，就人物性格描写而言，笔者也曾再三研讨文本以及前人评论，结合自己的理解，运用新的审美观念对作者所描写的人物的某些深藏不露的性格有所展现和讨论。例如对于匡超人的堕落变质，卧评首先指出是所遇匪人使然，并引司马君实"好好一个老实苍头被东坡教坏了"所云，认为匡超人"一出门即遇景、赵诸公，虽欲不趋于势利，宁可得乎！"进而认为"蓬生麻中，不扶自直，苟为素丝，未有不遭染者也"。自后的评本、论著，均奉此为不刊之论。笔者在 80 年代初发表《论〈儒林外史〉人物的性格》也强调环境对人物性格的影响至巨，并引《德意志意识形态》中所言"人创造环境，同样环境也创造人"，分析了人与环境的互动关系。在《新批》中也同样指出社会环境对匡超人的变质产生了很大的作用，但如仅强调环境的作用，未免片面，沦于简单化的社会批评。笔者同时也批出匡超人性格的双重性："古怪"、"勤快"、"勤学"、"乖觉"、"乖巧"、"贫寒"、"孝思"等等，点出作为涉世未深的农村少年匡超人的淳朴善良与精明乖巧两方面的性格特征。对他与马纯上言谈时无意中透露出来的心机也予揭示："匡二之心术于此已渐露矣。"这就表明他的堕落有社会环境的影响，也有他个人性格恶性发展的因素。这就有别于旧评对他的分析。《新批》中类似者尚有，不再罗举。总之，形式可以是传统的，但内涵则必须是现代的。

"校点"要"考虑文学作品的特性"。评点或批点，不能仅重视"批评"而忽略"校点"。笔者在进行批评之前，先行认真校点。首先是选择底本。程晋芳在写《文木先生传》时仅有抄本而无刻本，传中所云"人争传写之"足以说明。金和在《儒林外史跋》中说"是书为全椒金棕亭先生官扬州府教授时梓以行世"。金棕亭即金兆燕，其任扬州府教授为乾隆三十三年（1768）至四十四年（1779）间事。但这一刻本迄今未见。目前可以见及的最早刻本为嘉庆八年（1803）卧闲草堂本，前有闲斋老人序。其后虽有多种刻本问世，但均以卧本为祖本。由于卧本校刻不精，有必要重校读一过。乃以潘氏抄本、群玉斋本、齐省堂本、申报馆本、增补齐省堂本、亚东本、张慧剑本分别为校本和参校本。而在"校"的同时也注意"点"：不仅点出句逗，还考虑文学作品的特性，体察作品的内容和人物活动的环境，再下标点。如第九回《娄公子捐金赎朋友，刘守备冒姓打船家》中，刘老爷的船家谎称："我们是娄三老爷装租米的船，谁人不晓得？"娄府船家道："娄三老爷现在我船上，你那里又冒个娄三老爷出来了？"并且"开了船板：'请三老爷出来给他们认一认！'三公子走在船头上……"云云。"请三老爷出来给他们认一认"一句，各家均作为作者的叙述语言标点，而《新批》本则作为小说中人物即船家的话语而加引号，这样方与下文娄四公子所说："船家，你究竟也不该说出我家三老爷在船上，又请出与他们看，把他们扫这一场大兴，有何意思！""船家道：'不说'，……"云云方始吻合。又如第二回《王孝廉村学识同科，周蒙师暮年登上第》写王举人初次与老童生周进相见，对之甚为轻视，先后两句问话，在《新批》之前的各刊本均作"你想就是先生了"，"你这位先生贵姓"，笔者则点为"你，想就是先生了"，"你这位先生，贵姓？"如此，便更为显豁地表露出王举人对周童生之轻视、卑视神态了。凡此细微处，如不仔细体察作品内容，自然也难以"恰到好处"地标点。香港《大公报》书评也说"《新批》的校点，亦有足以称道之处"，"不仅分出句逗，而且考虑到文学作品的特性，充分发挥不同标点符号在文学描写方面的辅助功能。这方面的例子比比皆是……就不再一一例举了"。

"笔墨凝练，富有色彩"。批评的语言，笔者在作《新批》之前曾斟酌再三，决定既不用旧评式的半文半白语言，尽量排除生僻典故，但也不用过俗的白话，尽量将“的了吗呢”拒之笔下，而采用近古白话，以便与《儒林外史》本身的语言风格相接近。《人民日报》（海外版）书评所言“旧评点往往东拉西扯，拖沓芜杂……以至一般读者读来难免兴味索然”。而对于《新批》的语言运用则做了充分肯定，说它“遣词用语，精扼准确；片言只语，观点鲜明；不故弄玄虚，又了无枝蔓；理论见解往往渗透在富有感情意味的分析之中，鞭辟入里的品评中常常体现出引人注意的理论色彩”；并且“留有余地，启人思索”。《对外大传播》的书评也认为笔者的评点，“文笔犀利，幽默风趣，言简意赅，妙语如珠……可谓‘评人评鬼，高人一筹；刺贪刺虐，入骨三分’，常常只有寥寥数语，便得点睛之妙”。书评还举出一些例证，这里就不引用了。《新批》出版十数年中印行七次，不少读者对它的语言也都予以充分肯定，认为《新批》是“地地道道的评点”，与其所运用的语言也大有关系。

《新批》出版后，学术界有多篇评论文章，除前文称引的香港《大公报》、《人民日报》（海外版）、《中国图书评论》、新加坡《联合早报》文章外，尚有《文教资料》（1989年第6期）、《文学遗产》（1990年第2期）、《文献》（1990年第3期）、《书讯报》（1990年7月2日）、《明清小说研究》（1991年第2期）、《南京师范大学学报》（1991年第2期）、《古典文学知识》（1991年第3期）、《书与人》（1994年第3期）等十余种报刊予以评介。高翔《近代的初曙——十八世纪中国观念变迁与社会发展》（社会科学文献出版社2000年版）一书中，将《新批》列为参考书之一。瑞士学者安如峦在其所著《〈儒林外史〉中的隐士观念及形象》（德国，波鸿，1994年）、日本学者须藤泽一在《儒林外史论》（日本汲古书院1999年第8期）、韩国学者赵宽熙在《儒林外史研究》（2000年第9期）中均有征引，并列为重要参考书之一。国立新加坡大学辜美高博士、美国哈佛大学商伟教授都购此书供研究生参考。这从一个方面反映了《新批》面世后受到读者欢迎和学者重视的情况。

二

《新批》出版十年后，初次修订本于2002年1月，由新世界出版社出版，更名为《清凉布褐批评儒林外史》（以下称《清批》）。

更名缘由。新世界出版社决定出版此书时，嘱我另题书名。鉴于既往的4种评本，或冠以书斋名如“卧闲草堂”、“齐省堂”，或题以字号名如“萍叟”、“天目山樵”。为与历史“接轨”，便称之为“清凉布褐”评本。所谓清凉，即指南京清凉山。我的80万字自选集即名之为《清凉文集》，在文集跋语中说明舍间即在清凉山下。因此，近年出版的著作跋语中均作“于清凉山下”。如《吴敬梓评传》、《儒林外史人物论》等。清凉山虽处城市，却颇饶山林之趣，为笔者时时散步场所。文集跋语中说此山“可以听松涛，可以闻杜鹃，可以步月林下，可以赏雪楼上。此实足以发人文思，启人心智。诚如《文心雕龙·物色》所云‘若乃山林皋壤，实文思之奥府’，而‘屈平所以能洞鉴风骚之情者，抑亦江山之助乎’！”不仅如此，笔者还以为治学为文必须常处“清凉”之境，如果目迷五色，心有旁骛，怕难以有成。跋语中自云：“四十余年（如今整整五十年矣）苜蓿生涯，清清凉凉”，唯有“埋首牖下，仰屋著书”而已。更何况，《儒林外史》中之于老者曾于此地弹琴抒怀；又有传说吴敬梓身后葬于此山。题名“清凉”不相宜乎？“布褐”者，布衣也。清凉山中有明清之际著名书画家龚贤之扫叶楼在。龚贤为人正直不阿，其《西江月》诗云：“新结临溪水栈，旧支架壁山楼。何须门外去寻秋，几日霜林染就。影乱夕阳楚舞，声翻夜月吴讴。山中布褐傲王侯，自举一觞称寿。”笔者即借用词中“布褐”一词。“清凉布褐”也即是清凉山傍一平民百姓。笔者乃一介平民，也希望这一评本能为广大民众所接受、所喜爱。

内容增多。《清批》版权页注明“820千字”；人民文学出版社出版张慧剑五十五回本连同注释，版权页注明“367，000字”；人民文学出版社五十六回本连同注释，版权页注明“412，000字”；中华书局所出的批注卧闲草堂本版权页为“428千字”。约略计算，《儒林外史》原文当在40万字左右，而拙著为82万字。可见笔者所撰写的有关夹批、回评、注释等文字数量几与原著相当。较之《新批》“567,000字”（见版权页）也增加了25万余字。《清批》较《新批》增加了哪些内容？最大量的当然是注释部分，容后文专门介绍。除注释而外，以两万余字的前言替代了原先五千余字的前言。《新批》交稿前夕，总编突然通知前言只能写五千字，笔者不得已只能压缩。五千余言难以全面介绍吴敬梓及其《儒林外史》，自然也不能很好地起到“导读”作用。《清批》则弥补了这一缺憾。何满子在《中华读书报》（2002年3月27日）发表对《清批》的书评中认为该书“卷前一篇长达2万余字的前言，论述吴敬梓的时代、家世、生平及其包括《儒林外史》在内多种著作。表述关于作者的部分就超过1.5万字，可以显示他对研究对象所关注的重心之所在”。可以说，读过这篇“前言”，对读者了解、认识吴敬梓和欣赏、领略《儒林外史》的精义所在当会有所助益。《新批》的“批点说明”在《清批》中改为“批注说明”，因为已新增注释。《新批》中仅撮录卧闲草堂本闲斋老人序，而《清批》中则增加了齐省堂增订本惺园退士序及例言、张文虎天目山樵识语、黄安谨《儒林外史评》序，增补了齐省堂东武惜红生序和金和《儒林外史跋》，基本上囊括了主要旧本的评序，让读者更好地了解既往评点派对这部小说的基本观念和评价，有利于与《清批》作比较。为方便读者检索，还编制了《儒林外史》人物索引，按人物姓名排列出其出现的回数。一编在手，即可按图索骥，查出每一角色的全部活动场景。其实，这一工作也方便了笔者，对某一人物的夹批，可以根据其出现的场所及其性格的发展，进行适当配置，而不将对其批评的全部集中于某一回。书后还附有《吴敬梓生平大事年表》，将“前言”中所介绍的吴敬梓生平际遇，以编年的方式列出，让读者一目了然，便于更好地读其书而知其人。此外，还列出笔者作《清批》时的主要参考书目，便于读者做进一步研究之用。同时，还将笔者在《清批》交稿前出版的著作34种、论文230余篇中有关吴敬梓的著作11种（目前有12种）和论文86篇（目前已有91篇），按发表时间为序，一一列出出版单位、刊物名称，这是笔者进行《清批》的基础工程，正如何满子在书评中所指出的那样：“评本是撰者研治《儒林外史》的成绩的综合体现，也是他治学道路和他对小说所关注的方面的生动反映。”除了前言以外，书末还附有一篇8000字的跋语，概述自1971年接受人民文学出版社委托参加整理《儒林外史》小组工作以后，迄2001年吴敬梓诞生300周年之际，凡30年来研治《儒林外史》的经历。但此跋语也非仅抒写个人遭遇，同时也反映了30年来学术环境和学术风气之一斑，诚如何满子书评所云：卷末作为“代跋”的《跋涉“儒林”卅载》一文，则叙述了20世纪70年代起研治此书的曲折历程，也折射出一些此期内《儒林外史》的研究动态乃至这部小说的命运，此乃纪实之作。

增写夹批。《清批》还对《新批》的夹批做了一些修订增补工作。笔者一向以为随着学术研究的深入，学者水平的提高，社会环境的变化，审美意识的更新，对既往的文学艺术成果的认识和评价也会随着时代的发展而有所拓展与深化。20世纪80年代末期所作的《新批》，放在世纪之交再来审视，自然有所不足，尤其是在90年代，笔者集中撰写了《儒林外史》主要人物的评论以后，对这部小说深刻的含义，以及人物隐而不显的性格有了更深切的体认。因此，对《新批》进行一次修订增补是极有必要的。新世界出版社的约稿，正好给我提供了这样一次机会。但《清批》毕竟是在《新批》基础上进行的，又不能做太大的更动，只能进行适当的增修。就夹批而言，《清批》增加了2300条左右，主要是进一步揭示人物性格、交代人物之间的关系。如第一回写七泖湖畔的胖子说“危老先生”买房子，“房主人让了几十两银卖了，图个名望体面”，此句之后加一夹批“卖屋亦求名，名之侵蚀人心深矣”，因为全书对功名富贵的批评极其深刻，涵盖一切人物言谈行事之中，“房主人”亦不例外。经此加批，对“房主人”的性格以及小说的主旨均有强化作用。又如第二回因为梅玖说“老友”不与“小友”序齿，“周进因他说这样话，倒不同他让了”之后，加批云：“先前奉承顾小舍人，其后又奉承王举人。此际唯独不让梅老友，乃因梅之身份并不高于己，初次见面即受其奚落故也。”正因为周进不“让”，梅老友更加刻毒地讥讽周进，后文原已有批，但《清批》则加一句：“不‘让’所致也。”不仅使二人的紧张关系更加明白地显示出来，而且也暴露了旧时士人互不服气、彼此攻讦的心理状态。再如第九回邹吉甫说杨执中整日看书、不理账目，乃至店铺亏空，原批之前又加“文人经商，商人论文，大多若是”，这就强化了杨执中这一人物的典型意义，而非原批仅对其一人而发。还有一些新增的夹批，则对当时的社会现实有所抨击，如向鼎知县向按察司崔老爷禀说鲍文卿不肯接受五百两赠银时，“按察司听见这些话，说他是个呆子”，此句之后加批云：“按察司‘崔大老爷’居然认为不捞钱即是‘呆子’，官场之污浊可知矣。”第四十二回汤镇台与苗太守为或抚或剿僵持不下，要“看上台如何批下来，我们遵照办理就是”。在此句后加批：“官场历来如此。”同时点击整个“官场”，而非仅批汤、苗二员文武官僚而已。此外，有一些新增的夹批，则对某些文士的心态有深入的揭擿，如私和人命、受赃银一百余两用以“尽孝”安葬先人的余特，强词夺理、软磨硬顶包庇乃兄官司的余持这一对“孝悌”君子，在四十八回中，当余大选了徽州府学训导时，余二因乃兄赴此“寒毡一席”之初，“怕日用不足”而辞谢不去，乃兄却劝其同行，“二弟，你同我去”。此句之后加批："有用着老弟处。"后文余二送银一两给王玉辉这个老秀才，以示笼络，加批说："'大先生'邀'二先生'同赴任所之用。"当王玉卿之女尽节祭奠之际，"二先生又备了礼来祭奠"，加批云："'二先生'之作用。"以充实前文所写"二先生"帮助"大先生"磨过一场官司的描写，从而更加显现出这对"难兄难弟"的种种作为。同一回书中，王玉辉对其亲家所说："亲家，我仔细想来，我这小女要殉节的真切，倒也由着他行罢。"在"仔细想来"后加批："'仔细'想过，非脱口而出。"与原有之其他批语相互配合，将王玉辉之心术更加深刻地揭发出来。何满子在《中华读书报》(2002年3月27日)的长篇书评中指出，《清批》中之"夹批大抵是阐发文情，以数语点评小说的笔法，发明叙述上的前后照应，有时也随文起义，表述评者的世态评论和文化评论"。

增写回评。在全书五十六则回评中，新增加的一些评语也具有与夹批的同样功能。例如为更加切合文本所言，适当引证史实，用以说明作品所写实有现实依据，如第十回回评借鲁编修强调八股是真学问时，插入王渔洋《池北偶谈》"时文诗古文"条所引汪钝翁语"时文虽无与诗古文，然不解八股，即理路总不分明"，以及王恽引鹿庵语"作文字当从科举中来。不然，而汚漫披猖，是出入不由户也"，以为佐证。又如为更加突出人物性格，第四十八回被鲁迅斥之为"伪妄"的王玉辉以及"孝悌君子"余大、余二，在回评中对这三人的评语有所增加，说王蕴"其为人处世，虽称'迂拙'，实乃其'精明'之处。作者不时显露其情伪之状，实为诛心之笔"；对二余又增加如下评语："'二先生'在'代兄受过'顶撞无为州'私和人命'一节中，为'大先生'出力甚多，其敢作敢为已为乃兄'大先生'所悉知，因此邀其同赴任所。此回书中，'二先生'为乃兄笼络当地士子，贡献实称良多。"对这三人以重节、孝、悌的"君子"性格进一层地作了解剖。再如书中隐约透露的文字狱的状况使之更加显露。一般读者易于从庄绍光劝说卢信侯要"避忌国家禁令"中感受到文字狱的恐怖气氛，但对杨执中的遭遇却有所忽略。因此，在第十二回书评中，增加了如下评语："值得注意的是杨执中原非歹人，盐店主人起先也认为'他为人正气'。在乡里，口碑也不差。再说二娄认为县主'要将他褫革追比'是没有'道理'的；即连书办也认为'非赃非帑，何以便行监禁'。那么，他之所以被'寄监收禁'，岂是因'亏空'账目？抑是因他议论

'本朝大事'？二娄常发相同议论，乃兄娄通政怕'惹出事来'而打发他们返乡。那么身为一无依靠的穷士子，不也有可能因此而惹祸？对此，亦值得细心玩味。"复如，对于势利的谴责，在四十六回回评中也增加了对唐三痰等人"心性之卑劣"的评语。又如对官场的腐败，在五十回回评中进一步剖析"有了钱，就是官"，钱、权交易的实况，"亦为世风日下、官场益趋腐败之写照"。而现任官员与退职官员地位的变换，也反映了当时社会的现实，在第四十九回回评中插入一段，指出："一向自高位置的翰林'高老爷'居然以一区区中书万青云为核心人物转动，能不令人诧异？盖此际高已'养望在家'，而万则刚'从京师回来'，'授了中书'也。正如景兰江所言'死知府不如一个活老鼠'，从中亦可窥知官场大概。"凡此，均更为直截了当地抨击了官场的势利与腐败。后如，对于《儒林外史》中出现的几个重要的女性即赵姨娘、王太太、聘娘为改变自己的身份、地位而表现出的不同性格以及她们各异的下场也有所评价。复如，作者吴敬梓对同阶级读书人极其鄙视，甚至以商人贬低文士，如众客商资助周进捐监，而在第五十一回书中，更以所谓的"武夫"凤四老爹去贬低文士，在回评中有如下评说："回目称凤为'壮士'，其所作所为，大率出自友朋义气，亦可称之为'义士'。士，原为男子通称，'凡习学文武者为士'①，非仅指文士者。书中出现高、秦、施乃至万辈，均为文士，渠辈之猥琐、无能、贪鄙、自私，均与凤之壮士、义士气魄截然不同。文木老人宁愿赞美为渠辈所鄙视的'武夫'，而不予彼等作一句赞词，其愤慨之深由此可见矣。"乃将作者之思想感情作更为深入、更为明晰的表述。总之，新加坡《联合早报》对《新批》的书评中所指出的回评价值所在，在《清批》中均依然保留，并得到进一步的强化。何满子在书评中更指出《清批》于"每回后有就文起义的'回评'，相当于一篇紧凑的论文"。

"水磨功夫"的注释。至于新增加的内容，最重要者当为注释部分。这一"评本的功力"，何满子书评认为"充分显示于辞语注释"。

《儒林外史》注释本已有数种，各有所长。但由于"这部书是一种讽刺小说"，"书里的人物又都是'儒林'中人，谈什么'举业'、'选政'，都不是普通一般人能了解的"②，可见《儒林外史》确有为一般读者难以欣赏之处。鲁迅也曾

---

① 《唐六典》三"户部尚书"。

② 胡适：《五十年来中国之文学》。

感叹“伟大也要有人懂”[①]。因此，笔者在注释此书时“力求详尽”。据题为《用详尽的今注诠释明清文化》[②]对《清批》的书评中说，《清批》本不“仅仅从语言学的角度为小说作注，还力图通过注释小说来诠释明清文化”，“广搜博求，从详下注，不仅将每一条目字面上的意义阐释清楚，还不时旁及与该条目有密切联系的有关知识，注释与小说正文浑然一体，使《儒林外史》这部百科全书式的小说涵容的文化信息更为丰富，更为密集”。据该文作者统计，“清批本的注释共有1987条，比其他注本增加一倍左右（张注本为942条，南师本为1098条，《精校精注儒林外史》为824条）”。

《清批》的注释尤详于学制官制、婚丧礼仪、历史事件和人物等，还有一些涉及专门知识的条目如第一回的“肝木克了脾土”等等。特别是有关科举制度的条目近200条，涉及方方面面，如第一回释“廪膳生员”、第三回释“贡生”、第四回释“翰林”等，必细细道出其内涵及其历史变化。将这些有关科举的注释分类组合，再参之以小说文本所写，读者可对明清的科举制度有一全面的了解。至于有关官制辞条也有相当数量，如第四十四回“刺史”条，一般注本大都注为“对知州的尊称”，何以说是“尊称”，则未有任何交代。《清批》则注释为“官名，汉代时主管巡察地方，隋唐时正式成为州郡主官，与古代刺史名同而实异。明清时用以称知州，带有恭维意，因古代刺史的职掌和辖区都大于明清的知州”。这就说清何以为“尊称”了。诸如此类的注释于《清批》中并非绝无仅有。不仅对职官名称及其历史变化力求解释清楚，而且还对官制中一些有关专门术语做了更为切实的解释。如第三十六回“亲供”，一般注本均解释为“履历”便作罢。笔者则据《六部成语注释》解释为：“‘亲供，此官亲笔所书之履历单。’一般需填写祖宗三代。”这才更为贴切文本中所云“到京去填写亲供回来”。第二十三回出现的官员指派办法“掣签”一词，也详细交代清楚明清两代的具体做法。即使宗教官制，如第四回出现的“僧官”，也详细解释其始设时代及其在后代的变迁。笔者之所以着力于科举、官制有关条目的注释，是因为这部小说中的人物，正如胡适所云大抵是从“举业”中讨出路的士子，目的在于谋求一官半职，因而特别关注“选政”。

---

① 鲁迅：《叶紫作〈丰收〉序》。

② 《中国图书评论》2002年第10期。

同样，由于科举考试的内容主要是宋儒注疏的《四书》、《五经》，因而要对这部以士人生活为主要内容的小说进行注释，必须具有这方面的知识准备，否则难以注释到位。例如第四回张静斋怂恿正在守制的范进出去秋风，就说“礼有经，亦有权”云云，一般注本仅仅注释为礼教要遵守，但也可以变动。《清批》本则引朱熹《甲寅行宫便殿奏札一》“天下之事有常有变，而其所以处事之术，有经有权”云云，并在夹批中点出“朱熹亦有此语，信手拈来，不露痕迹”。一注一批，便将举人张静斋熟读宋儒著作只是用来为自已敛财之举做掩饰，从而凸显了这部小说浓郁的讽刺意味。与此相类的还有第七回《西江月》词首句“羡尔功名夏后”，一般注本均未注出，其实“夏后氏五十而贡”语出《孟子·滕文公》，朱熹注云“此乃言制民常产与其取之之制也。夏时一夫受田五十亩，而每夫计五亩之入以为贡”。而小说中人物进士王惠居然连宋儒注疏的《四书》也不知晓，胡乱牵扯到功名得失上去，这不是对科举制度下读书人的极大讽刺？由此可见，如不具备这方面的学养，就难以深入理解这部小说的讽刺艺术。

也正由于这部小说的主要人物是士人，他们的言谈除举业、选政以外，还必然涉及古代典籍，谈文论诗，引经据典，有些为读者所熟悉，但也有些不为一般读者所知晓，对此最好也能注出。如第六回“律设大法，理顺人情”，一般注本均略而不注，其实此语出自《后汉书·卓茂传》。又如第七回“暗中摸索”一语，其他注本未出注，《清批》则举出《隋唐嘉话》所记许敬宗事及《东坡志林》所记徐陵事。还有一些诗句，小说中人物在言谈时顺口而出，不加注释也不影响阅读，但却不能感受彼时文士习气。如第十五回马二先生诧异洪憨仙怎会知道自已名讳时，洪便脱口而出“天下何人不识君”。其他注本未出注，而《清批》则指出这是唐人高适《别董大》诗句。又如第五十三回陈木南说：“唐诗说的好‘无人知道外边寒’，不到此地，那知古人措语之妙。”虽然已点明“唐诗”，但其他注本也未加注，《清批》则指出此为吴融《华清宫》诗句。凡此，均表明即使为小说作注，也必须具备经史子集的知识准备。

为小说作注释，看似轻易实却艰难。笔者多年经营方有《清批》注释。何满子书评中对此予以充分肯定，认为“小说中的成语、方言、俗谚、廋词、旧时的制度、名物、掌故等，都作了精当的诠释，引经据典出语源、示例证。这都很费心力，前人称之为‘水磨功夫’”，“这个评本注释的精善，在近几十年来出版的几部长篇小说经典新版本中，也是很见功力的”。《中国图书评论》的书评更认为《清批》注释的详尽，不仅具有语言学意义，而且有诠释明清文化的功用。《清批》出版前后，即有十余篇书评，除上文所引外，尚有中国网（2001 年 12 月 24 日）、《北京晚报》（2001 年 12 月 26 日）、《中国人口报》（2002 年 1 月 18 日）、《对外大传播》（2002 年第 1 期）、光明书评网（2002 年 1 月 15 日）、《北京日报》（2002 年 2 月 11 日）、《光明日报》（2002 年 2 月 18 日）、《世界》（2002 年第 2—3 期）、韩国《中国小说研究会报》（2002 年第 9 期，总第 51 号）、《南京农业大学学报》（2002 年第 2 期）、《周末》（2002 年 5 月 3 日）、《东南大学学报》（2003 年第 3 期）等。这些评论，笔者均当作是一种鼓励。

其实，《清批》本仍有许多不足之处，仅以注释而言，有些注释在释义后并引用作者诗文为证，第三十三回“快士”，除引《三国志·黄权传》外，还引用吴敬梓《月夜怀姚文洁、黄宕发》诗作。但也有少数辞条，《清批》仅引用其他载籍而未引作者诗文，如上文提及的“暗中摸索”，仅引《隋唐嘉话》、《东坡志林》，而作者词作《减字木兰花》中就有“狂来自笑，摸索曹刘谁信道”句。还有些词语，虽然吴敬梓本人未曾引用，但其先人却已用过。如第八回“俗语说得好，‘与其出一个斫削元气的进士，不如出一个培养阴骘的通儒’。这个是得紧。”《清批》注引钱泳《履园丛话》所记与此类似的俗语，其实吴敬梓高祖吴沛就为教诲子弟说：“若辈姿好不一，能读书固善，不然做一积阴德平民，胜做一丧元气进士。”[①]此语，笔者已引入拙作《吴敬梓评传》（第二章第五节）而未引入《清批》。总之，类似的缺失和不足，在夹批、回评中也同样存在。这些不足和缺失，唯有待诸来日重新增修时为之弥补。昔贤对同一书的批评经常一再进行，即以《儒林外史》而言，张文虎的批评就非一次。随着阅历的加深、学养的提高，对作品的理解也就不同往昔。《清批》出版不过一年有余，笔者已深感有必要再次修订，如客观条件许可，笔者将乐意为之。

（原载《古典文学知识》2004 年第 3、4 期）

① 吴国器：《先君逸稿跋言》。

“设情以位体”

——《吴敬梓评传》出版15周年回顾

《吴敬梓评传》自1990年12月出版以来，已印行三次，香港公开大学馆藏图书2001年2月还出版了光盘版。值此出版15周年之际，特对从接受约稿到出版见书的过程，作一回顾。

一

笔者在1987年接受《吴敬梓评传》约稿之前，已先后出版了《吴敬梓》[①]和《吴敬梓研究》[②]，并发表了有关吴敬梓和《儒林外史》的学术论文近30万字。南京大学“中国思想家研究中心”（以下称“中心”）所主编的《动态信息》62期上就刊发台湾学者蔡世明的信函，说：“‘评传丛书’的作者，都是极一时之选，而且在他们的专业里，已有精深的著述发表，弟已见过数种，如潘吉星的《天工开物校注及研究》（成都巴蜀书社1989年版）、陈美林的《吴敬梓研究》（上海古籍出版社1984年版）、陈桥驿复校的《水经注疏》（南京江苏古籍出版社1989年版），皆十分钦服。”至于吴敬梓传记的撰写，在20世纪80年代初，百花文艺出版社邱思达、文秉勋两位先生曾来南京向我约稿，因为他们曾出版过周汝昌《曹雪芹小传》，拟约我作《吴敬梓小传》与之配套。我表示同意，但因正忙于《吴敬梓研究》一书的撰写和整理，须在此书交稿后方能着手。因此，20万字的《吴敬梓小传》于1985年底方始脱稿。后因该社领导和编辑人员不断更迭，出版计划一再变化，迟迟未能出书，最后连书稿也遗失。但这一经历却也让我积

① 江苏人民出版社1982年版。

② 上海古籍出版社1984年版。

累了一些撰写人物传记的经验。因此，当1987年"中心"向我约稿，我便敢于接受。

但是，作为"中国思想家评传丛书"之一的《吴敬梓评传》与作为文学家传记的《吴敬梓小传》是不同的。1987年6月"中心"印发的"丛书"规划中明确地提出"这里所说的思想家，不仅是指哲学思想家，而且包括政治、军事、经济、教育、文艺、科技、宗教等各个领域里的思想家"。因此，必须将吴敬梓不仅视作文学家，而且也要视作思想家来对待，但又不能将他单纯地与哲学思想家等同。经过反复思考研究，做出如下的判识：吴敬梓首先是文学家，他的代表著作是小说《儒林外史》；吴敬梓不仅对文艺、学术发表过一些见解，而且对时代社会和现实政治也具有自己的认识；吴敬梓的思想主要是通过他的著作（特别是讽刺小说《儒林外史》）表述出来的，因而评论他的思想自不能离开对他的著作的研析；吴敬梓的思想具有时代的先进性，他所创作的《儒林外史》的思想内涵不仅仅停留在批评八股制举的层面，进而深入地寻求士人的新的生活之路，在艺术表现上也极富创新意义，鲁迅就指出"迨吴敬梓《儒林外史》出，……说部中乃始有足称讽刺之书"，等等。基于这样的认识，可以断言吴敬梓是有思想的文学家，将他的传记纳入"思想家评传丛书"是适宜的。这就是在为他立传之前先行将他"定位"为文学家的思想家。

定位之后，就是如何组织他的生平、思想和创作，予以妥善结构从而加以表述的问题了。刘勰在《文心雕龙·熔裁》中曾言，为文当"设情以位体"、"酌事以取类"与"撮辞以举要"。这就是说要根据所要表述的主旨来定位，并依此安排篇章结构；再根据所要表述的主旨来发掘和选用有关资料；然后以准确流畅的语言来表述。"丛书"规划中也谈及撰著的指导思想，要"突出传主作为思想家的诸特点，重笔写他的世界观、历史观、方法论，而不可就事论事，把他写成普通的政治家、作家、技术专家等等"，要"有传有评"，"传评结合"。

基于这一要求，原先我为《吴敬梓小传》所设计的篇章就有必要重新调整，那是沿着吴敬梓的一生顺序作行云流水般的纵向叙述。作为"思想家评传"就必须于"传"中有"评"，而"评"又不能离开"传"。为此，乃借鉴我国优秀史籍的架构，将全书分为五章：时代、家世、生平、思想和创作。每章之中再分若干节。五章并非平行铺叙，了不相涉，而是纵横交错，相互关联，既有纵向叙述，也有横向评论。在纵向叙述中，将吴敬梓一生行实、重要交游、生活变迁、思想发展，结合其不同时代所创作的直言体诗词赋，予以详尽表述，尤其是将其诗词赋创作使典用事所隐藏的思想感情予以揭示，让读者感受和认知他的一生；而在横向评论中，则结合学术潮流、文学历史，去分别研讨吴敬梓的思想渊源、学术见解以及文艺创作的得失，力求做到让广大读者既知其家世状况和生平经历，又了解其学术主张和创作成就。

二

《吴敬梓评传》的篇章结构其实并无新奇特异之处，只是便于“知人论世”，以符合“丛书”体例所要求的“把历史人物放在具体的历史背景下加以考察，放在当时的政治、军事、经济、哲学、宗教、科学、文艺等广阔的视野上加以透视，宏观与微观相结合，联系纵向与横向，由点到面，通过一个或一批思想家反映出当时社会的历史特点和民族特点，从而为进一步开展中国思想文化史的研究奠定坚实的基础”而已。为此，必须“酌事以取类”，精心考虑每章的内容，以求出新。试举例说明，如第一章“吴敬梓的时代”，众所周知，吴敬梓生活在清康熙四十年（1701）到乾隆十九年（1754）间，历经所谓“康雍乾盛世”。如何描述这一历史时代，反映这一时代的社会真实，并进而说明这一社会又如何作用于作家吴敬梓，这是我长期讲授元明清文学时就曾反复考虑过的问题。《礼记·乐记》有云：“治世之音安以乐，其政和；乱世之音怨以怒，其政乖；亡国之音哀以思，其民困。声音之道，与政通矣。”刘勰在《文心雕龙·时序》中亦云：“文变染乎世情，兴废系乎时序。”凡此都说明时代历史和社会现实与学术研究和文艺创作的紧密关系。作为我国文学史上第一部长篇讽刺小说《儒林外史》的作者吴敬梓所生活的“盛世”究竟是怎样的一个社会现实呢？这样的历史和社会又造就出怎样一位伟大的讽刺作家呢？恩格斯于1866年7月9日给卡尔·马克思的信中曾说：“历史，即世界史，变得越来越讽刺了。”[①]鲁迅也强调说：“非写实决不能成为所谓‘讽刺’。”[②]在在说明“讽刺”与“现实”之间的互动关系。为此，在概述吴

---

① 《马克思恩格斯论艺术》卷一。

② 鲁迅：《且介亭杂文二集·论讽刺》。

敬梓所生活的这一时期的历史，就必须着力寻求“盛世”背景下的阴影，从政治、经济、文化学术和知识分子的生活状况四个方面，做正负两方面的探索与说明，力求反映出社会现实中存在的种种矛盾。这四节文字分别以“新政权的逐步巩固和内部矛盾的日趋突出”，“经济的发展和劳动群众的穷困”，“文化学术的繁荣和凋敝”，“怀柔和镇压并用的知识分子政策”为标题，以突出地把握这一时期的现实真相。在分析这四个方面的正负现象以后，得出如下的结论：“在吴敬梓生活的时代，无论在政治上、经济上，还是在文化学术上、知识分子的政策上，都存在着许多向两极发展的现象，这是一个充满矛盾的时代。而如此众多的矛盾现象的存在，无疑是对所谓的‘康雍乾盛世’的极大讽刺。正是由于社会生活中充斥着如此众多的矛盾现象，才为传主吴敬梓创作以公心讽世的杰作《儒林外史》提供了无比丰富的题材，没有这样的土壤，任何天才也不能凭空创造的。”较之按照一些清史著作进行一般性地复述，这样概述吴敬梓生活背景更为具体而又符合评传的需求。

同时，在选用文献资料以反映这种现实时，又注意选取时代与吴敬梓相接、地域与吴敬梓生活地区相邻的人物如顾炎武、徐乾学（皆昆山）、高士奇（钱塘）、黄宗羲（余姚）、全祖望（鄞县）、毛奇龄（萧山）、王鸣盛（嘉定）、王锡阐（吴江）、梅定九（宣城）、戴震（休宁）等等。而涉及的地区主要是江苏、安徽、浙江几省，诸如南京、苏州、扬州、江都、泰兴、淮安以及杭州、嘉兴、湖州等城市农村，以便更为贴切地说明吴敬梓生活时代、生活地区的社会现实。

此外，这些文献资料均是当时人记当时事，他们对事件的看法与今日学人的见解必然会有分歧；而且限于主客观条件，当时人对当时事的记叙，无论在客观的真实还是在主观的认知方面，都可能有这样那样的不足。对此，我们不能不有所辨析。例如对于“康雍乾盛世”贪纵之风何以席卷全国的原因，顾炎武在《日知录》卷十二“俸禄”中说：“今日贪取之风，所以胶固于人心而不可去者，以俸禄之薄，而无以赡其家也。”此一断言，也有当代学者引用并表示赞同。笔者则在引用顾炎武所言后，表示“但其实在康雍乾三朝中声名狼藉的大贪污犯中，绝少有仅为一己之室家升口计而收受贿赂的官员，导致席卷全国的贪纵之风的根本原因，显然在于封建朝廷及其所规定的各项制度，以及统治阶级的剥削本质。”在这一章中，笔者还引用玄烨公开声称“为官之人，凡所用之物，若皆取诸其家，其何以济？故朕于大臣官员，每多包容之处，不察察于细故也。人当作秀才时，负笈徒步；及登仕版，从者数人，乘马肩舆而行，岂得一一问其所从来耶”[①]；并指出康熙对大贪污犯徐乾学、高士奇的包容，雍正对田文镜的庇护，以及乾隆本人数次南巡所费不赀为例，说明“不能抑止日愈剧烈的贪黩之风”的缘故。

笔者除了选用为学人比较熟稔的资料外，也努力发掘一些更说明问题而又为一般学人所未曾引用过的资料。例如清代初期满人与汉人之间的矛盾，这是众所周知的现实，但选用什么资料来说明呢？笔者为了对清代科举制度有更深进的了解，曾一度遍阅科举人物的文集，如刘子壮的《屺思堂文集》。在通读他的文集后，又参考大量文献资料，撰写和发表介绍他的文章[②]。此人在明季屡困场屋，入清后于顺治六年以第一名进士及第，而且是清代第一个会元、状元连捷者，因此对新朝满怀感激，报效心切，每多直言，文集中的《振纲领策二》中，就有极其形象的记叙满、汉官员相互牵制的文字：“满人曰：‘吾所与定天下，而汝坐其成。’汉人曰：‘汝何知，非吾莫能。’……两不相能，则虽有便民之策、经国之方，相持而不能施，施之而不能左右以尽其利。”当我读到这段话时，随即摘录下来，写入《吴敬梓的时代》一章中。总之，这些作法均表明笔者努力将“时代”一章写成吴敬梓的“时代”，避免简单地复述一般的清史材料。

三

为了贯彻传中有评、评不离传、传评结合的要求，在体例上必须要适当配置，方能相互融合。众所周知，现实生活的种种际遇，激发起作者的不同感受，影响着作者的思想形成和发展变化；而作者的思想感情又自觉不自觉地支配着他的创作动机，并且也会有意无意地渗透进他的创作中。总之，生活、思想与创作，三者的关系紧密不可分，李贽在《忠义水浒传序》中就引用太史公所说“《说难》、《孤愤》，圣贤发愤之所作也”之语，表示赞同并引申说：“由是观之，古之圣贤，不愤则不作矣。不愤而作，譬如不寒而颤，不病而呻吟也，虽作何观乎？《水浒传》

① 《东华录》，康熙五十三年十二月。

② 见《水浒争鸣》第一辑，长江文艺出版社 1982 年版。

者，发愤之作也。”[①]因此，为文学家作传记，不能离开他的作品；而评价他的作品，则不能置他的生平于不顾。为此，在《吴敬梓评传》中设置“吴敬梓的生平”与“吴敬梓的思想”二章。“生平”一章中主要叙述他一生的主要经历，结合其不同时期所写的诗、词、赋，细心探索生活际遇如何影响他的感受，又如何从切身感受逐步形成对现实人生的认知。这一过程是渐进的，但所显示的变化却是根本的。因而“生平”一章作纵向的叙述是比较恰切的。而且有这一章作为“垫底”，“思想”一章的评述就不会“悬空”。而专设“思想”一章，固然是“丛书”的要求，但又符合传主本身的实际，《儒林外史》一向被识者认为是“思想家的小说”（笔者亦赞同这一观点），因此，专立“思想”一章对其思想进行深入的评析是十分必要的，而为了全面的介绍，采用横向的分类评述也就比较得宜。如此，“生平”、“思想”二章就形成纵横交错的架构，以便深入而全面地突出作为文学家的吴敬梓的“思想”面貌。

在对他一生的纵向叙述中，紧扣几件大事论述：吴敬梓出生时，吴氏各房兴衰不一，吴敬梓出生在衰微的一支，从幼年晓事时起，就备受冷落乃至歧视。其后是出嗣，由于吴国对长子吴旦独子吴霖起无子，于是吴国对次子吴勖之孙吴敬梓便被出嗣给霖起为子，从而成为吴国对这一支的长房长孙，这也为后来争夺家产埋下伏笔。而在夺产之争中，又使得吴敬梓对诗礼人家的狰狞面目有所认识。再后是参加科岁考及乡试的挫折和鸿博之试的犹疑，表现了他对清朝统治者的功名富贵羁縻士人的手段，逐步有了认识，从而不断反思。此外，他的多次出游，尤其是多次到维扬特别是南京地区结识了各类人士，扩大了眼界，丰富了思想。在南京定居后还参与赞助修祭泰伯祠的活动，表明他一度接受颜李学说的影响，从崇奉到犹疑。最后，由于生活的不断贫困，与市井小民有了更密切的接触，促进他对士人出路的深入思考。总之，随着吴敬梓生活之旅的前进，他的思想认识也不断发展。这一进程，在他的诗词赋创作中有第一人称的表述，而在第三人称的《儒林外史》中也有自觉不自觉的流露。

在“思想”一章中，分别寻求其思想渊源，探讨其学术和文艺思想，评述其思想局限。在“渊源”中讨论了他所受到传统的儒家思想的熏染、对魏晋六朝的

① 李贽：《焚书》卷三。

风尚的追慕和时代思潮的影响。而在时代思潮中又分哲学思潮和科技思想两部分。因此，吴敬梓思想其实有四大成分：儒家思想、魏晋六朝风尚、颜李学说和科技思想。探讨渊源之后，因吴敬梓有谈“经”论“艺”的文章在，便分论其经学见解和戏剧艺术观念。最后又指出其思想的主要局限为残存的门阀意识。需要说明的是，《吴敬梓评传》虽然于1990年6月交稿，但我对吴敬梓生平、思想、创作的研讨，早在20世纪70年代初就在不断探索，并不断有论文发表。如对于治经见解，在1977年就曾发表《略论吴敬梓的“治经”问题》。其他如颜李学说、科技思想的影响，以及他对戏剧艺术的见解及其思想局限，在20世纪70、80年代均有专文发表。不仅如此，在《吴敬梓评传》出版以后，仍在不断进行深化研究。例如对他所接受的魏晋六朝风尚和文学的影响，笔者又于2004年在《文学遗产》发表《隆礼与崇孝——四论魏晋风尚对吴敬梓的影响》一文。总之，《吴敬梓评传》只是笔者阶段性的研究成果。

四

《吴敬梓评传》之所以被纳入“思想家评传丛书”，当归之于当时任“中心”顾问的程伯阳同志，他将我已出版和发表的有关著作推荐给匡亚明，于是受到邀请参加1988年5月召开的“中国思想家评传丛书”工作会议。议程一是对已确定的传主名单进行调整，并对申请承担任务的作者及样稿进行审议，如《老子评传》、《黄宗羲评传》当时各有三人申请等等。二是讨论“丛书”写作的指导思想。三是设立总编委会，并分先秦两汉魏晋南北朝、隋唐宋元明、清和近代三段成立段编委会，承匡老不以葑菲见弃，在总编委会和第三段编委会名单中均列入笔者。不过，编委会并未正式开展工作，不久又改为主编制。

因拙作《吴敬梓评传》被确定为第一批出版，会后便抓紧进行，并在1989年年初完成初稿，但因其时“中心”并未催稿，而江苏古籍出版社又对已陆续进行几年的《新批儒林外史》限时交稿，便将《评传》放下专心做“新批”。1990年2月，我正在石家庄参加海峡两岸元曲会议，接到家人长途，说匡老派人来舍间催稿，让我赶紧回来。返宁当晚，中心主任潘群及匡老秘书朱惟宁来舍间，传达编委会决定：一是在文、史、哲、科技四类中各选一部，要求传主是大家，作者是权威，文学类选定《吴敬梓评传》；二是由于四部书将作为国际学术会议赠书，要求边交稿、边审稿、边发稿，6月底发清，9月出书。不几天，匡老又派人送来一幅横幅，在引用《诗·巷伯篇》“萋兮斐兮，成此贝锦”后，又写道：“预祝吴敬梓评传以传世之作早日面世。”在匡老的激励之下，终于在1990年6月定稿，12月出书。

在从接受约稿到出书的过程中，颇有感受。首先是匡老尊重知识、尊重知识分子的作风。匡老无疑是老前辈，但对我这个后学也极为礼敬。为了给“中国传统思想与21世纪国际学术会议”做好准备工作，1990年11月在斗鸡闸会议室召开部分作者座谈会。散会时天色暗淡，匡老坚持要以他的小车送归，坚辞再三而不得，乃请他先行归去，然后由司机送我归来，他仍表示要看看我的住地。后来江苏电视台拍摄“九十老人的追求”专题片前来采访时，我谈了这件事，片中就出现了我所住的大楼外貌。其次，是匡老的严格要求，他要求是一流的传主，一流的作者，一流的出版。除了以招标的形式公开征求作者外，在集中意见之后，他又反复征求老专家意见，最后才确定。再次，在匡老领导下，“中心”有关负责人与作者保持着紧密的联系，及时沟通，相互促进。“中心”所编的《动态信息》经常报道作者的研究情况，笔者也蒙多次提及，如第9期、第16期、第49期、第66期等等。“中心”还将作者所获得的荣誉视作“中心”的荣誉，如第78期有《〈吴敬梓评传〉再次获奖》的报道，说：“据国家教委社会科学研究司公布的‘全国高校人文社会科学研究优秀成果奖’评审结果，南京师范大学中文系陈美林教授撰著的《吴敬梓评传》荣获二等奖。据悉，举行这样大规模的评奖是新中国成立来的第一次，参评对象的时间跨度和数量均不同于以往一般的评奖。《吴敬梓评传》作为‘中国思想家评传丛书’之一而名列其中，这对于扩大整套‘丛书’的影响，提高‘丛书’的声誉，起到了积极的作用。”他们的赞赏也是对我的鞭策。此外，匡老生前曾在北京人民大会堂云南厅召开前50部评传新闻发布会（1996年5月15日），特邀我与会；匡老仙逝后，曾在香港会展中心举行百部首发式（1999年5月25日），亦邀笔者与会。次日，在香港大学举行“中国传统文化与现代社会”论坛，由香港四位学者与内地四位学者作专题报告，依次为饶宗颐、陈美林、吴宏一、王水照、李家树、赵令扬、傅璇琮、蒋广学。我的讲题是《物质文明、人文科学和中国古代的人文主义精神》，讲稿后收入武汉大学出版社2001年9月出版的《名家讲演集》。这些都是围绕为“中心”撰写《吴敬梓评传》而生发出来的活动。回顾这些琐事，以说明“中心”与作者的关系，不同于一般出版社与作者的关系，匡老当年所坚持的优良传统对今日的出版界和学术界，也应有启发意义和借鉴作用。

（原载《古典文学知识》2005 年第 5 期）

代跋：陈美林先生的学术道路及其贡献

李忠明

陈美林先生（1932—　），江苏省南京市人，回族，著名文史研究专家，南京师范大学资深教授、博士生导师，出版《吴敬梓研究》、《吴敬梓评传》、《清凉布褐批评儒林外史》等学术著作四十余种，发表《论杜诗的形象思维》、《稿本〈秣陵秋〉传奇作者和创作时代考辨》、《古籍校勘与古代文学作品解读》、《试论儒学对文学之影响》等论文三百余篇，其成果曾获得首届国家教育部（时为国家教委）人文社会科学优秀成果二等奖和江苏省哲学社会科学优秀成果一等奖、二等奖等。愚 1988 年 9 月考入南京师范大学，拜在先生门下，连续攻读硕士、博士学位，1994 年毕业留校工作，至 2008 年调离南京师范大学，追随先生达 20 年之久。惜愚驽钝，于先生学问之境界，未能窥其一二。今欣逢先生八十华诞，故不揣谫陋，略述所知，为先生寿。

一、先生的学术道路

南京一中是一所百年名校，在南京乃至全国都享有盛誉。新中国成立前，一些名师大家曾在此兼课，如唐圭璋先生。每周一上午的周会，学校都请著名学人来此讲演，如卢前（冀野）等人。先生在一中读书六年（初中、高中），虽未曾直接受教于唐圭璋先生，但卢冀野先生的讲演却是听过的。卢先生演讲时说一中校园（府西街）曾是南唐宫廷之地，附近的"内桥"（桥名至今未变）即为大内之桥，由南唐宫廷而讲及二主词作，激起少年时代的先生热爱诗词的兴趣。同时，先生曾在一些报纸副刊上零星发表一些新诗、散文，就怀着当一个文学家的梦想，于 1950 年在华东地区几所国立大学（中央大学当时已改名为南京大学、杭州的浙江大学、上海的复旦大学）联合招生中报考了浙大文学院中国文学系。先生一直向往去湖畔诗人生活之地学习，有幸被录取，于1950年8月下旬去浙大报到，9月2日接受系主任郑奠教授及几位老师包括夏承焘先生在内的“面试”（《天风阁学词日记》有记载）。当时浙江大学中文系老师中名家颇多，如郑奠先生1920年毕业于北京大学，即留校任教，后又兼任北京女子师范大学中文系主任，一度与鲁迅先生同事，为著名的修辞学家，1945年起任浙江大学中文系教授兼主任。夏瞿禅先生为著名词学大家，沙孟海先生为杰出的书法名家。王焕镳（驾吾）先生20世纪20年代毕业于东南大学，师从柳翼谋（贻征）、王伯沆、吴梅等名家（《吴梅日记》卷十二记云“余及门中唐生圭璋之词、卢生冀野之曲、王生驾吾之文，皆可传行后世，得此亦足以自豪”），曾编纂《首都志》等多种谱志，以及研究韩非子、墨子的著作多部。孙席珍先生是著名作家，早年创作有诗歌、散文、小说多种，鲁迅在《诗歌之敌》文中称他为“诗孩”。埃德加·斯诺曾在《活的中国》一书中为之写有《孙席珍小传》，曾为北方左联领导人之一，早在20世纪30年代起在北京女师大讲授西洋文学史，出版过《辛克莱评传》、《莫泊桑生活》、《英国文学研究》、《欧洲文学史》、《近代文艺思潮》等多种著作。1951年秋，孙席珍先生应浙江大学之聘，主讲西洋文学，同时开设现代诗歌课程。王西彦先生为著名作家，曾参加北方左联，先后在湖南大学、武汉大学任教授，1951年春应聘来浙江大学任教，后赴上海作协为专业作家兼任华东师大教授，出版小说《古屋》、《神的失落》等多种，以及文艺评论著作如《挽歌与赞歌》等。先生就读于浙大时，当年招收新生15名，至毕业时仅有6人，因而师生易于交融，受到的熏染也就多多。尤其是师生先后赴浙江嘉兴参观土改、去安徽五河参加土改，生活在一起，老师对学生的了解深入，而学生也可直接从老师处学得如何为人治学。在沙孟海先生《日记写本两种》和夏承焘先生《天风阁学词日记》中多处提及先生名讳。直到“文革”期间，夏先生还写信给词友唐圭璋先生寻找先生下落，从此先生又恢复了与夏承焘、王驾吾、沙孟海、陆维钊、孙席珍、王西彦等先生的联系。20世纪70年代后期“文革”结束之初王西彦先生曾来游南京，并带领先生去他的老友陈白尘先生家访问。1981年先生被邀去杭州大学讲学，又拜访了王驾吾等老师。诸位老师先后去世后，先生还陆续发表了回忆夏承焘、沙孟海、王驾吾等先生的文章。20世纪80年代时，唐圭璋先生曾在一份学术鉴定书中说“我校陈美林教师早年受业于王驾吾、夏瞿禅两先生，对我国古代文学已打下深厚的基础”。可见，浙江大学的学习经历，对先生的学术研究有着极为重要的意义。

先生曾言，读大学时仍一心想搞创作，与孙席珍老师、王西彦老师也有较多的接触，接受他们的教诲和指导，曾任学生组织浙大文艺社负责人，学校经常举行各种晚会如五四晚会等，会上照例有朗诵诗的节目，而诗作经常出自先生之手。著名女作家陈学昭先生时任浙江省文联负责人，也在浙大兼职，而郑奠先生也为浙江省文联副主席。浙江省文联在1951年暑假曾组织浙大中文系3位学生去余姚庵东盐区体验生活，以创作反映盐民生活的作品，先生为三人之一，但因听不懂当地方言，无功而返。根据政务院命令，是届大学生提前一年毕业，以参加第一个五年计划建设，先生便于1953年秋被分配当教师，未能从事专业创作，当时虽有零星诗文发表，但屡经工作变动和迭遭运动，目前可以寻找到的仅是在鲁迅逝世20周年所写的《要是鲁迅先生还活着》一文，发表于《浙江日报》1956年10月21日，署名东皐。

由于担任教职，先生开始由文学创作转向文学研究。1958年，先生调往江苏师范学院（1982年该校改名为苏州大学）参加重建中文系的工作，由学院任命钱仲联先生和先生分别担任古代文学教研组的正副组长，当年钱先生是五十余岁的老教师，而先生则为廿余岁的青年教师。钱先生表明自己不搞小说、戏曲，要先生承担元明清文学的教学，作为一个青年教师，不能拒绝。但因提早一年毕业，读书时未曾认真学习过元明清文学。既然接受这一任务，先生便边学习边讲授，而学习的主要方式是编讲义。“从1958年秋季起始，用了近两年的时间编写了超过百万字的讲义讲稿。1960年代初，学校办了一个自编教材的展览会，有关部门选中了我所编写的戏曲教材参加展出。《光明日报》1961年3月22日还在头版头条以《江苏师院积极培养红专师资队伍》为题作了报道”（陈美林《戏曲研究与戏曲改写的回顾与思考》，《东南大学学报》2008年第3期）。先生就是通过这种方式弥补了当年读书时未曾下过功夫的元明清文学（包括戏曲、小说、诗文等）。同时，由于钱仲联先生被抽调去上海参加郭绍虞先生组织的《中国历代文论选》编选工作，他所留下的宋以前的文学由先生和另一位同事承担。因此，先生在苏州工作期间不仅讲授元明清文学，也讲授唐宋文学。这种学习和教学经历，为先生的学术研究奠定了比较扎实的基础和相对广阔的领域。

二、先生的学术特点

综观先生五十多年的学术历程和学术成果，可以看出，先生在治学上有明显的个人特点：

首先是将教学与研究统一起来，将工作需要与自选课题结合起来，教学工作为学术研究提出课题，学术研究成果又深化教学工作。如先生对戏曲的研究，是从讲授“苏州派”开始的，钱仲联先生对先生的讲稿非常满意，两次主动向中华书局力荐先生，其推荐信中说先生“专攻古代戏曲，用力至劬”，“擅长古典戏曲，文笔生动流利”，“马列主义文艺理论的修养较深”，“兼擅新旧之长”，所以中华书局约请先生撰写《李玉与〈清忠谱〉》一书（陈美林《追忆钱仲联先生》，《钟山风雨》2008年第3期），由此开启了先生的古典戏曲研究之路。即使是先生最为专擅的《儒林外史》研究，也是从工作需要开始的。1971年，人民文学出版社约请南京师范学院（现南京师范大学）中文系整理《儒林外史》并撰写前言。学校成立了四人小组，第一稿“前言”由先生执笔完成（陈美林《〈儒林外史〉前言有四稿》，《文史知识》2001年第11期）。但初稿完成后，先生即被调出小组（陈美林《我与〈儒林外史〉研究》，《古典文学知识》1990年第5期），从此开始个人研究，成果累累，为学界所公认。再如先生的文学史研究，也是始于教学的需要。从自己编纂百万字的讲义（即文学史的雏形），到20世纪70年代参加四所和十三所院校编写文学史和作品选读教材工作，承担部分章节的编写，80年代初南师接受中国社会科学院文学所主持文学通史的编写任务，承担《宋代文学史》的编写工作，先生先是被确定为两个专职人员之一（后因避免种种纠纷，坚决辞却），为此发表《重视对文学史著作的研究工作》（《南师学报》1980年第2期）一文，当时重写文学史的口号尚未提出，该文在回顾近百种文学通史、断代史、体裁史以及一些专史的基础上，反思既往文学史编写中的一些问题。唐老对此文极为赞赏，日本东洋文献当年著录此文。卢兴基先生主编《建国以来古代文学问题讨论举要》时，关于文学史分期问题、主流问题两个专题，就约请先生撰写。先生还积极参加有关文学史的讨论，包括1961年文学所的三卷本文学史、1978年王季思先生四卷本文学史修订征求意见会等活动。同时，先生还借鉴西洋文学史，发表了《也谈比较文学》（《光明日报》1980年10月15日）一文。当时，国内关于比较文学的讨论尚未普遍展开。至于国外的一些重要的文学史著作，如法国文学史家朗松的《法国文学史》和泰纳的《英国文学史》，德国文学史家盖尔维努斯的《德国民族文学史》、意大利批评家德·桑克蒂思的《意大利文学史》以及丹麦文学史家布兰代斯的《十九世纪文学主流》等，早年也从孙席珍先生讲授时有所了解，孙先生晚年曾写信给先生，借阅先生当年的听课笔记。由于对古今中外文学史进行过广泛涉猎与研究，先生对文学史的撰著有着独特的看法，曾主张不宜多人集体编写文学史，应组织少数观点相似的学者一起编写，并以《〈儒林外史〉研究史》为实践，在自己陆续写成数十篇专文的基础上，指导两位弟子，并与之合作，撰成一部专书的研究史。

仅上述三例，即可说明，先生将学术研究与教学工作紧密结合、相互促进，这对当下的年轻学者极富借鉴意义。

其次，将创作、教学、研究视为一体，予以同样重视。先生早年想当作家，惜未能如愿，但也锻炼了文笔，直至近年仍不时有散文、随笔发表，如先生为《清凉文集》所作跋语，为老出版家徐柏容先生所激赏，推荐至《散文》发表（2000年第6期）。集中体现先生创作活动的，是他将古代戏曲的代表作品重新创作为中、短篇小说（故事）。这项工作开始于20世纪50年代末，起因是当时古代戏曲的大量作品未曾整理出版，讲课时学生未读过作品，难以满足教学需要。先生考虑到李渔的《比目鱼》等作品、孔尚任的《桃花扇》、莎士比亚的剧本，都曾经被改写成小说，有的还成为名著，畅销一时，因此自己动手改写古代戏曲作品，先在刊物上发表，后结集出版，先后出版《元杂剧故事集》、《明杂剧故事集》、《清杂剧故事集》、《中国戏曲故事集》等。外文出版社将《元杂剧故事集》译成英、法、德等文字，在海外发行，又约先生将《牡丹亭》、《长生殿》、《桃花扇》改写成中篇小说，出版了中英文对照版，此三种英文版又由美国纽约一家出版社合编成一册印行。同时，该社还约请先生整理《桃花扇》原作，先生乃以西洋诗剧的形式予以整理，撰写了长篇前言，纳入“大中华文库”，出版了中英文对照版。先生认为，这种改写，实际上是一种重新创作，很有价值，戏曲改写（创作）、戏曲研究和戏曲演出，并无高下之分，只有做得优劣之别。2007年秋于厦门召开的第七届全国古代戏曲学术研讨会上，先生应邀做学术总结，针对当前优秀剧作少的现状，提出从事戏曲研究和戏曲教学的学者，不妨也动手搞点创作。“五四”时期，就有不少教授既能研究、教学，也能创作。在古代一些学者也有能从事创作的，如清代学者程廷祚不但治经有成就，又擅长诗文创作，同时还作有《莲花岛传奇》，袁枚为其作的铭文即云“儒林文苑本无界，谁欤划开成两界”。先生的总结发言，题为《以文会友，以友辅仁——第七届全国古代戏曲学术研讨会总结发言》，刊于《古典文学知识》2008年第2期。先生在20世纪80、90年代多次应聘为江苏省高校职称评审组成员的同时，偶或也接受与作家评审有关的活动，如1993年与1995年两度被聘为江苏省作家协会高级职称评审委员会委员，参与对一、二级作家的评审（1993年评委会主任为陆文夫，1995年为高晓声），1996年南京大学授予著名作家韩素音为名誉博士，聘请先生为推荐人并撰写推荐意见等。

第三，在宏观指导下进行微观研究，在微观研究中体现宏观。以吴敬梓与《儒林外史》研究为例，在文学史众多的作家作品中，突出一位作家、一部作品似乎课题不大，但先生能将这一位作家这一部作品的题目进行放大研究，从微观中体现出宏观。如就研究范围而言，从作家研究到作品研究、研究的研究（研究史），全都网罗在内，充分体现了“取材严”而“挖掘深”的特点。以吴敬梓作家研究而言，1984年出版的《吴敬梓研究》收辑了先生1982年以前的论文，仅从题目看，有对其生平、家世的考证，有对其先世资料、交游资料的搜集辩证，有从经学、史学、哲学、戏曲学乃至科学技术角度来探析其思想的形成，涉及作家研究的各个方面。程千帆先生对这样的研究曾评价说“对于一位作家或一部作品进行深入研究，正确地叙述其行实，评价其思想及艺术上的成就，阐明其文化史及文学史上的地位，从而丰富文学的整体研究，是一项相当艰苦而又非常必要的工作”，认为先生对吴敬梓及其《儒林外史》的研究“是多方面的和深入的，有不少方面是前人屐齿所未及的，即开拓性的”，“显示了近年我国学术界在这一方面的成绩”，“此书研究的虽然只有一位作家、一部作品，但显示了陈美林先生在历史、哲学、文学史、文艺理论等多方面的渊博知识和精到见解”。这样的评价，充分显示了先生以宏观的视野，深入微观研究的特色。同时，先生也有宏观研究的论文发表，如对《儒林外史》的四家评本（卧评、黄评、齐评、张评），先生分别写了五篇专论，同时又发表了综论小说评点的文章《重视小说评点的研究，促进小说评点的繁荣》等，这是从“评点”这一领域中体现的。先生还鼓励不同学科的交叉研究，从更广阔的视野上来研究文学，如为方晓红教授的博士论文《晚清报刊与晚清小说发展关系研究》所写的序言。在为黄强同志《中国古代文人置业志》所作序中，充分肯定其不仅从人文科学，而且还涉及建筑等自然科学领域的研究方法。先生在20世纪80年代初，即发表《吴敬梓和科学技术》，从“科学和哲学结合的结果就是唯物主义”（恩格斯《英国状况·十八世纪》）的理念出发，探寻《儒林外史》所显示的朴素的唯物主义和初步的民主主义的思想来源，与当时重视自然科学研究的学风以及其亲友从事科学活动的影响有关。

先生在重视多学科交叉研究的同时，也强调从文学本身来研究文学。在第七届全国古代戏曲学会总结发言中，就曾针对会议中提交的论文有许多从文化学视角来研究戏曲而从文学本身讨论戏曲的论文不多见，只有少数几篇将戏曲与小说联系起来的研讨，而未见将戏曲与诗、文联系起来的现象，提出了自己的看法。先生早年曾对一位访问学者谈及八股文与戏曲的关系，世纪之初又对一位博士后谈及吴梅村叙事诗中有许多“移步换景”的手法，这也是戏剧因素。先生在该文中说“因为文学是社会生活的反映，而社会生活中多样性和单一性、特殊性与普遍性、共性和个性并存，作为反映这种纷纭繁复的社会生活的诸多的文学样式，同样也存在个性和共性。对文学进行分体研究有利于深入专精，而将诸样式深入进行综合研究则有利于宏观把握。总之，对于文学创作的特性和规律，需要不断分体、不断综合的交替研究方能取得更大的成绩。当然，从文化学的背景来研究文学是需要的，但也应更多地注意就文学本身来研究文学”。先生发表的论著中不乏这类文章，如1979年发表的《吴敬梓和戏剧艺术》，1986年发表的《试论杂剧〈女贞观〉和传奇〈玉簪记〉》，1989年发表的《论〈董西厢〉的艺术个性》等，都是将诸种文学形式如笔记、小说、杂剧、传奇、诸宫调等糅合在一起做综合研讨。有的论文也专就同一种样式不同时代的作品探析它们各自特点，如1983年发表的《试论元杂剧对明清杂剧的影响》，以及2004年就《秣陵春》、《桃花扇》、《秣陵秋》三部不同时期的传奇发表了《清代三部以南京为主要场景的传奇》，讨论了三部传奇故国之思的浓淡和地域特色的厚薄等。

第四，与宏观、微观研究相对应，先生治学又十分注意专精与博通的互通。

先生的吴敬梓与《儒林外史》研究，享誉学界，其成果为同行公认，或誉为海内外第一人，推为巅峰，但先生并不以此自诩，特别是应邀讲学时，除应邀请方指定外，先生的自主选题总是回避有关吴敬梓与《儒林外史》的题目。从20世纪80年代起，先生先后应杭州大学、福建师范大学、武汉大学、北京师范大学、河北师范大学、华东师范大学、同济大学、东南大学、中山大学、暨南大学和香港大学，以及韩国启明大学、国民大学、高丽大学等校之邀，或讲戏曲，或讲小说，或讲文学史以及文化史、思想史，如中国古代的选士制度、物质文明与人文科学等，大多为吴敬梓研究以外的课题。当然，也有指定讲《儒林外史》的，如南京大学国学讲堂即指定讲此专题。

其实，从研究成果来看，舍弃其影响最大的吴敬梓研究以外，先生在其他方面的研究也取得相当大的成绩。先生对《水浒传》、《后西游记》、《西湖二集》、《歧路灯》、《镜花缘》等作品，以及通俗小说的历史地位和认识价值，都发表了不少论文，如20世纪80年代发表于《文学评论》的关于《后西游记》的论文，被辑入百年以来《西游记》论文选；关于《水浒传》又名《宋元春秋》的考评文字，刊于《水浒争鸣》创刊号；80年代初发表的关于《歧路灯》的文章，辑入《歧路灯论丛》；发表的关于《镜花缘》的文章，收入由美国耶鲁大学出版社出版的《中国文学手册》，等等。先生还先后被聘为《中国话本大系》和《中国小说史》丛书编委，整理了《红楼梦》（由中州古籍出版社出版，前二次印刷署名凌嘉霨，第三次印刷署真名）、《西湖二集》（校点本由江苏古籍出版社出版，校注本由台湾三民书局出版），并与弟子合作整理了《施公全案》，校注了《西湖佳话》等；还指导并与弟子合作，由弟子执笔出版了《章回小说史》、《中国古代小说的主题与叙事结构》、《小说与道德理想》等著作。以戏曲而论，先生从李玉与苏州派研究为起始，上推下溯扩大至整个古典戏曲的研究，20世纪90年代即在台北发表《中国传统戏曲简述》，综论古典戏曲的发展；进入新世纪后，在苏州“中国戏曲论坛”又发表《中国传统戏曲的继承和发展》。此外，对宋金时代以迄明清时期的重要戏曲作品，如董、王《西厢》，郑光祖的杂剧，关汉卿、郑光祖、张养浩的散曲，传奇《牡丹亭》、《玉簪记》、《秣陵春》、《桃花扇》、《秣陵秋》、《息宰河》以及丁耀亢等人的戏曲作品，都发表了卓有见地的论文，同时还应约以西洋诗剧的形式整理了《桃花扇》。江苏戏曲艺术研究会于1981年4

月成立，指定先生等25人为第一批会员，并被聘为编纂委员会委员。

先生自中学读书时就喜欢抒情的诗词，而叙事的戏曲、小说则是先生所从事的教学工作所需，但在教授叙事文学之余，先生也不时有关于诗文的文章发表，如《试论杜诗的形象思维》、《从对一首杜诗的评价说起》，并与人合作出版了《杜甫诗选析》。至于词学，20世纪70年代初，唐圭璋先生编纂《全金元词》，校领导决定由先生任助手，但接受任务不过月余，即发生变故，先生乃与此项工作脱离关系，但此后江苏古籍出版社编纂《金元明清词鉴赏辞典》，负责人还征询过先生意见，于1988年5月10日写信给先生说此项工作“能得到您如此热情的支持，真是太令人感动了”，先生并应约，指导20世纪50年代在江苏师院任教时的一位学生，并与之合作写了有关陈子龙、宋征舆、柳如是等作家的有关词作。20世纪80年代，先生与吴调公先生奉领导之命，接待研究张岱的罗马大学的终身教授拜尔突乔里的访谈，为此发表了有关张岱的论文。此外，对明代民歌、清人程廷祚、陈古渔的诗作以及古代山水旅游诗词等也有所涉猎，偶有文章发表。

先生有些论文还涉及唐以前文学史的内容，如研究吴敬梓的“治经”、讨论吴敬梓接受魏晋六朝思想、文化影响的文章，颇得段熙仲先生的称赞，他所指导的唯一一届汉魏六朝的研究生论文答辩，就诚意邀请先生参加，其中一位硕士后来就随先生攻读博士，早年已晋升教授。还有一位年轻教师要报考先秦魏晋段的博士研究生，当年该系博士点三位指导教师中有二人是以研究唐宋文学为主的，先生则是指导元明清文学的，并无指导先秦两汉的导师，该教师指名要报考先生，并举先生相关论文说明自己报考的理由，现在他也成为该领域的名家了。

先生的研究领域还有一些论及中国文学与文化、文学与史学、文学与哲学、文学与科学等的文章，如《明嘉靖朝都察院和武定侯为什么要刊刻〈水浒〉》、《武则天以周代唐与儒释道之争的关系》、《儒学核心的“人学”与作为“人学”的文学》、《“太平多暇”与董、王〈西厢〉的产生》、《物质文明、人文科学与中国古代人文精神》、《中国传统思想与古代文学——兼论和平环境对繁荣文艺的作用》、《南京清凉山文化蕴涵的感受与思考》等。总之，先生虽以研究吴敬梓和《儒林外史》饮誉学界，但无论是先生的教学还是研究，领域都相当宽广。

也许正是由于具有广博的知识面，才能在某一课题的研究方面取得专精。先生在指导研究生时也是要求各自有一立足点以求专精，然后逐渐扩大研究领域，如此方能有益于专精。诚如先生在为吴波教授博士论文《阅微草堂笔记研究》序中所言，非专一家无以致精，非兼治众家无以名一家。

第五，先生治学既重视资料考证，又重视理论阐析，注意考证为理论服务，而理论又不分中西古今，强调从实际出发，融会贯通，为我所用，择善而从。徐朔方先生在 1985 年获赠《吴敬梓研究》一书后，认为“长于考证、治学严谨者，或不善于理论，善于理论者或文笔枯涩，读之乏味；工于写作者，下笔千言而根基嫌浅，华而少实”，而先生所作能“合两美为一，堪为当代小说研研究领域中的代表性成就之一”。徐先生所云可谓的评。为了理清围绕作者身外的问题如家世、生平、交游，解析作者内在的思想认识、学术素养、创作才能等，先生在广泛搜集资料、辨认资料的基础上，一一予以解析，再运用多种理论分析评论作品。

为了更准确地进行考据，必须大量搜集资料。如康熙《全椒志》是先生在 20 世纪 70 年代首先将其引入吴敬梓研究中来的，并在《文献》发表专文介绍；又如陈作霖《金陵通传》中的吴烺小传，也是先生首先披露的。先生还在他人已经检阅过的文献中再次爬梳出他人未曾注意的材料，如陈毅《所知集》等等。不仅是吴敬梓研究如此，对其他作家作品的研究也是如此。如《水浒传》曾改名为《宋元春秋》，海内研究《水浒传》者鲜有提及，而是史家邓之诚先生在《清诗纪事初编》中有所披露，但邓书限于体制，既未录出序文全篇，又少有评论，于作者刘子壮的生平、思想也仅略作介绍。70 年代初，先生遍阅清初文集，以寻觅吴敬梓生平资料，在清初八股文大家刘子壮的《屺思堂文集》中得见《宋元春秋序》一文，乃行录出，后见 1977 年出版的马蹄疾《水浒资料汇编》也仅辑录邓著所摘引的数句，未见及全文。先生乃于 80 年代初应《水浒争鸣》创刊之约，为之撰有《〈宋元春秋〉序略评》一文，既刊出序言全文，又对刘子壮的生平、思想做了详尽的介绍。当然，先生所发现的资料，尤以吴敬梓研究为多，为此先后发表了《吴敬梓研究资料的发掘和利用》、《再论吴敬梓研究资料的发掘和利用》、《吴敬梓生平文献资料的引用、解读和考辨》、《古籍校勘与古代文学作品解读》等系列论文。

先生发掘资料的目的，是服务于对作家作品的理论阐析。如《吴敬梓的家世对其创作的影响》，就是典型的例证。再如戏曲研究方面，以传奇《秣陵秋》为例，关于其作者和创作时代问题，先生经过认真考辨，发表了《稿本〈秣陵秋传奇〉作者和创作时代考辨》一文，对周妙中、庄一拂两先生认定的作者为庄伯鸿、成书于乾隆年间的结论，以大量文献记载与作品本身相比较，层层推解，从而否定此说，这对于评价这部传奇所反映的时代现实，极为有利。此后先生发表《清代三部以南京为主要场景的传奇》，其中对《秣陵秋》的评论，就以其考证为基础，做出了切合实际的评价。

学术研究自然要注意方法，先生十分重视的是章实斋的"知人论世"的主张，不止一次地提及《文史通义·文德》中所言"不知古人之世，不可妄论古人之辞也。知其世矣，不知古人之身处，亦不可以遽论其文也"，以及鲁迅在《题未定草》中所说"我以为倘要论文，最好是顾及全篇，并且顾及作者的全人，以及他所处的社会状态，这才较为确凿。要不然，是很容易近乎说梦的"。在此前提下，先生主张"法不前定，以笔所止为法"（谭元春《诗归序》）、"法寓于无法之中"（唐顺之《董中峰侍郎文集序》），赞成鲁迅的"拿来主义"，什么方法能阐释清楚问题，能切实反映自己的见解，就采用什么方法。无论传统的研治国学的方法，还是由于近代科学技术发展而形成的新的研究手段如质疑法、比较法、演绎法以及系统论、控制论、信息论等等，不拘一格，用来无不得心应手，而无生搬硬套之嫌。先生特别强调一切从作家、作品这第一存在出发，不要事先于胸中横存什么"理论框架"去范围研究对象，即使是传统的"文史互证"的方法，先生也是经常使用的，但又细心地辨别两者的异同，在《古籍校勘与古代文学作品解读》一文中，指出不可用研究社会科学的逻辑思维方法，去范围用形象思维反映纷纭繁复的社会生活的文学作品，二者有可通之处，但仍不能画等号。对这种倾向的文章，先生以循循诱导的方式予以说明，令人信服。

特别是先生运用传统的评点形式解读《儒林外史》，获得了极大的成功。老出版家徐柏容先生在1990年于南京召开的出版家学术会议上获得江苏古籍出版社赠送给与会者的《新批儒林外史》后，爱不释手，特地到先生家中拜访，并在其专著《书评学》中说："评点这种方式也渐被人弃而不用了"，"倘若以新的思想观点、新的审美意识来运用评点方式，它还不失为一种好的、有特色的书评方式”，“这一点，也不是从来无人看到，‘文化大革命’前，有的出版社想出版《水浒》的新评点本，曾印过几回试稿，可惜一直未见其蒇事。倒是1990年（应为1989年）江苏出版了陈美林的《新批儒林外史》，但愿这是评点形式书评重新繁荣的一个好的开始。”这说明先生的《新批儒林外史》是自“五四”以来这一批评形式重新“开始”运作的代表性著作。其后，漓江出版社组织了一批作家对几种古代小说进行评点，著名作家高晓声将他评点的《三言精华》赠给先生，作为向先生索取《新批儒林外史》的回报。《清代文学研究》卷中评论《新批》时说：“陈美林在研究古人评本的同时，还借鉴这一传统形式，对《儒林外史》进行了独具特色的‘新批’。该书于1989年由江苏古籍出版社出版，一连再版六次，至今仍畅销不衰，可说是利用传统形式研究《儒林外史》的新尝试和新收获。”香港《大公报》、《人民日报》（海外版）、新加坡《联合早报》、《中国图书评论》、《文学遗产》、《文献》等十余种报刊均发表书评，瑞士学者安如峦、日本学者须藤洋一、韩国学者赵宽熙等在他们的著作中均有征引，并列为主要参考书，时任职于新加坡国立大学的辜美高博士、美国哈佛大学商伟教授等都购此书多本，以供研究生参考。

《新批儒林外史》虽获得积极反响，但先生仍不放弃修订工作，尤其是大量的注释未被出版社采用，实属遗憾。先生对原先准备好的注释再三加工、充实，并对未及修改的印刷错误予以校改，更名为《清凉布褐批评儒林外史》，交由北京新世界出版社于2002年1月出版。见书后，《中华读书报》、《中国图书评论》、《光明日报》、《北京日报》、《对外大传播》、《世界》，韩国《中国小说研究会报》等海内外报刊发表了十余篇书评。何满子先生在2002年3月27日《中华读书报》发表的长篇书评中说该评本是作者“研治《儒林外史》的成绩的综合体现，也是他治学道路和他对小说所关注的方面的生动反映”，对《清批》的夹批和回评做了充分肯定，认为回评“相当于一篇紧凑的论文”，而夹批则“表述评者的世态评论和文化评论”，尤其是对《清批》的校勘、注释十分赞赏，认为其“精善”程度，“在近几十年来出版的几部长篇小说经典新版本中，也是很见功力的”。尽管获得如此好评，先生仍认为是“阶段性成果”，新世界出版社2009年又出版了先生再次修订的新版本。由此可见，《清凉布褐批评儒林外史》可说是先生利用传统的批评方法诠释经典著作的一个范例，也可见在先生的研究过程中，善于运用多种方法来反映和改进自己的研究成果。

先生实事求是的治学态度，还表现在一切评论均从创作实际出发，而不从某些权威的观点去牵合成文，如前述《也谈比较文学》一文，即以巴尔扎克、莫泊桑、吴敬梓等著名作家作品中同时存在的"悭吝人"的形象分析出发，得出悭吝成性的人物在不同民族中都存在，不同国度的作家从反映各自现实社会的人物性格出发，塑造了这类人物形象，不一定就是有了甲才有乙。当然，也有可能是甲的出现，带动了乙的产生，但需要注意的是文学的源泉是人民的社会生活，而不是哪一个民族的文学作品。此外，在1990年召开的海峡两岸元曲讨论会上，先生提交的论文为《"太平多暇"与董、王〈西厢〉的产生》，从探讨这两部作品具体时代的现实状况出发，得出金元"大环境"不佳，但"小环境"不错，正由于时代"太平"、作家"多暇"方能产生如此杰作。创作如此，学术交流也如此。若不是改革开放，两岸的学者也不可能坐在一起研究学术。当时有个别学者持越是饱经乱离方能有杰作产生的观念，自以为是坚持马列主义文艺理论，先生认为要将作家的生活经历与创作的具体环境（时间、空间）区别开来，不可混为一谈。近年有关单位召开以中华传统思想与和平发展为主题的研讨会，力邀先生参加，并做主题发言，先生乃有《中国传统思想与古代文学——兼论和平环境对繁荣文艺的作用》一文，更全面地阐述了"盛世修书"、"太平编书"等历史经验。正因如此，以研究文艺理论和中国文学批评史擅长的老专家吴调公先生，对先生的理论功底极为赏识，当年他所指导的两届五名批评史的研究生，均邀请先生参加论文答辩。

三、先生学术研究的启示

从先生的治学中，可以受到多方面的启示。认真研究先生的治学过程与经验，对我们做人治学无疑会有极大的助益。

首先是实事求是的治学精神。这表现在两方面，一是尊重研究对象的实际，二是尊重前辈时贤的研究成果。试分述之：先生在研究过程中，既充分肯定研究对象的地位与价值，又不随意拔高或否定。在学术研究中，由于种种原因，有些研究者往往不能正确对待自己的研究对象。有些学者是因为对自己的研究对象极其熟悉，了解比较透彻，而对其他作家作品了解不够深入；有的学者长期做个案研究，日久生情，在评价时难免偏爱；有的学者由于自己的个性、气质与研究对象息息相通，在评价时可能会不自觉地拔高。先生在自己的研究中，对此有着充分的警惕。先生长期研究吴敬梓与《儒林外史》，整整40年，既不遗余力地挖掘《儒林外史》的价值，毫不讳言吴敬梓与《儒林外史》的“伟大”，也清醒认识到吴敬梓的思想局限与《儒林外史》的瑕疵，先后发表《吴敬梓的门阀意识》、《吴敬梓和释道异端》、《吴敬梓的家世对其创作的影响》等论著，指出其不足，比如认为“吴敬梓早年也相信此术（指风水堪舆）”，“后来由于生活的教训、思想的转进，对这一问题的不当的认识，才逐步得到一些纠正。但早年的影响并来全然消除，因而在小说中对风水堪舆的描写，就产生相当局限”；“作者落后的门阀意识”，“正是形成这部杰出的讽刺小说《儒林外史》种种缺陷的思想根源的一个重要方面”，等等，充分显示了先生科学、理性、客观、严谨的学术态度。

即使在对吴敬梓的家世生平考索中，也坚持实事求是的治学精神，绝不认可少数人为了某种需要去美化研究对象，意图将生活在三百年前出身于科举世家的知识分子塑造成“高大全”的形象，连其出嗣的经历、祖上曾经“失袭”的历史也予以否定等不良学术风气。先生认为，吴敬梓本人的“出嗣”、先人的“失袭”等，对吴敬梓思想的进步和《儒林外史》的伟大没有任何贬损，倒是人为的美化反而成为变相的丑化。当然，如果确实是新发现的史料，如周兴陆同志发现的《诗说》、郑志良同志发现的《世书堂稿》等资料，先生不但认可，而且非常重视，认为学术研究自有后来人，对他们认真挖掘原始资料的学风高度赞赏。

对他人的研究成果，先生更是充分尊重。如对胡适先生，他是较早研究吴敬梓与《儒林外史》并有较大贡献的学者，先生既充分肯定其在吴敬梓研究中的考证成就和对小说作品的高度评价，又指出其某些考证不确或评价欠妥，对胡适先生的研究贡献作了实事求是的评价，并不附和不同时期对胡适先生或一味批判或者盲目肯定的时代之风，体现出一以贯之的实事求是的精神。

先生经常强调，所有的学术研究都是建立在前人研究的基础上，因此先生发表的研究成果，往往将哪些见解是前人未曾提及的，哪些是前人虽已点及但并无具体论述的，交代得特别清楚。比如在吴敬梓研究中，吴敬梓与科学技术、吴敬梓与释道异端、吴敬梓与戏剧艺术、吴敬梓与经学等，都是先生首先提出并进行分析的，而颜李学说对吴敬梓的影响，是胡适先生首先点及，但未曾展开，之后吴小如先生也曾一句带过，先生在自己的论文中，对他们的贡献都没有忽略，并在遍阅颜李著作、考索有关文献特别是吴敬梓的家族和亲友与颜李学说的关系，从而发表《论颜李学说对吴敬梓的影响》。再如吴敬梓深受魏晋六朝风尚及文学的影响，吴敬梓友人程晋芳率先提及，后来何其芳先生在自己的论文中有两句说明，先生经过深入研究，就这一专题，从20世纪70年代起，连续发表文章，直到2003年还在《文学遗产》上发表了《隆礼与崇孝——四论魏晋风尚对吴敬梓的影响》，系统阐述了“敏轩生近代，而抱六代情”的内涵、表现及对《儒林外史》创作的影响。

除了对作家作品的论述，先生必定详细说明学术界的研究变迁，绝不掩他人之美外，对待研究资料的搜集、考证工作，先生尤为慎重，绝不否定、抹杀他人的成果，更不将他人的成果改头换面视为己出。先生多次说，搜集资料是十分艰巨的工作，有时花上很多时间却一无所获，因此利用他人发现的资料而不交代的行为就很恶劣，因为被抄袭者很难申辩，而一般的读者根本发现不出其抄袭行为。先生以实际行动对这种恶劣行为给予批评，连续发表《吴敬梓研究资料的发掘和利用》、《再论吴敬梓研究资料的发掘和利用》、《吴敬梓生平文献资料的引用、解读和考辨》等系列论文，如实介绍在吴敬梓与《儒林外史》研究中，哪些史料是哪位学者什么时候在什么背景下发现或首次披露的，哪些史料是自己首先发现的，是怎样发现的，这些史料在该领域研究中具有怎样的学术价值，前人和他人的研究对自己的研究工作产生了怎样的影响，并严肃批评在该研究领域内，存在着“对所引用的文献典籍多有误记、误解和曲解；对前辈时贤的研究成果，或摒弃正确结论而坚信错误记叙，或予忽视、漠视”等学术不端行为。这样的学术实践本身，既是一种研究方法的展示，也是深沉的学术反思，更是先生高尚学术品德的体现。

其次，先生在治学过程中，特别注意不断反思、不断总结，以有利于一己的不断前进；同时，由于先生毫无保留地将自己的研究过程、方法、心得，一一写出，无异是“金针度人”，让读者受益。如前举关于如何搜集、发掘、辨别、解读、利用研究资料的系列文章，是自己数十年从事研究的甘苦与经验，既道出学术研究的真谛，也能提醒初学者在资料搜集方面莫误入歧途。先生对于自己的代表作，如《新批儒林外史》、《吴敬梓研究》、《吴敬梓评传》等，都有专文总结，对《儒林外史研究史》也有数篇回顾文章，甚至一些专题性的研究，如对吴敬梓的思想渊源、人物形象的塑造等等，也分别写有反思文章。这种在学术不断积累的基础上进行反思，从而不断提高的学术态度，对年轻学人同样具有启示意义。

不仅在学术研究方面，就是在教学工作方面，先生也比较注重总结与反思。先生曾发表《从事研究生教育的回顾与反思》一文，总结从20世纪70年代后期恢复研究生招生起，自己被邀请参加论文答辩，到自己指导硕士生、博士生、博士后的经历，以及参加主持答辩、被国务院学位委员会聘为博士点通讯评议成员的经过，并结合自己的亲身经历，对一些问题提出了自己反思后的建议，涉及学位点评审、导师遴选、招生过程等方面的内容，既实事求是，有史料价值，也有现实针对性，切中目前研究生教育中存在的一些问题，体现了一位老教育工作者对研究生教育的深切关注之情。

先生在指导我们做学术研究时，曾再三叮嘱，自己选择的课题（作家作品、文学理论、文学流派等）是第一性的，前辈、时贤对同一课题的研究成果是第二性的。对第一性的研究必须深透，形成自己的见解，否则对第二性的成果无从辨析评价；对第二性的研究成果也必须熟悉，了解全面，这可以深化并有助于一己对第一性的研究，二者不可偏废。但是，先生之研究领域，大多为愚所未能涉及；先生之学术视野，远非愚所能望及；先生之学术水平，更非愚所能评述。管中窥豹，盲人摸象，还望同门同道批评指正。

（原载《艺术学界》2012年总第5辑）

附言：清代学者章学诚在《文史通义》中说：“高明者多独断之学，沉潜者尚考索之功，天下之学术，不能不具此二途。”（《答客问》）一般情况下，高明与沉潜、独断与考索，往往难以兼善。但没有考索之功，独断之学多流于蹈虚之空谈；没有独断之学，考索之功易流于资料之堆砌。美林师研究吴敬梓与《儒林外史》四十余年，发表相关著作十余部、论文近两百篇，既有大量的考证性文字，更有对作家作品深入细致的剖析，做到了“独断之学”与“考索之功”的有机统一。本次编选，试图在这两方面彰显先生的学术特色，故命名为《独断与考索》。当然，由于编选者学术眼光与水平有限，可能并未达到此一目的。尚请先生及各位读者批评指正。

作者附语

拙作《清凉布褐批评儒林外史》于2002年1月由北京新世界出版社出版后不久，何满子先生便在《中华读书报》（2002年3月27日）发表《伟大也要有人懂》的长篇书评，除对该书的前言、夹批、回评、注释等做了全面的评述外，还特别提及该书的跋语《跋涉"儒林"卅载》，说这篇跋语"诉述了20世纪70年代研究此书(指《儒林外史》)的曲折过程，也折射出一些在此期内《儒林外史》的研究动态乃至这部小说的命运"。从这篇跋语中，满子先生还"得悉'文革'时期，这部小说竟也卷入了'评法批儒'的漩涡，有关方面还定出了《反儒讽刺小说〈儒林外史〉》的总题目，拟成写作提纲，印出后叫研究者依题作文，这对我确是新鲜有趣的消息"。此后，满子先生不止一次地建议笔者可将这些亲闻、亲见和亲历的事情写出，也可丰富学术研究史的内容。笔者也有意于此，先前也发表过《〈儒林外史〉前言有四稿》（《文史知识》2001年第11期)，后因种种原因，未能继续。今将历年所作选出部分由忠明汇辑成册，重读旧作，如见故人，如历旧境，现就其中一篇，说说它的"幕后"故事。

一

20世纪70年代中期起，笔者对《儒林外史》的研究已由职务课题转为个人课题，可以自主选题作文，一连写了十余篇，首先发表了《吴敬梓身世三考》（下称《三考》）一文，内容是考述吴敬梓的父亲问题、进学年龄问题、家庭纠纷的性质问题。此文虽发表于敝校学报（《南京师院学报》1977年第3期），但颇为学界同道所关注，并且很快收到上海人民出版社古籍编辑室（即上海古籍出版社前身）"沪版77古字252号"来信，约写《吴敬梓研究》，"读者对象为大学文科师生"。因此，其余已写就的几篇文字也就暂时不拟发表，以便收入书中，其中就有一篇《吴敬梓家世杂考》（下称《杂考》）。该文包括五个问题：一、“羡延陵之罥子”；二、所谓“让袭”；三、《移家赋》中为什么没有叙述祖父辈事迹；四、吴檠也出为嗣子；五、吴敬梓有几个儿子，蘅叔叫什么名字。这五个问题考述清楚，对于了解吴敬梓的身世及其与创作的关系很为必要。

《三考》一文发表后，上海徐恭时、陈汝衡两位先生先后通过我系赵国璋先生了解我的情况，此后又直接写信给我，希望彼此交流。如陈汝衡先生1977年8月4日来信中首云：“大作《吴敬梓身世三考》一文，繁征博引，足令读者心悦诚服，功在艺林。不佞近正边抄边校拙作《吴传》（指《吴敬梓传》），获此殊觉喜出望外。”8月25日又来信说：“《三考》一文附表，非常完备，我将在拙著《吴传》中采用这表。”9月14日来信开首即云“这是我给你的第三封信”，希望我能进一步提供相关论文为其修改《吴传》之助。感其迫切要求，乃将刚刚发表的《略论吴敬梓“治经”问题》（《南京师院学报》1977年第4期）一文寄赠，他便于12月17日来信说“大著论吴敬梓的治经，提出独特见解，征引诸书，尤见学有根柢，佩服佩服”；又于12月19日来信询问“吴敬梓儿子情况，恳就所知以告为幸”，这可能是他从赵国璋先生处得知我所写的《杂考》的部分内容（即第五节）。又于1978年1月17日来信说“听魏绍昌兄谈，南师有三篇敬梓史料，一为‘年谱’，二为‘移家赋注’，三是大作‘生父继父’考”，“未知兄处之‘年谱’内容如何”，希望我能提供。一、二两点，《杂考》中略有涉及。笔者起先拟作年谱，但作为谱主，吴敬梓的事迹不够多，不能以与之不相干的人物将他架起，乃改做年表。《移家赋》的注释已做了大半，主要为撰写研究论著所需。魏绍昌先生可能从赵国璋处得知，三即已发表之《三考》。陈汝衡先生之《吴敬梓传》于1981年2月由上海文艺出版社出版，《三考》所附“简表”已被引用，但仅注明“本表为南京师院陈美林同志制作，见《南京师院学报》1977年第3期”，未提篇名，全书也未见《吴敬梓身世三考》文题。而《三考》中所引用之资料，陈传也加引用，可能未见原书，也未细心研读拙作，在该书第7页注①中说朱绪曾的说法是根据陈作霖所传。其实，陈作霖的时代后于朱，朱绪曾的《金陵诗征》怎能采用陈作霖的《金陵通传》的材料呢？我曾有信给汝衡先生，但未见复，此事也就罢了。

二

《杂考》之所以提前公开发表，是与安徽孟醒仁先生的做派有关。孟先生在其《吴敬梓年谱》（1981年3月安徽人民出版社出版）中曾引用《三考》、《杂考》文中的内容（包括观点、资料），其引用手法有必要加以说明，在《年谱》8页“父霖起……”条后，有“按先生生父雯延……”之解说，文后有括号“（详《南京师范学院学报》1977年第3期）”，既未注出《吴敬梓身世三考》篇名，又未提及作者名。仅从上下文看，似乎是孟先生自己在该学报发表的文章。这且不说，在113页全谱终了之后，又加一“补遗”，说吴烒字蘅叔，还引用不少《所知集》资料；此外谱中还多次引用康熙《全椒志》有关内容。这些均是前人未曾涉及而为笔者研究所得并已成文，只是暂时未发表而已。那么，孟先生又从何处得见？原来他是通过我系徐復教授向我借阅的。前此陈汝衡先生一再要求我提供文稿，我仅提供已经刊发的文章；而此次徐老亲自向我保证，说这一切由他负责，要其按期归还，如果引用必须注明。徐老是我一向敬重的老辈学人，话讲到这一地步，不能不应允，乃将《三考》（其时已发表）及尚未发表的《杂考》等手稿交徐老转他。可是孟则失信于徐老，迟迟不归还。徐老找到我，十分焦急又抱歉地说：“此人不讲信义，最好的办法是赶紧发表。”于是《杂考》一文投寄《安徽师大学报》，得到负责人孙文光同志之助，于1980年第2期刊出，终于在孟之《年谱》出版前面世。康熙《全椒志》及陈毅《所知集》等文献，《杂考》中已曾提及。但徐老说最好也要尽快发表，于是《陈古渔〈所知集〉中有关吴敬梓交游资料》一文在《江海学刊》1982年第6期刊出；《略述康熙〈全椒志〉中有关吴敬梓先世资料》一文也在《文献》第15辑（1983年8月）刊出，而收有这几篇文章的《吴敬梓研究》则于1984年8月方由上海古籍出版社出版。

徐老为人热心、助人为乐，但也是非分明，敢担责任。为此事，于1980年8月10日亲笔写了“证明书”，并加盖名章，全文如下：

我系陈美林老师精研《儒林外史》，蜚声学坛。其《吴敬梓身世三考》尤脍炙人口。余友安徽大学孟醒仁先生请我向陈君借阅有关文稿（包括尚未公开发表的原稿等）。我对陈君便说，借给他看，由我负责。陈君便将已发表的《吴敬梓身世三考》及尚未发表的《吴敬梓身世杂考》和介绍康熙《全椒志》、《所知集》的几篇手稿交我转给孟先生，孰知孟先生逾期尚未归还。我乃建议陈君赶紧发表。孟先生事后向我询问《所知集》藏于何处，我乃建议去找陈君询问。此一经过属实，特此证明。

徐 復

（加盖名章）

1980年8月10日

徐老及时告诉我，孟可能要来找我。但隔了两天方来，据说他在南师图书馆、中文系资料室查了两天书，依然无所得，无可奈何只能到寒舍来询问。我问他："大著中不是已引用了《所知集》，怎么还未见到过书？"他乃红着脸吞吞吐吐地承认乃借用笔者的手稿。毕竟年长于我，也就不再为难他，告知其藏于何处，便急急离去。岂知1984年夏秋之交，他又带几位青年同志找到舍间，因为这年秋天要在南京召开纪念吴敬梓逝世230周年学术讨论会，并成立中国《儒林外史》学会。他们反对该校一位同志出任副会长，我说我未参加筹备，不知此事；他不相信，仍然说了很多很多，我便借口有事将他们送出门。据说他又找了别人去反映。后来我参加了学术讨论会，但最后一天成立学会时，我则避走远离学校的亲友家。次日方知大会选举吴组缃为名誉会长，章培恒担任会长，副会长除笔者外，尚有安徽大学李汉秋、南开大学宁宗一。

三

上述两事已过去三十余年，但近年又有两事与《杂考》有关。

2011年10月末，全椒县旅游局局长兼吴敬梓纪念馆馆长田胜林同志手持李汉秋同志2011年10月29日的一函来访。信中说："全椒筹备纪念吴敬梓310年诞辰并筹组中国《儒林外史》学会（筹）。鉴于吾兄的卓越学术成就，拟推兄台为名誉会长，祈请俯允，以光学界"云云。据田局长说，一切就绪，届时派车来接。前此，已有友人向我问起此事，而在下一无所知，无从奉告，田局长光临后方知一切是实。笔者多年来对有关的学会事务概不过问，但我不能反对他人的作为。为表明不反对的态度，只允参加开幕式后即返。岂知久久未接到邀请函，也未有车、人来。会议结束后有人捎来一纸名誉会长的证书（落款时间为 2011 年 11 月 26 日）及会议上发的书刊材料：一本是《吴敬梓集系年校注》（下称《校注》），一本是《中国〈儒林外史〉高峰论坛论文集》（下称《论文集》）。闲来无事，翻检两书，均有涉及《杂考》者，乃略作陈述。

先说《校注》。

笔者多年来发表的有关吴敬梓研究论著，其中称引吴敬梓诗、词、赋者甚多，尤其是 1990 年 12 月出版之《吴敬梓评传》（据南大出版社提供的数字，至 2011 年已印刷五次，累计 16000 册），称引其作并加诠释者颇多。1994 年 10 月南京大学出版社又出版笔者主编的《儒林外史辞典》，全书 110 万字，分为六编，第二编即“诗词编”，由王步高教授撰稿，其中也称引拙作不少。所以见到《校注》，便先行检读，因曾研究过吴氏诗词赋，自然产生似曾相识之感。终于在《移家赋》39 页注［一四三］中发现不佞名字，说：“羡延陵两句：冐，陈美林先生据金文考证为‘君’字。”没有任何过渡文字，下文紧接着说“延陵冐子，即吴季札”，乃“借指吴昺。”如此，读者可能以为“吴季札”云云是在下的见解，而校注者在引用我的考证后又未注出文章篇名、发表于何处，读者无法查对原文。为避免误解起见，不能不加以申说。

拙说即《杂考》之第一节。在考定此字为“君”字的同时，《杂考》又说明“大约是因为吴公子季札又称延陵季子，而将此字释为‘季’字。但作‘季’，在赋文中却讲不通，因为《移家赋》中并不是说季札的事，也不能说是用季札的故事来比喻吴霖起，因为吴霖起是吴旦独子，不存在排行问题。有的同志认为是指吴昺，他在兄弟六个中位次最幼。此说也不可通，吴昺虽有文名，但他是吴国龙的儿子，并非吴敬梓亲曾祖吴国对后人，吴敬梓在赋中不叙述亲祖事迹而去表彰叔祖文行，揆情度理，似乎不大可能。”正因为将“冐”释为“季”字之不妥，乃对此字做了大半年的研究，并曾向章、黄门人诸祖耿、徐復先生请教，他们都是当代著名学者。因为是系中同事，除诸老有一信外，与徐老均是当面交谈。不过当年杭州大学蒋礼鸿先生给我的信中，却提到向徐老请教一事。1977 年 11 月 4 日蒋先生来信说：“美林兄：‘羡延陵之冐子，擅海内之文章’字必有误，释为‘季’，无非是吴公子季札又称延陵季子，但此处未可能说是季札或者他的小儿子，故此说不甚可信。”接着又据《说文》、《尔雅》等，说“我疑吴赋的冐子为畧子之误……依刘逵注，就是后代”。蒋先生并不以此为确论，信末又说“此说不知是否，请与徐老商之”。当我再次向徐老前辈请教，又再三细读吴赋，并遵循徐老指点，遍检《甲骨文篇》、《金文篇》、《金石索》，经过多方求证，反复思考，定其为“君”字后，再征询蒋先生意见，他于11月17日来信，坦陈一己之见“误耳”，赞同笔者的考订。徐老、诸老，还有钱玄先生均表同意。在诸位先生的肯定下，乃写成《杂考》一文中的第一节。文长不过千余字，为时却近一年。《校注》只突兀地引用一句，而作出的解释却与拙见全然相反，又不出拙作篇名，令读者无从辨识。不得已，只能在此说明。

四

再说《论文集》。

其中有田胜林局长和另一位同志合写的《吴敬梓家世“从龙”与“让袭”考》，直指《杂考》一文中第二节“所谓‘让袭’”。在该节文字中，笔者据明朝史实以及当时可以见及的吴氏家族史料，对《移家赋》中所云“赐千户之实封”、“追转弟而让袭”之说，认为“让袭”其实是“失袭”的美称。此说先后得到孟醒仁、陈汝衡以及其他一些学人的赞同。但田文则直斥为“臆说”，并提供了自谓“信然”的史料。田文为了彰显吴氏显赫的家族史，居然将仅仅指挥1120个兵卒的千户，抬高为“五品高级武官”，而不知明代武官仅分六品十二级，并不如文官那样有九品十八级。他只知道“千户”可以世袭，但不知道世袭有一定条件，而且还要通过比试，并不是先人得一“千户”小官，后代便可世袭罔替。

再从田文提供的“信然”史料——《武职选簿》来考察，在其历代先人承袭的经历中，有袭职、替职、借职，甚至还有革职者，唯独不见有让职；而且在为承袭而参加的比试中，有考二等、三等者，到十一辈时更因“年幼未比”。未比，即不能袭职。除有“革职”者外，吴氏族人最早得此官职者却是“顶户头宋真名字充军”，也就是冒名顶替参军而获得的。而此种行径，却连最高统治者也不允，洪武二十一年朱元璋就有诏令“有匿己子以养子代者，不许”（《明史·兵四》）。而田君提供的史料，恰恰否定了田君自己的见解。

其实，这些往昔家史中的光荣也罢，瑕疵也罢，离开吴敬梓十几代，太遥远了。

这与由于种种条件导致吴敬梓思想中进步成分的滋生以及《儒林外史》思想和艺术的高度成就均无关联，正不必为了充分肯定吴敬梓的贡献而去编造显赫的家史、高贵的出身。对于田胜林同志的说法，笔者已于《寻根》2012 年第 5 期发表文章予以剖析，此不赘述。此外，在人民当家做主的今天，对于逐渐走向市井小民的作家，应该表示欢迎和肯定，似不应该为之修建探花第，将其推回地主士绅之列；何况吴敬梓在移家南京之前，全椒的“田庐”已“尽卖”。当事者这种谋划，既违背史实，又不合时宜。《儒林外史》毕竟是完成于已经败落的秦淮水亭中，而不是创作于探花第内。

至于田文所引以为据的另一材料，即吴坪编撰的《全椒西墅草堂吴氏家世概述》，此谱笔者在 2001 年的滁州召开的学术讨论会上见到，编撰年月为 2000 年 8 月。20 世纪 70 年代初，为撰写《儒林外史》前言，曾与李、钟二君一同去安徽访人访书，当年全椒县革委会负责人王郁昭同志接待了我们，并将吴敬梓后人吴炽棨找来，我们曾多次与之面谈。此前，据当地干部介绍说，程十发所画吴敬梓像就以吴炽棨的照片为根据，难怪一见其面，便感到似曾相识。我问他有没有家谱一类文献，他说“文革”前曾有一份根据胡适、张慧剑等人著作编制的草谱，“文革”时毁去。至于全椒是否还有吴敬梓后裔，他也提到吴坪，但又说是旁支。1981 年在滁州召开纪念吴敬梓诞生 280 周学术讨论会，安徽省委副书记兰干亭参加，江苏省委、上海市委也有领导出席，各地学者八十余人与会，而“吴敬梓的第八代孙吴炽棨也参加了大会”（《滁州报》1981 年 10 月 13 日）；《文学报》也报道，“吴敬梓第九世孙吴炽棨也参加了大会”（1981 年 10 月 29 日），只不过有第八代或第九代之不同。我们在与吴炽棨接触时，他一时说八，一时说九。对于吴坪，他坚决不承认。当南京电视台摄制《吴敬梓和〈儒林外史〉》专题片去全椒时，吴炽棨根本不让吴坪进门。编导蒋广森同志回来向我说起，我建议他不要介入。1984 年在南京召开纪念吴敬梓逝世 230 周年学术讨论会，省、市领导孙颔、刘平与会；全国学者有一百二十余人参加，同时也有“吴敬梓后裔吴炽棨”与会（《新华日报》1984 年 11 月 3 日）。可见在 20 世纪 80 年代一直以吴炽棨为吴敬梓后裔，而其本人确认无家谱留存。吴炽棨去世时，全椒有关部门还给我发来讣告，我还回了唁电。细读吴坪所编纂之概述，不知何所据，并且一直编到其孙辈，其子女中的“中共党员”、“工会副主席”、“副科长”等等身份也一一标明。而在此前，即 1986 年 7 月 10 日吴坪同志曾有信给我，说“我对远祖吴敬梓及其著作学习甚少，知者甚微。不久，才在这方面开始注意，因而颇感愧甚；很多地方，敬祈指教”。在吴坪编纂的《家世概述》印出数年之后，2005 年 6 月 9 日《南京晨报》报道《吴敬梓后人欲来宁寻祖坟》，提及全椒退休教师吴其华介绍自己身世，说“原来家族曾经有族谱的，但是在‘文革’期间，由于红卫兵抄家，因此族谱被大火焚毁，遗憾的是并没有留下抄本以及记录”。其说法与吴炽棠相同，由此可见吴坪先生所编纂的“概述”的可信度尚需进一步认证，田文以之为依据也就值得考虑。

五

田文还说吴敬梓研究有三大难点问题，即“从龙”问题，生父嗣父问题，鸿博未赴问题。“从龙”与“让袭”，田胜林同志亲自撰文，已如上述。生父嗣父问题，则是针对拙作《三考》的，对于生父嗣父问题，刘世德同志曾与笔者有所商榷，但即连刘世德同志也不得不承认拙说“为学术界多数人接受，在有关的论文和著作中几乎已成为趋向一致的说法”。对于刘世德同志的驳难，笔者一一作了答辩。而全椒的《论文集》中收入该县一位退休医生王某的三篇文章，根据几块残碑断碣企图证明拙说之误。其实这几块断碑碑文，并无以显示吴敬梓有否出嗣的问题；而王文的解释极其牵强附会，又将史实与小说混为一谈，自相矛盾之处多多，还毫无根据地指责著名学者朱绪曾、陈作霖“所知不多”。原欲作文回答，但有友人说不必理会这种非学术性的纠缠。此言甚是，乃以上文所引《南京晨报》所报道的吴敬梓后人吴其华先生的话来作答复：“据吴其华先生表示，吴敬梓生有四个儿子，他是吴敬梓的长子吴烺的后人”，“吴敬梓的生父名雯延，吴敬梓是他三个儿子中最小的一个，自幼便被过继给长房吴霖起为嗣”。笔者与吴其华先生从无任何联系，但他说得如此明确肯定，足以回答王医生所自诩的“考证”。

至于吴敬梓未赴鸿博之试，是指吴敬梓未参加鸿博之试是因真病还是装病。早年胡适认为是真病，20 世纪 50 年代批判胡适思想时，就有人认为这是胡适对吴敬梓的诬蔑，吴敬梓是装病不去廷试，表现了反清的民族思想。这一问题，在 1981 年滁州的会议上，仍有一位专家仍坚持此说，引起不少研究者的讨论。笔者赞同胡适真病说，并补充一些资料撰写成《关于吴敬梓应征辟问题》发表在《社会科学战线》1984年第2期，美国《海内外》第49期（1985年出版）也予转载，拙论当年就得到许多研究者的赞同。田文重新提出这一问题，但《论文集》中尚未见有相应的论文，暂不予讨论。

总之，笔者一再肯定吴敬梓的成就和贡献，但也从不讳言这位生活在三百年前的作家，同样也存在着种种局限。笔者从事的是学术研究，自当坚守实事求是的原则。对历年来所撰写的文章，如有同道予以补正，笔者从可，自当修正；而对于误解、曲解拙作者，则予申述明白；对于无根据的指责、甚至谩骂，或予驳正，或不予理会。笔者将吴敬梓这样一位作家作为重点研究课题，目的在于弘扬祖国的优秀文化，不会去附和出自其它用意的种种炒作，那不是一个学人应该做的事。

从《杂考》等文数十年来一直被“关注”的情况看，选编笔者历年所写的较为重要的论文重新出版，实属必要。历史已逾百年的商务印书馆出版拙作，不仅是对在下的支持，也是对学术研究的贡献。

以上所言，似为“后记”，但又不类常规的“后记”，乃以“附语”出之。笔者为文，常逾常规，不过昔贤有云“文贵奇”（刘大魁《论文偶记》）。当然，文可“奇”，但“理”却要正，“使文奇而理正，是尤难也”（《皇甫持正集·答李生第二书》）。拙作是否“理正”，则由读者去批评、认知罢。

陈美林

2013年1月18日